Knaus

K

Lawrence Norfolk

Ein Nashorn für den Papst

ROMAN

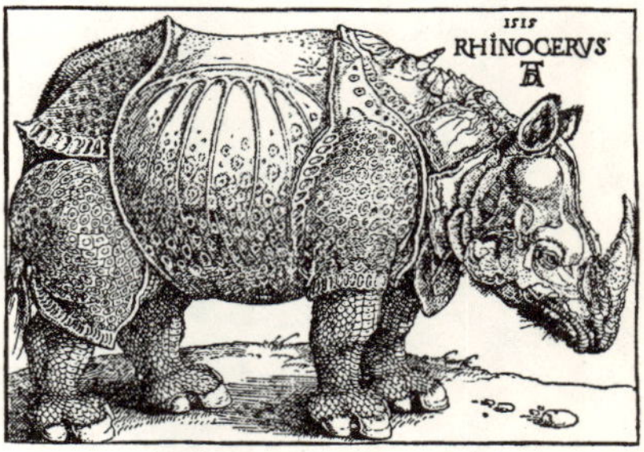

Aus dem Englischen von
Gisbert Haefs, Hanswilhelm Haefs,
Gerald Jung und Gisela Stege

Albrecht Knaus

Die Originalausgabe erschien 1996
unter dem Titel «The Pope's Rhinoceros» bei
Sinclair-Stevenson Limited, London

Umwelthinweis:
Dieses Buch und sein Schutzumschlag wurden auf chlorfrei gebleichtem Papier gedruckt. Die vor Verschmutzung schützende Einschrumpffolie ist aus umweltschonender und recyclingfähiger PE-Folie.

Der Albrecht Knaus Verlag
ist ein Unternehmen der Verlagsgruppe Bertelsmann

2. Auflage

Gesetzt aus 9.6/12 pt. dtp Sabon
Satz: Filmsatz Schröter GmbH, München
Schutzumschlag: Design Team unter Verwendung eines Holzschnitts von Albrecht Dürer
Druck und Buchbinder: GGP, Pößneck
Printed in Germany
ISBN 3-8135-1920-1

Für Vineeta

Alle Fische fressen.
Alle Fische laichen.
Wenige Fische laichen,
wo sie fressen.

ARNE LINDROTH

Inhalt

I

Vineta

Dieses Meer war einmal ein See aus Eis. Hohe Berge schauten über eine Gletscherebene, bekrustet von Schnee und gepeitscht von eisigen Winden. Granitbecken wölbten sich seitlich unter der Eislast, um sie in unregelmäßige Küsten zu fassen. In künftigen Zeiten werden Geröll und Geschiebelehm vom mühseligen Kriechen des Packeises über vergrabenen Fels und Sandstein berichten, Moränen und Drumlins vom Vorrücken und Weichen, das Gräben furcht und Grate vorantreibt. Der Meeresgrund war hier lange vorbereitet, ehe es ein Meer gab, ihn zu bedecken. In der Zeit dazwischen kam die Herrschaft des Eises.

Verwerfungen und Bruchflächen heilten und verschmolzen, wurden unsichtbar, bis der Bottnische und der Finnische Meerbusen, die Buchten von Riga und Danzig nicht mehr vom Zentralbassin zu unterscheiden waren, das sie verband. Schneestürme aus dem Norden hinterließen ihre Schneewehen, die dichter und dichter wurden, bis sich unter dem Gewicht sogar die Erdkruste neigte. Adern gefrorenen Öls verliefen wie die Trossen einer wracken Flotte, wanden und trafen sich im Dunkel tief unter der Oberfläche. Wie aus der Erde hochgesprengt und in der Luft angehalten sprenkelte Grus das Eis; Felsen barsten und hingen reglos im Dunkel dieser katastrophalen Froststarre. Nichts atmete hier. Es muß einmal der toteste Ort auf Erden gewesen sein.

Das Aufbrechen der Oberfläche: eine fahle Scheibe aus Licht, das im schneefleckigen Himmel aufkeimt, regt die Erdachse unten zu radikalem Kippen an, Stürme weichen Böen und tückischen Wirbelwinden, Eisriesen brüllen in die Nacht. Ein Zoll Schlick bezeichnet tausend Jahre, ein Äon bedeutet einen einzigen Bogengrad, und nach diesem Maßstab hat es zu tauen begonnen. Es wird ein Jahrhundert aus Jahrhunderten knirschenden Eises geben, ein Zeitalter schabender Gletscher, bis des ersten Kristalls gleißendes Schmelzen sich flüssig ausbreitet und nordwärts über die gefrorene Oberfläche sickert und kriecht, um aus ihr einen Spiegel zu machen, in dem die Sonne ihr Gesicht sehen kann. Licht geißelt und blendet das Eis, schickt dichte Fronten erhitzter Luft gegen die polare Kälte. Schmelzwässer tröpfeln zwischen Eis und Fels, gefrieren und schmelzen erneut. Die Nächte sind kalt genug, jedem Tier die Lungen zu zerfetzen, das töricht genug ist, sich in diese Wüstenei zu wagen; der Wind, der über die Landschaft tobt, versteinert Haut und Fleisch. Ein eisheller Himmel starrt hinab auf die Kehrseite der Nacht: Felsschutt, Geröll und in Rauhreif eingeschlossene Lakezellen. Es gibt Schelfschichten, wohin die Sonne niemals reicht und wo vom Druck ausgefällte Salze wie Puder auf der Oberfläche liegen.

Aber die Tage werden länger, das Wasser breitet sich aus, die mittleren Temperaturen steigen und vertreiben die Nebel, die vom flammenden Eis aufkochen. Verborgene Wasserstränge rieseln hinab und stemmen die eisige Erde aus ihrer Felsfassung, begegnen und vereinen sich auf den steinigen Sohlen, die die Sonne nicht finden kann. Tausende Meilen von Eis treiben auf einem Zoll Wasser. Andere Gebilde entwickeln sich. Risse und Canyons spalten die Oberfläche und schlängeln sich vorwärts, wobei sie ungeheure Kristalle losschneiden, die bersten und zusammenstürzen. Wasser strömt durch tausend Meter tiefe Schluchten, zerfrißt die untersten Eisschichten und steigt, bis das Ganze von Flüssen durchzogen ist, die aus der eigenen Zersetzungskraft wachsen. Die Landschaft hallt wider vom Zusammenbruch von Eissäulen und Eisbogen, vom unerhörten Donner millionenfachen Zerfallens. Glasige Grate sinken in Teiche zusammen, die sich dehnen und steigen, zu Rissen werden, bis dieses wüste Land weder fest noch flüssig ist, sondern ein Archipel treibender Eisberge, schrumpfend in einem Meer aus den eigenen aufgelösten Körpern und in einem nassen Nebel, so dicht, daß er weder Luft noch Wasser ist. Losgelöste Berge stoßen im grünen Unterwasserlicht aneinander und schicken Eisbruch an die Oberfläche, wo die Sonne ihn schmelzen kann. Kleine Schollen tanzen und schaukeln in der Wasserwiege; Sonnenstrahlen saugen sie als Wolken in den Himmel, wo sie zerfasern, reißen und zunichte werden. Wo Eis war, ist Wasser.

Aber noch ist dies eine leere Weite. Gemäßigter, flüssiger, doch wuchern die Buchten nach Norden und Osten, der Hauptkörper windet sich südwärts, dann nach Westen, fast wie bisher. Die Veränderung ist örtlich, auf die westlichste Enge begrenzt, oder dort am merklichsten. Sind die nördlichen Berge nicht mehr so hoch, die

Ålandinseln nicht mehr so zahlreich? Liegt das Landsort-Tief niedriger als zuvor? Das Ansteigen der Wasserfläche ist eine Sache von wenigen Fuß in einer Landschaft von Meilen, das Ergebnis unterschiedlicher Wirkkräfte – Wasser dehnt sich aus, Eis zieht sich zusammen –, und doch ist das allein nicht genug, um Inseln zu ertränken und Klippen hinaufzukriechen. Die Bewegung führt tiefer, reicht weiter zurück. Komprimiertes Gewicht hat sich gehoben, niedergedrückter Boden steigt, kippt und schickt Wasser nach Süden und Westen in die Belte und den Seelandsund. Niedrige Felsschwellen scheinen sich vor dem langsamen Steigen der See zu ducken, werden überrannt, als das Tauen die nördlichsten Buchten erreicht. Die Bresche ist gelegt, und Wasser rasen westwärts, um sich dem schäumenden Grau eines Ozeans zu verbinden, der einige Millionen Jahre auf die Ankunft dieses letzten seiner Zuflüsse gewartet hat. Felsiges Tiefland bietet der vorwärtsstürmenden Flut geringen Widerstand; diese Schelfebenen sollten immer schon Seebett sein. Von dem sich neigenden Bassin in ihrem Rücken vorangetrieben, folgt die Flut, aufsteigend und die steilen Böschungen überströmend, jetzt schneller, den am tiefsten gelegenen Gefilden, um dem größeren Ozean zu begegnen. Die bestürmte Küste wird in einem einzigen gewaltigen Schwung umgangen und überrannt, als die erste Wasserzunge aus den Dünen leckt und das Ufer hinabrinnt, an den nippenden Wellen nippt und zum erstenmal das unbekannte Salz des Ozeans schmeckt. Eine Stunde alt und wund vom Durchbruch, ist es die jüngste See auf Erden.

Der Tausendmeilenkamm aus Fels, der die nördlichen Buchten vom Ozean trennt, sammelt Schnee während des ganzen Winterdunkels. Der Frühling bringt Schmelzwässer, die die Berghänge hinabstürzen, um in den Schluchten zu tosen. Ein Wasserschlag von fernen Hochebenen und kahlen Höhen füllt große Flüsse nach Norden und Osten. Niederschläge sind häufig, dauern aber selten lange. Kurze heiße Sommer weichen nieselndem Herbst. Die Menschen, die als erste diese Wasser betrachteten, müssen eine friedliche gemäßigte See vorgefunden haben, voller Schilffelder. Die Südküste entlang – denn sie kamen aus dem Süden – wanden sich die Wasser ziellos und willkürlich, stemmten gezackte Landzungen und Bodden aus der Küste und legten so roten Sandstein dem Anprall gelegentlicher Winterstürme frei. Heilende Lehmwehen bedeckten den vom Eis zernarbten Granit des Meeresbetts, lila Heidekraut geleitete die Höcker von Eskern und Moränen zurück zu sumpfigem Vorland. Das waren günstige Gewässer, und die dichten Eichen- und Buchenwälder, durch die sie gekommen sein müssen, hätten ihnen Holz für ein Wasserfahrzeug geliefert. Aber etwas schreckte sie ab und sandte sie nach Osten, entlang der Küste statt nordwärts über die See. Manche Reisen sind unwiderstehlich, manche nicht mehr als das Stapfen der Füße. Sie wandten ihre sonnenverbrannten Gesichter dem geheimnisvollen Inneren zu und ließen ungewisse Strömungen, leichte Schauer und Windbewegungen hinter sich. Abtrift.

Dieses seltsame sanfte Meer, schilfgesäumt und in seiner Granitwiege immer noch in den Nachwehen des Eises schaukelnd, mit Inseln übersät und im Norden von steinernen Küsten umfaßt, von geschmolzenem Schnee und Regenwasser aufgefüllt, hinter dem Vorsprung der Halbinsel fast eingeschlossen, wirkt dennoch irgendwie seeähnlich, ein Austritt von Wasser, aufgehalten am Rande des Ozeans, gefroren im Augenblick der Vereinigung. Masse und Wogen des Salzwassers rufen von jenseits der Meerenge, aber sein jüngster Herrschaftsbereich hängt noch an einem früheren Sein, dem einer eisigen schützenden Stille. Schwache Zuflüsse durch Skagerrak und Kattegat geben Kunde von fernen Meeresstürmen, doch meistens wälzen sich die Strömungen, angetrieben von unmäßigem Regen und Schnee, träge dahin. Diese gärendgelben Gewässer sind fast salzlos, fast tidelos, fast stehend in den Tiefen vor Arkona oder Landsort. Die nördlichen Buchten gefrieren immer noch in fünf von zehn Wintern. Dieses Meer wird immer etwas vom Charakter des Eises behalten.

Die ersten Menschen kamen niemals wieder. Torfmoore, Buchengestrüpp und Sumpflande lagen jahrhundertelang ungestört, während Fische in die Belte eindrangen, in den brackigen Wassern laichten, von Seeschnecken, Garnelen, Borstenwürmern und Weichkrebsen fett wurden. Atlantische Lachse schossen mit Lachsforelle und Äsche ostwärts, um in den großen Strömen zu laichen, deren Mündungen im Sommer von erschöpften Neunaugen überquollen, bis kreischende Möwen und Gänsesäger sie aus dem Wasser pflückten. Flunder, Butt, Sandaal und Seehase weideten in den salzigen Bodengewässern, während Gründling, Hecht und Häsling vor den Süßwasserzuflüssen lungerten. Dorsche laichten im Arkonatief, wurden groß, fraßen einander. Die Frühlings- und Herbstheringe gründeten ihre Kolonien in den nahe gelegenen Untiefen vor den Inseln Rügen und Usedom. Millionen ungestörter Lebewesen trieben, schwammen, laichten und starben, ehe noch der erste Kiel die Wogen über ihnen durchschnitt und Netze herabsanken, um des Meeres reiche Ernte an

Land zu ziehen. Invasionen, Schlachten und Gemetzel waren vager Lärm, schwaches Dröhnen in der tödlichen Luft; die blassen Körper versanken stumm, von lidlosen neugierigen Augen beobachtet. Spieren und Planken trieben von der zerborstenen Küste fort. Undeutliche Schatten sanken zwischen den Schären.

Heringsleben umkreisten derlei Unterbrechungen; geschmeidige Zyklen von Fressen und Brüten dehnten sich, um sie durchziehen zu lassen. Stürme hatten in der Vergangenheit nur schäbige Lasten wie Faßdauben und zerbrochene Ruder mitgebracht. Sowie der aufkommende Wind die Oberfläche zerwühlte, versanken sie; und ganze Fischschulen tauchten schutzsuchend ins Lee der Klippe, bis der Schwall erstarb und sie zum Fressen auftauchen konnten. Dieser Sturm war anders, sein Kurs führte von ihnen weg. Seine ersten Erschütterungen waren durchaus vertraut, übertrafen dann aber alles, was sie zuvor gekannt hatten. Sie tauchten und warteten, der Sturm aber wühlte nur und stampfte über ihnen, ein betäubendes Hämmern, das tiefer hinabreichte denn je zuvor. In der Tiefe vor Usedom erbebten sie, als der Sturm Seegras und Kelp losriß, wabernde Lehmwolken aus den Gräben trieb, seine Gewalt in den Tiefen vergrub. Sie ahnten nichts von dem Vorgang, der sich oben abspielte, als dieses Geschenk – so zäh gestützt von der Landzunge, die aus der Küste herausragte, so gewaltsam gezerrt von den Wellen – für sie dem Land entrissen ward. Die lärmenden Oberflächengeschöpfe brachten den wartenden Schwärmen einen alles übertreffenden Tribut dar, größer und verwickelter, anders nach Art wie Ausmaß, und dauerhafter.

Die Heringe kannten die Küstenstädte als massige Geheimnisse, als die Enden von Tunneln, die zur Nacht unter einem mondlosen Himmel erschienen. Verschlungene Kielwässer liefen dort zusammen, verbanden sich miteinander, eines das andere kräftigend, während die Schiffe darüber hinglitten mit ihrem schwachen Geschrei und dem Druck ihrer Rümpfe, der auf ihrem Weg zu anderen Orten träge wie leichte Schauer in die Tiefen hinabtastete. Die Heringe verfolgten sie bis in den Hafen, erlitten grauen Tod in den Netzen, in denen sie – die großen Fische in der Mitte – zusammengebündelt an Bord gehievt wurden, sich freizuzappeln versuchten und ertranken, wenn sich die Netzfäden über den Kiemen zusammenzogen. Eine Schicht schmutzigen Schaumes schützte diese Orte vor zudringlichen Heringsaugen, verdichtete sich um den Pier, löste sich im Wellenschlag hinter der Landzunge wieder auf. Was für ein Treiben, was für ein Gedränge dieser einsamen Geschöpfe. Hungrige Orte, diese Städte. Doch abgesehen vom undeutlichen Rachen, dem eigenartigen Zusammenziehen und Ersterben der Strömungen, wo waren die Zähne, der Schlund, der Magen?

Dieses: Zunächst gespürt als ferne Störung im Toben des Sturms, ein weitläufiges Zerbröckeln oder ein langgedehnter Zusammenbruch. Aus der zerschlagenen Klippe lösten sich große Lagen von Lehm. Sandsteinplatten fielen frei, stürzten die steilen Grate hinab und krachten in die Tiefe. Die See schlug mächtig gegen die Landzunge und schnitt in sie, bis das Gewicht oben den eigenen Sockel nach unten trieb und ihm ins Wasser folgte. Ein massiges Untertauchen, ein ungeheures Pulsieren des Drucks, Lehm, der ihnen Augen und Kiemen vernebelte und verklebte, klärte sich und enthüllte ihnen das Ausmaß der Verlagerung. Größer als das größte Schiff blieb dieses erwartete Geheimnis noch in die Nachwehen seiner Geburt eingeschlossen, zu fremd und sie alle überragend, als es sich auf den Meeresgrund hinabließ. Da war es, ausgebreitet unter dem Schwarm, mit all seinen Menschen, Gebäuden, Karren und Vieh, und erstreckte sich weiter, als sie blicken konnten, mit all dem Gestank, den sie bisher nur aus der Ferne gerochen hatten. Hier war er dick und stark, all die quälenden Gerüche mischten sich und kräuselten in dicken Schlieren durch das Wasser. Sie warteten und spürten, wie die Oberfläche sich beruhigte. Sie sahen ihre fetten Silberleiber sich vor dem überlassenen Geschenk hierhin und dorthin wenden. Und dann schlugen die ersten mit den Schwänzen und tauchten hinab. Die lärmenden Geschöpfe von oben hatten als Tribut eine Stadt abgeliefert.

Die älteren Heringe schwammen um die Bewohner, umkreisten ihre Tempel und überblickten ihre Märkte. Sie schwammen zu Türen und Fenstern hinein und heraus und betrachteten die unbeholfenen Riesen in fließenden Gewändern, die durch die ertrunkenen Straßen promenierten. In der Strömung taumelnd, schienen sie Pflanzen ähnlicher als Menschen. Die Heringe stiegen und sanken und stiegen wieder. Andere Schwärme versammelten sich um sie. Die oberen Wasserschichten glitzerten vor jungem Fisch. Sie würden niemals den Pakt vergessen, der im Sturm geschmiedet wurde. Die Stadt würde ihnen vertraut werden wie der Meeresgrund selbst und mit der Zeit nicht mehr davon zu unterscheiden.

Geschenke und Jahre: Blasentang kriecht näher ans Ufer heran, lehmige Böden flocken aus und werden fortgespült. Das fast völlige Fehlen von Gezeiten bedeutet das Überleben tief gelegener Landschaften und unwahrscheinlicher Inseln. Haizahn und Walkiefer sind die ältesten Knochen in der See. Tangfelder treiben und werden von Nordstürmen in Flußmündungen und Lagunen getrieben. Sinkende Segel kreisen hinab in die Finsternis, Becher und Armbänder glitzern und werden dunkel. Speerschäfte, Schwertscheiden, Tampen und Getreidesäcke nehmen ihre eigenen Fallkurven durch die Tiefen. Zerschmetterte Rümpfe schlingern, während Mastkörbe eintauchen, alle aber werden entleert und auf dem Meeresbett abgelagert. Oberflächengeschöpfe ertrinken. Während das Eis eine Schranke war, die nichts durchbrechen konnte, nimmt die See, die es ersetzte, alle auf; ein feineres Gift, denn am Ende sinkt alles hinab. Die Heringe verstehen. Nie mehr seit der Ankunft der Stadt – und das war hundert Generationen zuvor – haben sie sich so dicht und so neugierig wie jetzt zusammengedrängt. Der Tribut von oben ist immer rätselhaft und plump, immer unbeholfen und ungeschlacht, das hier ist keine Ausnahme. Und doch treibt es weder, noch sinkt es, es scheint im Wasser zu schweben wie sie selbst. Sie kommen näher, und es beginnt zu beben. Sie spüren, wie die Wasser sich rundum aufwühlen. Ein donnerndes Geräusch hallt in ihren Hörsteinchen wider, und ihre Flossen beginnen zu zucken. Es ist in der Düsternis dieser Tiefen fast unsichtbar; etwas hängt darunter. Was? Ist das endlich der Schlüssel zum Geheimnis der Stadt? Etwas schlängelt sich nach oben davon, strafft sich, während sie langsam kreisen, kommt frei und verschwindet. Die größeren Fische stoßen gegen den Eindringling. Dies sind Heringsgewässer, und dies ist die kälteste Wasserschicht. Aber vielleicht haben sie sich geirrt, denn jetzt scheint es zu sinken und taumelt hinab außer Sicht. Einige drehen ab, als Tiefenströmungen den Eindringling erfassen, sonderbaren Tribut von oben, der in den salzlosen tidenlosen Wässern, genährt von Schmelzwasserquellen, gemartert von Erinnerungen an das Eis, gepeitscht von zerrissenen Küsten, dunkler und tiefer und weiter hinab der Stadt zutreibt. Verloren? Nein, nicht ganz. Stumpfe Heringsnasen stoßen gegen seine Seiten. Ihre Neugier hält es aufrecht; seine eigene Sonderbarkeit gibt ihm Auftrieb. Aber was? In dieser See versinkt ein Faß, und in diesem Faß ist ein Mann.

Sie hatten in Ewalds Teich geübt, zwischen glitschigem Tang und Gräten. Inseln aus verrottetem Laub trieben aus dem Buchengesträuch heran und stanken mit den halbgetrockneten Fischen und dem schwarzen Stillwasser vor sich hin, das aus der schaumfleckigen Oberfläche quoll. Er lag hinter der Heringshütte, die fünfzig Meter vom Ufer entfernt stand. Im letzten Sommer hatte Ewald versucht, ihn trockenzulegen. Nach links fiel der Boden ab; ein Graben, in Grassoden und nasse Erde darunter geschnitten, sollte das Teichwasser ableiten, aber die Seiten des Einschnitts waren am nächsten Tag zusammengebrochen, und der Teich füllte sich wieder auf. Nach seiner Heimkehr vom Markt in Wollin hatte Ewald das Wiedererscheinen seines Teichs betrachtet. Er hatte sich Bier geholt und hinter der Heringshütte gesessen. Nachdem er sich in einen mürrischen Zorn getrunken hatte, hatte er seine Fuchsfallen gespannt und dann eine nach der anderen in das stehende Wasser geworfen, damit er nie wieder versucht wäre, etwas derart Unsinniges zu unternehmen. Sie waren immer noch da, nicht zugeschnappt. Er hatte die beiden gewarnt und versucht, sie davon abzubringen, aber sie hatten einfach weitergemacht.

«Höher, Bernardo! Höher!»

Sie hatten einen Ladebaum gebaut, aber der hatte nicht recht funktioniert; jetzt erfüllten drei als Dreifuß zusammengezurrte Pfähle mit einem längeren, der in der Gabelung lag, den gleichen Zweck. Von einem Ende dieses Balkens hing ein Faß über dem Teich. Am anderen hing Bernardo, der daran hinauf und herab kletterte, dumpfen Kommandos aus der Tonne entsprechend. Sie hatten die Dauben verpicht und ein kleines Seitenfenster eingeschnitten, in das die in Nürnberg geklaute Scheibe paßte, das Ganze mit Leder ummantelt, mit Verschnürungen für Fenster und Kopfstück.

«Jetzt runter, Bernardo! Runter!»

Er hörte ein *Rums*, als das Faß aufs Wasser schlug, spürte es sinken, dann aufsetzen; sechs Zoll vom Faß ragten über die Oberfläche des Teichs, und die Wasserlinie halbierte das Guckloch. Das Faß war aus Ewalds Lager geliehen – wie zu erwarten stank es nach Fisch. Splitter bescherte es ihm auch. Er sah den Balken, an dem er hing, über Kopf nach hinten verlaufen, und Bernardo, der sich daran klammerte wie ein übergroßes Faultier. Vorsichtig winkte er, und das Faß schaukelte bedrohlich. Der Ballaststein würde das regeln. Bernardo winkte zurück; es war ein üppig ausladendes Winken, bei dem Bernardo tatsächlich den Halt verlor; er fiel und ließ den Balken los, der mit einem Ende hochschoß, mit dem anderen schwer herabfiel, er spannte sich an – *wumm* – ein Volltreffer aufs Faß, das sich langsam auf die Seite legte, dann kenterte, und er fand sich kopfunter in völligem Dunkel und geriet in Panik.

Später, als sie die Fuchsfalle von Bernardos Fuß hebelten, während sie vorm Feuer tropften und bibberten und die nötigen Reparaturen an ihrem Behältnis erwogen, das leck neben dem Teich lag, mußte er zugeben, daß das Herausschlagen der Scheibe der beste Weg gewesen war, aus dem Mißgeschick eine Katastrophe zu machen.

«Es war schon eine, überhaupt hierherzukommen», murmelte Bernardo. Er jaulte auf, als die Falle sich löste.

Es war ein so jäher, so schneller Absturz ins lichtlose Wasser gewesen, und das Dunkel so nah; es nahm ihm sofort den Atem, das Wasser und sein Entsetzen gingen ineinander über, und die Welt stellte sich auf den Kopf. Er konnte es keine Sekunde ertragen, er mußte da hinaus. Er hatte das Glas ausgeschlagen, und das Wasser war hereingeschossen. Er war in der Tonne festgenagelt. Er hatte zu kämpfen und zu schreien begonnen, schürfte sich aber nur die Knöchel auf, und das Wasser war schrecklich zäh, wie Sirup. In einem Anfall von Panik hatte er die Scheibe ausgeschlagen, und Bernardo war hineingewatet, um ihn zu retten.

«Halt die Klappe, Bernardo», sagte er jetzt. Er hatte Glück gehabt. Nicht so sehr bei der Rettung – Bernardo kannte keine Furcht, und Fuchsfallen würden sie ihn nicht lehren – nein, in einer Krise konnte man sich auf Bernardo verlassen. Auch nicht bei der Art der Rettung, die einfach war: nur Faß und Inhalt aus dem Teich ans Ufer heben. Aber was den Mann selbst anging, hatte ihn das Glück begünstigt. Er allein konnte das Gerät kaum bewegen, wenn es leer war und auf trocknem Land. Sein Partner maß fast zwei Meter zehn und war wie eine Eiche gebaut; er hatte das Behältnis über den Kopf gehoben, mit Wasser und ihm selbst darinnen, und war dann mit einer Fuchsfalle am Fuß zurück zum Ufer gewatet. Bernardo war nicht klug, aber er war stark.

Später versuchten die beiden Männer zu schlafen, hungrig und kalt, wie sie da in nassen Kleidern lagen und Rauch vom launischen Feuer einatmeten. Einige Zeit war es bis auf ihr Husten und Herumwälzen still in der Hütte. Keiner schlief. Morgen würden sie das Glas erneuern und mit dem Ballaststein experimentieren. Sie würden mit erzwungener Begeisterung arbeiten, um sich in Schwung zu bringen und die Stimmung zu heben und (in seinem Fall) die Angst zu verscheuchen, die ihn seit dem Mißgeschick gepackt hielt. Er dachte daran, daß der Teich nichts gegen die See sei, deren Wellen während der Mühen der letzten Wochen immer näher an die schmale nahe Bucht herangerückt waren, ihn manchmal zu locken und dann wieder zu warnen schienen. Ewald hatte eingewilligt, ihnen übermorgen das Boot zu leihen. Unruhig wälzte er sich auf der feuchten Erde herum und hörte Bernardo dasselbe tun. Schließlich stand der andere auf. Sie waren beide wach, und es hatte keinen Sinn, etwas anderes vorzutäuschen. Er wußte, was folgen würde.

«Erzähl es mir noch mal», sagte Bernardo. «Erzähl mir von der Stadt.»

Sie hatten in Ewalds Teich geprobt, aber es war nicht gut gelaufen. Er war tief und still und schwarz wie die Nacht, und Salvestro war fast ertrunken. Er holte tief Luft und starrte ins Feuer. Die Stadt... Sie waren ihr jetzt zu nahe, um nicht an sie zu glauben. Übermorgen würde er in dem Faß sein und viele Faden tief nach Vineta hinabsinken. Da würde es keinen mehr geben, der sein plumpes Gefährt in Sicherheit trug. Da war es, lehnte an der Wand, der abgeschnittene Kopf eines Ungeheuers, das schwarze Maul aufgerissen, um ihn zu verschlingen. Daneben glitzerte das Glas auf dem Boden. Eichenspäne prasselten im Feuer und schickten scharfen weißen Rauch hinauf zu den Dachsparren, wo Ewalds Heringe an Schnüren hingen. Es war derselbe Geruch, derselbe Anblick. Salvestro dachte an seine Mutter zurück, wie sie das Messer in weißen Fischbäuchen umdrehte und die Innereien herausspritzen ließ wie einen Mundvoll Würmer.

«Na», drängte Bernardo.

Er seufzte inwendig.

«Es war einmal eine Stadt», begann er, «und für die Männer und Frauen, die da lebten, war es die größte Stadt auf Erden. Und es gab einen Krieg, der dauerte hundert Jahre, und einen Sturm, der dauerte eine Nacht ... »

«Halt!» unterbrach Bernardo. «Du hast ausgelassen, wie die Stadt aussah.»

«Wie oft hab ich dir die Geschichte schon erzählt, Bernardo?» erwiderte er. «Wenn du sie so gut kennst, warum erzählst du sie nicht selbst?»

«Erzähl die Geschichte bloß ordentlich», sagte Bernardo. «Ohne etwas auszulassen. Was war mit den Leuten, die da lebten?»

«Sie waren ein Wasservolk», fuhr Salvestro fort. «Die Leute, die da lebten, waren Fischer, Bootsleute, Piraten, und sie ließen sich im Marschland nieder. Sie bauten große Städte, um die Flußmündungen zu schützen, und die größte von allen hatte Wälle aus riesigen Baumstämmen, mit vier großen Toren darin. Der Sklavenmarkt bedeckte einen ganzen Morgen, und Händler kamen hierher zum Feilschen; zu Schiff aus den Eisländern des Nordens, zu Pferd und zu Fuß aus den trockenen Tälern des Südens und den Ebenen des Ostens. So wuchs sie zur reichsten Stadt auf Erden ... »

Er hatte jetzt seinen Rhythmus gefunden. Dieses geschah. Jenes geschah. Die Geschichte rollte vorwärts. Er sagte: «Die Menschen dieser Stadt überluden ihre Tempel mit Silber, und in jedem Haus in jeder der steingepflasterten Straßen ächzte ein Tisch unter der Last der Speisen. Kauffahrer kamen aus allen Häfen herbei, um etwas davon mitzubekommen, und nach einiger Zeit war der bloße Name der Stadt schon gleichbedeutend mit Überfluß. Diese Stadt hieß Vineta, die wohlhabendste und friedlichste, die du dir vorstellen kannst.»

«Das ist besser», murmelte Bernardo beifällig. «Das ist eines der besten Stücke. Das über das Essen und die Tempel mit all dem Silber.»

«Ja», sagte Salvestro und nickte. Er erinnerte sich, wie er sich früher über das Feuer vorgebeugt hatte, um die Worte seiner Mutter zu hören, wenn sie ihm von der Stadt ihrer Ahnen und deren Reichtümern erzählte. Märchenhafte Visionen davon hatten sich im Rauch gebildet, die die Wände der ärmlichen Hütte sprengten, die ihr Heim war. Jetzt mühte sich Bernardo, dieselben Worte zu hören.

«Dann kamen die Neulinge», fuhr er fort.

«Heinrich der Löwe», sagte Bernardo. «Und sein Heer.»

«Nein, du bringst das durcheinander, Bernardo. Heinrich der Löwe kam später. Entweder hör zu oder erzähl die Geschichte selbst. Die ersten von ihnen waren ... » Er hielt inne, unsicher, ob seine Mutter ihm erzählt hatte, was sie waren, oder nicht. Vielleicht hatte er es vergessen.

«Siedler», erklärte er entschieden. «Sie nannten die Ländereien hier die Neue Siedlung. Am Anfang waren es nicht viele. Sie bauten Kirchen und legten die Marschen trocken. Auf jeden Fall» – er nahm den Faden wieder auf – «fällten sie die Wälder und säten Gras für ihre Kühe. Mehr und mehr von ihnen kamen, und sie haßten die Leute, die vor ihnen hier waren. Sie murmelten Flüche gegen ihre Tempel und gegen ihren Gott Swantewit, bis Swantewit sie seinerseits verfluchte. Dann gab es einen Krieg.»

«Den Krieg, der hundert Jahre dauerte», sagte Bernardo.

«Ja», sagte Salvestro. «Hundert Jahre, tausend Schlachten, und alles endete hier, auf der Insel. Als Heinrich der Löwe Vineta erreichte.»

Manchmal hatte seine Mutter hier innegehalten. Manchmal hatte sie sofort mit dem weitergemacht, was folgte.

«Sie haben auf dem Festland ihr Lager aufgeschlagen – nahe der Stelle, wo wir übergesetzt haben, Bernardo.»

Bernardo nickte eilig, damit er schnell weitermachte. Aber er zögerte jetzt. Dieser Teil der Geschichte war seltsamer als der davor.

«Sie konnten den Rauch von Vinetas Feuern sehen, und das Wasser war zu Eis gefroren. Sie hätten in dieser Nacht hinübergehen können, aber sie hielten an. Ich weiß nicht, warum. Sie schlugen ihr Lager auf dem Festland auf, und in der Nacht gab es einen Sturm.»

Er dachte an die Frauen, die Kinder, die Priester, die letzten aus ihren geschlagenen Heeren, wie sie da alle hinter den Stadtmauern kauerten inmitten ihrer Kleinodien und ihres Silbers, großer Schatztruhen, geweiht den Göttern, die sie nicht retten konnten.

«Es gab einen Sturm», wiederholte er.

«Der Sturm, der eine einzige Nacht dauerte», drängte Bernardo.

«Er kam aus dem Norden», fuhr Salvestro fort; er sammelte seine Gedanken. «Ein furchtbarer Sturm, der schlimmste, den sie je erlebt hatten. Wellen brachen durch das Eis, und die Winde schleuderten Boote in die Luft. Das Eis selbst wurde zu großen Schollen zerbrochen ... Es war der furchtbarste Sturm, den je ein Mensch durchlebt hat, und Heinrich und sein Heer konnten nur beten, daß er vorbeiging ...»

«Und Gott erhörte ihre Gebete», unterbrach Bernardo da.

Salvestro funkelte ihn an. «Ja, Bernardo, das tat er. Der Sturm erstarb ebenso plötzlich, wie er gekommen war. Als die Dämmerung hereinbrach, war der Himmel klar. Sie überquerten das zerbrochene Eis. Sie marschierten über die Insel. Vineta war auf einem Landarm erbaut, der sich in die See erstreckte. Sie stiegen bis zur Inselspitze auf ...»

«Und was haben sie da gefunden?» platzte Bernardo heraus.

Salvestro betrachtete den großen Mann übers Feuer hinweg. Er war gespannt, die Daumen kreisten vor Erregung, obwohl er die Antwort ebensogut kannte wie er.

«Nichts», sagte Salvestro. «Vineta war verschwunden. Wo es gestanden hatte, war nur noch Wasser. Der Sturm hatte es mit dem

Land, auf dem es stand, losgerissen und beides auf den Boden der See geworfen.»

Seine Mutter hatte hier gewöhnlich aufgehört und ihn da hängen lassen, wie angewurzelt auf der Inselspitze und ins Wasser starrend, als ob er wirklich zu den Eroberern gehörte und Opfer derselben Verblüffung sei. Er blickte zu Bernardo hinüber, der sich vor und zurück wiegte.

«Und Vineta ist immer noch da», murmelte er, «mit all seinen Tempeln und ihren Schätzen ... »

Und auch seinen Leuten, hatte seine Mutter gesagt. Unserem Volk. Wenn das Wasser klar war, hatte sie ihm erzählt, konnte man sie durch die wäßrigen Straßen gehen sehen. Swantewit war bei ihnen da unten. Er konnte sie nicht retten, doch konnte er sie auch nicht verlassen. Salvestros Gedanken irrten ab.

«Und was war mit der Ruine?» unterbrach Bernardo, und dieses eine Mal war er für die Unterbrechung dankbar. Er wollte nicht über Swantewit nachdenken. Er wollte nicht an seine Mutter denken.

«Welche Ruine?»

«Auf der Klippe, wo sie, wie du gesagt hast, alle ins Wasser hinabgestarrt haben. Da gibt es eine Ruine.»

Einen Augenblick lang verstand er nicht. Am Tag zuvor waren sie am Strand gestanden, und Salvestro hatte die Küste hinabgewiesen, wo das Land sich erhob und ein wenig ins Meer hinausragte. Die Landzunge endete jäh, als ob der Sturm sie mit einem Schwert abgeschnitten hätte. «Da.» Er hatte auf den Wasserflecken davor gedeutet. «Da liegt Vineta.» Bernardo hatte gestarrt und genickt, dann wieder landeinwärts geblickt, zum Gipfel der Spitze.

Salvestros Verwirrung schwand. «Das ist keine Ruine», sagte er zu Bernardo. «Das ist die Kirche. Sie haben sie gebaut, nachdem Vineta versunken war. Als Wachtposten, wie die Insulaner sagen. Da leben Mönche.»

Ein mißtrauischer Ausdruck, den Salvestro nur zu gut kannte, breitete sich langsam über Bernardos Gesicht.

«Wenn es aber eine Kirche ist», erwiderte der Riese, «wieso ist sie dann zur Hälfte im Meer?»

Die Kirche *hatte* anders ausgesehen, überlegte Salvestro. Es war so viele Jahre her, daß er sie zuletzt gesehen, und noch mehr, daß er ihr irgendwelche Aufmerksamkeit geschenkt hatte. Ein Kloster war um sie herum gebaut, aber niemand ging je dahin. Und niemand hatte, soweit er sich erinnern konnte, je einen der Mönche gesehen, außer als ferne Gestalten in Grau, die die Grenzen ihrer Herrschaft abschritten.

«Vielleicht ist sie zusammengebrochen.» Er hob die Schultern. «Es spielt auch keine Rolle. Die Mönche werden uns schon nicht belästigen. Laß uns etwas schlafen. Morgen bringen wir das Faß in Ordnung und machen noch einen Versuch im Teich, und dann red ich mit Ewald über das Boot.»

Stille. Das Feuer knisterte sanft.

«Und die Betten», sagte Bernardo.

«Was?»

«Red mit Ewald über die Betten.»

«Bernardo, ich hab nie ... »

«Die Betten, die du versprochen hast, als du sagtest: ‹Bernardo, wir werden genug zu essen haben, ein Dach überm Kopf und anständige Betten zum Schlafen!› Diese Betten. Die Betten, die dein alter Freund Ewald uns geben sollte, zusammen mit dem Dach, das zufällig leckt, und dem Essen, das, soweit ich sehen kann, aus Fisch besteht und mehr Fisch und noch mehr Fisch. Überhaupt, Salvestro, hab ich die Schnauze voll von Fisch und vom Schlafen auf der Erde und von diesem stinkenden Schuppen. Kein Hund würde hier leben wollen.»

«Das ist kein ‹Schuppen›. Das ist eine Hütte, und die ist gar nicht so schlecht ...»

«Nicht so schlecht!» brach es aus dem Riesen heraus. «Sie ist kalt. Sie ist feucht. Lieber wär ich wieder in Prato, mit dem Gesicht nach unten in dem Sumpf. Lieber wär ich im Schnee oben auf einem Berg. Du hast Betten versprochen, und wir haben das hier gekriegt. Lieber wär ich in einem Graben als hier. Wie kannst du sagen, das wär nicht so schlecht?»

«Ach halt den Mund, Bernardo.»

Er war müde. Er wollte nichts davon hören.

«Nein, wirklich, ich will das wissen.» Bernardo setzte sich nun hin und fuchtelte ärgerlich herum. «Wie kannst du meinen, das hier wär ‹nicht so schlecht›? He, Salvestro?» Der große Mann hieb nachdrücklich auf den Boden und spie ins Feuer.

Kurzes Schweigen, ehe Salvestro antwortete.

«Ich glaube, Bernardo, ich finde es nicht so schlecht, weil ich daran gewöhnt bin. Ich bin hier geboren.»

Dem kurzen Schweigen folgte ein sehr viel längeres.

«Hier?» sagte Bernardo schließlich; er bemühte sich vergeblich, den Unglauben aus seiner Stimme fernzuhalten. Er klang zögerlich.

Der Kampfgeist ist weg, dachte Salvestro. Bernardos Wutanfälle dauerten nie lange.

«Wir haben hier früher gelebt», sagte er. «Meine Mutter hat Fische für Ewalds Vater ausgenommen.»

Bernardo knurrte; er verdaute diese Tatsache.

«Und deshalb seid ihr, du und Ewald, Freunde.»

«Ja», sagte Salvestro.

Er blickte hinauf zu den Fischen, die über ihnen hingen, Reihe um Reihe. Wie viele hatte er bei den Kiemen aufgefädelt und da oben aufgehängt? Hunderte? Tausende? Ganze Schwärme...

«Er schien sich nicht gerade zu freuen, als er dich zu sehen bekam», äußerte Bernardo da, «wo ihr doch so alte Freunde seid. Hat mir überhaupt nicht glücklich ausgesehen. Eigentlich eher bestürzt.»

Salvestro hob die Schultern, dachte an den Moment vor zwei Wochen, als er an Ewalds Tür gepocht hatte. Was hatte er von dem Mann erwartet, der öffnete und dann da stand, ihn zunächst nicht erkannte, und dessen Gesicht dann zerfiel, als er ihn erkannte; dem die Kinnlade sackte? Freude? Ewald hatte von ihm zu dem Riesen geblickt, der schweigend hinter ihm stand. Der Ausdruck auf seinem Gesicht war schlimmer gewesen als Bestürzung. Entsetzen?

Als Ewald sich schließlich gefaßt hatte, entbot er ein verspätetes und halbherziges Willkommen. Bernardo und er könnten im Trokkenschuppen bleiben, Salvestros altem Zuhause. Er lieh ihnen das Faß, ein paar alte Decken, wollte ihnen sogar das Boot überlassen, sobald die Fischsaison endete. Übermorgen... Noch etwas, woran er nicht denken wollte.

«Er hat geglaubt, ich wäre tot», sagte Salvestro. «Aber wir standen uns einmal sehr nahe. Das ist lange her.»

Mehr als nur nahe, dachte er. Ewald war sein einziger Freund auf der Insel gewesen. Und die Insel hätte genausogut die Welt sein können. Jetzt sah er über das Feuer hinweg Bernardo gähnen. Der Riese verlor das Interesse. Worin auch immer seine Klage wurzelte, es versank oder löste sich auf oder versickerte. Die Hütte war naß und kalt. Sie stank nach Fisch und hatte das immer getan. Er sah seine Mutter da sitzen, wo er jetzt saß, mit einer Hand einen silbernen Körper wiegend, in der anderen das Messer.

Sie nahm für Ewalds Vater und einen anderen Mann Fisch aus. Wenn sie den Fang brachten, mußten er und Ewald draußen warten, deshalb spielten sie im Gehölz. Manchmal kämpften sie miteinander, aber Ewald verlor immer. Er zeigte seinem Freund drei Pfade durch das Torfmoor und wie man auf den Dachboden der Haases kam, um Kohl zu stehlen. Er versuchte, ihm das Schwimmen beizubringen. Sie erzählten einander ihre Geheimnisse.

Er rannte zum Boot, wenn es einlief, aber Ewald wollte nicht mit ihm reden, wenn sein Vater dabei war und der andere Mann sich bekreuzigte und wegsah. Er verbrachte seine übrigen Tage damit, die Insel zu durchwandern und nach Dingen Ausschau zu halten, von denen er seinem Freund berichten konnte. Pflaumen wuchsen wild in einem von Nesseln und biegsamen Eschen überwucherten Obstgarten auf der Ostseite. Kleine Stichlinge schwammen in dem Torfmoor, und Aale kamen nachts an Land, um die Landenge zu queren, wanden sich durch das zähe Gras nahe Koserow. Er konnte mit offenen Augen unter Wasser schwimmen und den Atem anhalten, bis er ohnmächtig wurde. All diese Dinge erzählte er Ewald, aber seine besten Geheimnisse stammten gar nicht von ihm. Es waren dies die Dinge, die er von seiner Mutter hörte.

Sie erzählte ihm, daß Wölfe in Rudeln lebten. Sie hätten gelbe Augen und könnten im Dunkeln sehen. Äußerlich seien sie Hunden sehr ähnlich, aber größer und mit längeren Beinen. Daß sie sich vor Feuer fürchteten. Daß Bären sich vor nichts fürchteten. Sie seien zweimal so groß wie ein Mann, könnten rennen wie der Wind, Bäume erklimmen, und sie fräßen gern Kinder. Aber sie könnten nicht schwimmen, und deshalb gebe es weder Bären noch Wölfe auf der Insel. Wenn ihn ein Bär angreife, sagte sie ihm, solle er zur See laufen. Diese Dinge gab es auf dem Festland, wo er nie gewesen war. Manchmal sah er, von der Südseite der Insel her, Männer die Uferstraße entlangreiten. Er sah die Fischerboote morgens nach Osten und abends nach Westen segeln. Sie ankerten in einem großen Hafen weiter die Küste hinab, sagte die Mutter.

Sie erzählte ihm diese Dinge, während sie Fisch ausnahm. Sie arbeitete beim Feuerschein. Nach Gefühl. Er sah zu, wie das Messer den Bauch hinabglitt, bis es den After fand, dann – eins, zwei – rauf und runter, sehr schnell, mit einem Dreh, um die Innereien auszulösen, die dann herausschossen. Er fädelte sie durch die Kiemen auf und hängte sie ins Dach. Er saß vor ihr, wenn sie arbeitete, und wenn er zuviel redete, machte sie eine rasche Bewegung mit der Hand, und dann schlugen ihm die Innereien ins Gesicht. Sie verfehlte ihn nie. Einmal landeten sie in seinem Mund. Er sah ihre Hände sich in der düsteren Hütte bewegen, das Weiß der Fischbäuche, das schnelle Glitzern des Messers, das Silber des Armreifs, der gegen ihr Handgelenk schlug. Er sagte, sie solle ihn abnehmen, aber sie sagte, jemand habe das einmal getan und ihn für immer verloren. Sie hatte ihn am Ufer nach einem Sturm angespült gefunden. Er konnte sich nicht mehr erinnern, wie alt er damals war. Ob er wissen wollte, wo der Reif hergekommen sei?

Er hatte genickt.

Damit hatte es begonnen, dachte er jetzt. Das war es, was ihn zurückgebracht oder vielleicht zunächst einmal fortgetrieben hatte. Sein Blick wanderte durch die Hütte, in der sie ihm diese Dinge erzählt hatte. Die meisten Inselbewohner hielten sich von ihr fern. Sie waren anders, sie und ihr Sohn. Vineta machte sie anders. Vineta und seine Götter.

Sie erzählte ihm von Swantewit, der hundert Augen hatte und im Himmel lebte. Er schlief auf dem Rauch ihrer Feuer, sagte sie, aber als die Feuer gelöscht wurden, stürzte er in die See und ertrank. Heute könne man von ihm nur noch seine Klauen sehen. Die Menschen, die heute dort lebten, glaubten, das seien Inseln, aber sie wisse, daß das seine Klauen seien. Er habe versucht, sich aus der See herauszuziehen, aber das Wasser habe ihm auf den Rücken gedrückt und ihn festgehalten, bis er ertrank, aber es gebe immer noch Stellen auf der Insel, an denen er mächtig sei. Er nickte und gab vor, nichts zu verstehen. Sie meinte das Steineichengehölz. Nachts war er ihr einmal dorthin gefolgt, geräuschlos durch das Gestrüpp kriechend. Er duckte sich unter die Dornensträucher und sah zu, wie sie rund um die Lichtung Reisig auflas. Die Eiche in der Mitte überragte die Buchen bei weitem, das Gewicht ihrer Zweige zog sie fast auf den Waldboden. Er sah sie sich bücken und aufrichten und dem Baum immer näher kommen. Seine Mutter hatte das schwärzeste Haar auf der Insel. Er hörte sie Wörter rufen, die er nicht verstand. Er war rückwärts gekrochen, bis er nur noch den Stamm der großen Eiche sehen konnte und undeutlich etwas Weißes, unten um den Stamm geschlungen. Er war geflohen.

Dann sagte sie, daß Swantewit einst über die ganze Insel und auch das Festland Macht gehabt hatte. Die Menschen, die ihn verehrten, hatten ihm da eine große Stadt gebaut. Doch dann war ein Krieg gekommen und ein Sturm. Die Stadt, sagte sie, hieß Vineta.

Danach hatte sie ihm alles erzählt und so oft, wie er das wünschte, bis er die ganze Geschichte auswendig kannte. Er begann, die nördlichen Strände abzusuchen, durchstöberte die Sände unter dem Kloster, das am Ende der Landzunge stand, ein grimmiger Wächter, der über die See blickte. Die Fischerboote warfen nur selten ihre Netze in den Gewässern dort aus. Als Ewalds Vater sagte, sie kämen leer und oft zerrissen hoch, dachte er an Swantewit, der sie aufriß und sich vom Fang ernährte. Er fand niemals etwas an den Stränden außer Treibholz und Krebsen. Er versuchte, sich Swantewit selbst vorzustellen, aber wenn schon seine Klaue so groß war wie die Insel, dann überstieg der Rest alles, was er je gesehen hatte, außer Meer und Himmel. Er warf Steine nach den Ziegen, bis der Hirte ihn fortjagte, er beobachtete Boote, wie sie über das Achterwasser ruderten, pinkelte in den Teich hinter Riesenkampffs Meierhof, bis er stank. Swantewit und Vineta waren die besten Geheimnisse, die er je gehört hatte.

Er hatte wie üblich unter den Buchen gewartet. Er sah zu, wie die Männer die Fischfässer in die Hütte seiner Mutter zerrten, wie Ewald hinter ihnen hertrödelte. Als die Männer drinnen waren, winkte er, und Ewald rannte zu ihm. Er war außer Atem, aber statt zu reden, faßte er ihn einfach am Handgelenk, und sie rannten in den Wald. Ewald hatte ihm ein Geheimnis zu erzählen, ihm etwas Besseres als Aale und Stichlinge zu zeigen.

Sie rannten und rannten, vorbei am Heringsschuppen, an Ronsdorffs Bienenstöcken, bis Ewald ihn anhielt und sagte, was er zu sehen bekomme, sei sein bestes Geheimnis, er dürfe es nie einem erzählen, und ihn auf Schweigen einschwor. Er nickte eifrig. Es gab sowieso keinen, dem er es hätte erzählen können.

Sie rannten wieder. Sie stahlen sich am Kloster vorbei. Sie schlängelten sich durch die seltsamen Hügel bei Krummin. Hinter der nächsten Anhöhe lag der Hof von Stenschke. Sie schlichen am Hühnerauslauf vorbei und über den Hofplatz. Der Hund von Stenschke kannte Ewald und hob kaum den Kopf, aber er hatte Angst. Stenschke hatte das Tier einmal auf ihn gehetzt, als er oben an seinem Feld entlanggelaufen war, und seine Töchter hatten geschrien, der Wilde käme, um sie zu holen. So nannten ihn die anderen Kinder. Ewald natürlich nicht. Der Hund war hinter ihm hergehetzt, aber im Torfmoor hatte er ihn abgeschüttelt. Ewald hockte sich nieder und preßte das Gesicht an die Mauer. Er konnte das leise Brodeln von Gesprächen drinnen hören. Ewald erhob sich und winkte. Es gab da einen Riß, durch den er blicken konnte. Er kauerte nieder und nahm Ewalds Platz ein. Drinnen waren Stenschkes Töchter. Sie begossen einander mit Wasser, und der Dampf umgab sie wie Wolken, während sie sich abschrubbten und abspülten und weiße Leintücher von ihren Körpern wickelten, die nackt waren. Er beobachtete und spürte, wie Ewald ihn beobachtete. Er dachte an seine eigenen Vertraulichkeiten: Pflaumen, Torfmoore, Aale, Schwimmen. Ewalds Geheimnisse waren ganz anders.

Zurück nahmen sie den Pfad durch den Wald. Niedriges Eschengestrüpp ließ sie stolpern, und Ewald wollte den Umweg außen herum machen, er aber ging weiter. Ewald sagte, er werde ganz bestimmt Eva heiraten, sein Vater kenne Stenschke ganz gut, und der benutze manchmal das Boot. Erika sei auch in Ordnung. Warum er denn nichts sage?

Er dachte an die drei Mädchen, wie sie Wasser aus dem Krug gossen, die Arme rundlich und rot vom Dampf, wie der Hund ihn in den Sumpf jagte, wie er davonlief. Ewald ging dicht neben ihm, aber sein Geplapper klang fern und dünn. Es war fast dunkel, und die Bäume waren schwarze Skelette, im Himmel vermengt. Sie hatten fast die Lichtung erreicht. Er blieb stehen, Ewald auch. Er wußte, welches Geheimnis er erzählen würde. Er ließ Ewald denselben Schwur ablegen, den er selbst geschworen hatte, und dann krochen sie schweigend vorwärts, bis sie vor der Eiche standen. Er zog die Kleider aus und ließ seinen Gefährten dasselbe tun, dann faßten sie einander um den Baum herum bei den Händen, und er begann, Ewald von Swantewit zu erzählen. Als er von den Inseln und Swantewits Klauen redete, begann Ewald zu weinen. Dann versuchte er sich zu befreien. Die Eiche schien kälter zu werden. Es war dunkel, der Mond hinter Wolken verborgen. Ewald kämpfte. Seine Brust scheuerte gegen die rauhe Borke, und seine Hände waren Klammern um die Handgelenke des anderen, der sich loszureißen suchte. Worte kamen aus seinem Mund, rauh und kehlig, immer wieder derselbe Singsang. Er hörte sie schwinden und abgelöst werden von Waldesstille, dem Stoßen und Schrappen windbewegter Äste, dem verborgenen Knarren von Wurzeln. Seine Hände ließen den Gefangenen los. Er sah Ewald heulend in den Wald laufen. Langsam zog er sich an. Während er zur Hütte zurückging, begann er sich zu fragen, was er getan hatte.

Aber er wußte, was er getan hatte, dachte er jetzt. Bernardo bewegte sich nicht, schlief vielleicht schon. Ich habe es sogar damals gewußt, dachte er. Er hatte Ewald sein größtes Geheimnis erzählt, weil Ewalds Geheimnisse besser als die seinen waren.

In der folgenden Woche kam kein Fang. Das war nie zuvor geschehen. Er wartete im Schutz der Buchen auf die Ankunft seines

Freundes, bis es dunkel wurde, aber niemand kam. Seine Mutter mußte ihn hineinrufen. Sie wartete die ganze folgende Woche, aber als Ewalds Vater zum zweitenmal nicht erschien, wies sie ihn an, ihr ein Trockengestell zu bauen. Der Gestank in der Hütte war überwältigend. Die Heringe begannen zu faulen. Er machte sich an die Arbeit, da, wo die Bäume endeten und das gerodete Land begann, auf dem ihre Hütte stand, und schleppte Bündel von Knütteln aus dem Waldland herbei. Als er das letzte Bündel fallen ließ, blickte er zu Boden und sah dort Fußabdrücke in der Erde, ein wirres Durcheinander, und weiter weg hinter einem Erlenbusch ein Paar, tiefer als die anderen, als hätte dort ein Mann stundenlang bewegungslos gestanden.

Er hätte Ewald seiner Mutter Geheimnis nicht erzählen dürfen. Tote Blätter knirschten unter seinen Füßen, und Dornen zerrten an seinem Hemd, als er durch den Wald um ihre Behausung pirschte. Er verließ die Wege und kroch durch Unterholz, blickte aufmerksam nach links und rechts. Jede Nacht durchforschte er den Wald, und einmal glaubte er, die Gestalt eines Mannes zu sehen, weit weg und zwischen den mondbeschienenen Bäumen kaum sichtbar. Doch während er hinschaute, wandte der Mann sich um und verschmolz mit der Nacht. Vielleicht war es der Mann, der seine Fußspuren nahe ihrer Hütte hinterlassen hatte, vielleicht ein anderer. Er wußte, warum diese Männer hier waren und woher sie kamen. Swantewit war zornig, und daher hatte er diese Dämonen geschickt, um ihm Angst einzujagen. Er träumte von Köpfen, die sich aus der See erhoben, von Körpern, die das Ufer heraufmarschierten, von Männern, die kamen, um ihn zu ergreifen und nach Vineta hinabzuzerren. Er hatte Angst vor dem, was er getan hatte. Sie warteten auf etwas, und er fragte sich, worauf. Wenn nicht er es war, dann war es seine Mutter. Er wollte ihr alles erzählen, tat es aber nicht. Er sagte nichts.

Als die dritte Woche kam, stand sie eines Nachts unerwartet auf und verließ die Hütte. Da hätte er es ihr fast erzählt, wartete aber, bis ihre Schritte verklungen waren, und folgte ihr.

Es war Spätsommer, und das Mondlicht fiel in weißen Strahlen, wo das Laubdach sich öffnete. Er kroch in den Wald und stellte sich vor, seine Mutter werde jeden Augenblick herausspringen und ihn beim Kragen packen und zurück zur Hütte schleifen. Er war nicht mehr weit vom Gehölz, als er sie sah, zwei Männer, die stockstill zwischen den Stämmen standen, auf diese Entfernung kaum zu erkennen, die Gesichter zur Lichtung gewandt. Er blieb wie angewurzelt stehen, duckte sich dann hinter einen Busch. Die beiden Männer drehten sich einander zu, und er sah, daß einer von ihnen Ewalds Vater war. Sie bewegten sich vorwärts. Er dachte daran, sie zu umgehen. Ein Dickicht kleiner Holunderbüsche würde ihn verbergen, er könnte rennen, ohne gesehen zu werden. Er könnte die Lichtung vor ihnen erreichen. Er stand auf und wollte losrennen, als eine harte Hand ihn im Nacken packte, eine andere ihm den Mund zuhielt und er hochgerissen wurde. Es war der Mann aus dem Boot, der ihn immer mied, und bei ihm war ein anderer. Er wand sich wie ein Aal, aber es gab kein Entrinnen. Die beiden winkten den zwei anderen zu, dann wurde er hochgehoben und unter den Arm des Mannes geklemmt. Er versuchte zu schreien, aber die Hand blieb auf seinem Mund. Als sie zurück zur Hütte aufbrachen, sah er, wie die beiden anderen zur Lichtung gingen.

Er kämpfte mit aller Kraft gegen seinen Fänger, aber der Mann trug ihn und rang seinen Widerstand mühelos nieder und schritt in grimmem entschlossenem Schweigen vorwärts. Einmal wurde er niedergesetzt und erhielt drei Schläge an die Schläfe. Die Hiebe machten ihn benommen, und ihm wurde übel. Der Mond zog weiter durch den Himmel, ein starkes weißes Scheinen, das tief hinab ins Dunkel reichte, verschwand, wieder erschien. Aus der Schwärze des Waldes stieg ein dünner schriller Schrei, hoch hinauf in die Nacktheit des Himmels. Sein eigener? Sie steckten ihn in die Regentonne. Er fühlte sich an den Knöcheln hochgezogen, die Arme festgehalten, bis er abgelassen war, dann schloß sich das Wasser über seinem Kopf, und er war kopfunter im Dunkeln gefangen, seine Arme droschen um sich, und sein Kopf schlug wild gegen die Tonne. Er ertrank.

Es war Ewalds Vater, der ihn rettete. Er wurde herausgezogen und auf den Boden geworfen, wo er würgte und Wasser auskotzte. Als er aufblickte, starrten alle vier Männer auf ihn herab. Jenseits der Lichtung zwangen andere Männer eine weiße Gestalt mit zappelnden Gliedern zu Boden, banden sie mit irgendwas zusammen. Eine Hand hielt ihm den Mund zu, wie sie es bei ihr taten, die zu ihm herüberstarrte, bis er fortgeschleppt wurde, hinunter zum Strand, wo ein kleines Boot wartete. Er hatte zuviel Angst, um fortzulaufen.

Das Boot legte ab. Ein Mann ruderte, der andere saß ihm gegenüber. Einige Zeit wurde das Schweigen nur vom Eintauchen der Ruder und dem heiseren Atmen des Ruderers unterbrochen. Er sah die Insel zu einem dunklen Streifen achteraus schrumpfen. Dann begann der andere Mann zu murmeln, ein Ungeziefer wie er könne von Glück sagen, noch am Leben zu sein, und man hätte es ihm in der Regentonne gründlich besorgen sollen. Er und seinesgleichen seien nur Heidengewürm, Satansbrut. Seinesgleichen liebe nichts mehr, als die Seelen christlicher Kinder mit ihrem Unflat zu besudeln.

Sie hatten die Spitze der Insel umrundet. Die Küstenlinie fiel zurück, und sie fuhren ins offene Wasser. Der andere Mann brüllte, er solle ihm nicht ins Auge sehen, er kenne alle Tricks, die seinesgleichen so gern verwende.

Er war benommen, und die Worte waren für ihn nur ein Geräusch, wie das Atmen hinter ihm. Der Ruderer sagte nichts. Er sah, wie der Mann zwei Längen Schnur aus der Tasche zog, und er war starr, als ob sie ihm Hände und Füße bereits gebunden hätten. Der Ruderer hörte zu rudern auf. Er fühlte das Boot treiben. Dann, als die Hände des Mannes sich ausstreckten, um ihn zu packen, tauten seine Glieder auf. Er sprang nach vorn und stürzte sich ins Wasser.

Zum zweitenmal in jener Nacht empfand er den Schock der Kälte. Er tauchte tief und schwamm vorwärts, bis ihm das Blut im Kopf hämmerte und die Brust platzen würde, wenn er nicht auftauchte. Er kam dreißig Fuß vom Boot entfernt an die Oberfläche. Sie standen da, jeder auf einer Seite, blickten hinunter aufs Wasser, warteten darauf, daß er wieder auftauchte. Das Festland lag seiner Schätzung nach weniger als eine halbe Meile entfernt. Sie würden ihn nie kriegen. Er schwamm auf die Küste zu. Als er so durch die sanfte Dünung schnitt, die flüssige Schwärze der See ihm Auftrieb gab, die Strömung ihn die Küste entlangtrug, fühlte er sich unbesiegbar. Er schwamm wie ein Fisch, dann wie ein Seehund. So konnte er ewig schwimmen. Er trieb auf dem Rücken und starrte empor zum Himmel, während der Wellenschlag der Strömungen unter ihm dahinglitt. Die See wiegte ihn sanft, plätschernd und murmelnd, bis er wähnte, ein Summen wie Stimmengewirr aus der Tiefe heraufrollen zu hören. Er konnte unter die Oberfläche tauchen und die Faden tief hinunter zur Stadt schwimmen oder hier treiben, schaukelnd zwischen See und Himmel, im Einklang mit ihnen. Sie waren ein Wasservolk; Wasser würde ihnen immer gewogen sein. Und dies war ein sonderbares Meer, fast salzlos, fast ohne Gezeiten, das ihn sicher ans Ufer trug.

«Und sie sind immer noch da, Bernardo. Immer noch da mit allem, was sie besaßen, ihren Häusern, ihren Straßen, ihren mit Silber gefüllten Tempeln. Vineta ist unversehrt versunken. Hörst du mich? Bernardo?»

Bernardo schlummerte unter seiner Decke, ein Riese mit weit offenem Mund. Sein Gefährte lauschte dem Rhythmus seines Schnarchens, seinem donnernden Anschwellen und Absinken, bis er darunter einen anderen Wellenschlag hörte, verborgen in der Stille der Nacht: das ersterbende Echo von Stürmen, die zur Ruhe kommen, oder das stumme Beben von Wasser, das zu Eis wird. Er dachte an die ersten Menschen, die ihre ungläubigen Blicke auf die Weite des Wassers sandten, dann an das Heer der Neuankömmlinge, das am Rand der Landzunge stand, während das Verschwinden der Stadt als Stauwasser emporstieg und die Klippe erklomm, um nach ihnen zu langen. Er drehte sich auf die andere Seite, sein Geist trieb dahin und sank, und er ließ es zu, daß der zerfasernde Gedanke sich unter der milden Befragung durch die See aufdröselte, auseinanderfiel, wie sich Flüssigkeiten in anderen Flüssigkeiten auflösen oder Ziele in größeren Notwendigkeiten nichtig werden. Vineta antwortete, stieg aus einer stillen See empor, um sich in Abwesenheit der Soldaten zu sammeln: die unverwirklichte Stadt, die wartete, um sie zu verschlingen und sie in ihnen selbst zu ertränken. Er wurde mit ihnen dort gehenkt, gebannt in die wilde Anspannung des Moments, ins lautlose Gerinnen ihrer Enttäuschung.

Heinrich der Löwe und seine Hauptleute, ihre Feldwebel und die Züge von Kämpfern aus der Mark überquerten das zertrümmerte und wieder gefrorene Eis des Achterwassers und erhofften wendisches Blut auf ihren Waffen, einen von purpurschwarzem Rauch besudelten Himmel, eine endgültige kathartische Reinigung. Sie hatten sich den Weg durch Marschen, Flüsse, Wälder erkämpft, Hunger, Kälte und Krankheit überlebt. Eis, glaubten sie, konnte nicht viel anders sein. Aber sie stolperten auf dem gefrorenen Glacis der Insel, die wenigen übriggebliebenen Pferde rutschten aus und wurden lahm an den schartigen Felsgesimsen und unerwarteten Böschungen: absonderliche Erinnerungen an die Gewalttätigkeit der vergangenen Nacht. Hinter ihrem stockenden Vorrücken lagen die Familien, die hinter der Elbe geblieben waren, die drängende Masse der aus Holstein, Friesland und sogar aus dem fernen Seeland gekommenen Siedler, die Beredsamkeit der Bischöfe, die sie gegen das feindliche Geschmeiß vorwärts trieb, «bis mit Gottes Hilfe entweder ihr Unglaube oder ihr Volk ausgerottet sei», Erinnerungen an die Flotte, die in Lübeck brannte, und an Niklots Geschwader, die die Ufer der Trave brandschatzten, an ihre Erschöpfung und die Winternässe, die die Knochen durchsetzte, verkrustetes Blut auf den Gesichtern der Mönche, die man mit in die Schädel geschnitzten Kreuzen durch die Dörfer getrieben hatte, an die Übergänge und erneuten Übergänge über die Elbe, die Vorstöße und Rückschläge im Namen Krutos, einem Schlachtruf, vor dem schon die Großväter ihrer Großväter flohen und der durch die Jahre erdröhnte, seit Mistivijois Gemetzel und Bischof Hansens blutleerer blauzungiger Kopf auf dem Altar der Weleter, von den Madenjahren zerfressen, sie in Niederlagen und Klagen trieben, in trauriges Stolpern über rissigen Grund, zu toten Grafen und den namenlosen Markgrafen, in der Stille der Kapelle an Ottos erloschener Leiche versammelt, um die Taten des Sachsen aufzuzählen, sein trauervoller *comitatus* ...

Für diese fast erschöpften Soldaten sind das Umschnallen der Schwerter und der Weitermarsch Brosamen für den mörderischen Hunger, der sie voran und weiter getrieben hat bis hierher zur Uferlinie der Insel, wo Eis zu Land ward und sie anhielten, um auf die Nachzügler zu warten, Feuer zu entfachen und das letzte von tausend Lagern aufzuschlagen.

Der Sturm rollte über sie dahin. Der Himmel wurde hell. Sie marschierten in guter Ordnung nach Norden über die Insel, die Füße gegen die Kälte in Lumpen gewickelt. Das Torfmoor knirschte unter ihren Tritten. Von den Zweigen des Buchengestrüpps geschüttelter Reif fiel wie Schnee und puderte sie weiß. Irgendwo hinter der Baumlinie lag die Stadt. Die Küsten schwangen vom Osten und Westen einwärts. Das Land verengte sich zur Landzunge. Sie brachen aus der Deckung und standen da sturmgepeitscht, bedeckt nur mit der Erinnerung an ihre Toten, um eine bröckelnde Klippe zu finden, ruhiges Wasser, gefügiges Schweigen, gebrochen von flockigen Lehmbrokken, die niederbrachen und in der See versanken. Wo die Landenge hätte vorspringen und sich zum Sockel der Stadt erweitern sollte, fanden sie eine Wunde, das Mal einer einmaligen, endgültigen Abtrennung. Sie traten von der Kante zurück, die Insel hinter sich, dahinter die ganze Nordmark mit ihren Marschen, Sümpfen und Wäldern, markiert durch die Kreuze ihrer Gräber, die mit roten und gelben Blättern bedeckten stillen Haine und unter der zersetzenden Erde die Leichen der Ahnen, von Jahren zu Schichten gepreßt. Der Löwe und seine Männer blickten nach vorn und nach unten und sahen nichts als Wasser. Die Stadt war verschwunden.

Vorherwissen taucht wieder auf, jetzt an der Spitze einer verachtungsvollen Lanze aus dem Vergessen gehoben. Ihre wortlose Wut hat einen fast stummen Vorläufer: Szczecin, das sie Stettin nennen werden, keine sechzig Meilen und seine Belagerung keine zwanzig Jahre entfernt, gab ihnen einen Vorgeschmack dieser fast salzlosen See, ein bloßer Tropfen für die Zunge, die Salzwasser erwartete. Veteranen jenes Feldzugs sind zwischen diesen schweigenden grollenden Reihen verstreut und erinnern sich an Belagerungsmaschinen, die im schwarzen Schlamm der Oder steckenblieben, an die Geistlichen, die Kreuze in die sumpfige Erde hämmerten, an Bischof Zdíks schrille Anfeuerungen, während ihre gepanzerten Reihen antraten und die Reiter hinter der Linie aufgaloppierten. Die Palisaden waren niedrig und ohne Spitzen, die Gesichter, die von drinnen herauslugten, schienen eher verwirrt denn grimmig. Das würde eine leichte Eroberung werden, eine Seltenheit, für Gott und Sachsen gegen die Heiden. Die Wucht war nicht aufzuhalten. Sie waren bereit, auf der Kippe, stürzten vornüber, gierig darauf, ihre Hände erneut in gottloses Blut zu tauchen. Freigelassene packen die Schäfte ihrer Waffen, Reiter nehmen die Zügel fester, alle drängen sich zusammen, warten, als ein Geflüster durch die Reihen läuft. Ein ratloses Erschauern. Die Dinge sind nicht, wie sie zunächst schienen, und die eigenen Erwartungen scheinen sich gegen sie zu wenden …

Sie blickten auf und sahen Kreuze auf der Palisade erscheinen; die Tore öffneten sich, und über das Glacis schritt eine Gestalt in vollem Priestergewand auf sie zu, Adalbert, Bischof von Pommern, der mit jedem Schritt den Streitfall von ihnen forttrug zu einem Hafen der Wirrnis und des verqueren Zwecks – einen Gegner, den sie nie verstanden –, so wie Stettins Konversion zum Kreuz einige hundert Jahre zuvor. Sie sind an der Stelle angelangt, wo Gegensätze einander begegnen und aufheben. Ein Vorgeschmack, die unnütze Probe für diese Situation auf der Klippe, wo sie ihre Absicht abermals hintertrieben fanden, unbegreiflicher diesmal und unentwirrbar wie immer. Sie waren Herren der Insel, und ihr Ziel war so entfernt wie nur je. Wohin sollten sie von hier aus weiterziehen?

Das abgehackte Glied der Landzunge endete in einem senkrechten Fall, einer lehmroten Rauheit, aus der Blut quoll, und darunter lag nur des Wassers endlose und undurchsichtige Ruhe. Irgendwo unter der Oberfläche war die Stadt, die zu plündern sie gekommen waren, die Tempel zu schleifen, Männer und Frauen niederzuhauen, Kinderköpfe gegen verschwundene Mauern zu schmettern, alles verschwunden, außer Reichweite gesunken, immer noch zu erledigen. Die Wunde würde nie bluten. Sie waren allein, und jeder, der in seiner Seele fouragierte, fand dort einen Hunger, durch das schiere Verschwinden, das ihnen vorgesetzt wurde, nur noch verschärft. Ein Versprechen war gemacht worden, aber der Sieg unklar umrissen und außer Reichweite, in irgendeiner ungewissen Gegend von Fluten und träger Bewegung. Der letzte Graben hätte diese Stadt sein sollen und alles in ihr, niemals aber diese gelbgraue Einöde, diese grenzenlose Sicht auf nichts. Ein Versprechen war gemacht und gebrochen worden. Niemals diese auszehrende Weite der See.

Sie würden eine Kirche bauen. Sie würden Steine von Steinbrüchen bis aus Brandenburg herbeischaffen, um ihrer Verblüffung dieses Denkmal zu errichten. Sie verschmähten den örtlichen Sandstein und sandten nach Süden und Osten um Granit. Vollbeladene Lastkähne pflügten fünf Sommer lang Elbe und Saale, bis der Strand der Insel gepflastert war von grauschwarzem Stein. Wagen, beladen mit hundert Meilen entfernt auf Mannslänge zugehauenen Klaftern, krochen mühsam um das Achterwasser und über die Insel bis ans Ende der verkürzten Landzunge. Fundamente wurden gelegt, die in der weichen Erde versanken, bis man Pfähle unter sie trieb und den schleichenden Zusammenbruch aufhielt. Hölzerne Nebengebäude, hastig errichtete Schuppen und Hütten wucherten von der Baustelle ins Binnenland. Die Unterkünfte der Steinschleifer und Steinmetze breiteten sich aus, bis sie die Straße zur Arbeitsstelle versperrten, wurden abgerissen und näher beim Buchengehölz wieder aufgebaut. Stallungen wurden gebaut und Schlafräume für die Arbeiter. Die Schmiede schickten den Tanninruch von Eichenspänen in Schwaden gen Himmel, während Nägel, Haken, Stangen, Hufeisen, Eisenbeschläge für Karren und Handwerkszeug für die Arbeiter sich hinter der Esse stapelten. Faßdauben, Dachbalken, rohe Planken und Gerüstpfosten ruhten in Lagern, nächst den Ziegeln aufgeschichtet. Werkstätten wurden gebaut und Radkräne. Seile wurden ausgemessen und Hebezeug konstruiert. Die Arbeiter zogen mühelos ihre Gräben in den weichen Grund der Insel. Im Frühjahr kamen die Zimmerleute.

Nicht Stein, sondern Holz wird die erste Gestalt dieses Bauwerks bilden: das hautlose Skelett einer Kirche. Gratgewölbe, Bogen, Türme und Wände steigen aus den Fundamenten mit Hilfe von Gerüst und Latten, ein Gitterwerk, in das die Kirche hineinwachsen kann. Die Baustelle wimmelt von Arbeitern; hundert, dann zweihundert, mehr, wenn die Arbeit auf ihrem Höhepunkt ist. Mörtelmacher zerstoßen Kalk in Mörsern, die Hände weißnarbig von Verbrennungen, Sand, Kies, Wasser versteifen sich zu der Masse, die des Maurers Kelle verstreichen und schichten kann; die Steinsetzer tragen Handschuhe, und ihre Narben sind anders, zerquetschte Finger, schartige und grob verheilte Schnitte, unter dem Daumennagel aufquellende Quetschungen, knochenharte Schwielen. Treträder drehen sich, und die Steine werden gehoben. Steinschneider sägen an den Verblendblöcken, Schmirgler schmirgeln, Bleilote schwingen und fallen. Bald steigen Erhebungen aus der Ebene, und Mauern beginnen himmelwärts zu klettern.

Zwei Winter vergehen. Zwei Türme blicken auf die See. Dachdecker kriechen über die Balken und hämmern Haken ein, um die Dachziegel zu halten. Rippen werden geschnitzt, um die Faßdaubenstützen im Hauptschiff zu ersetzen. Das vorige Jahr war eines der Hast. Nun stehlen sich die Handwerker fort, die Maurer stopfen jeden Stein hinein, der ihnen bequem zur Hand ist. In Straßburg wird die Arbeit noch in diesem Jahr beginnen, fünfhundert Meilen südlich dieses unheimlichen, verlassenen Ortes: keine leichte Reise. Gipsformer arbeiten von vor dem Morgengrauen bis nach der Abenddämmerung. Ein Fenster wird verkehrt herum eingebaut und so gelassen. Statuen geraten an die falsche Stelle. Der Priester, der diese Kirche weihen soll, kommt per Schiff aus Lübeck und spricht vor dem Altar von Siegen über die Heiden, von einer überreichen See und fruchtbarem Land. Winde blasen vom Wasser her, finden die unverzapften Dachfüße und pfeifen durch den hallenden Dachraum. Gipsstaub steigt vom Boden. Zwanzig Arbeiter lauschen schweigend, während der Geistliche mit dem Wind ringt. Sie sehen ihn gehen, dann gehen sie selbst. Die Kirche steht still und verlassen, leer auf einer leeren Insel.

Es war die Entscheidung ferner Bischöfe, sie hatten die Gleichgültigkeit flämischer und sächsischer Siedler gegenüber dem Hering nicht voraussehen können. Boote und Netze sind fremdartige Werkzeuge für Hände, die an Axt und Pflug gewöhnt sind. Und dann muß auch noch mit der Grenze gerechnet werden: selbst die Küste ist umstritten. Vom Osten her wird Boleslaw seine Truppen über die Oder bringen, um die Kreuzfahrer des Löwen herauszufordern, und auf Gott werden sich beide berufen. Es wird Treffen zwischen böhmischen und sächsischen Bischöfen zu Stargard und Hamburg geben, doch die zerklüftete Küste um die Odermündung widersteht den

Kompromissen, die in ihren verdrossenen Konferenzen entworfen werden. Um die Trave scheinen Inseln sich vom Ufer zu lösen und unbestimmt auf See hinauszutreiben – einzelne Landmassen, Sandbänke, Untiefen, winzige Halbinseln, zerschnitten und zusammengefügt und wieder zerschnitten – das Gewirr vereitelt ihre Bemühungen, es aufzuteilen, bis der ganze Sumpf nach Süden geschickt wird, nach Rom, zur Aufhellung, und mit des Papstes Segen und seiner Annahme ihres Geschenkes zurückkehrt. Weitere verdrossene Konferenzen: diese besondere Lösung hatten sie nicht vorhergesehen, mehr noch, sie sind vollkommen dagegen. Die Entscheidung steht. Der Heilige Stuhl wird die Missionsdiözese von Kammin errichten, damit sie sich der Nöte der Heiden annehme und ihren Zehnten eintreibe. Da gibt es einen Bischof, geht das Gerücht, aber man sieht ihn nicht in Kammin, nicht in Wollin, Stettin, jenseits der Oder oder im Osten bis nach Stargard, nicht einmal auf der Insel, die wie ein schlechtsitzender Stöpsel in der Mündung liegt: Usedom. Und doch muß er existiert haben, man hätte seine Erlaubnis benötigt. Die Mönche, die sich hier niederlassen sollten, müssen nach ihm gesucht und ihn irgendwo gefunden haben. Wenigstens dem Namen nach, wenn schon sonst nicht, war dies schließlich seine Kirche.

Sie setzten über das Achterwasser in Booten, die sie weiter peeneabwärts gemietet hatten. Sie kamen aus Prémontré im Wald von Coucy und sprachen weder den kehligen Dialekt der Flamen noch die gutturalen Akzente der Sachsen, geschweige denn das Geschnatter der Slawen. Sie zogen dem Heer des Löwen nach, dem Hin und Her der Arbeiter, die ihm folgten, nach Norden über die Insel, bis sie den Platz ihrer neuen Heimat erreichten, die Kirche, die als Zeichen für den Triumph der Sachsen erbaut worden war. Sie brachten Abendmahlskelche mit, Meßbücher, Psalter, Breviere, Chormäntel, Kruzifixe und Weihrauchkessel. Ihr Abt trug eine Truhe, gefüllt mit Büchern, darin er die Hoffnungen auf eine Bibliothek barg zusamt den Geräten und dem Pergament, sie zu ergänzen. Ihre Gedanken galten einer berühmten und gefeierten Gründung, dem Beginn eines Rom des Nordens. Es war der Tag des heiligen Martin, und strahlender Wintersonnenschein brach durch den Buchenbaldachin. Ein Psalm hallte zwischen den Baumstämmen wider, und die Herzen der Mönche waren voller Glückseligkeit, als sie durchs Gestrüpp drangen. Sie sahen den Boden sich heben und verengen, und an der äußersten Spitze der Landzunge fanden sie ihre Kirche.

Es war eine Schale, eine grabgleiche Ansammlung von Steinen, die aufragte wie ein einzelner verfaulter Zahn aus zerfressenem Stoff, mit schiefen Linien, und das ganze Gebäude in einer Art Torkeln gefroren, als schlurfe es zur See.

Die Maurer hatten die Winter hindurch gearbeitet, ohne sich die Mühe zu machen, die Steine mit Stroh zu bedecken. Jetzt hatte der Frost sie gesprengt und splittern lassen. Manche waren gegen den Strich gelegt worden, und die dem Fundament nächsten waren unter dem Gewicht der darüberliegenden zerbröckelt. Die Wände bauchten aus, und die Dachlinie sackte durch. Winde, die von der See hereinbliesen, hatten Dachziegel gelüftet, so daß das Regenwasser innerhalb dieser hallenden Schale als stille Pfütze stand. Der Stuck hatte Feuchtigkeit aus der Luft gesogen und war in Schwarten von den Mauern geplatzt. Mörtelbruch lag auf den Bodenplatten. An der Seeseite hing einer der Türme beunruhigend über. Seine Stützpfeiler waren an der Ecke eingesunken, und die Fundamente verschwanden im Lehm. Dreißig weißkuttige Mönche und ihr Abt schlugen die Kapuzen zurück, um die Kirche anzusehen, die ihr Zuhause war. Sie erklommen die Stufen des einen stabilen Turmes und blickten nach Süden und Osten über die verlassene Insel, sahen Torfmoore, Buchendickicht, Mischwald und verstrüpptes Land, willkürlich durchschnitten von winzigen Strömen, winzige Inseln, die vor der landwärtigen Küste lagen. Nach Norden die See. Ihre eigene Anwesenheit war das Ergebnis einer fernen, langwierigen Debatte, an der sie nie beteiligt waren. Es war ihnen nicht gesagt worden, daß die Insel verlassen, ihre Kirche eine neuerbaute Ruine sei. Der Abt spürte sein Herz von Verzweiflung umkrampft.

Sie machten sich an die Arbeit, ihre bröckelnde Herrschaft wieder zu errichten: mischten neuen Mörtel und Gips, verfugten die Mauern neu, bauten die Schmiede wieder auf, um Klauenhämmer und Dachhaken zu schmieden, erneuerten die Dachziegel, schnitten Holz, um den überhängenden Turm zu stützen und die Westwand der Kirche, die ebenfalls überhing wie die Südwand, die aber weniger, und die Ostwand, die noch weniger, und die Nordwand, die sie lediglich beargwöhnten. Sie bestellten Steine aus den Brüchen der Uckermark, bauten einen Schlafraum und die Betten, um ihn zu füllen, ein Refektorium, eine Küche, einen Krankensaal, ein Stiftshaus, das einen Kreuzgang hinter der Kirche einfaßte. Sie leiteten das Wasser aus dem Kirchenschiff ab, sahen es zurücksickern, entwässerten wieder und wieder, hoben schließlich die Bodenplatten hoch, um zu entdecken, daß sie auf nacktem Grund lagen, der eher Modder ähnelte denn Erde. Also gruben sie Dräne und mehr Dräne, Abzugskanäle und einen Kanal für das Abtrittshaus. Doch der Boden der Kirche sackte immer noch durch, als ob er aus Planken gemacht sei, die auf einem Teich von Flüssigkeiten trieben, und die Wölbungen der Joche sanken unter der Last schlecht geplanten Mauerwerks zusammen.

Der Abt begann eine Geschichte ihrer Arbeiten auf der Insel, die *Gesta Monachorum Usedomi*, ein grober Bericht in einer gekritzelten Kursive, den er bei Kerzenlicht in den Stunden zwischen Laudes und Terz niederschrieb.

Entsandt von Abt Hugues de Fosses im Jahr Unseres Herrn zwölfhundertdreiundsiebzig, um ein Kloster auf der Insel von Usedom zu gründen, erreichten wir diese Gestade am Tag des heiligen Martin jenes Jahres. Viel Mühsal harrte unser …

Die Mönche legten Gemüsegärten an, Gerstenfelder und Pflaumengärten. Die ersten Siedler kamen, und sie nahmen Pacht ein, aber der Turm hing immer noch über, alles sackte zusammen, und der Abt sah, wie sein Einkommen schwand und in durchweichten Fundamenten versickerte, in zusammenbrechenden Dächern und allen möglichen Verbesserungen, die es irgendwie aber nicht schafften, die Dinge zu verbessern. Seine *Gesta Monachorum Usedomi* wuchs zu einer nie endenden Liste von Bauarbeiten, und als der Abt feststellte, daß er *Diese Woche verbrachten die Brüder damit, die Steine des Kreuzgangs neu zu legen* dreimal in ebenso vielen Monaten geschrieben hatte, und *Das Aufrichten einer Ecke des Stiftshauses hat die anderen aus dem Lot gebracht* fünfmal, da gab er seine Geschichte auf und übergab sie der Truhe, die die für die Bibliothek bestimmten Bücher enthielt, die auszupacken er aber irgendwie nie die Zeit gefunden hatte. Er spürte wieder die Finger der Verzweiflung sein Herz umkrampfen und begann zu glauben, daß allein die Aufgabe, ihre Kirche zu erhalten, sie überforderte. Die Stiftung des Löwen war längst ausgegeben, seine Mönche von der Mühsal erschöpft – selbst Norbert hatte sicherlich nicht gewollt, daß sein Orden sich in solchen Arbeiten vergeude. Er sandte nach Magdeburg um Hilfe, erhielt aber vom Erzbischof lediglich eine Nachricht, die Usedom und das Kloster als «ständig» beschrieb: was bedeutete, nicht unter seiner Zuständigkeit, sondern unter der der Diözese von Kammin und ihres Bischofs, wenn es denn dort einen gab, und wenn nicht, dann unter der der Kurie und demnach des Papstes; was Nein bedeutete. Seine Abwesenheit bei den jährlichen Treffen der Äbte zu Prémontré wurde festgestellt, aber nicht getadelt.

Der Abt hüllte sich in seine Einsamkeit wie in einen Mantel. Zur Morgendämmerung pflegte er das Kapitelhaus zu verlassen und den östlichen Turm zu erklimmen, um zu beobachten, wie die Seenebel über das Uferland rollten, die Insel einhüllten und dann von der Mittagssonne fortgebrannt wurden. Er suchte Gott in einer Wasserwüste, dieser verwirrte Stylit, sah aber nur die Hansekoggen nach Danzig segeln und zur Mündung der Weichsel. Die See selbst blieb unverändert, eine mindere See, schwache Gezeiten, brackig, gelb nahe der Küste. Fischerboote schufteten vom nahen Rügen aus und landeten manchmal in der kleinen Bucht auf der anderen Seite der Insel. Er sollte irgendwelche Zölle darauf erheben. Die Siedler kümmerten sich um ihre Schweine, Ziegen und Gerstenfelder, sorgten für ihre Bienenstöcke und Hühner. Jeden Sonntag Quinquagesima hatte er bisher im Refektorium die Tafel für ein Essen mit Pökelschwein decken lassen, aber nie war jemand gekommen. Die Siedler sprachen in einer Zunge, die seine Mönche kaum verstanden, und umgekehrt. Ihre Felder und Bauernhöfe sprenkelten die Insel und teilten sie auf, aber der größte Teil blieb Wald, Sumpf und Gestrüpp. Von einigen der Ureinwohner sagte man, sie hausten noch immer in den Wäldern, hätten den Eifer des Löwen überlebt und den Sturm und das Verschwinden der Stadt, weshalb die Kirche erbaut oder weshalb sie so schlecht gebaut wurde. Gestern stürzte das Dach des Kapitelhauses ein; morgen würde die Küchenesse ihm folgen. Es war eine Stückwerk-Kirche.

Er stieg hinab, ergeben in die Unvollkommenheit und ihre Mühsal, wie andere oft ergeben hinabstiegen. Der Kirche geweihte Kinder kamen vom Torhaus in den Chor, vom Chor in den Orden, vom Orden in den Krankensaal und von da auf den Friedhof im Osten des Torhauses. Die Reihen der Gräber wurden länger, bis die Überreste von dreiundzwanzig Äbten Seite an Seite dort lagen, ein jeder vom Ringen der Seele und dem Kampf mit ihrer Kirche zu Tode erschöpft, die sich mit jedem Amtsnachfolger weiter zur See neigte, bis ein Kelch, den man auf den Fußboden legte, von allein durch das ganze Kirchenschiff und weiter bis ins Presbyterium rollte. Winterstürme fraßen den Fuß der Klippe weg, wuchteten die schützenden Uferbalken los und trugen sie auf die See hinaus. Danach stiegen die Mönche immer hinab, um die Befestigungen zu erneuern, und dabei fanden sie die wahren Fundamente ihrer Kirche: Ringe, Becher, Silberketten und Armreifen, den ganzen glitzernden Plunder, den der Sturm aus der Stadt unter der See herbeigeschleppt hatte. Die Klippe wurde erneut abgestützt und der Segen zum Abt getragen; inzwischen schon fast eine Schatulle voll. Aber die Kirche neigte sich weiter, einen Zoll, zwei Zoll im Jahr, bis die Glocken verstummten, als das ihnen gemäße Lot fest gegen das der Türme gepreßt war.

Die Insel war kein Rom, Jerusalem oder Santiago de Compostela. Keine Pilgerstraßen hatten das Treibgut kirchlicher Überlieferung nach Usedom geschwemmt und dort aufgehäuft. Kein Abt Suger wollte an diesem fernen Außenposten seine Seele in Stein gekleidet wissen. Vielleicht fand sich eine unvollkommene Vorahnung von Straßburgs Fassade an den taumelnden Türmen, von Ebrachs Kreuzgewölben in den mißgebildeten Jochen des Kirchenschiffs, aber trotz all ihres Schwankens blieb die Kirche für dreihundertsechzig Jahre eine flüchtige Gebärde von Dauerhaftigkeit, ein Beschluß, geprägt auf geschmolzenem Boden, auf das Scheitern des Löwen, seine Verwirrung ob des Verschwindens, das vor seinen Augen stattfand.

Und nun brütet wie zuvor der Prior dieses Klosters unablässig über der Verwirrnis. Er ist allein mit seinem Nachsinnen, und es ist ein uneingestandener Gedanke, der unaufhaltsam in den Stunden der Dunkelheit emporsteigt. Seit einem Jahr oder länger begleitet er ihn schon. Er sieht, wie die Mönche im Wechsel ihren Ritualen nachgehen, sieht die fortwährende Instandhaltung, ihre Absonderung von den unbegreiflichen Inselbewohnern. Er hört den stimmlosen Zorn des Löwen und seines zerlumpten, längst toten Heeres. Er begrübelt den abnehmenden Zyklus minderer Handreichungen und Observanzen, von Wiederholung und Dienst, von Annäherung, Ausflucht und Wiederkehr. Das ewige Einerlei erscheint als Zement einer ewigen Kirche, ein vor langer Zeit aufgetragener Mörtel, der, zu schnell gemischt, unsichtbar zwischen den Steinen zerbröckelt. Er entzündet eine zweite Kerze und schiebt die Kapuze vom Kopf. Er hört seine Mönchsbrüder zur Kirche schlurfen. Nur er kann das sehen, was auf sie alle wartet, während sie sich in Spiralen dem Zentrum nähern und die Andachtsübungen ihren Lauf nehmen.

Metten und Laudes sind die Gottesdienste der Nacht; Laternen und Kerzen bewegen sich im Kirchenschiff in ihren Lichtpfützen auf und ab. Die Kantoren singen, und die Laudes der Toten hallen durch die Kirche. Er hört den Zorn des Löwen in einem Choral zu den hallenden Wölbungen aufsteigen, ein Echo, das sich in der Dunkelheit über ihren Häuptern verdoppelt. Mönche und Novizen schlurfen aus der Kirche in das Kapitelhaus, in das Refektorium, in die Kirche, zu ihren Betten im Schlafsaal. Terz folgt den Laudes wie der Tag der

Nacht, dann Sext und None. Die Glocke sollte als nächstes zur Vesper läuten, aber die Glocke ist verstummt, die Türme hängen über, die Glockenzüge verheddern sich an den bröckelnden Steinen: Lehm ist nicht das Fundament, auf dem man eine Kirche baut. Die Komplet wird gesungen, bevor es dunkelt. Messen werden nach Terz und Sext gesungen, danach Arbeit in den Gärten oder auf den Feldern, an der Erhaltung ihrer zerbröckelnden Kirche. Seile sind vom Portal zum Altar gezogen worden, denn die Neigung ist sichtbar, greifbar, und das Schiff hinaufzugehen macht Mühe. Der Rhythmus des Tages ist ein unveränderlicher Kreislauf. Kantoren singen, er hört den Chor singen, aber Lehm ist gallertartig, er gibt der Bürde nach, und die Kirche ist eine Bürde, daher die Neigung, daher die Seile. Des Löwen Galle tropft von den Gewölberippen, höhlt Kanäle unter den Bodenplatten, überströmt den Bau. Der Chor singt, und die Nachtmette ist der erste der nächtlichen Gottesdienste, und in der Kirche ist es dunkel, nur Lichtpfützen, aber der Wandel steht bevor, noch kaum zu erkennen. Lehm ist ein Sediment und noch nicht Stein. Heinrich der Löwe tobt, nur weil die Stadt sich weigerte, zu bleiben. Der Prior hört eine andere Musik durch die Steine sickern, eine zersetzende Musik aus Zorn und vereiteltem Streben. Stimmlos angesichts des Verschwindens der Stadt, aufgehalten durch den abbröckelnden Stöpsel von Kirche, lauscht er ihrem Rieseln, hört das Tröpfeln ihrer Wiederkehr.

Laudes: Der Prior versäumt die Teilnahme. Ein Choral erreicht ihn bei der Arbeit im Stiftshaus. Er hört den Chor singen und wendet seine Gedanken der Lesung zu. *Du bist Petrus und auf diesen Felsen will ich meine Kirche bauen …* Er hört, wie die Stimmen verstummen und das Gemurmel der See durch den Mönchsgesang dringt. Pater Jörg weiß, daß die See schwach ist, das Jahr über von der Nippflut zur Springflut nur um wenige Zoll steigt. Und doch verschieben sich die Balken und lockern sich an der Klippe. Er spürt ein Beben, das andere nicht spüren, er leidet unter namenlosen Ängsten. In der See ist ein Teufel mit einem unsichtbaren Gesicht. *Und auf diesen Felsen …* Die Kirche ist eine Festung, das will er ihnen sagen. Aber eine schwankende Festung, eine schlecht bemannte Garnison am Rande der Welt. Er wird Wachsamkeit predigen, und Vorsicht, und Arbeit – das tut er immer. Aber der Moment ist nahe, der Zusammenbruch steht bevor. Namenlose Ängste, die niemand teilt. Sie werden es nicht verstehen, und so wartet er die Nächte hindurch, lauschend, den Atem anhaltend. Er steht mitten im Kapitelhaus, in seine Gedanken versunken, zwischen dem Bibeltext und seinen persönlichen Ängsten treibend, und dann – ganz plötzlich – taumelt er.

Und fällt. Er kommt zu sich, als die Geräusche seine Ohren überschwemmen.

Er hört die Stimmen sich erheben, die Kantoren schreien, er hat recht, es ist wahr, und die Kirche bewegt sich und bebt unter ihm. Er hört den Lehm weggleiten, wie die Ebbe in einer lehmgefüllten See. Er kennt das Gewicht der Steine, die unsichtbaren Lasten. Seine Ohren scheinen unter der Wucht des Dröhnens zu bersten. Er hört das Gepolter eines gewaltigen Zusammenbrechens, das Klirren der Plünderung, die der Kommandeur hätte hören sollen: das Krachen eines Rückgrats, kreischende Priester und der Kampf ums Entkommen. Er rennt zur Tür, als die Mönche hervorquellen, läuft hinein und stürzt auf dem sich bäumenden Boden. Die Kirche bewegt sich. Ein furchtbares Knirschen grollt von unten herauf. Die Kirche bricht am Ende des Schiffes. Er steht auf, um in Panik verfallene Mönche in die Sicherheit des Kapitelhauses zu geleiten. Der Boden bebt, neigt sich, bricht mitten in der Kirche auf, der Altar stürzt außer Sicht. Er steht auf und klettert das Schiff hinan bis zur Bruchlinie. Das Dach klafft, und Ziegel regnen herab. Vor ihm fällt der Boden steil ab. Er sieht die Hinterwand der Apsis außer Sicht kippen. Steine fallen herab und stürzen heraus. Die Rückseite der Kirche wird abgeschält. Durchs Gewölbe sieht er die Oberfläche der See und hört das Klatschen der Steine, als sie dort aufschlagen. Er kauert da, bis die Deckenbalken über seinem Kopf zu knarren beginnen. Sterne stechen aus dem Himmel durch das zerbrochene Dach. Mondenschein überzieht das Pechschwarz der See: unterschiedliche Dunkelheiten mit unterschiedlichem Licht. Er selbst balancierend dazwischen. Noch durch das Krachen von Holz und Stein prickeln winzige Schläge winziger Wellen von dem Wasser unten in seinen Ohren. Zähe Flüssigkeiten pochen und brüllen in seinem Schädel. Es gibt langsameres Fluten, tiefere Strömungen. Noch weit unter diesen liegt das Verlorene, das die Kirche nicht wiedergewinnen würde.

Als er durch die Röhre des rückwandlosen Kirchenschiffs aufs Wasser hundert Fuß tiefer hinabschaut, sieht Jörg nicht mehr, als der Löwe sah. Er fühlt, wie sich sein Herz mit dem Zorn des Toten füllt, randvoll, dann verheerend überfließt ins Splittern von Balken, ins Niederstürzen von Mauerwerk, ins Krachen der Ziegel, als sie auf dem geborstenen Boden zerspringen. Der Löwe steht wieder auf dem Vorsprung der Landzunge, sieht die gelbgrauen Wasser träge die Küste entlangkriechen, sein einziger Fixpunkt unsichtbar, unerreichbar, als er nach verschwundenen Mauern und Wällen sucht, nach verlorenen Tempeln und ihren Göttern, einem verschwundenen Volk und dessen verschwundenen Werken, Gebäuden und breiten gepflasterten Straßen, dem Summen von Stimmen, dem Klappern von Schritten: dem Getöse der Unstadt Vineta. Seine Kirche ist zerbrochen, und die Krise ist da. Der Moment ist wiedergekommen. Dieses Mal weiß Jörg, was zu tun ist.

Schwaches Grummeln rollte über das Achterwasser, durch die Enge von Twelen, wurde zwischen Görmitz und dem Gnitz eingezwängt und entlud sich in ein dumpfes Gurgeln, das Wilfried Ploetz erreichte, der in seinem offenen Schuppen schlief. Kein Licht fiel durch das Kaminloch, und da kein Vogelsang und kein Möwengekreisch die nachfolgende Stille brach, rieb er sich die Augen, gähnte, begriff, daß die Morgendämmerung noch Stunden entfernt war und er völlig wach. Jetzt war er um seine rechtmäßige Ruhe gebracht, und statt zu schnarchen würde er sich hin und her werfen und herumdrehen, bis die Dämmerung etwas Licht aus dem hartnäckigen Herbsthimmel preßte und er sich hohläugig erhob, um den Tag widerwillig zu begrüßen. Derlei Ungerechtigkeit war nie Zufall: irgendein großes Getöse, vielleicht ein ferner Sturm. Er gähnte und reckte sich. Ja, er grübelte darüber nach, was auch immer ihm da noch durch den Kopf rumpeln mochte; ungebeten, unwillkommen, unerklärt. Ploetz fluchte.

Die Frage beunruhigte ihn immer noch, als er nach schlaflosen Stunden später über die Insel stapfte, sie irritierte ihn immer noch, als er Brüggemanns Hof erreichte, anklopfte, wartete, daß Mathilde ihren Ehemann weckte, Ewald, seinen Brotherrn, sie verblaßte zu einem lästigen Jucken, während sie das Boot über den Strand zerrten, sie geriet beim mühsamen Entwirren der Netze in Vergessenheit, und er hätte sich wohl niemals wieder daran erinnert, wenn Ewald das Boot nicht nach Steuerbord gedreht hätte, südöstlich entlang der Küste, statt nach Backbord, wo das Fischen leichter war. Aber wer war er, Einwände zu erheben? Sein Vater hatte niemals Einwände erhoben, und wenn, dann hätte ihn Ewalds Vater aus dem Boot geworfen. Aber die Morgennebel waren hier dichter und das

Wasser schwieriger; oft verfingen sich die Netze, und manchmal rissen sie.

Ewald gab das Kommando auszuwerfen. Er warf, aber ungeschickt, fühlte das Wasser ziehen, als die Netzschnüre sich vollsogen. Ewald wechselte zur Steuerbordseite, er spürte, wie das Boot sich neigte, sich dann wieder aufrichtete, als er den Fang einholte, und die beiden Männer balancierten, um das Boot gerade zu halten. Er beugte sich nach vorn, hievte, dann war die Ladung an Bord, der Boden des Bootes wimmelte plötzlich von einem glitzernden Sturzbach aus Heringen und Sprotten. Nur ein Viertelfaß, nicht mehr. Ewald schnitt eine Grimasse, und Ploetz dachte an den Augenblick zuvor. Hätte er die Netze losgelassen, wäre das Boot gekippt, Ewald wäre gestürzt und über Bord gegangen. Das Gleichgewicht eines Bootes war eine heikle Sache.

Sie fuhren weiter die Küste hinauf, und der Nebel wurde dichter. Wieder warfen sie die Netze aus und holten sie ein; beide Männer schwitzten in der klammen Morgenluft. Drei Wochen noch, dann würde das Boot für den Winter aufs Ufer gezogen. Ploetz fühlte feste, glitschige Heringskörper um seine Knöchel gleiten, als er die Riemen nahm, um die nächsten hundert Meter zu rudern. Sie würden gleich Koserow passieren, aber die Küste war unsichtbar, immer noch von Wolken verhüllt. Die Netze kamen herein, die Netze flogen hinaus; Ploetz arbeitete gleichmäßig. Eine Stunde verging, eine weitere, und der Nebel begann dünner zu werden. Eine Planke trieb vorüber. Brüggemann trennte emsig Heringe von Sprotten, und die Flut war unhörbar, unwesentlich, kaum mehr als eine Drift. Keiner der Männer bemerkte, daß sie sich der Küste näherten. Ploetz warf einen Häsling über Bord, zupfte Tang aus dem Netz, stand dann da, um über das Heck des Bootes zu pissen. Außer dem Plätschern seines Urins war nichts zu hören. Wieder trieb eine Planke in Sicht. Dann noch eine und noch eine. Bald war das Boot von ihnen umgeben. Aber keine Planken. Balken. Ein treibendes Holzlager, das im Wasser auf und nieder schaukelte. Ploetz starrte, runzelte dann die Stirn. Brüggemann war mit dem Boden des Bootes beschäftigt. Der erste Balken prallte an, Brüggemann fuhr auf, beide Männer blickten hoch. Ein riesiger dunkler Schatten ragte verschwommen über ihnen auf.

Das Boot war unter eine ragende Klippe getrieben, und auf Usedom gab es nur eine. Sie hatten die Vinetaspitze erreicht.

Ploetz kannte diese Klippe, eine steil abfallende Lehmfläche, verschalt mit groben, massiven Balken, die Rückseite der Kirche oben eben noch zu sehen. Aber der Überhang war verändert, die Verschalung weggefegt, und der Fuß der Klippe verschwunden, ausgehöhlt, so daß der Rest auf nichts zu stehen schien. Die beiden Männer blickten noch höher und sahen durch den Nebel, hundert Fuß hoch, ein schartiges schwarzes Loch, das auf sie hinabwies. Es schien auf der Kante zu schwanken, im Moment des Sturzes angehalten und gefroren, ein großes abgesenktes Gewölbe, das auf die Bootsleute herabgähnte wie ein riesiger Steinschlund. Die Männer starrten hinauf ins Kirchenschiff.

Die Nachricht verbreitete sich rasch, und am späten Nachmittag hatte sich fast die ganze Insel am Strand versammelt, um das Nachspiel der Auswirkungen der Katastrophe zu betrachten. Wie ein Amboß, dachte Ronsdorff. Wie ein Schiffsbug, dachte Haase. Die Inselbewohner versammelten sich am Strand bei Koserow, um die Küste entlangzublicken und sich die neu geformte Klippe anzusehen. Auf der Kante hockend, schien die Kirche in der Mitte durch ein Scharnier befestigt; halb darauf, halb daneben. Wie das Bootshaus in Stettin, dachte Matthias Riesenkampff. Wie ein halb durchgebrochenes Brot, dachte Otto Ott. Werner Dunkel brachte seine Hacke mit, und Peter Gottfreund drei Schippen. Von ihrem Aussichtspunkt sahen sie zuweilen ein paar hundert Schritte die Küste hinab einzelne Steine vom zerbrochenen Glockenturm stürzen oder irgendwo aus dem Innern des Kirchenschiffes herausschießen, als speie die Kirche Kiesel in die See. Von den Mönchen war nichts zu sehen.

Der Winter rückte heran und begann, den beiden Bootsleuten seine Warnungen zuzusenden. Wellen wanden sich locker in der friedlichen Herbstdünung, rollten den Strand hinauf und begannen, eisiges Weiß und dunkleres Schwarz zu zeigen. Winde, in den nördlichen Buchten abgekühlt, fegten nach Süden, gewannen über dem offenen Wasser an Geschwindigkeit und peitschten Wellen aus der für gewöhnlich friedlichen Oberfläche auf und trieben die Fischer weiter auf See hinaus, aus Angst, auf Grund zu laufen. Die Tage ratterten dahin und stießen in den unsteten Gewölben der Jahreszeit zusammen, und jeden Morgen sah man Brüggemann und Ploetz vom Ufer aus gegen den Wind rudern und am Abend Segel für die Heimfahrt setzen. Die Fänge wurden spärlicher, und in den meisten Jahren hätte Brüggemann, wie Ploetz wußte, das Boot schon vor Wochen an Land gebracht. Aber sie machten beharrlich weiter, gegen besseres Wissen und Mathildes Widerworte, während das Wasser jeden Tag dunkler und ungestümer wurde. Sie arbeiteten von der Vinetaspitze aus. Sie warfen durchnäßt und bis auf die Knochen durchgefroren die Netze aus und holten sie ein. Sie blickten landwärts auf die Klippe und die wuselnden grauen Flecken, die sich dort im Schatten plagten. Sie beobachteten, wie die Mönche versuchten, ihre Kirche zu retten.

In der ersten Woche konnte man sehen, wie sie die Balken bargen. Als die Winde sie näher bliesen, hatten die Mönche Leinen geschleudert und sie mit Haken mühsam ans Ufer gezogen. Ein Lagerplatz wurde eingerichtet und Seile von oben herabgeworfen. Ein Dreifuß wurde installiert, unterhalb der Klippe verankert, ein zweiter, dann ein dritter. Andere Balken wurden emporgehievt, zusammengezurrt und verklammert. Ein Gerüst stieg unterhalb des Vorsprungs empor, eine ungeheure Stützanlage, um die Kirche zu befestigen. Ploetz sah zu, wie sie zum Überhang hinaufwuchs. Sie stieg Tag um Tag, schien ihn aber nie ganz zu erreichen. Ein Rätsel, ein Geduldsspiel, das ihn auch nachts noch staunen ließ, wenn er in den Schlaf sank. Er träumte von Türmen, die unters Meer gesogen wurden, von hungrigen Mäulern, die unter dem Wasser unsichtbar fraßen, und ihm wurde klar, daß der weiche Schlick des Meeresbodens sie besiegen würde, die Kluft zwischen Mühen und Erfolg weitete sich, statt sich zu schließen, und ihr Stützgerüst versank, noch während sie es erbauten. Aber die Mönche machten unbeirrt weiter. Sie bauten ein Floß, ein eigenartig geformtes Gefährt mit einem Loch in der Mitte, um Pfähle einzurammen. Mönche sprangen auf dem Deck herum und hantierten mit Baumstämmen, ließen es wild schlingern, während kleine Wellen es auf und nieder schaukelten. Die Fischer sahen zu, wie man Stämme durch das Loch führte, wie das Floß sie herumstieß, wie sie verlorengingen, wieder eingeholt und wieder eingeführt wurden, bis einer lange genug an seinem Platz blieb, daß er in den Boden getrieben werden konnte. Ploetz fragte sich, was sie wohl tun wollten, um das Floß von dem festverankerten Stamm zu lösen, der jetzt durch das Deck emporragte. Er sah, wie ihr Floß von der anschwellenden Dünung herumgestoßen, gegen den Stamm gerammt wurde, der sich hierhin und dorthin neigte, sich unter dem Ansturm lockerte, schließlich aus dem weichen Schlick des Meeresbodens freikam. Und oberhalb dieser kleineren Katastrophe bemerkte er jetzt, daß das größere Gerüst nicht nur versank, sondern ebenfalls überhing, nach außen, fort vom schuppigen Lehm der Klippe zur immer lebhafteren See. Dies sollte ihr letzter Tag sein, bevor das Boot abgedeckt wurde, bevor das Jahr sich wendete und der Frühling mit ruhigerem Wasser, wärmerer Sonne und Bootsladungen herangewachsener Heringe zurückkommen würde. Es wurde rauher und kälter. Die graugekleideten Gestalten waren immer noch bei ihrer Arbeit. Als die Sonne zu sinken begann, setzten die Fischer ihr Segel, ließen das Boot herumschwojen und überließen die Mönche ihrem hoffnungslosen Bauen, ihre Kirche dem kommenden schlechten Wetter.

In der Eintönigkeit des Winterfrostes gab es wenig zu tun, kein Fischen, keine Arbeit, kaum Anlaß, mehr zu tun, als Holz zu sägen, Feuer zu machen, mäßig und sorgsam zu essen, auf den kommenden Frühling zu warten. Graue Himmel rollten über Usedom nordwärts, rissen über dem Wasser auf und ließen das spärliche winterliche Sonnenlicht seine Wärme an die See vergeuden. Es regnete. Es fror. In den Wassern vor der Küste standen die Heringe bewegungslos im lehmigen Wasser, lidlose Augen saßen in glatten, fetten Körpern, Mäuler öffneten und schlossen sich und fraßen von den Früchten des Meeres. Lachse stürmten ostwärts wie ein Heer von Rittern in schimmernder Wehr. Auf der Insel unterschied nichts diese Tage voneinander außer der Bahn einer mühseligen Sonne.

Und dann, mit dem Tropfen des schmelzenden Reifes, der auf den Waldboden spritzte, dem Vogelsang, dem Kreischen der Gänsesäger und Möwen, die die Stille der Luft zerbrachen, schienen die eisigen Tage zu tauen, zu schwellen und sich mit der stärker werdenden Sonne zu erwärmen. Und es schien den Inselbewohnern, die sich erhoben, gähnten, mit den Gelenken knackten, wieder zu ihren Höfen aufbrachen – Ausbesserungen warten, Boden muß umbrochen werden –, daß der Frühling mit dem gewohnten Sprießen und zunehmendem Wachstum ungewöhnliche Blumenkreuzungen gebracht hatte, das Ergebnis unnatürlicher Verbindungen. Etwas Unerhörtes und Beunruhigendes; ein unerklärliches Annähern einer verläßlich fernen Landmarke. Die Mönche.

Schon bald hatte jeder Mann, jede Frau, jedes Kind auf der Insel eine Geschichte von Mönchsbesuchen zu erzählen. Sie tauchten zu jeder beliebigen Tagesstunde aus dem Nichts auf, immer als Gruppe, murmelten einen Satz oder zwei, gingen dann zum nächsten widerspenstigen Inselbewohner. Die Grußworte wurden in seltsamen, gestelzten Tonfällen vorgebracht und schienen keinerlei Zweck zu dienen. «Wie befindet sich deine Frau, deine Schwester und ihre Freunde?» «Geht es deinem Vater und deiner Mutter wohl?» «Gut gepflügt, Pflüger!» Eine sonderbare Lebhaftigkeit schien sie zu ergreifen, wenn sie diese Sätze äußerten, eine unheimliche Inbrunst, die sie trieb, in dieser noch nie dagewesenen Weise über die Insel zu schweifen, die Menschen in stockende Gespräche zu verwickeln und sie bei der Arbeit zu stören. Es war verdächtig und unwillkommen. Was wollten diese wachgewordenen Schlafwandler?

Der Zehnte steckte nach der Ansicht einiger hinter diesem Ausschwärmen der Mönche. Der Zehnte wurde an Feiertagen am Torhaus niedergelegt; ein Huhn, ein Schinken, ein halber Scheffel Weizen. Doch weil die Mönche niemals die Mauern ihres Klosters verließen, außer zur Arbeit in ihrem Garten oder der Ernte auf ihren Feldern, weil die Ackerkrume dünn und die Sommermonate kurz waren, das Vieh mager, die Hennen oftmals brütig, weil die Ochsen hungerten und die Gerste niedrig wuchs, und weil die Insulaner lieber aßen als darbten, war der Zehnte immer geringer geworden. Der Zehnte also, oder Pachtzahlungen, oder andere Formen von Schulden, oder die allgemeine Sündhaftigkeit trieben die Mönche in diesen glanzlosen Kreuzzug.

Und doch spielten Zehnter, Pacht und Sünde eine geringe Rolle bei ihren absonderlichen Einmischungen, die weniger absonderlich wurden, als die Monate ins Land gingen und die Mönche immer flüssiger sprachen. «Wie geht es der Familie, Haase?» oder «Deine Ackerfurchen sehen wie Aale aus, Riesenkampff!» Was auch zutraf, da sein Ochse auf einem Auge blind war. Einige Inselbewohner verbargen sich unter einem Griff an den Hut oder einem Hutschwenken und schnellem Rückzug. Andere ließen sich auf eine schwerfällige Unterhaltung ein, boten ihnen Bier an und manchmal Schinken. Im späten Sommer gewöhnten sich die Kinder daran, mit verfaulten Birnen zu werfen, die Mütter, sich zu entschuldigen, die Väter, diese sonderbaren Kerle wie selbstverständlich zu grüßen, wenn sie über die Insel wanderten.

Besorgnis wich der Neuheit, Neuheit der widerwilligen Hinnahme, die Frage aber kehrte wieder und wieder. Die Mönche waren vor ihnen allen dagewesen, das Land gehörte durch die Stiftung des Löwen ihnen, und wenn sie es auch vorgezogen hatten, ihm während der letzten dreihundert Jahre fernzubleiben, warum sollten sie es nicht zurückfordern? Warum sollten sie keine langen, ziellosen Spaziergänge unternehmen, sich auf diese ziellosen Gespräche einlassen, irgendeine unerforschliche Absicht verfolgen? Warum nicht? Oder eigentlich, zum Verrücktwerden, warum?

Neid auf die Kirche zu Wolgast, dachte Mathilde Brüggemann.

Oder die größere zu Stettin, dachte ihr Mann. Immer noch der Zehnte, befürchtete Riesenkampff. Die Pachten, meinte Ott; während der Rest der Insel an Sündhaftigkeit, Mildtätigkeit, Vorbereitung auf die Wiederkunft Christi dachte, an eines davon, einiges, alles oder etwas anderes Ähnliches, irgend eine Erklärung, die sie jeden Morgen durch das Torhaus des Klosters zog und die Länge und Breite über die Insel trieb. Es wurde nicht durch das unaufhörliche Grüßen enthüllt, noch durch die Muster ihrer Bewegungen: irgendeine unerahnte Bedrängnis lag unter ihren Kutten, hinter diesen angespannten weißen Gesichtern und ungerührten Augen.

Als der Frühling kam, wurde das Fest Quinquagesima angekündigt. Zum erstenmal seit Jahrhunderten wurden die Inselbewohner durch das Torhaus geleitet und von den Mönchen mit fetttriefendem Schweinebraten, dampfenden gelben Kohlrüben und Pastinaken bedient. Der Prior erhob sich vor dem Tischgebet, sie für ihre Begrüßungsworte zu loben, sie seinerseits willkommen zu heißen und ihnen guten Appetit zu wünschen. Er sah zu, wie sie sich begierig auf den kleinsten Wink vorbeugten. Aber die Ursache ward nicht offenbart, und ihre früheren Vermutungen sanken zusammen, als ob sie in einem Gleichnis gefangen seien, dessen Bedeutung sie, zu spät, einander als zweifelnde Thomasse, unerleuchtete Saulusse, als Jonasse enthüllen würden. Was hatte die Mönche aus dem Kloster hinausgetrieben? Und was hatte die Inselbewohner hereingeführt? Es war dies eine Art Prüfung, aber zu undurchsichtig; deshalb grübelten sie, änderten ihre Ansichten, stritten sich und verwarfen die Theorien ihres Nachbarn, um eigene, noch schrulligere aufzustellen. Verwirrung überschwemmte die Wahrheit, wie das Meer die Klippe verdeckte und sich in sie hineinfraß. Vor der Küste liegend, während die Netze sanken, hielt Floetz oft in seiner Arbeit inne und blickte Usedoms Küste entlang, an Koserow vorbei zur Vinetaspitze. Er sah die Trümmer ihres Gerüstes, die ausgehöhlte Klippe, die Ruine, die auf der Kante balancierte. Er dachte an die hoffnungslose Mühsal der Mönche im eisigen grauen Wasser. Was sonst hätte sie dazu bewegen können, ihre Absonderung zu durchbrechen? Was sonst, wenn nicht der Ruin ihrer Kirche?

Aber er konnte in der Dunkelheit des Kapitelhauses nichts tun, nichts, um ihnen beizustehen, während sie mitten auf dem Boden zusammenkauerten und seine Furcht sie umfing. In jener Nacht konnte er nur stehen und warten und mit ihnen dem Zerschellen der Ziegel lauschen, dem Sturz der Steine in die See, bröckelnden und taumelnden Gewißheiten. Die Brüder hielten einander in den Armen, während Pater Jörg die Sitzreihen abschritt, die Mauern abklopfte, auf den Boden stampfte und ihnen versicherte, das Gebäude sei heil. Die Novizen wimmerten, die Brüder murmelten Gebete, und Jörgs Geist raste allein dahin.

Tageslicht. Seile. Bruder Gerhardts schrilles Heulen treibt durch das Kirchenschiff, als sie ihn von unterhalb der Klippe heraufziehen. Der Schaden ist schlimmer, als irgendwer vermutet hätte, der rote Lehm zerkrümelt, die Fundamente eingesunken. Bruder Wilhelm ist zu sehen, wie er durch die Kirche schlurft und Kerzen entzündet. Ihr Abt mag seine Zelle nicht verlassen. Jörg sieht die Brüder im Kapitelhaus schlaff zusammensinken, wie gelähmt, die Gesichter grau von dem Schock, und keine Messe, sie aufzurichten. Erstarrung umklammert ihre Seelen mit Eisfingern und melkt ihnen die Hoffnung aus. Jörg fühlt seine Ungeduld wachsen; er wendet sich um und geht am absackenden Kreuzgang vorbei in den Garten und findet sich auf allen vieren den Abhang zur Küste hinabkriechen. Morgennebel rollt über die See und stößt lautlos gegen die Klippe, ein gedämpftes Hämmern; Jörg blickt zum Hang hinüber. Unten krümmt sich der Lehm jäh nach innen, die See ist um zwanzig oder mehr Fuß vorgerückt. Die Befestigungsbalken schaukeln in den winzigen Wellen auf und nieder. Bruder Gerhardt wird sie bergen wollen, erneut beginnen und dem Überhang Stützpfeiler einziehen. Unmöglich. Wahnsinn – der Bruder Gerhardt anspornen, ihn entschlossener denn je machen wird. Na gut, na gut. Seine Idee wird sich durchsetzen. Die Brüder müssen gewonnen, und auch der Abt muß überredet werden. Sonnenlicht bleicht die wolkige Luft, wühlt sie auf, läßt sie steigen und sinken. Stumme Riesen schweben im Dunst und umringen Pater Jörg, während er inmitten seiner Gedanken sitzt.

Ein Mast? Ja, er schielt durch den Nebel, und da ist ein Boot, das sich der Küste nähert. Ein kleiner Einmaster treibt zwischen den Balken, fast schon direkt unter der Klippe. Zwei Fischer stehen da, starren zur Kirche hinauf, die Münder offen, die Gesichter angespannt. Er nimmt ihre Verblüffung wahr. Weidet eure Augen, denkt Jörg. Erzählt es euren schnatternden Weibern und den neugierigen Kindern, den schwatzenden Nachbarn und den Freunden. Erzählt es jedem, denn ich werde euch alle brauchen. Erzählt es jeder Seele auf der Insel.

Sie hielten Messen im Kapitelhaus ab, aber während jenes ganzen ersten Winters wurde ihr wahrer Gottesdienst in der See zelebriert. Jörg sah ihnen zu, wie sie sich im eisigen Wasser abmühten, Hebezeug bauten und Kräne, Stämme und Balken hochhievten. Ein Floß wurde gebaut, doch es war ein Fehlschlag, und die Pfosten, die sie in den Schlamm unter den Wellen trieben, schienen niemals Grund zu finden. Bruder Gerhardts Zelle war voll mit Kritzeleien: Stützen und Querträger, Strebepfeiler und Verstärkungspfeiler. Doch als seine vielversprechenden Dreifüße umkippten und versanken, lösten sich seine Verbundstücke, und die Streben stürzten weg, und als die Psalmen, die sie sangen, leiser wurden und dann stockten, als das Wetter schlechter wurde und seine verstiegenen Gerüste in die See fielen, da erschien es dem Baumönch, als baue er eine Treppe, die mit jedem Schritt versank, den man auf ihr tat. Über ihnen ragten, während der Wind ihre Gesichter schrundig und das Wasser ihre Finger blau werden ließ, der abblätternde Hang empor und ihre wankende Kirche. Unerreichbar. Unmöglich.

Bruder Gerhardt kritzelte Tag und Nacht: Bogen, Gewölbe, Türme, Säulen. Er brauchte Engel, um die Kräne zu betreiben, die er entwarf, Stricke, von Christi Armen gezogen, er betete um sie, verfluchte sie, und die Nordwand des Klosters wurde zu einer weißen Masse, einer schieren Leere, auf die er wies. «Seht! Seht!» Da war die Lösung, ein Plan so einfach wie der Tag, aber alles, was die Mönche sahen, war Weiße; ein unlesbarer Palimpsest. Gerhardts verzehrende Besessenheit. Er scheuerte die Wände bis auf die grauen Steine ab und wies dann erneut. Er zeichnete fabelhafte Bogen und hoch aufsteigende Senkrechte, ungeheure Gewölbe in aufsteigenden Reihen. «Keine Waagrechten. Keine Waagrechten, versteht ihr? Die Waagrechte ist ein Werk des Teufels …» Aber ihre Balken und Strebepfeiler trieben als Trümmer im Wasser, und seine Arbeiter sahen nichts als Steine von der Farbe der See.

Jörg beobachtete und wartete. Schließlich versammelte er die Brüder und Novizen im Kapitelhaus und ließ den Abt aus seiner Zelle herbeitragen. Es war Frühling, und sie waren erschöpft. Verzweifelte Gesichter wandten sich ihm von den Sitzen zu. Bruder Gerhardt blickte wütend weg, als Jörg sprach, all seine Anstrengungen waren zunichte geworden. Er würde niemals Abt werden, soviel war immerhin klar. Jörg sprach und hörte seine Worte im Innern des Kapitelhauses dahinrollen und wie Akrobaten springen, verlockend und zwecklos. Alte und Junge lauschten gleichermaßen schweigend der Mission. Sie verstanden nicht. Die Insulaner? Wie sollten die Insulaner ihnen helfen können? Strahlende Worte tänzelten und trippelten auf ihren Stirnen herum, eine Ablenkung für sie, etwas Neues. Die erste ihrer verschiedenen neuen Welten. Er schritt auf und nieder, sprach flammend und schmeichelnd, breitete die Arme aus, zeigte, wandte sich an jeden einzelnen, fesselte sie. Er beschrieb den gefährlichen Zustand der Kirche, den Zusammenbruch der Fundamente der Kirche, ihre Arbeit und deren Scheitern. Aber als die Wälle der Gegebenheiten wie ein Gefängnis um sie aufstiegen, da skizzierte er auf deren Steinen eine andere Vision: von großen Ebenen und Flüssen, Weideland, gesprenkelt mit Gerstenfeldern, von hohen schneebedeckten Bergen und geschäftigen, bevölkerten Städten. Die Welt ohne das Kloster. Er sah sie an, aber ihre Gesichter waren leer und unverständig.

Sie verstanden das nicht, weder als er sie durch das Torhaus hinausschickte, noch als sie zurückkamen, immer noch verwirrt, mit Geschichten, die sie einander zumurmelten, vom Widerstreben der Inselbewohner, ihrer ungelenken Sprache und ihren fremdartigen Gebräuchen. Sie trieben dahin, ohne Halt in dieser weiteren Welt, unterminiert in ihrer eigenen. Bruder Gerhardt leistete äußersten Widerstand und würde das Jahr damit zubringen, sein Floß am Fuß der Klippe neu zu bauen. Er mühte sich allein ab, wurde aber von seinen Gefährten beobachtet, die in den erfolglosen Anstrengungen eine letzte Tür sahen, die sich hinter ihrem bisherigen Dasein schloß. Jeden Tag führten sie ihre Streifzüge weiter von den vertrauten Pfaden fort, vom Gottesdienst, von der Kontemplation, vom Bauen. Immerzu bauen. Bei alledem sagte ihr Abt kein einziges Wort. Sie setzten ihn in seine Zelle über der See, wo er blieb und über seinen alten Feind hinsah wie ein gealterter, besiegter Befehlshaber.

Jörg befragte sie immer, wenn sie heimkehrten, und sie erzählten ihm von den Buchenwäldern und den Marschen, den kleinen Teichen und Seen, die die Insel sprenkelten, den Abhängen mit Bültgras, die zu den Riedgrasflächen und den tangbefransten Schelfschichten aus zähklebrigem Modder führten. Hinter ihnen immer die See. Die Inselbewohner, beharrte er. Erzählt mir von den Inselbewohnern. Sie sprachen von schroffer Zurückweisung, Ausflüchten, Kindern, die schreiend durch die Gerstenfelder davonrannten, Gestalten, die bei ihrem Näherkommen hinter den Hügelketten verschwanden. Frauen, die sich unter den Tischen verbargen. Er brauchte mehr und Besseres, und trieb sie durch das Torhaus hinaus, bis sie ihm Bruchstücke von Unterhaltungen zurückbrachten, undeutliche Nachrichten, Treibgut aus dem Leben der Inselbewohner. Ronsdorffs Honig war besser als der von Ulrich Meister. Otto Ott hatte das Gesicht eines Lügners, war aber ehrlich. Er verlangte nach mehr. Stenschkes Töchter hatten alle gut geheiratet. Sie hielten ihre Männer unterm Pantoffel. Der alte Stenschke war meist bei klarem Verstand, wurde aber langsam wahnsinnig. Manchmal wanderte er nackt umher. Besser, dachte Jörg.

Er begann, sich nach Neuigkeiten zu erkundigen, und erfuhr, daß die Fischer, die er in den Nachwehen der Katastrophe gesehen hatte, Ewald Brüggemann und sein Handlanger Wilfried Ploetz gewesen seien. Die anderen Boote lagen auf dem Ufer des Stettiner Haffs, gegenüber von Wolgast oder Wollin. Eine Tochter von Werner Dunkel war schwanger, aber niemand wußte von wem. Wittmann vielleicht oder Peter Gottfreund, aber die Brüder dachten eher an Haase. Als ihrer ein halbes Dutzend betrunken von Riesenkampffs Bier zurückkam, brüllte Jörg und tobte, aber er wußte, daß seine Arbeit voranging. Und als er am Abend des Festes Quinquagesima die Augen schloß, die Brüder fröhlich schwatzen und die Inselbewohner ihr Schwatzen erwidern hörte, während sie sich die Bäuche vollschlugen und sich gegenseitig auf die Schultern klopften, als er dem lockeren Umgang zwischen Mönchen und Laien lauschte, dachte er, daß der erste Teil seiner Aufgabe nahezu vollendet sei.

Jörg erhob sich und glitt ruhig an den Mönchen vorbei, die leere Terrinen trugen, hinaus in die Kühle des Kreuzgangs. Die Nacht war fast klar, nur dünne Wolkenfetzen versilberten das härtere Weiß des Mondes. Er ging vorsichtig über den unebenen Steinboden dahin, am Schlafsaal vorbei zu den Zellen. Der Abt saß, wie er das immer tat, schweigend, die Augen auf das vage Spiel des Mondlichtes geheftet, das von den Wellen zurückgeworfen wurde. Jörg kniete neben dem Stuhl und ließ das Schweigen des Zimmers sich eine Minute oder länger sammeln. Des Abtes Atem rasselte. Er hatte da uriniert, wo er saß. «Habe ich recht?» flüsterte er. «Glaubst du, daß ich recht habe?» Aber der Abt gab keinen Laut, kein Zeichen von sich. Jörg seufzte und erhob sich. Er war nicht um Zustimmung gekommen. Die Truhen, nach denen er suchte, standen am anderen Ende der Zelle.

Entsandt von Abt Hugues de Fosses im Jahr Unseres Herrn zwölfhundertdreiundsiebzig, um ein Kloster auf der Insel von Usedom zu gründen, erreichten wir diese Gestade am Tag des heiligen Martin jenes Jahres. Viel Mühsal harrte unser …

Die hastigen Schriftzeichen waren fast ins Pergament eingesunken. Jörg mußte die Augen zusammenkneifen, um sie erkennen zu können, als ihm die Chronik des ersten Abtes von Zusammenbruch und Erneuerung, von Abflauen und Wiederbeleben erzählte. Er streifte durch die Seiten, aber sie erzählten immer das gleiche, die Ereignisse erbarmungslos, und obwohl nach einigen weiteren Seiten die Chronik mitten im Satz einfach aufhörte, wußte Jörg, daß ihre Geschichte andauerte, unsichtbar ins Pergament gesunken, in die Truhe, daraus sie kam, in die Steine der Zelle, die ihn umgaben, und das Bauwerk des Klosters, das ihre Anstrengungen aufgesogen hatte wie das Pergament die Tinte, bis nur noch graugewandete Chiffren da waren, unleserlich im bloßen Fortdauern der Kirche. Der Zusammenbruch hatte sie gerettet.

Jörg langte über den Abt hinweg zu dessen Tisch und schnitt sich rasch eine Feder zu. Der Abt hatte seit der Nacht der Katastrophe seine Berichte nicht mehr angerührt. Jörg befeuchtete den Tintenstein mit seinem Speichel, tauchte die Feder hinein und kritzelte schnell: *Als ihre Kirche zusammenbrach, wurden die Mönche von Usedom durch ihren Prior ausgesandt, sich unter das Volk der Insel zu mischen. Vielerlei Verwirrnis harrte ihrer* … Und da versiegte die Tinte, und er hörte auf. Er war nicht hergekommen, um seine eigene *Gesta Monachorum Usedomi* zu schreiben. Seine Gedanken schweiften weiter als bis Usedom, in die Ferne und höher. Pater Jörg griff in die Truhe nach den Büchern, die seit den Tagen des ersten Abtes unbehelligt unter der Chronik gelegen hatten. Die Bibliothek, die mit ihnen hätte begründet werden sollen, war niemals gebaut worden. Eines nach dem anderen hob er heraus, wischte den Schimmel von ihren Deckeln und legte sie sorgsam auf den Boden. Der Abt beachtete ihn nicht, als er unter dem Gewicht schwankte, sah sich nicht einmal um, als sich die Tür schloß, beobachtete nur die See, wo schwarze Wellen und weiße Mondstrahlen miteinander zu spielen und auf das Tageslicht zu warten schienen, damit es sie zu Grau verschmelze.

In den folgendenWochen fanden die Brüder ihre Inselausflüge ohne Begründung verkürzt. Ulrich Meisters Schweine waren mit Eicheln gemästet worden, und Bruder Walter hatte gehofft, beim Schlachten zu helfen. Brüggemann hatte Bruder Florian von wilden Reineclauden irgendwo am anderen Ende der Insel erzählt, ideal fürs Pfropfen, aber das andere Ende der Insel war Stunden entfernt, und auf

Anweisung von Pater Jörg mußte jeder Mönch bis Mittag ins Kloster zurückkommen. Bruder Gundolf hatte zu fischen begonnen, und Bruder Volker züchtete Bienen mit Stenschke. Bruder Heinz-Joachim zeichnete Karten von den Teichen auf der Insel, Bruder Joachim-Heinz von den Wäldern. All diese Tätigkeiten mußten jetzt warten. Bruder Georg ermangelte seines umständlichen Morgenspaziergangs um das Torfmoor zu Haases Bauernhof, während die Brüder Wilf, Wolf und Wulf ihr dreiseitiges Plaudern mit Riesenkampffs Frau zu vermissen begannen. Aus ihren zögernden Schritten und konfusen Wanderungen waren bereits neue Maßstäbe erwachsen. Bruder Bernd sorgte sich mehr um Riesenkampffs Ochsen als um die bröckelnden Fensterstöcke des Schlafsaals. Die Zyklen von Dienst und Arbeit hatten sich ausgeweitet, um Insel und Einwohner zu umfassen, und jetzt schrumpfte ihr Umkreis wieder, zog sie zurück, band sie wieder an die Kirche. Die Brüder sahen sich ob der eigenen Enttäuschung überrascht, einmal mehr verärgert über den Prior, der seine Tage abgeschieden in der Zelle verbrachte und ebenso seine Nächte. Bruder Hans-Jürgen brachte ihm die Mahlzeiten und wurde angewiesen, sie vor die Tür zu stellen. Schmutziges gelbes Licht sickerte hervor, da er bis zum Morgengrauen Unschlittkerzen brennen hatte; in der Zelle allein, unergründlich belagert von ihren gestaltlosen Fragen.

Er las, atmete die Feuchtigkeit und den kalkigen Geruch des Schimmels ein, wenn er seine Nägel unter die Blätter schob und den Kopf über die verblassende Schrift beugte. Die schwache Luftbewegung von den Kerzen ließ die staubigen Jahre in Spiralen durch die Zelle kreisen. Er hustete, kritzelte, rieb sich die Augen, erreichte das Ende eines Buches und nahm sich das nächste vor. Die Tage begannen länger zu werden und draußen, auf Usedom, begann die Ernte.

Teerfässer brannten zum Johannistag auf dem Festland, ließen dicke schwarze Rauchsäulen in träger Schräge steigen, bis sie hoch in der Luft zerfaserten. Die Inselbewohner schnitten mit langstieligen Sensen das Getreide, die Frauen sammelten auf und banden hinter ihnen Garben. Alte Götter schritten den Schnittern voraus, die Roggenmuhme erschreckte die Kinder, die schreiend in die Kühle der Buchenwälder rannten. Sie pflückten Beeren und schälten von den Eichen Rinde fürs Gerben ab. Ronsdorff kratzte Honig aus den Waben, und Haase sammelte Harz von den Obstbäumen. Dunkels Tochter gebar ein Mädchen, das in der dicken Sommerhitze schrie.

Während der ganzen Erntezeit kniff Jörg die Augen zusammen,

nieste und las weiter. Er schwitzte, und manchmal schwammen die Buchstaben auf der Seite, wenn er den Kopf über das Buch beugte. Seine Sphäre dehnte sich über Insel und Festland hinweg zu den Ländern am Ende der Welt. Er runzelte die Stirn und sorgte sich. Seine Tage waren mit Hitze und Ferne gefüllt; die Nächte mit Träumen von fremdartigen Tieren. Am Tag des heiligen Lambert rief er Bruder Herbert und wies ihn an, die Mauer des Kapitelhauses zu verputzen; am Tag des heiligen Sequanus ließ er ihn sie streichen. Er dachte an stachelfinnige Delphine, die in den Wassern des Schwarzen Meeres über Schiffsmasten sprangen, an gewaltige Seeschildkröten, an Elefanten, die vom Sternenschein geleitet über Afrikas Ebenen stampften, und an die einhörnigen Esel Indiens. An ihre Dummheit, ihre Wildheit. Manchmal fragte er sich müßig, wie diese Geschöpfe aussehen mochten, aber seine Träume zeigten ihm nur Gestaltenwandel und Trugbilder. Und die Brüder waren ungeduldig, Gerhardt hetzte sie auf. Sie verstanden nicht – wie sollten sie denn auch? Alles zu seiner Zeit, dachte er, und hörte die Wasseruhr See den Lehm fortspülen. Sekunden waren das im Schwinden des Lehms, Tage im trägen Schwappen der Gezeiten.

Als Tünche und Putz getrocknet waren, versammelte er die Brüder im Kapitelhaus. Neunundzwanzig Augenpaare fixierten ihn aus den Reihen der Sitzbänke. Er stand vor ihnen mit einem Zeigestock in der Hand. Hinter ihm war auf die Wand ein Kreis gemalt mit einem T darin, der ihn drittelte. Er dachte an ihre ausgedehnten Streifzüge über die Insel, an ihren Umgang mit den Inselbewohnern. Vielleicht war dies ihre Grenze, die Stelle, an der ihr Schwung endete. Hier war die Herausforderung, die Usedom ihnen geboten hatte, und dieselbe noch einmal, aber in kontinentgroßen Buchstaben geschrieben, von Babelzungen gebrüllt und lauter, als des Menschen Ohren ertragen konnten. Würde ihre Neugier ihm jetzt helfen, sie weiterzuziehen, sie mit sich zu nehmen? Neunundzwanzig verwirrte Gesichter beobachteten ihn sorgsam, während er den Umfang des Kreises nachzog, dann auf die drei Gebiete in ihm tippte. Sie harrten seiner Erklärung.

«Die Welt», sagte Pater Jörg.

Nach Norden sprang Rügens chaotische Küstenlinie vor und zurück, lief in Zacken kreuz und quer, brach, bildete schlanke Vorgebirge und Landzungen in einem Gewirr von Untiefen und Buchten. Signalmänner auf fernen Klippen waren tanzende Insekten und geleiteten die Fischer nach Westen. Kleine Ruderboote umrundeten den dicken Auswuchs von Stubnitz auf ihrem Weg nach Kap Arkona. Der Süden bot die flache Weite der Seeküste Usedoms, deren Ausdehnung von der Vinetaspitze halbiert wurde – von dem, was von ihr übriggeblieben war – der Kirchenruine auf der Spitze. Er zerrte an den Netzen, und Brüggemann stand auf, um sie freizubekommen. Sein Patron war zerstreut, gedankenverloren. Ploetz warf aus und beobachtete die Küste vor Greifswald, eine halbe Meile vor der Oie, ein Netz wölbte sich über die Seite des Bootes, klatschte auf die Oberfläche und versprühte Seewasser wie ein ganz kurzer Regenschauer.

Untertauchen dann, Verschwinden und ungesehene Verzerrungen. Netze folgen den Bewegungen einer unsichtbaren See: Wirbel, Kräuselungen, Ausbeulungen im Netz. Meereshitze und Meereskälte, Wogen und Unterströmungen stoßen zusammen und prallen zurück, vermischen sich und flauen ab. Der gedämpfte Aufschlag der Wassermassen pocht in den Tiefen und mehrt nur den Aufruhr. Bewegtes Wasser bedarf der Kennungen und Signale; Schilffetzen, Wellhornschalen, Treibgut, Seegras, ein vollgesogenes Rundholz. Oder ein Netz. Wasser hat seine eigene Art von Dunkelheit, seine endlose Gleichartigkeit. Salzwasser braucht ebenfalls seine Statuskennungen. Es sinkt, dieses Netz, lautlos und gespannt, das Banner eines Heeres aus Heeren. Jeder beteiligte Stups und Stoß, jede Dünung und jeder Ausfluß, jede abtauchende Seiche und jede Tiefwasserstille bedeuten ein Kräuseln, einen Ruck, eine neue Drehung seiner Textur. Nur Abstieg bedeuten die Gewichte, die an die Netzkanten gebunden sind; aber alles Übrige, jedes Zupfen und Erzittern, jedes Kräuseln und Gieren, bedeutet die See. Diener zu vieler Herren ist diese tauchende Seefahne, die hinab in die fischgefüllten Tiefen winkt. Die Maschen öffnen sich wie eine Batterie von Mäulern, weit, um Heringe zu schlucken. Die größtenteils entkommen. Vor Netzen zu fliehen ist ein starker Instinkt bei Heringen. Der Schwarm hängt wohlgeordnet in den Tiefen, Lage um Lage, Reihe um Reihe. Die allerletzten vom Herbstlaich lassen die Oberflächenwasser zittern, unter ihnen stehen die fett werdenden Sprotten. Heringsfleisch wird mit den Jahren muskulös, steigt nach und nach durch die Lagen hinab: Alle Heringe wollen nach unten. In der Mitte des Schwarms stehen die ausgewachsenen Fische zu Millionen und Milliarden, laichend, fressend, langsam sinkend. Manche sehen niemals offenes Wasser, durch die Kolonie umgeben von der Geburt bis zum Tode: Sie sind ihre eigene Landschaft, ein Heringsmeer. Plankton und Laich sind hier die Währungen, aber weiter unten, tiefer in den lichtlosen Tiefen wird ein anderer Handel betrieben. Von tief unter dem Schwarm kommt das Geräusch, wie Krustentiere geknackt, wie Fischgräten zermalmt werden. Vom Verzehr von Ruderfußkrebsen und Stichlingen. Von Heringen, die Heringe fressen. Dunkelrückige Körper winden sich im Dunkel und wirbeln nahe am Boden herum. Selten steigen sie empor. Als Sprotten sind diese Meeresbodenräuber von der Planktonnahrung zu Fischnahrung übergegangen, haben sich großgefressen und sind gesunken. Jetzt schwimmen sie im tiefsten Wasser. Sie sehen wie Heringe aus und würden wie Hering schmecken, werden aber selten gefangen. Berührungen untereinander werden vermieden – es verbindet sie nicht viel, selbst beisammen sind sie allein –, und ihr Schwimmen ist ein ungraziöses Geschäft von Rucken und Schlingern. Für die Sprotten sind sie Riesen, für den Schwarm Monster. Gemieden und gefürchtet von denen darüber, sind diese Alptraumfische Heringskannibalen. Wenn das Netz sinkt, spüren sie die Wasser zucken. Der Schwarm bricht auf, schießt zur Seite, nach oben, nach unten … Nach unten ist gut. Die Kannibalen rühren sich, kreisen dann langsam aufwärts. Die Wasser bersten von zielloser Heringspanik, einsame Silberstreifen schießen vor und zurück, verloren in diesen Tiefen. Die Kannibalen kreuzen, schnappen sich die Nachzügler und verschlingen sie. Das Netz hängt über ihnen, schwebend und flappend, aber sie sind vollgefressen und träge und nehmen kaum wahr, wie es sich aufbläht und nach oben außer Sicht zu steigen beginnt.

Aufff … durch die Schichten aus Fischen, erfaßt Ausgewachsene, fast Ausgewachsene, läßt Sprotten und Jungbrut übrig. Ploetz mühte sich mit den Seilen. Ploetz hievte das Netz herein. Ewald starrte auf den Boden des Bootes. Er zerbiß sich das Fleisch um die Fingernägel und kratzte sich die Wangen. Ploetz zerrte. Ploetz zog. Das Boot krängte und tanzte. Brüggemann starrte in den wolkigen Himmel. Eine dunkle Masse Hering wurde heller und kam näher und stieg durch das Wasser empor. Ploetz holte ein, gespannt, Hand über Hand. Der Fang war gut. Das Netz fast voll. Er versteifte sich, ächzte. Das Dollbord tauchte ein, das ganze Boot krängte, war aus dem Gleichgewicht. Ewald schreckte hoch, sah hin, erkannte.

Zu spät.

Das Boot kippte sie beide in die eisige See, schlingerte und schlug fast um. Ploetz schnappte vor Kälte nach Luft, schrie, spuckte Wasser, stieß unten mit den Füßen, als das Wasser seine Stiefel füllte. Brüggemann tauchte auf wie ein Verrückter, schnellte zum Rumpf. Unter ihren Körpern öffnete sich das Netz, wibbelte, löste sich. Die Heringe entkamen und tauchten zurück zum Schwarm.

Sie würden das Boot aufrichten und wieder hineinklettern. Sie würden tote Fische aus dem Wasser ringsum sammeln und ans Ufer rudern. Ewald würde ihn verfluchen, aber das Gleichgewicht des Bootes ging sie beide an. Ewald würde das wissen, auch wissen, daß er bekümmert war, nachlässig bei der Arbeit.

Später, als sie das Boot den Strand hinaufgeschleppt hatten und beide durchnäßt und erschöpft daneben niedergesunken waren, wandte Ploetz sich dem Bootsherrn zu.

«Du hast uns reingekippt», sagte er grob.

Ewald nickte zerstreut. Er starrte hinaus übers Wasser. Noch eine Woche, und das Boot würde für den Winter herauskommen. Sollten sie es vielleicht jetzt schon rausziehen? Sein Herz war nicht bei der Sache, und das erzählte er dem anderen.

«Erzähl mir bloß nicht, daß du die Arbeit nicht magst», brach Ploetz los. «Wir hassen beide die Arbeit. Wenn du zwei Landstreicher in deinem Trockenschuppen hausen läßt, dann ist das deine Sache. Schmeiß sie raus, wenn sie dich ärgern, aber schmeiß nicht mich aus dem Boot. Wir hätten da draußen ersaufen können, und warum? Weil Ewald Brüggemann seine neuen Untermieter nicht mag!»

Ploetz schnaubte wütend.

«Es ist noch schlimmer», erwiderte Ewald nach kurzem Schweigen. «Wenn sie nur Landstreicher wären ... Es ist noch schlimmer, das ist alles.»

«Schlimmer? Was meinst du mit ‹schlimmer›?» Ploetz machte keinen Versuch mehr, seine Verachtung zu verbergen.

Zum erstenmal während dieses Wortwechsels sah Ewald dem anderen in die Augen. «Es ist Niklot», sagte er. «Einer von ihnen ist Niklot. Er nennt sich jetzt Salvestro. Er wollte den Trockenschuppen benutzen und das Boot leihen ...»

«Niklot? Du meinst den Wilden?» Ploetzens Stimme war ungläubig. «Aber den haben sie doch ertränkt! Wie kann er ... Was will er mit dem Boot?»

Ewald schüttelte jetzt den Kopf und sagte: «Der andere ist ein Riese. Ich weiß nicht, was sie mit dem Boot wollen. Ich weiß nicht, warum sie hergekommen sind. Ich weiß nicht, was sie mit mir wollen ...» Seine Stimme erstarb.

Zu Tode erschrocken, dachte Ploetz.

Laut sagte er: «Das hättest du mir früher sagen sollen, Ewald. Unsere Väter wußten mit dieser Sorte umzugehen, oder nicht? He, Ewald?»

So erzählte er ihnen von der Welt jenseits Usedoms, von Europa und Asien und Afrika, die in der Mitte eines grenzenlosen Ozeans zusammengefügt lagen. Der Mittelpunkt der Welt war Jerusalem. Nach Süden hin lag in den Wüsteneien Afrikas die glutheiße Zone, so heiß, daß kein Mensch sie durchqueren konnte. Nach Osten hin, in Indien, gab es menschenfressende Ungeheuer und Elefanten, einhöckrige und zweihöckrige Kamele, Schlangen, die Esel verschlingen konnten. Sommer und Winter kamen zweimal im Jahr, und am östlichsten Rand der Welt gab es die Serer, die Seide machten und damit schweigend Tauschhandel trieben.

«Wie das?» fragte Bruder Joachim-Heinz.

«Ich weiß es nicht», erwiderte Jörg. Er dachte kurz nach. «Handzeichen.»

Sein Diagramm wurde immer voller, als er die Inseln im Mittelmeer einzeichnete: Sardinien, Sizilien, Korsika, Candia, Negroponte und Pharos. Nach Osten, und die Welt atmete schwerer, die Gezeiten wurden stärker, vorbei an den Inseln Ikaros, Melos, Karpathos und Rhodos, zum delphingefüllten Hellespont, wo die Christenheit Indien gegenüberstand. Thrakien war da, wo die furchterregenden Kraniche die Pygmäen von der dritten Küste Europas vertrieben. Jeden Winter flogen sie ostwärts und trugen Steine um des Gleichgewichts willen mit sich, von einem Vogel geführt, dann von einem anderen, wenn der Anführer erschöpft vom Himmel stürzte. Auf der Insel Ortygia kamen jeden Herbst die Wachteln an, in gedrängtem Schwarm, und flogen niedrig übers Meer. Nichts konnte sie von ihrem Kurs abbringen, weder Segel noch Boote, die zerfetzt oder umgestürzt wurden, so blindwütig waren sie. Selbst die Hühnerhabichte drehten ab, wenn ihr Anführer allein weiterflog, um sich als Opfer anzubieten, damit seine Gefährten in Sicherheit niedergehen mochten ...

«Ich verstehe!» Nun war Bruder Volker aufgesprungen. Jörg neigte den Kopf. «Das Mysterium der Wachteln ist ganz leicht zu durchschauen: Die Wachteln sind Seelen, die in ihrer Verwirrung allein fliegen. Nur gemeinsam können sie den wahren Weg finden. Ihr Führer ist Christus, der sich opfert, auf daß der Rest gerettet werde, und die Boote und Segel sind ihre Seelenqualen auf Erden, die sie durchstehen müssen, um den Himmel der Insel zu erreichen ...»

«Ketzerischer Unsinn!» Bruder Georg erhob sich von seinem Stuhl. «Der Himmel kann nicht auf der Erde sein. Die Wachteln sind Sünder, die von ihrem Propheten in die Irre geführt werden, einem falschen Propheten, der vom Schwert der Kirche gerechterweise geschlagen wird. Das ist die wahre Bedeutung des Hühnerhabichts.»

«Gewiß nicht», gab Bruder Bernd zurück. «Gewiß ist der Hühnerhabicht eine Prüfung, und die Wachtel, die ungeschützt fliegt, ist zu weit vom wahren Weg abgekommen ...» Bruder Walter nickte weise. Bruder Hanno war anderer Meinung. Bruder Christoph hielt das für lächerlich und Bruder Harald für wahr. Bald debattierte ein jeder, bestritt Auslegungen, errichtete Hypothesen, und man zitierte wechselseitig die *Psychomachia*. Die Insel war ein Paradies, ein Eden, ein zweites Gelobtes Land. Oder ein Fleischtopf, ein Sodom, eine Hölle auf Erden. Die Wachteln waren Engel für die einen, Abgesandte des Teufels für die anderen. Heilige, dachte Wulf, Sünder, dachte Wolf. Wilf wußte es nicht.

«Nein! Nein! Nein!» schrie Jörg. «Versteht ihr es denn nicht? Die Wachteln bedeuten nichts. Sie sind ganz einfach Wachteln!»

Aber sie verstanden nicht. Sie saßen mit leeren Gesichtern verwirrt im Kapitelhaus, während er ihnen von Skythien erzählte, wo blaugesichtige Tataren die Häute ihrer Feinde als Kleidung trugen, wo die weißhaarigen Albanier der Küste ihre Hunde abrichteten, Stiere und Löwen und selbst Elefanten niederzukämpfen. Die Antwort der Brüder bestand darin, von Päpsten zu sprechen, welche Ostgoten zum Dienst der Kirche bekehrt hätten. Die Stiere seien Tyrannen, die Löwen Mohren, die Elefanten andere Stämme des Ostens. Als er ihnen erzählte, wie die Elefanten in Mauretanien glücklose Reisende aus der Wildnis herausgeleiteten, wurden ihnen die Elefanten zu Moses, auf dem Berge Sinai mit Hörnern versehen, und als er von denselben Tieren sprach, wie sie in den indischen Heeren mitzögen, wurden sie zu den Heeren des Pharao, die Moses verfolgten und ertranken. Jörg wurde ärgerlich.

«Der Elefant ist ein Tier von überragender Größe», erzählte er ihnen. «Er ist so groß wie ein Haus und hat den Schwanz einer Ratte. Er hat eine Panzerhaut, aber sein Bauch ist weich, und seine Feinde werden ihn immer dort angreifen. Er ißt Bäume und Steine, liebt aber Hafer über alles. Wenn er Meere überqueren soll, geht er nicht ohne feste Gewißheit der Rückkehr an Bord, und er kann nur mit Malzbier gezähmt werden. Sein Feind ist vor allem der Drache, der die Kühle aus seinem Blut saugt, bis die schuppige Bestie aufgeschwollen ist, und oft fällt der Elefant auf den Drachen, der dann platzt. So ist der Elefant beschaffen.»

Aber er hatte sie verloren. Er umriß die Länder Äthiopien, Numidien, Ägypten und beschrieb die Flüsse Oxus, Indus und Ister. Für die Brüder waren das Ziffern, Symbole, Abstraktionen. Der schreckliche Kamelopard stand für die Raubgier, das Chamäleon war ein Symbol für Abtrünnigkeit. Er sprach von Papageien, Tigern und Tapiren. Dann wartete er darauf, daß sich Bruder Bernd erhebe, oder Hans-Jürgen, oder sonst einer von ihnen.

«Vater, ist denn der Tapir ein Tier, das Wollust bedeutet?»

«Der Tapir ist einfach ein Tapir», trug er dann vor. «Es ist ein Schwein mit Hufen und lebt jenseits der Insel Taprobane.»

Danach herrschte ein kurzes Schweigen, und dann äußerte ein Bruder: «Taprobane stellt, so haben wir, glaube ich, festgelegt, ein falsches und trügerisches Paradies dar, nicht das Paradies auf Erden aus den Legenden des Ostens, sondern eine gleisnerische Nachahmung, die die Menschen vom …»

«Nein», sagte Jörg.

«… Pfad der Rechtschaffenheit abbringen soll.»

«Du bist völlig auf dem Holzweg. Es ist das keine Frage der Lehre, sondern eine Insel. Dies ist die Welt, in der wir leben.»

Insgeheim wußte er, daß es nicht so war. Trotz all ihrer Wanderungen über die Insel und des gewohnten Umgangs mit den Insulanern blieben seine Mönche in ihrer Kirche befangen. In deren Rundung geduckt sahen sie nicht weiter als bis zu den Mauern, und jetzt stürzte die Kirche zusammen, gaben die Fundamente unter ihnen allen nach. Er stellte sich vor, wie sie langsam die Klippe hinabstürzte und in die See glitt, und obenauf hockten seine Mönche wie zänkische Kommentatoren: «Fürchtet euch nicht, Brüder! Unsere Kirche ist als zweite Arche gedacht, mit der wir zum Ararat segeln werden, den der Herr errichtet hat für …» «Nein, nein. Wir sind alle wie Jonas, und unsere Kirche ist der Wal, der geschickt wurde, um uns von unseren Gefährten zu trennen.» «Unsinn! Der Herr hat uns als Sünder aus seinem Garten vertrieben. Fühlet. Ist dieses Wasser nicht sehr kalt? Brüder? Brüder! ...»

In seinen dunkleren Momenten stellte Jörg sich den Tag der Empfängnis dieser Kirche vor, als Heinrich der Löwe, seine Markgrafen und deren Heere zusammen am Rand der Landzunge standen, verwirrt, enttäuscht, jäh dort aufgehalten, wo sie vor allem anderen weiterziehen mußten, vorwärts über die Klippe hinab in das stahlgraue Wasser da unten. Ihre Kirche war ein Damm, der letzte Halt für ein Heer toter Männer. Und dennoch drängten sie vorwärts, getrieben von dem Bedürfnis, das zu beenden, was sie begonnen hatten, was sie zu weit gebracht hatte und nicht aufhören wollte, tiefer in Vinetas Vergessenheit hinein. Ja, auch Jörg würde dabei sein, wie sie die Klippe hinabsausten, und seine Stimme der sinnlosen Debatte hinzufügen. «Wir sind Kreuzfahrer, Soldaten Christi, ausgesandt zu beenden, was begonnen ward, das Patt von Heinrichs vereiteltem Plan aufzubrechen ...», seinen zweifelhaften Kommentar hervorblökend, während das Kirchenschiff sich vornüber neigte, der zersplitterte Bug die Oberfläche durchbrach und die Seeleute in Kutten an Bord des sinkenden Narrenschiffs miteinander zankten. Er sah, wie solche Schlachten Verwüstungen auf den Gesichtern der Brüder hinterließen, als sie nacheinander an ihm vorüber aus dem Kapitelhaus schritten; er focht eigene Schlachten in der Abgeschiedenheit seiner Zelle aus, hielt durch, gewann sie, sah sie wiederkehren. Bruder Gerhardt beobachtete ihn von seinem Platz auf den Altarstufen, trug nichts bei, wartete auf sein Scheitern.

Er fuhr unbeirrt fort, führte sie in einer abgeflachten Schleife um die Küsten des Mittelmeeres vom Pentus zu den Säulen des Herkules, stieß ins Binnenland vor, jagte Bildern nach von brennendem Sand und blasenziehender Hitze, von Ländern im ewigen Eis, wo die Sonne nur einmal im Jahr aufging und wo eine einzige Nacht den Winter über dauerte. Er entwarf Paradiese von üppigem grünem Gras und erfrischenden Quellen, Höllen von flammenden schwarzen Flüssen und feuerspeienden Bergen. Seine Stimme wurde lauter, die Gesten wilder, als er die äußersten Enden der Welt umriß. Ihre Verwirrung nahm nur zu. Jeden Tag versammelten sie sich pflichtschuldig nach der Sext, um ihn pathetisch von Ungeheuern und Wundern sprechen zu hören, lauschten fast schweigend, und ihre gelegentlichen Kommentare waren so querköpfig wie immer. Jeden Tag konnte er feststellen, daß ein paar mehr ihre Augen von den seinen abwandten, wenn sie zu ihren Hausarbeiten gingen oder zu Besorgungen auf der Insel, konnte er sehen, wie sich das Grinsen unter Bruder Gerhardts unbeweglicher Miene verstärkte, und wenn er allein in der Zelle war, gewannen die eigenen Zweifel an Kraft. Er brauchte wenigstens ihre Neugier. Sein Plan ging fehl, scheiterte, noch ehe einer von ihnen den Fuß jenseits der Ufer Usedoms niedergesetzt hatte. Sie waren blind, oder sie wollten die Augen nicht öffnen. Sie würden stolpern und stürzen. Er kehrte zu seinen Büchern zurück, brütete über ihnen, bis das Kerzenlicht seine Augen mit sonderbaren Schmerzen umringte und die Buchstaben undeutlich wurden und ineinanderliefen. Er konnte nicht finden, was er benötigte, und die Brüder wisperten und berieten sich untereinander. Er hatte sie mit der Nase auf die Insel gepreßt, bis sie sie annehmen mußten. Darüber hinaus verstanden sie nichts.

Der Herbst kam, und die Tage des Erntedankfestes. Kupferrote Buchenblätter wehten auf den Waldboden, und der nahende Winter begann, den Sonnenschein aus dem Himmel zu saugen. Seine Vorlesungen gingen durch die kürzer werdenden Tage weiter, während sich die Inselbewohner dem Flicken von Zäunen und Ausheben von Gräben widmeten und ihre Frauen Vorräte für die kommenden Monate einmachten. Der Puls der Insel schlug langsamer, und auch Jörg fand seine kreisenden Gedanken langsam, als ob er sich noch nicht mit dem Scheitern abgefunden hätte, das ihr Ende war. Er sah keinen Weg voran, brachte es aber auch nicht über sich aufzuhören. Die Brüder waren ein Gewicht, das er nicht länger schleppen konnte. Er war erschöpft, so gut wie am Ende. Dann, am Tage des heiligen Bruno, als sich See und Himmel in grauer Eintönigkeit am trüben Winterhorizont trafen, klomm Bruder Hans-Jürgen langsam die Stufen zu seiner Zelle empor, um ihm mitzuteilen, daß zwei Fremde auf der Insel eingetroffen seien, Soldaten, auf der Flucht aus einem Krieg fern im Süden.

Jörg nickte langsam ob dieser Ablenkung. Soldaten; und ein ferner Krieg. Na und? Dann aber beschleunigten sich seine Gedanken. Sein Geist tat einen Sprung und begann zu wirbeln. Natürlich, dachte er, ja. Tausendmal ja. Sein Herz begann zu hämmern, als der Gedanke an Kraft gewann. Hinter ihm wartete im Halbdunkel des Türgangs der Mönch geduldig auf eine Antwort. Diese Vagabunden mochten die Erlösung bedeuten, um die er unbewußt gebetet hatte, Ausgleich für alle Mängel. Als er schließlich sprach, war seine Stimme gleichgültig, schien beiläufig und bar jeder Absicht. «Was diese neuangekommenen Raufbolde angeht», sagte er, «möchte ich, daß du mehr herausfindest, Bruder.» Hans-Jürgen nickte zur Bestätigung des Auftrags, wandte sich um und überließ den Prior seinen Studien.

An den folgenden Tagen konnten die Mönche an Pater Jörg eine Mäßigung seiner cholerischen Laune feststellen, eine höchst willkommene Beruhigung jener Leidenschaften, die ihn dazu gebracht hatten, die Namen ferner Inseln und Länder zu brüllen, seinen Stock an die Wand zu schlagen und sogar wie ein menschenfressendes Ungeheuer durch das Kapitelhaus zu stapfen – eine Gestalt, wie sie sich erinnerten, die wahllose Gefräßigkeit darstellte. Als er ihnen von den auf Bäumen lebenden Hyperboräern berichtete – die, wie sie beschlossen, den Zustand der Eremitenseele auf dem Weg von der Erde in den Himmel bedeuteten –, geschah das in ruhigen, beiläufigen Tönen. Und als Jörg ihnen die Durstschlange und die Schlafschlange in den Wüsten jenseits des Niger beschrieb, trafen ihre Schlußfolgerungen hinsichtlich der Bedeutung dieser Schlangen – offensichtlich Trunkenheit und Faulheit – nur auf ein Murmeln, daß die wirklich von diesen Gebissenen anderer Meinung sein mochten. Sie werteten seine Ruhe als Aufgeben, als Zeichen, daß er seine Vorlesungen bald ganz einstellen würde. Von seinem Platz vor der Kapitelhausmauer nahm er wahr, wie die dichtgedrängten Gesichter seiner Mönche milder wurden. Er bildete sich ein, er sähe in Bruder Gerhardts zunehmend höflicherem Grüßen eine erste Andeutung von Herablassung. Sie warteten ab, warteten nur darauf, daß sein Wahnsinn sich endlich legte, und glaubten, er tue dasselbe. Falsch.

Er saß vor seinen aufgeschlagenen Büchern, während die Kerze auf seinem Tisch die Zelle mit Unschlittqualm füllte, sah nichts, hatte für nichts anderes mehr Sinn, als auf die Schritte von Bruder Hans-Jürgen zu lauschen. Wenn seine Vorlesungen an Leidenschaft verloren hatten, dann eher aus Zerstreuung denn aus Nachlässigkeit. Seine Gedanken waren woanders, noch nicht gefestigt, sammelten und ordneten sich neu. Freibriefe und Schenkungen, durch die das Kloster vor Jahrhunderten zwischen simonistischen und an mehreren Pfründen beteiligten und abwesenden Prälaten hin- und hergegangen war, lagen verstreut und ungelesen vor ihm. Seine Kirche lag irgendwo in den dort erwähnten Transaktionen, unverankert, verloren, ein Wrack. Wenn der Mönch kam, stellte Jörg ihm einfache Fragen, täuschte gegenüber den Antworten fast völlige Gleichgültigkeit vor, beauftragte seinen Boten dann, mehr herauszufinden. Falls Bruder Hans-Jürgen mehr als müßige Neugier vermutete, so ließ er es nicht erkennen. Die Raufbolde seien mit dem Boot vom Festland gekommen und lagerten in einem Heringsschuppen von Brüggemann. Sie hätten mit den Spaniern gekämpft, hieß es. Der Dunkelhäutigere der beiden sei ein Riese und überrage seinen Begleiter um mehr als einen Kopf. Sie seien mit irgendwelchen Übungen im Teich hinter dem Heringsschuppen beschäftigt, wobei ein Faß eine Rolle spiele. Einer der Jungen von Ronsdorff habe sie gesehen.

«Ein Faß?» Seine beiläufige Frage trieb im Unschlittrauch. «Davon wüßte ich gern mehr, Bruder.»

So hatte Hans-Jürgen seine Suche fortgesetzt, stapfte kreuz und quer über die Insel, bei Regen und Sonnenschein, und gab seines Meisters Fragen wieder. Das Faß, so schien es, war als Fahrzeug gedacht. Der Kleinere der beiden steige hinein, worauf der Riese es in den Teich ablasse. Dafür hatten sie eine Art Kran gebaut. Aber wenn er sich über diese nackten Tatsachen hinaus erkundigte, stieß er auf eigenartigen Widerstand; eine berechnete Vagheit. Seine gewöhnlich geschwätzigen Bekanntschaften taten unwissend oder gleichgültig. Wenn es einen Zweck hinter dem Treiben der Vagabunden gab, konnte er ihn nicht entdecken. Und was die Zurückhaltung der Inselbewohner anging, so nahm er lediglich Eindrücke einer rätselhaften Unruhe wahr.

«Ich glaube», sagte er, nachdem Jörg ihn in dieser letzteren Frage aus verschiedenen Winkeln angegangen war, «daß die Inselbewohner irgendwie Angst vor diesen Männern haben.»

«Angst? Eine ganze Insel voll kräftiger Männer hat Angst vor einem Paar Vagabunden?»

«Es ist eine unklare Art Angst. Ich kann sie nicht ergründen.»

Und dann, immer wieder: «Forsche tiefer nach, Bruder. Geh dem Geheimnis auf den Grund.» Jörg hielt inne und bedachte den Lauf der Ereignisse. «Sprich mit Ewald Brüggemann.»

Hans-Jürgens Sandalen klatschten auf den Steinboden, klackten über die Fliesen des Kreuzgangs, erstarben, bis Pater Jörg mit seinen Überlegungen allein blieb. Das Faß störte ihn. So sehr seiner normalen Verwendung entzogen (für Wein oder Teer – nein, Heringe –, wem außer Brüggemann konnte es schon gehören), deutete es auf Zwecke außerhalb des begrenzten Gesichtskreises der Insel hin, auch außerhalb seines eigenen, um die Wahrheit zu sagen, was ein Teil der Faszination war, die diese beiden Nichtsnutze, diese Außenseiter auf ihn ausübten. Was in aller Welt hatten sie mit einem solchen Gerät vor? Einander in Teiche absenken. Und ein Kran! Er fragte sich, ob Bruder Gerhardt von diesen Ingenieursrivalen wußte. Seine Finger klopften auf das Blatt, während er sich mit diesen Gedanken befaßte. Sie brachten ihn nicht weiter. Die Kerze tropfte und ließ gelbes Wachs über den Tisch in eine sich ausweitende erstarrende Pfütze fließen. Fast war es Zeit für die Nachtmette.

Der Nieselregen des Herbstendes verwandelte Pfade, die in den Sommermonaten von den Füßen der Ernter hartgestampft worden waren, in widerspenstigen Morast und klebrige flache Gräben. Tümpel sammelten sich und sickerten in den aufweichenden Stoff der Insel. Schlamm breitete sich aus. Vom Wetter heimgesucht und undeutlich vom Zwielicht des besorgten Schweigens der Insel erfaßt, marschierte Jörgs Stellvertreter entschlossen durch Pfützen stehenden Wassers, Blättermulch, verkommenes Eichen- und Buchengestrüpp. Bruder Hans-Jürgen wanderte am Rand des Achterwassers – trübe, bootlos, windwund –, bevor er wieder zur Seeküste und den vom Salzwasser verkrüppelten Erlen ging, die die Grenze von Ewald Brüggemanns Gut bezeichneten. Ein Feuer brannte, der Rauch stieg durch den Kamin als Säule auf, die aufbrach und verschwand, als Böen von der See hereinbliesen. Er erschauerte, ging näher und klopfte.

«Da draußen.»

Mathilde Brüggemanns verdrossene Miene war nicht dazu angetan, ihn einzuladen. Sie stand da, blockierte den Eingang, wies mit dem Daumen rückwärts über ihre Schulter. Da draußen. Sie meinte die See. Sie meinte «nicht hier». Und, geh weg. Die unwillkommenen Fragen welkten in seiner Kehle. Brüggemanns Kinder hatten am Feuer gespielt. Sie glotzten aus dem Zimmer zu ihm auf, erstarrt und mit offenen Mündern. Die Tür schloß sich, noch bevor er ihr den Rücken wandte. Er ging zur Rückseite des Hauses, von da aus hinab zum Ufer, setzte sich hin und wartete.

Borstige kleine Wellen schoben ihre Stacheln landwärts und verkochten im Kiesstrand. Sprühregen wirbelte heran, als der böige Wind Wasser aus der Oberfläche kratzte, und bald glänzte sein Gesicht vor Nässe. Eine Stunde mußte vergangen sein. Eine Meile die Küste hinab sah er die vorspringende Kirche unmöglich auf dem Rand der Klippe kauern, sich vornüber neigen. Wintergrauer Himmel schien der Erde unten ihr Maß an Tageslicht zu neiden, und bald verblaßte die Kirche und verschmolz mit düsterem Zwielicht, das die ganze Insel in Dunst hüllte. See, Land und Himmel flossen ineinander, erreichten eine dumpfe Gleichförmigkeit, und der Mönch, der am Ufer auf dem Hintern hockte, bibberte in seiner Kutte, während er den Horizont nach Brüggemanns Boot absuchte. Die Eindringlinge mußten seine Erlaubnis erbeten oder sie irgendwie erschlichen haben. Warum Brüggemann? An schmierigen, übelriechenden Teichen war auf Usedom kein Mangel. Etwas verband Ewald Brüggemann mit diesen Männern, etwas Unausgesprochenes, das irgendwo im Schweigen der Insel versteckt lag.

Etwas Weißes draußen. Ein Segel? Ja, und kaum fünfzig Meter entfernt. Mehr zu hören als zu sehen, als der Wind am Segel saugte und flappte. Brüggemann und sein Maat kauerten im Heck. Hans-Jürgen stand auf und watete hinaus, um den Fischern zu helfen, ihr Gefährt ans Ufer zu ziehen. Beide waren bis auf die Haut durchnäßt und zitterten heftig. Brüggemann schalt seinen Gehilfen wegen irgendeines obskuren Mißgeschicks – Ploetz, der kränklich wirkte und sich gegen die halbherzigen Vorwürfe seines Patrons nicht wehrte. Karger Fang wurde ausgeladen, und Hans-Jürgen wartete auf den geeigneten Moment, um mit seiner Befragung zu beginnen; dabei schaufelte er mit den beiden Männern Heringe vom Boden des Bootes. Brüggemann schien nicht überrascht von seiner Anwesenheit. Ploetz blickte immer wieder zu ihm herüber, sagte aber nichts. Als die Netze entwirrt, geglättet und zum Trocknen über das Boot gelegt waren, grüßte Ploetz seinen Herrn ganz knapp und verschwand über den Rand des Abhangs. Die beiden waren allein.

Hans-Jürgen nutzte die Gelegenheit und stürzte sich sofort in eine Reihe von Fragen, als Brüggemann seinen Sack mit Fisch packte, auf die Schulter hievte und rasch den Strand hinaufging. Der Mönch folgte; seine Fragen wurden immer drängender. Brüggemann hatte noch immer nichts zu seiner Anwesenheit gesagt; aber nun scheuchte er ihn fort, es sei viel zu spät, fast dunkel, und der Mönch werde sich verirren, wenn er jetzt nicht zum Kloster aufbräche. Außerdem sei ihm kalt; ob Hans-Jürgen denn nicht seine Zähne klappern höre? Er friere, sei halb verhungert, für diesen Tag am Ende und habe keinen Sinn für Fragen. Jetzt nicht. Morgen? Nein, morgen auch nicht. Morgen müsse er nach Stettin, und am Tag danach sei er wieder auf dem Boot, und außerdem gebe es nichts zu reden. Er sei durch und durch naß, klar? Und er zitterte, und jetzt hatte er seine Tür erreicht, wo sie, wie Hans-Jürgen wußte, sicherlich scheiden würden, ohne daß er etwas erfahren hätte, außer Brüggemanns spröder Verärgerung, einer nervösen Brüskheit, die nichts anderes hervorbringen würde, er wußte es nur zu gut, als dieselben ungeschickten Halbwahrheiten und schlechtverhohlenen Ausflüchte, die er in den letzten vierzehn enttäuschenden Tagen auf der ganzen Insel gehört hatte. Mathilde Brüggemanns steinernes Starren, dieselben offenmündigen Kinder, als ob sie alle drei bewegungslos auf sein unerwünschtes Wiedererscheinen gewartet hätten, um aufzutauen. Ewald Brüggemann tauchte unter dem muskulösen Arm seiner Ehefrau hindurch, und die Tür knallte vor Hans-Jürgens Nase zu. Nichts.

Er stand noch einige Augenblicke lang da und lauschte auf das dringliche Gemurmel im Innern, das immer schwächer wurde, als sie sich von der Tür entfernten. Er hatte überhaupt nichts herausgefunden. Aus dem Nieseln wurde plötzlich Regen, und der Mönch suchte seinen Weg zurück über die Insel. Es war fast dunkel, und verschiedentlich glitt er auf dem unsicheren Pfad aus. Brüggemanns Besorgnis war nichts als eine Ablenkung gewesen, nun aber vorn und hinten mit Schlamm bedeckt, selbst durchnäßt und allein im Dunkeln, wünschte Hans-Jürgen sich inbrünstig zurück ins Torhaus des Klosters. Seine Zähne begannen zu klappern, und das alles nur, um in Erfahrung zu bringen, was er längst schon wußte – daß der Fischer sich fürchtete, vielleicht vor den Soldaten selbst, vielleicht vor etwas ganz anderem. Erneut verlor er den Halt, stürzte schwer und ächzte laut. Der Regen fiel stetig. Er hatte die Insel an ihrer schmalsten Stelle fast überquert und wußte, wenn er das Achterwasser erreichte, würde der Weg leichter werden. Er hörte irgendwo zu seiner Linken eine Bewegung und blickte um sich, sah aber nichts und niemanden. Er stolperte weiter, hörte es dann wieder. Diesmal rief er. Keine Antwort. Als der Mönch den Waldrand erreichte, blieb er stehen und schaute zurück ins Dunkel. Sobald er sich wieder umwandte, um weiterzugehen, fuhr er zusammen und stieß einen Schreckensschrei aus. Ein Mann stand da, keine zehn Fuß von ihm entfernt, suchte ruhig Schutz im Windschatten eines Buchenstammes.

«Hat dir erzählt, er will morgen nach Stettin, oder?» sagte die Gestalt. Erschüttert, die Augen wegen der Dunkelheit zusammengekniffen, konnte der Mönch nur nicken.

«Hat den Kopf verloren, oder? Nichts Neues dran», fuhr die Gestalt mit sarkastischem Ton fort, als sie sich dem Mönch näherte. «Wann hat's denn da sonntags einen Fischmarkt gegeben, he? Saublöd! Willst du die Wahrheit wissen? Deshalb bist du doch hier, Mönch, oder? Er hat Angst. Das ist alles, was du über Ewald Brüggemann wissen mußt. Er fürchtet sich zu Tode!»

Es war Ploetz.

Der Regen hörte eine Stunde vor dem Morgendämmern auf. Bruder Hans-Jürgen stolperte aus Ploetzens Bruchbude, als das erste Licht kalte graue Finger in die Masse der Nacht stieß. Görmitz hob sich klar von der trägen Oberfläche der Bucht ab, und die ersten Vögel tschilpten schrill wider die weichende Düsternis. Er war benommen, seine Augen glasig. Er hatte die ganze Nacht Ploetzens boshaftem Mauscheln gelauscht, die benötigten Tatsachen aus einer windungsreichen Litanei von Ungerechtigkeiten und Verachtung für seinen schwachköpfigen Patron herausgefischt. Sonderbar, er verspürte eine zunehmende Sympathie für Ewald Brüggemann, während außerhalb der elenden kleinen Hütte von Ploetz der Regen in Strömen fiel und durch die Löcher im Dach troff. Das Feuer hatte geraucht, gezischt und gesprüht. Bei seinem Aufbruch war er nicht trockener als zuvor.

«Ploetz?»

Pater Jörg schlief noch, als er das Kloster erreichte. Der Mönch rüttelte ihn sanft bei den Schultern.

«Wilfried Ploetz. Brüggemanns Maat, auf dem Boot.» Der Prior rieb sich die Augen und erhob sich von seinem Strohsack. Das Boot, natürlich. Er hatte diesen Ploetz am Morgen nach dem Zusammenbruch gesehen, wenngleich aus der Ferne. Jörg hörte aufmerksam zu, als der Mönch ihm das Wesentliche der letzten fünf Stunden in ebenso vielen Minuten erzählte.

«Sie haben sie also als Hexe ertränkt, und jetzt kommt der Sohn zurück. Kein Wunder, daß sie Angst haben. Wie ist er entkommen?»

«Sie haben ihn damals in der Nacht ans Ufer gebracht. Den Riesen kennen sie nicht, aber er jagt ihnen Angst ein. Besonders Brüggemann. Er glaubt, sie sind seinetwegen hier. Es waren sein Vater, der von Ploetz, Stenschke und ein anderer; Ploetz meint, der kam von Rügen.»

«Der alte Stenschke?»

«Genau der.»

Jörg schürzte die Lippen. «Die Sünden der Väter. Wenn Brüggemann Angst hat, warum hat Ploetz keine?»

«Brüggemann und der Junge der Hexe sind zusammen aufgewachsen. Das Band war stärker, der Schnitt vielleicht tiefer. Als sie kamen, sind sie zuerst zu Brüggemann gegangen.»

«Nur um Unterkunft, die ihnen auch gewährt worden ist.» Jörg hielt inne und dachte erneut nach. «Ich glaube nicht, daß diese Männer aus Rache gekommen sind, Bruder. Glaubst du das?» Hans-Jürgen zuckte die Achseln, unentschlossen: «Das Faß. Der Teich. Der Kran. Deshalb sind sie hier», stellte er mit plötzlicher Überzeugung fest. «Nichts, was du mir erzählt hast, erklärt diese Dinge.»

«Ploetz weiß nur, daß das Faß als Fahrzeug gedacht ist, daß sie hineinklettern und es in den Teich versenken. Und daß Brüggemann ihnen sein Boot geliehen hat.»

«Sein Boot? Brüggemanns Nächstenliebe kennt keine Grenzen.» Der Prior ging langsam durch die Zelle zur Fensterscharte. Matter Wind kam in Böen herein. Seenebel verdichtete sich und wurde dünner in Übereinstimmung mit der unruhigen Brise und riß dann auf, um ihm kurzlebige Blicke auf beinahe lebloses Wasser zu schenken. Die Wolken sahen vollgesogen aus, zu schwer, um mehr zu tun, als herumzutorkeln und über dem Meeresspiegel zu platzen. Ein Faß wäre ein unbeholfenes Fahrzeug, selbst in einem Teich. Der sanfteste Wellengang würde es sofort versenken. Und wenn man ein Boot hatte, wozu brauchte man dann überhaupt ein Faß? Irgendwie gehörten sie zusammen. Irgend etwas Größeres harrte der Vereinigung dieser kleineren Dinge; ein größeres Tier, scheu und schwer faßbar, lag da irgendwo in den sich zusammenballenden Wolken auf der Lauer. Überstieg seinen Verstand.

«Und wann soll diese Ausleihe vonstatten gehen, Bruder?» erkundigte er sich und starrte noch immer aus dem Fenster. «Wann soll Brüggemanns Nächstenliebe auf die Probe ...»

Aber seine Stimme erstarb, und er brauchte die Antwort des Mönches nicht mehr zu hören. Schwach, dann deutlicher, verdeckt von den langsam wirbelnden Wolken und dann wieder freigegeben, schlingernd wegen der schlecht getrimmten Ladung und des Gezappels seiner Insassen, tauchte Brüggemanns Boot aus dem Nebel, noch bevor er seine Frage hatte beenden können. Hundert Meter draußen, nicht mehr, und an Bord waren der Riese, sein Gefährte, ein Faß und etwas, das seinen angestrengten Augen wie eine ungeheure Seilrolle erschien. Jörg starrte schweigend, während abgesunkene Gedanken aufstiegen und die Oberfläche durchbrachen. Treibender Nebel verdichtete und verdünnte sich um das taumelnde Gefährt, um unheimliche Schatten und Bilder auf das Auge seines forschenden Geistes zu werfen: ein zerbröckelndes Bollwerk, sich auflösende Inseln, die auftauchenden Züge eines massigen Tieres, das ihn aus der Düsternis anstarrte, riesig, ergrauend und dann verschwunden. Geräte und Mißdeutungen, schlecht entworfene lecke Gefährte, treibend vor der Vinetaspitze.

«Hol Bruder Gerhardt», schnauzte er den wartenden Mönch an, der zögerte, aufgeschreckt vom Gang der Ereignisse. «Schnell, Bruder!»

Knirsch, knirsch, platsch, knirsch ...

Fester Boden an der Küste bedeutet Wasserflächen, Kiesbuckel, mit Wasser durchfeuchteten Sand oder in Wasser treibenden Sand, vermeintliche Festigkeit und wandernde Weiten von Grau und Braun, durchzogen von schlängelnden Abflüssen und lakegefüllten Kanälen – ein abwechslungsreiches und schwieriges Gelände für die Möchtegern-Seeleute Bernardo und Salvestro, während sie sich mühsam das Ufer entlangbewegen – Vieldeutigkeit und Schlamm.

... schmanz, platsch, knirsch, knirsch, gluupsch ...

Dieses gebeulte und getüpfelte Niemandsland, das unter den Hieben der See schwankt, ist übersät mit schleimigem Seegras, stinkendem Tang, wurmbesetztem und von Bohrmuscheln durchlöchertem Treibgut, Chitinabfall, von den Wellen zerrupften Möwenfedern, windgescheuerten Steckmuscheln, knirschenden brodelnden Schleimflößen von Meeresschnecken und ...

... knIIRSCH!

«Au!»

... Sandkrebsen.

Indem sie der schwachen Flut das flache Gefälle der Usedomer Küste hinauf folgen, hat eine Kolonie fühlerschwingender, die Gischt filternder Sandkrebse plötzlich beschlossen, sich aus dem Sand zu graben und landwärts in der proteinreichen Brandung zu jagen, gierig nach Nahrungsfang weiter strandauf. Man bedenke die tausend Varianten von Krebsüberraschung an Bernardos hornhäutigem Fuß, der zwischen ihnen niedersteigt. Riesig, weiß – ein vom Salzwasser geschrubbter Kuhschädel, vor Monaten angeschwemmt, wäre ein weit hergeholter Vergleich, aber Krebsgedächtnisse sind kurz, Krebslaunen noch kürzer. Sie greifen an.

«Salvestro! Krebse!» Ausgerechnet sein von der Fuchsfalle verletzter Fuß, immer noch von den Zähnen gezeichnet, zu geschwollen, um in einen Stiefel zu passen.

«Jammerst du schon, Bernardo? Nimm das Faß und komm!»

Sie stapften weiter, mürrisch, das gezeitenbedrängte Ufer entlang, knirschten über Kiesel, platschten durch Tümpel, verbunden durch Schweigen und beiderseitige Gereiztheit wegen Brüggemanns Boot.

Vor der Küste waren die Regenwolken der letzten Nacht auf einer angeschwollenen See niedergegangen. Große Klumpen Nebel waberten und schwankten vor einer Brise dahin, die zu schwach war, sie zu vertreiben. Es wäre jetzt Sonnenaufgang, wenn sie ihn nur sehen könnten.

Salvestro versuchte, sich durch Achselzucken das Seil höher auf die Schulter zu bringen. Es rutschte immer wieder ab. Er hoffte nur, daß es lang genug war. Er musterte das Ufer vor ihnen, als Dunst von der See hereinwirbelte. Sein Magen knurrte. Sie hatten Hering gefrühstückt.

Bald erschien ein vager Rhombus etwa fünfzig Meter vor ihnen. Als sie näher kamen, wurde der Rhombus immer bootsähnlicher, stieg die dunkle Stange seines Mastes aus dem Nebel.

«Hier ist es, Bernardo.» Beifällig tätschelte Salvestro das Boot. «Verstau unseren Pott hier am Mast. Am *Mast*, Bernardo. Genau. Jetzt schlepp das Boot rein und los.»

Bernardo bückte sich, nahm den Steven in die Hand und hievte. Ein paar Kiesel knirschten, aber das Boot bewegte sich kaum. Er versuchte es erneut, spannte sich stärker an, mit ebensowenig Erfolg wie zuvor. «Will sich nicht bewegen.»

«Versuch's mit dem Rücken, los!» Ein weiteres Hieven folgte, und noch eins; das Boot blieb bewegungslos. Bernardo richtete sich auf, sah seinen Gefährten und starrte ihn wütend an.

«Steig aus, Salvestro.»

«Was?»

«Raus aus dem Boot und schieb.»

Einige Minuten später ruderte Bernardo kraftvoll ins offene Wasser. Salvestro saß ihm gegenüber und schrie Weisungen. Beide Männer waren bis zur Hüfte durchnäßt. Nebel kam in Wellen über das Boot, verdichtete sich und war im nächsten Moment wieder dünn genug, um Blicke auf die Küste zuzulassen. Sie ruderten ostwärts, hielten die Vorderfront der Insel auf Backbord; Salvestro wurde langsam ruhiger und versonnener; schließlich waren die einzigen Geräusche Bernardos Grunzen beim Rudern, das Klatschen des Wassers gegen die Bootsseiten, das dumpfe Pochen und Schlagen des Fasses, wie es leicht gegen den Mast stieß. Von Zeit zu Zeit blickte er es ängstlich an. Die Riemen, die Glasscheibe, die Signalleine, deren Lederscheide und das schwarze Innere. Dunkler als in seiner Erinnerung.

«Schneller, Bernardo!» schnauzte er plötzlich. «Bei diesem Tempo hängen wir hier den ganzen Tag rum.»

Aber Bernardo war ins Rudern vertieft, für ihn eine neue und interessante Tätigkeit, und wollte sich auf nichts einlassen. Salvestro gab sich damit zufrieden, die Signale zu wiederholen und letzte Anweisungen zu geben.

«Denk dran, einmal Ziehen für runter, zweimal für rauf, dreimal und viermal für vorwärts und zurück ...» Vorwärts und zurück, dachte Bernardo. Wie Rudern.

«Und achte auf das Gleichgewicht», erinnerte Salvestro an Ewalds Warnung. «Halt das Gewicht des Fasses gegenüber von deinem. Benutz das Seil, Bernardo. Du auf der einen Seite, das Faß über die andere. Vergiß es nicht.»

Etwas störte ihn bei dieser Anordnung, aber er konnte den Finger nicht drauflegen. «Und zieh sachte.» Vielleicht war es das. Bernardo grunzte Zustimmung, ohne den Ruderschlag zu unterbrechen, und Salvestro verfiel erneut in Schweigen.

Durch die Löcher im Nebel starrend, beobachtete er, wie sich die Küste als dunstiger grauer Streifen entrollte. Zuerst schien es kaum möglich, See und Himmel auseinanderzuhalten, aber als sie weiter ostwärts fuhren, wurde alles dicker und fester. Am Ufer stieg der Boden. Er strengte die Augen an und versuchte, den Dunstschleier zu durchbohren. Das geisterhafte Ufer wurde deutlicher, wurde ein Kamm, dann eine steile Böschung, die immer höher stieg, bis er es sah: eine glatte Wand aus dunkelrotem Lehm, die rote Wunde der Klippe, mit der durch den Nebel gerade noch sichtbaren Kirche auf dem Gipfel.

«Hör auf zu rudern, Bernardo», sagte er. Sie hatten die Vinetaspitze erreicht.

Beide Männer standen auf, Salvestro, um das Seil zu entrollen, sein Partner, um das Faß zu nehmen. Das Boot schaukelte beängstigend. Salvestro suchte in den Taschen nach Kerzen und der Zunderbüchse, dann machte er sich daran, das Vehikel zu überprüfen: die Abdichtung um das Guckloch, die Festigkeit des Glases. Bernardo hatte den Deckel abgenommen und pochte mit den Knöcheln gegen die Dauben. Er trat zurück, als Salvestro das Seil an den Ringbolzen band und das Boot noch wilder tanzte. Beide setzten sich schnell hin. Als das Boot sich beruhigt hatte, stand Salvestro vorsichtig auf und blickte ins Faß. Es roch dumpf und fischig. Er spürte, wie ihm das Frühstück aus dem Magen hochstieg.

«Alsdann», sagte Bernardo.

«Na denn», sagte Salvestro. Ein Moment der Besinnung, bevor er einstieg. Sein früheres Unbehagen kehrte zurück, stärker diesmal. Etwas mit dem Boot. Mit dem Gleichgewicht. Er kauerte nieder und zog die Knie an die Brust. Bernardo packte den Deckel.

«Sollen wir ein Gebet aufsagen?» schlug er vor. Salvestro war bewegungslos und starrte auf eine Stelle in der hölzernen Wand, einen Zoll vor seiner Nase.

«Den Deckel», sagte er.

Schmutziggraues Licht blakte durch die hoch in der Wand sitzenden Fenster und drückte die Düsternis im Innern nieder. Auf Pritschen den Schlafsaal entlang zusammengekrümmt, regten sich unterschiedlich wache Mönche beim Geräusch von Schritten. Hans-Jürgen ging auf Zehenspitzen zwischen den beiden Reihen hindurch. Es hatte einmal eine Zeit gegeben, da wären sie alle wie ein Mann beim Klang der Glocke aufgesprungen, aber jetzt schwieg die Glocke, deshalb begannen sie den Tag, wann es ihnen gefiel. Manche drehten sich, um ihn vorwurfsvoll anzusehen. Andere ignorierten ihn ganz. Der Tag war noch kaum angebrochen. Einige schnarchten. Einige lagen still da wie Tote. Nachlassen der Disziplin, befand Hans-Jürgen, ein Erschlaffen im Kreislauf des Klosters. Es schien alles so lange Zeit her.

Die ausgestreckten Körper wurden durch sein Eindringen aufgestört. Ein Rülpsen dröhnte. Schließmuskeln begannen sich zu lockern und entließen Fürze in die kalte Luft. Ungewaschene Münder atmeten schnarchend und reicherten den Mief mit übelriechenden Wolken an. Drangvolles Rascheln hörte abrupt auf, als er näher kam, und wurde verstohlen wieder aufgenommen, als er weiter den Schlafsaal hinabging. Fingersünden wurden unter scharfriechenden Decken begangen. Das nahm zu; Fummeln und Nachgeben im grauen Schweigen des Dämmerns, Onans Sünde beim Löschen der Lichter. Hans-Jürgen machte den Prior dafür verantwortlich. Seine Vorlesungen reizten die Jüngeren auf und brachten sie aus dem Gleichgewicht. Ein lautes, schlechtverhohlenes Grunzen erklang irgendwo hinter ihm. Erguß. Junge Hunde.

Die älteren Mönche schliefen am anderen Ende des Saals. Er kam an seiner eigenen, in dieser Nacht unberührten Pritsche vorüber. Dahinter zog Bruder Gerhardt sich schon an. Er zeigte sich nicht überrascht von der Aufforderung, und die beiden gingen schnell zusammen hinaus, verfolgt von zwei Dutzend Augenpaaren. Schweigend durchquerten sie den Kreuzgang. Hinter ihnen würden im Schlafsaal schon jetzt Gerüchte aufkommen. Gerhardt sah in ihm ein Geschöpf des Priors, keinen Angehörigen seines Anhängerkreises; einen Gegner. Ihre Sandalen klatschten auf die Pflastersteine und klapperten die Treppe hinauf. Gerhardt, Hanno und Bernd: die hielten eng zueinander, die drei. Eine wechselnde Handvoll jüngerer Mönche bildete den äußeren Kreis der Clique, alle formell dem alten Abt zu Gehorsam verpflichtet. Sie betraten die Zelle des Priors.

Pater Jörg stand am Fenster wie zuvor.

«Meine Augen können diese Düsternis nicht durchdringen, Bruder», sagte er und wies Hans-Jürgen an, seinen Platz einzunehmen. «Willkommen, Bruder Gerhardt», setzte er hinzu. Gerhardt nickte wortlos. «Sag mir jetzt, was du siehst.»

Hans-Jürgen wartete, bis ein dichter Nebelschwaden sich verzog. Das Boot war da, wo er es zuletzt gesehen hatte, etwa eine Viertelmeile oder mehr vom Fuß der Klippe. Er erblickte eine Gestalt an Bord, aber keine Spur von seinem Gefährten.

«Ich kann nur den Riesen sehen, Vater», sagte er. «Einer von denen ist verschwunden.»

«Er ist im Faß. Soviel hab ich gesehen, bevor der verdammte Nebel dichter wurde.»

Ein neugieriges Gesicht war an der Tür erschienen. Das von Bruder Joachim-Heinz.

«Ja?»

«Ich bin gekommen, um meine Hilfe anzubieten, Vater.»

«Bruder Heinz-Joachim zweifellos auch.» Der Mönch nickte, und der andere tauchte neben ihm auf. «Na schön. Also, Bruder Gerhardt ...» Bruder Gerhardt nickte.

«Der Riese versucht, das Faß hochzuheben, Vater», sagte Hans-Jürgen. Die Brüder Hanno, Georg und Bernd erschienen und schoben die beiden ersten weiter ins Zimmer. «Er ist hingeschlagen, Vater. Ich fürchte, daß die Bewegungen des Bootes zu wild für ihn sind», berichtete der Mönch.

«Aha. Nun, Bruder Gerhardt, ich erinnere mich an deine Bemühungen vor drei Sommern ...» Die Brüder Florian und Reinhard schlängelten sich an Hanno und Georg vorbei und versuchten, am anderen Ende der Zelle Hans-Jürgen über die Schulter zu blicken. «Und jetzt?» fragte Jörg.

«Wir sind so schnell gekommen, wie wir konnten», sagte Florian.

«Um zu helfen», sagte Reinhard. Er stolperte vorwärts, als Gundolf, Matthias und Harald sich hereinzwängten.

«Helfen? Wobei?»

«Der Riese hat sich jetzt aufgerichtet», gab Hans-Jürgen weiter. «Er winkt mit den Armen, glaube ich, nein, er schreit zum Faß hinüber.»

«Draußen beim Riesen», antwortete eine kleine Gruppe an der Rückseite des Zimmers (es waren die Brüder Egon, Ludwig und Volker).

«Beim Boot», antworteten die hinter ihnen, die sich vorwärts schoben (die Brüder Henning und Horst). Bruder Christoph verlor das Gleichgewicht, als sie eintraten, und rammte Bruder Gundolf, der ihm den Ellbogen zwischen die Rippen stieß. Jemand schubste Matthias.

«Wir sind hier», sagte Bruder Wulf.

«Hier sind wir», sagte Wolf.

«Wir alle drei», sagte Wilf. «Hier drüben.»

«Bleibt da stehen», ordnete Jörg an. «Nun, Bruder Gerhardt.» Gerhardt nickte.

«Er hat es!» schrie Hans-Jürgen. «Jetzt will er es über die Seite fallen lassen. Nein, das schafft er nicht. Das Boot kentert, wenn er das tut. Ah. Er ist wieder hingefallen.» Volker und Ludwig drängten sich näher, schoben sich zwischen Christoph und Harald durch, die zurückschubsten, und jemand trat Matthias.

«Was nun deine Bemühungen vor drei Wintern angeht, Bruder Gerhardt, so erinnere ich mich, daß du ein ...»

«Der Riese will es im Heck versuchen. Aber dann wird der Bug hochsteigen, ich weiß es. Da, es geht los. Ja, ich hab recht gehabt. Verzeihung, Vater.»

«... Floß bauen wolltest.» Bruder Gerhardt nickte. Die Brüder Walter und Willy waren eingetroffen, und da sie den Eingang blockiert fanden und das Zimmer dahinter voller Mönche, beschlossen sie jetzt, über Henning und Volker zu klettern, die, als sie die Absicht spürten, sie abwarfen, wodurch sie plötzlich auf Gundolf, Florian und Reinhard landeten, die alle zu Boden stürzten und dabei Hanno, Georg, Bernd, Wulf, Wolf und Wilf mitrissen. Jemand versetzte Matthias einen Hieb. Da er die Zelle für den Augenblick oberhalb der Gürtellinie bereinigt fand, machte Jörg mit seinem Begehren weiter.

«Jetzt, Bruder Gerhardt, brauchen wir ein Fahrzeug, um diese Unglücklichen in Sicherheit zu bringen. Irgendein Fahrzeug.» Er hielt inne und kratzte sich neben dem Mund. «Kurz gesagt, dein Floß.» Das ließ Florian aufspringen.

«Ich nehm das Steuer», sagte er. Die übrigen Mönche rafften sich vom Boden auf. Angesichts von Florians Angebot boten einige weitere ihre Dienste an. «Nein, ich will ...» «Ich!» «Nein, ich ...»

«Das Floß hat kein Steuer», erwiderte Gerhardt, «auch keine Decks, weder Masten noch sonst einen Aufbau. Das Floß ist verrottet und absolut seeuntü...» Aber die anderen Mönche boten sich inzwischen schon als Seeoffiziere, Kapitäne, Bootsmänner, dritte Maaten, Steuerleute und Schiffszimmerleute an und drängelten sich vor, um Jörgs Aufmerksamkeit zu erregen.

«Das Seil!» schrie Hans-Jürgen plötzlich. «Natürlich, er wird das Faß am Seil ausschwingen. Da tut er's schon. Hiev an, gut so ...»

«Schiffsimker!» flehte Bruder Volker.

«O nein. Er hat den Mast getroffen. Jetzt wird er es anschreien, das weiß ich. Da, da macht er's schon.»

«Ruderer», forderte Jörg, und die Mönche schrien, um angeheuert zu werden. Er wählte die zehn größten aus: Egon, Reinhard, Gundolf, Walter, Willy, Georg, Hanno, Henning, Volker und noch einen – er ließ seinen Blick über die aufgeregten Mönche schweifen – Harald. «Gut. Jetzt gehorcht den Befehlen eures Kapitäns, das ist Bruder Gerhardt, und alles wird gutgehen. Los jetzt ...»

«Der Riese ist jetzt sehr verärgert», sagte Hans-Jürgen, als man sich um den Weg zur Tür zu raufen begann; Christoph und Johannes schubsten sich beiseite, Florian schlüpfte zwischen ihnen durch, während Wulf, Wolf und Wilf herumstanden, den Weg für Walter und Reinhard versperrten und sie vor Georgs Füße schoben.

«Jetzt nimmt er das Faß auf, ja, auf geht's. Welche Kraft!»

Bernd fiel gegen Horst, der gegen Henning fiel, als Joachim-Heinz und Heinz-Joachim stolperten, wieder hochkamen und vorwärts rannten, nur um mit Harald und Hanno zusammenzustoßen. Gerhardt nickte. Egon und Christoph schoben Gundolf und Hanno beiseite, während Ludwig, Hubert, Volker und Horst immer wieder vom Ende des Haufens abprallten. Matthias wühlte sich in die Mitte, drang zur Tür vor, wurde zu Fall gebracht und fiel flach aufs Gesicht. Jemand trat auf ihn.

«Jetzt hält er es über dem Kopf. Er schwankt ... Halt das Gleichgewicht, Riese! Gut, gut. Gleich wirft er es in die See, Vater!» Matthias raffte sich auf und hastete als letzter hinaus, ließ Hans-Jürgen allein, der immer noch seinen Kommentar vom Fenster aus gab.

«Jetzt geht's los, eins, zwei, drei ...»

«NnnGAARHH!»

Bernardo hievte das Faß und seinen Inhalt kopfhoch – schwankte in dem schaukelnden Boot, wankte, als es gierte – warf dann, das Faß erwischte genau den Rand des Dollbords und krachte ins Wasser, *bäng, ker-spluusch*! Der Wasserschwapp erwischte ihn voll im Gesicht, als er hinfiel und auf den Boden des Bootes knallte. Seil und Signalleine liefen bereits schnell über die Seite, vom sinkenden Faß gezogen. Er packte das Seil und schlang es um die Riemendolle. Das Boot krängte. Gleichgewicht, erinnerte sich Bernardo. Hat mit den Seiten zu tun.

Er lehnte sich zurück, das Fahrzeug beruhigte sich, und er begann, das Seil stetiger auslaufen zu lassen. Als dreißig Fuß oder mehr im Wasser verschwunden waren, hielt er an und ruckte an der Signalleine. Der Morgennebel schien sich aufzulösen. Er wartete auf die Antwort seines Gefährten, aber die Leine blieb schlaff. Es hatte einen Schlag gegeben. Es hatte einen Platscher gegeben. Hatte es beim Stapellauf ein drittes Geräusch gegeben? Einen dumpfen Knall zwischen Schlag und Platscher? Die Sekunden zogen sich in die Länge, und Bernardo begann, unruhig zu werden. Es war nicht so glatt gegangen wie vorgesehen. Das Faß am Seil auszuschwingen war Salvestros Idee gewesen. Als beide gegen den Mast gekracht waren, hatte er besorgt durch das Guckloch gespäht. Ein wütendes Gesicht war aus der Schwärze aufgetaucht, hatte sich gegen das Glas gepreßt und ihn angeschrien. Verwirrt hatte er zurückgeschrien. Das blöde Ding einfach zu werfen, war seine Idee gewesen. Die Seite des Bootes zu erwischen war einfach Pech. Er ruckte erneut, diesmal heftiger. Dieser zweite dumpfe Aufschlag. Vielleicht das Geräusch von Knochen auf Holz, ein Schädel, der gegen die Dauben schmettert ... Bernardo wartete. Es wäre besser, dachte er, wenn Salvestro hier oben auf dem Boot wäre, seine Bemühungen leitete und ihm wie üblich sagte, was zu tun sei, statt da unten, wo er schweigend und unsichtbar war, möglicherweise tot und ihm überhaupt keine Hilfe. Salvestro hatte ihn auf diese schlammige kleine Insel geschleppt, diese blödsinnige Expedition ausgebrütet, dann ließ er ihn sich mit den Dingen herumschlagen, wenn alles schiefging. Ja, das war Salvestros Fehler – nicht seiner –, und er wollte schon anfangen, den Leichnam in seinem Sarg heraufzuholen, als er kam: ein Ruck, ein schwacher antwortender Zug, gedämpft durch die dazwischenliegenden Tiefen. Er ruckte energisch zurück. War das ein einfacher Ruck? Einer, erinnerte er sich, bedeutete runter.

Gnaaarschter-rummpsch … schüttert es durch die Tiefen hinab und verbreitet sich rasch über den steinigen Meeresgrund. Das Signal dröhnt und breitet sich aus, löst sich auf und erstirbt. Etwas kommt nach unten. Krachen an der Oberfläche wird hier unten wolkig, stumpf, zerstreut sich durch die fast leeren Gewässer. Der Schwarm hat sich die Küste entlang nach Westen bewegt, hat die Laichgründe verlassen, um in den milderen Gefilden der Belte zu überwintern. Nun bleiben nur noch die Nachzügler: unterernährte Jungfische, die ältesten und kränkesten Fische, die hierhin schießen und dorthin verscheucht werden, als der Eindringling an ihnen vorbeitaucht. Wenn der Frost nach Süden vordringt, fegen Stürme aus den Buchten des Nordens heran, um die Herbsthitze aufzusaugen. Die See wird leerer, dünner, weniger nahrhaft. Junge Fische frieren. Alte Fische sterben. Kranke Fische werden schwächer und sinken zu Boden. Sonderbare Strömungswirbel steigen auf und begegnen ihnen. Großkörprige Bewegungen da unten, im Dunkel.

Die Jahreszeiten sind ihnen gleichgültig, und das Laichen haben sie vergessen, die Heringskannibalen sind jetzt träge. Aale werden mit dem Jahreswechsel wiederkommen, und der Heringsschwarm kurz danach. In der Zwischenzeit halten sie sich ans Zermalmen von Fischläusen und jagen die schwachen bläulichen Wolken von Muschelkrebsen, erschnüffeln gelegentlich einen Butt auf dem Grundsand und knabbern einander an den Schwänzen. Sie schweben über dem Rand der Schelfkante. Unter ihnen liegt ein lichtloser Abgrund. Über ihnen die Aussicht auf bessere Kost. Alles ist eine Frage des Auflauerns.

Schwaches Zucken und Vibrieren macht sie zuerst aufmerksam. Irgendwo da oben kommt irgendwas herab; Heringsgedanken wenden sich dem Essen zu. Das Patrouillieren beginnt. Und warten, bis da oben im lichtdurchschossenen Wasser ein schwankender Fleck erscheint. Die Kannibalen sammeln sich, als er größer und dunkler wird. Länger warten. Weiterer Abstieg. Vielleicht ist es ein Fisch. Oder Fleisch. Sie haben schon Fleisch gehabt, aber selten. Schwimmt gewöhnlich. Also Fleisch? Fisch?

Dieses: ein plumper, zögernder, wehrloser Eindringling taucht in die Tiefen, um über dem äußersten Rand zu hängen. Darunter ist die Dunkelheit, in die sie nicht zu tauchen wagen. Heringskannibalen kreisen langsam herum, schnüffeln, schmecken. Das alles sieht aus wie Nahrung, und doch … Es ist zu groß. Zu hart und seltsam geformt – ganz unfischig. Ganz unfleischig. Säfte gerinnen enttäuschend in ihren Mägen. Sie drängen sich enger zusammen. Es hat Ranken – eine dicke, eine dünne –, die aufwärts zum Todeslicht wachsen und, plick, im schützenden Wasser zucken. *Plick, plick.* Es hat ein Auge, oder ein Luftloch, mitten im Bauch, das ein schmutziges gelbes Glühen ausspeit. Überwintern ist die Zeit des Wartens, des Überstehens, des Ausdünnens des Schwarmes. Das aber … Das fand immer außerhalb der Jahreszeiten statt, immer außerhalb der Ordnung. Sein verrücktes Wiedererscheinen war fast zu erwarten. Ihre Enttäuschung regt sie auf, erweckt wieder Appetit, erweckt eine schlafende Neugier auf die Geschöpfe da oben; die Seekriecher und Wellenprügler, die Schaufler und Versinker, die sich ihren Weg von nirgendwo nach nirgendwo schlagen. Stumpfnasige Heringe stoßen gegen den baumelnden Störenfried. Seit die ersten lecken Fellboote und ausgehauenen Einbäume sich vorsichtig aus den Flußmündungen hervorwagten und die Küsten entlanghasteten, haben sie solche Zeichen herabgeschickt. Zu anderen Zeiten war das in anderer Gestalt auch schon so.

Alte Erinnerungen steigen auf wie Galle. Heringskannibalen und deren Ahnen haben kalten Auges beobachtet, wie Rindenboote, Kajaks und Plankenboote zwischen den Buchten herumjagen. Weiter draußen stehen Harpuniere auf dem Bug von mit Darm zusammengenähten Schiffen, weiße Segel werden hochgezogen, um den stumpfsinnigen Riesenhai anzulocken, während Ruderer auf die Oberfläche schlagen und Schallwellen in die Tiefen schicken. Wikingerfrachter, Byrdinger und Schmacken schießen über das offene Wasser zu den Inseln Bornholm und Gotland: flachbödige Skiffe schmiegen sich lieber an die Küsten. Weidenboote schwellen zu Küstenfahrern, Galeeren zu schlangenköpfigen Langbooten. Im Lee von Usedom liegt die Lange Schlange von Haralds Drachenschiffen umgeben, wird geentert und geplündert, die Mannschaft mit dem Schwert erschlagen, und Blut tropft über ihre Schindelseiten und färbt das Achterwasser mit leckerem Rot. Olaf Tryggvasson springt über Bord, versinkt in seinem Kettenpanzer, verwest auf dem Grund samt seinen abgeschlachteten Lehnsmannen.

Man lernt nichts. See ist Luftverlust, Luft ist Seeverlust. Treiben und Sinken sind hier die Funktionen. Oberflächen sind mörderisch. Ganz einfach: Einige Heringe müssen zum Wohl des Schwarms sterben. Ist es dann ihre *eigene* zwingende Wahl, die diese Geschöpfe dazu bringt, sich in ihren schwerfälligen Zubern voranzuschleppen, zu stampfen und zu gieren und zu kentern, zu zappeln und so vollständig zu ertrinken? Und warum werden diese Opfer so oft bei Sturm dargebracht?

Es ist dies ein Puzzlespiel oder vielmehr, es sind die Stücke eines Puzzles. Hulke und Karavellen torkeln und zerspellen und schütten ihre Ladung in die See. Prahme werden leck. Kähne schlagen um. Menapische Händler zerren zähnefletschende Bären aus der Finnmark in die Dienste des römischen Zirkus; Kurzschwerter und gallische Weine reisen im Gegenzug nordwärts. Kaiserliche Höflinge lassen Federn, Felle und Sklaven an die Mosel kommen. Gesellschaften von *nautae* bringen Glaswaren aus Köln, samische Güter und *terra sigillata*. Alte Bernsteinstraßen werden neu entdeckt und dichter befahren, als die Handelsherren im fernen Moesien und Illyrien Friesen, Franken und Sachsen durch die Zollschranken schleusen. Grenzpatrouillen und Flußboote auf Rhein und Donau können dem Strom von Bronze, Eisen, Wein, Olivenöl, hundert verbotenen Handelsgütern nicht wehren; die Pax Romana ist in diesen Tagen kein reiner Balsam.

Die Nordsee füllt sich mit sinkender Fracht, als die Abodriten und Rahen sich nach Norden und Westen bewegen, um gautische Handelswege abzuschneiden und Händler auf Schiffe zu zwingen: pontische Biberfelle, Gefäße aus Birka mit Weizen und Wein, Ballen von *pallia fresonica*, Wachs. Und wie aufgefädelt nehmen all die Münzen ihren Weg über die Ålandinseln von den fernen Märkten in Persien über Land und elbeaufwärts aus den Städten im Süden, um für all das zu bezahlen – Sesterzen, Dirhems, Dinare, Solidi. Die sich drehenden Gesichter von Kaisern und Kalifen vermischen sich und glitzern und sinken gemeinsam in die endgültige Demokratie des Wassers; Hadrian und der Kalif Walid, Augustus und Hisham, König Ivar Widefathom und Ludwig der Fromme. Aufgesprungene Fässer gießen Bier aus aufgesprungenen Rümpfen und flecken die Oberfläche schmutzigbraun (forschende Heringe werden taumelig und sinken).

Unten bewirken dunkelnde Flüssigkeiten sonderbare Begegnungen und Verbindungen, von fränkischen Schwertern und sächsischen Pflugscharen, von Wolfspelzen und Lammfellen, von Karl dem Großen und Harun al-Raschid. Perlen und Kaurimuscheln schmücken die Wasser mit tropischen Kleinodien, Salzladungen machen es salzig.

Dieses Meer trägt die Kleider seiner Jünger, ißt deren Essen und trinkt ihren Wein; erstickt an deren Großzügigkeit. Seine schwimmenden Günstlinge passen argwöhnisch auf und lauschen, wie flossenlose Tiere aus den Löchern von Frachträumen brüllen, röhren, wiehern und blöken. Sie beobachten verwirrt, wie wollige Wesen über die Reling springen, um ihren Anführern in die Tiefen zu folgen. Sie verstreuen sich vernünftigerweise, wenn tobende Bären und in Panik geratene Pferde um sich treten und krallen und ertrinken. Sie verfolgen einen Frachter mit Geleitschutz die Küste entlang, von westlich der Weichselmündung durch die Bucht von Danzig und an Kap Arkona auf Rügen vorbei durch die Mecklenburger Bucht nach Lübeck. Auf dem Deck steht ein Kamel.

Es ist mehr als sonderbar. Marder- und Zobelfelle entfalten sich und flattern durch die dichten Reihen des Schwarms nach unten. Sie schmecken die bittere Süße von Pinienhonig und riechen den tödlichen Gestank von *liquamen*.

Von Abwärtsbewegung und Streuung abgesehen, fällt es schwer, diese Dinge miteinander zu verbinden, und als der große Sturm kam und die Stadt sich losriß und sich ganz darbot – ihr überwältigendes Erschauern, immer noch fühlbar, hallte selbst jetzt noch schwach im Gedächtnis der Heringe nach –, da konnten sie nur verständnislos auf all die Zwecke starren, die da vor ihnen in den Straßen und auf den überfüllten Märkten Vinetas offengelegt wurden.

Allein schon die Masse drängt ihnen Zwecke auf, was aber können die Zappler und Versinker sich von einem so mannigfaltigen Tribut, einem so zusammenhanglosen Überfluß erhoffen? Ein so massives Senkblei, die Frage selbst ein solcher Irrgarten von Einzelheiten, die dahinterstehende Notwendigkeit so unzugänglich und verwirrend, als es in die Tiefen hinabkracht. Solches Überdauern bedeutet eine ungeheure Ursache. Die Ausdrucksformen nur Massigkeit: Mühlsteine, Ringgeld, Walroßhäute, Speckstein. Wie lautet die Frage, die diese fremden Körper stellen? Knochen, Horn, Fleisch, Haut; die Oberfläche selbst.

Vor Usedoms Küste, vor zwanzig Wintern, zwei Männer und eine Bootsladung von ihren gefischten Gefährten. Was mögen sie wollen? Wonach fischen sie hier unten? Grübelnde Heringe nehmen den Bruch empfindlicher Zyklen zur Kenntnis: Laichen, Fressen, der Austausch der Gewässer, langsames Zirkulieren. Wasserschichten wallten mit dem Zerschmettern der Ladung gewaltig auf, was sie erschüttert und ins Wanken bringt und aus ihrer Bahn wirft. Vor zwei Jahren hat wabernder roter Lehm aus dem Fuß der küstenwärts stehenden Klippe die Nachtwässer vernebelt, gewaltige Steine krachten aus dem Nirgendwo herab und gruben sich in den weichen Schlamm. Ein Altar folgte. Ein Kreuz. Und jetzt das da.

Der Eindringling kippt. Die Kannibalen werden vom düstergelben Auge des Geschöpfes angezogen. Kippen und Wanken sind vielleicht jene Mechanismen der Luft, die ihnen ihre nutzlose Ernte gebracht haben. Dies ist vielleicht die erwartete Erklärung für das Herabtropfen von Tributen. Sie starren in das Glühen hinein, und ja, das kann es sein, denn da drinnen ist ein Oberflächengeschöpf. Dazu noch ein lebendes. Fressen wird für kurze Zeit vergessen, während sie seine gemessenen, absichtsvollen Handlungen beobachten. Faszinierend. Sicherlich werden seine eigenartigen Tätigkeiten jetzt doch beginnen, seine Vorgänger miteinander zu verbinden und in ein Muster zu bringen, Ranken austreiben, die so weit reichen wie jene, die sich zur Oberfläche erstrecken, die zucken, Bogen bilden, sich spannen und jetzt seine Masse in torkelnden Hüpfern über den Boden zu schleppen scheinen, zum Mund des Abgrunds?

Die Kannibalen folgen. Ein Hering mit sich lösenden Schuppen und gelblichen Kiemen treibt herunter. Sie fressen ihn. Das Geschöpf schwankt auf der Kante – es gibt keinen Zweifel mehr, wo seine Bestimmung liegt. Es gibt kein besonderes Verbot für den schwarzen Schlund da unten, keine bekannte Gefahr liegt da. Und doch, seit jener ersten ziellosen Erkundungsreise vor vielen Wintern ist kein Hering mehr ausgerissen, dort hingeschnellt und hinabgeschwommen. Warum, das entzieht sich ihrem Verständnis. Diese besondere Schwärze hat nichts mit den weichen Laichspritzern zu tun oder mit der Überfüllung geschöpfereicher Gewässer, nicht einmal mit den Freßgeräuschen anderer Heringe. Wenn ein anderer kranker Fisch diesen Augenblick wählen würde, sich als Opfer anzubieten, würde das vermutlich ausreichen, um ihre Neugier abzulenken. Das Geschöpf scheint fast auf sie zu warten, schwebt da, während seine Ranken dringlicher peitschen. Sie können nicht widerstehen, als es wankt und sich überlehnt, sich dann mit einem Ruck aufrichtet. Seine Ranken recken sich, als es über den Rand hinausschwingt, um den Tauchgang zu beginnen. Sie folgen.

Eine lebendigere See hätte diese Wunde geheilt. Schlammige Strömungen hätten flockigen Lehm und Tonschiefer über den Rand getrieben, so sanft hinabgleiten lassen, wie es das Faß und seine Heringsbegleitung jetzt tun, und schlammige Schichten aufgebaut. Ein leichtes Bestreuen alle paar Tage, vierzig Jahrtausende lang, hätte diesen Canyon bis zum Rand gefüllt. Eine ganze Stadt hinabzustürzen, schmeckt nach Ungeduld und Verzweiflung. Stetiges Anhäufen heißt das Zauberwort. Aber abgesehen von den undeutlichen und durch die Insel behinderten Ausschwemmungen der einmündenden Oder und Peene sind die Grundwässer hier nahezu unbewegt und fast luftlos, daher das verzweifelte Pulsieren der Kannibalenkiemen, als sie mit dieser Herausforderung an ihr beschränktes Verständnis die vom Eis gescheuerten pflanzlosen Seiten des Abgrundes entlang hinabtauchen und dabei das Geschöpf im Innern anstarren und ihre Bewegungen in seinen flatternden Verrenkungen gespiegelt sehen – wie es den Kopf hält, mit den Armen wedelt, seine Nahrung ausspeit –, Kannibalen, großes Geschöpf, Geschöpf im Geschöpf, sie alle sinken hinab in die Tiefen nach Vineta.

Salvestro kommt in der Dunkelheit zu sich, sein Kopf pocht von einer großen Beule. Wasser sammelt sich um seine Füße. Er tastet nach Kerze und Zunderbüchse. Beleuchtet scheint das Innere des Fasses noch kleiner als zuvor. Der Blick aus dem Fenster zeigt ihm sein Spiegelbild über einem Anblick äußerster Schwärze. Die Luft ist schon schlecht. Er greift nach der Signalleine und ruckt einmal scharf. Es gibt eine lange Pause, dann ein Taumeln, und dann folgt eine eigentümlich schwingende Bewegung, als sein Gefährt den Abstieg beginnt.

Sein Kopf beginnt rasch noch schmerzhafter zu pochen. Er versucht, die Kerze in ihrem Halter festzumachen, aber vielleicht wegen seines Zitterns, vielleicht wegen der seltsamen Bewegungen seines Fahrzeugs scheint er unfähig, den Kerzenstummel ins Loch zu stekken. Er beginnt, sich übel zu fühlen, zugleich aber auch sonderbar gleichgültig. Die Kerze will einfach nicht ins Loch rutschen, und das Wasser im Faß will einfach nicht aufhören zu steigen. Jetzt bis zu seiner Brust. Seine Augen spielen ihm kleine Streiche – drehen die hölzernen Wände seines Zimmers herum, machen die Luft gelb. Lustig? Etwas stimmt nicht.

Während er seine Arme durch das steigende Wasser schleift, beginnt Salvestro vor sich hin zu lachen. Es kommt ihm sehr komisch vor, daß er die Signalleine nicht finden kann, und als er sie gefunden hat, findet er es sehr lustig, daß sie schlaff ist. Er lacht und lacht – bis er weint, bis er keucht, und dann kotzt er plötzlich einen gelben Strahl Fischstückchen und Galle. Er atmet sehr schwer, sein lachender Kopf scheint sich von seinem krampfhaft zitternden Körper zu lösen, gewichtlos hochzusteigen und auf eine Landschaft reißender Röhren, bebender Membranen, den Schwamm der überfließenden und wieder leerlaufenden Lunge hinabzuschauen. Luftgieriges Blut verstopft das Filigranwerk seiner Lunge, bläht sie auf und schwellt sie an, bietet straff gespannte Oberflächen und begierige Membranen, aber es gibt keine Luft, oder nicht genug. Salvestros Blut erstickt an den toten Gasen im Faß, die Augen rollen in den Höhlen, und sein Körper beginnt, sich in sich selbst zurückzuziehen. Sein Schlund ist eine glänzende Rutsche, die hinab in die Dunkelheit des Bauches führt. Die stechenden Oberflächen seiner Lunge sind Grenzflächen zwischen Luft und Flüssigkeit, der Druck eines Nachthimmels auf eine Nachtsee, und zwischen ihnen hängt ein Körper mit einer Haut so weiß wie Bein – vielleicht das Mondlicht –, der Körper eines Kindes, der im Achterwasser treibt.

Vineta ruft, und dieses Mal steigt er hinab, wird zu dem Geschöpf, das er damals nicht wurde. Das Kind treibt dahin, unbeteiligt, unwissend, um bei Greifswald an Land geschwemmt zu werden, erschöpft in den Wald zu kriechen und den ersten von tausend Schlafplätzen ohne Dach zu finden. Die Sonne wird ihn am nächsten Morgen aufwecken, tief im Unterholz vergraben. Er wird tiefer in den Wald hineinwandern. Er wird am Rande der Dörfer lauern, sich aber an den Wald halten. Er wird das flüchtig bei Einbruch der Dunkelheit oder im Halbschatten des Feuers erspähte Gesicht sein, mit dem Eltern ihre Kinder ins Bett scheuchen. Die Winter werden ihn nach Süden treiben, diesen Landstreicher, diesen Bewohner von Stadtrand und Wald.

Durch die sonderbaren Brechungen und Verzerrungen des Achterwassers windet sich der andere Weg, den er hätte nehmen können, unter der Oberfläche des Wassers dahin; das Geschöpf, das er hätte werden können, beobachtet, wie er schrumpft und schwindet. Nicht eigentlich aus Luft noch aus Wasser wartet die Gestalt eines Wassermannes im Schatten seichter Stellen, in den Mulden, die Brisen aus des Meeres Oberfläche schöpfen. Er ist eines der Geheimnisse, das die Wellen einander zutuscheln, gespenstisch noch, erst halbverwirklicht, doch mit der Tiefe deutlicher werdend, aus dem gleichen Stoff wie das versunkene Vineta. Indem er unter dem Druck der Tiefe dichter wird, formt der Wassermann neue Glieder, nimmt Haltungen an, wächst wieder zu dem Fleisch und Blut, die ihn vor all diesen Jahren im Achterwasser verlassen haben …

Ist es die Leblosigkeit dieser bewegungslosen Wassermasse, ein Zucken sauerstoffhungriger ängstlicher Heringshirne? Werden sie getrogen, als ihre Rückennerven unter dem pulsierenden Druck erbeben, der von den vagen Seiten des Abgrunds auf sie preßt? Die Wassermasse scheint sich plötzlich nach oben zu schieben. Sicherlich sind sie doch längst an dieser eigenartigen Sedimentschicht vorbei …? Ein unheimlich verzögertes Poltern folgt dem Wasserbeben, nimmt zu, baut sich auf, erschüttert die Augen in ihren Höhlen. Verblüffte Kannibalen raffen sich zusammen und richten sich neu aus; das Geschöpf sinkt noch immer, seine Ranken schießen an ihnen vorüber. Seltsamerweise können sie es jetzt klarer sehen, gestochen scharf vor dem sich lichtenden Dunkel des Meeresbodens, ein Leuchten, das von Lichtblitzen unterstrichen wird, wie von Gegenständen, die die Oberfläche durchbrechen und von Sonnenlicht, das die Spritzer fängt. Kleine Stücke lösen sich vom Klippenhang und schlagen auf etwas da unten auf – sie reisen selbst mit ein paar Brocken –, aber auf was genau? Das Wasser wird langsam absolut, luftlos, vollkommen flüssig, und sie sollten abdrehen, aufsteigen, flüchten. Sie machen weiter, das Blut wird dicker, die Organe pumpen, das Licht scheint zu pulsieren, als der Druck in ihrem Innern ansteigt. Das Geschöpf taucht weiter, und die Blitze erscheinen ihnen jetzt als Augen, Hunderte und aber Hunderte, die sich alle öffnen und schließen. Das Wasser hat sie mit einer Faust gepackt, und aufwärts ist nicht mehr möglich. Dann ein Bersten von Helligkeit, als das Geschöpf zwischen ihnen hinabstürzt und sie hoffnungslos folgen und jetzt wissen, daß es ein Fehler ist, ihm nachzutauchen. Absolutes Wasser ist ein Schlund, der sich über ihren Kiemen in den lichtlosen Tiefen schließt; absolute Luft bedeutet Ersticken in des Himmels hoher Helle über ihnen – oder unter ihnen, beides geht durcheinander. Sie sind bei beiden angekommen und finden sie wie Kiefer aneinanderhängen. Das Geschöpf sitzt bewegungslos da, immer noch geheimnisvoll, dumpf dröhnend, während sie ringsum zappeln und ertrinken und die Stadt über die Wölbung ihrer lidlosen Augen kriecht. Der Wassermann sammelt sich oben, hängt da. Das Seil, das ihm die Leibesmitte durchbohrt, ruckt und strafft sich und scheint ihn entzweizuschneiden. Er baumelt und bebt, als das Geschöpf kippt und dann aufzusteigen beginnt.

Das Seil glitt immer schneller über die Bordkante, hielt dann ebenso plötzlich inne. Bernardo sicherte den Rest um die Riemendolle und lehnte sich zurück, um auf das nächste Signal zu warten. Salvestro war auf dem Grund angekommen.

Häufiger als er sich zu erinnern wünschte, war er beim Klang der Stimme seines Gefährten eingeschlafen, wenn er ihm von dieser Stadt unter der See erzählte. Er hatte ihm die finsteren Launen gelindert, die ihn oft überkamen und trieben und die er nicht beherrschen konnte. Noch bevor er es sah, hatte dieses Meer schon Hunderte von Malen seine Enttäuschungen gelöst. Wenn er an niedrigen Lagerfeuern saß und schwarze Felsen in seinem Gehirn polterten, konnte ihm Salvestros Stimme die Gedanken neu ordnen und sie in betäubenden Schlaf geleiten. Der Drang war ein Hunger, den er besänftigen, aber nie stillen konnte. Er erinnerte sich jedenfalls nicht, ihn je gestillt zu haben. Nicht einmal nach Prato. «Das wird gut», hatte sein Gefährte gesagt, als sie am sumpfigen Ufer standen und über das Achterwasser nach Usedom blickten. Er hatte genickt, denn wie jemand ihm einst erzählt hatte, ißt ein Verhungernder auch Kohle.

Träge Mulden breiteten sich in seichten Becken um das leise schaukelnde Boot aus. Wellen kräuselten sich und fielen wieder zusammen. Er war allein. Bernardo beschäftigte sich damit, das wenige aufzurollen, was noch vom Seil übrig war. Nur Minuten zuvor war Salvestro über Bord eingetaucht und unter die kabbelige Oberfläche des Wassers gesunken. Es erschien wie Stunden. Jahre. Ein anderes Zeitalter, schon würde er sich des Tages erinnern als «der Tag, als ...». Zu weit weg. Er begann, das Seil abzurollen, setzte sich dann in die Mitte des Bootes, das Boot selbst umgeben von der See; ein bedeutungsloser Fleck in der Weite des Graus. Die Signalleine spannte sich und erschlaffte mit den Bewegungen des Bootes. Zieh doch, drängte er stumm seinen versunkenen Partner. Er fühlte sich leicht übel, ob vom Boot oder von Hunger konnte er nicht sagen. Vielleicht war Salvestro sofort zum reichsten der verheißenen Tempel getrieben. Er würde jetzt die Schätze zählen, die sie heben wollten. Gewichte und Ladungen schätzen, wie bei ihren Übungen im Teich. Die Dinge ordentlich vorbereiten. Das war immer noch möglich. Aber es wurde mit jeder verstreichenden Minute weniger möglich. Salvestro hatte die Frage der Luft mit ihm durchgesprochen; er hatte die genaue Art des Problems vergessen. Vielleicht nicht genug. Und Gleichgewicht, ein anderes Problem. Das Rudern hatte ihm gefallen, und das war gut, und auch der Stapellauf, abgesehen von dem heftigen Stoß, aber immer noch blieb die Leine ruhig, und er wünschte sich, Salvestro wäre da, um diese Entscheidung zu fällen, die die Minuten ihm abverlangten, denn er mochte sie nicht treffen und ließ das Wasser um das Boot einen lauten Schrei der Beklemmung hören.

Bernardo langte hinüber und gab der Leine einige verärgerte Zupfer. Mit dem letzten kam sie frei. Oder riß vielleicht. Riß wahrscheinlich. Er war zu groß und zu dumm. Seine Liebkosungen wurden zu oft Angriffe. Hälse konnten wie Kerzen brechen. Er begann zu schniefen und ein bißchen zu schluchzen. Salvestro war sicherlich ein Scheißkerl, aber ohne ihn zögerte er und wußte nicht, was er tun sollte. Es hätte ein Signal geben müssen. Er hatte ihm Signale versprochen. Vielleicht war es noch nicht zu spät. Er bewegte sich, spannte sich quer zwischen den Dollen an. Er löste das Seil, packte das freie Ende und hievte. Irgendwo unten in den schwarzen Tiefen und durch die hemmende Wassermasse spürte er das Gewicht des Fasses und seines Insassen sich vom Boden lösen, als sie die Reise zur Oberfläche begannen. Der Nebel war jetzt fast verflogen. Hand über Hand holte Bernardo das steife nasse Seil ein.

Er fand einen Arbeitsrhythmus, ein erfahrenes *eins*, *zwei*, *eins*, *zwei*, gezählt in einem Gemurmel, als das Gewicht des Fasses irgendwo im Wasser unter ihm deutlicher wurde. Als erstes hörte er von der Küste her unregelmäßige Schreie, Platschen, aber da er sich auf seine Aufgabe konzentrierte, nahm er diese Geräusche wie das ruhige Klatschen und Schlagen der Wellen hin und mühte sich weiter. Die Geräusche wurden schärfer, wurden immer zudringlicher. *Eins*, *zwei*, *eins*, *zwei*, dachte Bernardo. Dann ein barsch gebellter Befehl, lauter; er brach in seine Konzentration. *Warte!*

Er hob den Kopf, seine Hände erstarrten am Seil, und er sah sie in langer hastender Reihe zum Wasser hinabströmen. Graugewandete Gestalten krabbelten neben der Klippe herab. Mönche. Sie schrien einander Dinge zu, und einige waren bereits bei etwas angekommen, das er früher für Treibholz gehalten hatte; es sah aus wie ein aus Baumstämmen gebautes Vogelnest. Sie kletterten an Bord; einer, der ihnen nachgerufen hatte, sie sollten warten, überholte jetzt die anderen, schickte einige seiner Kameraden fort und rüstete die übrigen aus mit, was, es sah aus wie Paddel. Ja, mit Sicherheit Paddel, als sich ein Gischtvorhang hob und das Floß vom Ufer losschlingerte. Die Mönche an Bord – zehn, vielleicht zwölf – waren kräftig, aber unerfahren. Ihr Floß tanzte und drehte sich wild herum. Der schreiende Mönch brüllte und wedelte mit den Armen. Seine Paddler mäßigten die Schläge. Bernardo sah mit offenem Munde zu, wie das merkwürdige Fahrzeug erst in die eine Richtung schoß, dann in die andere, die Küste hinauf, die Küste hinab, zurück zur Klippe hin, aber mehr und mehr auf ihn zu. Das Seil begann ihm durch die Finger zu gleiten, das Faß sank wieder. Bernardo blickte ins Wasser, dann zu den Mönchen hinüber, und erinnerte sich wieder an seine Aufgabe. *Eins, zwei, eins, zwei* ... Das Geschrei lenkte ihn ab, seine langen Arme zerrten am Seil, und das Faß schien die Position zu wechseln, als das Boot herumschwang. Er wurde ärgerlich und besorgt. Die Mönche gewannen eine Art Kontrolle über ihr Fahrzeug, und ihr Kurs schien auf Kollision gerichtet zu sein. Bernardo zerrte und hievte, das Gewicht wurde deutlicher. Genauer. Sein Gefährte mußte sich jetzt genau unter ihm befinden. Er holte tief Luft im Bemühen, den sich nähernden Lärm auszublenden. *Eins, zwei, eins, zwei ... Rumms!*

Bernardo sprang auf, und das Boot krängte mächtig. Das Kopfende des Fasses war genau unter der Krümmung der Bootsseite aufgetaucht und gegen die Planken geschlagen. Er stürzte rückwärts, machte dann das Seil fest und ging behutsamer vor, blickte über die Seite und sah, daß ihr Boot sich frei im Wasser drehte. Er hantierte mit dem Faß, bis das Guckloch ganz oben war. Wasser mit gelblichem Schaum schwappte gegen das Glas, dann stieg eine weiße Gestalt aus dem inneren Dunkel des Fasses auf: Augen, ein offener Mund. Bernardo preßte die Nase gegen das Glas und beobachtete, wie das Gesicht in der Flüssigkeit versank. Er schrie wieder, dann hämmerte er mit den Fäusten.

«He, da!» erreichte ihn über das Wasser. Er blendete es aus. Denk, befahl er sich, dann sprang er auf das Faß los, und das Boot neigte sich, schwebte eine Sekunde lang zwischen Umschlagen und Aufrichten, fiel dann zurück. Gleichgewicht, befahl er sich und spannte sich erneut an, um am Seil zu zerren. Aber das Faß war fest unter die Seitenkante geklemmt.

«Ho! Ahoi da!» Wieder. Er ignorierte es, mühte sich mit seiner unmöglichen Aufgabe, dachte an das blutleere Gesicht mit den schlaffen Kiefern, die wäßrigen Umrisse, Salvestro ertrunken oder ertrinkend. Aber das Faß wollte nicht hochkommen, das wußte er schon, und das Boot wollte ihn nicht halten, wenn er es aus der See zerrte, und so brüllte er das Wasser an, den Himmel, die Mönche und stampfte auf den Boden. Brüllte die lausige Insel an. Das Floß war fast bei ihm. Raserei und Enttäuschung schleuderten ihm Steine ins Hirn. Er stand aufrecht, als die Mönche heranpaddelten. Zehn. Er bog die Finger ein. Sein eigener vertrauter Zorn, näher jetzt, näher, alle zehn, als ihr Kapitän zu winken und auf das Faß zu deuten begann, nur noch ein paar Fuß, ehe er die Lücke zwischen ihnen überspringen konnte, er spannte sich an, wurde ruhig.

«... pack das Ende! Los doch, du ungeschickter Tölpel!» Der Befehl bremste ihn. Das Floß rammte ihn unter dem Geklapper fuchtelnder Paddel, und der schreiende Mönch schrie ihn an und wies auf das Faß, das gegen ihre Fahrzeuge schlug und hin und her rollte. Er bückte sich, immer noch verständnislos, vom Gang der Ereignisse regelrecht überrollt. Andere Mönche langten hinunter, und dann verstand er. Hände, dünne und weiße vom Floß, grobe und rote vom Boot, packten das Faß auf beiden Seiten, hievten es hoch, Bernardo stieß vor, und die Mönche stürzten zurück, die Tonne rollte über das Deck des Floßes, wo andere Hände sich daran machten, das Leder wegzuschneiden und den Deckel einzuschlagen. Grünliches, übelriechendes Wasser mit gelbem Schaum ergoß sich über das Deck. Ein Arm fiel heraus, ein Hinterkopf.

«Salvestro!» Bernardo sprang über die Lücke zwischen den Fahrzeugen. Das ganze Floß kippte unter seinem Gewicht, fast wäre er gefallen.

«Ruhe!» brüllte der Anführer der Mönche und wandte sich dann an seine Gefährten. «Walter! Willy! Packt die ertrunkene Ratte an den Knöcheln. Höher, gut. Jetzt, Bruder Gundolf, hau ihm in den Bauch.»

Ein Mönch trat vor und begann, auf den leblosen Körper einzutrommeln. Die anderen drängten heran. Der unbeachtete Bernardo fühlte, wie sein Zorn durch Besorgnis verdrängt wurde. Das war schon früher geschehen; jetzt geschah es wieder. Er war allein unter Fremden und hatte nichts und niemanden zur Gesellschaft außer dem Nachspiel einer Katastrophe. Es war nicht sein Fehler. Salvestro war gegangen und hatte ihn zurückgelassen und war gestorben. Der Scheißkerl. Was sollte er jetzt nur tun? Sie sollten reich werden und wie die Fürsten leben. Wie die Könige. Er war überaus hungrig, matt im Kopf, und am liebsten wollte er sich nur zusammenrollen und schlafen und aufwachen und sich weit von hier wiederfinden. Zu Hause, wo immer das war. Es war ihm versprochen worden. Bernardo fühlte das Floß unter seinen Füßen gieren, sah die grauen Gewänder sich auf dem Deck herumbewegen, hörte die Fäuste des Mönchs gegen fühlloses Fleisch schlagen und schluchzte in seinen Ärmel.

Die Leiche erbebte. Bernardos Kopf fuhr hoch. Die Leiche gab Seewasser von sich, Galle, Stückchen halbverdauten Herings, hustete, übergab sich dann, bespritzte die Mönche, die ihn rasch aufs Deck sinken ließen. Bernardo schob die Nächststehenden beiseite und kniete auf dem Deck neben seinem keuchenden, würgenden Gefährten.

«Er lebt!» schrie Bernardo den ausdruckslosen Gesichtern zu, die auf sie herabblickten. «Hast du es gefunden?» zischte er. «Sag's mir, flüster's mir ins Ohr ...» Der schreiende Mönch stand über ihnen.

«Bist du Niklot, der Sohn der Hexe, die einst scheußliche Greuel auf dieser Insel beging und Fische für Brüggemann ausnahm, vom Wasser auf die Probe gestellt wurde und umkam?» fragte er die Gestalt, die da stöhnend auf Deck lag.

«Er heißt Salvestro», sagte Bernardo, aber der Mönch beachtete ihn nicht.

«Bist du's?» fragte er schärfer.

«Ich bin es», brachte der Körper auf Deck heraus. «Oder war es.» Er blickte zu seinem Befrager auf und sah ein dünnes, altersloses Gesicht unter wirren blonden Haaren. Der Mann mochte dreißig sein oder fünfzig.

Bernardo blickte verdutzt vom einen zum anderen. Der Mönch wandte sich ab, um seinen Brüdern Befehle zuzurufen, und Bernardo neigte den Kopf tiefer.

«Flüster es jetzt», flüsterte er und preßte sein Ohr an die Lippen seines Gefährten. «Sag mir, was du gefunden hast.» Sein Gefährte rang nach Luft und ließ einen beißenden Rülpser los, dann packte ihn ein schwerer Krampf. Er kotzte, heftig zum Schluß, der Rest aus seinem Magen entleerte sich an Bernardos Wange entlang.

«Nichts», spuckte er. «Ich hab nichts gefunden.»

Sie erwarteten mehr. Er sah es in ihren Gesichtern, im verebbenden Strom der Erregung, der Spannung schierer Erschöpfung, als Gundolf, Reinhard, Harald und die anderen ihre Paddel in träges Wasser schoben und das Floß zum Ufer trieben. Er ließ den Riesen und den Heiden in ihr eigenes Fahrzeug bringen und schleppte es über Heck ab, wo es zerrte und rollte. Der Heide schien sich ganz gut erholt zu haben; er lehnte sich zurück und stützte einen Ellbogen frech aufs Dollbord. Der Riese wirkte untröstlich, starrte auf seine Füße und murmelte vor sich hin. Ein Boot, zwei Vagabunden und ein Faß voller Seewasser: für den unvoreingenommenen Blick nicht eben ein großer Fang. Er fühlte sein Herz zucken und beben ob der Beute.

Paddel platschten an beiden Seiten, und die faulenden Seile unter den Decksplanken scheuerten an den Stämmen. Jörgs Blick wanderte über die Ruine der Kirche und die Klippe hinab bis zu ihrem Fuß. Da stand Gerhardt, umgeben vom Rest der Brüder. Sie hatten sich am Wasser entlang aufgestellt, stille Wächter in Grau, die Verteidiger der Insel. Nur noch ein kleines Stück. Er blickte nach hinten auf das Boot, das sich in ihrem Kielwasser lümmelte, und auf die Männer darin. Der Riese schien sich beruhigt zu haben.

Am Ufer wies Jörg Florian und Matthias an, die Gäste zu säubern und zu kleiden. Gerhardt sprach, wandte ihm den Rücken zu. Eine Gruppe Brüder lauschte. Floß und Boot wurden festgemacht; dann ging er schnell los, um den Abhang zu ersteigen. Gerhardt trat ihm in den Weg.

«Auf ein Wort, Vater ...» Aber Gerhardts Worte waren Ketten, Gewichte, zehrende Lasten. Er stand zu nah für eine Unterhaltung, zu nah für Gerhardts saures Gesicht und seine Verstimmung darüber, nicht die Führung des Floßes gehabt zu haben, und er murmelte: «Nicht jetzt, nicht jetzt», schob sich an dem Mann vorbei und hörte, wie Murren als Antwort sich hinter ihm erhob, als er seitlich zur Spitze hinaufschritt. Die Beute müßte besser sein und wäre es auch, wenn es ihm nur gelänge, sie zum Zufassen zu bewegen, ihre Ängste zu überspringen und sie zu erreichen. Sie waren nah daran, aber doch noch zu fern. Bruder Hans-Jürgen wartete im Kreuzgang auf ihn.

«Bring unsere Gäste ins Rübenlager», wies er den Mönch an. «Gib ihnen Stroh und einen Kübel. Sie mögen ihr Essen da einnehmen. Bring mir noch vor der Vesper den, der sich Salvestro nennt.»

Mehr Mönche erschienen, dann die Paddler, schwer atmend von ihren Anstrengungen und von dem steilen Aufstieg, und als letzte von allen die Brüder Florian und Matthias mit dem Riesen und seinem Gefährten. Hans-Jürgen folgte ihnen, als sie zum Brunnen geführt wurden, und sah zu, wie sie sich auszogen, um Eimer von Wasser über den Kopf gegossen zu bekommen. Nackt sah der Riese noch größer aus als zuvor. Sein Gefährte war ziemlich kümmerlich. Hans-Jürgen fand es schwierig, ihn mit den undeutlichen Ängsten der Inselbewohner in Verbindung zu bringen. Worauf hatten diese Vagabunden gehofft? Was hatten sie da draußen gesucht, unter der undurchsichtigen Meeresoberfläche? Er wartete, während sie sich abtrockneten und anzogen, und führte sie dann durch den Kreuzgang am Schlafsaal vorbei zu einem steinernen Anbau an der Rückseite der Küchengebäude.

Das Rübenlager war eher breit als tief und eher hoch als breit, vielleicht zweimal Mannshöhe. Reihen von Latten, auf denen einst die Rüben gelagert hatten, waren in die Rückwand eingelassen, standen waagrecht hervor und stiegen in Fächern voller Spinnweben an der Rückwand empor. Drei Arten der Verwirrung – momentane, resignierte, grundsätzliche – blickten durch die Tür, denn zwischen ihr und den Lattenenden gab es kaum Raum zum Stehen.

«Ihr werdet hierbleiben», sagte Hans-Jürgen den beiden Männern. «Man wird euch später Stroh und Essen bringen. Ihr könnt diese Latten entfernen, so wie es euch paßt.»

Geräusche von zögerndem, dann entschlossenem Niederreißen folgten ihm, als er durch den Kreuzgang zurückschritt.

Als Bernardo die letzte Latte entfernt hatte, gingen die beiden hinein und setzten sich. Das Rübenhaus roch nach Trockenfäule und lange aufgegebenem Hühnerstall. Düsternis fiel ein.

«Nichts!» brach es nach einer Minute Schweigen aus Bernardo heraus. «Wie kann es da nichts geben?»

Salvestro blickte abwesend auf. «Nicht nichts», murmelte er vor sich hin.

«Was denn?» fragte der andere.

Salvestro antwortete nicht. Sie könnten das Seil verkaufen, erwog er. Der Markt in Stettin wurde samstags abgehalten, oder wurde es, als er zuletzt von ihm gehört hatte. Heute war Sonntag. Ewalds Boot mußte zurückgegeben und Bernardos anderer Stiefel von der Trokkenhütte geholt werden. Scheunen, Holzschuppen, Löcher, Ställe, Fässer und Biwaks; im Wald unter den Ästen und dem offenen Himmel. Jetzt ein Rübenlager. All die Meilen seit Prato hatten sie zu einem Lehmboden mit Blick durch die offene Tür auf Reisighaufen und ein flaches Schlammfeld gebracht. Wenig genug. Da unten aber, in der Schwärze und der Wirrnis seines Geistes ... da war etwas. Er war zurückgescheut. Er tastete nach der Beule an seinem Hinterkopf, die wieder zu pochen begann. Bernardo, der ihm gegenüber saß, verlagerte sich auf eine Hinterbacke, um einen lange zurückgehaltenen Furz loszulassen. Salvestro blickte auf seinen Gefährten, der mit dem Finger ziellos auf den Boden stieß und den Blick nicht erwidern wollte.

«Es gibt hier in der Nähe einen Markt. Da können wir das Seil verkaufen und uns dann, nur für den Anfang, ein paar gute Mahlzeiten leisten.»

Schweigen.

«Hör zu, Bernardo. Die Mönche haben uns da nicht herausgefischt, nur um uns wieder reinzuschmeißen. Wahrscheinlich brauchen sie hier ein paar Burschen wie uns. Wir können genausogut hier überwintern wie sonstwo, und im Frühjahr ...»

«Ich mag's hier nicht», sagte Bernardo abrupt. «Ich hab's nicht gemocht, als wir angekommen sind, und ich mag es jetzt nicht.» Er hielt inne und dachte nach. «Es ist ein Scheißloch.»

»Es mag ja ein Scheißloch sein, Bernardo, aber es ist ein Scheißloch mit Dach, mit Wänden ...»

«Der Fischschuppen war auch ein Scheißloch. Es ist mir egal, ob du da geboren bist oder nicht. Diese Insel ist ein Scheißloch, und das Kaff auf dem Festland, wo wir haltmachten, bevor wir hierherkamen, das war wirklich ein Scheißloch ...» Und Salvestro hörte mit abnehmendem Interesse zu, wie Bernardo begann, die Spelunken aufzuzählen, die Dörfer, die weitverstreuten Gasthöfe am Straßenrand und die Lager, die ihnen auf der Flucht nach Norden als Raststationen gedient hatten, und gliederte sie in «Scheißlöcher» und «echte Scheißlöcher», und fing an mit «dem Sumpf, in den du uns bei Prato geführt hast», wo sie die erste Nacht ihrer Reise mit allen vieren ausgestreckt auf dem schwabbelnden unsicheren Boden verbracht hatten, den Rufen der Männer des Obersten lauschend, die an den Rändern des Sumpfes nach ihnen suchten; wo sie nicht gewagt hatten, sich zu bewegen, bis der Morgendämmer ihnen einen sicheren Weg zeigte, und fuhr dann fort mit der Erinnerung an ein schlechtgewähltes Versteck, in das sie sich zurückgezogen hatten, als ein ganzes Dorf sie verfolgte (war es Ala? Serravalle? Irgendwo vor Trient, ganz sicher aber vor den Bergen ...), nachdem Bernardo einen Schwan gestohlen hatte, und das man, insofern es ein acht Fuß hoher Silo war, durchaus als «ein Loch» bezeichnen konnte, und das man, insofern es ein Mistsilo war ... Nun ja, Salvestro gab es insgeheim zu, es fiel genau und zutreffend in die zweite der Kategorien seines Gefährten. Der Schwan hatte sich als köstlich erwiesen, obwohl die «Scheiße» in jenem besonderen «Scheißloch» – da sie wirkliche Scheiße war – ihren jetzt schwachen, aber immer noch unabwaschbaren Gestank den anderen Gestänken in seinen Trauerlumpen beigefügt hatte: alter Schweiß, Kochfett, winzige Essensbrocken, die leichter eingerieben als abgewischt sind, Bierspritzer, Milch ...

Milch scheint zuerst so harmlos, erwog er, aber gib ihr ein paar warme Tage, und sie riecht übler als Kotze. Komisches Zeug, Milch. Zuletzt Hering. Unter all dem der Geruch der Frau in Prato, der in ihn einsickerte, ihr fischkaltes Fleisch, das die Hitze aus ihm saugte. Der Geruch. Prato. Sinnlos, darauf herumzureiten.

Er hörte wieder seinem Gefährten zu, dessen weitschweifiges Gejammer an Geschwindigkeit gewonnen hatte und jetzt für jede deutsche Meile nach Norden eine italienische nach Süden sprang oder umgekehrt, cisalpine Schäferhütten mit fränkischen Weilern durcheinanderwarf, Haufen namenloser Viehschuppen mit den großen Märkten der Nordmark, und die Zickzacklinie ihres Marsches nach Norden seinen eigenen Prüfsteinen gemäß nachzog: Hatten sie zu essen gehabt? War ihnen warm gewesen? Hatte man sie gejagt? Hunger, Kälte und Hunde spielten eine große Rolle in Bernardos Vorstellungskraft. Für ihn war die Reise wenig mehr gewesen als mühseliges Gebalge mit allerlei Hindernissen und Unbequemlichkeiten. Sein Gefährte hatte nie richtig begriffen, daß sie ein Ziel hatten, einen Zweck, und als sie schließlich das kleine Boot verließen, das sie über das Achterwasser getragen, und er gesagt hatte, daß sie hier Schluß machen würden, daß sie angekommen seien, war Bernardo zu einem Kind geworden, von Dankbarkeit und Überraschung überwältigt, als ob schon das einfache Schlußmachen ein Geschenk sei, zu groß, als daß man sich nach ihm sehnen dürfe, und sein Empfang ein alles überragendes Wunder. «Oh, wir sind da. Wir sind endlich da!» hatte er immer und immer wieder gerufen, während sie über die Insel dem Nordufer entgegenzogen. «Jetzt sag mir» – er hatte gestrahlt und stand da am Strand und atmete in tiefen Zügen die Seeluft ein – «wo ist die Stadt?»

«... und Nürnberg. Nürnberg! Noch so ein Scheißloch ...»

Salvestro bohrte in der Nase. Es war zu seinem Besten gewesen, zu ihrer beider Besten und um ihre Haut zu retten – niemand konnte wissen, wie weit einer wie der Oberst sie verfolgen mochte, also auch nicht, wo ihre Fortbewegung aufhörte, Flucht zu sein, und zur Reise wurde – und Bernardo, der Trottel, hatte bleiben wollen ... Aber hatte er, Salvestro, nicht doch eine Tatsache übersehen, die, falls bekannt, vielleicht das Seil zertrennt hätte, an dem er Bernardo nordwärts geschleppt hatte? Als sie aus dem Hohlweg aufgetaucht waren, durch den die Straße von Freiberg nach Dresden lief, hatte er auf den sanften Hang des Tales und über den weiten Schwung des Flusses auf die große ummauerte Stadt am anderen Ufer gedeutet und gesagt: «Wenn wir erst einmal die Insel erreicht haben, ist Vineta uns so nahe wie das da.» Sie befanden sich außerhalb eines kleinen Dorfs namens Plauen, von dem ein alter Mann, der ihnen Wasser gab, versicherte, es habe bereits vor langer Zeit seinen Namen der viel größeren Stadt geliehen, durch die sie schon vor Tagen gekommen waren, und ihn nie zurückbekommen. Er war darüber erbost. Eine Stunde später hatten sie die Elbe überquert und wanderten durch überfüllte enge Straßen. «So nahe wie das da ...» Es stimmte, aber war es die Wahrheit?

Bernardo hatte die graue Weite vor ihnen gemustert, von Südost bis Nordwest, wo sein Blick zunächst hoffnungsvoll die Greifswalder Oie traf, dann dahinter die Höhen von Göhren auf Rügen, Landspitze der Nachbarinsel, die genau hinter der von Usedom hervorlugte. Nichts sah aus wie die versprochene Stadt aus Salvestros Erzählung, und der wies in die andere Richtung, dahin, wo die See ungebrochen vor einer abgestumpften Landspitze lag, auf der sich einige Steingebäude wie Kraut und Rüben aneinanderdrängten. Aber keine Stadt, und dahinter nur die See ...

«Wo ist es?»

«Da.»

«Aber ich kann nichts sehen. Nur Wasser ...»

Ein kurzes Schweigen. *So nahe wie das da* ... Hatte er an einem möglicherweise kritischen Punkt seinen widerstrebenden Gefährten betrogen?

«Da drunten», sagte Salvestro.

Bernardo hatte in jener Nacht zu klagen begonnen und hielt sich an seinem Gejammer fest wie ein Treibholz von einem Wrack. Dieses jüngste Klagelied war nicht neu und würde seinen Lauf nehmen wie schon früher.

«... dann dieses Floß, und ich mußte auf das Ding rauf. Dieser Bursche Glitsch, oder? Das war wirklich 'ne Katze im Sack, bis wir wußten, wo's bei ihm langgeht. Den Fluß runter ...»

Zwei Flüsse, dachte Salvestro. Die Neiße und dann die breite Flut, auf die er so lange gewartet hatte, seit er vor all diesen Jahren von hier geflohen war und aus dem Wald auftauchte und den Ufern aufwärts folgte, nach Süden, weg von der Insel und die anderen Flußarme entlang und durch all die dazwischenliegenden Jahre. Von Inseln behindert und in künstliche Kanäle aufgespalten und doch breit genug für alle, hatten sie Glitsch auf einem Nebenstrom gefunden, wo er an Bord eines großen Floßes aus böhmischen Eichenstämmen für den Markt in Stettin mitten im Fluß auf Grund gelaufen war, von seinen Mietlingen verlassen und um Hilfe kreischend, ehe die Strömung sein Fahrzeug in unsteuerbare Stücke zerschlüge ... Sie hatten ihre Bedingungen vom nahen Ufer aus geschrien, dann war Salvestro hinübergeschwommen, um eine Leine ans Ufer zu holen, Bernardo hatte ihn herübergezogen, und dann hatten sie zu dritt mit Staken weitergemacht, den Fluß hinab bis zu dem großen Zusammenfluß hinter Guben, wo sich ihr Wasserlauf mit der dicken schlammigen Flut der Oder vereinte.

Da hatte Glitsch behauptet, er habe seine Tasche im Fluß verloren und mit ihr seine Börse. Er war ein kleiner drahtiger Mann gewesen. Wie sollte er sie jetzt bezahlen? Sie hatten ungerührt zugesehen, als diese Geschichte herauskam, eine Meile oder weniger vor Stettin. Salvestro hatte auf das Seil gewiesen.

Glitschs Seil. Ein Stück Glas, geklaut aus einer Werkstatt, deren Rückseite an der Schmiedegasse in Nürnberg lag. Ein Faß. Ein Boot.

«Und dann hab ich gedacht, du wärst tot!» brach Bernardo plötzlich aus; ein Sprung in den Katalog seiner Unglücke, der Salvestro überraschte und den Anklagen des anderen neue Energie zu verleihen schien. «Das war ganz typisch, daß du mich allein in einem Boot im Stich gelassen hast, nachdem du mir dies versprochen und das geschworen hast und ...»

Dabei verloren sich die Versprechungen, die er gemacht hatte, wie sinkende Fracht in Regionen von Dunkel und Zweifel, niemals wieder zu bergen. Aber auch nie ganz verloren. Die Stöße der Oberfläche, das Branden der Gezeiten und die von der Hitze geschwächten Strömungen fügten ihre schlaffen Echos und Seichen dem ziellosen Fließen unten bei: Wirbel, kippende Gewässerschichten, unberechenbare Strudel, die sich aus der Wassermasse lösen und ihnen anvertraute Fahrzeuge abtreiben und versprengen ... Wohin? Nicht vorherzusagen, hängt mit fernen Bewegungen der See zusammen, mit unsichtbaren Stürmen, mit starken Winden, die jenseits des Horizonts toben. Es sind dies ferne Beschlüsse. Ein Knabe, beinweiß, der einmal nachts taucht und weggeschwemmt wird. Ein Mann, der in seinem Narrenkleid aus Holz und Seil taucht und die Versprechungen eines Knaben da unten findet, das Wasser ist noch voll von ihnen. Eine innere Haut hat auf ihn gewartet, aber darin glatt einzudringen war für ihn zu kalt gewesen, zu endgültig, um alles zu schlucken. Statt dessen schluckte er Luft. Er spie seinen Magen aufs Deck und sagte dem eifrigen Freund: «Nichts ...» Nichts? Etwas. Seine Kleider dampften leicht, als die Hitze aus seinem Blut sie trocknete. Da war das Seil zu verkaufen. Das Boot zurückzugeben … Was noch?

«Stroh», sagte eine Stimme, die plötzlich nicht die Bernardos war.

«Als Bettzeug», sagte eine andere.

«Bruder Hans-Jürgen hat uns angewiesen, euch Stroh fürs Bett zu bringen», sagte die dritte.

Drei Mönche lugten zur Tür herein, jünger als der, der sie hergebracht hatte, und alle drei wankten ein wenig unter der gleichen Ladung Stroh. Salvestro sprang auf. «Das ist sehr willkommen», sagte er rasch. «Genau hierhin.» Er zeigte auf den Boden.

Auf ihren Strohlagern sitzend, beobachteten die beiden Männer, wie das graue Nachmittagslicht nach Westen abfloß und verschwand. Kochdünste drangen durch die Mauern zu ihnen, und obwohl Bernardo sein Klagen schnell wieder aufnahm, war sein Herz doch nicht länger bei der Sache. «Ich wollte ja überhaupt nie herkommen; wir hätten tun sollen, was ich gesagt hab. Aber du hast ja nicht auf mich hören wollen, o nein. Ich hab dir gesagt, was wir tun sollten. Wir hätten bei *Groot* bleiben sollen», schloß er.

«Groot ist tot», sagte Salvestro, und danach schwieg sein Gefährte.

Wenig später erschienen dieselben drei Mönche; zwei von ihnen trugen große Näpfe mit einer Art Brühe, der dritte eine kleine Öllampe. Beim flackernden Licht sahen sie zu, wie die beiden Männer hungrig aßen, und sammelten die Näpfe wieder ein, als sie fertig waren. Salvestro blickte zu dem Trio auf, das zaudernd herumstand, als ob man die drei mit einem Auftrag betraut hätte und sie nicht recht wüßten, wie sie ihn erledigen sollten. Ein viertes, älteres Gesicht tauchte hinter ihnen auf. Es war der Mönch vom Morgen. Bruder Hans-Jürgen winkte Salvestro.

«Vater Jörg möchte dich jetzt sehen», sagte er.

Kleine Teiche frieren zu, aber nicht die See; der Winter war zu mild. Schnee, der zu Sankt Michael fiel, fiel in schweren nassen Flocken, die bei der ersten Berührung der Sonne schmolzen. Nordostwinde bliesen schwach. Es war ein matschiger Winter.

Man konnte sie die sumpfigen Ufer des Schmollensees umrunden oder über das geschützte Wasser der Krumminer Wiek paddeln sehen, bei Eigholz an Land platschen, um nach Norden zu stapfen, während die Sonne hinter der dunklen Masse des Festlandes versank. Sie kamen zu zweit und zu dritt, verdreckten im Morast hinter Stenschkes Hof, bahnten sich ihren Weg durch die kahlen und unvertrauten Wälder, die kurz vor dem Küstenabhang zu Buchengestrüpp ausdünnten. Sie sprachen ein- oder zweimal bei Ploetz vor, aber der schüttelte nur den Kopf, als wolle er sagen, er habe schon Sorgen genug. Die von Brüggemann gingen ihn nichts an.

Ott, Ronsdorff, Riesenkampff, die Wittmanns aus Krummin und die Wittmanns aus Buchenwald, Haase, Peter Gottfreund und auch andere, sie alle tauchten den einen oder anderen Abend auf, knurrten Mathilde einen Gruß zu und ließen sich um den Herd nieder. Sie sah, wie sie sich räusperten und in die Flammen spuckten, wobei sie die Hintern auf den schmalen Bänken wetzten. Ihre wettergegerbten Gesichter waren im Feuerschein borstig und rot. Schweres Schweigen senkte sich und umgab sie wie ein hemmendes Tuch. Es waren mürrische Versammlungen. Brüggemann konnte sich glücklich schätzen, solche Nachbarn zu haben. Er hätte sich selbst mit der Sache beschäftigen sollen.

Sie erinnerte sich an ihren ersten Anblick. Zwei Männer hatten da gestanden, der Riese hinten, beide schweigend, bis Ewald hinter ihr aufgetaucht war und den vordersten erkannt hatte. Er war zurückgekommen.

Ihr Mann hatte ihnen den Heringsschuppen angeboten. Später hatten sie nach Essen gefragt. Und dann nach einem Faß. Als das Boot verschwunden war, hatte sie gehofft, ohne wirklich daran zu glauben, daß das der letzte Preis für ihre Langmut gewesen sei und sie gegangen oder ertrunken seien. Als der Mönch an die Tür pochte, hatte sie sich geduckt, voller Furcht, daß sie es sein könnten. Dann erklang eine Stimme, von der sie wußte, daß es nicht eine von ihren war, und fragte, wer drinnen sei.

Ein Mönch stand da, wenig älter als ihr Mann, groß, ganz allein. «Du bist Brüggemann?» Sie sah ihren Mann nicken. Sie blieb im Hintergrund und schnappte nur Bruchstücke von dem auf, was sich zwischen ihnen abspielte: Sie sind bei uns, im Kloster ... unser Prior ist zu vertrauensselig, sogar närrisch ... Der Mönch bewegte seine Hände schnell und bestimmt. Es waren Arbeitshände, voller Schwielen, mit dicken kurzen Fingern. Sie hörte ihn sagen: «Du bist ein guter Mann, Brüggemann. Ihr Inselbewohner seid alle gute Männer ...» Die Kinder lagen sehr still, aber sie waren wach und taten nur, als ob sie schliefen. Andere Kinder lagen wach in anderen Betten auf der Insel. «Deine Sache ist gerecht. Denk an den Löwen, Brüggemann ...»

Der erste kam in der nächsten Abenddämmerung. Nachbarn, aber ihre Beziehungen waren jetzt von etwas anderem belastet. Mathilde goß ihnen Becher voll Brühe ein. Sie lauschte und nickte. Als das Feuer niederbrannte, schickte sie ihren Mann hinaus zum Holzstoß, und sein Abgang entkorkte die Flasche, deren Inhalt zu kosten alle die ganzen Stunden gewartet hatten: Nur ein Junge damals ... Gott allein weiß, was diese Hündin und ihr Welpe ihm angetan haben ... Sie hatten ihn darum gemieden, als Jungen, *Ewald hat es mit dem Wilden getrieben* ... Aber das war nur Fopperei. Was immer sich damals abgespielt haben mochte, jetzt war es nichts Lächerliches mehr. Wenn es jetzt Brüggemann anging, dann sie alle; ihre Väter hätten die Sache zu Ende bringen sollen.

Als Ewald die Tür auftrat und über die Holzscheite blickte, die sich auf seinen Armen türmten, sah er ihre Gesichter ihm zugewendet, im Halbschatten der Glut, und hörte das vertraute Schweigen herabsinken. Er nahm Platz auf dem niedrigen Hocker, den er sich vorbehielt, und wartete wieder auf den Rhythmus aus schwerfälligen Bekräftigungen und Knurrlauten, die der vor ihnen liegenden, unausgesprochenen Maßnahme Gestalt geben sollten: *Stimmt's etwa nicht? Läßt sich doch nicht vermeiden, oder? Was, Ewald?* Es wäre leichter für sie, wenn er nicht dabei wäre, aber er stak im Kern der Sache, war irgendwie wesentlich. Die Sache, die sie entscheiden mußten, konnte nur hier entschieden werden, wo sie um seinen, Ewald Brüggemanns Herd, herumsaßen. Je näher sie ihr kamen, desto häufiger nickte er. Ewald war es, den der Sohn der Hexe in jener Nacht in die Wälder geführt hatte. Jetzt war der Sohn der Hexe wieder da. Der Mönch hatte sie gewarnt. Jetzt war seine Warnung wahr geworden.

Die Knochen der Michaelisgans wurden Suppe, die im Kessel über dem Feuer schäumte. Sie hatte die Tür geöffnet, und da war er, und obwohl ihr das Herz bis zum Hals schlug, als sie stammelte, nein, Ewald sei nicht zu Hause, hatte sie doch auch gewußt, daß es keinen Zweifel mehr gab, daß es getan werden mußte. Nicht hier, wiederholte sie. Sie schlug die Tür zu und wartete, lehnte sich mit dem Rücken dagegen, lauschte, als er ging. Sie wartete darauf, daß ihr Mann zurückkam. Sie rührte und schöpfte und schaute kaum auf, als er eintrat, wartete, bis er sich setzte, hielt sich zurück. Er tauchte einen Finger in den Napf, der vor ihm stand.

«Er ist hiergewesen», sagte sie.

«Wer?»

«Der Sohn der Hexe. Der Wilde.»

«Na und?» Das Gesicht eines Lügners.

«Er will das Boot zurückgeben. Er will, daß du ihm hilfst, es aufs Ufer zu setzen.»

Er nickte, und sie sah, daß er sich ebenso fürchtete wie sie. Sie blickten einander schweigend an.

«Hol die anderen», sagte Mathilde zu ihrem Mann.

«Gut, ich gehe», sagte Bernardo.

Er sah den großen Mann über das Feld trampeln; er hinkte noch immer. Das war zur Gewohnheit geworden in der Woche, die Salvestro gebraucht hatte, um seine Kräfte zu sammeln und die knappen Meilen über die Insel zu gehen, um den Stiefel seines Gefährten wieder ausfindig zu machen. Nichts hatte sich im Heringsschuppen verändert. Der Teich war wie zuvor, obwohl jemand ihren Dreifuß umgeworfen hatte. Er kehrte zurück zum Ufer. Da war der Rauch aus Ewalds Esse, da die Esse selbst, dann die Hütte, als er unter den Bäumen herauskam und durchs Unterholz watete und den Hang hinab zur Tür lief. Dort zögerte er. Er hatte es eine Woche lang aufgeschoben. Er klopfte.

Sechzig Meter weiter hatte Bernardo eine Gruppe Buchen erreicht und blickte um sich, anscheinend verwirrt.

Mathilde hatte ihn über die Türschwelle angesehen. Jäh fühlte er sich ohnmächtig. Er wußte nicht, was er sagen sollte, also murmelte er etwas über das Boot. Deswegen war er nicht gekommen; er hatte auf Ewald selbst gehofft. Er wollte mit dem Mann sprechen, nicht mit der Frau. Jetzt mußte er das Boot zurückgeben, das die Mönche den Hang hinaufgeschleppt und an die Ostmauer der Kirche gestellt hatten. Sehr nett; nur hatten sie es nicht abgedeckt; es füllte sich mit Schnee, der Schnee war zu Wasser geschmolzen, das Wasser war gefroren, und jetzt war es voll Eis. Er hätte sich selbst darum kümmern müssen. Er hätte sich auch längst um Bernardos Stiefel kümmern müssen. Er machte den Prior für diese Mißgeschicke verantwortlich.

Siebenundsechzig Meter weiter rüttelte Bernardo an Buchenstämmen, die hinderlich waren und größer als er. Der Himmel war eine Sammlung stumpfer Grautöne, Regen möglich, aber unwahrscheinlich. Bernardo bog niedrige Äste beiseite, duckte sich und verschwand unter ihnen.

In jener ersten Nacht war Hans-Jürgen zwei kurze Treppenfluchten emporgeklommen, unterbrochen durch eine Ecke, die sie zu einem Durchgang über dem nördlichen Korridor des Kreuzgangs brachten. Die Sandalen des Mönchs klapperten vor Salvestros fast lautlosen Schritten her, die Öllampe vor der Brust des Mönchs warf einen weiten Schatten, der ihn umfing und hinterherzog. Sie gingen an drei Türen vorüber, die in regelmäßigen Abständen rechts in die Mauer eingelassen waren; eine vierte blickte ihnen am Ende des Ganges entgegen. Ein Lichtstrahl kroch zwischen der unteren Türkante und der abgetretenen Schwelle durch, flackernd und über die winzigen Löcher und Abhänge des Fußbodenbelages ausfächernd, und erstarb im äußeren Dunkel des Gangs. Er konnte sehr schwach die See hören; alle Zimmer, an denen sie vorbeigekommen waren, würden auf sie hinausblicken. Der Mönch blieb stehen. Salvestro dachte in plötzlicher Gewißheit: Ich bin früher schon hiergewesen.

In Prato hatte Groot ihn durch die Tore des Palazzo geführt, über Innenhöfe und durch Empfangsräume, die von der eigenen Leere widerhallten und Vernachlässigung herausposaunten. Es gibt Räume hinter solchen Räumen, Zimmer, die scheueren Zwecken gewidmet sind. Zimmer, die man verleugnen kann. Die Aura der Vorladung ist parfümiert mit einer feinen Mischung aus Verpflichtung und Drohung, die sich hier auflöst und neue Formen annimmt: ein vertrauliches Wort, ein zweifelhafter Vorschlag, das Privileg eines geteilten Geheimnisses. Nachtgeschirr steht zwischen einfachen, hastig zusammengerückten Möbeln. Ein Sergeant hatte gefragt, ob sie des Obersten Männer seien? Er glich keinem Sergeanten, den Salvestro je gesehen hatte, feingliedrig und höflich, ein Sergeant in Seide und Federn. Er verspürte den halb verhüllten Widerwillen ob dieser Besudelung des Allerheiligsten; den Unmut der Autorität gegen ihre Handlanger. Was war der Auftrag, den sie für den Obersten dieses seltsamen Sergeanten erfüllen sollten? Das Ritual setzt sich mit gravitätischem Nicken, mit Halbwahrheiten fort. Er und Groot werden hinausgeleitet, angeheuert, ausgespien. Tage später entflieht er der Schlachtbank, liegt in einem Sumpf. Erinnern … Der Unmut der Autorität wächst plötzlich zu Zorn und hetzt sie über Berge und Flüsse. Hängt Groot am Halse auf. Er selbst rennt nordwärts mit einem Idioten im Schlepptau ...

Bernardo. Wo ist er jetzt hingeraten? Nachdem er auf der anderen Seite des Wäldchens aufgetaucht war, einen seichten Sumpf durchquert und die eigentlichen Wälder betreten hatte, bewegte er sich unter Buchen in eine Richtung, deren Kern Süden war, die aber auch starke Elemente von Südost, Ost und Südwest enthielt. Es gab da sogar Andeutungen auf West, wo der Boden besonders tückisch wurde. Entfernung? Hundertsieben Meter.

«Komm», hatte es von innen geheißen. Hans-Jürgen stieß die Tür auf. Der Rufer beugte sich über einen mit Papieren bedeckten Tisch, der Mönch vom Morgen, der Anführer. Einfache Möbel. Seine Hand war erhoben und in einer winkenden Geste erstarrt, die ihn gleichzeitig zum Eintritt aufzufordern wie diesen zu verwehren schien. Er blickte zu den beiden auf, die im Eingang standen. Ein Raum hinter anderen Räumen. Was wollte er?

Hundertvierundzwanzig Meter Südsüdost von dort, wo er saß und sich erinnerte und sich Dinge ausmalte, brach aus dem verschlungenen Geäst zielloses Gebrüll, das Wintervögel und kleine Baumsäuger, wie etwa Eichhörnchen, aufschreckte. Bernardo ist einem Dornbusch begegnet.

Der Riese war in den Tagen nach ihrer Ankunft unruhig und schwierig gewesen. Der Mißmut bezog sich auf seinen Stiefel, dessen Fehlen, Salvestros Abneigung ihn zu holen, hatte aber seine Wurzeln in ihrem Nichtstun. Das Kloster war ein Ort ohne Strömungen. Sie hörten Gesang aus dem Kapitelhaus. Sie rochen die Kochdünste, wie sie durch die Mauern sickerten. Die Mönche fanden sich zu sonderbaren Stunden im Kreuzgang zusammen, wandelten zu zweit und zu dritt auf und ab, unterhielten sich in dichtgedrängten, abweisenden Gruppen. Mahlzeiten kamen zweimal am Tage; eine unwandelbare Speisenfolge aus schwarzem Brot und Brühe (morgens) und schwarzem Brot und Brühe und Pökelfleisch (abends), die ihnen dasselbe jugendliche Trio brachte, das ihnen schon am ersten Abend das Essen gebracht hatte. Freitags Stockfisch. Bernardo hatte eine Anzahl holpriger Unterhaltungen mit ihnen begonnen, die unwandelbar damit endeten, daß er ihr Essen als «echte Darmschrapper, trotzdem vielen Dank» einstufte. Die drei Novizen schienen das lustig zu finden.

Andere mieden sie völlig, schienen durch sie hindurchzusehen, als existierten sie gar nicht. Bündnisse und heimlicher Haß waren am

Werk. Er war eines Nachmittags den Abhang zum Ufer hinabgegangen und hatte dann hinauf zu dem gähnenden Loch geschaut, das einst das Schiff der Kirche gewesen war. Er sah, daß der Lehm darunter durchnäßt war. Wenn der Sommer kam, würde er trocknen und bröckeln. Ein paar Steinblöcke lugten aus dem Wasser und gaben Zeugnis vom Zusammenbruch. Mehr würden folgen. Er fragte sich, ob die Mönche es wußten oder sich nicht darum scherten. Sie schienen nie hier unten hinzukommen. Er sah um sich: die nach Nordwesten laufende Küste, graue See, die nach Südosten laufende Küste. Ferner: der Abhang der Küste, je näher desto steiler, der Pfad, den er herabgegangen war, und dann oben auf dem Pfad ein Mönch. Der Mönch beobachtete ihn, und plötzlich hatte er das Empfinden, daß er nicht hier sein sollte, daß man ihn bei etwas ertappt hatte. Er winkte.

Das Gesicht des Mönchs wirkte irgendwie seltsam, aber in dem Moment konnte er es nicht klar erkennen. Kein antwortendes Winken. Die Gestalt wandte sich abrupt um und stakste von dannen. Die zerkrümelnde Klippe. Die zusammenbrechende Kirche. Das Gesicht, begriff Salvestro später, war von etwas verzerrt, das Zorn nahekam. Auch ohne das Warum oder Wie zu wissen, begriff er da doch, daß hier die Verwerfung war, die durch seinen neuen Wohnsitz lief. Die See schwappte friedlich gegen den Fuß der Klippe; dies war es, was die Mönche in kleine Cliquen und Fraktionen zersplitterte. Er kraxelte den Weg hinauf, kam an Ewalds eisgefülltem Boot vorüber und schritt schnell durch den Kreuzgang. Er ging nicht wieder zurück.

«Vielen Dank, Bruder Hans-Jürgen.» Der Mönch hatte sich zurückgezogen und die Tür hinter sich geschlossen. Da stand ein Schemel. «Setz dich.» Salvestro setzte sich. Der Prior beugte seinen Kopf über die Pergamentbogen. Salvestro sah wuselnde schwarze Zeichen, Eselsohren, zwei Holzklötze, die die Bogen am Zusammenrollen hindern sollten. Der Mann vor ihm sammelte sich eine Sekunde lang und sagte dann: «Du bist hergekommen, um Brüggemann Schwierigkeiten zu machen, oder nicht? Du warst doch einmal sein Freund.»

Bernardos Stiefel: Das lag am Prior. Daß man ihn nicht längst geholt hatte. Er war beschäftigt gewesen, brütete über diesen Fragen, ahnte jene voraus. Es war ein zweiter Ruf ergangen seit jenem ersten, und weitere würden folgen. Er stand auf der brüchigen Kruste der Gegenwart, während das Verhör durch den Prior auf seinem Kopf lastete und die dünne Schicht unter seinen Füßen sich verwarf und erbebte. Darunter war Dann, und Dann war dunkel und bodenlos. Er würde im Dann versinken.

«Nein», hatte er gesagt.

«Warum bist du dann zurückgekommen?»

Der Tisch des Priors war mit Federkielen übersät, mit Tontöpfchen, verkorkten Flaschen, Amuletten, deren Bedeutung er nicht erahnen konnte. Vor allem mit Papieren. Er hatte zu diesem Anlaß eine Rede vorbereitet, zu dieser unausweichlichen Frage, eine stolze Rede mit Schnörkeln und unerschrockenen Ausdrücken. Er sei zurückgekommen, um Vineta zu entdecken, etwas, das kein anderer Mann je getan habe. Er sei ein Abenteurer, ruhelos und leidenschaftlich. Er brauche einen Anker, um seinen Geist auf Grund zu legen, eine Aufgabe. Dies sei die Unterseestadt. Dann würde der Prior fragen, ob er den Frieden gefunden habe, den er suche, ob sein Geist zur Ruhe gekommen, auf ein Ziel gerichtet sei. Nein! würde seine Antwort lauten (vielleicht unter Tränen), und sie würden zusammen Seite an Seite beten. Er kannte ein Gebet oder zwei. Er würde, wenn nötig, auf sein Leben lästern.

Doch hatte er diesen Kurs kaum eingeschlagen, da hob der Prior, der ihn über den Tisch ansah, die Hand, als ob seine Worte das Kreischen zweier kämpfender Katzen seien. «Du bist ein Lügner. Raus.»

Er saß einen Moment wie angenagelt. «Raus!» Er erhob sich.

Hans-Jürgen stand ebenso ausdruckslos im Durchgang wie zuvor. Als Salvestro sich von der Tür abwandte, um ihn anzuschauen, sah er zwei weitere Mönche, die dünne Wachskerzen und einen Napf trugen, am anderen Ende des Gangs erscheinen. Sie verschwanden hinter der ersten der Türen, an denen sie vorher vorbeigekommen waren. Der Mönch drehte sich um, und Salvestro begriff, daß er ihm folgen solle. Fahles Kerzenlicht schien durch die Türöffnung vor ihnen. Der Mönch blieb stehen und glotzte.

«Was machst du da? Das ist die Aufgabe von Bruder Florian! Wer hat dir erlaubt ...?»

Salvestro blickte dem empörten Mönch über die Schulter. Er sah eine Zelle, ausgestattet fast wie die des Priors, vielleicht ein bißchen größer. Die beiden Mönche saßen auf einem niedrigen Bett an der anderen Seite. Zwischen sich stützten sie eine verschrumpelte, zum Skelett abgemagerte Gestalt, einen Mann, in ein beflecktes Nachthemd und dicke Wollstrümpfe gekleidet, dessen Kopf nach hinten rollte und dessen Mund offenstand. Die Haut war fleckig und straff über die Knochen gespannt. Zwischen den Mönchen eingekeilt, hingen ihm Arme und Beine schlaff herab. Sie bemühten sich, ihm Essen einzuflößen, aber er wollte oder konnte nicht schlucken, und das meiste rann auf das längst schmutzige Hemd. Das einzige an ihm, das noch seinem Willen gehorchte, waren seine Augen. Die rollten von Seite zu Seite, als versuchten sie, einen Blick auf seine Peiniger zu erhaschen.

«Bruder Florian ist unfähig, für ihn zu sorgen», erwiderte einer der Mönche kurz.

«Auf wessen Anweisung hin?» fragte Hans-Jürgen erneut. «Die von Gerhardt?»

Aber die Mönche ignorierten ihn, löffelten lediglich Essen in den Mund ihres Pflegebefohlenen. Als er wiederholte: «Gerhardt, ja?» sah derselbe Mönch auf und sagte: «Da du dir mehr Mühen gibst mit deinem Affen als mit deinem Abt, Bruder Hans-Jürgen, warum bringst du ihn jetzt nicht in seinen Käfig zurück? Oder will unser Prior ihn in eines seiner fernen Länder zurückschicken?»

Hans-Jürgen hatte ihn in dröhnendem Schweigen zu seinem Wohnraum geführt. Er hatte sich auf die harte Erde gelegt; Bernardo hatte sich in seiner Abwesenheit das meiste Stroh unter den Nagel gerissen und schnarchte laut auf der anderen Seite des Rübenlagers. Jener Tag hatte damit begonnen, daß sie beide das Ufer hinab zu Ewalds Boot gingen, was schon lange, lange her zu sein schien. Er hatte an jenem Abend über vieles nachzudenken, und die folgenden Tage hatten ihm noch mehr zu denken gegeben. Er hatte keine Zeit für Stiefel gehabt, aber Bernardos Jammern hatte schließlich einen unüberhörbaren Grad erreicht, der in der üblichen Drohung gipfelte, daß er genug habe und sich davonmache. Ohne seinen Stiefel war das unmöglich. Mit ihm war der Drang beseitigt. Ein rachsüchtigerer Geist als der seine, überlegte Salvestro, hätte mehr Vergnügen an dem Rätsel gefunden.

Ihm machte es kein Vergnügen. Er dachte an den Prior. Die zweite Vorladung war zwei Tage vor der Suche nach dem Stiefel ergangen. Wieder erklomm er dieselben Stufen und folgte Hans-Jürgen an der Tür des Abtes vorbei – diesmal geschlossen, die Zelle hinter ihr ohne Licht – und durch den Gang.

Das zweite Treffen verlief fast wie das erste. Er saß auf dem Schemel. Der Prior sah ihn starren Blickes an und fragte wie zur Abwechslung: «Sag mir, wie bist du dazu gekommen, dir einen falschen Namen zuzulegen?»

Er hatte das vorhergesehen. «Niklot» war ein gewöhnlicher Name, das war sein Fluch. Es gab andere «Niklots». Einer ähnelte ihm sogar etwas. Unglücklicherweise war der ein Dieb. Aus seinem Lager tief im Wald schlich dieser Ausgestoßene in der Nacht zu den Bauernhöfen und Gütern der Gegend, um ein Huhn, ein paar Eier – einmal sogar ein junges Schwein – zu stehlen und dann ihm, dem echten Niklot, die Schuld zuzuschieben. Dieser Betrüger trampelte Getreide nieder, zerbrach Zäune, tauchte aus dem Gesträuch auf, um Bauerntöchter beim Bad zu erschrecken, warf mit Steinen nach ihrem Vieh ... Seine Teufeleien kannten kein Ende. Und es konnte ihn auch niemand fassen. Er schwand dahin wie Wasser im Sand, das nur einen feuchten Fleck hinterläßt, den die Sonne in Minuten trocknet. Was sollte er, der echte Niklot, tun? Nach vielem Nachdenken und vielen ungerechten Anschuldigungen (alle unbewiesen) hatte er beschlossen, seinen Namen zu ändern. Hinfort wollte er «Salvestro» sein.

Er begann seinen Bericht mit großen Hoffnungen. Er war dabei, die Tatsache der Existenz anderer «Niklots» zu belegen, als die Unterbrechung kam.

«Genug!» Der Prior funkelte ihn wütend an. «Noch mehr Lügen. Raus!»

Als er wieder zum Rübenlager zurückging, wobei er der undeutlichen Lichtpfütze folgte, die Hans-Jürgens Lampe über den Kreuzgang warf, kam ihm ein Gedanke. Er erwog ihn kurz. Er war absurd. Wieder hatte Bernardo ihm sein Stroh gestohlen. Morgen würde er Bernardos Stiefel wieder nicht holen. Er legte sich hin, konnte aber keine bequeme Lage finden. Der Prior beunruhigte ihn. Wenn er, Salvestro, nicht wußte, was der Mann wollte, wie konnte man da von ihm erwarten, es ihm zu geben? Einen Bericht irgendeiner Art, sicher. Etwas Glaubwürdiges, Folgerichtiges. Es war schwer zu glauben und doch fast so – und hier stach ihn der *Gedanke* erneut –, als ob er die Wahrheit hören wollte. Und noch schwerer zu glauben, daß er, Salvestro, während er den *Gedanken* in seinem Geist herumwälzte, fast versucht war, auf ihn einzugehen, offen zu sein, gar freimütig, mit Vorbehalten natürlich, aber im ganzen doch nicht, oder vielleicht nicht ... ein außerordentlicher Gedanke also, der da wenigstens als Möglichkeit, na ja, darin bestand, wirklich die Wahrheit zu erzählen. Die Wahrheit, ja. Könnte er? Wollte er ...? Nein.

Am nächsten Tag erwog er die Sache weiter. Er wanderte zerstreut durch den Kreuzgang. Eine Gruppe von Mönchen stand an der Tür des Kapitelhauses. Als er näher kam, schöpfte einer eine Handvoll Wasser aus dem Weihwasserbecken, lief mit sonderbar angespanntem Gesicht auf ihn zu und begoß ihn damit. Der Mönch starrte ihn an, als ob das Wasser geschmolzenes Blei sei und er zu Boden stürzen und zu Schlacke schrumpfen müßte. Als er das nicht tat, wich der Mönch angstvoll zurück. Er wandte sich um und nahm seine Überlegungen wieder auf. Solange er das tat, ließ ihn der *Gedanke* mehr oder minder in Ruhe.

Er kam schnell genug zurück. Eigentlich noch bohrender, am folgenden Tag, und Salvestro ertappte sich dabei, wie er ärgerlich murmelte: «Nein! Blödsinn!» Er fand sich am Rande des Feldes. Der Gedanke trieb ihn voran. Der Prior schien irgendwie zu wissen, wann er log. In den Augen des Priors war er sowieso ein Lügner. Er ging weiter. Bald war er am Heringsschuppen. Der *Gedanke* hatte offenbar auf der Lauer gelegen. Er schwang sich vom Dach herab und stieß ihn zu Boden. Er kämpfte, aber der *Gedanke* nagelte ihn fest. Er rang mit ihm, aber der *Gedanke* hielt ihn fest. Er setzte sich zur Wehr, aber der *Gedanke* hämmerte und hämmerte nur auf ihn ein …

Bernardos Stiefel lag auf dem Boden des Heringsschuppens. Er hob ihn auf. Der Stiefel, dann das Boot. Gedanken an Ewald; die Szene lief wieder rückwärts. Er ging zu dem Mann und traf dessen Frau. Das Boot, dann der Stiefel. Er ging zurück. Bernardo stakste in einem bedeutungslosen Schmollen davon, aber Bernardo würde immer zurückkehren. Er war im Moment durchaus glücklich, allein zu sein.

Der *Gedanke* umkreiste ihn mißtrauisch. Er war entschlossen, aber die Vorstellung, wirklich diesen Kurs einzuschlagen, erschütterte ihn bis ins Mark. Es ging ihm gegen den Strich. Er schwankte. Er hatte Vertrauen. Er zweifelte. Er glaubte. Es war brillant, unwiderstehlich, genial …

Er stellte sich eine Stimme vor, die ihm Fragen in Tonfällen stellte, welche ihm sagten, daß sie nicht wiederholt werden würden; eine Stimme aus der nahen Zukunft, die wie die des Priors klang. Beben unter den Füßen; Risse schlängeln sich vorwärts und überholen ihn, spalten sich und hobeln den Boden von den Fundamenten, die ihrerseits schon abgefallen und versunken sind. Seit langem geregelte Streitigkeiten häuteten diese sumpfige Erde aus Holz und Stein und nannten es «Das Land …» Bestenfalls verfehlter Glaube, und aufdringlich. Böden und scheuer Lehm stehlen sich fort und hinterlassen Aushöhlungen, Hohlräume, brüchige Gewölbe, auf die unachtsame Füße von oben stampfen; die Haut selbst wird trocken, wird papierdünn, spannt sich über nichts. Die Katastrophe dräut, während als Vorspiel in einer Nacht Steine in eine Leere stürzen, die nur das

Tageslicht See nennt. Eitelkeit kratzt an der bergenden Rinde, und was sich in der Ödnis der Zelle verbirgt, in der heraufdämmernden Banalität solcher Fragen – Jörgs Fragen –, ist eine Version des *Dann*. Sie werden, stellt er sich vor, so beginnen:

«Wie bist du ‹Salvestro› geworden?»

Und er wird antworten, stellt er sich vor.

Etwa so.

Sonnenlicht weckte ihn am Ufer des Achterwassers. Er erhob sich und ging vorwärts in den Wald. Stehende und gestürzte Stämme, trockenes und sterbendes Unterholz, Laubwehen, Gestrüpp ... Die Sieger und Besiegten im Walde öffneten ihre Reihen, um einen nassen, dürren Flüchtling einzulassen. Hungrig dazu: Seine Zähne zermalmten knollige Stengel, die Zunge zuckte und wurde feucht, die Gurgel schluckte, saftschwere Knospen zerplatzten ihm am Gaumen. Er kaute faserige Wurzeln, schluckte seifige Säfte, verschlang Eicheln, wilden Knoblauch, einmal versuchsweise eine tote Krähe, und seine Exkremente wimmelten von Würmern. Er stahl Eier von den Höfen in der Umgebung, ein Huhn, folgte den Ufern eines großen Flusses aufwärts, bis der Wald ihn tiefer und weiter einsog. Grind und Ausschlag blühten ihm auf Armen und Beinen. Er beschuhte sich mit Hornhaut. Entfernung war Verdichtung von Schatten, undurchsichtig. Nach der Zählung der Insel war er zehn Jahre alt, als er in diese Gegend ging; nach der des Waldes ein neugeborener Säugling.

Denn der Wald schrubbte ihn, und er verlor sich in ihm, und seine Erinnerungen kamen, wenn überhaupt, wie Begierden. Er lief, sprang, hielt, hing ... Zwei Steineichen standen auf einer Lichtung, die der dämpfende Schatten vom Wipfel der größeren geöffnet hatte. Die jüngere stand daneben wie ein schlaksig hochgeschossenes Füllen. Sie schoß geradenwegs zum Sonnenlicht empor und wuchs mit dünnen Gliedern. Wie viele Jahreszeiten würde es dauern, bis die ältere sie aushungerte? Das hungrige Saugen ihrer Wurzeln, das Pumpen ihres schlanken Stammes ... Er schwang an einem Ast, fühlte ihn halb sich biegen, halb brechen, fühlte, wie er nachgab, brach und ihn zu Boden schleuderte, wo er an ihm drehte und zerrte, wieder aufsprang und an den faserigen Splittern kaute, bis er schließlich glatt abbrach. Er dachte ans Wachstum der Jahre, wie es im Stamm pulsierte, die Äste entlang, fett wurde wie eine Welle ... Einmal sah er einen Bären. Ein watschelnder Fellsack krachte ganz in seiner Nähe ins Unterholz und suchte etwas. Rotwild trappelte davon, als es ihn witterte. Unsichtbare Wesen zappelten und machten sich davon. Sonnenschein stach oben durch den dunklen Baldachin, und wenn der Wind blies, war er ein schreckliches Prügeln und Geißeln, eine furchterregende Gewalt, gegen die er immun war. Er kauerte sich dennoch zusammen und floh auch die Winter, er fühlte den endlosen Schmerz, die knochentiefe Kälte jeder Jahreszeit ein bißchen weniger als die der vorherigen – zog südwärts, wie er später begriff. Irgendwann mochte der Wald enden, der Himmel aufgähnen, und er stünde am Rand eines Graslands, einer Heide, einer offenen Landschaft. Hütten tauchten wie Klötzchen auf, mit dünnen Rauchfedern, die im jähen Blau verschwanden. Dann drehte er sich um, verschmolz mit der Stille im Innern des Waldes, verschwand wieder. Er war nicht neugierig und nicht einzufangen, unsichtbar und unbekannt ... Aber er beobachtete gern Feuer.

«Was?» (Der Ausdruck des Priors wird fragend sein, eine Augenbraue hochgezogen, der Kopf leicht geneigt.)

Das Herz gegen die Rippen hämmernd, den Mund voller Speichel, so kroch er gern näher, außer Hörweite, aber nahe; roch, wie das Fleisch über der Glut röstete, sah die roten Flammen flackern, beobachtete die gebeugten Gestalten, wie sie herumschlurfen und einander zunicken. Sie erregten ihn, diese Wunden im Waldspiel aus sanften Lichtern und Schatten und Tönungen des Dunkels. Gern ließ er sich von der Glut blenden. Dann war der Wald für kurze Zeit nichts und ließ ihn los, schnitt ihn frei, daß er dahintreiben und sich das heiße Licht aus den Augen blinzeln konnte. Er kroch gern um das Lager herum, umkreiste es Zoll um Zoll, zog langsame Spiralen in den raschelnden Wuchs des Waldes ... Immer wollte er näher und näher und noch näher heran. So hatten sie ihn gefangen.

«Wer?» (Barsch gestellt, ein Widerruf des früheren Hauchs von Neugier. Der Prior wird nicht neugierig sein. Er wird geschäftsmäßig und nüchtern sein.)

«Zieht ihn an den Ohren raus!»

«Tritt ihm vors Schienbein!»

«Gib ihm ein paar Ohrfeigen!»

Vielleicht waren das die Worte, die sie schrien, die er als plötzlichen Lärm und Chaos und Entsetzen vernahm, während sie ihn prügelten. Es war ein Wirbel von Licht und großen Gesichtern vor seinen Augen und wieder verschwunden; von Lärm, vor allem von Lärm ... Ihre Körper schwangen wie Keulen, stießen ihn herum, krachten mit lautem Poltern ineinander. Wenn er sich an die Erde preßte, könnte er in den Schatten verschwinden, und sie würden ihn vergessen und weggehen wie der Bär oder davontrappeln wie das Rotwild. Sich flach machen. Verschwinden. *Lauf, lauf zur See ...* Es waren große dröhnende Männer, die sonderbar rochen und betäubenden Lärm machten. Er schlug die Hände vors Gesicht, um sie verschwinden zu machen, aber sie waren hartnäckig und kraftvoll. Sie weigerten sich zu verschwinden. Einer schlug ihn gegen das Ohr. Ein anderer trat ihm gegen das Bein. Er hatte sich zu einem widerstrebenden Ball zusammengerollt. Sie rollten ihn auf. Es wurde ihm klar, daß er fast nackt war und so groß wie sie. Wie war das geschehen? Er wunderte sich darüber, verblüfft und ziemlich verzweifelt.

Da gab es diese Nacht, und dann ein Morgengrauen. Da gab es große Ausbrüche von Lärm und Getöse. Tage fielen vom Himmel.

Er erinnerte sich an einen ansteigenden Bodenrücken, von Gras überwuchert, in das seine Füße schwammig einsanken, als sie zum Kamm emporstiegen. Es war sonnig, und man hielt ihn an einer Leine. Sonst nichts.

Dann wieder schlief er, diesmal nah am Feuer, und er träumte, Laken aus schwerem Stoff würden über seinen Körper gebreitet, wie Tierhäute, die schwerer und schwerer wurden. Mäuse wühlten unter ihm und brachten phantastische Würfe von Jungen hervor. Dutzende über Dutzende von quiekenden Leibern.

Hier gab es eine andere Stelle, wo der Soden bis auf die feuchte schwarze Erde darunter durchgetreten und so ein Pfad zwischen kleinen Kuppen und Ameisenhügeln entstanden war. Er machte größere Schritte über die langen schmalen Pfützen und fügte seine Fußspuren jenen hinzu, die bereits in die empfängliche Erde gepreßt waren, denn an dem Tag marschierte er ziemlich am Ende. Eine Wiese lief bis zum Rand des Waldes hinauf, und die Baumstämme mit der Dunkelheit dahinter erschienen als Palisade, die den Eintritt verwehrte, oder als Stangen eines riesigen Käfigs unter einem grünen Dach.

Ein anderes Mal zogen sie mit wildem Gebrüll und Geschrei in ein Dorf. Da gab es einen langen niedrigen Innenraum, in dem die Luft immer wieder geatmet worden war, bis sie nach dem Innern von Menschen roch. Einer von ihnen wühlte auf dem Boden herum, wo Fleischknochen, Getreidespreu, Brotkrusten und Flaschen verstreut lagen. Drei sprachen am anderen Ende leise miteinander und verstummten, als er näher kam. Diese Männer waren anders und fremd und rochen anders. Das waren nicht seine Leute. Da gab es einen Tisch, der fast durch die gesamte Länge des Raumes lief. Der Wühler kroch unter ihm hervor und legte ihm einen großen Haufen Abfall hin. Er war mißtrauisch. Der andere tat so, als esse er, und als das keine Antwort hervorrief, griff er sich einen Knochen von dem Haufen und begann, am Rest Fleisch mit den Zähnen zu zerren. Da verstand er und fiel wie ein Wolf über den Haufen her. Die drei Männer murmelten einander etwas zu, und von draußen kamen Gekreisch und ein paar Schreie. Ihm gegenüber wies sein Gefährte auf sich und machte ein Geräusch wie *Aar-aar-UUud.* Sie gingen von dort nachts weg, leise, störten niemanden. Er mochte das. Er war der leiseste von allen. Am nächsten Morgen aber begann das Getöse von neuem.

Denn es gab ständig Lärm. Die Luft umschlang ihn mit jähen Ausbrüchen von Gepolter wie *Nnunng* und *Tz-ztts* und *Lall-uull* ... Unterschiedliche Laute schreckten ihn auf und machten ihn nervös: lautere und leisere Grunzer, Grunzer, die mit scharfem Knall endeten und mit Zischen ... Er begann zu nicken, wenn diese kleinen Donnerschläge in seine Nähe kamen, duckte sich beinahe, als ob ihr Geplapper eine körperliche Kraft sei, raschelnde oder krachende oder glitschende Annäherung von hundert verschiedenen Tieren, zehn- oder zwanzigmal am Tag. Es gab regelmäßige Geräusche, die zwischen den wedelnden Zungen hin und her flogen, andere, die zu klagen oder zu stammeln schienen. Scharfes Gekläff und kleine Abfolgen von Gejaul. Er drehte sich um, machte einen Sprung und schrak bei dem Gebell zusammen, und nach einiger Zeit hörten sie sogar auf, über diesem nervösen Gezappel zu lachen, so vertraut und voraussehbar war es geworden. Und dann, Wochen nach seiner «Gefangennahme», Monate vielleicht – er rollte eine Wasserflasche zwischen seinen Knien, und einer der Männer warf kleine Steine nach ihm, die von seinem Kopf abprallten –, kam ihm plötzlich ein Laut, wie *SSoss-O!*, den er schon früher auf sich gezielt gehört hatte, und dann zwei kleine Geräuschbrocken, wie Halbgrunzer, *Oer-tt*, und dann ein Stöhnen, *ooOOwer* ... So etwa. Und er fühlte die Muskeln in seinen Wangen und seiner Zunge schmerzen, die Muskeln, die er brauchte, um zermanschtes Essen in die richtige Stellung zum Schlucken zu bringen, und er hatte ein Gefühl, als würde sich seine Zunge trocken vom Gaumen abschälen, sich häuten wie ein sehr trockenes Tier, und er öffnete den Mund und sagte ziemlich deutlich: «Krichs doch selps.» Dann ein Schlucken. «Scheiße.»

Alle hielten inne. Verblüfftes Schweigen schwoll plötzlich an, eine jähe schwelgerische Stille, die das sonderbare Wesen umschloß, das er ihnen entgegengespien hatte, es ganz verschluckte, und seine Äußerung waberte und zappelte und suchte festen Halt. Er blinzelte vor Anstrengung und sagte dasselbe noch mal. Ihre blanke Überraschung zitterte wie ein Wall aus betäubender Flüssigkeit, hinter der sein kleines Geräusch ungewichtig und lautlos blieb. Dann brach jemand die Stille mit: «Also ist Salvestro doch nicht taubstumm», und alle anderen lachten los. Er sah verständnislos um sich. «Na ja, wie sonst hätten wir dich nennen sollen?» Es war derselbe Mann, der eine, der ihn aufgefordert hatte, ihm die Flasche zu reichen, die jetzt vergessen auf der Erde vor ihm lag. «Groot», sagte er und hieb sich an die Brust. Er war Groot. «Na, Salvestro? Herr Krichs-doch-selps-Scheiße, na?»

SSoss-O! Oer-tt-ooOwer!

Salvestro. Wasser. Er rollte die Worte in seinem Mund. Krich selps. Groot. Groo-oo-oot. Hinter ihm war der Wald ein Gemenge von leisem Rascheln und Säuseln; nicht zu enträtseln, bedeutungslos.

Und diese namengebenden Vagabunden, wer waren die?

Es waren: Fante der Dolch und Umberto die Pike, Blender, Horvart, Hurst (oder Urst), der unerschütterlich war, Heinrich von Bool mit dem Spitznamen Sabbel, weil er keine Zunge hatte, und die Bandinelli-Zwillinge, die, obwohl sie fast wie Doppelgänger und im selben Dorf aufgewachsen waren und die Namen Aldo und Tebaldo trugen, doch nicht miteinander verwandt waren. Ein gewisser «Corprochet» betitelte sich als Admiral der Adda; Pandulfo war «Il Dottore» und konnte als einziger der Gesellschaft lesen und schreiben. Er war dabei, ein Liederepos über ihre Heldentaten während der Kriege im Süden zusammenzustellen. Da waren Kriparakos der Grieche, Simon der Kurze, Sigismundo Mit Den Glühenden Augen und der Cavaliere Gianbattista-Marcantonio di Castello-Molina di Fiemme. Der mit dem unnatürlich glatten grellen Gesicht war Powder Jack. Aber am schlimmsten von ihnen allen war Beißer.

Groot zeigte auf sie und beschrieb sie ihm mit ihren Schwächen und Fehlern und erklärte, es handle sich nicht um einfache Menschen, sondern um Soldaten, die auf Krieg eingestellt und in ihren Launen unvorhersehbar seien. «Komm ihnen immer von vorn entgegen», warnte er, «und nicht schreien.» Denn in den Tagen und Wochen, seit er die Sprache wiedergefunden, hatte Salvestro sich angewöhnt, alle paar Minuten mit lautester Stimme Unsinn zu brüllen, um die neue Fähigkeit in Übung zu halten.

Ihr Anführer, nur als Il Capo bekannt, hatte einen roten Bart, blaue Augen, ein vergnügtes Gesicht, war ein Edelmann von fünfzig Jahren oder mehr; er wurde in einer Flechtkorbkonstruktion herumgetragen, die zu gleichen Teilen einem sehr kleinen Boot und einem großen, aber beinlosen Stuhl ähnelte. Il Capo hatte keine Füße.

«Die Christliche Freie Kompanie, mein Junge. Das sind wir. Ein gemeiner Haufen von Arschlöchern sind wir, so gemein wie nur irgendeiner, den du diesseits der Hölle, der Alpen und des Jüngsten Tages treffen kannst. Vergiß das nie, junger Salvestro. Und vergiß auch das nicht.» Il Capo beugte sich in seinem Thron vor, keuchte pfeifend, sammelte sich wieder. «Bei Christus, wir hassen die Franzosen!»

Es dämmerte. Zuvor hatte es geregnet. Jenseits der Lichtung machten Powder Jack und Sigismundo Mit Den Glühenden Augen ein Feuer, das sich hartnäckig weigerte, in Gang zu kommen. Il Capo starrte ihn an, als ob er eine Antwort erwartete.

«Die Franzosen», sagte Salvestro.

Il Capo nickte beifällig. «Du mußt sie hassen!» zischte er. Er ruckelte in das düstere Innere des Korbes zurück. Dann Rascheln, Wühlgeräusche, verschiedenes dumpfes Geklirr. «Du wirst sie doch sehen wollen», kam es von innen.

«Die Franzosen?» sagte Salvestro überrascht. Er hatte sich «Die Franzosen» als eine Art von Tier vorgestellt – gefährlich, wahrscheinlich groß, kaum in Il Capos Korb zu finden. Auf jeden Fall einzigartig. Was waren «sie»?

«Die Scheißkerle? Du lieber Christus am Kreuz, nein!» schrie Il Capo und tauchte aus dem Inneren auf, wobei er mit jeder Hand eine silbrige Metallbüchse umklammerte. «Nein, ich dachte, du wirst Die Füße sehen wollen.»

«Vitelli hat sie ihm abgeschnitten, als Buti gefallen war», erklärte Groot später. «Glaub mir, er hat Glück gehabt. Die Arkebusiere haben Hände *und* Augen verloren. Hat er dir die Zehen gezeigt?»

Die Füße waren gelb und glänzend, geruchlos, perfekt erhalten gewesen. Vielleicht ein bißchen geschrumpft. Die Zehen waren gefolgt, jeder in seiner eigenen Büchse. Ein kleiner Knochenstumpf ragte hervor, wo das Fleisch ringsum eingetrocknet war, und die Zehennägel hatten sich von der Nagelhaut gelöst. Die Zehen waren etwas dunkler gefärbt als Die Füße, als ob sie kurz vorm Abschneiden gestaucht worden wären.

«Die Zehen find ich nicht so beeindruckend», gestand Groot, als Salvestro nickte, «aber Die Füße ... Die Füße sind, glaub ich, ein Wunder.»

Salvestro blickte über das düstere Lager zu dem kaum sichtbaren Hügel, der Il Capo war. Seine Flechtwohnung stand immer bewegungslos da, wo sie sich entschlossen hatten, an jenem Abend das Lager aufzuschlagen, und aus ihr brüllte es Bekanntmachungen und Befehle heraus: «Dreißig Peitschenhiebe für jeden, der im Umkreis des Lagers Dreck macht!» oder «Posten aufstellen! Urst, Sabbel, beeilt euch!» Feuer wurden entzündet, Wachtposten ausgewählt und verteilt. Lager wurden aufgeschlagen und abgebrochen. Sie zogen voran, hielten an, zogen weiter. Wenn Il Capo befahl: «Beeilung!», beeilten sich die Männer der Christlichen Freien Kompanie gewöhnlich. Aber wie sehr er es auch versuchte, Salvestro konnte nicht herausfinden, warum. Die Quelle von Il Capos Autorität blieb zutiefst geheimnisvoll. Es hatte etwas mit Den Füßen zu tun, empfand er.

Morgens und den ganzen Tag über, wenn sie marschierten, war es Groots Aufgabe, Il Capo in seinem Korb zu tragen. Zwei Pfähle ragten wie bei einer Tragbahre nach vorn und hinten. Groot war klein und stark gebaut. Er ging vorneweg. Hinten trug einer, der noch stärker als Groot und zwei Köpfe größer war. Salvestro hatte ihn eher flüchtig bemerkt, als er sah, daß die anderen Männer ihn mit einer sonderbaren Mischung aus Verachtung und spöttischer Zuneigung behandelten, und er fragte sich, ob in der Kompanie nicht schließlich doch einer war, der noch niedriger stand als er selbst. Il Capos rückwärtiger Träger war teils Sündenbock und teils Maskottchen.

Salvestro erinnerte sich daran, wie der junge Mann – denn er war kaum älter als er selbst – ihm inmitten der Verwirrung und des Lärms seiner frühen Tage einen Haufen Brocken vorgesetzt hatte. Vor kurzem war er, als er sich ins Unterholz begab, um seine Gedärme zu entleeren, auf den Riesen gestoßen, wie er geduldig an dem Pfad stand, der zu ihrem Lager führte. Er hatte da schon seit zwei oder drei Stunden gestanden, von Simon geschickt, um den Cavaliere abzupassen, der dort entlangkommen sollte, nachdem er «ein lebenswichtiges Langgewicht» erledigt habe. Der Cavaliere war immer wieder im Lager hinter ihm sichtbar, aber der Riese hatte daraus keine Schlußfolgerungen gezogen. Salvestro hatte versucht zu erklären, daß die Männer ihren Scherz mit ihm trieben.

«Nicht Langgewicht. Lange *Wacht*», erklärte er.

«So ist es», sagte der Riese.

Er hatte ihn da stehengelassen und war scheißen gegangen. In jener Nacht, als er schlief und sich tief in der Umarmung eines ersprießlichen wäßrigen Schwimmtraumes befand, war er von etwas Schaufelähnlichem erwacht, das ihm heftig auf den Rücken schlug.

«Langgewicht», hatte ihm ein riesiges Gesicht wenige Zoll vor seinem eigenen entzückt erklärt. «Lange» – der Wirkung halber pausierte das Gesicht, das er jetzt undeutlich durch Dunkel und Schlieren seines Schlafs erkannte – «Wacht!» Das Gesicht hatte zu lachen begonnen.

Und im kühlen Licht des Nachmittags, das sich zwischen dem Türsturz des Rübenhauses und dem schlammigen Feld dahinter zeigte, beobachtete er jetzt seinen Gefährten, der zurückgezockelt kam und theatralisch hinkte aus Protest wegen seines verlorenen Stiefels. Dieser war geschrumpft, oder der Fuß war angeschwollen. Das Gesicht, mit seiner idiotischen Fröhlichkeit ins Gedächtnis entschwunden, kehrte zurück, diesmal ausdruckslos. Bernardo, sein Ende des Korbs schleppend. Bernardo, die Nachhut bildend. Sie waren eine Meile oder zwei vor einem kleinen Dorf westlich von Innsbruck angekommen, und sonderbare Vorbereitungen waren im Gange. Das Dorf hieß Leem.

«Das Dorf heißt Leem», erklärte Il Capo, während bereits wirbelnde Tätigkeit sich um ihn erhob. Sigismundo und Horvart rissen Haselschößlinge aus der Hecke, und der Cavaliere schlug sie mit einer Handaxt zurecht. Simon der Kurze entwirrte zahlreiche kurze Seilstücke, und andere Mitglieder der Kompanie entrollten schmutzige Binden und wanden sie sich um die Glieder. Powder Jack ging zwischen ihnen herum und bestrich diese Fetzen mit rostroter Farbe oder klatschte Klumpen von hellroter Paste auf die dargebotenen Arme, Beine, Stirnen, die man dann verband, und die Paste sickerte durch, als ob offene Wunden darunter bluteten. Beißer lauerte wie üblich untätig und dräuend am Rand all dieser Geschehnisse. Es gab Proben im Hinken, und einige Krücken tauchten auf.

«Nicht so trübe!» schrie Il Capo. «Volle Bäuche heut abend!» Simon der Kurze band die Schößlinge zu großen viereckigen Gittern und dann die Gitter aneinander – ein kastenähnliches Gebilde entstand, mit einer improvisierten Tür oben und unten festgezurrten Stangen, um das Ganze zu tragen – ein Käfig. Powder Jack hatte ein Taschentuch hervorgezogen und kratzte an dem festgebackenen Puder auf seinem Gesicht, der in Brocken und Flocken abging und links eine Landschaft tiefer Pockennarben und Krater enthüllte, rechts ein entstellendes schartiges Tal vom Ohr bis zum Hals, so tief, daß es die

Wange vollständig zu zerschneiden schien. Dann sah Salvestro, wie der Cavaliere nach Beißer rief und die Tür des Käfigs öffnete. Beißer kam heran, kletterte ohne Protestgemurmel hoch und ließ sich hineinfallen.

Dann brach die Christliche Freie Kompanie zu einem flotten Hinkemarsch auf, der langsamer wurde und jammervoller, je näher sie dem Dorf Leem kamen. Urst und Sabbel stützten sich schwerer auf ihre Krücken, die Bandinelli-Zwillinge stießen rhythmisch Oohs und Aahs des Leidens aus, Binden erhielten einen letzten Farbanstrich, Umschläge wurden befeuchtet und erneuert. Die Kompanie zog sich immer länger über den Pfad dahin, bis schließlich, als sie den Gemeindeanger erreichten, die vier mageren Kühe, die dort grasten, aus ihrem tiefen Stumpfsinn gerissen auf eine Kolonne torkelnder Verwundeter starrten, und die angebundene Ziege (sie ignorierte die Disteln, die zu fressen man sie dort angepflockt hatte; statt derer vernichtete sie emsig einen Busch Myrtenschößlinge) ließ von ihrem fröhlichen Vandalismus ab, um einen Haufen geschlagener Krieger zu beäugen, denen die Tapferkeit aus den Wunden troff, die den Glanz von unlauter Besiegten trugen, Nachhut schmählicher Rückzüge, zahlenmäßig Unterlegene, die widerstrebend aus dem letzten Bollwerk der Ehre vertrieben worden waren ... Ein wenig bedrohlich war es auch, wie man sagen muß, denn da gab es den Käfig, und in dem Käfig war Beißer. Und hinten an den Käfig war Salvestro gebunden. Die Bildwelt war mannigfaltig und vielschichtig.

Es gab da auch – und wesentlich – ein Element von Dringlichkeit im Hinken und Hüpfen der Kompanie, ein deutliches Anzeichen dafür, daß man durch- und weiterziehen wolle. Von Verfolgung und sogar, hätten dem nicht ihr offenkundig eiserner und unerschütterlicher Mut und ihr verwegenes Heldentum widersprochen, von Flucht. Etwas Furchtbares war da draußen jenseits der steilen Höhe hinter ihnen, jenseits der begrenzten Blicke und Kenntnisse des Dorfes und doch in voller Sicht, wie es durch die Binden blutete, was die Dörfler, die sich stumpf in ihren Türen versammelten, mit Schrecken sahen, während die Männer ihre erschöpften Körper weiterschleppten. Dörfler berieten sich leise flüsternd, als die Kompanie vor dem Brunnen zum Stehen kam. Der Krieg, von dem sie wohlig erschauernd durch Gemunkel und Gerüchtsfetzen gehört hatten, das Entsetzen anderer Menschen in der Wildnis jenseits der Alpen, war nach Leem gekommen.

«Wasser!» schrie Il Capo. «Wasser für meine Männer! Wir können nicht bleiben. Gibt uns denn niemand Wasser?» Einen Augenblick lang herrschte Schweigen, bis ein schwarzbärtiger Dörfler einem der anderen zunickte, der zum Brunnen trottete und einen Eimer hochzuziehen begann. «Gott segne dich», dankte Il Capo dem Mann, der zögernd vortrat, nach links und nach rechts auf die Desperados blickte, auf den Käfig und den Jungen, der dort angebunden war.

«Wasser bekommt jeder, der darum bittet», sagte der Mann.

«Gott beschütze dich», erwiderte Il Capo und bedeutete Groot und Bernardo, sie sollten ihn absetzen.

«Was führt euch nach Leem?» fragte der Bart.

«Ach, mein Freund», begann Il Capo, «es gibt keinen Grund, uns zu verspotten, selbst wenn wir geschlagen sind. Wir müssen weiter, und wenn ihr ... Jedenfalls, wir müssen weiter. Wir danken dir für das Wasser ...»

«Euch verspotten? Ich hab ganz höflich gefragt», widersprach der Mann. «Sag mir jetzt, was führt euch her?»

«Weißt du das wirklich nicht?» Ein kleines Knäuel von Männern und Frauen bildete sich um den Mann und folgte besorgt dem Wortwechsel. «Kann Innsbruck denn in Flammen stehen, kann sein Fluß so rot fließen, und ihr wißt nichts davon?» Einige Dörfler schüttelten den Kopf. «Der Krieg hat uns hierher geführt!»

«Hier ist kein Krieg», sagte der Bart unerschütterlich, aber seine Stimme drang nicht durch.

«Und dann in, in», Il Capo gestikulierte die Straße hinab, als sei der Name zu schmerzvoll, um genannt zu werden.

«In Schlam?»

«Schlam!» Ein Aufschrei des Entsetzens.

«Schlam ist nur einen Tag von hier!»

«Schlam *war* nur einen Tag von hier, mein Freund. Heute ist es nicht mehr. Sie waren zu viele, und zu gut bewaffnet, und was sie da angerichtet haben ... Wir sind harte Soldaten, keine guten Menschen wie ihr, auch wir haben getötet, wenn es nötig war, aber was man den guten Menschen in Schlam angetan hat ...» Andere Dörfler waren von der Aussicht auf saftige Stückchen Tratsch aus ihren Häusern gelockt worden. Sie umstanden den schwarzbärtigen Mann und hüllten ihn in entsetztes Schweigen. Il Capo schien sich im Grauen von Schlam zu sammeln. «Der Haupttrupp wird euch nicht finden, mach dir da keine Sorgen, mein Freund ...»

«Haupttrupp? Haupttrupp von was?»

«... aber die Fouragiertrupps werden heute abend da sein, vielleicht morgen, oder vielleicht werden sie euch auch nicht finden. Wir haben versucht, sie zurückzuschlagen ... Aber ...» Es schien, als schluchze Il Capo beinahe. «Gestern hab ich noch hundert Mann befehligt. Volle hundert Mann!» Er würgte seine Tränen hinunter, und plötzlich stieg seine Stimme klar wie eine Trompete über Kummer und Unordnung und dunkle Gewalt: «Betet mit mir!»

«Was!» rief der Mann, aber hinter ihm beugten sich seine Verwandten und die Frauen, Kinder, Nachbarn, Feinde, um im Modder von Leem zu knien, und vor ihm ächzten die tapferen Verwundeten der Christlichen Freien Kompanie vor Schmerzen, als sie dasselbe taten, und also kniete auch er nieder.

«Gott!» Il Capos Stimme hallte über die zusammengekommene Gemeinde hinweg. «Gott! Empfange mit deinen Armen die Seelen meiner wackren Hundert, guter Männer, die starben, als sie die armen Dörfler von Schlam verteidigten.

Gott!» Il Capos Stimme klang wie eine trostlose Sturmglocke nach Verwüstung und Grauen. «Gott! Wache über die armen Dörfler von Leem und beschütze sie, sanfte Lämmer in den Klauen des Löwen, denn sie sind unschuldig und verdienen dieses Schicksal nicht, das ach so entsetzlich ist.

Und Gott!» Nun war er wutentbrannt, ein im Feuer gehärtetes Schwert der Rache, das über entmenschten Schädeln hing. «Gott! Geißle ihr Fleisch und zermalme ihre Knochen, peinige und foltere ihre Seelen mit glühenden Eisen, wie sie es mit den armen Dörflern zu Schlam taten, ohne Gnade und auf ewig, denn sie sind wahre Greuel, *GREUEL!*, üble Kreaturen, Abschaum, Schmutz, sie sind das ... Sie sind das ...» Il Capo stotterte, stammelte, würgte an der verhaßten Silbe.

«Was?» fragte ein Dörfler.

«... sie sind das, das ... Ich kann es nicht aussprechen, ich kann es nicht. Wir müssen los. Wir haben schon zu lange gerastet.»

«Ihr könnt uns doch jetzt nicht verlassen!» schrie eine Frauenstimme.

«Um der Liebe Gottes willen, beschützt uns!» eine andere, und bald begann die ganze Menge durcheinanderzuschreien, manche weinten schon und bettelten um Schutz, währenddessen Il Capo sein Gebet wieder aufnahm.

«Es sind», deklamierte er mit einer Stimme voller Furcht, indem er sich aus seinem Korb vorwärtszog, sich aufrichtete und sich schlotternd umwandte, um in die Richtung dessen zu gestikulieren, der nicht hingekniet war, zum Gefangenen in seinem Käfig, Beißer, dessen Kiefermuskeln Salvestro von hinten sah, als sie zu mächtigen Muskelknoten anschwollen, und dessen gefletschtes Gebiß er in den dümmlichen, angstvollen Gesichtern der Dörfler gespiegelt sah, in ihrem Entsetzen vor dem, was über sie zu kommen drohte, «... die Franzosen!»

Höllentumult.

So lief es meistens ab. Nachdem die unseligen Dörfler ihre widerstrebenden Retter beschworen hatten, zu bleiben, stellte man Wachtposten auf und riet Reisenden auf den Straßen, die zum Dorf führten, andere Pfade einzuschlagen. Dies taten Männer, die angeblich vor einer schrecklichen Seuche zitterten, die eine Tagesreise entfernt ungehemmt wütete. Sie blieben einige Tage, allerhöchstens eine Woche, doch war es jener erste Augenblick, jene Krise des Entsetzens, in der die friedliche Welt der Dörfler zusammenzubrechen und ihnen um die Ohren zu fliegen schien, der, wie Il Capo das nannte, die beste Ernte ergab. Ringe wurden von Fingern oder Hälsen gestreift. Kleine Dosen wurden aus dem gestampften Lehm der Böden armseliger Hütten gegraben, ihr Inhalt magisch dargeboten. Manchmal gab es da einen oder zwei Steine, oft genug falsche, aber rührend, und sie wurden angenommen.

Danach ein langsamer Niedergang. Zunächst wie Könige gefeiert, aß die Kompanie am zweiten oder dritten Tag normalerweise Gemüseeintopf, und Bier oder Wein, anfangs so üppig geflossen, erlitten nun sonderbare Unfälle, wurden sauer, verschüttet, verschwanden ganz einfach. Und dann, wenn ein weiterer Tag ohne die verheißene Apokalypse verronnen war, begannen die Dörfler miteinander zu murmeln, die Männer zu meiden, die müßig um ihre elenden Hütten und Scheunen lagerten, sich zu fragen, ob sie vielleicht zu früh in Panik verfallen seien. Die Frauen wichen ihnen aus, die Männer musterten sie unbehaglich, und manchmal griffen die Wachtposten einen Knaben auf, wenn er mit einem Korb Eier und einer unglaubwürdigen Geschichte durch die Kette schlüpfte, und Salvestro «der Gefangene», zusammen mit Beißer sichtbarer Beweis für die unsichtbare Gefahr, fühlte die Aura der dörflichen Angst sich von ihm abschälen und zerkrümeln wie Powder Jacks Gesichtsbemalung. Il Capo hatte ein Gespür dafür. Die Dörfler schauten nach Salvestro und Beißer. Il Capo schaute nach den Dörflern. Die Kompanie schaute auf ihren Anführer. Er wußte. Wenn der Moment kam, schmolzen sie dahin wie das Dunkel, vom Licht gejagt, und eines Morgens waren sie immer verschwunden.

Salvestro sammelte Holz, machte Feuer, sah die Glut mit den Launen des Windes aufflackern und pulsieren, zu dunklem Glosen verebben und in der umgebenden Dunkelheit versinken. Manchmal erhob sich der Cavaliere in der Dämmerung, suchte Beißer auf, der allein und abgesondert saß, und die beiden schritten mitsammen fort. Eines Abends folgte er ihnen und sah die Klinge des Cavaliere im sinkenden Dunkel blitzen und irrlichtern, Beißer ein wenig entfernt, und dann schwang die Klinge flach dahin, zischte zum Kopf des anderen, der weder wich noch zuckte, sondern eine winzige Bewegung machte wie eine Hand, die eine Fliege im Flug zerquetschen will, und dann gab es ein dumpfes kratzendes Geräusch. Beißer hatte die Klinge mit dem Mund aufgefangen. Er ließ sie los, und beide Männer nickten befriedigt, bevor sie ihr sonderbares Scheinduell wieder aufnahmen.

Manchmal las ihm Pandulfo aus seinem Gedicht vor; blutige Schlachten und eigenartiges zusammenhangloses Heldentum: Il Gran Capitan metzelte Massen zu Cerignola, Paolo Orsini ertrank nach Gaeta in seiner Rüstung, die unerklärliche Ruhe des Grafen von Pitigliano, wie er Trivulzios Männer beim Überqueren der Adda beobachtete ... Jede Episode endete mit einem verzweifelten Rückzug, den geheimnisvolle Kräfte deckten, die, obwohl Il Dottore das so nicht sagte, sehr wohl mit ihnen selbst hätten identifiziert werden können, mit der Christlichen Freien Kompanie. Entweder das, oder es wurden die Franzosen «wie eine Warze» aus dem Körper Italiens geschnitten, einer seiner Lieblingsausdrücke. Auch Bernardo lauschte ihm oft, wenngleich er mehr durch Pandulfos Auge und seinen Zeigefinger fasziniert zu sein schien, die sich über dem schwarzen Gekritzel bewegten, ehe die Wörter aus dem Mund kamen, als von der Geschichte selbst. Nur während der länglichen und zahlreichen Tiraden gegen die Franzosen zollte er den Worten überhaupt einige Aufmerksamkeit, schlug mit der Faust leicht auf den Boden und sagte: «Stimmt, stimmt», bis Salvestro ihn aufforderte, den Mund zu halten.

Meist aber saß er mit Groot und Bernardo zusammen. In einem früheren Leben war Groot Bäcker gewesen oder hatte dies immer sein wollen. «Morgens vor allen anderen aufstehen, die Backöfen anheizen, wenn der Rest der Welt noch schläft ...», so plauderte er hingebungsvoll. Er wußte viel über die verschiedenen Grob- und Weißmehle und traf feine Unterscheidungen zwischen ihnen. Seinen Anteil an der Beute würde er für Ziegel und Mörtel ausgeben, für ein kleines Geschäft mit hohen Kaminen, tönernen Rührschüsseln, zu schwer zum Heben, langstieligen Spachteln ... Er beschrieb, wie man feststellen konnte, ob ein Laib durchgebacken sei, indem man mit einem Knöchel gegen den Boden pochte und auf ein Geräusch lauschte, ähnlich dem eines Trommelschlegels auf steifem Leder. So verbrachten sie die Abende schwatzend, wobei Bernardo wirre Erinnerungen an eine Frau einwarf, an eine steinerne Hütte auf einem heißen felsigen Berghang, an einen Mann, den er von der Reling eines Bootes aus gesehen hatte, das ihn über See davontrug. Doch wenn Salvestro an die Reihe kam, fand er sich hilflos, unfähig, Kohlen aus einem Feuer zu harken, das in fernen friedlichen Gewässern gelöscht worden war und in unwegsamen Wäldern vergraben, unwillig, den harten Kern seiner Erinnerungen preiszugeben oder Ersatz zu finden, und so sprach er statt von seiner Vergangenheit von Vineta.

Von Leem nach Krems, von Krems nach Schlien, von Schlien nach Wys und weiter nach Orbach und Cruuen und Grunewald und weiter: Nester aus schäbigen Hütten mit abgezehrtem Vieh und verschwörerischen Bewohnern, mit Holzstapeln, Schlamm und Verrat. Die Winter machten die Dörfler tückischer, weniger leichtgläubig, und die Kompanie überkühn. Viermal waren sie geflohen, während sich hinter ihnen Fackeln über die Felder ausfächerten, Gedröhn von Hufen und Geschrei im Ohr. Bei zweien dieser Gelegenheiten hatte man Kinder gefunden, einen Jungen und ein Mädchen, mit gebrochenen Hälsen und sonst unberührten Körpern, achtlos und vor aller Augen liegengelassen. Die Dörfer waren Prozdorf und Marn gewesen: das Mädchen aus Prozdorf, der Junge aus Marn. Niemand sprach darüber. Es hatte Alarm gegeben und hastigen Rückzug.

Salvestro hatte bald gegen seine Rolle in dieser Pantomime rebelliert. An den Käfig gebunden zu sein, war blöde und unbequem. Er wollte lieber mit dem Rest der Kompanie herumstolzieren, einen breitkrempigen Hut mit einer Feder tragen und ein stumpfes Langmesser. Einmal hatte er in einer Scheune eine Frau. Es war Spätsommer, wabernde Hitze, die Luft stickig von Strohgeruch. Sie war älter als er, rothaarig und sehr häßlich. Sie rollte ihn auf den Rücken und ritt ihn, bis beide von Schweiß troffen.

Die Christliche Freie Kompanie überholte Hausierer mit ihren Maultieren, hoch mit Kästen und Ballen beladen, kleine Pilgerscharen, Schäfer, die ihre Herden die Weiden auf und ab trieben. Sie folgten Viehtriften und Waldpfaden, schlängelten sich nach Ost und West über die waldigen Ebenen und seenübersäten Vorländer aus Fels und Gras, hinter denen die Berge lagen wie zersplitterte, vom Eis polierte Zähne, Knochen längst verstorbener Riesen. Eines Sommers überquerten sie diese Berge.

Die Vorgebirge stiegen in einander folgenden Ketten und Gipfeln empor, ihre ruhigen grasigen Hänge stiegen und brachen an granitenen Auswüchsen, wurden mit zunehmender Höhe rauher und schrundiger. Bergkiefern mit verkümmerten Ästen zwangen ihre Wurzeln in die dünne Erdschicht. Quellen meißelten tiefe Kanäle und Schluchten aus und übersprühten das graue Geröll tiefschwarz. Salvestro meinte, niemals so kaltes Wasser gespürt zu haben. Sie hatten den ersten Winter diesseits der Berge auf hohen Hängen in dünner Luft verbracht, und das hatte Simon den Kurzen getötet. Der zweite Winter hatte sie in den härtesten Monaten nach Süden ins Herzogtum getrieben. Sie schlichen nach Osten und dann nach Süden, hatten hinter Ferrara die Straße verlassen und sich quer durchs Land ins Valle di Comacchio geschlagen. Sie kamen in einen winzigen Weiler namens Viemme.

«Das Dorf heißt Viemme», gab Il Capo zuvor bekannt. Von Anfang an war alles schiefgegangen. Die Dörfler waren mürrisch und zu stumpfsinnig. Il Capo war aufgebraust und hatte sie eine ganze Stunde lang beschimpft, ehe die braven Leute von Viemme in Zweifel und Sorge miteinander zu Rate gingen, eine weitere Stunde, ehe der Handel abgeschlossen war, und danach hatte man sie nicht mehr beachtet, als sei dieser Handel nicht anders gewesen als der Kauf eines Jährlings oder eines Fasses mit jungem Wein. Viemme lag auf sumpfigem Boden einige hundert Meter von den Ufern eines großen Sees entfernt. Das Land ringsum war flach wie Wasser, und sie hatten keine Wachtposten aufgestellt. Salvestro schnappte zufällig auf, wie Sigismundo leise mit Il Capo sprach, der erwiderte: «Mir auch nicht. Morgen abend verschwinden wir.»

Sie erwachten umringt von Soldaten.

Wieviel wollte dieser Prior denn noch wissen? Wieviel würde er herauskramen müssen, um ihn zufriedenzustellen? Der *Gedanke* war immer noch da, aber ruhig jetzt, und leitete ihn bei dieser Erwägung. Er erinnerte sich an die Worte des spanischen Hauptmanns, als Groot und Bernardo sich bückten, um Il Capo aufzunehmen: «Den nicht. Laßt ihn.» Sie mußten in einer Kolonne marschieren, mit den Armbrustschützen zu beiden Seiten. Beim ersten Schrei hatte er zurückgeschaut. Die Dörfler hatten keine Zeit verloren. Il Capo war auf allen vieren und versuchte fortzukriechen. Einige Dörfler, fünf oder sechs, in ihren Bewegungen gemessen und absichtsvoll, traten ihn abwechselnd. Er hörte, wie schrilles Jaulen jäh von den weicheren Geräuschen der Tritte unterbrochen wurde, ein Moment Stille, das Geräusch begann erneut, hielt an, begann erneut, Tritte und Schreie, Tritte und Schreie. Schließlich nur Stille.

«Und dann?» (Jetzt nur noch, um ihm weiterzuhelfen; diese sanfte Befragung hat in mildestem Tonfall zu erfolgen.)

Und dann das Lager, das aus dem Gebrüll viehischer Männer namens Sergeanten bestand, aus Müßiggang und Krankheit. Horvart starb dort, und die Bandinelli-Zwillinge verschwanden einfach, schlüpften auf wundersame Weise durch die Postenkette und lösten sich in Luft auf. Nach dem Lager die Schlacht, Ravenna, als sie jenseits des rauhen Moorlandes den französischen Linien gegenüberstanden, zu weit entfernt, um Angst zu erregen, und Urst sagte: «Ich sehe hier nichts, was mich beunruhigen könnte», Sekunden bevor der Beschuß begann, und Salvestro sah ihn buchstäblich explodieren und in einem Sprühnebel von Blut und Knochen verschwinden. Rauch und Krach und Grauen. Groot zerrte ihn mit Bernardo in einen kleinen Bach. Sein Richtungssinn war verschwunden; er hatte keine Vorstellung davon, wo die Kanonen feuerten – er hatte nicht einmal eine Kanone gesehen –, auch nicht, ob die stolpernden Gestalten im Rauch Freund oder Feind waren. Eine planenbedeckte Karre rumpelte aus dem Nichts heran und verschwand wieder; das Gespann bäumte sich gegen die Zügel auf, kein Kutscher war zu sehen. Zum Ende hin hatte es einen donnernden Blitz gegeben, sein Gesicht prickelte vor Hitze. Er hatte sich in die Hosen geschissen, wußte aber nicht mehr, wann. Bernardo und Groot hatten schwarze Gesichter, pulververbrannt wie seines. Es war ein glorreicher Sieg.

Sie hatten jene Nacht damit verbracht, zu einer dünnen Linie von Feuern über das Schlachtfeld zu stolpern; nach allem, was sie wußten, mochten die Feuer zwanzig Meilen entfernt sein. Sie husteten Kanonenrauch aus den Lungen und suchten den Trupps zu entgehen, die über das Feld schwärmten, um die Toten und die Sterbenden auszuplündern. Sie kamen zu einem Ritter, der helmlos dakniete, als wolle er beten. Er atmete und kam wieder ins Gleichgewicht, als Groot ihn leicht anstieß, aber das war alles. Ein Armbrustbolzen, der von unten und hinten abgefeuert worden war, hatte den weichen Kanal gefunden, wo der Schädel auf der Rückseite des Nackens sitzt, und war in die Hirnschale eingedrungen. Der Kopf des Ritters war fast auf das Zweifache seiner natürlichen Größe angeschwollen. Er trug ein Tuchkreuz, aber sie konnten dessen Farbe nicht ausmachen. Groot war dafür, auf alle Fälle sein Schwert mitzunehmen, aber Bernardo und er gingen schon weiter. Er konnte den Rauch schmecken, sein Kopf war voll davon und pochte, sein Rotz war hellgelb. Das Getöse des Beschusses hallte immer noch in seinem Schädel, zusammen mit gelegentlichen scharfen Schreien, als eisige Hände im Schutze der Dunkelheit ihrer Arbeit nachgingen. Das Morgengrauen enthüllte einen flatternden Haufen Fahnen, zu dem Männer aus allen Richtungen stolperten, und ein paar Zelte. Niemand schien das Kommando zu haben.

Sie mußten nach Bologna marschieren. Er glaubte, den Cavaliere und Beißer zu sehen, als sie die Stadt betraten, in einer Gruppe von Spaniern, die nahe der Statue auf der Piazza del Nettuno herumlungerten, aber er sah sie niemals wieder. Der Rest der Christlichen Freien Kompanie schien vom Antlitz der Erde verschwunden. Bernardo, Groot und er selbst lauschten einer feinen Rede des Vizekönigs von Neapel und traten in eine Kompanie von Pikenieren ein, überwiegend zusammengesetzt aus Sizilianern, die ihre Tage sinnlos betrunken verbrachten und, wenn sie erwachten, nichts lieber taten, als sich gegenseitig niederzustoßen. Die Artikel der Kompanie wurden ihnen verlesen, ein Eid war abzulegen, und fünfzig Soldi besiegelten den Vorgang. Später wurden sie mit Piken ausgerüstet, und an drei Tagen in der Woche marschierten sie aus der Stadt, um auf den Feldern der Campagna zu üben. Im Spätsommer, während das Aufgebot weiter anwuchs, wurde das aufgeblähte Heer der Stadt verwiesen und lagerte auf den Feldern. Leinwandballen wurden entrollt und über Holzrahmen geworfen, um Zelte zu bauen, ein Galgen wurde errichtet, Heu aufgeschobert, Feuer entzündet, Wasser geholt. Koppeln von Pferden wurden herumgeführt und schwere Karren in endlosen Reihen aufgefahren. Die Lagerweiber folgten, verächtliche, wilde Frauen, die sich prügelten und mit ihren Männern herumschrien und nichts zu fürchten schienen. Eine, die auf einem Pferd herumritt, wurde von den Spaniern, wegen der Sporen an ihren Stiefeln, Nuestra Señora de Espuela genannt, von den Sizilianern wegen der angeblichen Verwendung dieser Sporen La Cavallerizza Sanguinosa, oder vielleicht auch wegen des Rotes ihrer Haare: helles Kupfer. Salvestro betrachtete sie aus der Ferne, hatte aber kein Geld für Frauen und war von ihr ohnehin eingeschüchtert. Abgesessen, stolzierte sie umher wie ein Mann, verschwand für einige Tage, kam dann zurück, um ihren Liebhabern im Lager, die zahlreich waren und über ihre Reize schwiegen, Beleidigungen zuzuschreien. Einer der Sizilianer erzählte Salvestro, sie führe als einzige Waffe ein kleines krummes Messer mit sich, das sie zu einem einzigen Zweck verwende. Er träumte, ihr Haar schleife über sein Gesicht; dort, wo sich ihre Lenden vereinigten, quelle Blut auf; ihre Verblüffung.

Gegen Ende des Sommers trafen Kanonen auf Lafetten ein samt den arroganten Kanonieren, und das Lager hatte sich ausgebreitet, bis es eine Stunde dauerte, vom einen Ende zum anderen zu gelangen. Man munkelte davon, nach Ravenna zurückzukehren, sich in Bologna zu verschanzen oder von einer Plünderung von Florenz, *La Crasa Puta*, wie die Spanier es nannten. Die Gerüchtemühle vermahlte Müßiggang und Langeweile zu einer Wolke aus «Wenns» und «Wos»: morgen, oder in einer Woche, zum Fest des heiligen Apollinaris, oder von Dominikus, oder Cosmas und Damian. Es gab wildes Gerede von Paris am Martinstag, oder dem Einläuten des neuen Jahrs in Jerusalem, doch als sie schließlich in Reihen aufgestellt wurden und den Vizekönig Cardona und Kardinal Medici mit Kreuz und Schwert vorüberreiten sahen, als die Reihen vorwärtszukriechen begannen und Salvestro, der nahe am Ende der langen Kolonne marschierte, ihren fernen Kopf nur ameisenklein durch einen dünnen Staubschleier sehen konnte, als die Bagage losrumpelte und das Feld bis auf die schwarzen Narben der Lagerfeuer leer war, mußten die Gerüchte immer noch durch Tatsachen ersetzt werden, und Salvestro hatte das Gefühl, er sei einer grimmen, unaufhaltsamen Pilgerfahrt zu einem Schrein beigetreten, der niemals erreicht werden konnte. Und als, nach acht Tagen Marsches, außerhalb einer Stadt namens Barberino ihr Ziel durch das Lager ausgerufen wurde, erwies die Tatsache selbst sich als glitschig, entschlüpfte ihnen, sprang voraus und verwirrte sie, denn es stellte sich heraus, daß sie nicht – wie ihnen erzählt worden war – auf Florenz marschierten, sondern auf Prato.

Genug.

Bernardo würde bald zurückkehren, denn die vertrauten Kochgerüche krochen wieder einmal durch die Wände. Außerdem würde das Licht bald schwinden. Manchmal umfaßte der winterliche Sonnenuntergang die Meeresfläche und brandete gewaltig auf, um den östlichen Himmel mit Reseda und blassem Türkis zu überfluten. Grelle Rosa- und Rottöne führten dann eine schreiend bunte Pantomime am westlichen Horizont auf, aber der größere Teil der Himmelskuppel verharrte in ungerührtem Leuchten, in diesen kurzen Minuten nicht durch Sterne gestört. Dann schwand das vollkommen gleichmäßige Licht, oder der schwankende Sonnenfunke sank, oder die See saugte den Ozeanrivalen vom Himmel, bis dessen Bett trocken war, oder Dunkelheit brach herein und dieses Zwielicht endete, und so geschah es an diesem Abend.

Da war er, links vom Gehölz wieder aufgetaucht (zweiundachtzig Meter entfernt), hielt sich eng an den unregelmäßigen Zaun, kroch daher wie ein geprügelter Hund, der Zornesausbruch vergessen oder ins Vergessen schwindend ... Salvestro spürte, wie *der Gedanke* anschwoll und seine Haut ausfüllte, nunmehr stimmig. Er dachte an die beiden Inseln, die man Usedom nannte, und an die Jahre, die sie unwiderruflich getrennt hielten. Er dachte daran, daß die drei jungen Mönche bald mit dem Abendessen kommen würden, und nach ihnen der Mönch namens Hans-Jürgen. Er dachte daran, daß er wieder einmal vor dem Prior sitzen würde – vielleicht heute abend – und vielleicht noch manches Mal danach in dieser eigenartigen Ruine von Kloster, um Fragen zu beantworten, die ihm einfach und direkt gestellt wurden.

«Ganz schön dicht da draußen.» Bernardo stapfte an Salvestro vorbei, betrat wieder ihr notdürftiges Heim und setzte sich. «Bäume und was noch alles», fügte er hinzu, als ob ihn der andere zur Erkundung ausgeschickt hätte.

Salvestro nickte. Er dachte auch daran, daß der Prior ihm, als zweimal gebrandmarktem Lügner, bei seinen Antworten zuhören und entweder vor Empörung explodieren oder ihm kein Wort glauben würde. Aber die Reaktionen des Priors, wie sie an jenem Abend ausfielen, oder dem nächsten, oder bei irgendeiner der nachfolgenden Befragungen, die sich vor ihm erstreckten, ermüdend und unausweichlich wie der Winter, dessen Abende sie ausfüllten, erwiesen sich als ganz anders; denn weit davon entfernt, seine Hände entsetzt vor der räuberischen Bestie hochzureißen, die da in seiner Zelle kauerte, oder angewidert vor einer Erzählung zurückzuschaudern, deren Inhalt hauptsächlich aus Mord, Raub und Vergewaltigung bestand, sah ihn der Mönch lange mit ungerührten Blicken an, manchmal unterbrochen von fast unmerklichem Nicken und gelegentlichen unüberraschten «Hms», die, wo nicht Hinnahme, so doch kühle Gleichgültigkeit andeuteten, und wo nicht Gleichgültigkeit, so Desinteresse, und wo nicht dies ... Als der Winter fortschritt, sollte Salvestro mit einem zunehmenden Gefühl des Unmuts feststellen, daß viele Einzelheiten seines Lebens diesem Prior nicht nur bereits bekannt waren, sondern daß der Rest meistens nur Nasekratzen, Betrachtung der Fingernägel, das Entfernen eingebildeter Flecken aus nichts Besonderem von der Oberfläche des papierübersäten Tisches hervorrief, über dem seine Worte alle Wucht zu verlieren und leblos in die alles hinnehmende Langeweile seines Befragers zu fallen schienen.

Er ging dann, verwirrt und bekümmert ob der Sinnlosigkeit des Ganzen, pickte an dem Abfallhaufen herum, den er im Lauf des Abends aufgetürmt hatte, wühlte hin und wieder einen Fund heraus: wie Jörg sich auf seinem Stuhl vorbeugte, als er vom Übergang der Christlichen Freien Kompanie über die Alpen berichtete; sein ungeduldiges «weiter», als er in allen Einzelheiten das richtige Vorgehen beim Durchqueren eines Sumpfes aufzählte; das schärfere Nicken, das ihn durch die Navigationsprobleme vorantrieb, die ihm beim Flößen oderabwärts begegnet waren; und dann wieder Langeweile, als er den Lauf der Oder nordwärts beschrieb bis zu ihrer Mündung in eben jene See, deren sanftes Saugen und Klatschen von außen hörbar war, ihn schließlich zur Ruhe und bei jeder dieser Gelegenheiten zum Schweigen brachte. Wieder Langeweile und Verwirrung: unbeabsichtigt die eine, die andere ungewollt, beide ihm zugehörig.

Jörg las:

Am Tage des heiligen Leonhard, oder am Tag danach, erblickten die Mönche Usedoms von ihrem Haus aus in der See ein eigenartiges Fahrzeug bei der Arbeit. Zwei Abenteurer wurden aus ihrer Narretei gerettet, die darin bestand, eine hier vor vielen Jahren versunkene Stadt mit dem Namen Vineta aufzustöbern und auszuplündern, und ans Ufer gebracht, um hier den Winter über zu rasten, aus christlicher Nächstenliebe …

Letzteres war nicht so ganz wahr, dachte Jörg bei sich, als er die Manuskripte seiner *Historia* überlas. Er hatte seinen Bericht eine Woche oder später nach diesem Fischzug wieder aufgenommen. An jenem Abend war der, den man Salvestro nannte, offenherzig geworden und geradezu übergeströmt, und er war hinausbegleitet worden und nicht, wie zweimal zuvor, hinausgewiesen. Er hatte sich eine Feder geschnitten, die Zeilen, die nun vor ihm lagen, in einer sonderbaren Aufregung hingekritzelt, deren Ursprung er damals noch nicht ahnen konnte. Sankt Leonhard war der Schutzpatron der Kriegsgefangenen, nach einer aus der *Vita* kopierten Passage, die in einen der lädierten Bände in dem Schrank hinter ihm eingebunden war.

Sie hören auf die Namen Salvestro (was, wie ich weiß, eine Lüge ist) und Bernardo. Dieser «Salvestro» ist von mittlerer Größe, seine Gesichtszüge etwas flach, aber nicht unangenehm, hellhäutig, aber mit schwarzen Haaren. Ich halte ihn für verschlagen und voller Tücken, allerdings sind diese meist minderer Art. Sein Gefährte ist von dunkler Hautfarbe, breit in Brust und Beinen, überragt alle meine Brüder, außer Volker und Henning, um volle zwei Köpfe, ist aber von schwachem Geiste, wie ein Kind.

Meine Brüder. Das mochte damals wahr gewesen sein. Stimmte es jetzt? Gerhardts Gesicht huschte vor seinem geistigen Auge vorbei, gefolgt von giftigen Akolythen. Er selbst bewegte sich weniger ungezwungen auf dem Gelände des Klosters als zuvor. Unterhaltungen summten und kamen ins Stocken, wenn er näher kam und begannen hinter ihm von neuem. Man wandte ihm den Rücken zu. Wurden Hände gegen ihn erhoben? Schon lange hatte er seine Vorlesungen im Kapitelhaus aufgegeben. Von Athos überschattetes Lemnos, weinloses Karmanien mit seinen fischhäutigen Eingeborenen, Ägypten, wo das Jahr berechnet wurde – wie war das gleich, die Passage hatte ihn bewegt –, «indem man Tiere in einen heiligen Hain trieb, wo sie, sobald die Bewegung des Himmels den vorbestimmten Punkt erreicht hat, ihr Verständnis mittels solcher Zeichen und Gaben bekunden, die ihnen zu eigen sind. Manche heulen, manche brüllen, manche schreien, manche trompeten, verschiedene laufen zusammen in den Sumpf und suhlen sich …»

Er schrieb:

Heute ist der erste Tag im Februar, fünfzehnhundertvierzehn Jahre nach dem Tode Unseres Herrn. Morgen ist Mariä Lichtmeß, aber auf Usedom wird keine Lichtmesse gesungen werden. Die Mönche von Usedom sind ihren Pflichten gegenüber nachlässig geworden. Recht wenige beachten ihren Prior, und ihr Abt hat während des ganzen letzten Winters krank gelegen.

Er hatte gedacht, der Winter würde härter werden, und er hatte gedacht, der Abt würde sterben. Hans-Jürgen hatte sein Schweigen für Gleichgültigkeit gehalten, dachte er, aber die wenigen Male, da er sich in die Zelle am Ende des Ganges wagte und auf das Geschöpf blickte, das da auf dem Bett kauerte, und dem grollenden Krächzen seines Atems lauschte, hatte er sich gefragt, wie etwas, das doch fast schon tot war, immer noch leben mochte. Er konnte oder wollte nicht stehen noch sprechen oder auch nur kauen. Aber er lebte weiter – ein Bündel Stöcke in papierene leberfleckige Haut gewickelt –, und während er das tat, durfte Jörg sich sicher fühlen, denn selbst Gerhardt würde nicht wagen, auf das Amt des Abtes Anspruch zu erheben, während der Amtsinhaber noch lebte. Danach? Er wußte es nicht und wollte es auch nicht wissen. Danach, dachte er, würde es keine Rolle spielen. Das heißt, wenn er bereit war, oder die Brüder bereit waren. Er dachte wieder an Sankt Leonhard und an den schwertlosen Krieg, dessen Gefangener er war – sie alle, sogar Gerhardt –, an Paulus bei den Korinthern, wie er sich darum sorgte, «daß nicht Hader, Neid, Zorn, Zank, Afterreden, Ohrenblasen, Aufblähen, Aufruhr da sei ...» All das bis auf letzteres hatte es bereits gegeben, und derzeit gab es Aufblähen. Hans-Jürgen unterrichtete ihn täglich darüber. Nur Aufruhr fehlte noch.

Er schrieb:

Doch sind die Mönche nicht zu tadeln. Sie waren ohne Anker, wie ein Schiff im Sturm, und irregeführt von falschen Lichtern, hatten sie doch im Dunkel ihrer Unwissenheit keine anderen. Sie warten auf einen Steuermann, um dann ihr sinnloses Schlingern aufgeben und ihre wahre Richtung finden zu können.

Und ihr Steuermann wartet auf eine Karte, dachte er, löschte die Seite vor sich mit dem Ärmel seiner Kutte, wandte sich zum Schrank in seinem Rücken und griff hinter ihn, setzte seine Unterarme ein, um ein Pergament zu entrollen und auf ihm die Arbeit der langen Stunden bei Kerzenlicht zu enthüllen, die der Komplet gefolgt wären, falls diese noch gesungen würde, die jetzt aber lediglich dem entschwindenden Rücken seines unfreiwilligen Spitzels Salvestro folgten. Oben, am weitesten entfernt, war eine wellige Grenzlinie, über der er unbeholfen etwas Ähnliches wie Wellen angebracht hatte. In diesen Wellen gab es – nebeneinander wie ein Paar Klauen, die aus der See nach der Küste greifen – zwei Inseln, von denen eine Usedom war. Weiter unten waren dann Wälder markiert – diese besser gezeichnet – und Kathedralen mit kleinen spitzen Türmen, und Berge und Flüsse und Städte.

Seine Zeichenkunst hatte sich im Winter verbessert. Eine dicke unregelmäßige Linie lief von oben nach unten, umging die Wälder, schwenkte in Zacken ostwärts durch die große Gebirgskette, absichtlich dick schwarz bekleckst, immer wenn seine Feder an Flußmündungen innegehalten hatte und das Pergament Tinte soff – hierhin? dorthin? –, messerdünn, wo alles klar war, fuhr sie fort, nach Süden, eine Straße markierend.

Die Wochen sind jetzt unfreundlich und übergangshaft. Der Winter zieht seine triefnasse Decke vom frostverletzten Soden und den wunden Böden; kratzt grauen Unrat in Form von Regen aus dem Himmel. Kurz bläst Wärme vom Festland herein, verliert viel von ihrer Hitze an die Wasser des Achterwassers, erreicht Usedom als Anzeichen eines nahenden, noch fernen Frühlings. Der Himmel ist unentschlossen hinsichtlich des Blau, zieht es mit verwirrender Hast zurück und ersetzt es durch Regen und unglückliche Vögel: Buchfinken, Rotkehlchen, Mauersegler, lärmige Krähen, die hochstieben und wieder einfallen, um Schutz unter den kahlen Zweigen und den mitgenommen aussehenden immergrünen Pflanzen zu finden. Die Regentropfen machen ein Geräusch wie *Spluu-ut*, vielleicht etwas sanfter. Danach launenhafter Sonnenschein, blendend und lästig.

«Warum stellst du dich hierbei auf seine Seite? Seine Geisteskräfte sind geschwunden; das weißt du besser als wir alle, Bruder.» Gerhardt sprach milde, aber unverblümt.

«Seine Seele wird von außen bekriegt, da sie die Last für uns alle trägt.» Hanno wies vage zum fernen Ende des Kapitelhauses, zur Kirche, die wieder einmal begonnen hatte, Teile ihrer Substanz in die See fallen zu lassen, nun da die schützende Winterkälte einem zerstörerischen Tau gewichen war; da eisdurchsetzter Zement barst und hinabstürzte; da Schmelzwasser zwischen die Blöcke sickerte und die Reihen lockerte. Engelsgestalten verlassen die Formation, lugen über die Brustwehr, stemmen sich frei, fallen … Das Wetter ist immer wichtig.

«Selbst Sankt Christophorus wäre unter solch einer Bürde zusammengebrochen», fügte Georg hinzu.

Ihre Gesichter waren seinem nahe, stopplig wie grob geschnittenes Getreide, rot vor Kälte. Sie hatten ihn hier im Kapitelhaus gestellt, wohin er gekommen war, um allein seine Gedanken zu sammeln.

«Er ist anfechtbar geworden, unser Prior», sagte Gerhardt. «Das ist es, Hans-Jürgen.»

Sie hatten ihn aufs Korn genommen, wie von ihm lange erwartet. Wenn er sie jenseits des Kreuzgangs sah, wie sie aus dem Schlafsaal kamen, unerwartete Ecken umrundeten, hatte ihn dieses oder jenes Gesicht – die Zahl der Anhänger Gerhardts, die man als enge bezeichnen konnte, war während des Getuschels und Köpfezusammensteckens im Winter gewachsen – zu dringenden Geschäften, die ihm jäh einfielen, in die andere Richtung geschickt. Er wollte das nicht.

«Nein», sagte er.

«Aber die Straßenräuber», murmelte Gerhardt und schüttelte den Kopf. «Hier in unserer Mitte, bedient von Novizen ...»

«Wir lieben dich wegen deiner Treue, Hans-Jürgen», sagte Georg. «Du hast hier keine Feinde.»

«Unser Prior ist dir gegenüber nicht ehrlich gewesen, was sie betrifft», fuhr Gerhardt fort. «Die Inselbewohner wissen mehr, als sie freiwillig zu erzählen bereit wären, was den kleineren von ...»

«Salvestro», sagte Hans-Jürgen. «Er ist reumütig.»

«Ich habe mit den Insulanern gesprochen, wie gesagt. Das ist keine schöne Geschichte, auch wenn das Opfer lebt. Sie wissen, was getan werden muß, auch wenn wir es nicht selbst tun können. Wenn unser Prior in den Bann dieses Heiden gerät und unser Abt durch dessen Anwesenheit kränker wird ...» Seine Stimme schweifte in eine Region des Trauerns, klagte bereits, unhörbar. «Keiner hier ist unschuldig», murmelte er.

«Stehst du auf unserer Seite, Bruder?» fragte Hanno.

Oder gegen uns?

«Wenn seine Ränke ein Ziel hätten, wenn es einen erkennbaren Zweck gäbe, aus dem er diesen Außenseitern Zuflucht gewährt ...»

Wenn? Es schien Hans-Jürgen, als habe der Winter seinen Prior tief in eine Höhle geheimer Zwecke getrieben, als blicke jedesmal, wenn er Salvestro aus dem Rübenlager in die Zelle am anderen Ende des Ganges geleitete, deren Bewohner in völliger Zerstreutheit auf, ein Ingenieur, der an einer sagenhaften Apparatur arbeitet, dessen Arme blind nach dem einen Werkzeug tasten, das er benötigt, und der für nichts anderes Augen hat als für das Ungeheuer, das ihn verzehrt. Auf Hans-Jürgens Anregungen hin, wieder Gottesdienste im Kapitelhaus abzuhalten oder mit seinen widerspenstigen Mönchen zu reden, nickte er sanft und ergeben und tat nichts. Zu seinen Berichten über der Brüder vielerlei schuldhafte Versäumnisse und Nachlässigkeiten schüttelte er nur traurig den Kopf. Der Abt interessierte ihn mehr, wenn auch nur, weil sein Tod die Frage aufwerfen würde, wer sein Amt übernehmen sollte, und – vermutete Hans-Jürgen – wenn diese Frage gestellt würde, fiele die Antwort nicht zugunsten von Pater Jörg aus. In mehreren Nächten hatte Hans-Jürgen ihn angetroffen, wie er am Bett des Invaliden hockte, ausdruckslos in das schwachsinnige Gesicht starrte, das seine – oder irgendeine – Gegenwart nicht wahrzunehmen schien; beide warteten auf ein Zeichen oder ein Ereignis. Jörg kritzelte an einer Art von Landkarte herum, die er schnell wegnahm, wenn Hans-Jürgen sich näherte, schamgerötet ob ihres Inhalts oder dessen Folgerungen, oder ob des Eindrucks von Heimlichtuerei. Er hielt sie hinter seinem Bücherschrank verborgen. Hans-Jürgen hatte sie gesehen. Eine Landkarte. Sie sagte ihm nichts.

Also nicht «wenn», sondern «was»? Gerhardt hatte recht, seinen scharfen Blick auf die Vagabunden zu richten, die auf Geheiß des Priors (und keines anderen) untergebracht worden waren. Im Winter gab es wenig anderes zu tun, als sich an unerfreuliche Gegebenheiten zu gewöhnen, aber sie beunruhigten die Jüngeren und erweckten bei den übrigen noch jetzt tiefen Verdacht und Unmut. Gerhardts Hand hatte auf seinem Arm gelegen, als er sich erhob, um zu gehen, ihr Zureden hatte sich in kaum verhülltes Drohen gewandelt. Er blickte hinab auf das Flechtwerk kleiner Narben an seinen Fingern, als der Mönch ihn schließlich verwundert fragte, ob er wirklich mit *ihnen* sei, wobei «sie» die Geschöpfe aus dem Rübenlager waren, und auch der Prior. Er wollte *nein* schreien, nein, er sei es nicht. Sei es nie gewesen. Irgendwie war es zu spät, wie ein verrückter alter Heiliger in ein sinnloses Martyrium zu schreiten, um mit Gott allein zu sein. Hatte Gerhardt recht? Jörg? *Maß dir nichts an … Verzweifle nicht* … Ein Dieb würde ihn stehlen, fesseln und fortschleppen. Aber welcher Dieb?

Und wann? Es würde keine Engel oder Trompeten geben. *Und die See wird ihre Toten herausgeben* … Auch das nicht. Da war die leise Alarmglocke des Zerkrümelns der Kirche, die rauhen Atemzüge ihres Abtes, die geräuschlose Spaltung der Mönche, wie zwei Inseln, deren Küsten genau ineinandergepaßt hatten, das Felsufer in die Hafeneinfahrt, das Festland in die Bucht, die jetzt auseinandertrieben, um einen wunderbaren Kanal zu schaffen, einen Golf, die Weite eines neuen Meeres, das sich verbreiterte, bis nur noch das Auge Gottes beide erfassen konnte.

Als die schnellen Regenschauer des Frühlings auf Usedom dem vertrauteren Nieseln und Nebel wichen, fand Hans-Jürgen sich von einer obskuren Wanderlust erfaßt. Der Winter sperrte ihn immer ein. Gemüsebeete sollten umgegraben, Baumnetze ausgebessert werden, das Dach des Schlafsaals mußte ebenfalls geflickt werden, aber ... Aber auch ihn hatte die Trägheit gepackt, die Richtungslosigkeit, die über alle seine Brüder gekommen war, und er fand sich unfähig, die Energie aufzubringen, um eine Arbeitsgruppe in Gang zu setzen und zu organisieren. Und selbst wenn er das täte, wer würde mitmachen? Im Kreuzgang würden Henning und Volker ihn immer noch aufsuchen und grüßen; auch Florian und Joachim-Heinz. Heinz-Joachim? Vielleicht. Wer aber sonst außer diesen? Nur Novizen.

So durchwanderte er die Insel allein, zog nach Norden und nach Westen, folgte eine Meile oder zwei der Küste, bevor er ins Binnenland einbog, durch Buchenwälder, was ihn zum Ufer des Achterwassers brachte – etwas oberhalb von Ploetzens Hütte –, wo er langsamer ging und den Rand der Insel entlangbummelte, zur bewaldeten Küste des Festlandes blickte und die Rauchsäulen unsichtbarer Feuer in den Himmel steigen sah. Dann ging er wieder in die Wälder. Der Pfad hier war nach schweren Regenfällen Wasserlauf, stieg sanft mit dem Land an, wand sich dann dem Abhang folgend nach Osten. Als die Wälder aufhörten, fand er sich kleine Äcker und Felder queren, die von den Inselbewohnern bestellt wurden – der Pfad bildete zwischen ihnen einen diplomatischen Durchgang –, dann die Hütten und Anbauten der Arbeiter selbst: die von Ott, von einem der Wittmanns, andere gehörten Leuten, die er nicht kannte. Im Verlauf der Wochen wurde der Weg vertrauter, schien ihn mit kleinen Büscheln früher Schneeglöckchen, dann mit Glockenblumen zu begrüßen; Frostmulden verzichteten allmählich auf ihr Eispuder am Morgen. Spritzer eines unerhörten Grün breiteten sich über die schwarzen Äste der Bäume. Nach der Winterhaft war seine Einsamkeit sonderbar, sonderbar beruhigend und dann sonderbar zerrissen.

Es geschah dreimal. Das erste Mal mit Ott, dann mit zwei anderen, die er nicht erkannte. Als er den Pfad durch die Felder nahm, löste sich eine ferne Gestalt von irgendeiner Arbeit – Zaun reparieren, Gestrüpp aushauen –, richtete sich auf und schritt ihm forsch entgegen, mit den langen ausgreifenden Schritten, die der klebrige Schlamm verlangte, einen Arm zur Begrüßung erhoben, bis nicht allein die Gestalt, sondern auch das Gesicht deutlich wurde. Und an dieser Stelle blieb die Gestalt stehen. Jedesmal glaubte er, Verwirrung auf den groben Zügen zu sehen, oder undeutliche Angst, Verwirrung.

Irgendwas; aber was es auch sein mochte, der Mann drehte sich dann um und kehrte zu seiner Arbeit zurück, ohne zurückzuschauen, und er, Hans-Jürgen, blieb mit dem Gefühl von etwas Unbeendetem zurück, einem sonderbaren Unbehagen, als ob sein Möchtegernbegegner ihm etwas in einer Sprache mitgeteilt hätte, die er nicht verstand. Etwas Lebenswichtiges, das er nun verpaßt hatte.

Er stand ein oder zwei Minuten da, ging danach weiter, stapfte die letzten zwei Meilen bis zum Ufer und folgte der Küste zurück zum Kloster. Sonderbar verkümmerte Bäume sprenkelten hier das Ufer. Ein Teppich aus kurz geschorenem Gras bedeckte die niedrigen Hügel und sanften Mulden, die er hinauf- und hinabwanderte, die sanfte grüne Oberfläche bildete ein erhöhtes Gestade. Die aufgebrachte See schäumte unten schwach, außer Sicht. Er hielt sich von der Kante fern.

Auf diesem letzten Stück seines Rundgangs, an einem kalten frühen Märztag, sah er sich selbst oder bildete es sich für den Bruchteil einer Sekunde ein – die hellgraue Kutte, der seinem eigenen ähnliche Wuchs des Mannes. Er war vor ihm, in der Entfernung geradezu winzig, am Rande des grasigen Vorlands der Insel, dabei, die letzte kurze Strecke zur Spitze zu erklimmen, um dann im Gebäudewirrwarr des Klosters zu verschwinden. Aber während er sie beobachtete, wandte sich die Gestalt nach rechts und verschwand schließlich nicht im Kloster, sondern hinter der Spitze. Ein paar atemlose Minuten später erreichte Hans-Jürgen dieselbe Stelle, überzeugt, daß dies der Mann war, den die Inselbewohner erwartet hatten und den zu grüßen sie sich einbildeten, ehe seine eigenen Gesichtszüge ihnen ihren Irrtum verrieten.

Ein Haufen von Nebengebäuden – jetzt meist verlassen – stand ein paar Meter vom Rand entfernt. Man konnte zwischen ihnen und dem Rand weitergehen bis zum Querschiff, dessen geborstene Mauer den Pfad endgültig versperrte. Hans-Jürgen ging um die Ecke eines ehemaligen Holzlagers herum. Das Holz selbst war längst versenkt worden im Versuch, die Kirche zu stützen. Zähes Gras, Flecken von Schlamm, Blöcke und Steinfragmente, und das Boot der Vagabunden. Es hatte hier den Winter über gelegen. Jemand stand darüber gebeugt, schöpfte das darin stehende Wasser aus. Er ging näher, verwundert, die Kleidung war falsch, etwas war falsch. Der Mann hörte ihn und drehte sich um. Es war Salvestro.

Eines Nachts hörte er körperlose Stimmen singen, und ihr Klang war wie goldene Fäden, kupferrot im Dunkel des Rübenhauses.

«Christus ist geboren», murmelte Bernardo mürrisch. Er hatte geschlafen.

«Was?»

«Christus», wiederholte sein Gefährte, dann fügte er hinzu: «Du Heide.»

Er blickte überrascht auf, obwohl der Raum dunkel war. Heide – das war das Beiwort, das ihm von Gerhardts Männern verliehen worden war, vom kleinen Konklave, das Gerhardt jeden Morgen im Kreuzgang um sich versammelte. Auch Hans-Jürgen war eine Art Brennpunkt der stummen Ablehnung der Mönche. Gerhardt starrte ihn glasigen Auges an, während seine Adjutanten Fratzen schnitten und in schwerem Schweigen an ihm vorüberrauschten, aber der Strom dieses Hasses rann über ihn hinweg anderen Zielen zu. Heide. Dieses eigentümliche Stück alten Schwemmsands hatte seine Perle in Bernardo gebildet, der sie hegte, während der Strom selbst weiterrann, bitter, die Oberfläche dunkel und glänzend, sich über den Prior ergoß, der bei Tageslicht kaum zu sehen war, über die Kirche oder ihren Verfall. Oder den Ort selbst; die ganze Insel? Das war nicht zu erkennen. Er dachte daran, den Prior zu fragen. Ihre Begegnungen waren fast brüderlich geworden – er pflegte sich hinzusetzen, ohne aufgefordert zu sein, und den Abend manchmal durch Gähnen zu einem Ende zu bringen, und, befragt, ob es nicht vielleicht Zeit zu schlafen sei, pflegte er zu nicken, erhob sich dann und machte sich unbegleitet auf den Rückweg zum Rübenhaus. Er dachte daran zu fragen, brachte aber irgendwie niemals die Frage zustande. *Sag mir, Vater, warum hassen dich deine Mönche …?* Nein, unmöglich. Der Prior war ein niedriger buckliger Findling, halb verborgen und von den schlammigen Wassern ringsum glattgescheuert, wohl eingebettet bot er keinen Angriffspunkt für ihr Schäumen. *Weil ich, mein Sohn, zwei Mörder aufgenommen habe …*

Also dann der Ort. Der Ort selbst. Nichts Stehlenswertes darin, jedenfalls nichts, was nicht gesichert wäre. Gebröckel, jede Menge. Sie alle haßten es, wenn auch auf unterschiedliche Weise, und ihre Fehde war gedämpft, lauter Strohpolster und stumpfe Schwerter. Er verstand es nicht und wartete auf das kommende Frühjahr und dachte vage, daß der Osten eine gute Richtung sein mochte, dachte auch an das Faß, das zusammen mit dem Seil in einem Anbau lag, an Ewalds Boot, achtlos an die Außenmauer der Kirche gelehnt und immer noch vereist (wenngleich von innen), und er dachte an Ewald selbst.

Das Singen endete.

Der Winter lockerte seinen Griff in jenem Jahr nur langsam. Er erinnerte sich an diese Tage – seine Mutter hatte sie irgendwas genannt. Trickreiche Götter nutzten sie, um die Stumpfsinnigen hervorzulocken, um ihren Winterweizen zu inspizieren oder sogar ein bißchen Acker umzubrechen. Bringen sie raus ins Freie, bringen sie dazu, ins Blau des Himmels hinaufzugrinsen, sich draußen irgendwo auf den Feldern ein paar Schweißtropfen abzuwischen, während die dunkelrote Erde blaßrot trocknete ... Dann stürzt eine Sintflut aus dem Himmel. Haha. Regenwasser platscht in den Schlamm vor der Tür. Sie würden bald aufbrechen, auf die eine oder andere Weise. Sie hätten schon aufgebrochen sein können, trotz Bernardos Riesenhunger aufs Nichtstun. Sein Freund hatte die kalten Monate auf dem Arsch sitzend verbracht, mit Essen und Klagen über das, was er aß. Er hatte auf Bruder Hans-Jürgens barsches Geheiß einen großen Haufen Steine von der Nordseite des Klosters zur Südseite geschafft. Das war alles. Die Tatsache ihres fortdauernden Aufenthalts verwirrte Salvestro, und daß er sich darein fügte. Diese Gedanken waren wie Planken und Balken, von einem aufgelaufenen Schiff emporgeschickt, die im Wasser knapp unter der Oberfläche dumpf aneinanderprallten. Halbe Sache. Wie Ewald und Ewalds verdammtes Boot.

«Neigt zum Schwanken», hatte Ewald ihn in der Woche vor seinem unglücklichen Tauchversuch im Faß gewarnt. «Halt das Gewicht mittschiffs.» Er war nervös gewesen, die Finger trommelten auf dem Holz des Hecks; allerdings hätte Salvestro nicht sagen können, ob wegen seiner Anwesenheit oder der Sicherheit des Fahrzeugs. «Es ist alt, aber zuverlässig», hatte er gesagt. «Mein Großvater hat es gebaut, als unsere Felder mit Salz vergiftet wurden.» Salvestro hatte auf die Fortsetzung gewartet, aber Ewald blieb eine Minute oder länger still, klopfte nur mit den Fingern gegen die Planken, behutsam, als fürchte er, ein großes reizbares Tier zu wecken. «Das Boot hier war seine Rache an der See», sagte er schließlich, und dann begann er draufloszureden, als ob, da nun sein Mund einmal offen war, alle Erinnerungen an das Fahrzeug vor ihnen diesen Augenblick gewählt hätten, um in ein großes Durcheinander von Klagen und langgehegtem Groll auszubrechen.

Sein Großvater hatte ein Boot gebaut. Erle war leicht und biegsam, einfach zu bearbeiten und auf dem Festland reichlich vorhanden. Binnenschiffer, die Einmannboote steuerten oder stakten, ihre Fahrzeuge durch die Bodden und stehenden Sümpfe um Stettin und Wollin lenkten, über die sumpfigen Untiefen bei Greifswald hinglitten, ihre leichtgebauten Schuten über die Dämme und Deiche der Friesen buckelten, sie alle schworen auf Erle. Aber Anselm hatte aus der verregneten Sicherheit seiner Kohlfelder schwarzherzige Böen aus dem Nichts heranbrausen sehen, die eine fünf Fuß hohe Dünung aus dem gewöhnlich friedlichen Gewässer hochpeitschten und die Koggen westwärts über eine hochgehende See prügelten. Die kleineren Boote schienen immer kurz zuvor verschwunden zu sein, aber die Landrattenseele von Ewalds Großvater zagte. Er brauchte eherne Wälle, die ihn vor den malmenden Wellen retteten, ein Bollwerk aus Bergen, die launische Wut der See zu brechen, eine Palisade, hinter der er kauern konnte, während das Wasser sein Schlimmstes tat. Er machte sein Boot aus Eiche.

In Klinkerbau und kräftig versteift, mit einem Segel, um vor dem Wind zu laufen, und Riemen, um zurückzurudern, befehligte Anselm die stabilste Schmack auf dem Wasser. Ein Strudel war nötig, um sie herumzuwirbeln, eine Geschützbreitseite, sie zu zerschmettern. Man brauchte zwei Männer, die sich die Schultern aus dem Gelenk stemmten, um sie einen Zoll weit zu bewegen. Eiche, fand er heraus, war schwer. Als Ewald das Fahrzeug schließlich geerbt hatte, entdeckte er das auch. Deshalb stellte er einen nichtsnutzigen Nichtstuer an, der jeden Morgen quer über die Insel stapfte und ihm half, seinen Seestolz, seine Meerwonne zu Wasser zu lassen und zu bedienen: seinen Handlanger und Sündenbock für alles, Ploetz.

Mit Ploetz an Bord traute Ewald sich zu seiner ersten Fangzeit aufs Meer hinaus, rief und winkte, um sich der Flotte anzuschließen und sich das Seine vom Salzwasser zu holen. Fischen sollte seine süße Rache an diesen sauren Gewässern sein, dieser bodenvergiftenden See. Doch wenn er gegen die Dünung anlief, das Netz auswarf, das Boot den Hering verfolgen ließ, bemerkte Ewald bald, daß sein Boot größer als die anderen war, tiefer im Wasser lag, stärker rollte und trotz eines Segels, das zwei Mannslängen breit war, Schwierigkeiten zu haben schien, mitzuhalten. Wenn der Schwarm weiter vom Schelf fortzog oder die Küste entlangschoß, drehten die Rügenboote schnell um und huschten hinterher. Und wenn ein Sturm aufkam, liefen sie einfach zu einer windgeschützten Stelle und schossen wieder daraus hervor, sobald der Wind sich legte. Ewalds Boot schleppte sich dahin. Es rollte, und Ewald verfluchte Ploetz wegen seiner dürren Arme und seiner mangelnden Schnelligkeit. Und wenn ein Gewitter losbrach – in Brüggemanns gewaltsamen geheimen Träumen halb befürchtet, halb erhofft, als Möglichkeit, endlich sein Boot gegen die verfluchte See zu stellen –, liefen die Rügenboote einfach vor dem Wind davon und waren verschwunden, während sein eigenes, stattlicher gebautes Fahrzeug in einer See aus Kleister dahintorkelte und unweigerlich den schlimmsten Regen abbekam, während sie mühsam die letzte Meile nach Hause stampften. Sie erreichten das Ufer völlig entkräftet und bis zu den Knien in Wasser, oftmals zu erschöpft, um ihr Fahrzeug aus der geringen Tide zu schleppen, die an ihm zerrte und zog und es manchmal hinaus auf die See schleppte. Weit schien es nie zu treiben. Er nannte sein Boot *Sturmhammer*. Die Männer von Rügen nannten es *Amboß*. Aber nach der ersten Saison sahen sie es nicht mehr oft. Ewald und Ploetz fischten allein.

Eine üble Aura schwebte um die Dollborde der *Amboß*, etwas Unheimliches war um diese eigenartige Todeswanne. Eiche ist ein zu schweres Holz für die schwache Bewegung dieser Gewässer, zu stur für eine See, die ihre eisige Geschichte kennt. Wenn es die Stärke seiner Maserung gegen die seltenen Muskelspiele dieser Gewässer stemmt, paßt es als Fahrzeug mehr zur Küste als zur See, ein Träger landumschlossener Träume. Auf dem Wasser schlingerte und torkelte es trotz allen Herumbastelns von Ewald am Ballast und an der Höhe des Mastes und geriet in alle Arten wäßriger Schwierigkeiten.

Als er es jetzt erwog, überlegte Salvestro, daß es an Land genauso viele Schwierigkeiten machte: Im Verlauf des Winters hatte der allzu freigebige Himmel eine kleine, leicht verrückte See in das unbedeckte Fahrzeug gegossen und der Stille und Bewegung, ihr Gefrieren, Schmelzen und Wiedergefrieren in eine einzige Jahreszeit zusammengeschoben. Er blickte düster auf ein mit Regen randvolles Boot hinab.

Der Bootsee war schmutzig braun, an der Oberfläche trieben kleine Strohhalme. Die Schale, die er zum Schöpfen vorgesehen hatte, wurde eingesetzt, und bald war der Boden um ihn her sumpfig von Wasser. Er hatte fast eine Stunde gearbeitet, aber der Pegel des Bootsees war kaum um drei Zoll gesunken. Er hatte schon mehrfach versucht, das Boot auf die Seite zu kippen. Nun versuchte er es wieder. Kein Glück. Das Fahrzeug schien aus Blei gemacht. Seine Schale war klein und schlecht zu halten. Es war ein unglückseliger Nachmittag. Wenigstens regnete es nicht.

«Guten Tag, Salvestro.» Die Stimme schreckte ihn auf. Er hatte niemand kommen hören. Am Rande, wo der Boden endete, stand Bruder Gerhardt.

«Brüggemanns Boot», fuhr der Mönch fort, als Salvestro nichts sagte. Er erblickte die Schale. «Dir wäre mit einem Saugheber besser gedient.»

Salvestro, der nichts von Saughebern wußte, nickte und bewegte sich unbehaglich in dem Morast, als Gerhardt näher kam.

«Mußt du es zurückgeben?»

Er nickte wieder, und der Mönch wandte sich ab und blickte über die See, die herumschwappte und zwanzig Fuß tiefer gegen die rote Erde schlug. Er drehte sich wieder um.

«Wie?»

Während der paar letzten Abende war diese Frage in der Dunkelheit des Rübenhauses erwogen worden: Man würde ein Seil brauchen, irgendeinen Winschmechanismus oder eine Bremsvorrichtung, vielleicht nur einen gründlich verankerten Pfahl mit einem mehrfach darumgeschlungenen Seil, Bernardo am einen Ende, er selbst am anderen, bewaffnet mit einem weiteren Pfahl, um sich abzustoßen, denn wenn man das Boot auf diese Weise über die Kante herabließ, würde es herumschwingen und sich wie ein Kreisel drehen, vielleicht gegen den Steilhang prallen. Er dachte daran, sich darin festzuklammern; Bernardo würde es geschickt herablassen, so daß der Bug sich in dem Augenblick aufrichtete, in dem er aufs Wasser prallte. Außerdem war der Mast zu bedenken. Er würde ihm im Weg sein. Masten hatten das an sich. Und Bernardo müßte eingewiesen werden, gedrillt ... Er dachte an den Stapellauf des Fasses vor all den Monaten.

«Ich weiß nicht», brachte er schließlich heraus, immer noch etwas sprachlos, weil er von dieser Person angesprochen wurde, genau dieser Person, um die sich seine undeutlichsten, alles beherrschenden Ängste und Befürchtungen in den vorangegangenen Monaten verdichtet hatten.

Sie betrachteten das Boot, dann den Bootsee, der im Rumpf schwappte, für einen Augenblick durch das Problem vereint.

«Schöpf es aus. Ich lasse es von Hanno, Georg und ein paar anderen zum Wasser hinabtragen, morgen nach den Nonen. Weißt du, wann das ist?»

«Nach Mittag», riet Salvestro. Der Mönch nickte, setzte dann plötzlich seinen Weg an Salvestro vorbei fort, an der Kirche entlang, und verschwand um die Ecke außer Sicht, als Salvestro daran dachte, «danke» zu rufen, was überhört wurde. Er hatte erwartet, wegen irgend etwas beschuldigt zu werden. Vielleicht war Bruder Gerhardt trotz allem doch nicht so übel. Schöpf es aus. Richtig. Er machte sich an die Arbeit.

Schöpf, *platsch*, schöpf, *platsch*, schöpf, *platsch*, schöpf, *platsch* ...

Hanno und Georg, das war gut. Gerhardts Angebot bedeutete, daß Bernardos Dienste nicht länger gebraucht wurden. Auch das war gut. Er würde mitkommen wollen. Er würde abgeschoben werden müssen. Ewald würde nicht wollen, daß ein Riesenklotz wie Bernardo ihm die Stühle zersplitterte und seine Kinder verängstigte. Da waren doch Kinder gewesen, oder nicht? Das war ein sonderbarer Gedanke. Ewald und Ewalds Kinder.

Schöpf, *platsch*, schöpf, *platsch*, schöpf, *platsch*, schöpf, *platsch* ...

Denn er wollte Ewald allein sehen. Warum? (schöpf). Wollte das tatsächlich, seit er seinen Fuß zum erstenmal auf die Insel gesetzt hatte; nur sie beide *(platsch)* wie in alten Zeiten, genau so, wie er sich das vorgestellt hatte. Dann öffnet sich die Tür, er selbst steht da, Ewald schlägt ihm auf die Schultern (schöpf), komm rein, komm rein ... Doch hatte es sich dann an jenem ersten Tag seiner Rückkehr in Wirklichkeit so abgespielt, daß es gar nicht Ewald war, sondern Mathilde, die sie beide gemustert hatte – mit einigem Entsetzen. *Platsch*. Und auch Ewald, wenn er jetzt daran dachte, wie er hinter seiner Frau in der Tür erschienen war. Entsetzen! Kein Wunder! Überhaupt kein Wunder, wenn man Bernardos Aussehen bedachte. Und soweit Ewald wußte, war er selbst ja tot, vor vielen Jahren ertrunken. Natürlich mußte Ewald schockiert sein. Ja, nicht Entsetzen, sondern Überraschung. Und wenn er danach etwas wortkarg war (schööö ... – herumtasten, wiederfinden – ... ööpff) und manchmal verwirrend geistesabwesend, dann zweifellos aus einem ähnlichen Grund. Schock, ja. Er hätte früher daran denken sollen. Das war es. Das war es sicherlich. Er warf Ewald nichts vor. Er warf Ewald nichts von alledem vor.

«Du!» *(platsch)* Der vergessene Schaleninhalt pladderte vorn an ihm hinunter, als er aus dieser Träumerei gerissen wurde, und einen Moment war es so, als habe die Zeit gezuckt und sei in einander überlappenden Falten gefallen, denn da war dieselbe Gestalt in grauer Kutte, stand an derselben Stelle, schrie ihn an. «Was machst du da?» Aber es war nicht Gerhardt.

«Nun?» Hans-Jürgen insistierte.

«Ich mach das leer ... Morgen soll ich Brüggemanns Boot zurückgeben. Bruder Gerhardt will mir helfen, es ans Wasser zu bringen ...»

«Gerhardt? War Gerhardt hier?»

Salvestro nickte, was Hans-Jürgen plötzlich in schlechte Laune zu versetzen schien, und indem er Salvestro beiseite winkte, stampfte er davon, in dieselbe Richtung wie sein Gegner.

Schöpf, *platsch*, schöpf, *platsch*, schöpf, *platsch*, schöpf, *platsch* ...

Als nicht mehr als drei Daumenbreit übelriechenden Wassers auf dem Boden des Rumpfs standen, konnte Salvestro das Boot kippen. Er sah zu, wie der Rest der Bootsee herauströpfelte und seine Nässe dem Morast ringsum beifügte. Es war fast dunkel. Später begann es zu regnen.

In jener Nacht gab es Unruhe; wenige Schreie reichten in der Stille des Klosters schon, um die beiden aufzuwecken. Dann murmelten leisere Stimmen miteinander, zwei oder drei, außerhalb des Rübenlagers. Salvestro glaubte, er habe die Frage «Wie lange?» gehört und die Antwort «Nicht lange. Morgen.» Plötzliches Schweigen folgte, als habe man ihre unsichtbare Anwesenheit wortlos angedeutet. Schritte entfernten sich. Eine der Stimmen war die von Gerhardt gewesen.

Der Morgen kam. Mönche sammelten sich in kleinen Gruppen im Kreuzgang, warfen einander Blicke zu, manchmal ging einer zu einer Nachbargruppe. Einige blickten auf, als er da stand, aber mehr Aufmerksamkeit wurde ihm nicht zuteil. Einige der Mönche sprachen in dringlichem Flüstern miteinander, Hände berührten kurz Schultern. Ungewohntes Drängen lag in der Luft. Einer der Jüngeren, Wulf, lief an ihm vorbei, gefolgt von Wolf, dessen Ärmel er ergriff.

«Was ist los?» fragte er den Novizen.

«Der Abt», erwiderte Wolf, mit weißem Gesicht.

«Er stirbt», fügte Wilf hinzu, mit geröteten Augen; er kam als letzter.

Das Trio eilte weiter. In diesem Augenblick hörte man Rufe, Köpfe fuhren hoch, und Gerhardt eilte von der anderen Seite des Kreuzgangs herbei, begleitet von Hanno, dessen Gesicht vor Wut dunkelrot war. Im nächsten Moment waren sie umringt, aber nein, nein, nein, der Augenblick sei noch nicht gekommen, er winkte sie fort, machte mit den Händen kleine, beruhigende Gesten. Salvestro wandte sich ab und ging zurück zum Rübenlager.

Der Mittag kam und ging. Da er wissen wollte, was da so offensichtlich in der Luft lag, hatte Bernardo sich aufgerafft und war losgegangen, um es herauszufinden. «Wie wollen die das wissen?» hatte seine Frage gelautet, als ihm Salvestro erzählte, der Abt liege im Sterben, und sein Gefährte wußte nicht zu antworten. Als er den Tölpel aus Prato abschleppte, hatte er ihm gesagt, er sterbe lieber auf der Insel, wo er geboren wurde, als auf einem Wollmarkt, den man in ein Schlachthaus verwandelte. Da hatte Bernardo gefragt, welchen Unterschied das mache? Er hatte eine Begabung für solche Fragen. Welchen Unterschied *machte* es denn? Tot war tot war tot. Eine Stunde verstrich, und er glaubte schon nicht mehr daran, daß das Boot heute zurückgegeben würde, als einer der jüngeren Mönche, dessen Namen er nicht kannte, seinen Kopf durch die Tür steckte und sagte, die Brüder Gerhardt, Hanno und Georg warteten auf ihn und er solle sich lieber beeilen.

«Fertig?»

«Nein.»

«Warte ...»

«Eins, zwei ...»

«Ngggh ... Nein.»

«In Ordnung?»

«Runter.»

«Uhhh.»

«Uuuuff.»

«... drei!»

Vom Boot aus beobachtete Salvestro die zurückweichenden Rükken der drei Mönche. Er sah den Mast über ihm hin und her schwanken, während das Boot sich aufrichtete, dann griff er nach den Rudern und begann, ins offene Wasser zu pullen. Bald war er fünfzig Meter draußen, und das Boot war sogar noch schwerfälliger, als er sich erinnerte. Das Kloster war eine Schramme aus grauem Zement und Steinen; die Kirche eine schwarze Wunde in ihrer Mitte. Er drehte nach Nordwesten ab, stocherte wirkungslos mit einem Ruder im Wasser, der Bug stur in seiner Trägheit.

Ein dünner Schrei erreichte ihn über das Wasser. «Wohin *fährst* du?» Er kam wieder, derselbe gequälte Schrei. Bernardos Stimme. Er riß hart an den Rudern, eins, zwei, eins, zwei ... Gerhardt hatte ihm den Rücken getätschelt, als die vier es den Hang hinabgeschafft hatten. Hanno und Georg hatten ihn nicht angesehen, waren sogar seinem Blick ausgewichen.

Wohin! Eins, zwei, eins, zwei ...

Stetig, allmählich blieben die Rufe und das Land zurück, bis er mit dem Boot allein in der See war, und außer dem Plätschern des Salzwassers, dem dumpfen Stoßen der Ruder in den Dollen, dem Einsaugen und Auskeuchen seines Atems herrschte Stille. Der Himmel war vogelleer, und die Luft hing in kalten Säulen herab, die sich vor ihm teilten. Die bekleckste Küste kroch zu seiner Linken vorüber. Oben erstreckte sich eine flache Platte von Wolken fast bis zum Horizont, wo eine Messerschneide von Licht rot wurde, dann rosa, und dann brach die Sonne durch, ein dunkles Orange, und die Wolken dunkelten zu schwerem Blau. Bald würde es Nacht sein. Er ruderte stärker.

Zinnkrug und Brot. Exkremente sammelten sich in seinem Bett. So also sterben wir, dachte Hans-Jürgen.

Zweimal hatte Florian das Sakrament aus dem Ziborium genommen. Zweimal hatte er es dem Abt in die Kehle geschoben, und zweimal hatte der Abt es erbrochen. Zweimal hatte Florian das erbrochene Sakrament geschluckt.

Vor Morgengrauen hatten Gerhardt und seine Männer gegen die Tür gehämmert. Sie hatten sie durch schreckliche Warnungen und durch Gebete zurückgeschlagen. Hanno hatte gebrüllt, daß sie zurückkommen würden.

Stunden später, als die Sonne endlich aufgegangen war und einen kurzlebigen Lichtstrahl in die Zelle warf, krümmte sich der Abt wie eine Blindschleiche, die man in der feuchten Erde unter ihrem Stein aufgedeckt hat. Das Licht schien die tote Luft ringsum zu bewegen. Florian hatte gebetet. Er selbst hatte gewartet, vielleicht auf das Sterben des alten Mannes, vielleicht auf eben diesen Ausbruch. Jörg hatte viele Stunden lang nichts gesagt, bis Gerhardts Männer zurückkamen.

«Bring dein Anliegen hier vor, Bruder», sagte Jörg milde, während sein Körper Gerhardts Männern die Tür versperrte, Georg und Hanno und den anderen, die den Gang füllten. Einen Augenblick lang dachte Hans-Jürgen, sie würden sich an ihrem Prior vorbeidrängen, ihn einfach beiseite stoßen, und er sah, wie sich Jörgs Körper versteifte, als habe er in Gerhardts Gesicht diesen Gedanken gelesen.

Der Moment war nun nicht mehr fern. Wieder war es Hanno, der brüllte, wütend und außer sich, der schrie, sie brächten den Abt um, ehe Gerhardt sich auf dem Absatz herumdrehte und von dannen schritt. Der Lärm und die Feindseligkeit der Brüder, die jetzt bloßlag, entzog ihm Kraft. Der Kopf fiel ihm in die Hände. Wann hatte er zuletzt geschlafen?

Der Abt wurde mit den Stunden ruhiger, schien einige Minuten zu schlafen, würgte dann und wurde wach, fiel erschöpft zurück. Florian versuchte erneut, ihm die Hostie zu spenden, indem er sie in den Weinkelch bröckelte. Der Abt wollte sie nicht nehmen.

«Es genügt, daß er das Sakrament sieht, wenn er es denn nicht schlucken kann», sagte Jörg. Er schien durch Gerhardts Eindringen ungerührt. «Graf Albert hat es durch eine Wunde in seiner Seite empfangen, die heilte, bevor er starb. Ich hab das mal gelesen.»

Florian nickte.

«Die Hostie ist das kostbarste unserer Wunder», fuhr Pater Jörg fort. «Die Gemeinschaft der Engel, die Freiheit vom Tode … Ich glaube daran, auch wenn der Vorgang komplexer ist.»

Hans-Jürgen blickte erschöpft auf; er fühlte, wie seine Geduld gedehnt wurde und schließlich riß. «Du mußt dich ihnen stellen», sagte er. «Du mußt dich wenigstens zeigen. Das nächste Mal werden sie eindringen …»

«Nicht Sankt Ägidius hat Karl den Großen vom Inzest freigesprochen, sondern die Hostie. Die Hostie hat das getan. Ich glaube, daß ich als Novize einmal das Kind gesehen habe. Es war neugeboren und weinte, aber ich konnte es nicht hören. Es war in der Oblate, unmittelbar bevor sie gebrochen wurde. Dann ist es verschwunden.»

«Hörst du mich eigentlich, Vater? Es ist keine *Zeit* mehr.» Hans-Jürgen packte Jörg an der Schulter. «Jetzt mußt du handeln.»

«Wo sind unsere Gäste?» fragte Jörg und sah ihn an, als ob der Gedanke ihm gerade jetzt gekommen sei. Die Frage überraschte ihn, auch Florian, der sich von der Bettkante abwandte und aufsah, verwundert, verwirrt.

«Gäste? Die Heiden? Ich weiß es nicht. Ich nehme an, in ihrem Quartier. Aber warum sollten …»

«Du mußt sie finden, Bruder, und wenn du sie gefunden hast, bring sie in meine Zelle. Versteck sie da. Schnell, Hans-Jürgen. Ich muß sie in Sicherheit haben, wenn …»

«Wenn was?»

«Ich brauche sie, das ist alles.»

Die kalte Luft draußen versetzte ihm nach dem übersättigten Mief in der Zelle einen Schlag. Noch durch eine Wolkendecke gefiltert war das Licht blendend. Er fühlte sich schwerelos, wie schwebend. Er hatte den Kreuzgang kaum betreten, als die Gesichter der Mönche sich schon gegen seines drängten, große rote Gesichter, gelbe Zähne, Fragen, noch mehr Fragen. Schließlich drängte er sich blindlings zwischen ihnen hindurch, stolperte hinter dem Schlafsaal hinaus und in eine Koppel, deren eine Seite entlang der Klippenkante verlief. Dort fand er Bernardo, der auf einem großen Stein saß.

«Wo ist dein Gefährte?» fragte er. Der Riese schien düster und irgendwie verstört. Ohne aufzublicken, wies er auf die See hinaus.

«Brüggemanns Boot?» fragte Hans-Jürgen.

«Er hat mich allein gelassen», sagte Bernardo bitter. «Wieder.»

«Komm mit», sagte Hans-Jürgen, und der Riese erhob sich gehorsam, er überragte ihn. Damit hatte er nicht gerechnet, daß Salvestro von allen Tagen ausgerechnet diesen wählen würde. Aber er hatte es natürlich gewußt. Salvestro hatte es ihm selbst erzählt.

«Komm mit», sagte er wieder. Sie standen da, nebeneinander. Irgendwie war Salvestro wichtig in dem Spiel, das Gerhardt und Jörg spielten, hatte eine Bedeutung, die er nicht erkennen konnte.

«Wo gehen wir hin?» fragte Bernardo, nachdem eine Minute in Schweigen vergangen war. Wohin? wiederholte Hans-Jürgen für sich und erinnerte sich an die Inselbewohner, die er auf seinen Wanderungen gesehen hatte. Hier kommen sie, die Arme grüßend erhoben, über Erdklumpen stolpernd. Ott, andere. Es war natürlich Gerhardt, Gerhardt, auf den diese schwankenden Annäherungen gerichtet waren. Er war so müde. Es war fast Sonnenuntergang. Und dann die Worte, an die er sich aus dem Kapitelhaus erinnerte. «Unser Prior ist dir gegenüber nicht ehrlich gewesen, was sie betrifft» und «Die Inselbewohner wissen mehr, als sie freiwillig zu erzählen bereit sind, was den kleineren von ihnen …»

Der kleinere war Salvestro; und dann: «Ich habe mit den Insulanern gesprochen …» Natürlich hatte er. Hans-Jürgen stellte sich vor, wie er durch den Winter über die Insel stapfte, von Haus zu Haus, von Hütte zu Hütte. Zu welchem Zweck? «Sie wissen, was getan werden muß, auch wenn wir selbst das nicht können …» Was getan werden muß. Er brauchte Essen in seinem Magen, Nahrung irgendeiner Art, einen Spritzer Wasser. Aber die Inselbewohner wußten nicht, «was getan werden muß», oder wußten sie es doch? Also wurde es ihnen gesagt. Von Gerhardt. Es stand unmittelbar bevor, geschah jetzt, der Schlüssel zu allem steckte in Jörgs «Ich *brauche* sie», was Gerhardt irgendwie geraten oder gefolgert hatte. Wie mochten diese Bruchstücke nur zusammenpassen? Was für ein Stück führten sie auf, was war das wahre Wesen des Tanzes, der so sorgfältig einstudiert worden war?

«Warte hier», sagte er zu Bernardo und ging zurück zum Kloster; mit wachsender Überzeugung; er versuchte, sich an Gerhardts Gesicht zu erinnern in dem Wirbel, der sich gegen sein Gesicht preßte. Wo war Gerhardt? Er erreichte den Kreuzgang. Hanno, ja. Georg, ja. Aber Gerhardt war nirgendwo zu sehen. Er wandte sich ab; jetzt kümmerte sich diese Herde nicht um ihn. Wieder Bernardo; düster, verstört, furchtsam, auf einem Stein, der breit und flach war, Gerhardt und die Insulaner zusammen, addiere sie und erhalte ... Dann wußte er es: Die Überzeugung gefror in seinem Magen. Was getan werden muß. Was getan werden muß ...

«Was?» Bernardos Stimme brach in seine Gedanken. «Was muß getan werden?»

Hatte er laut gedacht? Er war müde, erschöpft. Das Gesicht des Riesen hob sich ihm entgegen, leicht neugierig.

«Sie wollen ihn töten», sagte er.

Merkwürdig, wie sein alter Freund trank. Ewald hatte ihnen beiden Krüge mit Dünnbier serviert, fad und warm, köstlich nach seinen Mühen. Als er sich nach zwei oder mehr Stunden auf See der Küste näherte, hatte er Ewald da stehen und ihn zum Ufer winken sehen. Er hatte sich die Stiefel um den Hals gehängt, und dann hatten sie beide das Ungeheuer an den Strand gezerrt und einander Anweisungen zugebrüllt, während ihnen das Wasser um die Schenkel schäumte, und schließlich waren sie schweißüberströmt und durstig niedergeplumpst. Sie hatten Wasser aus der Regentonne gesoffen, sich etwas in den Nacken gespritzt und waren dann um Bier ins Haus gegangen. Kein Zeichen von Mathilde oder den Kindern. Ihre Hosen dampften jetzt vor dem Feuer.

Salvestro hob den Krug, schlürfte, setzte ihn ab und wartete dann, um zu sehen, ob Ewald es wieder täte. Nach ein paar Sekunden gab Ewald sich einen Ruck. Er blickte rasch zu Salvestros Krug, dann hinab auf seinen eigenen. Er ergriff ihn mit beiden Händen, hob ihn an die Lippen und goß den Inhalt hinunter. Wie schon zuvor floß ihm ein wenig übers Kinn. Er hatte bisher drei Krüge gegen Salvestros einen getrunken. Er zuckte und blickte sich um, als wäre jemand hinter ihm. Das hatte er schon während Salvestros Geplauder getan.

«War schon 'ne Art von Schock, wie ich und Bernardo da aufgetaucht sind, was, Ewald?»

Ewald starrte ihn eine Sekunde lang an. «Na ja, nach so vielen Jahren ...»

«Ich meine, wo du doch geglaubt hast, ich wär tot.»

«Na ja, das hat man mir später erzählt. Hat man mir erzählt.» Er machte eine Pause. «Ich war doch noch ein Kind. Müssen wir das jetzt alles wieder aufrühren?»

«Nein, nein, nein. Müssen wir überhaupt nicht. Ich hab nur an damals gedacht, das ist alles.»

Er trank wieder, und wieder goß Ewald alles in sich hinein. Das Bier war schwach, aber da er den Winter über nichts Stärkeres als kaltes Wasser angerührt hatte, stieg es ihm zu Kopf. Er fragte, ob es mehr gäbe. Ewald leerte seinen Krug und füllte beide aus dem Fäßchen nach; seine nackten weißen Beine waren etwas unsicher. Der Raum blähte sich um ihn.

Die beiden Männer tranken weiter. Salvestro begann, Ewald von seiner Zeit mit der Christlichen Freien Kompanie zu erzählen. Ewald sagte nichts, nickte nur, wenn das angebracht zu sein schien; seine Augen wanderten immer wieder zur Tür. Dreimal schon war er aufgestanden, um sie aufzumachen und kurz hinauszuschauen. Es war jetzt schon ziemlich dunkel.

«Ist was los, Ewald?» fragte er schließlich. Der andere schüttelte den Kopf. Salvestro fuhr mit seiner Geschichte fort. Bald ruderten er und Bernardo über das Achterwasser.

«Was hast du also gedacht, als du die Tür aufgemacht hast und wir waren da?» beharrte Salvestro.

«Ich war ... überrascht», sagte Ewald.

«Darauf wette ich!» brüllte Salvestro. Das Bier war ausgezeichneter Stoff. Mehr, runtergießen. «Los doch, erzähl's.» Er beugte sich vor. «Was hast du gedacht, warum ich zurückgekommen bin, he?»

Es machte Spaß zu sehen, wie Ewald sich wand. Er war wie ein jüngerer Bruder, wirklich. Ihn kitzeln, bis er sich bepißt. Ihm einen Aal ins Bett legen ... Da war aber etwas in der Frage, das ihm Schwierigkeiten bereitete, etwas in jenem weißen Gesicht hinter dem der

Frau, in der Tür. Er wollte, daß Ewald ihm erzählte, was er gedacht hatte. Das war einfach.

«Hör mal, Nico ...», begann Ewald.

«So heiß ich nicht mehr», unterbrach Salvestro, schon etwas streitsüchtig. «So heiß ich schon ganz, ganz lange nicht mehr.» Er lehnte sich auf seinem Stuhl zurück. «Also erzähl mir, warum? Warum bin ich zurückgekommen?»

«Du weißt, warum du zurückgekommen bist», erwiderte Ewald. Seine Blicke mieden die von Salvestro.

«Natürlich weiß *ich* das.» Er ließ ihm keine Ruhe, bewegte den Kopf hin und her, um Ewalds Blicke abzufangen, die ihm über die Wände auswichen und hinauf ins Lattenwerk des Daches. «Aber was meinst *du*?»

«Nichts.» Ewald nahm schnell einige Schlucke von seinem Bier und leerte den Krug wieder. Das Feuer zischte. Salvestro nahm einen Klotz vom Stapel beim Herd und legte ihn in die Glut. Eine kleine gelbe Flamme sprang auf. Seine Hose war nun trocken, oder doch trocken genug. Er kämpfte sich hinein, betrunkener, als er gedacht hatte. Er erinnerte sich, wie er seine Kleider nach dem ersten Versuch, seinen Freund das Schwimmen zu lehren, aus dem Gestrüpp gezerrt hatte. Eines seiner Geheimnisse. Vor vielen Jahren. Jetzt griff Ewald nach seiner eigenen Hose, und bald verfingen sich seine Zehen in einem Bein. Er fiel hin. Salvestro stand breitbeinig über ihm, setzte sich dann rasch, drehte ihm einen Arm auf den Rücken. Ewald wand sich heftig, aber ohne Erfolg. Sie waren wieder Jungen, schwammen, alberten herum, rangen auf dem Boden der Wälder. Er zog Ewalds Kopf an den Haaren hoch, beugte sich dann vor und flüsterte ihm ins Ohr: «Ich bin deinetwegen zurückgekommen, Ewald.»

Statt in dem gelangweilt-ärgerlichen Ton, den er als Junge bei solchen Gelegenheiten benutzt hatte, «hau *ab*!» zu rufen, blieb Ewald stumm.

«Und jetzt schneid ich dir die Kehle durch ...»

Salvestro blickte hinab in das Gesicht seines Gegners. Es war aschfarben. Er schaute Ewald in die Augen. Ewalds Augen quollen hervor. Salvestro sprang schnell auf.

«Ewald! Das war doch nur Spaß!»

Ewald kam stolpernd auf die Beine, ging zur Rückwand des Zimmers, murmelte vor sich hin, wühlte. Er drehte sich um und hatte einen Eisenhaken in der Hand, mit einem Griff so lang wie sein Arm.

«Beruhig dich, Ewald», sagte er, aber Ewald schien ihn nicht zu hören.

«Du willst mir also die Kehle durchschneiden, wie, du dreckiger Wilder?» spie der andere. «Jetzt mach ich dich fertig.»

Er fuchtelte mit dem Haken, die Augen scheinbar auf Salvestro fixiert; sie glitten von ihm ab, fanden ihn wieder. Sein Gesicht war blutleer, und Salvestro erkannte, daß er zu Tode erschreckt war, in Panik, und daß diese Worte ihm selbst galten.

«Beruhige dich, Ewald. Das war ein blöder Witz. Warum sollte ich dich umbringen wollen? Sei doch nicht blöd ...» Während er redete, trat Ewald vor und schlug zu. Er duckte sich weg, der Rücken des Hakens glitt ihm schmerzlos am Kopf ab.

«Du Abschaum. Sie hätten dich ersäufen sollen, wie sie gesagt haben. Wie sie es mit deiner Mutter getan haben. Das werden wir mit dir tun. Dich ersäufen oder an dem Haken hier aufhängen und verbrennen.»

Er schob sich um den Tisch.

«Du mußtest ja zurückkommen, oder nicht? Na schön, ich hab auf dich gewartet. Und jetzt hab ich dich.» Er schlug erneut zu. Salvestro warf sich zurück, dachte an nichts mehr, beobachtete nur die Bewegungen des anderen, verlagerte sein Gewicht vom einen auf den anderen Fuß. «Was hast du gedacht, warum ich zurückgekommen bin?» Ewalds Stimme war eine winselnde Nachahmung von Salvestros. «Ich weiß, warum du zurückgekommen bist. Wir alle wissen, warum du ...»

Salvestro bewegte sich plötzlich vorwärts und packte Ewald an der Gurgel. Seine andere Hand stieß vor, ihm in den Bauch und dann unter den Rippen hoch. Ewald klappte vornüber, keuchte. Der Haken fiel klirrend zu Boden. Ewald folgte. Salvestro blickte auf ihn hinab, ließ sich dann fallen, saß ihm rittlings auf der Brust, seine Knie nagelten die Arme des atemlosen Mannes auf dem Lehmboden fest. Er hob den Haken auf. Nettes Gewicht. Scharf.

«Bitte ...» Ewald keuchte, aber Salvestro schien ihn nicht zu hören. Er schwang den Haken, um ein Gefühl für ihn zu bekommen. Er war müde, sein Magen war voll Bier. Wenn er den Haken durch Ewalds Auge triebe, könnte er die Leiche wie einen gefällten Baumstamm herumzerren. Dieser Haken war fürs Herumzerren von Baumstämmen gemacht. Das war sein Zweck.

«Ich bin zurückgekommen», sagte Salvestro und sah ihn an, «weil ... Ich bin nicht zurückgekommen, um dich umzubringen, Ewald.»

«Lügner», zischte Ewald.

«Wenn ich lüge», sagte Salvestro, «warum hab ich dir diesen Haken nicht durchs Auge gehauen?» Er erhob sich und warf den Haken auf den Tisch. «Du bist immer ein Feigling gewesen.»

Langes Schweigen. Dann ein paar Schniefer. Ewalds. Ewald riß sich zusammen.

«Du mußt hier verschwinden», sagte er. «Verlaß die Insel. Jetzt. Heute nacht.»

«Heute nacht?»

Die Laute der See waren sehr schwach, irgendwo draußen rollten sanfte Geräusche heran. Näher, eine Brise glitt durchs Gestrüpp, kratzte gelassen an kahlen Zweigen und Ästen. Leises Rascheln und Schweigen. In der Feuerstelle zischte und knallte die Glut. Im nächsten Moment wurden diese Geräusche von einem Schrei vor der Hütte übertönt. Eine Reihe von Stimmen, die zusammen ein einziges Wort schrien.

«HEIDE!»

«HEIDE!» Der zweite Schrei kam lauter als der erste. Hans-Jürgen blieb stehen, spitzte die Ohren, bewegte sich dann wieder vorwärts.

«Was machen wir?» fragte Bernardo scheinbar zum zwanzigstenmal.

«Führ uns», wies ihn Hans-Jürgen an.

Der Riese schlich verstohlener vorwärts, als er es für möglich gehalten hätte, suchte einen Weg durchs Unterholz, schien niedrighängende Äste zu ahnen und wich, als sie den Pfad verlassen hatten, undurchdringlich wuchernden Dornengebüschen aus und fand enge Kanäle und Lücken, Pfade des geringsten Widerstandes. Der Mond stand niedrig und war geizig; lange Minuten verschwand er hinter unsichtbaren Wolkenbänken. Jetzt kam er wieder in Sicht, weiß und leuchtend, hinter einem Dunstschleier. Der Boden stieg vor ihnen an, wurde dann steiler. Ein Flechtwerk aus Ästen schnitt ein Muster in den schwach erleuchteten Himmel. Vor ihm schwankte und beugte sich Bernardos breiter Rücken, als sie den Damm hinaufstiegen. Er war ein großes geduldiges Tier, das sich vorsichtig seinen Weg an geschmeidigen Stämmen und Ästen vorbei bahnte. Vom Rand blickten sie auf den Strand hinab. Salzwasser und Holzrauch in der Luft. Brüggemanns Haus war ein Block aus Dunkelheit und ließ kein Licht sehen. Seine Aufregung lag fiebrig und papierdünn über dem tiefen Quell seiner Erschöpfung. Bernardo rannte den Damm hinab und bremste unten jäh. Er folgte; das Gras fühlte sich tot an wie der grobe Sand darunter. Die See plätscherte und leckte fünfzig Schritt weiter am Ufer. Die Tür war halb geöffnet. Von innen kamen leise kratzende Geräusche.

Das Feuer war fast erloschen. Ewald saß auf dem Fußboden, am anderen Ende des Raumes. Er versuchte sich aufzurichten, als die beiden näher kamen. Ein Auge war zugeschwollen, das andere blickte ausdruckslos, bis Bernardo über ihm aufragte. Getrocknetes und trocknendes Blut vermengten sich auf seinem Gesicht. Sein Kopf ruckte nach rechts; einmal, zweimal. Etwas war ihm übers Haar gegossen worden. Die beiden Männer standen im Beinahedunkel, blickten auf ihn herab, hörten das Pfeifen seiner Lunge. Wieder bewegte sich Ewald, zuckte. Sein Mund war aufgedunsen und unförmig. Dieses Mal verwendete er den Arm, wies wieder nach rechts. Hans-Jürgen sah, daß sie ihm die Finger gebrochen hatten.

Wieder draußen, den Strand entlang, der mit Bändern aus grobem Kies und feinem Sand gestreift war, die dem Ufer so folgten, daß die Männer ein oder zwei Minuten lang lautlos dahintappten, bis ein Fleckchen aus Kieseln dicker wurde und sich verbreiterte, ihren Weg am Strand kreuzte und der grobe Kies unter ihren Tritten knirschte. Dann gingen sie den Strand hinauf. Bernardo hatte seit Brüggemanns Haus nichts mehr gesagt. Hans-Jürgen keuchte hinter ihm her, der Sand saugte ihm die Kraft aus den Beinen. Er fiel schon zurück, als er sie erblickte, rote Glut von Fackellicht im Dunkel vor ihnen. Und in dem Moment sah er zwischen dem Licht und ihnen einen Umriß dahingleiten, eine Gestalt, wie er selbst gekleidet und mit einer Kapuze. Bernardos Schritte wurden schneller, er konnte nicht länger Schritt mit dem Riesen halten. Die Dunkelheit verschluckte ihn, und er war allein.

Er blieb stehen und stützte die Hände auf die Knie. Er wollte sich in den kalten Sand legen und schlafen. Mehr als alles andere auf der Welt wollte er schlafen. Weiter strandauf erschien ihm der Haufen Fackeln wie ein Auge aus Feuer, das hin und her zuckte und in der Schwärze der Nacht verschmolz. Es bewegte sich den Strand hinab zur See hin. Er begann wieder zu laufen. Von Zeit zu Zeit waren Menschenkörper vor der formlosen Glut zu sehen. Die zusammengekrümmte Gestalt in der Mitte war wohl Salvestro. Sie schleppten ihn hinunter zum Wasser. Noch war es nicht zu spät. Näher; er würde fallen, wenn sie ihm Knüppel gegen Beine und Kopf schlügen. Sie würden ihn schlagen, wenn er sich aufrichtete. Jetzt war ihr Geschrei zu hören, wenn auch ohne Echo und dünn auf dem Strand. Dann kam die sehr viel größere Gestalt, auf die er gewartet hatte, der Fackelschein schien sich um sie zu sammeln und zu pulsieren. Er riß sich zusammen und rannte vorwärts, so schnell er nur konnte, die Zehen stießen in groben Kies, die Kehle brannte. Jetzt zerstreuten sich die Fackeln und wirbelten kaum mehr als hundert Schritt vor ihm herum, das Gebrüll wurde lauter und schrumpfte dabei zu Aufheulen und spitzen Schreien. Schneller und schneller rannte er; schneller und schneller und schneller und konnte den Kopf kaum noch aufrecht halten, geradeaus blicken, war blind für den dunklen Pfeiler, der da aus der Nacht heranwirbelte, aus dem Sand hochstieg, wie ein Himmel aus Granit herabstürzte, um ihn zu treffen und mit einem einzigen Hieb zu fällen, der ihn sanft zu streicheln schien, denn er spürte nichts, und der Pfeiler, ein Wahngebilde aus seinem eigenen Mißtrauen, schien zu hartem Fleisch und Gebein geronnen, denn es war Gerhardt, dem er in dem lautlosen Schmettern ihres Zusammenpralls begegnete. Dann begann sein Sturz, der zu dauern und nie zu enden schien.

«Ist er tot?»

«Nein.»

Große Krebse, glühendrot gefärbt wie Fackeln, schoben sich vorbei und glitten durch den schwarzen Sand, sammelten und trennten sich, verschmolzen und schossen dann auseinander. Zwei Monde hingen am Himmel und trugen Gesichter wie die Männer, die sich über ihn beugten. Er war nicht vollständig bewußtlos, wie er da lag.

«Er ist tot.»

«Halt's Maul, Bernardo.»

«Was sollen wir denn mit ihm machen?»

«Schaff ihn von diesem verdammten Strand weg. Uns auch.»

Er war in der andersartigen Dunkelheit der Wälder zu sich gekommen, über Bernardos Schulter geworfen wie ein Sack Fische. Die Schläfe pochte, wo man ihn geschlagen hatte. Mehrmals hatten die beiden Männer angehalten und sich hingekauert und nichts gesagt, bis der Quell ihrer Besorgnis, was immer es sein mochte, vorüber war. Am östlichen Rand des Himmels geiferte und sabberte eine Lichtzunge blau. Hans-Jürgen bat, abgesetzt zu werden. Salvestros Gesicht schwoll übel an, und er zog das linke Bein nach. Sonst schien er nicht verletzt. Das Morgengrauen brach an, als sie das Kloster erreichten. Florian erwartete sie am Tor.

«Wo seid ihr gewesen?» fragte er, sobald sie nahe genug waren.

Hans-Jürgen überhörte die Frage. «Der Abt?» sagte er.

Florian blickte weg. «Vor einer Stunde. Am Ende war es sehr schlimm.» Florian hat ihm die Beichte abgenommen. Hans-Jürgen berührte ihn am Arm. Florian schüttelte sich. «Gerhardt hat sich schon erklärt. Sie sind jetzt alle im Kreuzgang.»

«Vater Jörg?»

«Er nicht. Er ist in der Zelle des Abtes und betet.»

Der Kreuzgang wurde still, als sie hineingingen. Gerhardt zeigte keinen Ausdruck; er beobachtete die vier. Hans-Jürgen bedeutete den anderen stehenzubleiben und ging allein hinüber; der Kreis der Mönche öffnete sich vor ihm, schloß sich hinter ihm wieder. Er fühlte ihre Blicke im Rücken, ihre Kälte. Was hatte Gerhardt aus ihnen herausgesogen? Er erklomm die Stufen.

Jörg kniete neben dem Abt. Er bekreuzigte sich, als Hans-Jürgen eintrat, erhob sich dann.

«Sind unsere Gäste in Sicherheit?»

«Ja.»

«Gut. Dein Gesicht ist zerschlagen.» Der Prior hatte sich verändert, hatte den Moment erreicht, da seine Ziele begriffen werden mochten. Hans-Jürgen stellte sich glatte Kiesel vor, die zu unvorstellbaren Temperaturen erhitzt in der Brust des anderen glühten. «Gerhardt will mich verdrängen, weißt du das?»

Hans-Jürgen nickte. Kurzes Schweigen folgte.

«Es wird ihm nicht gelingen», sagte Pater Jörg abrupt. «Versammle sie im Kapitelhaus. Ich will da zu ihnen reden.»

Hans-Jürgen wandte sich um und ging. Sonnenschein stach in die Wolken, als er den Kreuzgang erreichte. Wieder fixierten ihn die Augen der Mönche, kälter als die von Fischen, und seine Worte schienen in nassem Sand zu versinken, so stumm wurden sie aufgenommen. Aber Gerhardt lächelte; auch sein Augenblick nahte.

Er geleitete seine Anhänger durch die Türen, Verachtung lag unübersehbar auf ihren Gesichtern, als sie an ihm vorüberzogen. Die Kreatur des Priors. Er wollte schreien, daß er das nicht sei, daß er ebenso verwirrt sei wie sie.

Hans-Jürgen schlüpfte hinter ihnen herein und nahm seinen Platz in den Sitzreihen ein. Gerhardts Männer mieden ihn, Gerhardt selbst ging zwischen den Mönchen hin und her, flüsterte drängend, überredend. Die jüngeren Brüder saßen wie auf Kohlen, die älteren wachten mit Adleraugen. Sie begriffen den Vorgang, der hier stattfinden würde. Er sah Florian unter ihnen. Die Grenzen wurden neu abgesteckt, und das Kapitelhaus summte und brummte, als Gerhardts Fraktion anschwoll. Die Raufbolde, draußen zusammengesunken, waren ebenso unerklärlich wie die Inselbewohner, wie des Priors Kritzeleien in eben dieser Halle. Wie der Zusammenbruch der Kirche. Die Brüder verlangten gierig nach Erklärungen. Beeil dich, drängte Hans-Jürgen seinen Prior. Georg blickte mit kaum verhohlener Verachtung zu ihm herüber. Ja, es gab jetzt keinen Zweifel mehr: Er war besudelt, angesteckt, dem Wahnsinn der unergründlichen Ränke ihres Priors anvermählt. Gerhardts gesunder Geist würde für ihn keinen Platz mehr haben. Des Priors Kreatur: Wie war er dazu geworden? Was hatte er sich gedacht, als er über die ganze Insel Gerüchten nachjagte? Er sah hinab auf seinen Schoß; das Geflüster wurde lauter, zweifelnde Zungen liefen schneller. Und dann, ganz plötzlich, trat Schweigen ein. Pater Jörg stand im Eingang.

«Ich sage mit Cyrus vom Hause Gottes, Lasset uns das Haus bauen an der Stätte, da sie opferten, und lasset uns starke Fundamente legen. Will hier einer gegen mich sprechen?»

Schweigen. Ihre Augen folgten ihm, als er trotzig zwischen den Reihen entlangging und sich dann umwandte, um sie wieder anzublicken.

«Ich sage mit dem Herrn zu Jakob, wie es Jesaja sah, zu den Städten von Juda, Seid gebaut! und ihre Verwüstungen richte ich auf. Der von Cyrus sagt, Er ist mein Hirte und soll all meinen Willen vollenden: Selbst zu Jerusalem sagen, Sei gebaut! und zum Tempel: Dein Fundament soll gelegt werden.»

Wieder hielt er inne, und diesmal stand ihm die Frage ins Gesicht geschrieben, als er die Gesichter vor sich musterte. Keiner sprach.

«Heinrich der Löwe hat einst hier gestanden. Hat hier gestanden, sage ich, und eine Kirche geschaut. Und baute die Kirche, die er schaute, auf daß sie Wache über eine Heidenstadt halte. Diese Kirche, meine Brüder. Unsere Kirche, wo wir zusammen gebetet und gearbeitet haben. Das Leben der Israeliten wurde bitter gemacht durch harte Knechtschaft, in Mörtel, in Ziegelstein und in allen Arten von Dienst auf den Feldern: Ich spüre eure Müdigkeit, meine Brüder. Wir haben die Wälder vermessen und die Marschen, sind über die Gestade gestapft und die Felder, sind unter die Menschen gegangen, und es fiel uns wie Schuppen von den Augen. Wir haben das Tuch der Welt entrollt und über diese Wände ausgebreitet, und ob der Anblicke, die wir darin sahen, haben wir uns verwundert und waren oft verwirrt: Ich stehe in eurer Blindheit, meine Brüder. Wollt ihr nun mit mir in meiner stehen?»

Wieder schweifte sein Auge über die ihm zugewandten Gesichter. Hans-Jürgen fühlte sich erröten, als der Blick des Priors über ihn hinstrich. Gerhardts Haupt war Georg zugeneigt, der hinter ihm saß und ihm ins Ohr murmelte. Er nickte unmerklich. Die übrigen Mönche sahen ihn wieder an und blickten dann weg.

«In meiner Blindheit sehe ich eine Stadt aus Türmen, und Glocken darin, und schöne Kirchen unter ihnen», sagte Pater Jörg. «Ich sehe uns in den Straßen, die sich zwischen diesen Kirchen winden. Wir kehren heim, denn dies ist eine ferne Stadt, schwierig zu erreichen. Eine harte Reise liegt vor uns, und doch sind unsere Herzen leicht. Denn unsere Kirche wird wieder hergestellt. Unsere Kirche wird von Maurern aufgebaut und auf ein neues Fundament gesetzt werden. Der Herrscher dieser Stadt hat sie gesandt, unser Geheiß zu befolgen, was mehr ist, als wir allein vermöchten. Sie sind sein Geschenk an uns; sie sind unsre Bittschrift an ihn. Er ist es, den wir suchen müssen. In meiner Blindheit haben wir ihn gefunden. Wir schauen auf diesen Tag zurück und lachen über uns, daß wir je daran gezweifelt haben. Wir vergeben jenen, die am heftigsten gezweifelt haben, und preisen jene, die am wenigsten zweifelten. Ich teile eure Zweifel, meine Brüder, aber die Kirche ist zerbrochen und wird nicht heilen. Wir können nicht bleiben. Wandert in meiner Blindheit mit mir, Brüder.»

Der Prior hielt inne. Seine Haltung hatte sich verändert, seine Worte schienen in dem Schweigen, das folgte, an Gewicht zu gewinnen. Gerhardt brach es. Er stand auf, und die Mönche drehten sich auf ihren Sitzen, um zu sehen, was er sagen würde.

«So eine Stadt und so ein König. Wo sollen wir sie finden, Vater? Wie sollen wir zu ihnen gelangen? Warum sollten sie uns helfen? Unsere Rettung liegt hier. Hier» – er hob die Hände – «und hier» – er wies auf die Mönche – «und hier» – seine Arme flogen hoch, um auf die Insel zu deuten. «Du willst uns auf die Suche nach einem Narrenparadies schicken, wo doch unser eigener Garten der Pflege bedarf, unsere eigenen Wände des Wiederaufbaus bedürfen, unsere eigenen Fundamente der Neulegung.» Unter den Mönchen kam ein Murmeln auf. Einige nickten zu diesen Worten, andere starrten nur. Köpfe wandten sich jetzt Pater Jörg zu, der schärfer sprach.

«Es mag wohl sein, Bruder Gerhardt, daß du zu lange auf Holz und Lehm gestarrt hast. Den Kopf vom einen, die Füße vom anderen, und wenn unsere Kirche in die See stürzt, wirst du dich als höchst vieldeutig erweisen und je nach deinem Willen sowohl treiben als auch sinken. Ich habe dich beobachtet und auf dich gewartet. Ich habe gesehen, wie du dich abgemüht und deinen Schweiß mit der See gemischt hast. Ich habe deine Gerüste versagen und deine Seile reißen sehen, und daher habe ich dich und deine Genossen der Länge und Breite nach über die Insel geschickt, um die Bräuche der Menschen hier kennenzulernen. Ich habe euch von den fremderen Menschen und den ferneren Ländern erzählt, die wir jenseits dieser Ufer finden können. Und ich habe Führer gefunden, uns durch sie zu geleiten ...» Bei dieser Bemerkung begannen die Mönche sich zu regen. Sie blickten einander an, sahen sich dann im Kapitelhaus um, als ob die Männer, nach denen sie suchten, oben in den Dachsparren hockten. Hans-Jürgen sah, wie Gerhardts Gesicht einen Moment sanft wurde, wie ein Hauch von Lächeln darüber glitt, um dann von einem wütenden Starren abgelöst zu werden.

«Die Heiden!» rief er aus. «Er meint die Heiden. Du willst uns von Soldaten und Mördern führen lassen!» Pater Jörg versuchte zu fragen, wen Gerhardt denn sonst vorschlüge, aber die Mönche sprangen auf den Ton ihres Bruders an. Hans-Jürgen hörte, wie man reihauf, reihab durch die Sitzbänke «nein» murmelte, als die Brüder sahen, wie Erschrecken die Gesichter ihrer Gefährten erfüllte. Der Prior redete von Fundamenten, vom Zusammenbruch, von ihrem Untergang, falls sie blieben.

«Allein haben wir weder Mittel noch Hoffnungen», beschwor er sie. «Es gibt nur einen, der uns helfen kann, unsere Kirche auf Fels zu gründen ...» Aber seinen Worten fehlte das frühere Gewicht, und sie jagten schwächlich hinter seiner Zuhörerschaft her. Gerhardt deutete auf ihn und sprach in beißenden Tönen, die durch die Halle dröhnten.

«Ich sage mit Jeremias, Du bist der Trost Israels und sein Nothelfer, warum stellst du dich, als wärest du ein Gast im Lande und ein Fremder, der nur über Nacht darin bleibt. Bist du Retter oder Reisender, Vater? Willst du, daß wir unsere Kirche retten oder verlassen?» Gerhardts Stimme war ein Schrei geworden. Einige der Mönche stampften mit den Füßen auf den Boden. Pater Jörgs Augen flammten, und seine Wangen erglühten.

«Dein Aufstand ist wie Korahs Empörung wider den Propheten, den er allein reisen lassen wollte. Und auch deine heißen Worte sind wie seine, und ich sage mit Moses, Und als er diese Worte hatte alle ausgeredet, zerriß die Erde unter ihnen und tat ihren Mund auf und verschlang sie alle.» Die beiden Männer standen da und starrten einander an. Hans-Jürgen blickte vom einen zum anderen und dann, als sich nach und nach alle um ihn erhoben, begannen die Fragen. Warum sollten sie gehen? Wohin würde ihre Reise sie führen? Was erwartete sie am Ende der Reise?

«Eine Autorität, höher als die meine», erwiderte Pater Jörg. «Ein Heer so groß wie das des Löwen, aber mit Maurerkellen und Spaten bewaffnet, mit Lotleinen und Winkeln ...»

«Mit Narrenkappe und Narrenkleid, mit an Stöcke genagelten Blasen», unterbrach Bruder Gerhardt. «Ihr werdet größere Narren werden, um Narren zu führen, wenn ihr diesem hier folgt.» Sein Hohn war nackt, wurde den Brüdern vorgeführt, die unbehaglich auf ihren Sitzen herumrutschten, ihre Zweifel und Ängste und weitere Fragen hervorknurrten. Die Stunden, die sie in der eiskalten See verbracht und an Gerhardts Seilen und Stämmen gezerrt oder den bodenlosen Sumpf ausgelotet hatten, bis zu den Hüften verkrustet, wenn sie den Hang zur Kirche hinaufstapften, nährten ihr ungläubiges Flüstern. War ihre Mühsal jetzt im Lehm ins Nichts gesunken? Wie sollten Maurer den festen Grund finden, den zu entdecken ihnen selbst nicht gelungen war?

«Die Kirche selbst muß bewegt werden. Stein um Stein, Balken um Balken ...», sagte Pater Jörg flach, und den Mönchen stockte der Atem.

«Warum nicht die Insel?» höhnte Gerhardt. «Baum um Baum, Soden um Soden, oder die See, in der sie liegt, oder die Welt, die du so hübsch an die Wand hinter dir gezeichnet hast?» Die Brüder murmelten ihre Zustimmung, *warum nicht, warum nicht*, und immer noch kamen Fragen, rieselten durch die Reihen und brachen als plötzliche Geräuschgischt durch das allgemeine Gemurmel. Spöttische Fragen und zweifelnde Fragen. Neugierige Fragen.

Natürlich, dachte Hans-Jürgen. Ihre Wanderungen über die Insel hatten nichts mit Bräuchen zu tun, alles mit Neugier. Jenseits des Klosters war die Insel, aber was jenseits der Insel? Er kauerte gekrümmt auf der Sitzbank und lauschte, als die *Warums* der Zweifelnden mit den *Wies* der Neugierigen wetteiferten, warum und wie, warum und wie durch die Reihen der Mönche rannten und stolperten, wie Jörg und Gerhardt durch ihre Parteigänger fochten, aber der Prior verlor. Er konnte es fühlen, hören. Das Gleichgewicht neigte sich, kippte, goß Gewicht hinter Gerhardts Behauptung, daß sie bleiben sollten, und die Fragen wuchsen, weiteten sich aus, vertieften sich und wurden zur Grube, in die sie alle stürzen würden, wenn er jetzt nicht gegen das sich sammelnde Winseln des Zweifels auftrat, das lauter und lauter wurde, bis er stand und hörte, wie eine einzelne klare Stimme durch das Geschwätz schnitt und die Mönche zu einem jähen erwartungsvollen Schweigen schrumpfen ließ, und die Stimme war, wie ihm plötzlich klarwurde, seine eigene.

«Wie?» sagte Bruder Hans-Jürgen. «Durch den Glauben. Und warum? Weil unser Prior es von uns fordert. Ich sage mit Paulus zu den Hebräern, Durch den Glauben ward gehorsam Abraham, da er berufen ward, auszugehen in das Land, das er ererben sollte; und ging aus und wußte nicht, wo er hinkäme. Durch den Glauben ist er ein Fremdling gewesen in dem verheißenen Lande als in einem fremden und wohnte in Hütten mit Isaak und Jakob, den Miterben derselben Verheißung.» Die Mönche hatten sich alle umgedreht, um ihn anzublicken. Er sah, wie sich seine Worte in ihre Gesichter gruben, holte dann Luft und sagte: «Denn er wartete auf eine Stadt, die einen Grund hat, deren Baumeister und Schöpfer Gott ist.»

Die Mönche blickten auf ihre Schöße hinab, alle außer Bruder Gerhardt, der durch das Kapitelhaus auf Bruder Hans-Jürgen starrte und auf dem Gesicht einen Ausdruck unverhohlenen Abscheus trug. Pater Jörg ließ seinen Blick über die Häupter schweifen, die vor ihm gesenkt waren. Die Halle war völlig still. Er dachte an diese Stelle während der Nacht des Zusammenbruchs, und wie er um die Sitzbänke gewandert war und an die Predigt gedacht hatte, die er den Mönchen in der Kirche halten wollte. Es war eine Dunkelheit im Zwielicht, ein fast unhörbares Geräusch in den leisen Schritten seiner Runde. Bald würden die Mönche ihre Andacht beenden und hintereinander herauskommen, um ihre Plätze vor ihm einzunehmen. Aber die splitternden Balken, die Steine, die auf dem Fußboden des Kirchenschiffs zerschellten, der unter ihnen allen wegsackende Lehm ... Er würde zwei Winter brauchen, um sie in dem Moment unter diesem Moment zu finden, aber hier waren sie versammelt, wie sie es zuvor hätten sein sollen. Eine Stadt mit Grund. Hatte Hans-Jürgen irgendwie seine Absicht erraten? Der Mönch stand immer noch aufrecht und funkelte Gerhardt seinen Trotz entgegen.

«Wer will mit mir gehen?» fragte Pater Jörg einfach die vor ihm gebeugten Häupter. Und damit faltete er die Hände vor der Brust, und ohne nach links oder rechts zu schauen ging er langsam durch die Reihen, zur Tür und hinaus in den Kreuzgang.

Einen langen Moment rührte sich niemand. Dann löste Hans-Jürgen den Blick von seinem Gegner und begann, nach draußen zu drängen. Wilf stand auf, um ihn vorbeizulassen, und Wulf, der am Ende der Reihe saß, stand auf und sah Wolf das gleiche tun. Er stieg die Stufen zum Boden hinab, zögerte, als ob er durchaus nicht sicher wäre, angekommen zu sein, und schritt dann weiter zur Tür, gefolgt von Wolf, dann Wilf, und als letztem von allen, der sie schweigend vorwärts drängte, Hans-Jürgen selbst. Es gab eine zweite Pause, und dann folgte die Reihe unter ihnen, dann die Reihe darüber, geführt von Joachim-Heinz. Gerhardt blickte wild um sich.

«Was! Ihr wollt diesen Narren folgen, diesen ...»

Hans-Jürgen fauchte von der Tür her zurück. «Du hast genug gesprochen, Bruder!»

Das Geräusch ließ sie auffahren. Köpfe kamen hoch, und Augen, die blinzelten, als ob sie aus dem Schlaf erwachten, sahen graue Kutten zur Tür schreiten. Auf beiden Seiten der Halle begannen Mönche, sich zu erheben und die Reihen entlangzuschlurfen, um sich der Menge anzuschließen, die sich draußen im Kreuzgang sammelte. Schließlich blieb Gerhardt als einziger übrig.

«Und nun, Bruder Gerhardt», sagte Hans-Jürgen, als der letzte Mann unter seinem Arm durchgegangen war, «willst du bleiben, oder willst du kommen?» Aber diese Frage war schon beantwortet. Er wartete, während der Mönch langsam durch die leere Reihe schlurfte, an den leeren Sitzen vorbei, seine leichten Schritte jetzt verstärkt durch das Echo der verlassenen Halle, bis er ebenfalls seinen Kopf unter Hans-Jürgens Arm beugte und Hans-Jürgen die Tür hinter sich zuzog.

Pater Jörg ging von einem zum anderen, legte seine Hand hier auf eine Schulter, drückte dort eine Hand, murmelte Begrüßungen und begegnete Blicken. Er war ein losgekaufter Kommandeur, wiedervereinigt mit seinen Truppen. Sie stellten sich in einem groben Halbkreis um ihn auf, und hartes kaltes Sonnenlicht fiel auf die Steine des Kreuzgangs. Mit Eintritt der Nacht würden die Pfützen in den Mulden der Pflastersteine erneut gefrieren, jetzt aber waren sie Flächen aus gleißendem Licht und gespiegeltem Himmelsblau. Eine schwere Last schien von den Mönchen genommen zu sein, die gelöst dastanden, sich reckten und blinzelten, sich an ihre Entscheidung gewöhnten. Dann erklang von hinten eine Stimme.

«Vater, um Vergebung.» Eine junge Stimme, und Jörg reckte den Hals, um den Redner ausfindig zu machen. «Hier, Vater.» Es war Heinz-Joachim. Er nickte dem Mönch zu fortzufahren.

«Vater, ich habe mich gefragt, als du von der Stadt der Türme und Kirchen sprachest, der Stadt, zu der wir reisen wollen, da fragte ich mich, welche Stadt das wohl sein mag ...»

«Und ich, Vater, ich habe mich dies auch gefragt», fiel eine zweite Stimme ein. Es war Joachim-Heinz. «Ich fragte mich, wer wohl der König sein wird, den wir anflehen wollen. Vergib mir, Vater, aber wie heißt dieser König?»

Er erinnerte sich an ihr Entsetzen, an das Zusammenkauern auf dem Boden des Kapitelhauses, als die geschlagene Kirche aufbrüllte und ob ihrer Wunden erschauerte. Sie waren aus dem Trümmerhaufen herausgeklettert, aber langsam, waren zitternde Pilger in den Bezirken der Insel geworden, unruhige Schuljungen auf den Bänken, die sie jetzt, um ihm zu folgen, hinter sich gelassen hatten. Er war in ihr Gewand gekleidet, mit ihrem neuen Horizont gekrönt, einem umlaufenden Glorienschein, dessen halbverschatteter Goldrand nach Westen ausgriff über die zerrissenen Marschen und brackigen Lagunen, in den eiskalten schwarzen Atlantik hinaus, nach Osten zu den dünnen Böden der Ebenen und Gebirge, mit Büscheln von kümmerlichem Gras und verdorrten Kiefern, nach Norden, wo der Winter in diesem und dem nächsten Jahr hart sein wird, wo Männer sprachlos vor Entsetzen beim Anblick von Wölfen stehen werden, die die gefrorenen nördlichen Golfe überqueren, während das Eis immer weiter die Uferlinie herabkriecht, bis es selbst die Ufer von Usedom mit Rauhreif bedeckt; bedeutungslos, denn bis dahin werden sie lange gegangen sein, und dieser Augenblick, da Jörg sich umwendet, um seinen Befragern zu antworten, in dem Salvestro, der unbemerkt hinter all den Mönchen sitzt, Bernardo zuflüstert: «Das wird gut werden», wird ein Teil des Wirrwarrs einer Vergangenheit sein, zu der niemand zurückkehren wird, ehe nicht die Eissee zwei weitere Male zu Wasser geworden ist und in der schwachen Wärme des Frühjahrs ächzt und aufbricht, als ob irgendein Tier darunter lebend gefangen wäre. Sie sind Männer ohne Schatten. Ihre Gedanken haben diesen Ort bereits verlassen und jagen vorwärts, überspringen Flüsse, übersteigen Gebirge, durchqueren Ebenen, die sie von ihrem Ziel trennen. Den Mönchen verschlägt es den Atem, als der Herrscher der Stadt genannt wird, und dann gibt ihnen die Stadt selbst die Richtung an. Die Reise zerrt an ihren Füßen. Sie sind ein winziges Heer, nicht mehr als eine Vorhut, die schweigend am Rand der Spitze steht. Die Stadt, um die sie gekommen sind, ist so nahe, nur wenige Faden entfernt, aber vor ihnen liegt das Grau einer salzlosen, gezeitenlosen See, die sie zum Stehen bringt, und die hier zu erbauende Kirche wird aus dieser Abweisung niemals ein endgültiges Ziel machen: Sie müssen weiter. Sie haben den Irrtum des Löwen geerbt, jetzt aber wird dieser Irrtum gutgemacht. Sie werden sich umwenden und zurückstapfen über die Insel, diese schwertlosen Soldaten Christi. Sie werden das Achterwasser überqueren und sich nach Süden wenden, weil das Eis vor langer Zeit eine See freigab und eine Stadt in ihr versank, weil des Löwen Marsch nicht aufgehalten werden konnte und ihre Kirche sich als brüchiges Bollwerk erweisen sollte. Weil sie unbehaust sind, und Vineta sie nicht aufnehmen will.

«Rom», sagte Pater Jörg.

II

Ro-ma

Eine langsame Flut bewegt sich auf die Barrikaden zu. Im Osten hat eine Invasion begonnen. Der Boden ist bereitet, er schaudert und wartet unten. Das Himmelszelt ist aufgespannt und leer, seine Kommandeure sind geflohen. Ein zentraler Pfeiler nimmt Druck aus dem feindlichen Lager: Endlichkeit und Licht fordern Tribut, aber es gibt keine jähe Bresche, keine sichtbare Horde, um die Tore dieser hohen Räume zu überrennen. Gesicker und Stille regieren die offene Herausforderung der Invasoren, und der Himmel ist eine breite, unverteidigte Front. Wolken, die im Einsatzgebiet hängen, könnten Riesen sein, gewaltige Tiere, Schiffe, Werkzeuge Gottes. Die Nacht ist blind und kann das Schwinden ihres Saums nicht sehen. Der Himmel ist zerschnitten, und Engel können die Wunde nicht schließen. Dies ist eine Schlacht ohne Überraschungen: Ein neuer Morgen erhebt sich über der Stadt.

Gottes Antlitz ist aus Licht gemacht. Licht erhebt sich in einer Tangente über der gekrümmten Erde, eine sich sammelnde Woge von Grau wird zu Blau und Gelb und Rosa. Den gesamten östlichen Horizont entlang bricht die Nacht zusammen. Das Vorrücken geschieht umsichtig, aber jeder Widerstand ist verschwunden. Das umzingelte Lager ist verlassen, der schwarze Verteidiger bereits fiebertot und sein Körper vernichtet. Oder irgendwo verborgen, wo das Licht ihn nicht finden kann. Der Himmel ist besetzt, aber hier ist der Körper nirgends. Unbehagliches Licht tränkt das hohe, öde Gewölbe. Die Wolken sind weggebrannt. Leerer Himmel. Die Nacht hat sich verborgen und wartet auf den langsamen Moment, da sie die Niederlage heimzahlen wird. Einstweilen ist sie gesunken und ertrunken. Das Licht kreist und dreht sich. Die Erde ist sichere Zuflucht vor den endlosen Kriegen des Himmels, ein Ort für die Besiegten. Dann bricht sich die Woge, und das Licht steigt herab.

Da ist eine Stadt, eine steinerne purpurne Beule, die aus dem Boden quillt, um dem Eindringling entgegenzutreten. Zernarbte Ziele, Felsen und Vorgebirge steigen in die Luft, als die Gefäße platzen und aus der Erde hochpumpen. Diese Stadt fiel vom Himmel in ein Meer von Dunkelheit; Luft geißelte ihr das Licht von den Knochen. Tausendmal zernarbt und geheilt, sich plagend und nach dem leeren Himmel langend, strömt Dunkelheit von ihren Oberflächen und aus ihren Rissen, die Mauern hinab, durch die Straßen, Sträßchen und Gassen und zu den Toren hinaus. Eine dunkle See läuft aus und flieht. Der Meeresboden ist plötzlich Land, und jetzt berührt das Licht die ersten seiner Vorposten, seine höchsten Spitzen, die alte Hügel sind, übersät mit den Ruinen von Bogen und Türmen: Der Palatin, der Aventin, das Kapitol, der Caelinische, der Esquilinische Hügel, Quirinal und Viminal. Jenseits des Flusses, dessen Biegung die Stadt behaust, taucht der lange Buckel des Ianiculum aus dem Schatten der Erde. Sonnenaufgang.

Sonnenlicht kriecht die Spitze des Torre delle Milizie auf dem Gipfel des Palatin hinab, hinab den Torre dei Conti, die Türme des Lateran, San Pietro in Vincoli, den Senatspalast auf dem Kapitol und San Pietro in Montorio. Die Nacht ist auf dem Rückzug, ergießt sich durch die Kanäle, die die Hügel teilen und betonen wie Felsfinger, von der Flut in scharfen Winkeln abgeschliffen. Kuppeln stoßen in den Himmel, als ob eine zweite, schützende Haut die Stadt in Sicherheit hüllen könnte. Aber die Bastionen sind verloren und wehren nichts ab. Die Haut wird abgestreift. Sonnenlicht reicht tiefer in die geheimen Falten der Stadt, kriecht die östlichen Mauern hinab in die engen Sträßchen und Gäßchen, entdeckt Basiliken und Paläste, rinnt über die rauhe Weide der Piazze und zieht den Nebel aus den sumpfigen Tälern zwischen den Hügeln. Lange Schatten tauchen auf, laufen nach Westen, schrumpfen, als die Sonne höhersteigt und die Stadt eingenommen wird, zu Stein wird, überrannt von den Invasoren. Aus dem Osten Licht. Und nun aus dem Süden eine glühende und durchdringende Hitze.

Der Boden ist von Körpern verstopft: Kadaver und ihre Grabstätten. Die Erde ist schwer von Ölen, die aufbrodeln, als die Hitze sie findet. Die Zirkusse sind Trümmer, und die Bogen, für ältere Triumphe errichtet, sind der Niederlage zum Opfer gefallen. Nun kommen aus der alten vergrabenen Stadt die Überlebenden hervor. Auf dem Pincio schmilzt San Rocco im Halblicht des Dämmers. Ein bronzener Torso plumpst auf den Campo dei Fiori, Pan klettert aus den Ruinen des Satrium, das sich um ihn windet, und Venus verstreut Fischköpfe in der Pescheria. Marforio schwatzt mit Pasquino, und die Kranken sammeln sich bereits um den Quell der Juturna, der eben entsprungen ist und in der magischen Morgenhitze dampft. Gestalten zerren sich in Gruppen aus dem geschmolzenen Boden hervor, und ihr langes Begrabensein ist plötzlich nicht mehr als ein Zwinkern des Sonnenauges und ebenso schnell vergessen. Die Mauer der Scrofa reißt auf, und eine Sau klettert aus den Trümmern ihrer Krypta, ihr Wurf quiekt, ihr schlaffer Bauch schleift durch den Kot der Straße, als sie stumpfsinnig Jagd auf Auguren macht, die diese zweite Gründung hoffnungsvoll willkommen heißen. Jenseits des Campo Marzio finden Unterholz, Kriechpflanzen und Hybride ihre verlassenen Wurzeln und erheben sich wieder im Garten des Sallust.

Die alte Stadt rappelt sich taumelnd hoch, aber mit Wucht löst die Sonne ihr Halblicht auf. Die Nacht hinterläßt Ablagerungen in Rissen und Traufen. Rauchsäulen von den Kalkbrennereien stehen hoch in der stillen Luft über dem Calcaranum. Anschwellende Hitze streicht über die Bezirke Ripa, Sant'Angelo, Parione und Ponte, über den Tiber und durch die Schäbigkeit des Borgo zu den Gärten von Belvedere, wo sich gleich die Panther strecken, erheben, in die Käfige pissen. Ein großer grauer Körper liegt scheinbar leblos im Schatten der Platanen. Hoch über all dem, in der Stanza di Eliodoro im Vatikanpalast, umpeitschen Hitze und Licht des Schläfers unruhige Träume, und ein dicker Körper rührt sich unter der Bettdecke. Das Antlitz Gottes ist gegen die Stadt gepreßt, und der Morgen ist ein heller Weckruf aus Licht, der die Erdarbeiter zu den geplünderten Ruinen auf dem Kapitol ruft, Schlächter und Pferdehändler zum Markt auf der Piazza Navona, Schweinehirten und Fischhändler zum Campo dei Fiori. Fuhrknechte schleppen verwertbare Säulen und Marmorbrocken durch die engen Straßen zu den Kalköfen, Tiberschiffer rudern Wein zu den *sensali* von Ripetta, Müller füttern ihre Inselmühlen, und die Kardinäle schlummern in ihren Palästen. Gastwirte schieben fettfleckige Vorhänge zurück, und in der ganzen Stadt erheben Pilger sich von ihren Betten und Strohsäcken. Mit Travertin verblendete Gebäude glotzen über morastige Höfe. Glaubensstationen geben unterschiedliche Zeichen, um die redlichen Gläubigen die Heiligen Stufen hinaufzutreiben, während ihnen das Blut von den Knien tropft, und die nächste, und die nächste. Ein Kammerherr pocht sachte; ein Fischweib keift einen Juden an. In der Via delle Botteghe Oscure saugen dicke Kalktuffbrocken die Morgenhitze auf, während Raritätenhändler ihre Buden und Stände vor den Werkstätten der Juweliere aufschlagen. Nun steht die Sonne hoch, aber trotz aller Zielstrebigkeit und Geschäftigkeit der erwachenden Stadt hängt ein Hemmnis über den werktäglichen Verrichtungen ihrer Einwohner. Etwas Verborgenes, noch nicht Sichtbares. Sie kommen nicht vom Fleck, tun alles mechanisch. Harren.

Regen im Juni? Jähe Platzregen haben die Stadt in den beiden letzten Tagen durchtränkt, die Plätze in Teiche verwandelt, die Gassen in kleine Nebenflüsse, die in den angeschwollenen Fluß strömen. Pfützen stehen immer noch unter der offenen Trommel von Sankt Peter und auf dem Platz davor. Gegen Norden der Stadt hebt heller Sonnenschein dichten Dunst vom Morast der Piazza del Popolo, wo sich eine kleine Rinderherde auf matschiger Weide herumtreibt; Hufe schmatzen und versinken im Schlamm. Hirten standen in bucklichten Haufen unter der Markise der deutschen Druckerei und sahen zu, wie ihre watenden Schützlinge stumm den Platzregen erduldeten, während das Geprassel die Weide in sumpfigen Schlamm verwandelte, den Schlamm in scheißebefleckte Tümpel, die im folgenden Sonnenschein glänzen und in der Hitze stinken. Verzögerungen waren unvermeidlich.

Während nun die frische Wärme die Pfützen zu salzigen Ablagerungen auf den Pflastersteinen schmilzt und den Schlamm bis zum Dampfen aufheizt, verwandeln sich zwei Hauptstraßen der Stadt von Morast voller Wasser zu Morast voller Menschen. Die Via Lata und die Via Popolo schneiden einen Keil aus der Stadt, um sich an der Piazza zu vereinigen, während intervenierendes Gestrüpp sie weiter hinten in der Stadt auseinanderzwingt und unwirtliches Weideland Viehschuppen, wuchernden Behausungen, Ställen und Scheunen weicht. Pilger, mindere Schreiber und all die wandernden Händler folgen den Hufspuren neugieriger Reiter, die dem Regen trotzten und auf und ab galoppierten, um zu berichten, was sie von der Gesandtschaft vor den Toren erfahren konnten. Zunächst suchen die Zuschauer sorgsam Pfade, um den tiefsten Löchern zu entgehen, aber die Straßen sind bald ruiniert, und die nachfolgenden fluchenden Mengen versinken im Schlamm und waten durch Tümpel stinkenden Wassers. Fliegen wirbeln in Achterbahnen um ihre sich abmühenden Beine, und der aufgefrischte Gestank sorgt von der Porta del Popolo bis ins Herz der Stadt für gerümpfte Nasen: Kuhscheiße und Ziegenpisse und durchdringender Menschenschweiß. Der morastige Platz wird immer voller, und immer noch dauert der Zustrom an. Die da durch den Schlamm stapfen, gehen immer langsamer, bis die

Straßen selbst verstopft sind, die benachbarten Hänge von Menschen starren und die wenigen ärmlichen Häuser, die die Abschnittsgrenzen dieser aufgewühlten Erde markieren, sich füllen und auf Balkone und Säulengänge überquellen, wobei jedermann die Ellbogen einsetzt, um etwas zu sehen zu kriegen. Die ungeduldige Stadt leert sich nach Norden und Westen, gepeinigt von Hitze und Licht. Große Wasserräder peitschen die gelben Gewässer um die Tiberinsel, während Ochsen zusehen, wie ihre Herren sich über den Fluß absetzen und leere Kähne gegen die Piere stoßen. Strohverkäufer und Gastwirte haben ihre Quartiere im Borgo verlassen, Erdarbeiter und Kalkbrenner haben sich aufgemacht und sind dem allgemeinen Drang nach Norden gefolgt durch die überfüllten Straßen und das Durcheinander von Ponte und Parione. Die Banken haben geschlossen. Die Kirchen sind leer. Am Campo Marzio enden Mietskasernen und Bruchbuden, und sonderbare Gebäude stehen in eigenartiger Isolierung zwischen Gestrüpp, wildem Gras und Ruinen. Oder standen. Die Menge auf der fernen Piazza ist bereits angeschwollen und füllt rückwärts die Via Popoli, so daß die Flut der Neugierigen jetzt weiter und weiter von dem Spektakel abgedrängt wird, das sie erwarten. Sie stehen Schulter an Schulter zur Rechten wie zur Linken auf den Abhängen, die schwitzenden Gesichter alle nach Norden gerichtet, von wo die Prozession auftauchen wird, wiewohl sie jetzt nur mehr ihresgleichen sehen, neugierig, erwartungsvoll, in der Ferne verschwimmend.

Petri Stadt plappert in hundert Dialekten, in tausend verärgerten Gesprächen. Vorreiter schreien Pilger an, die sich noch immer durch die engen Sträßchen um Sant'Angelo drängen und sie verstopfen. Die unterschiedlichsten Vorhuten treiben Keile durch Mönche, Gehilfen, Straßenlümmel und Hunde. Aber der Weg ist blockiert, die Gassen, Höfe und düsteren Durchgänge sind wie zugestöpselt und von schlurfenden Körpern verstopft. Wie viele von ihnen wissen eigentlich, wohin sie gehen? Ihr Ärger ist Zusammenhalt genug, ihre schiere Zahl ein unwiderstehlicher Zwang. Die ferne Piazza ist eine wogende Menge römischen Fleisches, Frauen fallen in Ohnmacht, und Kinder werden zertrampelt, alle aber recken die Hälse, um einen Blick zu erhaschen; zur Torruine hin. Die Straßen sind dicht gefüllt, und immer noch speit die Stadt sie vorwärts, Tausende und Tausende werden schwärzer und dichter, bis die nördlichen Distrikte zugeschwemmt sind und die Menge sich rund um die versammelte Bürgerschaft schichtet; eine schwellende Walze aus Körpern quillt nach Parione hinein. Auch Ponte ist bereits gefüllt, und Nachzügler müssen nach Westen ausweichen, weiter zurück in die Wiege der Tiberbiegung, dann hinauf in den Borgo und zur grimmen Front der Engelsburg. Selbst hier ist das Fortkommen mühsam, und das langsame Gerinnen von Pilgern und Geistlichen verhärtet sich. Reiter versuchen, sich einen Weg durch das Gewühl zu erzwingen, schwenken aber mit dem Wogen der Menge vor und zurück, während sie sich mühen, den Ponte Elio zu erreichen, der die Burg mit der Stadt verbindet. Körper bewegen sich unwirsch und träge vor dem Ansturm, dann flinker, als weitere Reiter zu den ersten aufschließen, wetzen schließlich um ihr Leben – eine Phalanx von Pferden drängt ohne Rücksicht auf die verwirrten Pilger und Bettler vorwärts, galoppiert geradewegs zur Brücke, während in ihrer Mitte eine Horde ärgerlicher alter Männer, in Scharlach gewandet, unflätig die Menge und einander anschreit. Vom Balkon der Engelsburg sieht der päpstliche Datar zu und wendet sich dann um, seinem Herrn zu berichten, daß die Kardinäle kommen.

Trompeten und Trommeln im Norden. Die Zuschauer haben gewartet, geschwitzt, wurden übellaunig, haben sich wieder beruhigt, den glühheißen Tag und ihre Nachbarn erduldet, doch jetzt scheint ihre Geduld bald belohnt zu werden. Klatschfetzen sind durch die Menge geflogen. Das berüchtigte Tier ragt hoch auf wie ein Haus, frißt nur Austern und trinkt das Blut von Jungfrauen. Gejohle und Gedröhne vor dem Tor läßt sie die Köpfe wenden, bis die ganze Piazza ihr Augenmerk auf die Bresche in der Stadtmauer gerichtet hat. Jetzt sind sie leise und die Trompeten lauter. Bald erscheinen die ersten der Trommler, und ihnen folgt zu Pferde ein bärtiger Mann, sehr aufrecht im Sattel, ohne die gaffenden Zuschauer zu beachten. Mehr Trommler und Trompeter, und mehr Männer zu Pferde, zu viert nebeneinander, zu fünfzig hintereinander. Ein wundersamer Durchgang öffnet sich vor ihnen und scheint sie fortzuziehen, aber nicht dieser Marschierer und Reiter wegen hat die Menge gewartet. Johlen, Marschieren, Gedröhne: Sie sind für den Gaumen der Stadt reizlos geworden. Bröckelnde Gipsbogen und zerfetzte Wimpel markieren noch immer den jüngsten *possesso* des Medici-Papstes. Zertrümmerte, verlassene Wagen verschandeln die Höfe, und tote Echos von *Palle! Palle!* besudeln die Mauern. Rom ist an Karnevals- und Triumphzüge gewöhnt; heute aber drängeln sich seine Bürger und mühen sich um einen Blick. Ein neuer Hunger wird genährt, ein weiter Schlund klafft in der Piazza und Via Popolo auf, und durch diesen vollgepreßten unmöglichen Korridor rückt die prächtige Gesandtschaft in regelmäßigen weiträumigen Reihen vor. Die Menge vergißt Unbequemlichkeit und Ungeduld. Wartende Zuschauer hören flüchtigen Beifall von weiter hinten, der langsam erstirbt und durch unheimliches Schweigen ersetzt wird. Trompeter, Trommler, livrierte Reiter sind ein notwendiges Vorspiel, mehr nicht. Zänkische Nachbarn werden ruhiger und friedlicher, Erwartung leert die vollgepackte Straße, und nun wagen sich nur noch Hunde in diesen üppigen Freiraum. Jedermann wartet.

Selbst der Papst. In der Mitte der Loggia der Engelsburg sitzend, die Kardinäle zur Linken und zur Rechten, die Botschafter hinter sich, überblickt der Diener aller Diener Gottes die Menge unten. Sie blickt erwidernd nach oben. Der Papst erscheint auf seinem kleinen Podium ruhig und gefaßt. Die ihn flankierenden Kardinäle sind ruheloser, vielleicht beunruhigt durch das verheißene Schauspiel. Auch ist Warten ihnen unbekannt; vielleicht verunsichert es sie gar. Ihre Schreiber warten, ihre Dienerschaft wartet. Kardinäle warten nicht, es sei denn auf den Papst. Und der Papst ist ruhig, oder erscheint so. Die Kardinäle sind beruhigt. Sie pressen sich Duftsträußchen an die Gesichter, schlagen nach Insekten, rutschen auf ihren Stühlen hin und her. Auf der Treppe mustern ihre Beamten einander und wetteifern um den Vortritt. Kardinal Armellinis Männer halten die obersten Stufen besetzt, als inoffizieller Grenzposten. Unglückliche Diener, die Tabletts mit Süßigkeiten und Silberbecher mit Wein schleppen, haben zeternd ihre Zugehörigkeit zu den Kardinälen Riario, Grimani, Soderini, Vigerio, Della Rovere, Del Monte, Accolte, De Grassis, Sauli, de Aragona, Cornaro, Farnese, Gonzaga, Petrucci, Remolino, Serra, Challand, Schinner, Bakócz und Bainbridge bekundet. Es sind eingeschüchterte, unwirsche Bedienstete, die Armellinis Raufbolde erreichen und sich mit dezimierten Beständen durchschlagen, um die durstigen Kirchenfürsten zu bedienen. Ein Konklave ist hier versammelt, um das schwerfällige Symbol zu küren, das aus dem Norden naht. Der Papst ist beherrscht, ein Vorbild an Geduld. Die Menge unten ist sich selbst überlassen. Zwischen beiden flehen die Kardinäle Gottes Segen auf die unsichtbare Gesandtschaft herab. Sie hören schwachen Beifall und danach ein unergründliches Schweigen.

Zäher Tiberschlamm, an den Pieren von Ripa festgebacken, erzählt von einander folgenden, sich überlappenden Wellenschlägen, steigenden Wasserspiegeln und späteren Rückzügen, die ihre Ablagerungen an den Rändern der Stadt hinterließen. Im Zentrum ist eine Quelle entsprungen und bewegt sich die Scrofa entlang, aber Geräusch hinterläßt keine Ablagerung und Schweigen keine Markierung. Überspringender Beifall ist eine luftige Vorhut, die unter dem Stiefel der Sonne leicht zerbricht. Morgen wird von alledem nichts bleiben als Kneipenklatsch und Lügen. Die schmucken Reihen von Fußsoldaten werden tausend Scipios sein oder zerlumpte Bergbewohner; beturbante Wächter werden gefangene Könige sein oder Monster mit hausgroßen Köpfen. Die Prozession wird sich in der Hitze blähen oder zu einer verhutzelten Frucht schrumpfen oder sich in etwas ganz anderes verwandeln, etwas selteneres. Die eigenartigen, schwindenden Beifallsrufe schicken diese Geister in die Stadt, in der leere Räume darauf warten, gefüllt zu werden: wandernde, schwellende, schrumpfende Massen, neue Farben. Die Gesandtschaft naht in überlappenden Wellen; eine folgt der anderen und sickert in ausgedörrte Sände, verschwindet, vermischt sich, sinkt unter die Oberfläche. Der Appetit der Menge saugt das Schauspiel auf wie trockener Staub, der sich besudelt, sich auflöst und verschmilzt. Eine neue Mischung wird unter der Sonne hartgebacken. Ihre Körper sind starre Gestalten, um den vom Tier verlassenen Pfad gruppiert, gebannt vom leeren Raum, den seine massige Gestalt eben noch erfüllt hat. Nichts ist zu sehen, und doch schauen sie immer noch hin. Es sind andere Menschen, verändert oder bereit für eine Veränderung.

Hier auf dem Balkon der Engelsburg mit dem Gewimmel der Kardinäle und dem Papst in ihrer Mitte; jetzt, da aus erwartungsvoller Aufgeregtheit bloßes Warten geworden, bevor die Gesandtschaft der Portugalesen eingetroffen ist, flappen und wehen scharlachrote Gewänder wie Banner über der Menge, glitzern Becher in der Sonne, während der Bischof von Rom in seiner Gelassenheit still dasitzt. Die Minuten ticken vorüber, und das Gebrabbel und Geplänkel der Prälaten wird ruhiger und erstirbt schließlich. Der Papst sitzt geduldig da. Seine Kardinäle bemühen sich, es ihm gleichzutun. Aber ihr Schweigen ist unruhig, ihr Gelärme nur unterdrückt. Ihr Papst, das wissen sie, sollte jetzt zetern und ungeduldig sein. Sein Schweigen ist ein Zeichen, das sie nachäffen, ohne es zu begreifen. Er scheint sie kaum wahrzunehmen, blickt gelassen über das Gedränge da unten, über den Wirrwarr der Dächer, das unendliche Himmelszelt, während ferne Trompeten dünn ertönen, als die Prozession sich dem Borgo nähert.

Trommelschlagen in der Via Recta, vorbei an der Piazza Navona und dem Turm der Sanguigna. Hochrufe und die gleiche nachfolgende Stille strömen an der Gesandtschaft vorbei, als diese den niedrigen Hügel des Monte Giordano passiert. Musiker und Vorreiter, der Botschafter und seine Leibwache scheinen zu verschwinden, als ihr Schützling langsam in Sicht kommt. Weiter ziehen sie, ausgesetzt der Stille und Blindheit der Menge, zum Canale di Ponte, wo Flutmarken sonderbare Küsten an die Mauern zeichnen. Sie können den Fluß riechen und die Piazza sehen und hinter sich das Tier spüren, das die Stadt zum Verstummen gebracht hat und sie dem Papst zutreibt, einem weißen Punkt inmitten des Rots seiner Kardinäle; makellos auf dem Balkon.

Säulengänge und Treppenhäuser drängen sich über der Straße zusammen und werfen tintige Schatten, so daß der Papst nur undeutliche Bewegungen wahrnimmt, vielleicht das Nahen von Herolden; er kann es nicht genau erkennen. Eine zweite Piazza schwillt an und ergießt sich in die erste, als die Leute zurückströmen. Trompeten glitzern im Düstern, wenn vereinzelte Sonnenstrahlen die Straße treffen; die Trommeln werden lauter. Ein Mann zu Pferde erscheint, und Vorreiter, und Männer marschieren in langen Reihen hinter ihnen. Die Kardinäle beobachten ihn, warten auf seine Reaktion. Sie blicken über die Piazza hin, dann schnell zurück. Trommler, Trompeter, Reiter, Fußtruppen: die Gesandtschaft zieht sich über die ganze Länge des Platzes und ist immer noch nicht zu Ende. Er zwinkert im grellen Licht, seine Geduld verebbt schneller. Er möchte die Prozession vorwärtsdrängen. Eine Gestalt bewegt sich schwankend unter überhängenden Häusern. Geschmeidige Geschöpfe, von Männern mit Turbanen an Ketten geführt, gehen ihr voraus und betonen ihre Größe, ihre Masse. Die Schatten schwinden, und er kann die Blicke seiner Kardinäle spüren. Er rutscht unruhig auf seinem Sitz herum, kann nicht stillhalten, möchte, kann nicht. Das Tier kommt aus dem dunklen Korridor heraus, und die Augen des Papstes weiten sich. Es bleibt im jähen Sonnenlicht stehen und reckt den Kopf himmelwärts. Der Papst erhebt sich und streckt die Arme aus, als wolle er beifällig klatschen. Aber der Moment dehnt sich, und seine Hände sind erstarrt, der Mund halb geöffnet wie zum Sprechen, die Augen tief in den Höhlen. Er ist in einem unbestimmten Raum gefangen, seine Miene unentschieden. Die Kardinäle starren ihn von beiden Seiten an. Das Tier wartet. Der Papst aber steckt fest zwischen glücklichem Wiedererkennen und Unbehagen. Er sieht sich, wie er vor allen dasteht, wie er sich ihrer Spottsucht preisgibt. Er ist ein Trottel in weißem Gewand. Er kann sich nicht entscheiden. Die Menge ist stumm, wartet. Er bleibt still, während die Zeit vergeht; der Sand rinnt ihm durch die Finger, verebbt, verfällt. Er ist hilflos. Weit unten rührt sich, flankiert von der Eskorte und schweigenden Zuschauern, das Tier, und die Portugiesen teilen sich vor seinem watschelnden, schwankenden Gang. Der Papst blickt hinab in den stillen Nachmittag. Rote, schwitzende Gesichter verschwimmen und verschmelzen. Livreen aus Grün und Grau. Er ist erstarrt und sieht, wie sich das Tier auf ihn zubewegt.

Und er sagt zu ihnen, Wer aber, sagen die Menschen, bin ich?

Und er sagt zu ihnen, Wer aber, sagt Ihr, bin ich?

In der Nacht vor seiner Geburt springt ein Tier in den Traum von Clarissa Orsini. Sie wird sich eines großen und zahmen Löwen erinnern. Solche Tiere finden sich im Muster ihres Bettbaldachins. Sie hat dagelegen und sie endlose Tage hindurch angestarrt. Aber der Löwe ihrer Träume ist schwerer, mächtiger, sein Kopf massiger als jene dekorativen Figuren, die da oben vor den hetzenden Jägern fliehen. Er schreitet vor ihr, der Schweif peitscht die Luft. Die gelben Augen sind auf sie gerichtet, und die Zunge hängt schlaff aus dem Maul. Die schlafende Herzogin schlingt die Arme um ihren Bauch. Der Löwe schreitet vor und zurück, die schweren Tatzen schlagen dumpf auf den Boden, er dreht sich leicht auf den Hinterläufen, und die ganze Zeit beobachten seine Augen sie erwartungsvoll. Sie hat keine Angst. Er mag ihr Kerkermeister sein oder ihr Hüter oder das Omen, das sie die letzten Monate gesucht haben. Sie weiß es nicht und kann nicht fragen, denn ihr Traum ist stumm. Der Löwe bleibt stehen. Die Herzogin bewegt sich vorwärts. Der Löwe wendet sich um, und sie möchte ihm folgen, aber ihr Bauch ist groß und gespannt wie eine Trommel. Der Löwe beginnt zu laufen, und sie versucht, sich zu erheben. Eine Hand hält sie zurück. Andere Hände drücken ihr mit kaltem Wasser getränkte Tücher auf Stirn und Wangen. Die Mägde schnattern, und das Gesicht der Hebamme ist riesengroß über ihrem. Löwen führen Jäger in den dunklen Wald, in dem blaue Vögel die Bäume bevölkern. Schnelle Anfälle packen ihren Leib und lassen ihn wieder los. Schon sind die Bettlaken durchtränkt. Plötzlich keucht sie, völlig erwacht. Das Fruchtwasser ist ausgeströmt. Die Hebamme nimmt ihre Hand.

«Ich habe von einem Löwen geträumt», sagt die Herzogin.
«Dann wird das Kind stark werden», erzählt ihr die Frau.
Man wird ihm diese Geschichte oft erzählen.

Und du bist der, den deine Brüder preisen werden. Löwenjunges und alter Löwe. Wer soll ihn aufwecken?

Im Bett, noch ausgestreckt, aber wach, erwägt der Papst die blauen Vögel in den Bäumen, die seinen Betthimmel umsäumen. Punkte von Sonnenlicht stechen die Täfelung des Schlafzimmers. Bären und Hirsche und Hunde sind neben Tieren mit ragenden Hälsen, langen gekräuselten Zungen und Zähnen abgebildet. Bizarre Tiere säumen die Szene: derbe Einhörner, Greife, Basilisken. Von Trauer erfüllte Löwen drängen sich um einen Orangenbaum, und andere Löwen führen in die ferne Ecke. Das Nilpferd erheitert ihn.

Jeden Morgen erwacht er zur Parade der Tiere. Nachlässige Künstler haben den Gobelin gearbeitet; die Stickerei ist recht gewöhnlich. Aus der Kindheit erinnert er sich an grelles Rot und Blau. Jetzt mühen sich Rost und blasses Hellblau aus der grauen Morgendämmerung. Die Tiere verblassen. Die Vögel behalten das Kobalt ihrer ersten Federn bei, aber das prächtige Nilpferd ist kaum noch sichtbar und wird mit jedem neuen Tag farbloser. Sein Blick schweift über die Szene. Jedem der Medici sein Tier. Pflichtbewußt ist er des Traumes seiner Mutter eingedenk geblieben. Er hat dem Löwen die Treue gehalten, wie sein Vater der Giraffe, aber die Verwandtschaft war nie mit Gefühl verbunden. Die großen grauen Wiederkäuer bieten seiner Zuneigung einen besseren Halt. Der Papst fühlt sich zur Massigkeit hingezogen.

Nero ließ die ersten Christen in Löwenfelle wickeln und die Tiere im Zirkus los. Petri Obelisk wird sich im Borgo erheben, wenn Petrus längst Staub ist. Löwen tappen dem Papst durch den Sinn. Erinnerungen an Löwen umkreisen das schaudernde Fleisch, und auf der Spitze des Obelisken sitzt eine bronzene Weltkugel. Christen schwitzen und beten in den stickigen Fellen, die Sonne bricht über der höchsten Sitzreihe durch, und die Weltkugel erflammt im Licht. Die Asche Caesars ruht noch in ihrer Urne, als die flammende Kugel die Tiere anzieht, die mit offenen Kiefern vorwärtsstürzen, und das Fleisch ist so weich, ein blutgefüllter Schwamm. Der Zirkus huldigt dem unwürdigen Jünger. Blut tränkt den Sand. Löwen schleichen im Schatten, und hinter jenen ersten Märtyrern warten Tausende mit leuchtenden Gesichtern und wilden Augen und blicken über das Abbild des Erdballs und das Abbild der Sonne in den grenzenlosen Himmel. Sie wissen, Gottes Antlitz ist aus Licht gemacht. Im Morgengrauen werden auch sie die Arena füllen und ihre Gesichter gegen Seines pressen. Klauen und Zähne werden ihr Fleisch zerreißen. Blut im Sand und verkrustet um das Maul des Löwen, das ist das Kennzeichen des Glaubens. Der unwürdige Petrus spürt, wie sich sein Kopf füllt und pocht, bis er über dem Boden platzen muß. Seine Füße weisen gen Himmel. Kein Löwe wird ihn vom Kreuz abschneiden und dem Todeskampf entfliehen lassen. Glaube ist tödlich, ein Gewicht aus Blut. Kein Löwe kann den Papst befreien. Seine Mutter hat von einem Tier geträumt, und sie nannte das Tier Löwe. Der Papst starrt in den Betthimmel. Blaue Vögel, Einhörner, Löwen, das prächtige Nilpferd ... Ja, denkt er, ihr Traum war zutreffend. Das war das Vorzeichen. Aber kein Löwe hat mich auf den Thron Petri gesetzt; und kein Löwe wird mich dort halten. Ein anderes, weniger auffälliges Tier ist für mich bestimmt. Massiger. Grauer.

Er ist drei Jahre alt, und die Pazzi wollen seinen Vater töten. Montesecco nimmt Lorenzo in die Kathedrale mit; Franceschino und Bandini seinen Bruder. Lorenzo wehrt den Dolch ab und rennt zur Sakristei, während ihm Blut von der Kehle tropft. Bruder Giuliano tränkt den Boden, schon gestorben beim Tumult in der Kirche. Poliziano versperrt die Tür, und Ridolfi saugt die Wunde nach Gift aus. Die Meuchelmörder flüchten mit der in Panik geratenen Gemeinde. Die Straßen sind schon in Aufruhr. Eine Stunde später wendet sich Lorenzo vom Balkon des Medici-Palastes an die Menschen: «Mein Volk, ich empfehle mich in Eure Hände. Bewahrt Ruhe. Laßt die Gerechtigkeit ihren Lauf nehmen ...»

«Schleppt sie an den Ohren raus», weist Petrucci seine Männer an. Salviati wird vorwärts gezerrt. Petrucci reißt ihn an den Haaren hoch, um ihm ins Gesicht zu spucken. Die Soldaten befördern Franceschino mit Tritten über den Fußboden. Er hält gebrochene Finger hoch. Beide Männer flehen inständig, als die Seile hervorgeholt werden. Franceschino pißt sich in die Hosen.

«Das Fenster», deutet Petrucci. Die Seile werden befestigt, und die Verschwörer zappeln und brüllen nun ernsthaft. Die Hiebe und Tritte der Soldaten scheinen keine Wirkung zu haben. Beide schreien furchtbar, als sie zum Fensterflügel geschleppt werden.

«Schmeißt sie raus», befiehlt Petrucci. Die Seile zucken länger als üblich, und als er auf die Leichen hinabschaut, sieht er Salviatis Zähne in den Nacken seines Genossen gegraben. Bis zum Ende der Woche wurden siebzig Verräter erwürgt und an den Füßen von den Mauern des Herrscherpalastes gehängt. Jacopo Pazzi wurde gefaßt, zurückgebracht, gefoltert, gehängt. Kleine Jungen graben seinen Leichnam aus und schleifen ihn am Hals durch die Straßen zur Rubiconte-Brücke. Der Arno trägt ihn, im Wasser treibend mit dem Gesicht nach oben, den ganzen Weg nach Brozzi. Er wurde mit Schmutz von Brücken bis nach Pisa beworfen – noch immer treibend, obwohl das Gesicht halb aufgefressen ist. Die Florentiner sagen, Jacopo habe nach dem Teufel gerufen, aber der Teufel habe ihn nicht haben wollen. Lorenzo schickt Giovanni und Giulio ins Kloster nach Camaldoli. Sie sind Vettern, noch Kinder. Medicis.

Und auf diesen Felsen will ich meine Kirche bauen; und die Pforten der Hölle sollen sie nicht überwinden. Petri Blut und Knochen sacken in ihrem Körpersack, der an den Füßen in Neros Zirkus aufgehängt ist.

Delfinio beobachtet schweigend aus einem oberen Fenster, wie der Abt von Passignano und der Prior von Capua gemeinsam in den Gärten lustwandeln. Die beiden sind ins Gespräch vertieft, feierliche Gestalten, die Köpfe nach vorne geneigt, und sie nicken von Zeit zu Zeit, wenn etwas abgeschlossen ist. Delfinio sieht sie mit geheimer Befriedigung. Der Abt bleibt stehen, wendet sich um, und Delfinio zieht sich schleunigst zurück. Er kann des Priors schrille Stimme hören, aber die Worte sind ein wirres Gemenge. Seine Ohren scheinen schneller zu altern als der Rest. Die Stimme des Abtes ist ein wenig tiefer. Vielleicht sind sie wieder in einer Disputation. Vielleicht ist ihre Freundschaft so fest, wie sie erscheint. Er wartet, daß sie fortfahren, bevor er wieder hinschaut. Der Garten des Klosters grenzt an einen Obstgarten. Dahinter grasen friedliche Kühe auf einer Weide, die dem Hang des Hügels folgt, auf dem das Kloster steht. Die beiden haben den Garten bereits hinter sich gelassen. Jetzt wandern sie durch den Obstgarten. Ihre Unterhaltung scheint kontrovers geworden zu sein. Ihre Gesten sind energischer. Während Delfinio zuschaut, holt der Abt plötzlich aus und versetzt dem Prior von Capua einen Schlag an den Kopf. Delfinio wendet sich schnell zur Treppe. Vom Kloster aus sieht er die beiden zwischen den Apfelbäumen rennen. Er ruft, aber sie nehmen keine Notiz. Der Prior von Capua flieht, der Abt verfolgt ihn. Delfinio rafft seine Soutane und eilt durch den Garten. Verfaulte Äpfel platzen unter seinen Füßen. Kühe muhen auf dem fernen Feld, und die Schreie des Priors von Capua werden lauter. Plötzlich bleiben sie stehen. Delfinio hat den Obstgarten verlassen und sieht im Feld dahinter den Abt auf dem Prior sitzen. Delfinio verdoppelt seine Anstrengungen. Die Arme des Abtes sind bis zu den Ellbogen voller Dreck. Besorgte Kühe beobachten, wie der Abt von Passignano Kuhscheiße ins Gesicht des Priors von Capua reibt.

«Idioten!» Delfinio gibt dem Abt Backpfeifen, bis der so laut schreit wie der Prior, und macht dann weiter, bis er wieder aufhört.

«Giulio ist schuld!» kreischt der Abt.

«Giovanni hat angefangen!» jammert der Prior. Delfinio beginnt, dem Jungen die Kuhscheiße aus dem Gesicht zu kratzen. «Giovanni war's!»

«Haltet den Mund!» befiehlt Delfinio den beiden scharf. Sie marschieren schweigend zurück zum Kloster.

«Giulio sagt, ich kann nie Papst werden. Er sagt, mein Kopf ist zu groß ...» Delfinio langt Giulio eine.

«Zu leer», sagt er, denkt: zu voll. Und viel zu früh. Piero ist schon in Rom und setzt sich für seinen Bruder ein. Der Abt von Passignano ist zwölf Jahre alt. Der Prior gerade neun.

Jetzt werden vor seinem Fenster die Stare piepsen. Die Luft wird immer noch dumpfig vom Tibergeruch sein, den offenbar nur die glühendste Mittagshitze vertreiben kann. Der Borgo mißgönnt dem Morgen das Sonnenlicht. Die Luft ist drückend und hängt zwischen Basiliken und Palästen, tropfenden Mauern und bröckelnden Türmen, bis die Prälaten keuchen und ihre Dienerschaft schwefligen Atem aus den Lungen hustet. Die Stadt erstickt an den eigenen Ausdünstungen, und die erschöpfte Campagna, die sie umgibt, ist tote Weide gegenüber den üppigen Wiesen von Camaldoli. Der Papst erinnert sich noch gut an den Geruch von Kuhscheiße. Schwach süßlich. In Rom riecht die Kuhscheiße schon alt, wenn sie aus den Tieren hervorquillt. Sie grasen alte Weiden ab, atmen alte Luft. Ihre Haut hängt schlotternd am Knochen, wenn sie stumpfsinnig über den Campo dei Fiori wandern. Ob Giulio sich erinnert? Delfinio? Plötzlich packt eine Faust aus Eisen seine Innereien. Er umklammert seinen Magen, während ein Furz sich den Weg durch seine Eingeweide brennt. Die geheime Wunde schmerzt, dann läßt es nach. Und natürlich war es wahr, damals wie heute. Sein Kopf ist etwas zu groß für seinen Körper. Eine Frage der Proportion. Und seine Arme sind reichlich dünn. Er war nie zum Krieger bestimmt, wie er da mit Delfinio und Justinian abgeschieden im Kloster aufgezogen wurde. Priester, Abt, Bischof. Niemals sein Bruder. Immer, und zuletzt Kardinal.

Piero!

O Piero, denkt der dösende Papst, du bist immer ein Narr gewesen. Sogar im Tode …

Das Deck der überladenen Barke schwankt in einer kabbeligen Dünung hin und her. Ein vorgestellter Piero zieht die Zügel seines Pferdes straffer. Paolo Orsini beobachtet vom Heck aus, wie ihr zurückgelassenes Gefolge am Ufer herumirrt. Córdoba und die Spanier werden den Fluß bei Sonnenuntergang erreichen. Die Kanonen zerren an ihren Seilen. Der Garigliano ist im Dezember angeschwollen. Eine starke Strömung reißt das Fahrzeug flußab, Balken knirschen unter den verrutschenden Kanonen, den Pferden, den Männern und ihren Waffen. Der Bug der Barke schwingt herum, und Piero sieht das Gegenufer weggleiten. Das Boot dreht sich mitten im Strom, und die Männer kämpfen mit dem Steuerruder. Eine Welle klatscht gegen die Seite, dann eine weitere.

«Piero!»

Die Verhandlungen wurden hinausgezögert, die offizielle Amtsübernahme aufgeschoben, aber zum Schluß kriegte Lorenzo seinen Willen.

«Piero!»

Jetzt hat er ihn gesehen, hell in der Helle der frühen Jahre, bevor der Garigliano ihn wegnahm, der ältere Bruder Piero an der Spitze seines Gefolges rittlings auf einem massigen, tückischen Hengst mit goldener Schabracke. Sein Gefolge ist eine lockere und schwatzende Phalanx von Freunden, die einander herben Wein reichen. Giovanni winkt von der Brücke in Mugnone. Das Kardinalsamt gehörte ihm mit dreizehn, mit einem von Innozenz verfügten Aufschub – Lorenzo nannte ihn insgeheim «das zaudernde Kaninchen», später «der Überredete», schließlich «der Edelmütige». Drei Jahre sind verronnen, und Giovanni ist endlich bereit. Rüpel, denkt Delfinio, als die Pferde näher kommen. Pieros Getreue, denkt sein Bruder. Der Hengst stampft den Rasen, als Piero ihn grüßt.

«Ruhe!» brüllt der Reiter den Pöbel hinter sich an. «Erweist dem Kardinal euren Respekt.» Er grinst seinen jüngeren Bruder an. An einem Tag feierlicher Prozeduren ist Pieros Ankunft eine unübertreffliche Überraschung. Er wendet sich entzückt Delfinio zu.

«Jetzt kann Piero mit uns reiten», sagt er seinem Mentor.

«Ich fürchte nein», erwidert Delfinio. «Dein Bruder hat dringendere Aufträge, Giovanni.» Die Reiter blockieren die Straße auf dreißig Meter oder mehr. «Die Vereinbarungen können zu dieser späten Stunde nicht mehr geändert werden.» Delfinios Benehmen ist die Demut selbst. Pieros Gesicht ist ein Sturm.

«Ist das so?» Seine Stimme ist plötzlich voller Verachtung, das Pferd kreiselt bereits und beginnt, gegen die Rösser hinter sich zu keilen, als Piero sich einen Weg mitten hindurch erzwingt. Die anderen Reiter drängeln sich, um zu wenden und ihrem Führer zu folgen. Im nächsten Augenblick ist die Straße ein Chaos. Giovanni ruft hinter dem Bruder her, aber die donnernden Hufe überdröhnen ihn, und Piero ist hinter seinem hetzenden Gefolge verschwunden.

«Heute erlangst du den Kardinalshut», erinnert ihn Delfinio.

«Du magst Piero nicht», fordert Giovanni den alten Mann heraus. «Warum?»

«Wir sind schon zu spät», sagt Delfinio.

An jenem Abend zischt ein Feuerwerk in der klammen Luft über Fiesole. Die Dezemberluft ist schwer von Feuchtigkeit. An der Festtafel, vom Abt begleitet, der ihn mit Mantel, Kappe und Hut bekleidet hat, und seinem alternden Mentor Delfinio, beobachtet Giovanni, wie die Musiker beim unruhigen Licht der Freudenfeuer aufspielen. Die Amtseinsetzung ist vollendet. Er dreht sich um und stellt Delfinio noch einmal die gleiche Frage und wird erneut abgewiesen.

«Jetzt bin ich Kardinal», sagt er zu seinem Mentor. «Bitte beantworte meine Frage.» Delfinio seufzt und faltet die Hände im Schoß.

Und Pieros Barke rollt und giert, völlig außer Kontrolle, immer noch Jahre entfernt. Piero klammert sich an sein Pferd, als der Fluß sie herumwirbelt. Die Kanonen sind zu schwer, und jetzt ist es zu spät, sie loszuschneiden. Der Fluß bricht über die Dollborde herein, und Pieros Pferd reißt sich los, schlägt aus und stürzt, schlittert dann das Deck hinab und geht über Bord. Einmal noch hebt sich der Kopf, dann sinkt er unter die Oberfläche. Das Boot liegt immer tiefer im Wasser. Sie sinken. Schon springen Männer vom Fahrzeug und schwimmen zum Land, aber die Strömung ist stark. Er sieht sich nach Paolo um, aber sein Gefährte ist verschwunden. Wasser wirbelt ihm um die Füße. Der Bug des Bootes gräbt sich in den Fluß und will nicht wieder auftauchen. Piero blickt über die Seite, schnallt sein Schwert ab und springt.

«Er ist ein Narr», erzählt Delfinio seinem jungen Herrn an jenem Abend in Fiesole. «Und ein Narr wird Unheil über die Medici bringen.» Giovanni verfärbt sich, sagt aber nichts. Delfinio weiß, daß ein kindliches Band zerrissen wird. Nicht einmal ein Kardinal kann die Wahrheit vergeben.

Er stolpert zum Fenster, reibt sich die Augen, zieht dann die Vorhänge zurück. Der Fluß führte Hochwasser; Pieros Leiche wurde niemals gefunden. Petrus, Piero, der wimmernde Mönch in Florenz: alle heilige Narren. Sonnenlicht stürzt herein und durchflutet das Zimmer. Bald wird Ghiberti kommen und sanft an die Tür klopfen. Der Papst beginnt sich anzukleiden. Noch mag er nicht auf die Gärten des Belvedere blicken. Petrus zwischen den Obelisken, der Mönch auf seinem Scheiterhaufen, Piero nach dem Fiasko von Gaeta im Wasser. Das Unheil, von dem Delfinio vor all den Jahren gesprochen hatte, war bereits über sie gekommen. Lorenzo tot, Piero hatte den Tod noch vor sich. Florenz an die Soderini verloren. Die Tage, an denen Loyalisten Balkone füllten und für die Medici *Palle! Palle!* schrien, lagen ein Zeitalter zurück. Er sah die letzten Tage vor sich, die Meuchler brachen die Türen nieder, die eigene Dienerschaft plünderte die Hallen, der Mob verschlang seine Herren. In Kutte und Habit mischte er sich unter die Bestie, roch ihren Schweiß, sah sie in den Palästen zu Careggi und in der Via Lara fressen. Die Pferde warteten an der Porta San Gallo auf ihn, Piero und Giuliano waren schon über die Straße nach Bologna geflohen. Einen halben Tagesritt hinter seinen Brüdern wandte Giovanni sein Pferd nach Süden, nach Rom.

Vielleicht ist auch dies ein böses Omen: Rom empfängt ihn immer mit Regen. Allein bis auf die Pferdeknechte betritt er die Stadt durch die Porta del Popolo. Die Piazza ist ein See aus Schlamm, die Via Lata ein Fluß. Sein Palast scheint ihm ein düsteres Gefängnis, lichtlos und in der Nässe abweisend. Sein Sekretär wartet. Dovizio weiß das Schlimmste schon.

«Sie haben Piero geächtet.» Giovanni nickt. Von seinem Mantel tropft es stetig auf die Steinfliesen. «Und Euch auch. Man hat zweitausend Gulden auf Euren Kopf gesetzt.»

Rom wird ihn schützen, Rom und sein Kardinalshut, und dafür wird er der Diener des Borgia-Papstes sein. Er wird die silberbeladenen Maultiere übersehen, die bevorzugten Neffen, den Bastardsohn, der mit einem Säbel durch die Lande Petri rast. Er wird nicken und zustimmend murmeln, und der Spanier wird wissen, daß er schwach ist und keine Bedrohung. Er wird Spaßmacher fördern, den Karneval feiern, gut leben. Er wird warten.

Nun klopft sein derzeitiger Sekretär sanft an die Tür, einmal, zweimal. Der Papst scheint das nicht wahrzunehmen. Bald darauf hört er, wie die Schritte des Mannes sich entfernen und die ferne Tür sich schließt. Erst dann verläßt er sein Schlafzimmer und betritt die geräumige Sala di Pontifici. Raffaels Prälaten blicken von Decke und Wänden auf ihn herab. Der Borgia war zumindest ein Meister des Dekors. Der Tisch ist für ihn gedeckt, ein einzelner Stuhl gegenüber dem Fenster. Der Papst langt nach Brot und Oliven. Öl rinnt ihm über die fleischigen Finger und macht sie glänzend und klebrig. Eine Serviette wird in Dienst genommen. Der Papst langt nach Wasser, trinkt geräuschvoll, rülpst. Eine weitere Olive folgt, und mehr Öl. Wieder die Serviette. Brot, und mehr Wasser, diesmal dem Wein beigemischt, bis dieser fahlrosa ist. Der Papst schlürft und erwägt den Käse. Brot pumpt ihn mit Winden voll. Kalter Braten verschärft das Problem und ist deshalb vom Frühstückstisch verbannt. Käse ist in dieser Hinsicht neutral. Oliven auch. Seine Wunde schmerzt und eitert beim bloßen Gedanken an kalten Braten. Der Papst versagt sich den Käse; das Frühstück ist beendet. Der Raum ist hell, Stäubchen wirbeln im Sonnenschein, der durch die Fenster hereinströmt. Leere Tage und Warten; Staub ist hektisch bemüht, nach Florenz die leeren Räume zu füllen. Auch Luft hat ihre Substanz, denkt der Papst. Neun Olivenkerne liegen auf seinem Teller. Vielleicht doch noch Käse. In Raffaels Gemälde der Apostel liegt das Gesicht von Julius unter seinem. Kardinäle drängen sich um ihn: Petrucci, Riario, Bainbridge, er selbst. Er erscheint zweimal, als Kardinal und als Papst, jung und gereift, das Gesicht, das sie erst trennte, ist jetzt übermalt. Der Gierschlund Borgia fehlt. Immer eher ein päpstlicher Spanier denn ein spanischer Papst. Alexander, und nach ihm Julius. Es waren Jahre des Nichts, Jahre, die gefüllt werden mußten, in denen er nicht abstumpfen wollte. Ablenkungen, Zerstreuungen, Possen. Spaßmacher.

«In meinen Becher breitet das Tageslicht sich aus.»

«Verbannt es.»

Der Kardinal nährt seine Gäste mit karamelisierten Schafsfüßen, zu Pulver vermahlenen Spatzenschnäbeln, Ratten in Honig und Muskat gebraten. Kuhaugen zittern in Gelee. In Zimt gebackene Eidechsen füllen eine Terrine, und schwarze Brühe schäumt im Kochtopf am Tischende. Kardinal Medici sitzt einem Bankett von Kavalieren und Idioten vor. Schlechte Dichter deklamieren, und schlechte Sänger singen schmachtend. Es gibt Spaßmacher. Das Warten bringt sie hervor, zieht sie zu ihm hin: Mißgestalten, Trottel, aufgeblasene Narren. Er lächelt, kichert, klatscht, weint vor Lachen, heult vor Vergnügen; er liebt sie, wirklich, er liebt sie. Bucklige und Wahnsinnige schlagen seine Halle hinab das Rad, während er Schluckauf hat, furzt und die Luft verschlingt, als könne er mit ihr Heiterkeit essen. Es ist ein Hunger, den er niemals stillen kann. Er beobachtet, wie die Mägen seiner Gäste von seinen würzigen Raritäten anschwellen und manchmal bersten. Ströme von Wein verschwinden in ihren Schlünden; ihre Possenreißerei ist ihm ein Spielfeld der Regierungskunst, um Ausfälle und Finten zu üben, schnelle Stöße und Stiche in den Rücken. Der Körper des Borgia wird in der Pestluft von Rom schwarz und schwillt an, während sein Kardinal Gerichte aus in Wein marinierten Buchenblättern, Ingwersud und Taubenfüßen in Anisessenz servieren läßt.

Und jetzt? Neun Oliven und Brot. Kein Käse. Kein Braten. Die Augen im Gesicht des Borgia scheinen aus dem Gemälde mit den Aposteln zu starren. Und hinter dem Borgia steht Sixtus, und dahinter Innozenz, und Klemens und Martin und jeder Diener aller Diener Gottes zurück bis Gregor und jeder Papst bis Petrus. Der Tod des Borgia bringt Julius auf den römischen Bischofsstuhl, und Basiliken erheben sich und stürzen in der Stadt, Dome schwellen auf und fallen zusammen wie Lungen aus Stein, Stützpfeiler und Säulen recken sich vom Boden empor, während im Innersten dieses gewaltigen Tieres ein Winzling aus Fleisch und Blut das Ganze mit seinen Leidenschaften und Launen durchädert. Julius ist empört. Julius resigniert. Französische Heere schweifen durch die Romagna. Der Kaiser hat Hunger auf Mailand, oder Urbino, oder Rom. Auch die Kirche braucht ihre käuflichen Heere, ihre Kriegerpäpste und deren Kreaturen. Der Papst tritt Ligen bei, hebt Heere aus, marschiert wider seine Gegner, die wankelmütige Geschöpfe sind, abwechselnd Franzosen und Spanier und Venezianer und Kaiserliche, einander nur in ihrer Raubgier und ihrem Haß auf Julius ähnlich. Auch seine Verbündeten könnten von Tag zu Tag wechseln, der eine könnte sogar zum anderen werden oder verschwinden. Gut und Böse sind in der Schwebe, bewegen sich zu schnell, um erfaßt zu werden, manchmal zu schnell, als daß man unterscheiden könnte. Am Ostertag stehen zwischen Ravenna und der See zwei Heere auf sumpfigem Boden einander gegenüber. Ein Kardinal in Rüstung trifft einen Kardinal in scharlachroter Robe und mit Hut. Weit fort in Rom ist der Palazzo Medici ruhig und geschlossen. Die Spaßmacher sind verschwunden. Zündschnüre zischen die Front entlang, als winzige Gestalten durch das rauhe Buschland einander näher kriechen. Der vergnügungssüchtige Medici steht hinter den päpstlichen Heeren; Sanseverino bei den Franzosen. Dann feuert die erste Kanone.

Später, als er mit den flüchtigen und kopflosen Männern über das Schlachtfeld rennt, wird er glauben, daß sich sogar die Luft in Messer verwandelt hat. Überall liegen die Toten herum, zerschnitten, zerfetzt, verdreht. Manche der Sterbenden schreien entsetzlich, manche scheinen nur verwundert zu sein ob des Gedärms, das ihnen aus den Bäuchen quillt. Er erinnert sich an einen Mann, der betäubt durch das Gemetzel wandert und dabei, wie er glaubt, eine Keule trägt. Er kommt näher. Der Mann ist schief, Blut strömt ihm von der Schulter, und die Keule ist sein Arm. Andere scheinen ungezeichnet, bis sie sich umdrehen und schreckliche Wunden enthüllen, eingeschlagene Schädel, entzweigehauene Gesichter. Giovanni rennt und rennt, nimmt die Hände nicht zur Kenntnis, die seine Knöchel streifen, die Stimmen, die zu ihm aufschreien. Es wird dunkel. Die Schlacht ist geschlagen. Er weiß kaum, wo er ist. Der Schaft der Pike erwischt ihn zuerst im Magen und saust dann, als er atemlos daliegt, auf seinen Kopf herab.

Dann geschah es, wie er später begreifen würde, weil die schismatischen Kardinäle von Pisa trödelten, ihren Herrn den Papst des absichtlichen Nichterscheinens ziehen, sich als Lakaien der verhaßten Franzosen erwiesen, Zuflucht in Mailand suchten, wo ihr Gejohle und Gehöhne nur auf das der getreuen Mailänder stieß und Kardinal Medici, der dort von den Siegern von Ravenna gefangengehalten wurde, seinen Gegnern vergab, weil das französische Heer fünftausend Tote in den Sümpfen bei Ravenna ließ, einschließlich ihrer Kommandeure, und Mailand nicht halten konnte und sich zurückzog und Kardinal Medici mitschleppte, der entfloh, und weil Kardinal Medici wieder gefangengenommen und schließlich an den Ufern des Po gerettet wurde und Pisa unter der Herrschaft des soderinischen Florenz stand, franzosenfreundlich und reif zum Pflücken, letzten Endes für die Schismatiker verantwortlich, die dergestalt den Zorn ihres Herrn, des Papstes, erregten – dann also geschah es, daß sich der Heilige Stuhl genötigt sah, die Sicherheit der Kirche zu festigen, indem er päpstliche Streitkräfte aussandte, Florenz für die Medici zurückzuerobern. Also trugen die Kardinäle von Pisa die Schuld an allem, was folgte. Nicht er. Nicht Giovanni.

Bald, denkt der Papst, wird Ghiberti mit seinem Hauptbuch erscheinen und ihn von diesen Gedanken befreien. Der Tag hat noch kaum begonnen, und schon ist Häßlichkeit eingedrungen. Er hatte gewünscht, Florenz möge sich in Feiern stürzen, in Karnevals- und Triumphzüge. Er hatte gedacht, das Schlimmste sei vorüber, daß nichts Ravenna gleichkommen könne. Seine Gefangennahme auf dem Schlachtfeld kam als ein Segen. Die Obhut Sanseverinos war eine Erholung vom Grauen. Er verließ die Sümpfe mit den Franzosen und schaute nicht zurück, aber das Schlimmste lag noch vor ihm. Selbst jetzt kam es manchmal im Schlaf über ihn, und das Entsetzen ließ ihn erwachen. Vielleicht, wenn die Truppen Römer oder Schweizer gewesen wären. Wenn sie zu essen gehabt hätten und die ihnen gemachten Versprechen gehalten worden wären. Vielleicht, vielleicht. Cardonas Spanier hungerten, und die Dörfer, die Widerstand leisteten, hätten anzeigen sollen, was sie erwartete. Wenn Soderini die Straße nach Bologna offengehalten, seine Entscheidung früher getroffen hätte. Ein verzweifeltes Heer aus Infanterie und leichter Kavallerie bewegte sich durch das Tal des Mugello, zerlumpt und fußkrank, bis Prato.

Gewitterwolken hefteten sich an den späten Augusthimmel; die Luft wurde stündlich drückender. Er ritt mit seinem Bruder, und als er in die Gesichter der Spanier sah, sah er nichts. Die Sonne hatte sie kupferfarben gebrannt, der Hunger ihre Wangen ausgehöhlt. Er hatte auf die Mauern geblickt, die sie aussperrten, und sich gefragt, wie solch verzweifeltes Lumpenpack sie wohl übersteigen könnte. Cardona sammelte seine Hauptleute, und dann ging das Wort um. Innerhalb der Mauern gab es Essen und Gold. Da verstand Giovanni den Vertrag, daß sie entweder diese Stadt einnehmen oder verhungern würden. Die alchimistische Wandlung geschah augenblicklich, und gerade ihre Müdigkeit sollte sie zum Sieg tragen. Es würde keinen Rückzug geben, kein Scheitern, und als die ersten sich aus den Reihen lösten und gegen die Mauern losrannten, wußte er, daß Prato nicht imstande sein würde, diesem Hunger zu widerstehen, noch der Tiefe dieser Not gewachsen zu sein. Und dann, und dann.

Weil die Körper von tausend Männern nicht so viel Blut enthalten können, und die Kehlen sterblicher Männer, Frauen und Kinder nicht solche Schreie ausstoßen noch die menschlichen Hüllen solche Folterungen – der Rost, die Instrumente aus schwarzem Eisen – ertragen können, weil Sehne und Fleisch niemals solche Formen bilden noch die Erde selbst so viele Leichen aufnehmen würde, deshalb muß die Plünderung von Prato eine Vorspiegelung des Teufels gewesen sein, ein Wahngebilde, und obwohl Menschen ihm später sagten, daß die Geräusche, die er gehört, und die Bilder, die er gesehen, wirklich stattgefunden hätten, wußte er doch, daß es sich nur um ein Blendwerk des Bösen handelte, jenen Betrug, der das Auge in einem Bild narrt, nicht der Gegenstand selbst, der sich woanders und fern befindet und nur vorgibt, hier zu sein. Die Herzen der Menschen können so schwarz nicht sein, und als Cardona zu ihm kam und ihm mitteilte, daß die Medici wieder eingesetzt worden seien und Florenz ihm zur Übernahme zur Verfügung stehe, zählte er die Kosten dieser rechtmäßigen Tat zusammen, die zerschmetterten Schädel, die blutenden Münder, die entsetzlichen Wunden und Verstümmelungen, die Schreie, die er immer noch hören kann – dies alles mußte seine Überzeugung erhärten, panzern und vor dem Flehen der Unschuldigen schützen. Die Medici sind wieder die Herren von Florenz, aber der Kardinal kann dort nicht bleiben. Hinter Florenz liegt Prato. Hinter seinen eigenen sanften Zügen liegen die des Borgia. Wieder einmal läßt er das Gemetzel hinter sich und wendet sein Roß gen Rom. Die Spaßmacher und Idioten werden wiederkommen; sein Warten wird erneut beginnen. Die Lampen lodern wieder im Palazzo Medici, und die Räume hallen von schreienden Stimmen wider, von gellendem Gelächter, von Heulen und Echos und noch mehr Echos. Unter Rom liegen andere Roms. Im Januar des folgenden Jahres ist Julius krank. Als der Februar kommt, tot.

Endlich klopft sein Sekretär, tritt ein und steht vor ihm. Ghibertis Graumäusigkeit, seine Fadheit, sein Gleichmut, all das sind Herausforderungen für seinen Herrn. Sein Diener schleicht und bewältigt. Er tut es mühelos, wo der Papst doch Bauchlandungen und Erschütterung wünscht. Das sind nicht seine Aufgaben, und doch reizt Ghiberti, da er so ungeeignet ist, den Papst, fordert die Spötteleien und die handfesten Scherze fast heraus, die sein Herr im Kopf durchspielt. Nachttöpfe und Pferdeschwänze bekränzen Ghiberti in vorgestelltem Spaß und Spiel. Natürlich nimmt er davon Abstand. Aber Ghiberti ist ein perfektes Werkzeug, der ideale Kandidat. Der Papst rollt einen Olivenkern zwischen den Fingern, als Ghiberti das Hauptbuch öffnet. Die Seite dieses Tages ist in Verabredungen, liturgische Handlungen und Zeremonien eingeteilt. Ghiberti hustet – er hustet immer – und sieht den Papst an.

«Heiligkeit?» Seine Heiligkeit nickt, und Ghiberti beginnt zu lesen. Morgen wird eine weitere Seite aufgeschlagen, und eine weitere, und eine weitere. Wie viele Hauptbücher, überlegt er sich, wie viele Stapel von Hauptbüchern haben die Nachfolger Petri wohl gefüllt? So viele Jahre. So viele Päpste.

Nach dem Tod von Julius ziehen fünfundzwanzig Kardinäle in die Sixtinische Kapelle ein. Fünfundzwanzig eingepferchte und reizbare

Kirchenfürsten rumpeln gegen die dünnen Trennwände ihrer kleinen Kabinen, werfen sich auf schmalen Betten hin und her, schreiten den Fußboden ab, streiten, urinieren lautstark in das Pissoir hinter dem Vorhang am anderen Ende des Kirchenschiffs. Ihre Diener huschen von Kabine zu Kabine, überbringen mit gedämpften Stimmen Botschaften, raufen sich die Haare oder nicken. Die Türen werden verschlossen; das Konklave hat begonnen. Die Kardinäle sind gereizt, streitbar, stur. Adrian von Corneto ist bereits von Riarios Mann bedrängt worden, lehnte ab, schwankte und schwankt immer noch. Soderini spielt auf Zeit, sein Geist weilt bei seinem abgesetzten Verwandten, während Bainbridge distanziert wirkt, als ob er das Feilschen verachte, das unter den Gewölben der Kirche summt und brummt, schärfer wird, abstirbt, wieder auflebt. Hier muß eine Entscheidung getroffen werden, und doch scheint nichts klar. Auf einem Feldbett zusammengesunken, spürt Kardinal Medici seine geheime Wunde aufflammen und schmerzen. Dovizio ist unermüdlich, hastet zwischen den Zweiflern hin und her, vertritt seine Sache, er selbst aber kann nur stöhnen und sich von einer Seite auf die andere werfen. Er betrachtet das Urinal mit Grauen, den Topf mit Entsetzen. Zweimal am Tage hören sie ihn sich hinter dem Vorhang plagen und stöhnen, aber das Konklave geht weiter.

Am sechsten Tag findet eine Abstimmung statt. Nachdem sie ihre Stimmen abgegeben haben, kehren die Kardinäle sofort wieder zurück zu ihren zwanglosen Gesprächen und ihrem müßigen Zeitvertreib. Manche gehen in ihre Kabinen und machen sich nicht einmal die Mühe, wieder aufzutauchen, wenn die Stimmen gezählt werden; andere hören aus der Tiefe ihrer Langeweile zu. Gleichgültigkeit hängt wie Nebel in der Kapelle. Sie sind hoffnungslos gespalten und wissen es. Der zurückkehrende Beamte gibt bekannt, daß die Stimmen breit gestreut sind. Keiner von ihnen wird jetzt schon Papst.

Bald haben die Wächter des Konklaves sie auf eine einzige Gemüsemahlzeit am Tag reduziert. Jetzt gibt es keine Debatte mehr; die Fronten sind klar. Auf der einen Seite der Kapelle schließen sich gebeugte Gestalten mit Gesichtern, die vom Alter gezeichnet sind, gegen die jüngeren Kardinäle zusammen. Weder Geduld noch guter Rat werden das Konklave zum Ende bringen. Die jüngeren Kardinäle grinsen im Kerzenschein. Ausdauer wird diesen Papst wählen. Sekunden trödeln auf ihrem Weg zu Minuten. Minuten erscheinen wie Stunden. Die Zeit dehnt sich und steht offen gähnend vor ihnen. Nichts geschieht, außer Verzögerung. Dann, während beide Seiten einander trotzen, hört man lautes Ächzen, und danach steigt ein scheußlicher Dunst in der Kapelle auf, ein wahrhaft schrecklicher Gestank, der sie alle nach ihren Taschentüchern hasten läßt. In der entlegenen Kabine wälzt sich Kardinal Medici auf seinem Feldbett in Qualen. Seine Wunde hat ihr Geheimnis offenbart. Die ganze vergangene Woche spürte er es zur Größe eines Eis anschwellen. Nun trieft ihm das Eiweiß die Beine hinab, und der Gestank erinnert ihn an den Ort, den er der Hölle zugewiesen glaubte. Tief in seinem Inneren ist die Zyste geborsten und umwabert ihn jetzt mit ihrem Dunst. Er ächzt noch einmal. Eine zweite, subtilere Qual steigt aus dem Gestank. Er schnüffelt und findet den Verdacht bestätigt. Bald wird der Wundarzt bei ihm sein, einstweilen aber muß er zuhören, wie die Botschaft seiner Innereien durch das Konklave geflüstert wird. Medici ist krank. Medici macht es nicht mehr lange ... Später an jenem Abend murmelt ihm Dovizio nach der üblichen, demütigenden Untersuchung ins Ohr, daß Kardinal Riario um eine Zusammenkunft ersucht. Seine Entladung riecht, wie Prato roch.

Jetzt wendet er sich seinem wartenden Sekretär zu.

«Welcher Teil der Anatomie, Ghiberti, verbindet eurer Meinung nach den Papst tatsächlich mit dem Stuhle Petri?»

Ghiberti blickt hoch, ist aufgeschreckt. Der Papst lehnt sich zurück und lächelt leicht ob der Rätselfrage. Sein Sekretär ist schrecklich langweilig. Er wird an sein Hauptbuch denken und schon besorgt sein, daß der Tag entgleitet, die Zeit dahinrast. Und dabei hat der Morgen kaum erst gedämmert. Es gibt genug Zeit, reichlich Stunden für Zerstreuung und Vergnügen.

«Los doch. So schwer ist es nicht. Welcher Teil?» Der Papst wartet.

«Sein Glaube», sagt Ghiberti.

Ermüdend langweiliger Ghiberti. Erstaunlich, daß er das aushält, ein Wunder. Er braucht Witz, kein Dogma, einen lebhaften Geistesblitz, einen Spaß, um wach zu werden. Ghiberti bedeutet unweigerlich Trübsinn.

«Falsch», bellt der Papst.

Eiternd, schwitzend auf dem schweißdurchtränkten Bett, lauschte er Riarios Geleier, während Dovizio dastand und nickte, als sei er ein zu schwer verwundetes Tier, um selbst zu antworten. Er mag sich sogar selbst den Tod gewünscht haben. Es ist möglich, daß er das tat; jetzt ist er unsicher. Riarios Worte waren eine grelle Grabschrift für seinen Ehrgeiz, als der Rivale von Petri Last und der notwendigen

Demut sprach, der Einsamkeit. Bring es hinter dich, dachte er in seiner Schwäche. Sag mir, daß das Konklave zu einer Entscheidung gekommen ist. Aber Riario redete immer weiter, versicherte ihm, daß er nichts zu befürchten brauche, daß seine Loyalität unerschütterlich sei, daß die anderen ihm zur Seite stehen würden, junge und alte gleichermaßen. Kärgliche Entschädigung, dachte er und verfluchte seinen schwachen und lecken Körper. Daß allein das Fleisch ihn auf seinem Weg straucheln lassen sollte, weder ein Versagen des Kopfes noch des Herzens oder des Geistes. Es war unerträglich. Und Riarios beruhigende Eintönigkeit klang in seinen besiegten Ohren wie die Trompete des Siegers, höhnisch und frohlockend, machte ihn für alles andere taub, während sämtliche geduldig gehegten Hoffnungen um ihn her zusammenstürzten. Dann aber begann sein Peiniger dringlicher zu sprechen – er will nicht hören; sein Gesicht, das er nicht sehen will, kam bedrohlich näher, verschwand und beugte sich herab, um den Saum seines stinkenden Gewandes zu berühren, aber die Unwürdigkeit dessen, was immer er tun mag, wird ihn nicht berühren. Dem Besiegten die Flucht. Riarios wäßrige Augen nähern sich erneut. Dovizio hat zu nicken aufgehört und scheint ihm etwas zu sagen, das seine Ohren nicht hören können. Erst später wird er verstehen, daß gerade seine Schwäche, sein geheimes Leiden und dessen Entdeckung die Schlüssel waren. Die Kardinäle glaubten nicht, daß er am Leben bleiben würde. Sie dachten, ihre eigenen Chancen würden bald genug kommen. Seine Hinterbacken taten sich auf, stinkende Luft füllte die Kapelle mit seiner Sterblichkeit, und die Kardinäle rochen Tod. Er hat sich völlig geirrt, denn er hat gewonnen.

«Ich und meine Partei ziehen unseren Einsatz aus dem Konklave zurück», sagte Riario zu ihm. «Du wirst Papst sein, Giovanni.»

Ghiberti steht immer noch da, schweigend und gleichmütig.

«Los doch. Welcher Teil?» Aber er ist öde, wirklich furchtbar öde. Er wird nicht antworten.

«Mein Fundament», sagt der Papst seinem Sekretär triumphierend. «Mein Arsch!»

Ghiberti lächelt kurz und blickt dann auf sein Hauptbuch.

«Der Botschafter von Aragón», sagt er. «Ich kann ihn nicht länger vertrösten.»

Die Luft in der Sala Regia ist bereits dick von gegenseitiger Abneigung. Die beiden Rivalen schreiten angestrengt Tangenten auf dem widerhallenden Fußboden ab, ein kurzes Nicken bei der Vorstellung vor einer Stunde und seither kein Wort. Sie beachten einander nicht. Sie sprechen nicht. Zwei Männer sind gekommen, um den Papst zu sprechen. Schon zweimal ist Ghiberti erschienen und wieder verschwunden. Sonnenlicht strömt durch das Fenster, während Lautenspieler in der angrenzenden Kapelle üben und die beiden Männer warten.

Durch mit Fresken geschmückte und reich vergoldete Galerien und Gemächer, kurze Treppen hinauf und hinab, die die planlosen Ebenen des Vatikan miteinander verbinden, wandelt der Papst mit seinem Sekretär im Schlepptau. Vielleicht ist es die gewölbte Täfelung oben, die die flache Ebene des Korridorbodens bedrückt, irgendein mitfühlendes Echo, ein versunkener Gedanke, der gegen den gelassenen Marmor angeht. Oder seine Augen, günstigstenfalls schwache und anfällige Organe. Oder seine Füße in Pantoffeln schürfen sanft den Boden, bewirken eine sehr seichte Mulde, während er über die milchigen Platten tappt. Erosion und latente Beschädigung: Pfade, die hundert Päpste wieder und wieder gegangen sind. Gepflogenheit und Brauch sind die Wölbungen und ausgetretenen Wege in seinem Palast. Kleriker und ihre Herren, Bittsteller, Kardinäle und Fürsten überfluten den Petersplatz, branden über die Mauern und strömen durch die Abzugskanäle des Palastes in Empfangsräume und Zimmer, waschen Hohlräume und Nischen aus der Architektur. Die Kirche ist abgenutzt und bietet begrenzten Raum, Platz nur für einige, doch immer noch kommen sie herbei, den Pfuhl zu füllen und auszutrinken. Unterhalb des Palastes liegen tiefe Quellen und Zisternen, die nur Petri Schlüssel aufschließen können, und da schwappt Christi Agonie im Dunkel. Der Gral enthält einen heilenden See, den er ausmessen und niemals leeren kann. Gottes Königreich liegt unter einer gläsernen Haut, und das Sein dieser Welt ist lediglich seine armselige Widerspiegelung: roher Farbstoff, geäderter und milchiger Marmor, die Organe des Körpers pochen in ihrer durchlässigen, sterblichen Rinde. Er furzt leise und schmerzlos, während Ghiberti vor ihm die Treppen hinabsteigt.

Zwei Köpfe wenden sich; zwei Paar Augen heften sich auf seinen Abstieg. Er starrt zurück. Ein wuchernder schwarzer Schopf und eine kürzer geschorene, steifgeölte Tonsur. Gestalten: groß und mittelgroß. Kleidung: mit Gold durchwirktes Wams gegen einen Anzug aus schlichtem Barchent. Sie stehen voneinander entfernt, beide warten darauf, daß er seinen Platz erreiche. Bittsteller haben ein besonderes Zutrauen. Sie möchten ihn berühren, den Arm ausstrecken und seine Hand ergreifen, mit der freien Hand sein Handgelenk, ihn umarmen, seine Wange oder sein Gewand oder seinen Ring küssen. Wenn sie knien, bewegen sich ihre Hände wie Krabben zu seinen Füßen. Zu Ostern wusch er immer die Füße armer Bettler vor der Coena Domini. Er nahm das Fußgewölbe in die Hand und ließ Wasser über ihre Zehen rinnen, und die Schwielen schienen weich zu werden und im Wasser zu verschwinden und die Haut glatt und kühl zurückzulassen. Wenn sie aufstanden, würde der Staub sich dort ansetzen, wo das Wasser noch haftete. Und wenn er sie abtrocknete, erschienen die alten Wunden wieder. Seine Bewegungen waren ruckartig und unbeholfen. Christus zuckte niemals zurück, wenn er die Füße seiner Jünger wusch. Veronikas Hände zitterten niemals, wenn sie Christi Stirn abwischte.

«Heiligkeit ...» Bekannte Gesichter nahen sich ihm. Er blickt auf Ghiberti, der zu Boden sieht. Geflüsterte Worte, Lippen berühren seinen Ring. Sie richten sich auf, und er sieht, wie die dunklen Gesichter der Botschafter sich leicht verziehen. Beider Audienzen hätten privat sein sollen. Sagt Ghiberti ihm etwas? Eine Neuausrichtung am Hof der Portugiesen? Der Spanier?

«... Faria, Botschafter von Dom Manolo von Portugal, und Don Jerónimo de Vich, Baron von Llauri, Botschafter von Fernando dem Katholischen aus den Königreichen Spaniens ...»

Er lächelt flüchtig, deutet ein Nicken an.

«Ihr habt lange gewartet, Botschafter?» Der Titel ist eigenartig betont: «Botschafter», als ob eine Frage dahinterstünde. Ghiberti sieht, wie Don Jerónimo die Röte ins Gesicht zu steigen beginnt. Er sieht weg, dann hinab auf seine Füße. Der Aragonese hat dieses spezielle Spiel, wie Ghiberti findet, niemals mit Feingefühl gespielt. Ein Tölpel, und um so mehr, seit das Spiel sich gegen ihn gewandt hat. Es gibt Gerüchte, daß Vich klüger sei, als er erscheine. Wie ein Tanzbär im Vergleich zu einem ungezähmten, denkt Ghiberti.

«Ich möchte fragen, Heiligkeit, warum dieser Portugiese hier ist und warum ich genasführt worden bin, und warum mein Herr, der König von Aragón und Kastilien, auf diese Weise behandelt wird nach all der Unterstützung, die er ...»

Die Halle klappert von des Aragonesen stumpfen und schlecht gezielten Pfeilen. Ghiberti schaut sich gründlich den Fußboden an. Das

Lächeln des Papstes wird breiter, er hebt die Hände, ein mitfühlendes Achselzucken, als ob sie beide Opfer eines unausweichlichen Wirrwarrs seien, einer Welt, die mit ihren Bewohnern und ihrem unvollkommenen Verstehen überzwerch sei, wozu man dennoch gute Miene machen muß, wie das Seine Heiligkeit jetzt tut, wie das auch Dom João tut, wie Don Jerónimo das nicht tut. Es ist das, wie Ghiberti weiß, ein Gesichtsausdruck, der erzürnen soll. Und Vich hat natürlich recht. Ihm ist eine Privataudienz versprochen worden; man hat sie vor mehr als einem Monat vereinbart. Warum also hat er, Ghiberti, Dom João heute morgen nicht abgewiesen? Ghiberti beobachtet, wie das Trio langsam die Treppe hinaufsteigt, vom Papst zu den Gärten des Belvedere geleitet. Vich stolziert linkisch neben seinem geschmeidigen Rivalen. Er hat seine Audienz schon verloren, hatte sie bereits verloren, noch ehe er eintraf. Wie sehr er es auch versucht, Ghiberti kann es nicht ergründen. Staatsordnung, Herrschaftskunst, Vernunft und günstige Präzedenzfälle, alle sagen «ja» zu Don Jerónimo und seinem Herrn. Aber – Ghibertis Gedanken nehmen eine Wendung, als die drei Männer in der sonderbaren Perspektive der Treppe kleiner werden und verschwinden – der Papst, oder der Medici, sagt «nein».

Die Gärten dehnen sich. Die Horizonte fallen und steigen. Der Geist des Papstes rast seinem unruhig schweifenden Auge nach, so wie der Boden vorwärts und hügelauf galoppiert. Zwei große Terrassen werden von einer dritten, schmaleren Ebene mit Verbindungstreppen und Rampen geteilt, um die Steigung überwinden zu können, und auf dem Gipfel des Hügels glänzt eine zierliche Villa in der Morgensonne: der Belvedere, von dem die Gärten ihren Namen haben. Es ist das Ausmaß, das seine Begleiter verstummen läßt. Die erste Terrasse ist ein regelmäßig angelegter Garten, mit Maulbeerbäumen und Lorbeer bepflanzt, die in der Ferne des anderen Endes zu Büschen schrumpfen. Zu ihrer Linken senkt sich der Boden außer Sicht, zu ihrer Rechten verläuft ein großer mehrstöckiger Säulengang über die drei Ebenen, wobei die zweite Terrasse ihn auf zwei Stockwerke vermindert, die dritte auf eines; nur die oberste Arkade verläuft ungebrochen bis zur fernen Villa. Hinter ihnen steht der Palast des Vatikan im Schatten und ragt über ihnen empor. Ringeltauben schießen plötzlich hoch, tauchen nach links ab und verschwinden im Tal. Die Gärten scheinen still, vollendet, leer.

«Füchse», sagt der Papst und weist hügelauf. Die dritte Terrasse ist dichter bepflanzt, bewaldeter. «Wir leiden unter einer Fuchsplage.» Die Botschafter nicken wohlweislich.

Alle drei bewegen sich vorwärts, Faria und der Papst in einem unterbrochenen Schlendern mit Pausen für Emphasen und vage Gebärden. Vich registriert, daß er losgeht, dann plötzlich haltmacht, während die beiden anderen einen Extraschritt tun oder er sie durch einen solchen überholt. Er wendet sich um, und irgendwie sind die beiden Männer hinter ihm und wandern fort. Er folgt ihnen, und sie bleiben stehen, also bleibt er auch stehen. Die beiden gehen weiter.

«Heiligkeit, Seine Majestät Dom Manolo läßt Euch durch mich seine lebhafteste Vorfreude auf Euer Geschenk übermitteln», verkündet Faria. Sie stehen vor einem Beet leuchtender Päonien. «Er läßt eine schöne vergoldete Vitrine anfertigen, um es auszustellen, und sie wird mit seinen Danksagungen beschrieben sein. Dom Manolo möchte, daß Ihr wißt, wie hoch er den Wert einer solchen Gabe schätzt.»

«Nur eine Spielerei ...», murmelt der Papst. Sie haben die Terrasse in einer gezackten Diagonalen gequert. Vor ihnen liegen die geschwungenen Bogen der Treppe, die die ersten beiden Terrassen verbindet. Faria widerspricht.

«Ganz Portugal wird Euer Geschenk verstehen, und jeder Portugiese, ob er nun gegen die Sarazenen dient oder seine Schiffe in Indien belädt oder demütig auf den Feldern arbeitet, oder in den Städten, oder gar in Rom. Jeder Arbeiter zu Hause, jeder Krieger und jeder Händler an den fernen Küsten Afrikas oder Indiens wird wissen, daß sich hinter seiner schwieligen Hand eine größere befindet. Umgeben vom Geheul der Wilden werden sie Euren Ruf hören. Wenn ihre Körper versagen, werden sie sehen, wie ihre Seelen die Flügel spreizen ...»

«Ihr seid zu poetisch», murmelt der Papst.

«... eine Krone, die groß genug ist, um ein Kaiserreich zu umspannen. Eine Mauer aus Gold, um die Verteidiger des Glaubens zu verteidigen. Dom Manolo hat ausdrücklich diese Worte an Euch befohlen, wenngleich ihre Extravaganz die meine sein mag. Mögen unsere gegenseitige Unterstützung und unsere Verträge bis in alle Ewigkeit und darüber hinaus Gültigkeit haben.»

«Dom Manolo hat bisher unsere Verträge auf das großzügigste besiegelt.» Der Papst blickt weiter den Hügel hinauf. Der Botschafter nickt gravitätisch.

«Der karge Gehalt unseres Geschenks steht immer zu Eurer Verfügung.»

«Euer letztes Geschenk gedeiht ebenso, wie der Pakt es tut, den es besiegelt. Ich gestehe, daß ich mich in das Tier verliebt habe. In Ewigkeit, sagt Ihr? Oder sagt das Dom Manolo?»

«Er wird nicht ohne Erlaubnis fragen. Noch ohne Anweisung um Erlaubnis bitten. Noch mit leeren Händen um Anweisung ersuchen.»

«Dom Manolos Höflichkeit gemahnt mich, höflicher zu sein. Wie der Steinmetz in der Steinkunst, so Seine Majestät in ihrer Großherzigkeit. Wie könnte ich guten Glaubens beiden Anweisungen erteilen?»

«Könige ersuchen um Rat, wie Steinmetze das tun, damit das Gebäude seine Proportionen nicht übersteige und zusammenfalle ...»

«Ich möchte fragen, Heiligkeit», unterbricht Vich an dieser Stelle, «warum unsere jüngste Bittschrift, die wir schon vor Monaten eingereicht haben, bisher nicht einmal zur Aufmerksamkeit Eurer Schreiber gelangte und nur die der Köche erregt zu haben scheint, und selbst da von Küchenjungen und Bratspießdrehern verspottet wird, denn mein Mittelsmann hat sie noch vor nicht einer Woche belauscht und sagt, die falsche Zustellung sei politische Absicht sowie Zeichen der Ungnade ...» Die Miene des Papstes ist unmißverständlich kalt und wird noch kälter, als der Satz seine Schlingen entrollt und über seinen eigenen immer wilderen Unterwuchs stolpert und schließlich in Schweigen zusammenbricht; Vichs Gesicht ist rot angelaufen, und seine Zuhörerschaft schweigt höflich.

«Ihr habt von Proportionen gesprochen?» gibt der Papst Dom João das Stichwort. Ihr Gespräch setzt sich fort, Farias Provokationen werden immer spitzer und das Schweigen seines Gegenspielers wird immer zorniger, bis ein Ausfall gegen diesen «Typ von Christen mit leeren Händen» den Damm seiner Zurückhaltung bricht.

«Verdammt, Faria!» Er kann nicht länger schweigen. «Verdammt sei Eure fadenscheinige Unverschämtheit ...»

«Fadenscheinig, ja? *Baron* von Llauri, sagt mir, wie viele Fischerboote umfaßt die Flotte des großen Llauri? Erinnert mich, ich bitte Euch, Don Jerónimo, an seine gepflasterten Straßen und großen Versammlungshallen. Beschreibt mir seine Kathedralen und Kirchen, seine zahllosen Heere, jene gefürchteten Männer von *Llauri* ...»

Der Papst steht zwischen ihnen, die Hände vor sich gefaltet, und neigt jedem den Kopf zu, wenn er spricht. Don Jerónimo wird hitziger unter Farias Spott, spricht schneller und leidenschaftlicher, bis jedes zweite Wort Spanisch ist und jedes weitere ein Fluch. Des Papstes Miene zeigt milde Überraschung. Warum sind Botschafter so ungestüm?

«Kommt!», befiehlt er plötzlich und beginnt, die Steinstufen emporzuklimmen, die zur zweiten Terrasse führen. Seine Begleiter verstummen und folgen ihm.

Die Stufen, die auf die zweite Ebene führen, schwellen von der Front der Terrasse aus zu einem weiten Halbkreis an, und die zurückweichenden Reihen der Treppe, die sie in den wilderen Garten führen, sind von der Rückseite her ausgemeißelt. Die drei Männer finden sich zwischen nacktem weißem Stein, wo der Papst ein bißchen abseits von Faria und Vich steht, als hätte ihr Gezänk ihn vertrieben. Sein großer Kopf dreht sich hin und her. Seine Augen schweifen die leeren Stufen hinauf.

«In Llauri ...», beginnt Don Jerónimo zu sprechen, hält aber inne, als seine Stimme lauter als zuvor widerhallt und die Wörter, von den Stufen vor ihnen abprallend, durcheinandergeraten. Faria funkelt ihn an, aber der Papst scheint nichts zu hören. Etwas fesselt seine Aufmerksamkeit im Garten über ihnen. Zehn oder zwanzig Meter weiter hinten gibt ein Blätterbaldachin den Blick auf die Mauer frei. Irgendwo dahinter kracht etwas.

«Das Christentum hat seine natürlichen Feinde», sagt der Papst milde. «Den Türken, den Sarazenen, den Mohren, all jene, die ihr Volk für die Lehre Christi, für seine Herrschaft blind machen ... Und dann gibt es da jene, die blind geboren sind und sehend gemacht werden müssen. Sind auch sie unsere Feinde? Ihre Augen müssen geöffnet werden, und doch, wenn sie unserem geistlichen Amt so heftig widerstehen, wenn ihr Sehen durch Ausrottung wiederhergestellt wird, frage ich mich, welche Art von Feind das ist?» Er wendet sich seinen Begleitern zu, als ob sie ihm mit einer Antwort dienen könnten. Das Sonnenlicht gleißt auf den weißen Steinen. Er hört über sich das Unterholz rascheln und knistern. Der Feind aber ist ein fernes Schreckgespenst, eher Gerücht als Wirklichkeit; ein Gestaltwandler. Die Augen der Männer, die dastehen und warten, weichen einander aus. Zu ähnlich sind ihre Bittschriften: Faria will einen Segen, den er den Spaniern ins Gesicht wedeln könnte; Vich will das gleiche für seinen Fernando. Sie sind einander zu ähnlich. Sie können den wirklichen Feind nicht erkennen.

«Kommt!» sagt er wieder. Keiner mag seine Frage beantworten, was er auch gar nicht will. Er erklimmt die Stufen zur dritten und letzten Terrasse des Gartens, atmet keuchend, wartet auf die Bittsteller. Ferne Schlachten werden in seinem Namen geschlagen. Burgen lassen seine Fahnen über glutheißen Ebenen und Deltas wehen, tausend Meilen entfernt. Wimpel flattern in den dicken Giften der Lüfte, er aber ist zurückgeblieben, um in einem Vakuum nach Atem zu ringen. Krieg ist ferner Lärm von gesichtslosen Männern, die von der rasenden Grenze noch weiter fortgezerrt werden. Blut rötet die Haut, während die Organe im Innern abkühlen und ihre Anstrengungen verlangsamen. Das Herz schlägt träge, die Lungen schwellen kaum. Er wandert in einer Schale aus Stein, während Generäle ihr Lebensblut an der Grenze vergießen, und er fragt sich, wie der Krieg wiederkehren und in wem der Gegner seinen Meister finden wird. Der Himmel ist so hell, daß sich seine Augen geschlossen haben. Stumpfrote Flecken besudeln das Dunkel seines inneren Auges. Faria hält im Repertoire seiner Manieren ein Geschenk bereit; nach Ghibertis Schätzung ein zweites Tier. Dem Papst ist es klar. Botschafter, ihre Könige, ihre Sekretäre: alles Clowns, alle stolpern hintereinander her und treten sich gegenseitig in den Hintern, fallen und erheben sich, lachen und weinen um ihn herum. Er blickt auf die nackten Steine hinab und sieht die Akteure in der Luft schweben, schreiend und die Schwerter schwingend, Glieder fallen zu Boden, Köpfe rollen die Stufen hinab und schwatzen immer noch und schreien und kreischen. Rippen bersten und spreizen sich wie die Klauen eines riesigen Vogels. Knochen krachen in den Kloaken unter Prato.

«Heiligkeit?»

Pinien erheben sich über dem Trio, und Sonnenlicht glitzert in den hohen Eibenhecken, als sie tiefer in die Gärten hinein wandern. Faria schwätzt über ihre gemeinsamen Feinde.

«Die Beweise für seine Dummheit werden täglich offenkundiger», sagt der Papst von einem.

«Ein so großer Irrtum von einem so kleinen Geist. Seine Geburt war ein Wunder», erwidert der Botschafter.

«Ihr habt Blasphemie zu Euren Talenten hinzugefügt, Faria. Sie paßt gut zu den anderen.»

Vich schweigt, während die Unterhaltung weitergeht. Von Zeit zu Zeit blickt der Papst zu dem Mann hinüber, der zur Antwort kurz nickt. Der Garten wird wilder und weniger durchlässig. Sie schreiten leicht genug dahin, weniger klar aber ist, wohin sie gehen. Lautes Krachen ertönt in der Ferne, dann näher. Der Spanier blickt sich danach um, die beiden anderen aber fahren einfach mit ihrem Geplauder fort. Sie scheinen gegenüber dem sich nähernden Lärm taub zu sein.

Sie kommen an Obstbäumen vorüber, von kräftigen Pfählen abgestützt und in kleinen Hainen versammelt. Springbrunnen sprühen Wasser in die Höhe. Große Pinien schützen die Männer vor der Sonne und bedecken den Garten mit einem Nadelteppich. Sie haben bei einer Reihe hoher Büsche mit Lavendelblüten angehalten. Faria lächelt blasiert. Ein Scherz kommt gut an.

«Ich bin natürlich ob Eures Disputes gespalten», bemerkt der Papst recht allgemein. Er erwägt ein Wortspiel mit seiner «Weltlichkeit», verwirft es. Der Tag ist bereits reichlich lose. Seine Gärten lenken ihn ab. «Ich bin kein Geograph.» Er hebt eine Hand, um Farias erwarteten Protest abzuwehren, will nicht, daß seine Klugheit bereits jetzt gepriesen wird. «Seid versichert, daß mir diese Fragen nach Proportionen und Distanzen am Herzen liegen. Ich erkenne ihre Bedeutung.» Jetzt einen Krumen für Vich? Ja. «Ihre Komplexität verwirrt alle, die diese Angelegenheiten untersuchen, einschließlich meiner unzulänglichen Schreiber, Don Jerónimo. Angemessene Sorgfalt, nicht das Aushecken von Scherzen verzögert diese Dinge. Ich habe eine Regelung versprochen, und eine Regelung wird es geben, merkt Euch meine Worte, denn es schmerzt mich, sie wiederholen zu müssen.»

Der Unterton des Vorwurfs ist nahezu vollkommen. Die Männer haben sich bei seinen Ausführungen aufmerksam vorgebeugt. Plötzlich setzen beide ihre Masken wieder auf. Dom João ist ein charmanter Höfling, Don Jerónimo ein schmollendes Kind. Der Papst streift mit der Spitze seines Pantoffels über den Rasen. Eine Taube flattert und gleitet, bis ihr Flugbogen sie über die höheren Bäume gen Westen davonträgt. Er sollte die Arbeit an der Mauer dort wieder aufnehmen, obwohl die Füchse sicherlich die Kaninchen abschrecken. Feinde und ihre Bezwinger: unausweichlich wird der eine zum anderen. Wenigstens das hat Julius ihn gelehrt. Sie wollen, daß er Linien um die Welt zieht, quer über Länder und Meere, die sie niemals gesehen haben, die nach allem, was sie wissen, möglicherweise nicht einmal existieren. Das Vermächtnis des Borgia.

Jetzt, irgendwo in den Dickichten der Gärten, eine Störung. Weiteres Krachen kündigt größere Manöver in der Ferne oder kleinere in der Nähe an. Die drei schlendern weiter, und da ist es wieder, nähert sich. Vich kommt stolpernd zum Stehen, aber die beiden anderen scheinen sich wohl zu fühlen, als seien die Gärten still, sind ob seines Unbehagens gar erstaunt. Er kann hören, wie Bäume und Unterholz beiseite geschoben werden. Die Büsche, die sie umgeben, sind über mannshoch. Er kann nichts sehen.

«Don Jerónimo ...?» Der Papst fordert ihn, aber das Geräusch wird lauter und kommt jetzt auf sie zu. Er begreift nun die Szene, in die sie ihn gelockt haben. Er erinnert sich der überfüllten Balkons vor sechs Monaten, der Herausforderung, die erging, als die Trommler von D'Acunhas Gesandtschaft vorwärts auf die Brücke marschierten, wie er gestrandet und ohnmächtig zurückblieb, als die Kardinäle vorwärtsstürmten, um Faria zu gratulieren, während der neue Medici-Papst ganz offensichtlich bezaubert war, als das unübertreffliche Geschenk der Portugiesen unten albern Männchen machte.

Es ist das Tier. Sie können es kaum überhört haben, lassen sich aber nichts anmerken. Ist Farias Grinsen um ein winziges breiter geworden? Der Papst nickt zu Farias Antwort. Das Geräusch splitternden Holzes. Sie beobachten ihn, warten. Ein Augenblick Stille, und dann fegt ein ohrenzerreißender Schrei alle Gedanken beiseite.

Die Bäume werden auseinandergedrückt, und da ist es wieder vor ihm, diesmal über ihm, sein Körper groß wie ein Haus. Er blickt auf, und da über seinem Kopf ist der schreiende Kopf eines Monsters. Es hat Zähne, zwei große, weiße Zähne, die ihm aus dem Gesicht wachsen, ein Schaufelmaul und statt einer Nase ein obszönes Glied, einen muskulösen Darm, der einen Baum schwenkt. Er tritt zurück, und die Keule schwankt über ihnen. Zu ihrer Linken taucht ein kleiner, brauner, drahtiger Mann in schlechtsitzender Livree aus dem Unterholz auf. Er trägt sinnloserweise ein kurzes Stück einer gewaltigen Kette. Er hört die Stimme des Papstes, wie sie – was – anredet? Es kann nur das Tier gemeint sein.

«Hanno! Hanno! Knie nieder.» Don Jerónimo hört, wie sich Farias blödes Grinsen als Gelächter enttarnt. Der Balkon, diese Gärten, der elende Wärter, sein Herr, vor allem aber das Tier selbst: die hinausgezögerten Verhandlungen, sein Scheitern, Fernandos Ehre und die ihm drohende Ungnade. Der Papst winkt den Wärter beiseite. Dom João wendet sich ihm entzückt zu. Ist das nicht absolut unbezahlbar? Das Geschenk, der Schenker, der Empfänger. Wo ist sein Platz in dieser Szene? Die Bestie schaukelt, will aber nicht knien. Der Papst zuckt die Schultern.

«Hanno ist einsam», sagt er zu den beiden Männern. Das Tier schwenkt den Kopf hin und her, folgt schließlich dem eigenen Schwung, dreht sich und schlendert zurück ins Unterholz. Der kleine Baum, den es im Rüssel hält, wird beiseite geschleudert, als die graue Masse in einer dichten Schonung verschwindet. Sie hören, wie das Krachen leiser wird.

«Eurer Heiligkeit Gedanken hatten sich mit der Angelegenheit einer Regelung befaßt», drängt Faria behutsam.

Er fühlt, daß ihre Aufmerksamkeit sich wieder auf ihn richtet oder gegen ihn vorrückt wie zwei Massen aus Interesse und Zweck, wobei ihm jeder andere außer dem schmalsten Durchgang zwischen ihnen verboten ist, nur ein Span Raum, um hineinzugehen, ein Span unerreichbaren Lichtes über ihm. Seine scharfsinnigsten Gelehrten haben über den Regelungen der Vorgänger gebrütet und doch nur die Argumente gefunden, die ihm die beiden Männer, die ihn flankieren, in den letzten Monaten präsentiert haben. Manolos *Padroado* und Fernandos *Patronato*. Die Portugiesen im Osten, die Spanier im Westen, und wo sie sich trafen, war alles gefährlich und ungerecht. Sie drohen mit Krieg und fordern ein Urteil. *Nein, Ihr dürft Euch nicht enthalten …* Seiner Kurialisten Mahnung läßt ihn ausharren in nächtlichen Stunden, in verbrauchter Kopfschmerzluft, vollgestopft mit Klauseln und Konstrukten, bis es nichts mehr zu bereden gab. Und dann hatte einer von ihnen gesprochen, zaudernd und in ihre Erschöpfung hinein. *Es gibt da einen Weg …*

Der Papst sagt: «‹Und du, Menschenkind, nimm ein Schwert, scharf wie ein Schermesser, und fahr damit über dein Haupt und deinen Bart und nimm eine Waage und teile das Haar damit.› Erinnert Ihr Euch dessen?» Er hält die Hände wie zwei Schalen hoch, sein Kopf ist das Zünglein, sein hilflos redender Kopf. «Aber mein Rasiermesser ist zu stumpf», sagt er. Ein kleiner Schwarm brauner Vögelchen explodiert aus dem Blätterwerk eines nahen Maulbeerbaums, kreist und verschwindet. Er glaubt, Hannos Rücken zu sehen, eine komische graue Insel, die da unten zwischen kleinen Bäumen und niedrigen Büschen herumstrolcht. Seine Hände zucken auf und nieder. Er beginnt von Äquivalenzen und Gleichgewichten zu sprechen, von perfekt ausgewogenen Ansprüchen, die einander aufheben, von Verträgen und Pakten und dem Gewebe der Worte seiner Vorgänger, in dem er sich verfängt und festgehalten wird. «Eure Ansprüche sind zu gleichartig», sagt er ihnen. «Selbst Ezechiel könnte dieses Haar nicht spalten …»

Er redet und redet. Vich und Faria werfen einander versteinerte Blicke zu, sichten, berechnen. «Ich kann hier den Ausschlag nicht geben, nicht um Fernandos Liebe, nicht um die von Manolo. Wäre der Unterschied doch nur ein Körnchen Salz, ein Sonnenstäubchen …» Allmählich taucht es auf, milchig und amorph in seiner Tarnung aus wäßrigen Manieren, und nimmt auf den gedachten Waagschalen gedachte Gestalt an. Er sucht nach etwas, blickt über die Gärten hin, die zunächst still erscheinen, dann sonderbar zucken und schüttern, als das Fortschreiten des Tieres sich verrät; rumpelnde Störung durch brechende Äste und aufgeschreckte Vögel, die in den Sonnenschein flattern. Hanno kracht wieder in Sichtweite; der große Kopf taucht albern zwischen zwei Büschen auf, bedeckt mit kleinen gelben Blüten, die der Rüssel des Tieres mit feinen methodischen Kräuselungen sucht. Die drei Männer sehen schweigend zu. Ich wollte, ich wäre durchsichtig, denkt der Papst.

«Heiligkeit», sagt Faria, und ein schwacher Unterton von Wut schwingt leise mit, nicht seine, sondern die seines Herrn, nicht seine Ungeduld, sondern die von Manolo. «Was ist es, das Ihr wünscht?»

«Plinius hat in seiner Naturgeschichte eine wunderbare Erzählung», sagt er mit plötzlicher Begeisterung. «Jedes Tier hat seinen Gegner, der Löwe und der Tiger, die Schildkröte und der Adler ... Es gibt auch andere, obwohl ich sie jetzt vergessen habe. Selbst Hanno hat seinen Gegner, zu dessen Vernichtung er überleben muß. Selbst Hanno ...»

Das Tier schüttelt energisch den Kopf und flappt mit den Ohren. Sie können es hören, ein ledrig schlappendes Geräusch. Der Papst strahlt das Tier an. Das Tier kaut. Die beiden Männer werfen sich einen Blick zu.

«Habt Ihr Plinius gelesen?» fragt er die Botschafter.

Schwellende Dampfzungen lecken hoch, verdünnen sich zu unsichtbaren Geistern, verdicken sich plötzlich in den Lichtstreifen, einem reichen sommerlichen Gold, das sich hinter den leinenen Vorhängen vor den halbverdunkelten Fensterläden mit dem fortschreitenden Nachmittag vertieft. Sonnenhelle Dampfwirbel schieben dicke Leuchtstreifen in die Düsternis, wo sie, plötzlich des Lichts beraubt, heimlich die Mauern hinaufkriechen. Kondenströpfchen sammeln sich oben an eichenen Deckenbalken und tropfen als nasses Echo auf die Teppiche, die den Fußboden bedecken. Ein leichter Schimmel, der in diesem Herbst wieder zum Vorschein kommt, wird abgeschrubbt werden müssen, was Leitern und Geklapper bedeutet, steife Bürsten, Schufterei, allgemeines Durcheinander. Im Augenblick ist alles ruhig.

Aus der Düsternis der anderen Wand hustet ein massiges Bett unter einem verblassenden roten Samtbaldachin Staub in einen dunstigen Raum.

Seit Mittag: das Stapfen von Arnolfos Stiefeln zwischen Holzstoß und Küche, das Entzünden und Schüren des Feuers, das Zapfen von Wasser und dessen Erhitzung in einem geschwärzten Kupferkessel, der über dem flammenden Feuer ächzt und brodelt; die ganze Küche verschwindet in sprudelnden Kochwolken, und Emilia, die keine Luft bekommt, ist in den Hof vertrieben; dann wird das Gerät herausgerollt, Stiefel poltern die Treppen hinauf und hinunter durch die Haupt*sala* und die kleinere in das improvisierte *bagno*; schwappende Krüge und überlaufende Töpfe, jeder schwitzt und ist schlecht gelaunt, selbst der unerschütterliche Tebaldo, selbst die kleine Violetta (Tränen, kurz nach Mittag, werden dem allgemeinen Durcheinander angelastet), und jemand steht mitten in alledem, scheint kaum Teil davon zu sein und weist doch dieses an, erinnert an jenes, hält alles in Gang, wartet gelassen darauf, daß die eigene Hauptrolle beginnt, denn es gefällt – wie der ganze Haushalt nur auf eigenes Risiko vergessen könnte – während der stickigen Sommermonate und zu den Festen von Sankt Urban, Sankt Lambert, Michael, Lukas, Leonard, Barbara, Sylvester und Peter, zum Dreikönigstag, zu Advent, am Abend vor Allerheiligen, am dritten Sonntag in der Fastenzeit (wenn Ostern früh war) oder am ersten Tag der Karnevalszeit (wenn nicht) und besonders zu den Festen der Heiligen Philipp und Jakob (heute) ihrer Herrin Fiammetta, das zu nehmen, was sie «ein kleines Bad» nennt.

Spluuuusch …

«Auuahh!»

«Zu heiß?»

«Du verbrühst mich!»

Puu-loschsch …

«Aaaahh …»

«Besser?»

«Mmmmm.»

Während sie ihrer Herrin aufwartet, hat sie ihre verstörte und von der Hitze aufgeweichte Truppe in die jeweiligen Bereiche zurückbeordert – Küche, Stall, Spülküche, Studierzimmer –, die Türen oben und unten an der Treppe geschlossen, das leinene Einlegtuch entfaltet, über das Bad geworfen und zugesehen, wie das Wasser es in dunkelnden Flecken beschwert und hinabzieht, damit es die rauhen Planken des Badezubers bedeckt. Sie hat der dampfenden Flüssigkeit Öle und Blüten beigegeben, dann ihrer Herrin zugesehen, wie sie sich erhob, die Augen rieb, sich ihres Hemdes entledigte und sich mit langsamem Ausatmen in den duftenden Wasserwirbel gleiten ließ. Die kühlenden Bettlaken strömen eine schwache Säuernis aus, die unter dem dichter werdenden Dunst der öligen, dampfgetragenen Düfte rasch erstickt. *Dripp*, ein Tropfen vom Balken darüber, *platsch*, ins Bad. Das Schlafzimmer riecht nach Rosen.

«Bims mir jetzt die Füße ab.»

«Noch etwas warten.»

«Sie fühlen sich wie Hufe an, wie die Hufe eines großen Karrengauls.»

«Das Wasser wird sie aufweichen.»

«Findest du, daß ich Hufe habe?»

«Nein, Herrin.»

«Dann bims sie jetzt ab.»

«Geduld.»

Zuerst kannte sie nur «Nein», «Bitte», «Ja», «Herrin» und «Roma». *Ro*-ma. Dann, bald danach, «Wasser», «Stroh», «Gut», «Moment», «Bald» und «Geduld». Diese kreischende Stadt wollte sie in ihrem Lärm ertränken: Zuerst lernte sie die Wörter für die Dinge, die dort fehlten. «Birne», «Gott segne dich». Behob die Unzulänglichkeiten, die in jenen verwirrenden ersten Monaten an ihr nagten. Ihr Handgelenk war langsam und schlecht verheilt, versteifte sich in der Feuchtigkeit des Winters, taute im Frühling wieder auf. Jetzt schon dreimal. Die Stadt hatte die Finger in sie geschoben. Sie fügte ihre barbarischen Akzente zum Geschnatter des Durcheinanders in den Straßen, ihrem Kot und dem Gestank, der aus ihnen emporstieg – diesem Ort des Abfalls, der Unordnung und des Lärmes. «Fort mit dir!», «Ein Silbergiulio», «Zwei», «Drei», «Vier» ... Sie trennt mit den Fingern ihrer Herrin Zehen und macht sich mit dem Bimsstein an die Arbeit.

«Seif mich jetzt ab.»

«Einen Augenblick ...»

«Mach schon. Ich steh jetzt auf.»

«Die Zitronenseife? Die Rosenseife?»

«Er haßt den Geruch von Zitronen. Rosen.»

Gerötete Unterarme tauchen aus den Tiefen des öligen Wassers auf. Finger packen die Ränder des Zubers, Schultermuskeln spannen sich, Arme recken sich nach vorne wie die eines Ruderers. Sie wird eine oder zwei Sekunden warten, sich sammeln, dann … Sie erhebt sich plötzlich, das Wasser strömt ihr an Brüsten und Bauch herab, sie steht jetzt fest auf weit auseinandergestellten Füßen, die Lungen holen gierig Luft, Enttäuschung ob der verlorenen Spannkraft, die Augen auf eine unbestimmte mittlere Entfernung gerichtet, der abwesende Blick eines Trägers, der sich unter einer Last versteift und dessen ganze Welt für einen Augenblick zu Gewicht geschrumpft ist. Einst ist sie für einen Knaben durchgegangen. Dünn wie ein Rechen.

«Schrubb fester.»

«Nehmt die Arme hoch, Herrin.»

«Langsamer jetzt … Ja.»

Sie arbeitet von den Schultern abwärts, schäumt und spült, beugt sich unbeholfen vor, um die Brüste zu heben und unten abzuseifen. Während sie kniet, ruht die Hand ihrer Herrin leicht auf den straffen Zöpfen um ihren Kopf. Die festen Rundungen ihrer Hinterbacken. Fiammetta dreht sich. Die Hand verläßt ihren Kopf, und dicke Finger umfassen ihr Kinn. Sie blickt auf; neue Trauer hat das Gesicht anschwellen lassen, das auf ihres hinabblickt. Accolti im letzten März tot. Der junge Chigi verläßt sie im folgenden Monat, sein Abschiedsstoß ein Abschiedsgeschenk in einem mit schwarzer Seide ausgeschlagenen Kasten, letzte Demütigung. Schwarze Tage. Die Dienerschaft verbannte sich selbst in die Küche, während die Herrin ihre Erniedrigung zu Ende brachte – lange Nachmittage voll lauter Schreie und dumpfer Schläge, Ächzen, Stöhnen, dann Stunden, in denen Schluchzen das Haus erfüllt – zwei Wochen lang, ehe Chigis Geschenk wieder in den Kasten gelegt wird. «Ihre Stunden auszufüllen», wie der Brief sagte; in den Sockel eines jeden Gerätes ist das Bildnis der zugehörigen Kreatur graviert: ein Hund, eine Ziege, ein Mann, ein Stier, und zuletzt – unausweichlich seit der Prozession, die sie gemeinsam vom Balkon von Agostinos Palast aus sahen, seit deren Attraktion ihm Anlaß zur ersten Stichelei geliefert hatte – ein Elefant. In ihrem mit Seide ausgeschlagenen Kasten aus Zedernholz trugen fünf elfenbeinerne, fingergroße bis knüppelgroße Phalli stumm die Nachricht und Begründung ihrer Entlassung vor. Zwei Sonntage später sandte sie ihm den größten zurück, stinkend und mit dem Blut jenes Monats beschmiert. Nun ist nur noch das alte Schlachtroß selbst da, nicht so grausam wie Chigi, nicht so reich wie Accolti, und Traurigkeiten, die mit Fröhlichkeit maskiert werden, so lange, bis sie sie tiefer in ihrem Fleisch versenken kann. Vergnügungen zwischendurch. Das nach oben gewandte Gesicht ist unbewegt und harrt auf ihr Wort.

«Dein Kleid ist fleckig. Hier die Seife, und hier.»
«Ich werde es heute nacht auswaschen.»
«Und du schwitzt.»
«Der Dunst ...»
«Los. Zieh's aus.»

Kaliko, dicker, als sie im Mai mag, knittert langsam auf den Boden. Ein Unterhemd aus dünner Baumwolle fällt, schlaff vom Dampf, daneben hin. Sandalen klappern über die Teppiche. Das ist leicht für sie. Dies alles ist schon vorher bedacht worden; Kleiderburgen schmelzen um ihre Fußgelenke, sie selbst nackt, tritt hervor. «Los, zieh's aus.» Oder ein gebellter Befehl in einer von einem halben Dutzend Sprachen, oder eine Geste der Hand. Die Kaufleute hatten neugierig die Linien beäugt, die in ihre Wangen geritzt waren. Man hat sie in diese, in jene Richtung gedreht. Oft liegt sie da, die Beine zu einem V gespreizt, während ein geübter Finger in ihrer Vagina stochert, bis sie aufschreit. Dann gähnt sie. In diesem Moment überlistet sie ihre Fänger. Sie gähnt, und der Kaufmann tritt zurück. Das Geschäft ist geplatzt. Diese hier wird er nicht nehmen. Das geschieht achtmal hintereinander, und ihre Fänger werden jedesmal wütender. Es sind Brüder, denkt sie. Vielleicht Vettern. Sie schlagen und bespucken sie, aber sie wagen nicht, sie schlimm zu verletzen. Die Karawane war nach Norden gezogen, immer nach Norden, und nichts markierte die Reise als die jeden Tag aufsteigende und wieder schwindende Hitze, die Wadis, an denen sie Halt machten, und die Märkte, wo sie keinen Käufer fand. Die Karawane beginnt zu achtzig, aber ihre Zahl schwindet in Raten von zwei und drei wie auch die Ziegen, die hinter ihnen angebunden sind, bis schließlich nur noch ein alter Mann da ist, ein keuchender Junge, sie selbst. Eines Nachts töten sie den alten Mann und den Jungen in einem Graben. Sie hört sie über Geld streiten und weiß, der Streit betrifft sie. Sie hassen sie und können sie doch nicht loswerden. Sie lacht leise in sich hinein, sitzt da, die Hände mit Streifen aus Ziegenhaut zusammengeschnürt, sitzt allein in der Wüste, wartet darauf, das Ergebnis zu erfahren. Die bitteren *uli*-Beeren verursachen Jucken auf ihrer Kopfhaut, acht sind schon verschluckt, vier übrig. Vier werden genug sein, denkt sie. Sie werden den Markt am Wasser erreichen, ein Gleißen weißer Häuser, winzige Schiffe auf einer glitzernden See. Die Brüder werden Arrak trinken und ihr das Handgelenk brechen und sich dann wieder streiten. Sie ist wertlos, und sie sollten sie töten, aber sie sind schon zu weit nach Norden gezogen. Sie wird diese Verletzung verbergen. Ein genuesischer Kaufherr lacht und hält sie am Handgelenk hoch, sieht zu, wie ihr Körper sich streckt, wie Schweiß ausbricht. Das Handgelenk, aber sie gibt keinen Ton von sich. Die Brüder akzeptieren einen Spottpreis. An Bord richtet er das Gelenk. Er wußte es die ganze Zeit. Er beobachtet sie, wie sie die letzten bitteren Beeren aus ihren Zöpfen pflückt und über Bord wirft. Vier blauschwarze Flecken treiben dahin, lösen sich auf. Sie zeigt, wie sie sie in den Mund geworfen hat, eine nach der anderen, Markt um Markt ... Verstehen dämmert auf, und der Genuese lacht; sein gerissenes Feilschen. Er zeigt nach vorn, kräuselt seine Lippen um das Wort. «*Ro*-ma.» Ja, das ist leicht. Das versteht sie sehr gut. «*Ro*-ma.» Schlaue Augen stehen im lachenden Gesicht einer Frau, die am Arm ihres nachsichtigen Liebhabers hängt, der ihr Münzen in die Hand zählt. Der Genuese sieht zu, kassiert, ist verschwunden. Die Küsse der Frau klatschen naß gegen die hageren Wangen ihres Liebhabers, aber ihre Augen blicken über die Schulter des Mannes, ziehen sie aus. Eu-see-biah. Ihre Herrin läßt sich sorgsam in den Zuber hinab.

«Eusebia ...»

«Herrin?» Fiammettas Augen gleiten an ihrem Körper auf und ab.

«Kaum mehr als ein Mädchen ... Wie alt bist du, Eusebia?»

Sie hebt die Schultern; Unwissen.

«Jetzt dreh dich um ...» Geflüstert, die Worte in dampfgeladene Luft gehüllt, in die wäßrigen Düfte des Schlafzimmers. Gewohnheit hat die Kanten dieser besonderen Forderung nie geglättet.

Sie dreht sich um, spürt die Haut sich auf den Rückseiten ihrer Beine spannen, hört das Drip-Drop des Wassers, als eine Hand hinter ihr auftaucht. Eine erste tastende Berührung, Finger streichen die Rückseite ihrer Knie empor, ihrer Beine, Fingerspitzen streicheln die Haut ihrer Hinterbacken. Sie fühlt das Blut in ihrem Geschlecht anschwellen; so leicht. Erinnre dich.

«Eusebia ...»

Sie hat die späten Sommerregen neunzehnmal in ihr Gesicht sprühen gefühlt und seit «Eu-see-biah» weitere drei gezählt. Der Himmel hat fünf Monde gemästet seit dem letzten, und heute wird der sechste an einem Ort, der sehr fern von hier ist, von diesem *Ro*-ma, drei Narren hervorlocken, die ihn anstarren und ihrer gedenken, überzeugt davon, daß sie tot ist. Jetzt beugt sie sich vor, dampfender Atem, Lippen tasten über feinporiger Haut lautlos zu einer verborgenen Falte aus Dunkel, teilen dicht gekräuseltes Haar. Lippen begegnen schmelzenden Lippen. Rosamündig. Ihre Beine spreizen sich langsam zu einem umgekehrten V.

«Eusebia ...»

Sie hat zweiundzwanzig Jahre durchlebt; eine Wüste und ein Meer durchreist. Sie ist nicht von diesem Ort, nur an ihn angepaßt. Fiammetta grunzt leise hinter ihr.

«Kleine Schwarze ...»

Sie wartet auf die vertraute fette Zunge.

Draußen, anderswo, nimmt die Hitze mit dem Fortgang des Nachmittags zu, lastet auf *Ro*-ma, liegt schlaff in den Straßen. Die Bewohner suchen Zuflucht im Schatten der Gebäude und Markisen, treiben gedankenlos ins Innere. Stille senkt sich herab. Auf den Märkten von Navona und dem Campo dei Fiori drehen Matronen und ihre Diener sich um und streben nach Hause. Kühe, Pferde, Ziegen, nicht verkaufte Schweine und Schafe schmachten vernachlässigt in ihren Pferchen. Fisch, Käse und Fleisch werden von den Tischen geräumt und in Kisten darunter verstaut. Die Händler kommen in wortkargen Haufen zusammen. Menschen schwitzen. Hinter Fensterläden, Fenstern und Vorhängen, in Hütten, Häusern und Palästen haben sich die Frauen und Männer dieser Stadt hingelegt und warten auf das Ende der stickigen Wärme. Nichts zu tun als zu gähnen und sich zu kratzen, Eimer kühlen Wassers aus den Brunnen hochzuziehen. Etwas vom Bann der Nacht wider arglose Bewegungen ist in diesen Stunden. Durch die einschläfernde Schwüle des Nachmittags gefesselt, liegen Emilia und Arnolfo matt in der Küche beieinander. Das Feuer ist vor einer Stunde ausgebrannt. Tebaldo zieht den Schatten des Hofs vor. Violetta ist irgendwohin verschwunden; als sie zurückkommt, kriegt sie Ohrfeigen, obwohl Emilia sie, ehrlich gesagt, bei solchen Gelegenheiten gar nicht im Haus haben will. Ihre trägen Vergnügungen mit Arnolfo – mächtige Brust und behaart wie ein Ziegenbock – bedürfen irgendwie dieser Sommernachmittage, die Begleitung von oben nicht zu erwähnen: vages Stoßen und Ächzen, ein Schrei oder zwei, dann steigert sich Gestöhne zu einer Reihe ohrenzerreißender Schreie, dann für einige Minuten Schweigen. Die Geräusche erregen sie auf eine Weise, wie das der wirkliche Anblick der beiden niemals könnte. Dann folgt als verwirrendes Finale: eine Reihe schrecklicher Schläge. Unerklärlich diese, und die Beweise, die der Herrin anmaßende Mohrenhure manchmal hinterher vorweist – eine geplatzte Lippe, ein geschwollenes Ohr –, dienen lediglich dazu, das Rätselhafte zu vertiefen. Die Schläge sind für sie das Signal, Arnolfo abzuschütteln oder seine Hand aus ihrer Beschäftigung unter ihrem Rock zu lösen, abzusteigen, sich aus ihrer Stellung mit dem Gesicht über den Tisch gebeugt aufzurichten, sich den Mund zu wischen, in die tote Glut zu spucken ... Ihren Gedanken an des Mädchens dunkle Haut vor Fiammettas Körper Einhalt zu gebieten. Hmmm, vor und zurück schaukeln, die Knie fest um Arnolfos Schenkel geklammert, der im Takt mitschaukelt und leise *gn gn gn* macht, *Aaaah* hervorstößt, als sie ihr Kleid vorn öffnet und schlaffe Brüste einzeln heraushebt. «Saug», befiehlt sie. Arnolfos *Mmmss* ist das einzige Geräusch – das Paar oben hat einen Abschnitt des Schweigens erreicht, vielleicht ein Schrei oder zwei aus der Straße hinter dem Hof, irgendwo das Klappern von Pferdehufen. Emilias Becken kreist ein bißchen drängender. Hufe. Sie kneift die Augen zu, macht sich mit den Fingern an die Arbeit. Mach schneller, ja, ja, ja ... Dann *bäng, bäng, bäng*. Jetzt schon? Sicher ist es zu früh, sicherlich, und sie ganz kurz davor, ihr Inneres kocht wie Marmelade ... Wieder *bäng, bäng, bäng*. Schlimmer als sie befürchtet hat; plötzlich weiß sie, daß diese Detonationen nicht von oben kommen, sondern von der Tür. Hufe? Ein Pferd! Und es ist noch schlimmer, sie streicht sich das Kleid glatt, schiebt sich widerspenstiges Haar hinter die Ohren, bringt mit einer wütenden Bewegung ihr Reitpferd von eben zum Schweigen (es ist verwirrt, zappelt immer noch heftig auf dem Boden hin und her), denn in diesem Augenblick beginnen, durch die Decke aus dem Schlafzimmer oben schallend, Fiammettas Vergnügungen erneut sehr ernsthaft. Schweres Rumpeln von oben, scharfe Donner von unten, Emilias Füße trampeln die Treppe hinauf, und das Haus wird zu einer Kakophonie von Schlägen. Tap, tap, tap, über den Flur der Sala, *iiiik* (eine Bodenplanke ist locker), ihr einsames Klopfen gegen die Tür, *tock*, verloren zwischen dem Gehämmer von unten und, als sie den Türgriff dreht, einem gewaltigen BÄNG! von drinnen. Die Tür schwingt auf, um ihr den Zuber zu zeigen, das Bett, den Dampf, das rote Fleisch ihrer Herrin, des Mädchens schwarze Haut, zwei Gesichter wie die gefangener Tiere. Fiammetta steht keuchend über dem Mädchen, das unter ihr auf dem Boden liegt; da gibt es ein plötzliches Schweigen, und darin eine sonderbare Komplizenschaft wie zwischen einem Raubtier und seiner Beute. Emilia keucht, hat selbst ein rotes Gesicht, sagt: «Um Vergebung, Herrin ...», als Fiammettas Ausdruck unergründlicher Freude sich in den Schock ob des Eindringens verwandelt, dann in Zorn, und dann in Panik, als das Pochen unten sich verdoppelt. Emilias bebende Botschaft ist ihr schon ins Gesicht geschrieben, dröhnt gar durch alle Balken des Hauses.

«Herrin, Don Jerónimo ist da.»

Plinius?

Lärm vom Petersplatz strömt hinab in den angrenzenden Hof der Papageien, prallt von Mauern und Fenstern, türmt sich, als würde Babel aus Luft neu errichtet und die Luft ringsum zu Stein: Strohverkäufer, Pferdehändler, Hausiererinnen mit Kreuzen und Kopftüchern, Pilger aus jeder Ecke der Christenheit, Mönche, Priester, Trödler, Schreiber und Bettler. Ein Esel schreit. Ein Hund bellt. Vielleicht ist jedes dieser Geräusche das andere, denn der Hof trügt das Ohr. Der Radau ist nah, aber verwirrend. Ist das darunterliegende Plätschern der Springbrunnen, nahe dem Wassertrog?

Nein, der Springbrunnen des Belvedere. Und irgendwo in dem Geplapper menschlicher Stimmen ist, wie Antonio weiß, die seines Herrn Don Jerónimo. Und die des Papstes. Und die des Portugiesen, dessen Affen anmaßend auf der anderen Seite des Hofes herumlungern: Bandera, gleich ihm Sekretär, Don Hernando mit der von den Berberfeldzügen verbrannten runzligen Haut, sechs von Hernandos Meuchelmördern und Venturo. Seine eigenen Leute – Don Diego und fünf Bewaffnete – schwatzen gleichmütig miteinander. Sie ignorieren die Gegenpartei, mit Ausnahme von Diego, der beiläufig Hernandos Pferd, einen mächtigen, aber sonderbar gezeichneten Kastanienbraunen, betrachtet, so als ob er gleich hinübergehen und es für sich nehmen wolle. Doch davon abgesehen existieren Farias Männer nicht. Die Hufe der Pferde trappeln, wenn sie sich auf den Pflastersteinen bewegen, und das Geräusch wirft sein Echo die Mauern auf und ab. Stunden sind schon so verstrichen.

Plötzlich bricht durch die vagen Geräuschwellen, die über die Dächer schwappen, ein dünnes Trompeten. Antonio blickt erschreckt auf, mit unbeherrschtem Gesichtsausdruck, den er rasch, aber zu spät unterdrückt. Die Portugiesen jenseits des Hofes äffen ihn schon nach, blicken entsetzt himmelwärts und führen ein Spektakel unterdrückten Gelächters auf, *höörrghgh-urgh-urrrgh* … Don Diegos Hand zuckt zum Degen. Der Kastanienbraune wiehert, und alle Portugiesen blicken wieder auf, wie ein Mann, noch spaßiger diesmal, *höörrg-hgh-urgh-urrrgh* … Natürlich ist Venturos Gelächter das lauteste, seine quiekende dünne Stimme paßt sehr gut hierzu. Das Trompeten des Elefanten bedeutet vieles, nichts Gutes; unter anderem, daß ihr Botschafter nicht mehr lange auf sich warten lassen wird.

Bald drängt die Schweizergarde in ihren grün-goldenen Uniformen die Menge der Bittsteller zurück, die sich täglich im Hof von Innozenz' altem Palazzo sammelt, bahnt den Pferden der Spanier einen Weg durch den schreienden Pöbel. Die Sonne nistete sich um Mittag für eine Stunde im Hof der Papageien ein. Danach kehrte der Schatten zurück. Antonio roch den Dunst, der sich unter den Pflastersteinen sammelte – der Borgo ist für seine Feuchtigkeit berüchtigt. Nun kehrt außerhalb dieses Quartiers die Sonne mit voller Kraft zurück. Eine lockere Menge sammelt sich hier, die hoffnungsloseren Bittsteller, die nicht einmal Zutritt zum Hof erhalten haben. Antonio zwinkert und folgt dem steifen Rücken, der auf dem Roß vor seinem auf und ab schaukelt. Die Audienz, er weiß es – wußte es schon, als er Farias Männer sah, als er das Tier höhnisch posaunen hörte –, ist nicht gut ausgegangen.

Sie überqueren die Ponte Sant'Angelo in mürrischem Trab; Don Jerónimo an der Spitze flucht auf eine Menge rüpelhafter Hellebardiere, einen kleinen Jungen, der ein Ferkel trägt, herumstreunende Mönche, auf alle und jeden, der es wagt, seinen Weg zu kreuzen. Hinter ihm reiten Antonio, dann Don Diego und seine Mannen. Die kleine Piazza am anderen Ende der Brücke ist frei – vor allem hier, weiß Antonio, wird sein Herr nicht bummeln wollen –, und der Zug wird schneller, umreitet Karren mit Weinfässern aus Ripetta und mit Steinen für die Kalköfen, fegt Fußgänger beiseite, die sich unter die Markisen flüchten. Die kürzlich neu benannte Via dell'Elefante bleibt zurück. Sie kommen an Bankhäusern vorüber und wenden sich nach links. Vor ihnen ist, ein wenig weiter die Straße der Juweliere hinab, ein Getreidewagen von Beamten der *stadera* angehalten worden. Die Pferde schließen auf; er reitet nach vorn.

«Plinius», kläfft Don Jerónimo seinen Sekretär an, reitet dann wieder voran. Die Straße knickt zum Fluß hin ab, und der Stumpf des Torre Sanguigna reckt die Spitze über die Ziegeldächer und Kamine. Eine Gerberei, die Antonio nie zuvor bemerkt hat, entlädt ihren Gestank an dieser Strecke, aber die andere Straße am Torre di Nona vorbei hält sich dicht an das Ufer des Flusses, der in dieser Hitze und so weit flußab unerträglich stinken wird. Unmittelbar hinter Santa

Nicola wendet sich der Zug nach links. Als er über die Schulter zur Piazza Navona hinüberblickt, sieht Antonio, wie Männer Reihen von Packpferden in Pferche führen, die grob mit Leinwand gedeckt sind; Menschen entfernen sich. Jeder tut, was auch er tut (obwohl in dieser Stadt der Fremden sogar dieser Satz ihm falsch klingt; eine weitere von Roms Täuschungen): heimgehen. Antonio Serón, Sekretär des Botschafters von Fernando dem Katholischen von Aragón, wendet das Pferd und folgt seinem Herrn in den Hof.

Die Ställe sind leer. Der Hof hallt wider. Stallburschen erscheinen und übernehmen die Pferde. Don Jerónimo ruft herüber: «Zu mir, Antonio», ehe er sich unter den Türsturz duckt und durch die Tür verschwindet. Zwei Dutzend Türhüter starren erschreckt heraus, um zu sehen, welche Überraschungen noch folgen mögen.

Don Jerónimos Absätze verschwinden treppauf, Schritte tönen die Loggia entlang, sein Rücken verschwindet, als er durch die Sala schreitet, eine unsichtbare Tür fliegt innen auf. Antonio hastet hinterher. Als er von der offenen Loggia hinabblickt, sieht er unten Don Diego allein im Hof stehen, wie er in den wolkenlosen Himmel aufschaut, mit steinernem Gesicht wie immer. Einst einer von Cardonas bevorzugten Hauptleuten, hat er seine Gleichgültigkeit gegenüber seiner Rolle in Rom weder offen gezeigt noch verhehlt. Adjutant? Leibwächter? Es gibt Gerüchte über seine «Exzesse» nach Ravenna und Prato. Der Mann macht ihn nervös.

«Antonio!»

Das Vorzimmer hinter der Saletta dient als Lager und Empfangsraum. Gelbe Ziergläser in den Fenstern dämpfen das Licht aus dem Hof zu Orange- und Ockertönen, Farben des Sonnenuntergangs. Immerhin sind die Strahlen auch so stark genug, um die Ränder der Papiere zu bräunen, die in die Nischen der anderen Wand gestapelt sind, jener, die aus den Truhen darunter hervorquellen, und jener weiteren, die einen Gutteil des Fußbodens bedecken: Vertragsentwürfe, Memoranden, Kopien von Erlassen, Botschaften, die sogar noch aus der Zeit vor Rojas stammen, eine enorme alternde Korrespondenz, und darin begraben die wesentlichen Bullen einander folgender Päpste, die Antonio erst kürzlich ausgegraben hat, indem er sich durch diesen Abfallhaufen von Wörtern wühlte, dabei alte Streitigkeiten und Kontroversen aufrührend, den Staub von lange vergessenen Täuschungen blasend, im unzureichenden Licht schielend, um schließlich *Nikolaus, Calixtus, Alexander, Julius* zu lesen ... Sie alle hatten bei diesem Geschäft ihre Finger im Spiel.

«Habt Ihr heute mit unserem Freund gesprochen, Antonio?»

«Er hat sich bedeckt gehalten, Herr Botschafter. Es gab keine Gelegenheit.»

«Aber wird er kommen?»

«Wenn es um einen Gewinn geht, wird er kommen.»

Don Jerónimo nickt langsam. Während er da in der Hitze und dem Halblicht des Zimmers sitzt, blickt er nieder, und seine Finger spielen träge mit dem dünnen Folio vor ihm. Ein paar unregelmäßige eselsohrige Blätter. Erstaunlich, daß so viel von so wenig abhängen soll. Er kennt die Worte fast auswendig: Nikolaus' *Romanus Pontifex*, die seine frühere *Dum diversas* bekräftigt (aber der *Rex regum* von Eugenius widerspricht), erweitert von Calixtus, ratifiziert zu Alcáçovas im Jahre der Geburt seines jüngeren Bruders, des kleinen Alonso. *Aeterni Regis?* Die wiederum gab den Portugalesen erneut mehr, verkündet von Sixtus im Jahre von Alonsos Tod. Drei Jahre ... Alexanders *Inter caetera*, seine *Eximiae devotionis*, seine zweite *Inter caetera*, dann die *Dudum Siquidem*, die Strömung wendete sich jetzt zugunsten Spaniens, spülte sie westwärts und vertrieb die Portugiesen, so schien es, *hatte* es geschienen. Zu Tordesillas ihr Triumph. Und zu Tordesillas ihre Niederlage.

Unsichtbare Linien teilten ungesehene Meere, schlängelten sich über Küsten und Inseln, deren geographische Lage sich mit den Launen der Päpste zu verändern schien: Kap Verde, die Kanarischen Inseln, Kap Bojador, die Antillen. Vielleicht waren das überhaupt keine Inseln, nur Wolkenbänke, trügerische Nebel; leichtgläubige schlaflose Ausguckposten, die Dinge sahen, wo es keine gab. Jetzt beginnt dreihundertsiebzig Meilen westlich der Kapverdischen Inseln im offenen Meer eine Grenze. Ist eine Linie gezogen. Portugal steht Rücken an Rücken mit Spanien, zwei närrische Duellanten, die nach Osten und nach Westen blicken und sich auf der anderen Seite der Erde wieder Angesicht zu Angesicht gegenüberstehen werden. Und was dann?

«Ich werde kein Heer ausschicken, um auf den Molukken zu kämpfen, wenn ein Orator diesen Krieg für mich in Rom gewinnen kann ...» Fernandos zuversichtliche Worte. Auch sie befinden sich zwischen den Papieren im Zimmer. Es liegen Indien im Osten und Indien im Westen. Sie können auf beiden Wegen erreicht werden. Halbiert so die Linie des Papstes den Globus, oder beschreibt sie nur den Ausgangspunkt? Ist sie nur ein Anfang, oder auch (eine Hemisphäre weiter) ein Ende? Nein, Fernando hatte kein Heer ausgesandt, aber das Gerücht von einem Heer hatte dennoch Segel gesetzt, geisterhaft, Segel wie die Schwingen von Seevögeln, eine Schwadron beweglicher Inseln, vorwärtsgeblasen von einem Sturm aus Worten. Die Portugiesen hatten einen Schreck bekommen, Bestätigung bei Julius gesucht und erhalten. Er war immer noch «Fernandos jüngst eingetroffener Botschafter», weniger als zwei Jahre auf dem Posten. *Ea quae* gab ihnen Tordesillas wieder, und eine immer noch unsichtbare und wesenlose Linie, aber völlig verändert. Wie konnte das sein?

Don Jerónimo sah im Geiste einen Festlandsockel sich aus den Tiefen der See erheben, von dem salziges Wasser in Kaskaden stürzte und abfloß, sah die rauhe Küste wie ein Trugbild vorwärtsrasen. Das Indien des Kolumbus. Die Neue Welt von Cabral. Geographen und Astrologen hätten aussegeln sollen, um diese kostbare Linie zu kartieren – aufeinanderfolgende Verträge sahen das vor –, aber irgendwie hatten ihre Schiffe den Hafen nie verlassen. Die neue Küste beulte sich ostwärts aus und überschritt die Grenze. Ein Geschenk an die Portugalesen. Eine Schranke für ihre eigenen Pioniere, aber jetzt sind sie daran gebunden, als Geiseln eines früheren Nichtwissens: eine Geisterlinie. Worte ändern sich. Ferne Meere schwappen und laufen über und klatschen ihnen mit wäßrigen Händen in die Gesichter. Absichten schlagen fehl und versinken. Jetzt ist im Labyrinth der Ämter des Apostolischen Stuhls, in den Bemühungen scharfsinniger Doktoren und Sekretäre hinter ihren Abschirmungen das Spiel erneut im Gange. Dom Manolo und seine Günstlinge stehen beim Papst in gutem Ruf. Eine neue Bulle ist in Vorbereitung, soviel ist sichere Kunde. Darüber hinaus ist alles Spekulation, abgesehen vom allgemeinen Einverständnis, daß sie nicht zugunsten Fernandos ausfallen wird. Der Papst ist ein wunderlicher Schiedsrichter, seine Dekrete launisch wie die der See.

«Wenn Ihr einen einzigen Grund für unsere schlechte Position erraten solltet, Antonio, was wäre das?» fragt er seinen Sekretär. Antonio windet sich, denkt nach.

«Der Elefant.»

Das ist es. Seit der Gesandtschaft der Portugalesen hat seine Welt auf dem Rücken eines Elefanten geschwankt. Und jetzt, seit diesem Morgen, seit dem kleinen Vortrag des Papstes, seiner weltläufigen Vortäuschung von Überraschtheit – *Nein? Keiner von Euch? Keiner von Euch hat Plinius gelesen …* – hat das Tier sich verändert. *Es schärft sein Horn an einem Felsen, damit es den Bauch des Elefanten um so leichter durchbohre, ist übellaunig und unbezähmbar, aber fromm in der Anwesenheit von Jungfrauen* ... Der Papst hatte sich in Begeisterung geredet und führte die Beschreibung fast bildlich vor. Ob wohl ein solches Tier existieren kann?

«Er wünscht sich einen Gefährten für Hanno», erzählt Vich seinem Sekretär. «Seine Gunst hängt davon ab.»

«Einen Gefährten?»

«Er will sie miteinander kämpfen sehen.» Vichs Achselzucken ist frei von Überraschung, als ob des Papstes Albernheit schon längst alle Unvernunft überstiegen hätte.

Sonderbare Geräusche dringen aus der Gesindestube herauf, Töpfe schlagen gegeneinander, das Scharren schwerer Tische, die von den Wänden weggezogen werden, das Gebell seines Mundschenks, Fetzen von frechen Antworten der Dienerschaft. Dann erstarren beide Männer, als sie von irgendwo jenseits des Zimmers, in dem sie warten, einen Riegel klacken, eine Tür sich öffnen, sorgsame Schritte langsam die Hintertreppe hinaufsteigen hören. Die Tür am fernen Ende des Raumes schwingt auf und offenbart eine Gestalt in Hut und Mantel, das Gesicht bedeckt von den Schlingen eines üppigen Schals. Die Gestalt atmet schwer. Und schwitzt. Zuerst wird der Mantel, dann der Hut, zuletzt der Schal entfernt, um ein Gesicht zu enthüllen, das hochrot von Hitze ist, die beiden Männer angrinst, während der Körper leicht ruckende Bewegungen macht, als ob er schlecht gezielten Steinwürfen auswiche. Antonio betrachtet die zuckende Gestalt mit kaum verhohlenem Mißfallen.

«Setzt Euch, Venturo», sagt Don Jerónimo.

Der Mann setzt sich, rutscht nach vorne, sitzt wieder still, zappelt herum, kratzt sich, als ob der Stuhl, auf dem er hockt, ihm irgendwelche Pein bereite. Kleine Schweißbäche rinnen ihm ziellos über die Stirn und in die Augen, die sie blinzeln machen. Er holt ein Taschentuch hervor und tupft sich rasch ab. Sein Hut hat das Haar in ein Vogelnest verwandelt. Antonio und Don Jerónimo warten geduldig und schweigend. Es war selten nötig, Venturo wirklich zu befragen.

«Verdammte Hitze. Ziemlich stickig. Also, interessante Entwicklungen, höchst interessant.» Neuerliches Abtupfen. «Betrifft das Gesuch. Betrifft die bevorstehende Bulle. Die Bulle, ja. Noch kein Name, denkt daran, kein Name, obwohl ich das Gesuch gesehen habe, ein roher Entwurf. Hab's im Amtszimmer gesehen, ist schon da, unterwegs, wie man sagt. Auf jeden Fall bei den Schreibern; ich hatte einen guten *Blick* drauf, hatte ich.» Energisches Nicken. «Die wollen Eure Ausdehnung nicht; nein, überhaupt nicht» – schüttelt den Kopf –, «die werden sie sterben lassen. Ein-fach-so.»

«Sprecht Ihr von der Linie, Venturo?» drängt Antonio.

«Dreihundertsiebzig Meilen westlich der Kapverdischen Inseln, alles wie gehabt. Dom Manolo im Osten, wir im Westen ... Bin ich anmaßend, Don Antonio?»

Die Erwähnung von «wir» hat Antonios Ausdruck des Ekels auf eine Ebene gehoben, die selbst Venturo nicht übersehen kann.

«Fahrt fort», sagt Don Jerónimo.

«Im Westen, darum geht's. Allerdings von Pol zu Pol, nicht den ganzen Weg herum. Das ist das Problem, oder? Nicht den ganzen Weg herum.» Venturo wedelt mit seinem Arm einen ungefähren Kreis. «Keine Chance.»

«Das ist nur das Gesuch, Venturo. Viel kann sich ändern, bevor die Bulle selbst veröffentlicht wird.»

«Viel oder nichts. Doktor Faria zieht nichts unendlich vor, Ihr viel. Wer wird seinen Willen kriegen? Wem wird Seine Heiligkeit zuneigen? Wie ich gesagt habe, interessante Entwicklungen. Alles äußerst interessant. Farias Schwester wartet der Königin auf. Sie berichtet, daß Dom Manolo von dieser neuen Art Diplomatie entzückt ist. Habt Ihr den Ausdruck des Medici gesehen, als das Tier die Kardinäle bespritzte? Er liebt das Tier mehr als sein eigen Fleisch und Blut; ich habe gehört, er habe seinem Vetter verweigert, ihm das Tier zu leihen, da er Angst hat, daß ihm vom Marsch nach Florenz die Füße weh tun. Seinem eigenen Vetter. Habt Ihr das gehört?»

Venturos Bewegungen beschränken sich jetzt darauf, vorwärts und rückwärts zu schaukeln und die Hände zu ringen. Seine Ruhelosigkeit überträgt sich auf seine Rede, mit Pausen und Wiederbeginnen von Thema zu Thema springend: des Papstes Entzücken, der Gallenstein seiner Schwester, ein Gerücht, daß Leno und Armellini aneinandergeraten seien, kurz darauf, daß sie sich wieder versöhnt hätten, daß die Einkünfte von Parma und Piacenza dem Herzogtum Modena zugeschlagen werden sollten, und daß Agenten von Bentivoglio aus Bologna mit Venedig Verhandlungen aufgenommen hätten.

Don Jerónimo sitzt da, das Kinn auf die Hände gestützt, einigermaßen über seine Geduld mit diesem schwadronierenden Schurken verwundert, da er doch noch eine Stunde zuvor aus Zorn über seinen Herrn explodiert ist.

«Kommt zur Sache», schnappt Antonio nach einigen Minuten. «Ihr setzt meines Herrn Wohlwollen aufs Spiel.»

«Wohlwollen, ja? Nun gut, damit kommen wir zum springenden Punkt. Wie ich gesagt habe, hat es Entwicklungen gegeben. Sehr interessante. Nur frage ich mich, wieviel ich sagen kann? Was wird so hungrigen spanischen Herren wie Euch heute die Mägen füllen?»

Es scheint, als grinse Venturo, als spiele er mit ihrer Neugier, was für Antonio zuviel ist. Venturo duckt sich, unternimmt aber keinen Versuch, sich zu verteidigen, als Antonio hingeht, den Arm wegbiegt und ihm einmal, zweimal mit der flachen Hand auf den Kopf schlägt.

«Los, rede, du Bastard!» schnauzt er den Mann an.

Antonio tut so, als wolle er ihn zum drittenmal schlagen, aber ein fast unmerkliches Kopfschütteln Don Jerónimos hält seine Hand auf. Venturos Gezappel beginnt wieder, schlimmer als zuvor. Er spricht eindringlicher. Antonio bleibt hinter ihm.

«Eine Nachricht ist eingetroffen. Albuquerque hat aus Indien einen Brief an Doktor Faria hier in Rom geschickt. Die beiden haben einen Vertrag miteinander. Dom Manolo scheint dafür zu sein; eine kleine Verschwörung, um Seiner Heiligkeit Honig ums Maul zu schmieren.»

«Und um der Bulle auf den Weg zu helfen», fügt Antonio von hinten hinzu.

«Ich erzähl Euch, was ich gehört habe. Der Botschafter ist in jüngster Zeit sehr fröhlich. In seiner Art sehr blumig, sehr freundlich. Nun ja, die Nachricht spricht von einer Verschiffung, die von Goa ausgehen soll. Ein zweites Tier, ein Gefährte für den geliebten Hanno.»

«Noch ein Elefant?» fragt Antonio.

Venturo windet sich, als er ihm antworten will. «Ich glaube, es ist eine andere Art von Tier. Doktor Faria sagt, daß er noch nie von so etwas gehört hat.»

«Und der Name dieses beispiellosen Tieres?» Don Jerónimo, milde.

«Hier beginnt das Reich meines Unwissens, Botschafter Vich. Der Name selbst wurde nicht genannt, oder wenn doch, dann als ich nicht anwesend war, um ihn zu hören.» Venturo lacht nervös. «Ich werde meine Ohren gespitzt halten, seid dessen gewiß.»

Don Jerónimo lächelt Antonio zu, der zurücklächelt.

«Ohren gespitzt, ja?»

«Eine Metapher, Botschafter. Nicht mehr. Ich wollte nur sagen ...»

«Der Name dieses Tieres, Venturo.»

«Wie ich schon gesagt habe, muß ich ihn erst noch herausfinden ...»

«Die Ohren gespitzt, sagt er, Antonio.»

«Ich sage euch beiden, daß ich ihn erst noch herausfinden muß. Das schwöre ich. Edle Herren!»

Es scheint, daß Antonio wieder zu Werke gehen will, als Don Jerónimo die Hand hebt und seine Lippen schürzt. Er wägt die Angelegenheit ab.

«Don Antonio, seid so gut und schickt um Don Diego.»

«Nein!» schreit Venturo. Antonio geht zur Tür und ruft schon den Namen, während Venturo versucht, sich an seinen Ärmel zu klammern. «Ich sag Euch, ich weiß nichts!»

«Ohren gespitzt, also wirklich.» Don Jerónimo schüttelt bedauernd den Kopf.

«Bitte, Don Jerónimo, ich hab Euch alles gesagt, was ich weiß. Ich hab Euch in Treue gedient, oder nicht? Jetzt flehe ich Euch an, mir zu glauben. Ich fleh Euch an!»

Venturo krümmt sich auf dem Stuhl, sein Gesicht strahlt Ernsthaftigkeit aus, als er Don Jerónimo anfleht. Seine Augen schießen immer wieder Blicke über die Schulter des schweigenden Mannes hinweg. Plötzlich öffnet sich die Tür erneut. Antonio und Don Diego marschieren herein. Don Diego schlägt Venturo scheinbar ohne seinen Schritt zu unterbrechen ins Gesicht, knallt ihm den Kopf auf den Tisch, hält dann den Kopf mit einer Hand fest, fischt mit der anderen nach seinem Messer. Venturo beginnt zu schluchzen: «Ich weiß es nicht, ich *weiß* es nicht», immer und immer wieder.

«Der Name, Venturo?» fragt Don Jerónimo, aber das bringt nur eine Reihe von schrillen Jammerschreien hervor. «Na schön. Don Diego? Venturo hier hat uns versprochen, daß seine Ohren zukünftig für uns gespitzt sein werden, jetzt ...»

«Nein, nein, nein, nein, Neee-iiin! Bittteeee ... Ich weiß den Namen nicht. Ich weiß ihn nicht!»

Don Diego macht sich an die Arbeit, aber bevor er den Mann auch nur angekratzt hat, beginnt Venturo zu schreien.

«Genug!» befiehlt Don Jerónimo, dann läßt er sich in seinen Sessel zurücksinken. «Dank Euch, Don Diego. Das wird genügen.»

Don Diegos Ausdruck hat sich um nichts verändert, seit die Scharade begann. Jetzt nickt er nur, richtet sich auf, macht kehrt. Die Stiefel des Soldaten schlagen dumpf auf den Fußboden des Vorzimmers. Venturo schnieft, immer noch über den Tisch gestreckt. Antonio zerrt ihn hoch und setzt ihn auf den Stuhl. Eine lange Minute verstreicht, während der Don Jerónimo ihn nachdenklich betrachtet.

«Ihr habt das sehr gut durchgestanden, Venturo», sagt er schließlich. «Sehr tapfer.» Venturo nickt durch sein Schniefen. «Ihr müßt etwas im Auge haben, glaube ich. Es tränt. Antonio? Ein Taschentuch für unseren Venturo. Seines ist zu schmutzig. Da habt Ihr's. Besser?»

«Er sollte heute Seiner Heiligkeit von dem neuen Tier erzählen», sagt Venturo, während er sich das Gesicht abwischt. «Er wollte ihn darüber ausholen, aber dann kamt Ihr, und deshalb weiß ich nicht, ob er es getan hat oder nicht. Das ist die Wahrheit, und mehr weiß ich nicht.»

«Natürlich glauben wir Euch, Venturo. Wir hätten Euch kaum umsonst einer solchen Prüfung unterzogen. Ihr seid einer von uns. Ihr werdet uns berichten, sobald Ihr wißt, oder nicht?» Venturo schnieft laut und nickt. «Gut. Antonio wird Euch bezahlen. Nun kommt und küßt mich.» Don Jerónimo riecht Venturos saure Angst, als sich ihre Wangen reiben.

Eine Minute später hat sich Antonio ihm auf der Loggia angeschlossen, von der man den Hof überblickt.

«Glauben wir ihm, Antonio?»

«Er wußte, daß wir nicht wagen würden, ihn so offen zu markieren, Exzellenz.»

«Seine Angst war durchaus echt. Ich fürchte, daß unseres Papstes hornspitzender Liebhaber von Jungfrauen und Farias mysteriöses Tier eins und dasselbe sind. Auf jeden Fall müssen wir uns jetzt um das Tier und nicht um seinen Namen kümmern. Faria wird sein Geheimnis nicht lange für sich behalten. Sein Genie besteht in der Kunst der Bekanntgabe, wie ich heute wieder erfahren mußte. Und Seine Heiligkeit ... Es ist schlau von ihm, Faria und mich in dieser Weise aufeinanderzuhetzen. Und doch sehnt er sich mehr nach Wundern und Fabeltieren als nach Alliierten und Armeen. Ich sage Euch, ein Drache, ein Greif und ein Zentaur würden Afrika, Indien und die Neue Welt sichern, alle drei. Wer aber hat Kardinal Medici sein geliebtes Florenz gegeben? Vergißt er so schnell?»

«Manche sagen, das sei keine glückliche Erinnerung», bringt Antonio vor.

«Oh, ohne Zweifel mag er daran nicht erinnert werden. Vielleicht erklärt das seine Vorliebe für Zerstreuungen, aber mich mag er nicht, Antonio. Und er mag unseren König nicht.» Er hält inne; irgendein toter Punkt ist erreicht. «Ich verstehe ihn nicht. Ich verstehe diesen unseren Papst nicht.»

«Er ist so einfach wie eine Frau», sagt Antonio zu seinem Herrn. «Es sind seine Launen, die ihn so vielschichtig machen.»

Der Hof unten ist still. Seine Steinfliesen gleißen in der Nachmittagssonne und blenden beide Männer. Don Jerónimo erinnert sich an die Szene des Morgens, die schiere Masse des Tieres, an etwas Rohes und Unfertiges, das es umgab. An des Papstes offenes Entzücken, wie das eines Kindes. Vielleicht weil nicht einmal seine geringsten Launen Widerstand fanden, wuchsen sie über jedes Maß hinaus; Erbsen zur Größe von Kürbissen. Mäuse so hungrig wie Wölfe. Vielleicht war es das. In den Gärten von Belvedere gab es für die Launen des Papstes keine Jahreszeiten, hier wuchsen sie unkontrolliert, wurden zu Monstern. Einfach wie eine Frau. Das war gut. Don Jerónimo wendet sich seinem Sekretär zu.

«Ich habe eine Verabredung mit meiner Maitresse, Antonio. Ich soll sie zur Meßfeier bei den Colonnas begleiten. Man sagt, das Fest der Heiligen Philipp und Jakob sei amüsant, und ich bin des Amüsements bedürftig.»

«Nehmt Don Diego mit, Exzellenz.»

«Einer Maitresse in der Gesellschaft von Soldaten den Hof machen? Absurd! Sie versteht nur eine Waffe, und die weiß Don Diego nicht zu schwingen.»

«Wir sind gegenwärtig nicht sehr beliebt, Don Jerónimo. Wenn man Euch allein trifft, wäre es ein leichtes ...»

«Hier ist nicht Venedig, Antonio. Das würde Faria nicht wagen. Ich werde früh zu ihr gehen und sie überraschen. Habt Ihr immer noch das kleine Biest aus Ripa?»

Antonio nickt. «Was immer mir gefällt, solang die Kerze brennt, für eine Handvoll Soldi. Ich glaub, sie muß blöd sein.»

«Ich könnte von meiner nicht sagen, daß sie blöd ist. Sie hat die rötesten Lippen, das goldenste Haar, die zierlichsten Füßchen, den flinksten Witz. Sie spielt Laute, behauptet sie wenigstens, und singt Gedichte. Der bloße Gedanke an sie erregt mich; ich schwöre, ein Teil von mir liebt diese Frau.» An dieser Stelle hält Don Jerónimo in seinem Lobgesang inne, als sei er sich unsicher, wie genau er fortfahren soll. Antonio wendet sich ihm erwartungsvoll zu. Es gilt da noch einen weiteren Aspekt zu benennen, eine höchst umfassende Einzelheit. Soll er diese aber rühmen oder heruntermachen? In seinen Erwägungen ist das, wohl wahr, ein Teil von ihr, der ihn abgestoßen hat. Und doch im Fleische, in der Abgeschlossenheit ihres Zimmers, im Dunkeln, in jenen Stunden, wenn seine Hände in ihren

Senken und auf ihren Gipfeln tätig sind, zwei aufgeregte Forschungsreisende, in seinem Kopf miteinander verbunden, *dann* ... Na schön, sie ist fett. Die Tatsache ist unausweichlich und auf den ersten Blick augenscheinlich. Seine Maitresse ist sehr fett.

Antonio beobachtet ihn, als der vergehende Morgen und der herankommende Abend ineinander aufgehen und miteinander verschmelzen. Die Massigkeit des Tieres und seines Lieblings Fiammetta, sie – so ist es nun einmal – entsprechen einander ... Stülp ein Horn auf ihre Nase, umhüll sie mit Grau und ...? Nein. Er fühlt sich leicht und leichtsinnig, und seine Gedanken treiben so unter der Nase des Sekretärs dahin. *Du bist ein verräterischer Schurke, Antonio, und ich werde dir die Gurgel schlitzen.* Unter seiner eigenen Nase. Hörner und Jungfrauen ...

Irgendwo in die Kluft zwischen Empörung und Bewunderung eingeklemmt, bricht das Wort aus ihm heraus, erschreckt seinen Sekretär, weckt drinnen schlummernde Diener auf, läßt Eidechsen, die sich unten in der Hitze aalen, in die Schatten des Laubenganges schlüpfen.

«Plinius!» platzt Don Jerónimo heraus.

Sie erscheint plötzlich; eine Klippe aus Travertin und Kalktuff ragt auf und erstreckt sich längs der Piazza dei Santissimi Apostoli. Schwere Eisengitter schützen winzige Parterrefenster in tiefen Laibungen, die wie aus massivem Fels gehöhlt erscheinen. Weiter oben sind Fensterläden und Querbalken. Ein gewölbter Torgang, den eisenbeschlagene schwere Eichentore absperren, wirkt eher abweisend als einladend, und die anschließende Kirche verstärkt diesen Eindruck noch. Baufällige Reihen heruntergekommener Häuser und Ställe stehen dieser architektonischen Fratze an der Piazza gegenüber und scheinen sich vor der Massigkeit zu ducken. Die Festung Colonna, die sich drohend über den ameisengleichen Einwohnern türmt, erscheint wie ein einziger, enormer, uneinnehmbarer Steinblock.

Im Innern ändert sich die Geschichte. Durch die Jahre haben einander folgende willensstarke Colonnas ihrer Leidenschaft für Türme, Mezzanine, Balkons, Verbindungsstege, kleine Blockhäuser nachgegeben; Treppenaufgänge wurden zuversichtlich durch Blendwände vorgetrieben, um Schlafzimmer und Empfangsräume miteinander zu verbinden, große Hallen wurden angepeilt durch das Herausschlagen einer Spülküche und zweier Küchen. Starke Zuversicht hat die ersten Hammerschläge der Arbeiter begleitet, aber die Arbeit beginnt bald schiefzugehen. Die Fußbodenebenen weichen, wie sich herausstellt, entscheidende Zoll ab. Mauern, die die gleiche Mauer sein sollten, stellen sich als völlig unterschiedliche Mauern heraus. *Hier* durchzubrechen sollte *dorthin* führen. Das tut es nicht. Arbeiter stecken ihre staubbedeckten Köpfe durch Löcher und finden sich in kleinen Arbeitszimmern und Schlafzimmern der Dienerschaft, wenn sie in Kellern oder Abtritten oder Mansarden sein sollten, überall, nur nicht hier. Ältliche Kusinen zweiten Grades wandten sich *en déshabillé* von ihren Spiegeln ab und stellten fest, daß in ihre Wohnräume Männer einbrachen, die Hämmer schwangen. Bewohner der Gesindestube wurden bei schäbigen Einhand-Aktivitäten hochgeschreckt. Es ist verwirrend – nicht zuletzt für die Ingenieure. Sollte sich diese unerwartete Saletta nicht in einem ganz anderen Geschoß befinden? Wo kommt dieses Speisezimmer her? Ihre Tunnelei hat sie in Räume gebracht, die durch irgendeine dazwischengekommene «Verbesserung» für Generationen verloren waren, Räume, von deren Existenz niemand etwas wußte, unmögliche Räume.

Deckeneinstürze sind häufig. Gerüchte gehen um von Türen, die sich auf nichts Substantielleres als den offenen Himmel und einen Sturz von fünfzig Fuß öffnen. Durchgänge folgen abwegigen gefährdeten Pfaden auf ihrem Weg ins Nirgendwo. Hinter ihrer massiven Fassade ist die Festung Colonna von diesen unerklärlichen Lücken durchsiebt. Der wuchernde Bau ist durchsetzt von sinnlosen keilförmigen Räumen, unregelmäßigen Rauchfängen voll toter Luft, unzugänglichen «Höfen», Spalten, Rissen, Grundriß-Rülpsern. Ein Wasserlauf, den nie jemand zu finden vermochte, bricht regelmäßig durch, um diese geheimen Gärten in Sümpfe zu verwandeln. Aus Obergeschoßfenstern werden Nachtgeschirre gekippt und dreckige Wischbinsen, Hundeknochen und Hundescheiße, Tiergedärme und Gemüseschalen. Die Festung Colonna strotzt vor stinkenden Mängeln: zufällige Lücken und Schächte, wo Mauern sich voneinander lösen oder sich in unvereinbaren Winkeln treffen und von schmutzigem Schaum bedeckte Engpässe und pestilenzialische Senkgruben zurücklassen. Im Winter wurden Männer mit Eimern hinabgelassen (in die engsten Stellen kleine Jungen), um den schlimmsten Dreck auszuräumen. Im Sommer stinken sie trotzdem weiter.

Ein kleines Rätsel: Wenn die Kirche der Santissimi Apostoli sich wirklich selbst vom anschließenden Palast befreit hat, um diesen neuesten verblüffenden Raum zu schaffen, so kann sich doch niemand daran erinnern, wann. Es wurde immer angenommen, daß die Westwand des Kirchenschiffs bündig mit der Ostwand des Palastes verlaufe und der Westflügel des Querschiffes in den Hauptteil des anschließenden Gebäudes eindringe. Eine Anzahl von Durchgängen an jenem Ende des Palastes vermittelt den Eindruck, abgesperrt zu sein. Wenn man es von den zugänglichen Winkeln aus betrachtet, scheint die Theorie über das Eindringen des Querschiffes unangreifbar zu sein. Direkter Zugang vom Palast zur Kirche? Überhaupt kein Problem, eine einfache Angelegenheit eines Durchbruchs von *hier* aus, um in die obere Galerie zu gelangen, die sich um die ganze Kirche zieht ...

Jene, die Hämmer und Brecheisen schwingen, sollten mit diesem Gefühl vertraut sein, und doch überrascht es sie. Bröckelndes Mauerwerk stürzt herunter, ein Kopf wird durchgesteckt, und da ist sie, zehn oder fünfzehn Meter entfernt, die Mauer, die *diese* Mauer hätte sein sollen. Von der Piazza aus sieht es so aus, als stünden die beiden Bauwerke Seite an Seite. Von hier sieht es aus, als täten sie das nicht. Noch eine jener rätselhaften und sinnlosen Lücken, ein weiterer Fehler in der inneren Topographie der Festung Colonna (hier ist eine aufmüpfige Geometrie am Werk). Fabrizio erinnert sich, wie er seinen fünfjährigen Kopf verdrehte, um in diesen neu entdeckten geheimen Raum hinabzublicken. Der Boden zwanzig Fuß tiefer sah aus wie eine Scheibe Käse, aber hundert Fuß lang. Ängstliche Kindermädchen hatten ihn weggerissen, doch war er danach bei jeder Gelegenheit ausgerissen, um die Männer bei der Arbeit zu beobachten: Seile für das Baugerüst schneiden, Balken hochwinden, Säcke mit Kalk, mit Silbersand und Pferdehaar ins Mörtelfaß schütten. Ein Mann arbeitete den ganzen Tag daran, Latten zu spalten, daran erinnerte er sich. Eine Lücke: die Lösung war, zumindest für seinen Großvater, offensichtlich.

Über Wochen hin beobachtete Fabrizio, wie ein Gebilde langsam in den Raum hineinwuchs. Je weiter es sich auf die sture Wand gegenüber zubewegte, desto unglaublicher erschien es, aber als es schließlich die Kirche erreichte, wirkten die Apostel ein kleines Wunder, und plötzlich erschien es ganz zwangsläufig, als ob sich zwischen der Kirche der Santissimi Apostoli und dem Palast der Colonna immer schon ein Gang erstreckt hätte mit einem beplankten Boden, kleinen Milchglasfenstern, mit einem gegen das Wetter verbleiten Dach. Hatte man ihn nicht feierlich eingeweiht? Fabrizio Colonna, jetzt weißhaarig, steif aufgerichtet, der geduldig darauf wartete, daß die Diener das Siegel von der Tür eben dieses Korridors abschlugen, zermarterte sich das Gehirn nach der Erinnerung. Sein Geist verschleißt sich zwischen damals und jetzt. Wie lange? Fünfzig Jahre? Jetzt wird der Korridor nur noch einmal im Jahr benutzt. Die Gefolgschaft schlurft hinter ihm. Jemand hustet. Ja! Jetzt erinnert er sich. Reihen von Dienern hatten dampfende Tabletts und Platten mit Süßigkeiten getragen. Die über dem Giebel der Kirche sinkende Sonne hatte das Milchglas der Fenster getroffen und das Innere mit warmem rosa Licht überströmt. Eine schwatzende Menge trank Wein und trat von einem Bein aufs andere, wie um die Bodenplanken zu prüfen. Der trockene, harzige Geruch von frischem Holz. Die Tür schloß sich hinter dem letzten der Feiernden. Bald kam die Nacht; Mondschein auf dem Durcheinander der Türmchen der Festung Colonna, auf den Dachziegeln und Turmspitzen der Santissimi Apostoli, zwei brütenden Massen aus Holz und Stein. Das gleiche kalte Licht sickerte durch das Milchglas des Korridors. Auch da für eine Weile Schweigen, dann aber Rascheln, Schnüffeln, Scharren und Hasten, als zwei rivalisierende Kolosse ihre Kundschafter aussandten. Kirche und Palast sind nicht nur Heimstätte für Menschen. Nachdem die Brücke zwischen ihnen geschlagen war, ist der Zusammenstoß unvermeidlich. In jener Nacht begann der Rattenkrieg.

Das Dröhnen der Hämmer, das Kreischen der Sägen, das Kratzen der Kellen und andere Baubewegungen hatten den Ratten der Colonnas schon vor Wochen die mittelfristige Kündigung zugestellt. Indem sie durch Ritzen schlüpften, sich unter Fußbodenbrettern durchdrängten, mit den Schnurrhaaren zuckten und alle Sinne bis zum Äußersten anspannten, hatten von der Nestzentrale ausgesandte Kundschafter die Bauweise des Korridors erforscht und in den Anstrengungen der Arbeiter lediglich eine weitere sinnlose Narretei erblickt, weniger brisant als einige der anderen und – abgesehen davon, daß einiger überflüssiger peripherer Nestraum verfügbar wurde – im wesentlichen bedeutungslos. Die der Nestzentrale vorgetragene Empfehlung lautete «Nicht beachten».

Falsch.

Der erste Beutetrupp stößt, verwirrend genug, drüben an der Westwand des Palastes auf Widerstand: zwei Weibchen, die vom Fouragieren zurückkehren, finden sich fremdriechenden Ratten gegenüber, die sie angreifen, eine töten und die andere schwängern. In der gleichen Nacht wird ein Nest hinter der Holzverkleidung der Küchen zerstört, drei Männchen werden hinter den Stufen, die in die Keller führen, mit abgebissenen Köpfen vorgefunden, und eine Reihe traumatisierter Weibchen wird in einem Riß in der Außenwand kauernd entdeckt, die freiliegenden Schwänze bis zu den Wurzeln abgenagt. Es handelt sich ganz offenkundig um mehr als Paarungstheater. Dringende Versammlungen in der Nestzentrale enden damit, daß mehr Kundschafter ausgeschickt werden, und in einem ersten, zaudernden Ruf zu den Waffen.

Kichernde apostolische Ratten überfallen die Korridorkundschafter aus dem Hinterhalt und töten alle bis auf einen, der bei seiner Rückkehr über die Quelle des Unheils berichtet. Es ist schlimmer, als die Nestzentrale zunächst befürchtet hatte: eine rivalisierende Kolonie, so groß wie die eigene, so wild vielleicht, so gierig, so expansionistisch ... Also weitere Versammlungen, obwohl es nur einen einzigen Weg gibt. Die Wasserdurchlässe und Dachräume der Festung Colonna füllen sich mit Rattensekret, als die Kolonie sich zuckend bereitmacht: Angriffshaltung, Unterwerfungshaltung, Siegerhaltung, Verliererhaltung ... Scheinkämpfe brechen aus, und Rattenschreie ertönen in Stimmlagen, die für Drohung, Zorn, Schmerz vorgesehen sind. In einer tief im Innern der labyrinthischen Nestzentrale verborgenen Kammer atmen neun Männchen die berauschenden Chemikalien der Kolonie ein, bis die Körper davon beben, peitschende und sich verknotende Schwänze ziehen sich immer fester zusammen, bis sie miteinander verschmolzen sind, zu einem Zentralsymbol werden, einer überwältigenden Botschaft zum Angriff.

Der apostolisch-colonnaische Rattenkrieg sollte mit Zähnen und Krallen im Dunkel der nächsten drei Nächte ausgefochten werden, eine verzweifelte verstohlene Angelegenheit von zufälligen Zusammenstößen in begrenzten Räumen, wilden Vorpostengefechten, Stoßtruppunternehmen, Abwehrkämpfen, selbst Kraftproben Mann-gegen-Mann, die auf offenen Fluren in voller Sicht der Riesen ausgefochten wurden. Es kommt auch zu Greueln. Die zweite Nacht: ein verwundetes apostolisches Weibchen, die Beine abgebissen, wird als Köder für den Gnadenstoßtrupp zurückgelassen, der vorsichtig vorrückt, Nasen schnüffelnd, Schnurrhaare zuckend, überall Ausschau nach dem Feind haltend, den sie nahe wissen, irgendwo in der Umgebung, vorsichtig jetzt ... Aber diese Schreie! Diese Wunden! Das vorschriftsmäßige Vorgehen wird aufgegeben, als sie vorwärtsstürzen, um ihr die Schlagader durchzubeißen, und Colonna-Ratten – die die ganze Zeit reglos daliegen, ungesehen, ungehört, bis jetzt einfach nur beobachtend – von den Dachsparren oben herabfallen und sich auf die Gnadenstoßspezialisten stürzen, Rückgrate brechen und Augen ausreißen und neun Tote auf dem Boden des Korridors zurücklassen, ehe sie sich jubelnd davonmachen, um einander das Blut der Feinde aus dem Pelz zu lecken.

Benachbarte Kolonien, die unter Kirchen und Kapellen entlang der Via Lata hausen, übermitteln den Kampf, nach Norden an die ländlichen Vettern, die sich ihren Lebensunterhalt aus den Weingärten und Weiden des Pincio zusammenkratzen, nach Süden in die hauptstädtischen Bezirke. In ihren Löchern verborgen, die Zungen glitschig von Säuresekreten, die scharfen gelben Schneidezähne über graurosa Zahnfleisch gefletscht, zucken die Rom-Ratten, scharren, zittern in der ganzen Stadt ob des Schlachtens. Erregende Signalstoffe dringen durch die Tunnel herab ... Wilde Katzen und Rattenfänger sind hinzunehmende Risiken, aber ein Rattenkrieg! Krallen scharren, und kratzen erregt; nur die Flußkolonien, unten am Tiber, bewahren kaltes Blut, die Ohren scharf auf die höheren Tonlagen eingestellt, die Frequenzen der Qual, die Nasen stechen wie immer über die dunkle Flut in Richtung Borgo. Schwache Alarmsignale aus dem Norden rufen hier keine Reaktion hervor. Für sie ist der Krieg nur eine örtliche Kabbelei, eine Probe für die Apokalypse. Die wirkliche Gefahr wird vom Westen kommen: Ungeheuer liegen jenseits des Flusses auf der Lauer. Sie haben Leichen von der Größe kleiner Füchse vorübertreiben sehen, von Krankheiten räudig, borstig und kraftvoll, kaum für anderes als Gemetzel geeignet ... Eines Tages werden die Ratten aus dem Borgo auf der Suche nach Nestraum übersetzen – sie wissen das, diese Legionen vom römischen *limes* –, und dann wird der wirkliche Krieg beginnen. Also lauschen sie und warten, und schnüffeln und warten ... Es gehen Gerüchte um, nur Gerüchte, daß die Borgo-Ratten Hunde fressen.

Inzwischen werden die menschlichen Bewohner der Festung Colonna von den tiefsten Kellern bis zu den höchsten Dachstuben durch Durchgänge und Decken vom Kratzen und Kreischen wachgehalten. Ein Schankbursche, der in der Gesindestube schlummert, erwacht und sieht, daß er zum Kampfplatz wahnsinniger Pelzkörper auserkoren wurde. Fabrizio erinnert sich an ein katzengroßes Scheusal, das an seiner Schulter vorüberflog, als es von der Balustrade auf den Boden sprang, hitzig verfolgt von drei Knäueln schwarzen Terrors.

Sechshundertsiebenundzwanzig Ratten verlieren ihr Leben in diesen mörderischen Nächten. Morgens stolpern die Diener über Haufen von Toten. In der dritten Nacht wird der letzte der apostolischen Invasoren gestellt, getötet, und die Festung Colonna ist endlich wieder befriedet. Der Korridor, in dem das Gemetzel begann, ist der Brennpunkt eines dunklen Schreckens, von Colonna- wie apostolischen Ratten gleichermaßen gefürchtet. Zunächst einmal verbotenes Gelände. Später etwas Vielschichtigeres.

Ein Diener hat die Schlüssel fallen lassen. Ein Klirren, ein Scheppern. Staub, der sich vom Türsturz löst, rieselt ihm auf den Kopf, als er sich bückt, um sie aufzuheben. Ein zweiter Versuch. Das Schloß ist starr, knarrt protestierend, als der Schlüssel in ihm schrappt. Siegelwachs knirscht unter seinem Schuh. Colonna steht still wie eine Statue. Der Diener knurrt, stemmt die Schulter gegen die Tür, die nachgibt, aufschwingt ... Exkremente übersäen den Fußboden wie Kiesel, lose Planken stehen hoch, der Boden selbst krümmt und wölbt sich in der Mitte. Die mit Rötel bedeckten Wände sind zerkratzt und abgefressen, die Latten darunter liegen bloß. Milchglasfenster und Mondschein. Kerzenschein. Er geht in den Korridor, und die Gäste folgen ihm. Der Boden vor ihm ist bedeckt mit Körpern, denen unterschiedliche Lichter einen doppelten Schatten geben; sie regen sich und schleppen sich in Sicherheit. Andere bleiben bewegungslos. Hinter den Wänden erhebt sich ein wildes Gescharre und ein sonderbar knirschendes Geräusch.

Nach dem Rattenkrieg sorgten Erinnerungen an das Gemetzel für einen unbehaglichen Frieden im Korridor. Gelegentliche Zusammenstöße wurden heruntergespielt, von der Nestzentrale ebenso mißbilligt wie von der apostolischen Gegenseite. Eindringlinge zu töten, wurde auf beiden Seiten als Grundbedingung des Waffenstillstands verstanden. Wer kennt das Verbrechen der ersten abtrünnigen Ratte, die sich hierhin wagte und Asyl fand? Als sie sich umsah und ihre Verfolger erblickte, festgehalten vom namenlosen Verbot, das über diesem Ort schwebte, und Rückkehr wie Vorrücken ihr vollständig versperrt waren, sah sie da diesen Ort als Zuflucht oder Verlies an? Von welcher Seite war sie gekommen? Es spielt kaum eine Rolle, denn die Nachricht verbreitet sich rasch, und bald beherbergt dieser Korridor eine staatenlose Kolonie von Ausgestoßenen: Nestbeschmutzern, Kinderfressern, Psychoten, Dieben, geschlagene Prätendenten ... Die Unerwünschten beider Lager strömen in den Korridor, schnüffeln die Luft, geben quiekend ihre Anwesenheit bekannt, nehmen das sonderbare Verhalten ringsum zur Kenntnis, gehen auf die Suche nach etwas Eßbarem und finden, nun ja, Mörtel.

Staatenlose Ratten sind hungrige Ratten. Mörtel ist besser als gar nichts. Die Verstoßenen füttern, betreuen, säugen ihre Jungen, klettern unter den Bodenplanken herum, bauen sich hinter den Wänden Nester. Sie neigen dazu, viel zu schlafen, obwohl rasende Ausbrüche von Aktivität ebenso typisch sind. Es ist die Nahrung; Sand, Kalk, Pferdehaar – Mörtel –, womit die scharfen Schneidezähne kurzen Prozeß machen, wenn die Mägen die hungrigen Ausgestoßenen die Wände hinaufjagen. Aber Haar ist ein zäher, faseriger Stoff, schwer zu verdauen, und die Geschichte jener ersten Kolonisten ist eine Erzählung von Blähungen und Krämpfen, von inneren Blutungen und Hämorrhoiden, von allen Arten gastrischer Hölle. Apathische Ratten liegen reglos da, während bestimmte Bewegungen der Innereien diese faserige Nahrung mühsam an Pankreaszysten, Geschwüren, Katarrhspeichern, ziehharmonikafaltigem Gedärm in verkrümmten Körpern vorbeischaffen, alle inwendigen Anstrengungen darauf gerichtet, Nahrhaftes aus der einseitigen Diät zu ziehen. Es ist erschöpfend – daher die Trägheit.

Der Kalk wirkt genau entgegengesetzt, jagt den Metabolismus hoch, bringt kleine Herzen zum Rasen, regt den Appetit an, pumpt sonderbare Enzyme durchs System, die den Körper verrückt machen. Das Haar bremst sie, der Kalk putscht sie auf: die Korridor-Ratten schwanken zwischen Raserei und Stumpfsinn, sie springen zwischen den Zuständen hin und her, ohne mehr an Vorwarnung als ein Frühlingssturm, der aus dem ungesehenen Himmel oben herabbricht. Und jetzt kratzen wie immer unsichtbare, kalkberauschte Fresser wie wahnsinnig in ihren unsichtbaren Schlupflöchern herum, während hilflose Faulpelze ihre vom Haar aufgetriebenen Bäuche in voller Sicht der heranrückenden Gesellschaft über den Fußboden schleppen. Diener heben diese Unglücklichen an den Schwänzen hoch und schmettern ihre Köpfe gegen die zerfallenden Wände. Rattenblut tropft an den Latten herab, und Rattenkörper werden zu ihren Mitausgestoßenen unten hinabgeworfen. Das Kratzen und Knirschen verstummt und weicht rasch einigen kaum hörbaren Reißgeräuschen. Nach ununterbrochener Mörtelnahrung ist das Fleisch frisch getöteter Ratten köstlich.

Colonna steifbeinig voraus, hinein in die Düsternis der baufälligen Röhre. Er trägt einen Hut, ein sonderbares Gebilde von zusammengeschnürtem Samt, geformt wie eine Schornsteinhaube. Sein Lederwams ist ein Panzer aus hartem schwarzem Leder, mit Knöpfen besetzt und mit Diamanten benäht. Seit seiner Verwundung in Ravenna hat er ihm lose am Leib gehangen. Als er vor einigen Stunden nackt in seinem Zimmer stand, hat er seine Rippen gezählt, die von innen gegen die Haut drücken. Sein Fleisch verfällt. Sein Stock stößt kräftig auf den sandigen, scheißebedeckten Boden. Rattengeräusch. Mondschein. Die Statuen, die man ihm nach seinem Tod errichten wird, werden prächtig sein.

«Die Tür!»

Die Diener fuchteln und fummeln, über das Türschloß gebeugt wie Diebe. Colonna bemerkt die Stellung der Planken, zu einer Höhe aufgeworfen, daß man stolpern kann; schwieriges Gelände. Hinter ihm Gerappel in der Kolonne; man will, daß er weitergeht: Ascanio und sein Bastardbruder Umberto, ihre Huren, ihre Schwester Vittoria, deren Page, seine höherrangigen Vertrauten. Hinter diesen die Redner: der beliebte Neapel und sein Gefolge, Aragón und sein Gefolge. Hinter ihnen seine Gefährten: Don Geraldo, Villefranche, Cesare, der loyale Gersault und andere, gestandene Colonna-Männer, alt jetzt und zaudernd, die einst sich mit einer Hand an die Barrikaden klammerten und mit der anderen den Orsinis die Schädel einschlugen. Große Tage ... Von irgendwo hinter diesen bekannten und unbekannten Gesichter kommt vogelhaftes Zwitschern, Wiehern und Kreischen, das Scharren übervoller Milchkannen. In seinem Kopf ist ein Geheimnis vergraben.

Endlich ist die letzte Tür geöffnet; dahinter setzt sich die Galerie der Santissimi Apostoli fort, leicht abgeknickt gegenüber der Linie des Korridors. Er geht weiter, duckt sich, taucht wieder auf, dreht sich um. Ascanio folgt, küßt ihm die Hand, murmelt etwas, geht weiter. Als nächster Umberto. Ihre Hürchen erröten und knicksen. Dumpfes Krachen ertönt. Jemand ist über eine Bodenplanke gestolpert; eine Verzögerung, ein anderes Gesicht. Das von Vittoria, wütend auf ihn – aus irgendeinem Grund, an den er sich nicht erinnern kann oder der ihm noch gesagt werden muß. Zweifellos ein Mord. Sie hüpft, verschwindet. Andere Gesichter flackern vor seinem auf, bevor sie die Galerie entlangziehen, Gesichter, die er liebt oder geliebt hat, Gesichter, die er schmähte. Er ist eisig. Gesichter verschwimmen mit den Jahren, verschmelzen, fließen zusammen. Schließlich sind sie alle gleich. Am besten, nichts zu zeigen.

Die Diener folgen, keuchen unter ihren Lasten. Der ihm zustehende Platz erwartet ihn in der Mitte der Galerie, aber etwas fehlt. Er blickt erneut in den Korridor, späht über fettige Köpfe und Kapuzen … da. Ein riesiger vergoldeter Sessel schwankt auf ihn zu. Andere Diener pressen sich gegen die Wand, um ihn durchzulassen. Der Sessel steht kopf. Darunter sind Beine zu sehen.

«Sessel!» bellt Colonna, als er vorbeikommt. Der Sessel hält an. Er schlägt ihn mit seinem Stock. Der Sessel wandert weiter, nur sind jetzt die Gäste aufgefordert, Platz zu machen, und die Galerie ist schon gefüllt, auch leicht verschwitzt, niemand läßt besonders gern einem Stück Möbel den Vortritt. Der Sessel kommt langsamer voran. Noch langsamer. Halt. Eine Frau wie ein Gebirge preßt sich ans Geländer des Balkons und versucht, so zu tun, als gebe es überhaupt kein Problem, wenn der Sessel nur weiterzöge, könnte sie das auch; sie ist versunken in eine kokette Unterhaltung mit – Colonna kneift die Augen zusammen – dem Spanier. Vich. Der Sessel macht kleine Ausfälle, prallt vom Bauch der Frau ab. Die Breite der Galerie; die Breite des Sessels; die Breite von Vichs Maitresse: diese Dimensionen sind grundsätzlich unvereinbar, und jetzt lachen Ascanio und Umberto unverhohlen, seine alten Gefährten grinsen diskret. Sogar Vittoria schürzt die Lippen. Der Sessel wird hektischer, die Miene der Frau abwechselnd gelassen und krötenähnlich, je nachdem, wie das Gerät sie rammt, bis einer aus Vichs Gruppe vortritt und das Problem dadurch löst, daß er die wackeligen Beine unter ihm wegtritt. Der Sessel fällt, Vich bietet seine Hand, und Colonna sieht, wie der Fleischberg geziert über alles hinwegsteigt.

Einen Augenblick ist er wütend, aber einige Gäste spenden dem Manöver Beifall. Er schwankt, unentschlossen. Er starrt, unschlüssig. Und dann scheinen die Nebel in seinem Geist dünner zu werden und zu schwinden.

«Du!» Er deutet.

Don Jerónimo nähert sich und weist schon auf die Frau.

«Herr, erlaubt mir, Euch meine Begleiterin vorzustellen, die Dame Fiam …»

Er deutet erneut. «Der da, das Maultier. Der Treter.» Er starrt genauer hin, als der Mann über ausgestreckte Beine hinwegsteigt und sich an molligen, weichen Körpern vorbeidrückt. Ein dunkles, hartes Gesicht … ist er das? Ja, es stimmt. Ein Gesicht, das er von einem wolkenlosen Ort her kennt, aus der einzigen Zeit, die seine Wunde verschonte.

«Ravenna», sagt Colonna, als das Gesicht des Soldaten näher kommt. «Ihr habt in Ravenna gekämpft.»

«Ja, Herr», antwortet Don Diego.

Die anderen Schlachten ziehen in wäßriger Unschärfe an ihm vorüber, ihr Klirren und Gestank, alles vermischt und verschmolzen, aber dieser Ort bleibt. Die geheime Zuflucht seiner Wunde – Diego müßte es verstehen. Ravennas Lektion müßte auch ihm eingebrannt sein. Die schwatzenden Köpfe links und rechts blähten sich und platzten weg, erfüllten die Luft mit ihrem Lärm. Was wußten die denn schon, wenn sie sich nicht auch in Ravennas kalten Schlamm gepreßt, gezuckt und gebibbert, sich unter französischem Kanonenbeschuß besudelt hatten? Er erinnerte sich an Männer, die betäubt inmitten von alldem gestanden hatten. Cardonas Kompanien wurden verjagt oder flohen und konnten diese Kanonen nicht zum Schweigen bringen; sie wurden im Sumpf eingeschlossen, ohne Deckung für einen Rückzug. Er ließ die Pferde bringen, und sie hatten angegriffen. Die Kanonen hatten die Männer von den Pferden geholt, hatten Fleisch und Bein durchschlagen. Ganze Reiter waren in roten und weißen Sprühnebeln verschwunden. Kuppen im schwarzen Schlamm des Sumpfes hatten Pferdebeine gebrochen wie Zweige. Er war schwer gestürzt, betäubt und umringt von Knaben zu sich gekommen. Seine Trommler hatten ihn gefunden und sahen ihn an, warteten auf seine Befehle. Etwas stimmte nicht mit seinen Ohren, er konnte nur tiefes Dröhnen und dumpfe Aufschläge hören. Er blickte sich um und sah den Boden zu ihrer Linken ansteigen, sah treibenden Rauch. «Hier entlang», befahl er ihnen. Sie durften nicht in Panik verfallen, durften jetzt nicht aufgeben. «Hier entlang, Männer.»

Aber es waren Knaben. Unerprobte Kinder. Er hatte die Orientierung verloren, und der Kanonenlärm schien sie zu umgeben. Hier entlang ... Jetzt würden sie in Sicherheit sein, in Sicherheit mit ihrem Kommandeur, der solche Schlachten dreißig Jahre lang von Neapel bis zu den Alpen geschlagen, eine Bauchwunde bei Gaeta überlebt, Hunderte Männer mit dem Messer getötet hatte, das sie an seiner Seite sehen konnten, der zu oft vom Schlachtplatz gegangen war, um hier zu fallen. Warum sollte Ravenna anders sein?

«Die mich gefangennahmen, haben mir erzählt, daß Eure Kompanie wie der Teufel gekämpft hat», sagt er zu Diego.

«Wir kämpften als Aragonesen, Herr», erwidert der Mann in barschem Ton. Hinter ihm kann Colonna sehen, daß Don Jerónimo und seine Begleiterin – kennt er sie von irgendwoher? – steckengeblieben sind und darauf warten, sprechen zu können oder angesprochen zu werden.

«Ich möchte Euren Oberst Diego heute abend in meiner Nähe haben, Don Jerónimo.» Der Botschafter nickt huldvoll. Colonna nickt dankbar zurück. Der Botschafter verbeugt sich leicht und schlurft die überfüllte Galerie entlang zurück, seine Frau im Schlepptau. Manchen zufolge ein Heißsporn, Vich. Kalt und klug nach anderen.

«Nicht mehr ‹Oberst›, Herr», sagt Diego.

«Männer wie uns macht der Frieden immer zu Narren», erwidert Colonna. Mehr will er nicht hören. Vieldeutige Gerüchtewolken umgeben Diego. Etwas ist in Prato geschehen; ein untilgbarer Fleck färbt den Mann, der jetzt bei ihm ist. Er war nicht da und hat nichts gesehen. Er will es nicht wissen. Seit Ravenna will er weniger und weniger von den Tagen wissen.

Er erinnert sich, daß Armbrustschützen an ihrer Flanke erschienen waren. Er ließ die kleine Kompanie kehrtmachen, aber vorn tauchten noch mehr auf. Die Schlacht war fast vorbei. Die Armbrustschützen waren ein zerlumpter Haufen, sie grinsten, als sie heranschlenderten, ihre Waffen baumeln ließen, Zurufe austauschten. «Haltet stand!» rief er. Es waren doch nur Trommelknaben. Die Armbrustschützen kamen näher, und er konnte sehen, wie sich Verblüffung auf den nächsten Gesichtern ausbreitete. Nur Trommelknaben, aber um ihretwillen konnte er sein Schwert nicht niederlegen. Er rief erneut: «Wählt Euren Mann!», und als er das sagte, sah er Ungläubigkeit selbst noch, als die Soldaten ihre Waffen hoben. Die Knaben ringsum wimmerten. Er schrie «Colonna!» und rannte vorwärts. Er sah, wie sie ihre Waffen an die Schultern setzten. Er hörte das Tock und den Einschlag, als die abgefeuerten Bolzen ihr Ziel trafen, und das schrille Schreien, das hinter ihm begann. Seine Schulter zuerst, dann eine Sekunde später sein Bein, unten irgendwo, es warf ihn zu Boden. Er lag flach und blickte zurück und sah, daß seine Jungen sich nicht von der Stelle gerührt, sich in ihrem Entsetzen nur enger zusammengedrängt hatten. Jetzt kreischten sie. Die Armbrüste wurden fast beiläufig wieder geladen. Einige versuchten, vorwärts zu kriechen, und die Männer kickten sie zu ihren Gefährten zurück; schwere Tritte, die sie wie Säcke vom Boden hochschleuderten. Er betete zu einem Grashalm. Er sah sie kommen. Knie im Kreuz preßten ihn nieder, eine peitschende Metallspinne. Finger machten sich an seiner Kehle zu schaffen, dann der Strom von Luft und Licht, als sie ihm den Helm abzogen. Ein Fuß drückte ihn hart in den Nacken, er spürte, wie die stumpfe Nase des Geräts gegen seinen Schädel stieß, der Finger den Hahn spannte, er hörte den Moment explodieren und bröckeln wie einen Stein, der auf einem Amboß zerschlagen wird, und unmittelbar davor wurde ihm ein Wort ins Ohr geflüstert, das er nicht verstand. Meurtrier. Sie hatten die Armbrust an seinen Kopf gepreßt und einen Bolzen in seinen Schädel gefeuert. Die französischen Wundärzte hatten den Schaft abgesägt und die Widerhakenspitze in seinem Gehirn zurückgelassen. *Mörrr*-trii-jee. Sie steckt immer noch darin. Er lebte.

Unten im Schiff von Santissimi Apostoli wird ein Schwein an den Hachsen aufgehängt und hochgezogen, bis es zwanzig Fuß über dem Boden baumelt. Ein Weihrauchfaß folgt bald, aus dem dicke Qualmbogen quellen, von den wilderen Bahnen des Schweines gekreuzt und geschnitten; duftende Weihrauchwolken ringen mit den üblen Dünsten der Krypta. Diener, die randvolle Milchkannen tragen, haben sich am anderen Ende der Galerie zusammengedrängt. «Stellt euch gleichmäßig auf!» brüllt ein Haushofmeister mit geschwellter Brust in verständnislose Gesichter. Einer oder zwei beginnen, an ihren Strumpfbändern zu zupfen. «Verteilt euch! Dahin!» Er zeigt durch das Schiff zur gegenüberliegenden Seite. Sie schleifen die randvollen Milchkannen an den Handgriffen. Hühnerträger folgen ihnen. «Ihr nicht!» Die Hühnerträger bleiben stehen. Vichs Maitresse stellt sich erneut als Problem heraus. Ascanio versucht einen Handstand, und Vittoria scheint, vielleicht, zu beten?

Unten schreitet ein Bär von Mann, flankiert von seinem Diakon und seinem Subdiakon und umgeben von einer schnatternden Bande von Bengeln in schmutzigen Kitteln machtvoll durchs Kirchenschiff. Hinter dem Lettner knallt er einen Kelch auf den Altar. Dann eine Bibel. Die Bengel bilden auf beiden Seiten der Kanzel Reihen und beginnen, sich locker zu machen, holen tief Luft und stoßen durchdringende Schreie aus. Pförtner stehen an den Türen, durch die man jetzt gedämpfte Geräusche hören kann, dumpfe Schreie, bewundernde Pfiffe, hin und wieder Gepolter. Pater Tommaso knackt mit den Fingern und blickt auf seinen Chor, seine Pförtner, hoch zur Galerie, wo der Haushofmeister ihm feierlich zunickt. Die Diakone sind durch eine schmale Tür im Querschiff verschwunden. Er folgt ihnen.

Die Sakristei ist ziemlich beengt: Die Ecke eines anderen Gebäudes scheint durch die gegenüberliegende Wand gebrochen und hier wie der Bug eines steuermannslosen Schiffes auf Grund gelaufen zu sein und so den einst viereckigen Raum in zwei dreieckige geteilt zu haben. Mit der Hilfe seines Diakons legt Tommaso Albe, Kasel, Humerale, Stola an, wühlt in den Leinenschichten, um sich mit dem Cingulum zu gürten, das von Bruder Bruno, einem zähen drahthaarigen Mann aus Ripetta, straff gehalten wird. Bruder Fulvio kümmert sich um Kerzen und Weihrauchwürfel, deren stickiger Rauch rasch den winzigen Raum erfüllt. Bruno und Pater Tommaso wechseln Blicke. Bruder Fulvio ist groß und geschmeidig, blond und blauäugig, aus Perugia, seit drei Wochen in Rom und wohnt bei Tommaso, auf Anweisung seines Bischofs, der von Einführungsschreiben entzückt war, in denen von der «Demut des heiligen Franziskus» die Rede war. Nun ja, Wölfe zu zähmen ist ein Ding; Tommaso hätte gern den heiligen Franziskus die Messe für die Colonnas lesen sehen.

«Es wird Zwischenfälle geben», beginnt er, «aber solange die Lohgerber nicht auftauchen ...» In diesem Augenblick erreicht durchdringendes Winseln alle drei Ohrenpaare, geht langsam in einen quietschenden Sopran über, löst sich in eine Art Kreischen auf, das aus dem Haupthaus der Kirche kommt: *Ex-cla-ma-ve-runt ad te* (Pause) *domineee ...* Der Chor hat zu singen begonnen.

«Idioten!» schnauzt Vater Tommaso, als lauteres Getöse im Kirchenschiff widerzuhallen beginnt, Schläge und Schreie, Gehämmer, der Lärm der Gläubigen, die zum Gebet gerufen werden. Bruno gibt ihm die Manipel, entzündet die Kerzen, als ein erstes *Hallelujaaaaah!* vom Altarraum hereindringt, dann ein zweites, dessen Jubilus noch längergezogen ist, und mehr Krach und Schläge und Schreie, das baumelnde Schwein quiekt. Fulvio schließt den Deckel des Weihrauchfäßchens, bekreuzigt sich und schreitet den beiden voran in die Kirche. *Exultate iusti ...* tremoliert der Chor. *Introiboadaltaredeiiih* summt Pater Tommaso. *Ad deum quilaetificatiuventutem me-am* diskantiert Bruno. *Iudica me deus*, hier rattert es ganz ordentlich dahin, *tooo-tum*, ein wütendes Anfunkeln des Chores im Vorbeigehen. Wieder der alte Trott. Er murmelt *Deus tu conversus vivificabis nos ...* Erhält ein *Et plebs tua laetabitur in te* als Antwort. Die Kirche ist von Kerzen erleuchtet, befestigt an den Säulen, die die Galerie tragen. Oben scheint das Weihrauchfaß sich mit dem Schwein verheddert zu haben, denn die beiden werden *(Domine exaudi orationem meam ...)* von Dienern entwirrt, die sich ins Kirchenschiff hinauslehnen. Gesichter schauen auf ihn herab: das von Vittoria (hingerissen), von Ascanio (gelangweilt), von Don Geraldo und Villefranche. Der alte Mann starrt steinern vor sich hin. Hinter ihm spielt ein Soldat mit seinem Helm, und drei identisch gekleidete Frauen sind, nein, tatsächlich sind sie nicht. In Wirklichkeit gibt es nur eine. Sehr fett. Plötzlich pendeln Schwein und Weihrauchfaß wieder; Weihrauch und

Quieken, als der Chor zu seinem zwölften Halleluja kommt, die Tür beginnt zu erbeben, als werde von außen gegen sie geschlagen, und Pater Tommaso ruft durch das Schiff «Fertig?» zu seinen Pförtnern, die nicken und sich daran machen, die Türen zu entriegeln. *Dominus vobiscum* intoniert er, als die kleine Prozession den Lettner erreicht. Tommaso wendet sich um, spannt die Schultern, bezieht vor dem Lettner Stellung. Bruno murmelt in Erwiderung *Et cum spiritu tuo* ... Sie blicken einander an, alte Kameraden und Veteranen. Fulvio ist weitergeschritten und verschwindet irgendwo hinter dem Lettner.

«Was?» murmelt Colonna, der für den Augenblick in ganz anderen Gedanken versunken ist. «Haben wir schon angefangen?»

«Los», befiehlt der Priester seinen Pförtnern. «Laßt die Bastarde rein.»

Don Diego sieht, wie die schweren Riegel zurückgleiten, einen Augenblick lang klemmen, als man von außen gegen die Türen drückt, sich dann lösen. Die Pförtner taumeln, plötzlich mit dem vollen Gewicht der eichenen Querbalken belastet, die Türen scheinen gleichzeitig gewichtslos zu werden, beben, klappern, springen leicht auf, um die Gläubigen zu enthüllen, die bewegungslos im Torweg stehen, mit offenem Mund, schweigend und eingeschüchtert, wie angewurzelt im Stillstand. Ein Paar blickt halbverwundert zurück zu den auf und nieder hüpfenden Köpfen. Unmöglich, dieser Moment. Niemand kann es so recht glauben. Die Reihe der gepreßten und wartenden Körper schwillt für eine Sekunde, bricht dann, Vorreiter und Vorposten formieren sich, um eine Bresche in die Haut der unverteidigten Kirche zu legen.

Die Verteidiger beziehen hinter dem Ambo Posten, Bruno in ihrer Mitte, die Beine gespreizt, die Arme hängen locker und bereit. Er starrt die vorrückende Gemeinde an. «Langsam ... langsam!» Du mußt ihnen von Anfang an die Stirn bieten. Er sucht sich ein vierschrötiges Individuum heraus, das eine Bulldogge am Halsband führt und von einigen schüchternen Strolchen vorwärts geschoben wird. «Du! Ja, du. Keine Hunde!» Man hört nicht auf ihn. Eine Zangenbewegung zu seiner Linken. Diego nickt selbstgefällig. Halt sie auf, denkt Bruno. Fang ihren Hauptstoß hier ab. Eine Bewegung zur Rechten hat sich der zur Linken angeschlossen – das unausweichliche Umgehungsmanöver –, und jetzt drängt sich das Zentrum durch das Mittelschiff, vom Druck der Körper hinter ihm geschoben, vom üppigen leeren Raum vorne gezogen, Brunos Rückzug ist unvermeidlich. Er muß gemessen ablaufen, ungezwungen. Ein Schritt nach dem anderen. Lieber Gott, einer von ihnen hat ein paar Hühner mitgebracht! Bruno blickt himmelwärts, wo das Schwein immer noch baumelt, für einen Moment durch die Schwitzwolke der Körper unten zum Schweigen gebracht. Ignorier das Schwein.

Jene, die schon in der Kirche sind, kommen zur Ruhe – oder etwas der Ruhe Ähnlichem – Scharren, Schieben und Zehentreten dauern an. Der Zustrom der Körper von draußen wird langsamer, nutzloses Drängen und Winden, um hereinzukommen, wird immer unwirksamer, eine Art von Gleichgewicht ist erreicht. Die Schlachtreihen stehen, denkt oben Don Diego. Hebt die Banner.

Aber die Gemeinde, die zusammengeströmt ist, um das Fest von Philipp und Jakob zu feiern, hat kein Banner, kennt kein Siegesgeschrei, außer dem Knurren ihrer Mägen, also steht sie da in stumpfsinniger Rempelei. Was jetzt?

Wie bei Prato, denkt Don Diego. Wie die furchtbare Stille bei Prato in den stummen Augenblicken, bevor Nägel und Hämmer hervorgebracht, die Feuer entzündet wurden und die Würfel fielen. Die sinnlos gähnende Pause, der klebrige Sumpf des Nichtwiderstandes der Pratesi. Als er über das niedrige Türmchen zu der Bresche kletterte, die ihre schwerfällige Kanonade endlich geschlagen hatte – es war schon spät am Nachmittag –, sah Diego die Verteidiger von Prato entweder fliehen oder sich in halb verlegener Weise an der Porta del Seraglio herumdrücken wie Kinder, die beim Versteckspiel ertappt wurden und wissen, daß sie für diese Albernheit zu alt sind. Seine Hellebardiere stießen nach ihnen, drängten sie zurück, aber auch das geschah planlos, und als sie herausgefordert wurden, ließen die Pratesi ihre Waffen einfach mit einem Schulterzucken fallen. Sein Säbel lag ihm fest in der Hand, der Griff schien durch den Handballen zu dringen und mit seinen Armknochen wie verschweißt, so untrennbar waren sie. Er verstand ihr weiches Nachgeben nicht, diese Wesenlosigkeit, wie ein wedelnder Hund, der (gleichgültig, wie oft man ihn auch tritt) zurückkommt und sich anschmiegt, um gefüttert zu werden, diese widerliche Passivität. Das machte ihn wütend. Er verstand seinen Hellebardier, der sich einen von ihnen heraussuchte, fluchend und schreiend – das war irgendwie lächerlich, gekünstelt, anstachelnd in gewisser Hinsicht –, wie er den wehrlosen Mann gegen die Mauer trieb, die er hätte verteidigen sollen, das Ende seiner Pike verwendete, um ihn niederzuschlagen, die Spitze, ihn zu erstechen. Wie er sich dann von dieser erbärmlichen Exekution abwandte, immer noch unzufrieden; dieselbe Frage war noch immer in seine Verwirrung geschrieben. Was als nächstes? Was jetzt?

«... he? He, Don Diego?» Die Messe nimmt unten ihren Gang, ein bartloser Diakon schwingt das Weihrauchfaß über dem Altar, die unsichtbare Masse der Gemeinde ist schon gelangweilt und schwatzt, barhäuptige Handwerker, hinten ein paar Mönche, ein Hund sitzt auf seinen Hinterläufen und bellt ... «Don Diego!»

Er kommt zu sich, Colonnas Stimme reißt ihn aus ... all diesem. Ein großer älterer Mann ist eingetreten und steht auf der anderen Seite von Colonnas Sessel. Colonna schaut zu ihm auf, hebt eine Hand, die der andere mit seinen Lippen berührt, und dabei blickt er zu Diego.

«Vitelli, lieber alter Mischa ...» Sie sind Freunde, oder – wie es scheint – mehr als Freunde. Vitelli möchte ergeben lächeln, blickt aber statt dessen wieder zu Diego hin, sein Mund zuckt leicht. «Vitelli, das hier ist Oberst Diego. Er bleibt heute abend bei mir.»

Vitelli nickt. «Natürlich habe ich von Oberst Diego gehört.»

Hinter ihm steht eine junge Frau, die bei diesem Namen schnell aufschaut, stetig über die beiden älteren Männer hinwegstarrt, ihn taxiert. Ihre Nase ist dünn und gebogen, in einem starken Gesicht, zu stark, um wirklich schön zu sein, die Augen vielleicht braun, wirken aber fast rot wegen des Schwalles kupferfarbener Haare, der ihr über die Schultern fällt. Ihr Gesicht versetzt Diego in einen Schrecken, er erschrickt ein weiteres Mal, als er erkennt, daß sie wie ein Mann gekleidet ist.

«Signora Maria Francesca d'Aste», gibt Vitelli bekannt. «Meine Frau.»

Die Frau bietet Colonna ihre Hand; er küßt sie. Dann stößt sie Diego die Hand hin. Er zögert. Vitelli knurrt: «Denk an deine Stellung», aber sie hält den Arm weiter ausgestreckt. Er blickt zwischen ihnen hin und her, fühlt, wie er rot wird. Sie wartet einfach, starrt ihm ins Gesicht, fordert ihn heraus. Plötzlich lacht sie, zieht sich mit einem leichten Wedeln ihrer Hand zurück. Ein weiterer Nachzügler ist eingetreten. Sie wendet sich von allen dreien ab.

«Wollt *Ihr* mir die Hand küssen, Kardinal Serra?» fragt sie den rotgewandeten Mann, der durch das Gedränge im Durchgang hastet.

«Wollt Ihr mir den Ring küssen?» erwidert der Kardinal und drängt sich an ihr vorbei.

«Vitelli. Signor Colonna.» Er verneigt sich leicht vor beiden. «Hauptmann Diego. Ist unser Botschafter ...? Ah ja! Keine Antwort nötig. Ich sehe sein Kennzeichen. Bei Gott, die ist ja noch fetter ...» Er bewegt sich weiter und ist gleich darauf vom Gewühle verschlungen.

«Ich denke immer noch an Paolo, von Zeit zu Zeit», Colonna spricht zerstreut und starrt in den geräuschvollen Schlund des Kirchenschiffs. «Ich meine Euren Vetter, Mischa. Ich glaube manchmal, daß er auf seine Art der Beste von uns war.»

«Paolo hat sich um nichts und niemanden gekümmert. Am wenigsten um sich selbst», erwidert Vitelli. Colonna nickt traurig. Ihre Blicke gleiten zurück zu dem Schauspiel unten, oder werden von ihm hinabgezogen.

Unten pulsiert das geblähte Mysterium der Messe, wird straff aufgetrieben wie die Bäuche der ertrunkenen Schweine, die von den Frühlingsfluten den Tiber hinabgeschwemmt werden, entfaltet seine Zierbänder in den langen, gedehnten Hallelujahs des Chors, die manchmal über dem Getöse der quasselnden Gemeinde hörbar werden; ein Hund bellt, ein Schwein (das immer noch oben herumbaumelt) quiekt, eine Reihe von Hühnern, *Hallelujaaaaaaah* ... *Hallelujaaaaahhh* ... Engel reiten auf Klangzungen ein, die durch die zahnlosen Gaumen der Kirche flattern, und Bruno betet, daß er gut vorlese: der Ambo steht tief im Feindesland. Schweigend und unsichtbar hinter dem Lettner, betet Pater Tommaso mit ihm. Subdiakone und Meßdiener versammeln sich mit Kerzen und kleinen Weihrauchfäßchen. Langsam bildet sich die Prozession.

«Sollte der Chor jetzt nicht schweigen?» fragt Fulvio Pater Tommaso.

«Halt den Mund», erwidert Pater Tommaso.

Oben lehnen sich müßige Schankburschen über die Balustrade und lassen dünne Speichelschnüre aus ihren Mündern baumeln und saugen sie in dem Augenblick, da sie zu reißen drohen, geschickt wieder auf. Oder auch nicht. Es ist ein Wettbewerb – die längste Schnur gewinnt –, eher lästig für die unten. Tabletts mit Leckereien schwanken vorbei: Schwein in Apfelwein, Rindfleisch in Rettichsauce, getragen von schwitzenden Mägden, die sich mühsam durch die Gruppen und Haufen von Gästen einen Weg bahnen. Es ist heiß hier oben. Und aufgeschnittene Zunge! Mmmm. Fiammetta *liebt* Zunge, gibt ein Zeichen, winkt, wird nicht beachtet, schreit schließlich «Du da! Da drüben!», was in ihrer Umgebung gequälte Mienen hervorruft, ein Grinsen bei Ascanio, überhaupt nichts bei Don Jerónimo de Vich und Kardinal Serra, die sich, so scheint es, über das Geländer beugen und den Spuckwettbewerb kommentieren, der drüben im Gang ist: «Nicht schlecht, der da» und «Mehr Speichel nötig» und «Hoppla! Hat sich übernommen», bis die Magd weitergeht, die Aufmerksamkeit anderer nachläßt, bis wieder eine Art von Ungestörtheit herrscht und sie ihre eigentliche Unterhaltung wieder aufnehmen.

«... Also habe ich Diego sein Ohr kitzeln lassen.»

«Und?»

«Und nichts. Er hat nichts gewußt, es spielte auch keine Rolle. Ich treffe unseren Freund heute abend wieder. Das mit Venturo ist nur zum Schein. Was erzählt man von Seiner Heiligkeit?»

«Ich glaube, er ist ziemlich entzückt. Ghiberti hat mich heute nachmittag besucht, allem Anschein nach, um von mir Sicherheiten zu verlangen, daß ‹Euer fürchterliches Benehmen und Eure Launen‹ nicht wieder vorkommen, die ich ihm bereitwillig gab», Serra kichert, «wonach er mich wissen ließ, daß Seine Heiligkeit die Episode allen, die ihm zuhören wollen, mit seinem üblichen Schwung erzählt. Vor allem die Rolle des Elefanten nimmt an Bedeutung zu ...»

«Fürchterlich?»

«Fürchterlich. Ja, absolut fürchterlich, seht Euch das an.» Serra zeigt auf die Schankburschen, von denen einer einen wahren Stalaktiten von Speichel baumeln läßt, die Augen konzentriert zusammengepreßt, saugt nun, hoch kommt er. Vich dreht sich auf diesen Hinweis hin um und sieht einen Mann rechts hinter sich stehen. Er nickt, der Fremde nickt zurück und geht wieder.

«Kennt Ihr ihn?»

«Nein. Höchstwahrscheinlich eine von Farias Kreaturen. Ja, seht. Jetzt, da wir ihn gesehen haben, geht er. Aber genug davon. Erzählt mir von unserem König.»

«Der Hof befand sich zu Toledo, als ich die letzten Nachrichten bekam, aber der König hält sich aus dieser Sache raus. Die Verhandlungen zwischen unseren Gesandten und denen von Manolo gehen weiter. Von dort habe ich meine Anweisungen und König Fernando seine Einsichten. Wir sind hier in Rom Spieler, lediglich Spieler ... Lieber Gott, seht Euch den an!»

Und dieses Mal ist es an Serra, sich leicht beunruhigt umzuschauen, aber da er lediglich Fiammetta sieht, die mit ihrem Aufschnitt beschäftigt ist, statt des erwarteten Lauschers, wendet er seinen Blick durchs Kirchenschiff hinüber zu den Schankburschen, deren einer ein wirklich gigantisches Gehänge aus Speichel an der Leine hat, eine glitzernde Säule, die sich abwärts dehnt, kleine Perlen von quecksilbrigem Glibber laufen seitlich daran hinab, verdicken und verstärken sie, weiter, weiter, mehr und mehr, bis es scheint, als müsse sie den ahnungslosen Kopf da unten nässen, aber nein! Nein, sie wird zurückgezogen, die geschmeidige Zunge des Stalaktiten bebt, als die des Speichelmeisters den Ausfluß wieder einholt, spulend und löffelnd, Wangen, Kiefer, Gurgel, sogar Bauchmuskeln, sie alle pumpen gemeinschaftlich, die letzte Fußlänge Speichel schnellt zurück in den Schlund, der sie hervorgebracht hat, mit einem Klatschen, einem Schlucken, einem Schlingen.

«Empfehlt mich in Eurem nächsten Schreiben», sagt Serra und will gehen. Schankburschen schlagen dem Sieger auf den Rücken, daß er ein wenig würgt.

«Ihr brecht auf?»

«Ich will unserem Gastgeber ein Weilchen aufwarten. Ein Onkel von mir hat einst mit den Colonnas gefochten, in Parma, glaube ich. Oder Piacenza. Auf jeden Fall gegen die Franzosen.»

Vich blickt in den Abgrund der Kirche, wo ein Diakon die Vorlesung zu halten scheint, während Ordner und Subdiakone den Ambo mit Schubsen und Flüchen gegen die anbrandende Menge verteidigen. Der Priester gleich unter ihm scheint von all diesem Getümmel im Kirchenschiff nichts zu bemerken, hantiert mit Weihrauchfäßchen und Hostienkelchen, formt unhörbare Worte mit den Lippen, was mag das wohl sein ... das Glaubensbekenntnis?

Pater Tommaso, der tatsächlich das *Credo in unum deum* intoniert, fällt ein, daß bald die halbe Strecke zurückgelegt und die sogenannte Katechumenenmesse vorbei sein wird. Solche Wegmarken halten den Geist bei Laune. Der Chor singt: *Confitebuntur coeli mirabilia tua domine* ... Fulvio fragt nach, ob man die Opferprozession nicht jetzt bilden solle, und erhält eine abschlägige Antwort. Pater Tommaso fällt ferner ein, daß er, falls der heilige Fulvio noch einmal seinen Mund aufmachen sollte und es kämen Wörter aus diesem Mund, die weder im Meßbuch noch im Psalter enthalten sind, daß Pater Tommaso dann diesen Mund mit der Faust schließen wird. Der Chor singt: ... *et veritatem tuam in ecclesia sanctorum* ... Pater Tommaso bereut den genannten Gedanken. *Hallelujaah, Hallelujaaaaahh!* Er ist unwürdig angesichts der Hostie, die vor ihm auf dem Altar liegt, einstweilen noch unbelebt. Kunstvoll ausgefüllte Neumen verschmelzen ihre trillernden Höhen in der Wölbung des Daches und laden Engel zum Fest. Sie sind ungesehen eingetroffen und hängen wie Fledermäuse an der Decke: Es sind ihrer im Augenblick knapp über siebenundzwanzigtausend anwesend. Christus ist noch abwesend.

Aber irgendwann kommt er – selbst hier, selbst jetzt. Irgendwann huscht er in die Hostie, oder in die Stille, die die Hostie manchmal erheischt, ehe die Gläubigen ihren besudelten Glauben herausschreien und wieder Reinheit speisen. Denn Christus ist wie die kälteste kalte Luft, sticht in die Haut und läßt die Lungen brennen. Er mag heute abend hier sein, denkt Tommaso und bereitet diesen Platz in seinen Gedanken, Christus, der in der Jungfrau gesät und auf seinem Leidensweg gereinigt wurde, gemäht von den Feinden, gedroschen in der Geißelung, geworfelt mit lästerlichen Worten, gemahlen in der Mühle der Heiden und verwandelt in reines Mehl und Blut, und im Grabe drei Tage lang gebacken – woraus ein Laib entstand. Dieser Laib: die Hostie. Er beweihräuchert sie, und wieder den Altar. Er wäscht seine Hände. Er betet.

Sein Diakon und sein Subdiakon werden mit ihm beten, denn sie sind nicht länger einfach Bruno, sein alter Gefährte, der inzwischen zu ihm getreten ist, und Fulvio, der fromme Welpe, dem er die Zähne einschlagen will. Sie sind seine Minister und seine Amtsträger, und er ist ihr Ministerium und ihr Amt, Mühle und Kelter für Brot und Wein. Sie beten, und der Chor singt. Er sagt zu ihnen: *Dominus vobiscum* und *Sursum corda* und *Gratias agamus Domino deo nostro.* Sie erwidern ihm *Et cum spiritu tuo* und *Habemus ad Dominum* und *Dignum et iustum est.* Irgendwo in der Kirche läutet die Glocke zur Wandlung, und das Getöse vor dem Lettner beginnt abzuflauen. Der Chor verstummt. Er erinnert an ihren Vater, den Papst, dann an die Lebenden, dann an die Heiligen, die tot sind. Er streckt seine Hände über die Weizenscheibe, Hände wie Fleischwülste, schwer und schwarzbehaart. Er spricht die Worte.

Ihm zur Seite wenden Bruno und Fulvio einander ihre Gesichter zu, Pater Tommasos Profil – gebrochene Nase, stoppliges Kinn – trennt sie, während Fulvio hingerissen und abwesend in das Mysterium der Hostie starrt, während Bruno Blicke durch das Maßwerk des Lettners auf die Gemeinde dahinter wirft: schwere, wettergegerbte Gesichter starren stumm empor, schweigen endlich, warten. Mehr Engel kommen an. Ratten huschen über den Fußboden, lautlos. Die erste Glocke ertönt hoch oben, dann die zweite, die die Schallkammer der Kirche in bebenden Klangwellen erreichen, die die Luft hämmern, und Pater Tommaso greift nach der Hostie, murmelt, hält sie, murmelt, hebt sie brusthoch, hält inne, höher, und Bruno sieht IHN in den Gesichtern der Gläubigen gespiegelt, in ihren verschrumpelten Mündern und rotzbeschmierten Nasen, höher, in ihren sich weitenden Augen und hüpfenden Adamsäpfeln, alle warten auf Christus …

Jetzt.

HOC EST ENIM MEUM CORPUS.

«Jesus! Jesus!» «Reinige mich, Christus!» «Hier! Hier drüben!»

Ein einziger Augenblick, und das Schweigen der Kirche wird zu einer Kakophonie gegrölter Gebete, heiligen Gebrülls, eines Getöses von Fürbitten, Gebeten, Ersuchen. Christus ist nicht mählich, er ist jäh. Rosenkränze werden geschwungen und verheddern sich mit hölzernen Kreuzen. Leute werden geohrfeigt von anderer Leute Amulette. Das genügt noch nicht, also gibt es auch Gehüpfe – ein rechter Blick auf die Hostie schützt bis zum Sonnenuntergang des nächsten Tages vor Blindheit, Impotenz und Tod –, während die Kranken kopfhoch gestemmt werden, um ebenfalls in den vollen Genuß zu kommen: eine einbeinige Frau, ein schwer angeschlagener Kampfhahn, der Hund (obwohl er gesund ist und entweicht), hustende Kinder, jemandes Großmutter. Selbst das Schwein fällt ein, quiekt da oben vor sich hin, während von der Galerie Milchkübel über die Feiernden ausgegossen werden. Kohlköpfe werden geschleudert. Ein Page hält Ascanio einen hin, und er pißt auf seine Blätter; dann schleudert er ihn fort, läßt ihn über die Köpfe der Feiernden segeln; er prallt von einer Säule ab und spießt sich schließlich auf eine Leuchterspitze, die aus der Wand ragt. Jungen lassen Hühner frei, die zu fliegen versuchen, scheitern, und denen man dann die Hälse umdreht. Das Schwein wird in ein Gedränge wartender Schweineliebhaber herabgelassen, die es Stück um Stück zerreissen – unter Gebeten – und sich mit dem hellroten Schweineblut bespritzen. Der Hund verfängt sich in Schweinegedärm. Gekotzt wird auch, der siegreiche Schankbursche wurde zunächst auf den Rücken geschlagen, dann verprügelt, schließlich ebenso erfolglos durchgeschüttelt, und endlich an den Hacken gepackt und geschwungen, bis sein widerstrebender schleimiger Mageninhalt herausspritzt …

Inmitten all dieser frommen Hingabe kommt der Teufel Tutivullus mit Feder und Pergament an, um von den Dachsparren aus Notizen zu machen, die später zusammengefügt und noch später dem losen Sünder, respektive der Sünderin, entweder am Perlentor oder am Höllenschlund vorgelegt werden, je nachdem. Er schärft die Feder und spitzt ein Ohr: Eine Menge Klatsch und Tratsch geht um, auch einiges Geschrei, schreib das in Großbuchstaben, einige mehr oder minder freundschaftliche Raufereien, ein bißchen Kampf im Hintergrund – nicht seine Zuständigkeit –, heulende Kinder, notier es, ein bellender Hund, vergiß ihn. Hunde haben keine Seele. Aber sind alle diese Kinder getauft worden? ... Engel (etwas mehr als siebenundzwanzigtausend) schwirren und schmollen. Weiteres Gemüse regnet herab. Eine Bologneser Wurst. Die Sache mit dem Kampf im Hintergrund. Scheint um sich zu greifen, oder? Ja. Wird schlimmer, oder? Nein. Das sind die Mönche. Sonderbar.

Colonna schielt in eine niedere Düsternis, die selbst Bienenwachskerzen im Wert von zweihundert Giulii nicht völlig zerstreuen konnten. Ein grauer Fleck wird breiter, ausgehend von der linken hinteren Ecke, sein äußerster Rand ist ganz Aggression und haut auf die Köpfe – Colonna hat nichts dagegen, der Ruf des Festes von Philipp und Jakob beruht weitgehend auf seiner Rüpelhaftigkeit –, aber innerhalb dieses angriffslustigen Cordon Sanitaire scheint eine gespenstische Ruhe einzufallen. Innerhalb scheinen die Menschen nicht zu kämpfen. Tatsächlich knien sie. Tatsächlich beten sie. Und sie knien und beten, weil ihnen, wenn sie sich zu erheben versuchen oder mit beten aufhören wollen, einer der graubekleideten Mönche auf die Köpfe haut. Und nicht nur Mönche. Sie haben Helfer, unmönchische, und der graue Fleck des Betens dehnt sich weiter im Kirchenschiff aus. Bisher ist Colonna ruhig geblieben. Die Anwesenheit von Diego und Vitelli hat ihn etwas aufgeheitert, sogar Vitellis kleine Xanthippe hat sich entgegen aller Gerüchte als amüsant erwiesen, nützlich, um Serra zu blockieren, der ihn langweilt. Seine Wunde hat nicht mehr als üblich gepocht. Aber diese, diese ...

«Mönche!» brüllt Colonna. Die Speichellecker in seiner Nähe bringen grunzend Mißbilligung zum Ausdruck, die sie auch im Sinn haben. Don Diego gibt es auf, über den im Schweinegedärm verfangenen Hund nachzusinnen und blickt nach vorne.

Mönche, ja. Andere auch, erfaßt mit einem Blick, der durch das Schiff schweift. Zwei Männer: einer groß, einer klein. Er spürt, wie ihn ein Schauer überläuft. Es war kalt im Sumpf, im Sumpf außerhalb von Prato. Er ruft, aber es kommt wie eine Art von Krächzen heraus. Er spürt die heitere Aufmerksamkeit der anderen ringsum, unter denen sein eigener, plötzlicher Hunger wölfisch und störend ist. Es ist ihm egal. Er denkt, nach vorne blickend, er glaubt es noch immer kaum. Sie. Der Befehl kommt scharf und unaufgefordert, im Ton jenes Kommandos, dessen sie ihn entkleidet haben. «Schnappt sie!» «Schnappt sie?» Colonna blickt halb verärgert, halb erheitert auf diese kleine Anmaßung. «Ja, warum nicht?» Dann zu seinen Männern, die in ihren vielbejammerten Brünnen und Helmen schwitzen, «Bringt sie her!»

«Eine Verhaftung?» fragt Kardinal Serra, mit deutlich gehobener Laune.

«Ja, schleppt sie rauf», sagt die flammenhaarige Signora zu der kleinen Versammlung um Colonna. Sie scheint errötet zu sein, was aber auch ein weiterer Effekt ihres Haares sein mag. «Schleppt sie rauf und schneidet ihnen die Schwänze ab.» Vitelli runzelt die Stirn über sein Weib. Jemand hustet unbehaglich. Die Soldaten sind nach unten entschwunden.

Gleich darauf tauchen sie in dem kreuzeschwingenden, hühnerschlachtenden Tumult unten wieder auf: die Gemeinschaft mit Christus in Vertretung und andere der Messe gemäße Tätigkeiten lassen der Minimiliz den Vortritt, die auf Zehen trampelt und sich schnurstracks durch das Schweinegedärm, die Kohlblätter, durch eine Umgebung aus Schlachthaus und Molkerei, durch den ganzen kreischenden Karneval des Glaubens den Weg bahnt ... Schienbeine werden geschürft, die Lahmen und Hinkenden werden brüsk beiseite geschoben, doch treten die meisten geschickt aus dem Weg, um sie durchzulassen. So rückt das Greifkommando vor, durchquert die Kirche der Allerheiligsten Apostel am Festtag von Philipp und Jakob im Jahre Unseres Herrn fünfzehnhundertvierzehn, bis es die Mönche erreicht.

Gewalt.

Licht strahlt von den Girlanden der Kerzenhalter durch die rauchgeschwängerte Luft, trifft auf blasigen Putz, verschmilzt einen kaum beleuchteten Körper mit dem nächsten, macht die ohnehin schon schwierige Arbeit des Teufels Tutivullus nicht eben leichter. Diese Mönche sehen sich alle ziemlich ähnlich; die Soldaten ebenfalls, deren Status in dieser Messe ohnehin recht undurchsichtig ist. Soll man sie zur «Gemeinde» zählen oder nicht? Früher waren sie nicht hier. Jetzt sind sie gewißlich hier, schleppen mühsam einen Mönch und zwei (weltliche) Helfer und Anstifter quer durch die Kirche zurück, kämpfen in einem planlosen Nachhutgefecht mit den übrigen Mönchen, die zu protestieren scheinen. Und? Er seufzt, greift erneut seine unsichtbare Feder und beginnt zu kritzeln:

«Uf! Du kleiner Bastard!», «Schnapp sein Bein», «Was?», «Das da, schnapp es!», «Aaaaautsch!», «Nicht seine Eier, sein Bein!», «Das ist unnötig», «Halt's Maul!», «Ich geh doch freiwillig», «Noch ein Wort von dir und ich ...», «Laß ihn gehen», «Eh?», «Gnnaaarrgh!!», «Laß ihn verdammt noch mal laufen und hilf uns bei diesem Riesenbastard!», «Uf!», «Scheiße!»

Zuerst scheint es, als bewege sich die überfüllte Galerie als Ganzes auf die Gruppe um Colonna zu, wobei Fiammetta vorwärts geschoben wird wie der stumpfe Bug eines Schiffes, dann aber reißt der Bug auf, wird zu einem speienden Schlund, als ein kämpfender Haufen Soldaten vorwärtstreibt, neun oder zehn von ihnen hängen ingrimmig an etwas, das energisch um sich drischt, etwas Lautes, etwas Großes. Ein kleineres Bündel folgt, und dann, ruhiger, ein Mönch, den Colonnas Sergeant geleitet, der Saum seiner Kuttes ist rosa gefleckt von der Mischung aus Milch und Schweineblut, die ganze Kleidung mit Dreck bespritzt.

«Prügelt sie!» befiehlt Colonna, woraufhin die übrigen Soldaten, die sich einen ähnlich mühsamen Weg durch die Menge erzwingen, den Normalgroßen zu schlagen und zu treten beginnen, der mit anfeuernden Grunzern und Flüchen antwortet. Der Größere brüllt nur, obwohl in Wahrheit nur wenige Schläge landen; acht Soldaten zumindest sind nötig, um ihn festzuhalten, weshalb nur ein geringer Teil von ihm für Schläge oder Tritte zur Verfügung steht. Was den Mönch angeht, so steht er aufrecht und schweigend da und sieht mit einem Ausdruck der Verachtung zu. Ein Soldat, der sich mit erhobener Faust naht, wird durch den vollkommenen Mangel an Widerstand beschwichtigt, Arm hoch und bereit, aber er fühlt sich sonderbar blöde ... Der Mönch blickt an ihm vorbei auf das Scharlachrot von Kardinal Serra.

«Hau ihn!» schreit Colonna, von diesem Zögern erbost.

Aber der Mönch beginnt zu sprechen: *«Misere mei Deus secundum misericordiam tuam, iuxto multitudinem miserationum dele inquitates meas»*. Pause. *«Legit?»* Dies letzte ist an Kardinal Serra gerichtet, der seinem Blick ausgewichen ist, da er fast damit rechnete, daß dies geschähe.

«Legit», bestätigt Serra widerstrebend, wendet sich dann an Colonna. «Er kann lesen, Herr. Er ist ein Diener der Kirche. Ihr dürft ihn nicht anrühren.» Colonna sieht verärgert aus.

«Dann prügel die anderen!» schreit er den Soldaten an, der sich dreht, um genau das zu tun.

«Halt!» befiehlt der Mönch. Der Soldat hält inne, erneut verwirrt.

Einige der anderen halten ebenfalls inne. «Berühre nicht meinen Gesalbten, und füge meinen Propheten kein Leides zu!» sagt der Mönch.

«Was?» explodiert Colonna.

«Das sind keine Propheten!» schreit Kardinal Serra. «Und du bist nicht David, Mönch!»

«Ich bin Pater Jörg von Usedom», erwidert der andere, «und ich verlange ...»

«Sehr interessant. Prügelt sie!» Das Geprügel beginnt erneut.

«Und ich verlange das *privilegium clerici* für diese meine Diener ebenso wie für mich», fährt der Mönch fort.

«Verlang es ruhig», antwortet Kardinal Serra, dessen Blicke auf die zuckenden Haufen vor ihm gerichtet sind. «In der Zwischenzeit fahren wir mit dem Prügeln fort. Los doch! Härter, ihr Lakaien! Schwitzen sollt ihr!»

«So ist es richtig, Serra», grollt Colonna.

«Ich lege Protest ein!»

«Nicht bei mir. Los doch, tritt sie!»

«Usedom fällt in die Diözese von Stettin, und Stettin ist sowohl im speziellen als auch zur Zeit *sede vacante*, weshalb ich *omisso medio* protestiere.»

«Zitier mir nicht den Kanon, du elender Hund!» Serra wird wütend. «Wie kannst du es wagen, dein Wissen gegen das eines Kardinals zu stellen! Außerdem», er beruhigt sich, «sind Proteste *omisso medio* schon vor drei Jahrzehnten vom Konzil zu Basel widerrufen worden.» Ein Soldat versucht, seinen Fuß unter der Achsel eines seiner Gefährten durchzustrecken, um Salvestro ins Gesicht zu treten.

«In diesem Fall möchte ich einen Schriftsatz *significavit* vorbringen, und da Stettin, wie ich gesagt habe, *sede vacante* ist, möchte ich ihn selbst vorbringen, sowohl als Gewöhnlicher wie auch als Metropolitan.»

Das gibt Serra Anlaß zum Nachdenken. Plötzlich hellt sich sein Gesicht auf. «*Significavit*, hast du gesagt?»

«Und ich möchte es *doppelt* vorbringen», stellt Jörg klar. Serras Gesicht verdüstert sich wieder.

«Ich bin hier der Richter!» schreit Colonna, dessen Ärger angesichts dieser dreisten Wortklauberei zunimmt.

«Justinian hat gesagt, wenn es sich um eine kirchliche Angelegenheit handelt, hat der Zivilrichter keinen Anteil. Novella hundertdreiundzwanzig, wenn ich mich recht erinnere», bringt Jörg kühl vor.

Einige der Soldaten haben das Geprügel erneut verlangsamt, um diesem Wortwechsel zu folgen. Der Fußtreter hüpft auf seinem freien Bein auf und ab, das andere sitzt in einer unerwarteten Verwicklung im Durcheinander des Fußbodens fest. Diesmal ist es die rothaarige Signora, die – wörtlich – dazwischentritt, indem sie ihren bestiefelten Fuß in die freiliegende Seite des Kleineren pflanzt, *wumm!*, gefolgt von ihrem eigenen aufgeregten Keuchen. Die Soldaten verstehen den Wink und machen sich wieder ans Werk.

«Ein ausgezeichneter Punkt», gibt der Kardinal zurück. «Aber handelt es sich tatsächlich um eine kirchliche Angelegenheit? Mir scheint nämlich, daß ...»

«Gemeine Raufbolde!» brüllt Colonna. «Was ist daran denn kirchlich? Die strafbare Handlung ist Raufen!»

Kardinal Serra seufzt. «Raufen ...», beginnt er.

«... in der Kirche ...», vervollständigt Jörg. «Eine kirchlich strafbare Handlung.» Serra ist niedergeschlagen, Colonna lediglich verwirrt.

«Aber», meldet sich Serra plötzlich wieder, «sind sie wirklich Geistliche? Können sie lesen und schreiben? Erst müßte ich die Verse, die Ihr vorhin so hübsch zitiert habt, von einem von ihnen hören. Was sind sie, Mönch?» Ringsum erhebt sich jetzt mächtiges Gebrüll.

Jetzt ist es an Jörg, eine Pause einzulegen. Was sind sie denn eigentlich? «Sie sind als Vagabunden und Raufbolde zu uns gekommen», beginnt er. Ein Grinsen beginnt sich über Serras Gesicht auszubreiten. «Und doch stellte sich heraus, daß sie selbst unwissentlich unsere Rettung waren, denn unsere Kirche war gefährdet durch ... durch gewisse Gefahren. Unsere Lage auf Usedom ist sehr bedenklich. Deshalb sind wir gekommen, um Seiner Heiligkeit eine Bittschrift zu unterbreiten. Da wir Rom nicht kannten und den Weg hierher, haben uns diese Männer auf unseren Reisen unterstützt, Reisen, die erst heute ihr Ende gefunden haben.»

«Es sind Führer!» jubelt Serra. «Führer sind keine Geistlichen! Führer sind weltlich, außerhalb der Regeln ...»

«Führer, ja. Und auch Beschützer, bei Gelegenheit ...»

«Weltlich!»

«... und Nahrungsbeschaffer, und Köche, und Wachtposten ...»

«Weltlich! Weltlich! Weltlich!»

«... die immer ein Stück von unserem Lager entfernt saßen, wenn wir es für die Nacht aufschlugen, wobei ihre Funktion regelmäßig die war, sich hauptsächlich mit Eingang und Ausgang zu befassen ...» Serras Grinsen verschwindet plötzlich. Er runzelt die Stirn, ihm dämmert, was gleich kommen wird. «... und in dieser Eigenschaft muß ich sie beschreiben als ...»

«Nein!» Serra unterbricht ihn, ohne Erfolg.

«... Türhüter. Die gewöhnlich, wie ich glaube, zum Klerus gerechnet werden.»

An Serras Bestürzung wird ersichtlich, daß etwas Bedeutendes erreicht worden ist. Colonnas «Haut sie trotzdem!» weist eine formelhafte Qualität auf, und Serras Anrufung des Konzils zu Vannes, um dies zu rechtfertigen, wird voraussehbar genug von Jörg mit der des achtundzwanzigsten Apostolischen Kanon beantwortet.

«Nicht einmal Gott selbst wird über dieselbe Sache zweimal richten», fügt er hinzu, wobei er Nahum zitiert, und mit *At si clerici* Alexanders III. nachsetzt.

«Geändert von Innozenz dem Dritten», schlägt Serra zurück, immer noch unter dem «Türhüter»-Rückschlag wankend. «Im Decretale *Novimus*, glaube ich. Und in der Tat», er erholt sich wieder, «hat Pius der Erste, glaube ich, vorgeschrieben, daß ungehorsame Geistliche den weltlichen Gerichten zu übergeben seien. Ja, ich bin mir da ganz sicher, *curiae tradantur*, so lautet der Satz ...»

«*Suo episcopo inobediens*. Dann, und nur dann, wenn er seinem Bischof keinen Gehorsam leistet. So lautet der Satz», fährt Jörg fort. «Und selbst dann nur *cum consensu episcopi sui*, was bedeutet, nur mit der Zustimmung seines Bischofs – so in Übereinstimmung mit Fabianus –, was bedeutet, *sede vacante*, wie wir festgestellt haben, da jener Bischof mangels eines anderen von mir vertreten wird, nur wenn ich meine Zustimmung gebe. Und das tue ich nicht.»

«Nein, natürlich tut Ihr das nicht», antwortet Serra ruhig, «und warum solltet Ihr auch? Denn nur wenn Ihr das Decretale Innozenz' des Dritten kenntet, wäre eine solche Handlung gerechtfertigt. Wiederum wenn Ihr es kenntet ...»

«Komm zur Sache, Priester», bellt Colonna, der die Geduld verliert.

«Die Sache ist die, daß mein mönchischer Freund in dieser Angelegenheit über die Jurisdiktion verfügt und verpflichtet ist, sie auch auszuüben. Sofort, laßt mich hinzufügen. Und dann ist dieser Abschaum Euer. *Saecula potestati tradantur*, was ich so auffasse, daß es bedeute ‹sie sind dem weltlichen Gericht zu übergeben›. Ha!» Serras Unterkiefer springt vor, als er sich von Jörg zu Colonna wendet. «Sie sind schon so gut wie Euer, Herr.» Colonna nickt, besänftigt. Vitelli nickt. Seine Frau grinst. Jörg grinst auch, aber innerlich.

«*Saecula potestati tradantur*? Habt Ihr das nicht gesagt? Innozenz der Dritte? Nun, laßt mich sehen ... Wir haben festgestellt, daß sie nicht lesen können, oder?»

«Keinen Rückzieher, Mönch.»

«Natürlich nicht, natürlich. Nun zu dem Decretale von Innozenz. Ich glaube mich daran aus der *Tertio Compilatio* zu erinnern. War es nicht der siebente Kanon aus jener Sammlung? Die zehnte Distinctio in jenem Kanon?»

Serra gibt sich blasiert.

«Das hab ich mir gedacht. Kardinal, jenes Decretale erlaubt gewißlich die Überstellung von Klerikern. Jedoch lediglich für die Straftat der Fälschung päpstlicher Schreiben, und wenn sie schon nicht lesen können, dann erscheint es als unwahrscheinlich, daß sie schreiben können, und noch unwahrscheinlicher, daß sie die Worte Seiner Heiligkeit fälschen würden ...»

«Haarspaltereien und Hader!» brüllt Colonna. «Ich mache mit ihnen, was ich will», er hebt den Stock und sticht auf den nächsten der beiden ein. «Da!» Er sticht. «Und da!» Die Soldaten schütteln bei dieser Ermunterung ihre Müdigkeit ab und machen sich wieder ans Werk. Bald hallt die Galerie erneut von Flüchen, Stöhnen und angestrengtem Knurren wider. Vitelli sieht ungerührt zu. Neben ihm zuckt seine Frau, nachahmend und die schlagenden Milizmänner anstachelnd. Neben ihr steht Don Diego, der nichts sagt und dessen Gesicht völlig ausdruckslos ist.

«Laßt sie los!» Die Stimme ist unerwartet, kommt sie doch vom Kardinal.

«Ich bin hier der Herr, Priester», weist Colonna ihn ab.

«Der Mönch hat bewiesen, daß er recht hat. Ihr werdet sie loslassen.»

Serra hat sich irgendwie verändert, mehr Robe denn Mann. Er blickt glasig, sonderbar mechanisch. «Sie gehören der Kirche. Schlagt sie, und Ihr schlagt das Christentum!» Auch seine Stimme ist verändert, körperlos, mit neuer Autorität gestärkt. Colonna blickt auf, erstaunt, dann über den Verrat bestürzt. «Nicht ich befehle Euch, Herr», fährt Serra erbarmungslos fort, «es ist die Kirche selbst, jeder Stein, jeder Heilige, jeder Papst. Du sollst deine Hand nicht wider ihre Diener erheben noch ihre Gesalbten berühren. Keine Hand, hört Ihr! Keine Hand!»

Colonna murmelt vor sich hin: «Verdammte Kirche, verdammt seist du, verdammt mögt ihr alle sein!» Er schaukelt in seinem Sessel vor und zurück.

«Vater!» Vittoria hat sich den Weg durch das Gewühl auf der Galerie gebahnt, durch die jetzt schweigenden Zuschauer, steht nun vor ihm, anklagend, wütend, rot vor Zorn. Vitellis Frau betrachtet sie mit kalten Augen. «Vater, wie konntet Ihr!» Seine Männer blicken ihn an.

Die Galerie schweigt. Die ganze Kirche ist leiser geworden, weniger bevölkert, die Menschen gehen einzeln und zu zweit hinaus. Die Zeit nach der Kommunion ist immer reichlich langweilig. Ein paar Männer und Frauen hocken an den Wänden. Die Bodenfliesen sind mit Speiseresten und Abfall beschmiert, mit Kohlblättern, Hühnerfedern, Milch, Blut. Der Hund ist verschwunden und das Schweinegedärm auch: aufgefressen. Hinter dem Lettner murmelt Pater Tommaso *Per Christum Dominum Nostrum*, und Fulvio und Bruno steuern ein abschließendes *Amen* bei. Auch die Mönche schweigen und starren auf die wortlose Szene da oben. Zwei zerschlagene Männer werden auf die Beine gestellt. Einer, der größere, schüttelt seine Möchtegernhelfer ungeduldig ab. Der andere stützt sich schwer auf einen angebotenen Arm, faßt an seine Rippen, krümmt sich reichlich theatralisch. Sein Gesicht ist von Prellungen geschwollen. Ein Auge ist geschlossen. Durch das andere sieht er einen alten Mann mit sonderbarem kegelförmigem Hut in einem reichgeschmückten Sessel sitzen, die rote Robe des Kardinals, die graue von Pater Jörg, dahinter Gesichter, die in der Düsternis verschwimmen, eine rothaarige Frau, ihren ältlichen Begleiter. Und dann ein Gesicht, dunkler als die anderen, ein Gesicht, das seit seinem ersten Gefühlsausbruch die ganze Zeit über unbewegt geblieben ist, geduldig auf diesen Moment gewartet hat, in der Gewißheit, daß er kommen werde, dessen Blicke sich in seine bohren und ihn nicht wegsehen lassen wollen. Es ist ein Gesicht, das er kennt.

«Willkommen in Rom, Salvestro», sagt Don Diego.

«Dreh dich um.»

Sie fuhren schweigend von der Kirche zurück, überquerten die Piazza Navona, mondbeschienen und bis auf einige Betrunkene verlassen, in den meisten Nebengassen sind die Läden geschlossen, nur einige schwache Lichter zu sehen; einige Engel sind im Hof eines

Steinmetzes aufgestapelt, nicht viel. Nichts, was Fiammetta aufgreifen könnte, um eine Unterhaltung daraus zu keltern, etwas Leichtes und Witziges, um vielleicht seine Laune zu heben. Die Aragonesen sind so hölzern, dachte sie da, und denkt es jetzt wieder, als sie sich fügt, sich auf den Bauch rollt, einen sanften Rülpser unterdrückt, sich auf alle viere hebt. Sie spürt, wie seine Hände nach ihren Fußknöcheln greifen. Ein bißchen weiter auseinander? Sie kommt dem nach. Ein Daumen erscheint vor ihrem Gesicht. Sie lutscht daran.

«Mehr.»

Fiammetta krümmt ihren Rücken versuchsweise – mehr was? – und stellt sich vor, wie ihr hochgereckter Hintern aussehen muß, im Kerzenschein wie gelbes Elfenbein. Eine Hand ergreift anerkennend ihren Nacken. Der Daumen wird zurückgezogen und ist sogleich wieder zu spüren. Sie spürt ihre Hitze, ist bereit. Er mag das, mag das Warten. Botschafter Vich. Sie preßt den Daumen, gibt ihre Ungeduld mit kleinen Zuckungen und Grunzern zu erkennen. Ihre Hände greifen nach hinten und versuchen, ihn zu fassen – natürlich unmöglich. Er mag auch das. Während der Messe war er ihr gegenüber kalt, mit anderem beschäftigt. Jetzt ist er ganz Aufmerksamkeit. Sein Glied streift ihre Lippen – auf, langsam, langsam – ab. Sie stößt zurück, aber er zieht sich zurück. Noch nicht.

«An diesem Nachmittag ...»

Ah, das Spiel. Dieser Nachmittag ... Was soll sie ihm geben? An diesem Nachmittag standen sie beide in ihren Unterhemden da, das kleine Schwarzgesicht bebte noch, als er ins Zimmer stürzte ... Er will mehr davon. Das Bad? Ja, gib ihm das Bad, den rosenduftenden Dampf, den Körper des Mädchens und den Schweiß, der an ihm herabströmt. Er will das Mädchen natürlich auch, ihr steingesichtiges Schweigen, ihre Dunkelheit, aber er wagt nicht ... Also malt sie es für ihn aus, kleine Keucher und Seufzer unterbrechen ihre «Und dann ...» und ihre «Also ich ...», ihre Erregung steigt mit der zur Hälfte zusammengebrauten Erinnerung, ihre Stimme wird jetzt träge, verfängt sich in der Kehle, als das Mädchen ihr *dies* tut, sie ihm *das ...*

Plötzlich dringt er in sie ein. Sie hält den Atem an, zum Schweigen gebracht, mitten im Satz unterbrochen. Er ist steif, schweigt sogar noch in dem Augenblick, bevor er sich zurückzieht – langsam und angespannt, eine Bogensehne, die gestrafft wird, ein Hahn, der vom Bratspieß gestreift wird – und sie wird weich, beginnt dahinzutreiben. Sie verläßt ihn und erinnert sich daran, oder bildet sich das ein

– es ist alles durcheinander und unsinnig, Teil ihrer Preisgabe –, wie Leinwand in einer sanften Brise schaukelt, zwei angebundene Pferde sich bespringen, von irgendwoher Gelächter, ein winziger Löffel klirrt in einem silbernen Becher, Glocken läuten, Christi Gesicht, der Geruch von roten und gelben Rosen. Colonnas Sessel schaukelt des Weges, und die Leute lachen über sie, ein Schlag gegen den Leib, das kohlenschwarze Auge des Mädchens an einen Riß im Fußboden der Mansarde oben geheftet, sieht zu, wie sie sich unter seiner Lust beugt, für ihn grunzt, aufschreit. Er arbeitet stetig, sein Fleisch klatscht gegen ihres. Sie spürt ihn rucken und zittern. Er ist erledigt.

Ein Luftzug von irgendwo spielt unregelmäßig mit der Kerze neben ihrem Bett, die Flamme flackert zur Seite, richtet sich dann wieder auf, bis das Wachs tropft und überläuft und sich im Kerzenhalter sammelt. Zu spät, denkt sie, und wendet sich ihrem Liebhaber zu. Er döst, gleitet in den Schlaf und wieder heraus. Sie spielt mit ihrem Schamhaar, beobachtet ihn, zieht müßig glitschige Stränge heraus und windet sie um ihren kleinen Finger, sein Samen tropft ihr unangenehm zwischen die Beine. Er sieht sie an. Sie sieht, daß er immer noch halb erigiert ist.

«Wer war das rothaarige Mädchen?» fragt er und bricht das schläfrige Schweigen.

«Vitellis Frau?»

Er antwortet nicht, schaut sie nur weiter an. Ein neues Merkmal seiner Konversation.

«Sie war das Mündel seines Bruders, oder seines Vetters. Vitelli hat sie an dem Tag geheiratet, an dem sie volljährig wurde.»

«Die Leute haben über sie geredet ...»

«Die Leute sind indiskret. Wie sie. Vitelli läßt sie gewähren.»

Wieder fragendes Schweigen.

«Macht es lieber im Schwitzbad als im Bett, je heruntergekommener, desto lieber, was sie angeht. Manche nennen sie eine Hure, aber manche sagen, der Hahnrei gibt in Wirklichkeit den Ton an.»

«Vitelli?»

«Vielleicht hat er an ihren Liebschaften ebensoviel Vergnügen wie sie. Sie ist jung, er ist alt ... Obwohl ich nicht sicher bin, daß ich sie Liebschaften nennen würde», fügt sie listig hinzu, um seiner Stimmung gerecht zu werden.

«Warum nicht?» Er ist jetzt hellwach, ganz Ohr. Sie schaut hinab. Steif wie ein Pfosten.

«Kennst du ihren Spitznamen? In gewissen Kreisen hier und in Bologna, wo Vitelli Dienst tut, ist Signora Vitelli als *La Cavallerizza* bekannt. Oder manchmal als *La Cavallerizza Sanguinosa …*»

«Da komm ich nicht mit.» Sie streichelt ihn, ergreift seinen Schaft, bearbeitet ihn langsam, auf und ab. *Da komm ich nicht mit* … Na gut denn, ich werd's dir erzählen, denkt Fiammetta. Ich werd's dir erzählen, da du es doch so sehr wünschst.

«Sie verschafft sich ihr Vergnügen, indem sie Sporen trägt.» Es erwischt sie unerwartet, ein schrilles ersticktes Jaulen als einzige Warnung für Fiammetta, bevor das plötzliche Ausspritzen sie beide benetzt. Vich windet sich und stöhnt auf. «Gut, gut», murmelt sie, läßt das sanfte Stück Fleisch ihrer Zunge seine Brust und seinen Bauch hinabgleiten, erinnert sich halb an einen Witz über spanische Reiter, den sie einmal gehört hat, etwas über Aufsitzen und den ganzen Tag im Sattel verbringen. Kleine geschmolzene Perlen, Essig und Zucker. Sie leckt, hinterläßt einen breiten nassen Streifen, einen heißkalten Pfeil, der auf seinen Schritt zeigt. Sie bläst ihn sanft an, fühlt seine Hüften sich verlagern. Ihr Haar streicht über den Kopf seines Gliedes, kaum weicher als zuvor.

«Sporen, mein Botschafter, die Sporen sind aber nur eine Version, dennoch …» Sie dreht sich, um ihn in den Mund zu nehmen. Seine Stimme wirkt belegt: «Eine Version? Was meinst du damit?» Aber als sie versucht, sich aufzurichten, um ihm zu antworten, stößt seine Hand sie wieder nieder. Fast würgt es sie, dann nimmt sie ihre Anstrengungen wieder auf, geduldig, kunstvoll. Irgendwo draußen läutet eine Kirchenglocke zu einer späten Messe. Ein Pferd klappert über das Kopfsteinpflaster. Sie haben jetzt ihren Rhythmus gefunden, ihr Kopf liegt auf seinem Bauch, träge pumpen sie gemeinsam. Dann halten die Hufe an. Und einen Augenblick danach tut das auch ihr Botschafter. Sie hebt fragend den Kopf, und diesmal greift er nicht hinab, um sie erneut niederzudrücken. Er setzt sich auf, beide lauschen. Das Pferd schnaubt. Sie hören den Reiter absteigen. Plötzlich rutscht er unter ihr weg, sie begreift langsam, kann den Tonfall von Klage nicht unterdrücken, der sich in ihre Stimme schleicht.

«Er wieder? Heute nacht?» Er nickt, kämpft sich in die Hose, Schwanz steif, aber vergessen. «Laß ihn warten», drängt sie.

«Unmöglich.»

«Dann sag mir …»

«Ich will nicht», schneidet er ihr das Wort ab. «Nicht jetzt.» Er ist an der Tür. «Schlaf. Ich wecke dich, sobald wir fertig sind.»

Sie hört seine bestrumpften Füße leise die Treppe hinuntertappen, hört, wie die Türriegel zurückgeschoben werden, hört das Knarren des Schlüssels, eine gemurmelte Begrüßung in der Halle.

Sie werden in die Spülküche gehen, das weiß sie. Seit dem Jahreswechsel hat es fünf oder sechs solcher nächtlicher Treffen gegeben. Ihr Haus steht zu seiner Verfügung, das hat sie ihm gesagt. Vich ist in letzter Zeit aufmerksamer gewesen, fürsorglicher, hat sich nach ihren Schulden erkundigt, hat sie gelegentlich sogar beglichen. Er hat sich mit ihr in der Öffentlichkeit gezeigt, wo er sich zuvor selten mit ihr sehen ließ, verbrachte ganze Nächte in ihrem Bett, wo er zuvor, nachdem er sie gehabt hatte, theatralisch aufzuspringen pflegte unter dem Vorwand irgendeines dringlichen Geschäfts in der Botschaft. Selbst sein Beischlaf ist kultivierter geworden. Und doch hat er sich irgendwie distanziert.

Anfangs pflegte sie zu gähnen und tat recht gelangweilt, wenn er freimütig über seine Arbeit schwatzte. Das ermutigte ihn nur, sich noch weiter zu erleichtern: von seiner Abneigung gegen seinen schlüpfrigen Sekretär, Antonio, zu sprechen, seinen Ängsten vor Diego, dem verbissenen Soldaten, den man ihm im vergangenen Jahr zugewiesen hatte, den kleinen Demütigungen, die die Kardinäle, die anderen Oratoren, die apostolischen Bürokraten, selbst ihr Herr der Papst ihm zufügten. Von Sorgen geplagt, verwirrt, unbeholfen ließ er seine Enttäuschungen in Anfällen von Gereiztheit heraus oder plötzlichem sinnlosen Wüten. Aber er war nicht distanziert. Das war neu, oder erst seit kurzem, erst in den letzten paar Monaten spürbar, und dann nur in den netten Wendungen der Sätze, mit denen er sie beruhigte. Er wußte, daß sie wußte.

Und so ist es denn, als sie das Laken vom Bett zieht, sich hineinwickelt und auf Zehenspitzen zur Tür gleitet, nicht Neugier, die sie die Treppen hinabtreibt, denn es könnte sie kaum weniger kümmern, was sie da diskutierten. Noch ist es irgendein Gefühl der Unzufriedenheit, das sie an dem aufgestapelten Holz in der Diele vorbeiführt, wo die selten verwendeten Pfannen hoch an den Wänden hängen, geschrubbt und mit Sand gescheuert, so daß sie matt im Mondlicht glänzen, das durch das vergitterte Oberlicht strömte. Niemals hat sie in all den Monaten vor dieser Nacht eine Kränkung in seiner Zurückhaltung empfunden. Dagegen erinnert sie sich an die kleinen Adeligen ohne Manieren, die in der Osterwoche immer aus der Romagna in die Stadt strömten, großherzige rotgesichtige Einfaltspinsel, die sie sicher durch Roms unsichtbare Labyrinthe und unausgesprochene Rätsel zu geleiten pflegte. Den Signor Scheiß-ins-Gehölz, Graf Offne-

Börse. Grünschnäbel, leichte Beute für die Ripetta-Huren, ihre Zuhälter, die Taschendiebe von der Navona oder die Schacherer zu Sankt Peter; sie brachte sie sicher von der Kirche zum Gasthof, zum Bett. Und nachdem sie sich an jedem Ort mächtig ins Zeug gelegt hatte, wobei sie Seele, Magen und Schwanz anschwellen ließ, verabschiedete sie sie schließlich als die Eroberer von Rom und winkte ihnen fröhlich zum Abschied. Sie waren naiv, ihre Liebhaber. Daß Vich glaubte, mehr zu wissen als seine Maitresse, kennzeichnete ihn als Narren. Er ist weltläufig geworden, sagt sie sich. Oder er glaubt es.

Sie geht barfuß über die kühlen Fliesen. Seit fast schon einem Jahr sind sie jetzt zusammen: ihr war noch schwindlig gewesen von Chigis kleinlichen Grausamkeiten, von Accoltis Tod. Immerhin ließ seine Witwe sie immer noch das Haus mieten. Auch Vich war damals noch nicht gefestigt, stürmte durch Rom wie ein kleiner Baron, schwenkte sein Temperament wie eine Keule, wurde brüskiert, ausgelacht. Fernandos neuer Sprecher war ein aufbrausender Clown. Sie wußte über ihn Bescheid, lange bevor sie sich trafen. Sie brachte ihm Manieren bei, Roms Manieren, Manieren, die er zunächst trug wie eine schlechtsitzende Rüstung, neuerdings wie der gewandteste Sekretär. Und seit kurzem sind die Witze über den Hitzkopf ganz verstummt. Ihr Werk. Sie kennt ihn besser als sonst irgendwer, besser noch, als er sich selbst kennt. Er hat keine Geheimnisse vor ihr. Also wird sie das Ohr an die Tür pressen, ein Auge ans Schlüsselloch heften. Sie wird ihn lesen wie ein Buch. Er wird keine Geheimnisse haben ... Dann fährt sie zusammen und schreit fast auf, und all diese Gedanken sind angesichts des Anblicks vor ihr vergessen. Am Ende der Diele kniet Eusebia vor der Tür.

Sonderbar umrissen von den Lichtfäden, die durch die nachlässige Beplankung der Tür entweichen, scheint die Gestalt des Mädchens eher zusammenzubrechen, als sich nach der sich nähernden Herrin umzudrehen. Sie blickt rasch auf, preßt ihr Gesicht dann wieder gegen die Tür, durch ihre Entdeckung scheinbar ganz ungerührt. Entgeistert, dann argwöhnisch, dann Komplizin beim Lauschen, wagt Fiammetta nicht, ihr Tadel zuzuwispern, und fällt neben ihr auf die Knie. Da knien sie beieinander, bewegungslos und schweigend, und starren durch die Risse in der Tür.

«... ja, sehr amüsant, wirklich sehr spaßig», sagt Vich säuerlich und stochert in der Kohlenasche im Kamin. Der andere kichert. Fiammetta fragt sich, unerheblicherweise, ob er immer noch steif ist. Wenn der andere Mann das sähe, würde er einen Witz reißen? Stehen sie so gut miteinander? Die Frauen sehen ihn am Tisch sitzen; Vich setzt sich zu ihm.

«Es wird noch viele solcher Farcen geben, ehe wir da durch sind. Hat Venturo Euch von der jüngsten erzählt?» Der Akzent des anderen ist fremdartig, anders als der von Vich. Sein Gesicht kommt Fiammetta nicht unbekannt vor, aber sie kann ihn nicht zuordnen. Bei irgendeinem Essen.

«Ich hätte das lieber von Euch selbst gehört und frage mich, warum nicht.»

«In Eurer Korrespondenz war das nicht erwähnt?» Die Stimme des anderen klingt schärfer.

«Sie ist noch nicht eingetroffen.»

«Ah.» Die Stimme entspannt sich. «Nun ja, wir haben die Nachricht gestern selbst erst erhalten. Wenn Eure eintrifft, wird sie einige Überraschungen enthalten. Ein zweites Tier ist beschafft worden, oder genauer, man ist zufällig auf es gestoßen ...»

«Man hat es schon? Warum hat man mir davon nichts erzählt? Venturo erwähnte eine Absicht. Ein Vorhaben. Jetzt sieht es so aus, als sei das Tier schon fast im Belvedere. Weiß man in Ayamonte davon?»

«Beruhigt Euch. Woher denn sonst hätte ich davon erfahren sollen? Lest die Botschaft selbst, wenn Ihr wollt.» Er greift in seinen Mantel und reicht ein schmales Päckchen über den Tisch. Vich nimmt es gemächlich, entfaltet die Blätter, eins nach dem anderen, und streicht sie auf dem Tisch vor sich glatt.

«‹Afonso de Albuquerque, Gouverneur von Indien, entbietet seine Grüße›», liest Vich laut vor. Er überfliegt das meiste der ersten Seite schweigend, beginnt dann wieder vorzulesen. «.... ‹und in Befolgung des Wunsches Eurer Hoheit, diese Meere für unsere Schiffe sicher zu machen, schickte ich von Goa aus eine Gesandtschaft nach Norden. Mein Botschafter war Diego Fernandes de Beja, unterstützt von Jaime Teixeira und Francisco Pais und anderen, einschließlich des Duarte Vaz, der als Übersetzer diente. Mit ihnen sandte ich einige Gegenstände aus Silber, andere aus Brokat, und auch eine Menge Samt, all dies Muzzafar zu übergeben, dem König des Landes Cambaia oder Gujerat, wo ich zu Diu ein Fort bauen möchte. Sie kamen zunächst nach Surrate, dann nach Champanel, wo ihnen berichtet wurde, daß der König sich in Mandoval befinde.› Eine Art Jagd, wie es scheint. Aber was hat das alles mit dem Tier zu tun?»

«Wie ich schon sagte, hat diese Gesandtschaft damit nichts zu tun. Das Tier war der reine Zufall.»

Vich beginnt schneller zu lesen, murmelt Kommentare vor sich hin.

«... kein Glück bei Muzzafar ... kein Fort zu Diu ... Austausch der Geschenke ... Ah, hier steht es. ‹Der König entbot meinen Gesandten Zeichen seiner Freundschaft, garantierte sichere Durchreise, schenkte ihnen eine Menge goldener Teller, einen reichgeschnitzten Stuhl, der mit Perlmutt eingelegt war, vielen weiteren Zierat und ein *ungeheuerliches Tier.*› Ist es das?» Der andere nickt. «‹Es ist mannshoch, mit einem ziemlich niedrigen Körper. Es steht auf vier Beinen, der Kopf ist länglich und spitz zulaufend wie der eines Schweines, die Augen nah der Stirn. Es hat die Ohren einer Maus, den Schwanz einer Ratte und ein Horn am Ende seiner Nase. Im Gebiet von Cambay wird es *Ganda* genannt. Es ist übellaunig und soll Elefanten hassen. Als Nahrung nimmt es Gras, Stroh und gekochten Reis zu sich.› Ich kann mir vorstellen, daß das den Gouverneur von Indien nicht erheitert hat.»

«Albuquerque wird sein Fort schließlich doch bekommen, aber im Augenblick hat er, ja, nichts als schöne Worte, ein Speiseservice und ...»

«Und das Tier», ergänzt Vich.

«Zwei Meere und eine See entfernt in Goa, wie wir zu sagen pflegen. Es wird noch eine kleine Weile dauern, bis es das Innere des Belvedere sieht. Ich nehme an, Eure Botschaft wird eine Anweisung enthalten.»

«Falls sie ankommt», erwidert Vich. Er klingt düster. «Ich mißtraue der Zuverlässigkeit dieser Verbindungen. Wir sind weit entfernt von zu Hause, Ihr und ich ...»

«Aber was wollt Ihr denn», spottet der andere. «Wir sind doch im Mittelpunkt der Welt. Wir sind in Rom!» Beide Männer lachen.

«Welche Anordnungen werdet Ihr treffen? Ein Schiff, eine Mannschaft, irgendein würdig dreinblickender Narr, um Kolumbus zu meinen ... Meine Anweisungen lauten, Euch bei dieser Angelegenheit zu helfen. Denn trotz all seiner Narreteien ist unser Papst kein Narr. Nur ein Hauch von Komplizenschaft ...» Er zuckt die Schultern. «Wir kämen zumindest in Verlegenheit. Es hätte Rückwirkungen. Die Verhandlungen zu Ayamonte sind gegenwärtig heikel. Es gibt Leute, die sie am liebsten völlig scheitern sähen.»

«Serra hat das heute abend schon erwähnt. Ich habe bei den Colonnas mit ihm gesprochen. Ließ den Namen ganz beiläufig fallen, als bedeute er nichts. Ich weiß nicht, wie er davon erfahren hat, aber wir müssen annehmen, daß er seine Nachforschungen fortsetzen wird.»

«Was weiß er?»

«Nichts, sonst hätte er mich nicht so grob auf die Probe gestellt. Ich war ganz beiläufig, und dann gab es da eine Auseinandersetzung mit einigen Mönchen, die ihn ablenkte. Er hätte mich gerne weiter befragt. Wenn Serra über Ayamonte Bescheid weiß, dann wissen andere das auch. Wir können uns nicht auf Verschwiegenheit verlassen; die Wahrheit kommt immer heraus. Sobald die Expedition aufgebrochen ist, werden wir unauffindbar sein. Diesen Punkt müssen wir erreichen.»

«Schneller als die Wahrheit. Probleme, Schwierigkeiten ...», murmelt der andere.

«Sie sind alle lösbar», ergänzt Vich, lächelnd. «Ich für meinen Teil beabsichtige zu delegieren.»

«Delegieren?» Die Stimme des anderen klingt schockiert, ein besorgter Ton schleicht sich ein. «An wen delegieren?»

«Ihr kennt ihn sehr gut. Er ist schlau, erfindungsreich, begabt zu Verstellungen, vor allem» – Vich grinst – «ist er die Verschwiegenheit selbst. Mein Sekretär. Señor Antonio Serón.»

Der Name scheint dem anderen zunächst die Stimme zu verschlagen. Sein Gesicht ist ungläubig. Dann dämmert Verstehen auf, ein Lächeln breitet sich von Ohr zu Ohr aus, und als er spricht, ist sein Ton voller Bewunderung. «Don Jerónimo, Ihr seid zu diesem Geschäft geboren.»

Hinter der Tür ist das Mädchen bewegungslos und still. Ihre Herrin hingegen beginnt nach ein oder zwei Minuten schwer zu atmen, zu seufzen, sich linkisch hin und her zu bewegen. Es gibt ein Problem.

Wenn zu Ostern eine gebadete Fiammetta mittels der Fußgängerbrücke bei der Kirche der Griechischen Schule den Marrana-Bach überquert und dessen Gestank gegen den der lärmigen Kais zwischen Tiber und Aventin eintauscht und sich ihren Weg durch die Ruinen des Savelliturms sucht, um die Messe in Santa Sabina zu besuchen, dann nimmt sie ein kleines Kissen mit. Die Fresken der Heiligen in den runden Nischen sind sehr schön, und jene der heiligen Städte sind wunderbar detailreich. Die vielfarbigen Marmorstatuen, die das Fenstergeschoß schmücken, beschäftigen sie gewöhnlich für ein oder zwei Minuten, die Mosaiken über der Tür und an Zamoras Grabmal vertreiben ebenfalls die Zeit, aber von größter Bedeutung ist der

Boden. Der Boden ist weder schön noch reich gearbeitet, wahrlich kein Unterschied zu dem, auf dem sie jetzt kniet. Mit dem Kissen mag Fiammetta ihre Gedanken auf den Leidensweg richten, auf das Dulden des Erlösers, auf seine Qualen, oder sogar versuchen, der Lesung zu folgen. Ohne Kissen aber ... Der Boden von Santa Sabina ist mit unnachgiebigen Bodenfliesen belegt, wie die Diele hier. Fast von dem Augenblick an, in dem sie sich in der Diele auf dem unbarmherzigen Boden niederließ, begannen Fiammettas Knie zu schmerzen.

Anfangs kniet sie auf beiden, hockt sich auf die Fersen und verrenkt sich den Hals, um durch den Riß zu blicken. Nach weniger als einer Minute bekommt sie davon Krämpfe. Sie verändert die Haltung leicht, wechselt dann von einem Knie aufs andere, stetig zunächst, dann immer öfter, bis beide Knie gleichermaßen Höllenqualen von den verhaßten Fliesen erleiden, auf denen sie schließlich hockt, wobei ihr ganzes Gewicht auf die Ballen ihrer Füße drückt, ihre Fußgewölbe bis zum äußersten angespannt, die Knie in dem Bemühen gespreizt, das Gesicht an die Tür zu pressen ... Hoffnungslos. Sie ist zu fett, um ein Spion zu sein. Schließlich setzt sie sich zurück, hat resigniert, stützt sich auf die Arme, um zu lauschen, aber nichts zu sehen.

Doch das Mädchen bewegt sich nicht, scheint mit keinem Muskel zu zucken. Das Gespräch der Männer dringt durch die Tür. Ein Tier, irgendwo. Eine Verhandlung, anderswo. Sie vertrauen einander nicht wirklich, Fiammetta streckt ihre Beine aus und nimmt träge die Untertöne auf. Sie ist ihr gleich; sie wackelt mit den Zehen. Und wiederum, das Mädchen bewegt sich nicht. Aber dann eine Veränderung, ein plötzlicher Wechsel, und fast rappelt Fiammetta sich auf, sicher, daß die Männer gehört, gesehen, gespürt haben müssen ...

Eusebia ist geräuschlos wie zuvor, und ebenso unsichtbar. Ihr Botschafter beschreibt das Tier, oder liest einen Brief vor, oder so was. Doch das Mädchen ist hingerissen, die Luft prickelt von ihrer Aufmerksamkeit, deren geballte Energie durch die Tür drängt. Etwas, das sie gesagt haben, hat das in ihr hervorgerufen. Ihre Erregung ist greifbar. Wie können sie das nicht spüren?

«... nimmt es Gras, Stroh und gekochten Reis zu sich. Ich kann mir vorstellen, daß das den Gouverneur von Indien nicht erheitert hat», sagt Vich. Sie weiß, denkt Fiammetta und betrachtet das Mädchen, wovon sie sprechen. Ein Tier, ein Gouverneur, Indien ... Was davon hat sie so erregt? Die beiden Männer reden weiter, die Kerze brennt niedriger, oder röter, die Risse in der Tür erglühen jetzt wie Kohlen. Eusebia ist wie ein leeres Blatt; ein Umriß von nichts. Was weißt du? fragt sich Fiammetta. Wie zur Antwort erhebt sich das Mädchen. Die Stimmen drinnen sind für einen Moment verstummt. Nun verabschieden sie sich.

Fiammetta müht sich hoch. Gemeinsam eilen sie durch die Diele zurück, erklimmen schweigend die Treppen. Vor der Tür zur Sala dreht sie sich zu ihrer Magd um, kneift sie in den Arm und zischt ihr ins Ohr: «Niemals wieder, verstehst du mich? Niemals wieder.» Sie weist mit dem Daumen die Treppen hinab. «Was hast du dir nur dabei gedacht?»

Fiammetta erwartet, daß das Mädchen den Kopf hängen läßt, sich wie üblich duckt, schweigt. Statt dessen sieht Eusebia sie offen an, und als sie spricht, ist ihre Stimme ganz unbedenklich.

«Ich habe an das Land gedacht, aus dem ich gekommen bin», erzählt sie ihrer Herrin. «Ich habe mich an den großen Fluß erinnert, der es teilt, und an die Wälder, die entlang seiner Ufer wachsen. Ich habe mich an ein Dorf erinnert, wohin meines Vaters Bruder mich mitgenommen hat und wo ich einen Jungen beobachtet habe, der in einem Teich nebenan angelte.»

Diese Worte bedeuten der Frau nichts, die sie beim Arm gepackt hat. Es ist ihre Stimme, die Fiammetta beruhigt, denn sie ist weder wehmütig noch traurig, noch entschuldigend. Keiner der Töne, die sie erwartet hätte. Ohne es zu wissen, haben die beiden Männer etwas in ihrer Dienerin entzündet. Sie blickt in das Gesicht des Mädchens und sucht nach dem, was immer sie da verborgen haben mag, aber die heidnischen Markierungen, deren Linien quer über die Wangen laufen, sind wie eine Maske, ihre Teilnahmslosigkeit ist undurchdringlich. Von unten kommt das Geräusch scharrender Stühle. Da wendet Eusebia sich ab, und Fiammetta beobachtet, wie sie weiter treppauf steigt. Sie wartet, bis sie die Männer die Tür der Spülküche öffnen und durch die Diele stampfen hört, bevor sie selbst zurück zum Schlafzimmer geht. Das Laken klebt an ihr, feucht vor Schweiß. Sie hört, wie der Riegel zurückgeschoben wird, die Tür sich öffnet und schließt. Hufe schlagen laut im Hof, verstummen jäh, als das Pferd in die Straße biegt. Vichs sorgsam leise Fußtritte auf der Treppe. Er ist rücksichtsvoll, denkt sie und täuscht Schlaf vor. Freundlich, als die Tür sich öffnet. Warm, als er ins Bett schlüpft. Er pflanzt eine Reihe keuscher, betrügerischer Küsse in ihren Nacken. Undeutliche «Mmm-mm»s von Fiammetta, als ob sie von ihm träume.

«*In*-die-ennn» murmelt er, halb spottend, beugt sich über sie, um ihre Brust zu küssen. Sie rollt sich auf den Rücken, streckt sich, verlangt ihn. «Wo der König» – er hat ihre Brustwarze zwischen Daumen und Zeigefinger – «in einem Vulkan lebt.» Ihre andere Brust plumpst träge herüber, um sich der anderen anzuschließen und sie teilweise zu begraben. «Ah ha! *Af*-rika-aaah.» Er saugt eine Sekunde lang geschäftig, dann leckt er die Unterseite.

«Ist er fort?» fragt sie, gähnt, langt nach ihm. Vich antwortet nicht. Seine Zunge bewegt sich abwärts, fährt in ihren Nabel, seine Zähne nagen an ihr, weiter abwärts. Sie hebt den Kopf und blickt verwundert nach unten – das hat er noch nie gemacht. Vich teilt ihre Lippen sorgsam mit dem Finger, läßt seine Zunge versuchsweise vorschnellen. Er improvisiert, ganz anders als der Mann von vor ein paar Monaten. Sie läßt ihren Kopf zurückfallen. Sein Gewicht verlagert sich auf dem Bett. Sie atmet ein, wartet, ihre Hand greift in seinem Haar fester zu. Sie fühlt seinen Atem auf sich, seinen Kopf in die Kluft zwischen ihren Schenkeln gelagert.

«*Ro*-ma», murmelt er, als sie seinen Kopf nach unten drückt.

Ro-ma scheint es, ist heute nacht feucht. Es ist Wasser in der Luft, oder *vice versa;* drinnen und draußen, hemmungslos vermengt in den Furchen und Sümpfen des Stadtkörpers. In den feuchten Windungen des Velabrum, der nassen Falte der Suburra, bedeuten scharfe Nebel und Dämpfe Sprühen, örtliche Niederschläge, kurzlebige, aber heftige Gewitter. Schwer mit Staub beladene Nebel schleppen sich in die Stadt. *Ro*-ma vergießt Tränen und läßt Schweiß aussickern und Sekrete, und setzt Geifer frei. Lippen schürzen sich oder sabbern, Zungen hängen schlaff herab oder werden steif. Das Caput Mundi wird hydraköpfig und durstig, diese Mund-zu-Mund-Aktionen markieren Vereinigungen, kurzlebige Schnittpunkte des Handels, den die Stadt mit sich selbst treibt, eine neue und flüssige Topographie. Ihre Geschöpfe suchen einander in klammen Schlafzimmern und modrigen Dachstuben, in Torgängen, an den Mauern lichtloser Gassen, blindes Stoßen und Tasten, Münder übervoll mit Speichel, Kehlen würgen an Eingeweiden, saufen und schlucken und keuchen und grunzen … Auf dem *piano nobile* ist Vich in einem Gewirr spermabefleckter, schweißdurchtränkter Laken ein muskulöser pfeilschneller Fisch, der sich vom wassergebleichten Aas seiner Maitresse nährt. Unter einem Kai in Trastevere quetscht ein korsischer Bandit die schlaffen Mandeln seiner Süßen. Anderswo leckt ein Leichterkapitän die molligen Wangen seines «römischen Herzenswunsches» (so nennt er sie) auf eine Weise ab, die er an seinen «Herzenswünschen» in Magliana, Vicinia und Ostia erprobt hat. Die ältliche Frau eines Bankiers knabbert an ihres Pagen flaumloser Oberlippe, eine Hure zieht ihren Unterrock hoch. Zwischen klirrenden Kandaren und Zaumzeugen drückt ein Sattler seinen lachenden Mund auf den der lachenden Tochter seines Partners. Ein schwindsüchtiger Schuhmacher beginnt mitten im Kuß zu husten und hustet seiner wunderschönen Frau einen Klumpen grauen Speichels in die Kehle. Ein Detail: Sie lieben einander und haben kein Geld. Es spielt keine Rolle, daß die Hure so unbezahlt gehen wird wie auch der Page, daß drei Hunde sich in der Pescheria selbst beschlecken, wodurch sie einen Bäckerjungen anregen, der später in Ponte dasselbe probieren wird und herausfindet, daß er nicht herankommt. Denk geschmeidig, denkt er ... Dann wieder, einen Steinwurf entfernt, die Albergo dell'Orso, oberstes Geschoß, Fenster nach Osten: Ein ehemaliger Beamter des apostolischen Finanzbüros steht bewegungslos da, sein muskulöser und nackter Körper bronzen wie der eines Gottes, seine Blicke durchforschen die Dunkelheit vor ihm, während ihn seine Lakaien unten mit der Zunge lecken, und alle drei warten auf den Sonnenaufgang und die Ejakulation. Die Morgendämmerung ist noch Stunden entfernt.

Und nette kleine trockene Küsse? Die des Großvaters auf der Enkelin sanfte weiße Stirn, oder die der tränenreichen Mutter für den abschiednehmenden Sohn, oder Vittoria Colonnas Küsse auf das harte, trockene Holz ihres Kruzifixes mit seinem kleinen geschnitzten Christus, dessen Dornenkrone so ausgezeichnet ausgeführt ist, daß sie sich manchmal daran blutige Lippen holt, so salzig scharf, mmm-mm, während Papa Ratten die Köpfe abbeißt (eine Unwahrheit, heute Vittorias einzige Sünde) und in der staubigen Galerie herumbrüllt, wo ihn die Bediensteten schließlich verlassen haben, allein bis auf die Trommelknaben aus Ravenna, deren Trommelwirbel in seinem Schädel pocht, und wie wahnsinnig auf den geborstenen Planken herumtrampelt ... Sollen wir fortfahren? Kardinal Serra treibt es auf einer Pritsche in Ripa mit einem ungewaschenen Mädchen von den Docks, das seine «Wunde» küßt oder ihm «die Lanze» lutscht oder sein Gesicht mit ihren Essigsäften netzt oder ähnlich Banales, während treppab (diese Geschehnisse stehen in keinem Zusammenhang miteinander) Ascanio und «Freund» einander Wein in die Kehle gießen: aus dem Weinglas, aus dem Krug, aus dem Mund, aus dem ... Und flußauf, in der Malariafeuchtigkeit des Borgo in der tintigen Dunkelheit des Hinterzimmers im *Pilgerstab*, wo sie zusammen auf der Strohmatte liegen, die sie an jenem Nachmittag auf dem Petersplatz erworben haben, küßt Wolf Wulf.

Wulf hatte zuvor auf dem Weg von der Kirche zurück geweint, aber jetzt hat er wieder etwas Mut gefaßt und masturbiert verstohlen unter seinem Habit, in der Hoffnung, Wolf werde es nicht bemerken. Auf einer Seite von ihm verbirgt der massige Umriß Bernardos den schmächtigeren von Salvestro, der von Zeit zu Zeit leise stöhnt. Auf der anderen Seite liegt Pater Jörg. Das sanfte Läuten von Schafsglocken tönt laut durch die Stille der Nacht, *ting ting ting* … eine Herde wird auf die Weiden des Pincio getrieben, *ting ting ting,* durch die Seitenstraßen des Borgo, über die Brücke von Sant'Angelo, dumme desorientierte Schafe stoßen zusammen, stolpern über die Via Lata, geraten in Hörweite und verschwinden wieder, ein vertrautes Geräusch für Roms unermüdliche Liebhaber, die Schmuser und Knutscher, die Frauen von Schnarchern und Zähneknirschern, für die frühesten Frühaufsteher bis zu den letzten Nachtschwärmern, für die vom Schlaf Verlassenen. Ein vertrautes Geräusch auch – erkannt, verworfen – für Don Diego, der den Knauf seines Degens küßt. Auf seinem Feldbett in die schlaflose Dunkelheit starrend, sieht er die Formationen von Feinden: eine große Galerie von Verleumdern, höflichen Lügnern, doppelgesichtigen Pfründnern, sanfthäutigen glattgesichtigen Rückenstechern … *Ting ting ting* … Vorbei.

Wenn man mich ohnehin für ein Ungeheuer hält, denkt er, der das Schwert über den nächstbesten gesenkten Kopf schwingt, warum soll ich sie dann nicht alle abschlachten?

Die Klinge bebt, und Diego stellt sich vor, wie sie durch den Knochen des Schädels beißen wird. Oder das weiche Fleisch des Gesichtes schlitzt. Ja, aber wessen Gesicht? Wen würde er, wenn man diese Szene wirklich aufführte, vorzerren, damit er der erste sei? Die Spitze seines Schwertes berührt das fette Kinn von Ramon de Cardona und, gehorsam, langsam (damit Diego es auskosten kann – dieses Ritual ist in Wiederholungen verfeinert worden) blickt der fettgesichtige Vizekönig von Neapel zu seinem Ankläger auf. Der Moment des Erkennens. Angst. Ausgezeichnet, denkt Don Diego.

«Vergebt mir, Don Diego.»

«*Oberst* Diego», korrigiert ihn Diego.

«Oberst Diego, vergebt mir meine Feigheit zu Ravenna, wo ich …» Aber Don Diego kann sich angesichts seines vormaligen Kommandeurs beim Klang seiner Stimme, selbst wenn er sie sich nur vorstellt, nicht zurückhalten. Er sticht zu, und die Spitze seines Schwertes verschwindet in der Kehle des Vizekönigs und schneidet das Geständnis jäh ab. Blut fließt über die flache Klinge. Der Vizekönig gurgelt und würgt. Diego seufzt auf seinem Bett. Geduld, sagt er sich. Versuch's noch einmal. Er starrt ins wimmelnde Dunkel, und abermals kommt Ramón de Cardona hervorgeschlurft, die fette verängstigte Fratze auf ihn gerichtet.

«Vergebt mir, Oberst Diego. Ich bin ein Feigling. Ich habe meine Männer bei Ravenna im Stich gelassen. Ich habe Euch zu Prato verraten, und danach ...» Don Diego bedeutet ihm innezuhalten, schlägt ihm dann eine seiner Hände ab. Der Vizekönig heult auf, fährt dann fort. «Gemeinsam mit Kardinal Giovanni de' Medici, jetzt unser Papst, habe ich mich verschworen, die Schande von Prato auf Eure Schultern zu laden, wo sie doch nach allem Recht die unsere ist. Es ist unser Schmutz, der Euch befleckt», an dieser Stelle bepißt sich Cardona, der jetzt nackt zu sein scheint, «meiner und der des Kardinals.»

«Wie?» fragt Diego. «Wie hast du das gemacht?» Aber Cardona stammelt nur und schluchzt. Der wirkliche Cardona könnte antworten, denkt Don Diego, und durchbohrt ihn. Cardonas Anwesenheit bei diesen nächtlichen Paraden beginnt ihn zu ermüden, und ungeduldig winkt er den nächsten Zeugen herbei. Ein anderer dicklicher Körper eilt herbei, um den Platz der Leiche einzunehmen. «Vergebt mir, Oberst Diego», beginnt Kardinal Giovanni de' Medici höchstselbst, glotzäugig vor Angst. «Ich bin Abschaum, ich bin treulos und verlogen, ich ...»

«Wie? Wie hast du es gemacht?» schnauzt Diego. Der Medici stammelt. Sein ekelhaftes Geschluchze, aber keine Antwort. Diego sticht schnell in seinen Bauch, dann schlitzt er seitwärts. «Wenn schon nicht wie, dann warum?» brüllt er. Der Kirchenfürst schaut verwundert auf die Eingeweide hinab, die ihm aus dem Bauch quellen. Er versucht, sie mit den Händen zu halten und wieder hineinzustopfen. Diego schneidet ihm die Kehle durch. Langweilig. Wer ist der nächste?

Vor seinem geistigen Auge wirbelt eine ganze Reihe herausgeputzter Höflinge in Panik herbei. Diego mustert scharf ihre Gesichter, während sie herumirren und schnattern. Sie sind austauschbar, einer die Kopie des anderen. Deshalb habe ich ihn verfehlt, denkt Diego. Aber das Gesicht, das er sucht, kommt ihm bald in den Blick, da, ganz am Rande dieser kreischenden Herde, und da, in ihrer Mitte, und an ihrem Ende, sich ruhig zwischen ihnen bewegend. «Du!» befiehlt er. «Komm her!»

Ein Mann in seinen späten Dreißigern tritt selbstbewußt vor. Er ist wie ein Höfling gekleidet, in französische Seide, geschlitzte Ärmel, eine Straußenfeder am Hut. Aber sein Schwert ist aus schwerem Stahl, nicht das nutzlose zerbrechliche Rapier, das man bei Hofe trägt, und sein Gang hat etwas Militärisches, ein leichtes Stolzieren. Sein Gesicht gibt nichts preis, und auch das ist so, wie Don Diego sich erinnert, denn als er den Mann zum erstenmal sah, sah er nur dies: ein Gesicht, das sich durch die Klappen eines Zeltes schob.

Es war Abend gewesen, und sie hatten sich in Cardonas großem Zelt versammelt: er selbst, der Vizekönig, fünf oder sechs von den anderen Kommandeuren. Sie stritten sich über den Nachschub, wie schon am Vorabend, und am Abend davor. Sie waren auf dem Marsch nach Prato.

Das Heer, das Bologna vor zwei Wochen verlassen hatte, zählte fast zehntausend Mann. In der ersten Woche hatten sie ihre Vorräte fast aufgebraucht, und die Truhen voll Bologneser Dukaten waren jetzt im Besitz der Lebensmittelhändler, die der Bagage gefolgt waren und ihr madiges Mehl und ihren ranzigen Speck verkauft hatten und dann verschwunden waren. Sie lagerten nahe dem Oberlauf der Savenna. Ein kleines Dorf war am Abend zuvor geplündert worden, während die Sergeanten hilflos dabeistanden oder aber ihre Männer anfeuerten. Am nächsten Tag hatten sie den ersten Überfall auf die Bagage erlebt, und als sie das Lager aufschlugen, waren drei Männer, die Rädelsführer, gehängt worden. Bis Barberino würde es nichts mehr geben, und selbst da würden sie wohl kämpfen müssen, ehe sie sich die Bäuche füllten. Nichts davon war bisher geregelt worden.

Plötzlich waren Pferde und Geschrei vor dem Zelt gewesen. Sie waren schnell aufgesprungen, obwohl man keinen Alarm geblasen hatte. Es war Medici mit einer Gruppe von Reitern, etwa ein Dutzend, die ihm als Eskorte diente. Er kam allein herein, und die Besprechung ging weiter. Medici sagte wenig oder gar nichts, bis das Gespräch auf Prato kam, das laut Cardona von einem alten Condottiere namens Aldo Tedaldi regiert wurde, der sich ihnen widersetzen mochte, oder auch nicht.

«Tedaldi? Tedaldi soll uns den Mühen einer Belagerung unterwerfen?» Medici hatte plötzlich gesprochen. «Aldo und ich sind sozusagen zusammen aufgewachsen. Nein, nein, nein …»

Sie hatten das hingenommen. Medici schien unbeschwert, zufrieden, damit ihnen alles zu überlassen. Er trank ein oder zwei Gläser Wein, hörte aufmerksam zu. Bald darauf reckte sich ein Gesicht durch die Klappen des Zeltes, Medici wandte sich um, nickte dem Mann zu und sagte ihnen allen gute Nacht. Diego ging kurz danach und legte die geringe Entfernung zu seinem Zelt zu Fuß zurück, begleitet von Don Luis und Don Alfonso, zwei seiner zuverlässigsten Kämpfer. Draußen wimmelte es im Dunkel ringsum von Bewegung. Köpfe wandten sich zu ihnen und folgten, wenn sie weitergingen. In der Dunkelheit waren die Männer nicht Kanoniere und Pikeniere, Arkebusiere und Armbrustschützen, nicht Hauptleute und Sergeanten, Kompanien und Bataillone, nicht Spanier und Deutsche, nicht *Stradiotti, avventureros* und *lanze spezzate*. Sie waren streunende Tiere, hungrige Flecken der Dunkelheit. Nachts gehörte das Lager ihnen.

«Das warst du, das Gesicht im Zelt», sagt Diego jetzt zu der Erscheinung.

«Das war ich.»

In den folgenden Tagen hatte er ihn immer wieder gesehen, ohne ihn jedoch jemals wirklich zur Kenntnis zu nehmen. Er schien sich frei und ohne Furcht zwischen den verschiedenen Freien Kompanien zu bewegen, die den wirklichen Mob enthielten, gesetzlose Gurgelschlitzer und Flüchtige, die sich dem regulären Heer in Bologna angeschlossen hatten. Die ganze Streitmacht bewegte sich durch das Mugellotal, wie Vieh getrieben von ihren Sergeanten und Hauptleuten. Wenn man den Rauch eines Dorfes voraus sichtete, wurde das Tempo schneller. Die Pferde, die Karren und Kanonen zogen, wurden zu einem widerwilligen Trab gepeitscht, und schließlich griff das ganze Heer einen Haufen elender Hütten an. Die Dörfler waren längst geflohen, hatten alles mitgeschleppt, was sie tragen konnten, und ihr Vieh in die Berge getrieben. Manchmal konnte man sie auf höheren Felsen sehen, die das Tal überblickten. Sie waren klein wie Fliegen und beobachteten den zuckenden Leichnam, der sich unten über den Talboden schleppte. Die Männer waren zerrüttet von Ruhr und Fieber. Jeden Morgen wurde eine weitere Gruppe der Kränksten zurückgelassen, die wimmernd ihre Kameraden anflehten, sie nicht zu verlassen. Die Bauern warteten manchmal nicht einmal, bis das Ende des Heeres außer Sicht war, ehe sie herabstiegen, um ihnen die Kehlen durchzuschneiden.

Diego hatte Fouragiere und Vorhuten organisiert und Kundschafter ausgesandt. Medici selbst wirkte heiter, während die Streitmacht, die den Podestà stürzen und ihn nach Florenz zurückbringen sollte, zu einem hungernden Mob verkam. Die Nächte wurden durch Kreischen und Schreie unterbrochen, wenn mutmaßliche Diebe von ihren Kameraden totgeprügelt wurden. Wenn er die Reihen von Karren und Kanonen mit seinen Kriegern abritt, sah Diego die Leere in den Gesichtern der Männer. Ihre Augen klebten an fernen Felsauswüchsen und sahen einen Mann auf Armeslänge nicht. Die Überfälle auf die Bagagekarren waren verzweifelte Scharmützel, die Plünderer scherten sich kaum um ihre eigenen Verletzungen. Florenz zog sie vorwärts; *La Crasa Puta* nannten sie die Stadt. Sie wollten sie reißen und von ihr fressen wie die Wölfe. Prato war nicht mehr als ein Name.

Als das Heer das Tal des Mugello hinabkroch, schienen die einfachen Soldaten sich vom Rückgrat aus Karren und Kanonen zu lösen und auszuschwärmen, um den sich weitenden Talboden auszufüllen. Sie bewegten sich wie Vieh und stolperten ziellos voran. Diego, der hoch auf dem Hang zur Rechten ritt, blickte auf die langgezogene Horde hinab. Er sah ein geschlagenes Heer. Darin ein Heer von Mördern. Medicis Sergeant bewegte sich unversehrt mitten hindurch.

«Gab es, bevor wir Prato erreichten, nicht ein Treffen zwischen Kardinal Medici und einem Abgesandten aus Florenz?» erkundigt Diego sich jetzt bei dem geckenhaften Sergeanten. Er denkt daran, Medici erneut an den Ohren herzuzerren und mit der Spitze eines Dolches zwischen den Beinen zu kitzeln, aber der Sergeant taugt ihm dazu ebensogut. «Ich würde dich durchbohren, wenn ich dir allein begegnete», fügt er hinzu, bevor der Mann antworten kann.

«Das bezweifle ich nicht. Und ja, es gab da ein Treffen, aber mehr kann ich dazu nicht sagen.»

In der Dunkelheit seines Schlafzimmers stellt er sich den Sergeanten vor, wie er linkisch vor ihm steht, auf den Boden zwischen ihnen starrt, durch das Verhör in Verlegenheit gebracht. Aber um Anhörung betteln? Seine Sache vorbringen? Um sein Leben winseln? Das kann er sich nicht vorstellen. «Ich weiß, daß du nicht im Kern dieser Angelegenheit warst», sagt er zu dem Mann. «Aber du warst ihr Funktionär. Ohne dich, oder einen anderen wie dich, wäre ich nicht in die Falle gegangen ...»

Er hält inne. Der Mann lacht ihn aus.

«In die Falle gegangen? Versteht Ihr denn nicht, daß Ihr während der ganzen Zeit das Mädchen für alles wart? Ohne Euch wäre nichts davon möglich geworden. Ohne *Euch*, Hauptmann Diego.»

«Oberst», grollt Diego und denkt: Schon wahr, aber wie? Er stößt mit dem Schwert nach dem Sergeanten; die Waffe verschwindet ohne sichtbare Wirkung in der Brust des Mannes, taucht blutlos wieder auf.

Es gab Hinweise, wenn er sie nur zusammenkratzte: Es war Medici, der vorausritt, um mit Tedaldi und den «Verteidigern» von Prato zu verhandeln; der zurückkehrte mit einem Bericht, wie er ein oder zwei Meilen vor der Stadt verjagt worden sei. «Kein Grund zur Aufregung», sagte er leichthin. «Sie werden reden – sobald die Zeit gekommen ist.» Das Heer stand damals drei Tagesmärsche entfernt. Cardona nickte zuvorkommend. Ihr Wortwechsel war von beflissener Schnelligkeit.

Eingeübt, denkt Diego in der nachtstillen Botschaft. Der glatte Sergeant ist verschwunden, genauso, wie er irgendwo während des Marsches verschwunden war. Er erinnert sich erst wieder an ihn in Prato, wo er ihn erneut hier und da in der schlimmsten Soldateska sieht, wie er herumschlendert, zugleich ziellos und zielgerichtet, *zur besonderen Verfügung* ... Sie nannten ihn Rufo. Sergeant Rufo; war das sein Name? Er hat nie gewußt, was der Mann tat, auch nicht, was Medici tat – was genau. Oder Cardona. Prato ergab sich und wurde doch geplündert. Und Tedaldi starb. Und seine Familie wurde umgebracht.

Nicht von mir, denkt Diego. Und so sah es zu jener Zeit auch nicht aus. Seine Schande wurde sorgfältig vorbereitet. Während das Heer in den üppigen Feldern um die Stadt lagerte, ruhte die Stadt selbst in der weichen Erde, an einem Fluß, der nie über die Ufer trat, wenngleich er das Land etwas oberhalb der Stadtmauern versumpfte; es war in der sanften Wärme des späten August. Sie krempelten Wolle – die Pratesi; die Stadt war darauf aufgebaut. Sanftheit, Wärme ... Er sucht nach etwas, in der Unverbundenheit der beiden, von Heer und Stadt, der entsetzlichen Unglaubwürdigkeit dessen, was am nächsten Tag geschehen sollte. Da muß er schon gezeichnet gewesen sein, und ebenso unwissend, was sein Schicksal betraf, wie die Pratesi hinsichtlich des ihren.

Und jetzt greift er in der Dunkelheit und ihrem ungreifbaren Stoff, in seinem dunklen Turm wieder nach dem Schwert. Dieser Abend hat alles verändert. Cardona, Medici, sein «Sergeant». Rufo ... und jetzt? «Jetzt der vierte Spieler.» *Zerr ihn herbei* ... Das Schwert bebt über einem weißen Hals, dem wächsernen Fleisch. Zieh ihn unter Colonnas dressierten Affen heraus und stell ihn auf die Beine, diesen *Salvestro*. Er hatte schon gedacht, der sei verloren, entkommen. Hier ist er. *Männer wie uns hat der Frieden immer zu Narren gemacht* ...

Aber nicht immer. Los jetzt, heb ihn hoch und schau ihm ins Auge, in das, das nicht zugeschwollen ist. Sieh, ein Schachbauer, noch elender als du selbst. Sieh, wie er durch die Straßen von Prato fortrennt, mit seinem zahmen Riesen im Schlepptau. Reiter hetzen ihn, er selbst unter ihnen – wie dumm er war. Ihn sich in einem Sumpf verbergen, ihn entkommen zu lassen. Er kennt den Rest, dieser goldene Bauer – das *Wie*, wenn nicht gar das *Warum*. Hat Salvestro wirklich das Messer gehalten? Wer hat tatsächlich geschnitten? Es spielt keine Rolle. Ungeheure Ruhe legt sich um ihn.

Der Vagabund steht immer noch da, wartet besorgt. Ich setze großes Vertrauen in dich, sagt er dem Geist. Du scheinst ein einfallsreicher Bursche zu sein, die Sorte, die überlebt. Du wirst mich wiederfinden, wenn ich dich brauche. Diego ist ein großmütiger Kriegsherr, er wiegt das Schwert in den Armen. Du darfst jetzt gehen ... Du wirst den Rückweg schon finden, ruft er dem Mann nach, der davongelaufen ist und in die Ferne flüchtet, mir kann man nicht entkommen ... Schritte unten; die Rückkehr Seiner Exzellenz. Wie lange noch wird er Schoßbulldogge für die Dame spielen? Der Sekretär ist ehrgeizig. Er wird helfen. Schon fast eingeschlafen. Schon fast ruhig ... Komm zurück! Schreit er das? Vielleicht, denn die Schritte halten an, über ihm jetzt, in Vichs Räumen. Stille: das Geräusch, das das Lauschen erzeugt. Eine Art von Kichern – sein eigenes. Aber sieh, der arme Teufel kommt zurück! Springt und stürmt und rennt zur Rettung herbei, da, sieh ihn nur an ... mager, wirrschöpfig, ungewaschen, ausgehungert. Sieh ihn rennen, mit dem geschwollenen Auge und den verdreckten Lumpen. Betrachte seine Überraschung, als er auf die Füße gestellt wird und Diego zum erstenmal wahrnimmt.

Willkommen in Ro-*ma, Salvestro ...*

Mein Retter, denkt Diego und lacht vor sich hin. Mein Retter, der Halsabschneider. Er wird die Wahrheit in den Straßen ausschreien lassen, seinen Fall vortragen, den König anrufen. Er wird sich selbst wieder einsetzen.

Wieder Dunkelheit, allerdings anders – absoluter –, die blicklose Schwärze eines Bergwerkschachtes, oder eines Schiffes unter fünfzig Faden Pech; diese allerhinterste Kammer ist ein tintenschwarzes Loch, nur jetzt durch Wispern aufgestört.

«War es nicht.»

«War es.»

«War es nicht.»

Als sie früher an jenem Nachmittag nach dem *Pilgerstab* gefragt hatten, waren Pater Jörg, Salvestro, Bernardo, Hans-Jürgen und die übrigen Mönche angewiesen worden, von der Piazza aus nach links in das «trostlose Rattenloch neben dem *Albergo del Sol*» einzubiegen, dann wieder links «die offene Kloake der Via dell' Elefante» hinab, der «trübsinnigsten der drei Gassen, nach Osten zu folgen, bis man sich fühlt, als wolle man sich umbringen», und sich schließlich vor etwas einzufinden, «das aussieht wie Sodom, nachdem Lot abgereist ist – ihr werdet es an der Düsternis erkennen». Das sollte sich bald als Schmeichelei erweisen.

Abgesehen von einigen der unzugänglichsten Dachkammern ist das Gasthaus fensterlos. Tagsüber ist die Eingangstür offen – das hilft –, aber das Gebäude gegenüber ragt ein ganzes Stockwerk höher, vor dem Eingang ist noch ein Vorbau, und das Haus ist nach Norden ausgerichtet. Nieselregen, Wolkenbrüche und Feuchtigkeit finden ein herzliches Willkommen in den geborstenen Schindeln und bröckelnden Verfugungen: das zerfallende Material der Bruchbude, die in der Via dei Sinibaldi kauert, läßt fast jedes Wetter durch ... Aber Beleuchtung? Die Durchgänge und zugigen Steintreppen sind schwarz von Kerzenqualm, die Decken klebrig von den teerigen Dämpfen der Öllampen, von den Bewohnern getragen, die von Raum zu Raum stolpern und riesige Schatten hinter sich herziehen, krumme Brockengespenster, die ihren Besitzern durch die Korridore und Zimmerfluchten nachpirschen und wie Meuchler die rauchgeschwärzten Wände entlangschleichen.

Der Borgo ist das feuchteste Viertel in der Stadt, die Via dei Sinibaldi die schmierigste Straße im Viertel, der *Pilgerstab* das elendeste Gebäude in der Straße, und die allerhinterste Kammer die dunkelste im ganzen Bau. Wohlbekannte Dichter haben hier Nächte auf der Suche nach dem wahren «Höllendunkel» verbracht. Sonnenlicht schleppt sich hier nur zum Sterben herein.

«Ich hab die Fenster zumauern lassen», erklärte der Besitzer. Er wies auf einige Stellen Mauerwerk. «Um die Bastarde festzuhalten, die nicht bezahlen wollen, rauskriechen und nicht bezahlen. Ich bin Lappi. Hinten ist ein großer Raum, wo ihr alle mühelos reinpaßt. Mit einem soliden Schloß. Habt ihr Stroh?» Der Schlafraum würde sie dreiundzwanzig Giulii die Woche kosten, im voraus. «Bißchen düster dahinten, aber ihr seid ja Deutsche. Seid bestimmt ans Dunkel gewöhnt.» Lappi war vierschrötig, drahthaarig, langarmig. Sein Gesicht erinnerte an eine Kuhhaut, die man mit Gewalt in einen Sack gestopft hat. Sie entknitterte sich kurzfristig, als Pater Jörg die Kiste öffnete, dem Mann einen schweren Silberkelch reichte und fragte, für wieviel Wochen der reichen würde? «Wo habt ihr das denn alles her?» stieß er beim Anblick des silbernen und goldenen Geschirrs aus.

«*Das* war da also drin», sagte Bernardo, der die Kiste den größeren Teil der Reise geschleppt hatte.

Lappi hielt eine einzelne Kerze hoch und geleitete sie in das Innere des Gebäudes. Eine höhlenartige Kammer gähnte vor ihnen. Volker, Henning und einige andere wurden ausgeschickt, die billigsten Strohsäcke zu beschaffen, die es gab; sie wurden auf dem Fußboden ausgebreitet, und dann holten sie Signor Lappi wieder herbei.

«Ich möchte wissen, wo wir beten können», fragte Pater Jörg den Gastwirt.

Lappis früheres Erstaunen hatte bereits dem Argwohn Platz gemacht. «So, beten wollt ihr?» erwiderte er rasch und betrachtete seine neuesten Gäste. Dann erinnerte er sich an die Kiste. «Schön, das ist vernünftig. Beten ist eine gute Sache, sehr gut. Hab ich selbst mit den Jahren ein- oder zweimal gemacht. Kann nicht behaupten, ich hätte dafür 'nen besonderen Ort, aber ...» Er hinkte durch einige weitere Improvisationen. «Warum betet ihr denn nicht hier? Bißchen dunkel im Augenblick, aber ich hab noch ein paar Kerzen da. Könnt ein paar abgeben, ganz billig. Oder habt ihr selber welche?»

«Wir wollen die Messe feiern», sagte Pater Jörg, worauf in Lappis Gesicht ein Licht aufging und nach Salvestros Ansicht vielleicht auch noch etwas anderes. Er sah sich Lappi an, wie er sich auf der ganzen Reise die Gastwirte angesehen hatte, von Stettin durch die Täler von Oder und Neiße nach Görlitz, nach Dresden, durch Chemnitz und Zwickau nach Plauen, weiter nach Nürnberg und Regensburg, die Alpen stiegen über ihnen an, dann unter ihnen, dann neben ihnen, die Landschaft wechselte fast von Tag zu Tag, die kleinen und größeren Städte, die sie südwärts führten, Piacenza, Carrara, Viterbo ... schließlich Rom. Überall Gastwirte.

«Messe!» rief Lappi aus. «Na, da habt ihr Glück! Heute ist Philipp und Jakob. Früher bin ich da selbst hingegangen ...» Er begann, den Weg zu beschreiben. «Als erstes müßt ihr dieses Rattenloch hinter euch lassen und über den Fluß ...»

Salvestro beobachtete, wie Lappi hierhin und dahin deutete. Gastwirte, hatte er entschieden, fielen in eine von zwei Kategorien. Da gab es die Grobschlächtigen, fast Sprachlosen, die zu seltenen, aber spektakulären Wutausbrüchen neigten, zum öffentlichen Verprügeln ihrer Frauen, zur Unverschämtheit. Sie waren meistens riesig und rotgesichtig. Dann gab es die Hilfreichen, übersprudelnd von Anregungen, Ratschlägen für unterwegs, aufmerksam bei Tisch, glücklich, die eigenen Leute aus den Betten werfen zu können, um spät eintreffenden erschöpften Reisenden Platz zu schaffen. Das waren diejenigen, die ihre Gäste betrogen, deren Besitztümer plünderten und Überraschungsüberfälle eine Stunde oder zwei weiter die Straße hinauf organisierten. Nach Salvestros Ansicht gehörte Lappi wohl zu diesen.

«... damit seid ihr also über den Fluß. Geht nach Norden am Sanguignaturm vorbei, der ist ziemlich hoch und viereckig, aber verwechselt den nicht mit einem von den anderen ziemlich hohen viereckigen Türmen, ihr sucht den Sanguinea. Citorio links liegenlassen, dann nach Osten vorbei an der Mitra, kein besonderes Merkmal, aber ihr erkennt sie am Kohlgestank – hab ich nie verstanden –, haltet euch rechts, bei Sankt Maria über die Via Lata, wieder nach rechts, und ihr seid auf der Piazza Colonna. Santissimi Apostoli ist dann direkt vor euch. Denkt dran, früh da zu sein. Meistens gibt's da einiges Gedränge.»

«Vielen Dank», sagte Pater Jörg.

«Das ist wirklich 'ne Messe, ist das», erinnerte sich Lappi liebevoll; «so was gibt's heut kaum noch. Noch was, bevor ihr geht?» Pater Jörg schüttelte den Kopf. «Na schön, die Kirche ist 'ne Hure, wie es heißt», sagte ihr Wirt. «Genießt sie.»

«Er *war* es.»

«Er *war* es *nicht*.»

Salvestro und Bernardo flüstern. Es ist ein Flüsterdunkel.

Die Mönche, die früher am Abend zuversichtlich aus dem Gasthaus gegangen waren, hatten es entmutigt, verwirrt, erschüttert wieder betreten. Wulf hatte geweint. Pater Jörg hatte ihn zurechtgewiesen. «Wir sind losgezogen, um zu beten. Wir haben gebetet. Nun sei still.» Er hätte mehr sagen sollen, sie irgendwie aufmuntern, dachte Salvestro. Im Durcheinander der Kirche hatte Jörg sich im Gebet versenkt und blicklos nach vorn gestarrt. Er war unberührt und unberührbar. Salvestro hatte um ein Zeichen, um einen Befehl zu ihm geblickt, aber nichts war gekommen. Gerhardt war es, der ihnen ein Beispiel gegeben, furchtlos zugeschlagen, die raufenden Meßfeierer auf die Knie gezwungen hatte. Nun trug er eine Miene stummer Verachtung, und Salvestro war mit ganz anderen Sorgen beschäftigt; seine Prellungen pochten. Sie alle waren in eigenen Gedanken verschlossen, und als sie sich unter stummen Selbstvorwürfen bettfertig machten, mieden die Mönche die Blicke der anderen, als ob sie eine gemeinsame Prüfung nicht bestanden hätten und deshalb voneinander getrennt worden seien, damit jeder sein Scheitern allein bedenke.

Das Schweigen war dick von geheimer Verwirrung und Erschütterung. Sie waren auf Rom nicht vorbereitet.

Als sie schließlich aus der Kirche hinausgingen, war es Gerhardt, der sie führte, als hätte Jörg sich erschöpft und die Auseinandersetzung mit dem Kardinal verloren, statt sie zu gewinnen, wie er es getan hatte. Bernardo trieb sich am Ende umher und schloß sich als letzter dem Haufen an, der draußen wieder zusammenkam. «Seht, was ich da habe», murmelte er in einer erfreut-verstohlenen Weise und schlug seinen Mantel zurück, um einen großen Kohlkopf zu enthüllen. «Ist auf einem Kerzenhalter steckengeblieben ...» Salvestro musterte den Kohlkopf und fragte sich, warum er so naß war, als plötzlich heftiges Gelächter ausbrach, nervös und überspannt. Jörg war ein paar Schritte abseits von ihnen gegangen und auf dem rauhen Grund gestrauchelt. Jemand hatte gelacht, das war alles.

Als die Kerzen gelöscht waren, erfüllte das Geräusch von wachem Atmen den Schlafsaal. Salvestro hatte sich hingelegt, aber seine Rippen gaben ihm keine Ruhe. Eine Seite seines Gesichts fühlte sich gespannt und riesig aufgeschwollen an. Aber die Hiebe und Tritte waren nichts gegen das Nachspiel. *Er*, dachte er immer wieder, ohne jedoch über den schnellen Schlag der Erkenntnis hinauszukommen, der ihn jedesmal wieder fällte, wenn er sich ihm nahte. Langsam änderte sich das Atmen um ihn her. Das Einatmen wurde tiefer, das Ausatmen länger, die ersten Schnarcher ertönten. Geraschel jenseits von Bernardo endete mit einem unterdrückten Halbschrei; jemand auf der anderen Seite des Raums redete sinnlos im Schlaf und hörte schließlich auf oder wurde von seinem Nachbarn zum Schweigen gebracht. Geheime nervöse Erschöpfungen entspannten und lösten sich, Sehnen lockerten und entknoteten sich, Tauwerk ging auf und raste von der Welle, der Eimer stürzte den Brunnenschacht hinunter ins Vergessen. Salvestro wartete in wachem Schweigen, bis der letzte von ihnen eingeschlafen war, ehe er unter Schmerzen hinüberlangte, um Bernardo zu schütteln.

«Er war es», flüstert er.

Der Riese rührt sich, wird wacher. «Wer?»

«Der Oberst. In der Kirche.» Sein Mund ist geschwollen. Flüstern tut weh.

Kurzes Schweigen, während Bernardo darüber nachdenkt. «Er war es nicht», sagt er.

«Er war es.»

«Er war es nicht.»

«Er *war* es.»

«Er *war* es *nicht*.»

Irgendwer rührt sich, vielleicht der Prior, und beide verstummen. Salvestro wartet, zählt endlose Minuten, bevor er erneut hinüberlangt – noch schmerzhafter diesmal –, das Fleisch um seine Rippen scheint steif zu werden –, um Bernardo zu schütteln. Aber Bernardo ist eingeschlafen und beginnt bald zu schnarchen, und Salvestro erkennt aus alter Erfahrung mit Bernardos Schnarchen, daß er nicht leicht zu wecken sein wird, zumindest nicht ohne Gewalt. Er selbst ist weit entfernt vom Schlaf, allein schon wegen des Kopfes, der sich wie ein ergrautes Monster aus den Tiefen erhebt. Als sie zum Borgo zurückhumpelten, hatte er sich immer wieder umgeblickt, um zu sehen, ob man ihnen folgte. Als sein Gefährte ihn fragte, nach wem er suche, sagte er nichts. Bernardo hatte ihn nicht erkannt.

Er war nicht überrascht – Bernardo wußte nichts. Er selbst wußte auch nichts, aber sein Unwissen war anderer Art. Oberst Diego war jedem ein vertrauter Anblick, der in jenem Sommer den Marsch von Bologna nach Prato überlebt hatte. Anders als die meisten Kommandeure reiste er mit leichtem Gepäck. Zelt, Bettzeug und Waffen waren bei der Bagage, der Rest bei ihm. Er ritt auf einem mächtigen Rotschimmel vor und zurück, einfach gekleidet, immer mit Helm, die Satteltaschen quollen über von Gepäck; ein Bezugspunkt in der milden Landschaft des Mugello; sein Kommen und Gehen wurde fast instinktiv wahrgenommen. Selbst die Sizilianer pflegten, wenn man sie fragte, wo sich einer ihrer Landsleute an jenem Tag befinde, ohne aufzublicken zu sagen, er sei weiter vorne in der Kolonne, «etwa einen Steinwurf hinter dem Oberst» oder «ziemlich genau da, wo der Oberst heute morgen die Kolonne gekreuzt hat, gleich hinter der Kanone». Er blieb an den unteren Hängen des Tales, auf dieser Seite, auf der anderen. Manchmal verschwand er für den größeren Teil des Tages, so daß die Männer beiläufig zu fragen begannen, ob jemand den Oberst gesehen habe, oder ärgerlich: «Wo zum Teufel ist der verdammte Oberst hin», als ob er sich bei einer Hochzeit verspätete. Er war außerhalb von Gestank und Bösartigkeit des Lagers. In den Tagen, bevor sie Barberino erreichten, den übelsten Tagen, als Salvestro, Bernardo und Groot im Sitzen schliefen, Rücken an Rücken, um die Halsabschneider abzuwehren, als selbst die Sizilianer für kurze Zeit aufhörten, einander abzustechen und etwas wie selbstschützerische Solidarität vorführten, schien der Oberst unverändert und unveränderbar, wie ein für eine Münze geschlagenes Bild.

Aber sein Gesicht, dies menschliche Ding aus Augen, Nase, Mund, Haar, dem Fleisch auf den Knochen, das war geringer und unauffällig. Ein erkennbarer Mann verbarg sich hinter «Der Oberst», aber trotz aller Vertrautheit mit dem Reiter, der sich so sicher zwischen ihnen bewegte, blieb der Mann unbemerkt. Er war bedeutungslos für die Soldaten, die da durch das Mugello stolperten. Er war in ihrer Mitte fern. Die Wehr seines Geschirrs stieß sie zurück, und ohne es hätten die Soldaten ihn nicht erkannt. Ich hab ihn ohne es gesehen, denkt Salvestro, einmal.

Aber das Getöse, das jenen Moment umgab, schien ein fernes Geräusch, eines anderen Erheiterung und Entsetzen. Ihre Flucht in jener Nacht und des Obersten erschreckend nacktes Gesicht, als er nach ihnen langte, scheint ihm in der atmenden Dunkelheit wie ein Traum von Entkommen-ohne-Entkommen, die Schläge des Verfolgers gehen wieder und wieder um Bruchteile vorbei. Wenn nicht der Oberst, dann waren es die Inselbewohner, wenn nicht die, dann die Dörfler, die die Christliche Freie Kompanie über dunkles Gelände gehetzt hatten, die Hunde, die bei seinem Anblick die Zähne fletschten ... Der Wald war eine Art von Vergessen, das absichtliche Vergessen von all diesen. Immer ist ein Mann da – er selbst –, der am Rande seiner Kräfte rennt. Hinter ihm sind die Verfolger, deren gehärtete Finger an seinem Rückgrat kratzen, ihn voranhetzen, die er hinter sich herzieht. Er rennt auf nichts zu. Da ist wieder der Oberst, natürlich, *Willkommen in Rom* ... Es gibt kalte Wasser, wo er sicher ist – Wasser, die gezeitenlos sind oder fast –, aber sie sind weit, weit entfernt. Er wird sie nicht erreichen, bevor sich die Finger um seinen Hals schließen.

Und dann gibt es den Moment, der neben dem seiner Ergreifung steht, dessen einzige Alternative, der mögliche Moment, da er innehält. Stell dir vor, die Hindin wendet sich gegen die Hunde und greift an, rücksichtslos und verhängnisvoll. Oder er erhebt sich wieder aus dem Wasser oder wirft sich auf den Mob. Stell dir ihre Überraschung vor! Stell dir den ruckartigen Halt vor, wie der Körper sich umdreht, das entgeisterte Pumpen des Herzens. Sich rückwärts wenden in diesem Moment – in dieser Nacht der Rückkehr des Obersten würde dies das kümmerliche Gekrieche bedeuten, das sie nach Prato brachte. Stell dich gegen sie.

Der Moment jedoch hat keine Zukunft. Bernardos Schnarchen geht weiter, unterbrochen von eigenartigem Schlucken und beklommenem Schlingen. Auf dem Marsch hatte es einen Mann gegeben – einen Arkebusier namens Jaggetto –, der einen Leinwandsack über die Schulter geschlungen trug. Jeden Abend verschwand er und erschien am nächsten Morgen mit dem neugefüllten Sack, wobei der Inhalt sich durch das dünne Material abzeichnete. Als es warm wurde, stank der Sack. Niemand sprach mit ihm oder bedrohte ihn. Er wurde gemieden, stand außerhalb. Daß ein Mann konnte, daß Menschen überhaupt, daß sie selbst könnten, wenn ... Das ist der Moment, da die Bogensehne losgelassen wird, der Mund offensteht, da etwas Unbetrachtbares zu betrachten ist. Ein möglicher Moment, aber möglich nur, weil es ungetan bleibt, weil es für undenkbar gehalten wird. Ohne Zukunft. Zu dritt standen sie – er, Bernardo und Groot – mit ihren Piken bereit, die ganze Kompanie war aufmarschiert, das ganze Heer auf der Ebene vor den Stadtmauern, wartend in der stickigen Hitze. Fast den ganzen Vormittag krachten und qualmten die Kanonen aus einer Stellung weit links, und manchmal traf eine Kugel einen der Tortürme. Dann jubelten sie, aber die Beschießung war planlos und formell. Man hatte ihnen nichts gesagt.

Die Sergeanten standen in einer kleinen Gruppe vor den Männern. Salvestro dachte an die Stunden vor Ravenna; aber das, was vor ihnen lag, hatte kaum mit Ravenna zu tun. Die Mauern vor ihnen waren verlassen, und obwohl sich unter dem Beschuß der Kanonen langsam eine Bresche öffnete, erschien niemand dahinter. Da gab es eine Kompanie von Männern, die vor den anderen aufgestellt waren und sich «Die Tifatani» nannten, nach einem verzweifelten Gefecht auf dem Paß nördlich von Caserta, vor ein paar Jahren. Sie waren in der Hitze und Langeweile des Wartens unruhig geworden, vielleicht auch nervös: Es war das Warten auf Entsatz gewesen, das sie in dem Joch dezimiert hatte, das den Berg Tifata zerschnitt, ihr Kauern und Warten auf die Armbrust, die sie von oben finden würde, auf das Beißen und den Schauder, wenn sich ihr Fleisch um den Bolzen zusammenzöge. Dann der Schmerz, der Sekunden später kam, und die Schreie derer, die den Schmerz nicht ertragen konnten. Die Überlebenden trugen zur Erinnerung lange Narben auf der rechten Wange. Und Hunger war in ihnen allen und fraß sie von innen auf und wurde jetzt nur noch wegen der verheißenen Stillung ertragen. Das Warten also, wie ein Atemzug, hinuntergeschlungen und unten gehalten, Aufschwellen, bis die Lungen fast platzen …

So standen sie da, verdreckt und zerlumpt, die Augen starrten aus schorfigen Gesichtern, die Zähne saßen locker im Gaumen. Aber die Linien zitterten, drängten vorwärts und wurden zurückgebrüllt von den Sergeanten, die jetzt auf und ab schritten und darauf achteten, daß nicht der erste Zeh aus den Reihen drängte, und die kurze Fragen austauschten, wenn sie aneinander vorüberkamen. Und es kamen keine Befehle. Und so konnte es nicht weitergehen. Die Schlacht, die das Heer fast seit Bologna mit sich ausgefochten hatte, ging irgendwann in jenen Stunden verloren, und es war nur eine Frage des Wartens. Irgendwo hinten gab es ein Geraufe, ein paar Schreie. Es war kurz nach Mittag. Das Geschrei erreichte die Tifatani und fiel über sie wie ein Pfeilhagel. Da brachen sie aus der Formation und stürmten zur Bresche. Andere folgten, dann alle. So begann es.

Eine Klippe aus Körpern, die sich spaltet und bröckelt, einstürzt und zu Scherben birst, zu Klumpen, zu atomisierten Krümeln, bis das, was fest und heil war, die hungrigen Wasser als kraftloses Chaos von Fragmenten erreicht, Brocken, die sich im Schlamm auflösen. Die Bresche saugte sie ein. Der Oberst, der kurz auf dem von der Kanonade zerschmetterten Mauerwerk stand. Ein Menschengedränge brandete zur engen Öffnung hoch, drängelte sich wie Sandkörner in der Uhr, um einen Weg durch die Enge zu erzwingen. Ein Tor öffnete sich rechts der Bresche, und Reihen von Männern lösten sich, um es zu erreichen. Schwere Reiter packten die Zügel und preschten durchs Gewühl, spornten ihre Tiere an, um die Gemeinen wegzufegen. Kein Pfeil, kein Bolzen, keine Kugel wurde von den Mauern abgefeuert. Die Männer strömten hinein. Der Winter kettet Gletscher an die Felsspitzen und Felswände über dem See, den sie nicht erreichen können. Dann Frühling, und Befreiung, und der See kann nur darauf warten, daß die eingeengte Fläche von Platten und Schichten zusammenbricht und als kochende Wirbel wieder auftaucht, die Schluchten hinabtost, um seine ruhigen Gewässer zu durchstoßen, sie aufschäumen zu lassen … In der Dunkelheit des Schlafsaals aber denkt Salvestro an Jörgs unerschütterliche Ruhe, als der Soldat die Faust hob, an die Verwirrung des Soldaten ob der – seiner – Niederlage. Hatten die Pratesi gedacht, sie könnten sich so retten?

Die drei fanden sich zwischen Männern wieder, die sie nicht kannten, rannten am großen Turm des Torhauses vorbei, wo einige Soldaten mit dem Querbalken gegen den sinnlosen Druck auf die Torflügel von außen kämpften; vorbei an anderen, die Einheimische mit der Schwertspitze bedrohten; rannten auf einen mit Kopfsteinen gepflasterten Platz, der sich verengte, zu einer Straße wurde, dann zu Straßen mit niedrigen Ziegel- und Holzhäusern, die unteren Stockwerke mit zugenagelten Fensterbogen, über kleine Holzbrücken, die schmale stehende Kanäle überspannten, wo ihre Füße für ein oder zwei Sekunden wie Hufe donnerten; einige von ihnen bogen in Straßen ab, die sich immer wieder teilten, bis sie drei schließlich anhielten, um Atem zu schöpfen, in einer Straße von der Breite eines Karrens, und Salvestro und Bernardo stützten sich auf ihre Piken, und Groot krümmte sich zusammen und keuchte. Abgesehen von ihrem Schnaufen und den Soldaten, deren Geschrei sie nur von fern hörten, waren sie allein. Die Stadt war stumm. Leer. Sie blickten die Straße hinauf und hinab.

«Laßt uns zurückgehn», sagte Groot.

Sie machten kehrt, gingen vorsichtig denselben Weg zurück. Als Antwort auf das bezwingende Schweigen der Stadt sanken ihre Stimmen fast zum Flüstern, dann schwiegen auch sie, während sie langsam durch die verlassenen Straßen gingen. Sie bogen um eine Ecke und überquerten eine baufällige Fußbrücke. Salvestro sah immer wieder zu den Fenstern der oberen Stockwerke hinauf und stolperte leicht. Der Boden war von Rädern zerfurcht. Gesichter tauchten nicht auf. Dann fühlte er Groots Hand auf seinem Arm. Er blickte nach vorn.

Eine Gruppe Soldaten, zwanzig oder mehr, füllte die enge Straße. Sie standen in einem dichten Kreis mit den Rücken zu dem Trio und blickten auf etwas innerhalb des Kreises hinab. Einer oder zwei sahen sich mit leeren Augen um, als sie näher kamen, stießen den Nachbarn an, der ebenfalls guckte, wandten sich dann wieder dem zu, was innerhalb des Kreises vor sich ging. Die Männer waren still wie die Straßen, wie die ganze Stadt. Als die drei ankamen, nickte Groot einen kurzen Gruß, der erwidert wurde. Die Männer machten Salvestro widerwillig Platz und blickten dann wieder nach unten. Auf dem Boden vor ihnen wurde eine Frau vergewaltigt.

Zwei Männer knieten neben ihrem Unterleib und hielten ihre Beine. Sie schnitten Grimassen, konzentriert, und verzerrten flüchtig die Gesichter, wenn die krampfhafte Gegenwehr der Frau sie zwang, neu zuzupacken und ihr die Beine weiter zu spreizen. Ein dritter Mann hockte auf den Fersen; der Kopf der Frau war zurückgebogen und zwischen seinen Beinen gefangen. Er trug dicke Lederhandschuhe, und die Frau war stumm, denn er preßte ihr eine behandschuhte Hand auf Nase und Mund. Seltsam umrahmt vom ledernen Handschuh und dem Stoff der Hose des Mannes rollten ihre Augen in den Höhlen. Die Arme schienen irgendwie auf ihren Rücken gefesselt zu sein. Ein Soldat mit kurzgeschorenem schwarzem Kraushaar lag auf ihr, krümmte sich ungeschickt, während sein Arm unten herumfummelte, an seinen Lenden.

«So ist's recht, Junge. Laß dir Zeit», sagte der Mann, der ihren Kopf hielt. Die Frau rang wieder, und er preßte stärker auf ihr Gesicht.

«Paß auf ihren Atem auf, Cippi», sagte einer der Männer, die die Beine hielten.

«Ich hab sie», sagte Cippi. Dann: «So ist's recht, Junge, so ist's recht», als der Soldat den Arm unter sich hervorzog und seine Hüften schnell zu rucken begannen. Sein Kopf war zur Seite gedreht, weg von der Frau, so konnte Salvestro sehen, daß er jung war, kaum mehr als ein Junge. Als er fertig war, blickte Cippi erneut auf, sein Blick traf die drei, bevor er weiter durch den Kreis unbewegter Gesichter schweifte. «Wer's der Nächste?»

Zwei andere nahmen sie. Ein Nicken zu dem, den sie Cippi nannten, als sie sorgsam um die Frau herumgingen. Dann knieten sie nieder, spien sich in die Hände, drangen in sie ein. Sie schien am meisten in den Pausen zwischen ihnen zu leiden, ihr Körper wand sich vergeblich, und ihr Atem ging sehr rasch. Der letzte war brutaler als seine Vorgänger. «So ist's recht. So ist's recht», trieb Cippi ihn an, als seine Hüften sich hoben und senkten.

Seine Stimme und das rasche Klatschen der Körper waren die einzigen Geräusche in der Straße. Die drei Männer blieben stumm, während sie den Akt vollzogen. Die anderen waren still, während sie zusahen. Der letzte erhob sich umständlich von dem Körper auf dem Boden. Cippi sah sich um. Salvestros Gesicht fühlte sich sonderbar an, als ob da Beutel voll Kies hingen. Und die weißen Beine der Frau waren irgendwie wie Keulen, schwer und brutal. Die Männer, die sie hielten, waren zu erschöpft, zu leblos, um sich von ihr freizumachen. So war das. Er war zu schwach. Die Stille war eine Hand, die sich ihm vor langer Zeit über den Mund gelegt hatte.

«Na gut, wo ist er? Wo ist unser kleiner Schwuler, na?» sagte Cippi. Ein paar Männer grinsten. Der letzte Soldat nahm eine Handvoll

Gras, um sich das Blut vom Glied zu wischen. Der Boden zwischen den Beinen der Frau war da, wo sie ihn beschmutzt hatte, durchnäßt. Jetzt urinierte sie, was Cippi dazu brachte, wieder stärker auf ihr Gesicht zu drücken. Er drehte seinen Kopf, und Salvestro sah, daß die rechte Wange zernarbt war, die Tifatani-Narbe.

«Da ist er!» rief Cippi in einer Parodie von Willkommen, als ein blonder Junge vorwärtsgestoßen wurde, weißgesichtig, der auf den Boden zwischen seinen Füßen starrte.

«Paß auf», warnte derselbe Mann wie zuvor. Der Widerstand der Frau wurde schwächer.

«Erzähl mir nichts über mein Geschäft, Pietro», erwiderte Cippi warnend, aber seine Hand hob sich ein wenig, und der Körper der Frau zuckte, als sie um eine Lunge voll Luft rang. Der blonde Junge kniete zwischen ihren Beinen, die Hände fummelten in seinem Schritt, der Kopf war vorgebeugt. Salvestro bemerkte, daß die Fersen der Frau aufgeschrammt waren, die Haut überall zerrissen und blutig. Es kam ihm eigenartig vor. Der Boden bestand aus gestampfter Erde, hart, aber nicht so rauh. Wie waren ihre Fersen so zerschnitten worden? Dann sah er, wie die Hände des Jungen von ihrem Werk abließen und lose baumelten. Sein Kopf blieb gebeugt. Er hatte zu weinen begonnen.

«Du Schwuler ohne Eier», grollte Cippi angeekelt. «Mach voran, steh auf. Wisch dir den Rotz aus der Visage.» Der Junge stand auf, immer noch weinend, und schob sich aus dem Kreis. «Wer noch?» Cippi musterte die Gesichter ringsum. Die Frau lag jetzt fast reglos, ihre unbedeckten Beine schlapp im Griff von Pietro und seinem Partner. «Besucher, was?» sagte Cippi, als seine Blicke sie wiederfanden. «Wollt ihr auch mal?» Er sprach zu Bernardo, der leicht zurückwich, verwirrt, mit einem törichten Grinsen im Gesicht. «Na, Großer? Sie ist immer noch für ein paar Runden gut. Ein Pfosten so groß wie deiner macht sie bestimmt munter.» Bernardo schüttelte den Kopf. «Nein?» Er wandte sich Groot zu. «Und du?» Die Soldaten betrachteten sie jetzt, leise Verachtung in ihrem Grinsen.

«Ich werd für so was langsam ein bißchen zu alt», erwiderte Groot gleichmütig. Cippi starrte ihn an, dann schnell Salvestro, dann auf die Frau. Die Männer schwiegen.

«Niemand sonst?» sagte Cippi, den Kopf geneigt. «Keiner mehr?» Niemand antwortete. «Na schön, dann bist du wohl zu nicht mehr viel gut, was?» sagte er zu der Frau. Dann blickte er auf, und seine Blicke fanden die von Salvestro. «Zu nicht mehr viel gut, oder?» fragte er. Salvestro sagte nichts. «Ich hab gesagt, zu nicht mehr viel gut, oder?» wiederholte er, diesmal aggressiver. Ein langer Moment verstrich. Dann schüttelte Salvestro den Kopf. Cippi sah finster zur Seite. «Vorsichtig, Jungs», warnte er die Männer an ihren Beinen, dann preßte er sein ganzes Gewicht auf ihr Gesicht.

Zuerst kam keine Reaktion. Die Frau lag da, schlaff und träge, auch die Augen bewegten sich kaum. Salvestro begriff, daß er zählte, stumm, eins, zwei, drei ... Cippi blickte wieder zu ihm auf. Elf, zwölf. Ihr Kampf begann sehr plötzlich, ihre Schultern wanden sich, der Kopf zuckte in Cippis Griff. «Immer noch 'n bißchen Leben drin», murmelte Cippi, sah weg, drückte nieder. «So ist's recht», ermutigte er die beiden anderen, denn die Beine schlugen jetzt um sich, oder versuchten das, und die Männer schwitzten. «Schon mal 'ne Tote gehabt?» fragte Cippi irgendwann Pietro, aber jetzt lächelte niemand. «Ist gar nicht so übel.» Er drückte härter nieder. Nach und nach wurden die Bewegungen der Frau krampfhaft; nicht weniger heftig, aber weniger häufig. Sie zuckte, lag einen Moment still, dann schüttelte es sie, und wieder lag sie einen Moment still. Cippi murmelte den beiden anderen Anweisungen zu: «Festhalten jetzt, die treten am Schluß um sich, nicht mehr lange jetzt, bleibt dran ...» Die Frau bewegte sich kaum.

«Was ist mit mir?»

Das hab ich gesagt, denkt Salvestro im Dunkel des Schlafsaals.

Seine Stimme klang sonderbar, als sie in den Kreis ihrer grimmen Konzentration brach, hohl und schrill. Cippis Miene forderte ihn heraus weiterzumachen. Einige Worte gingen hin und her, irgend etwas. Sie mochten es nicht. Er gab Bernardo seine Pike, und dann kniete er, wo vor ihm die anderen gekniet hatten. Das gebündelte Schweigen stürzte über ihn, und er war Wasser, nicht Fleisch. Ihr Kleid war heruntergeglitten. Er stieß es hoch, um sie freizulegen. Sie war blutig, ihr Schamhaar verfilzt, wo das Blut getrocknet war. Die Innenseiten ihrer Oberschenkel waren braun davon. Er hatte das Gefühl, sie schreien zu hören – unmöglich –, was ihn um so mehr traf und fertigmachte, als es unterdrückt war, Teil des Schweigens der Männer. «Ich will sie haben», hatte er gesagt. «Sobald ihr mit ihr durch seid.» Er sah, wie sich Cippis Ausdruck zu etwas anderem verwandelte, etwas Schmaläugigem und Gerissenem. «Hab immer gehört, daß die Tifatani freigebig sind», fügte er hinzu und traf Cippis Blick. Dann schlug er der Frau auf die Hüfte. «An die Arbeit, ja?»

Sie roch nach Urin und saurem Schweiß. Er hatte das erwartet, aber als er sich lang über sie legte, spürte er die Kälte ihres Fleisches, die feuchtkalte Klebrigkeit. Er drang schnell in sie ein und wandte seinen Kopf von ihrem ab, wie das der lockige Junge getan hatte, und fühlte sich von ihr zurückweichen. Sie war formlos. Er empfand nichts, als er in ihr pumpte und zuckte. Mit zusammengepreßten Augen stellte er sich vor, daß ihre Positionen umgekehrt wären oder er irgendwie auf den Akt hinabblickte, der da vollzogen wurde, ihre Beine gespreizt und der Rücken gebogen, der Ring von Blut und dann ihr Schreien, das Weiß ihres Fleischs, eine Art Leblosigkeit ... Und das Dunkel, das das Wasser im Faß war oder nur seine fest geschlossenen Augen. Oder der Schlafsaal, hier, jetzt ... Oder vor langer Zeit, und da. Und sie.

Groot erzählte ihm später, daß der Pietro Genannte den kleinen Finger vielsagend gekrümmt habe, dann gezwinkert, und der namens Cippi habe allen ein Zeichen gegeben, sie loszulassen, wohl in der Hoffnung, daß die Frau unter ihm bocken und sich sträuben, ihn vielleicht abwerfen werde. Aber sie hatte nur gezappelt wie eine Betrunkene, und er hatte weitergepumpt, die Augen geschlossen und ohne etwas zu bemerken, sein Grunzen so leise, daß einer der Männer die Ohren vor seine Lippen bringen mußte, um es zu hören, und dann höhnisch zu berichten: «Der vermißt seine Mutter, der hier.» Und dann sein Wimmern nachmachte: «*Mama, Mama, Mama, Mama ...*» Einige hatten gelacht. Dann waren sie abgezogen.

Bernardo zog ihn herunter oder hob ihn auf. Er erinnerte sich, wie er gegen eine Mauer gelehnt wurde und Bernardo ihn anschrie: «Warum hast du das getan?» Die Sonne stand jetzt niedriger und warf einen Schatten in die Mitte der Straße, der die Frau entzweischnitt. Groot sagte: «Sie blutet nicht mehr»; dann zog er ihr Kleid herab, um sie zu bedecken. Sie haben sie wohl hergeschleift, dachte Salvestro. Darum waren ihre Fersen so zerschürft. Groot sagte: «Sie atmet nicht mehr richtig.»

Er kroch zu der Frau hin. Ohne Cippis Hand auf ihrem Gesicht konnte er sehen, daß sie jung und ziemlich gewöhnlich war. Etwas braunes Haar war unter der Haube hervorgequollen, die immer noch unter dem Kinn festgebunden war. Die Augen rollten im Kopf, sanken, rollten wieder, diesmal langsamer. Salvestro überlegte, wo ihre Schuhe waren oder wie sie sie verloren hatte.

«Wir sollten sie warm halten», sagte Groot. «Die Kälte bringt sie um.» Sie war wie Eis. Die drei zogen ihre Waffenröcke aus und hüllten sie darin. Dann standen sie herum, blickten auf sie nieder, wußten nicht, was sie noch tun sollten. Sie atmete schnell und flach; es wurde immer schneller und flacher, bis es nicht mehr war als ein Beben der Brust. Salvestro kniete nieder und hob ihren Kopf vom Boden. Das Gesicht war schlaff, und ihre Augen sahen nichts. Die drei warteten, fühlten sich unbehaglich, so über ihr versammelt. Sie sahen einander nicht an. Groot langte immer wieder über sie, um das Kleid nach unten zu ziehen, aber es reichte schon bis zu den Knöcheln. Das schwache Rasseln ihres Atems, das schwächer wurde, aussetzte. Langsam schwand das Beben zu einem Flattern, dann zu nichts. Und dann wieder Stille. Das Mädchen war tot.

Dieselbe Stille? fragt sich Salvestro, wach, umnachtet.

Nein.

Sie nahmen die Piken auf und stapften zurück. Gruppen von Soldaten schweiften durch die Stadt, traten Türen ein und schleiften die drinnen heraus auf die Straße. «Warum hast du das getan?» fragte Bernardo immer wieder, murmelte es aber eher vor sich hin, starrte mit aufgerissenen Augen auf das, was ringsum geschah, erwartete keine Antwort. Er wiederholte es ständig, bis Groot ärgerlich losplatzte: «Er hat versucht, sie zu retten. Jetzt halt den Mund!» Es änderte nichts. Salvestro schwieg.

Vor der Pieve di San Stefano trafen sie Vorbereitungen, um einen Mann zu verbrennen. «Der Mohr namens Nana hat den Schrein von Sankt Peter geplündert und eine Frau vergewaltigt, trotz der hier ergangenen Zusicherung freien Abzugs ...» Der Mohr grinste dümmlich, als die Anklagen vorgelesen wurden. Gruppen von Soldaten, meist betrunken, schlenderten vor der Kirche herum. Auf der anderen Seite des Platzes wurde der Palazzo Pretorio von Männern bewacht, die, wie Groot sagte, zum Obersten gehörten. Es war fast Abend.

Sie schliefen in jener Nacht auf dem Platz und blieben hungrig. Am nächsten Tag erwachte Salvestro früh und weckte die beiden anderen. Sie wanderten durch die Via dei Cimatori ins Gualdimare genannte Stadtviertel. Dieselben schaumbedeckten Kanäle. Dieselben Straßen. Die Stille von gestern. Zwei Festen ragten über die umliegenden Gebäude. Medicis Männer waren vor der einen, Cardonas vor der anderen. Beide Gruppen erwachten eben, als sie vorüberkamen. Sie gingen tiefer ins Viertel, die Steinhäuser wichen Ziegelhäusern, deren freiliegende Treppen über ihre ganze Front liefen, alles genau wie gestern. Komische kleine Mühlen standen rücklings an den kleinen Kanälen. Zwischen jedem Haus und dem nächsten waren die engen *quintane* mit stinkendem Abfall gefüllt. Wieder blickte Salvestro stetig zu den Fenstern der oberen Stockwerke auf. Wieder erschienen keine Gesichter. «Warum sind sie nicht rausgekommen?» murmelte er vor sich hin. Dann: «Kein Laut.» Die beiden anderen sahen sich an. «Sollen sie sie doch nehmen.»

Der Tag war schon warm. Groot und Bernardo folgten Salvestro, der aussah, als suche er etwas, wie er da um sich blickte, während er weiterschritt und sogar seine Pike wirbeln ließ.

«Ich glaub, ich sterbe, wenn ich nichts zu essen kriege», sagte Bernardo plötzlich.

«Na gut, dann müssen wir essen», antwortete Salvestro munter und lief die nächste Treppe hinauf bis zur Tür ganz oben. Er klopfte höflich an. «Niemand zu Hause?» fragte er sich. «Na gut ...» Und damit begann er, die Pike gegen die Bretterverkleidung der Tür zu schlagen. Die Straße hallte vom Lärm wider, während die beiden anderen offenen Mundes heraufstarrten. Eine Stimme rief etwas von drinnen. «Los schon, los schon! Mach auf!» brüllte Salvestro zurück. Plötzlich flog die Tür auf, und er stürmte hinein. Geschrei folgte, dann gewaltiges Krachen, dann die Stimme eines Mannes, die um etwas bettelte oder flehte.

Bernardo und Groot kletterten langsam dieselbe Treppe hinauf und blickten durch die Tür.

«Ah, da seid ihr ja!» begrüßte sie Salvestro. «Gleich gibt's Frühstück.»

Er saß auf einem Stuhl in der Mitte des niedrigen Zimmers. Am anderen Ende versuchten zwei Frauen, die eine alt, die andere mittleren Alters, sich hintereinander zu verkriechen. Ein Mann lag auf den Knien, tränenüberströmt, und murmelte «Alles, alles. Wir haben nichts. Nehmt es ...» und dergleichen. Die meisten Möbel schienen sich im Kamin zu befinden, der nicht brannte.

«Hab ich gestern nicht deine Tochter vergewaltigt?» fragte Salvestro den Mann, der verwirrt den Kopf schüttelte. «Bist du sicher?» beharrte er. «Sie sah dir sehr ähnlich – häßlich, mein ich. Diese Straßen sehen für mich alle gleich aus.»

Der Mann schüttelte nur den Kopf.

«Es war eine andere Straße», sagte Groot ruhig.

«Alles, was wir haben, gehört euch», sagte eine der Frauen.

«Oder war es vielleicht deine Mutter?» fuhr Salvestro fort.

«Er meint ... O Jesus, hol mich jetzt zu dir!» schrie die alte Frau.

«Es war nicht hier, Salvestro», sagte Groot.

«Wie war das denn», fragte Salvestro, stand auf, packte den Mann beim Kragen und schleppte ihn zum Fenster. «Wie war das denn!» Er begann, den Mann zu ohrfeigen. «Wie war das denn, sie da unten sterben zu sehen! Zuzusehen, wie ich sie erledige, he? Wie war das!»

Der Mann begann zu schreien, er habe keine Tochter, aber Salvestro wurde dabei nur noch wütender und brüllte: «Warum kämpfst du nicht! Warum kämpft keiner von euch!» und prügelte jetzt mit den Fäusten auf den Mann ein; die beiden Frauen heulten und wagten sich nicht zu rühren. Groot riß ihn zurück, rang ihn zu Boden und hielt ihn dort fest, bis er sich beruhigt hatte. «Stille», sagte Salvestro sanft.

«Ich hab immer noch Hunger», sagte Bernardo. «Ich glaub, ich sterbe gleich.»

Sie aßen alles im Haus. Salvestro sprach den ganzen Tag nicht mehr.

Er erinnerte sich, in seltsamen Etappen geschlafen zu haben, ein paar Minuten auf den Stufen von San Giovanni, und dann in blendendem Sonnenschein erwacht zu sein, oder irgendwo in die Ecke einer hohen Scheune gelehnt, während Männer ringsum Fässer rollen, ein Ton, wie ihn hölzerne Glocken machen mochten, silbriges Gerumpel. Jemand sagte: «Das ist nichts. Schau her.» Er warf eine Falltür zurück, und Gesichter starrten aus der Dunkelheit zu ihm auf, dann das Geschrei, das begann, als die Falltür geschlossen wurde. Auf manchen Plätzen waren Kohlenroste aufgestellt, das Zubehör gegen die Mauern gestapelt. Das Schlimmste geschah außer Sicht, in den Färberschuppen, die mit den Rücken zum Fluß standen. Die Pratesi wurden in kleinen Gruppen dahin geführt. Manche übergaben sich, als sie hinabgeführt wurden. Der Geruch blieb ihm in der Nase, verbranntes Haar und verbrannte Haut. Einmal jagte Bernardo hinter einigen Kindern her, und Groot ergriff ihn am Arm. «Paß auf ihn auf. Laß ihn nicht … Du weißt schon, was ich meine.» Er nickte dumpf und wußte nicht. Groot ging irgendwohin.

Die Tage fielen ineinander. Er konnte nicht wach bleiben. Jemand nahm eines Tages seine Pike, während er döste, und Bernardo machte sich Sorgen deswegen; er wiederholte den Merkspruch, den ihnen die Sergeanten in Bologna ins Gehirn gehämmert hatten: «Ein guter Pikenier ist niemals ohne seine Pike», und er exerzierte allein auf der Straße: eins, fällt die Pike; zwei, rückt vor; drei, stoßt zu … Eins, zwei, *drei*. Eins, zwei, *drei*. Er wandte sich von der Darbietung seines Freundes ab und versuchte wieder einzuschlafen. Die beiden anderen schleppten ihn mit, brachten ihm zu essen, oder vielleicht fand er das allein. Die anderen Soldaten musterten ihn neugierig. Er ignorierte sie. Sie verbrachten einige Zeit mit den Sizilianern, aber irgendwie entnervte er sie, wenn er ohne Grund loslachte oder stundenlang auf den Tisch trommelte, seine Waldsprache redete oder was er dafür hielt. Bernardo tauchte mit einer winzigen Leiche im Arm auf, rief: «Ich hab *nichts* getan!», da schrie Groot ihn an, und er ging wieder fort, um sie loszuwerden. «Ich hab's dir gesagt!» zischte Groot ihm ins Ohr, aber er verstand es nicht. «Erinnerst du dich an den Jungen in Marn? An Prozdorf? Ich hab dir gesagt, paß auf ihn auf!» Und dann der Tag, als Groot zurückkam und ihn wach rüttelte und sagte: «Komm schon, komm mit. Ich hab für uns einen Weg rausgefunden. Komm schon, wir müssen mit ihm reden ...»

Er wurde um die Rückseite von San Stefano geführt, durch eine kleine Tür, über einen Hof, durch eine lange Flucht leerer Räume. Ein elegant gekleideter Sergeant blickte sie über einen Tisch hin an. «Seid ihr die Männer des Obersten? Ich habe eine Aufgabe für euch ...»

Ein ungewohntes Geräusch jetzt, hier in Rom. Seine Erinnerungen schweigen, oder sind von Schweigen überlagert. Die Stimmen, die in Prato zusammen grummeln, sind nicht fern, aber unterdrückt, und das Geräusch, das ihren Platz einnimmt, ist abgeschieden und eingepfercht wie ein Wahnsinniger, der auf Phantome eindrischt, die sich unter seinen frustrierten Fäusten auflösen. Er baumelt über der verstummten Straße, ein glückloser Bühnenengel, der sich in den Boden krallt, wo Cippi kniet und seine Hand immer fester auf den Mund des Mädchens drückt. Sein verstoßener Rumpf kopuliert mit ihrem, und die Ruhe der Szene ist bösartig vergiftet. Die Pratesi, die hinter ihren Türen kauern, verschlucken ihre Empörungsschreie, die beobachtenden Männer kauen auf den Zungen, die Hand über dem Gesicht des Mädchens schiebt die Schreie zurück in ihre Kehle ...

Alle Tränen kommen zu spät. Eine salzlose See trug ihn fort, als er ein dünnes weißes Gespenst beobachtete, wie sie mit ihren Peinigern rang. *Festhalten jetzt* ... Ihre unheimlich umrahmten Augen rollen, oder hat er sich das später eingebildet? Das Boot rudert vom Ufer fort, aber nicht schnell genug, nein, nie schnell genug. Ihr gebogener Körper zappelt wie der einer Puppe – hat er das gesehen? Das Wasser hüllte ihre schrillen Schreie in sein hütendes Schweigen. Der schwerfällige Trommelschlag seines Blutes schwemmte sie heraus, als das Gewicht des Achterwassers auf ihn stürzte. Hat sie das auch gehört? Als sie sie aufhoben, einer auf jeder Seite, als sie ihren Kopf voranschoben? Als sie sie da ertränkten, in jener Nacht, in einem Faß voller Regenwasser?

Schweigen über besudeltem Schweigen; Pratos erstickte Ruhe über der Komplizenstille jener Nacht. Bernardo zerrt ihn wimmernd von der sterbenden Frau. Er liegt zerprügelt und wach inmitten der sanft atmenden Körper. Geraschel, hin und wieder ein Husten. Noch was?

Es beginnt ruhig, wird langsam deutlicher: ein schleimiges Wimmern oder schnarchendes Schnüffelgeräusch. Die Mönche schlafen tief. Bernardo schnarcht weiter. Nur Salvestro ist wach, allein in dem Raum, in dem Gasthaus, im Borgo. In *Ro*-ma. Keiner hört es, keinen kümmert es. Kleiner flüssiger Schluckauf und halbunterdrückte Schluchzer brechen kraftlos aus und versinken rasch im teerigen Schweigen der Nacht. Es ist zu spät. Das ist es immer. Salvestro weint um seine Mutter.

Wecken, Frühstück, der Eimer, eine Messe.

«Otium, negotium», summt der Papst, eilt energisch aus der Kapelle in die dahinterliegende Sala, zwingt die Os in antiphonale Neumen, *o-oo-o*, hält inne, um aus einem Fenster nach der Loggia zu schauen, die den Hof überblickt, der tief verschattet ist, laut vom Geschrei der drängelnden Bittsteller dieses Tages. Er erwägt, ob er sich zeigen, einen Spaziergang um die Galerie machen soll.

«Heiligkeit, der Bischof von Spezia wartet schon seit drei Tagen», murmelt Ghiberti. «Danach ist eine Audienz ...»

Die Sala di Costantino ist laut vor Geschnatter, das verstummt, als er hindurchgeht; die Maler und Farbenmischer hoch auf ihren Gerüsten starren auf ihn herab, die Luft ist schwer von öligen und metallischen Dünsten. Wieder Geschnatter, als er hinausgeht und sich im Eliodoro wiederfindet. Durch die Fenster zu seiner Rechten schwingen sich die Belvedere-Gärten den Hügel hinan, zum Teil vom Palast überschattet, dann herrlich im Morgensonnenschein dahinter. Der Vatikan reißt das ganze Licht des Borgo an sich. Ghiberti hustet oder schnieft und treibt ihn wieder an. Die Kladde hat er sich vor die Brust geklemmt. Leo sieht den Bischof allein in der Sala della Segnatura stehen. *Otium, negotium …*

Ein Delphin, denkt er wenige Minuten später, wegen der Lippen. Auch das Schlingen, große Mengen Luft werden verschluckt und dann in regelmäßigen Abständen heraufgerülpst. Der delphingleiche Bischof von Spezia schielt unverwandt auf einen Punkt drei Fuß vor seiner Nase und wendet den Kopf in langsamen Vierteldrehungen von Seite zu Seite, während Leo vor ihm auf und ab schreitet. Der Monolog begann, als er eintrat.

Und setzt sich jetzt mit schlecht geprobten Höflichkeiten fort, deren jede abwechselnd mit «Wenn ich so kühn sein darf» oder «Wie soll ich das Eurer Heiligkeit sagen?» eingeleitet wird: Ausdrücke, die Leo verabscheut, und bisher drei von jeder Sorte. Er lauscht mit schwindender Aufmerksamkeit, erinnert sich an Spezia als sumpfig und uninteressant; an der See. Ein weichgekauter Nebel aus Rhetorik bewölkt seinen wolkenlosen Morgen. Umfangreiche Einheiten schwimmen gestaltlos darin herum: die Gegenstände des bischöflichen Lamentos. Gib acht, tadelt er sich. Stell eine Frage. Kümmere dich um die Kümmernisse von Spezia. Er könnte sich erkundigen, ob die türkischen Korsaren eine Gefahr darstellen, den dicklippigen Bischof in Verwirrung stürzen. Oder nach der Ergiebigkeit der Jagd fragen.

«… und was ihre Herkunft angeht, tun alle vollkommen ahnungslos; sie selbst will auch nichts darüber sagen, außer, daß sie gerettet wurde und von einem nach Spezia gebracht wurde, der in der Nacht gekommen und gegangen ist, der eines Tages zurückkommen will, um sie mitzunehmen – Ihr könnt Euch vorstellen, was das einfachere Volk daraus macht –, daß sie jetzt wartet, und daß jeder, der mit ihr warten will, das tun möge …» Der Bischof hat ein minderes Problem mit seinem Speichel und schlürft ihn von Zeit zu Zeit geräuschvoll ein, vielleicht der Emphase wegen.

Gewisse Tatsachen kehren wieder, pflichtbewußt vom Papst gesiebt. Es scheint, daß ein achtjähriges Kind vor zwei Jahren in Spezia auftauchte. Es scheint, daß sich seither ein Bethaus um sie gesammelt hat. Es scheint, daß seither Geldspenden nicht mehr der Diözese zugewendet werden, sondern dem genannten Bethaus. Die Pfründe Spezia ist nicht reich. Es scheint, daß ihr Bischof in Rom ist. Der Papst ordnet diese langweiligen Zählkugeln und ordnet sie erneut. Er lächelt den Bischof von Zeit zu Zeit milde an, ermutigt ihn fortzufahren. Es ist nützlich, für dumm gehalten zu werden.

Ghiberti, der ruhig nahe der Rückwand der Sala steht, tritt taktvoll vor, blickt seitwärts mit der eigenartigen nasewischenden Geste, die er sich seit kurzem angewöhnt hat. Ein Summen von Gesprächen dringt aus der Stanza dell' Incendio nebenan, schwillt auf und verliert sich in den hohen Räumen unter der Decke.

«Ihr Einfluß, wißt Ihr, breitet sich aus», sagt der Bischof. «Es gibt unter ihren Anhängern Frauen, die, wie soll ich das Eurer Heiligkeit sagen, die in Spezia *übel beleumundet* sind. Und es geht nicht nur um das einfache Volk. Die Diözese hängt von Gönnern ab, die unter ihren Einfluß geraten sind, darunter meine eigene Schwester, Violetta. Sie interessiert sich für diese Amalia, ich meine dieses Mädchen. Und es ist, Eure Heiligkeit wird verstehen, für mich schwierig, unmittelbar gegen die Sekte vorzugehen; meine Schwester, Ihr versteht ... Ihr gehört viel Land in Spezia, weiterer Grundbesitz außerhalb. Sie kann sehr halsstarrig sein, meine Schwester.»

Leo nickt mitfühlend. Er hat selbst Schwestern.

«Seit sie die Kirche verlassen hat, bleiben uns kaum noch zwei Münzen, die aneinander scheuern, wenn ich so sagen darf ...»

Zwei Münzen, die aneinander scheuern? Julius hat diesen schwachen und törichten Mann ernannt. Vielleicht wegen seiner Schwester. Wie immer bei Julius wird es schon einen Grund gegeben haben. Hatte zu tun mit den Genuesen im Norden, den Marmorbrüchen in Carrara oder sogar den Franzosen. Julius konnte nicht mal rülpsen, ohne an die Franzosen zu denken. Seine Berufung würde berechnet gewesen sein, sorgsam ausgewogen. Vielleicht nicht heute, nicht an diesem Morgen, aber Spezia muß einmal von Interesse gewesen sein. Nach dem Bericht des Bischofs muß es ein Ort sein, wo die Kirchen am Rand des Zusammenbruchs stehen und die Hostie in ihrem Ziborium verschimmelt. Wo die Priester hungrig sind und die Bischöfe verhungern. Der Bischof kommt zum Kern der Sache, wo Leo sich längst befindet, längst überdrüssig, diesen Bischof von Spezia zu verstehen und warum er hier ist und worum er in der nächsten Minute bitten wird und warum er diese besondere Klage angehört hat unter all den Tausenden, die er niemals hören wird.

«Und aus all diesen Gründen und anderen, die ich aus Ehrerbietung meiner Schwester gegenüber nicht ausgesprochen habe, ersuche ich Euer Heiligkeit, das Kind Amalia wegen Häresie hier in Rom zu prüfen, denn ich glaube, daß sie für die Kirche in Spezia ebenso schädlich ist, wie es Savonarola in Florenz war, der Stadt, in der Ihr geboren wurdet.» Der Bischof bringt diesen Satz in einem Atemzug vor und verstummt dann. Eine lange Pause. Ghiberti geht zur anderen Tür.

«Wenn Ihr sagt, ‹prüft dieses Kind wegen Häresie hier in Rom›, meint Ihr damit, sie solle hier in Rom geprüft werden, oder daß ihre Häresie hier in Rom begangen wurde, oder beides?» fragt der Papst.

Die Frage erreicht den Bischof langsam, treibt Ranken, die sich um ihn wickeln. Sein Kopf schwankt leicht. Das Gesicht bleibt selbstgefällig und erzählt Leo, daß sein Zorn unbemerkt geblieben ist. Aber er würde gern ein wenig mehr Zeit haben. Savonarola zu erwähnen, *ihm* gegenüber. Diesen Namen hier zu nennen, vor ihm, vor einem Medici. Die Ungeschicklichkeit dieses Menschen. Und dann die *Stadt, in der Ihr geboren wurdet* … Diese Dreistigkeit! Das darf sein Urteil nicht beeinträchtigen; er muß ruhig bleiben. «Ich nehme an, Ihr meint, sie solle hier in Rom geprüft werden?» vermutet er. Der Bischof nickt dankbar. «Laßt uns ein paar Schritte gehen», schlägt er vor und nimmt den Bischof beim Arm, führt ihn zu der Tür, die Ghiberti jetzt geöffnet hat, um die Sala hinter ihr zu zeigen, gefüllt von Gestalten in Talaren und Roben. Jähe Stille.

Die beiden Männer halten inne, stehen Arm in Arm. Leos Lächeln spendet der aufmerksamen Versammlung leeren Balsam. Eines seiner kleineren Talente ist es, Nützlichkeit im anscheinend Nutzlosen zu finden. Der Bischof an seiner Seite hat jetzt eine Funktion, obwohl er das nicht weiß. Sie betreten jetzt die Stanza dell' Incendio, Leo nickt langsam, wendet das Haupt, spendet schweigend den Segen über die Köpfe, deren Körper vor dem seinen zurückweichen. Der Bischof von Spezia lächelt breit. Ein kleiner Kreis bildet sich um sie.

«Ich hielte es für das Beste», sagt der Papst freundlich, «Euch Eurer Pfründe zu entheben.» Der Bischof hört auf zu lächeln.

Kleinere Fürsten, ihre Diener, Priester, Gefolge, höhergestellte Mitglieder seiner *famiglia*, Beamte der Camera, Bürokraten und Funktionäre der Gemeinden Roms schenken ihnen höfliche Aufmerksamkeit. Eine taktvolle Menge bildet sich um den Scharlach seiner Mozzetta, Hoffnung ausströmend. Sie sind hier, um wahrgenommen zu werden.

Um Zeugen zu sein, denkt Leo, korrigiert sich dann. Klatschbasen.

Er sagt: «Ein junges Waisenkind wird von Eurer Schwester aufgenommen, deren Wohltätigkeit sich darauf erstreckt, die Gefallenen Mädchen von Spezia zu bessern, nicht aber darauf, die Taschen ihres Bruders zu füllen. Als Antwort vernachlässigt der Bruder seine

Aufgaben, läßt seine Kirchen in den Ruin taumeln, verschwendet die spärlichen Einnahmen seiner Diözese und verwaltet ihre Ländereien schlecht; dann kommt er, da er den Becher halbleer statt halbvoll findet, nach Rom und ersucht den Papst, daß er das Waisenmädchen auf dem Campo dei Fiori verbrennen lasse. Nun sagt mir, was ich davon halten soll?»

Heute abend werden zahlreiche gezüchtigte Bischöfe nach Spezia zurückgeschickt werden: auf dem Rücken eines Maultiers; verarmt; niedergeworfen und mit der Zunge gepeitscht, bis sie wundersam bluten; andere in Ketten geworfen und zum Verhör in die Engelsburg geschleppt. Eine Wolke kleiner Waisen wird sie erwarten und eine ganze Galerie älterer Schwestern. In den Kneipen Roms werden Humpen auf ihn erhoben werden. Witze gerissen. Er schaut sich um wie hilflos, als habe er kein Vergnügen an dieser Vorführung. Betroffene Gesichter blicken zurück. Der Bischof hat erneut zu schlukken begonnen, sagt aber nichts, was klug ist. «Ich weiß kaum, was ich denken soll», sagt der Papst.

Eine Minute später eilt Ghiberti an seiner Seite dahin, zurück durch die Segnatura. Er bleibt plötzlich in der Sala d'Eliodoro stehen.

«Wie hoch sind die Einkünfte von Spezia?» fragt Leo.

«Klein. Etwa vierhundert Dukaten. Er hat auch noch Pontano, was weitere drei erbringt.»

«Laßt ihn wissen, daß es mir gefällt, ihn letzteres dem Hospiz seiner Schwester überschreiben zu lassen.»

«Den Besitz oder den Betrag?» fragt Ghiberti.

«Den Betrag! Ich bin nicht bereit, Kirchenbesitz einem Haus voll pensionierter Huren zuzuweisen. Und erwähnt einen Legaten, der überprüfen wird, ob er gehorcht. Seine Schwester und dieses barfüßige Himmelskind mögen auf einen Fremden aus Rom warten, neben ihrem ‹Fremden von der See›. Warum nicht?» Ghiberti macht eine Eintragung in seine Kladde. «Und jetzt? Wen muß ich noch sehen?»

«Die üblichen Bittsteller. Wenigstens vier oder fünf von ihnen ...» Ghiberti beginnt, aus der Kladde vorzulesen, «Marten aus Bisenzio, Iacopo aus Trastevere, Joanna aus Citatorio, einen Johannes Tiburtinus, Giancarlo aus Pontormo, Giancarlo aus Volterra ...»

Die Namen beruhigen ihn, während er aus dem offenen Fenster über die Gärten unten blickt. Der Vorhang aus Schatten hat sich enger um den Palast gezogen, nur noch ein Streifen. Weit vom Westen kommt ein schwaches Krachen. Hanno zerstört wieder Bäume. Der

Garten ist dort wilder, von hier aus nicht zu sehen. Er denkt an die grotesken Mätzchen von gestern, Vichs theatralischen Zorn, Farias marmorne Ruhe. Sie halten ihn nicht zum Narren, keiner von ihnen. Er wendet sich ab.

«Matthäus aus Roos, Philibert aus Savoyen, drei Frauen – ungenannt –, Robert Marck – Edelmann –, Paolo aus Viterbo, Bruder Jörg aus Ussetom, Aldo aus Pisa, Antonio aus Parione, Salvatore aus Parione – die gehören, glaube ich, zusammen –, Philipp aus Savoyen, der Prior von Minervino ...»

«Der nicht», unterbricht Leo scharf. «Ich habe ihn enthoben und verweigere die Berufung. Er weiß, warum. Fahrt fort.»

«Pater Pierro aus Gravina, Cosmas aus Melfi, Bartolomeo aus San Bartolomeo in Galdo, Rodolfo aus Fiefencastel, Maximilian aus Chur, Signora Jadranka aus Sebenico, Jakob aus Ragusa, Adolphus aus Freiburg ... Oh, Gott zum Gruß, Kardinal Bibbiena.»

Ein bärengleicher Mann mit grüner Kappe und rotem Umhang schreitet energisch – wiewohl rückwärts – durch die Sala di Costantino. «Guten Tag, Gian Matteo Ghiberti!» erwidert er, den Kopf nach oben zu den grünen und gelben Flecken an der Decke gewandt. Er dreht eine Halbpirouette, als er hereinkommt, lächelt Leo an, der ihn umarmt. «Heiligkeit.» Er tritt zurück, um eine vollendete Verbeugung zu zelebrieren. «Optimus et Maximus.» Es folgen zwei weitere Verneigungen, eine prunkvoller als die andere. Leo lächelt.

«Dovizio ist unten; ich habe ihn gesehen, als ich ...»

«Dovizio! Warum ist er denn nicht hier?» ruft Leo. Die Wolken verziehen sich.

«Er hat keine Einladung», antwortet Bibbiena.

«Die habt Ihr auch nicht!»

«Entlaßt die Wachen!» ruft Bibbiena. «Und dann befördert sie! Dovizio und ich haben eben geredet, Witze über Euch gerissen, hinter Eurem Rücken. Das ist viel interessanter, als mit Euch persönlich zu sprechen.»

«Warum? Bin ich langweilig geworden?» An diesem Tag kommt Bibbiena gerade recht.

«Sterbenslangweilig. Aber Ihr seid der Papst und dürft so langweilig sein, wie Ihr wollt. Ich habe Leno gesehen, als ich hereinkam, in einem Zustand überaus öliger Erregung. Er hat für Euch Neuigkeiten von der Colonna-Messe.» Leos gute Laune verfliegt bei der Erwähnung von Leno. «Nur munter», mahnt Bibbiena, «es könnte etwas viel Schlimmeres sein. Zum Beispiel sein Herr.»

«Na, na!» protestiert Leo. «Kardinal Armellini ist mein getreuer und zuvorkommender Diener.»

«Das stimmt; und ein erpresserischer Heuchler ...»

«Ihr dürft nicht solch eine Sprache verwenden!» Leo lacht.

«Auch das stimmt. Als ich ihn das letzte Mal so genannt habe, hat eine Horde wahrhaft erpresserischer Heuchler meinen Palazzo belagert und wegen der Verleumdung meinen Kopf gefordert. Zwar reicht eine Horde von vier Männern mit einem Hund aus, den derzeitigen Palazzo Bibbiena mehr oder minder zu füllen, aber trotzdem ... Mir zittern noch immer die Hände, wenn ich daran denke. Seht.» Leo nimmt die dargebotene Hand. «Kommt», sagt Bibbiena.

«Die Bittsteller?» fragt Ghiberti.

Otium, negotium ...

«Sehr unruhig, als ich kam», sagt Bibbiena. «Sie verlangen nach ihrem Papst.»

«Erledigt das für mich, Gian Matteo», bittet Leo seinen Sekretär. «Nehmt vier oder fünf von denen. Hört sie an und ... tut, was Ihr für richtig haltet. In meinem Namen.» Ghiberto nickt gleichmütig. «Und gebt meinem Bruder meinen Segen, wenn Ihr ihn seht.» Er wendet sich schon ab, geht durch die Sala di Costantino zurück, mit Bibbiena am Arm. Bibbiena sagt: «Es läuft gerade eine schreckliche Verleumdung durch die Flure Eures Palastes, und die stammt nicht von mir. Ich habe sie beim Kommen gehört. Nun sagt mir, ist es wirklich wahr, daß Ihr den Bischof von Spezia gezwungen habt, heute früh eine Kröte zu schlucken ...?» Ghiberti hört das helle Lachen des Papstes auf- und abschwellen, bis die beiden Männer entschwinden und das Geräusch von einem anderen ersetzt wird. Ein Murmeln oder Flüstern, ein grollendes Sirren. Dieses Geräusch bricht nicht ab, das Geräusch von gedämpften Stimmen hinter Türen, von besorgter Erwartung in anderen Räumen, an anderen Orten. Ghiberti schließt die Kladde.

Einen Korridor tiefer hört es auch Leno. Er ignoriert es – sehr vernünftig, denn es sagt ihm nichts, kann nicht verkauft werden, ist wertlos. Roh behauener Marmor kostet dreiundzwanzig Giulii den Klafter. Das ist ein Faktum. Er beschäftigt zweihundertfünf Männer und Frauen: noch ein Faktum. Hundertzweiunddreißig davon in Werkstätten, die ihm unmittelbar gehören, hinter der Via delle Botteghe Oscure. Hundertvier davon Juden. Faktum, Faktum. Er wartet im Vorzimmer der Sala Regia auf den Papst. Ein Faktum? Was, wenn Seine Heiligkeit nicht kommt ...? Ein abstraktes Faktum. Nutzlos.

Weiter: Auf den Scudo gehen hundert Giulii, und zwanzig Soldi auf eine genuesische Lira, von denen wieder fünfzehn auf ein englisches Pfund. Der Gulden und die venezianische Zechine stehen bei eins zu eins. Vier Soldi gehen auf einen Cavalotto, sechs Quatrini auf einen Soldo, ein Soldo auf zwei genuesische Denare, vier auf einen Baiocco, von diesen zehn auf den Giulio oder Paolino oder Carlino, von denen man heute allerdings nicht mehr viele sieht. Kein vernünftiger Mensch akzeptiert Daler, und das gilt auch für Stüver, Batzen und Kopfstücke. All dies ist höchst unterhaltsam. Hundertvierzehn Mailänder Soldi wiegen eine einzige Silberkrone auf, die drei genuesischen Lire plus zwölf bis zwanzig römischen Soldi entspricht, je nach Kurs. Vier Bagatini ergeben einen Quatrino. Faktum, Faktum, Faktum.

Ein Rätsel: Wenn ein venezianischer Dukaten etwas weniger als zweieinhalb Tournai-Livres entspricht und ein Klafter rohbehauenen Marmors zu fünfeinviertel Livres verkauft wird, wie viele Klafter würden dann seine größte Börse – Kapazität: ein Foglietto, übliches Gewicht: eine Libbra – mit venezianischen Dukaten füllen? Antwort: nicht einmal sämtliche Marmorbrüche der Christenheit. Haha. Die Dukaten der Republik sind Verrechnungseinheiten, Zahlen in einem Kontobuch, ein Händedruck, und wir erledigen das nächstes Jahr in Besançon. Nun mach schon, denkt er und rutscht unruhig auf der Bank.

Bisweilen stecken Angehörige von Leos *famiglia* den Kopf durch die Tür, starren ihn an, verschwinden. Ein Beamter, den er aus der Camera kennt, nickt ihm zu. Ein paar junge Männer spielen miteinander Froschhüpfen im Korridor und laufen dann fort. Es ist warm hier beim Warten im Vorzimmer. Er schwitzt. Bibbiena wird ihn doch nicht vergessen haben, oder? Etwa absichtlich vergessen? Es wäre nicht das erste Mal; ein bißchen Lachen auf Kosten von Signor Giuliano Leno, soll der doch den Rest des Tages warten. Ein Giulio pro Gelächter, auf wieviel würde sich das in einem Jahr belaufen? Voriges Jahr hat jemand die Anzahl von Schmähschriften nach Art Pasquinos errechnet, für jeden Verspotteten einzeln, und das Ergebnis mit Kreide auf die Brust der Pasquino-Statue geschrieben. Unter den meistverhöhnten Bewohnern Roms kam Giuliano Leno auf den zweiten Rang.

Dann erreicht ihn gedämpftes Geschrei, das vom San-Damaso-Hof her durch den Korridor wogt. Der Lärm nimmt zu, wird teilweise zu Ächzen, eine seltsame Mischung aus Beifall und Enttäuschung. Beginnt nachzulassen. Der Lärm der Bittsteller, denkt Leno. Bittsteller, das bedeutet Papst, das bedeutet längeres Warten und – zwei Lire pro Giustino – die wachsende Überzeugung, daß Bibbiena beschlossen hat, das Hohn-Konto um einen Giulio oder zwei aufzustocken. Oder einen Soldo, einen ganzen Scudo ... Und dann, wie zur Bestätigung seiner Befürchtungen, umbrandet ihn der Lärm von Gelächter. Und dann, wie zur Beschwichtigung, erscheint der Papst, flankiert von Bibbiena und Dovizio, am anderen Ende des Korridors.

Die drei bleiben stehen. Mehr Gelächter, einige Umarmungen. Bibbienas grüner Prachthut schaukelt auf und nieder. Leno erhebt sich, damit man ihn sieht, und ordnet seine Gedanken: Vich und Serra, das ist gut, wenn sein Gewährsmann auch nichts von ihrem Gespräch mitbekommen hat. Die Mönche ebenfalls, das wird Seine Heiligkeit erheitern, und während er noch kichert, frag ihn wegen der Rechnung. Die Camera hat seine Bezahlung schon wieder aufgeschoben, er kann nur noch mit einer Notmannschaft arbeiten. Dovizio nimmt den Arm des großen Mannes, der ihn da stehen sieht und die Hand hebt, ehe er weggeführt wird. Leno winkt schnell zurück. Der Papst sammelt sich, kommt dann eilig zu ihm, hält kaum an, um seinen Arm zu nehmen, und zieht ihn mit sich, weiter.

«Neuigkeiten, Leno?» fragt er munter, schiebt ihn voran, läßt ihn los, als sie zu einer engen Wendeltreppe kommen, deren Holzstufen nach der Hälfte des Abstiegs Steinstufen werden, dann auf einen breiten Korridor mit hoher Decke führen, der wie ein Echo des darüberliegenden Gangs ist. Vergitterte Luftschlitze hoch in einer Seitenwand lassen lebhafte Lichtstrahlen einfallen. Aus mit Sackleinen verhängten, bogenförmigen Öffnungen im Ziegelwerk auf der anderen Seite ergießen sich das Scheppern von Töpfen und Pfannen, Kochdünste und Küchenjungen mit Schürzen, die durch die Türen ein und aus flitzen und von drinnen angeschrien werden. Männer balancieren Tabletts auf dem Kopf, stolpern herum und versuchen, nicht mit anderen zusammenzustoßen, die Feuerholz, Fischfässer, riesige dampfende Terrinen tragen. Eine Karrenladung Kalbsköpfe wird vorübergeschoben. Eine zweite Schubkarre ist voller Aale. Hier unten ist es noch heißer, sagt sich Leno, während er dem Papst übermittelt, was ihm am vorigen Abend, irgendwann nach Mitternacht, übermittelt wurde, und wischt verstohlen den Schweiß, der ihm klebrig aus den Achselhöhlen rinnt.

«Vich und Serra?» fragt Leo einmal, schweigt ansonsten und begnügt sich damit, den Strudel der Sauciers und Hilfsköche zu beobachten, die blutbesudelten Metzgerjungen und Aufträger, ihr Ausweichen, die Beinahezusammenstöße, das Gehüpf über die Rinne voll stinkenden Wassers mitten im Korridor. Hin und wieder lupfen wabernde Dampf- und Rauchwolken die schmierigen Säcke. Dahinter sehen die beiden dann Feuer und große, rotgesichtige Männer, die mit Schlachterbeilen hantieren.

«Sprecht weiter», sagt der Papst. Leno berichtet vom Fehlschlag. Seine Heiligkeit käut die schmackhafteren Stückchen wieder, in gutgelaunter Zerstreutheit: «Mönche? Deutsche Mönche?» und dann: «Die zitieren Gratianus? Armer Serra ...» Die Erwähnung von Signora Vitelli bewirkt bei Leo eine strenge Miene und einen lateinischen Kommentar über nach hinten blickende Reiter, Parther oder derlei; Leno versteht es nicht. «Nun ja, Colonna war schon lange vor Ravenna verrückt», sagt der Papst einige Minuten später. «Jetzt wahrscheinlich noch mehr.»

«O ja», stimmt Leno froh zu, erinnert sich dann aber an seines Mannes Bericht, der gegen Schluß immer verwickelter wurde – hatte er wirklich wie versprochen bis zum Ende des Abends ausgehalten? – und schwierig zu entwirren. Dumpfes Krachen übertönt von Küchenlärm, gefolgt von qualvollen Flüchen. «Oder eigentlich nein», verbessert er sich. «Es stellte sich heraus, daß zwei von den Männern der Mönche bei Ravenna mitgekämpft hatten. Er war so erfreut, daß er sie freigelassen hat.»

«Die Mönche?»

«Nein, deren Männer. Vichs Hauptmann hat sich für sie verbürgt.» Der Papst betrachtet mit milder Miene den Sackvorhang über der nächsten Tür. Das Gebrüll dahinter hat eine neue Qualität erreicht. Er wendet sich Leno zu, während dieser fortfährt. «Euer Name wurde genannt. Sie behaupten, sie hätten auch für Euch gekämpft ...»

Noch mehr Gebrüll. Eine Krise in der Küche? Leno hält inne.

«Weiter», sagt der Papst.

Ein Aal erscheint. Der Kopf lugt unter dem Sackleinen hervor, zuckt hin und her, schnüffelt nach Wasser. Der Aal lenkt Leno ab, und die amüsante Geschichte, die er hatte erzählen wollen, wird wirr und undurchsichtig. Er kann sich nicht auf den Namen des Hauptmanns besinnen. Der Aal schnellt sich zur Rinne, glitscht hinein und beginnt zu schwimmen. Zwei weitere Aale erscheinen, dann noch einmal drei. Und war ihr einstiger Hauptmann erfreut gewesen oder unwirsch, sie zu sehen? Das eine oder das andere, und er hatte sie irgendwas genannt … Plötzlich ist alles in sich verknäuelt, lahm, und der Papst scheint nicht erheitert.

«Es waren Diegos Leute», sagt Leo brüsk. «Sie unterstanden seinem Befehl.»

Das war der Name – Diego –, aufgetaucht aus dem gewichtigen Nachsinnen, das den Papst gebannt zu haben scheint und ihn nun fortträgt. Leno kann nicht Schritt halten. Abgerissene Spüljungen springen auf den Korridor, mit Besen und kurzen Rechen bewaffnet, um die vordringende Aalflut zurückzudrängen – inzwischen einige Dutzend. Warum krümmt sich Seine Heiligkeit dabei nicht vor Lachen? Kalt beobachtet er, wie Aale sich um Knöchel ringeln, in den Rinnstein glitschen, beim Schwanz gepackt und in Töpfe und Eimer geworfen werden. Leo lächelt nicht angesichts der Streiche und Schliche der Aale. Einer versucht sich eben an der Treppe. Ein privater Frachter auf einer privaten Gedankenströmung. Leno schlingert im Kielwasser.

«Wenn Eure Heiligkeit gern mehr über diese beiden wüßte, oder über die Mönche …»

Das bringt ihn wieder zu sich. «Verschwendet keinen Gedanken mehr daran, mein lieber Giuliano. Es war lediglich die Erwähnung von Vichs Kreatur, sonst nichts.» Ein Ausdruck weltüberdrüssigen Bedauerns schürft Furchen in des Papstes Miene. «Prato schmerzt mich noch immer, selbst jetzt noch …» Vorübergehend wirkt er edel in seiner Melancholie.

Leno nickt mitfühlend und heuchelt Begreifen: Prato bedeutet Wollmarkt, Färben und Weben, eine Handelsmesse im Herbst, nach Florenz verlegt (ohne Erfolg) während der Besetzung vor ein paar Jahren – drei? Ihm ist keine Zeit vergönnt, um über diese verschiedenen Möglichkeiten nachzudenken. Aalpein ist zu Aalzorn geworden: Beißen und Herumschlittern haben frühere Fluchtgedanken ersetzt. Die schleimbespritzten Spüljungen mit blutigen Fingern balgen sich wacker um die Schwänze, und endlich nimmt der Papst das Überschwappen des heißen Küchenchaos zur Kenntnis, das sie nun ringsum bedrängt.

«Diese Aale!» ruft er. «Sollen wir den Jungen zur Hand gehen, Giuliano? Oder wollen wir uns auf die Seite der Aale schlagen?» Leno lacht mit ihm, unsicher, wie oder ob er antworten soll. Der Papst wendet sich zur Treppe.

Sie reden vom gnadenlosen Dünsten, das Rom bald von der strafenden römischen Sonne zuteil werden wird, von der Verschlimmerung des Rattenproblems, von Leos ersehnter Sommerfrische (noch Monate entfernt) und den im Bau befindlichen Ställen für La Magliana, einem kastenförmigen Mausoleum für Pferde und ihre Pfleger. Aber der günstige Zeitpunkt, um die Rechnung für die Ausgrabungen bei Sankt Peter zu erwähnen, scheint sich unausgesetzt zu verschieben, unangebracht, wenn der Papst so geistreich über die plumpen Gesandten vom Vortag spricht und ihr Stelldichein mit seinem Elefanten, unratsam, solange der Papst freundlich seinen Zinnenschmuck auf dem Torre degli Anguillara preist, unnennbar bei den milden Klagen über die Neuverfugung der Loggia des Belvedere, und unbezahlt bei der Verabschiedung.

Dreizehnhundert Gold-Scudi. Aber seit dem Amtsantritt des Papstes wurde ihm schon siebenmal das Kompliment einer Privataudienz erwiesen: in der Sakristei der Kapelle Nikolaus des Fünften; im Raum neben der Gesindekammer, wo man die Servierplatten aufbewahrt; in einem halbverfallenen Pavillon in den Gärten westlich des Palastes; sehr knapp am Hintertor von Leos Palazzo in Ponte, wo er angewiesen wurde, am nächsten Tag wiederzukommen, dort also zweimal; einmal vor dem Verschlag, in dem Seine Heiligkeit währenddessen die Gedärme erleichterte. Sie hatten sich durch die Tür unterhalten. Heute, natürlich, in einem Korridor bei den Küchen. Allesamt hoch in Ehren zu haltende Momente. Leo entfernt sich, winkend. Leno wendet sich zur Tür.

Die unglücklichen Bittsteller kommen langsam durch den Bogen des Torgangs vom San-Damaso-Hof her, eine trübsinnige Herde, deren Niedergeschlagenheit ihn umfängt, während er auf sein Pferd wartet. Er fühlt sich unverletzlich, gesalbt unter Ungesalbten. Dreizehnhundert ist nicht so viel. Er steigt auf und reitet durch die Menge, vorbei an den Stufen zur alten Basilika, durch die an ihrer Südseite verlaufende Straße. Der Schatten des Obelisken fällt auf die Trümmer von Santa Petronilla, immer noch aufgehäuft am daneben geduckt wirkenden Turm von Santa Maria della Febbre. Ein paar Karren stehen aufgereiht an der Mauer, neben ihnen sitzen müßige Männer. Der von Rädern zerfurchte Boden läßt das Pferd stolpern. Er hält an und blickt auf.

Aus dem Boden, vernarbt durch Gräben und Gruben, ragt eine riesige Ruine über ihm auf. Vier grobschlächtige Steinpfeiler lassen die umstehenden Häuser, Kapellen und Schänken zu streunenden Hütten und Schuppen schrumpfen, Späne und Splitter, die diese riesigen Steinblöcke bei ihrem Ausbruch aus dem Boden abgestreift haben.

Ihr unförmiges Gewicht wuchtet sich himmelwärts, gewinnt an Höhe und wird dort zu Glockentürmen einer Titanenrasse, gewaltig und unmöglich, und dann …

Und dann nichts. Eine heikle Wölbung verbindet zwei von ihnen. Darunter bahnen sich insektengroße Gestalten ihren Weg durch Haufen von ungenutztem Gestein und Holz, um zerfallene Stücke von Steinmetzwerk zu begutachten. Ein paar Klosterbrüder lachen miteinander, jenseits der Anlage; zwei wählerische Maultiere sind vor einer seichten Pfütze stehengeblieben; einige Kinder werfen Steine nach dem nächsten Pfeiler. Leno blickt über die Schulter zurück. Türme weißen Rauchs blähen sich auf, steigen in den Himmel, eine Meile oder zwei weiter östlich, als wollten sie die Behemothsäulen verhöhnen. Die Kalköfen arbeiten hektisch. Als er sich umblickt, sieht er, daß einer seiner Arbeiter über den aufgebrochenen Boden auf ihn deutet. Bei ihm steht einer der Klosterbrüder; er späht herüber, eine Hand gegen die Sonne gehoben. Er beginnt wieder mit seinem seligen Rosenkranz: hundert Giulii auf den Scudo, und zwanzig Soldi auf eine genuesische Lira, fünfzehn davon auf ein englisches Pfund. Tuch und Stein, denkt er; dabei wendet er sein Pferd. Rom wirft fünfzehnmal am Tag sein Unterkleid ab, aber der Körper darunter ist gezerrt und schorfig. Die alte Sau mustert ihren Wurf und sieht Greisengesichter. Peters Dom ist kaum entworfen und bereits Ruine. Vier Soldi auf einen Cavalotto, sechs Quatrini auf einen Soldo, ein Soldo auf zwei genuesische Denare, vier auf einen Baiocco …

«Seid Ihr Leno?»

Er blickt nach unten, aufgeschreckt. Ein rauhes Gesicht blickt ungerührt zurück.

«Ich sagte, seid Ihr Leno?» wiederholt der Bursche. «Wenn Ihr es nämlich seid, habe ich Euch einen Vorschlag zu machen.»

Vorschlag? Der Grobian hat das Pferd bei der Kandare gepackt. Welche Anmaßung! Aber ein Vorschlag. Vorschläge kosten zunächst nichts. Vorschläge haben ihm in der Vergangenheit viel eingetragen. Der Grobian wartet. Leno schaut genauer hin und sieht, daß die um den Körper des Mannes geschlungenen Lumpen in Wirklichkeit eine Kutte sind. Ein Vorschlag von einem Mönch?

«Was?» sagt er.

Das eigene Gesicht starrte zu ihm auf, wabernd; die knochigen Kanten wirkten im kühlen Frühlicht noch strenger. Er tauchte die Hände durch die Wangen und schöpfte eisiges Wasser, klatschte es sich gegen die Stirn, spürte es über Augen und Mund hinabrieseln zum Hals, wo er es abwischte. Ein paar Strohhalme trieben im Eimer. Das Wasser war schwarz und nun auch unruhig; es schwappte gegen die Eimerwände.

Er leitete sie beim stummen Gebet vor dem Aufbruch; allerdings drangen die Rufe und das Getrampel der übrigen Bewohner des *Pilgerstabs* in ihre Andacht, und die Stille, die er suchte, entzog sich ihm. Ihre Kammer lag am Gang, der zu einem winzigen Innenhof führte, wo die Sonne ein kleines Viereck aus Licht war, hoch oben, gerahmt von den blanken Mauern des Gasthauses. Hier drängten sich jeden Morgen Männer und Frauen am Brunnen, um ihre Eimer zu füllen, ehe sie durch den Gang zu ihren Unterkünften in anderen Teilen des Gasthauses zurücktrampelten. Die Schritte wirkten so laut, fast betäubend. Jörg öffnete die Augen und sah im Kerzenlicht die anderen Mönche knien, jeder neben seinem Strohlager, die Hände unterm Kinn gefaltet. Betet mit mir, dachte er. Nicht gegen mich.

Aber er fühlte sich inwendig leicht, als er sich an sie wandte. Die Schrecken und Mühsale der Reise lagen hinter ihnen. Auch für die anderen war dies der Moment wohliger Erleichterung. Von Unwissen belagert, hatten sie sich den Ausweg erkämpft, um die Sicherheit der Zitadelle ihres Kommandeurs zu erreichen. Seine Großmut war ihre Erlösung. Dies sagte er ihnen. Ihre Kutten waren wie graue Steine, Monumente ihrer selbst. Er spürte, wie sich ihre Aufmerksamkeit bündelte und auf ihn richtete.

Stunden zuvor, als er erwachte und die erste Kerze anzündete, hatte er den Riesen gesehen, der auf seiner Matratze lag und an irgend etwas kaute. Ein Kohlstrunk? Salvestro hatte geschlafen, sich aber herumgeworfen wie in den Klauen eines Alptraums. Die Prellung in seinem Gesicht war eine vage Masse blauer und tiefroter Töne. Für wessen Sünden? fragte sich Pater Jörg. Die beiden waren gegangen, ehe die anderen Mönche erwachten; nur Wolf hatte sich geregt, oder war es Wilf, und sie besorgt gefragt, wohin sie denn wollten. Sie hatten dem Novizen versichert, sie würden zurückkommen, aber weshalb sollte das die Wahrheit sein?

Die Frage kehrte ungebeten wieder, als die Mönche ihre stillen Gebete beendeten. Auf der Reise hatten die beiden Männer abseits der Brüder gelagert, waren meistens vorausgegangen. Nichts war zwischen ihnen und Gerhardt geschehen, anders als er dies befürchtet hatte. Sie hatten ihre Pflichten erfüllt. Warum sollten sie bleiben?

Dann hörte er Hans-Jürgen die übrigen antreiben; wie kleine Windstöße trafen ihn Ausläufer von Unruhe und Aktivität und drängelten sich in seine Gedanken. Sein Herz begann zu singen. So viele Tage hatten vor diesem vergehen müssen, Tage wie Treibsand und brückenlose Schluchten, wie Sog und Schneestürme; Tage, durch die man sich hindurchplagen, die man niederbrechen mußte, deren Scherben verstreut hinter ihnen zurückblieben. Tage wie Eis. Wenn er die Augen schloß, konnte er sich an den ersten erinnern, an den Klang der berstenden Ziegel auf dem Boden der Kirche, der sich aufbäumte, dessen Fliesen wie Staubkrusten brachen. Dies war der Tag, der alle Tage bergen, der sie sammeln und aufreihen würde, der aus ihnen eine Brücke oder Straße zu diesem Ort, Rom, machte. Und zum Herrn von Rom, denn heute würden sie als Bittsteller vor Seine Heiligkeit treten.

«Nein», sagte der erste der *bancherotti*. «Da kann ich euch nicht helfen.» Er war schmächtig und hatte einen sauber gestutzten roten Bart, dessen Spitze hin und her wackelte, als er den Kopf schüttelte. «Ist aber ein schönes Stück.»

Der nächste wog es mit einer Hand, hielt es ins Sonnenlicht, kommentierte beifällig die Silberqualität, sagte dann aber: «Mit so etwas befasse ich mich eigentlich nicht» und wies sie weiter die Piazza hinab.

Das Morgenpilgern setzte nun ernsthaft ein: Der Strom aus Menschen, Pferden, Eseln, Karren über die Ponte Sant'Angelo füllte bereits Borgo Vecchio und die Via Alessandrina, mündete in die Piazza, wo die Strömung trüb und erratisch wurde; kleine Strudel bildeten sich um die Hökerer mit Essen, Wasser, Stroh, schlechtem Wein, Kopien von Veronikas Schweißtuch und Gipsköpfen des heiligen Johannes. Dort teilte sich der Fluß, schob einen Arm zu den Ständen der *bancherotti* an der Seite gleich neben der Via dell' Elefante. Pilger, die es dorthin trug, ließen ihre Münzbeutel auf die langen Tische plumpsen, fragten nach dem Tageswert von Silbergroschen, Stüver, Gulden oder Lübecker Schillingen, und dann schrien sie «Halsabschneider!», feilschten, fluchten und behaupteten, erst vor zwei Minuten sei ihnen das Doppelte des eben Genannten geboten worden; worauf der *bancherotto* – er war im Morgengrauen durch das Glockenspiel von Santo Spirito zum täglichen Treffen triefäugiger Geldwechsler im unteren Raum der Schänke *Zum Füllhorn* gerufen worden, hatte dort seine noch schlafbenebelten Konkurrenten begrüßt, mit ihnen dann die Tageskurse für mehr als zwanzig verschiedene Währungen festgesetzt und empfand ein paar Stunden später, daß alles zu einer derart gottlosen Zeit Vereinbarte unbedingt einzuhalten war, und sei es nur, um derart frühes Aufstehen zu rechtfertigen – dem Pilger empfahl, den Wechselkurs entweder anzunehmen oder zu verschwinden, und dann knurrte, ächzte, flehte der Pilger, um schließlich doch zu akzeptieren und mit einem von römischen Soldi und Gold-Scudi geschwellten Beutel weiterzugehen. Auf der Piazza liefen die Geschäfte wie gewöhnlich.

Aber Bernardos und Salvestros Geschäft war kein gewöhnliches, oder nicht gewöhnlich genug. Sie schlenderten von einer Bank zur nächsten, ernteten argwöhnische Blicke auf die spektakulären blauroten Prellungen, die eine Seite von Salvestros Gesicht zierten, und Kommentare wie «Interessant» oder «Sehr feine Arbeit» oder «So was hab ich noch nie gesehen» von einer ganzen Reihe von Männern, die die schwere Scheide auf ihren Waagschalen wogen, mit den Fingernägeln an der öligen Patina kratzten oder den Gegenstand ins Sonnenlicht hielten und dann fortfuhren: «Aber ich fürchte ...» oder «Leider ...» oder, meistens, «Nein».

«Es gibt drei Dinge, die ich nicht mal mit dem anderen Ende einer Stange berühren würde», sagte ihnen der letzte unverblümt. «Das eine sind schwedische Daler, und das andere ist Rohmetall.» Bernardo wandte sich bereits zum Gehen.

«Also, wo *können* wir es denn verkaufen?» stieß Salvestro wütend aus.

«So was? Ich würd es platthämmern und in Ripetta verkaufen, wenn ich du wäre, und bis dahin würd ich es verborgen halten.»

Salvestro verdaute das. «Wir haben es nicht gestohlen», sagte er.

«Und einen Hammer haben wir auch nicht», setzte Bernardo hinzu.

Der Mann musterte sie gelassen. «Es gehört euch, rechtmäßig, sagt ihr?» Sie nickten. «Tja, wenn das so ist, versucht es mal bei Lucullo.» Er deutete die Via dell' Elefante hinunter, nicht weit weg, wo ein großer Haufe sich um einige Bänke drängte, hinter denen drei oder vier junge Männer herumhüpften und mit verblüffender Geschwindigkeit Münzen wogen und zählten.

«Was ist das dritte, was du nicht anfassen würdest?» fragte Salvestro, als zwei Männer näher kamen, die einen großen schweren Sack trugen.

«Die Franzosen», sagte der Mann und wandte sich den neuen Kunden zu.

Empörte Schreie und Behauptungen, erst vor wenigen Minuten einen zweimal so guten Kurs angeboten bekommen zu haben, verfolgten sie die Straße hinab.

Im Gegensatz zu den übrigen Kunden auf der Piazza schienen die Leute um Lucullos Stand ruhig und gutgelaunt, sogar jovial; hier gingen die Börsen alle paar Sekunden von Hand zu Hand statt alle paar Minuten, es gab kein Feilschen, und einer, der ob des angebotenen Kurses den Empörten spielte, wurde von seinen Nachbarn sogleich durch finstere Blicke zum Schweigen gebracht, als sei sein Verhalten das Äußerste an schlechtem Betragen. Milde und Wohlwollen schwallten zwischen den Bänken hin und her. Pilger vertrieben sich die Wartezeit, indem sie Flohbisse verglichen und Strümpfe hinunterrollten, um einander die Knie zu zeigen, verschorft vom Kriechen auf der Heiligen Treppe zum Lateran. Salvestro fuchtelte mit der Scheide, bis einer der jungen Männer, der einen anderen Kunden zu dessen Befriedigung bedient hatte, sich ihm zuwandte.

«Wir suchen Lucullo», verkündete Salvestro. «Bist du das?»

Der junge Mann schüttelte den Kopf. «Ich bin Lucillo, sein Sohn. Sind wir alle.» Er wies auf die anderen. «Seine Söhne, meine ich. Ungewöhnliches Stück.» Er nahm die Scheide. «Ich fürchte, wir können keinen Preis für Rohmetall bieten, bis Vater wieder hier ist. Irgendwann am späten Nachmittag. Könnt ihr so lange warten?»

«Wir haben sonst nichts», gestand Salvestro. «Was machen wir bis dahin?»

«Und was sollen wir essen?» setzte Bernardo hinzu.

«Tja, ihr könnt ihn im *Gebrochenen Sporn* suchen, und wenn nicht da, dann im *Schlauen Bataver*, oder vielleicht im *Goldenen Schauer*.» Er überlegte einen Moment, rief dann seinen Brüdern zu: «Wo könnte er sonst noch sein?»

«Heut' ist Dienstag. Er ist sicher bei Rodolfo!» rief einer zurück.

«Natürlich. Da wird er sein, meine Herren. Das ist die Taverne *Das Zerbrochene Rad* in Ripa, nicht weit hinter Santa Caterina. Kann ich sonst noch etwas für euch tun?»

Salvestro betrachtete die lächelnden Gesichter der Leute, die sich rechts und links von ihm um die Bänke drängten. «Ihr müßt hier sehr gute Kurse bieten», sagte er.

«Also, wenn wir den Durchschnitt unserer Kurse nehmen, dann ist der Kurs hier eigentlich ein bißchen schlechter als sonst überall», sagte Lucillo. «Aber wir bieten Kurse für einige Billigwährungen an, die sonst in Rom nicht zu tauschen sind, und diese unüblichen Kurse ziehen den Mittelwert nach unten.»

«Schwedische Daler, zum Beispiel?»

«Ein gutes Beispiel», erwiderte Lucillo feierlich. «Wir tauschen sogar Kupferdaler, aber nur auf Rohmetallbasis. Der derzeitige Kurs ist viertausendzweihundertachtundfünfzig Daler, also etwas mehr als ein Eimer voll, für einen Soldo. Daler-Kunden raten wir dringend, ihre Daler dort auszugeben, wo sie als Münzen akzeptiert werden, zum Beispiel im äußersten Norden des Königreichs Schweden.»

«Und wie ist es mit den Franzosen?» fuhr Salvestro fort. Neben ihm, auf beiden Seiten, schüttelten Kunden darüber die Köpfe, aber Lucillo bewahrte Haltung, abgesehen von einem flüchtigen Ausdruck der Verstörtheit.

«Die Firma Lucullo und Söhne verfolgt eine aktive Geschäftspolitik, die aufgrund von Ereignissen, sobald diese sich zutragen, überprüft und nach unserem Gutdünken umgesetzt wird, hinsichtlich von Ad-hoc-Transaktionen, die uns von individuellen Livre-Kunden angetragen werden. Zu gewissen Zeiten haben wir Transaktionen in französischen Livres durchgeführt, und zu anderen Zeiten haben wir unmittelbar mit Klienten gehandelt, die wir zu *jenem* Zeitpunkt für Franzosen hielten, aber nie beides gleichzeitig.»

«Und heute?»

«Zum jetzigen Zeitpunkt ist es unsere Politik hinsichtlich der Franzosen, sie nicht einmal mit dem anderen Ende einer langen Stange anzurühren.»

Die Pilger strömten nun die Via dell'Elefante hinauf, da die übrigen Hauptstraßen bereits verstopft waren. Eifrige Gesichter voll beklommener Erwartung hoben sich immer wieder aus der Menge, suchten einen Blick auf das vor ihnen Liegende zu erhaschen und versanken wieder. Einer oder zwei blieben einen Moment stehen, um Bernardo und dann Salvestro anzuglotzen, ehe die Flut sie weitertrug. Einige Schänken hatten die Läden geöffnet und Planen aus verblichenem Sackleinen gegen das Sonnenlicht angebracht. Die ersten Trinker des Tages ließen sich an den besten Tischen nieder, um mit

Humpen in der Hand das Gedränge der Menge zu betrachten. Bernardo, der noch die größten Pilger um etwa einen Kopf überragte, blickte die Straße hinab, dann zurück zur Piazza. «Ich kann die Mönche sehen», sagte er; dabei beschirmte er seine Augen. «Ich glaub, daß sie es sind.»

«Komm schon», sagte Salvestro. «Laß uns diesen Lucullo suchen.»

Eine große Menge bauschte sich aus dem Bogengang, der zum Innenhof von San Damaso führte, vorn Ellbogen an Ellbogen gedrängt, dann weniger dicht, wo sie anschwoll und rückwärts in die Nordwestecke der Piazza schwenkte, dort aber besorgter und übellauniger wurde. Hans-Jürgen spürte scharfe Ellbogen, die sich in seine Rippen gruben, und roch den sauren Schweiß seiner Nachbarn. Alle paar Sekunden reckte er sich auf den Fußballen, um zu sehen, ob sie ein wenig vorangekommen waren. Zwei mit Piken bewaffnete Soldaten, gekleidet in schrille grün-rosa Uniformen, flankierten einen Geistlichen, der jeden einzelnen Bittsteller befragte und die Namen in eine Kladde eintrug, ehe er die Leute in den Hof ließ. «Nach Mittag kommt keiner mehr rein», sagte jemand mit bekümmertem Ton. Ähnliche Kommentare folgten. Spannungen peitschten sich zu kleineren Panikschüben auf, die nachließen und wiederkehrten in Form von besorgten Fragen und Temperamentsausbrüchen. So eng gedrängt war es heiß. Sie standen dort schon seit zwei Stunden.

Eine lange Bankreihe erstreckte sich auf einer Seite der Piazza fast bis zum Ende der Menge. Die Geldwechsler dahinter warfen kaum einen Blick auf die Bittsteller, da auch die Pilger ihre Geschäfte dort erledigten. Hans-Jürgen sah sich um und versuchte abermals, die Brüder zu zählen. Das Geschlurfe und die Strömungen innerhalb der Menge hatten sie zu einer langen dünnen Reihe gepreßt, aber seit ihrer Ankunft schienen sie nicht vorangekommen zu sein. Ein helles Jaulen war zu hören; eine Stimme, die er kannte. Er blickte nach vorn; jemand war Bruder Matthias auf die Zehen getreten.

Die Zeit verstrich, lungernde Sekunden, geklumpte Minuten. Er versuchte sich in sich zurückzuziehen, seine Aufmerksamkeit nach innen zu lenken, aber der Bogengang zog und zerrte an ihm. Keiner von ihnen war näher herangekommen. Die Sonne stieg immer höher.

Männer und Frauen tröpfelten quälend langsam durch den Bogengang. Er schaute sich um und fand die eigene stumme Besorgnis in andere Gesichter gegraben. Wulf, Wolf und Wilf waren hinter ihm. Wolf fragte ihn eben, wie sie den Papst anreden sollten, als das Geschrei losging.

Es war weiter vorn, näher am Bogengang. Verärgerte Gesichter waren auf etwas gerichtet, das sich huschend bewegte: eine graue Kutte ähnlich der seinen, die umherflappte, vielleicht verfangen im Umhang eines anderen. Dann verschwand der Umhang – oder sein Träger – plötzlich, und Hans-Jürgen sah, daß die Kutte Gerhardt gehörte, der die Bittsteller ringsum mit Gewalt beiseite stieß und sich einen Weg nach vorn bahnte. Die ganze Menge schien in Protestgeschrei auszubrechen, als Hanno hinter sich langte und ihn vorwärts zog, und er hatte kaum Zeit, Wolf bei der Kapuze zu packen, bevor die Mönche alle in einer Reihe vorandrängten, brüsk die Menge zerteilten, hin zum Tor, wo Gerhardt wütend die beiden Posten anschrie, dann den Geistlichen, der nickte und beiseite trat. Hans-Jürgen hielt Wolf fest. Florian schien die beiden anderen im Griff zu haben und folgte. Aber die Menge begriff nun, was sich da abspielte. Eine alte Frau kreischte ihm eine Schmähung ins Gesicht. Jemand hieb ihm wuchtig zwischen die Schulterblätter, und beinahe wäre er gestürzt. Als auch sie durch den Bogengang kamen, buchstabierte Pater Jörg eben seinen Namen für den Geistlichen, «J-o-e-r-g aus U-s-e-d-o-m», die beiden Posten stießen die übrigen Bittsteller mit den Enden der Pikenschäfte zurück, und Gerhardt erklärte Georg selbstzufrieden: «Also, einer *mußte* das doch machen, sonst hätten wir hier den ganzen Tag gestanden …» Jemand hatte Wilf angespuckt, und er weinte. «Das sagen wir dem Papst, wenn wir ihn sehen», versprach Wolf rachsüchtig.

Im Hof waren kaum weniger Leute als außerhalb, aber sie waren ruhiger, schlenderten in kleinen Gruppen umher, blickten hinauf zur Loggia oder rasteten im Schatten der Kolonnaden, die zu ebener Erde an zwei Seiten auf die Bogen der Loggia antworteten. Einige schliefen. Geräusche und Gerüche von Pferden wehten aus einem breiten hohen Durchgang auf der Südseite des Gevierts, und bisweilen führten Stallknechte, deren Kostüm dem der Posten ähnelte, für irgendwen ein bereits gesatteltes Pferd heraus. Dies, und der Lärm von der Piazza, der kurz nach ihrem Eintreten schriller wurde. Der Geistliche mit der Kladde war verschwunden, und die Posten schüttelten den Kopf und versperrten den Zugang mit ihren Piken.

Der größte Teil des Hofs lag im Schatten, als sie eintraten, aber nach und nach kroch die Sonne höher, und die Schatten verebbten. Der Eingang zum Palast bestand aus zwei schweren, phantastisch beschnitzten Türen. Sie blieben verschlossen. Hans-Jürgen unterdrückte den Drang, im Hof auf und ab zu gehen. Er spürte seinen Magen, schwach und flatterig. Jörg stand ein wenig abseits von den anderen, voll in der grellen Sonne. Die anderen Bittsteller musterten ihn neugierig. Er schien auf nichts zu blicken, das Gesicht ruhig und gefaßt. Hans-Jürgen erinnerte sich an Zeiten, da er den gleichen Ausdruck gesehen hatte, in der Nacht der Zerstörung der Kirche, in der Nacht von des Abtes Tod. Auch am Tag danach. Wie hatte er an diesem Mann zweifeln können? War sein eigener Glaube so schwach? Und nun war die unmögliche Nadelspitze von Licht, die der Prior geschaut hatte, eine volle lodernde Sonne. Bald würde man sie in den kühlen Palast winken, und dort würde er warten, um sie zu empfangen: der Papst persönlich.

«Priester, was?» Die Stimme schreckte ihn auf. Er drehte sich um und sah einen Greis, der ihn angesprochen hatte, das Gesicht runzlig und faltig von der Sonne. Hans-Jürgen nickte. «Wie seid ihr reingekommen?» fuhr der Mann fort. «Die lassen doch sonst keine Mönche rein. Jedenfalls nicht oft.»

«Wir sind den langen Weg von Usedom hergekommen, um Seiner Heiligkeit unsere Bitten vorzutragen», erwiderte Hans-Jürgen; wohlwollend lächelte er den Mann an. «Ich bin sicher, er wird uns wenigstens anhören.»

«Anhören?» rief der Mann; er begann zu lachen. «Das ist ein ganz anderes Kapitel. Ich hatte mich gefragt, wie ihr wohl hier *rein*gekommen seid.»

«Wir sind hier, um unsere Bitte vorzutragen», sagte Hans-Jürgen, steifer.

«Ah! *Eine* Bitte. Das wird's wohl sein, was euch reingebracht hat. Warum dreißig Bittsteller einlassen, wenn man auch einen und neunundzwanzig von seinen Freunden nehmen kann? Ja, das wird's sein. Gerissen, die Popen. Ich bin Batista, falls es dich interessiert; auch, falls nicht.»

In diesem Moment brach plötzlich Geschrei aus, und fast einstimmig begannen die Männer und Frauen, die an den Mauern und Säulen lehnten, auf dem Boden lagen oder in kleinen Gruppen beisammenstanden, zur leeren Loggia hinaufzurufen. Etwa ein Dutzend von ihnen rannte zu den Türen des Palastes.

Batista sah sich beiläufig um. «Falscher Alarm», sagte er. «Daran gewöhnt man sich nach 'ner Weile.»

Der Lärm erstarb ebenso schnell, wie er begonnen hatte. Batista schlenderte davon. Unter den Kolonnaden hatten drei Frauen einen Mann in seltsamer Purpurrobe umringt und hänselten ihn. «Was, *der* Prior von Minervino? Der berühmte? Also, Euer Minervigkeit, laßt mich Euren Arsch küssen, es sei denn, Ihr wollt lieber meinen lekken ...» Der Mann schlug wütend nach ihnen, aber vergeblich. Hans-Jürgen blickte wieder zum Prior. Er stand allein, ganz reglos. Die meisten Mönche saßen auf den Bodenplatten, mit dem Rücken an der Mauer, und befächelten sich in der Hitze. Wulf, Wolf und Wilf spielten etwas, wobei sie hüpfen und springen mußten. Zwei Männer warfen kleine Münzen an eine Wand und wetteten auf das Ergebnis. Eine Strömung aus gezügelter Ungeduld war fühlbar. Widerspenstige Minuten tropften in den Hof und flossen ineinander; er wußte nicht, wie viele.

Langsam ging er an einer Seite des Hofs auf und ab, hin zur Palastmauer, machte kehrt, zurück zur Piazza. Gerhardt, Hanno und Georg saßen schweigend beieinander, und sooft er an ihnen vorüberkam, spürte er ihre Aufmerksamkeit wie ein Prickeln in der Luft. Seit seiner Niederlage im Stiftshaus hatte sich Gerhardts Verhalten geändert. Durch alle Mühsale ihrer Reise, die ewige Nässe und Kälte, die schreckliche Leere der Berge hatte er eine stetige Schlichtheit an den Tag gelegt und außer auf nebensächlichste Fragen immer geantwortet: «Ich bin ein Erbauer, das ist alles» oder «Ich kenne Stein und Holz und sonst nichts» oder einfach die Hände ausgestreckt, als ob die Narben und Schwielen Stigmata seien, die ihn jeder Befragung entzogen. Es war nur ein Rückzug, wie Hans-Jürgen es verstand. Es hatte keinerlei Widerruf gegeben, noch Anzeichen von Reue. Er hatte gezweifelt und konspiriert und war widerlegt worden, denn nun waren sie hier, in Rom selbst, und wenn er seine Gedanken nur ein wenig weiter vorausschickte, wüßte er, daß man sie in den Audienzsaal holen würde, darin ein Thron, darauf ein Mann, und zwar einer wie kein zweiter in der Christenheit. Ein Papst, sagte sich Hans-Jürgen; im Geiste wandte er diese Ungeheuerlichkeit hin und her, ergab sich dem Tagtraum, und als es geschah, achtete er nicht darauf, oder nicht genug.

Später erinnerte er sich genauer an die Abfolge der Geräusche, an ein Rascheln und Schrappen, an schnelle Schritte und das Knallen von Türen, danach das große Geschrei, das sich erhob und bei dem er sich umschaute, um festzustellen, daß die Türen geöffnet waren und darin ein Mann in dunklen Gewändern stand, umgeben von den gleichen Schweizergardisten; er hielt die gleiche Kladde offen, sein Mund öffnete und schloß sich, aber die Wörter waren im Geschrei nicht zu hören; etwas ging schnell durch die Tür, nicht einmal, sondern fünf-, sechsmal, und alle Bittsteller stürzten los und droschen aufeinander ein, um näher heranzukommen. Dann nahm das Geräusch eine zornige Färbung an, und dann war es ein Gestöhn der Enttäuschung, Schreie wie «Nein! Nein!», aber die Türen schlossen sich, und dem dumpfen Dröhnen ihres Zufallens folgte jähe Stille. Nur einen Moment lang, ehe die Masse aus Körpern sich aufzulösen schien, murmelnd und grollend. Er sah einen Mann weinen.

Sie wanderten langsam zurück zum Bogengang, der auf die Piazza führte, und Hans-Jürgen mußte sich mit Gewalt einen Weg bahnen, um den Prior zu erreichen. Die Brüder drängten sich um ihn, blickten von Jörg zur geschlossenen Tür, zu den vorbeiströmenden Bittstellern, wieder zu Jörg. Aber ihr Prior schwieg und schien ebenso verwirrt wie sie. Hans-Jürgen spürte eine Hand auf seinem Arm; die von Batista.

«Kein Glück, was? Ihr müßt ein bißchen gerissener sein.»

«Aber Seine Heiligkeit ...?» begann Hans-Jürgen.

«Das war sein Sekretär», knurrte Batista. «Seine Hochmächtigkeit läßt sich nur ganz selten hier unten blicken.» Er hob einen kleinen klirrenden Beutel. «Immerhin; zwanzig Soldi; nicht schlecht.»

Hans-Jürgen drehte sich um und schob sich zwischen den Männern und Frauen hindurch, die nun wie benommen seinen Weg kreuzten. Jörg blickte hierhin und dorthin, als ob er in den nackten Mauern etwas suchte. Er griff nach Hans-Jürgens Arm.

«Was ist geschehen?» fragte er. «Ich habe Geschrei gehört.»

«Es wird heute keine Audienz geben», sagte Hans-Jürgen brüsk.

«Keine Audienz?» echote Wolf. Sie hatten ihr Spiel eingestellt und sich genähert.

«Wann werden wir den Papst denn sehen?» fragte Wilf.

«Morgen?» riet Wulf.

Dieselben Fragen standen in unterschiedlichen Zeichen auf anderen Gesichtern geschrieben: Verwirrung bei Joachim-Heinz, Ratlosigkeit bei Heinz-Joachim, Enttäuschung bei Gundolf und Florian, Mischungen von allem bei denen, die hinter ihnen standen. In der letzten Reihe waren Gerhardt, Hanno und Georg. Ihre Gesichter zeigten lediglich Skepsis, und Hans-Jürgen empfand das lautlose Summen von Ungewißheit. Unschlüssigkeit, ein Widerhall aus dem fernen Kloster, ein Wiedererwachen der Unzufriedenheit der Mönche. Es darf nicht wieder geschehen, dachte er. Er darf sie nicht wieder verlieren. Aber dann erklang die Stimme des Priors.

«Nun ja», sagte Pater Jörg; er betrachtete die Gesichter ringsum; «wenn Seine Heiligkeit uns nicht empfangen kann, wird er doch sicher nichts dagegen haben, wenn wir in seiner Kapelle beten.» Sein Tonfall war sorglos, ja sogar scherzhaft. Die Mönche sahen einander an. Die Kapelle des Papstes? Was sollte das? «Heute prüft er uns. Morgen belohnt er uns. Wir werden eine Messe für unseren Wohltäter singen», fuhr Jörg fort, «und wir werden sie in der größten Kirche der Christenheit singen.»

Er wandte sich um und ging langsam zum Bogengang. Einen Moment bewegte sich keiner, und Hans-Jürgen hielt den Atem an. «In Sankt Peter!» rief Jörg. Peters Name – oder die Gewißheit, mit der er genannt wurde – durchfuhr sie. Florian war der erste, danach Volker. Sie schlurften los, rannten dann, um den Prior einzuholen, und die anderen folgten. Hans-Jürgen, der ganz am Schluß ging, stieß langsam die angehaltene Luft aus, leise, damit die anderen nichts bemerkten.

Sie hatten gemalte Schilder gesehen mit blauen, schwarzen und rostfarbenen Katzen, Mitren mit und ohne Kreuz, lächelnden Sonnen, kopflosen Seeleuten, Trommeln, Zirkeln, einem Fallgitter, etlichen Fischen, aber bis jetzt kein zerbrochenes Rad. Sie waren dreimal um Santa Caterina herumgelaufen, die halbe Via delle Botteghe Oscure hinunter, dann wieder zurück, zweimal hin und her zum Fluß, und sie hatten den Melinguloturm aus sieben der acht möglichen Blickwinkel gesehen, bis Bernardo endlich eine enge Gasse bemerkte, die zwischen einer großen Stallung und einem zerfallenden Kornspeicher verlief. Aus einer Mauer am anderen Ende der Gasse ragte eine Stange, an der einmal ein Schild, vielleicht das gesuchte, gehangen haben könnte. Sie gingen hin.

Unter der Stange befand sich ein enger, niedriger Eingang. Als sie sich bückten, um hineinzuschauen, konnten sie einen tiefliegenden Boden ausmachen, ein paar Stühle und rohe Tische und vor einer

Wand eine lange Theke, hinter der ein Mann stand, der sie über die Kante eines Glases betrachtete, das er an die Lippen gesetzt hatte, wo es festgefroren schien.

«Heißt diese Taverne *Das Zerbrochene Rad*?» fragte Salvestro; daraufhin kippte sich der Mann den Inhalt des Glases in die Kehle, ächzte, hustete, rülpste und nickte. Von irgendwo aus den Tiefen des Hauses hörte man ein Gewirr lauter Stimmen. Ein Hund gesellte sich kurz zu den beiden an der Tür. Der Mann ignorierte sie beharrlich. Salvestro blickte zur nackten Schilderstange hoch. «Wo ist denn das Rad?» fragte er.

«Zerbrochen», sagte der Mann, eifrig damit befaßt, sich den nächsten Schluck einzugießen. «Sucht ihr jemand?»

«Lucullo.» Der Mann musterte sie scharf, verschüttete dabei ein bißchen von der Flüssigkeit auf dem Tresen. «Sein Sohn schickt uns, Lucillo.» In diesem Moment lief der Hund weg.

«Dahinten.» Der zweite Schluck folgte dem ersten nach, und der Mann wies mit dem leeren Glas zur Rückwand, wo sich die Düsternis verdichtete. «Geht den Korridor lang, und keine Türen aufmachen, die nicht sowieso auf sind.»

Der Lärm wurde lauter und deutlicher, als sie den Gang entlangstolperten, umschwappt von lautem Wettreden, vermengt mit einzelnen Schreien und Einwürfen, bis sie endlich die oberste von drei Stufen erreichten und einen weiten rechteckigen Raum überblickten, fast einen Saal. Auf allen Tischen blakten große Kerzen – der Raum hatte keine Fenster – und warfen kräftiges gelbes Licht auf die Gesichter, die sich nun von den Gesprächen und Humpen abwandten, um schweigend zu ihnen aufzustarren. Zwei Säulen erhoben sich vom Steinboden und wuchsen in eine Holzdecke. Der Boden war voll von Tischen und Stühlen und umgeben von erhöhten Holzverschlägen, sieben oder acht auf jeder Seite. Von irgendwo wehten Kochdünste herein.

Salvestro räusperte sich. «Wir suchen Lucullo.»

Anhaltendes Schweigen. Als sie sich gerade umdrehen und dorthin zurückgehen wollten, woher sie gekommen waren, rief eine Stimme aus einem der Verschläge: «Hier. Hier herein.» Worauf die übrigen Gäste des *Zerbrochenen Rads* sich geschlossen von ihnen abwandten und die Gespräche wieder aufnahmen. Salvestro und Bernardo schlängelten sich zwischen den Tischen durch zum Ursprungsort der Stimme. Ein Kopf reckte sich, gefolgt von einer großen Hand, die sie zum Sitzen einlud.

Der Mann war groß, reich gekleidet, mit breiter Brust und grauem Haar. Eine wuchtige Stirn überwölbte ruhige Augen, die zusahen, wie die beiden sich ihm gegenüber auf die Bank an der anderen Seite des Tisches zwängten. Vor ihm standen etliche heiße Pasteten, die nach Fleisch dufteten. Bernardo musterte sie gründlich.

«Kennt ihr mich?» fragte Lucullo; er legte den Löffel beiseite, den er eben in die nächststehende Pastete hatte stecken wollen. Salvestro schüttelte den Kopf, aber dabei befiel ihn plötzlich ein seltsames Gefühl – als ob er Lucullo doch kenne, und zwar seit vielen Jahren, und daß er seine Gesellschaft immer genossen habe, traurig beim Abschied, entzückt beim Wiedersehen: ein umfassendes Wie-schön-hier-zu-sein-Wohlgefühl. Es schien in warmen, unwiderstehlichen Wellen von Lucullo auszustrahlen, während Salvestro erklärte, was sie hierhergeführt hatte.

«Wollen wir es uns einmal ansehen?» schlug Lucullo vor. Salvestro schob die Scheide über den Tisch. Bernardo beäugte weiterhin die Pasteten.

«Ein bißchen Kupfer drin, aber das ist ganz normal», begann Lucullo. «Der hier oben zu diesem Muster verschweißte Draht, der ist fast rein. Überhaupt ein hübsches Stück; ungewöhnlich.» Er balancierte die Scheide auf zwei Fingern. «Knapp über ein Pfund schwer.» Dann grübelte er einen Moment. «Ich kann euch hundertfünfundachtzig Soldi dafür geben.»

Salvestro streckte schon den Arm über den Tisch, um das Geschäft per Handschlag zu besiegeln, als Lucullo die Hand hob. «Wartet. Als Begründer von Lucullo und Söhne muß ich euch auf ein paar Tatsachen hinweisen. Erstens beträgt der Wert des Silbers in dieser Scheide, nach Gewicht berechnet, wahrscheinlich etwas mehr als dreihundert Soldi, so daß ihr, wenn ihr mit mir abschließt, einen Verlust von etwas über einem Scudo in Kauf nehmt. Wenn ihr das Stück zur Zecca bringt, wird man euch dort etwa diese Summe anbieten, abzüglich Gebühren, bei kleinen Gegenständen in der Regel ein Zehntel. Die Firma Lucullo und Söhne rät dringend zu diesem Verfahren. Ihr müßtet natürlich irgendeinen Herkunftsnachweis vorlegen und dann zehn Tage bis zur Auszahlung warten.»

«Zehn Tage!» rief Salvestro. «Wir brauchen *jetzt* etwas zu essen, nicht in zehn Tagen.»

«Aha!» Lucullo furchte die Stirn. «Ich hatte beinahe befürchtet, daß dies der Fall sein könnte. Dein Freund hier – das ist gar nicht zu übersehen – wirkt wie einer, der ganz auf Nahrung erpicht ist, und da dies der Fall ist, muß ich leider darauf bestehen, daß ihr vorher eine Bedingung erfüllt. Bevor wir den Handel abschließen, müßt ihr essen. In dieser Lage ist das nicht mehr als angemessen.»

«Angemessen», stimmte Bernardo glücklich zu. Die Pasteten – vier Stück – wurden allmählich kalt.

«Angemessen?» stieß Salvestro aus. «Was zum Himmel ... Ich meine, wir können nicht essen, weil wir nicht zahlen können. Und wir können nicht zahlen, weil wir nicht essen können ...?» Er hatte das Gefühl, über diesen Trick noch empörter sein zu müssen, aber erneut ging von Lucullo ein seltsames Wohlwollen aus, das seine Streitlust zu schwächen schien. Sein Widerstand brach zusammen, als Lucullo die vier Pasteten über den Tisch schob und Bernardo die erste nahm und einfach verschluckte. Salvestro langte nach dem Löffel.

Die Prellungen in seinem Gesicht begannen zu pulsieren, als er sich Fleischklumpen und gebackenen Teig in den Mund schaufelte und dabei gleichzeitig versuchte, Lucullo zuzuhören, der erklärte, diese Pasteten seien unverbindliche Geschenke, die keinerlei Kontrakt implizierten, denn hätte er die Scheide eingetauscht, solange sie hungrig seien, so hätte man sagen können, das Geschäft sei unter passiver Nötigung zustande gekommen; hätte er ihnen andererseits das Geld für die Mahlzeit geliehen, so hätte er dann sofortigen Ausgleich verlangen und den Preis nach Belieben festsetzen können; und um die Redlichkeit von Lucullo und Söhne zu wahren, sei er folglich gezwungen gewesen, entweder auf das Geschäft zu verzichten oder ihnen Essen zu kaufen, und wie denn überhaupt die Pasteten seien?

«Gut», sagte Bernardo, der mit seinen beiden ohnehin fertig war.

«Jetsch lasch unsch dasch 'eschäf machen», sagte Salvestro, der noch immer kaute.

Wieder hob sich die Hand. «Noch eins. Es ist eine heikle Angelegenheit, aber in ihrer Art ebenso notwendig wie die Pasteten. Eure jeweilige Disponiertheit, hier, in diesem Moment. Wärt ihr so gut, sie mir zu beschreiben?» Salvestro übersetzte das für Bernardo, und dann bekundeten beide Männer, in diesem Moment seien sie außerordentlich gut disponiert. «Ihr fühlt euch wohl in eurer Haut?» Sie nickten. «Seid wohlwollend auch gegenüber anderen?» Sie nickten wieder. «Besonders mir gegenüber?» Da zögerte Salvestro, plötzlich und vorübergehend mißtrauisch. Er schluckte das letzte Stückchen Pastete und nickte langsam. Ein Ausdruck von Resignation erschien auf Lucullos Gesicht. «Wie ich mir gedacht habe», sagte er. «Es ist dies eine ganz unechte Empfindung, und ich muß euch dringend bitten, sie zu ignorieren. Es liegt an mir. Seit ich ein Kind war, haben die Leute mich gemocht, mir zugestimmt, mich angenommen, fanden mich *angenehm*, waren *angenehm* zu mir. Alles, was ich in meinem ganzen Leben gehört habe, war der Klang von Eintracht. Könnt ihr euch das vorstellen?»

«Nein», sagte Salvestro, meinte aber eigentlich ja, und daß dies völlig in Ordnung sei. Warum sollte man einen wie Lucullo nicht angenehm finden, ihm nicht zustimmen?

«Uns jagen ziemlich oft die Hunde», sagte Bernardo.

«Meine Söhne leiden am selben Gebrechen, allerdings nicht so stark wie ihr Vater. Ihr habt ja selbst gesehen, wie unser Geschäft auf der Piazza verläuft. Ich erwähne es, weil ich möchte, daß ihr bei eurem Beschluß, den Handel mit mir zu machen, dieses Gefühl nicht berücksichtigt. Ihr könntet jetzt gehen, um eine Mahlzeit reicher, und euer Glück bei einem Pfandleiher versuchen. Keine Verpflichtungen. Jetzt ignoriert eure Gefühle und entscheidet.»

«Abgemacht», sagte Salvestro, langte über den Tisch und besiegelte es mit einem Händedruck. Aus einer großen Mappe, die neben ihm auf der Bank stand, zählte Lucullo Münzen ab und türmte sie zu Zehnerstapeln.

«Uns jagen ziemlich oft die Hunde», sagte Bernardo wieder.

«Mich hat noch nie ein Hund gejagt», erwiderte Lucullo.

«Da hast du aber Glück», sagte Bernardo.

Darauf sagte Lucullo nichts, murmelte aber nach einem oder zwei Momenten: «Es ist ein Fluch.»

Salvestro und Bernardo sahen einander an; Salvestro wollte fröhlich dazu nicken, aber gleichzeitig empfanden beide, daß Immunität gegenüber Hunden ganz entschieden kein Fluch sei. «Wieso?» fragte Salvestro.

«Stellt euch vor, wie das Leben wäre, wenn euch immer alle zustimmten», sagte Lucullo daraufhin. «Ich meine *alle*, und *immer*. Du bist mit einer Frau zusammen, deiner ersten Liebe beispielsweise, und du sagst zu ihr: Sollen wir ein wenig durch den Obstgarten spazieren? Natürlich stimmt sie zu, also geht ihr los. Du sagst ihr, daß du sie liebst, und fragst, ob sie dich auch liebt. Natürlich tut sie das, und ein wenig später, wenn du sie um einen Kuß bittest, gewährt sie ihn. Und gewährt natürlich noch mehr, wenn du es vorschlägst, und sagt ja, wenn du um ihre Hand bittest, und abermals ja, wenn du sie bittest, dir zu vergeben, daß du ihr untreu warst – oft und bisweilen fürchterlich; warum sollte denn ihre Schwester weniger willig sein als sie? –, und wenn du ihrer überdrüssig bist, trollt sie sich zum Armenhaus oder ins Kloster oder ins Bordell … Nimm eine Schänke, als weiteres Beispiel. Da hockst du mit deinen alten Saufkumpanen. Noch einen Humpen? Natürlich. Und noch einen? Warum nicht! Du beschließt, daß du genug gehabt hast. Die anderen auch. Aber vielleicht noch ein winziges Gläschen Rum? Riesenidee! Und dann eine Gallone Pökelbrühe? Sehr schön. Und zur Abrundung des Abends einen Halben voll Schweineblut? Alle reißen sich darum, das runterzukippen, und ebenso alles andere, was du vorschlagen magst. Begreifst du? Verstehst du, wie das wäre?» Salvestro nickte zu allem mitfühlend.

«Vielleicht verstehst du es wirklich», fuhr Lucullo ruhiger fort. «Und vielleicht liebt meine Frau mich wirklich, und meine Freunde leben wirklich nur dafür, mit mir zu trinken. Aber vielleicht stimmt ihr mir einfach alle nur zu, nehmt mich an – mich, Lucullo, den *angenehmsten* Mann in Rom. Ich werde es nie erfahren.» Einen Moment schwieg er. «Jedenfalls» – er riß sich zusammen – «schaut alles ziemlich düster aus, und wie dein Freund hier sagt, gibt es dabei doch einige Sonnentupfer.» Bernardo blickte blöde. «Die Hunde», erinnerte Lucullo ihn. Bernardo hob die Schultern. Sie schwiegen einen Moment.

«Und dein Geschäft?» sagte Salvestro. «Dabei muß es doch hilfreich sein.»

«Geld? Tja, was ist Geld anderes als Zustimmung? Silber ist ein nettes Metall, wie alle zugeben. Aber wenn sie das nicht täten, wäre es dann immer noch nett? Vielleicht ist es heute in Venedig ein bißchen schöner, oder in den Hanse-Häfen, oder in Konstantinopel; oder weniger schön. Wie viele Dukaten auf den Dinar? Wie viele Dinar ergeben einen Reichstaler? Scudi, Zechinen, Gulden und Groschen … Ihre kleinen Zänkereien sind ein Geräusch, das die Welt zu hören nicht erträgt, und ihre Versöhnungen sind das, woraus wir *bancherotti* unser Vermögen machen. Seit Adam seine Schamteile bedeckte, waren unsere Kümmernisse und Freuden die der Münzen. Worauf können wir uns schon einigen, wenn nicht darauf? Geld ist die angenehmste Sache der Welt.»

Wie ein seines Zieles sicherer Bogenschütze eher auf den Köcher blicken denn den unausweichlichen Weg des Pfeils zum Ziel verfolgen wird, so schaute Lucullo beiseite, als er seine kleine Rede beendet hatte, und natürlich fand Salvestro sich zustimmen, nicken, verstand dabei kaum mehr als die groben Züge des Gesagten, war dennoch überzeugt, daß es so sei, was immer es auch sein mochte. Lucullo seufzte schwer. Bernardo schwieg.

Das Hinterzimmer des *Zerbrochenen Rads* hatte sich weiter gefüllt. Ein paar Männer waren durch den gleichen Gang gekommen wie zuvor die beiden und mit ähnlichen Begrüßungen in Empfang genommen worden. Öfter jedoch ging in der Wand gegenüber eine Tür auf und erlaubte kurze Blicke auf eine Treppe, wenn Männer dort aus und ein gingen, mit glatthäutigen jungen Frauen in grellbuntem Samt und Musselin. Zwei junge Männer kamen und gingen durch einen verhängten Eingang daneben; sie trugen Tabletts mit Speisen und Getränken. Dann sprach Bernardo.

«Nein, ist es nicht», sagte er.

Lucullo wandte sich ihm zu; seine Verblüffung war um so sonderbarer, als sie sich auf einem Gesicht zeigte, das an Verblüfftheit so gar nicht gewöhnt war. Wie aus Mitgefühl begann sich nun Bernardos Gesicht zu regen. Die Stirn furchte sich zuerst, runzelte sich dann, der Unterkiefer schob sich vor, und die Augen wurden schmal, richteten sich wie gebannt auf einen Punkt knapp vor seiner Nasenspitze. Salvestros überraschtes Gesicht war ein Spiegel dessen von Lucullo. Beide sahen zu, wie Bernardos Kiefer zu mahlen begannen; die Muskeln links und rechts spannten, die Wangen verzerrten sich, als ob zwei dicke Männer um die Alleinherrschaft über seinen Mund rängen. Sein Adamsapfel pumpte gemessen, dann schneller. Er kaute auf der Zunge herum. Salvestros Überraschung wurde zu verblüfftem Wiedererkennen dessen, was da stattfand. Er denkt, dachte er. Dann sprach Bernardo abermals.

«Geld», sagte er. «Ist nicht angenehm. Ist überhaupt nicht angenehm, weil ... » – eine Pause; das Gesicht wogte in einer letzten Verzerrung (teils wildes Schlucken, teils Krampf), die die Stirn glättete, den Unterkiefer zurückzog und die beiden dicken Männer in den Schlund stürzte – »... weil es nicht genug davon gibt.»

Eine Stunde später – nein, zwei oder drei, als er auf der Bettkante saß und das Hemd über den Kopf streifte, sann Salvestro über Lucullos Reaktion nach. Er spürte die leichte Bewegung des Betts, als die Frau hinter ihm sich drehte. Der gedämpfte Lärm knallender Türen und erhobener Stimmen erreichte ihn von unten. Es war überstürzt gewesen, fand er. Überstürzt und sogar unbedacht.

Lucullo hatte sich bei Bernardos Widerspruch kerzengerade aufgesetzt und ein paar Sekunden lang nichts gesagt, nur ungläubig über den Tisch gestarrt. Dann aber hatte er sich erhoben, langsam, und noch ehe er den Mund öffnete, hatte Salvestro es verspürt – große Wellen, die aus ihm herausrollten und den Raum überspülten, ihn augenblicklich überschwemmten: Jovialität, oder gute Laune, oder umfassende, unwiderstehliche Glückseligkeit. Als Lucullo dann sprach, nach Getränken, mehr Speisen, allgemeiner Feierei schrie, kam es Salvestro so vor, als ob das Licht in ihrem Teil des Raums heller strahlte und aus den Gesichtern leuchtete, die sich ihnen zuwandten und bereits ihrerseits nach Speisen riefen, dazu Getränken, nach allgemeiner Feierei.

«In einem *Faß*, sagt ihr?» Lucullos faszinierte Miene zog die anderen Gäste wie ein Leuchtstrahl an; sie waren überwältigt, schüttelten verwundert die Köpfe, schlossen sich seinen Ausrufen an, während die beiden ihr Garn abspulten: die Reise nach Vineta. Neben Lucullo waren die Kunden des *Zerbrochenen Rads* ein schäbiger, schlechtgekleideter Haufe; sie lugten über die Wände der angrenzenden Verschläge, drängten sich auf Hockern um das Ende des Tischs, wo man eigentlich kaum stehen konnte, und alle nickten im Einklang mit Lucullo.

«Und von da, nehme ich an, habt ihr auch die Scheide her.» Lucullo schien mit angehaltenem Atem auf mehr zu warten, also hielten auch die anderen Gäste den Atem an, und Salvestro hörte sich zustimmen, ja, genau, daher, und gleichzeitig fragte er sich, wie er denn wohl, eingeschlossen in ein Faß, etwas vom Meeresboden hätte aufheben sollen. Dann war immer Bernardo derjenige, der sagte: «Eigentlich nicht. Weißt du, der hat doch in dem Faß gesteckt ...», und dann warf Lucullo entzückt die Hände hoch und rief: «Endlich einer, der sagt, was er denkt» oder «Der sagt wirklich, was Sache ist.» Er regte an, auf das Wohl «Der Großen Forschungsreisenden» zu trinken, und *Das Zerbrochene Rad* trank, wie ein einziges lucullogleiches Wesen. Essen kam, Näpfe voll dampfender Suppe, in die man das harte flache Brot tunken konnte; von allem das Beste, was *Das Zerbrochene Rad* zu bieten hatte. Krüge mit Bier und Becher mit herbem Wein wurden in nie abreißendem Strom bestellt; aber selbst während er mit den anderen nickte und lächelte, spürte Salvestro unter der allgemeinen Fröhlichkeit eine zweite Stimmung. Das Gespräch floß locker dahin, aber nur, wenn Lucullo redete; und wenn er schwieg, schien eine vage Panik, die mit Getränken beschwichtigt wurde, seinen Hofstaat zu ergreifen. Die Gesichter ringsum glühten und glänzten von Lucullos Erregung; seines auch, wie er irgendwann feststellte, und er fragte sich, ob die anderen etwas unter ihren gespiegelten Regungen und Aufwühlungen spürten. Denn alles war Scherz und gute Laune, und darunter lagen unfaßbare Tiefen, gleichgültig gegenüber Gelächter und Freude im *Zerbrochenen Rad*. Darunter klaffte gähnende Leere, und auch sie stammte von Lucullo.

Jetzt drang ein einzelnes Quieken durch die Wand des Zimmers im Obergeschoß; die Stimme einer Frau. Ein weiterer Schrei folgte, dann eine Reihe tiefer Knurrlaute. Etwas jenseits der Trennwand pochte rhythmisch. Das Bett, dachte er. Es weckte das Mädchen; sie spitzte die Ohren. «Das ist Angelica. Dein Freund muß wohl ...» Sie brach mitten im Satz ab.

«Im *Pilgerstab*? Ihr wollt mir wirklich erzählen, ihr haust im *Stock*, dem miesesten Rattenloch der Stadt? Zieht doch zu mir!» Lucullo hatte dies ausgerufen; Salvestro nahm es bereits an, die Zuhörer rundum drängten sich näher, bedrängten ihn, denn nur ein Narr würde ablehnen, und was für ein Angebot, und *ja, ja, ja* ...

«Nein», sagte Bernardo. War das, was er da empfand, ein kurzer Stillstand seiner inneren Unruhe? «Können wir nicht machen. Wir müssen bei den Mönchen bleiben», fuhr Bernardo fort, und einen Moment schien Lucullo protestieren zu wollen; dann klatschte er und sagte: «Tja, das ist ein ‹Nein›, keine Frage. Der hier weiß wirklich, was er will, wie?» *Ja, ja, ja* ... Es folgten respektvolle Kommentare über die Schärfe von Bernardos Verstand; dann kam das Gespräch auf entlegenere Dinge – die Zeit, die Lucullo einmal im Irrenhaus verbracht hatte, dann wieder auf Bernardo und Salvestro und ihre Reise von Usedom her, aus dem hohen Norden. Als es für Lucullo Zeit war, sich wieder zu seinen Söhnen auf die Piazza zu begeben, nahm er ihnen das Versprechen ab, daß sie wiederkommen und mit ihm trinken würden. Er ging, mit einem Winken, und die Versammlung zerbröckelte so plötzlich, wie sie zustande gekommen war. Die Zuhörer gingen auseinander, rieben sich die Augen und schauten sich in milder Verblüffung um, als seien sie eben aus dem Schlaf erwacht. Die beiden blieben mit dem letzten der Feiernden allein zurück, einem Mann etwa ihres Alters, der sich als Pierino vorstellte, ein Scholar, der in Rom gestrandet zu sein schien, weil ihm die Mittel zur Abreise fehlten. «Haut bloß ab, macht bloß, daß ihr rauskommt», nuschelte er immer wieder, denn er war reichlich betrunken; danach entschuldigte er sich wieder für seine Grobheit: «Ich meine Rom, nicht die Kneipe hier.»

Schließlich verließen sie ihn; Salvestro demolierte Lucullos Soldi-

Kolonnade und stopfte die Münzen in ein fransiges Stoffdreieck, das er aus seinem Hemd riß und sorgsam verknotete. Die anderen Zecher nickten beiläufig zum Abschied, als die beiden sich zwischen den Tischen durchschlängelten zur Tür gegenüber jener, durch die sie gekommen waren. Am Fuß der Treppe versperrte ihnen eine der Frauen, die er zuvor gesehen hatte, den Weg. «Angelica!» schrie sie ins Treppenhaus hinauf.

«Was ist denn?» fragte Salvestro.

«Lucullo hat euch noch ein Geschenk dagelassen», sagte sie, schrie dann noch einmal. Angelica erschien und blickte über die Balustrade auf die beiden herab.

«Wer von euch ist denn jetzt der berühmte Bernardo?» fragte sie, und als Bernardo den Finger hob, sagte sie: «Komm rauf.»

Das Bett nebenan war inzwischen zum Stillstand gekommen. Salvestro zog die Stiefel an. Die Frau schwieg, kleidete sich auf der anderen Seite des Betts schnell an. Sie stand auf und bestäubte sich mit einem nach Rosen duftenden Puder. Salvestro spürte, wie ihre Hand seine Schulter streifte, als sie an ihm vorbei zur Tür ging. «Warum so schweigsam, großer Forschungsreisender?» fragte sie. «Das passiert doch jedem irgendwann mal.»

Während er auf Bernardo wartete, hörte Salvestro schwere Schritte die Treppe herabkommen. Ein Mann mit gelichtetem Haar steckte den Kopf durch die Tür. «Bist du Bernardo, oder ist es der andere?» fragte er.

«Der andere», erwiderte Salvestro.

«Na ja, nehm ich halt dich.» Er wickelte etwas aus einem Tuchstreifen. «Lucullo hat das für euch hiergelassen.» Er wog die Scheide in der Hand. «Nette Geschichte, die Sache mit dem Faß. Hier im *Zerbrochenen Rad* sind wir immer für eine gute Geschichte zu haben. Vorne habt ihr ja Simon kennengelernt. Er ist da, um die Pilger zu verscheuchen. Nächstesmal kommt doch auf der anderen Seite rein, durch den Hof. Ich bin Rodolfo, der *un*angenehmste Mann in Rom.» Dann lachte er über Salvestros fortwährende Verblüffung. «Mir gehört der Schuppen hier. Jedenfalls, da hast du's.» Er reichte ihm die Scheide. «Woher kommt die denn nun wirklich?»

Salvestro erinnerte sich, daß er an diesem Morgen mühsam aus einem Traum erwacht war, in dem seine Zähne sich in Baumstämme geschlagen hatten und nicht loslassen wollten. Er schluckte Rindenstreifen und -späne, und seine Eckzähne gruben seichte Furchen ins Fleisch des Baums. Der saure Saft schien ihm noch immer den Mund zu füllen, als er die Augen aufschlug. Bernardo war schon wach; er kaute an einem Kohlstrunk herum. Stumm winkte er ihm und legte einen Finger auf die Lippen. Sie standen auf, und erst dann bemerkte Salvestro den Prior, wach wie sie zwischen den schlafenden Körpern der anderen.

«Das ist für eure Bemühungen», sagte Jörg; er redete leise, seine Hand hob sich aus der Kiste. Er drückte Salvestro die Scheide in die Hand. Die Transaktion hatte etwas Verstohlenes, als ob die anderen Mönche Einwände gegen des Priors Großzügigkeit erheben könnten. Es hatte solche Momente gegeben, da Salvestro dem Drang widerstand, mit dem einen oder anderen Mönch ein Gespräch zu beginnen; oder er hatte ihren Gesprächen gelauscht und sich mit irgendeiner eigenen Erkenntnis einmischen wollen. Oberhalb von Bozen, noch in den Bergen, waren sie bis zum Einbruch der Nacht gegangen, ohne einer Menschenseele zu begegnen, und mußten ihr Nachtlager, so gut es eben ging, zwischen den Stämmen eines Nadelwalds aufschlagen. Die nahezu vollkommene Schwärze unter dem Dach der Bäume und die windlose Stille hatten die Novizen entnervt. In der kalten Luft zitternd hörte Salvestro zu, wie Jörg ihnen sagte: «Aber es gibt keine Stille. Gott atmet überall. Hört ihr es denn nicht?» Und als sie die Köpfe schüttelten, fuhr er fort: «Nein? Seid ihr sicher?» Er selbst hatte lauter geatmet, dann nacheinander bei allen das Ohr an die Brust gelegt und gesagt: «Ich glaube, ich kann es hören», und, als sie endlich begriffen: «Das ist Gottes Odem, hört ihr? Er ist uns nur geliehen. Hört ihn ...»

Und während er selbst lauschte, hatte Salvestro an die Straße in Prato gedacht, wo sie das Mädchen hatten liegenlassen, wo die Stille ein gestautes Pochen war, vor dem er floh, in sich selbst untertauchte, um zu entkommen. Ehe er es unterdrücken konnte, hatte er etwas gesagt, etwa, daß die schlimmste Stille die lauteste sei, irgend etwas Dämliches, aber Jörg hatte sich ihm überrascht zugewandt und gesagt: «Da, seht ihr? Salvestro versteht es ...» Er hätte wohl noch mehr gesagt, aber hier näherten sich ihm zwei der älteren Mönche, und der Prior wandte sich ab, als habe dieses Lob eine feste, unsichtbare Grenze in ihrem wechselseitigen Umgang miteinander überschritten. Es hatte weitere derartige Vorfälle gegeben – beiläufiges Schulterklopfen, als ein Gasthaus in Sicht kam, kurze Worte der Ermunterung, flüchtige Wortwechsel unterwegs –, und jedesmal hatte Jörg innegehalten, sich gebremst, als wäre es eine allzu grobe Verletzung seiner Zurückhaltung, ihn so zur Kenntnis zu nehmen, oder als implizierte es ein allzu intimes Akzeptieren dessen, was er war. Ganz ähnlich war die Art, in der er die Scheide überreichte, denn während Salvestro seinen Dank murmelte, hatte Jörg sich bereits unwirsch abgewandt, und er fühlte sich irgendwie ratlos und fehl am Platze, wie schon zuvor. Er und Bernardo existierten in einem Bannkreis zwischen den Mönchen und dem Prior, als seien sie der Keil, der die anderen trennte. Er schob die Scheide in seinen Hosenbund.

«Das hat mir der Prior gegeben», sagte er zu Rodolfo.

«Ein Geschenk von einem Priester! Lieber Himmel, das müßte man glatt auf einen Sockel stellen», antwortete Rodolfo. In diesem Moment erschien in der Tür gegenüber eine mächtige Pranke, und Bernardo kam auf Zehenspitzen heraus, die Kleider unter dem Arm. Er ließ sie auf den Boden fallen und zog sich schnell an, wobei er zu Salvestro und Rodolfo aufblickte, die neugierig zusahen. Der Große nickte zur Treppe hin, als er die Stiefel anzog.

«Zeit zum Abmarsch», sagte Salvestro.

Zuerst hatten sie es nicht verstanden. Der Prior stand vor ihnen, den Arm nach hinten abgespreizt wie Moses, der auf das Gelobte Land hinabdeutet. Sie blickten gehorsam nach vorn, sahen dann einander an. Vor ihnen lag ein kahles Feld, abgegrast, ein fast ausgedörrter Schlammsee, eine Wüste.

«Sankt Peter!» verkündete Pater Jörg.

Die Mönche blieben stumm, benommen von dem Rätsel. Wieder schauten sie hin, aber was gab es denn da zu sehen? Vier große Steinstümpfe auf einem Boden, der zerschnitten war von einigen Gräben und getüpfelt von Wasserpfützen, eine Reihe Karren, Leute, die zwischen kleinen Bauholz-, Stein- und Kieshaufen herumliefen. Ruinen.

Das Schweigen wurde drückend. Jörg sah vor und zurück, verwirrt und plötzlich unsicher. Dann sagte jemand: «Sieht nicht so aus, als ob Seine Heiligkeit Kirchen besser instand halten könnte als wir.»

Es begann wie etwas, das ein Niesen werden mochte, dann ein keuchendes Entfleuchen von Atem, dann ein Schluckauf, aber ein Schluckauf aus Gelächter. Noch einer, und noch einer, als ihr unterdrücktes Lachen hervorbrach, und dann lachten sie über ihn ohne jede Zurückhaltung, einige zusammengekrümmt, andere schlugen sich die Schenkel beim Anblick ihres Priors, der hin und her blickte, als ob er nicht glauben könnte, daß der verschlammte Trümmerhaufen hinter ihm sie nicht zu ehrfürchtigem Schweigen brachte. Sie grölten und kicherten und wieherten und gluckten, und Hans-Jürgen, hinter allen, war ebenfalls unfähig, seine aufsteigende Ausgelassenheit zu unterdrücken, und lachte herzhaft mit den anderen über die Absurdität des Ganzen. Jörg ließ die Arme sinken und stand hilflos vor ihnen. Hans-Jürgen sah die Verwirrung auf seinem Gesicht, die völlige Verständnislosigkeit, und daraufhin (oder auf das hin, was es bedeutete) schwand seine Heiterkeit so jäh, wie sie begonnen hatte. Natürlich! dachte er. Wie sonst hätte der Prior einen derartigen Schnitzer machen können? Die Tatsache war greifbar vor ihm gewesen, in Jörgs Gestolper und den Stürzen, dem bloßen Starren ins Leere, und als er nun den schieren Schock in des Priors Gesicht geschrieben sah, ernüchterte ihn das Begreifen augenblicklich. Er kann nicht mehr sehen, dachte Hans-Jürgen.

Eine Tür hinter der Treppe führte sie ein paar Stufen hinauf zur Rückseite eines Lagerraums, der mit seltsam geformten Steinblöcken und unbegreiflichen Gerätschaften gefüllt war: Holzrahmen, Räder mit Holzzähnen, Seile, ein riesengroßer Trichter. Zwischen Steinstaubbehältern und Gestellen voller Meißel suchten sie ihren Weg zu einer Tür, die auf einen verlassenen Hof ging. Die Straße hinter dem Bogengang gegenüber wimmelte von Männern, die Säcke trugen, Karren schoben und störrische Maultiere führten, die Käfige und Kästen trugen. Eines zog einen Schlitten, auf den Erdklumpen getürmt waren; im Vorübergehen sah Salvestro, daß es irgendeine Sorte Gemüse war Kohlrüben? Eine zerlumpte Greisin fragte, ob sie Blumen für ihre Schätzchen kaufen wollten. Sie wollten nicht.

«Wir sollten machen, daß wir zurück zum *Stock* kommen», sagte Bernardo. «Es ist fast dunkel.»

Salvestro blickte zum Himmel auf, der im Westen zartrosa und ansonsten hellblau war. «Das dauert noch Stunden, bis es dunkel ist», gab er zurück. «Was ist los mit dir?»

«Wir kommen zu spät», fuhr Bernardo fort. Er schien verstört. «Ich mag das nicht.»

«Was? Was magst du nicht?» Salvestro begann die Geduld zu verlieren.

Bernardo trat unbehaglich von einem Fuß auf den anderen und wies mit dem Daumen nach hinten, zum Hof. «Das Ganze da. Vorher hab ich's nicht gemocht, und jetzt mag ich's auch nicht.» Er war ein wenig rot geworden. Salvestro begriff, daß er von den Frauen redete.

«Also, Angelica hat es bestimmt gemocht», sagte er, «was ich so hörte.»

«Ja, sie hat's schon gemocht», sagte Bernardo mit ein wenig Nachdruck. «Genau wie die andere damals. Aber ich nicht.» Er wand sich ein wenig und verstummte.

«Was für eine andere? Wann hast du denn ...»

«Die mit den ganzen Schwestern, als wir noch mit Groot und den anderen zusammen waren.» Er faßte sich an den Kopf. «Rothaarig.»

Salvestro seufzte. «Das war ich, nicht du. Und die hatte keine Schwestern.»

«Du zuerst», erwiderte Bernardo. «Und dann ich. Und danach hat sie ihre ganzen Schwestern geholt, und die haben's auch gemacht. Die hatte vier Schwestern. Ich hab sie gezählt ... Was? Was ist denn so komisch?» Salvestro hatte zu lachen begonnen. «Jedenfalls, ich hab's nicht gemocht.»

«Laß uns da langgehen», sagte Salvestro. «Keine Sorge, wir kommen früh genug zum *Stock* zurück. Bis dahin haben wir einen Beutel Silber und ganz Rom vor uns. Lucullo hat dir doch gefallen, oder?»

«Behandle mich doch nicht wie 'nen Trottel», blaffte Bernardo. Als sie losgingen, die Straße hinauf, setzte er hinzu: «Ich bin doch nicht bescheppert, weißt du.» Salvestro machte größere Schritte und ging eine oder zwei Mannslängen voraus. Er schwieg.

Sie schlängelten sich zwischen entgegenkommenden Trägern und Tandlern hindurch. Kleine Werkstätten und Buden waren in einer Reihe bröckelnder Bogen untergebracht. Gegenüber standen Rudel von Holzbuden, jede mit einer Mischung aus Lumpen und Fetzen an einer Stange im Dach. Schwacher Südwind bewegte diese Flaggen und brachte Staub von den dürren Hängen des dahinter sichtbaren kapitolinischen Hügels, den Geruch von Pferden und Kuhfladen, hin und wieder einen Fischhauch vom Markt am Pantheon, und etwas anderes, Stechendes. Salvestro schnupperte vorsichtig.

«Kalk», sagte er.

Sie gingen um die Ecke an der Sankt-Nikolaus-Kirche, und es bot sich ihnen ein neuer Anblick. Die Holzbuden wichen kleinen fensterlosen Ziegelhütten – ein paar größere darunter –, jede überragt von einem Schornstein, aus dem dicker weißer Rauch in den Himmel stieg. Die Straße zerfranste zu einer Myriade kleiner Pfade, die zwischen die Hütten sickerten. Als sie durch die offene Tür der ersten schauten, sahen sie im Dunkel ein rotes Feuerauge, das blinzelte, wenn eine geschwärzte Gestalt hin und her ging, um Holz in die Flammen zu werfen. Hitze glitzerte auf den Ziegeln, und der Kalkgeruch wurde stärker. Salvestro blieb jäh stehen.

«Was?» fragte Bernardo. «Was ist jetzt los?»

Nach der ersten Woche, als die Färberschuppen und Keller, in denen die Pratesi gefoltert wurden, die Kadaver der Störrischeren oder Mittellosen in größerer Menge auszuspeien begannen, als die abgelegenen Brunnen, in die man diese Kadaver stopfte, gefüllt waren und Horden von Ratten sich an den auf den Straßen liegenden Leichen labten, wurde eine Kompanie Pikeniere angewiesen, Gruben auszuheben. Tiefer als eine Mannshöhe, sechs oder sieben Stück. Für die Leichen. Auf seinen Streifzügen durch die Stadt war er an einer vorbeigekommen; drei Männer mit Schaufeln standen daneben, riefen ihn an und ließen eine Flasche mit feurigem Schnaps herumgehen. Ein vierter war in der Grube; er hob rhythmisch seine Schaufel und ließ sie auf die obersten Schädel der Toten klatschen. Salvestro hatte hinabgeschaut auf die Köpfe und die wirren Gliedmaßen: eine Hand, ein Fuß, noch eine Hand. Der Teil eines Unterleibs, von einem Mann; ein roter Haarschopf. Sein Auge schweifte über Körperteile und ihre Bruchstücke. Dann bewegte sich etwas am Rand seines Blickfelds; etwas zuckte. Er schaute genauer hin, und beim nächstenmal sah er es deutlich. Dort klemmte eine Hand zwischen einem Kopf und dem Teil eines Arms; die Finger bewegten sich schwach. Einer der drei Männer begann damit, einen Haufen hellgrauen Staubs über die Leichen zu schaufeln. Die Luft stank danach, stechend. Er saß bei ihnen und trank. Irgendwann hörte einer der Männer genauer hin. In der Grube hinter ihnen war ein leichtes Rascheln oder Scharren zu hören, dann noch eins und vielleicht ein drittes. «Jetzt fängt der Kalk an zu beißen», sagte der Mann.

«Komm weiter», sagte Bernardo jetzt.

Salvestro schüttelte den Kopf, um wieder klar zu werden. Er räusperte sich und spuckte einen Klumpen dicken weißen Schleim aus. Hinter den Kalköfen sank der Grund auf einer Seite ab. Auf der anderen erweiterte sich ein scheunenartiges Ziegelgebäude in zwei fensterlose Flügel, die einen Hof umfingen, wo große Stapel von Säcken lagen. Männer schoben Karren mit staubgrauem Gestein zu einem Eingang weiter hinten. Dumpfes Gehämmer dröhnte hinter den vorderen Scheunentüren. Plötzlich ertönte ein schriller Pfiff; das Hämmern wurde sehr schnell unregelmäßig, endete dann ganz. Ein paar Sekunden später wurden die Türen aufgestoßen.

Zunächst schien das Innere des Betriebs weniger dunkel denn undurchsichtig. Eine grauweiße Staubwolke waberte im offenen Eingang, blähte sich auf, wurde zu einer fallenden Nebelwand, die über den Hof zu ihnen her trieb. Dann sah Salvestro, daß sich darin Gestalten bewegten, weiß wie Gespenster, und Männer tauchten aus der Wolke auf. Hustend stolperten sie vorwärts, die Augen wegen des brennenden Staubs zusammengepreßt; Dutzende torkelten aus dem Kalk, weiß wie Geister.

«Wer ist das?» fragte Bernardo.

Die Kalkarbeiter schienen sie nicht zu sehen, als sie vorüberstolperten. Salvestro blickte in ein oder zwei aschene Gesichter, aber sie erwiderten seinen Blick nicht. «Niemand», sagte er.

«Was? Nein, da drüben.» Bernardo deutete. Neben einer Gruppe seltsam weißer Bäume, vielleicht fünfundvierzig Meter entfernt, war ein Mann auf einem Pferd zu sehen, der ihnen den Rücken zuwandte. Er schien mit der Gestalt zu sprechen, die vor ihm stand und hin und wieder hangabwärts auf etwas deutete. Die stehende Gestalt trug eine Kutte.

«Sieht aus wie Gerhardt», sagte Bernardo. Wie aus Höflichkeit drehte sich die Kuttengestalt um.

«Ja», sagte Salvestro. «Sieht so aus.» Sie sahen zu, wie der Reiter sein Tier antrieb und den Hang hinab verschwand. Der Mönch folgte.

Sie gingen weiter, bis sie neben den Bäumen standen, die nicht weiß waren, sondern kalkbedeckt. Vor ihnen kippte der Boden ab, wurde zu einer ungeheuren, aus der Erde gehöhlten Schale. Darin, so schien es Salvestro, war eine ganze Stadt gebaut, dann – einen Fuß über dem Boden – geschleift worden. Fundamente, kleine Steinpfosten, zerbrochene Säulen und umgestürzte Bogen lagen dort verstreut, und dazwischen schwärmte ein Heuschreckenheer von Spitzhackenschwingern, Hämmerern und Karrenschiebern. Dazwischen waren weit unten Gerhardt und der Reiter zu sehen. Die Schale hallte vom Geschrei der Arbeiter und dröhnte vom Klang des Metalls auf Stein.

«Was macht der da?» fragte Bernardo. Salvestro schüttelte den Kopf. Ja, was nur? Alles, was er über Gerhardt wußte oder wissen wollte, war enthalten in den verzweifelten Minuten, die er am Ufer der fernen Insel ausgestanden hatte. Unter den Tritten und Hieben der Insulaner hatte er den von der Kapuze bedeckten Kopf des Mönchs gesehen, dann seine Augen, gerade eben sichtbar außerhalb seines Schmerzkreises, wie sie ihn ruhig und ohne Erregung beobachteten, bis plötzlich Panik in dem Gesicht aufzuckte und er sich zur Flucht wandte; eine Sekunde später war Bernardo wie ein riesiges, nicht zu besänftigendes Tier über die Inselleute hergefallen. Bernardo hatte Gerhardt in dieser Nacht nicht gesehen, und Salvestro hatte ihm nichts von der Mitwirkung des Mönchs erzählt. Inzwischen hatte Bernardo, da er keine Antwort auf seine Frage erhielt, das Interesse an der Szene vor ihnen verloren. «Wir sollten jetzt machen, daß wir zurückkommen», sagte er.

Gerhardt war niedergekniet. Er musterte den Boden, gestikulierte zum Reiter hinauf, blickte dann wieder nach unten. Salvestros Auge wanderte über den Schauplatz. Reihen von Männern mit Schubkarren schlängelten sich durch die Ruinen zur Westseite der Schale, kippten ihre Fracht auf Haufen, die am Fuß des Hangs wie Ameisenhügel wuchsen. In die Erde waren dort Stufen geschnitten, aber Stufen für einen Riesen, jede acht oder zehn Fuß hoch. Die Kalkarbeiter schleppten Säcke, die sie auf dem Rücken balancierten, und vornübergebeugt kraxelten sie von einer Plattform zur nächsten, auf Leitern, die so dicht nebeneinander standen, daß sie wie die Webeleinen einer Schiffstakelage wirkten oder ein riesiges Netz, mit dem die Träger blindlings kämpften, auf und nieder krochen, auf und nieder ... Unten waren Stapel von Säcken, und Säcke, die gefüllt, und Säcke, die auf Rücken gehievt wurden, und auf dem Grund des großen Kraters hämmerte, marschierte und wuselte das Ameisenheer, und das Werk der Zerstörung schritt fort. Salvestro dachte an die Schaufel, die sich hob und knorpelknirschend niederging, an das unbeirrbare Grinsen des Kadavers. Man braucht nur diese Senke mit Wasser zu füllen, dachte er. Tote geben ihr Fleisch auf, Ertrunkene nicht einmal das. War es dies, was ihn erwartet hatte, da unten, in den schwarzen Tiefen? Kannten die Aasfresser dort unten die Baumeister, deren Bogen und Wände sie niederrissen, um ihre Öfen zu füttern; deren Fleisch sie bis auf die unwandelbaren Knochen abgeißelten? *Jetzt fängt der Kalk an zu beißen ...* Das Grinsen stak im Schädel, das wußte er, und nicht einmal Kalk hatte die Schädel aufgelöst.

«Wir müssen gehen», unterbrach Bernardo seine Gedanken wieder. «Wir müssen zurück zum *Stock*.»

Salvestro nickte. «Wir gehen jetzt zurück», sagte er.

«Wie lange geht das schon so?» zischte er, aber Jörg spitzte nur den Mund und blickte beiseite. Hans-Jürgen sah sich in der Kammer nach den Mönchen um, die bis jetzt zurückgekommen waren. Er würde bald wieder hinausgehen müssen. «Wie lange?» fragte er.

«Es hat keine Bedeutung», sagte Jörg. «Ich sehe genug, um zu beten.»

Aber nicht genug, um eine Kirche vom Hof eines Steinmetzen zu unterscheiden, dachte Hans-Jürgen. Der Sturm haltlosen Gelächters war über den Prior hinweggetost, während er sich hierhin und dorthin wandte, blöde ins Sonnenlicht blinzelte, plötzlich in verwirrter Wut davonstampfte. Hans-Jürgen fand ihn an einen Wassertrog gelehnt zwischen den Viehtreibern und Hökerern sitzen, die vor der Porta Pertusa warteten, um den Beamten Maut zu zahlen. Er hatte ihm den Arm gereicht und ihn zurückgeleitet, aber als die beiden den Ort seiner Demütigung erreichten, hatten sich die Mönche verstreut. Einige wenige wanderten zwischen den steinernen Pfosten der «Kirche» umher, mehr fanden sich auf der Piazza. Henning, Volker und ein paar andere waren gleich zum Gasthaus zurückgegangen. Kurz nach dem Prior und Hans-Jürgen kam Florian mit der Nachricht, Wulf, Wolf und Wilf hätten sich in Richtung Santo Spirito davongemacht. Jörg wirkte nun müde und entmutigt. Hans-Jürgen führte ihn zu seinem Strohsack und ging mit Florian hinaus, die anderen zu suchen. Diese kamen im Lauf des Nachmittags von selbst zurück, einzeln und zu zweit. Nun fehlten nur noch die drei Novizen sowie Joachim-Heinz und Heinz-Joachim, Matthias, Georg und Gerhardt. Das Schweigen der Heimgekehrten lastete wie ein drückendes Gewicht auf der Kammer. Ihre Augen folgten ihm, als er aufstand, um die Suche fortzusetzen.

Ich sehe genug, um zu beten ... Aber war es genug zu beten, hier, in *Roma*? Die Mönche warteten schon auf ein Zeichen von ihm, einen Hinweis, was sie nun tun sollten, aber er hatte ihnen nichts zu sagen. Die Gesichter waren besorgt und voller Fragen. Henning hatte wissen wollen, ob sie bald nach Usedom zurückgehen würden.

Die Sonne sank hinter einen der niedrigen Hügel des westlichsten Stadtviertels, als er zur Ponte Sant' Angelo hinabging. Die Pilger und Händler schienen ihn in einer großen lärmigen Leiberflut hinwegzutragen. Er gab sich dem hin, dem fremden Geplapper, dem Schweißgeruch, dem billigen Wein in ihrem Atem. Am Abend würde der Prior zu ihnen sprechen, sich wieder als ihr Hirte erweisen müssen. Sie würden folgen, wenn jemand führte. Sie würden folgen. Daran klammerte er sich im Gerempel der Menge auf dem kleinen Platz vor der überfüllten Brücke. Er reckte den Kopf, um vorauszublicken, und sah eine See wogender Hüte. Die Menge schob sich Zoll um Zoll über den Platz und wurde noch langsamer, als sie sich auf die Brücke quetschte. Er hatte erst wenige Stotterschritte getan, als eine Stimme neben seinem Ellbogen seinen Namen nannte.

Salvestro lehnte über dem Geländer. Ein Ausdruck sanfter Verwirrung glitt über sein zerbeultes Gesicht. «Wir wußten nicht, daß Ihr bei denen seid», sagte er wie abwehrend.

Die gleiche Verwirrung zeigte sich in Hans-Jürgens Miene. *Denen?*

«Bei wem?» fragte er, worauf Salvestro zum Flußufer hinabwies, wo Pilger und Bootsleute sich drängten, wüst um den Preis für die Passage flußab stritten, dann die Säume ihrer Gewänder hoben, als sie schmale Planken über dem Uferschlamm entlangtrippelten und das nächste Boot aus einer Flotte aneinanderknirschender Pirogen bestiegen. Die Kähne schaukelten wild, kollidierten immer wieder, wenn sie vom Ufer ablegten oder zurückkamen, um neue Passagiere aufzunehmen. Die Bootsleute fluchten und schoben, hantierten mit den Rudern wie mit Staken, um freizukommen, verschwanden dann unter der Brücke und fuhren flußabwärts.

Hans-Jürgen betrachtete die Szene, ohne etwas zu begreifen, und wollte eben weitere Erklärungen verlangen, als empörtes Geschrei unter der Brücke erscholl und Wulf, Wolf und Wilf dort herausgeschossen kamen; rücksichtslos rannten sie das Ufer entlang und bahnten sich geschickt einen schlammfreien Weg durch die erschrockenen Pilger, die taumelten und mit fuchtelnden Armen um ihr Gleichgewicht rangen. Das Geschrei unter der Brücke wurde lauter, und eine Sekunde später barst Bernardo ins Freie.

Für die beiden Beobachter sah es so aus, als ob ein wütender, schlammbespritzter Wasserbüffel sich durch die unvorbereitete Menge wühlte, Planken voller Pilger umstürzte und bei der Hatz auf das entfleuchende Trio eine Schneise des Chaos mähte. Alle vier verschwanden um eine Kaibiegung, während Männer und Frauen sich aus dem Schlamm aufrappelten, in grimmem Entsetzen um sich starrten, dann Dreckspritzer aus ihrer Kleidung zu reiben suchten und alles nur schlimmer machten.

«Das ist das zweite Mal», sagte Salvestro. «Die sind gleich wieder da.»

Waren sie auch.

«Halt!» bellte Hans-Jürgen, und die drei Novizen kamen schlitternd zum Stehen; sie schauten mit weit aufgerissenen Augen hoch, Gelächter und Schreie erstarben ihnen auf den Lippen, und plötzlich waren sie der Ruhepunkt im Taumel der Pilger. «Kommt her!»

Bernardo tauchte wieder auf, kam um die Biegung gestürmt, ohne auf die diversen pilgerförmigen Hindernisse zu achten, die bei seiner Ankunft magisch verschmolzen oder sich mit dem Gesicht nach unten im Schlamm wiederfanden. Beim Anblick der drei Mönche bremst er abrupt ab, für den Moment verblüfft ob dieses Endes der Verfolgungsjagd.

«Hier rauf!» rief Salvestro; dann wandte er sich an Hans-Jürgen. «Wir haben sie da unten gesehen und gedacht, sie hätten sich verlaufen», erklärte er. «Deshalb hat Bernardo sich bereit erklärt, sie, eh, einzusammeln. Wir dachten …»

«Ganz recht», antwortete Hans-Jürgen. «Das war völlig richtig. Ich war selbst auf der Suche nach ihnen.» Er musterte das Trio streng, als es die Treppe vom Flußufer heraufkam und am Ende der Brücke wartete. Wilf sah sich nach dem vormaligen Verfolger um, der hinter ihnen die Treppe herauftrampelte. Alle drei begannen gleichzeitig zu kichern. «Ruhe!» brüllte Hans-Jürgen, wandte sich dann wieder an Salvestro. «Danke sehr», sagte er und zögerte, als ob er zuviel sagen könnte. Er fühlte sich unwohl, irgendwie verpflichtet. Er ist ein Söldling und ohne Glauben, erinnerte Hans-Jürgen sich. Er hatte die beiden gemieden, seit sie ihn am Strand gefunden hatten; als ob seine damalige Hilflosigkeit beschämend gewesen sei. Während der Reise hatten sie einige wenige Worte gewechselt. Das war alles.

Sie gingen gegen den Strom der Menge zurück, Bernardo voraus, Salvestro und Hans-Jürgen als Nachhut. Die drei jungen Männer plauderten miteinander, mit gesenkten Stimmen.

«Habt Ihr den Papst gesehen?» fragte Salvestro irgendwann.

«Nein», antwortete Hans-Jürgen brüsk.

Die Dämmerung brach herein, als sie von der Via Alessandrina in eine Gasse bogen. Die Straßen wurden enger und dunkler, bis Hans-Jürgen meinte, es sei schon Nacht; aber als er vor dem Eingang zum *Stock* anhielt und aufschaute, leuchtete der Himmel noch. Inzwischen waren Joachim-Heinz und Heinz-Joachim zurückgekehrt. Sie hatten beschlossen, den Fluß getrennt abzusuchen, jeder auf einem Ufer, und über die Brücken bei der Tiberinsel die Seiten zu wechseln. Joachim-Heinz hatte den Schluß von Bernardos Jagd auf die drei Novizen gesehen, bis er sie unter der Brücke von Sant' Angelo aus den Augen verlor. Wenig später humpelte Matthias herein, gestützt auf Georg. Ein Pferd hatte ihn getreten. Nur Gerhardt fehlte noch.

Pater Jörg lag auf dem Strohsack; seine Lippen bewegten sich kaum merklich im Gebet. Die anderen Mönche sammelten sich zu zweit und zu dritt und redeten so leise, daß Hans-Jürgen nichts hörte. Wulf, Wolf und Wilf rutschten herum und flüsterten miteinander. Nur die beiden Führer wirkten sorglos; Salvestro döste, Bernardo zupfte den trocknenden Schlamm von seinen Kleidern. Hans-Jürgen erwog, sich dem Prior im Gebet anzuschließen, fand aber nicht die nötige Ruhe. Blind, oder fast blind ... Wieder staunte er über die eigene Dummheit. Wie viele der anderen mochten die an diesem Nachmittag enthüllte Schwäche begriffen haben? Es hatte kaum Bedeutung; sie würden es früh genug erfahren. Derlei ließ sich nicht verbergen. Bring diesen Tag zu Ende, dachte er.

Vielleicht war er eingeschlafen, wiewohl kurz und unruhig. Eine jähe Bewegung ließ ihn auffahren und um sich blicken. Was? Die Brüder kamen auf die Beine. Wo war Jörg?

«Brüder, heute wurden wir einer Prüfung unterzogen. Die Art unserer Mühsal hat sich gewandelt ...»

Zu was? fragte Hans-Jürgen sich unwillkürlich. Er rappelte sich auf, während Jörg über die Wechselfälle sprach, sie zu Proben und Prüfungen erklärte, Notwendigkeiten auf dem Pfad zum Heil. Zunächst sprach er mit Nachdruck, und die Mönche hingen an seinen Lippen. Sie wollen glauben, dachte (oder hoffte) Hans-Jürgen. Bald jedoch wurde Jörgs Rede ziellos und zerfaserte, wiederholte sich, und Hans-Jürgen spürte die gleiche Zerfaserung bei den Zuhörern. Mitten in dieser Ansprache flog dann plötzlich die Tür auf.

Jörg hielt inne und wandte sich der Lärmquelle zu. Gerhardt stand im Eingang. Nach kurzem unbehaglichen Schweigen sagte Jörg: «Du kommst spät, Bruder.» Vom Scheitel bis zur Sandalensohle war Gerhardt weiß von Staub; daß Jörg sein Aussehen nicht erwähnte, machte alles noch seltsamer. Er brachte eine flüchtige Entschuldigung vor, und Jörg kehrte zu seinem Thema zurück, einer Analogie zwischen ihren Mißgeschicken und denen des Papstes, aber die Mönche hörten nicht mehr zu. Sie blickten auf Gerhardt, der unter ihnen stand und ihre Aufmerksamkeit anzog, während er äußerlich verzückt den Worten seines Priors lauschte. Als Jörg geendet hatte, hingen aller Augen an Gerhardt, der zu seinem Strohlager am anderen Ende des Raums ging. Hanno und Georg folgten ihm.

An diesem Abend begaben sich die Mönche sehr langsam zur Ruhe; sie zupften an den Klumpen herum, die sich in ihren Strohsäcken geformt hatten, und gingen allein oder zu zweit hinaus, um sich Wasser ins Gesicht zu spritzen. Neue Rituale, dachte Hans-Jürgen. Unbehagen blähte sich in ihm.

Pater Jörg hatte zur Feder gegriffen und schrieb gewissenhaft langsam, das Gesicht nur wenige Zoll vom Pergament entfernt.

Der Teufel beschwor für Christus Städte in der Wüstenei, ihn und seine Standhaftigkeit zu prüfen. Genau so stehen Usedoms Mönche dieser Stadt namens Roma gegenüber. Einige sehen eine Stadt der Kirchen und Pilger. Andere sehen nur Schwierigkeiten und Aufgaben, die sie gern anderen überließen. Einige werden ausharren, andere nicht. Usedoms Mönche werden hier geworfelt werden, wie dies Christus geschah, und die Spreu wird fortgedroschen. Schon lösen sich die Hülsen von den Körnern …

Hier hielt Jörg inne; er wußte nicht recht, wie er fortfahren sollte. Es gab Dinge, die er behandeln wollte, ohne daß ihm klar war, wie er das tun sollte. Er lauschte den Geräuschen im Gemach: leises Gemurmel, Strohgeraschel, hier und da ein Husten oder Niesen … Dann das Kratzen des Kiels, als er fortfuhr.

Der Prior führte Usedoms Mönche nach Roma, doch kamen einige nur widerwillig …

Wieder hielt er inne. Er hörte die gleichen Geräusche wie zuvor. Abgesehen davon herrschte Stille. Gerhardt, Hanno und Georg drängten sich noch immer am anderen Ende des Raums zusammen, die beiden letzteren nickten bisweilen. Jörg beugte sich über das Pergament und kritzelte nun schneller als zuvor; die bisherigen Vorbehalte hatte er beiseite geschoben.

In Rom fand ihr Prior, daß seine Gegner sich nicht verändert hatten. Bruder Gerhardt schmiedete auf der Insel Ränke gegen ihn und untergrub sein Ansehen in Rom. Er spottete des Priors, und Usedoms Mönche mißachteten seine Autorität, spotteten seiner ebenfalls. Zunächst verschwand er für den größten Teil des Tages, auf daß man sich Mutmaßungen über seine wahren Tätigkeiten hingebe. So wurden Usedoms Mönche abgelenkt vom geziemenden Ziel ihrer Aufmerksamkeit, nämlich ihrem Prior. Später sammelte er ausgewählte Gruppen Unzufriedener um sich und flößte ihrem Busen jene Galle ein, die auch den seinen vergiftete, nämlich Neid, denn einst hatte er gewähnt, selbst Prior zu werden, doch ordnete Unser Herr die Dinge anders …

In dieser Weise fuhr er fort bis zum Ende der Seite, hielt dann inne und begann, das Geschriebene durchzulesen.

Hans-Jürgen lehnte sich auf seinem Strohsack zurück, beobachtete Gerhardt aus den Augenwinkeln und lauschte Jörgs Schreibgeräusch. Nach und nach endeten die leisen Töne: Der Kiel hörte auf zu kratzen, als Jörg seinen Bericht aufgab, das Geraschel beruhigte sich, nur wenige leise Stimmen störten die Stille. Der Prior beugte sich noch immer über das Pergament, als er mit der Hand Zeichen gab, daß man die Lichter lösche. Der Geruch von Kerzenrauch trieb durch die Kammer. Er hörte den Prior sich bewegen und erriet, daß dieser erneut zur Feder gegriffen hatte. Die Spitze kratzte über Pergament, aber härter als zuvor, und immer wieder die gleiche Bewegung. Er tilgt es aus, begriff Hans-Jürgen zu spät; was immer er da geschrieben hatte … Er schlief, oder schlief gerade ein, als die Stimme an sein Ohr drang.

«Das war Kalkstaub. Wir haben ihn im Steinbruch gesehen.»

Er konnte sich nicht rechtzeitig aufraffen. Er hob den Kopf, aber es war niemand mehr da. Kalkstaub. Steinbruch … Noch etwas? Es war Salvestros Stimme gewesen.

«Ghiberti.»

«Heiligkeit?»

«Wo ist Sergeant Rufo?»

Ein Diener mit einer Kerzenschneuze drückt sich geschickt durch die getäfelte Tür im anderen Raum, erblickt die beiden Männer und bleibt stehen, ein Bein vor, eins hinter der Schwelle. Leo bedeutet ihm unwirsch, mit seiner Arbeit weiterzumachen. Bald wabert Kerzenrauch aus dem dunkelnden Raum zu ihnen. Dräuendes Grollen gurgelt in seinem weichen Gedärm; des kommenden Tages Scheiße verheißt viel Schmerz. Es ist möglich, denkt er, daß Lenos Mitteilungen sich als haltlos erweisen. Und es ist möglich, denkt er, daß dies nicht so sein wird. Als einziger wird Rufo es mit Bestimmtheit wissen, denn nur Rufo hat sie von Angesicht zu Angesicht gesehen. Sie hören, wie der Mann im Nebenraum herumtappt. Rufo und, vielleicht, der Oberst. Endlich schließt sich die andere Tür.

Ghiberti sagt: «Ich glaube, er steht in Diensten der Republik Venedig, Euer Heiligkeit.»

Ist es töricht von ihm, die Kombattanten von Prato hier in Rom noch einmal zusammenkommen zu lassen? Wäre es nicht noch törichter, nichts zu tun, während sie rings um ihn her lavieren? Ohne Führung gehen Menschen in die Irre. Ohne Führung sündigen sie. Mißgeschicke folgen, und später klaffen gefräßige Kategorien: das abgründige «Unvorhergesehen», das umschlingende «Unerwartet», so ohne Dimension wie nebenan die verdunkelte Sala mit schwammigen Bischof-von-Spezia-Lippen. Die Zukunft übertrifft fast immer jede Voraussicht ... Ist dies klug?

Ja, denkt er, wägt, grübelt; besser, die Vorsicht zu übertreiben. Besser, ihnen die Kehlen schlitzen zu lassen.

«Laßt ihn herkommen», sagt er.

«...?»

«...!»

Es dauert eine Woche. Vorgekaut von Schreiberzähnen und teilverdaut von den Mundsäften geschwätziger päpstlicher *fonctionnaires* reist dies schmackhafte Stückchen Tratsch von Mund zu Mund tiberwärts, über die Brücke gen Westen, wird dann in der Stadt selbst ausgehustet: kränklicher Informationsglibber, so vorsichtig zu beschnuppern, wie Hunde den Säureschaum fremder Hundekotze beschnuppern. Was hat Seine Glitzer-Schlitzer-Scheinheiligkeit jetzt wieder vor?

«Der Bischof von Spezia?»

«Aber das ist *Monate* her ...»

«Das war erst vorige Woche.»

Aber es ist nicht der Bischof von Spezia und nicht das ausufernde Rattenproblem, auch nicht die Aalgeschichte. Entblößte Frauen und halböffentliche Kopulation? Analverkehr? Die Franzosen? Nein, nein, nein, nein ... Gutinformierte Quellen, vom Küchentrakt zur Apostolischen Camera, berichten über ein *Gespräch* ...

«Lang- und dazu auch noch -weilig.»

«Nein, warte, hör dir *das* an ...»

Es folgen: «Mmm-hmmm» und «Ah haah» und «Na und?»

Es ist also nicht eigentlich Roms gewöhnliche Gerüchtediät; nichts von einem Sturz oder Streich oder der Syph. Kein jähes Stolpern in die Ungnade, keine überfällige Anhebung, keine Erwähnung des allzeit unbeliebten Kardinals Armellini. Der kitzlige Kollektivkortex der Stadt schwitzt in seiner Hirnschale aus Travertin und Tuff. Inzwischen mutiert der Klatsch, treibt seltsame Greifglieder, wird allmählich zu etwas für Rom Erkennbarem ... Es trabt herein das Tratschtier: Prunkpelz aus durchscheinendem Samt mit Granatapfelmustern, sieben Eine, ein einziger Kopf und drei Schwänze (zwei mehr als der durchschnittliche Engländer). Iberia–am–Tiber ist uneins mit sich, tuschelt das Tier und fährt eine Anzahl von Hummerfühlern aus. Mißbehagen bei Gesandten ist nicht gerade aufregend, bietet aber immerhin einen Hebel-, einen Ansatzpunkt bei dieser nebulösen und etwas abstrusen Anekdote.

«Na ja, was erwartest du denn von den Portugalesen?»

«Und den Spaniern.»

«Hmmm ... Putzen die sich wirklich die Zähne mit Pisse?»

Das Tratschtier galoppiert umher, wuchert und zerfällt, stößt ein Paar Euter ab in Pescheria, kriegt Kiemen in Ponte, sondert gleich daneben, in Parione, eine wabbelnde Schleimblase ab, in der es sich nur noch mühsam bewegen kann, trotz zusätzlicher fünfzehn viriler Tentakel. Ein letzter trister Schleifschritt die Via delle Botteghe Oscure hinab, ein schleimiger Satz nach Süden zum rettenden Fluß ... Zu spät. Das Fatum verhängt Tod durch Ersticken in einem Exoskelettpanzer aus dem eigenen sonnegebackenen Rotz. Das Tier ist tot. Der Tratsch lebt weiter. Eine körnige Zunge schwappt und schlabbert in den Ohren von halbkugelförmigen Mönchen, Halbweltdamen, mümmelig-mürrischen Halberemiten ...

«Die sind beide gleich schlimm, arrogante Bastarde.»

«Hochnäsig, würde ich sagen.»

«Genau, *hochnäsige* Bastarde ...»

Stolz dazu, und anmaßend, und … So findet der Tratsch den ersten, leichtesten Halt in Roms zahlreichen Xenophobien, denn wie Böhmen Ketzer sind und alle Polen Diebe, sind Florentiner grapschige Sodomiten, Venezianer dreist und Neapolitaner nur für einfache Landarbeit zu gebrauchen. Die Ungarn? Die fuchteln beim Trinken mit den Armen und tragen komische, unförmige Hüte. Engländer sind unflätige, habgierige, hinterwäldlerische, stinkige, geschwänzte Ekel, wogegen Deutsche fressen wie die Schweine und öde Konversation machen. Der zweitbeste Zug der Franzosen ist ihre Singerei; klingt wie eine Ziege, die gerade eine Kathedrale gebiert. Ihr bester Zug ist ihr Abzug über die Alpen, vor zwei Jahren. Ein paar zahnlose Überbleibsel aus Borgia-Zeiten rappeln in den Flügeln zerfallender Palazzi herum, eifersüchtige Hüter der in ihren Adern gerinnenden *limpieza de sangre*, greise Förderer der Schwarzen Legende, die um alles in ihrem schwindenden Leben nicht begreifen mögen, wie sich die Jagd nach merkwürdigen Tieren in den diversen Indien denn mit dem hart erkämpften spanischen Ruf extremer militärischer Grausamkeit vertragen soll. Freudigere Aufnahme findet der Wettstreit in Roms Ställen und billigeren Bordellen, bei den Pferdeknechten, Huren und von Cardonas Neapel-Armee abgestellten Soldaten, die herumstolzieren und angeben, das Stoppelkinn auf die Tresen von Ripas Tavernen stützen, dabei selbstgefällig neutral tun und Wetten auf das Ergebnis abschließen.

«Wetten! Noch so ein abstoßendes iberisches Laster.»

«Wetten worauf?»

Das ist alles andere als klar. Weitere Tratschmodulationen spielen mit dem städtischen Geschmack an exotischen Dingen. Der gute alte Hanno hat zweifellos etwas mit der komischen dreiseitigen Abmachung zu tun, die in den Belvedere-Gärten zurechtgeschustert wurde (diese Zusammenkunft gilt inzwischen als «übellaunig» und sogar «stürmisch»); die Beliebtheit des Elefanten nährt Roms wuchernde Neugier hinsichtlich der Identität des zu beschaffenden Tiers, je bizarrer, desto besser. Der Kamelopard ist ein aussichtsreicher Kandidat, desgleichen der furchteinflößende Schuppenkeiler, diverse Drachen … Drachensteigen wird zum Lebenselixier eines kräftigen, grobschlächtigen Tratschs, eng verwandt mit Appetit und Metapher.

«Es hat …» – Colonna macht eine Pause, seufzt, atmet aus, überlegt, hievt sich hoch, beginnt das Hemd auszuziehen – «… eine überaus *undurchdringliche* Panzerung.» Vittoria macht *tz* und gluckst, als ihr Vater dieses Bonmot wiederholt, beobachtet von einhundertsiebenundzwanzig Augenpaaren. Runter mit den Schuhen. Bald ist er völlig nackt, bis auf den Hut. Vittoria bringt ihn ganz leise hinaus. Warum muß er das immer in der Messe machen? Ob er Gott nicht liebt? Der Pfeil gräbt sich ein bißchen tiefer in seinen Schädel.

«Hufe.» Ein Zwerg sagt das zu seiner zwergenhaften Frau, in einer glühendheißen Dachkammer im Vatikan. (Tratsch gedeiht bestens als Wiedergänger.) «Hufe», wiederholt sie. Es wird zwischen ihnen zu einem geflügelten Wort. Eine Truppe ihrer Verwandten plant, sie irgendwann im Spätsommer von Magdeburg her zu überfallen und ihr Glück beim Papst zu versuchen, der angeblich Zwerge mag. «Hufe», sagt er wieder. «Hufe», sagt seine Frau.

«Ein Schwanz wie eine Ratte», murmelt Kardinal Serra in seinem Domizil, eine Viertelmeile entfernt. «Vielleicht *ist* es eine Ratte.» Er ist verdrossen, weil Vich ihn nicht ins Vertrauen ziehen will und allein im letzten Monat drei aufeinanderfolgende Einladungen zum Essen abgelehnt hat. Irgend etwas liegt in der Luft, er kann es riechen, etwas im Zusammenhang mit Ayamonte. Eine Ratte.

«... und es schläft, indem es sich gegen einen Baum lehnt, denn da es keine Kniegelenke hat, kann es nicht allein aufstehen, wenn es einmal gestürzt ist. Eine große Säge und noch größere Geduld, das ist alles, was man braucht. Dann gehört einem das Tier. Eine andere Möglichkeit, es zu ködern und zu zähmen, sind Jungfrauen. Es ist sehr empfänglich für Jungfrauen, dieses Tier ...» Sie nicken.

Im versperrten Keller eines Bauernhauses am Pincio, abgeschieden, sorgfältig ausgesucht, nach morschem Putz und Kuhscheiße stinkend, schleudert *La Cavallerizza* rotes Haar zurück über die nackten Schultern und schließt die Oberschenkel eng um das Gesicht des Jungen. Ein drohender Schnipser des spitzen Fingernagels gegen das pochende Glied zieht die widerstrebende Zunge hoch in ihr Inneres. Sie setzt sich fester in den Sattel. «Was *(uuf)* ich gern wüßte *(unnnk)* ...» Vitelli betrachtet seine Frau mit milder Überraschung, als der Junge zu zappeln beginnt. Sie langt nach seinen Hoden. «... ist die Größe *(uurgh)* von diesem Horn *(aaagh)* am Ende *(aaargh!)* der Nase!» *Eeeurgh-aaAARGHH!*

«... aber am allerwichtigsten ...» Sie beugen sich vor über den Tisch, artig ergriffen. «... wirklich, von äußerster Bedeutsamkeit ...» Sie neigen die Häupter, werden Spiegelbilder der hingerissenen, geduldigen Faszination des jeweils andern. «... der unabdingbare Schlüssel zum Verstehen dieses Tiers ...» Die Köpfe berühren einander, so ungeteilt ist die Aufmerksamkeit. «... ist, daß es *Elefanten absolut verabscheut.*»

Danke sehr.

Das Tier schwillt wie eine von Schnapshauch gefüllte Blase und kollabiert wie eine Lunge. Drucker in der ganzen Stadt verkaufen ihre sämtlichen Exemplare der Naturgeschichte des Plinius und drucken neue, die ebenfalls schnell vergriffen sind. Formlose Fraktionen, deren Wettstreit heroisch oder wild oder leicht albern wird, je nach den Umständen, sammeln sich um die Spanier und Portugiesen. Der Papst erhält allgemein Beifall; allerdings bleibt unklar, wofür. Striegler striegeln, Flicker flicken, Gräber graben, Trinker trinken ... Alle reden. Roms Klatschhökerer finden ihren Beruf verseucht von bloßen Amateuren, die eine beunruhigende Fähigkeit zu Vertraulichem Geflüster entwickeln, zu Wilder Behauptung und zu Vager und Grundloser Feststellung. Sie suchen Zuflucht in Übertreibung und Lüge.

«Warum?» fragt Salvestro.

«Tja, warum wohl?» erwidert Pierino. «Es ist ein Rätsel. Ein Enigma.»

«Der Elefant und das Enigma wären dann also alte Feinde», erwog Bernardo. Die um ihren Tisch versammelten Zuschauer folgten dem Gespräch aufmerksamer, als er weiterredete. «Ist doch ganz einfach. Feinde, wie Christen und Türken, oder Katzen und Hunde, oder die Franzosen und, eh ...»

«Alle anderen?» sagte Lucullo.

«Ja», stimmte Bernardo zu. «Das Enigma ist wie Alle Anderen.»

«Und Alle Anderen sind Das Enigma?»

Alle anderen nickten.

Anfangs, als das Gerede über diese neueste hispano-lusitanische Kabbelei die Verschanzungen von Roms träger Aufmerksamkeit berannte und erklomm, wahrte *Das Zerbrochene Rad* hochmütige Geringschätzung, eine leicht befangene Achtlosigkeit, zusammengesetzt aus echter Unkenntnis und dem vereinsmeiernden Widerstand der Stammgäste gegen alles, was der Rest der Stadt bemerkenswert findet. Das puffhafte Licht in der Taverne legt ein ewiges «kurz vor Mitternacht» nahe: undurchsichtige Senftöne über einer Basis aus Rot und Rosa – Kerzenlicht, geseiht durch billigen Wein. Wen schert denn Diplomatie, wenn Gleichgültigkeit so erhaben ist? Drei Wochen lang war dies die gültige Parteilinie; innerhalb von drei Minuten räumte das gerade so benannte «Enigma» damit auf, durchbrach – Horn voraus – den Wall mit einem possierlichen Kopfstoß und brachte die gewetzten Zungen der Trinker im *Zerbrochenen Rad* ins Rattern mit Gerede über seine unwahrscheinliche Anatomie. Der Idiolekt der Schänke eignete sich mühelos den Begriff «unpaarzehiges Huftier» an, und Salvestro und Bernardo fanden sich zu ansässigen Experten für komische Tiere gewählt. Das Etikett «Große Forschungsreisende» klebte gut.

«Aber was ich gern wüßte», fuhr Pierino fort, «wenn unser Papst denn seinen Elefanten so sehr liebt – was will er dann mit dessen schlimmstem Feind, diesem ... Enigma?»

«Päpste wollen immer das, was sie nicht kriegen können», piepste eine Stimme weiter hinten in der Menge, die sich um den Tisch gesammelt hatte. Der Sprecher hatte Züge, die sich um den Mittelpunkt seines Gesichts drängten und seinem Kopf ein trügerisch-geschwollenes Aussehen verliehen. «Meistens sind das die Einkünfte des Herzogtums Modena. Unter Julius war ich Kopist in der Camera. Er wollte die größte Kirche der Christenheit bauen, für dreieinhalb Soldi ...»

«Das könnte es sein», sagte Salvestro; er wollte sich darüber gerade weiter verbreiten, als eine zweite Stimme ihn unterbrach: «Man sollte sich wohl besser fragen, warum die Spanier oder Portugalesen so begierig darauf sind, es ihm zu schenken.» Ein großer Mann mit hoher glänzender Stirn; die um ihn her blickten in sanfter Entrüstung auf. Wer war dieser verschrobene Lulatsch, daß er den Großen Forschungsreisenden ungefragt Ratschläge erteilte? «Und woher wollen die das Tier überhaupt kriegen?» fuhr er fort.

Einige der streitlustigeren Zuhörer knurrten: «Halt die Schnauze» oder «Paß auf dein Maul auf, Bohnenstange», aber Salvestro hob die Hand, um sie zum Schweigen zu bringen.

«Beides gute Fragen. Ich müßte selbst erst noch in Navona ein Enigma zum Verkauf angeboten sehen», antwortete er freundlich. «Tja, wo also? Und warum?» Er bedachte beide Fragen einen Moment. «Bernardo?»

Bernardo hatte zu allem weise genickt. Nun blickte er auf, erschrocken, und fand die Augen des Publikums auf sich gerichtet. Über den Tisch hinweg betrachteten ihn Lucullo und Pierino erwartungsvoll.

«Stimmt», sagte er. «Tja, hier nicht. Also woanders. Wenn ich überlege, wo man so ein Tier finden könnte, denke ich an keinen bestimmten Ort. Ich würde zuerst mal irgendwo hingehen, wo ich noch nie gewesen bin, um nachzusehen, ob es da ist. Wenn es nicht da ist, würde ich woanders hingehen, zum Beispiel, eh ...» Er kam für ein paar Sekunden ins Schwimmen.

«Lieber Gott, der Mann ist ein Wunder!» platzte Lucullo da heraus, und die Menge, die bei Bernardos Antwort vielleicht die ersten unbehaglichen Regungen von Skepsis verspürt hatte, machte eine schnelle Kehrtwendung. Warme Zustimmung überwog, als Lucullo fortfuhr: «Wo und warum? Unsinn! Bernardo hier ist gleich ins Zentrum vorgestoßen. Das einzige, was zählt, ist das *Wie*, sagt er uns. Das nenne ich wirklich eigenständiges Denken!»

«Genau!» rief Bernardo, entschlossen, Anteil an der jähen Eintracht zu haben. Er überflog die liebenswürdigen Gesichter und nickenden Köpfe, suchte nach dem Fragesteller, aber der lange Mann war verschwunden.

Beim Blick auf die nämlichen strahlenden, freundlichen Mienen des devoten Publikums dachte sich Salvestro: Wir hätten schon längst nach Rom kommen sollen. Wie am Vortag und am Tag *da*vor folgte dann der Begleitgedanke dem anderen auf den Fersen: Wir hätten noch am Tag unserer Ankunft von hier fliehen sollen. Denn da gab es immer noch den Obersten. Irgendwo in dieser Stadt, die ihn so liebevoll an den Busen drückte, wartete der Oberst auf ihn. *Willkommen in Rom* ... Seit fünfundzwanzig Tagen waren sie nun hier. Im pechschwarzen Erwachen tauchte das Gesicht vor ihm auf und ließ sich nicht vertreiben, bis er aufstand, über die schlafenden Mönchsleiber stolperte und sich aus dem Brunnen im Hof ein wenig Wasser ins Gesicht spritzte. Fünfundzwanzigmal dieser Gedanke, und fünfundzwanzigmal das passende Gegenstück. Wenn er wieder hineinging, um Bernardo zu wecken, begann der Soldat aus seinen Gedanken zu schwinden. Dann und erst dann konnten ihre Tage in Rom beginnen.

Zunächst schlossen sie sich den aufeinander folgenden Pilgergruppen an, deren Wege zwischen Roms Kirchen Schleifen beschrieben. Große choralsingende Mengen kamen morgens auf dem Petersplatz zusammen und brachen dann in Dreißiger- oder Vierzigergruppen zu den ersten ihrer Stationen auf. Die meisten marschierten schnell los, um an der Ponte Sant' Angelo ein Boot zu nehmen oder das Ufer entlang bis Santa Sabina zu laufen, wo sie vom Treidelpfad zur Porta San Paolo gingen, vorbei an der Pyramide, zum staubigen Marsch nach San Paolo fuori le Mura. Andere dagegen ignorierten diese entlegenste von Roms Pilgerstationen und fingen gleich mit dem Lateran an – zwanzig Schlenderminuten durch Ponte und ein Getrödel durch die Ruinen entfernt – besser jedenfalls als der stundenlange Gewaltmarsch auf der Straße nach Ostia. Salvestro und Bernardo zogen natürlich den Lateran vor und besuchten ihn viermal an ebenso vielen Tagen.

Wenn sie die Heilige Treppe hinauf- und hinabgeklettert waren, wanderten die Pilger zu den klobigen Türmen der Porta Asinara und von dort zu Santa Croce in Gerusalemme, Salvestro und Bernardo noch immer im Schlepptau; pflichtgemäß sahen sich die beiden dort die in Stein gehauenen Fische in einem neu errichteten Brunnenbecken an. Ein paar Gebete, dann wieder weiter, den kleinen Hügel hinauf und durch die Porta Maggiore nach San Lorenzo fuori le Mura, allein auf rauhem Weideland stehend und mit der Stadt nur verbunden durch den Ameisenzug aus Betenden, die dorthin stapften und ihre Stäbe und Kreuze trugen und bisweilen auch einander, denn gleich vor dem Torhaus stand eine belebte Schänke. Einmal um den Kreuzgang, dann war es Zeit für Santa Maria Maggiore. Inzwischen schritten die Pilger langsamer aus, und die Scharen zerlumpter Händler, die von Käfigen mit Vögeln bis zu Wasser alles verkauften und ihnen überall hin folgten, hatten jetzt mehr Erfolg, da die Marschierenden Ausreden suchten, um sich die Füße auszuruhen.

Sie gingen in Richtung Aventin, ließen die Stadt links liegen, während rechts Wohnhäuser und Nebengebäude sich schnell lichteten, bis nichts mehr da war als Felder, ein paar Gärten, die eine oder andere Ruine. Die Pilgerkolonne auf der Straße wurde immer länger und dünner; die Langsamsten und Müdesten verdrückten sich unter dem einen oder anderen Vorwand nach links und verschwanden wieder in der Stadt. Eine lange sanfte Steigung führte hinauf zur Kirche, von den Pilgern mit lautem Geschrei und theatralischem Gefuchtel der Stäbe bewältigt, als hätten sie die Alpen zu erklimmen, nicht den niedrigen Buckel des Esquilin. Der «Anstieg» war eine Ausrede dafür, den Weinbalg herumgehen zu lassen oder einander auf den Rücken zu klopfen oder ausschweifende Gebete ums eigene Überleben loszuwerden. Aber es wurden jetzt keine Choräle mehr gesungen, und zumindest Salvestro war froh darüber. Oben auf dem Hügel stand die Kirche Santa Maria Maggiore.

Es mochte der Lateran sein oder Santa Croce oder auch eine der kleinen Kapellen, die sich um die größeren Kirchen drängten, als sei dort ein früherer Dom explodiert und habe seine zertrümmerten Seitenaltarnischen verstreut um die Kirche zurückgelassen, die ihn ersetzen sollte. Es mochte einer der kleinen Holzbauten sein, bei denen die Mönche auf der Reise zu Dankgebeten anhielten. Bernardo ging immer hinein. Salvestro betrachtete die massigen Mauern, das dunkle Innere, hörte zuweilen das Trällern und Jammern eines Chors ... Bei Santissimi Apostoli war er vom Schub der Menge hineingetragen worden und hatte sich eher in einem übellaunigen Karneval denn in einer Kirche wiedergefunden. Bei den weiteren Rundgängen wartete er draußen, mit wachsender Neugier, und als sie den Esquilin erstiegen, sagte er zu Bernardo, in diese Kirche könnten sie auch gemeinsam hineinschauen, wenn es ihm nichts ausmache, was der Fall war.

Ein riesiger Glockenturm fiel vom Himmel wie ein steinerner Rammbock, der ins Kirchenschiff getrieben wird. Wenn die Glocken läuteten, donnerte ihr Klang durch den Turm hinab und explodierte im Rumpf der Kirche. Die Pilger hielten sich die Ohren zu und brüllten miteinander, aber Salvestro stand schweigend neben Bernardo; er betrachtete weder die großen Kolonnaden zu beiden Seiten des Schiffs noch die eingelegten Mosaiken der Wände, noch die verschiedenen Marmorarten des Bodens. Als alle anderen gegangen waren, um die Schätze der *Presepio*-Kapelle zu beschauen, stand Salvestro dort allein bis auf Bernardo und starrte hinauf in die Düsternis unterm Dach. Unterwasserlicht sickerte durch das Filigran der gemeißelten Marmorfenster und leckte hinauf in die Hohlräume weit über seinem Kopf. Dort, wo es die Decke erreichte, schien das Licht lebendig zu werden, neue Energie aus dem zu ziehen, worauf es dort traf, denn die Decke bestand aus Gold.

Salvestro ließ sich treiben, drehte sich langsam auf den Absätzen, während über ihm eine Lichtschicht kreiselte. Mosaiken säumten die Bogen und Konturen, bildeten Karos und krummsäbelartig geschwungene Einfassungen. Grelles Sonnenlicht mästete sich in der Hitze des frühen Nachmittags und barst vor dem harten Marmor. Die weiterkriechenden Strahlen schwappten schwächlich gegen die grellbunten Täfelungen dort oben, als sei die Luft selbst ein Hemmnis. Salvestro sah die metallischen Schuppen einer massiven Rüstung, war gleichzeitig vom Anblick gebannt und darin verloren und empfand sich als im Kirchenschiff schwebend, nicht aufblickend, sondern mit hochgebundenen Fersen kopfüber ins matte Glitzern tief unter ihm stürzend. Das Innere war zähflüssig, unentrinnbar. Ein großes goldenes Tier schleppte sich über das Bett seiner Domäne. Er war im Faß, wieder gefangen, stürzte nach Vineta hinein ...

Als sie gingen, stand ein Mönch neben der Tür und sagte ihnen, die Decke sei mit dem ersten aus der Neuen Welt hergebrachten Gold belegt, aber Salvestro wollte es nicht wissen und mied danach Roms Kirchen wenn möglich, wanderte lieber durch das Getriebe am Flußufer, wo Bootsleute Passagiere und Fracht luden, einander anschrien und mit den launischen Strömungen und Wirbeln des Tiber kämpften. Sie sahen ein Maultier ertrinken und wie unter dem Ponte Cestio eine Bootsladung Flaschen den Kahn zum Kentern brachte und ihn augenblicklich versenkte. Ein paar Männer blieben stehen und sahen zu, wie die dunklen Gegenstände in den weißen Sand hinabtaumelten und dann verschwanden, als flösse dort das Wasser über ein Bett aus dicker Sahne. Ein Zuschauer erzählte seinem Gefährten, er habe ganze Kahnladungen Steine ebenso schnell verschwinden sehen. Das Sandbett des Tiber sei tief genug, um ganz Rom zu verschlingen.

Salvestros Soldivorrat floß in stetigen Schüben in die Taschen der Schankwirte, deren Tavernen am Kai lagen und die ihnen als Gegenleistung fette Störfilets gaben, sehnige Hühner, schwere campanische Weine, die nach schwarzen Johannisbeeren schmeckten, Teller voll dampfender Rüben und Karotten, deren gemeinsame Wirkung es war, ihre Eingeweide in Wasser und ihre Köpfe in Kessel voller Blut zu verwandeln. Im Würgegriff ihrer bebenden Gedärme hockten sie erbärmlich da und zitterten wie im Fieber. Als Salvestros ungefähre Berechnungen enthüllten, daß derlei Königsmahle sie bald arm wie Bauern machen würden, verlegten sie sich wieder auf teigigen Zwieback, getunkt in dünne Gemüsebrühe, auf ungesalzenen Brei aus Mehl oder Bohnen- und Kichererbsenmus, und sie tranken Bier, bis sie wie die Pferde pißten. Die Sonne schien jeden Tag höher zu steigen. Die Nachmittage waren gähnende Wüsteneien aus Hitze.

Die Straßen leerten sich, als Pilger, Priester und Städter gleichermaßen sich in Palazzi, Ställen, Schuppen, Hütten oder Notbiwaks aus Pfosten und Säcken verkrochen. Salvestro und Bernardo suchten Zuflucht in Roms Ruinen. Nach Süden und Osten lösten und verflüssigten sich die übervollen Bezirke; Kornspeicher, Ställe und hochummauerte Häuser trieben auf eigenen Strömungen und strandeten auf isolierten Landstücken. Die Straßen riffelten sich auf, und seltsames Treibgut nahm ihren Platz ein: große Steinblöcke, massive ausgebeulte Mauern, gestürzte Säulen und Bogen. Noch ein Stück weiter, und die Trümmer sammelten sich zu kahlen Blockhäusern, kleinen Amphitheatern, ungedeckten Tempeln. Efeu und Gestrüpp faßten Fuß im ausgehöhlten Mörtel. Ziegen trappelten umher; und wie Salvestro und Bernardo langsam begriffen, als sie vom Trunk benommen auf der Suche nach Schatten weitertaumelten, waren die wuchtigsten dieser Gegenstände, die der gemächlichen Gewalt der Zeit trotzten, auch Zuflucht für andere als sie.

Salvestro fühlte, daß man sie beobachtete, lange bevor die Beobachter sich zeigten. Bernardo stapfte neben ihm her, ohne auf das schwache Rascheln und die nahezu lautlosen Schritte zu achten, die ihm immer von hinten oder oben ins Gehör drangen. Er erinnerte sich an seine Zeit im Wald, als er seinesgleichen stundenlang verfolgt hatte und ihre Besorgnis zunehmen sah, da ihnen die unsichtbare Tatsache seiner Gegenwart dämmerte; er hatte ihre Reaktion als eine Art Lust empfunden, die Tatsache, daß er lebte und nicht nichts war. Nun waren die Rollen vertauscht. Es war ihr fünfter oder sechster Vorstoß in diese scheinbar verlassene Welt, ein Spätnachmittag glühender Hitze, in der sie niedergesunken waren; Bernardo schlief im Schatten einer großen gebogenen Kolonnade schnell ein, er selbst war benommen und dösig. Plötzlich war der Spion einfach da, hatte sich nicht genähert und war auch weder aufgetaucht noch aus irgendeinem Versteck geplumpst.

Seine Kleidung bestand nur aus um die Hüfte geschlungenen Tuchfetzen, sein Körper war dreckgestriemt, und das Haar fiel in steifen verfilzten Strähnen auf die Schultern. Das Gesicht war ausdruckslos. Er gab keinerlei Geräusch von sich. Als Salvestro dann mühsam auf die Beine kam, hüpfte er rückwärts, drehte sich um und war verschwunden. Salvestro rieb sich die Augen und langte hinab, um Bernardo zu schütteln. Hartes weißes Licht sprang zurück vom Staub, von der gebleichten Erde und den Steinen. Bogengänge dehnten und krümmten sich zu beiden Seiten und stiegen über ihnen in Stufen an. Darunter war der Schatten schwärzer als Teer. Er konnte hineinsehen und geblendet sein, wenn er dann hinausblickte, oder hinausschauen und sich dann wie blind wiederfinden zwischen den Schatten massiger Pfeiler und Portale. Zikaden zirpten und schwiegen und zirpten wieder. Die Hitze schien schwerer zu werden und bedrückte ihn. Er kniff die Augen zusammen und lauschte und hörte nichts, und dann war der Mann wieder da.

Diesmal mit drei Genossen, und er erschien so plötzlich wie zuvor. Zwei weitere schlenderten von links herbei, dann tauchte eine kleine Gruppe rechts auf. Bald waren es zwanzig oder mehr, standen einfach da vor den Männern, schweigend, zerlumpte Männer und Frauen in allerlei Fetzen und schlechtsitzenden Kleidungsstücken. Einige hockten sich hin, steckten schwere Keulen in den sandigen Boden und starrten mit leeren Mienen die beiden an. Mehrere hatten schlechtbandagierte Stümpfe statt Händen. Andere zeigten gelbliche Schwären, über die sie strichen, wenn Fliegen sich dort niederlassen wollten. Keiner sagte etwas. Bernardo stand langsam auf. Salvestro blickte sich um und dachte an Flucht. Dann regte sich die Menge vor ihnen, teilte sich. Eine Gestalt aus der Gruppe kam nach vorn: eine Frau.

Sie trug einen Ledermantel und einen ausgefransten, unterm Knie abgeschnittenen Rock. Schwere silberne Ringe baumelten von ihren Ohren, und unter einer arg mitgenommenen Kappe quollen ein paar dicke schwarze Locken hervor. Das Gesicht war von der Sonne tiefbraun gebrannt, die Haut um die Augen gerunzelt. Die Finger der Rechten waren geschmückt mit Ringen aus einem schlichten Metall, die matt klickten und klackten, als sie mit dem Griff eines kurzen Messers spielte. Sie baute sich zwischen Salvestro und Bernardo und der Menge auf, musterte die beiden. Jemand hinter ihr gab ein Geräusch von sich. Ihr Kopf zuckte fast unmerklich zur Seite, die Schultern versteiften sich. Der Ausruf erstickte jäh; sie ließ die beiden nicht aus den Augen. Salvestro starrte zurück und schaffte es nicht, ihrem Blick standzuhalten. Das Schweigen war ein Schlüssel, der in seinem Gedärm gedreht wurde und ihm andere ähnliche Schweigeformen aufzwang.

«Ihr gehört nicht hierher», sagte sie; dann tat sie, als ob Bernardo gar nicht existierte, trat vor Salvestro und streckte einen Arm aus. «Alles, was du hast. Jetzt.» Als er zögerte, knurrten die Männer und Frauen hinter ihr und kamen langsam näher. Neben ihm regte sich Bernardo. Salvestro dachte wieder an Flucht. Blödsinn, sagte er sich; er dachte an die gewaltige Ruine in seinem Rücken, an die Kolonnaden, Schatten, Verstecke ... Blödsinn. Er holte das Bündel aus seinem Hemd, fummelte an den Knoten herum, legte es dann in ihre ausgestreckte Handfläche. Sie schloß die Finger und öffnete sie wieder, musterte ihn mit unverhohlenem Mißfallen. «Nicht viel, und jedenfalls zu nicht viel nutze.» Der andere Arm bewegte sich schnell, verschwommen, das kleine Messer blitzte auf, als ob statt des Beutels auch sein Gesicht hätte drangewesen sein können. Münzen spritzten heraus, auf den Boden.

«Ihr könntet Essen kaufen», sagte Salvestro schwach.

Die Frau wandte sich mit gespieltem Erstaunen um. «Wie komisch! Hier scheint's überhaupt keine Märkte zu geben. Wo sind die nur alle hin ...» Hinter ihr kicherten einige Leute. Sie wies auf die zu ihren Füßen verstreuten Münzen. «Heb sie auf.»

«Es gibt einen Markt.» Seine Stimme kam ihm selbst dünn und nicht überzeugend vor, obwohl er die Wahrheit sagte. Er deutete ungenau. «Ihr könntet ...»

«In der Stadt? Tja, die würden uns bestimmt einen warmen Empfang bereiten, oder?» Unter dem Spott wurde der Tonfall drohender. Wieder wies sie. «Auf die Knie, und heb sie auf.»

Sie wird mich nicht ins Genick stechen, sagte sich Salvestro. Sie will zeigen, daß sie der Herr ist, das ist alles. Er sank auf die Knie und begann die Münzen aufzulesen. Hinter ihm trat Bernardo von einem Fuß auf den anderen. Die Frau stand völlig still, auch als er die letzten Soldi zwischen ihren bloßen Füßen aufklaubte. Er erhob sich mißtrauisch. Wieder Stille. «Wir könnten für euch Essen kaufen», bot er an. Sie glotzte einen Moment lang ungläubig, lachte dann rauh auf. Bernardo lächelte unbehaglich.

«Haut ihnen die Köpfe ein», sagte eine Stimme.

«Halt's Maul», sagte die Frau schroff. Zum erstenmal bemerkte Salvestro, daß sie kaum älter war als er. Wieder streckte sie die Hand aus, aber diesmal tätschelte sie sanft seine Wange. Die Finger krabbelten um sein Ohr. Er sah ihre Kehle arbeiten, den Nacken sich versteifen, wollte zurückweichen, aber zu spät. Die Frau spuckte ihm voll ins Gesicht. Die kleine Menge hinter ihr brach in Gelächter aus. «Ihr gehört hier nicht her», zischte sie. «Wenn wir euch noch mal hier finden ...» Ihre Finger strichen über seinen Hals.

Danach suchten sie in verlassenen Nebengebäuden und hinfälligen Hütten am Stadtrand Zuflucht vor der Nachmittagssonne. Laute bevölkerte Straßen endeten plötzlich in Weideland. Belebte Plätze verwandelten sich in offenes Feld oder Weinberge oder Gemüsegärten. Bauernhöfe schoben sich an Kirchen heran, und Hausruinen erhoben sich mitten in Orangenhainen wie desertierte Vorhuten einer Streitmacht, die nie kam. Von wuchtigen Torhäusern unterbrochen stiegen und sanken Roms Mauern mit dem umliegenden Land, aber die Stadt selbst schien sie nie zu erreichen, als hätte die Sonne ihr Fleisch zu einer Kugel schrumpfen lassen, die trocken in ausgehöhlter Rinde rasselt. Die beiden Männer wanderten durch eine Gegend, die nicht Stadt und nicht Land war, und auch sie selbst gehörten weder eindeutig zum einen noch zum anderen.

Trotz alledem warfen die Zeiger der Sonnenuhren Schatten, die länger wurden und über die Scheiben krochen; Glockentürme und Obelisken äfften sie nach. Am Spätnachmittag war Roms Luft ein bis zum Bersten mit Hitze vollgepumpter Ballon, der auf die Nadel des

Abenddämmers wartete. So vergingen Tage. Die beiden suchten ihren Weg zurück ins Dickicht der Stadt, rafften sich dann auf zu nächtlichem Zeitvertreib, wie Geld verschwenden, darmzersetzenden Wein trinken und aus Obergeschoßfenstern pissen. Am frühen Abend platzten kleine, umtriebige Karnevalsfeste aus Ripa heraus und drangen am Ostufer des Tiber bis nach Scrofa vor: ein Flußhalbmond aus Spaß und Spielen, mit plumpen Akrobaten, vorgetäuschtem Handgemenge und Glücksspielen im Fackellicht. Die frömmeren Pilger stülpten die Lippen vor – eine Miene, die im Ort als «Eselsarschloch» bekannt war –, wenn sie durch das von der Siesta aufgeladene Getriebe kamen auf ihrem Heimweg zu Unterkünften im Borgo und einem Abend tröstlicher Dumpfheit. Salvestro und Bernardo schlossen sich ihnen notgedrungen an. Von den ursprünglich hundertfünfundachtzig Soldi waren ihnen nur dreiundzwanzig geblieben.

Hinter der Brücke lichtete sich die Menge, und Salvestro überlegte, auf welchem Weg sie von Sant'Angelo zum *Stock* gelangen konnten. Manchmal gingen sie trotzig mitten über die Via Alessandrina, quer über den Platz vor San Giacomo Scossacavalli, vorbei am Palast des Kardinals de Aragona und kamen durch eine der Querstraßen des Borgo zur Via dei Sinibaldi. Öfter gingen sie durch das schäbige Viertel, das sich an die Rückseite des Santo-Spirito-Hospitals klammerte wie Treibgut, von einem uralten Sturm an eine Klippe gespült; sie schlängelten sich zwischen Behelfshütten hindurch und umgingen die Kochfeuer der Leute, die dort unerlaubt ihre Heimstatt aufgeschlagen hatten. Dann gab es auch den Treidelpfad, dem sie fast um die ganze Flußbiegung folgten, bis eine Viehtrift sie um den Fuß des Ianiculum wieder zurückbrachte. Wenn sie den Bogengang hinter dem Della Rovere Palazzo nahmen, konnten sie von Süden zur Via dei Sinibaldi gelangen. Gingen sie weiter Richtung Porta Pertusa, war es ihnen möglich, dieselbe Straße an deren Westende zu betreten.

Unweigerlich verstummte Salvestro, wenn sie sich ihrem allabendlichen Ziel näherten. Bernardo plapperte munter, dann schwieg auch er. Sie blieben stehen und warteten eine Minute oder zwei, beobachteten die wenigen Passanten, die die Straße hinauf und hinab gingen. Salvestro musterte die verschiedenen Flecken aus schwarzem Schatten, deren Form und Größe ihm allmählich so vertraut wurde wie der Tagesanblick der Stadt; er hielt Ausschau nach einer Bewegung, einer Veränderung, der geringsten, unmerklichsten Regung. Fast genau gegenüber vom *Stock* stand eine halb zusammengebrochene Mauer. Ein Stück weiter etwas, das einmal ein prunkvoller Trinkwasserbrunnen gewesen war. Es gab Hauseingänge, Nischen, Ekken … Er wartete, und Bernardo desgleichen. Nur wenn die Straße leer und still war, wenn der leiseste Atemzug oder Schritt, das Schleifen von Metall in einer Scheide zuverlässig den verraten würde, auf den er wartete, traten die beiden vor, zeigten sich und suchten die Sicherheit des Gasthauses auf. Denn, wie Salvestro sich widerwillig immer wiederholte, es gab da noch den Obersten. Genau hier würde er sie anspringen, wenn er das wollte. Jeden Abend, sobald sie die Sicherheit des dunklen Gasthausinneren erreicht hatten, drehte sich Salvestro um, sah nichts, stieß lang angehaltenen Atem aus und hörte Bernardo das gleiche tun. Wenn er ihn darauf ansprach, leugnete sein Gefährte die Existenz des Obersten gleichwohl.

Nachts schien der *Stock* noch einmal um die Hälfte zu wachsen, nahm zu an Treppen und überhängenden Geschossen, die tags nicht zu sehen waren. Drinnen lauerte Lappi, schrie allen, die seinen Weg kreuzten, obszöne Herausforderungen zu, und gab nur nach umständlichen Identifizierungen den Zutritt frei mit einem geknurrten: «Na ja, wenn das mal stimmt!» Manchmal pirschte er durch die Gänge oder versteckte sich hinter Ecken, um älteren Frauen Drohungen in die Ohren zu brüllen. In der Hinterkammer kauerten die Mönche auf ihren Matratzen, als hätten sie sich seit dem Morgen, da die beiden aufgestanden und vorsichtig über die schlafenden Körper gestiegen waren, bis zum Abend, da sie wiederkehrten, nicht von der Stelle gerührt, außer um sich aufzusetzen. Salvestro dachte undeutlich an «besondere Andachten» und «Audienzen bei Bischöfen» oder dem Papst. Die Mönche redeten nicht mit ihnen. Gerhardt und sein Gefolge tuschelten in ihrer Ecke. Pater Jörg kritzelte Zickzackzeilen, die im Einklang mit dem buckligen Deckel der Kiste, die er als Schreibtisch benutzte, über das Pergament wanderten. Bruder Hans-Jürgen sah schweigend zu.

Während sie den Gang hinunterstolperten, begann Bernardo meistens wieder zu plappern – über die Zwiebeln, die sie anstelle eines Abendessens zu sich genommen hatten, oder er erinnerte sich an einen saftigen Fenchel vom Vortag, wozu Salvestro zerstreut knurrte. An der Tür erstarb das Gespräch wieder. Die Augen der Mönche folgten ihnen durch den Raum, bis sie sich auf ihren Matratzen niederließen. Wenn er hinüberschaute, blickte Hans-Jürgen weg. Er erinnerte sich an die zweite Nacht, als er durch die Kammer gekrochen war, um dem Mönch eine Warnung ins Ohr zu flüstern, und er hatte im Dunkeln da gekniet, unsicher, wovor er eigentlich warnen wollte, und etwas über Gerhardt gemurmelt, etwas über Kalk. Was kümmert es mich denn? dachte er ärgerlich. Jörg war fast blind; das hatte er früher gewußt als die anderen. Er und Bernardo schienen nun aus der Wahrnehmung des Priors herausgestürzt zu sein wie durch eine Falltür. Die Nächte, da sie in Jörgs Zelle einander am papierbesäten Tisch gegenübergesessen hatten, gehörten zu einem anderen Leben, nicht zu seinem. Die Schmach nagte an ihm wie ein bekannter, aber unbeweisbarer Diebstahl. Er dachte an die Krüppel in den Ruinen, mit ihren Binden und Stümpfen. Als er den Speichel der Frau abwischte, hatte er den Drang unterdrückt, sie zu fragen, wenn sie schon nicht «hierhin» gehörten, wohin denn dann?

Nicht dorthin, dachte er, und hierhin auch nicht. Die Kammer stank. Das Stroh in den Säcken hatten sie seit ihrer Ankunft nicht gewechselt, und die Gewänder vieler Mönche waren dreckverkrustet; Gerhardt und sein Gefolge sahen allerdings gepflegter aus. Er wußte nicht, womit sie ihre Tage ausfüllten. Neuerdings sprach Gerhardt die Abendgebete, die kurz waren und sich vor allem – in dieser Reihenfolge – mit ihrer «Bürde», ihrem «Versuch», ihrem «Fehler» befaßten und schließlich mit dem «Irrweg, auf den man sie geführt hatte». Jörg blieb stumm, saß isoliert auf seinem Strohlager. Hans-Jürgen hielt sich an Florian, Joachim-Heinz, Heinz-Joachim und einige andere, deren Anzahl mit dem Verstreichen der Tage langsam schrumpfte.

Wulf, Wolf und Wilf kamen und gingen, wie es ihnen gefiel. Ihre Kutten waren Fetzenröcke, von Flußschlamm überkrustet, denn sie verbrachten die meiste Zeit bei den Bettlern und Raufbolden unter der Ponte Sant' Angelo. Salvestro und Bernardo hatten sie zweimal von der Brücke aus gesehen; die drei schrien unisono «Bernardo! Bernardo» hinauf und zogen die neugierigen Blicke der Pilger auf sich, die darauf warteten, an Bord der Leichter, Ruderboote und Pirogen gehen zu können. Dabei hoben sie die Arme, hielten sie hoch in einem stummen Gruß, der nur zum Teil Spott war. Wenn Salvestro rief, sie sollten heraufkommen und mit ihnen zum *Stock* zurückgehen, ignorierten sie ihn. Wenn Bernardo rief, rannten sie davon. In der Kammer taten sie, als sei nichts davon je geschehen; wie die anderen Mönche ignorierten sie die Männer. Die ein bis zwei Stunden, ehe man die Lichter löschte, waren eine Zeit verstohlener Blicke und verkrampften Schweigens.

Nur Jörg schien nichts davon zu bemerken. Nacht für Nacht zogen die in seiner Nähe schlafenden Mönche ihre Matratzen weiter von ihm weg, bis seine sichtlose Gestalt Mittelpunkt einer bröckelnden Insel wurde, ihm selbst, Hans-Jürgen, Salvestro und Bernardo vorbehalten. Auf der anderen Seite der Kammer schwoll Gerhardts Territorium an. Noch immer sagte der Prior nichts dazu und bot keinen Widerstand. Er wachte, betete, schlief und kritzelte. Salvestro ließ sich auf die Matratze sinken und starrte ins Dunkel. Die im Stroh des Lagers verborgene Scheide bohrte sich in seinen Rücken. Müßig dachte er daran, Bernardo zu erzählen, daß es Gerhardt gewesen war, der die Insulaner zum versuchten Meuchelmord getrieben hatte. Der Gedanke ans Genick des Mannes, das wie eine Wachskerze brach, als Bernardo ihn einhändig baumeln ließ, war eine angenehme Vorstellung. Warum stieß der Prior den Aufmüpfigen nicht aus? Nur in der Dunkelheit war diese Frage plausibel. Wenn man Pater Jörg nun ansah, wußte man, daß er nichts derartiges tun würde.

Eines Abends hatten sie die westlichste Gasse von der Via Alessandrina aus genommen und in der Sicherheit des Durchgangs gewartet und beobachtet, wie eine Gruppe von Männern Strohballen schleppte; dann ein Mann mit einer lachenden Frau am Arm; dann wühlte einer, den zwei kläffende Hunde voranzerrten, das Dunkel der Via dei Sinibaldi auf. Die Hunde ließen Salvestro stutzen, denn er hatte sie an diesem Morgen gesehen, wie sie den gleichen Mann die Via dell' Elefante hinabführten, wobei sie Bernardo wütend anbellten und dessen gewohnte Auslassungen über die Abscheulichkeit von Hunden provozierten. «Die einzigen, die ich leiden kann, sind klein oder schlafen ...», hatte Bernardo begonnen, und Salvestro hatte dem Rest des vertrauten Mäanders durch die verschiedenen Rassen und ihre relative Abscheulichkeit zerstreut gelauscht; schließlich endete es, wie immer, mit der Bemerkung: «Je größer der Hund, desto mieser.» Die Hunde, die jetzt in der Kurve der Via dei Sinibaldi bei der Kapelle von Santa Simonetta verschwanden, waren mittelgroß. Er wartete, bis aus dem Gebell wieder Stille geworden war, und dann bemerkte er den Schatten.

Ein Stückchen jenseits des Eingangs zum *Stock*, im Wirrwarr der vagen Umrisse der niedergebrochenen Mauer, ergänzte ein seltsam geformter Fleck aus Dunkel die Konturen des bröckelnden Mauerwerks. Bernardo schlich zurück in die Gasse. Salvestro wartete. Er dachte bereits ans nächste Morgengrauen, wenn das Geistergesicht, das durch sein Erwachen spukte, ihm wie üblich erscheinen und dieselben Wörter sagen würde, *Willkommen in Rom ...*, um dann gründlich vertrieben zu werden durch den Gedanken an das, was sie gleich tun würden: *Gestern abend haben wir dich endgültig fertig-*

gemacht ... Als er fand, daß genug Zeit verstrichen sei, trat er verwegen mitten auf die Straße und schlenderte in Richtung *Stock*. Der Speichel, der sich in seinem Mund sammelte, war salzig und zäh. Er dachte an Bernardo, der stumm vorwärts sprang, jetzt in bester Form, ein stilles Phantom, riesig im Dunkel und die Hände groß und schnell. Was, wenn sich Bernardo, statt den Anweisungen zu folgen, einfach auf sein Ziel warf? Er ging schneller. Der Schatten bewegte sich nicht; allerdings konnte er jetzt einen Mann ausmachen, der vielleicht kauerte oder saß. Ein Mann kann viele Gestalten annehmen, dachte er oder wollte es gerade denken, als er loslief, und er hatte kaum Zeit, den Sekundenbruchteil, den er brauchte, um den Mund zu öffnen und zu schreien, als eine stumme Kanone zwei Körper auf die Straße zu feuern schien und Bernardo den Arm hob, über den Schädel, der im nächsten Moment wie eine reife Frucht platzen wird – nein, nein, nein. «Nein!» schrie er, denn das war nicht die Gestalt, die er fürchtete. Der Mann japste, lag auf dem Rücken und zappelte schwach mit Armen und Beinen. Es war gar nicht der Oberst.

«Genau wie am Strand», sagte Bernardo. Sie sahen ihn einen Moment lang verwirrt an; Salvestro bückte sich und streckte die Hand aus, der andere versuchte aufzustehen. Es war Hans-Jürgen. «Als wir ihn am Strand gefunden haben», fuhr Bernardo fort, jetzt an Salvestro gewandt. Er lachte knapp, nervös.

Der Mönch sammelte sich langsam, stand auf der dunklen Straße, atmete tief die warme Nachtluft ein. Er räusperte sich lautstark. «Ich wollte mit dir reden, Salvestro», sagte er.

Schweigend gingen sie nebeneinander her; Bernardo folgte zehn Schritte dahinter. Sie nahmen eine Gasse nach Norden, die kurz vor der Piazza die Via Alessandrina kreuzte. Bald wurde das Schweigen drückend, und da Salvestro sicher war, daß dieses seltsam herbeigeführte Treffen etwas mit seiner geflüsterten Warnung zu tun hatte, suchte er irgendwie auf Gerhardt zu kommen. Sie drängten sich zwischen den Fußgängern über die Via Hadriani und erreichten die Via dell' Elefante. Hier blieb Hans-Jürgen stehen und deutete auf die andere Straßenseite und hoch zur Piazza.

«Tagsüber sind hier Bänke», sagte er. «Hier arbeiten die Geldwechsler.»

Salvestro nickte und fragte sich, was das mit Gerhardt zu tun hatte. Die rotgeränderten Augen des Mönchs huschten die Straße hinauf und hinab. Auf dem großen Platz loderten Fackeln, einzeln und in Gruppen. Hans-Jürgen schien verstört.

«Ihr habt Münzen», sagte er. Das mochte eine Frage sein. Salvestro wartete ab. «Ich habe versucht, hier unser Silber einzutauschen, aber keiner will es tun.»

«Rohmetall», sagte Salvestro. «Die *bancherotti* handeln nur mit Münzen.»

«Und du hast Münzen.» Hans-Jürgen nickte vor sich hin, während er dies sagte. Er wirkte unruhig, als ob er nicht wüßte, wie er weitermachen sollte. «Wie können wir, wüßte ich gern, hier Silber eintauschen, wenn diese *bancherotti* nicht ... Ich frage mich, Salvestro, wie du es geschafft hast. Wenn du ...»

Mitten zwischen den Passanten vor ihnen kam ein Pferd störrisch zum Stehen; die Hufe scharrten auf dem Pflaster. Der Reiter stieg ab und versuchte, es am Zügel voranzuzerren. Schließlich wand er ihm ein Halstuch um den Kopf, und das geblendete Pferd ließ sich auf die Piazza führen, wo es im trägen Strudeln der Menge bald außer Sicht geriet. Salvestro wollte eben sagen, er könne am nächsten Tag das Silber der Mönche gegen römische Soldi eintauschen.

«Wißt ihr, wie wir unsere Tage verbringen?» fragte Hans-Jürgen; er schaute immer noch dem Pferd nach, obwohl es nirgends zu sehen war. Jenseits des Platzes ragte der Palast auf, schwarz vor einem schwarzen Himmel. «Da.» Er deutete auf die Masse aus Türmen und Firsten. «Da drin sitzen wir im Hof.» Er stieß ein Geräusch aus, das für Salvestro wie ein unterdrückter Schluckauf klang. Noch einmal, und wieder wurde es abgewürgt. Dann begann Hans-Jürgen hilflos zu lachen: ein bitteres höhnisches Geräusch. Die Vorübergehenden sahen ihn neugierig an, als er da ächzte und jaulte. «Wir sitzen in einem Innenhof. Das ist alles, was wir tun, ich und der Prior. Wir sitzen in einem Hof und warten auf den Papst.»

«Er war's nicht.» Bernardo hatte aufgeschlossen und redete jetzt zu Salvestro, als wäre Hans-Jürgen nicht da. «Hab ich dir doch gesagt.»

Immer noch mit seinem Erstaunen ringend, wandte sich Salvestro verblüfft dem Gefährten zu. «Was hast du gesagt?»

«Daß er es nicht war, aber du hast mir nicht geglaubt. Es war nicht der Oberst.»

«Er war's», sagte Salvestro; er wandte sich wieder zum Mönch, dessen Lachen ein raspelndes Husten geworden war. «Wir gehen morgen los», sagte er Hans-Jürgen. Dann setzte er hinzu: «Auf uns könnt Ihr Euch verlassen», was den Mönch wieder zum Lachen brachte, noch rauher als zuvor.

Am nächsten Tag gingen sie ins *Zerbrochene Rad*, mit zwei dicken silbernen Armreifen, besetzt mit milchiggrünen Steinen, und nach der gleichen Prozedur wie zuletzt erhielten sie dreihundertsieben römische Soldi von Lucullo, der die Münzen hinzählte und danach erklärte, nun, da er sie wiedersähe, sei er ein glücklicherer Mann, und wie zuvor stimmten ihm die übrigen Gäste zu. Ob sie einen Trunk mit ihm nähmen? Sie wollten. Alle anderen auch.

«Also», sagte Lucullo, «ich habe darüber mit Pierino hier geredet, aber ihr seid diejenigen, die man fragen sollte. Was macht ihr aus der neuesten Tölpelei dieses unseres Papstes?»

Salvestro blickte Bernardo an.

«Die Spanier sind schon aufgeregt, was?»

«Und die Portugalesen», ergänzte Pierino.

Bernardo blickte Salvestro an.

«Also, was macht ihr daraus?» wollte Lucullo wissen.

«Woraus?» fragte Salvestro.

«Aus dieser Sache mit dem Tier.»

Kurzes Schweigen.

«Was für ein Tier?» fragte Bernardo.

Pierino fuchtelte mit einem kleinen ledergebundenen Buch. «Eines der wenigen, die ich noch nicht versetzt habe», sagte er. «Ja. Steht hier alles drin. Plinius.» Er begann schnell zu blättern. Salvestro und Bernardo tranken und knurrten zustimmend, so oft es angebracht schien. «Eine andere Möglichkeit, es zu ködern und zu zähmen, sind Jungfrauen. Es ist sehr empfänglich für Jungfrauen, dieses Tier ...» erklärte Pierino einige Minuten später. Sie nickten. Einige Zeit danach erschien ein unangenehmer Flegel, zweifelte ihre Kompetenz bei diesem Thema an und wurde zurecht niedergebrüllt. Noch später gingen sie, schauten sich draußen in milder Überraschung um, denn sie waren bei Tageslicht hineingegangen, und nun war es Nacht. Die glückliche Stimmung im *Zerbrochenen Rad* schien den Unterschied zwischen Tag und Nacht zu verwischen. Sie starrten nach oben, als suchten sie eine Lösung für dieses unklare Rätsel, aber der Himmel war dunkel und bot keine Hilfe.

Bruder Hans-Jürgen nahm ernst und ohne Rückfragen die zweihundertfünfundsechzig Soldi entgegen, die sie ihm an diesem Abend reichten. Hanno und Georg glotzten in offenmäuliger Neugier herüber, bis ein gemurmeltes Wort von Gerhardt sie zur Ordnung rief, aber Pater Jörg sagte nichts. Salvestro sah zu und wartete, als Hans-Jürgen ihm etwas ins Ohr flüsterte, aber der Prior nickte nur. Später, als die Lichter gelöscht und die in der Kammer Hausenden nur noch das Geräusch ihres Atems, der säuerliche Ruch ihrer ungewaschenen Leiber und die jeweilige Aussicht auf Schlaf waren, hörte Salvestro den Prior sich auf seinem Strohlager bewegen und deutlich sagen: «Wir danken dir, Salvestro.» Einer am anderen Ende des Raums lachte.

Als sie das, was Salvestro ihre «Kommission» nannte, dem hinzuzählten, was Bernardo als ihr «Geld» bezeichnete, fanden sie sich, abhängig von der jeweiligen Rechenweise, im Besitz von entweder «'ner Menge» oder «siebenundfünfzig» Soldi. Im Dunkel der Kammer riß Salvestro leise ein weiteres viereckiges Tuchstück aus seinem zerfetzten Hemd und verknotete die Münzen darin; gleichzeitig beschloß er, daß sie sich ein paar neue Kleider kaufen sollten, denn selbst nach den flexiblen Maßstäben des *Zerbrochenen Rads* ähnelten sie immer mehr Vogelscheuchen. Am nächsten – und an allen weiteren – Morgen frühstückten sie warmes Brot aus einer Bäckerei in einer Seitenstraße knapp südlich der Pescheria, denn das Brot im *Zerbrochenen Rad* war zwar sehr billig, aber immer hart und oft madig. Die Pasteten der Schänke dagegen waren unvergleichlich, und sie nahmen dort ihre übrigen Mahlzeiten ein, wobei sie mit Lucullo und Pierino Hof hielten. Lucullos Begeisterung für Bernardos eigenständiges Denken dauerte unvermindert an und mit ihr die Begeisterung der gesamten Taverne. Nur zwei Dinge trübten diese glücklichen Umstände: der «Flegel» und ihr «Geld».

In den folgenden zwei Wochen erschien der Flegel zweimal. Salvestro hatte von den Vorbereitungen der Reise nach Vineta erzählt: vom Faß, dem Tau, den Schwierigkeiten mit dem Boot. Bernardo hatte sich enthusiastisch über das Rudern ausgelassen. «Eins, zwei» – gewaltig pumpte er mit imaginären Riemen – «eins, zwei, eins, zwei ... So geht das.»

«Faszinierend», sagte Lucullo.

Dann war er da. Der Flegel, mit einer arroganten Grimasse. Wie zuvor stand er weit hinten und gab Kommentare wie: «Eins, zwei, eins, zwei? Wo bleibt die *Drei*?», bis einer ihm laut sagte, er solle die Klappe halten. Als Salvestro ihn später suchte, schien er verschwunden zu sein. Keiner der Stammgäste hatte eine Ahnung, wer er sein mochte.

Beim zweitenmal war er dreister. «Unverschämt», nannte Lucullo den Tonfall später. Sie waren wieder auf das Enigma gekommen, wie Bernardo es beharrlich nannte. «Ich hab nachgedacht», begann Bernardo. «Diese Sache mit den Jungfrauen und den Knien kann nicht stimmen. Wenn man wirklich bloß eine Jungfrau oder ein Sägeblatt brauchte, wären die so leicht zu fangen ...» Er brach ab und dachte einen Moment darüber nach, in welche Lage ihn diese Meinungsäußerung gebracht hatte. Die Nächststehenden reckten die Hälse vor, um nur ja nichts zu verpassen, imitierten Lucullos Kopfhaltung auf der anderen Seite des Tischs. «Also», fuhr Bernardo schließlich fort, «wir würden von den Viechern totgetrampelt ...» Lucullo nickte. «... Die wären ja hordenweise hier ...» – alle anderen nickten ebenfalls –, «... ganze Herden davon ...»

Da tauchte der Flegel auf, wie immer weit hinten. Der Kopf kam hoch, mit der hohen Stirn und dem gelichteten Haar. Er schnaubte.

«Nicht nur unverschämt, auch noch hämisch», so beschrieb Pierino das Geräusch später.

Es war kein lautes Schnauben, auch nicht besonders lang. Eigentlich war nichts wirklich Pferdeartiges daran. Trotzdem wandten sich Köpfe um, Lippen kräuselten sich, man schnitt Fratzen. Es war ein nörgelig-sarkastisches Gaumenflappen, ein plosives «Pah!», ein gehässig ausgeklügelter mündlicher Furz, in dem Dreistigkeit, Hohn und schierer Unglaube in einer irritierend reibungslosen *ménage à trois* einander beiwohnten. «Ich hätte ihm das Maul mit dieser Flasche stopfen sollen», sagte Salvestro später und stopfte schnell sein eigenes. «Hättest du», bekräftigte Lucullo. «Hättest du», stimmte die ganze Schänke zu. Aber als sie sich in der Taverne umsahen, war der Flegel wieder einmal verschwunden. So wie ihr Geld, ein paar Tage später.

«Pasteten, Brot und Bier», erklärte Salvestro Bernardo verdrossen. Besorgt musterten die beiden einen dreckigen Tuchfetzen, auf dem ein einsamer Soldo lag. In den Tagen vor ihrem unausweichlichen Bankrott hatten sie versucht, im *Zerbrochenen Rad* das Brot zu essen. Aber das Brot war ein harter Brocken, wenn ringsum – verlockend aus der Küche herübergeweht, verführerisch auf allen Tischen dampfend, verschlungen und dann erneut in Form lauter, seliger Rülpser serviert – die Möglichkeit von Pasteten blieb. Sie aßen die Pasteten. Sie waren pleite. «Es gab Zeiten, da hätten wir uns für Könige gehalten, wenn wir bloß das Brot gekriegt hätten», klagte Salvestro. «Erinnerst du dich noch an Vühl?» In Vühl hatten sie rohe Hirse gegessen. «Oder an Barr?» In Barr hatten sie einen Maulwurf gegessen. «Und was war hinter Marn?»

Bernardos Niedergeschlagenheit nahm jäh zu. Fünf Tage hatte die

Christliche Freie Kompanie in einem steinigen Tal kampiert, während die Dörfler von Marn und ihre Nachbarn die ganze Gegend nach ihnen durchkämmten, mit Mistgabeln, Hacken und Sensen. In Marn war der Junge getötet worden, oder schlimmer als getötet. «Warum fängst du jetzt damit wieder an?» winselte Bernardo. Salvestro blickte weg.

«Ich meine, hinter Marn haben wir überhaupt nichts gegessen», sagte er. Bernardo schüttelte den Kopf und hörte nicht zu. Salvestro spulte die Namen anderer Dörfer ab, und anderer Speisen, die sie nur mit größtem Widerwillen gegessen hatten: Getreidespelzen in Hummingen, rohe Schafshachsn in Wöhlfahrt, und an einem besonders erbärmlichen Ort, dessen Name ihm im Moment nicht einfiel, einen Hund. «Und was war mit dem Hering?» sagte er schließlich. Nichts davon half. Sie konnten es nicht über sich bringen, das Brot zu essen.

Pierino bemerkte ihre Klemme als erster. Als sie sich stundenlang an ihren Bierhumpen festhielten, sahen sie beim Aufblicken mehr als einmal, daß er sie neugierig musterte. Er gab ihnen Runden aus und kaufte ihnen Essen; dabei schirmte er seine Börse, wenn er Münzen herausholte, mit der Hand ab, um zu verhehlen, wie knapp der Rest war, der ihm blieb. Selbst Bernardo empfand das sehr bald als unerträglich. Auch Lucullo erkundigte sich diskret nach ihren Mitteln, aber Salvestro winkte leichthin ab und sagte, das werde bald alles wieder in Ordnung kommen; dabei zwinkerte er verschwörerisch. Insgeheim verfluchte er seine Dummheit. Am nächsten Tag hätte er die Scheide eintauschen wollen; da sie ein Geschenk Lucullos darstellte, wäre der Eintausch ohnehin heikel genug gewesen. Nun war es unmöglich. Die Grüße, die ihnen jeden Tag bei der Ankunft im *Zerbrochenen Rad* zuteil wurden, blieben herzlich wie immer, aber die beiden fühlten sich zunehmend unbehaglich, wenn Humpen und Teller bestellt und geleert wurden. Einer ihrer wechselnden Zechkumpane, ein wegen seines karottenfarbenen Haars Rosso genannter Pferdehändler von der Piazza Navona, lehnte sich eines Abends auf seinem Stuhl zurück und fragte sehr laut, ob sie denn wohl, da an diesem und am vorigen Abend alle anderen eine Runde ausgegeben hätten, in näherer Zukunft ähnliches beabsichtigten? Er wurde von den übrigen sofort niedergeschrien, aber danach betrachtete man die beiden mit anderen Augen. Lucullo und Pierino blieben so freundlich wie bisher, andere Tischrunden jedoch, zu denen sie sich setzten, lösten sich ein paar Minuten nach ihrem Eintreffen auf mysteriöse Weise auf und fanden sich ohne sie woanders im Raum wieder zusammen. Manche Gäste saßen stur schweigend mit leeren Humpen da, bis Salvestro aufstand und Bernardo auf die Schulter tippte, damit er mit ihm ginge. Sie machten Schulden, und Rodolfo sagte zwar nichts, musterte sie aber streng von seinem Platz neben der Küchentür. Salvestro beobachtete Bernardo. Zur Kummerliste kam die Sorge um einen möglichen katastrophalen Temperamentsausbruch seines Freundes, als Bernardo immer verwirrter wurde ob der diversen kalten Schultern, die die Gäste der Schänke ihnen zeigten. Er dachte an die Führerin der Briganten, die in den Ruinen hausten, und an ihre Schlußbemerkung. Wir gehören auch nicht hierher, dachte er.

Aber als ihnen schließlich jemand ihre Lage klarmachte, war dies weder Rodolfo noch einer der ehemaligen Zechkumpane, noch Pierino oder Lucullo. Sie waren ein paar Tage fortgeblieben, bis sie, der eigenen Gesellschaft überdrüssig, gelangweilt und ziellos, vor allem aber hungrig, von der Öde der Straße wieder in den warmen Bunker, den heimeligen Mief der Schänke getrieben wurden.

Rodolfo war nirgends zu sehen. Sie drückten sich an den Küchen vorbei und ließen sich an einem leeren Tisch nieder. Ein paar Männer am Nebentisch drehten sich um und stierten. Einer nickte. Salvestro nickte zurück. Angelica und ein Mädchen, das er noch nie gesehen hatte, wechselten mit großen Tabletts voller Speisen und Getränke zwischen Küche und Saal hin und her. Mehrmals hob Salvestro den Arm, um sie auf sich aufmerksam zu machen, aber sie schien es nicht zu bemerken.

«Heute gibt's Brot, Bernardo», sagte er. Bernardo sagte nichts.

Irgendwann bestellten die Männer am Nebentisch eine weitere Runde Bier, und Angelica konnte sie nicht länger übersehen.

«Wir nehmen einen Laib von eurem Brot», sagte Salvestro.

Angelica betrachtete sie ausdruckslos.

«Heute kein Bier», fuhr Salvestro jovial fort. «Nur schlichtes Brot.»

«Rodolfo will euch sprechen», sagte Angelica.

«Das mag so sein», antwortete Salvestro; er fühlte, wie er errötete. «Na schön. Immer nett, mit Rodolfo zu reden. Inzwischen nehmen wir ein bißchen Brot.»

«Er hat doch letzte Woche mit uns geredet», sagte Bernardo. «Was will er denn jetzt von uns?»

Angelica stellte das Tablett ab. «Das geht nur ihn und euch an», sagte sie gleichmütig.

«Also», beharrte Salvestro; dabei fühlte er sich immer tiefer im eigenen Lehm versinken, «eine Portion Brot.»

Angelica starrte ihn an. Langes Schweigen. «Die Leute haben die Nase voll von eurem Schmarotzen», sagte sie glatt. «Von euch selbst übrigens auch.»

Das nächste Schweigen dauerte noch länger. Plötzlich stand Salvestro auf. «Na gut. Komm schon, Bernardo. Wir wollen mit Rodolfo ein Wörtchen reden.» Angelicas Miene blieb unverändert. Sie sah zu, wie Salvestro steif durch die Schänke ging, gefolgt von Bernardo. Der Mann am Nebentisch, der am Anfang genickt hatte, murmelte jetzt: «Besser, die hauen ab.»

«Was ist mit Rodolfo?» fragte Bernardo, als sie draußen im Hof angekommen waren.

Salvestro antwortete nicht. Er atmete tief und langsam, sog große Mengen Nachtluft in die Lungen, stand da mit dem Rücken zum Großen, der in seiner Verblüffung abermals fragte: «Wir wollten doch mit Rodolfo reden, oder?» Tiefes Einatmen, tiefes Ausatmen. Wie Rudern, sagte er sich. Ganz wie Bernardos geliebtes Rudern.

«Ich glaube nicht, daß wir Rodolfo noch mal sehen», antwortete er schließlich.

Jemand hüstelte.

Jemand, der weder Salvestro noch Bernardo war, der halb sitzend, halb stehend am Sims eines mit Ziegeln zugemauerten Fensters lehnte, die Arme verschränkt, bis jetzt unbemerkt hinter ihnen, der gleiche hochmütige Ausdruck wie immer im Gesicht, gleichzeitig aufgeweckt und aufreizend, eine Grimasse, die Salvestros Gedanken zurückjagte in die Mischung aus Schänkeneingang und Maurerwerkstatt, wo es Dinge gab wie rostige Sägen, schwere Hämmer und große schartige Meißel, bestens dazu geeignet, in menschlichem Fleisch und Gebein dauerhafte Schäden zu hinterlassen, denn das Hüsteln, ein höhnisch-höfliches, Aufmerksamkeit heischendes Räuspern, kam von einem hochgewachsenen Mann mit hoher Stirn und gelichtetem Haar, ohne Hut, ansonsten gekleidet in düstere, aber üppig geschnittene Gewänder, der jetzt vortrat, entwaffnend die Hand ausstreckte und sagte: «Rodolfo hat euch meine Botschaft ausgerichtet? Danke sehr, edle Herren, für eure Bereitschaft, mich unter diesen Umständen zu treffen, und erlaubt mir, mich für mein früheres Verhalten zu entschuldigen, wiewohl es, wie Ihr bald sehen werdet, dafür einen Grund gab. Ich hätte euch einen Vorschlag zu unterbreiten» – all dies in so freundlichem, entgegenkommendem Ton, daß Salvestro ratlos dastand und nicht wußte, ob er dem Mann nun die Nase breitschlagen, die dargebotene Hand ergreifen oder sich einfach abwenden und ihn stehenlassen sollte: den Flegel.

«Vielleicht könnten wir irgendwo unbeobachtet miteinander reden? Vielleicht», fuhr er sanft fort, «dürfte ich so kühn sein, euch beide zu einem ... Abendessen einzuladen?»

Es war, wie Rodolfo vier Tage später überlegte, nicht die Art Vorfall, von der jahrelang geredet werden würde. Es war eher die Sorte, über die man monatelang sprach. Schließlich waren seine Gäste ja vielfältig, unabhängige Geister – er schätzte und behandelte sie als solche –, folglich nicht leicht zu überraschen und an Wechselfälle des Schicksals zum Guten wie zum Schlechten gewöhnt, weil sie selbst so viele erlebt oder herbeigeführt hatten. Insgeheim gab er zu, daß trotz alledem das Wiedererscheinen, um nicht zu sagen die Verwandlung, der beiden neuesten und unstetesten Stammgäste des *Zerbrochenen Rads* mehr als bloß überraschend war. Sie war – und er neigte nicht zur Übertreibung, nicht einmal zum Sprechen, wenn es nicht unabdingbar war – umwerfend.

Es war mittlerer Abend und die Schänke zum Bersten voll; Männer saßen zu sechst auf einer Bank, zu zweit auf einem Stuhl, jede Menge pro Tisch. Die Frauen liefen mit Halbliterhumpen und Tellern herum, wühlten sich durch die Knäuel von Zechern, die sich immer vor den Küchentüren zu ballen schienen. In den Küchen selbst waren die Köche zu huschenden Schemen aus blutfleckigen Schürzen und schlechter Laune geworden. Sie hatten das Sprechen eingestellt und sich auf Knurren beschränkt. Dinge brodelten, dann kochten sie, dann verkochten sie, dann brannten sie an.

«Lieber Gott!»

«Was denn?»

«O mein ...»

Salvestro, hinter ihm Bernardo, hatten *Das Zerbrochene Rad* über die Haupttreppe betreten und standen nun auf der obersten der drei Stufen, die in den eigentlichen Saal hinabführten. Über dem blendend weißen Kattun ihrer Hemden trugen sie enganliegende Wämser aus gerüschtem Samt, der Flor mit eingeschnittenen verwickelten Mustern aus gekräuselten Rosen und anderen pflanzlichen Ornamenten versehen. Goldborten liefen über der Vorderseite, und Silberlitzen sicherten die Ärmel. Joppen aus *velluto ricamo* hüllten sie in satte Blautöne, die changierten, wenn das Kerzenlicht auf Kette und Schuß des Gewebes fiel. Gürtel, Knöpfe und Broschen tüpfelten das Ensemble mit kleinen Glimmerpunkten aus Bronze und Silber. An beiden Baretten prangten Spangen in Form silberner Krummschwerter. Salvestro trug eine Halskette.

«Was zum ...?»

«Unglaublich!»

«Glaub's ruhig.»

Die ersten stotternden Reaktionen lösten eine Kette kleiner Spritzer und Schauer von Essensteilchen aus. Kurzes Biergeniesel verließ in mildfunkelnden Bogen die verblüfft klaffenden Münder der Schänkengäste. Es folgten abgerissene Ausrufe, und selbst Rodolfo, der hinter den beiden stand, wirkte überrascht.

«Also, wenn das nicht.»

«Die sind's.»

«Sind sie das?»

«*Sind* sie!»

Pastetenmampfende Münder verbargen sich hinter Servietten. Augen lugten darüber hinweg und weiteten sich, um die stutzerhafte Verwandlung aufzunehmen.

«Freunde», begann Salvestro, an die fassungslose Versammlung gewandt. «Freunde und Zechgenossen, Gäste des *Zerbrochenen Rads* ...» Dann brach er ab.

Er hatte etwas sagen wollen über das Willkommen, über Zugehörigkeit, oder über Nichtzugehörigkeit, und über die Orte, wo man sie ausgestoßen, oder die schmerzliche Pechsträhne und die Umstände, die sie an diesen Punkt gebracht hatten. Aber als er da stand, auf den Absätzen schaukelte, während die ganze Schänke an seinem Mund hing, war alles, was er da jenseits der dem seinen zugewandten Gesichter sehen konnte, jenseits des Kokon aus zu oft geatmeter Luft und Kerzenlicht, der die Schänke war, sein Schlupfhafen ... Jenseits, dort draußen, war es schwarz, das äußere Dunkel, dem er entkommen war. Ein endloser Wald. Ein bodenloses Meer. Er stand da mit offenem Mund und wußte nicht, wie er dies sagen sollte.

Bernardo stupste ihn, riß ihn aus der Verwirrung. Die Gesichter wurden neugierig, ungeduldig ob seines Schweigens. Er langte in die an seinem Gürtel befestigte Börse, hielt eine Handvoll Münzen hoch und sagte schlicht: «Die letzten Wochen haben wir euer Bier getrunken und euer Essen gegessen. Heute nacht laden Bernardo und ich euch alle ein, auf unsere Rechnung zu essen und zu trinken.» Er drehte sich zu Rodolfo um und schüttete die Münzen in die hohlen Hände des Mannes. Einen Moment lang war *Das Zerbrochene Rad* still, dann schrie eine Stimme: «Ein Hurra für die Großen Forschungsreisenden!», und da es Lucullos Stimme war, jubelte *Das Zerbrochene Rad*.

«Also, ihr zwei steckt wirklich voller Überraschungen», sagte Rodolfo; er hantierte noch immer mit den Münzen. «Ich hatte nicht erwartet, euch noch mal zu sehen. Hat der Kerl, der euch suchte, euch gefunden?»

Aber Salvestros Augen schweiften durch den Raum, erspähten Lucullo und Pierino auf der anderen Seite. «Uns gesucht?» sagte er wie abwesend. «Ach so. Ja.» Rodolfos Auge folgte der Stoßrichtung von Salvestros Daumen rückwärts über die Schulter zum Fuß der Treppe, wo ein großer, fast kahler Mann, an den er sich undeutlich erinnerte, mit vor der Brust verschränkten Armen an der Wand lehnte. Verblüffung zog über sein Gesicht. «Aber ...», begann er.

Aber Salvestro und Bernardo waren schon halb durch den Saal und schüttelten eifrig Hände, heimsten Schulterklopfen und vertrauliche Begrüßungen ein. Sie wühlten sich durch den Wald aus erhobenen Händen und Humpen und setzten sich zu Lucullo und Pierino, wandten sich dann um und genossen das grinsende Wohlwollen, das noch immer aus allen Ecken der Schänke ihnen entgegenschlug. Eine lange Prozession biergefüllter Krüge begann die Küche zu verlassen.

Eine kurze Pause, in der Lucullo und Pierino das ganze Ausmaß der Veränderung von Salvestro und Bernardo in sich aufnahmen.

«Na?» fragte Pierino.

«Na also», antwortete Salvestro gelassen. Dann beugte er sich vor und flüsterte eindringlich. «Wir müssen es unter der Decke halten.» Die beiden anderen nickten. «Alles ganz verwickelt, aber diesmal sind wir wirklich auf die Füße gefallen.» Sie nickten abermals.

Ehe er mehr sagen konnte, erschien ein Mann neben dem Tisch, in dem Pierino den rüpelhaften Spötter von vor ein paar Wochen erkannte. Lucullo hob eine Braue, als der Mann sich einen Stuhl nahm. Salvestro und Bernardo rückten, um ihm Platz zu machen.

«Erlaubt, daß ich mich vorstelle», sagte er ruhig. «Ich bin Don Antonio Serón.»

Dann platzte Bernardo, der auf seinem Stuhl herumgerutscht war, seit er sich gesetzt hatte, heraus: «Wir fangen ein Enigma.» Aufgeregt sah er sich um und sprach ein wenig leiser. «Ich und Salvestro. Wir fangen eins für ihn» – er wies auf Antonio – «und geben es dem Papst.»

Es war nach Mitternacht, erinnerte sich Salvestro später. Die warmen, im *Zerbrochenen Rad* schwitzenden Körper hatten ihre schalen, abkühlenden Gerüche zurückgelassen, die über dem Gewirr zusammengeschobener Stühle trieben. Man hatte genuschelte Abschiedsgrüße getauscht. Antonio war nur ein paar Minuten geblieben, und danach hatten sie mit ihren Stimmen das Getöse der anderen verstärkt. Auf die Großen Forschungsreisenden! Das Tier! Das Enigma! Und nun das sanfte Kratzen von Besen, Wasserplätschern in einem Eimer irgendwo in der Küche, das Rumpeln eines Kopfs, der sich hob, verquollen stierte, dann wieder auf den Tisch fiel. Die Schänke war fast leer. Sie standen mühsam auf und stapften steifbeinig zur Treppe. Dort hielt Rodolfo sie auf.

«Der war es nicht», sagte er.

«Was?» Salvestro verzog das Gesicht und rieb sich die Augen.

«Der Kerl da vor einer Woche, der nach euch gesucht hat. Das war nicht Don Antonio, oder wie immer er heißt.»

«Wer denn dann?» Salvestro spürte das Bier eisig in seinen Adern. Er wollte pissen, wollte nach draußen.

«Hat keinen Namen genannt, bloß gesagt, er kommt wieder», sagte Rodolfo.

«Also, wie hat er ausgesehen?» beharrte Salvestro. Er war plötzlich hellwach.

Rodolfo überlegte einen Moment. «So genau hab ich nicht hingeschaut», sagte er. «Edelmann, den Kleidern nach. Aber von der Haltung her und so, wie er geredet hat, würde ich sagen, er ist Soldat.»

Man stelle sich vor … Botschafter Serón.

Oder *Don Antonio Serón*, Orator Fernandos des Katholischen von Aragón und Kastilien. Don Antonio-dies und Don Antonio-das. Seine Exzellenz … Solchen Erwägungen ist der frühe Morgen günstig, mit seinen stählernen Blautönen und dem gedämpften Sonnenlicht, der Unausweichlichkeit des Sonnenaufgangs. Nur wenige Vögel zwitschern in der Nähe des Palazzo (Palazzo Serón?); warnende Stille leitet den heraufkommenden, zungenwetzenden, glupschäugigen Tag ein. Reiß dich zusammen, sagt er sich, verschanzt in seinem Bett, umfangen von aufsteigenden Panikschauern: wie kleine Kräuselwellen voll lutschmäulig japsender Fische. Die Zukunft macht ihm Gänsehaut.

Zwei Schiffe, zwei Tiere, ein Wettstreit – gewissermaßen.

«… und so übertrage ich diese Aufgabe Euch, meinem getreuen Sekretär. Ich brauche kaum die Wichtigkeit zu betonen, noch gar die Schwierigkeit. Unser Papst will es unbedingt …» Und so weiter. Don Jerónimo, Idiot von Vich. Das war vor Wochen, und seitdem? Höfliche Fragen nach dem Unternehmen und Klagen über seine Maitresse; sie «schwitzt wie ein Pferd» und jault um Geld «wie ein angestochenes Schwein» … Dennoch geht er immer wieder zurück. Warum?

Weiteres Schauern hier, gischtfransig und fächerflügelig, wendelgewunden wie Aale oder das Gewissen. Niemand sonst ist wach. Er ist allein in einem Ruderboot aus Splintholzplanken, mühelos umhergeschleudert von den wogenden Strömungen unten. Es gibt keine «Freunde bei Hofe» für Antonio Serón. Keine Einsprüche, keine juristischen Schlammschlachten im Keller, wenn sie ihm die Därme herausschneiden, damit er gesteht. Etwas mit der Spitze eines Messers in einer Gasse, und zwar hier in Rom, ohne Vorwarnung, wenn erst seine Loyalität bekannt würde. Und die Hand am Knauf wäre die von Diego …

Das Schauern endet bei diesem Gedanken, wird geflügelt und unflüssig: Serón steigt. Unten beraten kleine Botschafter in dachlosen Gebäuden, kleine Sekretäre warten ihnen auf, kleine Soldaten marschieren hin und her. Geheimnisse werden verkörpert durch gelbe Umschläge und Geflüster, Politik durch eine leere Scheide. Der Befehl ergeht, sich seiner – Seróns – zu entledigen. Die Soldaten ziehen die Schwerter und laufen umher, befehligt von ihrem Kommandanten, aber das Opfer ist bereits geflohen – gewarnt, wie es scheint. Aber von wem?

Soll es doch Staub regnen, feine Vulkanasche, drei Zoll tief, in der die maßgefertigten Schuhe und Stiefel der Spieler saubere, klare Abdrücke hinterlassen. Hier – diese mit den langen Spitzen und ohne Absätze –, das sind die von Venturo, der sich durch die Hintertür des Palazzo schleicht. Hufspuren verzeichnen die Eskorte des Botschafters, die sich von Stallung zu Stallung müht, und diese eher martialischen Eindrücke bedeuten irgendeine Miliz. Es gibt nicht zu entzifferndes Schlurfen und Gleiten, vielleicht Hinweise auf Gewaltanwendung, und dann sind da die weit ausladenden, einander überlappenden Spuren, die aus dem Palazzo hinausführen, bis südlich von Navona biegen, nördlich des Campo dei Fiori, durch Gassen und Nebenstraßen nach Westen, wo der Tiber die Stadt rammt. Noch ein Stückchen nach Norden – hier wird die Fährte kreisförmig – von hinten in ein verschwiegenes, wohlbekanntes Bordell und vorn wieder heraus, zurück Richtung Tiberinsel, wo ein Raum im Obergeschoß der Schänke *Zum Fallgitter* nur ein weiterer Punkt auf der Route zu sein scheint, denn Fußstapfen in Vulkanasche geben nichts von der eigenen relativen Wichtigkeit preis, messen den Absätzen, die in diesem engen Raum über dem Tiberkai auf die Bohlen hämmern, nicht mehr Bedeutung zu als den Stiefelspuren, die später zum Bordell zurückführen, vorn hinein und hinten heraus und dann, ein bißchen zielsicherer, vielleicht schon ein wenig fußkrank, auf den Weg zurück zum Palazzo. Dieser Weg ist der seine. Er ist ihn nun siebenmal gegangen. Heute wird es das achte Mal sein.

Es war am Tag gewesen, als er das Schiff fand – die *Santa Lucia*, einen wegen der Schulden des trunksüchtigen Kapitäns in Ostia sichergestellten Kahn. Als er zur Stadt zurückritt, grollte und dräute ein Donnerwetter, verzog sich aber schließlich wieder. Vich blinzelte über Papieren, bekundete höfliches Interesse an seinen Fortschritten. Ein Schiff? Sehr gut. Und eine Mannschaft? Noch nicht. Aber die Mannschaft, die Serón suchte, fand man in jeder Schänke von Ripetta; weder er noch sein Botschafter machten sich Sorgen um die Mannschaft. Sie saßen einander gegenüber; draußen wurde es dunkler, Karrenräder polterten leise über das Pflaster bei San Simeon.

«Ich frage mich, Don Jerónimo, ob Euch eine Änderung im Verhalten unseres Hauptmanns Diego aufgefallen ist?»

Durfte seine Neugier so unverhohlen sein? Hätte er nicht besser warten sollen, bis Vich diese Änderung selbst bemerkte, oder seine Geistesschärfe auf die Frage verwenden, warum Vich nichts bemerkt hatte? Zu spät jetzt für diese Überlegung, und seine Besorgnis war grundlos, denn Vich bekundete seine Ratlosigkeit durch ein bereitwilliges Nicken. Die Verdrossenheit des Soldaten war in den letzten Tagen geschwunden, ersetzt durch hochmütige, insgeheime Belustigung.

«Bis zum nächsten Osterfest», spekulierte Vich, «könnten wir sogar ein Lächeln sehen.» Serón lachte höflich. Sie riefen nach Wein und begannen zu trinken, hielten Becher um Becher miteinander Schritt. Nach dem vierten oder fünften begann Serón laut über Diego nachzudenken, nach seiner Eignung für die Aufgaben in Rom zu fragen. Wie er da als Gleichberechtigter saß und Angeln in die eigene Unkenntnis hängte, spürte er seine Neugier wachsen wie eine Art

Appetit. Diegos Schmach schwebte zwischen ihnen wie ein Omen, und Vich wurde mundfaul, unbehaglich. Schließlich herrschte Schweigen. Serón begriff, daß er betrunken war; und in Gefahr. Er wußte nicht mehr, was er gesagt hatte. In seiner jähen Beklommenheit stand er auf, um die Kerzen anzuzünden, und das schien Vich aufzurütteln, der sagte: «Das meiste davon wißt Ihr doch ohnehin, Antonio. Warum ist er hier? Ein Gefallen für Cardona. Was sollte der denn sonst mit ihm anfangen, nach Prato? Über dieser Angelegenheit liegt noch immer dicker Qualm.»

Mehr trinken. Mehr nicken und Anspielungen. Taten beide nur so, als seien sie betrunken? Mehr Enthüllungen.

«Alles hing an Tedaldis Übergabe, ob sie stattgefunden hatte oder nicht, und wem gegenüber ... Oder nicht. Tedaldis Frau wurde mit den Kindern in einem Keller umgebracht, vielleicht als Geiseln ... Unterpfand für sein Schweigen. Oder vielleicht wußten sie soviel wie er ... Jemand hat Tedaldis Übergabe entgegengenommen, und dann hat jemand gelogen. Prato wurde geplündert. Tedaldis Familie wurde getötet. Diese Handlungen waren das Verbrechen; dessen Ursache war die Lüge.»

Hier hielt er inne, als habe er die Grenze seiner Umsicht erreicht. Serón sah ihn mit dem Glas spielen, es ins Kerzenlicht halten. Draußen war es fast dunkel. Er füllte das Glas des Botschafters nach.

Vich sprach wieder, nun jedoch rückhaltlos, spekulierte wie im Selbstgespräch. «Aber wer? Wer hat Aldos Bedingungen angenommen? Irgendwo zwischen dem San-Stefano-Platz und dem Lager vor den Mauern wurde aus der Kapitulation eine Herausforderung. Ich bin einmal über diesen Platz geritten; er ist nicht weit vor der Stadt. Diego war derjenige, der mit Aldo verhandelt und Cardona diese Herausforderung überbracht hat ...» Vich nahm ihn jetzt kaum noch wahr, schwamm allein dahin auf einer Strömung aus Wein und wirrem Erinnern.

Serón schob ein anderes Teil des Puzzles nach vorn. «Aber er hält sich für unschuldig und verleumdet.»

«Er ist nicht der einzige, der mit Tedaldi gesprochen hat. Ich weiß nicht, wer da alles hin und her ging. Cardona gegenüber hat er behauptet, er kenne die Einzelheiten der Vereinbarung nicht. Die Tatsache, daß Aldo die Stadt übergeben hat, wurde von ihm nie bestritten. Man hat die Männer, die Tedaldis Familie erstochen haben, nie gefunden, und ohne sie waren seine Anschuldigungen grundlos, vergeblich ...»

«Anschuldigungen?»

«Wer weiß denn, was geschah, oder wer überhaupt an dem Tag mit Aldo gesprochen hat, oder was gesagt wurde ... Ein Mann ist hineingegangen, ein anderer hat draußen gewartet. Wer weiß?» Vich hob die Schultern und trank mehr Wein. Serón sah ihn in seinem Sessel zusammensacken.

«Aber der andere», sagte er. «*Der* müßte es wissen, wer immer es war.»

«Wer immer es war? Ihr müßt mir nichts vormachen, Don Antonio. Wir wissen beide, der andere Mann war der damalige Kardinal Medici. Heute unser geliebter Papst. Ja, der müßte es wissen.» Serón blickte in seinen Schoß. Winzige Fliegen zogen lautlos Kreise um die Kerze. Warme Luft stieg aus dem Hof und trug Stallgeruch ins Zimmer. Dann sprach Vich etwas schärfer; er erhob sich aus dem Sessel. «Was aber seine neue Munterkeit angeht, da habe ich keine Ahnung. Vielleicht könnte Seine Heiligkeit es wissen?»

Nein, denkt der Sekretär, der nun aufsteht, sich anzieht. Seine Heiligkeit weiß es nicht. Man sollte ein Bild malen, beginnend mit dem Dunkel des Kellers, wo Tedaldis Angehörige den Mördern die Kehlen darbieten – den Mördern, die ihre freien Hände ausstrecken, die Handflächen nach oben, um sich bezahlen zu lassen von einem, der noch außerhalb des Rahmens ist. Seine Hand ist zu sehen, denn die Meuchler müssen bezahlt worden sein. Auch ein Stückchen von seinem Ärmel, dazu helles Sonnenlicht ... Es wäre Diego eine Wonne, ihn ins Bild zu zerren, aber das werden die Meuchler erledigen. Das Gesicht des Soldaten erscheint ihm jetzt, dicht an seines gedrängt – er hatte sich eingeschüchtert, genötigt gefühlt, als Diego ihn anredete –, der Mund des Mannes bewegte sich schwerfällig, um über das Gewirk aus Taten zu berichten, die ihn von Schande reinigen und wieder in die Gunst setzen sollten. Warum war der Soldat ausgerechnet zu ihm gekommen? «Das ist etwas, was er nicht leugnen kann, versteht Ihr, Don Antonio? Verbündet Euch mit mir, seid bereit, wenn die Zeit reif ist. Er würde lieber seine Tiara aufgeben als diese Wahrheit ans Licht kommen zu lassen ...» Die Mietlinge Seiner Heiligkeit scheinen in Rom zu sein.

Sie scheinen erneut zu mieten zu sein.

Es ist dies ein anderes Spiel, älter als das seine. Diego muß beschwichtigt, bei Laune gehalten, seine Pläne schließlich durchkreuzt werden. Vich wird sich an den Soldaten halten, sollte sein Sekretär demaskiert werden. Und nun hat Serón etwas in der Hand. Im Moment gehört Diego ihm. Was es auch sonst kosten mag, seine eigenen Pläne werden ihn nicht das Leben kosten. Diego ist treu bis ins Mark. Verrat würde so einen Mann unweigerlich vernichten. Und dann dachte er an Cardona, an Medici, selbst an Vich, die ihm als unendlich berechnende Giganten erschienen, gemächlich und unerbittlich wie Gewitterwolken. Wenn sich der Himmel über ihm auftat, wenn der Regen ihm alle Ausflüchte abwusch, wären die zwei Männer weit mehr als bloße Galionsfiguren, an den Bug der *Santa Lucia* genagelt, weit nützlicher hier in Rom als an Bord eines lecken Schiffs. Ohne den Riesen und dessen Hüter waren Diegos Behauptungen nichtig. Sollte er eines Tages im Regen stehen, mochte Diegos Machtlosigkeit oder die Verheißung von Diegos Machtlosigkeit (die unausgesprochene Drohung mit dessen Gegenteil?) die gegen ihn erhobenen gewaltigen Hände abwenden: die des Papstes, die von Vich ... Er steckte die zwei Männer in bunte neue Kleider, gab ihnen Geld. Gab ihnen zu essen und trank mit ihnen in der Schänke. Mästete sie für die Opferung. Wer würde, wenn der Sturm losbrach, vom Wetter Gerechtigkeit verlangen?

Draußen wird die Schattenstadt nun von den Rissen und Nischen der Sonnenstadt aufgesogen. Der ragende Spuk von Roms Traufen und Vorsprüngen, die lichtlosen Zacken von Kirchen und Türmen fallen der Zersetzung durch die Sonne anheim: Auf dem fleckigen Putz der Mauern werden dunkle Diagonalen steiler, verkümmerte Silhouetten bewegen sich langsam, bis sie mit ihren Spendern übereinstimmen. Eine Nachtstadt antwortet auf die Bogenbahn einer steigenden Sonne und kriecht zum Punkt des eigenen Verschwindens, schrumpft, stutzt sich, trianguliert sich aus dem Dasein hinaus. Mittags wird nichts davon bleiben. Eine Minute später beginnt der Zyklus von neuem. Don Antonio verläßt den Palazzo und geht nach Westen, ein unberittener Edelmann mit hoher Stirn und gelichtetem Haar, eilt vorüber an schlafverkrusteten Frühaufstehern, er selbst glatthäutig, den Kopf gesenkt, nicht bemerkenswert und nicht bemerkt.

Gehen beruhigt ihn – vor diesen Treffen kann er nicht essen –, das stetige Stapfen seiner Füße auf dem hartgestampften Dreck. Er läßt einen mit Fischfässern beladenen Karrenzug auf dem Weg nach Pescheria vorbei, schaut links und rechts, ehe er die Straße überquert, und verschwindet in einer Gasse, die an der Seite der Ambrosio-Kapelle verläuft. In der Via dei Funari spannen die Seilmacher Stränge. Sie blicken kaum auf, als er vorübereilt. Vor dem Eingang zum Hof noch einmal umschauen, dann durch die Tür der alten Steinmetzwerkstatt, immer unverschlossen, längst verlassen, die Stufen hinab. Er steht vor den Küchen, über ihm eine weitere Treppe.

Gerüchte über zwei großmäulige Angeber, zwei Forscher-Hanswurste hatten ihn zu Beginn hergebracht. Er fand sie in Lumpen und ohne Geld. Zwei Tage in Schneiderläden, eine Stunde bei den Barbieren an der Navona, beide mit Äpfeln im Mund Seite an Seite rasiert. Schweine für den Backofen. Seitdem ist er nur hergekommen, um sicherzugehen, daß sie in Rom bleiben, um mit ihnen zu trinken und ihr Glück zu feiern, und (an drei Morgen seit der Nacht ihres Wiedererscheinens als Pfauen) um die gleiche Verwandlung an sich selbst umgekehrt vorzunehmen. Zu dieser Stunde ist die Schänke leer bis auf Rodolfo, der mit dem Lokal so vermählt scheint, daß man ihn sich woanders gar nicht vorstellen kann.

«Wir sehen Euch hier immer nur im Morgengrauen, Don Antonio», begrüßt ihn die Stimme des Schankwirts von oben. «Sucht Ihr noch immer ein Schiff? Vor ein paar Tagen war ein Genuese hier ...»

Aber das Schiff ist schon besorgt, oder so gut wie, und an diesem Morgen hat Antonio keine Lust, unverbindlich zu plaudern. Als er vorbeigeht, klopft Rodolfo ihm auf die Schulter, und die Stimme folgt ihm die nächste Treppe hinauf. «... Angelica und Isabella haben nach Euch gefragt; sie sagen, sie vermissen den kleinsten Zipfel der Stadt», brüllt er lachend hinauf und verschwindet in der Küche.

Minuten später kommt Serón aus dem «Vordereingang» unter der schildlosen Schilderstange und geht durch die Gasse Richtung Santa Caterina. Pferdegespanne werden zu den Stallungen gebracht; hier sind die Straßen belebter. Er trägt jetzt eine besudelte Schürze, schwere Stiefel, ein Tuch um den Kopf. Schwache Flußdünste durchsetzen die Luft mit einem brackigen Hauch; er geht zum Kai. Er ist Lastträger bei den Anlegern oder derlei. Die Verkleidung legt ihn nicht fest.

Von der Verengung des Betts zusammengepreßt und angeschwollen fließt der Strom beidseits der Tiberinsel schneller; die Ruderboote und kleinen Kähne, die Weizensäcke oder Weinfässer vom größeren Kai der Ripa Grande herüberbringen, kämpfen mit der Strömung, bis die Arme wieder zusammenkommen und die Fluten ruhiger werden. Am Ufer entlang bahnt sich Serón einen Weg zwischen schwitzenden Männern, die Säcke tragen, und mit Kisten beladenen Karren. Jemand führt eine Ziegenherde zum Kai, wo ein Kahnführer abwinkt. «Nein, keine Ziegen. Ziegen nehm ich nicht ...» Blutunterlaufene Augen über dem Morgentrunk messen ihm weniger Bedeutung zu als dem Ausblick (Fluß, Boote, Kühe, die am anderen Ufer grasen, die Kuppel von San Pietro in Montorio), dem Ausblick abermals weniger Bedeutung als dem in den Humpen schäumenden Bier, einem flüssigen, niedrigeren Horizont. Der Mann, den er treffen will, müßte ihn inzwischen bemerkt haben und ihn beobachten, wie er an den Uferschänken vorbeigeht und eine der letzten betritt, *Zum Fallgitter*. Ein kleiner, nervös dreinblickender Junge geht im Inneren umher und versucht, Brot zu verkaufen – nein, zu verschenken, aber das Brot ist so flach und hart, wie aus Leder geschnitten. Keine Abnehmer. Einen Moment, um sich zu sammeln, obwohl die Gefahr nun hinter ihm liegt, nicht vor ihm, es sei denn ... Fort mit diesem Gedanken. Das Schiff ist besorgt, sag ihm das. Salvestro und Bernardo? Nein. Behalt das für dich. Er wird auch nach der Bulle fragen, nach den Bündeln von Seekarten, nach den Eingaben und Bittschriften, aber dazu gibt es nichts weiter zu berichten. Für die Schreiber der Camera mit den emsigen Hirnen ist der Sommer hart; viele sind schon in die Sommerfrische abgereist, um ihren Papst bei seiner nahenden *villeggiatura* nachzuäffen. Die Bulle ist zurückgestellt, und so wird es auch bleiben, bis das eine oder andere Schiff einläuft mit einem lebenden, brüllenden, trampelnden Ungeheuer an Deck ... Davon hängt die Entscheidung Seiner Heiligkeit ab.

Aber es wird nicht mein Schiff sein, denkt Serón. Auch nicht Fernandos Schiff. Und nicht mein Tier. Das Messer in der Gasse ist nun ganz fern. Gänge erstrecken sich zu beiden Seiten der Treppen, eine, noch eine, dann eine kürzere. Zwei Schiffe wird es geben, eines aus Holz und Segeltuch, hallend vom Geschrei der siegreichen Mannschaft ... Und es wird ein zweites Schiff geben, ein spukhaftes Un-Schiff, das Schiff ohne Wiederkehr. Dies wird Vichs Schiff sein, und wenn es auch Tausende Meilen entfernt versinken würde, ungesehen vom Botschafter oder sonst jemandem, wird Vich doch mit ihm untergehen. Die Schritte halten an.

Dort ist ein kleines Zimmer; die Decke folgt der Dachschräge. Im Winter ist es sehr kalt, aber man hat einen guten Ausblick über die wimmelnden Kais. Der Mann, den er hier trifft, wird vor der Fensteröffnung stehen und hinabschauen. Dies hier ist nicht das, was er ist, nur die notwendige Zwischenstufe zwischen dem, was er war, und dem, was er werden wird. Botschafter Serón. Er ist kein Verräter, sagt er sich, als er die Tür öffnet und den Kopf unterm Türsturz einzieht.

«Ihr kommt spät, Don Antonio», sagt Faria; er wendet sich vom Fenster ab, um ihn anzusehen. «Was habt Ihr heute für mich?»

In der Abenddämmerung entzünden sie Feuer und tragen Möbel in den Hof. Das Gepäck des Papstes wird auf pferdlose Wagen getürmt, die die Knechte in einer Art von kompliziertem Damespiel im Hof herumschieben, indem sie mit vier oder fünf der bereits beladenen Karren rangieren, um die leeren zugänglich zu machen. In langsamen Prozessionen kommen Lieblingssessel, Serien von Messern und Gläsern, Truhen mit Wäsche und Zinn und die Bücher seiner Schreiber unten im roten Licht an und werden auf Säcken mit Hafer und Mehl verstaut. Trockene Schinken werden in Musselin gewickelt, das Musselin mit Öl getränkt. Auch Öl wird gebracht.

Morgen soll eine zersplitterte Kolonne von drei Dutzend Karrengäulen und Ochsen in der Sonne des späten Juli schwitzen und schäumen. Berittenes Geleit wird sie flankieren. Die Dörfler der Romagna werden herbeikommen und am Straßenrand knien, um seinen Segen zu empfangen. Er wird ihn erteilen. Mit etwas Glück werden sie abends das Jagdhaus von La Magliana erreichen.

Unhandliche Bündel werden mit zerfasernden Seilen befestigt und einem Gebet: übertragen in künftige Reliquien. Dafür war schon der größere Teil des Tages nötig; es wird sicher weitergehen bis nach Mitternacht. Wenn er stirbt, werden sie seine Räume in knapp zehn Minuten leeren.

Zwei Männer tauchen auf, plagen sich mit den Enden eines kleinen Kanonenrohrs. Ihre Silhouetten passieren den roten Feuerschein wie Krebse, die in einen zähen, verwickelten Kampf verstrickt sind. Die Kanone dient zur Verkündung von Dingen. Falls er einen Hirsch erlegen sollte, zum Beispiel. Seine Empfindungen für den Mann, der hinter ihm steht, sind kompliziert, schließen Notwendigkeit und Abscheu ein. Er sieht jetzt uninteressiert zu. Ist da eine vage Erregung? Bratpfannen und Feuerholz. Woran denken Krebse, wenn sie einander zerreißen? Die Kanone wird gegen eine Wand gelehnt und bleibt dort.

«Ihr wißt, wozu ich Euch habe kommen lassen?» sagt Leo, ohne sich vom Fenster abzuwenden.

«Sie sind hier.»

Leo nickt.

«Wo? Es kann diese Nacht erledigt werden.»

Ja, wo? Man hat sie im Borgo gesehen; einer oder zwei der *bancherotti* haben einen «riesigen Simpel» und seinen Gefährten erwähnt. Bruchstücke ähnlicher Informationen sind von Lenos Spitzeln in der Via delle Botteghe Oscure gekommen. Sind es wirklich die Gesuchten? Leno oder Lenos Gewährsmann zufolge hatte Diego sie wiedererkannt und nichts weiter unternommen. Das bewies nichts, denn Diego würde wissen, daß man ihn beobachtete. *Er geht seinen Pflichten nach, hat regelmäßige Gewohnheiten ... Er teilt seinen Untergebenen nichts mit ...* (Oder hat er nichts mitzuteilen?) Vor zwei Wochen *hat er eine Frau getroffen, die ihn nachts besucht ...* Wenn Diego wüßte, wo sie zu finden sind, würde er sie meiden; ein Hund, der seinen Jäger irreführt. All dies sagt er dem Mann, dann dreht er sich zu ihm um.

Ein breites glattes Gesicht betrachtet ihn. Ein Lächeln, das nie an die Oberfläche bricht, lauert in der Form von Rufos Mund. «Ich fange mit den Schänken hier und um Santa Caterina an», sagt er. «Und danach werde ich einen gewissen Handelsherrn unserer Bekanntschaft aufsuchen. Ich bin sicher, er wird sich freuen, unser altes Abkommen zu erneuern.»

«Ja, ja», murmelt Leo. Rufos Haut ist wie Wachs, seine Miene unbeweglich. Der geschmäcklerische Aufputz des Mannes paßt irgendwie nicht zu dem, was er von ihm weiß. In Ferrara, so hat Ghiberti ihm mitgeteilt, war er als des Herzogs Folterknecht bekannt. «Ghiberti hat hier Vorkehrungen für Euch getroffen. Bis La Magliana ist es nur ein kurzer Ritt, sobald Ihr Neuigkeiten habt.»

«Ich kenne ihre Gesichter», sagte Rufo. Prahlerei? Drohung?

«Ihr, und Diego kennt sie auch», entgegnet der Papst. Die beiden Männer blicken einander an. Er wendet sich wieder zum Fenster, als Rufo sich vorbeugt und geht.

Das Knistern der Feuer, das Rumpeln und Scharren des Gepäcks und die müden Grunzlaute der Männer mischen sich unten und hallen im Hof. Drei Frauen halten dort Fackeln hoch. Ein paar Karren sind noch leer. Er wird froh sein, das Rom verlassen zu können, das einen Rufo birgt. Dünnes Trompeten dringt an sein Ohr, und seine Augen schweifen kurz über die Diener unten, ehe er begreift, daß sie es nicht hören können. Es kommt aus den Gärten hinter dem Palast, ein schwaches Tuten. Hanno ist wieder krank.

Es ist die Hitze, sagt ihm der Tierpfleger. Zuviel für die Konstitution des Tiers, oder nicht genug? Ganze glühende Nachmittage lang suhlt er sich in einem Teich, für ihn angelegt am Westrand der Gärten, wo nun alles von seinen Ausscheidungen stinkt. Man beabsichtigt, seine Haut mit Wollfett aufzuweichen. Leo denkt an die Einsamkeit des Tiers, stellt sich vor, sie könnten die Rollen tauschen. Krause graue Elefantenrüssel zeigen auf ihn, wenn er umhereilt, und tuten leise in der Elefantensprache: Seht mal, ein Papst. Schaut euch seinen komischen Hut an. Paßt jetzt mal auf, er liest eine Messe für die Seelen jener, die bald sterben werden. Seht nur, wie verrucht er ist; kein Wunder, daß ihm seine Scheiße mehr Schmerzen bereitet als geschmolzenes Blei …

Rufo wird sie beseitigen, dann ist die Sache erledigt.

Die Diener im Hof gehen jetzt zwischen den vielen Türen und Karren hin und her und tragen große Drahtkisten. Ihm wird klar, daß er darauf gewartet hat, daß sie auftauchen beziehungsweise ihr Inhalt. Die Kisten werden neben den beiden letzten leeren Karren gestapelt und zurückgelassen. Die Männer lungern noch ein paar Minuten herum, dann verschwinden sie zu zweit und zu dritt in den umliegenden Gebäuden. Einen Moment ist er verwirrt, dann enttäuscht. Das kläffende Chaos aus Klauen und Zungen, das er halbbewußt erwartet hat, wird nicht in dieser Nacht stattfinden, sondern, wie immer, am nächsten Tag. Er ist zerstreut. Zerstreutheit ist verantwortlich für viele seiner kleineren Fehler. Die Hunde werden am Morgen verladen.

Er macht nicht den Eindruck eines Mannes, der etwas zu verkaufen hat.

«Nicht Wolle selbst. Die Aussicht auf Wolle», erklärt der Händler.

Diego nickt, horchte auf den schwachen Klang von Ärger, der immer wieder in der Stimme des Mannes aufschwoll, bemerkt und unterdrückt wurde, dann erneut aufkam. Sein Pferd war klein und hatte schwere Knochen; der Form des Kopfs nach stammte es von einem spanischen Pony ab. Er erinnerte sich an dunkelhäutige Männer, die kleine Herden Bergponys von der Sierra de Segura herabtrieben zu den Jahrmärkten um Lorca und Murcia. Wie sie hatte das Reittier des Händlers einen durchgebogenen Rücken. Es stand geduldig draußen, während die beiden Männer im Schatten der Ställe redeten. Gewöhnlich gab sich Don Antonio mit diesen Männern ab, lauschte den Nachrichtenfetzen, die sie aufschnappten, wenn sie zwischen Venedig und Genua umherzogen und dann über Florenz nach Rom kamen. Als Gegenleistung gab er ihnen Einführungsbriefe und (fast nutzlose) Pässe für das Königreich von Neapel. Normalerweise fragten sie nach dem Botschafter. Dieser hier verlangte namentlich nach

Antonio, als ob er wüßte, daß der Weg zu Don Jerónimo de Vich unweigerlich über seinen Sekretär führte.

«Er ist nicht hier», antwortete Diego. Der Wollhändler seufzte.

Don Antonio war in Ostia. Reparaturen am Schiff und Rückzahlungen an die Gläubiger des Kapitäns würden ihn den größten Teil der Woche dort festhalten. Vich selbst war ohne Eskorte aufgebrochen, nur Minuten vor der Ankunft des Händlers, und hatte nichts über sein Ziel gesagt, was bedeutete, daß er bei seiner Maitresse war. Die Sonne würde gleich untergehen. Der Mann vor ihm war staubig und schweißgestriemt von der Reise und hatte doch nicht bis zum nächsten Morgen warten können. Er sprach in höfischem, altmodischem Spanisch vom Zustand der Straßen in der Romagna, von seinen Geschäften in Italien, wobei es um Verkäufe englischer Wolle an italienische Tuchmacher ging. Er war eine Art Makler.

«Ich bin Don Álvaro Hurtado aus Ayamonte», sagte er zum zweitenmal. «Vielleicht könnte man Don Jerónimo noch heute abend benachrichtigen.» Er redete weiter, kam alle paar Minuten zu seiner Bitte zurück und nahm Don Diegos wachsames Schweigen weder als Ablehnung noch als Zusage. Er war zu erfahren, um zu drohen oder zu schmeicheln, und Diego war zu erfahren, um sich nach den Informationen zu erkundigen, deren Wichtigkeit durch den Schleier der unerschöpflichen Geduld des Mannes drang. Die unmerkliche Abkühlung des Innenhofs zog warme Luft mit Heu- und Pferdegeruch aus den offenen Ställen herbei.

Schließlich sagte Diego: «Wenn es mir gelingt, Don Jerónimo heute abend zu erreichen, wo seid Ihr dann zu finden?» Der Händler nannte ihm eine Schänke und versicherte, er sei zu jeder Nachtstunde verfügbar.

«Ich werde den Türhütern sagen, daß sie mich wecken sollen», sagte er.

«Bezahlt sie am besten dafür», riet Diego.

Der Händler grinste zustimmend und verabschiedete sich dann. Diego sah zu, wie er aufstieg und langsam aus dem Hof ritt; dabei überlegte er bereits, was der am wenigsten ungeeignete Moment sein mochte, den Botschafter aus Fiammettas Bett zu holen. Spät, dachte er. Je später, desto besser. Besser, einen Mann aus dem Schlaf als aus dem Beischlaf zerren. Er hörte, wie das Pferd des Mannes in einen trägen Trab fiel. Du bist kein Wollhändler, dachte er.

Im Geiste folgte er Pferd und Reiter die Straße hinab. Sie würden bald an einer halbverfallenen Taverne vorbeikommen, deren verwittertes Schild Farbreste dessen trugen, was einmal ein Löwe gewesen war, der ein Zepter hielt. Von einem Fensterplatz darin, der guten Überblick bot, würde ein Mann sorgsam das Aussehen von Pferd und Reiter und die Zeit von Ankunft und Aufbruch notieren. Manchmal war es ein kleiner Kerl mit scharfen Zügen, manchmal ein dickerer mit rotem Gesicht und kurzatmig. Manchmal keiner von beiden, aber einer war da, gleich, zu welcher Tageszeit. Nachts strich er um den Palazzo, seltsam immun gegenüber den Aufmerksamkeiten der Wachpatrouillen.

Die Männer, die ihn in der Stadt beschatteten, waren weniger auffällig. Manchmal vergingen ganze Tage, ohne daß er einen zu Gesicht bekam. Das spielte keine Rolle; sie waren unvermeidlich, und so nahm er sie auch hin. Ob sie ihn daran hindern sollten, die beiden Männer zu schnappen, oder ob sie sie finden sollten, indem sie ihm folgten, wußte er nicht. Vielleicht hätte er ihnen am Abend der Colonna-Messe nachgehen sollen. Wenn er gegenüber der Engelsburg entlangging oder den Vatikanpalast sah, dachte er immer an die hermelingeschmückte Gestalt, die dort durch die Korridore eilte, um die Berichte der Agenten zu hören: *Hat Don Jerónimo de Vich zur Kapelle von Santa Cecilia begleitet, ist aber nicht hineingegangen ... Hatte Streit mit einem Kärrner, der die Straße durch Ripetta blockierte. Der Kärrner gab nach ...* Ging ganz normal seinen Aufgaben nach, aß wie gewöhnlich, trank nicht zuviel, pißte ebenso, schlief gut ... Und die Halsabschneider selbst? *Keine Spur ...*

Seine Träume waren neuerdings seltsam blutleer: Gestalten in Roben rangen ihre wabbeligen Finger, schwitzende Beamte tauschten Geheimnisse aus, schnelle Regungen und Ängste, nichts in Hörweite. Diese Zeit war gewichtlos. Die Tage verschoben ihre Wichtigkeit auf andere Tage, die sie wiederum verschoben. Die Zukunft errichtete ihre unvermeidliche Festung. Wenn er die Nerven sich spannen und entspannen, den Magen sich verknoten und lösen fühlte, war er wieder in den Minuten vor einer Schlacht, da er seine Angst mit der Gewißheit dessen überlagerte, was gleich geschehen mußte; das Vorwärtsstürmen, der ungeheure Lärm, die Teilung der Männer in Sieger und Besiegte ... Dies *mußte* geschehen. Tiefe Ruhe lag darin. Seine Heiligkeit beobachtete ihn von jenseits eines Schlachtfelds aus Kirchen, Ställen, Häusern, Gaststätten und Läden, über Roms Durcheinander hinweg, wartete darauf, daß er zerbrach, wie seine eigenen Leute unter dem Beschuß zerbrochen und über den geborstenen Boden bei Ravenna vorwärtsgerannt waren. Und in Stücke geschnitten wurden, während Cardona in Panik floh und der madenartige Medici das Feld unversehrt verließ.

Aber ich habe die Halsabschneider, dachte er.

Oder Don Antonio hat sie. Sicher eingewickelt in steifes, neues, glänzendes, weißes Leinen, und gleich unter der Nase des schlaffen Priesters ... Der Bericht des Sekretärs über ihre «Rekrutierung» für die Expedition war ihm wie ein vorsichtiges Geschenk ausgehändigt worden. Er hatte es angenommen, vorsichtig. «Sie gehören Euch, wenn die Zeit reif ist», hatte der Sekretär gesagt. «Sie glauben, sie sollten an der Spitze unserer Anstrengung stehen, Leo sein Biest zu beschaffen; als ob zwei analphabetische Tölpel bei so einem Unternehmen auch nur die geringste Aussicht auf Erfolg hätten ...» Antonio hatte gelacht. Diego lachte mit. Er traute Don Jerónimos Sekretär nicht.

Als die Glocken von San Simeone die Stunde vor Mitternacht geschlagen hatten, wies Diego seine Diener an, ihn keinesfalls zu stören. Auch unter ihnen würde ein Mann von Leo sein. Er schloß die Tür zu seiner Wohnung ab und ging leise durch Vichs Räume zur Treppe, die das private Arbeitszimmer des Botschafters mit der Straße unten verband. Irgendwo patrouillierte ein Berittener nachlässig in den Seitenstraßen zwischen Scrofa und San Apollinaire. Der Mond war untergegangen; gut. Bald lief er geräuschlos durch eine der Nebenstraßen von Navona nach Süden. Mit langen Marschschritten folgte er der Straße bis fast zum Fluß, tauchte dann unter im Gewirr der Schänken und Lagerhäuser an der Rückseite der Uferstraße, durch enge Gassen nach Westen, nach Ponte.

Er näherte sich dem Tor zu Fiammettas Haus von Norden. Schnell ging er die Straße hinab. Er fragte sich, ob er den ganzen Haushalt würde wecken müssen, um den Botschafter herauszuholen. An einen Türhüter konnte er sich nicht erinnern. Vielleicht wäre das Haupttor nicht versperrt, so daß er leise an die Tür klopfen könnte. Vich schlief leicht. Sie würden gemeinsam heimkehren oder vielleicht gleich zu Don Álvaro gehen. Leos Spitzel waren Lümmel niedriger Herkunft. Sie würden es nicht wagen, ohne genaue Angabe des Ziels über seinen Ausflug zu berichten. Er wandte all dies im Geiste hin und her, ging schnell und leise, aber unaufmerksam. Die eckige Ansammlung von Schatten, ruhig gegenüber vom Tor, sah er erst, als er sie fast erreicht hatte.

Ein Mann und ein Pferd.

Er wäre fast stehengeblieben. Fast hätte er ins Wams gefaßt, nach dem Messer. Aber seine Instinkte waren besser als er, daher blieb er nicht stehen. Er langte nicht nach dem Messer. Die Schatten bewegten sich ein wenig. Das Pferd schnaubte. Er ging vorbei, als hätte er sie nicht bemerkt. Den Mann sah er nicht. Das Pferd kannte er.

Er brauchte fast eine halbe Stunde, um zur Rückseite von Fiammettas Haus zu gelangen. Die Läden waren geschlossen, kein Licht zu sehen. Sein Kopf war inzwischen klar. Noch war es möglich, daß Vich nicht in Gefahr schwebte.

Hinter dem Haus fiel der Boden ab und die Mauer war höher, aber ein Pfeiler mit Abstufungen berührte das vorspringende Mauerwerk. Er begann zu klettern, tastete nach Rissen im bröckelnden Mörtel. Zweimal verloren seine Füße den Halt, und beim zweitenmal konnte er sich nur abfangen, indem er eine Hand in den Mörtel trieb und sich anklammerte, bis der Fuß wieder Halt fand. Der rauhe Stein schürfte die Haut von seinen Fingerknöcheln. Konzentrier dich, sagte er sich. Rom hatte ihn verweichlicht.

Das Dach war mit Ziegeln belegt, die Ziegel befestigt mittels kleiner Bleistreifen. Er blickte zum Nachthimmel, der lichtlos war und keine Silhouette umreißen würde. Als er über den First lugte, sah er den Hof, darin einen Holzschuppen, einen zerfallenden Stall, einen Brunnen. Dann die Mauer zur Straße hin, mit dem versperrten Tor. Er konnte die Umrisse sehen, die das Pferd waren, ein großes Tier; die Einzelheiten waren von hier oben nicht auszumachen. Auf der Straße hatte er es beim ersten Blick erkannt. Es war das Reittier seines Gegenspielers in der Botschaft der Portugiesen. Den Mann konnte er nicht sehen, wußte aber, daß er da war – Don Hernando, Farias Mann.

Er bog die Bleistreifen hoch und nahm Ziegel ab. Fiammetta beschäftigte einen Koch, einen Mann für schwerere Arbeiten, eine junge Spülmagd und dieses Mohrenmädchen. Nur die beiden letzteren schliefen im Haus. Er stapelte die Ziegel an der Brüstung und spähte hinab ins Loch, das sie freigegeben hatten. Der Raum unter ihm war eine Pfütze aus Dunkel. Er schob die Beine hinein und ließ sich fallen.

Nach der Schlacht starben mehr Männer als in der Schlacht selbst. Die Gewißheiten des Kämpfens hielten sie so oder so fest, aber wenn der Kampf sich entschied, gewonnen oder verloren war, brachen die Reihen, die Kompanien lösten sich auf, und Männer irrten durch den Kanonenrauch wie Geister. Einige verloren dabei den Kopf, rannten über offenes Gelände, riefen die Namen ihrer verschwundenen Kameraden. Eine Leere aus Unwissen klaffte unterhalb des Kampfs, und darin fielen Männer endlos tief. Diego stürzte weniger als einen Fuß tief, bis seine Füße den Boden berührten. Er landete geräuschlos und kauerte sich zusammen; seine Nerven zuckten und spannten sich.

Er sagte seinen Männern, den noch grünen wie den Veteranen, daß sie in diesen Momenten still sein, sich langsam (wenn überhaupt) bewegen, Gräben entlangkriechen, sich verstecken, beobachten sollten. «Wenn ihr nicht wißt, wo ihr seid, warum wollt ihr euch dann bewegen?» brüllte er sie an. «Wohin auch? Das hier im Kampf» – er hob den rechten Arm –, «das danach» – er schlug sich vor die Stirn. Blindlings tastete er um sich, wartete darauf, daß seine Augen etwas im Dunkel ringsum sahen. Ein Bett. Leer. Ein paar Kisten vielleicht, in der Ecke aufgestapelt. Die Tür.

Er begriff, daß er dies ausmachen konnte, weil irgendwo ein schwaches Licht war. An einem Ende des Schlafzimmers waren die Bodenbretter gerissen und durch Splitter gelblichen Lichts getrennt. Vorsichtig ließ er sich nieder und preßte das Auge an den größten Spalt. Der Raum unterhalb war ebenfalls ein Schlafzimmer. Zwei Kerzen standen zu beiden Seiten eines vierpfostigen Himmelbetts. Darauf waren zwei große fleischige Beine zu sehen. Fiammettas Beine. Keine Spur von Vich. Und das Bett hier war leer, was bedeutete, daß der Bettbenutzer irgendwo anders im Haus war. War das Bettzeug warm gewesen? Denk an Hernando draußen, sagte er sich.

Er erhob sich vom Boden, öffnete die Tür und tastete mit den Zehenspitzen nach der ersten Stufe. So sehr konzentrierte er sich auf seinen lautlosen Abstieg, daß er erst, als er das *piano nobile* erreichte, Stimmen hörte. Sie kamen von unten und wurden deutlicher, als er die zweite Treppe hinabstieg. Männerstimmen, sorglos, ohne Furcht, belauscht zu werden. Eine war die von Vich. Die andere? Auch die andere kannte er, und als er den letzten Schritt vom Treppenholz zum Dielenstein tat, hätte er fast den Namen nennen können. Statt dessen blieb er wie angewurzelt stehen. Das Rätsel des leeren Betts löste sich durch den Umriß des Mädchens vor der Tür, aber nicht ihretwegen fuhr er zusammen. Hernandos Anwesenheit am Tor war plötzlich klar, selbstverständlich.

«Und was geschieht mit Venturo?» Er hörte Vichs Stimme durch die Tür.

«Überlaßt ihn uns», antwortete die Stimme, die er nun als die von Faria erkannte.

In einem Nebenarm des Flusses sah sie einmal ihre Zukunft. Am Ufer wuchs eine Gruppe dickstämmiger Iroko-Bäume, in den lockeren Lehm geklammert mit Wurzeln, die aus dem Boden ragten wie knochige Ellbogen. Weiter oberhalb hatte der Fluß einen Weg zwischen ihnen gefunden, und eine kleine Wasserkaskade rann ein paar Felsen hinab und fiel dann in einen langen ruhigen Kanal. Unter dem hohen Laubdach der Bäume war es kühl und schattig. Das Sonnenlicht war hart und weiß, wo es die Oberfläche des Flusses traf, ein großes rastloses Grellen. Hier durchstach es das dunkle Glimmen der Blätter hundert Fuß über ihr und fiel in Strahlen auf den Waldboden. Die Erde war kühl unter ihren Fußsohlen. Sie zerkrümelte zwischen ihren Zehen.

Ein Junge fischte. Er stand ganz still, nur sein Arm bewegte sich in gemessenem Bogen, als er eine lange Angelrute über die stille Wasserfläche zog. Er stand auf der anderen Seite des Teichs, ein wenig weiter abwärts. Als er ihre Anwesenheit spürte, blickte er auf und lächelte. Seine Zähne waren ein blendend weißes Blitzen. Ein Reiher brach tiefer im Wald durch das Unterholz, wagte sich aber nicht näher. Sie setzte sich, umklammerte die Beine vor der Brust und sah ihm beim Angeln zu; nur ihre Augen waren über den Knien zu sehen. Seine Arme waren schön geformt, seine Bewegungen gelassen und anmutig. Vor zwei Regenzeiten war sie zur Frau geworden, und keiner der Jungen zu Hause hatte sie angerührt.

Hin und wieder erreichten sie Männerstimmen aus den Kanus auf dem Fluß. Sie waren aus Atani, etwa eine halbe Meile flußauf. Namoke, ihres Vaters Bruder, hielt sich jetzt dort auf und redete mit den Ältesten über die Yamsernte. Die Yams in Atani waren nicht größer als Alligatorpfeffer, kleine schrumpelige Dinger. Namoke meinte, das Gezänk der Dörfler habe die Erde dort, wo sie Yams pflanzten, sauer werden lassen, und er war hingegangen, um die Säuernis herauszuziehen und in den Fluß zu werfen. Sie hatte ihm geholfen, seinen Kopfputz zu befestigen, und dann hatte er mit dem Gerede begonnen. Es dauerte noch an. Sie hatte sich verdrückt, denn die Atani-Leute schienen nur zu wimmern und Namoke schien nur zu nicken, sehr langsam und sehr feierlich. Atani war zwei Tagesmärsche von Nri entfernt. Diesen Jungen hatte sie noch nie gesehen. Er war jetzt nicht mehr entspannt, da er sich von ihr beobachtet wußte. Seine Bewegungen wirkten steifer.

Die Rute zuckte. Der Junge ruckte daran. Die Rute bog sich und bebte. Er zog den Arm langsam zurück, die Spitze der Rute über dem

Kopf; die Leine hob sich aus dem stillen Teich und ließ Wasser abperlen. Ein fetter brauner Fisch durchstieß die Oberfläche. Der Junge zog ihn langsam zu sich und langte nach ihm, die Arme weit ausgestreckt. Er tastete nach dem Haken im Maul, und als er ihn herauszog, sah sie, daß daran noch immer ein kleiner silberner Köderfisch hing, der sich wand und glitzerte. Als der Junge wieder auswarf, benutzte er nicht die Rute, sondern ließ den kleinen Fisch sanft ins Wasser gleiten und sah zu, wie er zur Teichmitte schwamm und die Leine nach sich zog. Der Wald roch nach Erde und Farn. Sie umklammerte ihre Knie so fest, daß die Beine gegen die Brüste drückten. Der Junge fing zwei weitere Fische auf die gleiche Weise; beide Male holte er den Köderfisch lebend heraus und ließ ihn die Leine hinausschleppen.

Das war ich, dachte sie allein in der Dunkelheit ihres Zimmers. Der kleine Fisch rang mit dem Gewicht der Schnur, schoß vorwärts und wurde zurückgezogen, schwamm kraftvoll zum dunklen Wasser, wo der Teich tiefer wurde und die größeren Fische warteten. Was dachte er, wenn ein Maul sich um ihn schloß? Was, wenn es sich wieder öffnete und er feststellte, daß er noch lebte? Die großen Fische waren jetzt um sie her versammelt. Aus dem Schlafzimmer unter dem ihren klang Fiammettas eher symbolischer Protest, ein keuchendes *Laß ihn warten* ... Vich ging zur Tür. Sie hörte die Stimme des anderen Mannes, als sie einander im Erdgeschoß begrüßten, und das Quietschen der Küchentür. Sie zog das Unterhemd an und preßte das Gesicht auf die Bodenbretter.

Fiammetta zappelte auf dem Bett herum, verschwitzt und derangiert. Sie wälzte sich heraus und langte nach dem Nachttopf, hockte, pißte ausgiebig. Eusebia sah, wie die Herrin die Reste aus dem Weinkrug in ein Glas goß und dies auf einen Zug leerte. Auf den Laken war ein wenig Blut; sie wußte nicht, wessen Blut es war. Das Kopulieren hatte nicht gewalttätiger geklungen als sonst. Am Morgen würde sie die Laken waschen. Mit dem Weinhändler würde Violetta sich befassen müssen. In Vichs Abwesenheit trank Fiammetta neuerdings einfachen Landwein. Aus einem oder zwei Gläsern am Nachmittag war in den letzten Wochen eine Flasche oder mehr geworden. Sie klagte über seltsame Schmerzen und Krämpfe und ließ sich von Eusebia stundenlang Schultern und Beine massieren, bis sie irgendwann abends in einen benommenen Schlummer sackte. Dann schlief sie, wenn auch schlecht, und wurde morgens wach, immer noch nach Wein riechend, das Gesicht verquollen und aufgedunsen. Jetzt ließ sie sich wieder in die Kissen und Decken fallen und grunzte leise in trunkenem Mißbehagen. Bald schnarchte sie. Eusebia stand leise vom Boden auf und schlich treppab.

«... wunderbar, wie es scheint.» Das war Vichs Stimme. Sie legte ein Auge an die Tür.

«Da wird er den Rest des Sommers bleiben, wenn es allein nach ihm und seinen Launen geht. Wer hätte gedacht, daß unser Papst so ein Jäger ist?» erwiderte der andere.

«Er erwischt nur Karnickel, sogar wenn er jagt wie die Franzosen. Nach der Reise hat er einen Tag im Bett verbracht, und La Magliana ist nicht einmal einen lockeren Tagesritt entfernt.»

«Er könnte krank sein.»

Daraufhin schwiegen beide einen Moment.

«Krank oder nicht, er wird in Ostia sein. Er muß das Schiff verabschieden und dabei gesehen werden.» Vichs Ton war unnachgiebig.

Der andere murmelte zustimmend. Vor beiden Männern standen Weingläser. Er trank einen Schluck; dann sagte er: «Ich habe seit über einem Monat nichts aus Ayamonte gehört.»

Vich hob sein Glas. «Ich auch nicht.»

«Meine letzte Depesche kam von Fernão de Peres. Darin ging es nur um Probleme und Verzögerungen ...»

«Deren Probleme. Deren Verzögerungen», gab Vich zurück. «Mein geliebter Sekretär sagt mir, unser Schiff wird in drei Wochen bereit sein zur Ausfahrt. Er hat eine Mannschaft, einen Kapitän, zwei Männer, die vom Deck aus Seiner Heiligkeit sehr nett zuwinken werden und, Don Antonio zufolge, nicht nur eine Seekarte richtig herum halten, sondern sogar Linien darauf kritzeln können ...»

«Was ist mit dem Tier selbst?»

«Was soll damit sein? Sie brauchen nur zu wissen, daß der Papst es haben möchte und daß sie, als gute Christen, es beschaffen werden.»

An der Tür kniend, dachte Eusebia an die großen Fische, die im dunklen Wasser warteten, an sich selbst, wie sie ihnen direkt ins Maul schwamm. Es wäre einfach, jetzt aufzustehen, die Tür zu öffnen, kühl in ihr offenmäuliges Erstaunen zu gehen ... *Beißt, dann zieh ich euch mit nach Hause* ... Plötzlich zuckte der Junge. Wieder bog sich die Rute. Und bog sich weiter durch, die Schnur zum Zerreißen gespannt. Der Junge blickte zu ihr auf und grinste verlegen. Der Haken hatte sich verfangen. Er fuchtelte mit der Rute, um die Leine freizubekommen. Sie lächelte zurück, aber das konnte er nicht sehen, da sie die Knie bis an den Mund gezogen hatte.

Ja, dachte sie, die großen Fische beißen, wenn sie wollen. Und dann werden sie gelandet. Vich sprach in ätzendem Ton von seinem Sekretär, der meinte, seinen Herrn zum Narren halten zu können. «Ein besonderes Vergnügen bei allem wird es sein, mit Don Antonio Serón abzurechnen», sagte er. Sie spürte, wie sich die Leine straffte, der Haken zog, der Arm sich spannte wie der große braune Muskel des Flusses selbst und sie mit ihrem Fang zurückzog nach Nri ...

Schließlich gab der Junge auf und watete in den Teich; mit der Hand folgte er der Leine, sah aber nur sie an und kam durchs Wasser näher. Sie regte sich nicht, dachte nur daran, daß er naß sein würde und sein Fleisch kühl. Seine Augen verengten sich, als er den Haken fand. Sie sah das Wasser über seine Haut rinnen, als er sich aufrichtete. Auch sie stand auf, erwartete, daß er sie hier nehmen würde, auf der weichen Erde, die sie von den Füßen abrieb. Sie hatte keine Angst. Sie hatte gesehen, wie zwei ihrer Brüder es taten. Aber als sie aufblickte, hatte sich alles verändert.

Der Junge starrte in ihr Gesicht, nicht in die Augen, die die seinen suchten, nicht auf den Mund, der sich an ihn drücken wollte, sondern auf die Wangen und die *ichi*-Male, die auf beiden Seiten in sauberen Linien hinabliefen. Sie trat einen Schritt vor, aber sein Gesicht war schon verschlossen. Er machte seltsame kleine Verbeugungen und ging weg von ihr, rückwärts, durch den Teich. Er hatte Angst. Als er das andere Ufer erreichte, nahm er die Rute, zog den Korb aus dem Wasser, drehte sich um und lief unter den Bäumen davon.

Irgendwo über ihrem Kopf knarrte der Boden. Sie fuhr hoch. Fiammetta hat sich umgedreht, dachte sie. Mit Namoke war sie noch drei Tage in Atani geblieben und hatte den Jungen nicht wiedergesehen. Aber in dieser Nacht kam sein *chi* und liebte ihres unter dem Bett. Wenn sie die Augen schloß, konnte sie seine Hand auf der Wange spüren.

«Und was geschieht mit Venturo?» Vichs Stimme klang durch die Tür.

«Überlaßt ihn uns», erwiderte der andere.

Das Schiff, das Tier, diese plumpen Männer mit ihren plumpen Träumen. Sie war der kleine silbrige Fisch und das Mädchen, das den kleinen silbrigen Fisch sah, der die Zukunft war.

Sie schloß die Augen. Sie spürte eine Hand auf der Wange.

Als Faria sich verabschiedet hatte, ging Vich nach oben und besaß sie abermals. Sie war eingeschlafen und protestierte, als er sie weckte. Er hielt sie bei den Fesseln und nahm sie brüsk, während sie sich unter ihm wand und zappelte. Sie schwitzte sauren Wein aus, und als er im Morgengrauen erwachte, stank die Luft im Raum nach ihr. Sie hatte ihn zu reizen begonnen, gab ihm törichte Ratschläge im Kommandoton. Sie brauchte ihm nicht zu sagen, wie er sich als Fernandos Orator in Rom zu verhalten habe. Die Laken waren von ihrer Schminke verschmiert. Sie stieß ihn ab.

Aber sie zog ihn auch an. Ihre dicken Fleischwülste umfingen ihn. Er preßte das Gesicht zwischen ihre Brüste. Manchmal, wenn er zwischen ihren Schenkeln schwitzte und ruckte, fühlte er sich wie in ein Bad aus weichem Fett sinken. Im Dunkel waren ihre Hände weiche Polster aus Menschenfleisch mit spitzen Porzellannägeln. Er erschauerte und preßte seinen Mund auf sie, um nicht auf dem Höhepunkt zu schreien. Ihre Lust ließ sich vernehmen als langgezogene Seufzer, unterbrochen von leisem Knurren und Ächzen. In ihren Wimpern klumpten Schleimflöckchen. Eine winzige Speichelblase blähte sich in ihrem Mundwinkel und platzte. Sie ist leck, dachte er beim Anziehen. Ausgewaschene Gelbtöne besudelten den Osthimmel, verhießen einen weiteren heißen Tag. Leise schloß er die Tür hinter sich, um sie nicht zu wecken.

Ein fremdes Pferd stand im Innenhof des Palazzo. Diego gab eben einem der Stalljungen Anweisungen. Der Soldat blickte auf, als Vichs Tier in den Hof kam.

«Ein Händler ist angekommen», sagte er.

«Hier?» Vich schaute hinunter auf Diegos Hand, die verbunden war. «Ärger in der Taverne?»

«Ärger mit einer Wand», sagte Diego. «Er ist gestern angekommen. Ich habe ihm gesagt, Ihr wärt nicht auffindbar.» Der andere Stalljunge hatte sich aufgerappelt und kam nun herbei; er hustete in seinen Ärmel.

Vich stieg ab und gab ihm die Zügel. «Wo ist er? Was will er? Don Antonio sollte …» Er sprach den Satz nicht zu Ende.

Diego deutete in den Palazzo. «Ich weiß nicht, was er will. Er nennt sich Don Álvaro Hurtado aus …» Er machte eine Pause, überlegte. «Eine Stadt namens Aya-irgendwas.»

«Ayamonte?» fragte Vich den Soldaten, dessen Miene reglos blieb.

«Ihr kennt sie offenbar, Exzellenz. Ich hatte sie für unwichtig gehalten. Aya*monte*.» Er ließ die Silben durch den Mund rollen. Vich sah ungeduldig zu. «Ich glaube, es war Ayamonte», sagte Diego. Der Botschafter verschwand bereits in der Tür des Palazzo.

Vich fand den Händler auf einer kurzen Bank sitzend, die vor dem Kamin in der Küche stand. Er erhob sich und nickte, als der Botschafter näher kam.

«Kennt Ihr mich?» fragte er.

«Ich habe auf Euch gewartet», antwortete Vich.

Sie gingen durch den zu dieser Stunde noch kühlen, ruhigen Palazzo treppauf zu Vichs Arbeitszimmer. Vich schloß sorgfältig die Tür. Die beiden musterten einander einen Moment, begannen dann breit zu grinsen und umarmten einander herzlich.

«Als ich das Pferd sah, hatte ich Mühe, nicht loszulachen», gluckste Don Jerónimo. «Da wußte ich schon, daß du es bist.»

«Das beste Pferd der Welt», erwiderte Álvaro scherzhaft grob. «Es geht rauf ...» Er gestikulierte mit der Hand.

«... und es geht runter.» Vich beendete das Zitat, und beide lachten. «Lebt Tendilla noch?»

Tendilla war Stallmeister der Grafen von Burgos, Urheber des Satzes, der sie vor mehr als zwanzig Jahren erstmals im Gelächter zusammengeführt hatte; und Tendilla verfocht leidenschaftlich das Bergpony als einziges den Königreichen Spaniens eingeborenes und angemessenes Tier. Sie begannen, freimütig über ihren Dienst in Burgos zu plaudern, die Kälte des Winters, die glühenden Sommer, ihre Eskapaden.

«Wir waren Jungen, bloße Jungen», sagte Vich; er wischte sich die Augen beim Gedenken an die Gräfin, eine Frau noch weiträumiger als Fiammetta, die ihrem Gatten Milde empfohlen hatte, als er die beiden Männer mit ihren Hofdamen erwischte.

«Dein Kopf sollte auf den Schultern sein, nicht zwischen deinen Beinen», imitierte Álvaro die Gräfin. «Sie hat geredet wie eine Bäuerin», sagte er.

«Eine feine Frau», sagte Vich.

Don Álvaro stimmte zu. «Und wo war dein Kopf in dieser Nacht?» fragte er, noch immer lächelnd.

«Er ging rauf ...», begann Vich.

«... und er ging runter.»

Wieder im Chor. Weitere Handbewegungen. Noch mehr Gelächter.

Sie riefen nach Frühstück, und ein Tablett mit Brot, Öl und kaltem Braten wurde gebracht. Beim Essen schwiegen sie zunächst.

«Dieser Soldat, dein Hauptmann Diego», sagte Don Álvaro; er wischte sich den Mund, «weiß, daß ich kein Wollmakler bin. Oder hegt zumindest einen Verdacht.»

«Ist das deine Maske? Wir können uns auf Diegos Schweigen verlassen. Wie hast du diese Reise hingekriegt, mein lieber Álvaro?»

Der andere breitete zur Antwort lediglich die Arme aus und hob hilflos die Schultern. «Man trocknet Fisch und zieht Linien auf Karten. Das ist alles, was in Ayamonte geschieht; das und die Seuche, die sich aus den Sümpfen ausbreitet. Die Vereinbarung ist so gut wie fertig. Dom Jõao wird sie billigen, glauben die Portugiesen. Unser König Fernando äußert sich noch nicht.»

«Er ist unergründlich», sagte Vich. «Das steht ihm gut an.»

«Für unser Handeln bedürfen wir seiner Gunst, wenn unsere Bemühungen mit denen der Portugiesen übereinstimmen sollen. Wie stehen die Vorbereitungen?»

Nun war es an Vich, mit den Schultern zu zucken. «Don Antonio kümmert sich darum.»

«Kann man ihm trauen? Ich meine, ist er kompetent, was solche Schliche angeht?»

«Niemand wäre besser geeignet», sagte Vich glatt.

«Natürlich. Ich wollte ihn nicht verunglimpfen ... Die Portugiesen sind beinahe bereit. In einem Monat, wie ich hörte.»

«Schiff und Mannschaft werden dann soweit sein», sagte Vich. «Faria hat sich als treuer Verbündeter erwiesen. Es ist nur billig, daß wir zumindest in dieser Angelegenheit mit den Portugiesen zusammenarbeiten.»

«So freundschaftlich ist es in Ayamonte nicht zugegangen. Redet Faria über Fernão de Peres?» Vich nickte. «Gesicht wie ein Klammerbeutel, Zunge wie eine Raspel. Wenn ich ihn wiedersehe, werde ich kotzen. Der Kopf ihrer Unterhändler», erklärte er, als Vich fragend die Brauen hob. «Sehr gerissen, unermüdlich, pedantisch genau. Und ihm gegenüber am Tisch der Schafskopf aus Burgos!» Don Álvaro lachte laut.

«Ist dieser Handel für dich nicht gut gelaufen, alter Freund?» fragte Vich ruhig.

«Ziemlich gut. Über Don Álvaro wird in Fernandos Ohr eine ausgewogene Mischung aus Zucker und Gift geträufelt ...» Er hielt inne, und als er aufblickte, sah Vich, daß sein Gesicht angespannt war. «Es wird doch nichts schiefgehen, oder? Keine Fehler hier in Rom?»

«Es wird keine Fehler geben», sagte Vich.

Álvaro sah sich im Zimmer um. Sein Blick fiel auf die Bündel von Papieren und Karten, die auf Borden an der Wand gestapelt waren. «Es ist eine undankbare Aufgabe», sagte er. Vich sagte nichts. «Und wird undankbar bleiben, Jerónimo. Abgerechnet wird zum Schluß, verstehst du?»

Vich sagte: «Sprich weiter.»

«Halt Abstand. Für das bloße Auge wird es nur einen Schiffbruch geben, einen Fehlschlag und das Gekräh der Portugiesen. Fernando verlegt den Hof im Herbst nach Sevilla. Du hast dort Feinde, deren Intrigen nach einem Opfer verlangen.» Er unterbrach sich und wog die nächsten Worte ab. «Laß dich nicht zum Sündenbock machen. Ich weiß nicht, ob ich dich dann noch schützen könnte.» Álvaros Stimme war leise geworden. «Ich schäme mich, das sagen zu müssen», sagte er.

«Keine Frage der Scham oder der Schande», erwiderte Vich forsch. «Mach dir keine Sorgen darum. Meine Ehre ist fleckenlos und bleibt auch so.» Als er in Álvaros Gesicht unverminderte Besorgnis sah, fuhr er fort: «Deine Nachrichten sind willkommen, aber ich hatte schon damit gerechnet, mein Freund. Ob er und die Klatschmäuler in Sevilla es schon wissen oder nicht – der Sündenbock ist schon ausgesucht.»

Danach sprachen sie von ihrer gemeinsamen Zeit in Burgos und von der Gegend um Valencia. Vich zog über die Italiener und ihre Art her, bis Don Álvaro laut lachte. Es war schon fast Mittag, bis Vich von seinem Fenster aus Don Álvaro satteln und langsam aus dem Hof reiten sah. Als Pferd und Reiter verschwunden waren, stand er noch eine Weile dort und sann über das Wiederauftauchen seines alten Freundes nach. Ränke war zu erwarten. Man hatte in Fernandos Ohr genug Gift geträufelt, um damit einen Ozean zu füllen. Müßig ließ er das Auge über das Gewirr der Hausdächer und Schornsteine schweifen. Die Sonne brannte hernieder, bleichte die tönernen Dachpfannen zu mattem Orange aus und fiel grell von den Wänden zurück. Etwas nagte an ihm, aber er konnte es nicht greifen. Etwas Ungeklärtes ... Er suchte es zwischen ihren Gefühlsäußerungen zu entdecken, in Álvaros offenkundiger Besorgnis (als ob er seinen Rücken nicht bedeckt halten könnte), im Gerede über Sündenböcke und Klatschmäuler. *Ich schäme mich, das sagen zu müssen* ... Wieso Scham?

Aber was immer Álvaro plagen mochte – es entzog sich auch ihm, und schließlich schob Don Jerónimo den Gedanken schulterzuckend beiseite. In Burgos war Álvaro schlau gewesen, und nützlich, und schwach.

So ist er immer noch, sagte sich Vich nun. Es gab da kein tiefes Rätsel. Nichts hatte sich geändert.

Ein Soldat, der Haltung nach … Wer außer ihm konnte es sein?

Es gab alle Arten von Soldaten, sagte sich Salvestro. Und die Haltung? Ein Protzen, ein Stolzieren. Ein Federhut auf einem krausen Schopf. Schwertgriff hoch und Schwanz voraus. Die besten Soldaten waren bekanntlich Wallonen, Savoyarden, Gascogner, Kroaten und Korsen. Und Dalmatier, denn die waren wahnsinnig. Arkebusiere liefen herum mit finsterem Gesicht, vernarbt und klecksig tätowiert mit grünlich-blauen Schießpulverflecken. Sie fummelten immer mit Lappen und Wergzipfeln herum, und auf dem Marsch nach Prato hatte einer von ihnen Salvestro anvertraut, daß er einen Vorrat an gewachsten Zündhölzern unter den Kleidern am Hintern trug, um sie gegen jähe Regengüsse zu schützen. Schweizer Reisläufer und Freihartsbuben taten alles in Formation, außer Kämpfen, und bretonische Kompanien erkannte man an den schwarzen Kreuzen, die sie sich auf die Stirn malten. Es gab fette Soldaten, die watschelten. Und dünne, die nicht watschelten. Ein guter Pikenier trug immer sein Kettenhemd (er selbst hatte es nie zu einem gebracht). Tugendhafte Reiter schliefen im Küraß und zogen aufs Feld in Missaglia-Rüstungen und mit bunten Lanzenfähnchen, auf haushohen Pferden. Kleine Gruppen von Knappen und Armbrustschützen folgten ihnen auf Ponys. Quartier- und Troßmeister waren groß, hatten rohe Gesichter und brüllten viel. Kanoniere benutzten eine Zahlensprache, die niemand sonst verstand, und die Verfechter der *arme blanche* sprachen mit überhaupt keinem, dessen Familie sich nicht vierzehn Generationen zurückverfolgen ließ … Er dachte auch an die nach Ravenna auf dem Feld herumliegenden stillen Gestalten, die wie dunkle Grabhügel wirkten, als die Dämmerung sank. Hatten auch die Toten Haltung? Rodolfo war ihm keine große Hilfe bei der Frage, deren Widerhaken seit einer Woche in ihm steckten und sich nicht herausziehen lassen wollten.

«Ich sage dir doch, ich hab ihn kaum gesehen. Er hat da unten gestanden, und ich bin gerade die Treppe hochgegangen. Ich hab ihm gesagt, ich hätte keinen von euch je gesehen, würd's aber weitergeben, wenn ich euch seh.»

«Und er hat namentlich nach uns gefragt?» wollte Salvestro wissen.

Rodolfo nickte. «Dann ist er gegangen. Seinen Hut hab ich ganz genau gesehen, wenn dir das hilft.»

Kopfschüttelnd ging Salvestro zurück zu Bernardo.

«Ich hab dir doch gesagt, er war's nicht», sagte der Große ohne Überzeugung.

In jener Nacht war die Nachricht von der Suche des «Soldaten» hinter Salvestro hergaloppiert und hatte ihren Schatten vorausgeworfen, um ihn zu verschlingen. Seither hatten sie sich nicht in die Schänke zurückgetraut und gingen auch jetzt nur Don Antonios wegen hin. Er sollte an diesem Tag mit Neuigkeiten über ihr Schiff und die Schiffskameraden aus Ostia zurückkommen. Flüchtig überlegte Salvestro, daß sie den Sekretär hätten begleiten können, aber Don Antonio hatte diese Möglichkeit nicht angesprochen, und abgesehen von Neugier hatte Salvestro keinen echten Grund, selbst davon zu sprechen. Statt nach Ostia zu gehen, hatten die beiden eine Woche der Nervosität und Langeweile in Rom durchgemacht. Salvestro hatte sich bemüht, eine andere Erklärung zu finden, aber nun konnte er der Tatsache nicht mehr ausweichen. Irgendwie hatte der Oberst sie gefunden.

«Jedenfalls», meinte Bernardo, «hat Rodolfo ihm gesagt, wir wären nicht hier.»

Zwei Nächte zuvor war Salvestro erwacht, mit schweißverklebter Haut und dem wabernden Bild vom Gesicht des Obersten: wie ins Dunkel gedruckt. Dann, ganz deutlich, von Fäulnis gesäumt: *Zeit zu verschwinden.* Er überlegte: *Abhauen* ... Er hörte: *Lauf, lauf, lauf zum Meer* ...

Er hatte sich aufgesetzt und nach der Aushöhlung in der Matratze getastet. Die Scheide war noch da. Wenn er sie zu Münzen machte und sparsam war, brächte die Scheide ihn sicher bis nördlich der Alpen. Allein war er von anderen Wegelagerern nicht zu unterscheiden. Bernardo schnarchte leise neben ihm. Jörgs Atem knarzte auf der anderen Seite. Lange saß er aufrecht.

«Er hat aber gewußt, daß er zuerst hier suchen muß», antwortete Salvestro. Ein großer Sack war die Stufen herabgekommen und schien jetzt selbständig zur Küche zu gehen. Ein Ächzen – von Rodolfo – empfing ihn. Stämmige Beine erschienen und verschwanden, als der

Sack sich durch die Tür quetschte. Noch immer keine Spur von Antonio. Er hatte versprochen, er werde heute den Tag für die Abreise der Expedition festsetzen. Zeit zu gehen. *Zeit zu gehen. Zeit zu gehen. Zeit zu gehen* ... Er hatte aufrecht dagesessen und vor sich ins Dunkel gestarrt. Er stellte sich vor, sobald morgens die erste Kerze angezündet sei, würde Bernardo sich umdrehen und feststellen, daß er fort war. Was würde er dann tun? Leise langte er nach seinen Kleidern.

«Sollen wir was essen?» schlug Bernardo vor.

«Es ist zu früh», antwortete Salvestro. Zu dieser Stunde waren sie die einzigen Gäste im *Zerbrochenen Rad*. Rodolfos Stimme klang aus der Küche: «Nein. Das ist endgültig.» Es folgte ein Gemurmel von dem, mit dem er da redete. «Ich habe nein gesagt. Das ist nicht eßbar. Das kann ich doch nicht mal verschenken.»

«Vielleicht ein bißchen Brot», gab Bernardo zurück, der dem Wortwechsel lauschte.

Salvestros Gesicht war ausdruckslos. Er dachte daran, wie er die Hand über den Stoff seiner neuen Kleider hatte gleiten lassen, dicken Samt und Kattun, Litzen und Knöpfe. Die Mönche hatten mit unverhohlener Verblüffung auf ihr verwandeltes Äußeres gestarrt, aber keiner hatte gefragt, wie diese Verwandlung zustande gekommen war. Nur Jörg hatte nicht hingeglotzt. Er sah jetzt gar nichts mehr. Salvestro hatte zufällig bemerkt, wie Hans-Jürgen vor dem Gesicht eine Kerze hin und her bewegte und der Prior sagte: «Nein, nichts. Überhaupt nichts. Es hat keine Bedeutung ...» Er würde diesen Putz zurücklassen, sich wieder wie ein Streuner kleiden müssen. Er wog alles ab, wußte aber schon, daß er nicht gehen würde, nicht in dieser Nacht. Das leise Schnarchen und der rasselnde Atem des Priors lullten ihn ein, drückten ihn nieder. Er schlief ein.

«Brot? Ja, warum nicht?»

Der Sack tauchte wieder auf, eine grobe Leinenbeule, umfaßt von Händen und getragen von Füßen. Sie bewegte sich unsicher Richtung Treppe. Salvestro schob den Stuhl zurück und ging zur Küche. Der Sack torkelte treppauf. Ein kräftiger Mann in verschmutztem Bäckerweiß gehörte dazu; sein Rücken plagte sich, als ob der Sack versuchte, ihn treppab zu stoßen. Gleichgültig betrachtete Salvestro den ungleichen Kampf und steckte dann den Kopf in die Küche. Rodolfo murmelte vor sich hin, kopfschüttelnd. Er blickte zu Salvestro auf. «Wenn du was zu essen suchst, hast du Pech», sagte er. Salvestro sah ihn ausdruckslos an. Die Tür oberhalb der Stufen schloß sich mit einem Knall. «Also?» sagte Rodolfo. Der Klang der äußeren Tür folgte, schwächer. Rodolfo musterte ihn verwundert. Noch immer antwortete Salvestro nicht. Er schien vergessen zu haben, weshalb er gekommen war. «Was ist denn?» fragte Rodolfo, nunmehr neugierig.

Salvestro schaute hinunter auf seine Schuhe, drehte sich dann um und sah die Treppe an. Er blickte zu Rodolfo zurück, mit geistesabwesender Miene. Dann sah Rodolfo in schneller Abfolge Verwirrung, Verblüffung, Ungläubigkeit. Er wollte eben fragen, was ihn denn plage, als Salvestro sich jäh abwandte und die Stufen hochlief.

Im Hof lud ein Mann frisches Stroh von einem hochbordigen Karren. Salvestro ging hinaus auf die Straße, sah in die eine Richtung – zwei Karren wie der im Hof, ein Meer wogender Kappen und Hauben, ein Mann zu Pferd –, dann in die andere – noch mehr Köpfe, Hüte, weitere Pferde, zwei Männer mit einer Schubkarre, die Äpfel verkauften, drei Frauen, die sie aßen. Der Sack.

Er bahnte sich einen Weg durch die Menge, zunächst langsam, aber als er das Jagdwild nicht mehr sehen konnte, setzte er mehr Kraft ein, begann beinahe zu rennen, schaffte sich mit den Ellbogen Platz. Halblaute Flüche folgten ihm die Straße hinab, als Männer und Frauen ihm auswichen oder beiseite gestoßen wurden. Am Ende der Straße blieb er stehen. Eine Reihe von Pferden wurde aus einer Stallung geführt. Tiefblauer Himmel umrahmte die Glocken im offenen Campanile von Santa Caterina. Salvestro blickte nach links und rechts: noch mehr Wagen und Leute, noch mehr Schubkarren und Ballen. Kein Sack.

Er wandte sich nach links, eilte die breitere Straße hinauf, wich Pferdeäpfeln aus. Irgendwo hörte er Kuhglocken, Menschenstimmen, das Knarren von Wagenrädern. Enge schattige Gassen öffneten sich alle paar Meter zwischen den Gebäuden. Im Vorübergehen schaute er hinein, zwinkerte, um das grelle Sonnenlicht aus den Augen zu pressen. Der Sack tauchte wieder auf, ausgebeult wie zuvor, ein ungeheurer Kropf des menschlichen Anhängsels, das hurtig unter den Wäscheleinen hindurchstolperte, die zwischen den Fenstern gespannt waren. Salvestro rannte hinterher, holte fast die halbe Gassenlänge auf, bevor Mann und Sack das Ende erreichten, nach rechts bogen und wieder außer Sicht gerieten.

Ein kleiner Innenhof: heruntergekommene Balkons, noch mehr Wäsche, Stille und ein durchdringender Geruch, den Salvestro wiedererkannte. Er verließ die Gasse, schnüffelte. Niedrige Arkaden säumten zwei Hofseiten; die Bogen waren mit Brettern verschlossen, aber von kleinen Türen unterbrochen. Salvestro ging zur nächsten, immer noch schnüffelnd, der Geruch wurde stärker: klamme Kleider und gekochte Hirse. Er stieß eine Tür auf und befand sich in einem niedrigen kellerartigen Raum, beherrscht von einem riesigen Backsteinofen. Ein Holzstoß lag in einer Ecke, Säcke füllten eine andere. Zwei große Tische waren übersät von seltsamen langstieligen Geräten, spachtelähnlich und irgendwie gruselig. Mehl sprenkelte den Boden. Aus dem Raum dahinter hörte er scharfes Klatschen, gefolgt von einem dünnen Protestschrei. Salvestro schloß hinter sich sorgsam die Tür und ging dorthin, woher die Töne kamen.

Er stand mit dem Rücken zur Tür, den Arm erhoben über einem neun- oder zehnjährigen Jungen, der sich duckte und den eigenen Arm abwehrend hob. Einen Moment lang dachte Salvestro, die Hände seien merkwürdig verfärbt oder verbrannt, denn er trug besudelte Kattunhandschuhe. In der Hand hielt er einen Gegenstand, den Salvestro durch Sehen, Schmecken, Riechen, Fühlen und – nun – Hören identifizieren konnte: einen schwammigen, grauen, ledrigen, ovalen Laib ungenießbaren, unverkäuflichen Brots, der mit dumpfer Wucht auf den Kopf des Jungen klatschte. Der Junge quäkte. Dann sah er Salvestro.

Gleich wird sich der Mann wegen der Reaktion des Jungen umdrehen und sein Gesicht zeigen, borstig, schwarze Stoppeln, rote Wangen, auf der Stirn ein Knochenwulst wie ein Berggrat, aber die stämmigen Beine, der breite Rücken, das drahtige schwarze Haar genügen schon, wie sie in der Schänke genügt haben. Der Sack ist verschwunden oder, genauer, nicht zu unterscheiden von Dutzenden identischer Säcke, vor einer Wand zu einem Haufen zusammengeworfen.

Der Mann erstarrte; die beschuhte Hand mit dem strafenden Laib war vergessen, schwebend über dem Jungen zurückgelassen. Er wandte sich um und sah den alten Kameraden an.

«Hallo, Groot», sagte Salvestro.

Erwägung von Disparatem: Hunde auf einem angeketteten Bären, Krähen bedrängen den einsamen Falken, Metallkolosse lassen gelbe Schmierflüssigkeit in den welligen beigegelben Sand lecken. Schorf, räudiges Fell, Federn und verlauste Daunen. Schmerzgeräusche, Erschöpfung, unsüßer, ruhmloser Tod. Bernardo sein heißt, sich anklammern, sich wappnen gegen die Desertion dessen, was vertraut ist, Dinge finden, die ordentlich sind, und sie imitieren. Seine versunkenen Träume sind behauen, geometrisch, voll wehmütiger Ikonen. Warum ist Wachsein nicht so? Warum wimmelt Wachsein von Hunden, und wozu sind sie gut? Hundefelle werden nicht gesucht. Kaum eine Cuisine verwendet Hundefleisch. Eine Halskette aus Hundekrallen ist kein Talisman. Also sind Hunde (hier ganz allgemein genommen) dazu da, Bernardo zu quälen: den Großen, den Einfältigen, und der jetzige Hund, der nach dem angeketteten, bekümmerten Bernardo stöbert und schnappt, ist Antonio.

«Einfach weg? Einfach raus und Euch hiergelassen?»

«Ist schon mal passiert.»

«Schon mal» ist ein Lagerhaus alter Ressentiments, ist die ihnen aufgezwungene Resignation. Bestenfalls verdrücken sich die Hunde und überleben für den nächsten Kampf. «Schon mal» ist da, wo sie ihren Zwinger haben. Keiner hat Verständnis für Bernardos persönliche Mühsal, und wenn doch, dann nur, weil er etwas Furchtbares tun, einen unaussprechlichen Akt vollziehen soll. Steine, die sich in seine Hand schmiegen, haben Schädelgröße. Antonio will, daß er Salvestro verrät, deshalb ist er nett zu ihm, setzt taktvolle Anteilnahme ein, um ihn dazu zu bringen: zum neuesten der unaussprechlichen Dinge. Der Sekretär sitzt ihm gegenüber, zwischen ihnen ein unberührter Humpen Bier.

«Ich kann nicht glauben, daß er einfach so gehen würde, ohne ein Wort. Nicht ohne einen Grund. Schließlich wußte er doch, daß wir uns hier heute treffen wollten; es sei denn, er geht mir aus dem Weg. Vielleicht eine unbeabsichtigte Brüskierung? Ich zerbreche mir den Kopf, aber …»

Da kommen sie an, auf ihren federnden Beinen, mit gehißtem Schwanz und Fisch-Fleisch-Zunge, borstig und mit Fangzähnen, heiß aufs Zerreißen.

«Was könnte ihn dazu bringen, einfach wegzulaufen? Das ist wirklich sehr ärgerlich, nicht zuletzt für Euch, Bernardo. Wovor hat er denn soviel Angst, daß er, tja …» Hier heben sich Antonios Hände, die Finger leicht gespreizt in priesterlicher Hilflosigkeit, die Verheißung der Absolution, sollte der austernartige Bernardo beschließen, seine Perle auszuliefern. «Es ist sein Geheimnis, das er mit ins Grab nehmen kann, wenn er mag. Wie ich wohl annehmen muß.»

Angedeutete Fragen, gehobene Brauen, Spötteleien, ein Treibsand aus windungsreichen Angeboten, austariert gegenüber vage umrissenen Formen von Salvestro-Unheil: Antonios Spiel, sein Spezialgebiet.

«Zum Beispiel könnte er ...»

Oder: «Ich kann nur hoffen, daß, was immer es ist ...»

Und: «Aber ich bin sicher, daß ...»

Hunde.

Bernardos Auge pirscht um die stetigen, vernünftigen Augen seines Gegenübers. So fängt es immer an, diese glatten Töne und unwiderleglichen Argumente. Die offene, geduldige *Betroffenheit* ... Denk jetzt an Marn, «Bernardo ...» Denk an Prozdorf. «... und wenn Ihr nicht wollt, tja ...» Tja was? Es wird schlimmer. Weil die Anhäufung seiner vergangenen Fehler und Dummheiten nun ein Granitkliff ist, ein Überhang von Falschem und eine feiste Felsplatte aus Schon-wieder-Reingetreten. Antonio stupst mit der Fußspitze weiteres Geröll über die Kante, das zu Staub schrumpft beim schnellen Sturz in unterschiedlichen Bogen, und das dann fallend wieder zu Felsen wird, die von seinem Kopf abprallen. Jetzt geschehen die schlimmen Dinge. Die Wahl lautet Hunde oder Felsen.

«Ich soll das eigentlich nicht sagen», begann er. Dann: «Dabei war er es gar nicht.»

Dann torkelte er blindlings los, in die Steine und Hunde, die auf seinen Schädel krachten und ihm das Fleisch von den Händen rissen, nach Prato und zum Obersten, der jetzt gerade Salvestro umbrachte, irgendwo draußen, denn wovor sollte er sonst fliehen? Weshalb sonst würde Salvestro ihn hier allein lassen?

«Er ist Spanier wie Ihr. Hier in Rom, sagt Salvestro, aber er war's nicht. Hab ich ihm gesagt.»

Der Morgen ging gnadenlos weiter. Die Gäste des *Zerbrochenen Rads* tauchten nach und nach auf und ließen sich in einem respektvoll distanzierten Halbkreis um den Großen Forschungsreisenden und seinen Gesprächspartner nieder. Keiner im *Zerbrochenen Rad* mochte Antonio besonders. Bernardo starrte zwischen einzelnen Sätzen um sich, um ihre Wirkung abzuschätzen. Die Kliffe aus schwarzer und verfaulter, dichtgeschichteter Sünde wurden schwärzer und dichter und stürzten nicht um. Hunde kauerten nieder, um den Boden mit Hundekötteln zu bestreuen, und sie bissen nicht in seine Hände. Zuerst war Groot dagewesen, dann Salvestro, jetzt Antonio. Er mußte das tun. Er sollte nicht; es war eins aus dieser gewaltigen Reihe von Dingen, schlimmen Dingen allesamt. Er mußte es tun, und danach würde Antonio ihm sagen, was er als nächstes tun sollte, jetzt da Salvestro fort war.

«Ich bin diesem Obersten Diego nie begegnet», sagte Antonio. «Erzählt mir von ihm.»

Sie gingen zu zweien, Groot und der Sergeant voran, Salvestro und Bernardo dahinter. Als sie um das Pfarrhaus von San Stefano bogen, schien ihr Weg sie zum Palazzo Pretorio zu führen, und Salvestro erinnerte sich dumpf, daß dort der Oberst sein Hauptquartier aufgeschlagen hatte. Es war fast Abend, und an jeder Ecke mühten sich Soldaten, Kohlebecken zu entzünden oder Fackeln oder wilde Feuer aus zertrümmerten Möbeln. Nachts machten Flammen und Funken die Stadt lebendig. Niemand schien zu schlafen. Nichts hielt inne.

Sie gingen vorn am Pretorio vorbei, aber nicht hinein. Groot und der Sergeant tauschten Gemeinplätze aus, über die heiße Jahreszeit und die Furcht vor Krankheiten. In diesem Stadtteil gab es keine Leichen, denn der Oberst hatte jedem den Tod angedroht, der erwischt wurde, wenn er eine Leiche unbeerdigt ließ. Die Kraft des Erlasses erschöpfte sich mit jedem Schritt, als sie in engere, dunklere Straßen gingen. Verwesungsgeruch kam in dicken Wellen, seltsam regelmäßig, bis Salvestro begriff, daß sie von den *quintane,* engen Durchlässen zwischen den Häusern, ausgingen. Sie passierten einen Obstgarten, in dem sie unsichtbare Hunde hörten, die einander anknurrten. Zwei Gestalten hingen wie Säcke an den Ästen eines Apfelbaums, schwarze Umrisse im schwindenden Licht. Sie hatten Schilder am Hals, auf denen «Feigling» stand – Salvestro wußte dies nur, weil er gefragt hatte. Vor zwei Tagen hatte er einen Mann mittleren Alters gesehen, einen Soldaten, der mit einem solchen Schild am Hals zu den Färberschuppen abgeführt wurde. Was genau er getan hatte, war unklar. Die Männer begannen übereinander herzufallen.

Nun kamen die vier in den Bezirk San Marco. Die Männer, die an den Ecken lungerten oder vorbeischlenderten, waren ziemlich zerlumpt und musterten das Quartett argwöhnisch; nur ihre Waffen wiesen sie als Soldaten aus. Hier herrschten die Freien Kompanien. Am Ende der nach links abgehenden Straßen sah Salvestro kleine, von

Uniformierten bemannte Barrikaden – Leute von Medici und Cardona. Kardinal und Vizekönig hatten ihre jeweilige *famiglia* in den beiden Festungen untergebracht, deren Türme über das Gewirr schäbigerer Häuser ragten. Medici war im älteren Kastell, mit dem sterbenden Aldo. Aldo war Pratos Herr gewesen und starb nun an irgend einer Seuche. Salvestro hatte gehört: *Aldo, dieser alte Bock …* und *Die sollten ihn endlich umlegen, den alten Bastard Aldo …* Er wußte, wer dieser «Aldo» war, und er wußte, die Barrikaden waren da, um die Männer draußen fernzuhalten, den Pöbel, die Tiere. Eine doppelte Mauerreihe – der *cassero* – verband die Festungen, und Boten wechselten hin und her, bewegliche Unterbrechungen im dunkelnden Rosa des Westhimmels. Minuten später war es dunkel.

Pöbel. Tiere? Sie spuckten auf den Boden und pißten an Wände, aßen, schliefen, standen auf … Sie rissen alten Männern, die von Speerspitzen festgehalten wurden, die Genitalien ab und brachen ihren alten Frauen die Beine. Sie töteten Kinder. Sie waren Mörder und Polterer. Salvestro schaute in ihre Gesichter, ganz rot im Licht der Fackeln und Feuer. Es waren Männer, die nie wußten, woher ihr Abendessen kommen würde, die durch Ställe streiften auf der Suche nach Stroh für eine Bettstatt, die zitterten oder schwitzten. Er dachte an den Beißer. Der nackte Terror stand in die Mienen geschrieben, die ihn anblickten; das war unweigerlich so. Aber wo war das Mal, das diese Männer zeichnete? Sie wirkten gewöhnlich: schmutzig, müde, schlampig, bandagiert und heruntergekommen. Er sah nicht anders aus. Ich war daran nicht beteiligt, sagte er sich. Groot und der Sergeant unterhielten sich noch immer im Flüsterton, knapp vor ihm. Ich habe die Hand ausgestreckt, um noch jemanden herauszuziehen, ein Mädchen in einer Nebenstraße, ziemlich häßlich. Flüster, flüster. Aber sie ist gestorben.

Die Straßen wurden wieder enger, die Fassaden beulten sich vor wie die Bordwände großer Schiffe, die unentrinnbar gegeneinandertreiben. Ein paar Männer kauerten unter den Bogen der Außentreppen zu den Obergeschossen. Die vier gingen durch Blickfelder toter Augen, kamen unversehrt daraus hervor, gingen weiter. Er wußte nicht, wie dieses Stadtviertel hieß, aber es war schäbiger als die anderen, die sie schon passiert hatten. Hier gab es keine Obst- oder Hintergärten als Unterbrechung der erbärmlichen Häuserreihen, die sich ihrem Ziel entgegenschlängelten und -wanden. Selbst die stinkenden Kanäle wurden seltener. Das Geflüster vor ihm war zerstückelt und sinnlos: *Erinnere dich dran, wenn sonst nichts … Natürlich, aber was, wenn*

... Damit kannst du rechnen ... Verlaß dich drauf, wenn ich's sage ... Im allerschlimmsten Fall ... Nein, nicht bevor er ... Am Ende einer dieser Straßen standen drei Männer, Soldaten, besser gekleidet als die anderen, die sie gesehen hatten, wacher oder schlafloser. Der Sergeant nickte ihnen zu, und das Trio nickte zurück. Einen Moment lang glomm Licht auf in einem weiter entfernten Haus. In der Luft lag stechender Holzrauch von einem Feuer irgendwo.

«In diesem Haus ist Aldos Familie», sagte ihnen der Sergeant. «Seine Frau, Signora Anna Maria, ihre Zofe, zwei Kinder. Sie sind hier sicher, und eure Aufgabe ist es, ihre Sicherheit zu schützen. Laßt niemand rein, außer mir. Sagt keinem was. Ihr seid die Männer des Obersten und ihm gegenüber verantwortlich, falls denen was passiert.» Zweimal wiederholte er diese Befehle mit anderen Worten, und die drei nickten dumpf. Im Haus roch es jetzt nach warmem Essen. Ein weiteres Soldatentrio war am anderen Ende der Straße eben noch zu sehen. Salvestro bemerkte, daß jedes Haus in der Straße geplündert worden war, Türen und Fensterläden baumelten lose von den Angeln, zertrümmerte Stühle und Betten und Töpfe waren an den Außenwänden gestapelt. Geplündert, und danach gründlich leergeräumt. Wo, fragte er sich, waren die Leute, die einmal hier gewohnt hatten? «Ihr kriegt Essen gebracht.» Der Sergeant deutete auf die Männer, die sie eben erst passiert hatten. «Kein Grund, nach draußen zu gehen.»

Vor den Fenstern waren Gitter. Die Tür war beschlagen und mit Eisenbändern versehen. Als sie sie erreichten, wurde sie von einem Mann geöffnet, der dem Sergeanten zunickte und dann mißtrauisch auf die Straße sah, ehe er sie leise hinter ihnen schloß. Zwei weitere Männer standen bei ihrem Eintreffen von den Pritschen auf und gesellten sich zu ihrem Kameraden an der Tür, fast ohne die Neuankömmlinge zu beachten. Ein gemächliches Feuer brannte im Kamin am anderen Ende des Raums, darüber hing ein Kessel, aus dem würziger Fleischduft quoll. Diesen Raum hatte einmal eine Wand vom dahinterliegenden getrennt. Jetzt waren die Bretter säuberlich in einer Ecke gestapelt und der hintere Raum offen. Dort waren Leinen gespannt, und darübergehängte Laken bildeten eine Art Vorhang. Eine Frau tauchte daraus auf, musterte die vier verächtlich, verzog sich dann wieder. Sie hörten Geflüster. «Ihr rührt sie nicht an, habt ihr verstanden?» sagte der Sergeant. Er rieb einen Schlammspritzer von seinem Ärmel. «Nicht mal mit dem kleinen Finger.»

In dem Moment flogen die Laken auseinander, und eine zweite Frau trat heraus. Salvestro sah wogende Röcke, schlichten Schmuck und einen durchgedrückten Rücken. Ihre Augen überflogen die drei Männer. Ihre Kleider wirkten reich – Seide, Spitzen, Goldborten –, aber sie waren auch schmutzig.

Kühl sprach sie den Sergeanten an. «Die Mörder sind also angekommen. Ist mein Gemahl so schnell gestorben?»

«Ihr erschreckt grundlos Eure Kinder, Signora», erwiderte der Sergeant. Er wandte sich den dreien zu und sagte: «Denkt an eure Befehle. Wenn ihr sie befolgt, werdet ihr reich belohnt. Wenn nicht ...» Er beendete den Satz nicht, sondern ging zur Tür.

«Wartet!» rief die Frau; ihre Stimme klang nun anders. Der Sergeant achtete nicht auf sie. Die Tür wurde geschlossen. Groot ging hin, um sie zu verriegeln, während Bernardo sich auf die nächste Pritsche fallen ließ.

Das Gesicht eines Jungen erschien zwischen den Vorhängen, danach das eines kleinen Mädchens. Der Junge sah Salvestro an und kam dann heraus, die Hand der Schwester in der seinen. Eine winzige leere Scheide baumelte an seinem Gürtel. Er sah aus wie zehn oder zwölf, nicht mehr, das Mädchen war vielleicht halb so alt.

«Habt ihr meinen Vater getötet?» fragte er Salvestro.

Salvestro lächelte halbherzig. «Niemand hat deinen Vater getötet», sagte er. «Er ist so lebendig wie ich.»

«Er ist ein Verräter», sagte der Junge kalt. «Er hat die Stadt ausgeliefert. Ihr solltet ihn töten. Ich würde ihn töten, wenn ich die Möglichkeit hätte.»

«Schweig!» schrie die Signora ihn an; das lockte die Zofe wieder hervor.

«Hackt ihn in Stücke und verfüttert ihn an die Schweine», fuhr der Junge fort. Die Mutter packte ihn und zog seinen Kopf an ihre Brust. Der Junge ließ sich wieder hinter den Vorhang führen. Somit blieb die Tochter. Und Salvestro.

Sie reichte ihm bis zur Hüfte und trug ein weißes Leinenkleid oder Nachthemd, das bis auf den Boden hing. Salvestro hatte das Gefühl, irgendwie abgeschätzt zu werden; er hätte gern etwas gesagt, aber sein Geist war noch immer versumpft, unter Wasser getaucht, wo die Stille in seinen Ohren blubberte und dröhnte. Das kleine Mädchen musterte ihn neugierig. Plötzlich langte sie nach unten, faßte den Saum ihres Kleids und zog ihn mit einer einzigen jähen Bewegung hoch bis zum Hals. Salvestro sah nackte Beine, die unbehaarte Spalte, einen rundlichen Bauch, den weißen Tuchwulst um den Hals.

«Sieh mal», befahl sie. «Ich bin eine Jungfrau!»

Sie hieß Amalia. Sie glaubte an Gott.

«Gott ist nicht groß», vertraute sie ihm an. «Er ist so klein wie eine Ameise. Wenn er hier heraus wollte, würde er durchs Schlüsselloch kriechen.»

«Hier gibt's kein Schlüsselloch», sagte Salvestro.

«Doch, gibt es wohl. Da hinten.» Sie führte ihn vorüber an ihrer schlafenden Mutter zur Rückseite des Raums der Gefangenen. Hinter aufgestapelten Möbelstücken war dort eine niedrige Luke, voller Spinnweben und mit einem Sims aus dickem Staub. «Sieh mal.» Sie deutete auf etwas zwischen Stuhlbeinen und Kisten. «Ein Schlüsselloch.»

Außer dies eine Mal drang er nie ins Quartier von Signora Anna Maria und ihrer Familie ein, ebensowenig wie Groot und Bernardo. Die Zofe kam hervor, um Mahlzeiten zu bereiten, stand am Feuer mit dem Löffel im Topf, wandte ihnen den Rücken zu, in grimmigem Schweigen. Sobald sie fertig war, verschwand sie mit vier gefüllten Tellern; danach kratzten die drei Männer ihr Abendessen aus dem Topf zusammen. Nach seinem ersten Ausbruch zeigte sich der Junge verdrossen und reglos. Seine Mutter schluchzte leise, schlief und betrachtete die Männer mit Abscheu, wenn sie sie denn sehen mußte. Sie wohnten hinter dem Vorhang. Mehr nicht; die drei Männer hausten in der Küche.

Essen wurde morgens gebracht, auf den Schwellenstein gestellt und durch einen einzigen Hieb gegen die Tür gemeldet. Wenn sie die Riegel zurückgezogen hatten, war der Essensbringer verschwunden. Groot oder Salvestro sahen dann zum offenen Himmel auf, nahmen den Korb und zwei Eimer mit Wasser und verzogen sich wieder ins ölige Licht ihres Kerkers. Da die Fenster vergittert und dazu mit Läden versehen waren, wußten sie nie, ob draußen Tag oder Nacht war, und trieben wie Schlafwandler durch die Zeit. Nach einem oder zwei Tagen verfielen sie in fast völliges Schweigen, knurrten einander beim Aufwachen etwas zu, kommentierten das Essen, dösten unregelmäßig und in seltsamen Abständen ein, obwohl Groot eine Art Dienstplan durchzusetzen versuchte. Ihre Bewegungen wurden träge und schwerfällig. Nur Amalia stand darüber.

Sie hüpfte in ihrem weißen Kleid herum, plauderte meistens mit Salvestro, manchmal mit Bernardo, nie mit Groot. In die Asche vor dem Herd zeichnete sie komplizierte Diagramme und erläuterte die verschiedenen Arten von Engeln und wie klein *diese* seien. («Noch kleiner als *Gott.*») Sie rezitierte, spielte verwickelte Phantasiespiele.

Einen Tag verbrachte sie damit, die Steine in den Wänden zu zählen, laut. In den vier langen, niedrigen Wänden, die sie einschlossen, waren es zweitausendachthundertsieben Steine, ganz genau. Trotz ihrer Aufforderungen mochte niemand diese Zahl anzweifeln. Mehrere Tage (aber wie viele genau?) nach dem Steinezählen bemerkte Salvestro, wie sauber sie war.

Das weiße Kleid war nicht grau oder braun, nicht beschmutzt, befleckt, beschmiert oder besudelt. Es war weiß und blieb weiß. Salvestro zerbrach sich darüber den Kopf. Dann fiel ihm ihr Haar auf, nicht verfilzt wie seines, auch nicht fettig wie das von Mutter oder Zofe. Es schwebte und wogte hinter ihr wie Seidenstränge. Wenn sie ging, sah er, daß auch ihre Fußsohlen weiß waren. Feuerasche, Staub, Schmutz, der ganze Hausdreck ... Nichts berührte sie. Oder es schien nichts an ihr zu haften. Er konnte es sich nicht erklären, wollte dies auch nicht ernstlich versuchen. Irgendwann versank es in ihrer umfassenden Benommenheit, der scheinbaren Sinnlosigkeit dessen, was sie taten. Wie lange würden sie hier sein? Er wußte es nicht. Groot wußte es auch nicht. Dieser Tag folgte jenem Tag. Die Mutter schluchzte. Der Junge schmollte. Die Zofe kochte. Die drei Männer warteten. Eines Tages läuteten die Glocken. Das kleine Mädchen hüpfte und plapperte und schwebte. Eines Tages läuteten die Glocken, und läuteten und läuteten.

«Erinnerst du dich noch an die Glocken?» fragte er Groot. Sonnenlicht strömte durch die offenen Fenster aus dem kleinen Hof hinter der Bäckerei.

Groot nickte. «Das war für Aldo.»

Schafsglocken, dachte Salvestro später. Die Glocken der Pratesi, ihr einziger Protest gegen das Grauen, das sie heimgesucht hatte. Es begann mit einem fernen Klingen, beantwortet vom Glockenspiel einer näheren Kirche. Bald schaukelten und läuteten überall in der Stadt die Glocken jedes einzelnen Campanile, ohne Takt und Tonabstimmung, und der gewaltige Schall ließ im Kerker Salvestro staunenderschreckt den Kopf heben, holte Groot von der Pritsche, bremste Bernardo bei seiner Pikenübung: eins, zwei, *drei*; eins, zwei ...

Amalia fertigte ein Muster aus winzigen weißen Steinen, indem sie sie in den lockeren Mörtel der Wand steckte. Sie hielt inne und drehte sich um, bei dem Getöse. Ihre Mutter erschien hinter dem Vorhang und starrte sie wortlos an, mit blutleerem Gesicht.

«Was ist das?» fragte Groot sie. Sie schüttelte den Kopf und wandte sich ab, schwankend, als das Läuten zunahm an Wucht, sich festigte, ihnen mit hämmernden Schallwellen das Hirn im Schädel beben ließ.

«Ihr müßt gehen und nachsehen», sagte Amalia. «Geht schon.» Sie wandte sich den restlichen Steinchen zu.

Die drei Männer sahen einander an.

«Wir sollen doch hierbleiben», sagte Bernardo.

Minuten später schloß sich die Tür laut hinter Salvestro. Zwei laute Schläge, fünf leise, sagte er sich vor. Nacht. Am Ende der Straße drängten sich die drei Soldaten, die den Zugang hüteten, aneinander, redeten, deuteten, dreißig oder vierzig Meter entfernt. Ebenso die Posten am anderen Ende der Straße. Ein Mann näherte sich der ersten Gruppe, sagte schnell etwas, und alle vier marschierten im Geschwindschritt davon. Salvestro blickte über seine Schulter. Die anderen Wachen waren verschwunden. Er runzelte mißbilligend die Stirn, lief dann durch die Gasse zwischen dem Kerker und dem Nebenhaus. Die Straße, auf die er kam, war dunkel und leer. Er eilte hinab, dann durch die nächste. Bald näherte er sich dem San-Marco-Viertel.

Die Glocken läuteten weiter, schallten und hallten durch die Straßen. Die um ihre Feuer versammelten Freischärler schauten sich beunruhigt um. Einige brüllten ihm etwas zu, fragten, was geschehen sei, aber die gleiche Frage hatte er auf der Zunge. Er zuckte mit den Schultern und ging weiter. Alle waren auf den Straßen, nur die im Vollrausch verschliefen den Lärm. Ganze Gruppen zogen hin zur alten Festung, aber die Posten auf den Barrikaden ließen niemanden durch. Salvestro sah, daß hinter den Pikenreihen bei Fackellicht Pferde gesattelt wurden. Er kämpfte sich durch das Gedränge.

«Was ist los? Was ist passiert?» schrie er über das Getöse. Die Posten beachteten ihn nicht.

«Mama. Wo ist bloß seine Mama?» Es folgte ein Kichern, hinter ihm. Er kannte die Stimme. Er wandte sich um, und Cippis lächelndes Gesicht starrte ihn an. «Mamamama ...» Cippi hatte das Messer gezogen, und hinter ihm drängten sich nun Männer vorbei.

«Was ist passiert?» fragte Salvestro.

«Weißt du's denn nicht, Muttersöhnchen? Der alte Bastard ist tot. Aldo der Große. Nichts mehr ...»

Salvestro ging rückwärts. Cippi schaute hoch zur Festung. «Die würden uns umbringen, wenn sie könnten. Uns alle in ein Loch schaufeln, die Bastarde.» Salvestro wandte sich ab und rannte.

Er verirrte sich im Gewirr kleiner Straßen und Gassen nahe einem langen fensterlosen Gebäude, früher einmal Kornspeicher, an dem er zweimal herauskam, ehe er die Straße zurück zum Kerker fand. Soldaten liefen ohne Ordnung umher, und über ihren Köpfen läuteten die Glocken weiter, zerrissen die Luft mit wilden schmetternden Schlägen. Ein paar Männer kauerten am Boden, die Hände auf den Ohren. Es sprach sich jetzt herum, daß Aldo tot war, aber niemand wußte, was das bedeutete. Außer Salvestro. Salvestro glaubte es zu wissen.

Als er die Straße erreichte, waren die Posten nicht zurückgekehrt. Er war länger als eine Stunde fortgewesen. Vielleicht zwei. Zu lange, sagte er sich. Kein Licht vom Haus, aber Läden und Tür waren geschlossen. Zwei laute Schläge, dann fünf leisere. Beim ersten Schlag ging die Tür einen Spalt weit auf. Drinnen Dunkel.

«Groot?» zischte er. «Bernardo?»

Stille. Nur Glocken, nah und fern und aus allen Richtungen. Er sagte noch einmal die Namen. Nichts. Er schob die Tür weiter auf, wußte aber schon, daß er nicht hineingehen würde. Dies war eines der Dinge, die die Glocken in dieser Nacht bedeuteten. Die Toten waren drinnen.

«Sie sind fortgegangen.»

Es war Amalia. Sie stand keine zehn Fuß entfernt mitten auf der Straße, makellos in ihrem makellos weißen Kleid.

«Mama und Agatha und auch Cesare. O weh.» Sie mimte ein weinendes Kind, zog einen Flunsch, die Fingerknöchel in den Augen. «Alle tot und im Himmel. Komm jetzt. Es ist Zeit, Bernardo-Bär und Grobian Groot zu suchen.»

Salvestro starrte sie an, unfähig, ihre Gegenwart und das, was sie sagte, aufzunehmen.

«Komm schon!» Sie stampfte auf und ging die Straße hinab. Er folgte.

Groot und Bernardo waren drei Straßen weiter, gingen locker mit den drei Wachtposten. Salvestro schien es, als ob Bernardo wieder Pikenübungen machte.

«Ich bleibe hier», flüsterte Amalia, obwohl sie fast fünfzig Meter entfernt waren. «Geh du hin und hol sie.» Sie duckte sich in den nächsten Hauseingang. «Na, geh schon», trieb sie ihn an.

Alle fünf blieben stehen, als er näher kam. Die Posten trugen dunkle Kleider und musterten ihn mißtrauisch.

«Da bist du ja!» begrüßte Groot ihn. «Wir haben dich schon gesucht. Du hättest bleiben sollen, wie ich gesagt habe. Die Glocken, das ist wegen Aldos Tod. Gute Nachrichten für uns. Wir sind abgelöst worden. Die lassen sie jetzt von Regulären bewachen.»

«Ihr habt gute Arbeit geleistet», sagte darauf einer der Soldaten. «Dicke Börsen für alle.»

«Hörst du, he?» fiel Groot ein.

Salvestro grinste. «Dicke Börsen? Ha!» Er starrte auf seine Füße. «Zu dumm, daß ich meine Sachen dagelassen hab. Du und Bernardo, kommt am besten mit und helft mir dabei.»

«Darum haben wir uns schon gekümmert», sagte derselbe Soldat wie vorhin. «Du brauchst nicht zurückzugehen.»

«Was für ‹Sachen›?» fragte Groot. «Du hast doch keine ‹Sachen›.»

«Komm schon, Groot», sagte er, aber Groot rührte sich nicht. Er schaute auf die Soldaten, dann zu Bernardo. «Bernardo?» Groot und Bernardo starrten ihn an. «Sie sind alle tot», platzte er heraus.

Einer der Soldaten legte die Hand an den Schwertgriff. Ein zweiter schüttelte verwundert den Kopf. Salvestro stand steif da.

«Durchgedreht», sagte Groot schließlich.

Der nächststehende Soldat ging seitwärts und versuchte, hinter Salvestro zu kommen. Salvestro beobachtete ihn aus dem Augenwinkel. «Du hast recht», sagte er; er begann rückwärts zu gehen. Bernardo hatte die Pike erhoben und blickte von Salvestro zu Groot und wieder zurück. Salvestro ging rückwärts, bis zwanzig Meter zwischen ihm und dem nächsten Soldaten lagen.

«Salvestro!» rief Groot. «Sei kein Narr!» Er schüttelte den Kopf und ging weiter.

Amalia war noch immer in ihrem Versteck.

«Wollen sie nicht kommen?» fragte sie.

Salvestro blickte zurück. Die fünf standen, wo er sie verlassen hatte, verschwommen im Dunkel. Die Glocken läuteten weiter, ungestimmt und ohne Takt.

Sie gingen schnell, Amalia voran, zurück zum Haus. Sie hatten gerade die nächste Straße erreicht, als sie Schritte hörten: ein Mann, oder mehrere, rennend. Amalia hüpfte voraus, das Kleid wogte auf und nieder. Sie ging schneller, als sie die Verfolger hörte, und Salvestro hielt keuchend mit. Sie bogen um die letzte Ecke vor dem Haus; die Schritte schwanden, wurden dann wieder hörbar, näherten sich, fielen zurück. Er fühlte sich seltsam ruhig, da er so geführt wurde. Als sie das Haus sehen konnten, war das Mädchen plötzlich neben ihm, ein Wirbel weißen Tuchs; er spürte eine kleine Hand nach seiner fassen und ihn zur Seite ziehen.

Vor dem Haus standen weitere Soldaten; Fackeln, Männer brüllten Befehle mit einem Hauch von Panik in der Stimme. Ein Karren wurde zur Tür geschoben. Für die Leichen, dachte Salvestro. Amalia und er kauerten in der finsteren *quintana* zwischen zwei zertrümmerten Häusern. Die Vorgänge befehligte ein Mann auf einem großen Rotschimmel; er trug Helm und Brustharnisch und verfluchte die Langsamkeit seiner Leute: der Oberst. Amalia zog Salvestro tiefer in die Gasse. Er drückte sich an einem Kaminvorsprung vorüber, die Füße glitschten im dort aufgetürmten Abfall. «Beeil dich!» sagte Amalia. Sie waren fast am anderen Ende. Er spürte den Boden scharf absinken, als die Häuserwände wichen. Er hörte Wasser. Und dann.

«Salvestro!»

Von der Straße, verspätet, sichtbar durch die enge *quintana*, die Pike erhoben, brüllend. «Bernardo ist da», bemerkte Amalia; wie ein Krebs kroch sie den Hang hinab. Salvestro war über ihr, blickte zurück und sah den Großen schwankend zum Stillstand kommen, den Mund aufgerissen ob der Soldaten weiter vorn – jetzt haben sie ihn gesehen, und er hat gesehen, daß sie ihn gesehen haben (Salvestros sinkendes Herz registrierte nacheinander das *Halt*, das *Fuß vor*, beides Einleitungen zum Eins, zwei, *drei* des gutgedrillten Pikeniers). Geschrei, Pferdehufe, dann noch einmal «Salvestro!», diesmal kläglicher. Er hat Angst, dachte Salvestro.

«Armer Bernardo», sagte Amalia, die den Grund des Grabens erreicht hatte und in den stinkenden Strom schwarzer Flüssigkeit hinauswatete. Bernardo blickte umher, verwirrt, wie auf der Stelle festgewurzelt. «Sie werden ihm den Kopf abschlagen», sagte das Mädchen.

«Bernardo! Bernardo! Hier unten! Hier!» Das war seine eigene Stimme.

«Dummer Salvestro.» Amalia trieb auf dem Rücken mit der Strömung, kreiselndes Weiß in der Dunkelheit. «Er wird sie herführen, und dann schlagen sie uns allen die Köpfe ab. Nur mir nicht.»

Einen lähmenden Moment lang schien Bernardo ihn nicht zu hören, dann machte er kehrt und polterte durch die Gasse; die Füße dröhnten, die Pike riß Funken aus den Wänden, der Körper eine große schwarze Silhouette. Er hatte mehr als die Hälfte hinter sich, als mit donnernden Hufen das Pferd des Obersten am Ende der Gasse auftauchte; der Oberst spornte das Tier an, ein überwältigender Schatten, glitzerndes Metall, schnaubende Nüstern, das Tier holte aberwitzig schnell auf. Bernardo schien immer langsamer zu werden, und dann begriff Salvestro, daß der Große es nicht schaffen würde.

Es war der Kaminvorsprung, wie ihm später klarwurde. Pferd und Reiter kamen zu einem abrupten Stillstand. Voller Galopp in der einen Sekunde. Stillstand in der nächsten. Das Pferd stieß einen schrecklichen Brüllaut aus, aber das war nichts, verglichen mit dem Geheul des Obersten. Pferd und Reiter klemmten fest, aber in der Stimme des Obersten war kein Schmerz. Es war Wut, und Gier, der Willen, ihnen Erz in den Schädel zu rammen. Er starrte ihn an, schrie mit offenem Mund seinen Haß heraus, als Bernardo weiterrannte, beide den Hang hinunterstürzten und in drei Fuß tiefem dunklem Modderwasser landeten.

Der Graben war auf beiden Seiten steil. Die Rückseiten der Häuser stiegen noch steiler an. Sie hörten, wie der Oberst seinen Männern zurief: «Nein! Nein! Kommt zurück!» Amalia wartete auf sie, ein Boot aus makellosem Weiß, das auf der stinkenden Flut trieb.

«Puh», sagte sie; sie patschte Kot beiseite. «Hier entlang.»

Sie wateten hinter ihr her.

Verdrossen schweigend brachte der Junge ihnen Humpen mit Bier. «Kein schlechter Bursche», sagte Groot, als der Junge sich verzog. Er wandte sich wieder Salvestro zu. «Also das Mädchen hat dich rausgebracht. Die haben mich später nach ihr gefragt.» Er spielte mit den Fingern des Handschuhs. «Nach dir auch.»

Ein Abzugsgraben und darin Wasser. Zwei Männer, sie beide. Amalia. Der Graben hatte Nebenarme, ebenso übelriechend, die ihn tiefer und dunkler machten und schneller, bis das Wasser dem vorwärtsplanschenden Bernardo an die Brust reichte und Salvestro halb watete, halb schwamm und jedesmal würgte, wenn er den Rachen voll von der Brühe hatte.

Sie kamen unter kleinen Brücken vorbei; unter einer warteten sie still keuchend, während Männer und Pferde über ihnen hinzogen. Amalia trieb mühelos, kreiste auf dem Rücken, das Gesicht zum Himmel gerichtet. Sie erreichten eine Mauer, die aus dem Wasser vierzig Fuß über ihre Köpfe aufragte. Am Fuß der Mauer gurgelte und strudelte es. Salvestro musterte sie verzweifelt, aber ehe er die Frage formulieren konnte, antwortete Amalia: «Nicht oben drüber, dummer Salvestro. Unten durch …» Sie tauchte unter die Oberfläche und verschwand.

«Tja, das war's», sagte Bernardo nach einer Minute des Schweigens. «Die ist tot.»

«Sie ist draußen», antwortete Salvestro. «Auf der anderen Seite und wartet auf uns.»

«Ich kann nicht», murmelte Bernardo. «Ich geh zurück. Ich kann nicht ... Nicht unten durch.»

«Wir können nicht zurück», sagte Salvestro. «Die hängen uns, wenn wir zurückgehen.»

«Ich geh zurück», sagte Bernardo. «Wir hätten bei Groot bleiben sollen.»

«Denk nicht mehr an Groot. Wir fangen mit deinem Kopf an ...»

«Mit meinem Kopf?»

«Halt dir die Nase zu, so, Augen zu, und dann ...»

Er wußte nicht mehr, wie lange sie da gestanden hatten – Bernardo schüttelte den Kopf und behauptete, er könne nicht, er selbst behauptete das Gegenteil, schrie ihn schließlich an, drohte ihm schließlich, ihn dort zurückzulassen. «Groot schert sich nicht um dich, du Idiot!»

Ein paar Sekunden blinden Entsetzens; der Große drosch um sich, in Panik, das Gewicht der über ihnen aufgetürmten Steine, der langgestreckte Tunnel unter Wasser ... Er war ein Aal, der sich um Bernardo wand, ihn stupste, ein- oder zweimal schlug, die panischen Hände spürte, die nach ihm langten, die trampelnden und sichelnden Beine, lange Sekunden, die sich wie Stunden dehnten, und dann gab es wieder Luft, dieselbe Wand ragte über ihnen auf, Luft in seinen Lungen, und neben ihm troff und würgte Bernardo. Sie waren draußen.

«Armer alter Bernardo!» Amalia stand über ihnen, am Ufer des Wasserlaufs. Sie wirkte besorgt. «Ihr könnt hier hochklettern. Ganz einfach.» Die beiden hievten sich hoch und ächzten. «Beeilt euch! Wir haben noch Meilen vor uns.» Sie ging los, über das unebene Weideland, hüpfte über Erdkuppen und schwang die Arme. Die beiden stolperten hinterher.

«Wohin gehen wir jetzt?» keuchte Bernardo.

«Weg von hier», antwortete Salvestro. Wohin auch immer, nur weg.

Bald tauchten die ersten Fackeln auf. Vier, links von ihnen. Sie schienen sich aufzufächern, als sie näher kamen. Vor ihnen erschienen weitere, und bald hörten sie die Stimmen von Soldaten, scharf und wütend. Sie fürchten sich, dachte Salvestro. Der Oberst würde irgendwo da draußen sein. Sie eilten weiter, aber vorsichtig. Er konnte die Entfernungen nicht einschätzen. Amalia war stumm. Unter ihnen wurde der Boden feucht, und in Salvestro stieg eine alte Erinnerung auf, eine vertraute Angst, die er nicht greifen konnte.

Ein Schrei, jäh und erschrocken. Einige Fackeln schienen sich zusammenzuklumpen. Eine verschwand. Dann noch eine. Weiteres Gebrüll, aber entfernter. Er konnte es nicht ausmachen. Amalia war ein gestaltloser Leuchtstrahl, weiß in der Schwärze. Nun hopste und hüpfte sie nicht mehr. Hinter sich hörten sie noch einen Schrei. Er schaute zurück. Nichts. Immer noch ging Amalia weiter, aber unter den Füßen fühlte es sich eigenartig an, etwas war seltsam am Boden. «Wir sind jetzt fast in Sicherheit», sagte Amalia. «Nur noch ein bißchen weiter.» Dann, fast gleichzeitig, begann ein Soldat um Hilfe zu kreischen, vielleicht ganz in der Nähe – er konnte nichts sehen –, und Salvestros Fuß trat in Wasser. Das Bein sank bis übers Knie ein, und nun wußte er wieder, welche Erinnerung ihn geplagt hatte. «Halt», sagte er schnell. «Du hast uns in einen Sumpf geführt.»

Zuerst das Kind, ein tapsiges Kleinkind, dann die Geschwister, die kleineren vorn und die größeren dahinter, die Mutter, dann der Vater, ein Pferd, ein Ochse, ein vollbeladener Karren, ja, man konnte einen Karren durch einen Sumpf bringen, mit Umsicht. Aber man brauchte das Kind. Er hatte solche Prozessionen gesehen, wie sie den Sumpf um Koserow überquerten und von jeder dünnen Bodendecke aus, die sich über das federnde, vom Wasser getragene Moos hob, scharf Ausschau hielten. Komplizierte Zickzacklinien und Umkehr in den eigenen Fußstapfen waren normal, wenn dieser oder jener Fleck der Mooskruste unter dem zunehmenden Gewicht wogte und sackte und die zaudernde Parade zum Stillstand kam, kehrtmachte und nach dem einen Pfad suchte, der einzigen sicheren Passage, der unsichtbaren gewundenen Linie, verborgen unter der Oberfläche des Sumpfs. Darunter lag das eigentliche Moor, eine torfige Suppe aus Erde und Wasser, die hungrig auf den unvorsichtigen Fuß oder das Bein oder Rad wartete, das die Oberfläche durchstieß, und das Moor sog und zog, und dann ertränkte es. Deshalb brauchte man das Kind, um den Weg zu finden. Und die nachfolgende Belastung mußte leicht und stetig anwachsen. Durchs Moos gehen bedeutete den Tod …

Er lehnte sich langsam zurück, breitete die Arme aus und versuchte, sich aus dem Griff des Sumpfs zu befreien. Irgendwo hinter sich hörte er den Soldaten wieder schreien und dann das Geräusch, das er fürchtete, ein dumpfes Platschen, als der Mann begann, um sich zu dreschen. Nie in einem Sumpf zappeln. Ruhe bewahren. Das Schreien endete ganz plötzlich. Und dann, dachte Salvestro, schließt sich das Moos über dem Gesicht. Sein Bein kam langsam frei, ganz sanft jetzt. «Leg dich auf den Rücken», sagte er zu Bernardo.

«Was machst du da?» fragte Bernardo.

«Leg dich hin!»

Sie hatten das Kind, dachte er. Sie würden hier nicht sterben. Die Stimmen der Soldaten waren dünn und fern, hin und wieder ein Schrei, als sie sich zurückzogen: Der Sumpf hatte gesiegt. Er spürte das Moos durchsacken, als Bernardo sich darauflegte. Das Bein war jetzt fast frei. «Amalia», sagte er. «Beweg dich nicht. Leg dich einfach hin und streck die Hand aus. Hab keine Angst.»

«Ich hab keine Angst!» Sie klang entrüstet. «Du bist derjenige, der hier Angst hat.»

«Leg dich einfach hin, Amalia.»

«Nein!» Sie stand da, zwischen ihnen unüberbrückbare zehn Fuß. «Du bist zu schwer», sagte sie nach einer Weile. «Und ich muß jetzt gehen.»

«Warte! Amalia, warte!» Sie hatte sich umgedreht und ging, nein, hüpfte tiefer in den Sumpf, ins Dunkel. «Warte! Was ist mit uns!» bat er.

«Gott wird euch retten!» rief sie über die Schulter zurück. «Leb wohl, Salvestro!»

Sie war fort.

«Ein Sumpf.» Groot schüttelte sich. «Kein Wunder, daß man ihre Leiche nie gefunden hat. Wie seid ihr rausgekommen?»

«Auf den Bäuchen. Wir haben fast die ganze Nacht gebraucht ... Wir dachten, dich hätten sie aufgehängt, Groot.»

Der Junge war irgendwohin verschwunden, und sie waren allein.

«Aufgehängt, was?» Groot gluckste. «Tja, du hast ja schon mal sehr schiefgelegen. Nein, das ist genau so ausgegangen, wie ich gesagt hatte.» Er verstummte, inspizierte seine behandschuhten Finger. Als er wieder aufblickte, versuchte er zu lächeln. «Die wollten wissen, wo du und Bernardo seid. Das war denen ziemlich wichtig.» Er zog den linken Handschuh aus. Salvestro starrte die Hand an, die Groot ihm vors Gesicht hielt. «Den da» – Groot deutete auf die Stelle, wo der kleine Finger hätte sein sollen –, «den haben sie mit einem kleinen Messer abgemacht. Aber für den hier» – schwächlich wackelte er mit dem nächsten Stumpf – «haben sie eine Zange genommen.»

Das Schweigen dauerte lange.

«Tut mir leid», sagte Salvestro schließlich.

Groot nickte. «Ein Finger für dich. Einer für Bernardo. War nicht so schlimm. Am Ende hat Rufo mich gesehen ...»

«Rufo?»

«Der Sergeant, der aufgeputzte Satan persönlich. Hat mich da sofort rausgeholt. Als ich denen gesagt hab, von wem ich meine Befehle hatte, haben die mir Essen in den Hals und Gold in die Taschen gestopft. Damit hab ich den Laden hier gekauft.» Er zog den Handschuh wieder an.

«Er ist hier», sagte Salvestro.

«Hier? Woher weißt du ... Ist er nicht. Ich weiß ganz sicher, daß er nicht ...»

«Ich hab ihn gesehen. Den Oberst.»

«Ach, den! Tja, also, den hab ich selbst auch gesehen. Wegen dem mußt du dir keine Sorgen machen. Nach Prato haben sie dem die Zähne gezogen. *Hauptmann* Diego reitet jetzt auf einem Pony herum, und von sich aus wagt er nicht mal, einer Fliege was anzutun.»

Salvestro betrachtete die schimmeligen Säcke und die teigverkrusteten Handwerksgeräte von Groot. «Eine Bäckerei, wie? Sehr schön.»

Groot nahm das Kompliment entgegen und musterte neugierig Salvestros Kleidung, sagte aber nichts. Salvestro spielte mit seiner Halskette. «Da ist noch was, was ich dir sagen sollte. Ist nicht wichtig, aber heut heiß ich nicht mehr Groot.» Salvestro sah ihn erwartungsvoll an. «Grooti», sagte er. «Ich bin jetzt ein Bürger von Rom.»

Sie redeten weiter. Erst als «Grooti» nach Bernardo fragte, erinnerte sich Salvestro wieder an seinen Gefährten. Eilige Verabschiedungen und Versprechen, sich im *Zerbrochenen Rad* zu treffen, wurden ausgetauscht. Salvestro stand auf, um zu gehen.

«Wo wohnst du eigentlich?» fragte Groot beiläufig.

Salvestro war schon im vorderen Raum. «Ein Drecksloch. Das willst du lieber nicht wissen. In der Via dei Sinibaldi.» Die Tür schloß sich.

Ein paar Sekunden saß Groot ruhig da. Er fuhr mit dem Zeh über den Boden. Im angesammelten Dreck entstand eine Linie. «Ich müßte mal fegen», murmelte er vor sich hin. Er seufzte und hob die Augen zur Decke, die sich ihm entgegenwölbte.

Dann hob er die Stimme. «Er ist weg.»

Zuerst die Stiefel, glänzend gewichst, dann die Hose, dann ein Wams aus durchschossener Seide mit Pumpärmeln, Knöpfen und Spangen, ein Gürtel und daran eine goldgewirkte Scheide. Das Gesicht über dem Ensemble musterte Groot kalt.

«Das mußt du aber besser machen, alter Freund», sagte er.

«Ja», sagte Groot.

«Du willst doch nicht noch mal Zangen sehen, was? Eh, Grooti-Bäcker?»

«Nein», sagte Groot.

Rufo quetschte das imaginäre Instrument. «Nächstes Mal machst du's besser.»

Früher großartig, nun dies: eine Fläche alluvialer Öde zum Gähnen, flußzerfressenes Schwemmland, das sich um einen Fuß pro Meile senkt; das Kippen entspricht der sinkenden Selbstachtung des Landes, die Küste seiner Verzweiflung. Seit etwa zwanzig Jahrhunderten stiehlt sich das Land hinaus aufs Meer, ohne unterwegs auf Widerstand zu stoßen; der Tiber torkelt wie ein Betrunkener mit Ischias, dieses Bett, jenes Bett, vorübergehend ein Delta. Heute schlürft sich die abgeflachte Zunge des Flusses in ratlosen Mäandern zur See, nimmt die Würdelosigkeit von Sandbänken und Sandbarren hin, beugt sich höflich den symbolischen Deichungen der Stadt, ein Fluß schlampiger Untiefen und ziellosen Herumalberns, disziplinlos im Sommer und verdrossen im Winter. Dies ist Ostia, wo die malariaresistenten Einwohner sich mit Weinbau, Sardinenfischerei oder dem Anbau stärkehaltiger Nährpflanzen beschäftigen; stolz weisen sie auf die Ruinen aus älteren, größeren Tagen: gewaltig, amphitheatralisch, trüb überwuchert von Unterholz und unsichtbar, ihre Existenz oft angezweifelt.

Immerhin gibt es eine Burg, La Rocca, drei feiste Türme und Bastionen; eine Meile vor der Mündung läßt der Fluß sie links liegen. Die Wälle umfangen einen hübschen Turnierplatz und die Kathedrale von Sant'Andrea, die der Kardinal von San Giorgio und Vescovo d'Ostia, seit vier Jahren Raffaele Riario, nach seinen hohen Ansprüchen neu ausstattet; oft sieht man Leichter, die Handwerker (in Rom bestochen oder von Preßkommandos zusammengetrieben) und ihre Ausrüstung ausladen – Pinsel, Holzstichel, Wein (das hiesige Erzeugnis ist nicht trinkbar), Farbe. Die Lagunen sind malerisch, aber nutzlos.

Weiter flußauf wird die Küste sichtbar, gebogen, wie eine Sense, von links. Streunende Hüttenreihen verknäueln sich am Flußufer gegenüber einer zweiten Lände, wo weitere Leichter, Kähne, Ruderboote und Pirogen sich um Liegeplätze kabbeln. Zur Küstenseite ist das Ufer nicht so überfüllt; große Schuppen und Lagerhäuser stehen dort in seltsamen Winkeln zueinander, geleitet von kleinen Hütten-Flottillen. Ein sich verjüngendes Landdreieck ist geklemmt und gequetscht zwischen Tiber und Tyrrhenischem Meer, die sich bei einem letzten Auswuchs der Schlammschwemmen treffen und balgen. Die Straßen von Rom – und Ostia selbst – kommen knirschend zum Stehen an einer Schänke, die in dieses letzte Landstück gerammt ist und hier *Zum Letzten Schnaufer* genannt wird. Jenseits davon ist nur noch Wasser.

Seht links: der Hafen. Schiffe rollten dort im schleimigen Küstenspülicht, der grünen Brackdünung, wo halbverweste Fische die weißen Bäuche zeigten in einem wogenden Algenrasen. Schiffe? Zwei, um genau zu sein. Die Sardinenflotte war ausgelaufen. Ihre Hinterlassenschaften besudelten den Kai: Treibdünen aus Fischschuppen, amphibische Dreckkuppen, dampfende *bouillabaisses* aus Monstern mit Saugnäpfen und Tentakeln samt gelber Lake und roten Spritzern. Nutzloser Fisch. Standhafter Unrat. Der Dreck, der nimmer weicht.

Also steuerte Don Antonio Serón das knirschende und zwickende Leder – dunkelrot wie würgende Säufer und eng wie Wurstpelle – der mit Zinnschnallen versehenen Halbschuhe zwischen stämmigen Pollern und öligen Tau-Pythons hindurch, mit wachen Augen für Dreck und Schlacke und Grus auf dem Kai. Er passierte die stolze Brigg *Alleluia*, längst vor allem dazu verwendet, das Feuerholz des Hafenmeisters zu lagern. Er passierte die leeren Vertäubolzen der Sardinenschmacken. Er passierte Maden, die Quallen fraßen, und Möwen, die sich an Maden labten, und nichts besudelte seine glänzenden Schuhe, als er zur Landungsbrücke hinabstieg, die den Arm ins Meer reckte, zehn, zwanzig, fünfzig Fuß, bäumend, steigend, stürzend, schwindend ... Dort gab sie auf, wedelte nur noch mit den Splittern und hielt inne, ein hölzerner Schluckauf, der ein Schiff ausgerülpst hatte.

Oder es hatte ein Schiff eine Landungsbrücke geschissen, je nachdem, dachte Serón, als er das Boot musterte, das niedrig im drecklahmen Wasser hockte. Siebzig Tonnen, zweieinhalb Masten; und dreieinhalb Hypotheken lagen schwer auf der *Santa Lucia*. Ein Genuese hatte sie gekauft, neu benannt nach seiner Mutter, in Neapel vollgeladen und mit einer Fracht Sardinen nach Ostia geschickt. Schlechte Zielwahl. Die Zeiten sind schwer in Ostia, und der Hafenmeister hat kaum Nebeneinkünfte. Liegegebühren summieren sich rasch. Inzwischen hätte sie eigentlich beschlagnahmt, zerlegt und auf der *Alleluia* gestapelt sein sollen. Geld hatte interveniert.Seróns Geld, gezahlt aus großen Beuteln bei seinen beiden bisherigen Besuchen: fünfeinhalb Verpfändungen bereits getilgt, nur noch dreieinhalb zu bezahlen, und da lag sie im Wasser mit gewahrter Integrität und intakter Würde. Sie war gebaut aus Eichenholz, das zwei Jahrzehnte des Pendelns zwischen Tunis und Genua in ein Gemenge aus Rattenschiß, Schiffsfäule, Sägemehl und Salz verwandelt hatten, zusammengehalten von einem rumpfgroßen Muschelschorf. Wie sie da durchhing, sich bog, knirschte und faulte, sah die *Santa Lucia* aus wie der Morgen nach der Nacht davor, und in der Nacht davor war das Jahresbankett der Holzwürmer gewesen, und die Holzwürmer waren groß wie Aale.

Von irgendwo unter Deck kam der Gestank der Bilge, ein warmes suppiges Wogen aller Flüssigkeiten, die je auf der *Santa Lucia* vergossen und durch die morschen Decksplanken hinabgesickert waren zum Kies, der im Verlies des Rumpfs schwappte; vor allem – und besonders durchdringend – die vermischten Ausscheidungen der siebenhundertdreiundvierzig Mannschaftsmitglieder, die im Verlauf von dreiundachtzig Fahrten daran gedacht hatten, den Hintern durchs Bugluk zu schieben und sich dabei an einem schleimigen Tampen festzuhalten, dann lieber kopfschüttelnd eine ruhige Ecke gesucht hatten, Hosen runter, *aaaaah* ... Gewarnt und gewappnet durch frühere Besuche wedelte Serón vor seiner Nase mit einem in Duftwasser getränkten Tuch, einer anrüchigen Kapitulationsflagge, die gar nicht half, denn diese Art von panzerbrechendem Gestank ignoriert die Nasenlöcher, verschmäht den Mund und geht gleich aufs Gekröse los. Serón schäumte. Wo war der Kapitän dieses treibenden Pißpotts? Unter Deck.

Wo ...

... ein Auge sich öffnete, durch die offene Tür eine Breitseite Tageslicht erhielt und sich wieder schloß. Ein Nasenflügel zuckte ob eines seltsam nuttigen Aromas. Ein Husten entfloh, löste die Gaumen eines schleimgefüllten Munds. Feist und vollbekleidet in der Feste seiner Koje nahm Kapitän Alfredo di Ragusa in der Kajüte eine fremdartige Vormittagspräsenz wahr. Schnelle inwendige Prüfung: noch immer besoffen? Ja.

Kapitän Alfredo? Seid Ihr wach, Kapitän Alfredo?

Er wollte, daß dies ende. Es endete nicht.

Kapitän? Kapitän Alfredo?

Ja, dachte er, ich bin Kapitän Alfredo. Dann schlief er abermals ein.

Als er wieder an Deck kam, die Schuhe noch immer glänzend, der Bauch schwer schwappend in Eintracht mit dem schweren Schlingern des Schiffs, sah sich Serón nach dem Maat um.

«Was hab ich Euch gesagt?»

Die Stimme kam von hinten. Der Maat lümmelte mit verschränkten Armen auf dem Vordeck herum. Strähniges schwarzes Haar baumelte über seine Ohren, die Lippen kräuselten und stülpten sich vor in einer Reihe von Grinsern und Fratzen. «Das ist ein Saufkopp», fuhr der Maat fort. «Wringt ihm das Gedärm aus, dann kriegt Ihr einen Eimer voll Schnaps.»

Er wird es schaffen, dachte Serón zum fünfzigstenmal in dieser Woche. Er hatte den Maat beobachtet, seine Eignung abgeschätzt, ihn erwogen. Nun war er sicher. Die Stimme des Maats war gelangweilt; und gehässig vor Langeweile. Ihm war alles gleich. Er war perfekt. Fast so perfekt wie das Schiff. Fast so perfekt wie die beiden Trottel in Rom, und die waren *absolut* perfekt.

«Ihr habt dieses Schiff gekauft», sagte der Maat eben. «Ich meine, Ihr habt wirklich echtes Geld bezahlt für ...» Er schluckte, blickte über das Schiff, suchte nach dem treffenden Wort, grub tief nach Verkommenheit und Dummheit, fand es nicht. «Für ... *das* hier?»

«Ich habe die Schulden bezahlt. Sie gehört mir jetzt, oder bald», sagte Serón.

«Dann wollt Ihr uns loswerden.»

Resignation, ein Schuß Verzweiflung. Das ist gut, dachte Serón. Der richtige Mann. Es kann klappen. «Noch nicht», sagte er. «Vielleicht überhaupt nicht. Wie viele Männer sind nötig, um das Schiff zu segeln?»

«Segeln? Die hat keine Segel. Die hat der Hafenmeister genommen.»

«Er wird sie zurückgeben. Wie viele, mit Segeln?»

«Mindestens?»

Serón nickte.

«Zwanzig. Fünfzehn, wenn's ganz eng werden soll.»

«Und was müßte Eurer Meinung nach getan werden, um dieses Schiff seetüchtig zu machen?»

Der Maat starrte ihn ungläubig an. «Seetüchtig?» Serón nickte wieder. Der Maat unterdrückte ein Lachen. «Tja», sagte er. «Fangen wir mit dem Anfang an. Der Kiel ...»

Der Kiel war, wie sich zeigte, gesund. Anders als die Spanten, Bug- und Hecksteven. Die Planken lösten sich vom Gerippe, und von der Reling bis irgendwo unterhalb der Wasserlinie trat die Kalfaterung in fransigen Lappen aus. Wie weit nach unten? Das wußte keiner. Die *Santa Lucia* war zwei Jahrzehnte lang einmal im Jahr nach italienischer Art mit festgezurrten Masten auf die Seite gelegt worden und hatte schließlich gegen dieses brutale Flachwasserschrappen durch Abbrechen des eigenen Vormasts protestiert, und seither hatte Kapitän Alfredo nicht gewagt, die Prozedur zu wiederholen. Die Lenzrohre waren verstopft, die Pumpe geborsten, und im morschen Holz waren die Nägel verrostet. Ihr Eisen war krank, sie knarrte und ging aus den Nähten. Sie hatte keine Segel. Ein sehr, sehr trübes Schiff.

«Segel bringen nicht viel», schloß der Maat. «Jeder Wind, der stärker ist als ein Spatzenfurz, knickt ihr sowieso die Masten. Da könnten wir auch Euer Taschentuch anschlagen.»

Serón überlegte kurz, wies dann auf den Kai. «Wenn eine Gruppe von Leuten da drüben bei der *Alleluia* säße, zum Beispiel auf einem Podium, wie viele dieser, eh, Mängel würden sie dann bemerken?»

Der Maat bedachte dies. «Solange der Wind von ihrer Seite kommt und wenn sie keine Seeleute sind, kriegen sie nichts mit. Außer den Segeln. Wieso?»

«Dieses Schiff könnte Euer Schiff sein», sagte Serón mild. «Wenn Ihr tut, was ich Euch sage ...»

«Meins? Dieser tolle olle Scheiterhaufen? Also, wirklich *ganz* heißen Dank. Dieser Geruch, aus dem Ihr die Nase raushalten wollt, wißt Ihr, was das ist? Fäule. Das hier ist kein Schiff, das ist ein Sarg ...» Und so weiter und so fort, auf und ab, die ganze Liste der vergangenen, gegenwärtigen und künftigen Defekte des Schiffs, vom Kiel zum Krähennest, vom gesprungenen Ruder zum sprietlosen Bug, bis sich schließlich diese sarkastische Tirade ebenso erschöpfte wie die vorige. «Wenn ich *was* tue?» fragte er.

Du bist ein Jammerlappen, dachte Serón. Undankbar, ein Schurke, ein potentieller Meuterer. Perfekt, perfekt, perfekt. Er sagte: «Ihr habt vielleicht von einer Expedition gehört ...»

Der Maat hieß Jacopo. Vor zwanzig Jahren war er aus einem Sumpf südlich von La Spezia gekrochen in der Überzeugung, er sei zum Seemann geboren. Die *Santa Lucia* war, was ihm sein Glaube eingetragen hatte. Als Serón weitersprach, zogen über das Gesicht des Maats nacheinander Skepsis, Ungläubigkeit, dann entsetztes Staunen, dann entsetzter und widerwilliger Glaube. Eine hochschwangere Ratte kam über die Landungsbrücke, blieb stehen, schnüffelte nach der *Santa Lucia*, drehte sich dann und hoppelte zurück zum Land.

«Was ist mit Alfredo?» fragte der Maat schließlich.

«Dasselbe wie mit den anderen», sagte Serón ohne Zögern.

Jacopo dachte darüber nach.

«Also?»

Jacopo nickte. «Na schön», sagte er.

Eine Minute später suchte sich Serón wieder einen Weg durch den *cordon salissant* auf dem Kai, blickte nach links und rechts; der Tiber, der *Letzte Schnaufer*, dahinter Ställe, Hütten, noch mehr Hütten, Schuppen, noch mehr Schuppen ... Hütten, und dann ein Schuppen, der größer war als die neben ihm, Scheunentüren zur Seeseite, hohe Wände, keine Fenster: der Segelspeicher.

Sieben oder acht Männer mit Schürzen, die draußen ihr Mittagessen zu sich nahmen, blickten auf, als er vorüberging. Er ignorierte sie. Die Scheunentüren gaben nicht nach, deshalb ging er zur Rückseite, wo eine kleinere Tür von einem Sägebock offengehalten wurde. Er schlenderte hinein und fand sich am Grund eines großen Lichtschachts.

Der Boden war eben, belegt mit leichtem Holz. In die Wandbalken getriebene Nägel trugen unterschiedlich lange Messer, seltsame Zangen, anderes Werkzeug, dessen Funktion er nicht erraten konnte. Das Dach, vierzig Fuß über ihm, war undicht, und Lichtkaskaden strömten herab. Vor ihm, von Wand zu Wand und vom Boden bis zum Dach, hing ein einziges großes Segel aus blendend weißem Tuch und machte diesen Teil des Schuppens zu einem kleinen viereckigen Innenhof.

Niemand schien hierzusein. Er schlüpfte um die Kante des großen Vorhangs, nur um sich dort einem weiteren gegenüberzusehen. Dann noch einem. Und noch einem. Die Segel hingen an dicken Stäben, mit Flaschenzügen abgelassen von den Deckenbalken hoch oben, Tuch um Tuch, eins dicht neben dem anderen. Serón verwickelte sich heftig in die Falten, Öffnungen und Sackgassen, wühlte sich einen Weg durch die schlaffen Wände des Labyrinths. Das Tuchwerk schien endlos, lief in sich selbst zurück, um ihn zu verwirren, köderte ihn durch Öffnungen, die lediglich zu noch mehr Tuch führten. Längst schwitzte er und wurde immer verärgerter, bis er schließlich in einem luftigen Geviert des Schuppens auskam, ganz wie jenes, das er zuvor verlassen hatte, abgesehen von einer Menge seltsamer Winsche, die an den Wänden befestigt waren. Es gab dort auch Winden und Taue; diese liefen gespannt die Wände hinauf zu Taljen unterm Dach, dann wieder nach unten, die Wände entlang in die Winsche, wieder heraus ... Sie schienen ihn zu umzingeln. Er schaute nach unten. Er stand auf Segeltuch. Einer seiner Schuhe war abgestoßen. Er schnitt eine Grimasse.

«Du da! Runter mit deinen Puff-Latschen vom Segel! Mach schon! Ich hab gesagt MACH SCHON! LOS!»

Eine Frau schien seine Abwesenheit zu verlangen. Ein ziemlich übles, lautes Weib. Sie ließ die gleiche Aufforderung nochmals ergehen, in leicht abgewandelter Formulierung, dann ein drittes Mal, worauf er wie von ihr angeregt das Segeltuch verließ. Sie war schlunzig, um die Fünfzig, mit rotem Gesicht und einem krausen Haarmop, der wie eine irrwitzige Stoffpuppe auf ihrem Kopf zappelte. Sie trampelte zu ihm hin. In der oben offenen Kleidung konnte er deutlich ihre Brustwarzen sehen, groß und zerkaut.

«Ich bin Don Antonio Serón», verkündete er. «Herr der *Santa Lucia ...*»

«Nein, seid Ihr nicht. Ihr seid Don Antonio Serón, *Besitzer* der *Santa Lucia.*»

«... und ich suche den Segelmeister», fuhr er glatt fort.

«Wieder falsch. Ihr sucht die Segel*meisterin*, und das bin ich. Leider. Und ehe Ihr mir erzählt, was Ihr mir, wie ich weiß, gleich erzählen wollt, nämlich, daß Ihr für diesen Pott bis spätestens gestern einen vollen Satz Segel braucht, laßt mich Euch, Don Antonio Werauch-immer, etwas über Segelspeicher erzählen. Segelspeicher sind nicht ‹ruhig›, sie sind nicht ‹luftig›, sind kein ‹beschaulicher Hafen› im ‹Getriebe des Kais›. Es sind Orte, wo *gearbeitet* wird. Segeltuch wird hier geschnitten, mit Scheren und Messern, und Scheren und Messer sind *scharf*. Es wird mit *Ahlen* durchlöchert, und die sind auch scharf. Segeltuch wird unter Spannung gereckt, und Spannung ist *gefährlich ...*»

Sie betonte gern Dinge; vielleicht schrie sie aber auch nur. Serón wußte es nicht.

«Als Ihr zum Beispiel eben Euer blödes poliertes Gesicht in Euren blöden polierten Schuhen bewundert habt – wenn ich dann zufällig den Keil aus dieser *Winde* haue und die Seile da ihre *Spannung* einsetzen, dann passiert *das*.»

Ihr Ellbogen zuckte, etwas sauste über den Boden, ein jähes betäubendes Rappeln, als die Winden sich drehten und Serón zurückfuhr. Die vier Ecken von fünfhundert Quadratfuß Segeltuch schnellten mit einem *Wump!* vom Boden hoch und schossen zur Decke hinauf. Das Tuch hing da wie ein riesiger Sack, die Ecken verbunden, und schaukelte sanft sechs Fuß über dem Boden. Die Segelmeisterin sah auf ihn herab.

«Wenn Ihr da auf dem Segel gestanden hättet, könntet Ihr Euch jetzt auf dem Markt nach 'nem neuen Paar Beine umsehen», sagte sie. «Also, Don Antonio Trottel-Serón, was kann ich für Euch tun?»

Sie hatte es nicht gemocht. Sie hatte das Gesicht verzogen und versucht, ihn davon abzubringen. Die Männer kamen vom Mittagessen herein, und auch ihnen hatte es nicht gefallen. Auch sie hatten die Gesichter verzogen, die Köpfe geschüttelt.

«Die reißen beim ersten Windstoß in Fetzen», wandte die Frau ein. «Ihr segelt dann einen Wäschekorb.»

Sie standen im hinteren Raumteil und musterten einen Haufen braunen Tuchs, der einmal die Segel der *Santa Lucia* gewesen war.

«Hab ich dem Hafenmeister für drei Scudi abgekauft. Wert sind sie vielleicht zwei, als Mehlsäcke. Aber als Segel ...»

«Ich zahle zehn», sagte Serón.

Die Frau pfiff gedehnt. «Weiß Alfredo davon?»

«Kapitän Alfredo lebt von meiner Großmut und auf meinem Schiff», sagte Serón.

Sie schüttelte den Kopf. «Ihr seid wirklich ein mieses Stück, was?» sagte sie unverblümt.

Er zählte ihr die Münzen hin.

Straßenstaub, Hafendreck, Schiffsgestank, jetzt Beleidigungen. Serón pendelt zwischen Stadt und Hafen hin und her, erschöpft sich, indem er nachts und frühmorgens verstohlen umherhuscht, jongliert unter Kopfschmerzen logistische Probleme, sieht im römischen Spätsommer die Mimose erblühen und schwitzt unter Roms Sonne. Nichts geht schief; das macht ihm Sorgen. Er hat das Schiff. Er hat Jacopo. Er hat Diego, oder Diego ihn, was aufs gleiche hinausläuft. Er hat seine «Großen Forschungsreisenden». Nur Vichs Mangel an Neugier benagt seine aufgeblähte Paranoia. Da steht er auf der Falltür, den Strang um den Hals. Warum stellt er keine peinlichen Fragen? Serón hat für alles Antworten parat: Budgetprobleme, drakonische Zeitplanung, die Art des ganzen Projekts selbst ... Zwei Tage später ist er wieder in Rom, wieder in der Tretmühle, rundherum und rundherum, denn es endet nie, dieses scheußliche Geschäft. Gegenüber, am Tisch im *Zerbrochenen Rad*, machte sich Bernardo an den Schluß seiner Erzählung.

«... und morgens war nichts von ihr zu sehen. Sie ist einfach los, hat uns dagelassen. Also fangen wir an zu laufen. Waren auch Patrouillen hinter uns her, haben wir gesehn. Salvestro hat sie jedenfalls gesehn. Wir mußten uns verstecken. Wir sind sehr weit gelaufen ...»

Bernardo schüttelte den Kopf. Serón, der ihm gegenüber saß, verfluchte sich zum achtundzwanzigstenmal. Was hatte er sich nur gedacht? Wie hatte er annehmen können, es würde ihm die Zeit vertreiben, wenn er diesem Trottel Honig ums Maul schmierte, bis der andere Trottel endlich von seinem hirnrissigen Unternehmen zurückkehrte? Was immer es auch sein mochte, das ihn dazu gebracht hatte, überstürzt die Schänke hier zu verlassen. Der Riese leierte weiter, wiederholte sich, verlor den Faden, quengelte, redete weiter und weiter und weiter ...

«Macht Euch keine Sorgen», beruhigte er Bernardo. «Ich bin ganz sicher, daß Ihr all das weit hinter Euch gelassen habt und daß dieser Oberst, wie heißt er noch?»

«Diego.»

«Diego. Also, selbst wenn er in Rom ist, würde er es nicht wagen, Hand an Männer im Dienst der Spanischen Krone zu legen. Gewiß nicht an solch ruhmreiche Diener wie Euch; nein, das ist undenkbar, ganz ausgeschlossen.»

«Jedenfalls», fuhr Bernardo fort, «war das ein ganz langer Marsch. Und wir sind ja auch weggelaufen. Vor dem Obersten. Und wie jetzt Salvestro einfach ...» Er plagte sich, suchte nach einem Wort. «Einfach *weg* ist, also, da hab ich gedacht: ‹Das ist der Oberst›. Der ist nämlich hier, wißt Ihr, in Rom ...»

Es war der Oberst, vor dem er Angst hatte. Vor anderen Dingen auch: zurückgelassen werden, allein sein. Verschiedenes war passiert, Dinge hatten sich ereignet, und er hatte nichts darüber sagen dürfen. Es gab keine klare Trennung zwischen diesen Dingen. Er war nicht blöde. Er wußte, daß er nicht blöde war, aber die Dinge gingen schief, wurden zur Plage, und manchmal verlor er die Beherrschung oder er bekam solche Angst, er könne die Beherrschung verlieren, daß das genauso schlimm war. Er mußte den Mund halten, fand es aber schwierig, diese Dinge nicht zu sagen. Don Antonios Fragen ... Was sollte man denn tun, wenn man den Mund halten mußte und einer genau nach dem fragte, worüber man den Mund halten mußte? Was tat man dann? Hunde und Felsen. Es war immer das eine oder das andere.

«Was wollt Ihr dann tun?» fragte er Don Antonio abrupt.

«Ich glaube», sagte Serón vorsichtig und langsam, «daß ich Euch persönlich *garantieren* kann, daß Euch dieser Oberst Diego nicht behelligen wird.» Das schien den Mann nur noch mehr zu verwirren, denn er redete wieder los, in eine ganz andere Richtung, wobei es (wieder) ums Weglaufen ging, irgend etwas über «Mundhalten» und einen kleinen Jungen, der mitten in der Geschichte zu einem kleinen Mädchen wurde. Aldos Göre, Amalia? Es kümmerte ihn kaum, und er konnte hier nicht länger sitzen.

«In einem oder zwei Tagen werde ich Salvestro aufsuchen», sagte er; dabei stand er von seinem Stuhl auf. «Oder vielleicht heute nachmittag, aber wenn nicht, dann sagt Ihr ihm doch, daß das Schiff bereit ist, Segel zu setzen. Seine Heiligkeit selbst wird es segnen. Zwei Wochen ...» Das Gesicht des Riesen war ein Bild von Wirrnis und Beunruhigung. Er wiederholte die Botschaft. Das half auch nicht.

Es hilft nie, dachte er später, als er vollbekleidet auf dem Bett lag und mit den Füßen wackelte, so daß das Kerzenlicht vom Leder seiner Schuhe widergespiegelt wurde. Sie drückten, aber er zog sie nicht aus. Am Ende hatte er mit simplen Zeichen eine Botschaft auf einen Papierfetzen gekritzelt und bei dem Trottel gelassen. Als er vom Treffen mit Bernardo und der anschließenden ergebnislosen Suche nach Salvestro heimkehrte, fand er Vich, der im Arbeitszimmer geduldig Papiere durchwühlte. Lose Seiten, gebundene Kontobücher, mit Schnüren oder Tüchern umwickelte Papiere und Rollen rissigen Pergaments lagen auf dem Boden statt in Regalen. «Ich kann den kleinen Portolan nicht finden», sagte er. Den größeren hielt er in Händen. Ein brauner Wasserfleck nahe der Unterkante des Buchs fügte den zerklüfteten Küsten und Meeren auf jeder einzelnen Seite den gleichen phantastischen Kontinent hinzu. «Erinnert Ihr Euch, Don Antonio? Der mit dem Konterfei von Don Francisco de Rojas auf dem Deckel ...?» Er hatte das Buch zugeklappt und sich nach den Geschäften in Ostia erkundigt, war aber gleichgültig, zerstreut, lediglich sehr interessiert an der Sitz- und Rangordnung. «Setzt Faria neben mich», sagte er Serón. «Ich will sein Gesicht sehen, wenn das Schiff lossegelt. Die *Santa Ajuda*, nicht wahr?»

«Santa Lucia», korrigierte Serón; dann fragte er, ob die Depesche aus Spanien angekommen sei.

Vich schüttelte resigniert den Kopf. «Sie haben vergessen, daß es uns gibt», sagte er. «Aber dennoch machen wir weiter, als treue Diener Fernandos. Zwei Wochen, sagt Ihr, bis sie in See sticht?»

Die nächsten Tage waren erfüllt von Korrespondenz und Kontoführung, für die Don Jerónimo eine jähe, kurze und unerklärliche Leidenschaft entwickelt zu haben schien. Er wollte möglichst bald zur Jagd nach La Magliana aufbrechen und sagte seinem Sekretär, er werde von dort gleich nach Ostia reisen, zusammen mit dem Papst. Vich du Idiot, dachte Serón, gähnend, auf seinem Bett. Er lauschte den Schritten im Nebenzimmer. Diegos Zimmer.

Seit dem ersten grimmigen Ausbruch des Soldaten hatte dieser sich auf knappes Nicken und gelegentliche Nachfragen beschränkt. Seróns Vorrat an Antworten bestand aus *Angemessen* und *Zufriedenstellend* und *Gut*, tonlos aber mit Nachdruck gesagt: der Kehrreim des kompetenten Amtsträgers. Der Soldat nickte dann und ging, nahm alles ohne weitere Fragen hin. Keiner von ihnen sieht es, sagte Serón sich. Es war ein beinahe melancholischer Gedanke. Auch Diego ein Idiot. Die Schritte hielten inne.

Und dann Salvestro. Noch ein Idiot? Ein Narr? Eine Fliege im Netz der Serón-Spinne? Die Begriffe gingen ineinander über. Männer trieben darin und dazwischen. Einige entkamen.

Als er den Großen in der Schänke zurückließ, hatte er sich auf die Suche nach Salvestro begeben. Er ritt über den Treidelpfad am Westufer des Tiber zum Borgo, dann am Fuß des Ianiculum entlang und ließ von dort das Auge über die Stadt wandern, die sich am anderen Ufer blähte. Das Land stieg an. Die Stadt mästete sich an den Hängen. Stahlwalzen von Vormittagshitze preßten Dächer und Terrassen zu schimmernden Spiegeln zusammen oder schmolzen sie zu einem fließenden Gewaber. Straßen zuckten und zappelten in dem Ofen, kräuselten und wanden sich, schoben Kirchen und Türme aus schmelzendem Gestein vor sich her. Schweißpfützen schmatzten zwischen seinen Zehen. Dennoch war die Kühle des Borgo nicht willkommen. Die torkelnden Trümmer von Santo Spirito hingen über einem unregelmäßigen Weg, der schmaler wurde und sich zwischen improvisierten Hütten und Unterschlupfen hindurchpreßte. Der Gestank der Bewohner ließ ihn das Taschentuch zücken. Die Luft war schwer von klammen Rüchen und Stänken, die sich ausbreiteten, kollidierten und so doppelt und dreifach scheußlich wurden.

«Zum *Pilgerstab*?» fragte er einen besser gekleideten Passanten.

«Gott steh Euch bei», war die Antwort. «Ungefähr in der Mitte der Via dei Sinibaldi.»

Der Eingang hauchte Schweiß aus und schalen Urin: ein vom Verfall geschwärztes Maul. Bröckelndes Gestein und unidentifizierbarer Dreck säumten den Rachen. Er band sein Pferd neben ein anderes an einen zerbrochenen Schuhabstreicher und ging hinein. Der Besitzer stürzte sich sofort auf ihn, ein untersetzter Grobian mit einfallendem Gesicht.

«Salvestro», sagte Serón. «Ich glaube, er wohnt hier.»

«Der schon wieder? Herr Populär, was? Hinten, wenn er da ist.» Der Flegel deutete; dabei schnüffelte und grunzte er. «Kerze gefällig?»

Serón nahm die Kerze.

«Macht zwei Giulii.»

Serón bezahlte.

Ein tunnelartiger Gang drang in die Eingeweide des Gasthauses. Ferne Geräusche, vielleicht Ächzen oder erstickte Schreie, sickerten aus den oberen Geschossen herab über Treppen, die aus der inneren Masse des Gebäudes gehackt waren. Der Boden schien mit Grabsteinen gepflastert. Die Bewohner des Gasthauses hatten Male ins von Nässe aufgeweichte Gestein gekratzt. Die letzte Tür stand offen. Absolutes Dunkel und ein schwaches Geräusch, leises Kratzen. Er ging hinein.

Das Licht der Kerze reichte nicht bis zur Decke hinauf. Es gab Säulen und Matten, loses Stroh, eine Truhe, beleuchtet vom gelben Fleck seiner Kerze. Die Luft war tot und streng; der Gestank ließ Seróns Mageninhalt gerinnen. In der Mitte saß ein Mann mit Kapuze und Kutte. Salvestro hatte «die Mönche» erwähnt, einige sogar mit Namen. Er hätte sie sich notieren sollen, wußte aber bereits, daß sein Unternehmen sinnlos war. Salvestro war nicht hier. Der Mönch hatte noch nicht aufgeblickt. Er beugte sich über ein Stück Pergament und kritzelte heftig drauflos. Serón trat näher; der Mann fuhr auf und stieß einen erschreckten Schrei aus. Ein dreckverschmiertes Gesicht starrte wirr umher, die blicklosen Augen zuckten herum auf der Suche nach ihm.

«Ich bin auf der Suche nach einem gewissen Salvestro», sagte er schnell, um den armen Tropf zu beruhigen.

«Ich hab's Euch doch gesagt! Er ist nicht hier. Ich weiß nicht, wo sie sind.» Er versuchte, die Blätter vor sich mit dem Arm zu verdecken. Serón warf einen neugierigen Blick auf sie, dann auf das Tintenfaß am Boden, neben dem Mönch. Es war trocken. Die Blätter waren leer.

«Vergebt die Störung», sagte er; dabei ging er rückwärts. Der Mönch betastete den Boden, die Hände gestreckt und die Finger gespreizt. Er fand ein Stück Papier und knurrte vor sich hin, ehe er wieder zur Feder griff.

Es hätte lustig werden sollen, dachte Serón jetzt; seine Schuhe glitzerten, die Spangen waren geöffnet. Zinn war ein schönes Erz, mit diesem pulvrigen Glanz. Warum war es nicht lustig? Das andere Pferd war fort, als er wieder herauskam. Da fielen ihm die Worte des Mönchs ein: *Ich hab's Euch doch gesagt* ... Vorhergesagt? Oder längst gesagt? Hatte ein anderer nach seinem Großen Forschungsreisenden gesucht? Es spielte keine Rolle. Er würde Salvestro am nächsten Morgen im *Zerbrochenen Rad* finden. Diegos Schuhe nahmen das leise Trommeln wieder auf. Ob der Soldat eigene Ziele verfolgen, sich von der Leine losreißen und einfach hinter ihnen herjagen würde? Nein, nein, nein ... Nur ein verrückter Mönch in einem Keller, sonst nichts. Troll dich zu den anderen Idioten, Idiot Serón.

Im Nebenzimmer stockte das Schreiten und begann und stockte wieder. Ein dumpfes Knirschen mußte die Türklinke sein und der folgende sanfte Schlag das vorsichtig gedämpfte Schließen der Tür. Der Korridor war mit schlechten Bohlen belegt und quiekte wie ein Mäusechor, aber diesmal wollten die Mäuse nicht singen, und Serón horchte auf die Geräusche eines Mannes, der nicht gehört werden wollte; Diego schlich an der Tür vorüber.

Zwei Minuten später weitere Geräusche: ein Knirschen, ein Klappern, ein Rascheln, ein Flüstern. Was sagte es? Nur daß Diego wieder da war, schurfend und kratzend, trächtig in seiner Schallkammer. Serón war hellwach, spitzte die Ohren. Nebenan rasselte eine asthmatische Orgel mit ihren Pfeifen, Schritte schlugen einen ungleichen Takt, das Bett als Blasebalg. In Dur und Moll; die Bettpfosten ächzten, ächzten wieder. Die Füße des Betts tappten zunächst, dann rüttelten, dann scharrten sie. Dann Rumpeln. Und Beschleunigung, und Serón konnte das Zeugnis der eigenen Ohren nicht länger anzweifeln, als ein tiefes Knurren das Thema anschlug und von einem leisen Bordunton beantwortet wurde, aus dem sich eine Tonleiter bis hinauf zum Wimmern entwickelte, das in eine Serie schriller Quietschlaute überging. Das Crescendo war ein einziges hallendes unzweideutiges Krachen: Das Bett selbst rammte die Wand.

Stille. Dann wieder tappende Füße. Er zählte. Eins, zwei, drei, vier. Die Tür, der Korridor, noch einmal die Tür. In den stillen Phasen zwischen diesen Geräuschen hörte er nur den Nachhall, der ihn bis ins

Mark erschütterte. Er lag da, ungläubig, akzeptierte widerstrebend, nur überzeugt mangels einer anderen Erklärung. Irgendwie schien es unvorstellbar, aber warum nicht? Warum sollte er denn nicht? Diego hatte eine Frau. Serón hatte gelauscht. Serón hatte gehört. Im Nebenzimmer hatte Diego eine Frau besessen.

Jetzt war der Palazzo still, alle Idioten schliefen. Serón masturbierte lautlos und schloß sich ihnen an.

Das Licht kam und ging, ein bebendes Glühen in dunkler Ferne. Ganze Tage vergingen, ohne daß er es sah. Seine Augen waren nutzlos; er sah es nicht mit den Augen. An den Tagen, da man ihn allein ließ, wartete er darauf, daß ein schwaches Flimmern wiedererschien. Manchmal kam es. Manchmal nicht. Er wartete. Er betete. Er schrieb.

Ich ...

Nur Dichter besangen sich selbst, dachte Jörg. Verächtlicher Stolz treibt sie dazu. Augustinus aus Hippo suchte die Fußspuren der Dreifaltigkeit im Schlamm der Menschenseele und fand Erinnerung, Wille und die Macht des Denkens. Der Heilige Geist wandelte in allen, als Liebe: hungriger Wille. Christus wandelte in allen, als die Gewalt von Gottes Denken. Die doppelte Prozession band jeden an beide, zwei grinsende Hirten, die ihre Herde vom Berg hinabführen, im Galopp hin zu Gott. Und Erinnerung ist, was wir sind, dachte er, alles, was wir von uns und den Spuren der Dreifaltigkeit in uns wissen. Der Boden war nun aufgebrochen, untergepflügt, fast unlesbar. Sehr spät, um nach Fußstapfen zu suchen. Vielleicht zu spät. Auch Augustinus schrieb über sich, aber demütig, als ein Bußfertiger. Ich, der einsam Aufrechte, die schiere Schranke, der angezogene und getriebene Appetit auf Gott.

Ich, Jörg ...

Prior und Kritzler dieser Zeilen, der *Gesta Monachorum Usedomi*, und Bittsteller bei Seiner Heiligkeit dem Papst: Dreifaltigkeit oder innere Abfolge seiner selbst. Sammle die verstreuten Glasperlen und reihe sie wieder auf den Faden «Jörg». Er war ein Seil aus Rundspiegeln, der Mund breit, die Augen schmal und gedehnt: ein hoffnungsvoller Novize, dann ein zum Priester geweihter Mönch, dann

Prior und Aufzeichner dieser Bilder. Bemerke – er bemerkte – das Grau und Silber des Haars, die eingekerbten Linien der Haut, die Trübung der Augen, ein Mann, der zu den Stücken eines Mannes wird. Der wirre alte Jörg. Er kicherte vor sich hin, die Feder hielt inne. Er war einer jener, die auf den Papst warteten, einer der Verzweifelten, Zeternden, Klammernden. Und daher einer der Getreuen. Vor der Ehre kommt die Demut, wie Salomon wußte und zweimal schrieb.

Ich, Jörg von Usedom …

Von? Oder nur *aus*? Und welches Usedom? Die ersten schartigen Umrisse waren Bastionen, geschützt von natürlichen Gräben: der See- und den Flußmündungen; mit Birken bewachsen und unverwandelt. Ein Ur-Usedom, reiner Begriff, nicht sein Eiland noch das eines anderen. Die Heiden kamen und bezeugten ihre Anwesenheit mit Hainen für ihre barbarischen Götter und den Trümmern einer großen Stadt: Vineta, von den Grundmauern losgerissen und in die Tiefen des Meeres geschleudert. Heinrich der Löwe erbaute eine Kirche, die darüber wachen, dem Sog und Zerren der langmütig rachsüchtigen Gezeiten trotzen oder seinen unblutigen Sieg bezeugen sollte. Die Insel scherte sich nicht ums Gewissen. Dann die dumpfen schlichten Insulaner mit ihren Pflügen und Zäunen. Aber dies war nicht sein Eiland, er war weder *von* noch *aus*. Schließlich das Usedom seiner Wiederkehr, mit den unterschiedlichen Grüntönen der Baum- und Sumpfmoose, den flachen Buckeln der Felder und ihren strohfarbenen Früchten, den Bienenkörben und Schweinekoben, Kuhställen und Scheunen. Im Winter hingen Eiszapfen wie Schwerter von den Traufen. Sieh, eine Kirche erhebt sich an der Meeresküste, der Turm sticht ins Blau des Himmels, beim Klang der Glocken kommen Männer und Frauen über die Felder gerannt, um Gott zu preisen, die uneinnehmbaren Mauern und hohen Fenster gründeten auf Granit: die Wunderkirche einer Wunderinsel. Dies Usedom würde er niemals sehen, obgleich es das seine war.

Ich, Jörg aus Usedom, wiewohl blind, schreibe diese Chronik der Taten der Mönche Usedoms in Rom. Unsere Behausung hier ist erbärmlich, aber nicht erbärmlicher denn ein Stall, und täglich werden wir durch neue Schmach und Ruchlosigkeit geprüft. Argwohn schleicht durch unsere Reihen wie ein Schakal oder die Schlange im Garten. Bruder Hans-Jürgen und ich ringen gemeinsam um sein Gewissen, das bestürmt ist von Zweifeln und Ängsten und Kleinmut im Glauben. Schändlich und jammervoll ist es, daß er zu mir mit An-

schuldigungen kommt, denn er ist ehrlich und gibt ehrlich Zeugnis in seinem Glauben. Dennoch ringen wir …

Was konnte er denn auch sonst tun an den langen heißen Vormittagen beim Warten im Hof von San Damaso? Wenige Tage nach dem ersten Versuch, eine Audienz zu erlangen, hatte er entmutigt und bedrückt Hans-Jürgens Einflüsterungen über Gerhardts Ränke und Tücken gelauscht. Was tat Gerhardt, wenn er tags die übrigen Brüder – alle, die mitgehen wollten – mit sich nahm? Hans-Jürgen blieb, aber die anderen gingen, sogar Florian. Natürlich fragte er, und Gerhardt sagte: «Wir bauen Kirchen, Pater, wie es unser Ziel war.»

Er begriff, daß man ihn verspottete.

Aber staubige Kleider und Gerhardts alltägliche Abwesenheit waren noch keine Sünde, und Hans-Jürgens Stimme klang spröde vor Besorgnis. Jäh wurde Jörg klar, daß dies eine Aufgabe war, die er übernehmen könnte, und sein Herz wurde leichter, als das des anderen das Gewicht der Bürde offenbarte. Daß Gerhardt die Brüder zu guten Werken anhielt, ihre Hände auf Mörtel und Gestein wandte, lag jenseits allen Tadels. Aber Hans-Jürgen war verloren in einem Irrgarten düsteren Argwohns. Jörg würde ihm auf dem Weg hinaus leuchten. Überdies zählte es kaum, wie Bruder Gerhardt seine Zeit hier nutzte, hier in Rom, da ihr Aufenthalt für das Auge Gottes kürzer war als ein Wimpernschlag. Wenn sie heimkehrten, wäre doch sicher alles wie zuvor? Er setzte die Feder wieder aufs Pergament und wollte dies eben niederschreiben, als eine Stimme aufklang, jäh und laut im Raum.

«Ich suche einen Mann, der Salvestro genannt wird.»

Die Stimme kam von der Tür oder knapp innerhalb der Kammer.

«Wie Ihr seht, ist er nicht hier», erwiderte Jörg. Er konnte den Mann atmen hören. Irgendwo im Gasthaus brüllte jemand; es hallte seltsam wider. Die Stimme war ihm unbekannt. Der Mann antwortete nicht. Jörg hörte ein anderes Geräusch, als der Mann sich umdrehte: als ob ein Zinnbecher an den rauhen Bodenplatten riebe, glitschiger vielleicht, eher zischend. Dann war der Mann weg.

Jörg sammelte seine Gedanken: Gerhardts Umtriebe, Hans-Jürgens Argwohn, die eigene Meditation. Und nun Salvestro. Salvestro, der keine sechs Fuß von ihm schlief, dessen nächtliche Heimkehr immer noch ein plötzliches unbehagliches Schweigen auslöste. Salvestro, der nicht zu ihnen paßte. Er bedachte dies etwa eine Minute lang. Er sollte von Salvestro schreiben. Und von Bernardo. Die Feder flog wieder über das Blatt. Dann, plötzlich, fuhr er auf und stieß einen Schrei aus. Der Mann war zurückgekommen.

«Ich bin auf der Suche», sagte er, diesmal leiser, «nach einem gewissen Salvestro.»

«Ich hab's Euch doch gesagt! Er ist nicht hier. Ich weiß nicht, wo sie sind.» Er verdeckte das vor ihm liegende Blatt, aber andere fielen zu Boden. Schnell bückte er sich, um sie aufzuheben; er spürte, daß der Mann näher kam.

«Vergebt die Störung», sagte er. Diesmal gab es keinen seltsamen Kratzlaut, nur leiser werdende Schritte, als der Mann sich umdrehte und fortging. Jörg sammelte die übrigen Papiere auf. Hans-Jürgen würde sie für ihn ordnen. Wieder griff er zur Feder, aber nun war er verstört, seine Gedanken in Unordnung. Warum sollte jemand, außer ihm selbst, sich um Salvestro kümmern? Hans-Jürgen hatte neue Kleider erwähnt. Hatten sich die beiden in Schulden gestürzt? Oder etwas Schlimmeres? Der Gedanke blähte sich in seinem Geist, peinigte und stachelte ihn an. Niedrige Geburt und Unwissen waren keine Hindernisse auf dem Weg zum Heil. Salvestro war nicht jenseits der Erlösung. Ein Heide, ja, aber nicht unrettbar ... Der nächste Gedanke kam unerbeten, so absurd und unerwartet, daß er laut auflachte. Mit dem Finger tippte er auf das vor ihm liegende Blatt. Natürlich mußte er über Salvestro schreiben. Wie engstirnig, daß er daran gezweifelt hatte. Er zog einen Strich unter seinen Text und begann:

Kann eine Seele als kleines gelbes Licht erscheinen? Ich habe derlei zuweilen gesehen oder zu sehen geglaubt. Daß zu den Taten der Mönche Usedoms jene eines Heiden gezählt werden sollten, ist nicht befremdlicher als Christi Liebe zu Magdalena. Seinetwegen sind wir hier.

Er hielt inne und bedachte das Geschriebene. Er hatte das Licht, das er sah, für einen Leuchtstrahl gehalten, den Stern der Drei Weisen, einen brennenden Busch. Aber warum war es dann unstet? Es war eine Seele, die zwischen Erlösung und Verdammnis schwankte. Ja, dachte er, denn wer war unser Führer zu diesem Ort der Prüfungen, und wer wird uns heimführen? Er schrieb:

Wir sind seine Prüfung.

Wie dunkel der Plan, daß diese Pilgerreise nicht ihre, sondern seine war! Tausend Kerzen könnten ihn nicht erhellen, eine Million Augen ihn nicht sehen. Er mußte sich tiefer versenken, den Plan einatmen, essen und in ihm schlafen. Blind? Er war nicht blind genug! Sein Führer war ein flackerndes gelbes Licht; seine Aufgabe war es, ihm blindlings zu folgen. Er würde dies Hans-Jürgen gleich nach dessen Rückkehr sagen, denn am unergründlichen Ende des Plans stünde ihre Kirche, neu erbaut, der Glockenturm schlüge die kleinen Stunden von Prime, Terz, Sext und None, die größeren Stunden von Morgenandacht, Laudes, Vesper und Komplet, und er würde vor sich hinlächeln bei den Gebeten wider das Dunkel und mit den anderen das *Venite* singen, wenn das Dunkel vertrieben war, und zu solchen Stunden innerhalb dieser Mauern würden sie gemeinsam beten wie zuvor, wie künftig wieder.

Er saß allein im Dunkel, seinem Dunkel und dem der Kammer. Bisweilen kratzte er mit der Feder im Tintenfaß und beugte den Kopf übers Papier. Mit dem Finger maß er die Zeilenabstände. *Ich, Jörg aus Usedom …* Jedes Blatt seiner Chronik begann er mit der gleichen Formel, und wenn er das Ende der Seite erreicht hatte, schob er das Blatt sorgsam unter die anderen.

Apollo sägte auf einer Fiedel, die er nach unten gekehrt an der Schulter hielt. Geflügelte Pferde bäumten sich im Hintergrund, und eine Frau kratzte mit einem krummen Stock in der Erde; oder vielleicht spannte sie einen Bogen. Neben ihr stützte sich eine kopflose Gestalt auf einen Ellbogen. Der abgetrennte Kopf hatte Hörner. Die Wände des Saals waren gebrochen durch Türen, Fenster und am anderen Ende einen mannshohen Kamin. Dazwischen andere Gemälde; Frauen vor gleichartigen, monotonen Landschaften. Frau mit Schreibstift und Tafel. Frau mit Flöte. Eine andere Frau mit Lyra. Frau, die auf einen Globus deutet. Vier oder fünf weitere.

Kunst, dachte Rufo.

Die Südecke des Jagdhauses lag oberhalb einer mühsam geebneten Weidefläche; dort sollten demnächst Limonenbäume gepflanzt werden. Dahinter war der Fluß, der auf La Magliana zielte, abdrehte und dann in einem Neunzig-Grad-Bogen Richtung Ostia floß, sechs Stunden stromab mit dem Kahn. Drei mit der Galeere. Rom lag eine oder zwei Stunden in der anderen Richtung, erreichbar über den Fluß oder die daran verlaufende Straße. Er war hergeritten und hatte die Ställe in Aufruhr gefunden. Arbeiter in zerlumpten Gewändern und mit Werkzeuggirlanden hingen zwischen Balken, mit Blöcken und Taljen festgemacht an den nackten Trägern des Obergeschosses, und von unten brüllten die Stallknechte Beleidigungen. Ochsen und Pferde waren in einem Pferch im Hof. Nichts davon interessierte ihn. Er konnte das Gebrüll jetzt noch hören, wiewohl der große heruntergekommene Stall nicht direkt zu sehen war. Ein Mann mit grauem Filzhut ging langsam über das Weideland, im Arm einen Reiher mit zusammengebundenem Schnabel. Drei unbehütete Kollegen folgten. Ghiberti war vor fast einer Stunde aufgebrochen, um seinen Herrn zu suchen. Rufo stand müßig dort und schaute aus dem Fenster. Gras. Baumgruppen. Die Minuten vergingen. Seiner Heiligkeit Leidenschaft für die Jagd war wohlbekannt.

Schritte, Stimmen. Eine Tür, links hinter ihm. Er wandte sich um, kniete, küßte den dargebotenen Saum, erhob sich. Leo verzog das Gesicht, tiefrot, schnaufte, nachdem er eben die Treppe erklommen hatte. Ghiberti hielt sich in Türnähe.

«Ihr könnt uns allein lassen», sagte Leo. Die Tür schloß sich hinter dem Sekretär. Einige schwangere Sekunden lang sagte der Papst nichts, musterte ihn nur, als wolle er ihn abschätzen. «Habt Ihr sie gefunden?» fragte der robetragende Kirchenfürst schließlich.

«So ist es», sagte Rufo.

Einen Moment schien Seine Heiligkeit vor Freude hüpfen und in die Hände klatschen zu wollen. Die Gewänder wogten, als er sich zum Sprung duckte, die Hände reckten sich zu einem umfassenden Segen, flogen zum Applaus zueinander ... Aber nein. Er faßte sich. Der Sprung wurde ein schwankender Doppelknicks, das Klatschen ein bedächtiges, betendes Händefalten. Er berührte die vereinten Fingerspitzen mit den Lippen. «Wie?»

«Euer Pensionär. Groot. Früher oder später war es unvermeidlich, daß einer von ihnen bei ihm landet.»

«Ah, Bäcker Groot. Ja, natürlich. Unvermeidlich. Unvermeidlich.» Nun ging er vor dem Kamin auf und ab. Rufo begann mit dem Bericht über das, was er in der Bäckerei belauscht hatte.

«Ihr Leichnam wurde nie gefunden», sagte Leo, als Rufo zu Amalias Teil der Geschichte kam. «Armes kleines Wurm. Anzunehmen, daß sie im Sumpf gestorben ist oder von Tieren zerrissen wurde ... Armes, armes kleines Mädchen. Diese Schufte! Ein bloßes Kind zu nehmen ...» Rufo schien es, als stehe der Mann vor einem Wutausbruch. «Selbst des Papstes Nächstenliebe hat Grenzen», erklärte Leo schließlich. Er riß sich zusammen. «Und Ihr habt dieses Ungeheuer zu seiner Höhle verfolgt?» fragte er plötzlich.

«Das war nicht möglich», erwiderte Rufo. «Aber ich habe sie gefunden. Sie teilen sich einen Kellerraum in einem Gasthaus. Ich fragte dort. Der Besitzer kennt sie mit Namen, und noch ein anderer Mann.» Er erinnerte sich an den Greis, der blind im Gestank der Kammer kauerte. «Er war wirr im Kopf, aber er kennt sie.»

Leo nickte. «Gut. Sehr gut.» Er ging zum Fenster, jetzt ganz ruhig und undurchschaubar. «In zwölf Tagen findet hier eine Jagd statt. Jagt Ihr gern, Sergeant Rufo?»

Er schüttelte den Kopf. Leo betrachtete ihn gleichmütig.

«Nun denn, die Jagd findet auf jeden Fall statt.» Er hielt inne und überlegte. «Habt Ihr diesen Salvestro gesehen? Seine Kleidung?»

«Er war wie ein Edelmann gekleidet», sagte Rufo.

«Ein Edelmann. Und wie, glaubt Ihr, ist er zu diesem Kostüm gekommen?»

Rufo hob die Schultern. Kostüme. Jagden. Nichts davon interessierte ihn. Es kümmerte ihn nicht. Er kleidete sich kostbar und empfand kein Vergnügen dabei.

«Spanisches Gold», sagte Leo; dann kicherte er.

«Ich werde sie töten, damit ist es erledigt», sagte Rufo. «Man hätte es schon in Prato tun sollen.»

«Es steckt mehr dahinter als Prato», antwortete Leo, schien aber den anderen kaum wahrzunehmen, blickte aus dem Fenster auf die feiste Flußschleife, eine halbe Meile entfernt. «Viel mehr als Prato», murmelte er. Dann: «Sie meinen, sie könnten mich zum Narren machen.» Er sprach leise. Rufo verstand ihn kaum.

«*Sie* sind die Narren», sagte er. «Sie werden es aber nur kurz wissen.»

«Was?» Leo sah sich um wie plötzlich geweckt. «Die Halsabschneider? Ja, die auch. Bloße Werkzeuge. Meine, und die von anderen. Ihr müßt Groot bis zum Schluß übriglassen, bis Ihr der anderen beiden sicher seid. Er weiß mehr, nicht wahr?»

Rufo nickte. Das ungewohnte Gefühl von Neugier hatte ihn gepackt. Sie auch? Wer denn noch? Er unterdrückte den Drang, Seine Heiligkeit um eine Erklärung zu bitten. Neugier war Gift. Männer starben daran. Statt dessen sagte er: «Ich reite heute abend nach Rom zurück. Dann kann ich es erledigen. Spätestens morgen.»

«Nein!» Die Stimme des Papstes hallte durch den hohen Raum. «Nein, es muß am Tag der Jagd geschehen. Oder in der Nacht danach.»

Rufo schwieg, wartete auf eine Erklärung für den Aufschub, aber Leo gab ihm keine. «Sehr wohl», sagte er dann. «Ich werde Euch hier berichten, sobald es erledigt ist.»

«Nicht hier», sagte Leo. Nun lächelte er. «In Ostia. Am Tag nach der Jagd schicken die Spanier ihre Expedition los. Der Hof wird in Ostia sein. Um die Pracht der Expedition zu bezeugen.» Das Lächeln wurde breiter. «Um die wackeren Mannen zu grüßen, die den Grillen ihres närrischen Papstes nachkommen.»

Als Rufo die Haupttreppe hinabging, hörte er hinter sich das Gelächter des Papstes aufbranden und in der Sala delle Muse erschallen, unerklärlich und passend zu den Fragen, die sich schüchtern aus Leos achtlosen Andeutungen ergeben hatten. Als er zur Stadt zurückritt, ließ er seine Gedanken bei diesen Fragen verweilen: Die beiden, die er beseitigen sollte, wurden nun von zweien beschattet, deren Rollen er nicht erraten konnte. Zwei Spukmänner. Alles war undefiniert und unvollendet. Ob er gern jagte? Nein. Wer würde denn aus Vergnügen töten?

In Rom wartete er zwölf Tage lang. Am letzten Tag ließ er sich hinter der geborstenen Mauer gegenüber dem *Pilgerstab* nieder und wartete auf die beiden Männer. Er hatte eine Flasche Wein, und etwa jede Stunde goß er davon ein wenig auf den Boden um sich. Sollte einer fragen, was er da suche, würde er den Betrunkenen spielen. Aber keiner fragte. Ein immer dünnerer Strom von Männern und Frauen floß vorüber; sie sahen ihn nicht. Einmal schnupperte ein Hund an seinem Stiefel. Er trat dem Tier in die Schnauze, und es floh jaulend. Der vergossene Wein roch faulig in der Hitze, nach Harz und Pflaumen. Er wußte noch nicht, wie er es machen würde. Seinen ersten Mann hatte er getötet, indem er einen halben Tag auf einem Dach wartete, hinter die Brüstung gekauert, bis der Gesuchte unten vorüberging. Er hatte ihm mit einem Ziegelstein den Schädel zertrümmert.

Was, wenn der Mann aufgeblickt hätte? Er war groß und stark gewesen. Wenn er nun aufgeblickt und ihn gesehen hätte, wie er oben aufstand mit der Waffe in der Hand? Das Opfer war im Dorf beliebt gewesen, beliebter als Rufo. Was hätte er dann gemacht? Er war vierzehn Jahre alt gewesen, damals.

Fliegen kreisten erratisch und ließen sich auf dem vergossenen Wein nieder. Besser, nichts zu denken, nichts zu planen. Die Gelegenheit kam und wurde ergriffen. Er ging weg vom zuckenden Brei des Kadavers. Über ein Töten nachzudenken bewölkte den Verstand, und der Moment wurde stumpf oder dehnte sich aus oder mästete sich zu Minuten. Manchmal wirkte es wie Minuten. Sein Geist war vollkommen leer, der Akt darin vollkommen und deutlich. Oft genug zappelten sie, mit Knien und Ellbogen, ihr Schweißgeruch, wenn er sie in eine Ecke zerrte oder an eine Wand stieß. Sie waren plump, ihre Kuhkörper schwer und schwierig in der Handhabung auf dem Weg zum Tod. Leute schoben sich die Straße hinauf und hinab. Einige verschwanden im *Pilgerstab*. Noch war niemand herausgekommen. Die Nachmittagssonne ließ nun nach. Er hatte das Schwert und ein paar kurze Messer bei sich. Zwei Männer trieben ein Maultier über die Straße. Vier Mönche folgten, lungerten am Eingang zum Gasthaus herum. Sie redeten ein paar Minuten, ehe einer wegging. Die drei anderen gingen hinein. Er dachte einige Zeit darüber nach, stand dann auf, rekelte sich und gähnte theatralisch. Er überquerte die Straße, trödelte vor der Tür. Drinnen wäre es besser. Schneller und sauberer. Die beiden wären von der Sonne geblendet, leicht an den Umrissen zu erkennen. Ihn würde keiner sehen. Dann Groot.

Eine Frau ging vorüber; sie trug ein Lumpenbündel, vielleicht alte Kleider. Ihre Bewegungen wirkten langsam und schwerfällig. Sein Herz pochte eintönig dumpf. Er dachte an die schnelle Sammlung, den Moment der Konzentration, der all diese Glieder und Organe zum Werkzeug der Tat machen würde; das Gefühl ähnlich dem Erkennen eines Musters in einem Gewirr von Gestalten, so schnell. Drinnen wäre es besser. Dann ging er immer davon, langsam, ohne sich umzuschauen, längst außerhalb des häßlichen, eine Sekunde zurückliegenden Tosens und plötzlich unschuldig, denn dem Zucken des Kadavers ging weder etwas voraus, noch folgte etwas. Der Eingang war schwarz wie der Höllenschlund. Er zupfte einen toten Grashalm von der Brust seines Wamses; der Samt war ein tiefer Rostton mit ins Gewirk geschnittenen Mustern. Die Ärmel waren Seide, ohne Unterfütterung, und schimmerten im Licht. Er trug schwere Goldringe, manchmal auch Ketten. Eine bunte Pfauenfeder schaukelte auf seinem Hut. Er leuchtete und glitzerte und glomm und blendete. Er trat elegant auf und machte eine gute Figur. Niemand erinnerte sich an sein Gesicht.

«Wo zum Teufel hast *du* gesteckt?»

«Ich?»

«Du.»

Rodolfo stand neben der Küchentür. Angelica und Pierino, der eben erst eingetroffen war, flankierten ihn. Das Trio wandte sich wie einmütig um und wies auf den Hauptraum, durch den ein mittlerer Sturm gefegt zu sein schien. Stühle lagen auf dem Boden. Die Tische waren in einer Ecke aufgestapelt als Verteidigungsstellung, die fast bis an die Decke reichte.

«Er sagt nichts», fuhr Rodolfo fort.

«Wer?»

«Er. Bernardo. Euer Freund Antonio war hier. Dann ist er gegangen. Und das da war das nächste.» Die Tische verschoben sich leicht, wie eine Schildkröte, die eine Mauer ersteigt. Salvestro ging näher heran, begleitet von Rodolfo.

«Bernardo!» rief er den Tischhaufen an. Keine Antwort.

«Bernardo! Komm raus!» bellte Salvestro.

Langes Schweigen folgte, in dem Salvestro bemerkte, daß die Tische nicht völlig reglos waren, sondern leicht bebten; kleine Knarr- und Pochlaute begleiteten diese Bewegung.

«Nein», sagte schließlich Bernardos Stimme irgendwo darin.

«Niemand tut dir was», fuhr Salvestro fort.

«Weiß ich», sagte die Stimme. (Mehr Knarren und Beben.)

«Dann komm jetzt raus.»

«Nein.»

«Komm raus! Jetzt!»

«Nein!»

Er versuchte es mit Geschrei, dann Schmeicheln, dann Drohungen, dann Versprechungen, dann Bestechung, dann wieder Geschrei. Nichts wirkte. Bernardo blieb stur verschanzt hinter seinen Tischen und seinem mürrischen «Nein». Gäste kamen herein, starrten ihn neugierig an, fragten, was los sei, sonderten Ratschläge ab. Lucullo erschien und ließ verlockende Düfte aus einer großen Schüssel mit heißer Fischsuppe in die Lücken von Bernardos Behelfspanzer wehen. Rodolfo wollte eben kochendes Wasser über den ganzen Bau gießen, um dessen Architekten herauszuspülen, als Salvestro begriff, daß sein Zugriff auf das gesamte Problem falsch gewesen war.

«Tja, Bernardo, du willst also nicht rauskommen», begann er. «Das respektiere ich. Wenn du nicht rauskommen willst, willst du eben nicht rauskommen, das ist alles. Sinnlos, wenn ich versuche, dich zu etwas anderem zu bringen.» Er machte eine Pause. «Dann geh ich jetzt.» Der Tischstapel wahrte hölzernes, sein Insasse fleischliches Schweigen. Salvestro ging weg durch den Raum, beobachtet von Rodolfo, Angelica, Lucullo, Pierino und neun oder zehn anderen Stammgästen des *Zerbrochenen Rads*. «Wiedersehn, Bernardo!» rief er.

Er war noch nicht am Fuß der Treppe, als der Haufen sich zu verschieben und zu wackeln begann. Der ganze Stapel bebte, schien sich zu heben, barst, und mit einem gewaltigen Krachen kam Bernardo mitten herausgeschossen.

«Die Felsen.» Das war alles, was Salvestro später an Erklärungen aus seinem Freund herausholen konnte. Das, und ein vorwurfsvolles: «Du hast mich hängenlassen.» Er bezahlte Rodolfo den Schaden; danach blieben ihm weniger als zwanzig Soldi.

«Warum hast du von Antonio nicht mehr Geld verlangt?» fragte er den Großen, als sie zurückgingen zum *Stock*.

«Mehr? Ich hab doch überhaupt nie welches gekriegt», protestierte Bernardo. «Wir haben nicht von Geld geredet.»

«Wovon denn?»

Er hörte zu, wie Bernardo sich durch das wirre Treibgut dessen stammelte, was ein paar Stunden zuvor Antonios Worte gewesen waren – wie immer die gelautet haben mochten. Das meiste betraf Salvestros Abwesenheit. Das Übrige größtenteils auch; allerdings verwandelten sich die ständigen Hinweise auf Antonios kürzliche Rückkehr *aus* Ostia allmählich zu Antonios baldiger Rückkehr *nach* Ostia. Mit ihnen, wie es schien. In vierzehn Tagen. Oder zehn, da war er nicht sicher. Es konnte auch übermorgen sein. Als Salvestro auf diesem Punkt beharrte, langte Bernardo in sein Wams und zog ein sorgsam gefaltetes Blatt Papier heraus. Am oberen Rand war eine Reihe Markierungen. Darunter eine Schlangenlinie, an zwei Stellen von groben Kastellskizzen gekreuzt mit einem *X* neben einer dieser Burgen. Salvestro zählte die Markierungen. Es waren vierzehn.

«Hat er mir zur Erinnerung gegeben», sagte Bernardo. «Hatte ich aber vergessen.»

Salvestro nickte. «Hat er dir gesagt, du sollst jeden Tag einen Strich abhaken?»

«Ja!» rief Bernardo, verblüfft.

«Das sind Tage. Das Schlangendings hier ist der Fluß. Brücken drüber, klar? Wir treffen ihn bei dem *X*.» Bernardos Mund stand offen vor Bewunderung. Salvestro dachte nach. «Das heißt, wir brechen auf.» Er unterdrückte eine Grimasse. «Aufbruch, endlich. Gute Nachrichten, Bernardo, was? In zwei Wochen sind wir hier weg.»

«Gut», sagte Bernardo. «Jetzt sag mir mal, warum du abgehauen bist.»

Er hatte den Jungen nicht erkannt, der an der feuchten Mauer der Gasse Richtung Via delle Botteghe Oscure lehnte. Ein dünnes Bein bewegte sich beiläufig, um ihm den Weg zu versperren; es war nackt unterhalb des Knies, und der Fuß steckte in einem am Knöchel zusammengebundenen Sack. Der Junge hatte die Arme verschränkt, aus dem Mundwinkel hing ihm ein Strohhalm, und er lugte unter der Hutkrempe hervor, um Salvestro abzuschätzen.

«Was ist es dir wert?»

«Was? Was meinst du?»

Da erkannte er ihn, obwohl er völlig verwandelt wirkte; nichts mehr von dem geduckten huschenden Schweigen in Knabengestalt, das ihm in Groots Bäckerei Wein eingegossen hatte. Gruppen von auf der Straße gestählten Lümmeln trieben sich in den Gassen und Höfen neben den Hauptstraßen herum, schrien, kämpften miteinander, stießen Passanten die Hüte vom Kopf und quälten Katzen. Groots Junge war einer davon.

«Was ich weiß», sagte der Junge. «Über dich und Herrn Schweißbottich.»

Salvestro tat, als wolle er sich an dem Jungen vorbeidrängen; der kleine Schreck des Wiedererkennens wich den größeren Sorgen, die Bernardo betrafen. Der Junge stellte den Fuß energischer hin.

«Du. Schweißbottich. Und noch jemand.» Salvestro blieb stehen. «Na los, was ist es dir wert?» Der Junge betrachtete die Kette an Salvestros Hals. «Gib mir das Ding. Steht dir sowieso nicht. Mach schon. Ich sag dir, was die vorhaben.»

«Wer?»

«Gib her.» Er schob die Hand vor.

«Du weißt doch gar nicht, wovon du redest», sagte Salvestro. Der Lümmel gab keine Antwort, hielt einfach die Hand hin. Kurzes Schweigen. Salvestro löste den Verschluß.

«Nett», sagte der Junge. Die Kette funkelte, als er sie von der Hand baumeln ließ. Sie verschwand in seinem Hemd.

«Also?» sagte Salvestro.

«Rufo», sagte der Junge. «Alter Freund von euch. Taucht vor ein paar Wochen auf, fragt nach euch. Schweißbottich fängt an zu schwitzen, weiß aber nichts, also kann er auch nicht richtig was sagen, oder?»

«Rufo», sagte Salvestro; sein Herz sank. An Rufo hatte er nicht gedacht. «Was will er?»

«Euch.» Der Junge zuckte mit den Schultern. «Wo ihr wohnt. Was ihr hier macht. So was.»

«Groot weiß nichts», murmelte Salvestro.

«Kann seinen Schwanz nicht von Hundescheiße unterscheiden», stimmte der Junge zu. «Du bist ganz blaß geworden, nebenbei. Kannst ruhig kotzen, wenn du willst, kümmert mich nicht. Nee, der weiß nichts. Braucht er aber auch nicht, wo doch dieser Rufo sich hinten gesonnt hat, als ihr zwei geplaudert ...»

«Ich muß weiter», sagte Salvestro schwach.

«Bleib hier», gab der Junge zurück. «In ein paar Minuten kommt er wahrscheinlich hier lang. Dann könnt ihr euch über die alten Zeiten unterhalten, lauter muntere Soldaten ...» Er lachte; Salvestro schob sich an ihm vorüber und lief die Gasse hinauf.

«... jedenfalls, bis ich den Kerl eingeholt hab, war ich schon hinter der Kirche da am Ende von Ripetta. Konnte schnell laufen mit seinem Sack. War aber bloß so ein schmieriger Tiburtiner, den ich nie im Leben gesehen hatte.»

«Ach», sagte Bernardo.

Salvestro blickte ihn von der Seite an und sah einige Reste von Zweifel im Gesicht des Großen. Er zog das Barett ein wenig tiefer. «Und was hast du gemeint, was passiert wäre? Daß ich dich einfach hier hängenlasse?» Salvestro schüttelte den Kopf, in theatralischer Enttäuschung.

«Ich hab gedacht, es ist der Oberst», sagte Bernardo.

«Als Bäcker verkleidet?» Salvestro gab sich keine Mühe, seine Ungläubigkeit zu verbergen.

«Nein. Bloß, wie du nicht zurückkommst, da hab ich gedacht, also ... Also, was hättest *du* denn gedacht?»

Sie waren den Weg am Westufer entlanggegangen und näherten sich Santo Spirito, dessen sackendes Dächergewirr über die Holzhütten ragte.

«Machen wir Pause und trinken was», sagte Salvestro.

«Wo?» fragte Bernardo. «Hier gibt's keine Schänken.»

Schweigend gingen sie weiter.

«Ich hab mir gedacht, wir sollten umziehen», sagte Salvestro, als sie am Hospital vorüberkamen. «Ich hab die Nase voll von Lappi und seinem Gebrüll. Auf der anderen Flußseite müßten wir was Besseres kriegen.»

«Wie? Wir haben nicht genug Geld», sagte Bernardo. «Außerdem gehen wir doch sowieso bald.»

«Stimmt», sagte Salvestro. Sie gingen weiter.

«Was ist los?» fragte Bernardo, als Salvestro am Ende der Via dei Sinibaldi stehenblieb. Wieder zogen sich Wolken des Zweifels zusammen. «Was ist?»

«Nichts.» Salvestros Blicke streiften durch die Straße. «Weiter.»

In den folgenden Tagen fand Salvestro keine Ruhe. Jeder Tag begann mit ausgetüftelten Ausreden, die Bernardo von der Rückkehr ins *Zerbrochene Rad* abbringen sollten. Rodolfos vermeintlicher Zorn über die zerbrochenen Tische genügte zunächst, aber als der Vorfall aus Bernardos Kopf schwand und Teil der verschwommenen Wirrnis wurde, die er Gedächtnis nannte, war Salvestro zu immer verwegeneren Erfindungen und Ablenkungen gezwungen. Sie gipfelten in Salvestros jäher Faszination durch den Schrein eines minderen Heiligen; an diesen gerichtete Gebete, hieß es, sollten den Bittenden gegen Tod durch Schiffbruch, Wegelagerer und stürzende Dachziegel schützen; Salvestro behauptete, den Namen des Heiligen von Bruder Hans-Jürgen gehört und dann vergessen zu haben, und der Schrein befinde sich angeblich «irgendwo nördlich vom Campo dei Fiori». Francesco di Paola? Stephan, einer der sieben Diakone? Sie konnten ihn nicht finden.

Eine ähnliche Scharade spielte sich jeden Abend bei ihrer Rückkehr in den *Stock* ab, wenn Salvestro immer wieder auf verwickelten Wegen durch den Borgo und auf langem Umschauen bestand, bevor sie endlich die Via dei Sinibaldi betraten. Allerdings hatte er schon einmal auf diese Vorsichtsmaßnahmen verzichtet, und es wurde immer schwieriger, einem verärgerten Bernardo zu erklären, weshalb sie wieder einzuführen seien. Schließlich erreichten sie die Sicherheit des *Stocks*, und Salvestro fiel erschöpft auf sein Strohlager zwischen den längst eingeschlafenen Mönchen, aber sein Geist blieb beharrlich wach, und so verbrachte er den größten Teil der Nacht, indem er sich neue Gründe ausdachte, aus denen es morgens unmöglich sein würde, wieder das *Zerbrochene Rad* aufzusuchen, wie er auch den größten Teil des Tages mit dem Aushecken von Gründen zubrachte, aus denen sie nicht vor Einbruch der Dunkelheit zum *Stock* heimkehren sollten. Er wurde zerstreut und unwirsch. Hinter seinen Ausflüchten steckte der Drang, alles, was er wußte, in Bernardos Schoß zu kotzen; *ja, Bernardo, es ist, wie du gesagt hast, Groot ist so lebendig wie wir. Noch lebendiger, wenn es nach seiner Nase geht* ... Sollte doch der Große allein mit Groots Tücke fertig werden. Und hinter diesem Drang war die Tatsache, daß sie bald Segel setzen, bald alles hinter sich lassen würden, frei von Gefahren oder jedenfalls von dieser besonderen Gefahr. Und hinter dieser Aussicht auf Entrinnen lag eine Verpflichtung, die er zunächst nicht wahrnahm, deren Bürde ihn aber mit jedem Tag, der sie dem ersehnten Aufbruch näher brachte, ein wenig schwerer drückte. Diese Verpflichtung hätte keine Rolle spielen sollen. Mehrmals am Tag sagte er sich, daß sie gegenstandslos sei, und die Tage vergingen, und das Datum kam näher, und jeden Tag spürte er die Verpflichtung deutlicher. Er hatte den Mönchen nichts gesagt.

Nein, korrigierte er sich in dieser Nacht, als die Idee erstmals durch seinen Geist schwirrte, er hatte Pater Jörg nichts gesagt. Die Körper der anderen waren schnarchende Hügel aus atmendem schwitzendem Fleisch im Dunkel ringsum. Wenn sie erwachten, wurden sie Kleiderbündel mit geschorenen Köpfen, die sein Auge mieden. Sie sprachen nicht mit den beiden und nahmen seine oder Bernardos Anwesenheit ebensowenig zur Kenntnis, wie sie später ihre Abwesenheit beklagen würden. Eher empfand denn verstand Salvestro die ansteckende Natur ihrer Ungnade. Unsichtbare Wälle umgaben ihn und Bernardo; Wälle aus Argwohn und Abscheu. Er erforschte seine Isolation ebensowenig wie vorher seine Zurückweisung durch die Insulaner oder die anderen Soldaten in Prato. Der Gemeine Salvestro. Der Forschungsreisende Salvestro. Er war beides nicht, nie gewesen. Er mußte sich in großspuriges Auftreten hüllen, damit man ihm einen Sitz anbot. Den Narren spielen in seinem grellen Aufputz. Der Junge hatte recht. Die Kette sah blöde aus. Keines seiner Kostüme paßte wirklich. Er gehörte nirgends hin, und wer zu ihm gehörte ebensowenig. Er würde Jörg nicht mit seinen Eröffnungen besudeln, nicht, während die anderen zusahen. Jedenfalls sagte er sich das in dieser ersten Nacht. Ebenso in der zweiten. Und der dritten. In der vierten waren die Mönche verschwunden.

Hans-Jürgen sah auf, als sie eintraten. Strohsäcke lagen wie gewöhnlich herum, aber kein Zeichen von den Benutzern. Salvestro schaute sich um, sagte aber nichts. Gerhardt und manchmal einer oder zwei von den anderen waren schon öfter lange ausgeblieben und später als die übrigen zum *Stock* zurückgekehrt, meistens von Steinstaub bedeckt. Seit er den Mönch im Kalkbruch gesehen, hatte Salvestro nicht herausfinden können, womit er seine Tage zubrachte. Aber alle fort? Eine Stunde oder mehr verstrich in verlegenem Schweigen, aber es war schon klar, daß sie in dieser Nacht nicht heimkehren würden. Salvestro, Bernardo, Hans-Jürgen und Pater Jörg hörten Lappi um Mitternacht die Gasthaustür zuknallen. Niemand sagte etwas. Der Prior murmelte ein Gebet, und Hans-Jürgen blies die Kerze aus.

In der nächsten Nacht kehrten sie nicht zurück, auch nicht in der danach. Daran gewöhnt, die Augen auf die eigenen Füße zu richten und sie dort zu lassen, da es ein Vergehen schien, auch nur in Richtung der Mönche zu schauen, begann Salvestro nun mit flüchtigen Blicken auf den Prior, mit gekünsteltem Kopfkratzen und rastlosem Herumwälzen. Seine erste Aufgabe beim Betreten der Kammer war es immer, die Füllung der Matratze auf die Scheide hin zu untersuchen, aber sobald er deren Existenz festgestellt hatte, wandte er seine Aufmerksamkeit Pater Jörg zu. Er fand sich beherrscht von seltsamen Hemmungen oder befallen von einer unergründlichen Schüchternheit. Verlegenheit? Er konnte dem Zustand keinen Namen geben, keinen Grund, aber er beobachtete Jörg. Er bemerkte die Veränderungen, die er zuvor nicht bemerkt hatte.

Schmutz. Des Priors Kutte starrte vor Dreck, sein Gesicht war davon gestriemt und verfinstert. Natürlich war überall Dreck, schien sich aber um den Prior zu sammeln. Ob einer sich das Gesicht wusch oder nicht, hatte ihn zuvor nie interessiert, aber Jörg war ihm nie so sehr als Fleisch denn als Gebein erschienen, hart und glatt, so daß der Stoff der Welt von ihm abfallen müßte … Der Stoff hatte nun Fuß gefaßt. Wenn er der Kammer, dem Gasthaus, vielleicht der ganzen Stadt am weitesten entrückt schien, zitterte sein Kopf zuweilen seltsam. Stundenlang saß er stumm da. Manchmal schrieb er, die Finger krochen Zoll um Zoll übers Blatt, die Lippen bewegten sich lautlos. Er betete, schweigend, manchmal mit Hans-Jürgen, häufiger allein. Einmal traf Salvestro auf ihn, als er eben im Gang vor ihrer Kammer hockte. Der Anblick verstörte ihn: der blinde Mann, der da hingehockt grunzte und stöhnte und die Füße ungeschickt auf den feuchten Fliesen bewegte, achtlos gegenüber jedem, der ihn vielleicht sah. Da konnte er es ihm nicht sagen.

Also war Hans-Jürgen die Ursache seines Zögerns, nicht die längst gegangenen Mönche. (Warum? Als er schließlich danach fragte, sagte Hans-Jürgen nur, Gerhardts Geschäfte hätten ihn dazu gebracht,

Rom ein paar Tage zu verlassen; dann schaute er weg, als ob ihn das Gespräch schmerze, als ob der wahre Grund für ihre Abwesenheit Salvestros fortdauernde Anwesenheit sei.) Grollend dachte er an die Truhe mit Silbergefäßen und das Tauschen bei Lucullo, dreimal inzwischen. Wer würde das für die Mönche tun, wenn er nicht mehr da war? Jeden Tag versprach er sich, daß er es abends dem Prior sagen würde, und wenn der Abend kam, verbrachte er die Stunden, bis die Kerze gelöscht wurde, indem er das Versprechen hin und her drehte, es hierhin und dorthin wand und bog, bis es unter seinen Zuwendungen brach. Und er sagte dem Prior nichts.

Dann kam der Morgen, an dem er spät erwachte; Hans-Jürgen war schon zum Markt aufgebrochen, Bernardo voll angekleidet und wild entschlossen; selbst wenn Salvestro den Freunden im *Zerbrochenen Rad* nicht die Höflichkeit eines bloßen Besuchs erweisen, einen oder zwei Becher mit ihnen teilen wolle und vielleicht danach zwei oder drei weitere, um später vielleicht besinnungslos betrunken zu sein, wie es der Anlaß verlange, so werde Bernardo ihn nur zu gern hier zurücklassen, mit verquollenen Augen und benommen von einer Nacht unruhigen Schlafs, und er möge sich so erbärmlich fühlen wie er wolle, aber bitte allein, worauf Salvestro nickte und vielleicht etwas knurrte, ehe er sich wieder auf den kratzigen Sack fallen ließ, als Bernardo in siegestrunkener Verstimmung hinausstampfte; er hörte das unvermeidliche Türknallen, das Getrampel auf dem Flur, dann andere Geräusche im Gasthaus, irgendwo ein Streit, laute Stimmen, das Hochkurbeln eines Wassereimers, den eigenen Atem, ein besänftigender Laut, waches menschliches Atmen, seines und das von Jörg. Sie waren allein. Dann klang die Stimme des Priors auf, die Worte deutlich und klar, er träumte sie nicht. Es war am Vorabend seines Aufbruchs.

«Salvestro. Möchtest du meine Beichte hören?»

Den Kopf gesenkt, die Ellbogen gereckt, beim brüsken Gang durch eine Menge, die nur Roms Sommerhitze auflockern und zu diesen hinderlichen Einzelkörpern atomisieren konnte, losen Bürgerschaftsklumpen, durch die er auf dem Weg die Via Alessandrina hinab prallte und rammte, Lucullos fröhliches Winken ignorierte, als er die *bancherotti* passierte, achtlos gegenüber dem Kielwasser aus Übellaunigkeit, das ihm die Straße hinab nachhing: Salvestro wieder auf der Flucht. An der Brücke hielt er an. Unter den Trägern, die dicht an dicht über den Fluß schlurften mit Kisten, Fässern, Kästen voller Tauben oder Äpfel, war er der Träger, der seine Last abgeworfen hatte und sich von ihr verfolgt fand, die rachsüchtige Bürde dessen, was er unterlassen hatte. Als er mit Jörg im Dunkel des *Stocks* kniete, war er des Priors beichtloser Beichtiger gewesen.

«Ich wäre nicht der erste», sagte Pater Jörg, «wenn es eine Sünde ist, ein Narr zu sein. Ein großer Heerführer stand einmal dort, wo ich nun stehe; seine Männer nannten ihn den Löwen.»

«Ich habe von ihm gehört», sagte Salvestro. Es machte ihn nervös, einer so nahen Stimme eines unsichtbaren Sprechers zu lauschen. Ihre Köpfe berührten einander beinahe.

«Unterbrich mich nicht», sagte Jörg. «Auch der Löwe sah das, was er am meisten begehrte, versinken und unter den Wellen verschwinden. Auch der Teufel wirkt Wunder. Du warst mein, Salvestro. Du warst die Nadel, mit der ich meine Brüder aus ihrer zerbrochenen Schale herausstochern konnte. Du warst das Wunder, das mir gesandt wurde ...» Dann verlor er den Faden, plapperte. Die Insel und ihre Reise von dort nahmen im Dunkel der Kammer Gestalt an, aber zu Fragmenten zerbrochen, die Fragmente selbst geborsten, splitternd in der Vorrede des Priors. «Aber ich habe mich als großer Narr erwiesen», fuhr er fort. «Narrheit ist eine Sünde, die ich bereitwillig beichte. Hast du gesehen, wie die Brüder nun über mich lachen? Auch die anderen Bittsteller verspotten mich. Ich höre es, wenn auch der fromme Hans-Jürgen es leugnet und mir einreden will, ich sei von Taubheit befallen. Sie lachen einfach. Ich unterwerfe mich der Buße des Narren, die da Spott heißt. Vorher war ich blind. Erst jetzt sehe ich.»

Er hielt inne, und Salvestro überlegte, ob er etwas sagen sollte. Er hörte den Prior auf Knien rutschen, vielleicht näher heran.

«Ich weiß von deinen Prüfungen, ehe du uns zu diesem Ort geführt hast», sagte Jörg ruhig. «Auf der Insel. Hans-Jürgen meint, ich wüßte nichts davon. Damals glaubte ich, du seist gesandt, uns in unseren Plagen zu helfen, ich großer Narr ... Es war genau anders herum. Unsere Kirche ist zerbröckelt, um dich einzulassen, Salvestro. Es geschah für dich, nicht für uns. Wir sind deine letzte Prüfung, begreifst du? Manchmal sehe ich ein wenig Licht, wie eine Kerzenflamme, flackernd und fern. Das ist deine Seele, aber so, wie sie einmal sein wird. Wir sind füreinander die härteste Prüfung, du und ich.»

Kurzes Schweigen, während Salvestro erneut mit sich rang, ob er sprechen sollte oder nicht.

«Wie sie sein wird? Wie sie wann sein wird?»

«Wenn du uns wieder aufnimmst, lieber Salvestro», erwiderte Jörg. «Wenn du uns heimführst.»

Dies also war die Engelsburg, zinnenbekränzt, auf ihrer Felsplatte hockend. Darunter die überfüllte Brücke mit Salvestro darauf. Er beugte sich über das Geländer, dort, wo er und Bernardo Wulf, Wolf und Wilf gesehen hatten, wie sie bei den Pilgern an der Anlegestelle herumlungerten. Seit Wochen hatte man sie nun schon nicht im Gasthaus gesehen. Er hielt Ausschau nach ihnen unter den Bettlern und streunenden Jungen, die sich am Flußufer herumtrieben. Kleine Boote krochen hinaus und schaukelten im lockeren Griff des Wassers, dunkelgrün und glasüberzogen. Die Burg der Kauernden Kröte und die Brücke der Kriechenden Pilger, und darunter der rollende schwellende Fluß, der ihm sagte: *morgen, und morgen, und morgen* ... Er ging weiter, lief ohne Ziel oder Richtung durch die Straßen von Parione. Er mußte stundenlang gewandert sein, aber seine Ziellosigkeit selbst schien ihn unweigerlich zum Fluß zu führen und westlich das Ufer entlang zum Borgo, denn es gab kein Morgen mehr. Morgen würden sie fort sein, und er hatte Pater Jörg nichts gesagt. Der Tag schien endlos.

Am Ende der Via dei Sinibaldi saß ein kleiner rotgesichtiger Mann auf einem großen, durchbrochen geflochtenen Korb mit Birnen. Er schwitzte und wischte sich die Stirn. Salvestro setzte sich gegenüber in den Schatten. Sie wechselten Blicke, ohne zu reden. Bald kam der Partner des kleinen Mannes, und gemeinsam schleppten sie den Korb weg. Das war dies. Dann kamen einige Frauen vorüber und starrten ihn an, wie er dort in seinen feinen Kleidern auf dem Boden saß und wartete. Eine sagte leise etwas, eine andere lachte. Über ihn? Worauf wartete er? Eine Jungenbande mit Hund?

Nein. Allerdings schnupperte der Hund an seinem Fuß. Er tätschelte ihm den Kopf, und alle rannten die Straße hinauf. Er rieb sich die Knie und stand auf. Er brauchte nur fünfzig Meter zu gehen, um ins Gasthaus zu kommen. Der alte Brunnen. Die geborstene Mauer. Die Tür des Gasthauses, dahinter das Innere. Er brauchte nur seine Botschaft auszurichten und zu gehen. In der Via dei Sinibaldi wurden die Sonnenheere von den sich verlängernden Speeren des Spätnachmittagsschattens in die Flucht geschlagen. Schornsteine, Wäscheleinen und Brüstungen schleuderten schattige Schwerter und Schilde zu Boden. Er rückte gegen das Gasthaus vor. Zwei Männer kamen vorüber. Sie trieben ein Maultier.

Lappi schien sich an einer anderen Stelle des Gebäudes versteckt zu haben, denn die verschiedenen Alkoven und Nischen, wo er sonst gern auf der Lauer nach seinen enervierten Gästen lag, waren leer. Salvestros Blick suchte ihn auf den Treppen zu beiden Seiten des Korridors. Nach zwanzig Fuß schwand das Licht von der Tür, danach kam er wie üblich voran, mit unsicherem Tasten und vorsichtigem Stolpern-mit-Festhalten. Putz bröckelte unter seiner Berührung und prasselte auf die Fliesen. Seine Schritte zermalmten ihn zu Staub. Plötzlich fühlten seine Finger das Holz der Kammertür. Sie stand offen. Kein Licht. Auch kein Laut. Er ging vorsichtig hinein, tastete nach der Zunderbüchse und den Kerzen, die neben der Truhe lagen. Die Tür hätte versperrt sein sollen, dachte er; langsam schob er sich vor ins Dunkel. Wenn keiner auf ihre Habseligkeiten aufpaßte, hätte die Tür … Es war das geringfügigste Geräusch, eine bloße Luftstörung, ungesehen, unerraten. Ein Muskelschwall schien ihm Gesicht, Brust, Beine zu rammen, ihn von den Füßen zu heben und zurückzuschleudern, der Boden krachte in seinen Rücken und raubte ihm den Atem. Benommen hob sich sein Kopf. Eine ledrige Hand schloß sich um sein Gesicht.

Der kristalline Moment ist irgendwo hier drinnen.

Es gibt Korridore und Gänge, Biegungen und Ecken, Flecken, Treppen, den Hindernissen innewohnende Schwierigkeiten. Aber Klarheit ist zu finden zwischen diesen Koordinaten, in dieser verfallenen Geographie. Er ist drinnen, und das Dunkel wird nicht helfen.

Drei Männer versperren den Eingang zur Hinterkammer. Ein Problem. Er geht zur Seite, eine Treppe hinauf. Denk an den Gang oben als überhängendes Portal und geh mit angemessener Bescheidenheit.

Eine Tür. Die Tür? Bestimmt. Also hinein, auf die Klarheit warten, die kommen wird, Salvestro-förmig und arglos. Er stattet die Dunkelheit mit erinnerten Einzelheiten aus: Strohsäcke, eine Truhe, Säulen (keine ausladenden Schwertstreiche), ein verrückter Greis, der jetzt nicht hier ist. Er würde den Atem und die beim Atmen raschelnden Kleider hören. Keiner hier. Außer ihm, Rufo. Rufo wartet.

Bald schon das furchtbare Schneiden, Panik und Gegenwehr, Blut und Pisse in ihren Hosen …

Ersparen wir uns das. Die näher kommenden Schritte sind zählbar, als sie in seine Wahrnehmung dringen und gegen seine aufgestaute Wut vorrücken. Zweiundzwanzig. Jetzt ist er in der Tür. Ihn erst hochheben? Ja, aber auch ersticken, für alle Fälle. In Bauch und Hals stechen und liegenlassen. Er ist nicht ganz er selbst, wenn er das tut; deckt sich mit dem Mann, der niederfährt und zustößt, ist aber nicht derselbe. Es hat stattgefunden, schon geschehen, erledigt. Er geht weg und läßt seinen Mann in einer Blutpfütze zuckend zurück. Er läßt einen Mörder zurück, der über einer Leiche brütet. Ruhig jetzt. Jemand passiert ihn auf der Treppe. Jemand tobt hinten im Gebäude: «Hinaus! Hinaus, du Barbar!» Draußen blendet das sanfte, schwindende Sonnenlicht nach dem Dunkel, in das er sich versenkt hat, Tage oder Jahre der Schwärze, und nun dies sengende Licht, dies hitzedurchtränkte römische Licht.

Er wird auf den Großen warten, wo er auf dessen Gefährten gewartet hat. Er könnte sogar schlafen. Jemand wird die Leiche finden, und die folgenden Schreie werden ihn zu dem kleinen Fleddergesindel bringen, das sich bei solchen Anlässen immer sammelt. Man wird die plumpe Last hinausschaffen, in einer Decke, um sie von einem Büttel oder dessen Vertreter inspizieren zu lassen. Es wird knappe städtische Formalitäten geben. Jemand wird den Toten identifizieren.

All dies geschieht in der nächsten Stunde, das Geschrei, die Menge, der Leichnam, gewickelt in ein dreckiges Laken, von Fliegen heimgesucht. Er ist ruhig, beugt sich mit den anderen vor, um einen Blick aufs Gesicht des Opfers zu erhaschen, nicht anders als alle. Eine alte Frau wird von Beamten herbeigeführt. Sie blickt verwirrt und ärgerlich abwehrend, als habe man sie beschuldigt. Sie zieht das Tuch zurück, und einen Moment lang meint er, das Licht habe sich zu reiner Hitze verdickt, zu einem Ofen, der das Gesicht des Toten schmilzt, denn zunächst ist es ohne Züge, dann tief gerillt und gerunzelt, alt ... Die Frau schluchzt nun, und er sucht im Gesicht des Toten nach seinem erwählten Opfer, sucht diese Züge aus dem Leichnam herauszudreggen, dieses Gesicht von dem anderen herabzuzerren. Die Hitze läßt es nicht zu, ebnet Augen, Nase, Mund ein, taucht seine Beute unter diesem uralten Kadaver, faßt ihn ein mit dessen transsubstantiellem Inferno, eine römische Spiegelung, in der nichts lebt außer seinem Fehler.

Manchmal zog die Kreischende den Kittel über den Kopf hoch und paradierte nackt für die Bittsteller bei Seiner Heiligkeit. Die Schweizergardisten rannten herbei, um sie zu entfernen, schlugen sie nieder und karrten sie weg, und noch immer kreischte sie, dann schrie sie, dann Schweigen. Manchmal folgte Batista der verdrossenen Prozession, bot den dusseligen Fremden und ihrem Anhang abwechselnd Rat und Schimpf. Niemand faßte Batista an. Er war lizensiert, irgendwie beauftragt. (Von wem?) An besseren, mutigeren Tagen hatte er versucht, den Mann für die Messe in Santa Croce zu interessieren. Er hatte die Versuche eingestellt, denn Batistas Gelächter brannte in seinen Ohren und verbrühte seine frauliche Seele. Manchmal ging Jörg im Innenhof umher, sprach freundschaftlich mit anderen Bittstellern, die ihn kannten und mochten. Manchmal saß er all die Stunden in unzugänglichem Schweigen. Manchmal öffneten sich die Tore, und manchmal gab es Almosen. Die Sonne brannte herab, und sie kauften Wasser von einem Mann, der zwei Milchkannen an die Enden des Jochs gebunden hatte, das er über den Schultern trug. Sie warteten auf Seine Heiligkeit, und Seine Heiligkeit kam nicht.

Dies also war der Kontrakt. Vielleicht ein wenig einseitig, dachte Hans-Jürgen insgeheim. Heute hatte ein flegelhafter junger Mann von der Loggia über dem Innenhof herabgebrüllt, Seine Heiligkeit weile auf der Jagd, sei seit zwei Wochen gar nicht in Rom gewesen und werde frühestens in zwei Tagen wiederkehren, warum sie sich also nicht verpißten? Verleumdung. Oder die Wahrheit. Unmöglich, es zu wissen: daher der Kontrakt.

«Im Augenblick», sagte Jörg, «sind wir wenig mehr als siebzig Schritte vom Tor des Cortile di San Damaso entfernt, und bald wirst du links die Kapelle der heiligen Cäcilia sehen können. Die Tränke für die Viehtreiber liegt rechts vor uns, vielleicht dreißig Schritte entfernt.»

«Ja», sagte Hans-Jürgen; er ging langsamer. Sie hatten die Tränke bereits passiert und waren gar nicht auf der Piazza. Es war später Nachmittag. Die Straßen leerten sich allmählich.

«Schon die Gasse? Das ging zügig, Bruder Hans-Jürgen!»

Vor einigen Wochen hatte er versucht, den Prior dazu zu bringen, daß er eine Hand auf seine Schulter legte, zur Führung. Der Vorschlag war brüsk zurückgewiesen worden. Bald darauf hatte er begonnen, die Umgebung zu kommentieren; der Prior schritt aus und wies mit solchem Selbstvertrauen nach links und rechts, daß Hans-Jürgen ernsthaft die bedeuteten Bruchbuden oder Stücke freien Himmels betrachtete und vergebens Ausschau hielt nach Spuren des Palazzo des Kardinals von San Giorgio oder des Campanile von Santa Maria, während die eigenen Augen ihm sagten, daß diese nicht dort – und nie dort gewesen – waren. Eine zweite Stadt war in der Blindheit des Priors gewachsen, ein Ort wandernder Landmarken und wundersamer Straßen, beweglicher Kirchen und galoppierender Paläste: Jörgs Rom. Scheitelpunkt war *Der Stock*.

«So, da sind wir», sagte Jörg, zehn Fuß vom Eingang entfernt; Hans-Jürgen steuerte ihn diskret diagonal hin. Im Gebäude waren die Rollen vertauscht; Hans-Jürgen ließ sich von den sicheren Schritten des Blinden leiten, als sie durch die Dunkelheit des Korridors gingen.

«Hörst du das, Bruder Hans-Jürgen?»

Gedämpftes Knurren drang aus der Kammer. Ein dicker Keil aus Kerzenlicht war durch die halboffene Tür zu sehen. Ein Schlag. Ein Grunzen. Noch ein Hieb, das Geräusch von Handgemenge. Jörg stieß die Tür auf und lief hinein. Hans-Jürgen folgte.

Hanno drückte den Mann auf die Erde, eine Hand über dessen Mund, während Georg die Schläge verabreichte. Die Grunzer kamen von Salvestro; seine Augen traten aus dem Kopf, als die Fäuste sich in seinen Magen gruben. Gerhardt stand über ihnen und sah erst von den Hieben auf, als Georg innehielt.

«Diebstahl!» rief er zur Erklärung; seine Empörung richtete sich ebensosehr auf Jörg wie auf das Opfer, das auf dem Boden herumzappelte, würgte und Luft zu holen versuchte. «Auf frischer Tat ertappt, mit der Nase in Eurer kostbaren Truhe.»

Hans-Jürgen sah, daß die Truhe geöffnet war. Er durchquerte den Raum und wühlte in dem Kasten, aus dem nur ein dünnes blechernes Scheppern zu hören war. Die Truhe war beinahe leer, und er verkündete es. Salvestro ächzte und würgte, versuchte ihm etwas zu bedeuten.

«Euer Affe hat sich gegen Euch gewandt, Prior. Genau davor hat man Euch ja gewarnt.» Gerhardt machte keinen Versuch, seine Befriedigung zu verhehlen.

«Unsinn», erwiderte Jörg ruhig. «Wenn du von Salvestro sprichst, dann bin ich sicher, er hatte einen guten Grund für sein Handeln.»

«Wo ist denn dann das Silber?» sagte Hanno; angriffslustig schob er das Kinn vor.

Die drei starrten Jörg an, der antwortete: «Ich bin sicher, wenn er es genommen hat, dann um es zu hüten. Er ist unser getreuer Diener. Stimmt das nicht, Salvestro?»

Salvestro hustete und versuchte, etwas zu sagen. Hans-Jürgen hörte *renz* oder *wenz* und ein unverständliches Gurgeln. Es folgte noch mehr Husten, dann, deutlicher: «Die waren's. Ich hab *sie* erwischt.»

Georg hob die Faust bei dieser Dreistigkeit. Ein Kopfschütteln von Gerhardt ließ ihn innehalten.

Jörgs Stimme klang nachsichtig, fast freundlich. «Komm schon, Salvestro. Leg einfach alles, was du versteckt hast, wieder zurück.»

Hanno ließ ihn los, und Salvestro kam auf die Beine. «Ich habe nichts genommen», sagte er.

«Er hat Euch von Anfang an belogen, dummer alter Mann», spuckte Gerhardt aus.

«Schluß jetzt mit diesen Dummheiten, Salvestro», sagte Jörg. Milder setzte er hinzu: «Hast du vergessen, wie wir heute früh miteinander geredet haben?»

«Fragt doch mal, warum er zu dieser Stunde hier ist. Fragt ihn», sagte Gerhardt.

«Ich hab's nicht», sagte Salvestro.

«Ich frage nur noch ein einziges Mal ...», begann Jörg.

«Dachtet Ihr, er gibt sich damit zufrieden?» Gerhardt hob die silberne Scheide; Salvestro schnappte danach. Hanno schlug ihn zu Boden. «Das war in seiner Matratze.»

«Die gehört mir», protestierte Salvestro.

Gerhardt blickte auf ihn nieder. «Wir haben dich aus dem Meer gefischt, gefüttert, bekleidet, und so zahlst du uns alles heim? Du bist noch immer derselbe Wilde. Dieb! Die Insulaner hätten dich bei deiner Geburt ersäufen sollen.»

«Gib es ihm», sagte Jörg. Seine Stimme war kalt und hart. «Jetzt laßt ihn aufstehen.»

Hans-Jürgen sah zu, wie Salvestro die Scheide nahm und sich erhob. Die drei übrigen Mönche schwiegen.

«Komm her», sagte Jörg. Er streckte eine Hand aus, die zunächst auf Salvestros Kopf lag, dann sanft über sein Gesicht glitt. «Meinst du denn, ich kann nicht in deinem Gesicht lesen», murmelte er, aber das schien ihm selbst zu gelten. «Wir haben einen langen Weg hinter uns, nur um hier zu versagen.» Hans-Jürgen konnte sehen, daß der Prior um Selbstbeherrschung rang. Dann: «Ich frage dich nun zum letztenmal ...» Salvestro schüttelte schon den Kopf. Jörg ließ den Arm sinken; sein Gesicht verhärtete sich.

«Geh», sagte er.

«Ich bin zurückgekommen, um ...», begann Salvestro.

«Geh!» wiederholte Jörg.

Salvestro protestierte erneut; sein Gesicht verzerrte sich sehr seltsam, wie Hans-Jürgen fand. Dann platzte Jörg, den Mund von Zorn entstellt; er brüllte den armen Tropf an, als sei dessen bloße Gegenwart plötzlich unerträglich geworden. «Hinaus! Hinaus, du Barbar!»

Die fünf Männer sahen, wie Salvestro einen Moment den Kopf hängen ließ. Als er wieder aufschaute, war seine Miene ausdruckslos wie immer. In der Tür blieb er stehen, aber Jörg wandte sich nicht um. Schweigen. Der Barbar machte eine schnelle, verächtliche Bewegung, und die Scheide schepperte über den Boden. Hans-Jürgen bückte sich, um sie aufzuheben. Als er sich aufrichtete, war Salvestro verschwunden.

Ah, das hirschbeknabberte Grün von La Magliana und des Campo di Merlo, sein flaumiges und pelziges Wogen, die grasbedeckten Höhen und Wiesen, kurzgeschnitten wie der Schambusch einer venezianischen Kurtisane. Was für ein Gelände! Welch herrliches Stück Erdboden! Bei Tag von Hitze durchtränkt, zahlt es nun für die Freigebigkeit der Sonne mit nächtlichen Emissionen wärmender Luft, die die ganze Campagna in erdige Gerüche und Nebel hüllt: die Nachtluft und ihre angenehmen Düfte. Der sattschwarze und träge, gewundene Tiber rückt vor und zieht ab, der fließende Burggraben verlassener Bastionen und nie gebauter Festungsmauern. Dort liegt eine Barkasse vertäut, geschmückt mit Wimpeln und verziert mit Fahnentüchern, auf die die Palle der Medici gestickt sind, bereit zur Reise flußab nach Ostia, übermorgen. Kleine Baumgruppen stehen da wie Garben, von Riesenhand gebündelt und geballt. Und – aufgemerkt! – eine Zimbel.

Oder auch ein Hackbrett. Klimperndes Plink und Plonk weht heran und verzerrt, verweht wieder und kehrt zurück, zartestes Signalhorn, um das Gemetzel des kommenden Tages anzukündigen. Die Fenster der Sala delle Muse sind glühende Lichttafeln, die hoch oben in die Dunkelheit gehängt sind, eine Reihe leuchtender Unterbrechungen, die das Gebimmel guter Laune und gemütlicher Unterhaltung mimen. Hinter den Sträuchern und im Dickicht kauert das verdutzte Wild und erzittert vor den päpstlichen Lustbarkeiten. Kaninchen scharren und Eichhörnchen flitzen in Deckung. Die Dachse sind untröstlich vor Schreck. Eine ominöse Python aus von Ochsen gezogenen Gepäckkarren (obenauf die zum Gepäck gehörenden Prälaten), aus lärmenden, Piken tragenden Schweizergardisten in grüngoldener Livrée, aus Pferden, aus der Kutsche des Papstes, all das hat sich hier vor zwei Wochen hingeschleppt, um sich zu amüsieren. Jetzt wiehern Pferde in den halbfertigen Stallungen, die Knechte vergraben sich im Stroh, und die Arbeiter, die eingestellt wurden, um das obere Stockwerk fertigzustellen, wickeln ihre Kutten fest um die Körper und schlafen den Schlaf der Gerechten, einer neben dem anderen, in einem schlummernden Verteidigungshalbkreis neben ihren Kellen, Schnüren, Loten und Hacken. (Die Beziehungen zwischen Maurern und Knechten waren gereizt.) Morgen wird ein fauler Tag: Der Vorarbeiter ist in Rom, seine beiden Kumpane auch …

Nur einige hundert Meter westlich, jenseits des Grabens mit seinem schleimigen Rinnsal, regt sich die *gazzara* mit sanftem Schnarren und Gurren, fiedrigem Beben und Taubengram. Der Reiher wahrt die Ruhe, hockt Stunde um Stunde auf seinem Thron, während rings um ihn in den Käfigen die Rebhühner, Waldschnepfen, Sumpfrallen, Wachteln, Fasanen und Elstern beklommen rascheln. Die Zimbel, oder das Hackbrett, spielt weiter. Das Schlachtfeld war schon früh am Tag mit weißem Segeltuch abgesperrt worden, zweitausend Ellen aus leuchtendem, tierblendendem Weiß, um das Wild vor die Pfeile und Lanzen der Jäger zu treiben. Leo jagt gern auf die französische Art; Feuerwaffen sind verboten.

Außerdem soll es eine Überraschung geben, eine borstige und übellaunige Überraschung. Boccamazza kümmert sich gerade darum. Er schaut auf das Tier hinab, das in der Grube schnüffelt und grunzt und abscheulich quiekt, als es von einem halben Dutzend kräftiger lederbekleideter Knechte gepackt und festgehalten wird; sie ringen es nieder und pressen es auf den Boden, und Boccamazzas skeptische Helfer tragen eilig die Farbe auf und binden das Anhängsel fest.

«Seid Ihr sicher, daß es so richtig ist?» ruft einer herauf, als das Tier sich windet und aufbäumt.

Boccamazza wirft noch einen Blick auf die Skizze seines Herrn. Monströs. Er nickt. «Es soll die Leute amüsieren», sagt er.

Er selbst ist nicht belustigt, dieser Oberste Jäger des Papstes, daß er hier mitten in der Nacht komplizierte Scherze vorbereiten soll. Beim ersten Tageslicht muß er die Treiber anweisen, eine unselige Mischung aus empörten Schweizergardisten und völlig aufgeregtem

Landvolk. Die Falken müssen noch ausgewählt (Geierfalken und Sperber, ein paar Wanderfalken; Turmfalken?) und die Jäger selbst diplomatisch eingeteilt werden, die am wenigsten Unfähigen nach vorne und Seine Heiligkeit, natürlich, zu allererst. Die Männer klettern als Gewirr von Armen, Beinen, Schweiß, schlechter Laune, Verwirrung und Tierexkrementen aus der Grube. Er hat ein Auge für die Losung des Wilds, für wurmbefallene Fladen, Kügelchen, Haufen und Kleckse. Hier, auf den Lederwämsen seiner Leute, handelt es sich um graubraune Flecken einer bröckeligen Paste. Technisch gesehen, denkt Boccamazza und erinnert sich an die täppische Verfolgung vor wenigen Minuten, handelt es sich um Wildexkremente. Er schreitet über das feuchte Gelände, in Gedanken mit den Rollen der morgigen Akteure und den Unwägbarkeiten der Jagd beschäftigt. Die Zimbel – oder das Hackbrett – verebbt. Die Lichter gehen aus. Der Palazzo und die angrenzenden Stallungen sind schwarze Mausoleen vor dem heller werdenden blauschwarzen Himmel. Eine Meile entfernt ergeben die aufgestellten Bahnen aus Segeltuch zwei leuchtende Streifen, die das V des Schlachtfeldes formen. Dort, wo sie zusammentreffen, erhebt sich ein alles überragender Hügel. Da kommt der Papst drauf, denkt Boccamazza.

Der nächste Morgen dämmert herauf, brennt Nebel aus den Senken, hebt den Tau vom Gelände. Auf der anderen Seite des Waldes formiert unter viel *He!* und *Ho!* und manch anderem groben Gejohle eine langgezogene Reihe. Los geht's, *Vorwärts!*, wir sind hier und wo seid ihr, wir jagen durch den grünen Wald.

Dort stehen Büsche und Bäume – Myrten, Eichen, Ulmen und Holunder, näher am Fluß Weiden –, Wacholdergestrüpp und Weißdornhecken. Die Treiber sind mit Töpfen und Stöcken ausgerüstet und erfüllen die Luft mit Scheppern und Klappern, es bleibt kaum noch Platz für ihr Geschrei, geschweige denn für ihre plumpen Schritte. Also eine lärmende Coda: Die Blätter hängen wie schrumpelige Wäschebeutel oder bestens getarnte Fledermäuse an den Bäumen. Ein Frettchen wird gesichtet. Hurra! Und da ist eine Taube … Juhuu!

Juhuu-uuu …

Schwache Schreie und unregelmäßige Rufe dringen an Leos Ohr, der Gesang der Treiber, begleitet vom Geschepper der Töpfe und Pfannen. *Eine Zimbel? Ein Hackbrett …?* Hoch vom Hügel blickt er durch ein röhrenförmiges Augenglas auf die Segeltuchbahnen, die sich nach links und rechts öffnen, so weit, bis sie den khakifarbenen Waldvorsprung umfassen. Vor ihm sitzen die Jagdfalken auf ihren Holzrecken und schlagen unruhig mit den Flügeln; noch haben sie Hauben, wittern aber schon das Töten. Die auf der Faust getragenen Falken sind momentan ruhig: Hühnerhabichte für die Hasen, Kaninchen und Fasanen, Sperber für die Mäuse. Im Halbkreis um ihn sitzen seine Jagdgefährten auf Betschemeln und Kissen: die Kardinäle de Aragona und Cornaro, Bibbiena und Dovizio, drei zu Besuch weilende Bischöfe, ihre Kammerherren und Diener, die Botschafter Vich und Faria, die hier nur geduldet waren, bis er seinen meisterhaften Scherz ersann, und zwar ... Jetzt sind sie ebenso unentbehrlich wie Fra Mariano oder Baraballo, der letzten Abend Dovizios Wette über zwanzig Scudi angenommen hat, bei der es darum ging, einen kopflosen Aal hinunterzuschlucken und ihn dann in den Kamin zu speien, wobei er sich immer noch winden muß. Was für ein famoser Spaß. *Otium, negotium, otium, negotium* ... Wie spaßig ist es doch, Spaß zu haben!

Schon bald zeigen sich die ersten Elstern als schwarzweißes Gestöber im Schutz der Bäume. Eine Sumpfralle fliegt auf, saust über die herannahende Treiberreihe nach Süden und setzt hinter ihnen gleich wieder zur Landung an. Aber der Lärm ist nicht mehr aufzuhalten, diese undurchdringliche Barriere, die Wühlmäuse, Frettchen, Kaninchen, Hasen, Wildziegen, Rehböcke aufscheucht, Krickenten wie Reiher auf das freie Feld jagt, wo Disteln in der leichten Brise zittern und die Jäger warten. Die Falkner schwingen schon ihre Federspiele, ein Aufzug verrückter Windmühlen, die den Geruch toter Tauben über das Feld wehen. Leo klopft durch seine Gewänder auf den Küraß. Er wackelt mit den Zehen.

«Laßt die Falken los!» ruft er, kaum daß sich ein einzelner Reiher traurig hinauf ins Sonnenlicht schwingt, gefolgt von Wachteln, noch mehr Schnepfen, zwei Enten und einer Unmenge an Tauben. Ein paar Fasane tänzeln aus dem Unterholz hervor, werfen einen Blick auf das Begrüßungskomitee und tänzeln sofort wieder in den Wald zurück. Ein Schwung Geierfalken wird auf die Enten losgelassen. Leo verfolgt sie durch das Glas, das er fest aufs Auge drückt und wie einen dicken Heroldsstab aus Messing hierhin und dorthin schwenkt, folgt ihnen nach oben, bis die Vögel ihren höchsten Punkt erreicht haben und dort einen Augenblick reglos zu verharren scheinen, bevor sie aus der Sonne herabstoßen. Mitten in der Luft eine Explosion aus Federn, und die vier Vögel sind plötzlich nur noch zwei. Ein Paar tote Enten plumpst auf die Wiese, während die Raubvögel schon wieder zurückkehren und tote Beute gegen Sitzstangen tauschen. Inzwischen schraubt sich der Reiher immer höher in die leeren Lufträume, wo Falkenflügel nicht mehr tragen. Er ist noch nicht ganz angekommen, der alte Gelbschnabel, aber er flattert kräftig, steigt, vom lächerlichen Aufruhr unten noch immer unbeeindruckt.

Rebhühner, Elstern, Krickenten, Lerchen, mehrere Krähen, Rallen, noch mehr Fasane und noch viel mehr Tauben erheben sich widerwillig mit kurzen, flatternden Flügelschlägen in den falkenverseuchten Luftraum. Auch eine Handvoll Eichelhäher und das erste panische Wild (Kaninchen). Jetzt werden die Hühnerhabichte und die Jungfalken eingesetzt, die ständig pendeln zwischen ihrem luftigen Spielplatz und den rufenden und pfeifenden Falknern, welche Federspiele schwingen und die Arme in eigenartigen, für Falken verlockenden Winkeln hochhalten. Zwei halbzahme Falken werden beim Kratzen erwischt und schimpflich wieder an ihre Recks gebunden. Die gefiederten Toten bilden zunächst ein Häuflein, dann einen Hügel.

Na, das ist mal ein famoses Vorspiel, denkt der Papst. Er strahlt seine Höflinge an, die Höflinge strahlen zurück. Leno winkt. Der Papst winkt nicht zurück. Leno ist erst am Morgen eingetroffen, uneingeladen, unter dem Vorwand, er müsse die Qualität der Arbeiten an den Stallungen überprüfen. Die Arbeiten an den Stallungen sind für zufriedenstellend erklärt worden. Warum ist Leno nicht abgereist? Offensichtlich ist Lenos Vorarbeiter mit zweien seiner Gefolgsleute verschwunden, angeblich, um Leno in Rom aufzusuchen. Lenos Vorarbeiter ist nicht bezahlt worden. Er würde den Mann gern fragen, warum seine Arbeiter wie Mönche gekleidet sind, aber Leno hat ebenfalls noch keine Bezahlung gesehen. Leno wartet auf die Rückkehr seines Vorarbeiters, behauptet er jedenfalls, aber eigentlich wartet er darauf, bezahlt zu werden. Also winkt der Papst nicht zurück. Genug davon. Wo ist Vich? Sein Blick schweift über die Zelte ein Stück hinter ihm auf dem Hügel ... Dort. Unterhält sich gerade mit Faria. Rufo wird ihm heute abend vielleicht Bericht erstatten. Oder morgen in Ostia. Er wird den Mann nach der genauen Todeszeit fragen; es könnte eben jetzt geschehen. Nur knapp fünfzehn Meilen von hier, im Borgo, könnte es genau jetzt geschehen. Er blickt glücklich auf die ordentlich aufgestellten Leinenbahnen, das grasbewachsene Gelände, die Bäume, den blauen Himmel mit der strahlenden Sonne und auf die Falken, die sich hinaufschrauben und dort in vollkommener Ruhe schweben. Er ist glücklich, denn er liebt die Jagd. Er *liebt* sie.

Oben geht das Gemetzel weiter.

Darunter taucht ein ungebetenes päpstliches *pensée* am Rande seiner Gedanken auf, wie die vereinzelte schwarze Wolke, die das Gewitter ankündigt: Amalia. Haben sie sie in einem Sumpf ertränkt, seine Häscher? Oder ist sie von wilden Tieren zerrissen worden? Von Bären vielleicht. Oder Wölfen. Armes kleines Wurm.

Sein Blick fällt auf die Botschafter, die sich ein kleines Stück von seinem Hügel entfernt und weiter nach vorn begeben haben und nun links von ihm über die Wiese schlendern; Vichs Bewegungen sind anmutiger, als er sie in Erinnerung hat, wohingegen Farias untersetzte Gestalt schwer neben ihm daherstampft. Gehen sie Arm in Arm?

«Dickwanst! Dickwanst!»

Bibbiena und Dovizio kommen mit Weinkrügen und Armbrüsten über die Wiese gewankt. Die Armbrust mag er nicht besonders und läßt sie nur widerwillig zu, da er selbst kein besonders guter Bogenschütze ist.

«Guten Morgen, o Höchster Pontifex!» Sie begrüßen ihn fröhlich, stimmen schon wieder ihren Gesang an und lassen ihn über die distelige Grasnarbe hallen. Er beobachtet den Wald, greift dann nach seinem Fernrohr und sucht links und rechts. Etwas stimmt da nicht …

«Was ist denn da los?» schreit er, plötzlich völlig verdutzt. Gesichter sehen auf, aber keiner antwortet. «Nun?» Immer noch sagt niemand einen Ton; ist er wirklich so angsteinflößend? «Nic hts ist da los!» erläutert er. Verwirrte Gesichter wenden sich entgeistert dem Wald zu, und dann taucht Boccamazza an seiner Seite auf und versichert ihm, daß eine kurze Unterbrechung beim Vormarsch der Treiber durchaus von Vorteil sei, erlaube sie den Tieren des Waldes doch, vor der trampelnden und brüllenden Meute weiter auszuschwärmen; er verspricht ihm eine mähliche Lieferung pelziger und haariger Opfer, ein stetiger Strom sei besser als sofortige Übersättigung. Außerdem essen die Treiber gerade. Ob er das nicht auch tun wolle?

Essen. Ja.

Auf dem Rückweg zu seinem Hügel winkt er Boccamazza und Vich heran, fragt ersteren, ob sich der Wind nicht gedreht habe, und letzteren, ob ihm der Tag hier draußen auf dem Campo di Merlo, mit dem Papst auf der Jagd, Spaß mache.

«Nein», sagt Boccamazza.

«Ich hoffe nur, daß Euch unsere schlichtere Darbietung morgen in Ostia ebenso erfreuen wird», sagt Vich.

Schlau, denkt Leo. Aber schlau genug? Vich verneigt sich höflich und entfernt sich.

«Habt Ihr das Tier so präpariert, wie ich Euch befohlen habe?» erkundigt er sich jetzt im Flüsterton bei Boccamazza.

Der Jäger nickt und fügt hinzu: «Ihr müßt nur das Zeichen geben, Heiligkeit.»

Eine Sekunde später setzt das schmerzhafte Geschepper wieder ein, das Geklirr klingt jetzt klarer als zuvor, und die ersten Rufe sind zu hören, während die unsichtbaren Treiber sich die Ameisen aus dem Schoß schütteln, die Gürtel lockern und weitermarschieren. Das Wild flieht ungefähr in Richtung Leo.

Plötzlich taucht zwischen den Bäumen eine voreilige Ziege auf und beäugt das Leinentuch, die Zelte, den Papst, der auf seinem Hügel thront, die eitlen Höflinge und Mitglieder der *famiglia*, die Falkner und die Falken, die Diener, die Wasserkannen und Waffen bereithalten, die Kardinäle, die Botschafter ... Die Ziege zieht sich zurück.

Und zeigt sich wieder, wobei sie beim zweitenmal etwas länger dort stehen bleibt. Dann zieht sie sich wieder zurück. Das spielt sich noch mehrere Male ab, bis kapriziöser Verdruß die Oberhand über Vorsicht gewinnt und sie in einem hüpfenden Trab voranprescht und sich mitten im Feld aufbaut, die Hinterbeine fest in den Boden gestemmt, die Vorderhufe scharren im Gras, die gewundenen Hörner sind bereit für die spindeldürren Gegner, die in ungefähr fünfzig Meter Entfernung herumhampeln. Jemand erlegt sie mit einer Armbrust.

Damit ist ein neuer Maßstab gesetzt.

Kaninchen sind besonders unterhaltsam, wenn sie wahnwitzig Kreise ziehen und dabei von Jägern verfolgt werden, die versuchen, ihnen mit Keulen den Schädel einzuschlagen. Auch die Frettchen legen eine gewisse Verschlagenheit an den Tag, indem sie sich reglos ins tiefere Gras legen, bis sie totgetrampelt werden, und drei weitere Ziegen sorgen für einen nachmittäglichen Höhepunkt, indem sie de Aragona so heftig rammen, daß er auf einer Trage weggebracht werden muß. Jemand schneidet einen Dachs entzwei. Das ist ganz interessant.

Natürlich gibt es immer wieder Pausen und Verzögerungen, in denen kein einziges Kaninchen geruht, die bebende Nase aus dem Unterholz zu strecken, wenn sich die Bracken und Spürhunde im Gras rollen, die Kratzer an ihren Bäuchen lecken oder herumrennen und einander an den Hinterteilen schnüffeln. Die Falken beschäftigen sich damit, kleine Nager vom Boden aufzupflücken, für die Jäger sind das jedoch lästige Intervalle, nicht lang genug für eine Partie Dame oder einen Becher Wein. Die Jäger ertappen sich bei unbeholfener Konversation, schleppen die blutbespritzten Schwerter und Armbrüste herum wie Mörder, die gerade von einem schwatzhaften, gemiedenen Nachbarn auf frischer Tat ertappt wurden. «Schöner Tag heute.» «Ein *herrlicher* Tag.» So was in der Art. Der Boden ist an verschiedenen Stellen ziemlich matschig geworden, und die Diener, die das erlegte Wild auflesen, schlittern durch blutigen Morast. Bibbiena und Dovizio haben sich Kissen unter die Tuniken gestopft, paradieren mit Okularen umher, die von ihren Köpfen abstehen, und stellen sich überall als «Die Gegen-Päpste der Campagna» vor. Alle finden das höchst amüsant.

Inklusive Leo, der mit ihnen um die Wette klatscht und lacht, während seine Gedanken zwischen Rom und Prato wechseln, hin und her …

Amalia wurde von einem Wolf gefressen, davon ist er mehr oder weniger überzeugt, da Bären im florentinischen *contado* knapp sind. Ein Wolf, ja … Oder Füchse! Ein großer Fuchs würde mit einem armen kleinen hilflosen Mädchen kurzen Prozeß machen. Er rutscht unbehaglich auf dem Stuhl herum. Seine Hinterbacken sind verschwitzt. Die alte Malaise hat sich auf der Reise von Rom hierher wieder eingestellt, zwei Nächte mit abscheulichem innerem Jucken und mehreren quälenden Sitzungen auf dem Topf. Mit Geheul. Sehr schlimm. Aber Füchse, das ist ein Gedanke. Er richtet sein Okular auf die blutbesudelte Wiese. Kein einziger Fuchs in Sicht.

Plötzlich bricht ein Hirsch mit gewaltigem Geweih aus dem Wald. Er bleibt einen Moment stehen, äugt nach links und nach rechts. Noch scheint ihn niemand bemerkt zu haben, aber wie kann das sein? Leo steht auf und ruft laut. Ein paar Köpfe drehen sich um. Die Hunde sehen auf. Das Tier stampft auf, einmal, zweimal. Jemand hebt eine Armbrust, aber nur zögernd, da sonst niemand etwas unternimmt; alle starren den Hirsch sprachlos an, der erneut aufstampft, dann nach rechts davonspringt, lässig über das Leinen setzt und dann weg ist. Die Jäger blicken auf ihre Schuhspitzen. Verwirrtes Schweigen legt sich über das Schlachtfeld. Wie ist das denn geschehen?

Und das Mädchen hatte vorher nicht gebeichtet … Das bedeutet Vorhölle, obwohl sie inzwischen sicherlich die sonnigeren Hänge des Fegefeuers erreicht haben dürfte. Wie viele Sünden kann man wohl vor seinem achten Geburtstag begehen? Für die Schufte, die sie dorthin führten, das höllische Inferno. Bis in alle Ewigkeit. Ab heute abend.

«Heiligkeit?» Boccamazza steht vor ihm, die breite Brust in einem

Lederwams. Leo gibt ihm zu verstehen, daß er sprechen soll. «Die Treiber sind fast durch ...» Der Satz bleibt in der Luft hängen.

«Was?» Er ist einen Moment lang fassungslos, erst dann versteht er. Klar, das Finale. Sein herrlicher Streich. Er setzt das Okular ans Auge. Die Hunde werden wieder eingefangen und angebunden. Seine Leute sammeln die letzten Kaninchenkadaver aus den kleinen Blutlachen, die die Wiese sprenkeln. Vich und Faria stehen unauffällig zwischen den gut zwanzig Jägern, die in einer eigenartigen Reaktion auf die Flucht des Hirsches enger zusammengerückt sind. Boccamazzas Rücken taucht auf, ein riesiger Ledervorhang, der sich durch Leos vergrößertes Blickfeld bewegt. Leo schnaubt und kichert. Die Jäger blicken zu Boccamazza, dann auf Leo, als der Mann nach hinten auf den Hügel zeigt. Er erhebt sich, und abgehackter Jubel steigt auf. Dann ein weiterer Jubelausbruch, diesmal jedoch von ironischen und vielleicht sogar höhnischen Schnörkeln durchsetzt, da er von Bibbiena und Dovizio angeführt wird, die mit neuem Eifer ihre Fernrohre schwenken und auf ihre ausgestopften Bäuche klopfen. Mit vorsichtigen Schritten steigt er den Hügel hinab, nimmt von einem wartenden Dienstboten Horn und Lanze entgegen und geht zu seinen Jagdgefährten. Ein dritter, sehr komplex nuancierter Beifall entlädt sich und zerfasert in mehrere Impulse: Willkommen, Spott, förmliche Höflichkeit, vager Tadel ob seines nunmehr behobenen Trödelns. Der Papst betritt das Schlachtfeld.

«Lasset uns Gott für die Jagdbeute dieses herrlichen Tages danken», verkündet er im Näherkommen. Sie bilden einen Halbkreis um ihn. Hinter ihnen sieht er Boccamazza im Wald verschwinden. Er spricht von Gottes Freigebigkeit und tarnt ein Kichern hinter einem nicht sehr überzeugenden Niesen, dann fährt er fort, zeigt auf Vich und Faria, die sich weiter hinten herumdrücken. «Morgen beginnt die Suche nach einem wilden Tier, das seltsamer ist als alles, was wir heute gejagt haben. Unsere teuren Verbündeten Dom Manolo und Fernando der Katholische haben durch ihre getreuen Amtsträger hier, Doktor Faria und Don Jerónimo de Vich, gelobt, ihrem Papst ein Tier zu beschaffen ...»

Schon bald weiß sein kleines Publikum, worauf er hinaus will, die Gäste kichern bei seiner wild wuchernden Beschreibung, vor ihrem geistigen Auge toben Fabelwesen herum, deren bizarre Auswüchse und unmögliche Gliedmaßen flattern und zappeln. Diener bieten kalten Braten und Weinbecher an. Alle amüsieren sich, mit Ausnahme vielleicht der Botschafter. Du hältst mich wohl für einen Idioten, denkt der Papst, als er Vichs Blick auffängt. Er lächelt und schwenkt das Jagdhorn.

Hinter den Wacholderbüschen, hinter einem Gehölz mit blühendem Holunder hinter dem Wacholder, hinter einem Dickicht sich schälender Eschen hinter dem Wacholder und dem Holunder … Im Wald also bahnt sich Boccamazza seinen Weg durch das Gestrüpp, das sich um seine Füße schlingt, weicht umgestürzten Baumstämmen aus, achtet auf knöchelverdrehende Mulden, die mit trügerischen Ansammlungen von Blatthumus gefüllt sind, blickt hin und wieder zu den Flecken Spätnachmittagshimmel empor, die hier im Waldschatten viel heller wirken, und kommt endlich bei der Grube an. Seine Leute liegen ringsum auf dem Waldboden. Das Tier schnaubt und dreht sich, als jagte es seinen Schwanz.

«Bereit?» fragt er.

«Es hat das meiste an Farbe wieder abgescheuert», sagt einer seiner Männer in gelangweiltem Tonfall.

«Dann schmiert mehr drauf», sagt Boccamazza barsch.

Die Männer sehen einander an.

«Kippt sie einfach von hier oben drauf. Los jetzt, macht schon …»

Dem Tier gefällt es überhaupt nicht, daß es mit Farbe übergossen wird. Es wird wütend.

«… und obwohl es hinsichtlich Mensch oder Tier kaum etwas gibt, das einen Papst zum Staunen bringen kann, mit Ausnahme vielleicht der Taten seiner Vorgänger» – vorsichtiges Lachen –, «gebe ich meine Verwunderung über die Entdeckung eines solchen Tiers gerne zu, und zwar nicht in den Wüsten Indiens, auch nicht in der Wildnis Afrikas, auch nicht in den heißen und verderblichen Sümpfen der Neuen Welt, und auch nicht irgendwo in jenen unvorstellbaren Territorien, deren Jurisdiktion – das ist kein Geheimnis – durch die Beschaffung dieses Tiers entschieden werden wird … Portugal oder Spanien? Unsere Spannung kennt keine Grenzen, ist beinahe unerträglich, und um uns das Warten zu erleichtern, läßt der Herr, oder der Teufel, also» – er hebt die Arme in hilfloser Hinnahme seines Glücks, ihrer aller Glück – «tja, mein eigenes Erstaunen auch Euch zuteil werden …»

Die Versammlung zeigt ihre Erregung und ihre kribbelnde Verwirrung durch Seitenblicke auf die beiden Oratoren, die sich notgedrungen beeilen, so zu tun, als seien sie in den Scherz (was auch immer es sein mag) eingeweiht, die nicken und artig lächeln. Der Papst setzt das Horn an die Lippen. Ein erdrosselter Furz fährt himmelwärts und wird auf milden Zephiren über die Wiese und in den Wald getragen, wo er wohlklingend in Bozzamaccas Ohr summt. Der Papst wartet. Alle warten. Die gleichen milden Zephire wellen die oberen Ränder des Segeltuchs, fahren zwischen blutgetränkte und unbefleckte Grashalme, kühlen die Stirnen der Zuschauer, die nun erwartungsvoll auf die Bäume blicken, und verebben wieder. Undeutliche krachende Geräusche ertönen aus dem Innern des Waldes. Werden lauter und deutlicher, Zweige knacken und derlei mehr. Die Einzelheiten sind unwichtig, denn einen Augenblick später ist es da, vor aller Augen, und im nächsten Moment ist jeder einzelne – die Jäger, die Diener hinter ihnen, die Falkner und die Männer der *gazzara* – still; hinter jeder dieser gerunzelten, mit Schweißperlen bedeckten oder zephirgekühlten Stirnen formt sich die gleiche Frage: Was ist das?

Zunächst einmal ist es groß. Nicht kuhgroß, aber gewiß größer als eine Ziege. Es hält seine Stellung, fünfzig Meter entfernt, vor den ersten Bäumen steht es da, massig, oder fett, oder auf obszöne Art muskulös, und daher gefährlich. Nennen wir es gefährlich, und fügen wir dem gefährlich ein trügerisch hinzu, denn es sieht auch lächerlich und heiterkeitserregend aus, wie die Reaktion der Jäger (mit Ausnahme der beiden Botschafter) bald beweist. Boccamazza, der vorsichtig aus dem Wald tritt, sieht mehrere Jäger, die sich vor Lachen biegen. Kardinal Cornaro ist gleich ganz zusammengebrochen. Es ist grau – auch das ein wichtiger Hinweis – und sehr borstig. Noch mehr Jäger fallen um vor Lachen und wälzen sich im Gras. Vielleicht reizt dies das Tier, oder vielleicht ist es die Farbe, oder vielleicht ist es von Natur aus gereizt. Jedenfalls hat es Stoßzähne. Und aus dem Stand scheint es in weniger als zwei Sekunden eine außergewöhnliche Geschwindigkeit zu erreichen, und genau in diesem Moment haben Boccamazza und Leo den gleichen Gedanken: daß es sich hier um ein großes, borstiges, gefährliches Tier handelt, das in vollem Galopp auf die Hauptgruppe der lachenden und nichtlachenden Botschafteridioten zustürmt, bewehrt mit Zähnen, Hauern und – vielleicht hätte das früher erwähnt werden sollen – einem Horn auf der Nasenspitze. Ein wilder Keiler, mit Extras.

Das Tier bricht seitlich aus, vollführt im leichten Galopp eine enge Kreisbahn, bevor es erneut Geschwindigkeit aufnimmt und wieder zum Angriff übergeht. Das Horn schaukelt und wackelt, eindeutig von einer anderen Macht als Mutter Natur dort angebracht. Womöglich Klebstoff. Es bricht wieder aus, als könnte es nicht geradeaus laufen … Steht es unter Drogen?

Nein, es versucht einfach nur, diesen lächerlichen Holzsspitz von seiner perfekten Schnauze abzuschütteln, wieder in den Wald zu gelangen und dort weiter herumzuschnüffeln, Wurzeln auszuscharren und die Tiere zu terrorisieren, als Vorbereitung darauf, daß es sie im Winter fressen wird. Der Keiler ist nicht besonders an den stockähnlichen Kreaturen interessiert, die sich jetzt dazu entschlossen haben, ihn über das Feld zu jagen (ihre Interpretation) oder sich vor ihm zu verstecken, indem sie seinem Schwanz folgen (die Interpretation des Keilers), angeführt von einem ziemlich schwabbeligen Individuum, dem ein Teleskop aus dem Kopf ragt. Ein tröstlicher Keilergedanke: Man ist niemals allein in seiner Erniedrigung, nicht einmal in einer so ausgefallenen, wenn einem ungewollt ein fremdes Objekt vom Kopf absteht. Es gibt immer *irgend jemanden* …

Amalia.

Schon wieder. So offensichtlich, wie konnte er es nur übersehen haben? Kein Bär, kein Wolf, kein – vergiß den Einfall – auch kein Fuchs. Rufo wird sie jetzt gerade umbringen. Ihm später berichten. Weder Kälte noch Hunger, auch nicht in einem Sumpf ertrunken. Nein, nein, nein … Ein Keiler. Ein Keiler hat sie mit seinen Hauern aufgerissen, irgendwo in der Wildnis außerhalb von Prato. Es ist ihm egal, daß sein Publikum noch lachend und ulkend hinter ihm herprozessiert, während er hinter der Beute herschnauft und -keucht. Es läuft auf das Segeltuch zu, dort, flitzt quer durch die Scheibe des Gesichtskreises, auf die er durch das Okular beschränkt ist, taucht wieder auf, geht wieder verloren, also schwenkt er nach links und rechts, das Gelände hinauf und hinab, ein wenig außer Atem, diese rundliche Atalante, *Vater hat mich vor Dickleibigkeit gewarnt* … dann ein lauter Ruf hinter ihm, diese Idioten, ein Triumphgeheul, angeführt von Bibbiena und Dovizio: «Dickwanst! Dickwanst! Los, auf die stürmische Jungfrau …» Er nähert sich, die Lanze erhoben, so daß ihre Spitze in der Sonne schimmert, bevor sie niederfährt, damit das Tier sie sieht – dort, im Segeltuch gefangen, wo es sich vergeblich freizustrampeln versucht –, damit es weiß, daß er es war, der den Stahl des Rächers führte: Leo. Der Töter des Töters der hilflosen, haarlosen Amalia. Gefesselt und verheddert in Tücher, die mit grauer Farbe verschmiert sind, fängt der Keiler jetzt schrill zu quieken an. Er hält die Lanze über dem Muskelwulst des Widerrists. Du sollst wissen, daß ich es war, der das tat, bedrängt er das hilflos verstrickte Untier. Und sag es Gott, wenn du Ihn siehst.

Die Lanze senkt sich, dahinter sein ganzes Gewicht, bohrt sich durch Pelz, Haut, Fleisch, Muskeln. Hinter ihm sind die Höflinge verstummt, jedenfalls hört er sie nicht mehr. Er stellt sich vor, wie die Waffe tiefer und tiefer dringt, ganz hindurchgeht, so wie es sein soll, die Spitze auf der anderen Seite wieder austritt und dort auf einen zweiten, seltsamen Widerstand trifft, aber er drückt fester und fester, er ist unwiderstehlich, und die zweite Haut reißt plötzlich, das Fleisch darunter so weich wie Käse, die Knochen brüchig wie Porzellan, sie zersplittern mit dem gleichen Geräusch wie die Knochen der Pratesi. Er hat sie beide durch die Hälse aufgespießt, Köder und Beute: das Biest, das er sehen kann, und das, das er nicht sehen kann. Er spürt ihre zuckenden Nerven und Sehnen durch das Holz des Schafts.

Am Abend wird Baraballo ein delikat mit Rosmarin abgeschmecktes Eichhörnchenfrikassee serviert, das er samt Knochen verputzt. Seine Heiligkeit spült drei geröstete Tauben mit mehreren Kelchen toskanischen Weins hinunter, schwer und dunkel wie Blut. Kardinal de Aragona wird auf seiner Trage herbeigebracht und zwingt eine Gemüsebrühe in sich hinein. Alle anderen essen Wildschwein.

Nach dem Essen gibt es, wie immer, zur besseren Verdauung gute Musik.

Drei Lauten und eine Zimbel (es ist so gut wie sicher eine Zimbel) zupfen und plinkern sich auf vielerlei Weisen durch grazile Melodien, während die Jäger von La Magliana rülpsen, furzen und mit blutrünstigen Erzählungen wetteifern. Die meisten Kaninchen hat man den Treibern überlassen, die kleineren Nagetiere den Hunden. Niemand verliert ein Wort über den Hirsch. Später am Abend werden Kerzen angezündet, und die Fenster, die nach Südwesten zeigen, verdunkeln sich kaum merklich, bis das kräftige Rosa des Sonnenuntergangs von der Dunkelheit abgelöst wird. Die Gespräche konzentrieren sich auf den morgigen Tag, darauf, wer in der päpstlichen Barkasse wo sitzen wird, dann auf das Tier, das ihre Mägen füllt, und dann auf das Tier, das das Tier, das ihre Mägen füllt, offensichtlich hatte imitieren sollen. Baraballo läßt sich zu einer Imitation überreden, ist jedoch so unbegabt, daß der Papst ihm androht, ihn tatsächlich aufzuspießen, um der fehlenden Wahrscheinlichkeit etwas nachzuhelfen, was unter Umständen wie diesen immer ein Problem darstellt, wenn die Zeit, obwohl sie mit pumpenden Lungen und dem Ticken und Tacken der Herzen gezählt wird, keine andere Aufgabe hat, als zu vergehen. Und so vergeht die Zeit, und das Hackbrett spielt, und niemand zitiert Plinius, niemand geht, und niemandem fällt das Fehlen der Lauten auf. Es wird beinahe Mitternacht, bevor

Faria, gewissermaßen zufällig, auf Don Jerónimo trifft, der allein unter dem Fresko des Apollo steht.

«Auf die Viecher, gehörnt oder nicht!» Faria prostet ihm zu. Beide Männer nippen am Wein und mustern einander über den Rand ihrer Pokale.

«Auf ihre Opfer», erwidert Vich. Sie trinken erneut.

«Ist alles für die Einschiffung bereit?»

Vich zuckt mit den Schultern. «Antonio ist Euer Handlanger. Er gibt mir nette Antworten, die nichts besagen. Morgen gibt er unserem Papst ein nettes Schiff mit netten Matrosen...»

«... die nichts besagen.»

Vich antwortet nicht. Faria folgt seinem Blick. Leo lacht gerade über einen von Dovizios Scherzen.

«Wir sind unvorsichtig», sagt Faria, aber Vich sieht nicht weg.

Faria murmelt: «Er weiß es ...»

Leo fängt Don Jerónimos Blick auf. Der Spanier erhebt seinen Pokal in die Richtung der feierlich gekleideten Gestalt, die unsicher zurücklächelt.

«Natürlich weiß er es», sagt Vich.

Der Fluß verengte sich unter der Ponte Sant'Angelo. Eine feuchte Zunge aus schwarzem Dreck stieß aus der Uferböschung hervor und streckte sich ins Wasser bis zum ersten Brückenpfeiler. Obwohl für die Passanten von oben kaum zu sehen, könnte man doch den orangefarbenen Schein wahrnehmen, den die kleinen Feuerstellen über das Wasser warfen. Manchmal hörte man Gebrüll, und manchmal Gerangel.

Eine ähnliche Landzunge zog sich vom westlichen Ufer aus ein Stück flußauf und wurde von den Fährleuten, die die Pilger den Fluß hinauf- und hinunterschipperten, als Anlegestelle benutzt. Tagsüber wimmelte es am Westufer vor Geschäftigkeit, wogegen das Ostufer fast völlig verlassen war. Einige große Weidenkörbe lagen dort herum, vielleicht auch ein paar Lumpenbündel, die sich hin und wieder erhoben, gähnten und streckten, bevor sie wieder ihrem Stumpfsinn verfielen. Die Fährleute ließen sie mehr oder weniger in Ruhe, denn die Bettler des Borgo waren ein rauher Haufen; sie trauten einander kaum über den Weg; wenn man sie jedoch provozierte, waren sie fähig, sich gegen einen gemeinsamen Feind zusammenzuschließen. Da sie nichts besaßen, hatten sie nichts zu verlieren und waren dafür berüchtigt, daß sie wie Tiere kämpften, wobei sie ihre Krücken als Keulen benutzten. Julius hatte einmal einen Trupp Schweizergardisten zum Aufräumen dort hinuntergeschickt; seine Soldaten waren mit eingeschlagenen Köpfen und, in einem Fall, ohne Nase zurückgekehrt. Unter der Brücke war ihr Territorium, wo sie zwischen den Lagerfeuern, die den Steinbogen darüber schwärzten, herumschlurften, wo sie sich schlugen, Männer wie Frauen, wo sie im Winter zitterten und im Sommer schwitzten, und wohin Salvestro, dem kein besserer Ort mehr einfiel, den betrunkenen Bernardo brachte, um dort ihre letzte Nacht in Rom zu verbringen.

Keuchend vor Anstrengung stolperte er die Uferböschung hinab, denn Bernardo war so schwer zu halten wie ein Sack Kröten, und da sah er sie im roten Schein kauern oder wie Bären umhergehen, groß und unruhig, und ihre Schatten sprangen an den Ufermauern und den Pfeilern der Brücke wirr durcheinander.

«Wer bist du?» Sein Herausforderer schien aus dem Boden zu wachsen. Er war einen ganzen Kopf größer als Salvestro, die Zunge schwer vom Alkohol. Salvestro fing an zu reden, wurde jedoch rasch unterbrochen.

«Dommi! Komm mal rüber! Hier sind zwei Herren, die suchen eine Unterkunft.» Das Wort «Unterkunft» vernuschelte er. Mörder im Schafspelz, dachte Salvestro, als «Dommi» näher kam. Er trug jede Menge Tierhäute um sich geschlungen, die mit Stricken fest verschnürt waren. Er schlug Salvestro ins Gesicht, und prompt sackte Bernardo zusammen. Dommi betrachtete ihn neugierig. «Schade», sagte er. «Mit so einem großen Kerl könntest du dir eigentlich Prügel ersparen.»

Jetzt kamen andere Bettler herbei, um sich die verheißene Prügelei anzusehen; um ihre Knöchel flatterte Sackleinen. Es begann, schmerzhaft genug, mit einem Hieb in den Unterleib. Salvestro ließ sich langsam zu Boden sinken. Dort folgte ein Hackentritt mitten auf die Schädeldecke. Jemand sagte: «Hübsche Kleider», und ein anderer brummte: «Ich krieg das Wams», und dann fügte wieder ein anderer hinzu, einer mit einer hohen, quäkenden Stimme, oder jemand mit drei hohen, quäkenden Stimmen:

«Heh!»

«Das ist Salvestro!»

«Laß ihn in Ruhe, Dommi!»

Wulf, Wolf und Wilf hüpften in ihren abgeschnittenen Kutten wie die Spatzen umher, tänzelten über Salvestro, während Dommi sie mit üblen Flüchen belegte, aber ohne rechte Überzeugung. Dann entdeckten sie Bernardo. Sofort bildeten sie einen Kreis, hoben die Arme und stimmten einen langsamen Gesang an: «Ber-nar-do-oo! Rosserus! Ber-nar-do-oo! Rosserus!» Bernardo schnarchte weiter.

Dommi brachte die Prügelei zum Stillstand und überlegte. «Ihr könnt eine Nacht bleiben», sagte er; die Füße standen links und rechts von Salvestros Kopf. «Siehst du das Stück Mauer?» Salvestro nickte vorsichtig. «Dort schläfst du.» Dommi machte einen Schritt zurück, langte nach etwas hinter sich und schwang es dann über dem Kopf. Salvestro zuckte zusammen und versuchte einen Arm zu heben. Das Objekt landete mit lautem Knall ungefähr einen Zoll vor seiner Nase. Dommi klopfte darauf. «Siehst du diese Kiste? Ich werde mich darauf setzen, genau hier, und ich werde dich die ganze Nacht über beobachten, und wenn du mich reizt, trete ich dich wieder. Ich trete dich so lange, bis dir die Gedärme aus dem Arsch quellen, und mit denen erwürg ich dich dann. Klingt das annehmbar?»

Salvestro nickte.

«Gut», sagte Dommi. «Freut mich, daß du's so siehst.»

«Was ist mit seinen Kleidern?» fragte eine protestierende Stimme. «Ich könnte dieses …»

«Halt's Maul», sagte Dommi.

Salvestro kroch langsam zur Mauer. Kleine, scharfschnäblige Vögel schlüpften aus seinem Schädel. Sein Unterleib war eine Kluft aus schwellendem Schmerz, die sich vom Magen bis zu den Knien dehnte. Er rollte sich auf die Seite und klappte zusammen. Auch die Bettler kippten einer nach dem anderen um oder wälzten sich am Boden, bis sie ein Plätzchen fanden, das ihnen behagte. Ein Mann mit nur einem Arm drängte sich an eine ältere Frau; beide grunzten und balgten sich ein paar Minuten und wurden dann ebenfalls still. Wulf, Wolf und Wilf stellten schließlich ihren Singsang ein. Dommi saß auf der Holzkiste und beobachtete ihn.

Es war schon sehr spät, aber so unter den Augen eines Mannes, der, wenn jemand ihn reizte, diesem einfach den Bauch aufschlitzen würde, konnte Salvestro nicht schlafen. Was war mit «reizen» eigentlich gemeint? Schnarchen? Er schloß die Augen und lauschte dem Auf und Ab von Bernardos Schnarchen, aber seine Gedanken eilten voran zum morgigen Tag, an dem sie beide ein Schiff erwartete, eine Reise weg von diesem Platz, wo kein Platz für ihn war, weg von diesem Ro-ma.

«Niemand will uns», sagte Dommi nach einer guten Stunde des Schweigens. Er legte die Betonung auf das erste Wort, als hätte es vieler gewaltiger Anstrengungen bedurft, einen so vollständigen Zustand der Unbeliebtheit zu erreichen. Salvestro, so wach wie eh und je, machte vorsichtig ein Auge auf. «Genau das ist es, was *wir* sind», fuhr Dommi mit zunehmendem Nachdruck fort. «Wir sind die Leute, die niemand will.»

Es schien, als erwarte er eine Antwort. Weder Mitleid noch Glückwünsche schienen angebracht ... Provozierte sein Schweigen vielleicht die versprochenen Tritte? Salvestro erinnerte sich an die Raufbolde, die in den Ruinen hausten, und begann, Dommi von der Begegnung zu erzählen.

«Die kennen wir», unterbrach Dommi ihn. Wieder herrschte Schweigen. Salvestro versuchte es auf einem anderen Weg. Vielleicht sollte er auf die gleiche Weise antworten?

«Wir sind Forschungsreisende ...», setzte er an.

«Wir wissen über euch Bescheid», sagte Dommi. «Wir wissen alles über euch. Wir hören alles mögliche, vergiß das nicht. Und wir vergessen nichts. Ihr seid zwei Clowns, die für den Fetten Bastard dort oben angeheuert wurden.» Er blickte über die Schulter in Richtung Engelsburg. «Zwei blöde Clowns.»

Beide Männer blickten über den Fluß auf den dunklen Stummel der Papstfestung, die hoch über dem Fluß aufragte. In der Nacht wirkte sie noch gewaltiger als sonst, als enthielte sie weder Gemächer noch Hallen, weder Korridore noch Keller, als wäre sie komplett aus massivem Stein gehauen. Dann erregte etwas Salvestros Aufmerksamkeit, eine Bewegung auf dem anderen Ufer. Der Boden zwischen Böschung und Wasser schien sich zu bewegen, kräuselte und furchte den Schlamm, als würde er gepflügt, aber von unten.

«Ratten», sagte Dommi. «Früher sind sie nicht bis hier gekommen. Jetzt werden es jede Nacht mehr.» Die Ratten bedeckten den Boden wie eine schweigende Decke pelziger Körper, kletterten übereinander und wuselten kreuz und quer. Es konnten Tausende, sogar Zehntausende sein. «Sieh dir an, wie groß die sind», kommentierte Dommi, der jetzt nicht mehr die Ratten, sondern Salvestro betrachtete. «Das sind Borgo-Ratten.» Er spuckte aus. «Die Ratten vom Fetten Bastard.» Der Fluß klatschte und spritzte gegen die Brückenpfeiler. Von irgendwo, weit weg, hörten sie Schafsglocken. Aber kein Pfeifen. Kein

Quieken. Die Ratten, die dort über- und untereinanderkrochen, gaben keinen Laut von sich.

Er mußte geschlafen haben. Bei der leisesten Helligkeit in der Schwärze des Himmels wachte er auf. Ein einsames Boot mit einem einsamen Passagier glitt unter dem am weitesten entfernten Brückenbogen hindurch. Nebel hatte sich über das Wasser gelegt, dick und weiß wie Rauch. Dommi saß noch immer da und wachte auf seiner Kiste. Er rieb sich die Augen, dachte daran aufzustehen, entschied sich jedoch dagegen und döste weiter. Als er wieder zu sich kam, war Dommi verschwunden, und auf dem gegenüberliegenden Ufer zeigten sich die ersten Boote. Die Ratten waren verschwunden.

Eine hochgewachsene Gestalt, die einen kunstvoll gearbeiteten Hut und einen verzierten Degen trug, stieg vorsichtig die Stufen herab und blieb dann stehen, um das Terrain zu sondieren. Er prüfte den Untergrund mit der Schuhspitze und ging dann vorsichtig weiter. Die Fährleute luden Planken aus, legten sie über die schlammigsten Stellen und bauten so einen Steg von der Treppe bis zum Ufer. Der Mann wartete geduldig, bis sie fertig waren. Salvestro setzte sich steif auf und sah sich nach Bernardo um. Der schlief tief und fest neben einem Haufen ineinander verstrickter Gliedmaßen, die zu Wulf, Wolf und Wilf gehörten. Sanft weckte er den Großen.

«Ich habe gerade geträumt», protestierte Bernardo undeutlich.

«Komm», sagte Salvestro und deutete auf die andere Seite des Flusses. «Don Antonio ist schon da.»

Da war eine Brücke, der Fluß, drei schlummernde Jungen und eine leere Kiste. Der Traum verblaßte bereits. Keine Hunde waren in ihm vorgekommen, auch keine Felsen. In einigen Fuß Entfernung stöhnte ein lebender Lumpenhaufen und rollte sich auf die Seite. Bernardo starrte ihn fassungslos an.

«Wo bin ich?» fragte er.

Der Schlegel des Vorarbeiters war noch immer zu hören, die trockenen Schläge bezeugten die Sicherheit der Konstruktion, deren Bankreihen er systematisch abschritt, wobei er sich bückte und hier und da hämmerte und langsam die abgestuften Sitzreihen der Tribüne hinaufstieg – schon zum zweitenmal an diesem Morgen.

Er hatte bei Tagesanbruch angefangen, und als er die kleine Plattform ganz oben erreicht hatte, war er stehengeblieben und hatte nach Westen über das Meer hinausgeblickt, dann nach Süden den Kai hinab, wo die letzten Sardinenschmacken hinausfuhren, nicht weit jenseits der Pier, an der die *Santa Lucia* vertäut lag. Pfosten und Stützen ragten an den vier Ecken der Tribüne empor, um ein Gitterwerk aus Balken und Querträgern zu verstärken. Etwas später würde eine Markise über das Gestänge gezogen werden, um Seine Heiligkeit vor der Sonne zu schützen. Zuletzt hatte sich der Vorarbeiter nach Norden gewandt, zur Schänke hin, aus der Diego vom obersten Zimmer aus den Mann beobachtete, der ihn mit seiner Arbeit geweckt hatte.

Der Mann hatte dort mehrere Minuten lang gestanden. Er stieg vorsichtig hinab, benutzte die Sitzbänke wie übergroße Stufen, als wäre die Tribüne eine Treppe, die man aus dem untergegangenen Haus eines Titanengeschlechts hierher verpflanzt hatte und die nun zu einem phantomhaften *piano nobile* führte, ins Nichts … Falsch, korrigierte sich Diego. Seine Heiligkeit würde von dort oben eine ausgezeichnete Aussicht haben, in Gesellschaft eines kleinen, erlesenen Kreises. Die Stufen führten zu dem Medici-Papst. Der Rest würde weiter unten sitzen.

Dann hatte der Vorarbeiter die Rückseite seiner Konstruktion abgeschritten, wo die Unterseiten der Etagen viele Überhänge bildeten, einen Schallkörper, in dem sein Schlegel gedröhnt und gehallt hatte. Erst dann hatte sie sich geregt. In der Nacht hatte er die Hand nach ihr ausgestreckt, aber sie hatte ihn abgewiesen. Er war nicht sehr überrascht, auch wenn es dafür keine Vorwarnung, keine besondere Kälte zwischen ihnen gegeben hatte. Es war eine neue Abstimmung ihrer Beziehung oder ihres Kontrakts. Sie schlief nackt, wie eine Hure. Er hätte sie zwingen können, wenn er das gewollt hätte.

Auf dem Kai versammelten sich nach und nach Männer und Frauen, Leute aus der Umgebung. Er erkannte den Kerzenmacher und die Frau aus dem Segelspeicher. In der letzten Woche hatte das Gerücht die Runde gemacht, daß der Papst kommen und ein Schiff – die *Santa Lucia* – segnen und daß das Schiff bis ans Ende der Welt segeln würde. Ein Fischer, der Weidenkörbe an einem Seil über seinen Schultern trug, setzte sich auf die unterste Bank der Tribüne und wurde von dem Vorarbeiter angebrüllt. Langsam stand er wieder auf und ging weiter den Kai hinab, ließ den Segelspeicher links liegen und verlor sich schließlich zwischen den kleinen Schuppen und vereinzelten Nebengebäuden, die sich aus der eigentlichen Stadt ergossen und erst vom Meer aufgehalten wurden. Das Meer war ruhig. Später würde ein mittlerer bis leichter Nordostwind aufkommen, wie schon an den beiden vergangenen Tagen, und das Schiff vorbei an den Wellenbrechern hinaus ins offene Meer treiben.

Immer mehr Leute kamen, fanden sich zu kleinen Grüppchen, schwatzten und spekulierten. Wenn es darum ging, der Verdammnis zu entkommen, war der Anblick des Papstes besser als ein ganzer Tag der Buße. Schon die Berührung seines Saums schützte vor Viertagefieber. Sein Segen heilte verschiedene Arten der Blindheit und – wie man sich zuflüsterte – Genitalwarzen und vielleicht sogar die Französische Krankheit. Zumindest hatte er den Gastwirt mit dieser Erklärung abgespeist. Eusebia hatte hinter ihrem Spitzenschleier verächtlich geschnaubt.

«Sie hat Kummer», versuchte es Diego mit einer schwachen Erklärung. Der mißtrauische Wirt hatte nur genickt, ohne ihm zu antworten.

Ein Soldat und die Frau seines Vorgesetzten, darauf hatten sich die Stammgäste des *Letzten Schnaufers* geeinigt, nachdem sich die beiden zurückgezogen hatten. Am folgenden Morgen hatte der «Soldat» großzügig, aber dennoch gerissen Einkäufe in den Werkstätten und Lagerhallen der Händler am Kai getätigt und alle Sachen auf die *Santa Lucia* bestellt. Also war es ein Spanier, so wie der andere Spanier, der sein Geld weniger großzügig und weniger gerissen ausgegeben hatte und auf unklare Weise, aber doch weithin unbeliebt war. In jeder anderen Woche hätte er mehr Gerede ausgelöst, aber jetzt kam der Papst, Seine Heiligkeit höchstpersönlich, dessen Atem nach Veilchen duftete, dessen Urin dick wie Honig floß, dessen durchdringender Blick einen Kropf heilen, Stürme besänftigen und Katzen auf eine Entfernung von fünfzehn Schritt, manchmal sogar noch mehr, töten konnte ... Er nannte sich Hauptmann Diego und trug ein kurzes, professionell aussehendes Schwert. Niemand wollte es genauer wissen.

Am vergangenen Abend war der Fährmann bei der Annäherung an die Landungsbrücke zweimal auf Grund gelaufen und hatte sich jedesmal mit dem Ruder wieder abgestoßen. Es war ein römisches Fährboot, dessen Kiel einen guten Fuß unter die Wasseroberfläche ragte, damit es auch mit der Strömung und den Wirbeln schnellerer und tieferer Gewässer als diesem hier fertig wurde. Die örtlichen Boote ähnelten eher Nachen, die mit flachen Böden über die Sandbänke der Bucht hinwegglitten. In der vergangenen Nacht waren dort drei von ihnen vertäut gewesen. Am heutigen Morgen lagen dort noch immer drei Nachen. Jemand hatte Flaggentuch um die Brüstung drapiert. Diego beobachtete den Fluß. Die Sonne schien ihm voll ins Gesicht, so daß er blinzeln und die Augen mit der Hand schützen mußte. Immer noch sehr früh, sagte er sich. Irgendwo im Gasthaus quietschten Bohlen unter torkelnden Schritten, vom Schlaf schwere Stimmen brüllten aufeinander ein, dann flogen Türen und Fensterläden krachend auf, und der *Letzte Schnaufer* sog die ersten Schlucke frischer Morgenluft ein. Die Mäander des Flusses glitzerten im Licht, ein Seidenstrang, achtlos vom Himmel herabgeworfen. Diego blinzelte, rieb sich die Augen und sah noch einmal hin. Noch vor wenigen Minuten war es ein schwarzer Punkt auf dem Glitzern und Gleißen der Wellen gewesen. Jetzt war es ein Boot, und jetzt ein Boot mit hohen Seitenwänden, mit ragendem Bugspriet und einem Mann, der dort stand und mit einem Ruder steuerte. Jetzt kam sie neben ihn ans Fenster, schaute mit ihm zu, wie es sich der Landungsbrücke näherte und dabei elegant durch das Wasser glitt, wie seine drei Passagiere reglos dasaßen und in verschiedene Richtungen blickten; keiner von ihnen sagte etwas.

«Welcher ist derjenige, vor dem du Angst hast?»

Ihre Stimme riß ihn aus seinen Träumereien. «Nicht Angst», verbesserte er sie. «Ich hüte mich vor ihm. Er ist nicht dabei.» Die Landungsbrücke war zu offen, zu ungeschützt, seine Instinkte hätten sofort Alarm geschlagen. Der lächelnde Sergeant des Papstes würde nicht mit einem Boot ankommen. «Er könnte schon hier sein», sagte Diego. «Aber er zeigt sich noch nicht.»

Rufo hatte sich um die drei Männer zu kümmern, die jetzt aus dem Boot stiegen, die Beine ausstreckten, gähnten und sich umsahen. Der Riese kratzte sich den Bauch. Bleib dicht an ihnen dran, ermahnte er sich. Rufo würde sie umkreisen, abwarten und den richtigen Moment wählen. Die drei Männer erklommen die Stufen der Landungsbrücke und gingen auf die Schänke zu. Um nicht am Fenster gesehen zu werden, machte Diego einen Schritt zurück und verlor sie aus den Augen, als sie näher kamen. Bei seinem Anblick würden sie zurückschrecken, vielleicht auch Serón. Aber Serón konnte er nicht aus dem Weg gehen. Er mußte mit dem Sekretär eine Abmachung treffen, ihn über eine einzigartige Entscheidung informieren.

Eilig durchquerte Diego das Zimmer und blickte aus dem Fenster, das nach Süden zeigte. Er fand sie wieder, als sie sich gerade durch die Menge vor der Tribüne schoben. Der Große war leicht zu verfolgen, sein Gefährte schon schwerer. Serón führte sie an, redete nach hinten auf sie ein, während sie weiter den Kai hinabgingen und dort stehenblieben, bevor sie sich der Mole zuwandten. Ein Mann beobachtete ihr Kommen vom Deck der *Santa Lucia* aus und winkte sie dann an Bord. Der Maat, dachte er, obwohl die Entfernung zu groß war, als daß er seine Gesichtszüge hätte erkennen können. Er lächelte in sich hinein, als er an die Unterhaltung dachte, die sich jetzt zwischen ihnen entspinnen mußte. Die Überraschung des Sekretärs, seine Beunruhigung und die sich daraus ergebenden Überlegungen. Sie werden Euch nichts nützen, Don Antonio, riet er ihm. Überhaupt nichts.

«Wer ist der Verräter?» fragte sie. Sie stand hinter ihm, so dicht, daß sie sich fast berührten. Er schüttelte ungeduldig den Kopf, in eigene Überlegungen versunken. Die Menschenmenge war ein sicherer Ort; sie war jetzt enorm angewachsen und ständig in Bewegung. Dort konnte er sich ungesehen bewegen, den Sekretär abpassen und ihn sich im Vorübergehen schnappen. Dann lächelte er wieder: noch mehr Sorgen und Überlegungen, ein Morgen voller Überraschungen für Don Antonio Serón.

Der Raum unten war bereits überfüllt, sämtliche Tische und Sitzecken besetzt, überall standen Männer mit Krügen in der Hand und redeten laut aufeinander ein. Die Frau aus dem Segelspeicher war da; dort waren heute keine Geschäfte zu machen. Sie nickte ihm zu, als er sich eilig durch das Gedränge schob. Das Sonnenlicht draußen machte einen benommen. Männer und Frauen schlenderten umher, und er zwang sich, wie sie zu schlendern, und erst allmählich den freien Platz zu überqueren, der ihn von der Deckung der Menge trennte.

«... mutig, sehr mutig ...» «Tollkühn, würde ich sagen.» «... das nimmt sich nicht viel, aber für meine Begriffe ist das mutig.» «Begriffe? Was für Begriffe? Das sind doch Trottel. Das Schiff da ist nicht mal als Feuerholz zu gebrauchen ...»

Ihre Stimmen drängten an sein Ohr und schwanden wieder, ein unbedeutendes, beruhigendes Geräusch. Er war von seiner Aufgabe innerlich angespannt, wie am Vorabend einer Schlacht. Er zuckte zusammen, als ihn eine Hand an der Schulter berührte. Eine alte Frau verkaufte Äpfel, ihre quengelnde Stimme verfolgte ihn noch, als er sich eilig davonmachte: «Mein Herr? Guter Herr? Möchtet Ihr ...»

Er beruhigte sich wieder, schlenderte zwischen den schnatternden Menschentrauben hindurch und blickte alle paar Sekunden den Kai hinab zum Schiff. Zwei Zwerge gingen an ihm vorüber, spazierten Arm in Arm und ignorierten vergnügt die staunenden Blicke, die sie auf ihrem Weg begleiteten. Die Zeit schien sehr langsam zu vergehen, doch auch das war ihm vertraut. Er hielt sich nahe am Rand der Menge auf, damit ihm ihre Körper nicht die Sicht versperrten. Er mußte an die fünfzigmal zur *Santa Lucia* hinübergespäht haben, bevor sie wieder auftauchten, dort auf dem Deck, dann auf der Mole, dann kamen sie auf ihn zu, auf die Menge, alle drei gemeinsam. Er ließ sich tiefer in die Masse der Leiber sinken, sah sie näher kommen. Sie blieben stehen. Eine Auseinandersetzung? Serón zeigte den Kai entlang auf den Segelspeicher. Er sah Salvestro nicken und dann in die andere Richtung zeigen, wobei ihm der Große gehorsam folgte. Zur Schänke? Bestimmt wollten sie sich jetzt trennen; richtig, Serón ging zurück, entfernte sich wieder. Diego glitt durch die Menge, um den Sekretär abzufangen, er bewegte sich rasch und sicher, voll auf seine Beute konzentriert ...

Einmal hatte er gesehen, wie sich ein Mann selbst aufspießte. Auf einer Pike. Es geschah bei einem Scharmützel außerhalb von Piacenza, ein unbedeutender Tod in einem unbedeutenden Kampf. Der Mann griff in vollem Lauf an und rannte einfach hinein. Sein Mörder hatte nichts dazu getan, ein vor Angst starrer Hellebardier, der einfach nur dastand und die Waffe bereithielt. In einem Augenblick der stürmische Vorstoß, im nächsten tot. Diego fragte sich, was dem Sterbenden wohl durch den Kopf gegangen war, als er auf seine Brust hinuntersah, in der die Spitze bis zum Querstück feststeckte. Seine Beine waren noch eine Sekunde weitergerannt. Was hatte er in jenem Moment gedacht, in dieser absoluten Disjunktion? Jetzt wußte er es. Er blickte in die Menge, und dann warf ihn der Schock des Erkennens nach hinten, wobei er sich bereits umdrehte und duckte, die Hand fuhr in sein Wams, nach dem kurzen Messer, denn das Schwert war in einer Menschenmenge nutzlos, blöde Gedanken in einem blöden Kopf ... Rufo stand direkt in seinem Weg.

Er fing sich wieder, bevor er zu laufen anfing. Er blickte nach unten. Das Messer lag in seiner Hand. Rufo hinter ihm. Ruhig gehen, ermahnte er sich. Steck das Messer weg und unternimm nichts. Seine Gedanken waren wie umnebelt. Er hatte die Konzentration verloren. Entfern dich langsam – das war besser –, laß dich treiben, misch dich unter die anderen.

Er fand sich auf der anderen Seite der Menschenmenge wieder, der Seite, die der Schänke am nächsten lag. Salvestro und sein Gefährte waren nirgends zu sehen. Ebensowenig Serón, der den Kai entlanggegangen war, wohin er ihm nicht folgen konnte, noch nicht. Rufo hatte ihn nicht gesehen, höchstens ein Stück seines Rückens inmitten Hunderter anderer Rücken. Er hatte Glück gehabt. Jetzt mußte er schnell denken. In der Menge bleiben oder die hundert Meter zwischen der Tribüne und der Schänke riskieren? Rufo in der Menge. Die beiden Männer in der Schänke. Er fühlte sich hin und her gezerrt, zugleich eigenartig erlöst. Der Gedanke, daß der Häscher des Papstes ihn vielleicht doch nicht hier erwartete, hatte ihn verlockt, gereizt. Es war nicht Angst, aber dicht dran. Er trat aus der Deckung der Menge heraus. Serón mußte früher oder später in die Schänke zurückkehren, um seine Leute abzuholen; damit mußte er sich zufriedengeben. Sein Nacken prickelte. Seine Glieder fühlten sich steif an, während sie den lässigen Schritt zur Tür des *Letzten Schnaufers* mimten, ein winziges Rechteck, das mit lähmender Langsamkeit größer wurde.

Drinnen war es voller als je zuvor. Er ließ sich in einer Ecke nieder, verbarrikadiert hinter einer Gruppe von fünf Männern, die zu sehr mit ihrem Bier beschäftigt waren, um ihn zu bemerken. Er durchforschte den Raum nach Salvestro und seinem Gefährten; der zumindest müßte ohne Probleme auszumachen sein. Es spielt keine Rolle, sagte er sich. Serón in der Menge oder Serón, wie er auf die Schänke zukommt, um seine Schützlinge abzuholen, die beiden Männer, die hier irgendwo sein mußten. Wieder ließ er die Blicke durch den Raum schweifen. Dann ein drittes Mal, und ein viertes ... Er begann leise zu fluchen. Eine Woge des Unbehagens stieg in ihm auf, wurde immer turbulenter, war kurz davor, in Panik umzuschlagen. Die beiden Männer waren nicht hier.

Iiek.

Der Fährmann legte ab, knurrte eine Warnung, schwang das Ruder über ihre Köpfe und legte es in die Ruderklampe am Heck ein. Die Brücke glitt davon, und schon waren sie mitten auf dem Fluß, die Strömung hielt das kleine Boot gleichmäßig auf dem schwarzen Wasser des Tiber. Es war früh am Morgen, noch fast ganz dunkel, die verschatteten Uferdämme sahen aus wie Erweiterungen der lichtlosen Oberfläche des Flusses, die an den Rändern heraufgezogen waren, wie bei einem Kanal, der auf eine mächtigere Flut wartet. Vertäuungsringe aus verwittertem Stein zeichneten sich undeutlich im Dunkel ab. Sie passierten die Insel rechter Hand, beobachtet von Wasserbüffeln, deren Schädel wie monströse Büsten aussahen, bis sie jäh das Interesse verloren und zur Seite schwenkten. Verlassene Treppen stiegen eine oder zwei Stufen aus dem Wasser empor und endeten dann, führten nirgendwohin. Der Eingang zur Cloaca Maxima war das schwarze Maul eines unendlich geduldigen Raubtiers, das auf alles wartete, was die Wirbel ihm in den Rachen spülten. Salvestro, Bernardo und Don Antonio starrten im Vorüberfahren hinein. Ein leichter Schub von links signalisierte den schwachen Sommerausstoß des Marrana. Stromab von der Mündung wirkten die weiter zurückgesetzten Gebäude wie ein Gewirr von Schatten, die langsam in den ansteigenden Hintergrund sanken, sich in Ruinen einer vergangenen Stadt verwandelten, Rom und Ro-ma, und beide lagen jetzt, wo der Fluß bei Testaccio durch die alten Mauern schnitt und sich zu einer ruhigen Flut von hundert Schritt verbreiterte, schon hinter ihnen.

Iiek!

Eine Ratte? Ein Vogel? Ist etwas mit dem Boot nicht in Ordnung? Umgestürzte Lärchen und Weiden liegen am linken Ufer, gefällt, um den gepflasterten Treidelpfad freizumachen, wo in einer Stunde Ochsen und Wasserbüffel ihren mühseligen Weg beginnen und Lastkähne und Leichter flußauf ziehen würden. Noch war der Fluß fast leer. Sie kamen an einem einsamen Fischer vorüber, dann an der ersten Bootsstation, wo einige Männer damit beschäftigt waren, Fracht aufzuladen, kleine quadratische Segel zu hissen und einander anzubrüllen. Die Sonne ging auf, und der Fluß verwandelte sich, wurde abwechselnd zum gleißenden Spiegel und zum transparenten Brennglas, durch das die im Boot auf dem Bauch liegenden Passagiere beobachten konnten, wie die gelben Sandbetten des Tiber in der Strömung wogten und sich veränderten. Bei Magliana lag eine große Barkasse neben einer Landungsbrücke, die kaum stark genug schien, dem Boot sicheren Halt zu geben. Schweizergardisten wachten an Deck. Livrierte Männer drapierten Wimpel an den Seiten. Sie setzten ihren Weg fort, um die erste und größte Biegung des Flusses herum, wobei sich Don Antonio weit über den Bootsrand lehnte, um die Barkasse möglichst lange im Blick zu behalten, bis ihr eigenes Boot zu krängen begann und er sich rasch zurückzog.

Ii-iek ...

Die drei Männer schauten einander an, Salvestro, Bernardo und Serón, aber keiner sagte etwas, und der Bootsführer stand da mit schwarzen Augen und nußbraun gebrannter Haut, von all den Tagen, die er unter der gleichen, auch jetzt herunterbrennenden Sonne zugebracht und sein Fahrzeug schweigend an den Sandbänken und ihren heiseren Pelikanen vorbeigelenkt hatte, vorbei an lauten Anlegeplätzen, deren Lärm über ihnen wie Wogen zusammenschlug und sich ebenso rasch wieder im Gurgeln des Wassers verlor, vorbei an Tor di Valle, Vitinia und Acilia, vorbei an einem Dutzend namenloser Weiler, deren Existenz lediglich durch die dünnen Rauchfahnen angezeigt wurde, die über ihnen im Himmel standen, dann verbreiterte sich der Fluß beinahe unmerklich, während sie die Mündung des Galeria passierten, und dann wieder, als der Tiber sich gabelte, und als sie das dichte Buschland der Isola Sacra umrundeten, erblickten sie die schweren behauenen Steine hoher Mauern, die jetzt zerstört und verlassen lagen, und dann, auf dem anderen Ufer, eine gut erhaltene Festung, Lagunen dahinter, die ersten Flecken von Hütten, Schuppen und Häusern, und dann gab es keine Biegungen mehr zu umrunden. Vor ihnen lag das Meer. Sie waren in Ostia.

Iiek, iiek, iiek …

Es war ein immer wiederkehrendes Quietschen, das unregelmäßig und ohne Vorwarnung mal von links kam, als Serón sie aus dem Boot winkte, dann wieder von rechts, kurz verstummte, als sie an der Schänke vorübergingen, dann wieder von rechts ertönte, als sie sich durch die vor der Tribüne versammelte Menge schoben, und es brach unvorhersehbar alle paar Schritte aus, als sie den Kai hinab auf die Pier zugingen, und jetzt bestand auch kein Zweifel mehr an seiner Ursache: Don Antonio Seróns neue Schuhe.

Er blieb über der rebellischen Fußbekleidung stehen. Die Brosche an seinem Hut, die Verzierung auf der Degenscheide und der Handschutz am Degen – alles war mit dem gleichen verschlungenen Blumenmotiv versehen. Auch die Schnallen der Schuhe. Ohne die Schuhe hätte das Ensemble unausgewogen und nicht sehr befriedigend ausgesehen. Seine beiden Schützlinge sahen ihn verständnislos an. Das Bild, das diesen Tag in albuminösen Temperafarben zur Freude der Nachwelt festhalten würde, zeigte Seine Heiligkeit in sattem Purpur, wie er von der Plattform herab der bewundernswert detailliert dargestellten *Santa Lucia* (bei der ein gewisses Maß an künstlerischer Freiheit dringend vonnöten war) zuwinkt. Der ihn umgebende Klüngel von Prälaten, Gesandten und Bauern würde in erdigere oder mattere Rottöne gekleidet sein, Vich in unechtem Operment herausragen, porträtiert wie ein ausgemergelter Herkules in der vergifteten Löwenhaut; er selbst, Serón, in dauerhaftem Ultramarin, das Rot seiner Schuhe ersetzt durch graustichiges Blau, damit sich diese beruhigen. Und diese beiden? Die beiden Trottel?

«Das ist sie: die *Santa Lucia*», verkündete er prahlerisch. Sie drehten die Köpfe zu dem Schiff am Ende der Pier um. «Kostet ihren Namen aus, denn die Geschichte wird ihn dereinst mit den Euren verbinden: Salvestro und Bernardo von der *Santa Lucia* ...»

«Ein schönes Schiff», sagte Salvestro.

Er betrachtet sie beim Betrachten. Bernardo imitierte die Bewegungen seines Gefährten beinahe perfekt. Der Große hatte fast die ganze Fahrt den Tiber hinunter unruhig herumgezappelt. Vielleicht die Nerven. Er sah jetzt selbst etwas genauer hin. Das gleiche Flickwerk aus alten und neuen Planken, der eine Mast leicht schief, Jacopo an Deck, die aufgerollten Segel sahen weißer aus, als er sie in Erinnerung hatte. Vielleicht hat die Mannschaft sie geschrubbt, obwohl es eher unwahrscheinlich war, daß sie sich zu einer derartigen Aufgabe hatten hinreißen lassen, und als sie näher kamen, sah er, daß die Leinwand nicht geschrubbt, noch nicht einmal geflickt war. Die Segel waren neu. Staunend blickte er in das Gewirr abgewetzter Taue und Leinen.

«Haben sie gestern abend aufgetakelt», sagte Jacopo. «Der ganze Trupp vom Speicher da drüben. Kommt Ihr an Bord?»

Die Männer gingen hintereinander über die Laufplanke, man wurde einander vorgestellt. Jacopo sah Bernardo bestürzt an. Serón klopfte dem Großen auf den Rücken.

«Den hättet Ihr gern in der Mannschaft, eh, Jacopo? So einen großen Kerl!»

«Ja», sagte Jacopo nach einer Pause. Bernardo lachte, und Serón fiel ein. «Die Mannschaft schläft noch aus, nach der Abschiedsfeier», sagte er. «Auch Alfredo.»

«Kapitän Alfredo», korrigierte Serón, und Jacopo nickte zustimmend. «Dann haben wir hier ja überall Brummschädel», fuhr er in scherzendem Ton fort. «Aber keine Bange. Auf der Reise ist noch Zeit genug, sich gegenseitig vorzustellen.» Er bemerkte eine Anzahl von Fässern, die auf den Decks der *Santa Lucia* aufgereiht standen und die vorher nicht dort gewesen waren. Auch das Wasserfaß sah nicht sehr vertraut aus. Vielleicht hatte er seinen Gesichtsausdruck nicht unter Kontrolle gehabt, oder aber Jacopo gehörte zu den Leuten, die Mißbehagen bei anderen sofort spüren.

«Stimmt was nicht, Don Antonio?»

Unverschämter Hund. Er schüttelte den Kopf. Salvestro beobachtete ihn neugierig.

«Mir ist schlecht», sagte Bernardo. «Ich glaube, ich muß gleich ...»

Er schaffte kaum die drei Schritte bis zur Reling, von wo sein Magen sich geräuschvoll ins Wasser entleerte. Müssen die Nerven sein, sagte sich Serón. Er warf einen Blick auf den anderen, der jetzt von der Unpäßlichkeit seines Gefährten abgelenkt war. Jacopo hob eine Braue.

«Wir haben noch kaum Wasser unter dem Kiel», sagte Salvestro dem Großen, als der sich wieder aufrichtete und den Mund abwischte.

«Laßt uns an Land gehen», schlug Serón vor. «Ich habe noch etwas im Segelspeicher zu erledigen, aber Ihr beide habt Euch einen Schluck Rum im *Letzten Schnaufer* verdient.» Er wandte sich an Jacopo. «Seine Heiligkeit wird hier irgendwann nach Mittag erscheinen. Mach bis dahin alles klar.» Er behielt seinen leichten Ton bei.

An Land verging Bernardos Übelkeit so rasch, wie sie gekommen war. Als sie zurück zur Schänke gingen, nahm sein Gesicht wieder Farbe an. Die Menge vor der Tribüne war inzwischen weiter angewachsen und viel ausgelassener geworden. Einige Leute warfen ihnen im Vorübergehen neugierige Blicke zu und flüsterten dann miteinander.

«Stellt Euch nur vor», erzählte Serón den beiden. «Bei Eurer Rückkehr wird es in jeder Straße und in jeder Taverne Roms so zugehen.»

«Was?» fragte Bernardo.

«Euer Ruhm», erläuterte er. «Euer Ansehen, also führt Euch entsprechend auf. Euer Leben wird sich vollkommen ändern, wenn Ihr zurückkehrt. Das hier ist nur ein Vorgeschmack.»

«Ein was?» fragte Bernardo.

«Ich stoße dann zum Abschiedstrunk wieder zu Euch.» Er hob die Stimme, um den Lärm der Menge zu übertönen. «Dort drüben.» Er zeigte auf die Schänke.

Als die beiden Männer sicher in der Menge verschwunden waren, drehte er sich um und ging rasch wieder den Kai entlang, doch statt zum Segelspeicher wandte er sich nach rechts zur Pier und damit zum Schiff.

Als er die Laufplanke hinunterging, wurde er von Jacopo aufmerksam beobachtet. Zum zweitenmal.

«Woher kommt das alles?» wollte er von dem Maat wissen, der eine Miene erstaunter Unschuld aufsetzte, was ihn nur noch mehr aufstachelte. «Diese Fässer. Die Segel. Wo ist die Mannschaft, die Ihr mit dem Geld anheuern solltet?»

«Unter Deck, wie ich schon sagte», antwortete Jacopo. «Und das

Zeugs stammt von Euch, jedenfalls hat man mir das gesagt. Das meiste davon kam gestern an.»

Er muß lügen, dachte Serón, obwohl der Unmut des Maats und die fehlenden Erklärungen eher darauf hindeuteten, daß er die Wahrheit sagte. Von mir nicht, dachte er. Von wem also?

«Schafft Eure Leute an Deck», befahl er. «Sorgt dafür, daß sie sich waschen, und wenn Seine Heiligkeit eintrifft, möchte ich, daß sie in Reih und Glied an der Reling stehen.»

Der Maat regte sich nicht und blickte Don Antonio unbeirrt an. «Habt Ihr mir nichts zu erklären?»

Serón starrte den Maat einen langen Moment an, bevor sein Zorn sich Luft verschaffte: «Ich! Soll Euch Erklärungen abgeben? Dem Schuft, der ...»

«Der Große», unterbrach ihn Jacopo. «Bernardo. Ihr habt wohl vergessen, ihn zu erwähnen?»

«Großer Gott! Ihr seid doch so viele, fünfzehn, oder zwanzig? Ihr könnt es ja erledigen, wenn sie schlafen.»

«Wir sind acht. Und ein Zimmermann», sagte Jacopo.

«Also neun. Immer noch genug, wenn Ihr der Herr dieses Schiffes sein wollt.» Die Herausforderung schwebte noch immer zwischen ihnen.

«Genug», sagte Jacopo. Das konnte Zustimmung ausdrücken oder eine Frage. Er blickte über den Bug der *Santa Lucia* hinaus aufs Meer. Er war nachdenklich geworden, und Serón wußte, daß er eine gute Wahl getroffen hatte.

«Wo sollen wir es erledigen?» fragte Jacopo beiläufig.

«Irgendwo auf offener See», erwiderte Serón. «Ein Flecken Ozean ist doch wie der andere, oder nicht?»

Wenige Minuten später ging er rasch zur Schänke zurück, und das Quietschen seiner Schuhe fügte seiner Unruhe eine gewisse Gereiztheit hinzu. Jemand hatte das Schiff mit Vorräten und neuen Segeln ausgestattet. Jemand hatte eine neue Figur in seinen Plan eingeführt und ihn dadurch durcheinandergebracht ... Oder war er selbst nur eine Figur im Plan eines anderen? Vichs? Unmöglich. Vich war bereits ein Mann von gestern, der Plan seines Sekretärs zu ausgereift, und nun bewegte er sich vorwärts wie ein Jäger, zum Töten entschlossen. Der Rest war bloße Vollstreckung. Im Segelspeicher würde man wissen, wer es gewagt hatte, sich in seinen ausgeklügelten Plan einzumischen. Zunächst also der Segelspeicher. Er hatte Zeit. Der Papst würde sein barkassenhaftes Hinterteil ungefähr jetzt auf den Thron setzen, die Barkasse selbst gerade erst ablegen. Er mußte sich förmlich durch die Tür quetschen, um in den *Letzten Schnaufer* hineinzukommen. Zuerst die Schänke, dann in den Segelspeicher, dann träfe der Papst ein, und dann würde das Schiff davonsegeln. Er blickte sich in dem überfüllten Raum nach Salvestro und Bernardo um. Wo waren sie?

«Setzt Euch, Don Antonio.»

Es blieb ihm nicht mehr genug Zeit, sich umzudrehen, bevor eine Hand ihn am Nacken packte und zur Seite schob. Etwas schlug hinten gegen seine Beine, brachte ihn aus dem Gleichgewicht, er fiel ... Ein Stuhl. Er fiel auf ihn. Eine Gruppe Trinker, die neben ihm stand, schaute neugierig auf ihn herab.

«Beruhigt Euch», befahl die gleiche Stimme. «Und lächeln.»

Er lächelte. Man ließ seinen Nacken los, und die gleiche Hand klopfte ihm herzlich auf die Schulter. Diegos Gesicht tauchte dicht vor dem seinen auf und fing an zu reden, von Leuten und Orten, von Tagen und von Zeiten innerhalb dieser Tage. Er beschrieb das Schiff und seinen Zustand, dann kehrte er nach Rom zurück, in eine Schänke am Fluß, ein Zimmer in dieser Schänke, einem Mann in diesem Zimmer, der auf ihn, Don Antonio Serón, wartete, dann zu dem Fall, den er die ganze Hitze des Sommers hindurch verfolgt hatte, gab offen zu, wann sein Wissen faktische Lücken aufwies und durch Spekulationen ersetzt wurde. Er wußte alles. Seine Spekulationen betrafen winzige Details, und sie trafen alle zu. In Don Antonios Kopf fing alles sich zu drehen an, dann sein ganzer Körper, als ob man ihn am Hals herumwirbelte, schneller und immer schneller. Woher wußte er bloß diese Dinge? War ihm Vich auf die Schliche gekommen und hatte seinen Kettenhund losgelassen? Dann beugte sich der Soldat noch näher heran und redete jetzt von den beiden Akteuren, die nicht genannt worden waren: Salvestro und Bernardo.

«Wir hatten einen Pakt geschlossen, Ihr und ich», sagte der Soldat, «und Ihr wart so dumm und habt versucht, ihn zu brechen.» Seine Stimme war ruhig, leicht von Enttäuschung und Bedauern gefärbt. «Ihr mögt zwar ein Pärchen Vogelscheuchen auf das Deck dieses Kahns gestellt, sie ein wenig aufgeputzt und ihnen zum Abschied gewinkt haben, aber Ihr habt diese beiden ausgewählt, und das war sehr dumm, denn sie gehören mir: Eure Narren sind meine Halsabschneider, sie gehören mir ...» An dieser Stelle schüttelte er den Kopf und fuhr dann fort. «Ihr habt gesagt, Fernando würde mir sein Ohr leihen, daß Ihr meinen Fall am Hofe vorantreiben würdet, daß ich gehört und mir die Gerechtigkeit widerfahren würde, die mir verweigert wurde. Aber Ihr hattet dergleichen niemals im Sinn, und auch das war dumm. Ihr habt Euren Herrn verraten, Don Jerónimo, Ihr habt mich verraten, Euren Verbündeten, und jetzt verratet Ihr Euch selbst. Richtig», fügte der Soldat angesichts seines verwirrten Gesichtsausdrucks hinzu, «auch Euch. Denn ich bekomme meine Mörder, und ich bekomme auch die Aufmerksamkeit des Königs, und Ihr werdet mir helfen, Ihr werdet mir dabei helfen, aber jetzt bewußt, so wie Ihr es in den letzten Monaten getan habt, in dem Glauben, ich sei Euer Narr ...»

Er sprach noch einige Worte mehr, und zuerst dachte Don Antonio, er habe ihn mißverstanden, oder nicht richtig gehört, denn es war sehr laut in der Schänke, aber als Diegos Absicht deutlich wurde, spürte er, wie sich sein wirbelnder Kopf beruhigte und wieder zum Stillstand kam, und er konnte ein Grinsen nicht unterdrücken, ein echtes Lächeln diesmal, das sich über sein ganzes Gesicht ausbreitete, und er konnte auch das Gefühl nicht bändigen, das in seiner Brust brodelte, eine Mischung aus Ungläubigkeit und überschäumender Heiterkeit.

«Das ist meine Absicht, und das ist mein Anliegen», kam der Soldat zum Schluß. «Seid Ihr einverstanden, Don Antonio?»

Serón nickte eilig und erhob sich, nicht nur, um seine Miene zu verbergen, sondern auch, um weiteren Aufmerksamkeiten des Soldaten zu entgehen; er murmelte zustimmend und erklärte dann, die Zeit sei knapp, er habe noch etwas im Segelspeicher zu erledigen, weitere Vorbereitungen seien zu treffen ...

«Dann beeilt Euch, Don Antonio», sagte der Soldat entgegenkommend. «Erledigt Eure Geschäfte, trefft Eure Vorbereitungen. Macht, was Ihr wollt.» Er sah dem Sekretär nach, der sich durch die Zecher drängte und verschwand. Der niederträchtige Funktionär hatte seinen Vorschlag schneller als erwartet akzeptiert. Jetzt lachte sich Don Antonio bestimmt ins Fäustchen, draußen, auf dem Weg zum Segelspeicher, und bestimmt ging er schon seine Schachzüge durch, um Vich in Ungnade fallen zu lassen, gefolgt von seiner eigenen feierlichen Amtseinsetzung: Don Antonio Serón, Orator Fernandos des Katholischen ... Diego war schon wieder in den Intrigen des Sekretärs versunken.

«Er war's nicht, müßt Ihr wissen.»

Der Soldat hob den Kopf.

Ein kleiner drahtiger Mann mit einer langen Lederschürze stand vor ihm. Ein Händler oder etwas in der Art.

«Was?»

«Der Mann, den Ihr ‹Don Antonio› nanntet. Das war nicht Don Antonio», sagte der Mann. «Das war ein Hochstapler.»

«Wirklich? Na, das ist wohl wahr …» Er wollte gerade grinsen, doch etwas in dem Gesicht des Mannes hielt ihn davon ab. «Was soll das heißen?» fragte er barsch.

«Ich habe gerade mit dem echten Don Antonio gesprochen», fuhr der Mann fort. «Ich hatte eine Nachricht für ihn. Er steht dort drüben an der Tür.» Der Mann blickte sich vorsichtig um. «Jedenfalls war er da eben noch. Jetzt ist er weg.» Der Mann wandte sich um und wollte gehen.

«Warte», blaffte Don Diego. Seine Haut spannte sich, und seine Finger zuckten. Er spürte, wie dieses Strudeln in seiner Magengrube wieder einsetzte. «Welche Nachricht?»

«Von einem Herrn namens Salvestro. Er wartet im Segelspeicher auf Don Antonio. Wo ich arbeite», ergänzte er zur Erläuterung des Soldaten.

«… aber es hat sich nicht einmal bewegt», protestierte Salvestro.

«Richtig», konterte Bernardo. «Wenn es das getan hätte, wäre es mir nämlich gutgegangen. Es war mein Gedärm, verstehst du? War in Aufruhr» – seine Arme flatterten auf und ab –, «und dann das Boot, das große da drüben, hat ganz ruhig gelegen, und die Därme sind irgendwie immer aneinandergestoßen, und mir ist schlecht geworden. Mir wäre auch letzte Nacht fast schlecht geworden. Auch Pierino wäre es fast schlecht geworden. Das war bei allen so, sogar Rodolfo. Sie wollten wissen, wo du warst. Ich hab ihnen gesagt, daß du mit den Mönchen betest.»

Salvestro lachte kurz auf. «Gut», sagte er.

«Sie werden ein paar Gebete für uns sprechen, wenn wir weg sind, oder?»

«Aber selbstverständlich», sagte Salvestro.

Einige Leute blieben stehen, um sie anzuglotzen, als sie sich der Menge vor der Tribüne näherten. Bernardo glotzte zurück. Dort zwischen den Männern und Frauen ging eine Obstverkäuferin umher, und Bernardo fiel auf, daß er Hunger hatte.

«Ich warte hier», sagte Salvestro. «Anschließend gehen wir in die Schänke.»

Bernardo bahnte sich einen Weg durch die Menschenleiber hinter dem Obst her. Immer wieder tauchte der Kopf der Frau vor ihm auf.

Er mußte ab und zu die Richtung ändern und war schon bald frustriert, drängte Leute zur Seite und mußte, um ihrem Zorn zu entkommen, weitere Leute zur Seite drängen. Der Kopf der Obstverkäuferin tauchte wieder auf, verschwand sogleich wieder, war erneut zu sehen und tauchte wieder unter, während Bernardo herumwogte und sich unbeliebt machte. Schließlich spürte er, wie ihm jemand auf die Schulter tippte.

«Äpfel, mein Herr? Ich habe hier sehr gute Äpfel ...»

Sie sahen tatsächlich gut aus, sehr verlockend, und Bernardo hätte beinahe gesagt: «Ja, ich nehme ein halbes Dutzend», als ihm einfiel, daß er kein Geld hatte. Er sagte ihr das, aber sie bot sie ihm weiter an, immer wieder, mit einem irritierenden Quengeln. Schließlich brüllte er sie an, und sie ging weg. Er sah zur Tribüne hinauf. Etwas regte sich in seiner Erinnerung, etwas mit dem Papst, der, wie Don Antonio versprochen hatte, dort oben sitzen und ihnen zusehen würde, wie sie davonsegelten. Er und Salvestro würden winken, wie abgesprochen, aber das war es nicht. Er drehte sich um, wollte nach Salvestro sehen, aber da war kein Salvestro mehr. Salvestro war weg. Schon wieder.

Jetzt, dachte Bernardo, ist die Zeit, einen kühlen Kopf zu bewahren. Er bewegte sich umsichtiger vorwärts, bat die Leute höflich, zur Seite zu treten, schob seinen massigen Körper durch die Plauderer und Gaffer. Er war sich närrisch vorgekommen, wie er da im *Zerbrochenen Rad* unter den Tischen hervorgekrochen war. Diesen Fehler würde er nicht noch einmal begehen. Nein. Diesmal konnte Salvestro warten und sich Sorgen machen, und er, Bernardo, machte den Abgang. Dort drüben war das Wirtshaus. Zweifellos saß Salvestro da drin. Er blickte sich um. Da hinten war das Schiff und die Pier, auf der Don Antonio ging. Eigenartig, aber auch darüber wollte er sich keine Sorgen machen. Dort war die Landungsbrücke, an der sie angelegt hatten. Daneben stand ein großes, baufälliges Gebäude, wie ein übergroßer Schuppen. Davor waren ein paar Kinder. Er stellte sich vor, wie Salvestro sich fragte, wohin er gegangen sein mochte, sich dann Sorgen machte, in Raserei verfiel, schließlich bei seiner Suche im Wirtshaus die Tische umwarf (wo er nicht sein würde), und am Ende, vielleicht, unter ihnen Zuflucht suchte ... Auch das gefiel ihm sehr. Er würde mit den Kindern spielen, während Salvestro sich die Haare raufte und sich zum Narren machte.

Er ging eilig auf den Schuppen zu, grinste vor sich hin und sah den Kleinen zu, die offensichtlich ihren Spaß hatten. Gemeinsam könnten sie seine Lieblingsspiele spielen: das Wie-viele-Kinder-konnte-er-mit-einem-Arm-hochheben-Spiel, dann das Wie-viele-Kinder-konnte-er-mit-zwei-Armen-hochheben-Spiel und schließlich das Wie-viele-Kinder-konnte-er-an-Armen-Hals-Beinen-undsoweiter-hochheben-Spiel. Doch als er näher kam, sah er, daß es sich keinesfalls um Kinder handelte. Es waren Zwerge.

Währenddessen rannte Salvestro. Mit schwingenden Armen, brennenden Lungen, wirbelnden Füßen rannte er den Kai entlang, vorbei an der Pier, wich Tauenden und Vertäupfosten aus, lief auf die kleinen Lagerhäuser und Schuppen zu, die Sicherheit bedeuteten, einen Platz zum Verstecken, einen Platz, an den man flüchten, einen Platz, wohin man davonrennen konnte: Salvestro rannte davon, wieder einmal …

Er tauchte zwischen die Gebäude ein, bog um einige Ecken, stolperte, war jedoch in der gleichen Sekunde wieder auf den Beinen und rannte weiter. Hinter einem Lagerschuppen blieb er stehen, um Atem zu holen, um auf Verfolger zu lauschen, um nachzudenken, es wenigstens zu versuchen. Er versuchte sich an das Gebäude zu erinnern, auf das Serón gezeigt hatte; es war größer als die Schuppen ringsum gewesen. Wahrscheinlich war er schon vorbei. Hier war niemand zu sehen. Er stützte die Hände auf die Knie und sog Luft in die Lungen, fächelte sich mit dem Hut Luft zu. Don Antonio hatte etwas von «im Segelspeicher erledigen» gesagt. Er schlich die Rückseiten der Gebäude entlang, bewegte sich halb gebückt weiter, denn einige von ihnen waren kaum mehr als Holzschuppen mit Dächern, die niedriger als er waren. Er stürzte los. Die Tür öffnete sich quietschend und fiel hinter ihm zu. Das einzige Geräusch danach war das Klopfen seines Herzens. Er hätte wissen müssen, wer ihn hier in Ostia erwartete, zumindest vermuten, annehmen. Er hätte einfältig hinter Bernardo durch die Menge bummeln können, und wenn er das getan hätte, läge er jetzt dort, umringt von einer kleinen neugierigen Menge, und das kurze Messer, das er gesehen hatte, als sich Diego nach ihm umdrehte, würde in seiner Brust, seinem Hals oder seinem Auge stecken … Die Falle war dort gelegt worden. Er hätte es wissen müssen: Der Oberst war ein Jäger, der niemals aufgab. Schon seit Prato hatte er auf ihn gewartet.

Er sah sich im Innern des Speichers um. Würden diese Holzwände ihn abhalten? Dieser Vorhang aus Segeltuch? Er schob ihn mit einiger Anstrengung zur Seite, denn er war steif und schwer, hoch oben an Stangen aufgehängt. Dahinter hing ein weiteres Stück, dann noch eins, und noch eins ... Salvestro arbeitete sich geduldig hindurch, fand manchmal eine Öffnung, manchmal auch nicht, und die ganze Zeit über lauschte er auf Bewegungen, darauf, ob sich außer ihm noch jemand hier aufhielt. Das Tuch knatterte. Sein Atem wurde wieder schwerer. Seine Füße tappten über die Planken des Fußbodens.

Auf der anderen Seite dieser seltsamen Barriere befand sich der gleiche Raum noch einmal, nur noch vollgestopfter. Von oben flutete Licht auf eigenartige Flaschenzüge und Ankerwinden. Straffe Taue liefen über Rollen und stiegen die Wände empor zu weiteren Rollen, die an den Dachbalken befestigt waren. Eine unaufgeräumte Werkstatt im hinteren Bereich schien dem Speicher erst später hinzugefügt worden zu sein, denn ihr Dach war niedrig, und sie reichte weiter nach hinten in ein Dunkel, das nur von den Umrissen von Gerüsten, Werkbänken und Stapeln von Klapptischen durchbrochen wurde. Neben mehreren Seilrollen hingen merkwürdige Werkzeuge von unterschiedlichem Gewicht und unterschiedlicher Größe an den Wänden. Die Winden, oder was auch immer sie waren, kamen Salvestro wie enorme Insekten vor, die ihre stabähnlichen Glieder in alle Richtungen streckten. Er stand mitten in dieser Werkstatt, schaute nach oben und sah sich überall um. Hier schien das Licht heller zu sein.

«He! Runter vom Segeltuch! Du! Beweg dich!»

Er machte einen Satz, versuchte herauszufinden, wo die Stimme herkam, und ging schon zur Seite, jederzeit bereit wegzurennen. Ein Krachen, als irgendwo im hinteren Teil der Werkstatt ein Bock umfiel, und dann tauchte ein Mann in einem Arbeitsschurz auf.

«Oh!» rief er, als er Salvestros Kleidung besser sehen konnte. «Hab nicht gesehen, daß Ihr ein feiner Herr seid ... Mußte aber schreien, um Euch zu warnen.» Er zeigte auf den Boden, wo ein gespanntes Segeltuchquadrat ausgebreitet lag, das an jeder Ecke von einer der insektenartigen Apparaturen straffgezogen wurde, und fing an, die Feinheiten des Mechanismus zu erklären. «Das trennt einem den Kopf ab wie 'ne Kerze, wenn man das losmacht», sagte er warnend. «In einem Segelspeicher muß man aufpassen, wo man hintritt.» Er zeigte auf die Zapfen und Keile, die den Mechanismus unter Spannung hielten. «Einmal hier drangeschlagen, oder hier, und ...» Er fuhr sich mit dem Finger quer über die Kehle. «Deshalb hab ich so gebrüllt, Herr.»

Salvestro erholte sich allmählich und fragte nach Don Antonio.

«Den kenn ich bestimmt nicht», sagte der Mann. «Ich komm normalerweise nur hierher, um abends hier sauberzumachen.» Er zeigte auf einen Besen, der in einer Ecke lag. «Aber heut sind alle ausgeflogen. Der Papst kommt, deshalb bin ich ganz allein hier.»

«Ich möchte gerne, daß du jemandem eine Nachricht von mir überbringst», sagte Salvestro und versuchte wie der feine Herr zu klingen, für den ihn der Mann hielt. Er wollte ihm schon anbieten, zum Ausgleich ein wenig zu fegen, hielt sich aber gerade noch zurück. Statt dessen beschrieb er Don Antonios Kleidung, seinen Degen, seinen Federhut. «Er ist höchstwahrscheinlich in der Schänke.»

«Ich finde ihn», versicherte ihm der Mann.

«Sag ihm, er soll so schnell wie möglich hierher zu mir kommen. Sieh zu, daß er das auch versteht. So schnell wie möglich.»

«Und was soll ich ihm sagen, mein Herr», wollte der Mann wissen, «wer Ihr seid?»

«Ich», sagte Salvestro, «bin Salvestro.»

Der Mann machte eine kleine Verbeugung und verschwand dann hinter dem nächsten Stück Segeltuch. Salvestro lauschte den dumpfen Schlägen und dem Knistern, mit denen sich der Mann durch das Tuch arbeitete. Die Tür quietschte, dann war er allein.

Er fand einen Hocker und setzte sich hin. Don Antonio war etwas dazwischengekommen, soviel war klar. Oder er war hierhergekommen, hatte niemanden vorgefunden und war wieder gegangen, wahrscheinlich um denjenigen zu suchen, den er hier hatte treffen wollen. Also würde er wieder zurückkommen, so oder so. Und seine Nachricht würde ihn bestimmt um so schneller hierherbringen. Und bis zum Nachmittag waren sie an Bord der *Santa Lucia*, weg von allem hier, winkten wie besprochen, während das Schiff von der Pier ablegte und hinauf aufs Meer segelte. Und dann? Serón hatte sich darüber nicht so genau ausgelassen. Das Schiff würde jedoch einen Kapitän haben, und auch diesen Maat. Er sah recht brauchbar aus. Und falls sie versagen sollten, falls die Expedition auf unüberwindliche Schwierigkeiten traf oder die *Santa Lucia* sich als nicht seetüchtig erwies (sie hatte nach Moder gerochen, dachte er), dann gab es auch noch andere Häfen, andere Bestimmungen ... Das waren verhangene Gedanken, mehr oder weniger ungeprüft, mehr oder weniger verzagt. Immer wieder das gleiche, kam ihm vor. Immer wieder davonrennen. Wo sollte das enden?

So vergingen die Minuten, in unbestimmtem Grübeln. Vielleicht, dachte er, hätte er einfach stehenbleiben und warten sollen, bis der Oberst bei ihm war. Er wartete auf Don Antonio. Dann das Quietschen der Tür, leicht gedämpft durch die großen Segeltuchlaken. Er hörte die Schritte eines Mannes. Wie dumm seine Gedanken doch waren! Natürlich war es richtig gewesen davonzurennen. Jetzt sprang er auf, rief: «Don Antonio!» und machte sich auf den Weg durch die Segeltücher. Er rief noch einmal. Er befand sich in einem der schmaleren Korridore, die sich in den Lücken zwischen den Laken ergaben; seine Brust und seine Schulterblätter strichen an dem rauhen Material entlang. Er machte noch einen Schritt zur Seite und hörte, wie als Antwort, einen Schritt auf der gegenüberliegenden Seite, sodann eine Reihe kurzer schlurfender Geräusche. Etwas stimmte nicht. Etwas fehlte.

Iiek ...

Das.

Er blieb stehen und war sich plötzlich nicht mehr sicher, wer da auf der anderen Seite des Segeltuchs herumschlich. Noch ein Schritt, vielleicht von links. Er schob sich zur anderen Seite. Wenn er in den Rücken des Mannes gelangte, konnte er zur Tür, die bestimmt unbewacht war. Er würde losrennen, und dann konnte ihn niemand mehr einholen. Zwei Schritte weiter rechts überlappten sich zwei Bahnen Segeltuch. Er drückte sie auseinander und schlüpfte hindurch. Was nun?

Ein Schlag, dumpf und erschütternd, direkt vor ihm. Er erstarrte, und einen Augenblick später erkannte er seinen Irrtum.

Der wutentbrannte Dämon hatte ihn durch die Straßen von Prato verfolgt. Jetzt erfüllte ein unmißverständliches Geräusch seine Ohren: das Geräusch reißenden Segeltuchs. Der Oberst schnitt sich hindurch.

Noch ein dumpfer Schlag, ein weiterer Stoß. Salvestro verspürte Panik, als der Mann näher kam; und schlich schnell zurück, den gleichen Weg, auf dem er gekommen war, und dachte daran, wie weich seine Haut im Vergleich zu dem rauhen Segeltuch war, das so leicht hinter ihm durchtrennt wurde, jetzt noch näher, die Klinge, die zustieß, dann nach unten riß, immer wieder, durchbohren und reißen, und hier gab es keine Amalia, die ihn jetzt führte. Er kroch um das letzte große Stück Segeltuch herum. Taue, Winden, Flaschenzüge. Das Segeltuchquadrat lag auf dem Boden, gespannt wie ein Trommelfell. Die unaufgeräumte Werkstatt mit ihren Holzböcken und Werkzeugen. Brachte es etwas, wenn er sich dort drinnen versteckte, nur um wie ein Tier herausgezerrt zu werden? Lieber sterbe ich hier, dachte er, und eine tödliche Ruhe kam über ihn. Er blickte sich in dem hohen Raum um, und dann, im kalten Zentrum seiner Ruhe, sah er es.

Er versuchte, das Geräusch auszusperren, aber der Gedanke daran, daß er mit dem Leben davonkommen konnte, ließ seine Hände zittern. Er murmelte sich Befehle zu, denn die Finger wollten ihm anders nicht mehr gehorchen: Nimm dieses Seil, mach hier einen Knoten ... Er rannte in die Werkstatt zurück und zog das Seil hinter sich her. Nicht weit genug. Er suchte sich einen Weg unter Werkbänken und mit Spinnweben bedeckten Apparaten. Jetzt konnte er nichts mehr sehen. Er kauerte sich noch mehr zusammen und lauschte, und genau in diesem Augenblick verstummte das Schwert. Er ist durch, dachte Salvestro. Jetzt abwarten, warten, bis sich der Klang der Schritte verändert, vom Dielenboden auf Segeltuch, abwarten und still sein, und dann, erst dann ...

Aber die Stille dauerte an. Es schien eine Ewigkeit zu dauern, bis er ein von der Leinwand gedämpftes Geräusch hörte, das von der anderen Seite der Werkstatt kam, ein Schlurfen oder Schleifen oder etwas, das über den Boden geschleift wurde. Er konnte es nicht genau ausmachen. Plötzlich waren die Schritte wieder zu hören, rascher jetzt, sie rannten, und Salvestro wußte, daß der Mann jetzt kam, um ihn zu holen. Ein furchtbares, dröhnendes Krachen ertönte, das nur vom Körper eines Mannes herrühren konnte. Ein Stolpern, ein Fall: Jetzt habe ich ihn. Eine jähe Gewißheit. Er zog an dem Seil, spürte, wie sich der Keil löste und die Leinwand sich in die Luft katapultierte.

Auf diese Weise trugen die Inselbewohner immer junge Schweine zum Markt: sein erster Gedanke, als er hervorkroch und sich aufrichtete. Das Tuch hatte die Form eines länglichen Sacks angenommen, der zwei oder drei Fuß über dem Boden schaukelte. In dem Sack strampelte etwas. Die Werkzeuge, die er jetzt brauchte, hingen alle an der Wand: lange Aalen, Scheren, Messer, Sägeblätter und Eisen aller Formen und Größen. Er nahm einen schweren Dorn und ging näher heran. Sein Gefangener zuckte und wand sich wie wild. Das Tuch schaukelte ein wenig. Er hielt es mit einer Hand und hob dann den Dorn hoch über den Kopf.

Dann ließ er ihn sinken.

«Bastard», zischte er. «Mörder.» Es tat gut, die Worte auszusprechen. Er sagte es wieder. «Mörder. Wir waren deine eigenen Männer, Oberst Diegos eigene treuergebene Männer ...»

Was noch? Nichts. Die gleichen zuckenden Bewegungen aus dem Sack, der keuchende Atem des Mannes, heiser und nasal, aber keine

Antwort. Er holte erneut mit dem Dorn aus – diesmal hielten ihn zwei schweißnasse Hände umklammert –, visierte einen Punkt an, stellte sich breitbeinig hin. Dann ließ er die Waffe erneut sinken.

«Es ist nie leicht, die Sache zu beenden, wenn der Gegner bereits am Boden liegt.»

Die Stimme war beinahe in seinem Ohr. Er wirbelte herum. Der Oberst lehnte an der Wand. Während Salvestro ihn noch verdattert anstarrte, stieß er sich von der Wand ab. Drei rasche Schritte, und er riß Salvestro den Dorn aus den Händen, schob ihn nach hinten, eine Hand auf Salvestros Brust, bis er stolperte und zu Boden ging.

«Ich bin ein Diener der Spanischen Krone», protestierte Salvestro schwach.

Diego lächelte. «Du bist Don Antonios Werkzeug», entgegnete er, «wenn nicht gar sein Narr. Und jetzt hat der Narr seinen Herrn verloren. Er ist es doch, den du erwartest, habe ich recht, edler Salvestro? So viele Schwindler und Imitatoren ... Deine Nachricht hat sich verirrt, Salvestro, aber sieh nur, was du da für einen Fang im Sack hast. Dein alter Kommandant aus Prato, kein Geringerer.» Diego wandte sich der Gestalt zu, die im Segeltuch hing. «Nun, wer steckt da drin – Don Antonios Hochstapler oder der meine? Was meinst du, Meister Salvestro? Oder ist das unter den gegebenen Umständen vielleicht eine allzu spitzfindige Aufgabe?»

Salvestro blickte zu ihm hinauf, noch immer sprachlos von dieser Wendung der Dinge. Dein alter Kommandant aus Prato? Was wollte er damit sagen? Der Mann in der Falle bewegte sich wieder. Diego wiegte den Dorn in seiner Handfläche und stach damit in das Segeltuch.

«Eine gute Wahl. Was meint Ihr, Sergeant Rufo? Eine gute Wahl? Hättet Ihr selbst auch ein Instrument wie dieses benutzt?»

Dann sah er nach unten und murmelte für sich: «Besser, wir bringen es schnell hinter uns.»

Salvestro, der noch immer platt auf dem Boden lag, sah zu, wie Diego den Dorn zur Seite warf. Er schepperte laut über den Boden. Dann, mit einer einzigen Bewegung, zog der Soldat sein Schwert und stieß es in das Segeltuch. Er nahm beide Hände und trieb die Klinge bis fast ans Heft hinein. Als er sie herauszog, fing der Sack zu zittern an. Ein dunkler Fleck breitete sich an einer Seite aus und fing an zu tropfen, dann rann es auf den Boden. Bald hörte das Zittern auf.

Diego ging in die Knie und schlitzte den Boden des Sacks auf. Das durchtränkte Tuch öffnete sich wie ein Paar blutiger Lippen, ein großer roter Klumpen, und dann rutschte der Kadaver ein Stück weit heraus, glitschig wie ein totgeborenes Kalb. Auf der anderen Seite des Gebäudes quietschte die Tür erneut.

«Hierher, Don Antonio!» rief Don Diego, ohne sich umzudrehen. Er langte nach oben, um das durchhängende Tuch ganz aufzureißen. «Jetzt wollen wir mal einen Blick auf dich werfen», sagte er zu dem Toten.

Iiek, iiek, iiek, iiek …

Es wurde immer schlimmer: lauter und häufiger. Alles andere wurde besser. Viel, viel besser. Er mußte sich mit Jacopo unterhalten, und Jacopo würde nicht gerade begeistert sein. Er hatte schon den Riesen nicht gemocht. Aber dieser Zusatz würde ihm noch mehr Sorgen bereiten. Geld, dachte Serón. Wenn man ihm Geld gibt, wird er seine Meinung ändern, so wie er selbst in der Schänke, als er sich erschrocken und staunend die irrsinnigen Beschuldigungen des Soldaten anhörte. Etwas hatte ihn die Meinung ändern lassen. Das war die einzige Erklärung. *Der Plan ist geändert worden, Don Antonio …* Dieses ganze Gerede von Fernandos Ohr, alles Unsinn, und das Körnchen Wahrheit darin ließ das Gebräu nur noch mehr blubbern und schäumen. Was war Fernandos Gunst noch wert, wenn die Währung der Loyalität sich immer mehr abnutzte, Männer der Waffe durch Männer der Zunge ersetzt wurden? Ganze Rudel katzbuckelnder Pöstcheninhaber trieben sich an den Höfen von Valencia, Toledo und Madrid herum, wissend, daß die Nützlichen den Treuen immer vorgezogen würden, die Neuen Männer – immer – den Alten. Fernando war kalt, gerissen und krank.

Und Diego stand weder bei seinem König noch bei Gott in Gunst. Wenn einen Erde und Himmel verstoßen, was bleibt da noch übrig, außer dem Meer? Serón blickte die Mole hinab zur *Santa Lucia*, wo sich endlich so etwas wie eine Mannschaft an Deck versammelte; dann wanderte sein Blick über die glitzernde Weite des Meeres dahinter, wo sich Don Diegos Schicksal erfüllen würde, auf offener See, allein mit seiner absurden Jagdbeute in der königlosen, gottlosen See. *Ich habe meinen Entschluß gefaßt …* Serón hatte ihn angestarrt. Dann hatte er langsam genickt, versucht, nicht zu grinsen, nicht in hysterisches Lachen auszubrechen, und er hatte sogar an der eigenen Intelligenz gezweifelt, denn war es wirklich nötig, klug zu sein, wenn die Gegenspieler so entgegenkommend waren? Der Mann, der den ganzen langen Sommer hindurch jede seiner Bewegungen beschattet zu haben schien, der beobachtet hatte, wie er sich mit Faria besprach, war weg, zumindest würde er schon bald weg sein. Jacopo würde angesichts dieser speziellen Ergänzung der Besatzung der *Santa Lucia* nicht übermäßig erfreut sein. Sollte er jetzt mit dem Maat reden?

Nein, je später, desto besser. Er ging weiter den Kai entlang, mit quietschenden Schuhen, *iiek, iiek, iiek*, weg von der lärmenden Menge. Es konnte nicht mehr lange dauern, bis Seine Heiligkeit eintraf. Noch eine Stunde? Es war fast Mittag.

«Ich weiß, wie man das repariert.»

Ein Mann war ihm leise gefolgt, ein vornehmer Herr, der schnell ging, um zu ihm aufzuschließen. Er ging dann neben ihm her und zeigte auf die anstößigen Schuhe. Serón taxierte ihn rasch: feiner Hut, gutgeschnittenes Wams aus feinem Tuch, der Degen fast so schön wie seiner. Die Züge waren ebenmäßig, und ein sanftes Lächeln spielte um seine Mundwinkel. In der Hand trug er zwei Äpfel. Einen davon bot er Serón an, der jedoch ablehnte.

«Ihr seid Don Antonio, habe ich recht?» sagte der Mann dann.

Serón gestand sich ein, daß ihm die Aufdringlichkeit dieses Mannes nicht geheuer war.

«Dann habt Ihr die Nachricht sicherlich erhalten.»

«Nachricht? Von wem?»

«Von dem Lümmel!» rief der Kerl sodann, und er erklärte den Irrtum des Lagerarbeiters. «Ich muß zugeben, daß wir ein wenig ähnlich gekleidet sind, aber ich habe es den Burschen schwören lassen, daß er Euch überall sucht, nachdem ich ihn endlich davon überzeugen konnte, daß ich nicht Euer Ehren bin.»

«Wo?» fragte Serón ein wenig verwirrt.

Das Benehmen dieses Kerls kam ihm seltsam sprunghaft vor, und wenn er noch so gut gekleidet war.

«Im Segelspeicher. Einer Eurer Leute erwartet Euch dort. So lautete die Nachricht. Sylvester oder Alessandro oder ...»

«Salvestro», sagte Serón.

«Genau, so heißt er!» sagte der andere.

«Und woher wußtet Ihr, wer ich bin?» fuhr Serón fort, dem dieser hilfreiche Fremde immer verdächtiger vorkam.

«Wie viele Leute in Ostia sind so gut angezogen wie wir beide?» antwortete er leutselig. «Ihr und ich, wir sind zwei von der gleichen Sorte. Wir stechen heraus wie ...»

Er brach mitten im Satz ab, denn Serón war plötzlich stehengeblieben.

«Vielleicht wollt Ihr mich zum Narren halten», fuhr er den Mann unerschrocken an. «Ich frage Euch also noch einmal: Woher kennt Ihr mich? Was führt Ihr im Schilde?»

Der Mann ließ den Kopf hängen und wirkte einen Augenblick lang ganz verloren. «Ihr habt mich ertappt», sagte er, verstummte wieder, als müsse er sich erst sammeln. Als er fortfuhr, sprach er sehr schnell, als könnte die Geduld des Sekretärs jeden Moment zu Ende sein. «Ich wurde von Seiner Heiligkeit hierher entsandt, um Euch zu beob ... Um Euch auszuspionieren, sozusagen, wie Ihr bereits vermutet habt. Seine Heiligkeit mag Überraschungen, aber er läßt sich selbst ungern überraschen ... Ihr hättet Sänger oder andere Zerstreuungen arrangiert haben können. In solchen Fällen möchte Seine Heiligkeit gern auf einen Ausdruck der Freude oder des Wohlgefallens vorbereitet sein, je nachdem, was die Situation erfordert. Die Leute hier in der Stadt setzen sich gern Masken auf. Das habe ich unterbunden. Könnt Ihr mir folgen?» Serón nickte knapp. «Natürlich könnt Ihr mir folgen», fuhr der Mann eilig fort. Er schien bestürzt und beunruhigt über die eigene Offenheit. «Ich bin hier, um zu erfahren, was es zu erfahren gibt, ein vorgeschickter Zeremonienmeister, wenn Ihr so wollt.» Er blickte auf. «Ein unentschuldbares Täuschungsmanöver. Ich kann Euch nur mein Bedauern ausdrücken.»

Serón zeigte seine Billigung mit einem Nicken an, und sie gingen einige Schritte in peinlichem Schweigen weiter. Der Segelspeicher kam in Sicht.

«Habt Ihr hier zu tun?» fragte er den Mann.

«Eigene Geschäfte», sagte der Kerl freundschaftlich. «Ich hatte gehofft, sie noch in Rom abzuschließen, aber ...» Dann riß er sich zusammen.»Vielleicht ist Euch meine Gesellschaft lästig. Ich könnte gut verstehen, falls Ihr ...»

«Überhaupt nicht!» widersprach ihm Serón. Die Bußfertigkeit und Unterwürfigkeit des Mannes gaben ihm Auftrieb. In einem Anflug von gutem Willen beschloß er, daß sie sich gegenseitig vorstellen sollten. «Ich bin Don Antonio Serón, Sekretär des Orators von Fernando dem Katholischen, König von Aragón und Kastilien.» Er vollführte eine kleine Verbeugung. «Jetzt verratet mir doch, mein Herr, wer Ihr seid?»

«Rufo», sagte der Mann. Sie standen vor der Tür. «Und jetzt würde ich mein Täuschungsmanöver gern wiedergutmachen ...»

Serón wollte diesen Vorschlag mit einem Lachen abtun, aber dieser Rufo war unnachgiebig und beharrlich, beinahe aufdringlich, und am Ende gab er nach, zog seine quietschenden Schuhe aus, zuerst den linken, nahm Rufos ausgestreckte Hand, um das Gleichgewicht zu halten, dann den rechten, wackelte ein wenig, ein unbeholfener, skeptischer Storch, als der Mann erklärte: «Ob Ihr es glaubt oder nicht, Don Antonio, aber das Instrument für dieses kleine Geheimnis der Schusterkunst ist der Gegenstand hier in meiner Hand. Wenn Ihr jemals gesehen habt, wie die Männer von den Barbieren auf der Piazza Navona rasiert werden oder wie Spanferkel für Ostern angerichtet wird, dann werdet Ihr jetzt verstehen, was ich meine.» Sein Ton war leutselig wie zuvor.

Serón sah ihn erstaunt an.

«Ein Apfel, mein Freund», sagte Rufo und hielt ihn dem Sekretär an den Mund. «Nehmt einen Bissen.»

Seine Verwirrung verwandelte sich in Bestürzung, und einen Moment später hätte er laut geschrien, aber Rufos Hand zwang die Frucht zwischen seine Kiefer und, in rascher Folge, kam der Knauf von Rufos Degen nieder und schlug ihn bewußtlos.

«Oh, der ist gut», murmelte Diego in galliger Bewunderung.

Don Antonios Augen starrten an den beiden Männern vorbei, sein Hals war seltsam verdreht und sein Gesicht verzerrt. Diegos Schwert hatte das Opfer knapp unter dem Schulterblatt durchbohrt; von dort aus war der Stahl schräg nach unten durch den Brustkorb gedrungen und an der Hüfte wieder ausgetreten. Aus beiden Wunden rann ungehindert das Blut. Rasch breitete sich eine große Pfütze auf dem Fußboden aus. Der Apfel, der in seinem Mund stak, hielt Don Antonios Kiefer weit auseinander und straffte die Haut über seinen Wangenknochen. Er war an Händen und Füßen gefesselt. Salvestro bemerkte, daß er keine Schuhe trug.

Dann verwandelte sich seine Furcht in Schock, ein seltsames Schwindelgefühl. Diego wandte sich ihm zu; das Blut an seinem Schwert trocknete bereits. Der Soldat wischte es mit einem Streifen Leinwand ab. Jetzt glänzte die Klinge wieder matt.

«Steh auf.»

Salvestro sah sich halbherzig um. Er wußte schon, daß er jetzt nirgendwo mehr hinrennen konnte. Es erschien ihm auch witzlos, Diego zu gehorchen, also blieb er sitzen und wartete auf das, was da kommen mochte. Diegos Hand packte ihn am Wamskragen und zerrte ihn hoch. Seine Beine fühlten sich schlaff und kraftlos an. Er drehte sich weg, seltsam gereizt und mit einem flauen Gefühl im Magen;

er wartete noch immer. Diego redete ihn barsch an, als er sein Schwert in die Scheide schob und sich der Tür zuwandte.

«Wenn ich die Absicht hätte, dich zu töten, wärst du bereits tot. Jetzt klaub deinen Verstand zusammen, falls du überhaupt welchen besitzt. Wir haben nicht mehr viel Zeit.»

Die Fänger hatten begonnen, indem sie sich zehn Schritte entfernt im Rund aufstellten, aber das hatte sich schon bald als unzulänglich herausgestellt, da Stoberin über ihre Köpfe segelte und dann ein Stück vor der Tür schwer in den Staub fiel. Sie waren etwas weiter zurückgewichen, dann noch ein Stück, bis sie sich schließlich alle außerhalb des Lagerhauses befanden, die Arme untergehakt, die Augen auf den Riesen drinnen fixiert, der zum nächsten Wurf ansetzte. Die Zwerge wechselten emsig zwischen Geworfenwerden, Aufgefangenwerden und ihrerseits ihre Gefährten aufzufangen. Der Riese war unermüdlich, sein Zuspiel elegant, und er schien sich ungeheuer zu amüsieren. Vor allem jedoch war er sehr zielsicher.

«*Whiiieeh-hiie* ... Uuhf!»

Das war der General, der Bernardo als erster erblickt hatte, als der große Mann herbeischlenderte, zögernd zunächst, und vom Anblick der Erwachsenengesichter in den kindergroßen Köpfen verwirrt.

«Das war wieder ein guter, Bernardo!» rief er in das Gebäude hinein. «Nächstes Mal probieren wir einen Salto.»

«Genau!» kam die Antwort zurück, und der Riese hob Coppernin hoch. Er stellte sich in Positur, holte aus und warf den Zwerg dann durch die Luft. Eine volle Drehung und – *Wump!* – wieder eine perfekt Landung. Dem Papst würde das bestimmt gefallen.

Anfangs hatte dieser Bernardo darauf bestanden, ein ziemlich ödes Spiel zu spielen, das daraus bestand, daß er mit gespreizten Beinen und ausgestreckten Armen dastand und die Zwerge an ihm hinauf- und hinunterkletterten, zwei an jedem Bein, einer an jeder Hüfte, und das restliche halbe Dutzend hing an seinen Armen und Schultern.

«Ich kann das stundenlang aushalten», verkündete er stolz. Dann war Alberich von seinen Erkundungen im Wirtshaus zurückgekehrt und hatte versucht, diese Formation zu vervollständigen, indem er sich auf den Kopf des Riesen stellte.

«Aber er ist gar kein Zw ...», wollte der Riese protestieren.

«Schsch!» zischte ihm der General ins Ohr. «Er ist sehr empfindlich in dieser Angelegenheit.»

Alberich war beinahe vier Fuß groß. «Immer mit der Ruhe»,

schnaufte er gutgelaunt, mit einem Fuß auf Conopas Kopf. Er legte einen Arm um Bernardos Hals und begann dann, seitwärts zu schwingen ...

«Ich glaube», keuchte Bernardo. «Ich glaube ...»

Wie auch immer, abgesehen von einigen blauen Flecken wurde niemand verletzt. Während sie sich den Staub abklopften, erklärten sie dem besorgten und reumütigen Riesen, daß Zwerge allgemein viel widerstandsfähiger sind, als sie aussehen, und jeder, der das Einreibefett seiner Mutter überlebt hatte, das aus ausgelassenen Maulwürfen, Fledermäusen und Haselmäusen bestand und jeden Tag ins Rückgrat eingerieben wurde, nun, der dürfte bereits so ziemlich alles wissen, was es über Schmerz und Qual zu wissen gibt, also keine Sorge, und wie wäre es jetzt mit einem anderen Spiel, beispielsweise Zwergenwerfen?

Uaaa-hey ... *Flatsch!*

Alberich hatte sich, wieder einmal, als problematisch erwiesen und lautstark protestiert, weil sich anstelle der normalen vier Zwerge deren sechs aufgestellt hatten, um ihn aufzufangen; dann hatte er sich darüber beschwert, daß sich das Quartett jedesmal, wenn er geworfen wurde, ein paar Schritte nach vorne mogelte, wodurch er um seine volle Zeit in der Luft betrogen wurde. Immer wenn er sie dabei ertappte, scheuchte er sie wütend wieder zurück mit dem Ergebnis, daß er oft zu kurz flog, bereits kurz hinter dem Eingang landete und daraufhin wutentbrannt herumzeterte, was wiederum den Riesen nervös zu machen schien. Sein nächster Flug erwies sich dann oft als unruhig, mit ungeschickten und unkontrollierten Rollen mitten im Flug und weiteren Erschwernissen für die Fängergruppe, die nichtsdestoweniger stürmisch klatschte, denn das Bedürfnis des Riesen nach Bestätigung schien unstillbar.

«Bernardo, du bist das Beste, was uns passiert ist, seit wir Magdeburg verlassen haben», gestand ihm Stoberin, als er gerade über die Schulter geschwungen wurde. «Wir wollten bei einem Vetter von mir in Rom wohnen. Zimmer im päpstlichen Palast waren uns versprochen, und daß wir Seiner Heiligkeit vorgestellt werden. Was aber passiert, als wir ankommen? Es stellt sich heraus, daß er in einem Schrank wohnt und der Papst schon seit über einem Jahr keinen Blick mehr auf ihn geworfen hat ... Manchmal denke ich, wir sind die am meisten vom Pech verfolgte Zwergentruppe der Welt.»

«Ich auch», sagte Bernardo. Er machte sich wieder bereit.

«Alles klar», sagte Stoberin und blinzelte zu den Fängern hinüber, die dreißig Schritt entfernt draußen vor der Tür standen. «Ich will einen Salto mit doppelter Schraube. Gib mir ordentlich Drall.»

Bernardo nickte behäbig. Stoberin sah, wie die Fänger sich bereitmachten und leicht in die Knie gingen, spürte, wie der Riese die Muskeln anspannte, dann die eigenartige Verzögerung vor dem Wurf, und dann wurde er nach vorn katapultiert, wie versprochen mit starkem Drall, er stieß die Beine über den Kopf, um den Salto zu machen, aber etwas fühlte sich falsch an, ja, etwas war zweifellos falsch … Was nur?

Richtung. Stoberin sah seine Flugroute ausscheren und sich von ihm verabschieden, eine unsichtbare Linie, die genau auf die Fängergruppe zielte, und die er soeben im Begriff war zu verlassen, dort waren sie, warteten in gebückter Haltung am Ende einer eleganten, wunderschönen Kurve auf ihn, ein schneller flacher Bogen, der sich durch das offene Scheunentor wölbte, eine wirklich schöne Bahn. Aber nicht seine. Er raste auf die geschlossene Tür zu.

KLONK!

Einen Augenblick später kam er wieder zu sich. Zwei Zwillingspaare standen über ihm, das eine schlicht gekleidet, das andere ebenso prunkvoll wie der Riese. Oder Riesen, denn zwei Bernardos schienen sich ins Lagerhaus zurückzuziehen, einen Ausdruck von Panik auf ihren Gesichtern, während die prunkvollen Zwillinge vorwurfsvoll auf sie einredeten: «… nein, Bernardo, nein. Alles ist anders. Don Antonio würde uns nicht helfen, selbst wenn er könnte. Jetzt beeil dich. Wir müssen auf dieses Schiff. *Komm schon …*»

Die Bernardos schüttelten die Köpfe und machten sich auf den Weg; gleichzeitig flehten zweiundzwanzig Zwerge und zwei identische Alberichs sie inständig an zu bleiben, aber erfolglos. Die schlicht gekleideten Zwillinge sagten überhaupt nichts. Stoberin spürte, wie auf seinem Kopf eine große Beule wuchs. Mehr Drall, dachte er dumpf, bevor er ohnmächtig wurde.

Oboni hatte an jeder Hand sechs Finger und sechs Zehen an jedem Fuß. Er war ein Igala-Krieger aus dem Norden. Er eroberte das Hochland von Nsukka und das Tiefland von Idoma. All das gelang ihm ganz allein. Er ließ sein Volk einen Turm bis hoch in den Himmel bauen, damit er gegen die Geister dort Krieg führen konnte. Der Turm stürzte ein, als er daran hinaufkletterte, und tötete viele seiner Leute. Dann erklärte er den Geistern der Tiefe den Krieg. Er ließ seine Anhänger einen tiefen Schacht in die Erde graben und kletterte hinab, doch auch der Schacht stürzte ein. Nur Oboni kletterte lebendig wieder heraus. Sein Name klang wie das Wort für das Geschlecht einer Frau. Deshalb lachten viele Leute ihn aus.

Oboni suchte ein Weib. Usse war die älteste Tochter des Onitsha-Königs. Oboni nahm sie, als sie allein am Ufer des Flusses spazierenging, und er machte sie zu seiner Frau. Sowohl die Leute in Onitsha als auch das Volk der Igala in Idah erzählten diese Geschichte. Sie war nach dieser Usse benannt worden, und auch sie war eine Eze Ada. Sie war die älteste Tochter des Königs. Sie war die älteste Tochter des Königs *gewesen* – diese Zunge war wie ein Buschmesser, das die Leben in kleine Stückchen aus Zeit zerschnitt: jetzt und dann, und dann *dann*, und die Zeit vor *jener* Zeit ... Aber der König war tot. Ihr Vater war tot. Und dieser weißgesichtige Oboni hatte seine Usse erwischt, wie sie vor einem Schlüsselloch kauerte.

Aguu war ein guter Monat für die Geister, also wartete sie auf ihren Vater, damit er ihr sagte, was sie tun sollte. Die beiden Männer in der Küche hatten das Tier sehr schlecht beschrieben, aber sie hatte verstanden. Es war der Feind des «Elefanten». Ein «Elefant» war *Enyi*, und sie wußte, was das war. Sein Feind war *Ezodu*.

«Nicht Feind», sagte Iguedo, als sie die beiden Tiere in den Sand ihres Hofes gezeichnet hatte. «Ein Gegenstück. Wie Himmel und Erde. Weiser alter *Enyi* und verrückter alter *Ezodu*.» Dann erzählte sie ihr, wie es kam, daß sie so verschieden waren, wie sich sich stritten und wie *Ezodu* wutentbrannt in die Wüste rannte und *Enyi* nach Süden trottete, um im Wald zu leben. «Genau wie wir», sagte Iguedo.

«Kommen die Nri-Leute von dort?» fragte sie.

«Woher kommen wir? Woher kommen wir?» äffte Iguedo ihren Ton nach. «Dumme Frage. Wohin gehen wir? Denk lieber darüber nach.»

«Nirgendwohin», antwortete sie plötzlich. «Wir bleiben hier.» Sie war klug. Namoke sagte ihr das zwanzigmal am Tag.

«Dumme Antwort», sagte Iguedo. «Alle gehen irgendwohin. Aber wie tun sie das? Wie *Enyi*? Oder wie *Ezodu*?» Mehr als ein Dutzend Kinder hatte an Iguedos Brüsten gesaugt, bis sie so flach wie Usses geworden waren. Niemand und nichts hatte an Usses gesaugt. Einmal hatte sie versucht, Onugu dafür zu interessieren, den jüngsten und einfältigsten ihrer drei einfältigen jüngeren Brüder. Er hatte geweint.

Im nächsten Jahr setzte die Dürre ein, und das Jahr danach der Hunger. Sie begann Namoke zu begleiten, der zwischen den Dörfern umherzog. Manchmal waren sie wochenlang unterwegs, denn jetzt wurden Nri-Männer in Dörfern gebraucht, die sie vorher nie gewollt hatten. Sie dachte von Zeit zu Zeit über *Enyi* und *Ezodu* nach, aber es ergab noch immer nicht viel Sinn für sie, und sie begann schon zu glauben, daß es sich dabei nur um einen von Iguedos Scherzen handelte, ein wenig mehr «Kokosöl, um all die trockenen Worte hinunterzuschlucken», wie ihr die Frau einmal erklärt hatte, als Usse ihr mit einer besonders unerhörten Lügengeschichte gekommen war. Niemand sonst erzählte solche Geschichten. Dann wurden sie und Namoke in ein Ijaw-Dorf gerufen, das weiter flußab lag, als sie je gewesen waren.

Diese Ijaw lebten vom Fischfang und vom Salz, das sie auf einem Markt auf einer großen Sandbank verkauften, einen halben Paddeltag von ihrem Dorf entfernt, das aus einer Ansammlung von Hütten mit Stelzen auf einer Mangroveninsel bestand. Sie waren gute Fischer, aber jedes Jahr wurde einer oder zwei von ihnen von den Haifischen erwischt, die sich in den Gewässern um ihr Dorf herumtrieben. Im Gegenzug töteten sie so viele Haie wie sie nur konnten, und dann übten die Haie wieder grausam Rache. Und so weiter. Pro Jahr ein oder zwei Männer.

Der Stammesführer war ein besonders dummer Kerl, der ein kleines Juju aus ein paar Zähnen und alten Fischruten in seiner Hütte aufgestellt hatte. Usse hörte zu, wie er Namoke erklärte, die Macht des Hais sei so stark, daß die einzige Lösung darin bestehe, ihn zu ihrem Gott zu machen. Falls er, so erklärte der Mann, sich die Macht des Hais einverleiben könnte (als er das sagte, klopfte er sich auf den Bauch; Usse mußte ihr Lachen unterdrücken), dann könnte er diese Macht benutzen, um die Haie loszuwerden. Deshalb hatte er sein Juju angefertigt, und er hatte seinen Männern verboten, Haie zu töten. Doch die Haie hatten in diesem Jahr acht Männer geholt. Was sollte er bloß tun?

Daraufhin hatte Namoke von einer der *alusi* gesprochen. Sie wurde Onishe genannt. «Dicke Frau», sagte er. «Brüste bis hierher.» Er schlug mit den Händen gegen die Knie. «Sie wohnt im Wald hinter der Landzunge bei Asaba, und in der Nacht kann man sehen, wie sie Fackeln von der Klippe in den Fluß wirft ...» Sie wedelten bereits mit den Armen und protestierten, es sei zu weit weg. «Nein, nein, nein!» brüllte Namoke sie nieder. «Ihr müßt dort nicht hingehen. Sie ist ein Flußgeist. Ihr könnt ihr hier ebensogut opfern wie dort ...» Der Stammesführer fing wieder zu nicken an und fragte dann, was sie opfern sollten.

«Haie», sagte Namoke. «Soviel ihr töten könnt.»

An diesem Abend buken die Ijaw für sie einen Fisch, den sie *odinki* nannten. Die jungen Ijaw-Männer betrachteten sie neugierig, doch keiner von ihnen wagte es, sich ihr zu nähern. Namoke und der Stammesführer tauschten eine endlose Reihe von Komplimenten aus und tranken Palmwein, den Namoke immer als seinen Beitrag zum Essen mitbrachte. («Mit genug Palmwein kann man alles essen», hatte er ihr eines Abends anvertraut. «Sogar Hundefüße.») Jetzt war der Stammesführer betrunken und hatte völlig vergessen, daß sie dabei war.

«Hast du von der Krankheit an der Küste gehört?» fragte er Namoke unverfänglich.

«Ein wenig», antwortete Namoke in einem Ton, der Usse verriet, daß er nichts wußte.

«Zuerst werden die Augen rot», sagte der Stammesführer, «dann nimmt die Haut die Farbe dieses *odinki* an, und dann beginnen sie zu schwitzen. Gleichzeitig zittern sie und müssen soviel Kleider wie möglich anziehen. Und das ist nur, was man sieht. Das Schlimmste sitzt hier.» Er stieß mit dem Daumen gegen seine Brust. «Ihre *chis* verwandeln sich in Teufel. Sie vergessen, wie man spricht. Ein Calabari ist hier gewesen und hat uns davon erzählt ...» Er plapperte weiter, versunken in seine langatmigen Geschichten: unglaubliche Verletzungen der Gastfreundschaft und Sitten, krasse Diebstähle, sinnlose Akte der Gewalt. «Es kommt von der Küste weiter unten, viele Tage von hier entfernt», sagte er. «Der Calabari-Mann sagt, man kann überhaupt nichts mehr für sie tun. Man muß sie festbinden oder töten. Sonst kann man nichts tun.» Er schüttelte den Kopf.

Als sie am nächsten Tag wieder den Fluß hinaufreisten, sagte Namoke nicht viel, abgesehen von der Bemerkung, daß die Ijaw, wenn sie ihre Knochen nach Asaba bewegen würden, um dort zu opfern, sie dabei auch ihre Fische und ihr Salz verhökern könnten, und dies zum fast doppelten Preis.

Ezodu ist zurückgekehrt, dachte Usse, vielleicht noch nicht damals, aber später, als alle wußten, daß es keine Krankheit war, sondern ein Volk. Niemand, dem sie oder ein anderer Nri bisher begegnet waren, hatte behauptet, einen von ihnen mit eigenen Augen gesehen zu haben. Gegenwärtig hielten sie sich an der Küste auf. Woher kamen sie? Wohin wollten sie?

Dumme Fragen, dachte Usse und grinste in sich hinein. Sie kommen von hier. Und sie wollen hierher. *Ezodus* Leute ...

Das gleiche dachte sie, als sie vor einer Tür kniete, eine Welt von Nri entfernt. Drinnen unterhielten sich die beiden Männer. Sie begriff, daß diese Leute nicht wußten, wohin sie wollten oder woher sie kamen. Sie hatten keine Erinnerung mehr an das Tier. Die Straßen waren wie Flüsse bei Hochwasser, blind und tobend. Die Männer und Frauen waren brodelnde Wogen und deren Sog. Kein Wunder, daß ihr Papst nach dem Tier suchte. Sie waren weiter gereist als ihre Erinnerungen. Sehr gefährlich, und vielleicht eine Warnung für sie. Als die Hand des Soldaten über ihre Wange geglitten war, um ihr den Mund zu verschließen, als das dicke Tau seines Arms ihre Taille umfaßt hatte, um sie hochzuheben und geräuschlos nach oben zu tragen, als er sie losgelassen und gezischt hatte: «Was *weißt* du?», das Gesicht voller Gier, die nichts mit ihr zu tun hatte, als er erwartet hatte, daß sie stumm vor Schreck vor ihm stehen und nichts sagen würde, ein dummes kleines Dienstmädchen, da hatte sie gesagt: «Ich weiß alles ...»

Sie hatte sich ihm in dieser Nacht hingegeben, und seither siebenmal. Aber nicht vergangene Nacht, dachte sie jetzt, als sie aus dem Fenster sah, wie es ihr fischhäutiger Oboni, ihr sechsfingriger Eroberer befohlen hatte. Der Fluß war von kleinen Booten gesprenkelt; viele lagen vor Anker und erwarteten das gleiche Schiff, nach dem auch sie das gleißende Wasser absuchte. Jemand mußte von La Rocca heruntergeritten sein und die Nachricht von seiner Ankunft mitgebracht haben, denn jetzt strömte eine Menschenmenge aus der Schänke und bewegte sich auf die Landungsbrücke zu. Die Leute, die sich vor dem Lagerhaus versammelt hatten, kamen herüber und schlossen sich ihr an. Ihr Liebhaber und die beiden anderen waren noch immer darin. Plötzlich tauchten sie auf, gingen rasch, beinahe rannten sie, gegen die Flut der Leute, die sich aus der Schänke ergoß. Sie blickte aus dem südwärts gerichteten Fenster. Das Schiff, das sie hinwegtragen sollte, unterschied sich in nichts von demjenigen, das sie vor drei Jahren hierhergebracht hatte. Auf den Decks bewegten sich Männer. Als sie sich umwandte, sah sie die drei Männer gerade noch, bevor das Fensterbrett sie ihrem Blick entzog.

Sie hörte ihre Schritte auf der Treppe und dachte daran, wie sie selbst die Treppen in Fiammettas Haus hinauf- und hinabgestapft war. Drei lange Jahre, aber jetzt war es vorbei. In der Zuflucht ihrer Schlafkammer hatte sie auf die Anweisungen ihres Vaters gewartet, doch sein *mmuo* war nicht gekommen. Das war gut so. Das bedeutete, daß sie ihn nicht begraben hatten. Das bedeutete, daß ihre drei einfältigen Brüder immer noch glaubten, daß sie am Leben war: Onugu, Apia, Gboju. Sie sagte sich, daß nur die Eze Ada den Leichnam des Eze Nri waschen konnte. Nur die Eze Ada konnte seinen Nachfolger krönen. Sie blickte wieder hinaus.

Männer mit prächtigen Hüten ordneten jetzt die Menge an der Landungsbrücke und versuchten, sie weiter zurückzudrängen. Ein kleines Boot näherte sich auf dem Fluß und wurde wütend weggescheucht. Weiter flußauf, an der Biegung des Flusses, schob sich die Barkasse des Papstes ins Bild.

Die milden Winde des sich weitenden Flusses, das angenehme Plitsch-Platsch der Paddel, wenn sie das Wasser berühren und eintauchen, die gepolsterte Bequemlichkeit seines Sitzes, all das trägt an diesem sonnigen Morgen zum Wohlbefinden des Papstes bei. Die Anzahl der Menschen, die sich zu seiner Begrüßung eingefunden hat, ist von Ghiberti als erfreulich bezeichnet worden, obwohl sie auf diese Entfernung – einige hundert Schritt – eher wie Blätter aussehen, die im kräftigen Sonnenlicht an einem Baum schaukeln, verwischt und ungenau, unzählbar, außer von Gott. Also setzt er seinen Glauben darein, daß «erfreulich» eine Anzahl bezeichnet, die zu seiner vollkommenen Zufriedenheit gereicht, lehnt sich in seinem Thron zurück und lauscht dem aufgeregten Geschnatter der Höflinge, Funktionäre und Gäste, die auf dem Deck der Barkasse zusammengepfercht wurden und nun mit aller Macht daran gehindert werden müssen, alle zur linken Seite hinüberzuschwenken, von wo aus man einen besseren Blick auf die Pier hat. Ein Kentern würde keinen günstigen Eindruck machen.

Einige Minuten später ist die Barkasse vertäut, und er wird kopfhoch auf einer behelfsmäßigen Sänfte den Hafen entlang zur Tribüne getragen. Die Menschenmengen sind, wie immer, aufdringlich, es wird geschubst und gegrapscht, man ruft, um seinen Segen zu erwirken, den er großzügig austeilt, während die Schweizer sie mit ihren Piken von ihm abhalten. Dort ist ein hölzernes Gestell, über das man eine Plane gezogen hat. Ein Stück Wegs den Kai hinab liegt ein Schiff. Er wird dort oben sitzen, sich umschauen und angeschaut werden. Die Botschafter? Er kann sie momentan nicht unterbringen.

Er erhebt sich aus der Sänfte und steigt die Bankreihen zu seinem Thron hinauf. Die Aussicht auf das Schiff ist prächtig, auch wenn das Schiff selbst, wenn er jetzt die Augen zusammenkneift, einen leicht heruntergekommenen Eindruck macht. Reichlich abgenutzt nach all der Zeit? Von Schiffen versteht er wenig. Unter ihm kämpfen seine Mitreisenden um die besten Plätze, wobei das Prinzip offensichtlich lautet: je höher, desto besser. Der Anblick ist ziemlich unwürdig. Leo lächelt.

Dann verschwindet sein Lächeln. Schon bald werden Reden geschwungen werden, die seine besseren Eigenschaften und Taten rühmen, und diese kunstvolle Anthologie wird ihm nicht mehr als ein huldvolles Winken entlocken. Seine Titel werden aufgezählt, Leckereien angeboten werden, aber seine Titel rühren ihn nicht, und die Leckereien werden unberührt bleiben. Sein Lächeln wird nicht zurückkehren, denn jetzt, gerade in diesem Augenblick, schaut er hinunter, mit der vagen Absicht, in verschiedene Teile der Menge zu grüßen, und unter den aufgeregten Gesichtern sieht er eines, das er zwar erwartet hatte, das er aber noch viel lieber schon am vergangenen Abend gesehen hätte.

Dort unten steht Rufo und blickt zu ihm herauf. Er gestikuliert, seine Lippen formulieren etwas. Wie es aussieht, möchte er zu ihm herauf. Er möchte neben seinem Dienstherrn sitzen, neben dem Papst.

Leo legt die Stirn in Falten. Er dreht sich weg. Wenn ihn doch die Vergangenheit nur endlich in Frieden ließe. Rufo hat zu dienen, Rufo und seinesgleichen. Er hat genug von ihnen. Er will sich das jetzt nicht alles anhören. Er möchte jetzt nur unterhalten werden. Ah! denkt er, endlich, da kommen ja die Botschafter.

Die folgenden Reden ruinieren den letzten Rest seiner guten Laune. Vich und Faria demonstrieren zum Leidwesen aller ihren bleiernen Witz. Sie zeigen auf das schäbige Schiff, dann auf die Besatzung, die an Deck angetreten ist, die Hüte zieht und sich ungefähr gleichzeitig verbeugt, als es endlich ablegt. Sie sehen aus wie schlecht zusammenpassende Puppen, denkt Leo säuerlich: ein Kleiner, ein Großer, ein Kleiner, ein Großer und so weiter. Einer ist um so vieles größer als die anderen, daß das Schiff selbst unterdimensioniert wirkt, ein in See stechender Kümmerling, den die Redner in derart übertriebenen Floskeln beschreiben, daß er fast lachen muß. Aber inzwischen fühlt er sich zu gelangweilt zum Lachen, und zu gequält. Warum hat er nur solche Langweiler wie diese Clowns ausgewählt?

Und schlimmer als das: Rufo will nicht weggehen. Er steht dort unterhalb von ihm, gestikuliert und redet noch immer auf die Schweizer ein, die ihm den Weg versperren. Er steht neben seiner Sänfte, als er schließlich wieder hineinsteigt und den Kai entlang zurückgetragen wird. Er ist auch auf der Pier, wo Leo, um dem Blick des Mannes auszuweichen, hinaus aufs Meer sieht, wo das kümmerliche Schiff jetzt zur Größe eines Ruderboots geschrumpft ist. Und dann ist Rufo auf der Barkasse, die seinen letzten Strohhalm bedeutet.

«Was!» bellt er quer über die Barkasse seinen Söldling an, der nicht antwortet, jedenfalls nicht gleich. Statt dessen wendete er sich um und zeigt auf genau dieses Objekt, auf das er auch selbst einen letzten, ausweichenden Blick gerichtet hat: ein Stückchen Holz mit einem Fetzen Leinwand darauf, das bedenklich auf dem öden Stück Wasser auf und ab tanzt, das er schon den ganzen Nachmittag vor Augen hat. Er schaut noch einmal hin, dann wieder zu Rufo.

«Und?»

III

Die Fahrt der *Nossa Senhora da Ajuda* vom Hafen von Goa bis zur Bucht von Benin im Winter und Frühling der Jahre 1515 und 1516

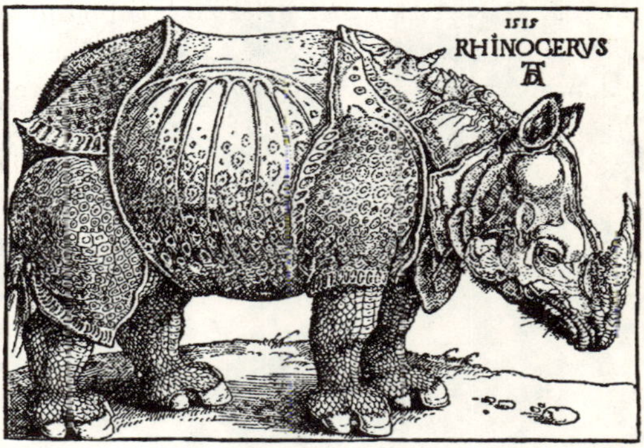

Nun erschienen fünf weitere Rauchwölkchen; sekundenlang blieben sie in der Luft hängen, dann wurden sie vom Ostwind verweht. Gleich darauf drang auch das Geräusch herüber, eine Reihe gedämpfter *fffts*, aus dieser großen Entfernung harmlos. Der Alarm war beim ersten Dämmern des Tages erfolgt. Eine Einheit von Hidalcãos Männern rückte gegen Gondalim vor. Trujillos Männer hatten sich über den Fluß zum Fort São Paolo bei Benasterim zurückgezogen. Die Furt unterhalb des Forts war bisher gehalten worden. Später gab es panische – zweifellos falsche – Gerüchte über eine Schwadron bei Panjim, und dann waren die Kanoniere am anderen Ufer des Mandovi aufgetaucht, aber sechs- bis neuntausend Fuß oberhalb des Hafens. Die auf den Inseln Chorão und Diwadi postierten Männer waren in ihren Stellungen geblieben, und Goa selbst war ungefährdet. Die Fahrrinne des Flusses war eine Sache für sich, weil sie auf eine Länge von nahezu sechshundert Fuß dicht am Ufer und unmittelbar unterhalb der Kanonen verlief. Die Kanonenschüsse waren eine Warnung. Dann wurde der Wind böig, und die Schiffssegel blähten sich, als der Wind hineinfuhr; es gab einen Windknall, und dann, als sie wieder erschlafften, dumpfes Knattern der Leinwand. Die beiden Männer am Kai und die Matrosen auf dem überfüllten Deck warfen einen hastigen Blick nach oben.

«Das hält bestimmt nicht lange an», murmelte Teixeira. «Der Wind wird sich legen, und wir werden bis zum Martinstag hierbleiben müssen.»

Eine Sekunde später frischte der Wind jedoch auf, und die Männer an Bord machten sich wieder an die Arbeit. Das Schiff war ein Zweihunderttonnen-*náu*, dick wie eine Badewanne, mit hohen Aufbauten vorn und achtern. Es hatte die *carreira* zuvor schon einmal zurückgelegt, aber die Decksbalken seien noch gesund, und die Bolzen säßen noch fest, hatte der Duc ihm versichert. Kästen, Ballen, Kisten und Fässer verstopften alle drei Decks und ragten sogar seitlich hinaus; man hatte sie an Bretter gebunden und die Bretter auf die Bordwand genagelt. Zwei Barkassen hingen in Leinwandgurten hinter den Rüsten. Unter Deck war die eigentliche Fracht der *Ajuda* bereits im Laderaum verstaut. Während sie die Segel losschlugen und deren Leinen aufschossen und festzurrten, mußten die Matrosen immer wieder über Hindernisse klettern. Sie schienen – fast schweigend und zumeist auch ohne Befehle – sehr schnell zu arbeiten. Die Männer waren Einheimische, zum größten Teil *Canarim*. Sie blieben unter sich an Bord wie an Land. Und auch jetzt erlag Teixeira, wie schon mehrmals zuvor, der Versuchung, sich zu fragen: Ist der Mann, auf den wir warten, wirklich so wichtig?

«Wo ist er?» murmelte er vor sich hin. Sein Begleiter reagierte nicht.

Er wandte sich vom Schiff ab, um von der Pier aus, auf der sie standen, flußabwärts zu spähen, am Durcheinander der Werft vorbei bis zu den Salzgärten hinab, wo die Kristalle zu kleinen Kegeln aufgehäuft waren, die ihr eigenes, schmerzhaftes Licht verstrahlten. Das Sonnenlicht auf dem Wasser war zu stark; es pochte und pulsierte. Hier schien alles jedes Maß zu überschreiten. Er konnte weder diesen Ort noch seine Menschen begreifen.

Der Mann neben ihm zuckte mit den Schultern. «Wir brauchen noch einen halben Faden, um zu schwimmen. Noch eine Stunde, mindestens. Bis zur Flut.» Er hob die Hand und ließ den Wind von seiner Handfläche prallen.

Der Wind war außergewöhnlich für diese Jahreszeit. Er würde sie flußabwärts tragen, über die Barriere hinweg und ins offene Meer hinaus – falls er anhielt und die Kanoniere des Hidalcão sich überraschen ließen ... Falls Dom Francisco überhaupt daran denkt, daß das Schiff heute ausläuft, dachte Teixeira.

Irgendwo in der Stadt hinter ihnen ertönten Rufe; drei Schüsse fielen. Hitzköpfe, dachte er. Die Männer des Hidalcão konnten nicht auf der Insel sein. Schwache Nerven, weiter nichts. Diese Angriffe schienen kein Ende zu nehmen und kein anderes Ziel zu haben, als ihre Seelen so aufzuschürfen, wie es die Hitze tat, das Fieber und die feuchtigkeitsschwere Luft, die ihnen das Fleisch von den Knochen saugte. Er sah, daß sich tiefe Hoffnungslosigkeit in den Männern hier breitmachte – entweder das oder ein Hunger, der sich selbst verschlang und doch nie Nahrung fand, eine unersättliche Gier. Unterschiedliche Formen der inneren Leere, die sich der Duc zunutze machen oder irgendwie auszufüllen suchen würde. Ohne ihn waren die Männer hier nichts als Überlebende eines Schiffbruchs, einzig darauf bedacht, sich aus Angst vor dem Ertrinken irgendwo festzuklammern. Mit ihm waren sie Pioniere, eine Vorhut, Träger von Dom Manolos Krone ... Afonsos Geist war die Strömung unter ihnen, der Wind in ihrem Rücken, der Kompaß, der nach vorn wies. Er selbst aber war nicht Afonsos Mann. *Ihr werdet Euch allein fühlen, aber Ihr werdet nicht allein sein.* Die Worte von Dom Fernão de Peres. *Ich werde Euch von Ayamonte aus beistehen.*

Wehe nur kräftig zu, dachte Teixeira verdrossen. Am anderen Ufer stieg ein weiterer Schwarm von Rauchwölkchen auf, der sich diesmal langsamer auflöste. Es war ein launischer Wind, eine Abfolge von Flauten und Böen.

«Werden sie Eure Befehle befolgen, wenn's dazu kommt?» fragte er seinen Begleiter.

Gonçalo blickte auf die Planken der Pier hinab. Unter den Christen war er der beste Navigator der Insel, oder war es gewesen. Jetzt beackerte er ein Stück Land hinter Panjim und lebte mit einem *Canarim*-Mädchen zusammen, das er zur Ehefrau genommen hatte. Ein *casador* also, dessen Treue schwer einzuschätzen war. Teixeira wußte nicht, welche Vereinbarung Afonso mit dem Mann getroffen hatte, um ihn für diese Seereise anzuheuern. Er nannte sich Gonçalo, obwohl der Duc hatte durchblicken lassen, daß dies nicht der Name war, den er aus Portugal mitgebracht hatte. Er schüttelte den Kopf, ob aber als Antwort oder Verweigerung, wußte er nicht.

«Ich werde ihn selbst suchen», sagte Teixeira.

Der Sandpfad, der von der Pier ausging, endete vor der Palisade am Santa-Caterina-Tor und verbreiterte sich dort zur *Rua Direita*, dem schnurgeraden Rückgrat der Stadt, von dem wie Rippen schmalere Durchgangsstraßen abbogen. Ein paar Händler hatten im Basar ihre Stände aufgebaut, die meisten aber waren heute nicht gekommen. Ein Trupp verängstigter Eingeborener und *mestiços* wurden von einem Mann namens Mota vorübergetrieben, einem *degradado*, der wenige Monate vor ihm selbst hier eingetroffen war. Teixeiras Pferd wartete unter einer Persenning, in Erwartung der Abreise bereits verkauft, unter diesen Umständen aber noch immer das seine. Er befahl einem der Eingeborenen, das Tier zu satteln.

«Sie greifen Banguinim an», rief Mota ihm zu. «Zwei Abteilungen sind bei den Quellen gelandet. Weiter mit euch!»

«In wessen Auftrag befehligt Ihr diese Männer?» fragte er herausfordernd den Mann, der nur grinsend sein lückenloses, gelbliches Gebiß zeigte, aber nicht antwortete. Teixeira riß dem Eingeborenen die Zügel aus der Hand und übernahm das Satteln des Pferdes selbst. Er schwang sich hinauf und rief Mota an, ob er Dom Francisco gesehen habe. Beleidigt, desinteressiert hob Mota die Schultern. Es gab keine Truppen in Banguinim; das wußte Mota ebensogut wie er. Und Dom Francisco war drei Meilen entfernt in Benasterim, denn er war ein *fidalgo* der alten Schule und würde sich, da er es nicht anders kannte, dort in den Kampf stürzen, wo er am heftigsten war. Jedenfalls sah Teixeira, der es nicht anders kannte, die Sache so.

Er ritt am alten Palast des Idalcan und am Kloster von Saõ Francisco vorbei, dessen Mauern schon jetzt in Streifen mit dem schwarzen Schimmel überzogen waren, den der Monsun auf jedem Stein der Stadt hinterließ. Der Platz des *pelourinho velho* lag fast völlig verlassen, der Pranger war nicht besetzt. Bald passierte er das letzte Gebäude und befand sich auf einem Pfad, der durch Haine von Bananenbäumen führte. Der Boden stieg allmählich an, die Bäume wurden lichter und verschwanden dann ganz. Zwei uralte Fichten markierten die Hälfte des Weges. Nach dem Regen wirkte das Gelände hier wie eine üppige Heide aus faserigem Gras, eine grüne Matratze, die Buckel wie Löcher gleichermaßen verbarg. Er ließ sein Pferd im Schritt gehen und hielt sich rechts, um den Sumpf zu meiden, und als er die letzte Bodenerhebung umrundete, kam der Zuarifluß in Sicht. Palisade und Mauern von São Paulo waren nur noch fünfhundert Meter entfernt, und das Wasser des Flusses reichte, solange nicht Flut herrschte, höchstens bis an die Hüfte. Einer der Männer, die hinter der äußersten Mauer saßen, entdeckte ihn und winkte abwehrend. Er saß ab und führte das Pferd geduckt und im Laufschritt in den Schutz der Palisade. Von den Truppen des Hidalcão war hier ebenso wenig zu sehen wie von Dom Francisco.

Es brach los, als er sein Pferd auf der Rückseite des Forts festband, eine jähe Salve, dann drei oder vier schwerere Explosionen, kleine Kanonen, kleiner als jene, die sie zu erwarten hatten, wenn das Schiff die Segel setzte, die aber jetzt dennoch furchterregend klangen, weil Menschenfleisch und -bein ihnen nicht trotzen konnten.

«Runter! Runter!» schrie Trujillo ihm zu, während er auf die Mauer zurannte; eine weitere Salve krachte. Er warf sich nach vorn und fiel neben dem Sergeanten in den Staub. Als er den Kopf hob, sah er, daß sich einer der Männer in der Reihe wie ein Schlafwandler erhob. Trujillo rief abermals, aber der Mann, ein Jüngling, wandte sich nur benommen um. Er schien verwirrt. Weiteres Krachen. Für Teixeira sah es so aus, als mache der Soldat einen Sprung und wirble fast wie ein Tänzer in der Luft herum, nur daß seine Kinnlade in einem Brei von Blut und Knochen explodierte. Er fiel und versuchte noch einmal aufzustehen, schien sich seiner Verletzung nicht bewußt zu sein, bis er die Hand an den Kopf hob und nichts fand, und noch immer hatte er denselben verwunderten Ausdruck auf dem, was von seinem Gesicht geblieben war, als er einen großen Knochensplitter aus der Wundhöhle zog. Da begann er zu kreischen.

«Dom Francisco», rief Teixeira Trujillo zu, der ungeduldig den Kopf schüttelte.

«Versucht es weiter unten, bei Mendes' Posten.» Anschließend rief er noch etwas, aber Teixeira war bereits losgelaufen.

Mendes' Posten war eine Blockhütte. Sie war leer. Auf der anderen Flußseite reichten das dichte Unterholz und die Krüppelbäume fast bis ans Ufer. Der Wind drehte sich sändig. Auf dem Fluß wird er stärker sein, sagte er sich. Ich habe noch Zeit. Er blickte nach links, wo sich der Boden sanft zum Wasser hin absenkte. Ein Sumpf.

«Trujillo hat Euch geschickt.»

Teixeira fuhr herum. Da stand ein Mann, nackt bis zur Taille, mit hagerem Gesicht und blutunterlaufenen Augen. An einem dürren Arm hing eine Flasche. Er ließ sich auf den Boden nieder und setzte die Flasche an die Lippen. Teixeira nickte und fragte abermals nach Dom Francisco. Der Mann wollte lachen, hustete aber und spie aus.

«Ihr seid Mendes?» fragte er.

«Ich war Mendes», antwortete der Mann. Er begann heftig zu zittern; dann rollte er sich auf die Seite. Sein Gesicht verzerrte sich. Teixeira wich ein paar Schritte zurück.

«So ist's recht», zischte der Mann. «Lauft nur davon, so schnell Ihr könnt. Das Fieber wird auch Euch einholen. Los, los, nun lauft schon!» Er wandte das Gesicht zur Erde.

Teixeira rannte. Als er zurückblickte, sah er, daß Mendes immer noch dort lag, nur hatten sich drei weitere, ebenso ausgemergelte Gestalten zu ihm gesellt. Die drei standen da und beobachteten ihn, bis er sich wieder abwandte.

Mota hatte seine Männer in einem Palmenhain hinter der Stadt Aufstellung nehmen lassen und ritt auf seinem Klepper, eine reich verzierte Arkebuse schwingend, vor ihnen auf und ab. Ein lächerlicher Anblick für Teixeira, der vorüberritt, ohne den Salut des Mannes zu beachten. «Dom Jaime!» rief ihm Mota nach. «Dom Jaime Teixeira!» Aber er ritt weiter. «Ihr habt doch Dom Francisco gesucht!»

Das ließ ihn innehalten, und er wendete sein Pferd. Mota zeigte zwischen den Bäumen hindurch. Durch die Stämme schimmerte ein Gebäude mit rötlichen Mauern aus einheimischem Stein, vom einheimischen Schimmel ebenfalls schon schwarz gestriemt: Die Kirche von Nossa Senhora da Serra war nach der Rückkehr des Duc aus Malakka erbaut worden. Aber Dom Francisco – und beten?

«Auf der Wiese dahinter», rief Mota und lachte über Teixeiras nicht zu übersehende Verwirrung. «Er versucht sein Pferd einzufangen!» Wieder lachte er, aber Teixeira hatte dem Mann schon den Rücken gekehrt. Hier, unter den Bäumen und im Schutz der Stadt, regte sich nicht das leiseste Lüftchen.

Es war, wie Mota gesagt hatte: ein Mann und ein Pferd. Dom Francisco und sein weißer Wallach, der einzige Schimmel auf der Insel, wie er seit dem Tag seiner Ankunft niemals müde wurde, jedem zu versichern, der es hören wollte. Der Mann, der das Tier mit einer Handvoll welkem Gras zu locken versuchte, war ein wenig größer als Teixeira, stämmig und muskulös. Er hatte ein schweres Gesicht, das Gesicht eines Bauern, das er etwas markanter und wohlgestalteter zu machen versuchte, indem er sich einen kurzen Bart stehen ließ, der zu einer scharfen Spitze auslief. Er war rotwangig und herzlich im Umgang, es sei denn, jemand kam ihm in die Quere. Dann sanken seine engstehenden Augen tief in die Höhlen, und es folgten Wutausbrüche. Er hegte Groll gegen viele der anderen *fidalgos* auf der Insel. In seiner ersten Woche hier hatte er einen Mann getötet, seitdem zeigte ihm der Duc die kalte Schulter. Als dritter oder vierter Sohn einer Adelsfamilie hatte er für seine Anwesenheit hier in Indien, auf der anderen Seite der Erde, niemals eine Erklärung gegeben. Handel hatte er nur sporadisch und mit wenig Erfolg getrieben. Dafür besaß er den einzigen Schimmel der Insel.

Das Pferd schnaubte. Mit dem Gras in der ausgestreckten Hand ging Dom Francisco auf das Tier zu. Der Schimmel machte einen Schritt nach vorn, als Dom Francisco jedoch mit der freien Hand nach dem Zügel griff, warf das Pferd sich auf der Hinterhand herum und galoppierte ein Stück weit davon.

«Verdammt!» schrie Dom Francisco und warf den wenig wirksamen Köder zu Boden. Das Pferd beobachtete ihn gleichmütig. Dom Francisco blickte gen Himmel, als könnten die Augen, die er anrief, ihm Trost bieten. Dann entdeckte er Teixeira.

«Den sticht der Hafer», rief er, auf einmal guter Laune. Er schlug Teixeira auf die Schulter. «Aber zu zweit werden wir ihn schon schaffen.» Er begann Teixeira anzuweisen, wo er sich hinstellen sollte, und zu erläutern, wie er ihm das Pferd zutreiben würde; dann erklärte er ihm einige Schwächen und Tricks des Schimmels. Schließlich fiel ihm jedoch die eisige Maske auf, zu der Teixeiras Miene erstarrt war. «Was ist?» fragte er. «Schlechte Nachrichten aus Benasterim? Werde ich dort gebraucht?»

«Ihr werdet an Bord des Schiffes gebraucht», gab Teixeira zurück. «Vor einer Stunde wurdet Ihr dort schon gebraucht.» Er sah, daß sich Dom Franciscos Augen sekundenlang verengten; dann jedoch kehrte die gute Laune zurück.

«Nun, Schiffe pflegen nicht wegzulaufen, oder? Im Gegensatz zu diesem elenden Gaul hier ...» Er lachte gezwungen. Das Pferd senkte den Kopf und begann an ein paar Grasbüscheln zu zupfen. «Nun kommt schon, Dom Jaime. In einer Minute werden wir ihn an Bord haben.»

Teixeira schluckte, versuchte mühsam, den dicken Klumpen Wut zurückzudrängen, der in seiner Kehle schwoll. «Wir haben keine Zeit, für diese» – fast hätte er Idiotie gesagt –, «für diese Aufgabe. Und auf der *Ajuda* kein Heu für Euer Pferd. Die Ballen dort sind für den *Ganda*. Das haben wir doch vor einer Woche beschlossen. Habt Ihr das schon vergessen?»

Der letzte Satz war ein Fehler. Das wurde ihm klar, als Dom Francisco rot anlief und seinen aufsteigenden Zorn kurz zu bekämpfen versuchte, aber unterlag. Wütend begann er Teixeira zu beschimpfen, er sei ein «lausiger Emporkömmling», ein «Speichellecker beim Duc», nicht so viel wert wie ein «Huf seines Pferdes», ja nicht mal wie «seine beiden abgeschnittenen Eier». Das Pferd werde mitfahren, und wenn man dafür bis nächstes Jahr warten müsse ...

In kalter Wut wandte sich Teixeira ab. Während er um die Kirche ging und sein Pferd vom Geländer losband, schimpfte Dom Francisco immer weiter.

«Der Wind dreht.» Im Schatten des Portals stand Gonçalo. «Ich habe Euer Pferd hier gesehen», erklärte er seine Anwesenheit. «Und seins.» Er deutete zur anderen Seite der Kirche hinüber. «Ich finde, wir sollten die Gelegenheit jetzt ergreifen. Außerdem brauchen wir ihn, wenn wir nicht wollen, daß die Männer auf ihren Händen sitzen. Denen gefällt alles überhaupt nicht ...»

Teixeira nickte kurz. «Wartet hier.» Durch den Palmenhain ritt er dorthin zurück, wo sich Motas Männer inzwischen auf dem Boden ausgestreckt hatten und sich in der Hitze befächelten. Mota hatte seinen Gaul abgesattelt und sich zu ihnen gesetzt. Überrascht hob er den Kopf, als Teixeira näher kam, und rappelte sich unwillig wieder auf.

«Habt Ihr ihn gefunden, Dom Jaime?» Das Grinsen schien zu seinem Gesicht zu gehören, unauslöschlich, an Gewalttätigkeit grenzend. Teixeira bejahte, nahm sich zusammen, schluckte schwer.

«Ich habe eine Bitte an Euch, Dom ... Dom ...» Er merkte, daß er Motas Vornamen nicht kannte.

«Jaime», antwortete Mota und grinste diesen plötzlich so bescheidenen *fidalgo* noch breiter an. «Ich heiße Dom Jaime, genau wie Ihr. Wie lautet Eure Bitte?»

Ein flüchtiger Ausdruck blitzte in Gonçalos Miene auf, als er zurückkehrte, ein jäher Argwohn vielleicht, nicht wirklich Überraschung. Dann war er sofort wieder gleichmütig, ein Zuschauer oder Berichterstatter für einen abstrakten Hof, unbeteiligt an allem, was geschehen mochte. Er schwieg. Dom Francisco versuchte abermals, sich dem Pferd zu nähern, das wieder das gleiche Spielchen trieb wie zuvor, den Mann an sich herankommen ließ, bis er die Hand ausstreckte, um dann plötzlich zurückzuweichen.

«Dom Francisco!»

Der Mann wandte sich um. Teixeira hob Motas Arkebuse und stützte sie mit einer Hand. Dom Franciscos Blick wanderte über die Gestalt des Mannes zu seiner Waffe. Einen Moment schien er sie nicht zu erkennen; dann streckte er plötzlich abwehrend, mit geöffneten Handflächen, die Arme aus, als könne er die Kugel ablenken. Er riß den Mund auf, und es schien, als wolle er etwas sagen, aber es kam kein Laut heraus. Er trat einen einzigen Schritt vor. Teixeira drückte ab.

Er sah Dom Francisco stolpern und nahezu fallen. Der Knall dröhnte ihm im Kopf und pochte, als sei er dort gefangen. Die Augen tränten, die Nasenlöcher brannten vom Qualm. Verwundert starrte Dom Francisco sich auf die Brust hinab. Dann schien er verwirrt. Dann zornig, als er sich umwandte und gerade noch sah, wie das Pferd in die Knie brach und gleich darauf zu Boden sank. Die dicke Kugel hatte ihm den oberen Teil des Kopfes weggerissen, so daß es tot war, bevor es den Erdboden berührte.

Mit schmerzenden Augen sah Teixeira, wie sich der *fidalgo* von dem Kadaver abwandte, nach dem Degen faßte und näher kam. Teixeira ließ die Waffe fallen, blieb stehen und verschränkte die Arme vor der Brust. Zehn schnelle Schritte, und das Gesicht des Mannes stieß, gerötet vor Zorn und Schock, ja sogar Fassungslosigkeit angesichts der Ungeheuerlichkeit dieser Tat, dieser Beleidigung, fast an das seine. Die Augen schrumpften zu tief im Schädel liegenden schwarzen Oliven, der Mund öffnete und schloß sich so dicht vor ihm, daß Teixeira den Atem des anderen riechen konnte. Aber er hörte nichts. «Wir werden jetzt gehen», sagte er. Der Klang der Worte dröhnte seltsam in seinem Kopf; der Knall hatte ihn taub gemacht.

Während sie sich der Pier näherten, begann sein Gehör in unregelmäßigen Abständen zurückzukehren. Seltsame Geräusche drangen durch die Watte in seinem Schädel, scharfe Schreie und lautes Knallen, das Kanonendonner sein konnte, aber auch Lukdeckel, die zugeschlagen wurden. Er stand mitten in der Unordnung an Deck und blickte in die Takelage hinauf, während die Matrosen auf Gonçalos und Dom Franciscos Befehle umherhasteten. Er hielt nach Oçem Ausschau, konnte ihn aber nirgends entdecken.

«Im Laderaum!» schrie ihm Estêvão Gomes schließlich zu, nachdem er ihn dreimal gefragt und dabei auf seine Ohren gezeigt hatte. «Bei dem Tier!» Der Bootsmann wies auf den offenen Lukdeckel. Als Teixeira hinunterspähte, sah er nur Schatten, die sich bewegten, aber er wußte auch so recht gut, wie es aussah. Falls nötig, glaubte er es so genau beschreiben zu können, daß man es nach seinen Worten zeichnen konnte. Wieder schaute er nach oben. Die Segel blähten sich und fielen zusammen, spannten sich und erschlafften. Die Matrosen kamen jetzt die Rahen heruntergeklettert. Er hörte gedämpfte, rhythmische Stöhnlaute, die er als Rufe der Männer erkannte, welche das dickste Tau der *Ajuda* einholten, die Vertäutrosse. Sein Gehör begann zurückzukehren. Und als er dann wieder emporblickte, erschlaffte plötzlich jeder Quadratmeter Leinwand des Schiffes, vom großen Lateinsegel achtern bis zum winzigen vorn am Bug. Der Wind hatte sich gelegt.

Alles erstarrte, und genau in diesem Moment kehrte Teixeiras Gehör vollends zurück. Die Männer blickten zu den Segeln empor, dann sahen sie einander an. Er hörte das dicke, undurchdringliche Schweigen der *Ajuda*. Gonçalo stand allein auf dem Achterdeck und blickte von ihnen allen weg. Dann kam aus dem offenen Lukdeckel ein seltsames Geräusch, das diese Stille durchbrach, eine Art Quieken …

Nein, Grunzen, das zu schrillem Gequieke wurde, ein Ansteigen der Tonhöhe, das fast wie Spott wirkte. Es war das Ungeheuer: das Tier, das Oçem *Ganda* nannte. Er sah wieder den jungen Mann in

Benasterim vor sich, den verblüfften Ausdruck auf seinem Gesicht oder dem, was von seinem Gesicht übriggeblieben war. Gonçalos Stimme störte ihn in seinen Gedanken.

«Segel bergen! Schnell!» Er deutete auf verschiedene Segel. Die Männer sahen einander verblüfft, verständnislos an. Erst als Gonçalo landeinwärts zeigte, sahen sie, was er sah.

Eine dicke schwarze Wolkenwand schob sich langsam auf sie zu. Im Osten ragten üppig grüne Berge auf, deren Bewaldung hier und da von leuchtend roten Flecken Laterit-Erde durchbrochen wurden. Jetzt hatte das Unwetter sie erreicht. In der Nähe glitzerten silbrige Bäche und Bewässerungskanäle, die durch die *sorod*-Felder der Eingeborenen flossen. Ein wunderschönes Land, dachte Teixeira, nun, da ich es verlasse. Er kletterte die Leiter zum Achterdeck hinauf.

«Wind genug», sagte Gonçalo. «Jetzt beten wir um Wasser.»

Bald zogen die Barkassen sie herum, der Bug der *Ajuda* schnüffelte sich in die Strömung. Teixeira wartete, bis das Großsegel durch sein Blickfeld glitt, dann sah er wieder zum anderen Flußufer hinüber. Anfangs konnte er nichts erkennen, ein kurzes Aufblitzen an Land sagte ihm jedoch, daß Hidalcãos Männer ihre Kanonen weiter flußaufwärts geschafft hatten. Ein Schatten jagte landeinwärts über die Ebene, als der auffrischende Wind Gräser, Schilf und Getreidehalme niederdrückte.

«Dom Francisco ist unter Deck, um die Kanonen höher zu richten», erklärte Gonçalo; dann rief er einem der Männer zu, er solle ein Reep einholen, das über ihren Köpfen lose an der Rah des Lateinsegels baumelte. Teixeira ließ den Blick über das wimmelnde Deck wandern, sah aber noch immer nichts von Oçem. Zwei Männer beugten sich mittschiffs über die Reling, um zu loten; ihre Arme holten die Leine ein und erschlafften wieder, als das Senkblei ins Wasser fiel, während sie, zuerst der eine, dann der andere, rhythmisch die Tiefe ausriefen.

«Drei Faden und steigend!» rief der eine.

«Zwanzig Grad backbord!» schrie Gonçalo, und Teixeira, der von der Achterreling aus hinunterblickte, erkannte, wie sich der undeutliche Schatten des Ruders im Wasser gehorsam drehte. Langsam schwang die *Ajuda* herum, in sanftem Bogen, bis sie einen Kurs erreicht hatte, der sie in die Flußmitte führte. Ein entgegengesetzter Bogen würde sie bis dicht ans gegenüberliegende Ufer bringen. Er hatte die Seekarten der Rinne gesehen, der sie folgen mußten, durchsetzt mit Untiefen und Sandbänken, die von der Strömung des Mandovi aus den Bergen im Binnenland herbeigetragen und auf dem Flußboden in zufälligen, sich ständig verändernden Mustern abgelagert worden waren.

«Weiter so!» rief Gonçalo, während Teixeira mit einem kurzen Nicken die Leiter hinabglitt, sich einen Weg übers Deck bahnte, indem er von Kiste zu Ballen zu Faß sprang und seine Position auf dem Vorderdeck einnahm. Estêvão Gomes bezog auf dem Achterdeck Posten und gab von da aus alle Befehle, die ihnen Gonçalo zurief, an die Rudergänger weiter. Die Lotgasten sangen weiter ihre Ergebnisse aus, aber da sie sich jetzt im tiefsten Teil der Fahrrinne befanden, riefen sie im selben Rhythmus wie zuvor nur noch «kein Grund!». Dann fand der Wind sie , und Teixeira spürte, wie sich das Holz des Schiffskörpers unter dem zunehmenden Druck bog, während die *Ajuda* vorwärtsjagte, als stemme sich ein Riese mit der Schulter gegen das Heck und mache sich nun ernsthaft an die Arbeit, bis seine Kraft allmählich die Masse des überladenen Schiffs überwand. Gonçalos Rufe kamen schneller, und Estêvãos Stimme neben Teixeira war das unmittelbare Echo der Befehle des Navigators. Jetzt verstand er Gonçalos früheren Befehl, die Segel zu bergen, denn obwohl die *Ajuda* schneller wurde, gehorchte sie dem Ruder nur träge und brauchte, nachdem die Befehle gegeben waren, endlose Sekunden.

Die Landspitzen von Diwadi und Chorão glitten vorüber, und bald fuhren sie am anderen Flußufer dahin, kaum mehr als hundert Meter entfernt. Als er nach vorn blickte, sah er, daß die Kanoniere, deren Pferde weit vom Ufer entfernt angebunden waren, geduldig warteten. Die Kanonen selbst waren auf sie gerichtet. Die Männer an den Leinen riefen weiterhin ihre Lotungen, vier Faden an Backbord, beim Grund an Steuerbord. Gonçalos Kurs führte sie möglichst weit an der Küste vorbei, aber bald würde der Backbordruf dreieinhalb lauten, und er würde die *Ajuda* jeweils um zehn Grad von ihrem Kurs weg- und wieder in die Fahrrinne hineindrehen müssen, näher zu den wartenden Kanonen.

«Sie werden es mit zwei Salven versuchen», sagte Estêvão, der mit ihm Ausschau hielt. «Für mehr bleibt ihnen keine Zeit. Falls wir über die Barriere kommen.»

«Dom Francisco ist bei den Kanonieren», sagte Teixeira. «Wir sind nicht wehrlos.»

Estêvão schnaufte. «Wir sind überladen», sagte er. «Wenn er helfen will, sollte er sie über Bord werfen.»

Während er sprach, sah Teixeira, daß die Männer am Ufer sich schnell um die Kanonen sammelten und die Geschütze blauen Rauch aus den Rohren rülpsten.

«Kopf runter!» brüllte der Bootsmann, und eine Sekunde später hörten sie den Lärm, eine unregelmäßige Reihe dumpfer Schläge. «Zu ungeduldig», kommentierte Estêvão, während Teixeira sich nach dem erwarteten Blutbad umsah. «Sind weit voraus runtergekommen.»

Unerschütterlich zog die *Ajuda* ihre Bahn, und bald schon konnte er fast die Gesichter der Kanoniere erkennen, die hastig weiter Pulver und Kugeln in die Geschütze stopften. Jetzt sind wir am Zug, dachte Teixeira. Das Schiff befand sich längsseits der Geschützstellungen. Jetzt, dachte er, du Dummkopf, du arroganter Bauernlümmel, und wie zur Antwort klang Dom Franciscos Stimme durch den Lukdeckel, ein heiser gebrüllter Befehl, und noch einer, dann feuerten die Kanonen der *Ajuda*.

Anfangs dachte er, sie seien selber getroffen worden. Dann, das Magazin sei in die Luft geflogen. Die Explosion brach aus dem Kanonendeck hervor wie eine gewaltige Faust aus Luft, die das ganze Schiff erschütterte, und sekundenlang verschwand das Ufer hinter einem dicken Rauchschleier. Es schien, als könne niemand einen derartigen Schlag überleben, doch als der Rauch sich langsam verzog, erkannte er, daß die Kanoniere unversehrt geblieben waren, unverletzt, wieder mit der Arbeit an den eigenen Geschützen befaßt.

«Daneben», sagte Estêvão. «Jetzt können die auf uns frei schießen.» Teixeira beobachtete, wie sie die Kanonen auf das sich entfernende Schiff richteten. Estêvão kauerte sich aufs Deck. «Sobald Ihr in die Läufe hineinsehen könnt, werden sie feuern», sagte er und grinste zu ihm empor. Teixeira hockte sich neben den Bootsmann.

Sie brauchten nur Sekunden zu warten, bis Gonçalo abermals rief: «Kopf runter!» Im selben Moment kam Dom Francisco mit rauchgeschwärztem Gesicht, lauthals auf die Kanoniere unten fluchend, aus dem Ladeluk geklettert. Teixeira sah, wie er sich umblickte, und erschrak, als sich der ihm nächste Matrose, ein älterer Mann, zwischen zwei großen Kisten hindurch auf ihn warf. Doch der Matrose fiel zu Boden, bevor er sein Ziel erreichte, und dann dröhnten wieder die dumpfen Schläge. Dom Francisco grinste über den Fehlschuß; seine Zähne hoben sich schneeweiß vom Ruß in seinem Gesicht ab. Daran erinnerte Teixeira sich später, und an die seltsame Art, wie der Matrose mitten im Sprung gefallen war, als hätte ihn jemand plötzlich an den Beinen gepackt. Aber niemand war in der Nähe. Ein paar

Klatscher waren zu hören, ein Stück vor dem Bug und nach Backbord.

«Daneben», sagte er zu Estêvão, der den Kopf schüttelte und auf den Großmast zeigte.

«Nicht ganz.»

Die Brassleine an Backbord baumelte lose am Ende der Rah. Das Mitteldeck darunter sah aus, als hätte jemand eine Beule hineingeschlagen. Das Holz dort war zersplittert und der Brassenblock verschwunden.

«Der Mann ist krank!» Das war Dom Franciscos Stimme. Er hatte den Matrosen umgedreht und stand vor ihm.

«Ich sage, der Mann ist krank!» rief er lauter, aber keiner der Matrosen rührte sich. Sie starrten nach vorn. Angewidert sah sich Dom Francisco um. Er begegnete Teixeiras Blick auf dem Achterdeck, und sein Ausdruck verstärkte sich noch. Als er keinerlei Reaktion erhielt, ließ er den Mann liegen und begann über das mit Hindernissen übersäte Deck zu klettern, um zu Gonçalo auf dem Vorderkastell zu gelangen. Das Schiff war schneller geworden, schob sich in die Flußmündung hinein und dem offenen Meer entgegen. Die Matrosen blieben stumm; die einzigen Geräusche waren die Rufe der Lotgasten, die auch während der Kanonade ihre Lotungen weiter ausgerufen hatten. Ihre Stimmen schwangen wie ein Pendel: immer gleichmäßig hin und her.

«Klar!»

«Klar!»

Teixeira schaute zurück und sah, daß die Sintflut bereits über die Stadt hereingebrochen war. Das Wasser im Fluß war kabbelig, der Wind als Vorhut des Unwetters peitschte die Oberfläche auf, der nachfolgende Regen drückte die Wellen nieder und machte den Schimmer des Wassers stumpf. Er dachte an die schwül lastende Hitze des Monsunregens, an Tropfen, so groß wie eine Männerfaust. Schwarze Wolken zogen sich zusammen und ballten sich hinter ihnen zu gigantischen Türmen; die Windböen wurden heftiger als bisher und schlugen mit stetig wachsender Wucht zu. Er hörte, wie die Masten gegen die Holzplanken unter ihren Füßen knirschten und knarzten und sah vorn, wo das kabbelige Mündungswasser einer breiten Dünung wich, an der Stelle, wo der Fluß zum Meer wurde, eine wild tobende Wasserwüste. Irgendwo dort, unsichtbar unter der aufgewühlten Oberfläche, lauerte die Barriere.

Teixeira stellte sie sich als weiten Halbkreis vor, das Nest eines gigantischen Wurms, der sich schützend um die Flußmündung zusammengerollt hatte. Man glaubte, daß solche Geschöpfe im Landesinnern existierten. In Wirklichkeit war die Barriere, wie er wußte, eine Verdickung der Sandbänke, die der Mandovi mit seiner Strömung bis dorthin und nicht weiter schob, ein unregelmäßiges Unterwasserplateau, über das die Eingeborenen mit ihren flachen *paquels* straflos hinwegglitten. Alle anderen Schiffe warteten auf die Flut. Gemeinsam mit einer wachsenden Menge Neugieriger hatte er zugesehen, wie die *Cinco Chagas* da draußen auf Grund lief, als sie, genau wie sie jetzt selbst, vor einem Unwetter einhergesegelt war. Der Sturm hatte sie erwischt und stundenlang geschüttelt, bis sie kenterte, und anschließend weitergeschüttelt, bis sie auseinanderbrach, in der Mitte aufplatzte und ihre Besatzung in die schwere See hinausspie. Sie hatte sich verspätet. Das ablaufende Wasser hatte sie erreicht, sog die Männer von den Decks und riß sie hinaus auf See, wo sie ertranken. Nur fünf hatten es an Land geschafft. Teixeira erinnerte sich, daß Gonçalo einer von ihnen war, daß ihm aber keine Schuld angelastet wurde. Das Werk des Duc.

Jetzt befanden sie sich fast genau zwischen den Landspitzen, und der Navigator war verstummt, weil der Kurs, der sie über die Barriere bringen sollte, festgelegt war. Gonçalo, sehr still, sehr aufmerksam, blickte gespannt nach vorn, studierte das Wasser. Selbst Dom Francisco, neben ihm, schwieg jetzt. Der Navigator würde versuchen, irgendwo in dem nach außen gewölbten Deich eine Lücke zu finden, eine Bresche. Dann lief, viel früher als erwartet, ein leichtes Zittern durch das Schiff, ein plötzliches Zögern, zu flüchtig, um auch nur von den Lotgasten bemerkt zu werden, als wäre der Kiel durch ein Teerloch gefahren. Die *Ajuda* drängte vorwärts und war wieder frei.

«Jesus», murmelte Estêvão. «Jesus, Jesus, Jesus ...»

«Wir sind durch.» Grinsend wandte Teixeira sich zu dem Mann um. Doch Estêvão schüttelte den Kopf.

«Wir laufen auf Grund», widersprach er. «Das war nicht die Barriere. Das war kaum eine Sandbank. Wir liegen zu tief ...»

Noch während er das sagte, sah Teixeira, daß Gonçalo den Arm hob. Eine Sekunde etwa blieb der Arm oben, dann senkte er sich, und gleichzeitig lief ein sanfter Schauer durch die Planken der *Ajuda*, das Wasser war plötzlich dickflüssig geworden ... Sand, dachte Teixeira. Ein paar Eimer Sand. Wer wird denn darin steckenbleiben? Das Schiff wurde immer langsamer. Dann lag es still.

Sofort rannten die Matrosen zu den Masten, kletterten die Reeps und Leinen empor und krochen auf die Rahen hinaus, ohne die Fußseile zu benutzen. An Deck schleuderten sie Kisten und Kasten beiseite, um an die Klampen und Blöcke zu kommen, dann bildeten sie Trupps, die die Falleinen einholten. Über seinem Kopf flatterte das große Lateinsegel, das sich an einer Ecke gelöst hatte, während drei Mann sich zu der schrägstehenden Rah vorschoben.

«Schoten kappen!» schrie Estêvão zu ihnen hinauf. «Laßt sie fallen!» Er packte Teixeira an der Schulter und stieß ihn von der Hütte. Eine Sekunde darauf klatschte das riesige Segel schwer auf die Stelle des Decks, an der sie gestanden hatten. Überall an Bord kämpften die Matrosen mit Segeln, Tauen, Leinen, Blöcken und Gerät aller Art, und versuchten die Segel festzumachen.

Teixeira ging nach vorn. Erst jetzt hoben zwei Mann, die oben nicht gebraucht wurden, den gefallenen Matrosen auf und rollten ihn in ein Stück Leinwand. Ein kurzer Blick auf sein Gesicht genügte Teixeira, um zu erkennen, daß der Mann tot war; allerdings konnte er keine Wunde entdecken. Er eilte an den Männern vorbei, um die Leiter zum Vorschiff hinaufzusteigen, wo er Gonçalo fand, der über der Reling hing und das Wasser unten beobachtete. Neben ihm stand Dom Francisco, der seine Ankunft mit steinerner Miene aufnahm.

«Nur *ein* Fuß Wasser mehr», sagte Gonçalo leise. «Nur *ein* Knoten mehr.»

Teixeira folgte seinem Blick. Das Wasser unter dem Bug der *Ajuda* und weiter bis zum Vorderkastell war tief und schwarz. Dann wurde es auf einmal gelb. Sand, wie Teixeira erkannte. Sie waren am äußersten Ende der Barriere aufgelaufen, hingen dort in etwas mehr als einem Faden. Die ersten Regentropfen klatschten hörbar aufs Deck. Alle drei blickten hoch. Die Spieren waren beinah leer, die letzten Männer schoben sich die Rahen entlang zurück oder kamen die Mastleitern heruntergeklettert. Oben war der Himmel fast von Gewitterwolken verstopft.

«Nur ein Sturm», sagte Dom Francisco mürrisch. «Auf der Herfahrt haben wir Schlimmeres erlebt. Hat meinen Magen ausgeleert wie einen Nachttopf, aber wir haben's durchgestanden.»

«In offenem Wasser», sagte Gonçalo. «Hier werden wir zu Kleinholz verarbeitet.»

Wieder beugte er sich über die Reling. Der Regen wurde stärker, der Wind nahm zu und pfiff um Masten und Spieren. Als sich Gonçalo ihnen wieder zuwandte, hatte sich seine Miene verändert. «Es gibt vielleicht eine Möglichkeit. Noch sind wir nicht verloren.» Er sprach schnell und hob die Stimme, damit er trotz des Windes gehört wurde. Als er fertig war, begann Dom Francisco den Männern Befehle zuzubrüllen.

Sie teilten die Mannschaft nach den Wachen ein; Dom Francisco übernahm das untere Deck, Gonçalo das obere. Teixeira stieg die Leiter hinab, während die Matrosen rings um ihn her durcheinanderredeten. Er landete in einem Chaos.

Beißender Pulverqualm hing zwischen den Decks, klebte an der Unterseite des Oberdecks in einer dicken Schicht, unter der die Luft vom Schweiß der Männer und dem Gestank des Ballasts heiß und stickig war. Das Licht, das durch die Stückpforten und das offene Luk hereindrang, konnte kaum den Mief durchdringen, und außerdem war das Unterdeck noch chaotischer beladen als das obere. Die Wände, die die Ladung der *Ajuda* ordentlich voneinander trennen sollten, behinderten jetzt nur noch die Männer, die in dem Unterwasserdämmer hin und her eilten, schemenhafte Gestalten, in ihrer Hast angespornt von Dom Franciscos Befehlen. Sie bewegten riesige Kästen und Truhen, Kisten, Ballen und noch mehr Ballen. Eine Ladung Hartholz wurde Stamm um Stamm nach vorn getragen, wie Rammböcke. Eine Anzahl Fässer kam aus der Dunkelheit achtern hervorgerollt, angetrieben von tief gebückten Gestalten, Holz rumpelte über Holz, es krachte, es donnerte, keuchende Männer schimpften und fluchten. Teixeira war unter dem offenen Luk zurückgetreten, als über ihnen das eigentliche Unwetter losbrach. Ein Regenguß klatschte herein und durchnäßte ihn in Sekundenschnelle von Kopf bis Fuß. Als er aufblickte, sah er nur eine brodelnde Masse schwarzer Wolken. Ein weiterer Guß traf ihn voll ins Gesicht und trieb ihn tiefer ins Heck zurück.

«Jaime! Dom Jaime!» Aus der Finsternis tauchte Oçems Gesicht auf, kaum zu erkennen im Licht aus den vordersten Stückpforten, das jetzt im grünen Dunkel des Unwetters noch schwächer war. Das ganze Schiff erzitterte unter der Wucht der Böen. «Sind die verrückt, diese weißen Teufel?» Selbst jetzt war Oçems Gesicht zu einem spöttischen Grinsen verzogen. «Was haben die vor?»

Teixeira erklärte ihm Gonçalos Plan, die *Ajuda* durch Gewichtsverlagerung vom Rand der Barriere zu lösen, indem alles bewegliche Gut nach vorn in den Bug geschafft wurde. Oçem lachte längst leise; jetzt klatschte er fast unhörbar Beifall. «Diese verrückten weißen Teufel! Ihr alle …» Sein Gesicht war dort hinten nur noch ein Wirbel von Schatten. Er schien den Gedanken an die Katastrophe, die auf sie zukam, zu genießen, dann aber fuhr er fort: «Gonçalo ist ein tüchtiger Mann. Und verrückt, wie Ihr, Dom Jaime.» Der drahtige Mann wandte sich um und spähte ins pechschwarze Dunkel hinter ihm. «Dann werden sie wohl auch ihn umladen wollen, wie? Er ist schwer, der alte Ganda. Werden sie ihn auch nach vorn bringen, zu den anderen ...?»

«Ja», sagte Dom Jaime.

«Psst!» zischte Oçem. «Er wird Euch hören ...» Jetzt lachte er. Teixeira schüttelte den Kopf.

«Oçem! Wo zum Teufel ...» Dom Franciscos Rufe kündigten seine Gegenwart schon an, während er sich ihnen näherte. Teixeiras Anwesenheit ließ ihn abrupt innehalten. Finster wandte er sich an den kleineren Mann. «Dieses Tier» – er deutete in die Dunkelheit –, «bringt es nach vorn. So schnell wie möglich!» Damit machte er kehrt, als wolle er sich an der chaotischen Aktivität und dem Lärm beteiligen, die sich jetzt im Bug konzentrierten.

«Wie?»

Die Frage kam von Oçem. Teixeira schenkte den beiden Männern ein kurzes Kopfnicken, während der *fidalgo* auf den Tierpfleger einschimpfte, dann kehrte er zum Luk zurück, gefolgt von Dom Franciscos wütender Stimme: «Wie? Du bist für das Tier verantwortlich, *du* wirst es *mir* sagen ...»

Vom oberen Deck kamen Ströme von Wasser herein. Während er die Leiter erklomm, prasselte ihm der Regen ins Gesicht, bis seine Haut brannte. Der Wind hatte sich zum Sturm gesteigert. Er stolperte und brach in die Knie. Ein Arm half ihm auf.

«Sind die fertig, da unten?» schrie ihm Estêvão ins Ohr.

«Fast! Das Tier, sie versuchen ...»

Zum Zeichen, daß er verstanden hatte, nickte Estêvão. «Sie fängt an zu krängen. Wir haben nicht mehr viel Zeit.»

Die an Deck gestapelte Ladung war inzwischen nach vorn geschafft worden, und das Vorschiff schien ein zusätzliches Stockwerk zu haben, eine dichte Masse von Kisten, Truhen und Kästen, fest zusammengeschnürt und dort, wo diese Konstruktion zu kippen drohte, mit Planken verstärkt. Wie Teixeira entdeckte, lag das Deck jetzt tatsächlich schief, ragte die Steuerbordseite des Schiffes deutlich höher aus dem Wasser als die Backbordseite. Regen wusch in Güssen über die Decks, überschwemmte die Ablaufrinnen und schwappte gegen die Schandecks. Der Himmel war nur noch schwarz, eine dichte Finsternis, die sie ins Meer zu drücken drohte.

Er sah, daß Gonçalo ihn nach vorn winkte.

«Ist unten alles fertig?» schrie er.

«Nur noch das Tier ist übrig», schrie Teixeira zurück. Der Wind prügelte auf sie ein, brachte sie zum Taumeln. Eine Folge dumpfer Schläge kam von unten, und in plötzlicher Angst sah er sich um.

«Sie schließen die Stückpforten», erklärte Gonçalo. Er nickte dankbar und blickte zu den Masten empor, die sich vor dem Wind bogen; die obersten Spieren zitterten, und die losen Leinen peitschten durch die Luft. Eine Sekunde später fiel er vornüber und rutschte quer Deck.

Das Schiff hatte sich schräg gelegt.

Für einen Moment schien der Navigator zu erstarren; dann rannte er nach vorn und trieb dabei die Matrosen zusammen.

«Alle Mann nach vorn!»

Teixeira rappelte sich auf und folgte ihnen. Die *Ajuda* schien sich mittschiffs durchzubiegen, während der Bug sich senkte; die Balken knarrten und dehnten sich protestierend, bis es aussah, als werde das Schiff in der Mitte durchbrechen; aber dann begann sich das Heck zu heben, quälend langsam, als sei das Meer um die Planken geronnen und würde mit unendlicher Vorsicht von ihnen gelöst. So hing das Schiff sekundenlang; dann glitt es vorwärts ...

Und blieb stecken.

Teixeira blickte zu Gonçalo hinüber, dessen Miene in diesem Moment nur noch Verzweiflung war. Dann brach von unten her ein Geräusch durch den Sturm, und die Männer, die im Windschatten des Vorschiffs kauerten, warfen nervöse, bestürzte Blicke um sich. Ein schweres Poltern begann, wurde aber sofort von schrillen Rufen und Schreien überdeckt, von vielen Stimmen, die sich gleichzeitig erhoben; dann stieg eine einzelne Stimme über alle anderen empor, und diese Stimme war ein Schrei, länger und lauter, als es möglich zu sein schien. Jäh brach er ab, erstickt, zum Schweigen gebracht, und alle anderen Geräusche, die darauf folgten, gingen in der Kakophonie des Unwetters unter.

Dann bewegte sich das Schiff wieder; Masse und Gewicht glitten nach vorn ins Wasser, ein langsamer, unaufhaltsamer Schub. Teixeira blickte zu Gonçalo empor, der unsicher auf der hochgetürmten Ladung balancierte. Ihm schien, daß die *Ajuda* ihren Bug blindlings in die Wellen grub, daß sie vorwärts- und hinunterglitt und niemals wieder hochkommen würde. Immer steiler stellte sich das Schiff, und Teixeira dachte an das Gewicht in ihrem Bug, das sie nach vorn und hinunter zog. Er bekreuzigte sich, schloß die Augen und wartete auf den ersten, kalten Ansturm des Wassers.

Aber obwohl das Bugspriet bis auf die Wasserfläche hinabtauchte und das Ruder, wie Estêvão ihm später sagte, achtern einen Fuß aus dem Wasser ragte, glitt das Schiff langsam vorwärts von der Sandbank herunter, während der Bug tauchte und dann stieg, und das Heck erst stieg, um sich schließlich ins tiefe Wasser zu senken. Das Schiff neigte sich nach Backbord und Steuerbord und rollte, bis es ein neues Gleichgewicht fand. Teixeira öffnete die Augen.

Sie waren frei. So frei, daß der achterliche Wind die *Ajuda* vorwärtsschob, nach Westen, ins offene Wasser des Ozeans.

Zwei Leichen wurden in Säcke genäht, die Säcke ins Meer geworfen. Dom Francisco plagte sich durchs Totengebet, dann versammelten sich die Männer um die Feuerbüchse, wo sie Räucherwerk verbrannten und in ihrer Sprache Totengesänge anstimmten, ein mäanderndes Skandieren, in das die Matrosen scheinbar nach Belieben einstimmten, jetzt nur einer, dann wieder viele, wie es ihr Dienst eben gestattete, während sich Oçem um das Feuer kümmerte und kleine Harzbrocken hineinwarf, die er so arrangierte, daß jeder zu schneeweißer Asche verbrannte.

«Der Ganda hat Sand unter der Haut, kennt Ihr die Geschichte, Dom Jaime?»

Teixeira schüttelte den Kopf.

«Ein anderes Mal. Der kleinste Anlaß bringt ihn in Wut, und dann» – Oçem mimte das Anstecken einer Zündschnur – «bumm! Wie Dom Franciscos wundervolle Kanonen. Äußerst reizbar, unser Ganda. Und diese dummen Eingeborenen, beim ersten Anzeichen von Gefahr verlieren sie den Kopf, und dann verlieren sie auch noch ihr Land und werden Matrosen, aber das ist wieder eine andere Geschichte. Auch sehr dumm.»

Das Tier hatte sich losgerissen und einen Mann zu Tode gequetscht. Es war zu einem hektischen Durcheinander, zu Panik gekommen, unten, im Dunkel, und laut Dom Franciscos Bericht war nur das Tier ruhig geblieben, hatte sein Opfer gegen den Lauf einer Kanone getrieben und sich dann vorgebeugt. «Mit äußerster Bedachtsamkeit», hatten die Worte des *fidalgo* gelautet. Die Schreie, dachte Teixeira. Das Schiff hatte sich von der Sandbank gelöst, und der Ganda war wieder eingefangen worden, indem man ihn mit Ladung einmauerte. Eine Stunde hatte es gedauert. Keineswegs dumm, dachte Teixeira, sondern tapfer, oder jedenfalls furchtlos. Das sagte er aber nicht zu Oçem, der weiter die kleinen Harzbrocken mit einer langen, schmalen Zange verschob, behutsam zurechtrückte, damit sie gleichmäßig brannten.

Der zweite Mann war während der Beschießung gefallen. Estêvão untersuchte ihn an Deck, umgeben von einer Menge Matrosen, seinen Freunden vielleicht, obwohl sie eher neugierig als traurig zu sein schienen. Anfangs konnte der Bootsmann nichts an dem Mann entdecken, keinen Blutfleck, ja nicht einmal eine Schramme. Dom Francisco befahl ihm, die Untersuchung zu wiederholen. Als Estêvão den Kopf des Mannes anhob, um damit zu beginnen, stieß er einen kleinen Schrei aus und ließ ihn wieder fallen. Dann drückte er abermals mit dem Daumen auf den Kopf. Er war weich. Die Haut war unverletzt, aber der Schädel des Hinterkopfs war weich wie nasser Lehm. Verblüfft blickte Estêvão zu den anderen empor.

«Es war die Kugel, die das Schiff getroffen hat», erklärte Teixeira. Er deutete auf die Absplitterungen dort, wo die Kanonenkugel auf dem Mitteldeck aufgeschlagen war. «So ist sie von seinem Kopf abgeprallt», sagte er und zeichnete mit den Händen die Flugbahn der Kugel nach. Die Matrosen begriffen und nickten zustimmend. Dom Francisco, der nicht mit ihm sprechen wollte, sagte nur: «Dann ist er zu meiner Verteidigung gestorben. Ich werde für seine Familie sorgen. Das ist Ehrensache für mich.» Dabei machte er eine ernste Miene, und alle Männer nickten wieder, diesmal erfreut. Dann jedoch blickten sie auf den Leichnam hinab, als mache er ihnen irgendwie Sorgen.

«Die Männer mögen Dom Francisco», fuhr Oçem nun fort. «Ein echter *fidalgo*. Sie wissen, was das heißt. Vijars Familie Geld zu geben, nachdem er so dumm gewesen ist, wird ihm viel Wohlwollen bei den Männern eintragen. Sich von einem fliegenden Stein treffen lassen! Lächerlich!»

«Ich werde Dom Francisco zum richtigen Zeitpunkt an sein Versprechen erinnern», sagte Teixeira.

«Spart Euch die Mühe, mein Freund. Vijars Dummheit ist selbst im Tod so groß, daß der Dummkopf keinen Vorteil aus seinen Chancen ziehen kann. Er hat keine Familie.»

«Aber die Männer waren erfreut ...» Teixeira war verblüfft.

«Äußerst großzügig von Dom Francisco», sagte Oçem. «Selbst ein nutzloses Geschenk ist ein Geschenk. Erinnert Ihr Euch nicht an Muzzafars Dankbarkeit, als Ihr ihm eine Festung bauen wolltet?»

«Ich werde ihn dennoch daran erinnern», sagte Teixeira steif.

«Aber ich glaube kaum, daß Dom Francisco es wünschenswert findet, von Dom Jaime an irgend etwas erinnert zu werden, oder?»

Teixeira musterte den Kleineren argwöhnisch. Als er Oçem zum erstenmal sah, saß dieser neben Muzzafar, während der König Mühe hatte, nicht einzuschlafen. «Es ist das Opium», hatte er ihm später anvertraut. «Achtet nicht weiter darauf. Erzählt mir noch einmal, warum Ihr für uns diese großartige Festung bauen wollt ...»

Die Festung war, wie vorauszusehen, nicht gebaut worden. Sie waren mit einem vergoldeten Sessel zurückgekehrt, einem Speiseservice, dem – weniger vorhersehbaren – Ganda und – am wenigsten vorhersehbar – Oçem. Anfangs hatte es nicht so ausgesehen, als sei des Königs vertrauter Minister tatsächlich verbannt worden. Er war «Muzzafars Botschafter am Hof des Großherzogs von Albuquerque, dem Diener des großen Königs Dom Manolo von Portugal», aber ein Botschafter ohne das Vertrauen seines Herrn, und vielleicht sogar in noch schlimmerem Ruch. Das dämmerte ihnen allmählich, und Oçem war in ihrer Wertschätzung entsprechend immer tiefer gesunken, bis er auf seinem gegenwärtigen Status angelangt war. «Tierpfleger!» hatte er ausgerufen, als Teixeira ihn schließlich aufforderte. «Oçem, der Ganda-Hirt!» Dabei hatte er fröhlich gelacht, als sei dieser Abstieg das größte Glück, das ihm widerfahren konnte, und von da an gebrauchte er seinen Humor, um noch die gröbsten Fragen des Duc abzuwehren. Einen Grund dafür, daß er in Ungnade gefallen war, nannte er nie, erwähnte nur die natürliche Feindschaft zwischen den Muselmännern und seinem eigenen Volk, den besiegten Rajputen von Cambay. Teixeira argwöhnte, daß er nicht mehr wußte, als er gesagt hatte. Statt einer Erklärung kam er mit wilden Geschichten über die Vorliebe seines ehemaligen Herrn für das Opium und die Freuden des *zenana*. Muzzafars Mutter hatte ihm seit seiner Geburt ständig steigende Dosen dieses Giftes verabreicht, um ihn gegen seine Wirkung immun zu machen. Die Folge war, daß Insekten, die sich auf seiner Haut niederließen, augenblicklich verendeten und die Konkubinen seine Aufmerksamkeiten fürchteten – verständlich, denn diese waren unweigerlich tödlich. Selbst der Duc lachte über diese Märchen.

Teixeira sagte sich, daß dieser Mann weder sein Freund war noch der des Duc, noch der seines Königs. Dann hatte Peres von Ayamonte aus geschrieben, und ganz unten in der Sendung lag der strenge Befehl: «Und da Ihr so freundlich von ihm sprecht, heuert mir diesen Oçem an.» Also war er jetzt hier, der ehemalige königliche Minister, und pflegte das Tier im Laderaum.

«Er ist ziemlich wütend auf Euch», fuhr Oçem fort. «Es ist wegen seinem Pferd, nicht wahr? Warum ist sein Pferd nicht hier?»

Teixeira erinnerte sich an diese Art Fragen bei den Verhandlungen in Cambay, an den verwunderten Ton, den schwächeren Ton von Entschuldigung darunter. Es war seine Taktik gewesen, diese Befragungen mit Grobheit zu kontern, seine Version von Oçems vorgetäuschter Naivität.

«Ich hab's erschossen», antwortete er.

Oçem zog die Brauen hoch.

«Erschossen? Aber das ist die Sprache, die Dom Francisco spricht, nicht die Eure, mein Freund. Ich fürchte, Ihr habt möglicherweise etwas Anstößiges gesagt, wenn auch in Unkenntnis der örtlichen Gepflogenheiten.»

Sie waren jetzt beide kurz davor, laut herauszulachen, weil sie sich selbst parodierten, oder vielmehr diejenigen, die sie an Land gewesen waren. Oçems Miene wurde ernst. «Ihr solltet ihn besänftigen, Dom Jaime. *Ein* wütendes Tier an Bord ist genug, finde ich ...»

«Sein Zorn hat nichts zu bedeuten», entgegnete Teixeira mit einer Spur Verachtung im Ton. «Er schreit und poltert, aber mehr auch nicht.»

Damit trennten sie sich, und Teixeira kehrte in die winzige Kajüte im Vorschiff zurück, wo er sich aus den Kisten, die an der Trennwand gestapelt waren, einen provisorischen Tisch baute, bis Dom Francisco auf der anderen Seite der dünnen Trennwand wütend «Ruhe!» brüllte. Verzagt blickte Teixeira sich im engen Quartier um, warf sich auf die Koje und schlief ein.

Die folgenden Tage vergingen unmerklich, voneinander zu unterscheiden nicht durch Ausblicke oder Geräusche, die immer die gleichen waren, sondern nur durch den Wind. Mit jeder Bö blies er die Segel wie riesige Lungen auf, aber nun, da kein Land mehr in Sicht war, schien es Teixeira, daß sie auf der Dünung lediglich auf und ab glitten, ohne einem Ziel entgegenzufahren. Der Wind war launisch und schwach, blies und erstarb, wanderte rund um die Windrose, so daß die Männer ihre Tage damit verbrachten, herumzuklettern, um die Segel zu trimmen, die nach höchstens einer Stunde abermals getrimmt werden mußten, wenn ihre kostbare Kraft sich nicht in sinnlosem Flattern der Lieks und Schlingern des Schiffskörpers verausgaben sollte. Sie segelten gen Westen, Dom Francisco und Gonçalo wechselten sich bei jeder achten Drehung des Stundenglases mit der Wache ab, obwohl es der Navigator war, der das eigentliche Kommando über das Schiff besaß. Gonçalo errichtete auf dem Quarterdeck eine kleine Markise aus Segeltuch, unter der er seine Tage damit verbrachte, das Wasser auf Veränderungen des Windes zu beobachten. Seit jenem flüchtigen Moment, da es ausgesehen hatte, als seien sie verloren, und die Miene des Navigators sekundenlang nur noch von Hoffnungslosigkeit sprach, hatte der Mann sich keinerlei Emotionen mehr anmerken lassen. Er sprach selten, und obwohl Dom Francisco aus Gründen der Disziplin darauf bestanden hatte, daß sie ihre Mahlzeiten gemeinsam einnahmen, vergingen diese in unbehaglichem Schweigen, während der *fidalgo* und er es tunlichst vermieden, einander anzusehen. Wenn er Stunde um Stunde auf dem Vorderkastell saß und Estêvão seine Anweisungen gab, war Gonçalo eher ein Teil des Schiffes selbst als ein Mitglied der Besatzung. Wenn Teixeira bei Nacht an Deck umherging, weil die Hitze in seiner Kajüte zu stickig war, sah er ihn aufrecht und völlig reglos dastehen, das Auge fest an einen kleinen Quadranten gepreßt, der auf den Polarstern gerichtet war, manchmal eine halbe Stunde ausharrend, bis das Deck so lange stillag, daß das winzige Senkblei des Instruments zur Ruhe kam. Dann notierte er sich die Ablesung und eilte an seine See- und Kurskarten zurück. Eines Nachts ging ihm Teixeira nach.

«Wenn ich richtig gerechnet habe, sind wir hier.» Gonçalo legte den Finger auf das Ende einer Linie, die bei einem mit «Goa» gekennzeichneten Punkt begann und sich von da als eine unregelmäßige Parabel im Zickzack fortbewegte. Teixeiras Neugier schien ihn weder zu verwundern noch argwöhnisch zu machen. Er sprach ruhig und nahezu tonlos; diese Dinge waren zu vertraut und zu tief eingewurzelt, um ihn noch zu interessieren. «Es könnte sein, daß wir bei Guardafui Land sichten. Möglicherweise aber auch erst bei Delgado.» Er deutete auf die beiden Kaps, die weit voneinander entfernt an der Küste lagen, die sie entlangsegeln würden. «Dahinter kommt die Meerenge von Moçambique. Wir werden den richtigen Wind brauchen, um sie zu passieren, aber bis dahin stehen unsere Chancen besser.»

Teixeira betrachtete die Insel São Lourenço. «Warum segeln wir nicht auf direktem Weg?» Er zog eine gerade Diagonale zur Spitze des Kontinents. Gonçalo schüttelte den Kopf.

«Zu früh in der Jahreszeit, und dann sind da die Untiefen von Garajos – hier.»

Mit der Fingerspitze fuhr Teixeira über die Seekarte und zeichnete einen Kurs bis zur anderen Seite des Kontinents, nach São Tomé, einem winzigen Punkt in der Einbuchtung der riesigen Landmasse. «Hier müßten wir anlegen», erklärte er. «Es werden Befehle auf uns warten.» Gonçalo runzelte die Stirn, sagte aber nichts. «Ist Dom Francisco davon unterrichtet?» fuhr er fort. Gonçalo zuckte die Achseln und schwieg eine Weile.

«Es hat irgendwie mit dem Ganda zu tun», sagte der Navigator schließlich. Erst nach einer Pause wurde Teixeira klar, daß es sich um eine Frage handelte. Er nickte hastig.

«Das Tier ist unser einziger Reisegrund. Warum sonst hätte der Duc uns die Genehmigung erteilt, so früh in See zu stechen?» Er wollte noch mehr sagen, aber Gonçalo ahnte, welchen Zweck er verfolgte, daß er ihn geneigt, zu einem Verbündeten machen wollte. Also hielt er den Mund. Der andere begann seine Karten zusammenzufalten. Als sich Teixeira erhob, um zu gehen, begann der Navigator wieder zu sprechen.

«Die Waffe hat Euch taub gemacht, als Ihr sein Pferd erschossen habt.»

Teixeira nickte, erstaunt, daß der Navigator ein Gespräch mit ihm begann.

«Er hat gesagt, daß er sich rächen würde. Nicht an Bord, aber sobald wir Land erreichen. Das hat er gesagt.»

Teixeira bedankte sich kurz für die Warnung und kehrte zu seiner Kajüte zurück, suchte sich vorsichtig einen Weg durch die überall an Deck schlafenden Männer. Verwundert über die Dummheit des Mannes, legte er sich in seine Koje. An Bord des Schiffes war er der Herr, hatte er die absolute Macht, und kein späterer Protest konnte ihn daran hindern zu tun, was ihm gefiel. An Land würde er nur eines der vielen mittellosen Mäuler sein, die aus Indien zurückkehrten, um Gefälligkeiten bettelten und bald schon so tief sanken, daß sie in den Kaschemmen für einen Krug Branntwein Geschichten erzählten. Die Straßen in Belem wimmelten von ihnen. Und er war der Bevollmächtigte von Dom Manolo, protegiert und begünstigt von keinem geringeren als Dom Fernão de Peres ... Als er an die Beleidigungen dachte, die ihm auf einer Wiese hinter einer Kirche in einer Stadt auf der anderen Seite der Welt ins Gesicht geschleudert worden waren, lächelte er vor sich hin. Dann fiel ihm ein, daß auch São Tomé gemeint sein konnte, wenn von «Land» die Rede war. Möglich, daß sie einander dort gleichgestellt waren. Er lenkt dich ab, sagte er sich. Denk an dein Ziel.

Nämlich das Tier: ein Köder, ausgeworfen von Muzzafar, ein Kahn für den portugiesischen Wal, mit dem er herumschnüffeln, mit dem er spielen konnte, dann eine Last für den Duc und ein Postscriptum in einer seiner Depeschen, auf die sich Manolo oder Peres gestürzt hatte, dann Ladung, Schwerfracht hier an Bord und ein phantastisches Gerücht im langsamen, gewundenen Fortschreiten der Verhandlungen von Ayamonte ... Was es nun war, da es dem entgegengetragen wurde, was aus ihm werden sollte. Peres hatte über Einhörner spekuliert, aber das Tier war grobschlächtig, die kleinen Augen lagen tief im glatten Zylinder des Kopfes, als stecke eine zarte Kreatur in dieser Schale aus grauem Gips und tobe nun darin herum, gefangen in und zum Wahnsinn getrieben von diesem Kerker. Es würde zu etwas werden, das die Kinder mit Stöcken aufzustacheln suchten. Die Beamten in Ayamonte mit ihren unbewegten Mienen würden es als «den anderen Faktor in unseren Kalkulationen» bezeichnen, oder als «das Subjekt unserer heimlichen Transaktionen», oder so ähnlich, denn es setzte sie herab und war einfach lächerlich. Und Seine Heiligkeit würde vor außerordentlichem Entzücken in die Hände klatschen: Sie hofften sehr, daß er das tat und sein Siegel unter die Bulle setzte, die sie ersehnten, daß der Pontifex und dieses Tier einander perfekt ergänzten. Auch an den Mann, der mit zerquetschtem Brustkorb an Deck gebracht worden war, dachte Teixeira. Es hatte diesen Mann «mit äußerster Bedachtsamkeit» getötet. Der Ganda war sein Vorwand gewesen, als er Dom Franciscos Pferd erschoß.

Nun mied einer des anderen Blick genauso, wie einer des anderen Gegenwart mied, eine in der Enge der *Ajuda* leicht zu durchschauende Fiktion. Nur beim Essen begegneten sie sich. Dann betrieb Estêvão eine oberflächliche Konversation und diskutierte den Kurs mit Gonçalo, der von allen am wenigsten zum Reden geneigt schien. Wurde er direkt angesprochen, antwortete Dom Francisco hochfahrend, weckte Zweifel an seiner Seemannskunst. Seine Vorschläge, wie die Segel zu trimmen wären, wurden zunächst von Gonçalo geprüft, bevor sie an die Besatzung weitergegeben wurden, wobei der Navigator sie unmerklich veränderte oder verzögerte, bis sich der Wind drehte, oder die gefährlicheren Absurditäten des *fidalgo* unterschlug, bis der Strom der Vorschläge nachließ und schließlich ganz versiegte. Bei Tisch ließen die beiden Dom Francisco nachsichtig gewähren, nickten weise zu seinen Worten und waren sich einig darin, daß dies nur Worte blieben. Der wahre Kapitän der *Ajuda* war Gonçalo, und Estêvão sein loyaler Leutnant. Dom Francisco und Teixeira waren Zuschauer, nichts weiter als Passagiere, wenn auch mit außergewöhnlichen Privilegien. Diese Situation, die Anomalie, die sie aneinanderkettete, verstärkte nur das Ressentiment, das sie entzweite. Teixeira war zu klug, um den dickschädeligen *fidalgo* auf seine Seite ziehen zu wollen. Liebedienerei konnte ihm nur Verachtung eintragen. Also waren die Tage von Mahlzeiten markiert, Ansammlungen langen Schweigens, steinerne und peinliche Zeremonien, unbehagliche Prüfungen eines ständig gefährdeten Waffenstillstands, die Teixeira überstand, weil er den Blick fest auf seinen Teller richtete, während Dom Francisco kaute und rülpste und Essensreste auf seinen Teller spie.

Sie änderten den Kurs, bogen nach Süden, die Küste hinunter, und von nun an wurde die gleichmäßige Fahrt des Schiffs von seltsamen Schlingerbewegungen unterbrochen. Die Strömung war schwach, lief aber gegen sie, während der Wind jetzt beständiger aus Nordost wehte. Kap Guardafui bekamen sie nicht zu Gesicht, aber von Zeit zu Zeit war der Kontinent selbst zu sehen, ein Streifen am Horizont, fernab an Steuerbord, gewöhnlich kaum vom Dunst und vom Schimmer der Nachmittagshitze zu unterscheiden, der aus dem Wasser emporstieg. Die Landzunge von São Lourenço entlockte der Mannschaft einen Jubelschrei und Gonçalo eifrige Bemühungen, denn die langgezogene Küste der Insel war von gefährlichen Untiefen umgeben, ausgedehnte Buckel und Barrieren, unsichtbar unter dem Gleißen der Meeresfläche. «Die Fahrrinne ist viele Meilen breit», sagte der Navigator. «Sobald wir sie erreicht haben, wird uns die Strömung ins tiefe Wasser führen.» Dann schwieg er wieder. Dom Francisco knurrte etwas. Teixeira spürte Besorgnis unter dieser unverlangten Versicherung. Sie aßen.

Als sie sich der Fahrrinne näherten, befahl Gonçalo die Lotgasten an ihre Stationen, und wieder ertönten ihre Stimmen «Backbord klar!» und «Steuerbord klar!» in gleichmäßigem Rhythmus wie die Responsorien bei der Messe. Gebete an Sankt Nikolaus sollten gegen Schiffbruch schützen, erinnerte sich Teixeira. Und das Emporheben der Hostie beruhigte die Stürme – falls ein Priester zur Hand war. Sie ankerten einige Meilen vor Kap Delgado, denn es wurde dunkel, und ihr Navigator wollte bei Tageslicht in die Meerenge einfahren. Am folgenden Morgen wurde die Landzunge deutlicher. Teixeira stellte sich einen vernichtenden Zusammenstoß vor, aber wenn sie schließlich die Landspitze von São Lourenço an Backbord und Moçambique an Steuerbord passierten, würden sie vermutlich von beiden noch meilenweit entfernt sein. Schließlich entschied sich Gonçalo, dem Wind entsprechend, für den westlichsten Kurs, der sie in weniger als einer Meile Entfernung an Moçambique vorbeiführen sollte. Vom frühen Wechsel der Jahreszeiten überrascht, kam eine kleine Flotte Sambuqs reichlich spät aus der Hafeneinfahrt und jagte auf sie zu; ihre Matrosen stießen laute Rufe aus und schwenkten Früchte, die riesigen Bananen glichen. Ein paar Säcke Reis wurden zu schlechten Preisen gekauft; Estêvão kommentierte, daß sie vermutlich aus eben jenem Hafen kamen, den sie vor etwas über einem Monat verlassen hatten. Bald fielen die Händler wieder zurück und holten ihre Lateinsegel für die langsame Rückfahrt zum Hafen ein. Ihr eigenes Schiff nahm Kurs Süd, und die Küste des Kontinents wich allmählich zurück, bis sie verblaßte und schließlich vollständig verschwand. Die *Ajuda* war wieder allein.

Der Nordost wehte jetzt beständig. An jedem Abend errechnete Gonçalo seine Peilung nach dem Kreuz des Südens und legte den Kurs tags darauf um ein paar Grad westlich der Windrichtung an. Bei jedem Kurswechsel legte sich das Deck der *Ajuda* ein wenig schräger, bis es schließlich die Kimmlinie erreichte, als der Wind direkt von achtern kam, nur um sich dann wieder zu neigen, in einem so sanften Winkel, daß es kaum die Krümmung auf Backbord in die Horizontale brachte, während ihr Kurs, wie Teixeira ihn sich vorstellte, einen weiten, sanften Bogen auf die glatte Meeresfläche zeichnete. Sie nahmen Kurs auf das Kap, die südlichste Spitze des Kontinents, während er seine Tage untätig auf dem Achterdeck verbrachte, die Männer beobachtete, wie sie sich Arbeit suchten, um sich zu beschäftigen, und auf das Geschwätz der Männer unter ihm im Ruderraum lauschte. Manchmal wurden aber auch sie schweigsam, knoteten ein Tau um das Ruder und dösten mit Estêvãos stillschweigender Billigung ein. Dann blickte er über die Reling aufs Wasser, das wie ein flüssiger Spiegel war, der zehnmillionenmal in der Sekunde zersplitterte und sich wieder zusammensetzte, oder zu den Segeln hinauf, die sich blähten und spannten, eine unendliche weiße Fläche, mit Sicherheit zu groß für das Schiff. Gonçalo, auf dem Vorderkastell, war ein rivalisierender König, der im Schneidersitz unter der Markise saß. Oder ein von den *Canarim* aufgestelltes Götzenbild. Zu den Mahlzeiten mußte er sich mühsam aufrappeln und sich, sonnengeblendet und benommen, den Weg durch die Ladung auf den Decks suchen. Wenn er die kleine Leiter hinabstieg, wurde ihm zuweilen übel. Er merkte, daß er sich über jeden freute, der Lust hatte, ihm Gesellschaft zu leisten und sich mit ihm zu unterhalten. Oçem vielleicht, aber der kam nur selten an Deck. Diese Tage, diese Wochen waren Pausen oder Intervalle zwischen Phasen tiefen Schlafs. Sie konnten jeden Moment enden. Er konnte plötzlich hochschrecken, und alles würde von vorn beginnen: der schafsköpfige Dom Francisco, die Befehle, die ihn auf São Tomé erwarteten, oder das Tier, das Oçem unter Deck so unverdrossen hegte und pflegte. Er war darauf vorbereitet, daß seine Trägheit jede Sekunde beendet sein konnte. Statt dessen wurde es – anfangs kaum wahrnehmbar, und dann ganz allmählich – kälter.

Eine schwere Dünung kam auf und rollte unter dem Schiff hinweg. Gonçalo legte seine Markise zusammen und verstaute sie unter Deck. Teixeira beobachtete, wie sich eine Wetterwand von einem Horizont zum anderen ausbreitete und vor ihnen aufstieg, eine gigantische, schwebende Woge aus Gewitterwolken. Daraus kam das Unwetter wie eine Tonne Teer hervor, die mit Dauben vom Umfang eines Baumstamms einen Berg aus Wasser hinunterrollt, dabei zerspringt und ihre Schwärze über den ganzen Himmel verteilt. Der Wind drehte nach Südwest und nahm ständig zu. Gonçalo ließ die Segel reffen, bis die Rahen der *Ajuda* nur noch schmale Längsstreifen aus Segeltuch trugen, und immer noch bogen sich die Masten beängstigend durch, denn nach einiger Zeit veränderte der Wind seinen Charakter, schien eine oder zwei Sekunden den Atem anzuhalten, bevor er wieder vorwärtsstürmte. Dann krängte das Schiff nach Lee, denn sie segelten jetzt direkt nach Westen, vorbei an einer unsichtbaren Leeküste, dem Kap, das sie im Nu zerschmettern würde, falls der Wind sie dagegen schöbe. Unter diesen Umständen konnte keine Peilung genommen werden, Gonçalo machte nicht mal den Versuch dazu. Von Zeit zu Zeit zeigte sich durch die Wolken flüchtig eine bleiche Lichtscheibe. Das Meer in Luv war ein Chaos aus Abgründen und Klippen. Das Schiff stieg und fiel mit ihnen und krachte in tiefe Täler nieder, aus denen es sich, davon war Teixeira überzeugt, niemals wieder erheben konnte.

Wie Teixeira jetzt feststellte, war das Unwetter, das sie auf der Barriere von Goa beinah vernichtet hätte, im Vergleich zu diesem nur eine Bö gewesen, viel Lärm und nichts dahinter. Das war der erste Tag. Am folgenden wurde ihm klar, daß dieser Wind und die schwere See eine Erholung, ein kurzes Zögern waren, daß das Meer Abgründe sinnloser Wut und Bösartigkeit barg, die er nicht für möglich gehalten hätte, und daß diese Wut aus einem Bauch hervorbrach, der Größeres und Besseres verschluckt hatte als die *Ajuda*. Der Regen kam.

Er kam in Strömen. Innerhalb einer Stunde war jedes Kleidungsstück, das die Männer trugen, von Dom Francisco bis zu dem Jungen hinab, der für den Koch die Töpfe spülte, bis auf den letzten Faden durchnäßt. Und innerhalb eines Tages wußten alle an Bord, daß sie auch so naß bleiben würden, bis sich das Unwetter endlich legte. Teixeira lag schlaflos in seiner Kajüte, die ganze Nacht wach gehalten vom Rollen und Stampfen der *Ajuda*, von ihrem Schlingern und Abstürzen, wenn die Seen über den Bug hereinbrachen und der Regen ihre Decks peitschte wie Kartätschen. Am Morgen zuckte er vor der Berührung der nassen Wolle mit seiner Haut zurück; er zitterte, bis sein Körper den triefenden Stoff erwärmt hatte, und stolperte wie ein Betrunkener in der Kajüte umher, während er sich die Hose über die Beine zog. Die Kleider klebten an ihm wie in Salzwasser getauchte Bandagen. Als er die Kajütentür öffnete, wurde er von einer herabstürzenden Wassersäule erwischt und war wieder genauso naß wie am vergangenen Abend, als er die durchweichten Kleider ablegte. Sein Fleisch verachtend, schnitt ihm der Wind den Körper auf, um ihm die Wärme direkt aus den Knochen zu saugen.

Estêvão, an den Fuß des Besanmastes gebunden, riß den Mund auf, um Befehle in die Takelage hinaufzurufen. Acht Mann arbeiteten dort oben. An den Tauen, mit denen die Ladung festgezurrt war, hangelte sich Teixeira quer übers Deck. An der Leiter zum Achterdeck blickte er abermals empor. Es war schier unvorstellbar, aber da waren sie, klammerten sich an eine Spiere, die aus einer hölzernen Mastspitze ragte, die schwankte, sich bog und erzitterte und alles tat, was in ihrer Macht stand, um sie abzuschütteln und in die See zu schleudern, die fünfzig Fuß unter ihnen kochte. Sie waren nackt, trugen nur schmale Lendentücher, während sie sich mit einem Zipfel des Lateinsegels herumschlugen, den zwei oder drei von ihnen einfingen und hereinzogen, während die anderen ihn festzuzurren versuchten. Aber das wollte der Sturm nicht zulassen, er riß ihnen die Leinwand aus den Händen, sobald sie ihn an den Zipfel heranließen. Die wogende See, der Sturm, der Regen, sie alle heulten gemeinsam in einer Lautstärke, die bewirkte, daß man nichts mehr unterscheiden konnte. Als er die Leiter emporstieg, erbebte das Schiff, und er duckte sich wie ein Kind. Schwere Männer schlugen einander tot in dem Sturm, der über seinem Kopf losbrach, und ihre Schläge dröhnten und trafen mit unvorstellbarer Wucht. Estêvão schrie den Männern am Ruder etwas zu.

«Hier! Haltet Euch hier fest!»

Dankbar ergriff Teixeira den dargebotenen Tampen.

«Was sucht Ihr hier draußen?»

Um sich verständlich zu machen, mußten sie schreien. Er wußte es nicht. Estêvão blickte wieder nach oben. Einer der Matrosen schob sich zum äußersten Ende der Spiere vor und gab dem ersten der übrigen ein Zeichen. Es schien, als habe er Mühe, sich festzuhalten, dann jedoch löste er einen Arm, und Teixeira sah durch den Regen, der ihm ins Gesicht schlug, daß er ein vom Wasser steifes Tau ergriff und eine Bucht um die Spiere legte.

«Gut, der Mann!» brüllte Estêvão hinauf, aber sie ignorierten das oder konnten es nicht hören. Wieder wandte er sich an Teixeira. «Geht lieber nach unten, Dom Jaime. Ihr habt hier nichts zu suchen.»

Er stieg hinunter und zog sich selbst Hand über Hand zum Lukdeckel. Als er sich hinabließ, warf er einen Blick nach vorn. Irgend etwas war da, auf dem Deck des Vorderkastells, eine mannshohe Gestalt, zum Schutz gegen das Wasser, das der Bug der *Ajuda* aus dem Meer stampfte und in Kaskaden von Schaum heraufschleuderte, in einen Umhang gehüllt. Die Gestalt machte keine Anstalten, vor dem ständigen Durchnäßtwerden oder dem schneidenden Wind zu fliehen. Gonçalo, dachte Teixeira. Er stieg hinunter und zog den Lukdeckel hinter sich zu.

Die Luft da unten war stickig vom Gestank der Männer, ihrer nassen Kleidung, ihrem Urin-Ammoniak, der durchweichten Ladung, vor allem aber von der Feuchtigkeit. Ein Mann versuchte vergeblich, die Feuerbüchse zum Leben zu erwecken, schaffte es aber nur, der toten Luft, die hier unten zwischen den Decks hing, noch stinkenden Qualm hinzuzufügen. Ein paar Laternen baumelten an den Balken und warfen matte Pfützen aus gelblichem Licht in die Dunkelheit. Die Männer in seiner Nähe drehten sich nach ihm um. Hier unten war das Unwetter nur ein dumpfes Hämmern, aber die Bewegungen des Schiffs wirkten heftiger denn je, ein unberechenbares Stoßen und Schwanken. Haltsuchend klammerte er sich an eine Leiter. Oçem tauchte aus der Dunkelheit auf.

«Dom Jaime! Ihr kommt uns besuchen, und schon muß ich mich

schämen. Kein *chi*». Er deutete auf die Feuerbüchse. «Nicht mal eine Schale Reis, es sei denn, Ihr habt ihn gern trocken.»

Ein Stoß brachte ihn aus dem Gleichgewicht, und fast wäre er gefallen. Oçem packte ihn am Arm.

Langsam gewöhnten sich seine Augen an das Dämmerlicht. Weitere Gesichter tauchten auf, dahinter mehr, und dann noch mehr. Die Männer standen eng gedrängt wie Vieh zwischen den festgezurrten Kanonen, Kisten, Fässern, aufgeschossenen Tauen, Segeltuchrollen und Holzbohlen, die in Depots entlang der Länge und Breite des Unterdecks aufgestapelt waren. Da die lichte Höhe weniger als die Größe eines Mannes betrug, mußten die Matrosen geduckt und mit eingezogenem Kopf unter den Balken stehen.

«Ihr macht Euch sicher Sorgen um den Ganda», sagte Oçem dann. Teixeira warf einen schnellen Blick nach hinten, aber dort gab es überhaupt kein Licht. Er konnte nichts sehen. Nur Finsternis und weder Bewegung noch das Geräusch einer Bewegung. Möglicherweise war das Tier tot. «Wir haben ihm beizubringen versucht, in einen Eimer zu pissen», fuhr Oçem fort, der jetzt ebenfalls nach hinten spähte. «Aber wir waren wenig erfolgreich. Er pißt aufs Deck.»

Es war der Urin des Tieres, den er roch. Ihm fiel auf, daß Oçem zwar seine Haare in eine gewisse Ordnung gebracht hatte, daß seine Kleidung aber völlig verdreckt war. Die anderen Männer beobachteten sie gleichmütig. Er bekam Kopfschmerzen von der stinkenden Luft.

«Wollt Ihr jetzt die Kranken sehen?» erkundigte sich Oçem.

«Krank? Welche Kranken?»

«Wir haben inzwischen etwa ein Dutzend. Habt Ihr das etwa nicht gewußt? Nein, nein, ich verstehe schon, Ihr … Und warum solltet Ihr, wenn das Wetter so schlimm ist.»

In seinem Kopf begann sich alles zu drehen, der Gang von Oçems Gedanken glitt wie ein zerrissenes Tau über Bord, verloren … Krank? Woran erkrankt? Benommen folgte er dem Mann, tastete nach den Balken über seinem Kopf, stolperte hinter Oçem einher, der sich weitaus sicherer bewegte als er. Die Männer machten ihnen Platz, oder vielmehr seinem Führer. Er ist ihr Anführer, dachte er auf einmal und fragte sich, warum ihm etwas so Eindeutiges nicht schon längst aufgefallen war.

«Da sind sie!» sagte Oçem mit einer ausholenden Handbewegung.

Provisorische Hängematten waren zwischen dem vordersten Schott und dem nächsten Querbalken festgezurrt worden. Sie erstreckten sich über die ganze Breite des Decks, schaukelten wie eine Reihe kleiner Boote. Oçem rief etwas in seiner Muttersprache, und sofort kam ein Mann mit einer Laterne herbeigeeilt. Die Hängematten baumelten, und die Gesichter der Männer starrten vom Boden der engen Gräben zu ihm empor, die durch das zu beiden Seiten neben ihnen aufsteigende Segeltuch gebildet wurden. Es wäre leicht, die schmalen Öffnungen einfach zusammenzunähen und sie hier zu bestatten, jeder in seinem Leichentuch aus Leinwand. Er ging durch die lange Reihe. Die Kranken lagen reglos da, keiner reagierte auf sein Eindringen.

«Was fehlt ihnen?» fragte er.

Oçem griff in die letzte Hängematte hinab. Mit den Fingern berührte er den Mund des Kranken und sagte etwas, das Teixeira nicht verstehen konnte. Der Mann öffnete den Mund.

Fast hätte Teixeira sich erbrochen. Der Gestank, der ihm ins Gesicht schlug, sprach von Fäulnis, von Fleisch, das für die Würmer bereit war. Die Zähne des Mannes waren so lang wie Hundefänge; das Zahnfleisch war weit zurückgewichen, und das restliche Fleisch war schwarz. Genau wie die Zunge, die zu doppelter Größe aufgeschwollen war, ein dicker fauliger Ball, der die Öffnung verstopfte. Er wandte sich ab und stellte fest, daß sich die Männer um ihn drängten und ihn erwartungsvoll beobachteten, während das Schiff weiterhin stampfte und rollte und das Meer es von einer Seite zur anderen warf.

«Was kann ich tun?» Oder sonst jemand? Oçem musterte ihn eine Sekunde, dann senkte er den Blick. Die Männer begannen sich abzuwenden. Er hatte irgendwie versagt, eine Prüfung nicht bestanden. Deswegen hatte Oçem ihn hierhergeführt, um ihm zu zeigen, wie machtlos er war.

«Der da ißt nichts mehr», sagte Oçem daraufhin achselzuckend. «Kann nicht mehr schlucken, versteht Ihr?»

Er nickte. Es war unerträglich für ihn, hier unten zu sein, bei diesen Männern.

Eine gewisse Unruhe entstand, ein Anschwellen des Lärms, den der Sturm verursachte. Das Luk wurde geöffnet, und die Männer der Wache, die abgelöst worden waren, machten sich kaum noch die Mühe, herunterzuklettern, sondern ließen sich einfach fallen und blieben an Ort und Stelle auf dem Deck liegen. Ihre Kameraden hoben sie ohne Verwunderung auf. Einer begann laut zu rufen, stellte die nächste Wache zusammen. Teixeira ging wieder nach achtern und sah zu, wie etwa zwanzig oder mehr von ihnen hinauskletterten, um die Plätze der erschöpften Männer einzunehmen. Ein schwerer Wasserschwall kam durch das Luk hereingeschwappt und durchnäßte ihn von Kopf bis Fuß.

Als er zu seinem Quartier zurückkroch, sah er, wie die Männer der Wache, die gerade ihren Dienst angetreten hatten, den Besanmast hinaufzuklettern begannen. Das Lateinsegel hatte sich wieder losgerissen. Die Gischt, die auf die Decksplanken fiel, hatte die Abflußrinne noch nicht erreicht, als schon der nächste Wasserberg gegen die Flanken der *Ajuda* schlug und riesige Säulen eiskalten Salzwassers heraufschickte. Die Gewalttätigkeit des Meeres war eine Art Wahnsinn, wie tausend Armeen, die alle rasend und ohne Fahneneid oder Strategie kämpften, reinster Mord. Abgründe pechschwarzen Wassers öffneten sich gähnend vor ihnen, und sie stürzten vorwärts. Ganze Gebirge barsten, wurden zu schroffen Schluchten, warfen sich gegen andere Gebirge, zerschmetterten sie, warfen sich gegen das Schiff ... Daß sie in diesem Chaos auch nur einen Moment überlebten, war ein Wunder. In Ayamonte versuchen sie, eine Linie durch das hier zu ziehen, dachte er, aber er konnte nicht lachen.

Von da an erlebte er das Unwetter von seiner Kajüte aus, die er nur noch verließ, um sich zu Estêvão und Dom Francisco in dessen Kajüte zu gesellen. Dort kauten sie auf Fladen von Trockenfleisch herum und tranken brackiges Faßwasser oder einen scharfen Schnaps, den Dom Francisco aus einem kleinen Fäßchen zapfte. Sie hockten da, in feuchte Decken gehüllt, und zitterten, nur noch darauf bedacht, sich warm zu halten und sich irgendwie den Magen zu füllen. Ihr Schweigen war jetzt nicht mehr unbehaglich: Das Unwetter hatte sie völlig zermürbt. Der *fidalgo* trank mäßig, aber regelmäßig, und sein Gesicht glühte vom Alkohol. Den wenigen Worten, die er mit Estêvão wechselte, entnahm Teixeira, daß sie in diesem Sturm einfach dahintrieben, daß der Wind sie noch immer nach Nordwesten schob, daß das Kap irgendwo da draußen war und daß es sie zerbräche, wenn sie dagegengeweht würden.

«Vielleicht sind wir schon daran vorbei», sagte Estêvão müde. Dom Francisco nickte. Sie konnten sowieso nichts tun. Noch weiter mit raumem Wind zu segeln, wagten sie nicht, weil sie fürchteten, die *Ajuda* könne breitseits zum Sturm geraten. Dann könnte eine einzige Welle genügen. Oder auch zwei. Das Schiff würde rollen und weiter rollen, bis es im aufgewühlten Meer versank. Es wird sehr still sein da unten, dachte Teixeira. Nur ein paar Faden unter diesem

Wahnsinn herrscht eine unermeßliche Stille. Eine einzige falsche Bewegung des Ruders würde genügen. Mehr war nicht nötig.

Gonçalo gesellte sich niemals zu ihnen, und soweit Teixeira sehen konnte, verließ er auch niemals das Deck, obwohl das eigentlich unmöglich war. Der Navigator hangelte sich an den Tauen entlang, die zwischen den Relings gespannt waren, brüllte seine Befehle den Männern zu, die das Pech hatten, hinaufgeschickt zu werden, und verfluchte die anderen am Ruder, wenn sie seine Peilung auch nur um einen einzigen Grad verließen. Ständig wurde er von eisigem Regen und Wind gepeitscht. Er gürtete sich an den Fockmast und beobachtete Stunde um Stunde das Toben des Meeres. Auf dem herumgeworfenen Holzsplitter, zu dem sein Schiff zerschlagen worden war, inmitten der Balken, Planken, Spieren, Taue, der Leinwand und dem Fleisch und Blut, das mit all diesen Dingen rang und kämpfte, blieb er allein standfest und unerschütterlich. Alles und alle anderen ließen sich von der Kälte und der Erschöpfung zu bloßer Materie reduzieren, zu langsam versagendem Widerstand, zu Körpern, die ihre Wärme an das Meer verströmten. Zwölf sonnenlose Tage und dreizehn mondlose Nächte lang. Dann herrschte, als Teixeira erwachte, Ruhe und Schweigen, und einen Moment glaubte er, eingesperrt in seiner Kajüte und in seine durchweichten Wolldecken gewickelt, daß die See sie tatsächlich verschlungen hatte und sie auf dem Grund des Ozeans eingekerkert waren, in einem Frieden jenseits des kleinsten Erschauerns, des kleinsten Geräuschs. Er stand an der offenen Tür seiner Kajüte und rieb sich den Schlaf aus den Augen. Sonnenlicht überflutete das Deck. Das Unwetter war vorüber.

Jedes Luk, jede Tür des Schiffs wurde aufgestoßen, Leinen wurden gespannt, und bald glich die *Ajuda* eher einer Wäscherei als dem Deck eines Schiffs, weil die Männer sich allesamt auszogen und ihre Kleider von der heißen Sonne trocknen ließen. Das Salz, das die trocknenden Taue und Segel verkrustet hatte, fiel aufs Deck und knirschte unter den Füßen. Die wassergesättigten Planken dampften. Gonçalo errichtete wieder seine Markise auf dem Vorderkastell, während die Männer, er eingeschlossen, mit nacktem Oberkörper herumliefen, sich reckten und streckten, blinzelten und die Wärme der Sonne aufsogen. Die Feuerbüchse wurde heraufgebracht, und bald zog der Duft von kochendem Stockfisch durch das Schiff. Schließlich brachten die Männer des Unterdecks ihre Toten herauf.

Teixeira sah zu, wie sechsmal hintereinander die gleiche Zeremonie vonstatten ging: Dom Franciscos gemurmelte Gebete, die hochgestemmte Planke und das Geräusch, das das Segeltuch machte, wenn es über das Holz hinunterglitt. Kurze Stille. Ein Klatschen. Drei Säcke waren nicht ausreichend beschwert worden und trieben, da leichter Wind herrschte, über eine Stunde lang in Sichtweite achteraus dahin. Die Matrosen schien das, wie zuvor, nicht zu berühren; sie legten kleine Würfel Räucherwerk in die Feuerbüchse, die von Oçem sorgfältig gehütet wurde. Einer blieb stehen und wechselte mit Oçem ein paar Worte. Der Mann wandte sich zum Gehen, besann sich aber anders und nahm die Diskussion wieder auf, die allmählich hitzig zu werden schien, allerdings benutzten beide die *Canarim*-Sprache, und Teixeira verstand kein Wort. Ein paar andere Männer drehten sich zu ihnen um, aber Oçem stieß schnell und barsch etwas hervor, und der Mann brach mitten im Satz ab. Als Oçem sich abwandte, begegnete Teixeira seinem Blick. Der Tierpfleger zuckte bedauernd die Schultern. Die Männer kehrten an ihre Arbeit zurück. Segel wurden entrollt, und zwei Gruppen arbeiteten sich auf Estêvãos Anweisungen hin durch die Takelage, wo sie zwei in Faserrichtung gespaltene Spieren entdeckten, die sie ersetzten. Das Lateinsegel, bei diesem Wind nicht benötigt, ließen sie lose flattern, bis es trocknete. Eine der Barkassen war total zerschmettert worden und wurde zu Brennholz verarbeitet, von dem es inzwischen viel zu wenig gab. Teixeira sah zu, wie das Schiff, das er vor dem Sturm gekannt hatte, mit magischer Geschwindigkeit seine Wunden heilte und wieder zur *Ajuda* wurde. Es war ein Tag der Ruhe und Erholung, ein unermeßlicher Luxus nach den Entbehrungen der letzten zwei Wochen. Teixeira genoß es, und als das Kreuz des Südens, nach dem sie navigierten, wenige Minuten nach Sonnenuntergang am Himmel erschien, suchte er Gonçalo auf.

Er fand den Navigator auf dem Achterdeck, wo er den Blick auf den südlichen Himmel gerichtet hielt, den sie hinter sich zurückließen. Der Mann schien in einer tiefen Stille zu ruhen, die er weit unter dem sanften Rollen des Decks oder dem Wogen des Meeres fand, das die *Ajuda* wiegte, festgehalten von einem Lichtstrahl, den er am Nachthimmel suchte. Teixeira beobachtete ihn einige Minuten lang, bis der Navigator das Instrument vom Auge nahm. Kaum überrascht durch seine Gegenwart, wandte er sich um. Teixeira folgte ihm zu dem Platz hinunter, den er sich im Ruderraum freigeräumt hatte, und wartete, während der andere über Zahlentabellen grübelte und gemächlich Kalkulationen anstellte. Danach ging wieder alles schnell. Gonçalo entrollte eine Seekarte und fuhr von Ost nach West mit dem Finger darüber, quer über die Spitze des Kontinents und dann aufs offene Meer hinaus. Vor und zurück glitt der suchende Finger und grenzte ihre Position auf eine Linie von dreißig bis vierzig Seemeilen Länge ein. Irgendwo auf dieser Linie befanden sie sich, aber da sie während des Unwetterts ihre Peilung verloren hatten, würden sie erst dann genau wissen, wo, wenn sie das nächste Mal Land sichteten. «Hier», sagte Gonçalo und deutete auf einen Punkt nordwestlich von ihnen. «Sankt Helena. Dort können wir Holz und Wasser aufnehmen, frische Lebensmittel ...» Er brach ab. Teixeira funkelte ihn aufgebracht an.

«Dort!» Er tippte auf einen Punkt nördlich von ihnen. «Wie besprochen. Wie ich es Euch sagte. Wie es der Duc befohlen hätte, wäre er nicht in Cochin gewesen, als wir in See stachen. São Tomé.»

Der Navigator schüttelte den Kopf. «Wir werden die Insel nicht rechtzeitig erreichen. Wir haben noch Wasser für sechzehn Tage, Lebensmittel für weniger, und eine Menge davon verdorben. Die Männer, die wir heute bestattet haben, werden nicht die letzten sein ...» Abermals hielt er inne.

«Wir müssen mit Dom Francisco sprechen», sagte Teixeira energisch. «Er wird dagegen sein, wenn auch aus keinem anderen Grund als wegen seinem toten Gaul. Ich erwarte, daß Ihr mich in dieser Hinsicht unterstützt. Habt Ihr mich verstanden, Navigator?» Da der Mann schwieg, fuhr Teixeira fort. «Hier ist Dom Francisco der Herr. An Land wird er sich als kein besonders wertvoller Freund erweisen. Ihr werdet sicher nach Goa zurückkehren wollen, zu Eurer Frau, und das sollt Ihr auch. Aber ob Ihr mit dem ersten Schiff dieser Saison fahren werdet oder mit dem letzten in zehn Jahren, ist schwieriger vorherzusagen. Sicher ist nur, daß Ihr mit einem Schiff im Dienst von Dom Manolo reisen werdet, und Dom Manolo ist es, dem ich bei unserer Heimkehr Bericht erstatten muß.»

«Ihr wollt mir hierbei drohen?» fragte Gonçalo leise. «Ist dieses Tier so wichtig, daß Ihr wegen einer Fahrt von zehn Tagen das Leben der Mannschaft aufs Spiel setzen würdet?»

«Eine Fahrt von über einem halben Monat, wie ich es sehe», gab Teixeira zurück. «Und ja, das Tier liegt mir mehr am Herzen als hundert von Dom Franciscos Pferden, und unserem König liegt es noch mehr am Herzen.»

Der Navigator schüttelte den Kopf; seine Miene war eisern. «Ich werde es nicht tun», sagte er.

Teixeira seufzte. «Erzählt mir von der *Cinco Chagas*», sagte er.

Gonçalo starrte ihn an; seine Miene war ausdruckslos. «Sie ging verloren.»

«Wie ging sie verloren?»

Diesmal gab es eine lange Pause, bevor Gonçalo antwortete. «Sie ist auf Grund gelaufen.»

«Und Ihr wart ihr Navigator?»

Schweigen.

«Und Ihr wart ihr Navigator?»

Es folgte eine noch längere Pause. Der Mann wich seinem Blick aus. Teixeira ließ die Pause andauern; jetzt wußte er, wie der Duc den Navigator überredet hatte, die *Ajuda* zu führen. Nach einer Weile sagte er: «Kommt. Wir wollen Dom Francisco mitteilen, welches Ziel dieses Schiff anlaufen wird.»

In wenigen Wochen würde der Südostpassat beständig wehen; im Augenblick war der Wind wechselhaft, und das Schiff schoß an einem Tag nur so dahin, um am nächsten in eine Flaute zu geraten. Daher war eine schwache, südliche Strömung alles, worauf sie sich verlassen konnten. Sie verlief an der Vorderseite der Küste entlang, die sie bei Angra dos Ilheos gesichtet hatten und deren seltsames Paar konischer Inseln eindeutig durch das große Kreuz zu identifizieren war, das auf der größeren von ihnen stand. Teixeira sah zu, wie sie verschwanden, als ihr Kurs sie wieder hinausführte und sie die Breitengrade nach São Tomé emporzuklimmen begannen. Dom Francisco hatte getobt und geschrien, und schließlich hatte Teixeira seine eigenen Befehle hervorgeholt und vor den Mann auf den Tisch gelegt, der sie, die Zunge im Mundwinkel wegen der großen Konzentration, die notwendig war, sie zu entziffern, mit zusammengekniffenen Augen betrachtete. Dann hatte er für die mit Sicherheit bevorstehenden Katastrophen, die durch diesen Wahnsinn herbeigeführt würden, jede Verantwortung abgelehnt und sowohl ihn als auch Gonçalo aus seinem Quartier gewiesen. Zuerst sein Pferd, und nun sein Schiff, dachte Teixeira. Wie sehr muß dieser Mann mich hassen.

Das Pökelfleisch und der Stockfisch waren in den Fässern verschimmelt und nicht mehr zu gebrauchen. Es gab nur noch ein bißchen Reis und etwas mehr Mehl, die beide an Deck zu Fladen verarbeitet wurden. Die Mannschaft wurde auf halbe Ration gesetzt, und Teixeira spürte, wie sein Hunger wuchs und zu einem harten Stein im Magen wurde. Anfangs blieb Teixeira tagsüber in seiner Kajüte, die er nur verließ, um zu essen und mit Gonçalo zusammenzukommen, der eine Stunde nach Sonnenuntergang den Kurs absetzte.

Nach seinen Berechnungen und ihrer gegenwärtigen Geschwindigkeit würden sie São Tomé in fünfzehn bis sechzehn Tagen sichten, «falls dann noch jemand am Leben ist, der sehen kann», ergänzte er düster. Es wurde wärmer. In Teixeiras Kajüte wurde es so stickig heiß, daß er gezwungen war, an Deck zu gehen. Ein großer Teil der Ladung, die dort gestapelt lag, war ruiniert und nach dem Unwetter über Bord geworfen worden. Seine eigene Ladung, Seidenballen, zwölf ganze Zentner, in Öltuch und Kisten verpackt, war irgendwo unter Deck verstaut und inzwischen vermutlich verrottet. Er versuchte zuerst ihren Wert in Cruzados und Reis zu errechnen, dann seinen eigenen, und dann den der *Ajuda* ... Wenn der Ganda nicht Fleisch, Knochen, Haut und Horn wäre, sondern Seide – wieviel würde er dann einbringen? Wie viele von den schweren Goldmünzen? Wie viele Männer?

Wie Gonçalo vorausgesagt hatte, wurden immer mehr Männer krank, und jene, die bereits krank waren, begannen zu sterben; am Ende der ersten Woche mußten vier weitere Leichen in Säcke eingenäht werden, und das weit weniger zeremoniell. Dom Franciscos Wache zählte jetzt weniger als dreißig Mann, und wenn er sich unter der Besatzung umschaute, sah er eingefallene Gesichter und graue Haut. Jene, die noch arbeiten konnten, bewegten sich teilnahmslos, brauchten eine Stunde für Aufgaben, die nur wenige Minuten erforderten, hielten zuweilen mit glasigem Blick inne und starrten nach vorn, auf einen Punkt, der zurückzuweichen schien, anstatt näher zu kommen. Am nächsten Tag gehörten diese Männer dann zu den Kranken, und dem Schiff fehlten noch mehr Matrosen. Dom Francisco schlich umher, rief den Männern seiner Wache hier und da Befehle zu, während dieselben Männer verstohlen zu Estêvão hinüberblickten, um sich die Befehle bestätigen zu lassen, bevor sie sie ausführten, bis Teixeira einen neuerlichen Wutanfall des *fidalgo* befürchtete. Der allerdings nicht erfolgte. Entweder bemerkte der Mann diese Mißachtung nicht, oder sie war ihm inzwischen gleichgültig. Das kam, wie Teixeira insgeheim vermutete, von der Tatsache, daß sie sich allmählich São Tomé näherten, und von der schäbigen Niederlage, die darin steckte. Oder Dom Francisco wollte abwarten. Ich sollte meine Seidenladung kontrollieren, sagte sich Teixeira. Ich sollte in den Laderaum zu den Kranken gehen, und zu dem Tier. Oçem sagte ihm, das Tier gedeihe, fresse sich fleißig durch ganze Ballen Heu und Stroh und stehe gehorsam still, während der Pfleger Wollfett in seine Haut massiere oder den Dung aus seinem Käfig schaufle. Jeden Morgen kletterte der Eingeborene an Deck, um einen ganzen Korb voll Mist über Bord zu kippen, und sobald er Teixeiras Blick auf sich gerichtet sah, stöhnte er theatralisch unter dem Gewicht der tierischen Hinterlassenschaften. Der Inhalt des Korbes regnete wie Kies hinunter. Er sah dem zu, er aß, er schlief. Ihr Schiff fuhr weiter, Stunde um Stunde, Meile um Meile, und doch war die *Ajuda* selbst jetzt auf seltsame Art von ihnen getrennt; nicht mehr das Schiff war es, das ihre Arbeit forderte, und auch das Meer sog ihnen nicht mehr das Leben aus. Dies waren lediglich die Orte, an denen das geschah. Tag um Tag erwachten sie unter dem wolkenlosen Himmel, der sich, ihrem Schicksal gegenüber absolut gleichgültig, von einem Horizont zum anderen über ihnen wölbte. Ein Mann trank Meerwasser und wurde wahnsinnig. Andere Männer wurden krank. Das Schiff war totenstill, das Meer war ruhig, ein Zuschauer. Das Elend gehörte ihnen allein.

Eines Nachts hörte er vor seiner Tür ein Geräusch. Später errechnete er, daß dies fünf Reisetage vor ihrer Landsichtung gewesen sein mußte, obwohl er es unmittelbar danach als «die Nacht, bevor ich gestürzt bin» bezeichnete, denn diese fünf Tage zogen gestaltlos an ihm vorbei, oder jedenfalls nahezu. Er lag in fast vollständiger Dunkelheit in seiner Kajüte, denn der Lukdeckel seines Fensters war zugeschlagen, und er konnte nicht genug Energie aufbringen, um aufzustehen und ihn wieder zu öffnen, vielleicht lag er im Schlaf, vielleicht war er wach. Seine Erinnerung daran war wirr oder verschwommen. Es klopfte leise an seine Tür, daran erinnerte er sich jedenfalls. Und es war ein Eingeborener, einer der Matrosen, der gebrochen sprach und seine Worte durch Mimik und kleine Gesten ergänzte. Er flüsterte. Er erinnerte sich an ein einziges Wort, das sie gemeinsam hatten, und das war «Ganda», und der Mann wollte sagen, das Tier müsse an Deck gebracht werden. Er sagte noch mehr, aber das konnte er nicht verstehen, außerdem hatte der Mann Angst, duckte sich, damit er nicht gesehen wurde, und schlich sich schließlich wieder davon, als ihm klarwurde, daß mehr nicht zu erreichen war. Erst da erinnerte sich Teixeira an ihn: an jenen Mann, der sich am Tag nach dem Unwetter mit Oçem an Deck gestritten hatte. Nahrungsmangel oder das alles bleichende Mondlicht hatte die Umrisse seines Gesichts verändert. Seltsam geschwächt von dieser Begegnung, wankte Teixeira in seine Kajüte zurück. Er hatte einen metallischen, fauligen Geschmack im Mund. Ihm wurde klar, daß dieser Geschmack den ganzen Tag über schon dagewesen war, aber er hatte ihn nicht bemerkt – bis jetzt. Langsam atmete er aus und schnupperte. Fäulnis.

Am folgenden Morgen erwachte er, richtete sich auf, schwang seine Beine über die Kojenkante und schlug schwer zu Boden. Leicht benommen und überrascht, blieb er ein paar Minuten liegen. Er schien kein Gefühl mehr in den Beinen zu haben. Und seine Arme waren offenbar zu schwach, um ihn hochzustemmen. Die Zunge fühlte sich dick an in seinem Mund, und der Geschmack war jetzt noch stärker geworden. Eine Weile blieb er dort liegen, dann schlief er wieder ein.

Als er das nächste Mal erwachte, lag er wieder in seiner Koje; Estêvão stand vor ihm und versuchte ihm etwas einzuflößen. Es war kalt und dicklich, beschwerlich zu schlucken. Estêvãos Gesicht verwandelte sich in das des eingeborenen Matrosen. «Ganda», sagte er, doch seine Zunge war so geschwollen, daß sie seinen Mund ausfüllte. Das Wort klang falsch. Dann war es wieder Estêvão, und dann wieder der Matrose, aber es war nicht der Mann, der zu ihm gekommen war, sondern ein anderer, ganz anders. Immer wieder veränderte sich das Gesicht, obwohl er vage begriff, daß er zwischen diesen Metamorphosen immer wieder einschlief und daß die Arme, die ihn von Zeit zu Zeit wachrüttelten, um ihm den Löffel an den Mund zu halten, verschiedenen Männern gehörten. Die Intervalle waren traumloses, schwarzes Schweigen oder Versinken, aus dem er kurz auftauchte, bevor er wieder sank. «Ganda», sagte er abermals, aber es war niemand da, der es hörte. Geduldig wartete er, bis jemand kam.

«Ganda.»

«Was ist mit ihm?» fragte Estêvão.

Er schluckte schwer an dem kalten Brei in seinem Mund. «Bringt ihn an Deck», sagte er. Und mußte es wiederholen, bevor Estêvão ihn verstand.

«Da ist er schon», sagte der Bootsmann. «Wir haben einen Käfig für ihn gebaut. Er ist krank. Sogar noch kränker als Ihr.»

Er schob noch mehr von dem Brei in seinem Mund hin und her. Er schmeckte nichts, obwohl es möglicherweise nach Zwiebeln roch. *Krank? Erkrankt woran?* Er versuchte alle Kraft zusammenzunehmen; dann fragte er: «Wann werden wir ...?» Mehr brachte er nicht heraus.

Estêvão deutete an, daß er ihn verstanden habe. «Landen? São Tomé?»

Er nickte, döste schon wieder ein.

«Mal sehen», hörte er den Mann sagen. «Das müßte gegen Morgen gewesen sein, vor zwei Tagen. Wir liegen in der Povoasan-Bucht vor Anker.»

Die Bucht schwang von einer bewaldeten Landzunge aus, die sich abrupt zu einem kiesigen Strand hinabsenkte. Zwei kleine Piers erstreckten sich ins Wasser. Um die eine lagen dicht gedrängt Kanus verschiedener Größe, umwimmelt von Negern, die Boote mit Kisten und Säcken be- und entluden. An der anderen war eine Karavelle vertäut. An Land lief ein breiter Weg vor mehreren langgestreckten Holzhütten entlang, die mit einer Art Stroh gedeckt, vorn aber zum größten Teil offen waren. Davor warteten Frachtkarren. Weiter hinten lag eine ungeordnete Gruppe kleiner Schuppen oder vielleicht auch Häuser, und dahinter wurde Povoasan auf einmal ordentlich. Lange, gerade Reihen von Flachdachbauten erstreckten sich eine Meile oder mehr nach rechts und links, mit Stroh gedeckt wie die anderen Schuppen, aber weit größer. Hinter der ersten Reihe kamen weitere, sieben, acht, vielleicht auch mehr, so dicht nebeneinander, daß es schien, als sei ein breiter Streifen der Insel auf Stelzen gestellt und zwölf Fuß über den Boden hochgehievt worden. Im Mittelgrund erhob sich ein einziger flacher Hügel, an dem zwei Reihen winziger Gestalten entweder hinauf- oder hinabstiegen. Da die *Ajuda* zwölf- bis fünfzehnhundert Fuß vor der Küste ankerte, konnte er sie nicht deutlich ausmachen. Von dieser Unterbrechung abgesehen, fiel der Blick auf weite Plantagen, Morgen um Morgen, meilenweit nach Süden, in einer gelblichgrünen Einfarbigkeit, die sich kräuselte und wirbelte wie ein Meer. Erst vor den Bergen hörte sie auf. Diese erhoben sich unvermittelt, in fünfzehn bis zwanzig Meilen Entfernung, dicht bewaldet und so dunkel vor dem strahlend hellen Himmel, daß ihr Grün auf ihn wie Schwarz wirkte. Nachdem Estêvão gegangen war, hatte er wieder geschlafen. Wieder war eine Nacht vergangen, weitere Zeit war verloren. Seine Beine waren schwach und unsicher, schienen ihm nur teilweise zu gehören. Ein paar Matrosen standen auf dem Achterdeck und redeten miteinander. Andere schliefen auf dem Lukdeckel. Er sah sich nach Estêvão um, aber bis auf diese Männer lag das Schiff verlassen. Dann entdeckte er durch einen schmalen Gang zwischen den Kisten und Ballen hinter dem Großmast eine Konstruktion, die zuvor nicht dort gewesen war. Einen großen, würfelförmigen Verschlag, direkt an die Hütte angebaut. Darüber waren Segeltuchplanen gebreitet und festgezurrt worden, deren unterer Rand fast bis zu den Decksplanken reichte. Die Enden dicker Holzpfähle ließen erkennen, wo sie auf den Planken festgenagelt worden waren.

«Es geht ihm jetzt viel besser, in seinem Zelt, Dom Jaime. Und Euch ebenfalls. Ein Wunder, meint Ihr nicht auch? Ich verstehe nur sehr wenig von Wundern, aber das ist das Wort, das Dom Estêvão benutzt hat.» Es war Oçem.

Da er, ohne zu antworten, auf den Verschlag starrte, fuhr Oçem fort, ihm zu berichten, daß der Ganda aufgehört habe zu fressen, dann zu saufen, und daß er sich schließlich niedergelegt und zwei Tage lang regungslos dagelegen habe, bis der Käfig für ihn auf dem Deck gebaut worden sei.

«Und nun? Ist er wieder gesund?» Sein Ton war schroff, und er sah den anderen nicht an.

«Er ist anders, Dom Jaime.»

«Wird er am Leben bleiben?» drängte er gereizt. Der Mann brachte ihn auf.

Oçem schwieg; dann antwortete er: «Wir warten auf ein weiteres Wunder.»

Diese Worte fielen auf ihn wie Steine. Peres war unversöhnlich und unnachgiebig. Tot war das Tier nichts wert. Lange Zeit herrschte Schweigen, während er all diese Dinge erwog.

«Ich will ihn sehen», sagte er jäh. Mit langen Schritten ging er zu dem mit Segeltuch bedeckten Käfig hinüber. Oçem packte ihn, plötzlich beunruhigt, am Arm und bat ihn, noch zu warten. Er schüttelte den Mann ab, streckte die Hand aus und zog die Plane beiseite.

Es war formlos, eine lehmfarbene Substanz, zu einem niedrigen Haufen aufgeschaufelt, im Dämmerlicht des Käfigs konnte er nichts Klares erkennen. Dann erhob es sich, und Sekunden später war es das Tier, das er kannte, das aufsprang und schneller auf ihn losging, als er es für möglich gehalten hätte, mit dem Horn herumsichelte, dann auf ihn, auf seine Brust zielte, während die kleinen Augen in dem plötzlich einfallenden Licht nach ihm suchten ... Erschrocken zuckte er zurück, und Oçem sprang herzu, um die Plane wieder herunterzuschlagen. Als er aufblickte, sah er, daß die Matrosen auf dem Achterdeck ihn beobachteten. Zornig verscheuchte er sie, ein Zorn, der vor allem gegen ihn selbst gerichtet war. Was war geschehen? Der Ganda hatte versucht, sich aufzurappeln. Dann hatte er sich umgedreht und ihn angesehen. Das war alles.

«Er kann sich bewegen», wandte er sich an Oçem.

«Er kann auch fressen», erwiderte der Mann, «aber er will nicht.» Kurze Pause. «Ich glaube, daß er sehr bald sterben wird.»

Teixeira schüttelte den Kopf. «Wo ist Dom Francisco?» erkundigte er sich.

«An Land, mit den anderen. Der Kommandant der Insel hat bei Tagesanbruch Boote nach ihnen geschickt.» Oçem musterte ihn besorgt. «Ihr seid noch schwach», stellte er fest. «Ihr solltet essen und dann wieder schlafen.»

«Bevor ich krank wurde», sagte Teixeira bedächtig, «ist ein Mann zu mir gekommen. Einer der Matrosen. Ich solle den Ganda an Deck bringen, hat er gesagt.»

«Und warum habt Ihr's nicht getan?» fragte Oçem. «Vielleicht wäre der Ganda dann heute so gesund wie Ihr, Dom Jaime ...»

«Warum habt *Ihr's* nicht getan?» warf Teixeira ihm vor. «Und warum dachte dieser Mann, daß ich es tun sollte?»

«Woher soll ich das wissen?» Oçem breitete die Hände aus. «Wir müssen diesen Mann suchen und ihn fragen. Wie heißt er?» Er sprach energisch und sehr entschlossen, als sei diese Frage von größter Bedeutung.

Aber er hatte nicht nach dem Namen des Mannes gefragt; zwar hätte er ihn wohl wiedererkannt, wenn er ihn gesehen hätte, konnte Oçem aber keine Beschreibung liefern. Er ging davon und setzte sich allein aufs Vorderkastell, durch Gonçalos Markise vor der Sonne geschützt. Am anderen Ende des Schiffs unterhielten sich Oçem und die übrigen Männer auf dem Achterdeck miteinander. Gegen Mittag entzündeten zwei von ihnen die Feuerbüchse und kochten. Im Zeltkäfig war alles still. Das Totenlager des Tiers, dachte er verbittert. Vielleicht, wenn er auf den Mann gehört und dafür gesorgt hätte, daß das Tier früher heraufgebracht wurde ... Aber vielleicht würde es sich ja auch so erholen. Aber warum war der Mann überhaupt gekommen? Daran rätselte er immer noch herum. Konnte es sein, daß Dom Francisco seine Drohung doch noch wahrgemacht und den Ganda als seinen wehrlosen Stellvertreter gewählt hatte? Macht das Reittier nieder, der Reiter wird folgen. Voll Unbehagen dachte er an den zusammenbrechenden Schimmel. Eine Parallele, die vielleicht selbst der *fidalgo* zu ziehen vermochte. Dennoch schien es nicht zu ihm zu passen, und es gab keinerlei Beweis.

Als er zur Küste hinüberblickte, sah er, daß sich an Deck der Karavelle ein paar Männer bewegten. Frachtkarren, von kleinen Ochsen gezogen und hoch mit leuchtend grünem Zuckerrohr beladen, rollten am Ufer hin und her. Die meisten Kanus waren inzwischen verschwunden. Teixeira erwog, den Männern zu befehlen, die Barkasse zu Wasser zu lassen und ihn ans Ufer zu rudern. Dort erwarteten ihn Peres' Anweisungen – Anweisungen, das Tier betreffend. Das Handbuch eines Balsamierers wäre jetzt wohl angebrachter. Oder ein Meßbuch. Bevor er seine Gedanken jedoch in die Tat umsetzen konnte, sah er, daß sich von einer der Piers ein großes Ruderboot löste, besetzt mit Negern, die sich kraftvoll in die Riemen legten. Kurz vor dem Heck saß ein weißer Mann. Er sah zu, wie es näher kam.

«Dom Jaime Teixeira! Dom Jaime Teixeira! Dom Fernão de Mello, Kommandant von São Tomé, bittet um die Ehre Eurer Anwesenheit und hat mir, Dom Pero de Cintra, aufgetragen, Euch seine herzlichsten Grüße zu überbringen ...»

Als er das Fallreep hinabkletterte, begannen seine Beine zu zittern. Noch immer schwach, dachte er bei sich. Die Neger brachten das Boot herum. Statt an die Pier zurückzukehren, hielten sie jedoch direkt aufs Ufer zu, sprangen ins Wasser und zogen das Boot die letzten zwanzig Fuß den Strand hinauf, während die beiden Passagiere noch auf ihren Plätzen saßen. Dom Peros Geplauder spülte über ihn hinweg, als er unsicher über den kiesigen Sand stakste, weil ihm der feste Boden nach so vielen Monaten an Bord der *Ajuda* ungewohnt war. Die Karavelle trug den Namen *Picanço* und wurde von einem edlen Herrn des Namens Dom Ruy Mendes de Mesquita befehligt, das erste Schiff der Mina-Flotte, das in diesem Jahr eingetroffen war, und zwar schon vor einem ganzen Monat, unter der Lizenz von Dom Afonso da Torres, was – laut Dom Pero – Dom Cristobal de Haro erheblich ärgern würde, der den Kontrakt die Küste hinab bis zum Cabo Santa Caterina besaß, und der Grund dafür war, daß der Passat in diesem Jahr entweder zu schwach oder zu stark war, oder zu spät oder aus der falschen Richtung blies ... Während sie am Ufer entlanggingen, lauschte Teixeira nur noch mit halbem Ohr. Ein Geräusch trieb in der Luft dahin, vernehmbar nur, wenn Dom Pero eine Pause machte, um Luft zu holen, ein seltsam angenehmes Klagen, aber sehr fern und von kurzen Pausen unterbrochen. Schließlich bedeutete er Dom Pero, still zu sein, und da erst merkte er, daß es sich um Gesang handelte.

«Die Neger singen beim Mahlen», erklärte Pero. Dabei zeigte er auf das Areal hinter den primitiven Schuppen, an denen sie vorbeigekommen waren, und Teixeira vermutete, daß er die Dächer meinte, die er vom Schiff aus gesehen hatte. Aber während er noch lauschte, riß der Gesang auf einmal ab.

«Aha», sagte Pero, «das wird Dom Fernão sein. Sie hören immer auf, wenn er an ihnen vorbeikommt, während sie arbeiten. Es ist ein Lärm, den er nicht ertragen kann. Kommt, wir sollen uns im Fort mit ihm treffen.»

Das Fort entpuppte sich als eine Art Palazzo, ganz aus Holz gebaut und genauso mit Stroh gedeckt wie die übrigen Gebäude der Insel. Es war auf allen Seiten von einer erhöhen Terrasse umgeben, und an jeder der vier Ecken stand eine kleine Kanone, die wohl eher zur Dekoration denn zu etwas anderem diente. Bei einer davon standen zwei Männer. Der eine zeigte auf etwas, der andere, der lachend nickte, war Dom Francisco. Bei Teixeiras Anblick verstummte das Gelächter.

Dom Fernão de Mello kam ihnen entgegen und begrüßte sie mit einer tiefen Verneigung. Er war von mittlerer Größe, untersetzt, mit Hängebacken und Doppelkinn. Die Schwere seiner Züge wurde ausgeglichen durch zwei wasserblaue Augen, die bewirkten, daß er seltsam kindlich aussah, ein ewig schwellender Jüngling kurz vor einem ewig schwellenden Koller. Er sprach bedächtig und eher generell an Teixeira gewandt, als richte er das Wort an eine Menschenmenge, die sich hier nur versammelt hatte, um seine Meinung zu hören. Sobald die Begrüßung erledigt war, begaben sich die vier Herren ins Haus und begannen die Neuverproviantierung der *Ajuda* zu besprechen. Preise wurden vereinbart, kurz über Mengen und Qualität diskutiert. Dom Francisco handelte mit Mello, während Teixeira, zunehmend verblüfft über die Problemlosigkeit der Verhandlungen, schweigend zuhörte. Mello war in ganz Indien als Mann bekannt, der den verhungernden Männern der Mina-Garnison die Lebensmittel verweigert hatte, weil sie nicht in Gold dafür bezahlen konnten. Gewiß, das war jetzt fast zehn Jahre her, aber es gab noch andere Geschichten, schlimmere, hier aber stimmte der größte Händler der Guineaküste demütig allem zu, was der rundliche Dom Francisco vorschlug. Sie sollten noch am selben Abend mit dem Beladen beginnen und müßten dann in drei, vielleicht auch schon zwei Tagen fertig sein. Teixeira und Dom Pero hörten zu, wie sie fintierten und feilschten, wobei der letztere keinerlei Anstalten machte, seine Verwunderung über diese plötzliche Verwandlung des Kommandanten von São Tomé zu verbergen. Als sie sich zum Abschied die Hände schüttelten – Mello behauptete mit seufzender Bewunderung, Dom Francisco verhandle härter als König Manolo persönlich –, unterbrach Teixeira sie, um sich nach seiner Depesche zu erkundigen.

Beide Männer verstummten sofort. Mello wandte sich an Dom Francisco, und Dom Francisco räusperte sich.

«Das ist alles erledigt», begann er barsch. «Ich hab mir das Ding bereits angesehen. Wir sollen unseren ursprünglichen Kurs beibehalten.» Er legte eine Pause ein. «Eure Krankheit hat mich gezwungen, entsprechende Maßnahmen zu ergreifen, und da ich der Herr der *Ajuda* bin, ich wollte sagen, sein mußte, nahm ich es auf mich ...» Hier hielt er inne, weil seine unbeholfen einstudierte Erklärung in seinem eigenen, unzulänglich kaschierten Unbehagen unterzugehen drohte.

Teixeira verzog keine Miene. Das plötzliche Ersterben ihres Gelächters zuvor wurde verständlicher. Da er wußte, daß er sie sonst nicht zu Gesicht bekommen würde, hatte Dom Francisco die Krankheit ausgenutzt, um Teixeiras Depesche zu öffnen. Mello hatte ihn zweifellos dazu angestiftet und danach die unsinnigen Ausflüchte konstruiert, die Dom Francisco jetzt gehorsam nachplapperte.

Laut sagte er: «Gewiß, Dom Francisco. Im Falle meines Todes wäre es notwendig geworden, daß Ihr an meiner Stelle handelt, und das wäre ohne die Anweisungen kaum möglich gewesen ...»

Seine Stimme war ruhig, nahezu tonlos. Gut, dachte er, nur weiter so. «Dennoch wäre es mißlich gewesen, hätte Dom Fernão de Peres erfahren, daß der beabsichtigte Empfänger seiner Depesche keinerlei Kenntnis von deren Inhalt hatte. Ursprünglicher Kurs oder nicht, es ist wohl am besten, wenn ich mir das Schriftstück selbst ansehe, meint Ihr nicht auch?»

Nach seinen Worten herrschte erst einmal Stille. Mello sah abermals Dom Francisco an. Dom Francisco erwiderte den Blick bestürzt.

«Die Depesche, Dom Francisco!» half der Kommandant von São Tomé nach.

Der andere griff verwirrt in sein Wams. Dann stieß er hervor: «Sie ist dort hinten, wo Ihr ...»

«Aha, Ihr habt sie dort liegenlassen. Um Vergebung, ich dachte, Ihr hättet sie an Euch genommen.»

Teixeira spürte, daß er immer ruhiger wurde, während sie ihre kleine Farce aufführten. Dann geleitete Mello ihn durch eine Flucht Zimmer bis zu jenem, das er als Arbeitsraum benutzte. Das Pergament lag auf einem kleinen Schreibtisch, deutlich sichtbar mit Peres' Siegel, das, wie erwartet, erbrochen war. Mello reichte es Teixeira und ging ohne ein weiteres Wort hinaus.

Seid gegrüßt, Dom Jaime. Ich vertraue dieses Schreiben den Hän-

den von Duarte Alema an, Kapitän der Picanço, *die von Belém zur Guineaküste und São Tomé segeln wird, und Ruy Mendes de Mesquita, ihrem Navigator. Ihr werdet es aus den Händen von Dom Fernão de Mello empfangen, Kommandant jener Insel und Dom Manolos treuer Diener ...*

Er schnaubte verächtlich; dann las er weiter. Peres lobte ihn für die Beharrlichkeit, die ihn trotz aller Widrigkeiten der Reise nach São Tomé gebracht habe. Es folgten Hinweise auf die Schrecken des Kaps, dann wieder Loblieder auf ihn selbst, dann wieder Ermahnungen. Der inbrünstigen Hoffnung, daß sie sich bald und heil wiedersehen würden, wurde sowohl in formellen als auch in vertraulichen Worten Ausdruck verliehen. Man wünschte ihm gute Gesundheit und gab ihm zu wissen, daß seiner allabendlich von Dom Fernão de Peres und seiner Gemahlin im Gebet gedacht werde. Fast hätte er laut aufgelacht. Die Vorstellung, daß Peres sich in stiller Andacht erging, war absurd für jeden, der auch nur zwei Sekunden in seiner Nähe verbrachte hatte. Hier endete die Depesche, und mit ihr seine flüchtige gute Laune. Das Tier war nicht erwähnt worden, auch nicht sein Bestimmungsort, noch... Er legte das Pergament auf den Schreibtisch zurück.

Dann breitete sich ein Grinsen über sein Gesicht. Er stellte sich Mellos Verärgerung vor, als seine geduldigen Listen gegen die felsige Küste von Dom Franciscos Dummheit brandeten. Vielleicht hatte er die Rolle gewechselt und war zu einem warmen Tümpel der Umgänglichkeit geworden, zwei unter Entbehrungen leidende *fidalgos* auf einem gottverlassenen Felsen mitten im Meer ... Das wäre besser, und dennoch war sich Dom Francisco, davon war Teixeira überzeugt, höchstwahrscheinlich nicht klar darüber, daß seine hochgelobten Verhandlungen über die Verproviantierung des Schiffes nichts weiter waren als eine von seinem plötzlich so guten Freund, dem Kommandanten von São Tomé, geschaffene Tarnung für die Tatsache, von der er ebenfalls nichts ahnte und über die er sich, hätte er davon erfahren, fürchterlich aufgeregt hätte, nämlich, daß Dom Francisco bestochen worden war. Und Mello – bei diesem Gedanken kicherte Teixeira – war sich vermutlich ebensowenig klar darüber, daß es gar nicht nötig gewesen wäre, den Mann zu bestechen. Für einen Becher Madeira und ein kameradschaftliches Schulterklopfen wäre Dom Francisco in jedem Fall zu allem bereit gewesen ... Er hätte die Depesche gelesen und nichts gefunden. Dann hätte Mello sie gelesen und ebenfalls nichts gefunden.

Ihm selbst sagte das Dokument ebenfalls nichts, und in der Art, *wie* es ihm sagte, daß es *beabsichtigt* war, nichtssagend zu sein, entdeckte er einen leichten Hauch jener zweifelhaften Staatskunst, jener doppelten und dreifachen Ränke, aus denen die Luft bestand, die Peres in Ayamonte atmete. Es war ein Lüftchen des alten Fuchses persönlich. Peres und seine Gemahlin im Gebet ... Das war zu schön, um es in Worte zu fassen! Peres' Gemahlin war seit zwei Jahrzehnten tot.

Er lachte laut heraus, laut genug, um zu bewirken, daß Dom Pero im Laufschritt herbeigeeilt kam und sich erkundigte, ob alles in Ordnung sei.

«In allerbester», sagte er, immer noch lachend. Er war der Diener eines Mannes, der ihn mitten auf einem Ozean zusammen mit einem sterbenden Ungeheuer ausgesetzt hatte. Bald würde er der in Ungnade gefallene Diener dieses Mannes sein, der ihn an den Kadaver des Tieres fesselte und ihn den noch weitaus trügerischeren Strömungen des Hofes aussetzte, in denen er untergehen würde.

Mello und Dom Francisco waren verschwunden, als sie wieder nach vorn kamen. Dom Pero musterte ihn argwöhnisch, während er ihm erklärte, der Kommandant werde für die edlen Herrn der beiden Schiffe, die in São Tomé vor Anker gegangen seien, am selben Abend das geben, was er als «Bankett» bezeichnete. Bis dahin habe er Befehl, Dom Jaime alles auf der Insel zu zeigen, was dieser zu sehen wünsche.

«Wo sind Dom Estêvão und Dom Gonçalo?» fragte er den Mann und erfuhr, daß sie den Transport der Vorräte überwachten. Teixeira erwog, sich ihnen anzuschließen, aber wenn Peres' «Anweisungen» ihm irgend etwas sagten, dann höchstens, daß es keine Rolle mehr spielte, was er hier tat oder wie er seine Zeit verbrachte. «Ich würde gern die Kocherei sehen», sagte er. Dom Pero befahl, zwei Pferde zu satteln.

Der Gesang der Neger stieg wogengleich empor, in vollen Akkorden, die anschwollen und abbrachen und wieder von vorn begannen. In den Pausen skandierte eine einzelne Männerstimme, und der Gesang folgte ihr, wandte sich, wenn ein neues Element eingebracht wurde, gehorsam hierhin und dorthin, folgte ihr, bis es durch eine neue Modulation ersetzt wurde und der Gesang sich wieder vorwärtsbewegte, volltönend und doch leise in der Luft. Sie ritten zwischen Bäumen und hohen Gräsern, die Teixeira nicht identifizieren konnte. Der Pfad wurde breiter, und dann lag die Kocherei vor ihnen.

Die Dächer, die er vom Schiff aus gesehen hatte, erstreckten sich nun vor ihm als ein einziger, überdimensionaler, mit Stroh gedeckter Baldachin. Nur die unterschiedlichen Arbeiten, die darunter ausgeführt wurden, unterteilten ihn. Die Neger arbeiteten mit nacktem Oberkörper, beaufsichtigt von anderen Negern, die mit langen Stökken oder Macheten zwischen ihnen umhergingen. Gleich vor ihnen schienen Hunderte von Kochgruben in den Boden gegraben, über denen jeweils ein Kessel hing. Abwechselnd legten die Männer, die hier arbeiteten, Holz auf das Feuer, das unter den Kesseln brannte, rührten in den Kesseln und schöpften den Inhalt ab.

«Hier dampfen wir das Wasser aus der Melasse», erklärte Pero. «Dann kommt sie in die Kochhäuser.»

«Woher stammen diese Männer?» fragte Teixeira.

«Die Händler kaufen sie in Mpinde oder Gató. Die meisten werden nach Mina oder Pernambuco weitergeschickt, aber alle gehen über São Tomé. Wir können uns die Besten aussuchen», sagte Pero. «Oder konnten es.»

«Konnten?»

«Der Handel hat in letzter Zeit nachgelassen. Es hat Probleme gegeben ... Natürlich nicht hier. Auf dem Festland. Die Eingeborenen haben aufgehört zu handeln, oder der Mani hat es wieder verboten. Wir wissen es nicht. So etwas ist früher schon vorgekommen. Irgend etwas Seltsames ...» Hier unterbrach er sich und setzte eine bemüht muntere Miene auf. «Wollen wir uns das Pressen ansehen?»

Die Arbeitsgruppe, die mit dem Eindampfen der Melasse beschäftigt war, war winzig im Vergleich zu jener, die den Saft aus dem Rohr preßte. Teixeira sah ein Tableau vor sich, das sich tausendfach wiederholte: Ein Neger stand breitbeinig über einem langgestreckten Holzbottich, in den Händen einen schweren Holzpfosten, mit dem er das rohe Zuckerrohr zerstampfte, bis er und es genauso von Flüssigkeit bedeckt waren. Der Gesang folgte dem Rhythmus seiner Arbeit; die Luft war stickig vom schweren Geruch des Saftes und vibrierte von dem Gesang, der immer weiterging und kein Ende zu nehmen schien. Man brachte die Kessel, die er auf den Feuern gesehen hatte, herein, füllte sie mit Zuckersaft und trug sie wieder hinaus. Dann folgten Männer mit schweren Lasten Zuckerrohr, entfernten die zurückgebliebene Bagasse und ersetzten sie durch neues Rohr. Worauf das Ganze wieder von vorn begann. Während die Männer mit der Bagasse an den Arbeitern vorbei zurückgingen, machten die sich schon wieder ans Zerstampfen.

«Wo gehen die hin?» fragte er Pero, und deutete auf einen der Lastträger.

«Auf den Hügel», sagte Pero. «Dom Fernão baut jetzt schon viele Jahre daran. Ein Teil der Bagasse wird als Brennmaterial getrocknet. Der Rest kommt auf den Hügel.»

«Das würde ich gern sehen», sagte er.

Die Aufseher funkelten Pero bösartig an, als er ihn durch das Gewühl der Männer führte. Als sie schließlich auf der anderen Seite der Kocherei herauskamen, blickte Teixeira zum Hügel empor. Anfangs dachte er, der ganze Haufen schwele, denn er dampfte und schien Hitze abzugeben. Der Dampf stank jedoch nach Verwesung, und die Männer, die ein Stückchen links von ihnen die Flanken emporstiegen, zeigten keine Angst. Sie trugen Lasten aus pulverisierten Fasern und versanken beim Hinaufsteigen bis zu den Knien im Zuckerrohrmulch. Bei jedem Schritt mußten sie mühsam ein Bein herausziehen und es tief in den heißen Kompost setzen, dann ihr Körpergewicht nach vorn verlegen und den Vorgang mit dem anderen Bein wiederholen. Teixeira wollte gerade fragen, welchem Zweck dieses Verwesungsmonument dienen solle, als plötzlich Unruhe entstand. Vier Männer, nach ihren Waffen zu urteilen Aufseher, verfolgten einen fünften den Hügelhang empor; alle fünf kletterten wie wild und schrien in einer Sprache, die er nicht verstand. Zwei der Aufseher trugen Stricke bei sich und holten, während Teixeira zusah, den Gejagten ein, der niedergerissen und durch einen Schlag gegen den Kopf sekundenlang zum Schweigen gebracht wurde. Dann schrie er weiter, und Teixeira vernahm, wie sich das Flehen in seiner Stimme in Panik verwandelte, als die Stricke hervorgeholt wurden. Im Nu hatten sie ihn gefesselt und schleppten ihn wie ein Stück Holz bei den Knöcheln weiter hinauf und um den Hügel herum.

«Diebstahl», sagte Pero erklärend. Die Männer waren schnell aus ihrem Blickfeld verschwunden, aber er ritt schon nach links um den Fuß des Hügels herum, trieb sein Pferd durch die Reihe der Träger, die ihr Tempo nicht verlangsamt, ja bei dem Zwischenfall nicht einmal den Blick gehoben hatten. Als er die fünf Männer wiedersah, machten zwei der Aufseher hoch oben am seitlichen Hügelhang eine Grube, indem sie im Knien mit den bloßen Händen das verrottende Rohr herausschaufelten. Als sie fertig waren, stellten alle vier den Mann einfach auf den Kopf und senkten ihn mit dem Kopf voran in das Loch, bis nur noch seine Beine zu sehen waren. Obwohl er gefesselt war, konnte Teixeira erkennen, wie heftig sich der Mann wehrte. Dann bückten sich die vier, um ganze Arme voll Bagasse aufzunehmen und sie mit den Füßen in der Grube festzustampfen. Innerhalb weniger Minuten waren sie fertig, und von ihrem Opfer waren nur noch Unterschenkel und Füße zu sehen, die aus dem Hang hervorragten. Die Reihe der Träger kletterte weiter wie zuvor, nur daß die Aufseher ihnen jetzt eine neue Route zuwiesen, indem sie brüllten und ihre Stöcke durch die Luft sausen ließen, als habe sie die vollzogene Tat in Erregung versetzt und dazu angeregt. Wie Teixeira sah, warf der erste Träger seine Last dort ab, wo der Dieb vergraben worden war, dann kam der nächste, und der nächste ... Plötzlich merkte er, daß Pero sich zu ihm gesellt hatte.

«Was hat er gestohlen?» fragte er tonlos.

«Zuckerrohr. Es ist fast immer dasselbe. Sie essen es, versteht Ihr ... Ihr müßt wissen, Dom Jaime ... Bevor Ihr Dom Fernão verurteilt, müßt Ihr wissen, daß diese Männer wertvoll sind, daß es nicht Gier ist, nicht die Gier nach einem Stück Zuckerrohr ...»

«Wie viele sind da drin vergraben?» fragte Teixeira, der noch immer zum Hügel emporblickte. Der Dieb war inzwischen unter dem wachsenden Berg von Bagasse verschwunden.

«Ihr müßt mich anhören, Dom Jaime. Als Dom Fernão anfangs hierherkam, war hier nichts. Überhaupt nichts. Ich habe ihn gesehen ... Ich habe ihn einmal gesehen. Er kniete, es war hier in der Nähe, er faltete seine Hände, so ungefähr, und blickte empor wie im Gebet, aber dann sah er zur Erde nieder und grub seine Hände in die Erde, pflügte sie mit bloßen Händen, an jenem Tag, und alles, was Ihr hier seht, hat er mit diesen seinen Händen gebaut, diesen weichen Händen, und nun will der König, dem er hier gedient hat, seinen Kontrakt widerrufen und einen Faktor schicken, damit der ihm alles wegnimmt, alles zerstört ...»

Der Mann plapperte hektisch. Teixeira war müde, elend. Er wollte nichts hören. Mello fürchtete ihn also, hielt ihn für Manolos Spion. Daß die *Ajuda* tatsächlich nur als Frachtschiff für das Tier hier war, das sterbend auf ihrem Deck lag? O nein, das war natürlich absurd. Mello glaubte keine Sekunde daran. Er wendete sein Pferd. Pero neben ihm, immer noch plappernd, Apologet eines Wahnsinnigen, seine Stimme ein nervöses Geschnatter. Statt dessen lauschte er dem Gesang der Neger, der endlos war und gewaltig, ein ununterbrochener Puls, der die Luft füllte und auf ihr lastete. Als sie die Neger hinter sich ließen, fiel ihm auf, daß ihre Pferde im Takt dazu gingen.

«… João Afonso de Aveiro, der Faktor in Gató bei der Stadt Benin, Dom Valentim Coelho und Dom Fernando da Montoroio, ein Händler, der den Mani-Congo beliefert, Dom Ruy Mendes de Mesquita, Herr der *Picanço*, und Dom Francisco …»

Im Schritt ritten sie an einer Reihe von Pferchen vorbei, allesamt leer. Irgend etwas in Peros Aufzählung weckte seine Aufmerksamkeit, aber er vermochte nicht zu sagen, was. Er bat den Mann, die Liste von Mellos Bankettgästen zu wiederholen, und hörte bei der Wiederholung sorgfältiger zu.

Als sie das «Fort» erreichten, rief Pero nach Männern, die ihnen die Pferde abnahmen, und verschwand dann ebenfalls. Teixeira setzte sich auf die Terrasse, las schnell noch einmal Peres' Brief und nickte zufrieden, als er seinen Verdacht bestätigt sah. Er begann zu überlegen, wie die Begegnung, von dem Mann, der tausend Meilen von ihm entfernt war, so vage angedeutet, arrangiert werden könnte, denn es mußte noch am selben Abend geschehen, bei dem «Bankett» zu ihren «Ehren», als was sich diese beiden Dinge auch immer entpuppen mochten. Die Bucht, die sich vor seinen Augen erstreckte, war ein windstilles Becken, in dem die *Picanço* und die *Ajuda* eingebettet zu liegen schienen, in einem Wasser, das flach und wie geronnen wirkte. Den Hügel konnte er von hier aus nicht sehen, aber das Bild des lebendig begrabenen Mannes stand ihm noch deutlich vor Augen. Er fragte sich, wie viele Opfer diesem vorangegangen sein mochten. Und geopfert – wem? Mello? Gott? Dem stinkenden Faulzeug selbst? Er verwarf diese Gedanken, sie halfen ihm nicht weiter. Die Bucht war jetzt ein Schatten, die *Ajuda* ebenfalls, und auch der Käfig auf ihrem Deck. In dem der Ganda langsam starb.

An jenem Abend trafen die Gäste jeweils zu zweien ein: João Afonso de Aveiro und Dom Fernão de Mello, der Faktor und der Kommandant, standen draußen vor dem Fort, um die Gäste zu begrüßen. Zuerst Teixeira und Dom Francisco, dann die Sklavenhändler Dom Valentim Coelho und Dom Fernando da Montoroio, zuletzt Dom Ruy Mendes de Mesquita, den Herrn der *Picanço*, und Dom Duarte Alema, ihren Navigator. Sie aßen Kapaune, die an Spießen über einer Feuergrube vor der Terrasse gebraten wurden, auf der sie saßen. Neger, die ihnen Luft zufächelten, standen hinter jedem der acht Männer, die den gebratenen Vögeln das heiße Fleisch von den Knochen rissen, sobald sie aufgetragen wurden, und sich das Fett von den Fingern leckten. Sie tranken süßen Rum, der, wie Dom Fernão erklärte, auf der Insel gebrannt wurde.

«Ich wünschte nur, wir könnten ihn verkaufen», sagte er. «Könntet Ihr das hier in Antwerpen verkaufen?» fragte er Mesquita.

«Zucker», sagte der Herr der *Picanço*. «Zucker nach Antwerpen und Sklaven nach Mina. Das ist unsere Route, sobald wir Ladung an Bord haben.» In seiner Stimme lag eine Andeutung von Klage.

Die Sklavenhändler, die rechts und links von Teixeira saßen, rutschten auf ihren Stühlen herum und zogen finstere Mienen. «Vermutlich bald», sagte jener, der Montoroio hieß. «Diese Situation kann ja nicht ewig dauern.»

«Welche Situation?» fragte Dom Francisco, und sekundenlang sah es aus, als wolle Montoroio ihm antworten. Aber Mello schnitt ihm das Wort ab.

«Mangel.» Er schlug mit der Faust auf den Tisch. «Das ist das Herz des Handels. Kein Mangel, kein Handel. Im Garten Eden hat keiner Profit gemacht, stimmt's? Ich erinnere mich an die Zeiten, als eine gute, gesunde *peça* für drei Rasierbecken und ein rostiges Messer zu haben war. Die Zeiten sind vorbei, meine Freunde. Die Neger sind tückisch, und wir sind weit von zu Hause entfernt.» Der letzte Satz kam als Binsenweisheit, die allen geläufig war, und sie lächelten – alle außer Aveiro.

«Ihre Tücke ist die gleiche wie unsere», sagte er. «Nur kennen sie jetzt den Wert des Handels. Oder kannten ihn.»

«Kannten? Die Situation? Was ist diese *Situation*?» Teixeira sah, daß Dom Francisco vor Zorn die Röte ins Gesicht gestiegen war.

Aveiro antwortete gelassen. «Sie haben den Handel eingestellt», sagte er. «Ich beaufsichtige die Kocherei in Gató, seit dreißig Jahren schon. Der Oba dort, das ist ihr König, verkauft mir seine Sklaven. Bis vor einem Monat. Vor einem Monat hat er den Verkauf eingestellt, weigert sich, mich zu empfangen, und dann, vor einer Woche, wurde ich aus dem Bett gerissen, in ein Kanu geworfen und den Fluß hinab bis zur Küste gepaddelt ...» Hier hielt er inne und breitete hilflos die Hände aus. Seine Miene zeigte jedoch keine Überraschung.

«Genauso wie unten an der Küste bei Mpinda», sagte Montoroio. «Der Mani spricht, die Kongo-Neger gehorchen. Vor ungefähr einem Monat. Seitdem – nichts. Und es gibt nichts, was wir dagegen tun könnten.»

«Seid nicht so sicher», sagte Coelho. Er war jünger als die anderen und zeigte eine streitlustigere Miene. «Da ist immer noch Ndongo, und andere Orte weiter flußaufwärts ...»

«Ich will nichts davon hören!» unterbrach ihn Mello heftig. «Ich werde mir nicht anhören, wie ein Mann davon spricht, gegen seine Lizenz zu verstoßen. Ich dulde es nicht, Coelho. Habt Ihr mich verstanden?»

Einen Moment hatte Teixeira den Eindruck, als würden beide gleich vom Tisch aufstehen und sich prügeln. Alema, der Navigator, der ihm den ganzen Abend gegenübergesessen, aber kein Wort gesagt hatte, blickte besorgt zwischen den beiden hin und her. Dann war in der zunehmenden Erregung der Auseinandersetzung Aveiros Stimme zu vernehmen.

«Vor meiner Abreise hab ich einen richtigen kleinen Piraten erwischt.» Er sagte es ruhig, als seien die beiden anderen lärmende Kinder, die mit dem Streit schon wieder aufhören würden, wenn man sie einfach ignorierte. «Kam nach Benin reinmarschiert, kaltschnäuzig wie ein Hund, tätowiert von Kopf bis Fuß: ein richtiger, alter *lançado*, glaube ich. Ich hatte natürlich schon von ihm gehört. War zehn Jahre oder mehr oben im Norden, in den Wäldern, und hat mit den Warri Handel getrieben. Der Kerl behauptete, er wüßte nicht, daß er eine Lizenz braucht ...» Das löste ungläubiges Gelächter bei der Tischrunde aus. «Jedenfalls», fuhr Aveiro gleichmütig fort, «dieser Kerl kannte sich aus, mit dem Handel, und er wußte etwas über den Grund, warum er eingestellt worden ist. Sagte er jedenfalls.»

Die anderen schwiegen und beugten sich, plötzlich neugierig geworden, aufmerksam vor – alle, außer Mello. Der lehnte sich auf dem Stuhl zurück und ließ den Blick um die Tafel wandern. Er scheint das bereits gehört zu haben, dachte Teixeira.

«Er war oben in einem Dorf am Fermoso. Vor etwas über einem Monat, ungefähr zwei Wochen nachdem der Regen aufgehört hat, kommt ein Mann, keiner aus dem Dorf, ein Mann von einem anderen Stamm, mit einem *ju-ju*, das ist eine Art heiliger Stock, den die haben», erklärte er jenen, die neu waren. «Die Dorfbewohner begrüßen ihn, behandeln ihn respektvoll, und dann halten sie eine Versammlung ab, von der unser *lançado* ausgeschlossen bleibt. Ein paar Tage später wird er von dem Mann geweckt, mit dem er Geschäfte macht, und der befiehlt ihm zu verschwinden. Bevor er seine Waren zusammensuchen kann, erscheinen weitere Männer, wohlgemerkt Männer, die er gut kennt. Sie halten ihm einen Speer vor den Bauch und treiben ihn zum Dorf hinaus. Als er sich umschaut, verbrennen sie seine Hütte und alles, was drin ist. Das war seine Geschichte.»

«Genauso wie die Eure», sagte Montoroio. «Bis auf den Mann mit dem *ju-ju*.»

Aveiro nickte. «Dachte ich auch, aber dann fiel mir etwas aus meinem ersten Jahr in Gató ein, dem selben Jahr, in dem der Oba dort gekrönt wurde. Das war eine endlose Zeremonie, die tagelang dauerte, essen, trinken, Maskeraden und so weiter. Und dann, ganz zum Schluß, erscheint ein Kerl, und – das ist das Seltsame – das Ganze hört auf. Die ganze Stadt – und das ist eine große Stadt da oben, so groß wie Lissabon –, die ganze Stadt hält plötzlich inne. Dieser Kerl kommt ganz allein, betritt die Behausung des Oba, und als er herauskommt, ist der Oba gekrönt. Woran ich mich erinnere, ist, daß er einen seltsamen *ju-ju* trug, genau so einen wie der, den mein Pirat beschrieben hat.»

«Und dieser Bursche hat den Oba von Benin gekrönt?» Montoroio klang ungläubig.

«So, wie ich mich erinnere, ja. Ich habe damals nach ihm gefragt, aber sehr lange wollte mir niemand etwas sagen. Im Gegenteil, sie haben mich schon schief angesehen, wenn ich ihn auch nur erwähnt habe ...»

«Also habt Ihr nie etwas erfahren», sagte Montoroio.

Aveiro schnaubte. «Selbstverständlich habe ich etwas erfahren. Weil ich schließlich einen Mann betrunken gemacht habe. Der hat mir erzählt, daß dieser Kerl von einem Stamm im Nordosten von Benin komme. Wenn ich mich recht erinnere, soll er ‹Ezzery› heißen, oder ‹der Ezzery›. Aber kein Mensch geht mehr da hinauf. Weil es dem Oba nicht gefällt.»

«Und dem Mani auch nicht», sagte Montoroio. «Nördlich des Rio dos Camarões. Ist Euch das aufgefallen?»

Damit wandte er sich an Coelho, der nickte. «Dasselbe Gebiet, nur von Süden her gesehen.»

«Also was verstecken die da oben? Diesen ‹Ezzery›?» sagte Mello. Niemand antwortete. Wieder wandte er sich an Aveiro. «Wir müssen Euren *lançado* unbedingt befragen. Wo habt Ihr ihn?»

«Den *lançado*? Ah, eine aussterbende Rasse.» Aveiro seufzte. «Es gab eine Zeit, da hätten wir ihn als echten *pombeiro* bezeichnet und ihn zu uns an den Tisch geholt. Aber das ist lange her, eh, Dom Fernão? Vor Leuten wie Afonso da Torres mit seinem ‹Kontrakt für diese Küste› und Dom Cristobal de Haro mit seinem ‹Kontrakt für jene Küste›, und ihren Lizenzen, und ihren Lizenznehmern, nichts für ungut» – dies galt Mesquita – «und bevor unser König Verträge mit Leuten wie dem Mani und dem Obi unterzeichnete. Da gab es einen Mann, und jeder Mann hatte seinen Preis, und damit hatte sich's ...

Schon lange her, wie gesagt. Jetzt ist alles anders.» Er langte nach einem Vogel auf dem Teller vor sich und begann ihn zu zerlegen. Erst jetzt bemerkte Teixeira, daß der Faktor betrunken war. Er hatte die Frage vergessen, und Mello mußte sie wiederholen, damit er antwortete.

«Ach ja, der *lançado*», sagte er, als sei die Sache eben erstmals angesprochen worden. «Nun ja, Handel ohne Lizenz ... Ich hab ihn an Ort und Stelle aufgehängt.»

Teixeira blickte über den Tisch. Alema starrte ihn unentwegt an.

«Laßt uns ein Lied singen, ja?» schlug Mello jetzt den anderen vor.

Eine Zeitlang sangen sie; dann unterhielten sie sich müßig über die Hitze. Dom Ruy erzählte Anekdoten von der Fahrt der *Picanço* und gab den Klatsch aus Mina weiter, zweihundert Meilen entfernt auf dem Festland. Dann fragte er Dom Francisco nach der Art des Tieres, das, wie die Gerüchte lauteten, an Deck der *Ajuda* verstaut war.

«Es ist eine Art Ungeheuer», sagte Dom Francisco. «Und zwar ein bösartiges.» Auch er war inzwischen betrunken, sein Ton mürrisch und verdrossen. «Es frißt Pferdefleisch», behauptete er schließlich und warf Teixeira quer über den Tisch einen Blick voll unverhohlener Verachtung zu.

Kurz darauf ging das Bankett zu Ende, die Händler und Mello begaben sich schwankend ins Haus, während die anderen davongingen, um die Pier aufzusuchen, wo die *Picanço* ankerte beziehungsweise das Boot, das sie zur *Ajuda* bringen sollte. Dom Francisco ergriff Mesquita beim Arm und begann ihm zu erzählen, wie sie sich den Weg aus dem Hafen von Goa freigeschossen hätten. «Zwei volle Breitseiten in weniger als zwei Minuten! Ist das nicht echte Kanonierskunst, Dom Ruy?» Der Herr der *Picanço* nickte höflich. Teixeira sah den beiden hinterher.

«Dom Jaime?»

Es war Alema, der dort auf ihn wartete. Der Mann zögerte. Und war nervös, wie Teixeira erkannte. Er hatte während des ganzen Abends seinen Becher kaum angerührt. Teixeira sah sich verstohlen um, aber die Terrasse lag inzwischen verlassen, bis auf die acht Neger, die während der Stunden des Abends hinter ihnen gestanden hatten und auch jetzt noch dastanden und den acht leeren Stühlen Luft zufächelten. Dom Franciscos alkoholseliges Geplauder verklang in der Nacht.

«Ihr könnt aufhören», sagte er ihnen. Die Männer sahen einander an, fächelten aber weiter. Teixeira schüttelte den Kopf; dann wandte er sich wieder Alema zu.

«Ihr habt das Schreiben von Peres», sagte er und sah, daß die Miene des Jüngeren plötzlich Erleichterung zeigte. Dann kehrte sein mißtrauischer Ausdruck zurück.

«Woher wißt Ihr das?»

«Mellos Schreiben enthielt, wie Ihr vermutlich wißt, im Grunde gar nichts.» Der junge Mann nickte bestätigend. «Ihr wurdet als Herr der *Picanço* erwähnt, und Dom Ruy als ihr Navigator. Peres macht solche Fehler nicht ohne Grund. Ihr habt das Schreiben bei Euch?»

Alema griff in seinen Rock und gab ihm das Schreiben. «Normalerweise wären wir längst abgesegelt», sagte er. «Unter anderen Umständen wäre es uns schwergefallen, einen verlängerten Aufenthalt hier zu rechtfertigen.»

«Unter anderen Umständen? Wie lautet Euer Vorwand jetzt?»

«Ihr habt es bei Tisch gehört. Wir warten jetzt schon einen Monat auf Ladung. Es gibt keine Sklaven. Die ganze Küste entlang war es das gleiche. Früher haben wir ein paar Meilen vor Axim angelegt, um Süßwasser und frisches Gemüse an Bord zu nehmen. Die Preise im Fort selbst sind ruinös und deswegen ... Es ist eher harmlos. Wir kennen die Eingeborenen dort, und sie verhalten sich ruhig. Aber diesmal war es anders.» Ratlos zuckte er die Schultern. «Sie wollten nicht rauskommen. Wir haben gesehen, daß sie uns vom Strand aus beobachteten, aber sie wollten nicht rauskommen.»

Teixeira faltete das Schreiben sorgfältig. Er hörte Alema nur halb zu, weil er immer wieder an den Text dachte, den er schon bald in seiner Kajüte lesen würde. Peres' Text.

«Habt Ihr ihn persönlich kennengelernt?» fragte er den Navigator. «Peres, meine ich.»

Der andere schüttelte den Kopf. «Einen seiner Leutnants.»

«Álvaro Carreira?»

«Einen Namen hat er nicht genannt. Er war ein wenig älter als ich.» Alema hielt inne und blickte sich verstohlen um. «Da ist noch etwas», begann er hastig und leise. Sie gingen auf einem verlassenen Pfad, der am Ufer entlang zu den Piers und zum Strand führte. Ein paar hundert Fuß voraus waren Mesquita und Dom Francisco zu sehen, der vom Kapitän der Karavelle gestützt werden mußte. «Dom Ruy ist daran gelegen, es geheimzuhalten, denn wenn Mello davon wüßte, würde er jedes Schiff an der Küste da hinbeordern.» Er hielt inne und ordnete seine Gedanken. «Es war am Rio Real. Wir waren zu weit die Küste hinaufgefahren und zu weit zum Land hin abgetrieben. Immerhin waren wir noch fünf Seemeilen weit draußen und segelten südwärts gegen den Wind. Wir haben es nur flüchtig gesehen, aber da ankerte ein Schiff in der Flußmündung. Das war jetzt vor einem Monat. Damals dachte ich an dasselbe, was heute abend gesagt wurde; daß der Handel aufgehört hat ...»

«Und? Viele Schiffe treiben hier Handel – oder?» Teixeira vermochte die Erregung des Mannes nicht zu verstehen.

«O ja, das tun sie», gab Alema zu. «Aber nicht dort und nicht jetzt. Als wir weiterfuhren, suchten die *Berrio* und die *Esphera* immer noch nach Mannschaften. Wir sind in dieser Saison die ersten. Vielleicht ist es ein Freibeuter, ein spanisches Schiff, vielleicht sogar ein Franzose» – letzteres wurde von einem deutlichen Schaudern begleitet –, «aber das erklärt nicht ihren Ankerplatz.»

«An diesem ‹Rio Real›?»

«Man kann ihn kaum als Fluß bezeichnen», sagte Alema. «Die Küste dort ist eine Art Sumpf oder ein überfluteter Wald, fünfzig Meilen weit immer dasselbe. Die Menschen dort werden Ijaw genannt, es sind Fischer. Aber es gibt keinen Handel. Kein Gold, keinen Pfeffer, weder Malagetta noch anderes, keine Sklaven.»

Sie waren jetzt fast am Strand angelangt. Mesquita ging schon die Pier entlang, Dom Francisco war hinter ihr nicht zu sehen. Teixeira lauschte, während Alema erklärte, daß die Mündung des Real in der Mitte zwischen jenen des Fermoso und des Camarões liege. «Wenn jemand mit diesem allmächigen ‹Ezzery› Handel treiben wollte, würde er dort ankern», sagte er. «Meint Ihr nicht auch?»

Teixeira nickte bestätigend, aber die Theorie des Navigators schien ihm zu ausgefallen zu sein, ein Gewebe aus Vermutungen. Das Schiff war vielleicht nur vom Kurs abgekommen oder ankerte dort, um Wasser aufzunehmen, oder vielleicht, um bei diesen «Ijaw» Fisch zu kaufen. Das kümmerte ihn wenig. Ihn kümmerte einzig und allein das Tier. Der Navigator schwieg.

«Ihr habt richtig gehandelt», sagte Teixeira, als sie die Pier erreichten. «Ich werde Euch Peres empfehlen, wenn ich ihn treffe.» Das schien den Mann zu freuen.

«Ihr segelt direkt nach Belém?» fragte er.

«So Gott will», erwiderte er und klopfte auf den Brief, der an seiner Brust lag. So Peres will, dachte er.

Sie verabschiedeten sich; Alema begab sich schnellen Schrittes die

Pier entlang zu seiner Karavelle. Teixeira beobachtete, wie er an Bord ging, dann schlenderte er weiter den Strand entlang. Das schwarze Wasser der Bucht schlug und klatschte an den Strand und lief in weißen Gischtstreifen aus, die im Schein des abnehmenden Mondes leuchteten. In seinem Licht waren sechs hochgewachsene Gestalten zu sehen, dann das Boot, und zuletzt, ein Stück weiter den Strand hinauf, eine am Boden liegende Gestalt. Der *fidalgo* schnarchte laut, die Knie hatte er bis zur Brust hochgezogen.

«Pferdefleisch», murmelte er vor sich hin. «Ungeheuer.» *Und ein bösartiges dazu* ... Er stand vor dem Schlafenden, wartete geduldig, bis sich genügend Speichel in seinem Mund gesammelt hatte, und sah gleichmütig zu, wie der Batzen fiel. Die Neger warteten auf Befehle.

«Werft ihn ins Boot», sagte er.

Seid abermals gegrüßt, Dom Jaime,

Ich schreibe Euch in Eile aus Ayamonte, wo unsere Lage dreimal am Tage gefährlich ist und der Wellengang ebenso stark wie der, dem Ihr auf See ausgesetzt seid, wiewohl von anderer Art – dies versichere ich Euch...

Peres' Worte, seine Stimme, seine Handschrift. Teixeira spürte die Gegenwart des Mannes in dem Pergament, das er in der Hand hielt.

Die *Ajuda* war zwei Tage später ausgelaufen, frisch verproviantiert und repariert. Jetzt, in der Enge seiner Kajüte, las er das Schreiben abermals, suchte nach Hinweisen, nach den Dingen, die ihm beim ersten, eiligen Lesen am Abend von Mellos Bankett entgangen waren. Etwas, das er Dom Francisco unter die Nase reiben konnte. Auf dem Deck über ihm hörte er die Männer rufen. In einer Stunde würden sie in offenem Wasser sein, und solange sie in der Bucht ankerten, konnte er dem *fidalgo* nicht trauen, es mußte jetzt sein, bevor Gonçalo das Schiff wendete und sie Kurs nach Süden nahmen, um den Passat zu nutzen, der sie nach Hause tragen würde. Nicht nach Süden, dachte er. Nach Norden. Nicht fort, von dem großen Kontinent, den sie fast umrundet hatten, sondern zu ihm hin ... Dom Franciscos Reaktion war vorauszusehen.

«Was? Ihr wagt es, zu mir zu kommen und zu verlangen, daß... daß ...»

Der Mann spuckte und tobte, obwohl die gesamte Mannschaft zusehen konnte; zu zweit standen sie oben auf dem Achterdeck bei Estêvão, der sich der Raserei des *fidalgo* gegenüber taub und blind zu stellen versuchte, ganz ins Trimmen der Segel vertieft. Sie werden noch einmal getrimmt werden müssen, dachte er müßig, während Dom Francisco ihn anschrie, weil er unbedingt seinen Willen durchsetzen wollte.

Ich will nicht wiederholen, was alles uns in diese Lage gebracht hat. Ihr seid nicht allein – das muß ich Euch zuvörderst sagen – wiewohl die Gesellschaft nicht jene ist, die ich mir für Euch gewünscht hätte. In Ayamonte galten meine Bemühungen einzig der Sicherung aller neuen Besitztümer unseres Königs: der bekannten und jener, die wir noch nicht kennen. Das war mein Auftrag. Was die Transaktionen in Rom betrifft, so war es mein Wunsch, daß sie Euch nie bekümmern möchten. Unser Orator dort ist João da Faria. Er und Fernandos Sprecher Vich waren beauftragt, die Zustimmung Seiner Heiligkeit zu dem Vertrag ihrer Herrscher zu erbitten, denn Leo hat versprochen und dennoch verzögert, bestätigt und dennoch Ausflüchte gemacht. Die Bulle ruht jetzt seit über zwei Jahren in der Camera. Ich glaube, Ihr kennt den Preis, der allein die Hand Seiner Heiligkeit zum Tintenfaß führen kann …

Das Tier: In den darauffolgenden Tagen sagte er sich immer wieder dasselbe. Der Ganda, das kranke Ungeheuer. *Und bösartig obendrein …* Wieder suchte er nach dem Gesicht, das an seiner Kajütentür erschienen war, um ihn zu warnen, beobachtete die Wachen, wenn sie nach jeweils acht Glasen wechselten. Der Mann tauchte nicht auf. Er vertraute sich Estêvão an, der ihm aber nur sagen konnte, daß zwischen der Nacht seiner Vision und ihrer Landung in São Tomé fünfzehn Mann an der Krankheit gestorben waren. «Vielleicht war der Mann auch darunter», sagte ihm der Bootsmann, sprach jedoch seine offenkundige Überzeugung nicht aus, daß der Mann eine Illusion, ein Vorbote der Krankheit gewesen sei, die auch ihn heimsuchen sollte. Möglicherweise hatte er recht. Er hatte Zeit genug, alles zu überdenken, zu überlegen und zu erwägen, während das Schiff nach Norden fuhr, denn der Wind war schwach und widrig, die Strömungen gleichermaßen. Gonçalo saß, wie immer, auf dem Vorderkastell und beobachtete schweigend das Wasser. Oçem verbrachte seine Tage an Deck, griff zuweilen mit in die Taue, denn inzwischen hatten sie zu wenig Arbeitskräfte, lag aber für gewöhnlich ausgestreckt neben dem Käfig, in den er morgens ganze Armvoll Heu hineinstopfte, nur um sie am Abend ungefressen wieder herauszuholen. Das Tier im Käfig war still. Jeden Tag zu verschiedenen Zeiten und völlig unregelmäßig begegnete er dem Blick des Pflegers, und dieselbe Frage stand auf seinem Gesicht geschrieben. Jeden Tag gab Oçem ihm dieselbe Antwort, und dann erwog Teixeira, ob er das Problem zur Sprache bringen sollte, das zwischen ihnen stand. *Es frißt Pferdefleisch …* Der Pfleger wandte den Blick ab. Morgen würde er ihn vielleicht fragen, oder an einem der anderen Tage, die jenem Morgen folgen würden. Aber nicht heute.

Nun wisset folgendes: Auch die Spanier suchen das Tier, das sich an Bord der Ajuda *befindet. Soviel verlautete bei unseren Verhandlungen, bei denen es zu unseren Absichten zählte, Seine Heiligkeit zu unterhalten – als Möglichkeit, ihn auf unsere Seite zu ziehen. Rivalitäten amüsieren den Papst, wie der gerissene Doktor Faria sagt, und da wir gute Christen sind, beschwören wir für ihn einen Schein von Rivalität herauf. Einen Wettbewerb zwischen uns und den Spaniern, um ihm ein gewisses* Tier *zu verschaffen. Und daher, mein lieber Dom Jaime, seht Ihr Euch zu unserem Kämpen erkoren. Ich hoffe, diese Vorstellung gewährt Euch auch eine gewisse Belustigung, denn mehr ist es wirklich nicht. Das Bild eines Wettstreits, von mir in Ayamonte skizziert, koloriert von unserem Orator in Rom und so lebensecht, daß Seine Heiligkeit bereits in die Hände klatscht und den Lorbeerkranz flicht, den er dem Sieger aufs Haupt zu setzen erträumt. Nun aber wird, wie eine Statue, die von ihrem Podest steigt und blindlings inmitten all unserer Pläne wütet – Dom Manolos, Fernandos, meinen, den Euren –, die Vorstellung zur Wirklichkeit.*

Er las den Brief jeden Tag, oder nahezu jeden Tag, und kannte ihn allmählich auswendig. Peres' «Bild eines Wettstreits» reizte ihn, weil es eine Situation schilderte, die der seinen genau entgegengesetzt war. Was ist mit den Wettstreiten, die in keinem Bild dargestellt sind, fragte er sich. Die lautlosen, unbeleuchteten Kämpfe … Was ist mit denen? Fünfzehn Männer. Das Tier: ein Pferdefleischfresser. Oçems leichtes Schulterzucken, Tag um Tag wiederholt, bis er sich schwerfällig neben dem Mann niederließ, obwohl er jetzt schon wußte, wie die Antworten auf seine Fragen lauten würden, nicht überrascht, als sie dann kamen, kaum verärgert, weil ihm die Methode, die angewandt wurde, sogar eine gewisse Bewunderung abnötigte, denn er hatte diesen Mann unterschätzt.

«Was werdet Ihr tun, Dom Jaime?» fragte ihn Oçem dann. Er war nervös, so ängstlich, wie Teixeira ihn noch niemals erlebt hatte. Vermutlich fürchtete er Blutvergießen.

«Was *kann* ich tun?» gab er freimütig zurück. Was konnte irgendeiner von ihnen tun? Das Tier stank. Er mußte an den Mann in der Hängematte denken, dessen Mund sich unter Oçems Griff geöffnet hatte und dessen Atem nach Fäulnis stank. Damals war er zurückgezuckt. Jetzt war ihm der Geruch vertraut. Vor dem Großmast flog die Tür zu Dom Franciscos Kajüte auf. Oçem warf ihm abermals einen Blick zu, doch seine Miene war unverändert.

Ein Schiff ist von Rom aus in See gegangen, ein Schiff, geführt von zwei Narren, die von den Spaniern nur zu dem Zweck angeheuert wurden, um ihnen bei der Vortäuschung ihrer Absicht zu dienen. Deren Orator behauptet nun, das Schiff werde von einem abtrünnigen Kapitän befehligt, einem Dieb und Mörder, dessen Beute das Schiff selbst und – beachtet dies, Dom Jaime, wie ich es beachtet habe – eine Karte ist, die Anweisungen für die Segelroute ostwärts entlang der Guineaküste enthält, von Kap Palmas bis Kap Santa Caterina. Das Schiff heißt Lucia, *und der Halsabschneider, der es führt, ist unter dem Namen Diego bekannt …*

Das war nicht alles. Immer wieder gingen ihm die Sätze im Kopf herum, während die Tage verstrichen und Gonçalo das Schiff nach Norden hin zur Küste steuerte. Diese Karavelle war vermutlich die von Alema kurz gesichtete. Oder auch nicht. Sie würde dort sein, oder schon fort. Sie konnte eine Fata Morgana sein, eine Geistererscheinung oder so körperlich wie die *Ajuda*, deren Decks unter seinen Füßen schwankten. All diese Möglichkeiten vermischten sich, kollidierten, und ihre verschiedenen Akteure verschmolzen mit ihnen.

Die Küste tauchte auf, ein dunkelnder Streifen zwischen Meer und Himmel. Sie befanden sich in ein bis zwei Meilen Entfernung von ihr und segelten westwärts, während Gonçalo beim Kreuzen allmählich die Schläge verlängerte, um gegen die schwachen westlichen Strömungen anzukommen, die hier herrschten. In Gedanken sah Teixeira den Ganda wieder stampfen und brüllen, sein Opfer «mit äußerster Bedachtsamkeit» töten und dann Dinge zertrampeln wie verrottendes Obst, Ratten, Feuerholz, eine Mitra, gestärkte Gewänder, Berge von Muscheln, hölzerne Engel, aus sprödem gelbem Holz geschnitzt, einen gigantischen Brei all dieser Dinge, in dem er schnaubte und wieherte und mit den säulendicken Beinen auf und ab stampfte. Und bei seinen wilderen Sprüngen, nur bei den heftigsten Tritten und Zuckungen flüchtig zutage tretend, vermeinte Teixeira ganz kurz jenes andere Tier innerhalb der ledrigen Hülle dieses Monstrums erkennen zu können, das darin einen Wahnsinnstanz aufführte ... Er gähnte und reckte sich. Das war natürlich Unsinn. Es gab keine «wilden Sprünge» mehr. Und auch keine «Zuckungen». Der Gestank wurde schlimmer, und er hatte Estêvão womöglich beleidigt, den er anschrie, als dieser das erwähnte. Das war gestern gewesen, oder vorgestern.

... und ich brauche Euch kaum die Katastrophe zu schildern, die eintreten wird, sollte dieser Renegat erfolgreich sein, wenn es ihm gelingt, unser schönes Schiff zu Kleinholz zu verarbeiten, so weit hergeholt eine solche Tat auch erscheinen mag ...

Nein, brauchst du nicht, dachte Teixeira. Wenn er jetzt aufstand und zwischen den Hindernissen auf dem Deck zu dem Käfig achtern hinüberging, wenn er dann die Segeltuchplane nahm und sie zurückschlug, um das Tier zu enthüllen, wie er es in São Tomé getan hatte ...

Ja?

Er studierte die winzige Schrift der Legenden, mit denen Gonçalos Seekarten bedeckt waren, verfolgte die Malagettaküste, bis sie zur Elfenbeinküste wurde, die dann zur Minaküste wurde, die dann zur Sklavenküste wurde, die dann zu der Küste wurde, an der sie jetzt entlangsegelten: ein mäanderndes dunkles Band, das die verschieden schimmernden Streifen von Luft und Wasser trennte, irgendeine Baumart, nahm er an, unterbrochen von Stränden, die man nur bei Nacht ausmachen konnte, wenn das Mondlicht ein schwaches Leuchten auf die schwere weiße Brandung hinabschickte. Gonçalos Karte gab ihr keinen Namen. Oçem hatte sich inzwischen gegen ihn gewandt. Jeden Tag mußte er den Mann an seine Pflichten erinnern, ihn auffordern, Heu in den Käfig zu schaufeln und das verschmutzte Zeug herauszuharken. Diese Aufforderungen wurden mit gleichmütigem Nicken quittiert, obwohl der Pfleger auch, während er ihnen nachkam, melancholisch den Kopf schüttelte.

Die Lotgasten nahmen wieder ihre Plätze ein. Gonçalo brachte die *Ajuda* dichter an die Küste heran. Ihre Stimmen riefen die Faden so gleichmäßig aus wie immer, ein einschläfernder Singsang in Teixeiras Ohren. Ganze Stunden verstrichen, da sie auf beiden Seiten klarliefen, doch als Gonçalo das Schiff allmählich näher heranbrachte, begannen die Männer wieder, die Faden auszurufen, acht an Backbord, acht an Steuerbord, dann sieben und sieben, sechs und sechs.

Sie waren jetzt weniger als eine halbe Meile vom Land entfernt. Die Küste entpuppte sich als niedriger, überfluteter Mangrovenwald, dessen Baumwurzeln aus dem Wasser ragten und dessen Kronen sich stellenweise zu einem undurchdringlichen Dickicht verflochten, das fünfzig Fuß hoch in der Luft hing. Das Wasser war hier weder süß noch salzig, sondern brackig. Zuweilen wuchsen die Bäume ins Meer hinaus und bildeten große grüne Molen. Zuweilen lösten sie sich vom Land und formten kleine Inseln oder ganze Inselgruppen, die dann miteinander verschmolzen und wieder die Küste bildeten. Silberreiher und Möwen hockten in den Zweigen, tauchten immer wieder in das stehende Wasser hinab und kamen mit einem Fisch wieder hervor, der heftig in ihrem Schnabel zappelte. Nach fünf Tagen Segelns begannen auch andere Bäume aufzutauchen, die die Mangroven bis zu fünfzig Fuß überragten. Nach der ewigen Monotonie, die ihnen vorausgegangen war, wirkten sie fremdartig. Doch während das Schiff gen Osten segelte, erschienen sie immer häufiger und wurden schließlich vertrauter. Eines Morgens zog Gonçalo eine randvolle Pütze voll Wasser über die Reling herauf und behauptete, es sei süß. Sie lagen jetzt drei Meilen oder mehr von der Küste entfernt, denn vom Festland ragte eine Landzunge ins Meer hinein. Als sie diese am selben Nachmittag umrundet hatten, segelten sie eine Küste entlang, die aus lauter Mangroveninseln bestand.

Teixeira, Gonçalo, Estêvão, Dom Francisco und alle anderen an Deck standen dicht gedrängt an der Steuerbordreling. Zwischen den Inseln hatten sich zahllose Wasserläufe Bahn gebrochen und mäanderten in den Mangrovenwäldchen umher, deren Kronen sich zuweilen mitten in der Luft verflochten, um Brücken oder schattige Tunnel zu bilden. Gelegentlich bestanden die Inseln aus kaum mehr als einem einzigen Baum, dann wieder waren sie ein ganzer Wald. Diese seltsame Küste segelten sie über eine Stunde entlang, bis plötzlich jemand einen Ruf ausstieß und nach vorn deutete. Ein Kanal öffnete sich, und direkt vor ihnen floß ein breiter, träger Strom zwischen Ufern voll knorriger Bäume dahin, um sich ins Meer zu ergießen. Nachdem sie mitten in den Strom hineingesteuert waren, starrten die Männer der *Ajuda* offenen Mundes hinüber. In der Flußmündung lag ein Schiff vor Anker.

Es war eine Karavelle, sogar noch kleiner als die *Picanço*, etwa siebzig Fuß lang und genauso getakelt wie die *Ajuda*, obwohl ihre Masten kaum halb so hoch waren. Wenige Minuten später saßen Teixeira und Dom Francisco schweigend nebeneinander, während die

Barkasse von sechs Matrosen gerudert wurde. Als sie näher kamen, entdeckte Teixeira den Namen *Lucia* in verblaßter Farbe am Bug. Er hielt nach irgendwelchen Lebenszeichen auf ihren Decks Ausschau, konnte aber keins erkennen. Falls ihre Besatzung sich nicht unter Deck oder im Ballast versteckte, war die Karavelle verlassen. Kurz darauf stieß die Barkasse gegen den Schiffsrumpf, und Teixeira konnte zusehen, wie sich Dom Franciscos Hinterbacken spannten und dann vorwärtsschnellten, als er sich über die Reling zog. Er hörte ein Stöhnen, dann ein metallisches Klappern, das vermutlich davon kam, daß das Entermesser, das er sich überflüssigerweise zwischen die Zähne gesteckt hatte, auf die Decksplanken fiel. Er selbst folgte unbewaffnet. Die Matrosen im Boot blickten zu ihm auf; sie mochten nicht folgen. Er ließ sie unten sitzen.

Das Vorderkastell war kaum mehr als eine Plattform, die sich einen Fuß über das Hauptdeck erhob. Dom Francisco hatte es erklommen und wartete auf ihn. Teixeira hebelte den Deckel von dem Wasserfaß, das an den Großmast gebunden war: Beinah randvoll, wimmelnd von winzigen schwimmenden Wesen. Sie begaben sich nach achtern, zur einzigen Kajüte des Schiffs, die in das Achterdeck eingebaut war. Die *Lucia* roch modrig, unbenutzt. Ein kleiner Tisch, ein Stuhl, zwei Kastenkojen: Die Luft in der Kajüte war muffig. Dom Francisco stieß einen Lukdeckel auf.

«Sie haben alles mitgenommen», sagte er.

Teixeira betrachtete den breiten Rücken des Mannes, der sich ungeschickt durch die enge Kajüte bewegte, den feisten Hals. Ein Marlspieker, wie die Matrosen ihn zum Segelnähen benutzten, würde in dieses Fleisch eindringen, fast ohne eine Wunde zu hinterlassen. Er war mächtig und dumm, die schlimmste aller Kombinationen.

Sie begaben sich wieder an Deck. Die *Ajuda*, die nur wenige hundert Fuß entfernt ankerte, wirkte im Vergleich zu diesem Schiff gigantisch wie ein hölzerner Leviathan. Teixeira blickte auf. Der Großmast war repariert worden. Kurz vor der obersten Spiere begann frisches, helles Holz. Die Segel waren säuberlich zusammengerollt. Neues Tuch, so wie es aussah. Dom Francisco war damit beschäftigt, sein Entermesser ins Deck zu stoßen; dann beugte er sich vor, um das gleiche an der Schiffswand zu tun.

«Sie ist verrottet», stellte er fest. Teixeira antwortete nicht.

Gemeinsam hoben sie den Lukdeckel und ließen sich in den Schiffsraum hinab. Dort unten gab es kaum Platz genug, um aufrecht zu stehen, und sie mußten sich im Halbdunkel den Weg ertasten, sich immer wieder unter den Balken ducken, die das Deck oben abstützten. Der Gestank aus dem Ballast war unerträglich. Lichtstreifen zeigten sich zwischen den Planken, wo die Kalfaterung eingetrocknet und geschrumpft war. Vorsichtig ging Teixeira weiter, tastete mit dem Fuß nach losen Tampen, lockeren Planken, nach allem, worüber er stolpern konnte. Die dicke Holzsäule unmittelbar vor ihm mußte der Besanmast sein. Er schob sich um ihn herum. Dann fand er den Käfig.

Er war ins Endschott des Schiffs eingebaut. Dicke Pfähle waren stufenweise zwischen das Deck unten und die Balken oben gesetzt worden. Drei viereckige Balken bildeten eine Art Rahmen, von dem aus die Planken kreuzweise bis zum Deck oben genagelt waren. Die Rückwand bildete das Schott, das den Laderaum vom Ruderraum trennte. Der *fidalgo* kletterte am anderen Ende der Karavelle herum. Schließlich fiel ihm doch noch auf, wie schweigsam sein Begleiter war, und er gesellte sich zu ihm. Beide Männer starrten die Konstruktion lange an; dann holte Dom Francisco aus und hieb mit seinem Entermesser auf einen der Pfosten ein. Das Messer drang ein und blieb dort hängen.

«Gesundes Holz», stellte er fest. «Wofür ist das, möchte ich wissen.»

«Pferdefleisch», antwortete Teixeira.

«Wie bitte?»

Es frißt Pferdefleisch ... «Die Rache des kleinen Mannes», sagte Teixeira und sah, wie der andere bei diesen Worten erstarrte, verblüfft möglicherweise darüber, daß die Anschuldigung so spät und so unverhohlen erfolgte. «Was habt Ihr benutzt?» fuhr er fort. «Salpeter? Bitterkraut? Ihr wart zu feige, den Reiter anzugreifen, also habt Ihr sein Roß erschlagen ...»

«Wenn Ihr nicht wahnsinnig wärt, würde ich Euch hier und jetzt erschlagen.» Der Ton des *fidalgo* war ruhig, unbekümmert. «Eure Phantastereien bedeuten mir nichts, mir nicht und keinem anderen. Und Ihr seid es, der ein Pferdemörder ist, falls Ihr es schon vergessen habt.» Teixeira merkte, wie seine Besorgnis schwoll und sich verdickte, wußte nicht recht, warum er dies begonnen hatte. Aber der Käfig, der leere Käfig! War er noch immer krank und sein Verstand verwirrt?

«Warum sollte ich warten, bis Ihr krank wurdet?» fuhr Dom Francisco fort. «Glaubt Ihr wirklich, daß ich allein war, jeden Abend mit meinem Fläschchen Gift, wie Ihr es ausdrückt, da hinabgestiegen bin? Glaubt Ihr, es gibt einen einzigen Mann an Bord, der sich für Euch stark machen und sich mir in den Weg stellen würde? Oçem vielleicht? Dom Estêvão? Unser Navigator, dem Ihr gedroht habt, ihn in ganz Indien anzuschwärzen? Die Männer, deren Kameraden mit einem Mund voll Blut gestorben sind, auf daß Ihr möglicherweise ein Schreiben Eures feinen Gönners lesen könnt?»

Aber es gab einen Mann, dachte er, es gab einen Mann, der zu mir kam, um mich zu warnen. Sein Name jedoch ... Und jetzt tot. Dom Francisco hatte ihn gegen die Gitterstäbe des Käfigs gedrückt. «Ich könnte Euch in diesem Käfig festnageln, wir könnten davonsegeln, und kein Mensch würde ein Wort sagen. Ich könnte Euch den Kopf absäbeln und ihn über Bord werfen ...»

Ihm war übel; der Gestank hier unten, und die dicke Luft. Das Gesicht des anderen war dicht vor dem seinen, ein Knäuel Schatten folgte ihm, als er beiseite blicken wollte.

«Aber das werde ich nicht tun», fuhr der andere fort. «Ich werde meine Pflicht erfüllen und Euch heil zu Eurem geliebten Dom Peres bringen. Ich werde mein dummes Bauerngesicht aufsetzen und meine abgetragenen Kleider anziehen. Ich werde Euch gehorchen und ohne Tadel dastehen. Aber was werdet Ihr dann sein, mein aufgeblasener Höfling, mit Euren blumigen Phrasen und einem leeren Käfig, nach all Euren Bemühungen? Was wird dann wohl aus Euch werden?» Der *fidalgo* zog ihn zu sich heran, nur um ihn abermals gegen das Käfiggestänge zu stoßen, immer wieder, jedesmal ein wenig heftiger. Er leistete keinen Widerstand.

«Er ist tot», zischte der Mann. «Er *verfault* ...»

Wieder an Bord der *Ajuda*, ging Teixeira sofort unter Deck. Er konnte dem, was nun folgen mußte, nicht zusehen. Von seiner Kajüte aus hörte er, wie Dom Francisco laut rufend die Matrosen befehligte und einen Arbeitstrupp aus Männern organisierte, die zunächst die Segeltuchplane abzogen und zusammenfalteten, um sich sodann mit Hämmern und Brecheisen ans Werk zu machen. Er hörte Gehämmer und das Quietschen von Nägeln, die aus Holz gezogen wurden. Die dumpfen Schläge, die anschließend über das Schiff hallten und auch ihn erreichten, der ganz allein dasaß, das mußten die Pfosten und Planken sein, die auf einen Haufen geworfen wurden, um später unten verstaut zu werden. Darauf folgte eine Stille, oder das, was folgte, geschah lautlos. Er dachte daran, wie Oçem ihm erzählt hatte, daß er seine Haut mit Wollfett eingeschmiert hatte. Es würde leicht über das Deck gleiten. Plötzlich hoben sich die Stimmen, und Dom Franciscos Stimme gesellte sich unüberhörbar dazu: «Fertig – los ... Eins, zwei, drei!» Einen Augenblick Pause, während er den Atem anhielt, die Hände vors Gesicht schlug; dann ein mächtiges Klatschen und schließlich die Jubelrufe der Matrosen, die laut waren und lange anhielten und in seinen Ohren klangen wie Hohn und Spott.

Seine Heiligkeit plant einen Kampf, wie der gute Doktor Faria verlauten ließ, eine Konfrontation, um die berühmte Feindschaft dieses «Ganda» mit dem Elefanten auf die Probe zu stellen. Viele Schreiber erzählen davon, Dom Manolo hat Seiner Heiligkeit bereits das erste dieser Tiere zum Geschenk gemacht, und die Vorbereitungen sind im Gange. Unser Papst ist fest entschlossen. Belustigt Euch das, Dom Jaime? Genauso wie mich?

Bei Tagesanbruch kam Oçem, um ihn in seiner Kajüte zu wecken. Er lag, das Schreiben fest in der Hand, in seiner Koje. Anfangs schwiegen die beiden Männer eine Weile.

«Der Ganda ist zwei Tage vor São Tomé gestorben», sagte der Eingeborene schließlich.

Teixeira nickte, antwortete aber nicht. Er hörte, wie sich Dom Francisco und Estêvão auf dem Deck über ihm unterhielten.

«Ihr solltet es nicht erfahren.» Dies in fast entschuldigendem Ton. Abermals nickte er.

«Er verfaulte, überall Maden ...»

«Ich weiß! Ich wußte es!» Das Gespräch oben schien unvermittelt abzubrechen. Dom Francisco lachte. Die beiden Männer lauschten aufmerksam.

«Bei den Rajputen, meinem Volk», sagte Oçem, «ist der Körper unwichtig. Wenn man tot ist, meine ich.» Er lächelte leicht und sprach, als denke er dabei nach. «Wir verbrennen ihn oder werfen ihn in einen Fluß. Der Teil, den Ihr Seele nennt, kehrt ohnehin zurück, zuweilen als Stein oder als Kröte oder als Vogel ... Irgend etwas. Es ist Glückssache; oder es hängt von dem Leben ab, das man vor seinem Tod geführt hat. Gelehrte, die klüger sind als ich, streiten sich über diesen Punkt, und ihre Ansichten unterscheiden sich, wie Ihr Euch sicherlich vorstellen könnt. Vielleicht wird der Ganda zu Euch zurückkehren, Dom Jaime. Als Fisch, oder als Eidechse, oder vielleicht als Mensch, vielleicht sogar als einer, dem Ihr begegnen werdet.»

«Aber wird er als er selbst zurückkehren?» fragte Teixeira im selben Ton. Dabei schwang er seine Beine aus der Koje. «Ist so etwas jemals von Euren klugen Gelehrten vermerkt worden?»

«Ich selbst habe so etwas nicht gehört», antwortete Oçem nach einigem Nachdenken. «Aber unmöglich ist es nicht.»

Er ging hinaus, an Deck. Der Kadaver trieb mehrere hundert Fuß entfernt an Backbord dahin. Die Beine und der aufgequollene Bauch ragten aus dem Wasser und bildeten eine Plattform für die Raubvögel, die in kleinen Gruppen aufstoben, einander flügelklatschend ankreischten, während sie am Fleisch des toten Tieres herumhackten.

«Die Strömung wird ihn bis morgen davongetragen haben», sagte Oçem.

Er wandte sich ab und stieg die Leiter zum Vorderkastell empor. Dom Francisco, Estêvão und Gonçalo blickten verwundert auf, als er erschien. Er setzte sich. Minutenlang sagte niemand ein Wort. Es war Estêvão, der das unbehagliche Schweigen brach.

«Wann segeln wir?» erkundigte er sich.

«Segeln?» fragte Teixeira leichthin zurück. «Wir sind doch gerade erst angekommen.»

«Wir verstehen Eure Enttäuschung, Dom Jaime. Euer Auftrag ...» sagte Gonçalo leise.

«Mein Auftrag, ja. Ich glaube, Dom Francisco hier versteht meinen Auftrag ebensogut wie jeder andere. Ist es nicht so, Dom Francisco?»

«Ich stehe Euch zu Diensten», antwortete der *fidalgo* gelassen.

«Wie wir alle», sagte Estêvão. «Aber Ihr müßt verstehen, Dom Jaime, daß unsere Vorräte begrenzt sind. Das Wetter könnte umschlagen und uns hier stranden lassen ...»

«Stranden? Ich glaube, Ihr verwechselt den Januar mit dem August, mein Freund. Und was die Vorräte angeht, so ankern wir in der Mündung eines Flusses voll Süßwasser und, wenn mich meine Augen nicht täuschen, mit einer Überfülle von Fischen.» Sein Blick wanderte von einem Gesicht zum anderen.

«Wir bleiben», erklärte er mit plötzlich gewonnener Autorität. «Wir bleiben, bis die Schurken, deren Schiff dort vor uns ankert, zurückkehren.»

Sein Ton ließ sie verstummen. Gonçalo und Estêvão wechselten einen Blick. «Und wenn sie nicht zurückkehren?» fragte letzterer.

«Wir bleiben», wiederholte Teixeira.

Diesmal sahen beide den *fidalgo* an, dessen Miene ganz und gar ausdruckslos blieb.

«Nun, Dom Francisco?» sagte Estêvão verärgert. «Habt Ihr nichts dazu zu sagen?»

«Ganz recht, Dom Estêvão», antwortete dieser. Er wandte sich an den Bootsmann, aber sein Blick blieb auf Teixeira gerichtet. «Wenn

Dom Jaime befiehlt, daß wir bleiben, dann bleiben wir. Mehr ist dazu nicht zu sagen.»

Teixeira erhob sich und kehrte unter Deck zurück. Von seiner Koje aus hörte er, wie sie mit ihrem Gemurmel begannen. Bis tief in die Nacht hinein flüsterten sie miteinander, aber Gelächter gab es nicht mehr.

Der Ganda war am folgenden Tag immer noch da. Attackiert von den Raubvögeln, die Gliedmaßen mit Fetzen von Fleisch und Haut bedeckt, wiegte er sich auf den Wellen, trieb in seinem eigenen, exzentrischen Orbit dahin, jetzt näher, jetzt weiter entfernt, aber immer deutlich in Sicht der *Ajuda*. Die folgenden Tage brachten mehr und andere Vögel, die sich zu den scharfschnäbligen Silberreihern und Seemöwen gesellten: einen Reiher, einmal einen Falken, der einen unvorsichtigen Aasfresser davonschleppte, seine Beute über den Mangroven aber fallen ließ. Zwei Geier kamen mit trägen Flügelschlägen aus dem Himmel geflogen, rissen den Bauch auf und stopften sich voll, bis sie nicht mehr fliegen konnten. Vom Hauptdeck aus beobachtete Teixeira, wie der Kadaver zerrissen und langsam aufgezehrt wurde. Die Beine des Ganda waren nur noch mit Knorpel besetzte Knochen, der Bauch eine klaffende Wunde, schwarz von getrocknetem Blut und Fäulnis. Der Fluß hätte ihn auf See hinausschieben müssen. Die schweren Knochen hätten ihn auf den Grund sinken lassen müssen. Als die Haie ihn fanden, wirbelte und schäumte das Wasser, aber er trieb weiter dahin, eine stinkende, zerfetzte Insel, unzerstörbar, ohne Ziel.

«Es gibt keinen Fluß, der ihn ‹schieben› könnte, wie Ihr es ausdrückt», sagte Gonçalo schroff, als die Neugier ihn schließlich veranlaßte, danach zu fragen. Er nahm es als Zurechtweisung und wollte sich zum Gehen wenden, als der Navigator weitersprach. «Es ist vielmehr so, daß die Strömung, die am Rand der Mündung fließt, so schwach ist, daß man sie kaum als Strömung bezeichnen kann. Was wir als Fluß betrachtet haben, ist nicht mehr als das. Aber irgendwo dahinter« – er zeigte auf den Mangrovenwald, der sich landeinwärts erstreckte, so weit ihr Blick reichte – «gibt es einen Fluß, und zwar einen Fluß, wie wir noch keinen gesehen, ja nicht einmal erträumt haben.»

«Aber ist dies denn nicht seine Mündung?» beharrte Teixeira.

«Möglicherweise der äußerste Rand davon. Aber die Mündung? Wir haben die Mündung bereits durchquert, eine an Schlamm erstickende Mündung, wo die Bäume Wurzeln geschlagen haben. Über fünf Tage haben wir dazu gebraucht. Bedenkt doch« – er schien Teixeiras Gegenwart nur noch vage wahrzunehmen –, «ein Fluß, dessen Mündung sechzig Seemeilen breit ist. Darin gäbe es Strömungen, die größer sind als der Tejo. Unwetter an einem Ufer wären vom anderen aus nicht zu sehen ...» Er starrte auf die verkrüppelten, mißgestalteten Bäume, als könne er durch die freiliegenden Wurzeln und Äste hindurch einen Blick auf dieses ozeanische Gewässer erhaschen.

Teixeira sah ebenfalls hinüber, aber sein Blick wurde von der *Lucia* angezogen. Wo seid ihr? fragte er die verschwundene Besatzung.

In jener Nacht wurde die Stille, die sich wie immer über das Schiff und das umgebende Wasser senkte, von einem seltsamen Geräusch durchbrochen. Ein leises Weinen, tierisch und voller Qual, veranlaßte den schlafenden Ausguck auf dem Vorderkastell, sich zunächst aufzurappeln und dann Dom Francisco und Teixeira zu wecken. Sie versammelten sich an Deck, um zu lauschen, und erhielten schon bald vom größten Teil der Besatzung Gesellschaft. Das Geräusch wurde lauter, schien sich zu entfernen, wurde wieder lauter. Verwundert sahen sie einander an, ratlos, was den Ursprung des Geräuschs betraf, und unfähig, in der Finsternis mehr zu erkennen.

«Tiere?» sagte Estêvão irgendwann. Das Geräusch schien überall um sie her zu sein, aber nicht näher als zuvor.

Der Tagesanbruch brachte die Erklärung, aber auch Fragen, die beunruhigender waren als alle, die sie sich im Kokon ihrer nächtlichen Unwissenheit gestellt hatten. Im Osten wurde der Himmel heller, begann zu leuchten, und die vertraute Linie der Küste hob sich deutlich wie eine Schattenpalisade vom Wasser ab. Nun konnten sie undeutliche Umrisse ausmachen, trügerische, schwach definierte Silhouetten. Das Geräusch wirkte jetzt leiser und trat seltener auf. Mattes Weinen und Wehklagen. Noch immer ratlos, sahen die Männer einander an. Die Umrisse wurden deutlicher, ergaben aber immer noch keinen Sinn. Es waren jetzt über zwanzig, und weitere waren vermutlich dort, wo das Wasser noch im Schatten lag. Einer der Matrosen sah es als erster. Er stieß einen Ruf aus, oder hätte es getan, wäre der Ruf nicht gleich in verwunderten Lachanfällen erstickt.

«Was? Was sagt er?» fragte Dom Francisco, doch eine Erklärung war überflüssig, denn Estêvão hatte schließlich begriffen, was seine Augen ihm schon seit einigen Minuten sagten, obwohl sein Verstand sich weigerte, es zu akzeptieren.

«Großer Gott!» stieß er hervor. Sie waren an Backbord und an Steuerbord, vorn und achtern, in Gruppen zu zweien und dreien, mit

Köpfen, die auf und ab nickten wie beim Grasen, und meckerten empört. Verblüfft starrten die Männer der *Ajuda* auf sie hinab. Sie waren von einer Herde Ziegen umgeben!

«Und seht da drüben!» rief Estêvão. Er zeigte stromaufwärts, über die *Lucia* hinaus.

Eine weitere Flottille nahte.

«Großer Gott!» sagte Dom Francisco. «Schweine!»

Und noch mehr Ziegen, und kleine Ochsen, und ganze Scharen gackernder Hühner ... Sie alle waren an Flöße gefesselt, die aus einem leichten Holz bestanden, so weich, daß man den Daumen hineinstecken konnte, und die Stämme waren durch Ranken verbunden. Bald war das offene Wasser um sie herum mit diesen Flößen bedeckt, deren Größe schwankte je nach Art der Passagiere, die blökten und brüllten und muhten und kreischten. Ein langes Floß mit plappernden Affen trieb vorbei, dann eins voller Vögel mit leuchtendgelben Schnäbeln, und das Wasser weiter stromauf war mit noch mehr weiteren Flößen bedeckt.

Die Barkasse wurde zu Wasser gelassen und schoß zwischen diesen schwimmenden Plattformen hin und her, fing zwei oder drei von ihnen ein und schleppte sie zur *Ajuda* zurück, wo die Männer schon warteten, um die Ziegen zu schlachten und den Hühnern den Hals umzudrehen. Schnell wurde jedoch klar, daß sie es nicht schaffen würden, diesen Überfluß an Haustieren zu verspeisen, die den Fluß herunter- und nun auch zwischen den Mangroven zu beiden Seiten hervorgetrieben kamen. Die Mannschaft begnügte sich mit Zuschauen. Ein großer Affe saß teilnahmslos auf seinem Untersatz und schaute zu den Gesichtern auf, die ihm über die Reling entgegenstarrten. Ein wütender Bulle kenterte. Im Verlauf des Nachmittags schienen die Flöße größer zu werden, mit ganzen Herden von Tieren, die steif und starr dastanden, die Beine gespreizt, um die Bewegung des Wassers aufzufangen. Eine schlecht gebaute Plattform stieß gegen die *Lucia*, brach auseinander und schleuderte ein Rudel Paviane ins Wasser, wo sie ertranken oder von patrouillierenden Haien gefressen wurden.

Auch bei Sonnenuntergang ließ der Strom kaum nach. Teixeira sah sich die Tiere an, die das Schiff umgaben, und blickte dann aufs Meer hinaus, wo zwanzig oder mehr bereits in der Dünung schaukelten. Ochsen, hauptsächlich. Er wandte sich nach Westen und beschattete seine Augen vor dem Glanz des riesigen Feuerballs, der jetzt unter den Horizont sank. Ein Stück weiter die Küste hinauf war eine Echse, so lang wie ein Mann, zwischen die quiekende Schweineschwadron geraten und hatte die Tiere in Panik versetzt. Er wandte sich nach Osten: eine Flotte von Tieren, die auf ihren Archen dahintrieben.

«Er ist fort.»

Oçem stand hinter ihm. «Ihr haltet nach dem Ganda Ausschau, Dom Jaime. Er ist verschwunden.»

Der Mann hatte recht. Ohne darüber nachzudenken, hatte er nach dem Kadaver gesucht. «Woher kommen die alle?» fragte er. «Und welchem Zweck soll das dienen?»

Oçem antwortete nicht. Er starrte flußaufwärts, suchte zwischen den auf und nieder wogenden Köpfen und Körpern, die noch immer auf sie zugeschwommen kamen. Teixeira merkte, daß ein seltsamer Ausdruck auf das Gesicht des Pflegers getreten war, der sich auch nicht veränderte, als er den Mund aufmachte, um etwas zu sagen, und Teixeira in geistesabwesendem Ton ansprach.

«Ich hab nicht gesagt, daß es unmöglich ist, Dom Jaime.» Sein Blick war fest auf ein fernes Floß geheftet.

Teixeira blickte von dem Spähenden hinüber zu dem Objekt, das dessen Aufmerksamkeit erregt hatte, auf diese Entfernung nicht klar zu erkennen, aber immer deutlicher, je näher es kam. Es wirkte stabiler als die anderen Flöße, ragte einen Fuß oder mehr aus dem Wasser und wurde vor dem Kentern bewahrt durch zwei Ausleger rechts und links, die kleinen Kanus ähnelten. Es war auch größer, dem einzigen Tier angemessen, das es trug. Ein paar Matrosen beobachteten das Ganze inzwischen mit ihnen zusammen, und auf dem Vorderkastell sah er Dom Francisco und Gonçalo, die so still standen wie Statuen, den Blick starr auf eben jenes Objekt gerichtet. Jetzt trieb es hinter den Spieren der *Lucia* vorbei, so langsam, daß es schien, als schleppe es einen Anker. Die Minuten verstrichen, und auf der *Ajuda* wurde es still, weil jedermann an Bord zusah. Einige warfen ihm beunruhigte Blicke zu, als hätte er dies zu verantworten, als sei sein Wille eine Trosse, die das seltsame Wasserfahrzeug herbeiziehe. Jetzt tauchte es hinter der Karavelle wieder auf. Plötzlich hob das Tier den Kopf, stand als Silhouette vor dem Wasser. Teixeira spürte, wie seine Zweifel zu Staub zerfielen. Als er aufblickte, sah er, daß Dom Francisco nicht das Tier anstarrte, sondern ihn. Sein Gesicht war schlaff vor Entsetzen.

«Seht! Seht doch, dort!» rief Estêvão. Er zeigte auf die Ausleger, die tatsächlich Kanus waren, wie Teixeira jetzt erkannte. Sie waren mit dicken Tauen umwunden, zum Teil, um sie mit dem Floß zu verbinden, aber auch, um ihre Ladung festzuhalten, denn als die ganze

Konstruktion näher kam, erkannte Teixeira, daß jedes Kanu einen Gefangenen barg: Zwei Männer waren an Händen und Füßen gefesselt, zwei Wachen, die in ihren Kisten zappelten, getrennt voneinander durch das regungslose Tier, einen wiederauferstandenen Ganda, der ihren Verrenkungen nicht mehr Aufmerksamkeit schenkte als zwei sich windenden Maden.

IV

Und das Schiff segelt weiter …

Der ewig gleiche Verdruß, die üblichen Probleme ... «Es war einmal ...» ist zu schlicht, beginnt in einem völlig falschen Ton, stolpert schon bald in so offensichtliche epistomologische Fallen wie «Ist es überhaupt?» und «Wenn es ist, woher wissen wir das?». «Es hat den Anschein ...» klingt ein wenig kasuistisch, in seinem zweifelnden Hochmut wie ein Perpetuum mobile des Rückziehers. «Es läßt sich erkennen ...» ist weniger schlimm, oder «erahnen» vielleicht, obwohl letzteres dem Subjekt Schwierigkeiten vom Typ «a priori» oktroyiert, genau wie – wenn man es recht bedenkt – «Subjekt» auch ... Und erst «bedenken»! Wieder wie zuvor, das gleiche Problem, der übliche Verdruß. Dies ist überflüssige Beinarbeit, Taschenspielerei, während die Sache an sich kräftiges Zupacken und kunstfertige Brutalität erfordert. «Wenn es *wäre* (sozusagen), würde es sein ...»

Also, was? Wie die Sache anpacken? Arbeitsscheue Finger zappeln und zaudern in den plumpen Handschuhen des Konditionals. Die falschen Fragen werden gestellt, und selbst mit geschlossenen Augen, mit vergrabenem Kopf und einer Hirnschale, die in sirupsüßem Rum schmort, selbst dann schwillt es in seinen Kanälen, tropft es aus seinen Drüsen, beginnt es hinter den heißen Blenden seiner Augenlider zu glühen. Seine imaginierten Arme ringen mit der gummiartigen, runzligen Haut; ein Wunschtraum, der stets damit endet, daß er es zu Boden schleudert und ihm den sauer-gelblichen Atem aus dem Leib tritt. Er will ihn tot sehen, diesen pulsierenden Klumpen aus schleimabsonderndem Knorpel, also ringt er, grunzt, sabbert auf seinen Ärmel. Er hat es nie zu Gesicht bekommen, aber das beweist gar nichts. Er würde es sofort erkennen, wenn es ihm entgegensickerte, falls er überhaupt aus ihm herauskommen könnte. Aber das kann er nicht. Wie viele Fische haben das Meer gesehen? Es ist gigantisch, und orange, und besteht fast nur aus Eingeweiden. Er kennt es als Die Schnecke.

Widerstand ist zwecklos. Das schleimige Ding ist einfach zu groß, zu umfassend, und selbst die kräftigsten Hiebe prallen von seinen gummiartigen Bestandteilen ab – es besitzt Flansche, Ventile und ganze Reihen von Schließmuskeln –, schlagen gegen den mutmaßlichen Angreifer zurück, so daß seine Gliedmaßen hopsen und tanzen wie wahnsinnige Trampolinspringer, daß sein Kopf sich bläht und buckelt wie ein Sack ertrinkender Katzen und daß er nichts anderes tun kann, als seinen Schädel in den nächsten weichen Winkel zu stecken, sein Gesicht an die unzerstörbare, gummiverkleisterte Membrane zu pressen und vor Frustration zu weinen. Nein, es gibt kein Entrinnen vor dieser Schnecke. Kein Entkommen. Jede Attacke beginnt mit einem tödlichen Mißverständnis. Ihr, wir, sie, er, sie, es und alle anderen sind nicht draußen und versuchen hineinzukommen, nein, sie sind drinnen und versuchen herauszukommen.

Die durchsichtigen Röhren und vielfachen Mägen der Schnecke sind elastische Korridore und Zellen eines unermeßlichen, endlosen Gummikerkers. Alles ist dumpf, gedämpft, verschwommen, neblig. Siegfried hat sein Balmung auf diese elastischen Wände prallen lassen, Karl der Große sein Flamberge und Caesar seinen Gelben Tod. Zadkiels Messer schlitzte die Kehlen von tausend Ziegen, bevor es an diesen schleimigen Kanälen seine Schärfe verlor, und Ockhams Rasiermesser zerbrach an der Tatsache, daß diese spezielle Entität weder den Wunsch noch das Bedürfnis hat, sich fortzupflanzen. Selbst einem vierarmigen Mahomet, der Halef schwingt, und Medham, und Al Battar, und Dhu i Fakar, alle zugleich, würde es höchstens gelingen, sich noch tiefer in den zitternden Membranen zu verstricken, wo die Drüsensekrete um seine Knöchel spülen, während er vierfach auf den Boden einsticht. Es hat keinen Zweck. Sie alle haben dies hinter sich bringen müssen, alle die Flut dieses homogenisierten Materials ertragen müssen, den Schwindel seiner Affekte, seine schreckliche Inbesitznahme aller Sinne. Ansias, Galas und Munifican werden unter Anwendung der fortschrittlichsten Technologien, die je von den Waffenmeistern aus Nürnberg erträumt wurden, auf Legierungen aus Thors eingeschmolzenem Hammer und dem Sägeblatt, das benutzt wurde, um Jakobus den Jüngeren zu vierteilen, eines Tages mit einem monströsen Schnecken-Reißwolf herauskommen, der dieser Aufgabe gewachsen ist; bis dahin aber gibt es nur das uralte Programm des Erduldens und eine Handvoll recht abgenutzter frommer Ideen. Diese vermögen weder die Orangenfarbe noch die schleimige Konsistenz zu lindern, ganz zu schweigen von dem «Kein Entrinnen»-Aspekt. So widerlich ist sie, diese «Sozusagen-Schnecke».

Aber das Dasein in ihr ist außerdem vage und quälend, angefüllt mit unerklärlichem Glühen, seltsamen Schmerzen und plötzlichem Metallgeschmack, flüchtiger Süße und kleinen Geräuschen: trockene Blätter, die über eine abgemähte Wiese treiben, ein Stock, der an einer Wand herunterkratzt. Dazwischen drängt sich eisige Stille und – in dieser Sekunde, jener Sekunde – schwankende Torbogen, die wiederum nicht einstürzen. Es gibt Ebenen, so schlammig und flach, daß nichts mehr da ist, das fallen, auch nur den kleinsten Eindruck machen, sich etwa ereignen könnte ... Im nächsten Moment herrscht wieder heilloses Chaos, überall flatternde Segel, Geschrei, das Plitsch und Platsch von Äpfeln, die ins Wasser geworfen werden, das unter den Piers steht und stinkt. Kleine Jungen rufen laut, die alte Frau sei eine Hexe. Jemand geht hinüber, um ihnen was auf die Ohren zu geben, und Teile des Bildes gleiten bereits davon, um durch andere Teile ersetzt zu werden: ein Gefühl der Schwerelosigkeit, Hände an ihm, Sonne auf seinem Kopf, und Stunde um Stunde brodelt sein Gehirn darin, während die Schnecke ihn hin und her wiegt, einschläfert, ihn in ihre Gemächer bettet. Er weiß, was das bedeutet, leistet aber dennoch Widerstand, birgt sein Gesicht tiefer in den weichen Falten, bis das wallende Orange einer stillen Dunkelheit weicht. So ist es besser. Viel besser. Er sinkt, ganz langsam, und immer tiefer, hinab.

Und dann ist sie wieder da! Natürlich: Regelmäßige Wiederkehr ist etwas, das sie mit hirnvernebelnder Zuverlässigkeit übt. Gleich darauf folgt die Gummihammerbehandlung, dann das gerade eben nicht mehr vernehmbare Tropfen und das Gefühl, daß ihm fein gesiebtes Mehl in die Ohren gestäubt wird. Gräßlich! Abermals leistet er Widerstand, aber er hat nicht mehr viel Zeit, diese Sekunde, jene Sekunde ... Dann kommt das übliche Phantomgurgeln und Phantomrumpeln, ein paar wahllose Stiche (womit, ist schwer zu sagen), ein inneres Kitzeln, ein Jucken, das einfach gekratzt sein will. Die Schnecke will ihn zurückhaben, und jetzt kann er es nicht mehr lange aufschieben. Es ist natürlich nicht wirklich eine Schnecke, dieses Ding, in dem er sich befindet, wie wir alle, und das ständig. Es ist etwas anderes, etwas weit Schlimmeres. Es ist, was immer es sein mag, sogar benennbar ...

Kapitän Alfredo!

... aus der rumgetränkten Nische, die er sich im hintersten Winkel seines Schädels geschaffen hat, diesem tyrannischen Jucken, diesem hautengen Schleimsack, der uns bei der Geburt übergestülpt wird? Selbstverständlich ist es das. Es ist ...

«Kapitän Alfredo di Ragusa! Wacht auf, alter Saufsack!»

Durst. Rufende Männer. Er riecht Meeresgischt und Schalheit, die Schalheit des Er-selbst-Seins. Er öffnet ein Auge. Es fängt wieder an, so wie es immer anfängt. Sein Kopf tut weh (das ist seine Funktion). Oh, es ist schlimm. Er ist wieder mitten drin. Der Himmel ist grün wie eine Orange. Es ist ...

Ne-iii-nnn ...

Doch.

... das Bewußtsein.

Die Segel sind allesamt nachlässig eingerollt, kein Ausguck ist postiert, die Mannschaft hockt unter Deck und steuert nach dem hinteren Kompaß und mit einem trägen Druck gegen die Ruderpinne. In seinen Glanzzeiten wäre Kaptän Alfredo mit einem Belegnagel auf sie losgegangen, aber die liegen inzwischen weit hinter ihm, während er selbst, der, wie bemerkt, noch immer ganz ordentlich als Sack voll Rüben auftreten könnte, sturzbetrunken auf dem Deck oben liegt. Der Riese hat ihn auf Befehl desjenigen, der sich «Hauptmann Diego» nennt, eine halbe Meile von der Pier entfernt hinausgeschleppt und dort abgelegt. Jetzt sitzen sie zu viert in seiner Kajüte, unmittelbar über diesem Haufen von Drückebergern. Es ist dunkel, weil sie im Ruderraum sind, und es ist doppelt dunkel, weil es Nacht ist, und es ist dreifach dunkel, weil ihnen das Herz von bösen Absichten, widerwilliger Kameradschaft und einer sickernden, schwärzenden Angst schwer ist. Sie sprechen in gedämpftem Flüsterton miteinander, nicken häufig und denken an das Quartett da oben: Salvestro, Bernardo, dieser «Diego» und das geheimnisvolle, verschleierte junge Mädchen, das ihn begleitet. Das auch. Sie sitzen alle im selben Boot.

In der Woche zuvor hatte in einer diskret verborgenen Nische des Hinterzimmers der Schänke *Zum letzten Schnaufer* eine Reihe ganz ähnlicher Zusammenkünfte stattgefunden, bei denen Jacopo sich eine Reihe hoffnungsfroher Einheimischer ansah, die von Gerüchten angelockt worden waren – Gerüchten über eine unglaubliche Heuer für den Dienst an Bord des Seelenverkäufers, der seit ein paar Monaten in einiger Entfernung der Pier vor sich hinrottete. Der Name eines gewissen «Don Antonio» war herumgeflüstert worden, samt der Bestätigung, daß es sich um denselben «Don Antonio» handelte, der widerspruchslos die überhöhten Preise bezahlte, die von den Hafenhändlern eher als Anreiz zu hartem Schachern denn in realistischer Erwartung genannt wurden. Der Betrunkene, der während dieser heimlichen Besprechungen über einem Nachbartisch zusammenbrach, wurde von Jacopo als ihr Kapitän identifiziert. Die Heuer, die geboten wurde, war tatsächlich, genau wie gemunkelt, großzügig bis zur Absurdität, und es gab, wie die meisten dieser potentiellen Matrosen erwarteten, einen Haken. Der Haken betraf die Passagiere, von denen es angeblich zwei geben sollte. Nun aber gab es, wie es schien, noch einen weiteren Haken, eine unerwartete Entwicklung oder unangenehme Überraschung. Denn die Zahl der Passagiere war auf vier gestiegen.

«Von dem Mädchen hat Don Antonio nichts gesagt», murmelte Jacopo, eher vor sich hin als an die anderen gewandt. «Und von Diego auch nicht. Mir gefällt er nicht sonderlich. Eh, Bruno?»

«Der da ist Bruno», gab der Angesprochene zurück. «Ich bin Luca.»

«Also Luca», sagte Jacopo. «Was meinst du, würdest du Hand an Diego legen?»

«Ich doch nicht», antwortete Luca.

Sie waren acht und standen in einem Holzverschlag, kaum drei Meter breit und in der Mitte faktisch durch einen dicken Balken geteilt, die Ruderpinne der *Santa Lucia*. Der Kompaß, der über ihnen hing, zeigte an, daß sie ein bis zwei Grad westlich von Südsüdwest fuhren. Das Schiff rollte träge, bewegte sich in diesem strömungs- und gezeitenlosen Wasser kaum von der Stelle.

«Was ist mit dir, Enzo?»

Enzo schüttelte den Kopf. Ebenso wie Arturo und ebenso wie Piero. Bruno und Roberto kratzten an den getrockneten Flechten, die auf der Ruderpinne saßen, und blickten nicht auf. Vor drei Tagen, abends im Hinterzimmer des *Letzten Schnaufers*, hatte alles so einfach geklungen. Jetzt, unterwegs, kam es ihnen eher erschreckend vor. Sie waren acht, die Leute oben in der Kajüte nur halb so viel, einer davon sogar ein junges Mädchen, jedenfalls nahmen sie das an. Bis jetzt hatte sie den Schleier, der ihr Gesicht verbarg, noch nicht gehoben. Vielleicht war sie ja auch ein Junge. Vielleicht ging der Geschmack dieses Hauptmanns Diego ja in diese Richtung. Einen Perversen zu töten wäre vielleicht nicht ganz so schlimm.

«Was ist mit dir, Ruggero?»

Enzo, Bruno, Piero, Roberto, Luca und Arturo wandten sich zu ihm um. Sie waren alle vom gleichen Schlag, kleine, untersetzte Männer mit drahtigen schwarzen Haaren, angeheuert in den Dörfern um Fiumicino und die Isola Sacra. Sie hätten miteinander verwandt sein können. Jetzt sahen sie ihn beklommen an, spähten verstohlen unter ihren dicken Brauen hervor und wandten den Blick ab, sobald er dem seinen begegnete. Schüchterne Verwandte vom Land, mißtrauisch und gleichermaßen neugierig auf den größer gewachsenen Handwerker, der, als er an Bord kam, einen Sack mit Werkzeugen auf dem Rücken trug und niemals etwas sagte, wenn er nicht angesprochen wurde. Er hatte sich in den schmalen Durchgang gezwängt, der in das Schott zwischen dem Ruderraum und dem unteren Deck geschnitten war. Die Füße hatte er gegen den gegenüberliegenden Pfosten gestemmt, und es sah aus, als kratze er Schmutz unter seinen Fingernägeln hervor.

«Ich heiße Ruggero di Palma Castiglione», antwortete er, ohne aufzublicken. «Und habe bei einem törichten Mann namens Antonio, den ich nicht persönlich kennengelernt habe, als Zimmermann für eine törichte Seereise zur Guineaküste angeheuert. Es wurde von einem Tier gesprochen, und davon, daß ein Käfig benötigt wird, vielleicht auch ein Boot. Ich erinnere mich, daß ich diese Dinge mit einem Mann namens Alfredo besprochen habe, dem Kapitän dieses Schiffes und, wie sich herausgestellt hat, einem Trunkenbold. Und dir.» Er zeigte auf Jacopo. «Und jetzt – daß ich dich recht verstehe – verlangst du von mir, daß ich einem Mann die Kehle durchschneide, anschließend seiner Frau und zuletzt seinen beiden Begleitern. Ist das so richtig?»

«Ich konnte meine Absicht kaum in Kapitän Alfredos Gegenwart erläutern», begann Jacopo.

«Nun also, dann müssen wir auch ihn auf unsere Liste setzen», sagte Ruggero sarkastisch. «Wie viele haben wir denn jetzt? Fünf?»

Daraufhin entstand ein kurzes Schweigen. Jacopo starrte Ruggero an, während die anderen untereinander Blicke tauschten.

«Er wird reden», sagte Enzo schließlich. «Er wird's ihnen verraten.» Sein Blick wanderte kurz zur Decke.

«Also sechs», entgegnete Ruggero sofort, «darunter ich selbst, falls ihr fähig seid zu entscheiden, welcher von euch Helden zum Messer greifen soll.» Sein Blick wich nicht von Jacopos Gesicht.

«Glaub ja nicht, ich würd's nicht machen», knurrte Enzo.

«Maul halten, alle beide!» fiel Jacopo ihnen ins Wort. «Es stimmt, Ruggero hier hat bis vor einer Stunde nichts gewußt. Er ist überrascht, das ist alles. Wenn wir zusammenhalten, ist das ein todsicheres Ding. Wie schon gesagt: Wir müssen sie loswerden. Wir segeln mit der *Lucia* nach Tunis. Da kenne ich Leute, die uns einen fairen Preis für das Schiff bezahlen. Wir teilen uns das Geld ...»

Weiter kam er nicht, weil Arturo und Enzo ihn unterbrachen und wissen wollten, wie er das Geld teilen wollte, auf welcher Basis, wieviel für wen, und so weiter und so fort, denn wenn sie auch wenig vom Segeln und weniger vom Morden verstanden, verstanden sie doch was vom Dividieren und von Anteilen und von den praktischen Problemen bei der Entscheidung, wer was und warum bekommen sollte. Ihresgleichen hatte sich den Rücken in den Flußniederungen des Tiber krummgearbeitet, als man von Rom noch nicht einmal träumte, und auf den Tod schon lange vor jener Zeit gewartet.

«Nein», sagte Enzo zu Arturo nach einer weiteren Stunde des Diskutierens. «Du kriegst *sieben*undzwanzig Anteile. Du weißt verdammt gut, daß du den Weingarten hinter dem der alten Isabella kriegst, sobald dein Onkel stirbt, und erzähl mir nicht schon wieder von diesem Vetter oben bei Tolfa, der kann genausogut auf dem Mond sitzen. Du bist nicht verheiratet, also kriegst du nicht die neun Anteile für Verheiratete, und außerdem hast du einen Brunnen hinter deinem Haus, dafür verlierst du noch mal drei Anteile. Andererseits ist dein Bruder tot, und du mußt für *seine* Witwe sorgen, aber die hat keine Bälger und wird auch keine mehr kriegen, wenn du die Hände von ihr läßt. Also kriegst du das Grundstück deines Bruders obendrein.»

«Ich schulde Piero über fünfzig Soldi», warf Luca ein. «Was ist damit?»

«Was soll damit sein?» gab Enzo zurück. «Du hast doch schon neununddreißig Anteile, du raffgieriger kleiner Bastard ...»

Und so ging es weiter. Die sechs stritten miteinander, brachten ihre toten und lebenden Ehefrauen ins Spiel, ihre kranken Onkel und hungernden Kinder, ihre ausgetrockneten Brunnen und abgestorbenen Weinstöcke, ihre Felder, auf denen nichts gedeihen wollte außer Steinen. Jacopo beobachtete und lauschte und schwieg. Nichts und niemand störte sie bei ihrem sechsseitigen Disput, außer dem Klappern der Tür über ihnen, als jemand die Kajüte verließ und sie dann bei seiner – oder ihrer – Rückkehr wieder zuschlug. Jedesmal hielten sie inne und warfen einen hastigen Blick zur Decke, waren aber gleich wieder in ihre Hecken und Gräben, ihre Wasseranteile und Durchgangsrechte vertieft und zerlegten das Schiff, mit dem sie segelten, jetzt schon in handliche Stücke. Ruggero reinigte immer noch seine Nägel und nahm an den Diskussionen nicht teil, bis Luca sich an Enzo wandte und ihn fragte: «Was ist mit ihm?»

Abermals drehten sich alle zu ihm um und starrten den Schiffszimmermann an.

«Was ist?» sagte Enzo. «Machst du mit oder nicht?»

Ruggero sprach zu seinen Nägeln. «Setzt mich in Tunis an Land», sagte er. «Ich will eure einunddreißigeinhalb Anteile nicht, oder wieviel sonst. Ich schneide Holz und füge es zusammen. Mehr nicht.»

Enzo nickte. «Einverstanden. Aber komm uns nicht in die Quere, Zimmermann. Und reiß dein großes Maul nicht zu weit auf, es sei denn, du bist scharf darauf, einen von deinen Beiteln zu schlucken.»

Darüber mußte der Zimmermann lächeln. Dann stieß er sich von seinem Pfosten ab und verschwand durch die Tür.

«Wir sollten ihn auch umbringen», sagte Luca. «Ich trau dem Kerl nicht. Er wird reden, ich weiß genau, daß er ...»

«Halt's Maul», sagte Jacopo. Es waren seine ersten Worte, seit die anderen damit begonnen hatten, das Schiff unter sich aufzuteilen. «Ihr laßt ihn in Ruhe, dann läßt er uns auch in Ruhe. Wenn wir geschnappt werden, hängt man uns alle zusammen auf. Ihn so gut wie uns, und das weiß er.»

Das Wort «hängen» ließ sie verstummen. Es war heiß in ihrem kleinen Holzverschlag. Die Stimmung wurde wieder düster, die Gesichter wirkten im gelblichen Licht der Ölfunzel kränklich und verängstigt. Dummheit, Habgier und Angst, dachte Jacopo. Landratten alle, und alles auf hoher See.

«Ihr werdet die Hälfte von dem, was wir kriegen, unter euch teilen», sagte er. «Die andere Hälfte kriege ich.» Er sah zu, wie ihr Zorn wuchs, ihre Augen sich weiteten, ihre Mienen sich verdüsterten. «Es sei denn, einer von euch will den ersten Streich führen ... Will einer von euch der erste sein? Luca? Piero?»

Er sah der Reihe nach jeden einzelnen an. Enzo senkte als letzter den Blick, aber den Blick senkten sie alle. «Keine Freiwilligen? Dann nehme ich an, daß ich es selbst tun muß.» Er sprach unbekümmert, spielte mit ihnen. Sie sehnten sich so sehr danach, alt und dick und wieder an Land zu sein. «Da keiner von euch den Mumm aufbringt, töte ich den ersten. Die anderen erledigen wir dann zusammen. Wir alle, verstanden? Und gemeinsam.» Jetzt hatten sie Angst und waren zugleich erleichtert. Er hatte sie nahe genug gebracht.

«Wer kommt zuerst?» Es war Luca, der die Frage stellte, die Lippen nervös vorgestülpt.

«Der Große. Bernardo. Ohne ihn werden wir mit den anderen leicht fertig.» Strähniges schwarzes Haar rahmte sein Gesicht wie eine Haube. Die Männer, die ihn beobachteten, schwiegen besorgt. Er hatte sich über sie erhoben; jetzt wirkte er einschüchternd auf sie. «Heute abend noch werde ich es tun», erklärte er. «Falls sie jemals aus dieser verdammten Kajüte kommen.»

Alle sieben blickten finster zur Decke.

«Was machen die überhaupt da oben?» fragte Enzo, als er den Blick von den Bohlen über ihren Köpfen löste und ihn ohne besonderen Grund auf Luca richtete.

«Die reden», sagte Luca ein wenig zweifelnd. «Aber worüber?»

Jacopo antwortete nicht. Er dachte an Don Antonios beiläufige Bemerkungen über «unsere beiden Trottel», eine Redewendung, die er nur selten variierte. Einmal hatte er sie als «unsere Tierfänger» bezeichnet, ein Titel, dem er einen sarkastischen Unterton verlieh; einmal, und zwar im selben Ton, hatte er sie «unsere lizensierten Briganten» genannt, eine Bezeichnung, die ihm rätselhaft geblieben war, bis er gesehen hatte, daß die beiden diesem «Hauptmann Diego» folgten, mit dem jungen Mädchen über den Kai zur Pier hasteten, unbemerkt, weil alle die Barkasse und die vornehm gewandeten Passagiere beobachteten. Sie waren im Gleichschritt gegangen, sozusagen marschiert. Und als dieser Hauptmann sie anwies, das Mädchen in der Kajüte unterzubringen, deren betrunkene Bewohner hinauszuschaffen und irgendwo an Deck zu deponieren, um anschließend ihre Posten im Heck zu beziehen und vor Seiner Heiligkeit die Mützen abzunehmen, hatten sie unverzüglich und ohne zu überlegen gehorcht. «Lizensierte Briganten» hatte damals nur eine einzige Bedeutung für ihn.

«Ich glaube, sie waren zusammen Soldaten», sagte Jacopo schließlich. «Früher.»

Als ihre Mienen sich verfinsterten, verfluchte er seine lose Zunge. «Lange her», ergänzte er, sie aber schüttelten in Gedanken den Kopf, entzogen sich ihm und kehrten zu ihrem Ackerbau und ihrer Schinderei zurück. «Soldaten» war ein dunkler Fleck, der an ihrem Horizont auftauchte, ein Ungeheuer mit zehntausend menschenzerfleischenden Klauen, das zuerst sie selbst aus ihren Häusern zerrte, dann ihre Frauen und ihre Kinder ... Niemand hatte ihnen gesagt, daß dies «Soldaten» waren. Er musterte sie voll Verachtung. Don Antonio hatte irgendwie vergessen zu erwähnen, daß einer dieser «Trottel» mindestens zwei Köpfe größer war als er und daß sich ihr alter Kommandeur, falls er das wirklich war, zu ihnen gesellen würde, der sogar eine Frau an Bord gebracht hatte. Wenn sie sich jemals wieder begegnen sollten, würde Don Antonio ihm einige Fragen beantworten müssen.

«Ich übernehme den Großen», sagte er wütend. «Danach machen wir alles zusammen.»

Als er die enge Koje verlassen wollte, stolperte er über die Türschwelle. Hinter sich hörte er ein paar von ihnen kichern.

Es begann als Ameisen. Dann wurden es Würmer, ein ganzes Knäuel, groß wie ein Apfel, dann wie ein kleiner Kohlkopf, lebhaft und schlüpfrig in seiner Magengrube. Sein Mund füllte sich mit Speichel, den er alle paar Sekunden oder so schluckte. Die Würmer tranken ihn, dann peitschten sie mit ihren Schwänzen und paarten sich, um weitere Würmer zu produzieren – größere. Es konnte etwas sein, das er gegessen hatte, nur hatte er seit dem Abend zuvor nichts mehr gegessen, da hatte er allerdings fünf bis sechs von Rodolfos Pasteten im *Zerbrochenen Rad* verschlungen. Aber die hatten keinerlei Neigung gezeigt, wieder ans Licht zu kommen. Es konnte natürlich der Alkohol sein, was allerdings wahrscheinlicher war, und es konnten seine «Nerven» sein, die seit dem Moment noch immer schrillten, da er den Zwerg mitten im Wurf losgelassen hatte und feststellen mußte, daß er eben jenem Mann ins Gesicht starrte, der sie aus Prato verjagt hatte, und aus Rom, über Berge, quer durch Flüsse, und Flüsse hinab, bis zu einem Fischerhafen, wo ein Schiff wartete, das sie «in Sicherheit» bringen sollte – jedenfalls hatte er es so verstanden. So kam es, daß er hier an Bord war.

Alle paar Minuten blickte Bernardo zu Salvestro hinüber, nur um zu sehen, daß sein Freund immer noch in ein Gespräch mit eben jenem Mann vertieft war, dem zu entfliehen sie angeheuert hatten: dem Oberst, der jetzt anscheinend nicht mehr vorhatte, sie umzubringen, und der, wie es schien, nicht mehr «der Oberst» war, sondern «der Hauptmann». Also waren es höchstwahrscheinlich seine Nerven, und wenn nicht, dann dieser seltsame, modrige Geruch, der dem ganzen Schiff anhaftete, ein giftiger Hauch von der Art, die Fieber verursacht, und wenn nicht das, dann waren es die Bewegungen des

Schiffes, obwohl diese sanft und fast nicht spürbar waren. Die Kajüte war mit einer Art Tisch möbliert, der in das Heckschott integriert war, einem Schemel und einem Stuhl, auf denen Salvestro und Diego saßen, einem Schrank ohne Türen, der, soweit er sehen konnte, mit leeren Flaschen gefüllt war, und zwei Kojen. Er selbst saß auf der unteren, das Mädchen schlief in der oberen. Die beiden Männer hatten es noch kein einziges Mal erwähnt. In einer Ecke lag ein Haufen schmutziger Lumpen, möglicherweise waren es Kleider. In der anderen stand eine kleine Truhe mit Eisenbändern, die mit drei dicken Vorhängeschlössern gesichert waren. Der Inhalt klirrte zuweilen, vor allem, wenn das Schiff rollte. Würmer, Pasteten, Alkohol, Nerven, der Gestank oder die Bewegungen der *Santa Lucia* – Bernardo spürte, daß ihm gleich schlecht werden würde. Und in der Kajüte war weder Kapitän Alfredo zu sehen noch ein Eimer.

«Es war eine unheilige Dreifaltigkeit», sagte Diego kopfschüttelnd. «Aldo, Medici und ich. Wäre ich selbst hineingegangen, um mit ihm zu verhandeln, dann wäre alles anders verlaufen. Das hätte Medici natürlich nicht zugelassen, und Aldo litt an einer zehrenden Krankheit, die sein Fleisch zerfraß, und ich, ich hatte wenig Lust, die Luft dort drin zu atmen. Schon im Vorzimmer konnte man es riechen … Nein, sie haben allein miteinander gesprochen.»

Bernardo hatte diesen Teil schon einmal gehört und fast verstanden. Er erinnerte sich an eine Menge Warterei außerhalb von Prato. Genauer gesagt, an eine Menge Hunger. Folgendes war damals geschehen. Diego und der Kardinal hatten die Bedingungen mit Aldo besprochen … Nein, diesen Teil hatte er falsch verstanden. Der Kardinal hatte die Bedingungen mit Aldo besprochen, und Aldo hatte die Stadt übergeben, zu Bedingungen, die … Die «Bedingungen» hatte er nicht ganz kapiert. Dann war der Kardinal mit einer Geschichte über Aldos Widerstand ins Lager zurückgeritten, die den Vorwand lieferte für alles, was dann folgte. Irgend etwas stimmte daran nicht, das spürte Bernardo, aber ob das seine Schuld war oder die eines anderen, war noch nicht klar.

«Der Junge wußte es», sagte Salvestro. «Aldos Sohn. Deswegen hat er seinen Vater für einen Feigling gehalten.»

«Dann wußten es alle», erwiderte Diego. «Kein Wunder, daß Medici sie versteckt hielt. Aber Aldo war sehr tapfer. Er hatte kaum eine andere Wahl …»

Das ging zu schnell für Bernardo. Das mit der Verhandlung hatte er verstanden, das mit der Kapitulation ebenfalls, aber das mit Aldo und seiner Familie kapierte er nicht. Und auch die «Bedingungen» wurden ihm nicht klarer. Er hörte, wie sich das Mädchen in der Koje über ihm bewegte. Bald würde ihm schlecht werden. Bestimmt sehr bald.

«Als Medici aus dem Zimmer kam, hat er den Kopf geschüttelt und ‹die Sturheit› seines ‹alten Freundes Aldo› beklagt. Fast hätte er noch Tränen vergossen, der Scharlatan. Ich erinnere mich sogar, daß er versucht hat, Cardona zu überreden, nicht anzugreifen. Stell dir vor, er wäre darauf eingegangen!» Der Soldat grinste flüchtig, dann wurde seine Miene wieder ernst. «Cardona muß natürlich alles gewußt haben. Selbst damals muß ihm klargewesen sein, daß Aldo kapitulieren muß, daß Medici schamlos lügt, und da stehe ich neben ihm, ein Offizier unter seinem Befehl ... Er muß gewußt haben, wem die Schuld zugeschoben werden würde.» Seine Stimme klang seltsam erstickt.

Bernardo räusperte sich hörbar.

Salvestro runzelte die Stirn. «Warum?» sagte er schließlich. «Warum sollte er wünschen, daß die Stadt geplündert wird?»

«Ich warte auf die Gelegenheit, ihn danach zu fragen. Ich warte auf die Gelegenheit, ihm viele Fragen zu stellen. Warum wäre ich sonst hier, an Bord eines Seelenverkäufers, mit einem hirnrissigen Auftrag von dem Mann, den ich am meisten auf der Welt verabscheue?»

Das Gespräch floß dahin, mäanderte um diese Frage. Bernardo folgte ihm aufmerksam, fest davon überzeugt, daß Diegos Rolle in dieser ganzen Affäre und seine Anwesenheit hier an Bord ihm, wenn er nur genau genug zuhörte, völlig klar oder wenigstens weniger unerklärlich werden würde. Das Tier, das hörte er allmählich heraus, war wesentlich für das Vorhaben des Soldaten, das dazu dienen sollte, Fernandos Ohr zu gewinnen. Möglicherweise war das Ohr ebenfalls wesentlich, aber wie dem auch sei, das eine führte eindeutig zum anderen: Das Tier war in gewissem Sinne der Schlüssel zum Ohr, und das hatte etwas mit «Ansehen» zu tun. War das Ohr gewonnen, folgte der Rest mehr oder weniger von selbst. An Fernando sollte (über das Ohr) eine Bittschrift wegen des Unrechts gerichtet werden, das Diego von, wie er es formuliert hatte, «dem Mann, den ich am meisten auf der Welt verabscheue», zugefügt worden war. Das kann nur der Papst sein, sagte sich Bernardo, der seine Überzeugung auf die Tatsache stützte, daß jedesmal, wenn das Wort «Medici» oder «Leo» fiel, dem Namen unweigerlich das Attribut «widerlich» oder «abscheulich» vorangestellt und unheildrohende Ausdrücke wie «dessen Kopf ich mit Freuden auf einer Stange vor mir hertragen würde» nachgestellt wurden. Der Papst war der Mörder in Prato gewesen, wenn auch durch die Taten seiner Männer, die nicht wußten, wem sie dienten (hier wurde Rufo erwähnt), die glaubten, Diego zu dienen, während sie in Wirklichkeit dem Papst dienten und somit, wenn sie gefangen wurden, Diego beschuldigen sollten; nur daß sie entkommen waren, jedenfalls einige von ihnen, und Diego war jedenfalls in Ungnade gefallen. Und diese «Männer» waren genauso hereingelegt worden wie Diego, denn man hatte sie glauben lassen, daß sie Aldos Familie schützten, obwohl sie diese in Wirklichkeit so bewachten, daß die Mörder – andere Männer – Aldos Familie später mühelos umbringen konnten. Und dann sollten die «Männer» der Tat beschuldigt werden, und Diego ebenfalls.

Der letzte Teil klang irgendwie vertraut. Für Dinge schuldig gesprochen zu werden, die er nicht getan hatte, rief heftige Gemütsbewegungen bei Bernardo hervor. Er beobachtete, wie Salvestro und Diego, während sie sich am Tisch gegenübersaßen, dieses Gerüst aus Mutmaßungen und Spekulationen konstruierten. Dann dämmerte ihm, daß die beiden Männer, die in das vertrauliche Gespräch vertieft waren, mit «den Männern», den Mördern von Aldos Familie, die nicht die Mörder von Aldos Familie waren, und den Soldaten in Diegos Diensten, die nicht in Diegos Diensten standen (obwohl sie dachten, das wäre so), tatsächlich ihn selbst und Salvestro meinten.

Es folgte etwas darüber, daß die «Männer» auch die «Männer» waren, die, unter der Voraussetzung, das Tier und Fernandos Ohr wurden gewonnen, das erste Glied einer Kette bildeten, die «den Menschen, den ich am meisten auf der Welt verabscheue» ans Licht zerren sollte, wo seine Schuld klar zutage treten, Diegos Ehre und, wie es schien, auch ihre eigene Ehre wiederhergestellt werden würde, obwohl Bernardo alles andere als sicher war, daß er die seine jemals verloren, ja daß er überhaupt je eine gehabt hatte, die er verlieren konnte. Außerdem nahm seine Übelkeit zu. Er stieß auf und schluckte.

«Kardinal Medici», sagte Salvestro.

«Ja. Unser geliebter Papst. Möge er in der Hölle schmoren …»

«Ich muß raus», wurden sie von Bernardo unterbrochen.

Die beiden Männer blickten auf, und auch das Mädchen hob, aufgestört durch die unvertraute Stimme, den Kopf. Die beiden anderen redeten seit Stunden.

«Ich muß kotzen», erklärte Bernardo, der hastig nach der Kajütentür griff und sie hinter sich ins Schloß warf.

Salvestro und Diego sahen einander so verständnislos an, als seien sie verblüfft, in diesem kleinen Holzraum zu sitzen, der mitten auf dem Meer dahinschwamm, während sie vor einer Sekunde noch auf dem Festland in einer kleinen Stadt am Ende des Mugnone-Tals gestanden hatten, Hunderte von Meilen weiter nördlich. Gedämpft drang das Geräusch des Erbrechens an ihr Ohr: ein Würgen an Deck, ein leises Klatschen auf dem Wasser.

«Wir waren bei der Vorhut, als der Befehl zum Angriff kam. Ich habe Aldo im Palast gefunden, genau in dem Raum, vor dem ich gewartet hatte, als er mit Medici sprach. Nur die alten Weiber waren bei ihm geblieben. Es gab keine Wachen, und wenn, dann hätten wir sie getötet. Es gab keinen Widerstand, erinnerst du dich?» Salvestro nickte. «Er war schon so gut wie tot; nach seinem Geruch zu urteilen, ist er von innen heraus verfault. Er sagt nichts weiter als: ‹Die Behauptungen der Spanier treffen also zu.› Später bittet er, seine Familie sehen zu dürfen, aber die war geflohen – dachte ich jedenfalls. Als ich es ihm sage, lächelt er, und mich macht das auch nicht gerade unglücklich. Er hat schon gewußt, daß er elend krepieren würde. Später kommt der Kardinal und bittet mich um Erlaubnis, ‹seinem alten Freund› die Letzte Ölung geben zu dürfen. Ich stimme natürlich zu. Ein weiterer Fehler. Als er fort ist, war Aldo verwandelt, so gut wie wahnsinnig. Wieder fragt er nach seiner Familie, und wieder erkläre ich ihm, daß sie inzwischen weit weg ist, vielleicht in Florenz. Diesmal will er mir nicht glauben und schreit, sie ist noch in der Stadt, ich müßte sie suchen und beschützen, um meinetwillen ebenso wie für ihn. Er war klug, dieser Mann. Er hatte schon begriffen, was sich abspielte. Ich habe ihn nicht beachtet. Ich habe gar nichts begriffen, damals.»

«Aber ihr habt Patrouillen ausgeschickt, nicht wahr?» fragte Salvestro.

«Zu spät», sagte Diego. Er starrte auf die Öllampe. Es war ihm gleichgültig, wer diese Frage stellte.

Wieder ging die Tür auf, und Bernardo trat vorsichtig über die Schwelle. Als die Tür hinter ihm ins Schloß fiel, hob Diego bei dem Geräusch hastig den Kopf, als sei er aus dem Schlaf hochgeschreckt.

«Ich hab gekotzt», sagte Bernardo.

Salvestro funkelte ihn wütend an. «Was ist?» protestierte Bernardo. «Was ist denn jetzt schon wieder?»

«Den Rest kennst du», sagte Diego. «Wenn das, was du mir erzählt hast, die Wahrheit ist.» Er beobachtete Salvestro. «Es gab keine ‹Letzte Ölung› für Aldo. Medici hatte seine Familie zu Geiseln für sein Schweigen gemacht, und ihr solltet Diegos Männer sein, also Diegos Schuld. Rufo war Medicis Mann, aber ihr habt nie daran gedacht, nach seinem Namen zu fragen, nicht wahr?»

Da Salvestro nicht antwortete, schüttelte Bernardo den Kopf. Er fühlte sich jetzt etwas besser, obwohl die Schweißtropfen auf seiner Stirn noch immer eiskalt waren. Der Mond schien sehr hell. Seine Kotze hatte ausgesehen wie ein mit Wasser vollgesogenes Hemd, und offenbar hatte er, während er draußen war, ein paar wichtige Episoden verpaßt. Salvestro würde sie ihm später erklären.

«Aldo ist am fünfundzwanzigsten Tag nach der Plünderung gestorben», fuhr Diego fort, «aber das wurde zwei Tage lang geheimgehalten. Nicht mal Medici hat davon erfahren. Noch ein Tag, und ich hätte seine Familie in Sicherheit gehabt.» Er runzelte die Stirn. «Es waren die Pratesi selbst, die es ihm gesagt haben. Die Schafe, die nach dem Wolf rufen.»

«Die Glocken», sagte Salvestro, und jetzt war es Diego, der nickte.

«Das Gemunkel ging am nächsten Tag los. Männer, mit denen ich in ganz Italien gekämpft hatte, haben sich plötzlich von mir abgewendet. Ich hatte die Leichen gefunden, aber das war kein Beweis. Später kam es zu einem Tribunal, und dein alter Kamerad Groot hat die Tricks praktiziert, die sie ihm in den Kellern unter der Festung beigebracht hatten ...»

«Groot!» platzte Bernardo da heraus. «Groot lebt noch?»

«Er lebt», bestätigte Diego. «Hat euch das denn nicht nach Rom geführt?»

«Das waren die Mönche, na ja, eigentlich haben wir sie geführt», begann Bernardo und wollte gerade mit dem langwierigen Prozeß beginnen, seine Gedanken hinsichtlich der Frage zu ordnen, wie es kam, daß sie auf einmal in Rom waren, als Salvestro ihm bedeutete, den Mund zu halten.

«Wie dem auch sei, er lebt», fuhr Diego fort. «Und das mit einer Pension vom Papst, glaube ich.» Sein Ton klang nach leicht spöttischer Überraschung. «Er hat die Morde gestanden, ausgeführt auf meinen Befehl. Das genügte.»

«Groot hat keinen umgebracht!» fiel Bernardo ihm ins Wort. «Er und ich, wir waren ganz allein da. Dann sind ein paar andere Soldaten gekommen und ...»

«Das ist unwichtig», sagte Diego ungeduldig.

«Aber er hat bestimmt kein ...»

«Ich weiß!» Zum ersten Mal hob er die Stimme, verzog aber das Gesicht, als spräche diese Tatsache von einer gewissen Schwäche. Als er fortfuhr, sprach er wieder gelassener, berichtete von den Demütigungen, die folgten, von seinen Gefährten, die ihm auswichen, von den Gerüchten, die unter den Männern umgingen, die er befehligte, und schließlich von seiner Abkommandierung nach Rom, wo er vor dem Orator einhertrotten sollte «wie ein Bluthund an der Leine», wie er es ausdrückte. «Man hat nie ein Gericht einberufen», erzählte er. «Dafür haben Medici und Cardona gemeinsam gesorgt. Und Fernandos Ohr ist ein schwer erreichbares Organ, überaus wählerisch, was die Lippen betrifft, denen gestattet werden darf, sich ihm zu nähern, und auch, was die Worte angeht, die solchen Lippen gestattet werden. Manchmal scheint Fernandos Ohr sogar ziemlich schwerhörig zu sein. Manchmal ist es notwendig, mit einer Trommel hineinzudröhnen, um gehört zu werden ...» Er hielt einen Augenblick inne, schwieg versonnen. «Und ich werde gehört werden. Das ist mein gutes Recht.» Er blickte auf und lächelte, nicht für Salvestro oder Bernardo, sondern für die Gestalt in der obersten Koje, das junge Mädchen. «Ich werde vor den Beamten der Oratoren gehört werden, und vor den Bediensteten des römischen Papstes, vor den Portugalesen, den Aragonesen und den Kastiliern, wer weiß, vielleicht sogar vor den Franzosen! Zwei Halsabschneider werden meine Zeugen sein, und mein Advokat ... mein Advokat ein monströses Tier.»

«Ezodu.»

Verblüfft über die Stimme, blickte Bernardo auf. Das Mädchen starrte, den Ellbogen aufgestützt und den Kopf auf die Hand gelegt, mit schwarzem ausdruckslosem Gesicht Diego an. Die beiden musterten einander mehrere Sekunden lang.

«Ess-o-du», wiederholte er betont. «Das ist ihr Wort für das Tier.»

«Ich glaube», sagte Bernardo, «ich glaube, ich muß ...»

Es waren wieder die Würmer, noch nicht so lebendig wie zuvor, aber mit jeder Sekunde lebendiger. Sie hatten das Apfelstadium hinter sich gelassen und begaben sich momentan ins Kleine-Kohlkopf-Stadium. Sie fingen an, um sich zu schlagen und sich zu vermehren. Eine kleine Vorhut hatte sich gebildet und versuchte nun, seine Speiseröhre zu erklimmen. Bernardo schluckte, sprang auf und hastete wieder einmal zur Tür. Salvestro sah, wie ein leichtes Lächeln auf dem Gesicht des jungen Mädchens erschien und wieder verschwand.

«Sie kennt das Tier», sagte Diego. «Sie hat es gesehen.»

Diego starrte sie an. «Sie heißt Eusebia», erklärte er. «Oder Usse.»

Darauf reagierte Eusebia-oder-Usse mit einem verächtlichen Schnaufen.

«Usse», sagte sie. «Eusebia taugt nur dazu, anderen Leuten die Füße zu schrubben.»

«Usse», wiederholte Salvestro zerstreut. «Eusebia» und «Usse». «Salvestro» und «Niklot», der weit fort und längst vergangen war. Irgendwo fallengelassen und verloren. Wozu taugte «Salvestro»?

In der Kajüte war es still, und die Bewegungen der *Lucia* waren nur noch ein sanftes Rollen, ein Erschauern, verlangsamt zum Schwingen eines Eimers, der behutsam aus einem Brunnen hochgezogen wird. Vage dachte er an seine Flucht aus Prato, an das kleine Mädchen, das in die Dunkelheit davonhüpfte. An Usedom, wo er sich den Männern entwand, die ihn zum Strand hinabgeschleppt und zu Boden geschlagen hatten. An Rom ... Da war ein Junge, der im schwarzen Achterwasser schwamm und tiefer und immer tiefer tauchte. War das er? Oder war er derjenige, der davonlief? Dazu taugte «Salvestro».

Diego warf einen kurzen Blick zur Tür. «Wie viele Mägen hat er, die er leeren muß?»

Salvestro schüttelte den Kopf, um wieder klar denken zu können, und stand auf.

Draußen querte der sinkende Bogen des Mondes den Bug der *Lucia*, und vom Heck des Schiffes aus schien es, als werde ihr Schiff durch einen langen weißen Korridor aus reflektiertem Licht gezogen. Die Masten lagen im Schatten, und die Segel waren geborgen bis auf das Focksegel, das zu einem schmalen Streifen leuchtender Leinwand gerefft worden war. Die Stufendecks waren ein wirres Durcheinander von scharfen Ecken und Schatten, und anfangs dachte er, daß Bernardo gar nicht hier sei. Dann entdeckte er auf dem schmalen Decksvorsprung zwischen dem Hauptluk und dem Vorderkastell, kurz vor dem Fockmast, aber vom Pumpenhaus verdeckt, einen buckligen Schatten, der da kauerte, als wolle er sich verstecken. Er kniff die Augen ein wenig zusammen, aber das Mondlicht, das durch die Haltetaue schien, warf ein verwirrendes Gitter aus Licht und Schatten über den Kauernden. Es sah aus, als beuge sich eine Gestalt über eine andere, die aufzustehen versuchte. Er sah eine Hand, die kräftig hinabdrückte, auf ... auf irgend etwas. Angestrengt spähte er hinüber. Auf einen Kopf.

«He!» rief er laut, während er auf das Luk hinabkletterte. Doch als er sich vorwärtsbewegte, stieß er mit dem Schienbein so heftig gegen ein Hindernis, daß er mit einem lauten Plumps auf die Holzplanken fiel. Er warf einen Blick zurück. Ein großer Sack mit unbekanntem Inhalt, möglicherweise Rüben, achtlos auf dem Deck zurückgelassen. Er rappelte sich wieder auf, um zu den beiden hinüberzulaufen, den Angreifer zur Rede zu stellen. «Was meinst du denn, was du da ...»

Überrascht fuhr Bernardo herum. Er kniete neben einer Gestalt, die mit dem Gesicht nach unten auf dem Deck lag. Die Gestalt versuchte aufzustehen, aber gleichzeitig, wie es schien, unten zu bleiben. Kurze, rauhe Atemstöße kamen durch zusammengebissene Zähne.

«Das ist Jacopo», erklärte Bernardo. «Er hat sich weh getan.»

«Dann laß doch seinen Kopf los», befahl er, denn Bernardo hatte den Maat am Genick gepackt und wollte ihn nicht hochkommen lassen.

«Geht nicht», murmelte Bernardo. «Er versucht immer wieder aufzustehen.»

«Dann laß ihn doch ...», begann Salvestro, erkannte aber in diesem Moment, daß die Arme des Maats lang auf dem Deck ausgestreckt waren, daß eine seiner Hände anscheinend auf den Planken festgehalten wurde, daß ihre Finger gespreizt waren, und daß der Grund für diese Verrenkungen ein sechs Zoll langer Spieker war, der an einem Punkt ein wenig unterhalb des Winkels zwischen Daumen und Zeigefinger in die Hand eingedrungen war und die Hand an das Deck darunter nagelte.

«Ach so», sagte Salvestro.

Jacopo wandte vorsichtig den Kopf zur Seite. «Ich dachte. Er würde. Über Bord gehen. Gepackt. Ausgerutscht», stöhnte er.

Die Kajütentür wurde geöffnet.

«Vorsicht! Da liegt ein Sack Rüben», rief Salvestro Diego zu, der die Gefahrenstelle überwand, indem er einfach über das Luk sprang.

«Ach, das ist es!» sagte Bernardo. «Ich bin schon zweimal drüber gestolpert.»

Eine Sekunde darauf war Diego bei ihnen. «Fuß auf die Hand», sagte er. «Hand an den Griff. Dann ziehen.» Bevor noch jemand Zeit hatte, sich zu rühren, stieß Jacopo einen furchtbaren Schrei aus, und sein ganzer Körper schien vom Deck hochzuschnellen. Diego richtete sich auf und trat zurück.

«Seltsam, mitten in der Nacht ein solches Werkzeug zu benutzen», bemerkte er; dabei wog er den Spieker in der Hand.

Jacopo wand sich, als er mit der gesunden Hand in seiner Tasche nach einem Lappen suchte, den er um die verletzte wickeln konnte. Sekundenlang schien es, als habe er nichts gehört. Dann sagte er: «Ich wollte gerade die Klüvergei an Steuerbord marlen, als ...» Während er noch sprach, sah er sich um und rief plötzlich laut: «Was zum Teufel ...»

Usse war lautlos den schmalen Gang entlanggekommen und stand schon hinter Diego. Jacopo starrte sie verwundert an. «Eine Mohrin?» Niemand antwortete.

«Natürlich», sagte Diego, der unbestimmt in die gewiesene Richtung blickte. «Die Klüvergei.» Er wandte sich ab und machte sich auf den Rückweg in die Kajüte. An der Tür blieb er stehen und stieß den «Sack» mit der Fußspitze an. Das Mädchen sagte etwas, und er stieß abermals zu. Ein Stöhnen ertönte. «Wir werden ihn morgen wecken», sagte er.

Der Mond war nach Backbord gewandert und neigte sich dem Horizont zu. Jacopo verließ sie ohne ein weiteres Wort und ließ sich langsam durch die Falltür im Lukdeckel hinab.

«Der will uns doch nicht etwa umbringen, oder?» fragte Bernardo.

«Nein», antwortete Salvestro. «Obwohl das auch nichts ändern würde.»

Er dachte an die reich gewandeten Männer und Frauen, die dicht gedrängt auf den Bänken der Tribüne gesessen hatten. Die Reihen der Gesichter hatten eine Pyramide gebildet, an deren Spitze der Papst saß. Er sah jetzt ganz anders aus als der Mann, der zu Pferde vor den Toren von Prato auf und ab geritten war. Dicker vielleicht, aber womöglich waren das auch die Gewänder. Er und Bernardo hatten, wie befohlen, ein wenig steif gewinkt, bis die Menge auf der Pier zu einer homogenen Masse nicht voneinander zu unterscheidender Körper verschmolz und die Männer und Frauen unter der Markise der Tribüne zu winzigen Marionetten schrumpften, die an den Fäden des Puppenspielers über ihnen tanzten und zappelten. Die Küste wurde zu einem grauverwaschenen Strich, und dann waren sie hier, schwammen mitten im unermeßlichen Ozean.

«Ich glaube», sagte Bernardo, «ich muß wieder ...»

Salvestro blickte auf das schwarze Wasser hinaus, auf dem das Schiff gemächlich dahintrieb. Die *Lucia* knarrte leise, und die Wellen murmelten miteinander. Bernardos Magen leerte sich in einem gelben Klumpen, gefolgt von zwei kleineren, die sich auf der Wasserfläche verteilten, zwei gelbe Schlieren, die länger wurden, sich dehnten und schließlich zerrissen. Er gähnte. Bernardo spie. Die Sterne oben schimmerten gleichgültig. Die Luft unter ih-nen war so gut wie still, und das Schiff segelte mehr oder weniger weiter.

Kapitän Alfredo …

«Kapitän Alfredo di Ragusa! Wacht auf, Ihr Trunkenbold!»

Fast eine ganze Stunde lang hatte er jetzt auf ihn eingeschrien, so schien es ihm jedenfalls. Diego spürte, wie er allmählich heiser wurde. Erste vorsichtige Stöße waren zu energischen Tritten in die Rippen geworden, bevor ein Arm erschien und in der unmittelbaren Umgebung des Decks herumtastete. Ein kräftiger Hagel von Schlägen bewirkte, daß der Kopf flüchtig auftauchte, obwohl sich keines der Augen öffnete. Dann war der Kopf schon wieder verschwunden. Der Arm wurde zurückgezogen. Und der Rest sah immer noch aus wie ein Sack.

Diego verdoppelte seine Bemühungen, worauf sich ein Bein sehen ließ, das sich zögernd seitlich herausschob, als suche der Fuß nach festem Grund, damit er Halt finden und das längere, aber schüchternere Glied folgen konnte. Ein zweiter Fuß folgte seinem Kundschafterzwilling und kam neben ihm zur Ruhe. Der Sack, der Kapitän Alfredo war, hielt inne, um seine Kräfte zu sammeln. Dann kam, tastend, sich nur zögernd dem tyrrhenischen Licht aussetzend – als sei diese wolkig-diffuse Helle ein vulkanischer Ausbruch hautzerfetzenden Feuers –, dann also kam, sich dem Wachzustand mit der Vorsicht eines der Schläfer von Ephesus nähernd, um sogleich hastig über die mit Wasser vollgesogenen, moosigen Planken zu krabbeln – dann kam eine Hand. Die andere Hand folgte und fiel neben ihrer Kameradin mit einem fleischig-dumpfen Plumps auf den Boden. Dicke, behaarte Finger tasteten anfangs schwächlich, dann immer dringlicher umher.

«Ich glaube, er sucht was», sagte Salvestro. Die anderen Besatzungsmitglieder sahen aufmerksam zu.

«Flasche», keuchte der Haufen zu ihren Füßen, der, obzwar noch immer sackähnlich, als Reaktion auf diese unangenehmen Belebungsversuche jedoch immer Kapitän-Alfredo-ähnlicher wurde. Ein leichtes Stöhnen folgte, dann begann sich der Kopf wieder zu heben. Schütteres, graulockiges Haar teilte den Kopf des Kapitäns in Parzellen ledriger Haut, unterbrochen durch Büschel von Stahlwolle, unter denen die Haut braunfleckig und von geplatzten Äderchen durchzogen war. Die Röte vertiefte sich in der Umgebung der Nase – eines überdimensionalen, purpurroten Riechers, dessen Pickel vor langer Zeit ausgebrochen waren und einen Karnickelbau von Löchern rund um die Nüstern hinterlassen hatten, die wie mit Haaren dicht bewachsene Höhlen wirkten. Eine Anzahl von Zähnen war in seinem Mund begraben worden; ihre Grabsteine neigten sich in unterschiedlichen Winkeln einander zu. Nachdem er seine Klage hervorgestoßen hatte, blieb dieser Mund ganz einfach offen – entweder zur Inspektion oder in Erwartung der geforderten «Flasche». Als er merkte, daß sie nicht kam, öffnete er die Augen.

Kapitän Alfredos Augen wurden gehalten durch dicke Wülste aus rosigem Augenlidfleisch, Wülste, die sich in Falten und Runzeln legten, als sie sich hoben, um die Augen selbst freizugeben. Die Pupillen waren von jenem Blau, das im Grau der Gewitterwolken darauf wartet, daß die Sonne es erlöst und über einen wolkenlosen Himmel verteilt, einem verblüffenden Kobaltblau, in seinem Fall umgeben von einem ebenso verblüffenden Scharlachrot dort, wo das Weiß der Augäpfel schimmern sollte. Diese Augen spähten zu den Gesichtern empor, die auf sie herabblickten. Der Mund murmelte irgend etwas («Ah, die Schnecke ...»?), merkte, daß er noch offenstand, und schloß sich. Etwa eine Minute lang war nichts mehr zu hören oder zu sehen. Diego dachte an einen Eimer Wasser, aber bevor er seinen Gedanken ausführen konnte, begann irgendwo inmitten dieses menschlichen Haufens, der Kapitän Alfredo war, ganz langsam eine Eruption, eine Folge von Gebrummel, Geächz und Gestöhn, das Knirschen erodierter Sehnen und das Knarzen alter Knochen, als sich die steifen Muskeln beugten und streckten, schnapsverkleisterte Blutgefäße venöse und arterielle Flüssigkeit in schlafende Extremitäten pumpten und lebenswichtige Organe sich an ihre Funktionen zu erinnern suchten. Speicheldrüsen sonderten eine schleimige Paste ab, vor der die Zunge zurückzuckte, und Verdauungssäfte tröpfelten zu einem Präventivschlag gegen den erwarteten «Ersten Schluck des Tages» in einen leeren Magen. Ein Furz ließ seinen müden Trompetenton hören, und dann begann der Kampf gegen die Schwerkraft. Die Glieder begannen sich zu regen: ein Bein, ein zweites Bein, ein Arm, ein zweiter Arm ... Eine von Stöhnen erfüllte Minute später war Kapitän Alfredos Kopf oben und seine Füße unten. Technisch gesehen, stand er aufrecht.

«Ist der wirklich wach?» fragte Arturo ein paar Augenblicke später. Seine Kameraden sahen genauer hin.

Kapitän Alfredo stand aufrecht. Seine Augen waren offen. Er atmete. Aber er schien nichts wahrzunehmen, nicht jene, die ihn umstanden, und schon gar nicht das Schiff sowie das Meer, auf dem es dümpelte. Diego streckte die Hand aus und tippte ihm auf die Nase. Die Augen blinzelten, dann starrten sie genauso blind in die Gegend wie zuvor.

«Flasche», sagte Diego.

Der Blick wanderte und richtete sich auf ihn.

«Hier entlang», sagte er und zeigte auf die Kajüte.

Kapitän Alfredo folgte ihm.

Salvestro blieb draußen bei den Besatzungsmitgliedern, die mit den Füßen auf dem Deck scharrten, die Arme verschränkten und wieder lösten, sich räusperten und Gegenstände suchten, mit denen sie herumfummeln oder an die sie sich lehnen konnten. Eine Zeitlang schwiegen alle. Bernardo, der ein bißchen weiter vorn stand, beugte sich über die Reling und versuchte, sich zu übergeben. Jacopo hockte sich hin, den Arm in der Schlinge. Als seine verbundene Hand gegen seine Brust stieß, zuckte er hörbar zusammen, und Salvestro sah, wie der, den sie Enzo nannten, hämisch grinste. Aus der Kajüte drang eine Weile kein Geräusch. Die Tür blieb geschlossen, und die Männer draußen waren mit Faulenzen voll beschäftigt. Ruggero kam, in jeder Hand ein Stück Planke, von einem der unteren Decks nach oben, sah die Gruppe der Männer, die sich dort auf dem Hauptdeck versammelt hatte, und fragte, was hier vorgehe. Jacopo wies mit dem gesunden Daumen zur Hütte hinüber.

«Alfredo ist aufgewacht.»

Ruggero stapelte seine Planken sorgfältig unter dem Laufsteg und ging nach vorn, um den beschädigten Großmast zu inspizieren. Drei dicke Bohlen waren zur Verstärkung unmittelbar unterhalb des Bruchs am Stumpf befestigt worden, so daß es aussah, als sei der Mast wieder heil. Neugierig sah er sich nach dem immer noch würgenden Bernardo um. Die Männer auf dem Hauptdeck lungerten weiter. Plötzlich hörte man, wie in der Kajüte eine laute Stimme ungläubig brüllte: «Ein WAS?»

Und wenige Minuten später: «Von WO?»

Es war ein nachdenklicher Kapitän Alfredo, der in den folgenden Tagen auf den Decks umherwanderte. Sein Säufertorkeln entwickelte sich zu einem rollenden Seemannsgang, einem Allzweckschritt, den er erfunden und im Laufe der letzten drei Jahrzehnte perfektioniert hatte, damit er ihn auch auf den Decks senkrecht hielt, die bis zu sechzig Grad rollten, und der ihn jetzt auf der *Lucia* aufrecht hielt, während er sich mit der Mannschaft bekannt machte. Die Entdeckung, daß die «Fischer», die von seinem Maat und Navigator angeheuert worden waren, eher zur Angler- als zur Boot-und-Netz-Variante gehörten, machte ihn noch nachdenklicher. Dennoch teilte er sie in Wachen ein, beaufsichtigt von ihm oder Jacopo, dem die zusätzliche Aufgabe zufiel, ihnen sämtliche Griffe und Kniffe beizubringen, denn es gab keinen einzigen Mann unter ihnen, der eine Geer von einer Brasse unterscheiden konnte, geschweige denn ein Stag von einer Gei. Salvestro und Bernardo wurden zum Ausguck bestimmt und auf dem Vorderkastell postiert, bis das Krähennest direkt über ihnen auf dem Fockmast repariert werden konnte. Vorerst noch erinnerte es sie an seine Existenz, indem es ihnen in regelmäßigen Abständen Holzstücke auf den Kopf regnen ließ, und einmal, während Bernardos Wache, auch einen dicken Sandsteinblock, wiewohl sich herausstellte, daß diesen aus Versehen Jacopo hatte fallen lassen, dessen Warnruf «Vorsicht!» den Bruchteil einer Sekunde nach dem Stein selbst unmittelbar neben Bernardos Kopf eintraf, und einen weiteren Sekundenbruchteil später gefolgt von Jacopo selbst, der durch den Boden des verrotteten Mastkorbs gekracht war und sich mit Sicherheit die Beine gebrochen hätte, wäre er nicht von Bernardo aufgefangen worden. Kapitän Alfredo ergänzte seinen Seemannsgang durch ein gelegentliches Stampfen, und seine zusammengewürfelte Mannschaft begann allmählich den feinen Unterschied zwischen, sagen wir, den Webeleinen (die zum Hinaufklettern waren), den Geitauen (die zum Ziehen waren) und den Stampfstockgeien (von denen man die Finger lassen mußte, weil der Stampfstock schon vor Jahren abgebrochen war und das Bugspriet ihm zweifellos bald folgen würde). Unter seinen laut gebrüllten Anweisungen stiegen die Segel empor, und nachdem er mit gerunzelter Stirn und der Zungenspitze im Mundwinkel lange Stunden auf dem Achterdeck mit Seekarten, Kompaß, Querleiste und Deklinationstabellen verbracht hatte, wurde tatsächlich ein Kurs gesetzt. Sie sichteten Ustica, und einige Tage später die Insel La Galita, von wo aus die *Lucia* von einem heißen, staubigen Wind nach Nordwesten geschoben wurde. Ruggero lief mit einem angespitzten Nagel auf dem Schiff herum, den er in die verschiedenen Balken, Planken und Relings stieß, um anschließend mit einem Stück gelber Kreide rätselhafte Zeichen draufzumalen. Jedesmal, wenn er das tat, hievte er sich den Werkzeugsack höher auf die

Schulter, zog ein finsteres Gesicht und murmelte vor sich hin, bis sein Anblick so einschüchternd wurde, daß ihm selbst Kapitän Alfredo aus dem Weg ging. Zwanzig Seemeilen südlich von Cartagena brachen zwei Stags mit unheimlicher Gleichzeitigkeit und ließen die Besan-Lateinrah mit voller Wucht, samt Jacopo, aufs Deck stürzen. Bernardo, der zufällig genau darunterstand, sprang geschickt zur Seite, fischte den Maat aus dem Gewirr der Leinen und Segel heraus, und Jacopo humpelte mit leicht verstauchtem Knöchel davon. Bernardo setzte seinen Weg zur Achterdecksreling fort, wo er gebührlich das Frühstück dieses Morgens entsorgte: gepökelte Anchovis und Zwieback. Ähnliche Entsorgungen fanden statt vor Cabo de Gata, Punta de las Entinas, Cabo Sacratif, dem Torre del Mar, Punta del Cala Moral und vielen anderen Punkten dazwischen. Große gelbe Pfützen trieben im Kielwasser der *Lucia* dahin, erwiesen sich in diesen ruhigen Gewässern als äußerst kohäsiv, ließen sich vom Wind davontreiben und blieben auf mindestens zwei Achtelmeilen sichtbar, bis sie von kleinen Fischen gefressen wurden, die anschließend eingingen. Diego wurde nicht mehr oft an Deck gesehen, das junge Mädchen überhaupt nicht. Als Salvestro den Felsen von Gibraltar sichtete – ein Stück weiter vorn («voraus», korrigierte er sich) und weit nach rechts («Steuerbord»), waren sie seit zwölf Tagen auf See, und die *Lucia* war, wie ihre Besatzung nicht übersehen konnte, vom Bug bis zum Heck mit kleinen gelben Hieroglyphen bedeckt. Ruggero hatte seine Inspektion beendet.

«Bevor wir anfangen, möchte ich Euch die Markierungen erklären», sagte er zu Kapitän Alfredo. Sie hockten im Bug, die Beine zwischen den dort aufgehäuften Tauen und Trossen verrenkt. Ruggero hielt eine Öllampe an die massiven Kompaßbalken empor, die sich in Taillenhöhe um sie herumbogen und auf die ein Punkt mit einem Kreis herum gemalt worden war. «Dies hier, was aussieht wie ein Mann, der in einen Strudel gezogen wird, das bedeutet Holzwurm», sagte er. «Gut», sagte Kapitän Alfredo. Ruggero wühlte zwischen den verhedderten Windungen der Taue, die seine Füße behinderten, und zeigte dort hinunter, wo die Bugbalken unter dem Bugband hindurchführten. Hier war das Symbol ein schlichtes Kreuz. «Dies hier, was aussieht wie ein Mann, der mit dem Gesicht nach unten im Meer treibt, nachdem sein Schiff in einem Unwetter zu Bruch gegangen ist, bedeutet Fäule. Und dies hier» – er wühlte noch tiefer, bis er ein unregelmäßiges Oval freigelegt hatte –, «was aussieht wie der aufgerissene Mund eines Mannes, der schreit, weil die Wogen ihn unter sich begraben, dies bedeutet, daß ich die Ursache nicht kenne, daß aber das betreffende Holz die Spannkraft eines nassen Schnürsenkels besitzt und die Konsistenz von fettem Schweinefleisch. Also, wollen wir anfangen?»

Es gab noch mehr Symbole, eines für die Eisenkrankheit, ein anderes für Schimmel, ein weiteres für üppig wuchernde Pilze, die im Laderaum gediehen, und eins – ein Kreis, durch den ein Strich ging, laut Ruggero ein Mann, der sich die Kehle durchschneidet – für handwerkliche Pfuscherei. Letzteres war ein Ausdruck, den Kapitän Alfredo immer ärgerlicher fand, je weiter er mit Ruggero durch das untere Deck wanderte – an den Hängematten vorbei, in denen Enzo, Arturo und Piero schliefen, zwischen den Fässern und Tonnen hindurch, die zu beiden Seiten des Ruderraums festgezurrt waren –, während der Zimmermann immer wieder seine Lampe hob, um auf Lücken in den Planken der Bordleisten hinzuweisen, oder auf eine Stelle, wo sich die Leiste am Vordersteven gelöst hatte. Der zugespitzte Nagel wurde hervorgeholt und bis zu vier, fünf Zoll tief ins Holz versenkt, aus dem, nachdem er wieder herausgezogen worden war, eine unidentifizierbare schwarze Flüssigkeit sickerte. Im Laderaum stand es nicht besser; dort schwammen weitere Fässer, verrottende Tampen, die Trümmer zahlloser versteckter Bruchschäden sowie ein kleines Ruderboot in einer einen Fuß tiefen stinkenden Brühe herum. Mit seinem Hammer klopfte Ruggero an Balken und Planken, bis der ganze Bootskörper von dumpfen Schlägen und Stößen widerhallte. Er kniete sogar in diesem suppigen Morast nieder und suchte mit seinem Hammer umher, bis ein deutliches *Bing!* ertönte.

«Ha!» sagte Kapitän Alfredo. Ruggero zog anklagend eine Braue hoch, dann schlug er abermals gegen das unter Wasser verborgene Objekt. «Vermutlich wollt Ihr wissen, was das ist», begann der Kapitän.

«Ich weiß, was es ist», gab Ruggero zurück. «Es ist der Anker. Was ich wissen will, ist, was der hier unten zu suchen hat! Und noch etwas: Wie kommt es, daß kein einziges Stück Holz an diesem Schiff in den letzten zwanzig Jahren einen Teerquast zu sehen gekriegt hat? Und noch etwas: Wie kommt es, daß dieser wurmstichige, faulende, verschimmelte Fißpott überhaupt noch schwimmt? Das hier» – er zeigte auf die widerlich stinkende Brühe, die ihnen um die Beine schwappte – «muß entfernt werden. Die Pumpe muß repariert werden, ebenso der Fockmast. Die Rahnocks hab ich mir noch nicht mal angesehen, aber wenn man nach dem Rest dieses ‹Schiffes› gehen will ...» Hier hielt er inne, weil ihn sein Zorn vorübergehend so übermannte, daß er ihn nicht mehr unterdrücken konnte. Kapitän Alfredo nutzte die Gelegenheit, um sich noch einmal das Ruderboot anzusehen, das er seiner Erinnerung nach noch nie zu Gesicht bekommen hatte. «Es ist das Holz», faßte Ruggero mit erstickter Stimme zusammen; dann verstummte er, als fühle er sich durch die Mißhandlung seines geliebten Materials, die überall so deutlich zutage trat, so tief gekränkt, daß er nur noch dem eigenen, sprachlosen Entsetzen Ausdruck zu verleihen vermochte.

«Nun ja», gab der Kapitän zurück, «das ist es üblicherweise, bei Schiffen.»

«Rechnet noch einen Käfig hinzu, Zimmermann», ertönte hinter ihnen eine Stimme. Als sie sich umdrehten, sahen sie Don Diego, der sich an die Leiter klammerte. Er wandte sich an Kapitän Alfredo. «Wir fahren in die Meerenge ein.» Er hielt inne; dann setzte er, als falle es ihm eben erst ein, noch hinzu: «Und Jacopo ist über Bord gegangen.» Dann verschwand er wieder an Deck.

Bruno und Bernardo zerrten ihn am Ende eines Taus nach oben, als Kapitän Alfredo wieder an Deck erschien.

«Ich hab ganz einfach nur dagestanden, wißt Ihr, und gewartet», versuchte Bernardo zu erklären, während er den Maat aus dem Wasser zog. «Dann hab ich mich vorgebeugt, na ja, weil mir so schlecht war, das war das Problem», fuhr er fort, packte den triefnassen Mann unter den Armen und schwang ihn über die Reling herein, «und Jacopo hier» – während er ihn aufs Deck legte – «schien so über meinen Kopf wegzuspringen ...»

«Keine Ahnung, was über mich gekommen ist», keuchte der Maat. «Jetzt eben noch hier, und gleich danach» – er machte eine Armbewegung – «da unten. Im Teich.»

«Wir haben jetzt keine Zeit, uns den Kopf darüber zu zerbrechen», entschied Kapitän Alfredo und warf einen besorgten Blick zur Leeküste hinüber, die zwar noch gute zwei Seemeilen entfernt an Steuerbord lag, ihnen aber schneller entgegenkam, als ihm lieb war. Es gab da Ostwinde, wenn er sich recht erinnerte, Levanteras genannt, die von Zeit zu Zeit hier durchbliesen, und nach Tarifa ein paar Untiefen, aber wenn man sich leewärts von letzteren hielt, so lautete die überkommene Weisheit, ging man ersteren aus dem Weg. «Wir werden gleich ein bißchen mehr Tuch geben, aber zunächst brauche ich vor allem einen Mann oben, der für uns das Senkblei schwenkt.» Er ließ den Blick über die an Deck versammelte Mannschaft wandern und zeigte dann auf den Letzten.

«Wer bist du?»

«Salvestro», sagte Salvestro.

«Du machst das.»

Das Senkblei war eine große, verrostete Klampe am Ende einer Leine, an der die Fadenlängen von oben bis unten durch Bindfadenstücke markiert waren. Es klatschte ins Wasser, und Salvestro gab langsam acht Faden Leine weg, spürte, wie sich der Sog des Wassers verstärkte, wie sich die Leine wölbte, als das schwere Blei unter den Kiel driftete. «Klar!» rief er, und zog es herauf. Dreißig Fuß über seinem Kopf rülpste das Krähennest eine Wolke von wurmigem Sägemehl aus und ließ ein Stück Planke aufs Deck fallen. Wieder warf er das Senkblei. Die Küste war ein waberndes Sandband, besetzt mit zottig wirkenden Bäumen. Er warf einen Blick nach achtern. Bernardo half Enzo und Luca das Besan-Lateinsegel setzen. Als der Wind das große Stück Tuch packte, beeilten sie sich, die Geien festzumachen, und die *Lucia* schien ganz langsam nach Backbord zu gleiten. Sie entfernten sich von der Küste; hier wurde das Wasser kabbeliger, warf das Schiff hin und her. Wenn er jetzt sprang und landwärts schwamm, würde er binnen einer Stunde aufrecht auf festem Boden stehen. Es muß jetzt sein, sagte er sich. Er hatte gedacht, sie würden Tunis anlaufen, oder sogar schon Neapel. Oder die Reede von Marseille, und wenn nicht dort, dann ganz bestimmt Cartagena ... Er hatte sich in all diesen Möglichkeiten getäuscht, und jetzt waren sie in der Meerenge, die sie von einem Meer in einen Ozean führen würde, deswegen mußte es jetzt sein, ohne Zögern, ohne groß zu überlegen.

«Klar!» rief er und warf das Blei abermals aus. Die Küste wich schneller zurück, als er gedacht hatte. Das Lot zerrte leicht an seinem Arm, zog ihn bis ins Wasser hinab, er brauchte es nur zuzulassen ... Er starrte auf die chaotischen Wellentäler und -berge hinab. Jetzt? Er holte die Leine ein, wandte den Kopf ab, spie aus. Er wußte, daß er nicht springen würde.

«Was nun?» rief Bernardo zum Achterdeck hinauf, wo sich Don Diego zu Kapitän Alfredo gesellt hatte. Der Kapitän deutete hoch in die Segel, dann hinab aufs Wasser. Diego nickte. Salvestro merkte, daß das Schiff sich ganz langsam zur Seite drehte. Die beiden Männer diskutierten hastig; dann brüllte Alfredo zu dem Mann an der Ruderpinne hinab: «Hart Backbord! So hart, wie du kannst!»

Das Schiff stoppte; dann drehte es sich weiter.

«Verdammt!» fluchte der Kapitän. Enzo, Luca und Bernardo blickten zu ihm empor, während er nachdachte.

«Nach vorn, Männer!» schrie er, dann sprang er vom Achterdeck und rannte den Laufsteg entlang. Die drei Männer folgten ihm zum Vorderkastell. «Wir brauchen da oben mehr Tuch», sagte er und zeigte auf den Fockmast. «Wir müssen ihre Nase rumkriegen, sonst sitzen wir gleich an der Küste da drüben fest.» Das Heck des Schiffs zeigte direkt zur Küste, auf die sie rückwärts zudrifteten. Luca sprang in die Webeleinen, gefolgt von Bernardo, aber keiner befand sich auch nur in Reichweite des Großsegels, als der Mast selbst zu schwanken begann. Ein Stag brach auf der Backbordseite, die auf der Steuerbordseite hingen durch, und dann krachte der Rest des Mastkorbs in einer Wolke aus Sägemehl und Splittern aufs Deck. Alle erstarrten.

«Kommt langsam runter, Männer», sagte Kapitän Alfredo. Als Bernardo zurück aufs Deck sprang, erzitterte der Mast abermals. Angestrengt spähte der Kapitän zum Segel empor und anschließend ins Wasser hinab. «Irgendein Wirbel», murmelte er vor sich hin. «Aber viel Wind. Wenn wir ihn packen ...» Sein Blick wanderte hin und her, seine Stirn in Falten. Abgesehen von Piero an der Ruderpinne befanden sich alle an Deck, sogar das Mädchen, das der näher kommenden Küste in traurigem Schweigen entgegensah. Salvestro hob und senkte das Blei und warf alle paar Sekunden einen Blick über die Schulter zurück. Die See ging rauher, kurz vor der Küste, das sah er jetzt. Es gab niedrige Klippen und darunter Felsen. An denen sich die See schäumend brach. Er wäre dort ertrunken.

«Das Boot!» rief Alfredo plötzlich. «Arturo, Bruno, im Laderaum ...»

Es dauerte ein paar Minuten, bis sie Bernardo überredet, und weitere, bis sie das Boot über die Reling gehievt hatten, denn es schien fest entschlossen, bei jedem Kontakt mit dem Meerwasser sofort umzuschlagen. Es gab eine kurze Diskussion über die richtige Länge und Stärke der Leine, und eine fast panisch-hektische Suche nach irgendeinem Punkt vor dem Fockmast, der fest genug war, um den Zug auszuhalten, schließlich aber befand sich alles an seinem Platz: Piero an der Ruderpinne, Diego und Usse auf dem Achterdeck, ein mit Sägemehl bedeckter Salvestro auf Lotstation, ein grimmig dreinblickender Alfredo auf dem Vorderkastell und ein tropfnasser Jacopo neben ihm. Ruggero schlug einen letzten Nagel in das stabilste

Ohrholz, und Enzo, Arturo, Roberto, Bruno und Luca beugten sich für den Fall, daß der Nagel nicht hielt, über das Tau. Dann begann Bernardo zu rudern.

Er ruderte nach Backbord, das Schiff folgte. Dann ruderte er vorwärts, als schleppe er das Schiff hinter sich her. Das Heck des kleinen Bootes senkte sich bis auf einen Zoll über dem Wasser ab, und die Leine, die es mit dem Bug der *Lucia* verband, stieg ganz aus dem Wasser, während Bernardo die Riemen mit solcher Kraft schwang, daß es schien, als müßten sie zerbrechen. Gleich darauf blähte der Wind die Segel der *Lucia*, das Ruder stemmte sich gegen die seltsame Strömung, und das Schiff begann Fahrt aufzunehmen. Bernardo ruderte einfach weiter, hielt einen Abstand von mehr als fünfzig Fuß zwischen seinem Boot und dem ramponierten Zweieinhalbmaster, und als Alfredo mitsamt der Mannschaft in laute Hochrufe auf ihren ochsenstarken Retter ausbrach und ihm zurief, er solle wieder an Bord kommen, schrie der Riese lediglich zurück: «Nein!» und ruderte weiter. Er ruderte diagonal, er ruderte im Zickzack, und dann mehrmals in einem unregelmäßigen Kreis. Die Leine zockelte hinter ihm her, und die Mannschaft jubelte abermals, keiner von ihnen lauter als Salvestro, der zudem dröhnend lachte. Die Säulen des Herkules krochen vorbei, das letzte Kap glitt nach achtern, und dann lag der weite Ozean vor ihnen. Bernardo stand jetzt aufrecht im Boot, die Riemen fast senkrecht haltend, und ließ glitzernde Tropfen vom Wasser aufspritzen. Das Ruderboot tanzte und wirbelte in der schwereren Dünung und flitzte vor dem größeren Schiff einher, als sei letzteres ein törichtes Raubtier, das ins offene Wasser gelockt werden müsse. Schwerfällig folgte die *Lucia* dem kleineren Boot; ihr Tuch hing herab wie ein halb gefüllter Weinschlauch, ihre Masten und Rahen ächzten und stöhnten, ihre Stützen und Streben, ihre Pfosten, Pfähle und Planken scheuerten naß quietschend gegeneinander: ein schwammiges, wurmzerfressenes, meuterisches, tierloses Schiff.

Salvestro holte das Senkblei ein und schoß die Leine auf. Bernardo befand sich an Steuerbord, hielt sich auf Bughöhe und ließ kein Anzeichen von Müdigkeit erkennen. Zwei bis drei Seemeilen trennten sie von der Küste. Afrika, wie Salvestro feststellte. Hinter ihm rief jemand den anderen zu, sie sollten sich ihr Essen holen, und fast im selben Moment kam von vorn ein leichtes Klatschen. Er warf einen neugierigen Blick über die Reling. Das Bugspriet trieb vorüber.

Jacopo mußte hüpfen, um seinen Knöchel nicht zu belasten, dabei flog ihm das fettige Haar in die Stirn. Sechs zweifelnde Mienen waren ihm zugewandt. Die verletzte Hand lag in einer Schlinge. «Heute nacht», sagte er. «Und keine weiteren Fehlschläge.»

Piero nickte, außer ihm jedoch keiner. Da waren sie wieder, verschworen wie Pech und Schwefel, im Ruderraum. Seine Fehlschläge hatten nach und nach seine stahlharten Aura und den Titel abgenagt, den sie ihm verliehen hatten. Jacopo, die Hand des Todes ... Jetzt hieß es, Jacopo, der Oberclown, der tropfnasse Affe, der Wasser aufs Deck spie und laut jammerte: «... was über mich gekommen ist ...» Sie fürchteten ihn nicht, aber sie fürchteten sein Versagen, denn das würde bewirken, daß sie ihre gaffenden Gesichter einander zuwenden mußten, allesamt nervös und bleich, heute abend, zusammengepfercht wie Vieh und voll Unbehagen von einem Fuß auf den anderen tretend. Ohnehin schon skeptisch, würden sie hohnlachen, wenn er abermals versagte. Sie wollten wissen, wie. Er sagte es ihnen. Wieder nickten sie. Wieder scharrten sie mit den Füßen. Der modrige Bootsgeruch, der in allen Winkeln des Schiffes hing, vermischte sich mit dem öligen Lampenqualm und ihren ungewaschenen Körpern. Hier unten konnten sie einander riechen. Statt Ratten hatte die *Lucia* sie.

«Bernardo zuerst», sagte Jacopo und schlug mit der Hand auf die Ruderpinne. «Dann die anderen, Hack, hack, hack.»

«He, Salvestro! Guck mal!»

Bernardo stand – weit zurückgelehnt, um den Bug aus dem Wasser steigen zu lassen – aufrecht im Boot und wartete darauf, daß das nächste überdimensionale Wellental seinen entsprechenden Wellenberg lieferte. Er spannte die Armmuskeln, dann grub er die Riemen tief ins Wasser, zog kraftvoll einmal, zweimal, dreimal durch, und das kleine Boot stieg auf einer Rampe aus Meerwasser himmelwärts, löste sich sekundenlang sogar ganz von der Wasserfläche, bevor es mit kräftigem Klatschen in einer Gischtwolke aufs Wasser zurückschlug. Grinsend, triumphierend winkte Bernardo zum Schiff hinauf. Salvestro winkte zurück.

Später am Nachmittag befahl Kapitän Alfredo Salvestro, die Leine vom Ohrholz zu lösen und sie zum Heck herumzuziehen, wo sie an der Heckreling festgemacht wurde, damit Bernardo aufhörte, das Schiff mit seinen Possen vom Kurs abzubringen. Ganz allmählich entfernte es sich von der Küste, inzwischen nur wenig mehr als ein rauchblauer Streifen weit weg an Steuerbord, der immer kleiner und dünner wurde. Auf seine neue Position gebracht, amüsierte sich Bernardo, indem er über das Kielwasser der *Lucia* hinwegschoß, um dann plötzlich, als er einmal mitten im Flug mit einem Riemen ins Wasser stach, festzustellen, daß er mit dem Boot eine Pirouette hinlegen konnte. Bis er dieses Manöver vervollkommnet hatte, dauerte es mehrere Stunden, unterbrochen nur von Essenspausen. Die wilden Bewegungen des kleineren Kahns beruhigten seinen Magen, während das sanfte Gieren und Stampfen des großen ihn gereizt hatten, und sein Appetit war in voller Stärke zurückgekehrt. Stockfisch und gepökeltes Schweinefleisch waren im Handumdrehen verschlungen, gefolgt von köstlichen Hafermehlfladen, die Arturo in der heißen Asche der Feuerbüchse buk. Nachdem Bernardo ein rundes Dutzend dieser aschenen Fladen verschlungen hatte, fing er wieder an zu rudern.

«Wunderbar, an einem Tag wie diesem auf dem Wasser zu sein», sagte Kapitän Alfredo. Der Blick seiner rotgeränderten Augen wanderte über die Männer, die oben arbeiteten, und dann zum Heck, wo Bernardo jubelnd herumtobte. «Dieser Bursche kann mit den Riemen umgehen», sagte er staunend. «Nicht mal einen Hering hat er im Bauch behalten können, seit wir ausgelaufen sind, und jetzt seht ihn euch an.» Prüfend tippte er mit dem Fuß aufs Deck. «Mag ja sein, daß sie keine gute Basis hat, ich meine, im konventionellen Sinn, aber sie ist immer noch ein gutes Schiff, unsere *Lucia*, nicht wahr?»

Salvestro stimmte ihm zu. Die Küste war hinter den Horizont gesunken, und die untergehende Sonne war eine dünne rote Scheibe, die tief ins rosenrote Meer hineinglitt. Bis zum Land waren es zwanzig Meilen. Vielleicht mehr. Er hörte, wie die Kajütentür geöffnet wurde und Don Diego ein kleines Stück auf den Laufsteg hinaustrat, der das Achterdeck mit dem Vorderkastell verband. Er spähte über die Reling, dann in den dunkelnden Himmel hinein. Als er sich umwandte und die beiden dort stehen sah, glitt sein Blick über sie hinweg, als seien Kapitän Alfredo und er selbst nichts weiter als Teil des Durcheinanders auf dem Deck. Seit dem ersten Abend ihrer Reise hatte er kaum ein Wort mit irgend jemandem an Bord gewechselt, höchstens mit Kapitän Alfredo, und es vorgezogen, in der Kajüte bei dem jungen Mädchen zu bleiben, das sich sogar noch seltener zeigte. Salvestro erkannte, daß der Soldat, befreit von dem vergangenen Unrecht, mit dem er immer wieder belastet worden war, unbestimmt und geistesabwesend wurde, ein halber Mann, wirklich angeregt nur durch den Zorn, der seine Miene verfinsterte und das Blut durch seine Halsvenen pulsieren ließ, sobald der Medici erwähnt wurde. Falls der Papst friedlich im Bett sterben sollte, sann Salvestro vor sich hin, würde Diego auf der anderen Seite der Erde in eine Starre fallen, die vom Tod nicht zu unterscheiden wäre. Ohne seinen Zorn und dessen Objekt vermochte er nur so zu sein, wie er jetzt war: geistesabwesend und träge, blicklos aufs Wasser starrend, als hätte er früher einmal etwas darin verloren und könne sich nun nicht mehr losreißen. Er blieb noch einige Minuten dort stehen, dann ließ er den beiden Männern ein flüchtiges Nicken zuteil werden und verschwand wieder in der Kajüte.

Als die Sonne unter den Horizont sank, hatte Kapitän Alfredo die Männer die Segel bergen lassen. Jacopo beaufsichtigte sie dabei. Die Nacht brach schnell herein, und so war es fast dunkel, bevor das Tuch aufgegeit war und sie erschöpft unter Deck gingen. Ein dicker Vollmond hing am Himmel, dessen mattes Licht, wenn er hinter die Wolken geriet, immer wieder minutenlang verschwand. Salvestro war allein an Deck; vom Heck aus blickte er auf das Ruderboot hinab, das am Ende der an der Heckreling festgemachten Leine schaukelte und wippte. Bernardo schlief darin. Rasch und verstohlen sah er sich um, dann ergriff er das Seil und begann es einzuholen. Als das Boot fast gegen das Heck der *Lucia* stieß, regte sich Bernardo und erwachte.

«Was machst du ...?»

«Psst!»

«Aber ...»

«Halt's Maul!»

Salvestro stieg über die Reling und begann zum Boot hinunterzuklettern. Er benutzte die Spantenenden und größeren Balken als Stufen, tastete vorsichtig nach ihnen, während er sich über das steile Heck hinab einen Weg nach unten suchte. Hinter den geschlossenen Fenstern der Hüttenkajüte hörte man eine eintönige Männerstimme. Diegos. Darunter schimmerte ein schwacher Lichtschein am Ende der Ruderpinne. Als er hineinspähte, entdeckte er Jacopo und die anderen dicht gedrängt im Ruderraum. Dann griff Bernardo zu seinen Riemen und manövrierte den tanzenden Kahn unmittelbar unter ihn. Suchend tastete er mit dem Fuß nach den Bodenbrettern des Bootes, das, je näher er ihm kam, immer heftiger zu bocken schien.

«Spring!» flüsterte Bernardo.

«Ich spring ja schon», antwortete er zischend.

Er fiel auf Bernardo, der seinerseits nach hinten fiel, so daß die

Riemen in der Stille der Nacht laut polterten. Das kleine Boot trieb zurück, von der *Lucia* fort, bis das Gewicht der Leine es zum Halten brachte. Besorgt wandte sich Salvestro um, aber niemand tauchte auf, und es gab kein Geräusch außer dem Klatschen des Wassers gegen das Boot, dem Knarren der Masten der *Lucia* und seinem eigenen Atem.

«Ich gehe nicht wieder an Bord zurück», sagte Bernardo. «Seit wir ausgelaufen sind, ist mir schlecht gewesen, und ich gehe nicht zurück, also bevor du anfängst, es mir zu befehlen, sage ich's dir ein für allemal: Ich gehe nicht wieder an Bord, und damit basta.»

«Aber jetzt ist dir doch nicht schlecht, oder?»

«Darum geht's nicht. Wenn ich da oben wäre» – Bernardo zeigte auf die *Lucia* –, «müßte ich in spätestens einer Minute wieder kotzen, genau wie zuvor. Genau dasselbe. Du weißt ja nicht, wie das ist, wenn einem immer nur schlecht ist. Wenn du aufwachst, ist dir schlecht. Wenn du aufstehst, schlecht. Essen, schlecht. Trinken, wieder schlecht. Leg dich hin, schlecht, so daß du nicht schlafen kannst, immer noch schlecht ...»

«Bernardo ...»

«... und sogar in deinen Träumen träumst du davon, daß dir schlecht ist, solange du nicht von Hunden träumst, und wenn du von Hunden träumst, ist den Hunden auch schlecht ...»

«Bernardo, wenn du nur einmal ...»

«... und sie kotzen auf dich, nämlich wenn du aufwachst, hast du das Zeug überall an dir. Die Kotze. Du kannst sogar kotzen, wenn du schläfst, also glaub ja nicht auch nur für eine Sekunde, daß ich an Bord zurückkehre, damit mir wieder schlecht werden kann ...»

«Bernardo, halt's Maul! Keiner von uns beiden ...»

«... das mach ich nämlich nicht. Du warst das doch, der dafür gesorgt hat, daß wir einen ganzen Winter in diesem Fischschuppen verbringen, und du hast dafür gesorgt, daß wir nach Rom gehen, und so hat alles angefangen ...»

«Bernardo! Keiner von uns geht wieder an Bord zurück.»

«... und deshalb ist es deine Schuld ... *Was?*»

Es gibt Meere wie dieses, eine lockere Wassermasse, deren Oberfläche einer Membrane aus klarem Harz gleicht, die unter der Tonnage der Schiffe, die auf ihr dahingleiten, einsinkt und sich streckt, die absackt, sich kräuselt, unter ganzen Decken aus Gischt trügerische Wellentäler öffnet. Dicke Flocken lösen sich und fliegen hoch mit dem Wind davon; Stränge dieses Tuchs lösen sich auf oder zerreißen. Feste

Blasen schwellen an, platzen, werden zur Mündung tiefer Gruben, zu langen, wäßrigen Kehlen, die auf den Grund des Ozeans führen. Die Oberfläche wirft Blasen und blättert ab wie Lack in einem Kohlebecken. Das Wasser darunter ist flüssig und geschmolzen: plötzlich lautlos. Seine grenzenlose Masse trägt nichts, weder Schiffe noch die Menschen, die sie segeln. *Dieses Meer war einmal* ... Es war nicht dieses Meer. Die *Lucia* zog einen nahezu stillen Teich aus Kielwasser hinter sich her, darin ein Ruderboot, darin die beiden unwissenden Männer, die auf ihren Ruderbänken hockten und diskutierten.

«Ich sagte», erklärte Salvestro, «daß keiner von uns mehr an Bord zurückkehrt. Wir werden zur Küste hinüberfahren, und dann an der Küste entlang, Stückchen um Stückchen aufwärts. Wir können nicht mehr als fünfzig Meilen von einem freundlichen Hafen entfernt sein. Wir fahren in Etappen. Und jetzt hilf mir mit diesem Strick ...»

«Nach Hause rudern? Du willst, daß *ich* die ganze Strecke ...»

«Du hast den ganzen Nachmittag gerudert», entgegnete Salvestro. «Da hast du dich auch nicht beschwert.»

«Aber was ist mit den anderen? Was ist mit Diego? Was ist mit dem Tier?» Bernardos Stimme hob sich entrüstet.

«Diego? Hast du ihm nicht zugehört? Glaubst du, der Papst sitzt ruhig da, während wir in die ganze Welt hinausposaunen, daß er nichts Besseres ist als ein Mörder von Frauen und Kindern und der tapfere Oberst Diego so unschuldig wie der Tag lang?»

Bernardo hatte mit dieser neuen Konstruktion der Ereignisse zu kämpfen. Er versuchte immer noch, der alten Konstruktion so etwas wie einen Sinn zu geben. Da war die Kapitulation, die keine Kapitulation war, dann die Frage, wessen Schuld es war, und dann die Männer, die nicht Diegos Männer waren. Er selbst, Salvestro und Groot. Jetzt kam auch noch das Tier hinzu, das in alles verwickelt und die Lösung der meisten dieser Probleme und Mißverständnisse sein sollte. Außerdem gab es da irgendwas über «Fernandos Ohr», und daß man es gewinnen müsse.

«Aber wenn wir dieses Tier haben ...», begann er.

«Das Tier?» fiel Salvestro ihm ins Wort. «Du meinst, dieses Tier mit dem Panzer statt einer Haut, das Tier, das sich nur von Jungfrauen hervorlocken läßt, das Tier mit dem großen Horn, das es wie ein Schwert benutzt, um seinen Feinden den Bauch aufzuschlitzen?» Ungläubig starrte er seinen Begleiter an. «Ein solches Tier gibt es nicht, Bernardo. Und hat es auch nie gegeben, genausowenig wie etwa Drachen.»

«Aber Diego ...»

«Diego ist verrückt. Diese ganze Geschichte hat ihn verrückt gemacht, oder er war schon vorher verrückt, oder er ist verrückt geboren. Hier sind wir alle zusammen an Bord eines Schiffs, das der erste Sturm auf den Grund des Ozeans schicken wird, und segeln an einer Küste voller Wilder entlang, die uns vermutlich den Hals durchschneiden; und wir wollen nach einem Tier suchen, das es nicht gibt, um es dem einzigen Mann auf der Welt zu bringen, der sich mehr als jeder andere wünscht, wir wären tot.»

«Wenn das alles stimmt, warum ist er dann hier?» protestierte Bernardo. «Wieso bist du so viel klüger als alle anderen, Salvestro? Wenn es das Tier nicht gibt, warum ist er dann ...»

«Das ganze Unternehmen ist hirnrissig», zischte Salvestro, der einen prüfenden Blick zum Deck der *Lucia* warf, weil er glaubte, dort etwas gehört zu haben. «Und Diego weiß das genausogut wie alle anderen. Jetzt hilf mir endlich, diesen Strick aufzuknoten!»

Bernardo rührte sich nicht. «Aber warum macht er das? Warum ist er überhaupt hier?» fragte er mit einem trotzigen Ton in der Stimme, in dem Salvestro das Vorspiel zum zögernden Einlenken des Riesen erkannte.

Salvestro beugte sich über die Leine und versuchte mit den Fingern eine erste Bucht des hartnäckigen und komplizierten Knotens zu lösen. «Weil er nicht weiß, wo er sonst hin soll», sagte er leise. Und dann, ein wenig lauter: «Wirst du mir jetzt mit diesem Knoten helfen oder nicht?»

«Hol sie doch einfach ein.»

Als Salvestro aufblickte, sah er, daß die *Lucia* sich über hundert Fuß weit von ihnen entfernt hatte. Die Leine versank im Wasser. Er rieb sich die Arme, die noch vom Lotauswerfen des Nachmittags schmerzten, dann holte er die Leine Hand über Hand ein, bis er den Tampen in der Hand hielt und im trügerischen Mondlicht sah, daß sie nicht gelöst, sondern durchschnitten worden war. Das Heck der *Lucia* verschwand wie eine schwarze Wand, die in der Nacht versinkt. Bernardo griff zu den Riemen. Salvestro ließ den Tampen auf die Bodenbretter fallen. Sie waren allein.

Also ruderten sie weiter. Salvestro wies Bernardo an, das Boot nach Steuerbord zu rudern, und Bernardo, der kräftig pullte, fiel bald in einen Rhythmus und keuchte *eins, zwei, eins, zwei* vor sich hin ... Die Nacht hüllte sie in Dunkelheit und ließ ihre Umgebung zu einem schmalen Wasserstreifen schrumpfen. Das Boot hielt diesen kleinen

Fleck Ozean besetzt, wo es auf und nieder schaukelte und von einer Seite zur anderen schwankte. Als die Dünung, wie es ein paar Stunden später geschah, stärker wurde, packte Salvestro mit beiden Händen die Dollbords des Kahns. Wieder stiegen sie empor und sanken in Wellentäler hinab, während der Bootsbug zuweilen einen ganzen Vorhang von Gischt aufspritzen ließ. Nicht lange, und er war durchweicht, aber die Nacht war warm. Eine Stunde noch, und sie würden die Brandung sehen, die sich an der Küste brach, ein leuchtendes Weiß im blassen Mondlicht der Nacht. Aber vielleicht würde der Strand unter ihnen ja auch langsam ansteigen und das Boot allmählich aus dem Wasser heben, bevor sie überhaupt Land sahen.

Eine weitere Stunde verging. Bernardo bat um Wasser, und Salvestro mußte erkennen, daß er dafür keine Vorsorge getroffen hatte. Später fragte Bernardo, wann endlich Land in Sicht käme, denn er beginne zu ermüden. Die Dünung war nicht stärker als zuvor, warf aber den Bug des Bootes jetzt aus der Peilung, und Bernardo mußte immer wieder innehalten, um es auf Kurs zu bringen. Im Dunkeln, in der Monotonie des Meeres, wo ihre Koordinaten einzig sie selbst waren, verloren sich die Bewegungen des Bootes in den größeren Bewegungen des Ozeans, und es schien, als führen sie ins Nirgendwo. Bernardo zog den Bug des Boots aus einem Wellental, in das es gesunken war, und wuchtete es den entsprechenden Abhang hinauf. Jedes Eintauchen in diese Täler glich der Öffnung eines Tunnels, der ihr Boot einsog, um es unter die Oberfläche zu ziehen. Schließlich tauschten sie die Plätze. Nach wenigen Minuten an den Riemen fühlten sich Salvestros Schultern an, als hingen sie lose in den Gelenken und die Gelenkpfannen hätten sich mit glühendem Sand gefüllt. Noch einmal stemmte er sich gegen den Druck und den Sog. Seine Hände waren voller Blasen, und seine fühllosen Finger begannen abzurutschen. Nachdem er den rechten Riemen zum drittenmal verloren hatte, bedeutete ihm Bernardo, doch lieber wieder ihm Platz zu machen.

«Bald wird die Sonne aufgehen», sagte er, als sie die Plätze tauschten. «Dann können wir die Küste sehen.»

Von da an sprachen sie nicht mehr.

Der Himmel wurde heller, aber nicht hinterm Heck. Salvestro sah zu, wie sich an Steuerbord allmählich der Horizont bildete, wie die Dunkelheit sich von der See hob. Seltsame rötliche Lichter spannten leuchtende Bänder hoch oben in der Luft, Lichter, die von einer noch nicht sichtbaren Sonne ausstrahlten. Um sie her kroch träge das im

Dunkeln liegende Meer, kohlschwarz vor dem Morgengrauen. Es schien Ewigkeiten zu dauern, bis sich die erste glühende Spur der Sonne zeigte, und dann war der Himmel bereits hell, und Salvestro, der unsicher im Boot stand, konnte den Horizont erkennen, der sie umringte, als seien sie der Mittelpunkt einer Welt aus Wasser und deren einzige Bewohner. Ihr kleiner Fleck nachtdunklen Wassers war über Nacht zu einem Meer angeschwollen, aber sie waren immer noch so eingeschlossen wie zuvor, und die neuen Ausmaße ihres Herrschaftsgebiets brachten ihnen nichts. Salvestro blickte gen Osten. Die Sonne stemmte sich langsam aus dem Meer empor. Eine Küste gab es nicht.

Die Sonne stieg höher, dieselbe Sonne, die sie an Bord der *Lucia* angenehm gewärmt hatte. Jetzt brannte sie auf die beiden Männer herab, zwang sie, sich ihre Hemden um den Kopf zu wickeln und die Augen vor dem Gleißen fest zuzukneifen. Salvestros Mund trocknete aus, und seine Zunge schrumpfte zu einem dürren Lederlappen. Wenn er schluckte, kratzte Sand in seiner Kehle. Das Boot hatte sich im Laufe der Nacht um neunzig Grad gedreht. Er ließ Bernardo ostwärts rudern, der Sonne entgegen, denn dort muß die Küste liegen, dachte er. Vermutlich waren sie im Dunkeln an ihr entlanggefahren; es war so leicht, daran zu glauben. Sie machten weiter, obwohl Bernardo am Ende seiner Kräfte war. Die Riemen, die er zuvor bei jedem Schlag tief durchs Wasser gezogen hatte, um Widerstand zu finden, strichen nur noch wenige Zoll unter der Oberfläche dahin und ließen kräftezehrend Gischtfontänen aufspritzen. Die geringste Strömung würde genügen, um seine Kraft zu überwinden, das war Salvestro klar. Wieder übernahm er das Rudern, während Bernardo im Bug zusammensank. Als den Riesen wenige Minuten darauf der Schlaf übermannte und sein Kopf gegen das Dollbord schlug, machte Salvestro sich nicht die Mühe, ihn zu wecken. Um seine Augen hatten sich Salzkrusten gebildet. Seine Lippen wurden rissig und bluteten. Seine schwachen Versuche an den Riemen wurden noch schwächer, dann stellte er sie ganz ein und brauchte, wie er merkte, seine gesamte Kraft, um die schweren Hölzer durch die Dollen zu ziehen und auf dem Bootsboden zu verstauen. Salvestro zog die Knie an die Brust und legte die Arme darum. Er sah zu Bernardo hinüber, der ihm still wie ein Leichnam gegenüberlag. Er wollte den Riesen rufen, aber der Name kam nur als ein Krächzen aus seinem ausgetrockneten Mund. Die roten Wolken, die über die Mitte seines Blickfeldes zogen, waren Nachbilder der Sonne, von einem brennenden Hammer in seine Augen geschlagen. Wellen klatschten an die Seiten des Bootes, stießen es ruckartig im Kreis. Bernardos Mund öffnete sich. Die Sonne brannte ihm voll ins Gesicht, und sein Kopf sank nach vorn. Das Boot drehte und drehte sich, sanft gewiegt von den Wellen des Meeres. Sie trieben.

Minuten vergingen, oder Stunden – sie drifteten in unterschiedliche Stadien von Wachen und Erschöpfung hinein und hinaus –, maßen die Zeit nur nach den Drehungen des Bootes. Ecken und Kanten gruben sich in ihre nach Schlaf hungernden Körper. Das Boot hielt sie und scheuerte sich an ihnen, riß sie jeweils für ein paar Sekunden aus ihrer Benommenheit. Das Sonnenlicht glitzerte und prallte vom Wasser ab, seine Stiche schienen durch Salvestros Augen bis in den Schädel zu dringen. Wo ein Klumpen aus entzündetem Fleisch pulsierte. Die Sonne stand entweder ein paar Stunden vor dem Untergang oder war kürzlich erst aufgegangen. Er konnte Osten nicht mehr von Westen unterscheiden. Der Schlaf hüllte ihn in den Mantel eines Mörders. Sein Kopf hämmerte, wenn auch jetzt schmerzlos, und klang wie die losen Spieren, die im Ballastwasser der *Lucia* umhertrieben und immer wieder gegen die Schiffswände schlugen. Er hatte das Geräusch gehört, während er schlief. *Klopf, klopf, klopf ...* Ein anderes Leben. Es kam wieder, wie ein unregelmäßiges, gedämpftes Trommeln. Salvestro schüttelte den Kopf. Er wollte die Augen öffnen, aber sie waren zu verkrustet. Er langte tief in den Mund und rieb Speichel auf die verklebten Wimpern. Er zog ein Lid hoch und ließ den Kopf übers Dollbord hängen. Jacopos Gesicht starrte zu ihm empor.

Er fuhr zurück, worauf das Boot gefährlich ins Schwanken geriet. Es gab keinen Zweifel. Die Augen waren offen, die Haare so, wie er sich erinnerte. Er trieb neben dem Boot dahin, denselben Launen des Meeres ausgeliefert wie sie, denselben kleinen Stößen und Schüben. Sein Kopf schlug immer wieder leicht gegen die Bootsseite. Seine Kehle war von einem Ohr zum anderen durchschnitten.

Bernardo gab einen Laut von sich, ein Stöhnen. Salvestro rieb sich das Salz aus dem anderen Auge. Über das Gesicht des Maats spülte Wasser, aber die Augen starrten, ohne zu blinzeln. Er war, wie gewohnt, in Hemd und weite Hose gekleidet. Wieder stöhnte Bernardo und zeigte hinaus. Er blickte sich um.

Sie wirkten wie halb untergetauchte Stämme, eine kleine Flottille von ihnen, die im Wasser auf und ab tanzten. Sechs? Der nächste war kaum mehr als zwanzig Fuß entfernt. Bernardo griff nach den Riemen, die sie gemeinsam in die Dollen steckten. Der letzte war fünfzig Meter entfernt und Gegenstand einer Aufmerksamkeit, die von anderer Seite kam.

Die Schiffswände der *Lucia* ragten aus dem Wasser wie riesige Klippen. Ihre Masten waren Turmspitzen, und ihre Segel waren Flaggen, zu schwer, um im Wind zu flattern. Ruggero war allein an Deck; er beugte sich über die Reling und angelte mit einem Bootshaken und einem Stück Kette nach dem Leichnam, der ihm am nächsten war. Er warf die Kette weit über den Leichnam hinaus, damit ihr Gewicht den Toten zu ihm heranzog. Als er sie sah, hielt er inne. Bernardo griff nach der Kette. Salvestro packte den Leichnam an der Schulter und drehte ihn herum. Es war Luca. Auch ihm war die Kehle aufgeschlitzt worden. Sie vertäuten das Boot längsseits und kletterten erschöpft an Bord.

Ruggeros Gesicht war ausdruckslos vor Schock. Sie tranken gierig aus dem Wasserfaß, dann wandten sie sich zu ihm um.

Er starrte sie schweigend an, aber ob ihm die Ereignisse der Nacht oder ihr eigenes Wiederauftauchen die Sprache verschlagen hatte, wußten die beiden Männer nicht zu sagen. Irgendwo unter Deck begann eine Männerstimme zu schreien, und Ruggero hielt sich die Ohren zu, als könne er es nicht mehr hören. Usses schrillere Töne erhoben sich gegen das Schreien, und einzig daran erkannte Salvestro, daß der Mann, der da unten schrie, Don Diego war. Seine Stimme klang belegt und unkontrolliert. Ruggero kauerte auf dem Deck und murmelte jetzt vor sich hin: «Schreckliche Stunden, schreckliche Stunden ...» Als Diegos Geschrei plötzlich abriß, zog Salvestro dem Mann behutsam die Hände von den Ohren.

«Was ist hier passiert?» erkundigte er sich. Ruggero schüttelte den Kopf und wandte das Gesicht ab. Sie ließen ihn dort hocken.

Kapitän Alfredo lag mit ausgebreiteten Armen und Beinen auf dem Achterdeck, in der Hand eine geöffnete Flasche, um ihn herum mehrere leere. Er hob die Flasche über sein Gesicht und neigte sie ganz allmählich, bis ihm ein dünner Strahl in den Mund floß. Als sie auftauchten, schluckte er hastig und wollte sich auf einem Ellbogen hochstemmen, gab den Versuch jedoch nach mehreren vergeblichen Anläufen auf.

«Dachte, wir würden euch nie wiedersehen», sagte er. Seine Worte waren undeutlich und schwer zu verstehen. «Haben euch dem Meer überlassen, die armseligen Bastarde, nicht wahr?» Er rülpste laut. Die Anstrengung schien ihn viel Kraft zu kosten.

«Wer?» fragte Salvestro. Eine leere Flasche rollte gegen seinen Fuß.

Er nahm dem Kapitän die volle ab und setzte sich. Der Schnaps brannte wie Feuer.

«Jacopo. Alle, bis auf Ruggero. Wie die Hunde sind sie über uns hergefallen. Und so sind sie auch gestorben.» Er gurgelte leise, und sein Kopf schlug leicht aufs Deck. «Zweimal Schiffbruch. Dreimal gekentert. Einmal gestrandet. Mehr Stürme, als ich mich erinnern kann. Und nun das.» Er tätschelte das Deck. «Und wer wird das alte Mädchen jetzt segeln?» fragte er leise.

Salvestros Hals prickelte. Es war die Stille, die ihn beunruhigte, ein Anspannen der Aufmerksamkeit. Langsam drehte er sich um. Da stand Diego, die Arme vor der Brust verschränkt. Sein Gesicht war ausdruckslos und irgendwie schlaff. Er schien über ihre Anwesenheit nicht erstaunt zu sein. Salvestro und er musterten einander schweigend; dann tauchte Usse hinter ihm auf. Der Soldat senkte den Kopf und starrte Salvestro an, bis der andere gezwungen war, den Blick abzuwenden. Als er wieder hinsah, waren die beiden verschwunden. Er hörte die Stimme des Mädchens in der Kajüte unter ihnen. Dann kniete er sich neben Kapitän Alfredo und schüttelte ihn, bis der Mann träge die Augen öffnete.

«Wir hätten sie in Eisen legen können», sagte er. «Hatten sie unten auch gefesselt. Fest verschnürt, aber nicht» – er schluckte mühsam –, «nicht dafür. Geschrien haben sie wie die Schweine.»

«Jacopo und die anderen?»

Der Kapitän stöhnte, kämpfte gegen seine Trunkenheit an. Salvestro ließ ihm keine Ruhe.

«Ihr hattet sie gefesselt», drängte Salvestro. «Wozu?»

Irgend etwas in seinem Ton schien Alfredos alkoholgetränktes Hirn zu durchdringen. Er öffnete weit die Augen und versuchte, Salvestro mit einer Hand zu tätscheln oder sein Hemd zu packen. «Nicht dafür», wiederholte er. «Diego hat es mir versprochen.» Er schnaufte und keuchte, während er sprach. «Er ging unter Deck. Das Mädchen ist ihm gefolgt. Sie hat ihn dazu gezwungen. Ich hab sie gehört, ich hab gehört, wie sie das tat. Und dann hat Diego ihnen die Kehlen durchgeschnitten.»

Während er diese Worte hervorstieß, fand seine Hand Salvestros Hemd und packte es. Salvestro schüttelte den Kopf. «Wie?» wollte er wissen. «Was meint Ihr mit ‹Sie hat ihn dazu gezwungen›?» Für ihn ergab das keinen Sinn.

«Sie besitzt Macht über ihn», fuhr Alfredo fort. Er hustete; dann zog er Salvestro zu sich herab, um ihm ins Ohr zu zischeln: «Wer sonst sollte uns denn jetzt steuern? Wer sonst, Salvestro? Sie tut das. Sie hat jetzt Macht über uns alle …»

Die Leichen wurden von Haien gefressen. Alfredo wurde nüchtern. Das Schiff segelte weiter. Salvestro begriff, daß sie in jener Nacht einen weiten, geschlossenen Kreis geschlagen hatten, rings um die so gut wie still liegende *Lucia* herum, bis sie wieder vor ihrem Bug ankamen. Ob sie sich nach Westen, aufs Meer hinaus gedreht hatten und dann wieder zurück, oder nach Osten, zur Küste hin, und wieder zurück, vermochte er nicht zu sagen. Er betrachtete die Tatsache, daß sie an der Küste entlanggefahren waren, daß die Kurve ihrer Fahrt sie immer näher an die Küste herangebracht hatte, bis zu jenem Punkt in der spurenlosen Finsternis, da es vielleicht nur noch eines einzigen Riemenschlags von Bernardos erschöpften Armen bedurft hätte, da sie nur noch den Bruchteil einer Seemeile von der Küste entfernt waren, als grausamen Scherz, als einen Scherz, den sie mit sich selber getrieben hatten.

Die dezimierte Besatzung der *Lucia* improvisierte Wachen, zog gemeinsam an den Tauen, pumpte, steuerte, aß und schlief. Ruggero hämmerte und sägte im Laderaum. Er baute einen Käfig und reparierte die Pumpe. Bernardo verbrachte einen üblen Nachmittag damit, das Wasser aus dem Laderaum zu pumpen, dann kehrte er in sein Ruderboot zurück, das die *Lucia*, wie zuvor, hinter ihrem Heck herzog. Wenn die Segel getrimmt werden mußten, arbeitete Usse mit den Männern zusammen, kletterte die Masten empor und schwang sich bis ans Ende der Rahen hinaus, wo sie an der steifen Leinwand zerrte und je nach Bedarf mehr Tuch gab oder die Segel reffte. Ihre schwarze Haut glänzte von Schweiß, wenn sie aufs Deck zurücksprang, keuchend wieder zu Atem zu kommen suchte und sich dann an der Tonne Wasser in den Mund spritzte. Jede Bewegung ihrer Glieder ließ kleine, flache Muskelinseln sichtbar werden. Salvestro beobachtete sie gierig. Dann dachte er an Jacopo und die anderen, und ihm fiel ein, daß Diego sie ebenfalls beobachtete. Der Soldat wurde in den folgenden Tagen immer wortkarger, geistesabwesend, wie betäubt. In ihm steckte ein Wahnsinniger, jener, der im Laderaum wie wild gebrüllt und um sich geschlagen hatte. Jetzt blieb er stumm. Aber Usse sprach mit Diego in einem gewissen Unterton, als fürchte sie, den schwachen Bann zu brechen, der diesen Teil von ihm gefangenhielt, während die anderen vier sehr vorsichtig waren, wenn er zugegen war, und sorgsam auf das bedrohliche Etwas achteten, das in ihm steckte. Ruggero zeigte Salvestro die zerklüfteten Balken im Laderaum, wo der Degen des Soldaten sie getroffen hatte, dann die verfaulenden, dann die Krummhölzer und die gesprungenen Planken, durch die dicke Wassertropfen einsickerten und herabtropften, bevor sie an den Wänden herunterrannen und sich auf dem Boden sammelten.

«Hier unten haben wir sie gefesselt», sagte er und stieß seinen Nagel dort in den Hauptmast, wo er in den Kiel eingesetzt war. «Rücken an Rücken. Sie ist im Kreis um sie herumgegangen ... Enzo war, glaube ich, schon tot.» Ruggero starrte auf den dicken Stumpf. «Aber die anderen nicht.»

Salvestro sah sich in dem leckenden Laderaum um. Ruggeros Öllampe warf ein Licht in den engen Raum, das wirkte, als scheine es unter Wasser, während die Hölzer übertriebene Schatten an die Schiffswände warfen, Schatten eines doppelt so großen Schiffs. Wenn sie mit dem Rücken zum Mast gesessen hatten, mußte ihnen das Wasser bis über den Gürtel gereicht haben. Verwirrt von ihrer Anwesenheit, mußten sie gesehen haben, wie das Mädchen leise herabgeklettert, wie es auf sie zugewatet kam ... Er wandte sich der Leiter zu. Ruggero kehrte zu seinen Kontrollen und Reparaturen zurück.

Sie passierten den Strand von Praia Branca und fuhren von da an dicht unter der Küste, denn eingedenk des Befehls von Dom Manolo, die Matrosen aller Schiffe, die nicht zu Portugal gehörten, sofort ins Meer zu werfen, war Kapitän Alfredo darauf bedacht, sich möglichst weit östlich der Kanaren zu halten. Am Vorabend des Martinstags beobachteten sie, wie die zu Recht gefürchtete Brandung von Kap Bojador sich an dessen nördlichem Ufer brach, und steuerten wieder aufs Meer hinaus. Das Schiff seilte sich sozusagen die Küste hinunter ab, indem es von Punkt zu Punkt eine Reihe von flachen Bogen beschrieb und die Bucht der Fische mit dem Goldfluß verband, obwohl dieser weder ein Fluß war noch Gold enthielt, dann mit dem Golf von Gonçalo de Cintra, obwohl der in Wirklichkeit nur eine Bucht war und Gonçalo de Cintra beim Schwimmen vor der Insel Naar in der Bucht von Arguin ertrunken war, die etwa achtzig Seemeilen weiter südlich lag, und dann, am Stankt-Gregors-Tag, mit der Bucht von San Cipriano, und am Vorabend von Sankt Cäcilia mit dem Cabo Santa Anna, wo das Land hinter der langgestreckten Landzunge von Cabo Blanco zurückwich und als purpurner Fleck weit hinten an Steuerbord wieder auftauchte. Das leise Flügelklatschen ferner Reiher, die aufstoben, und dann viele Tage lang nichts. Es gab keine Kaps, keine Landspitzen, keine Flüsse, und die Küste war, falls sie in Sicht kam, ein flacher, endloser, von weißer Brandung gesäumter Sandstreifen. Dahinter ging die Sonne auf, stieg über das Schiff empor und sank in den westlichen Ozean. Sie erwachten, arbeiteten und schliefen. Ruggero konstruierte einen Galgen, um den Anker aus dem Laderaum zu hieven. Salvestro kletterte in den Webeleinen umher. Bernardo ließ die Blasen an seinen Händen heilen, und wieder tanzte das Ruderboot um die *Lucia* herum, machte mit seinen fröhlichen Kapriolen auf die unleugbar bleierne Trägheit aufmerksam, mit der sich das große Schiff fortbewegte, während Bernardo im Heck stand und nur aufhörte, auf das unglückselige Wasser einzuprügeln, um zu schlafen oder riesige Mengen gepökeltes Schweinefleisch zu verschlingen: ein fröhlicher, zweibeiniger Seewolf, dessen Hunger auch dem eines Wolfs entsprach. Nach Salvestros Meinung war er dort besser aufgehoben. Eine fast stillstehende Luft umgab die *Lucia*, die Flaute ihres wechselseitigen Nichtwissens und ihrer unvereinbaren Wünsche. Ihr Kurs war die Summe verschiedener Routen und unterschiedlich erhoffter Reisen, eine tangentiale Kompromißpeilung, die sich mit keiner anderen wirklich deckte, es sei denn mit der des Mädchens. Eines Tages bei Morgengrauen umrundeten sie Cabo Verde, und am Tag darauf das Kap der Masten, dessen «Masten» drei riesige, längst abgestorbene Palmen waren. Der Nordost blies stetig, und sie trimmten die Segel nur bei Nacht. Alfredo saß auf dem Vorderkastell mit einem Kompaß neben sich und Diegos Seekarte im Schoß, aus der er so düster-undurchsichtige Formulierungen vorlas wie: «Der Senegal ist das Ende des Landes der Braunen Mohren und der Anfang des Landes der Schwarzen», oder: «Die Bijagosinseln sind von Untiefen und Sandbänken umgeben, die vom Rio Grande bis zu fünfzehn Meilen nordwärts hinausgeschoben wurden», oder kurz und bündig: «Tanguarim. Meiden.» Während sie an der Malagettaküste hinabsegelten, trug ihr Kurs sie allmählich immer weiter nach Osten, bis die Sonne, nachdem sie Cabo Palmas umrundet hatten, direkt über ihrem Bug stand und jeden Abend direkt hinter dem Heck unterging. Das war ihre letzte Landsichtung, denn die Seekarte zeigte ihnen, daß die Portugiesen in Axim und Mina Forts unterhielten, und sie wagten es nicht, in Sichtweite der Festungen zu segeln. Ein trockener Wind kam von der unsichtbaren Küste herüber, der alles und jeden an Deck mit einem feinen roten Staub überzog. Ruggero fugte und hobelte die letzten Planken zu einem neuen Topp für den Fockmast und balancierte zusammen mit Salvestro einen ganzen Tag lang auf der Rah, wo Ruggero das gesplitterte Ende der Stange absägte, ein Zapfloch formte und den Zapfen des Toppstücks mit drei sorgfältig gearbeiteten Bolzen befestigte. Das Krähennest wurde zur aussichtslosen Sache erklärt, das Bugspriet ebenfalls, und außerdem gab es inzwischen kein Holz mehr an Bord.

Die Wellen und Wogen einer sanften, westlichen Strömung fanden an dem Bewuchs des Unterwasserschiffs genügend Widerstand, um die *Lucia* vorwärts zu schieben, und so, schlingernd und rollend, leckend, durchsackend, mit jeder zurückgelegten Seemeile schwammiger, mit Planken, die von den Balken platzten, und Balken, die von Würmern zerfressen waren, mit einem Laderaum voll stinkendem Wasser, wie es den Bilgen eines faulenden Schiffes eigen ist – unentsorgbar trotz Bernardos zweimal wöchentlich absolvierten Bemühungen an der Pumpe –, mit Masten, die in ihren Schuhen wackelten, eigenwillige Abweichungen von der Vertikale zeigten und somit jedem, der den Blick hob, interessante, perspektivische Verzerrungen boten, mit Tauen, so dünn wie Bindfaden, und nassem Holz, das vor Feuchtigkeit tropfte, mit biegsamen Decks, die sich dehnten und bogen, die Wogen eines friedfertigen Meeres durchpflügend, indem es schwerfällig auf die höheren Kämme hinabsackte und die kleineren zerdrückte, triumphierend den Landsichtungen entgegenschwamm wie ein keuchender Plattfisch, der den Strand zum Wasser hinunterflappt, segelte das Schiff dahin.

Bernardo hielt sich an sein Ruderboot, Alfredo navigierte vom Achterdeck aus, Diego beugte sich über die Ruderpinne oder blieb regungslos in seiner Kajüte, und Ruggero hantierte unter Deck, während seine Kreidemarkierungen jetzt wie unerwarteter, scheußlichgelber Ausschlag wirkten, der die Haut dieses unglückseligen Patienten überzog, plötzliche Fieberanfälle voll Sorge, das ganze Schiff könnte plötzlich einfach mitten durchbrechen, in Stücke zerfallen, sich sogar auflösen ... Blieb noch Salvestro. Und Usse. Wie lange noch für sie?

Sie stand allein auf dem Vorderkastell, eine Galionsfigur aus Ebenholz, den Blick so konzentriert nach vorn auf die schmale Linie der Peilung der *Lucia* gerichtet, daß sie, wären an Backbord und Steuerbord Wale oder Strudel erschienen, keine Notiz von ihnen genommen hätte. Darauf konzentrierte sie sich, und die *Lucia* folgte, gezogen von nichts anderem als der Kraft ihres Willens. Sie duldete keine Ablenkung. Bald würde sie sie in jenem endlosen, undeutlichen Dunststreifen leiten, den sie umschifft und umsegelt hatten. Sein

Staub war schon bei ihnen angelangt. Dort lag ihre Zukunft, wartete auf ihre Körper, um sie in Besitz zu nehmen und zu erschöpfen, während das Mädchen genauso unergründlich wie jetzt zwischen ihnen herumspringen würde. Salvestro, der sie beobachtete, fühlte sich wie ein Dieb. Nur eine unvorstellbar schreckliche Entschlossenheit konnte ihre Macht erklären. Was hatte sie empfunden, als sie das Messer über den Meuterern schwang? Welche knorrige, schwere Hand hatte die ihre umschlossen, als sie das angestrebte Mal in die Körper schnitt? Ohne sie wäre Diego in eine schlaffe Träumerei gesunken, in willenloses Durchsacken all seiner Fasern. Mit ihr kam seine Zielstrebigkeit zurück. Er glaubte an sie, und Salvestro sah, wie sich das Darbieten und Zurückhalten ihres Willens in der Stumpfheit des Soldaten spiegelte. Sie behauste ihn nach Belieben. Sie war das Werkzeug seiner Erlösung – wenn sie es wollte. Oder sie alle waren Werkzeuge ihrer Heimkehr und ansonsten bedeutungslos. Er wußte es nicht. Es war Alfredo, der plötzlich rief: «Land! Land an Steuerbord!» Aber sie mußte es lange vor dem alten Seemann gesehen haben. Sie rührte sich nicht, wandte sich nicht einmal um. Sie waren weit an der Minaküste vorbeigesegelt und auch an der Sklavenküste. Jetzt befanden sie sich östlich davon. Ein seltsamer Wald kennzeichnete hier das Ufer, erstreckte sich die Küste hinauf und hinab, so weit das Auge reichte, ein Wald, der aus dem Meer herauswuchs oder auf zahllosen Inseln wurzelte oder von Tausenden von Bächen und Kanälen durchzogen war, und der aus seltsamen Bäumen bestand, deren Wurzeln hoch über dem Wasser zu sehen waren. An dieser Küste segelten sie fast den ganzen Tag entlang, und Usse sprach kein Wort. Der Abend dämmerte fast schon, als eine vorspringende Gruppe dieser seltsamen Bäume nach achtern abdriftete und sich in Lee vor ihnen eine Bucht öffnete. Gesäumt von Palmen und gespeist von einem breiten Fluß, war sie die erste Unterbrechung in der dichten Vegetation, die sie vorfanden. Salvestro sah, wie Usses Körper sich versteifte, als sie sich umblickte, wie ihr Blick hin und her wanderte. Dann streckte sie die Arme aus und rief Wörter in einer Sprache, die er nicht verstand. Die Männer versammelten sich an Deck und blickten zu ihr empor. Sie sprach da oben mit sich selbst, in ihrer Muttersprache, von ihnen abgekehrt, jetzt schon fern und so undurchdringlich für ihre Blicke wie die düstere Landmasse, die den Horizont hinter ihr ausfüllte. Sie wirbelte herum; ihr Gesicht, plötzlich erregt, wirkte erschreckend.

«Mein Land!» rief sie zu ihnen hinab. «Mein Land!»

V

Nri

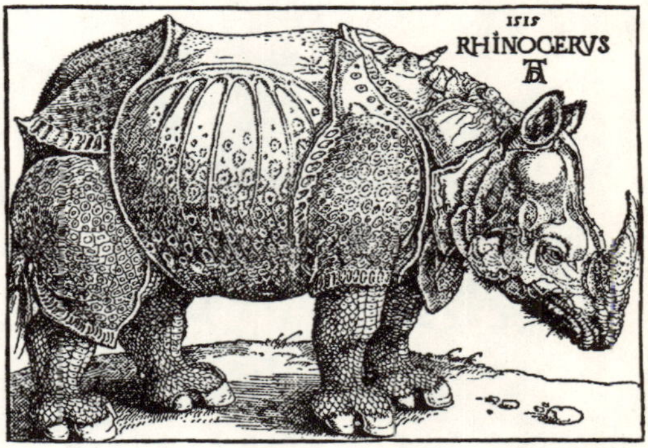

Man bedenke: Eine winzige Quelle sprudelt aus der Wand einer Schlucht, netzt das Moos eines Felsens und sammelt sich in einem Becken aus dunkelrotem Granit. Aus diesem Becken fließt ein Bach, dem sich bald zwei weitere, kaum größere Rinnsale anschließen. Sie vermischen sich, die Ufer nicht mehr als einen Schritt voneinander entfernt – der Tembi, der Taminonco und der Falico –, schmatzen und gurgeln, glitzern, sobald der Schatten der Schlucht der trockenen Savanne weicht, fließen dann je nach Verlauf des Gesteins nord- und ostwärts. Ein Ozean wartet darauf, dieses Flüßchen zu empfangen: eine knappe Verdoppelung seines anfänglichen Bettes, und zwei Tage weiter westlich wäre dieser Wasserlauf bereits am Ende ... Aber eingefaßt vom Hochland seines Ursprungs und der Wüste im Norden, gespeist von unbedeutenden Nebenflüssen, blindlings über Schwemmlande tapernd, die kein Wasser geschmeckt haben, seit die Sahel grünte, schwillt der Bach zu einem breiten, seichten Fluß, der trotz ständig flacherer Landschaft unter der Doppelgeißel von Sonne und Wind dahinschnellt. Die Zuflüsse enden, aber der Fluß macht weiter. Die Wolken, die provozierend über fernen Bergen hängen, tragen nichts als Staub. Die Berge selbst sind Dünen, der Nullpunkt einer Landschaft. Das, was passiert, wenn zum Passieren nichts mehr da ist. Sand.

Und der Fluß passiert mitten hindurch. Manchmal macht er kehrt. Manchmal teilt und fächert er sich in Arme auf oder schiebt Altwasser und Sümpfe in die steinige Eintönigkeit der Wüste ringsum. Baumlose Ufer steigen und sinken. Das Bett wird enger und weiter, bis man Teile davon eher für Seen und andere für Wasserfälle halten könnte. Kleine labyrinthische Gebiete aus Buchten und Sandbänken markieren sein selbstmörderisches Vordringen in eine Wüste, wo dürre Betten, Verdunstungsbassins und vom Wind zernagte, von der Hitze zu Stein gebackene Trockenrinnen warnend an andere, glücklosere Gewässer erinnern. Weiter geht es, nach Norden und Osten, eine gewaltige glitzernde Ruhe auf dem Weg in trockenes Vergessen. Dann, sechzehnhundert Meilen von der Quelle entfernt, ändert er seine Richtung.

In der Regenzeit trommeln dicke Tropfen auf die Erde, sickern geduldig durch rissigen Granit und porösen Sandstein, quellen auf als trübe Tümpel und Pfützen, deren Überläufe sich tröpfelnd und rinnend zu kleinen Kanälen und Abflüssen finden, sich bündeln, anwachsen und eine fließende Hierarchie der Rinnsale, Bäche, Kanäle und Flüßchen durchlaufen, um eine von hundert wogend geschwollenen Fluten zu erreichen, große Schlammstrudel, in denen entwurzelte Bäume stoßen und tanzen und auf schrumpfenden Sandbänken stranden, ehe sie erneut von den wuchernden Wassern gepackt und zum großen Zusammenfluß hinabgeschleppt werden, der vielleicht ein träger, bis in eines der Überflutungsgebiete zurückreichender Arm ist oder schäumender Spalt in einer Felswand oder Rinnsal oder Sumpf oder das Tröpfeln nassen Mooses ... Da die Wasser unweigerlich ablaufen müssen, treffen sich alle Flüsse im *Fluß*.

Und der *Fluß* wendet sich nach Südosten, weg von der Wüste, hinunter in die Savanne und die Wälder seines Unterlaufs, saust hungrig aus seinen dortigen Nebenflüssen, schwillt, wächst, schiebt Schlamm und Steine vor sich her, zerbricht die Ufer und bildet verurteilte Seen und Rückströme, krümmt sich hinab zum Ozean wie eine Sense oder die Wunde, die solch eine Sense schlüge, wenn die Schneide aus zweieinhalbtausend Meilen rasiermesserscharfen Stahls bestünde und eine meilenbreite Silberader aufschlitzte. Denn er glitzert, trotz seiner Schlammigkeit, und trotz seiner Maßlosigkeit ist er sanft. Und er wird langsamer, trotz der Nähe des Ozeans, der sein Ziel und Ende ist. Er faulenzt; die Mäander bilden derart enge und abnorme Schleifen, daß sich zwischen ihren Scheitelpunkten oft Kanäle bilden. Er teilt sich wieder und wieder, hockt in trägen Malariatümpeln, die brackig und zäh in die zahllosen Rinnen sickern, aus denen sein Bett inzwischen besteht. Auch lagert sich Schlamm ab, formt hier und dort kleine Inseln. Wäre es ein Meer, so ergäben diese Werder und Sandbänke einen ausgedehnten Archipel. Aber er ist kein Meer. Er bleibt Fluß, wiewohl widerwillig hier unten, so kurz vor seinem Austritt und wie verkümmert vor der Masse des Ozeans mit seiner Lake und seiner aufsässigen Nichtflußhaftigkeit. Einander folgende Schwemmen verteilen lediglich die Landschaft neu, und die kleinen Schlamminseln, die der Strom als Bollwerk gegen die eigene

Wucht aufbietet, treiben haltlos umher, lösen und sammeln sich, verschwinden und tauchen wieder auf ...

... Vater ...

... nie ganz Land und nie ganz Wasser. Es ist eine Landschaft des örtlichen Kompromisses, befangen in ihrer proteischen Phase, suppiger Sumpf, Delta, widerspenstiges Überbleibsel des unbewohnten weichen Landes, das Eri einst härtete mit seiner Klinge, die ihm ein Schmied der Awka gefertigt hatte.

... Tochter? Bist du zurückgekehrt?

Also: ein weichender Fluß, zaudernd und trödelnd hinter einer dicken Matte aus Mangroven und einhundert Meilen von angesammeltem Flußschlamm. Seine Rinnen und Inseln ergeben ein schwammiges Labyrinth, das der Fluß gern ewig durchwandern würde, lungernd, stagnierend, ohne je wirklich die rauhe und abweisende Küste zu erreichen. Bis dahin gibt es Staus und Konvektionen, Fehlströme, Lecks, allerlei wäßrige Ausflüchte. Aber es geht immer in Richtung Meer. Alle Flüsse enden im Meer, wo sie sich auflösen und wieder hochgeschickt werden, um als Regen auf eine ferne Wasserscheide niederzugehen, Beginn eines neuen Flusses, schließlich einer weiteren Auflösung. Das Wasser dieser stumm treibenden Welt wartet in Teichen und Becken, falschen Lagunen und trügerischen Seen. Die Kanäle zwischen den Mangroven sind seichte braune Wasserspiegel, wo entblößtes und reflektiertes Wurzelwerk nach oben und nach unten strebt, gleichsam schwebend über bodenlosen Abgründen. Der Himmel erscheint als pulvrig weißes Grellen, und gespiegelte Vögel – Fischadler und Silberreiher, hin und wieder ein Pelikan – fliegen mit dem Rücken nach unten, steigen aus virtuellen Tiefen, um fette Karpfen und Barsche zu schnappen: Ein Platschen, und ein glänzender Streifen Fischmuskel sinkt zappelnd hinab in die Spiegelwelt oder steigt in den Himmel. Furchungen und Kräusel rahmen die Schlammbänke mit flüssigem Glanz. Der Schlamm ist pastellblau oder schwarz oder eine marmorierte Mischung von beidem. Er stinkt, erstickt den feineren Ruch des Wassers. Wo die Ufer zurücktreten und diese dschungelartige Fläche sich zu einem kleinen See oder einer Lagune erweitert, steigt vom Wasser ein schwacher Torfgeruch und hängt in der Luft, gewürzt von Wassergras und Sumpfgas. Spangen aus blauschwarzen Austern umringen die Stelzenwurzeln der größeren Mangroven. Darunter ruhen farblose Krabben im Schlamm. Ein Baum spuckt einen reifen Sämling aus dem dunkelgrünen Blätterdach; die schwere Pfahlwurzel speert den weichen Grund und verschreckt die fortspritzenden Krabben. Ein Reiher steigt klappernd hoch. Nachdem die Fluten nachgelassen haben, ist das Wasser zumeist still. Zwar weht der Harmattan, aber er ist hier mild, ein Schauer über dem Wasser, eine Nachtbrise. Die dünnen Stangen einer Isanga-Falle ragen wenige Zoll über die Oberfläche einer ruhigen, baumgesäumten Lagune. Die drei Männer manövrieren ihre drei Einbäume so, daß sie die Falle zuziehen. Hinter den Mangroven stehen Gruppen hoher Bambuspalmen. Etwas krächzt, unsichtbar im Unterholz. Etwas bewegt sich im Wasser – die Fischer können es hören –, plitsch, platsch, plitsch, platsch ... Seltsam gleichmäßig. Sie blicken auf. Ein kleines Ruderboot schiebt sich um die Biegung des Flußarms.

Später zog ein Stammesführer mit feierlicher Miene einem fetten Edofisch die verkohlte Haut ab, riß den Bauch auf, um die Gräten herauszuziehen, und bot Usse das erste der dampfenden Filets an. Durch die Lücken im Zaun um sein Lager sah sie Gesichter, die hereinspähten; ob die Neugier allein durch einen Besuch der Eze Ada geweckt wurde, durch das Auftauchen dreier weißer Gesichter oder einfach nur, weil eben Besucher eingetroffen waren, wußte sie nicht. Die drei Fischer, die sie zum Dorf geführt hatten, hockten ein wenig abseits vom Feuer. Der Häuptling war sehr alt und lächelte vor sich hin, als sie das Essen mit höflichem Überschwang lobte. Die Fischer blickten zwischen ihr und ihren Gefährten hin und her, aber immer dann, wenn sie zu ihnen schaute, taten sie, als sähen sie ganz woanders hin. Mit ihren Mitreisenden war das anders. Sie wurden offen aus der Nähe gemustert, als handle es sich um feingeschnitzte Skulpturen, deren bizarre Handwerkskunst eingehend gewürdigt werden mußte. Als Diego so tat, als wolle er einen der Fischer zurückstoßen, sagte der Häuptling sehr scharf etwas, und danach beschränkten sie sich auf Beobachtungen aus der Ferne.

«Eine Frau von hier nahm sich einen Mann, dessen Bruder in einem Dorf nahe der Küste lebte. Der Mann starb, und sie ging mit dem Bruder an die Küste. Manchmal kommt sie hierher zurück. Sie macht Körbe. Dort unten haben sie diese Bambushäuser.»

Der Stammesführer schnitt jetzt für sie alle Filets zurecht.

«Muß jetzt, in der Zeit des Harmattan, ziemlich kalt werden. Jedenfalls verkauft sie diese Körbe in Ikolo, und deshalb kommt sie auf ihrem Weg dahin hier vorbei. Dort ist jede Woche einmal Markt. Sie kommt jede zehnte oder zwölfte Woche hier durch und unterhält sich mit ihrer Familie. Dieser Bruder ist ein guter Mann. Dort unten gibt es viel zu essen. Kennst du den Ort?»

Usse sah bei diesen Worten auf, der ersten Frage, die ihr seit ihrer Ankunft gestellt worden war. Sie schluckte das Stück Fisch hinunter und schüttelte den Kopf.

«Einmal hatten sie dort unten Nri-Männer. Das war noch bevor die Frau dorthin kam. Der Bruder hat ihr davon erzählt. Es gab Probleme mit einem Juju, das der Stammesführer verhängt hatte. Sie haben einige Leute im Fluß verloren. Böse Geschichte. Es war ein Dorf der Ijaw, so wie hier. Keine Nembe-Leute. Jetzt ist es wieder besser.» Er machte mit der Hand eine Geste, die womöglich die Richtung anzeigte, und Usse sah, daß sein Auge beim Anblick einer abgedeckten Kalebasse, die hinter ihm stand, aufleuchtete. Er drehte sich wieder zu ihr um.

«Das ist guter Fisch», sagte sie. «Nicht zu trocken.»

«Hast du Durst?» Er schnippte einem der drei Männer mit den Fingern zu, worauf dieser auch sofort aufstand und anfing, Becher in die Kalebasse zu tauchen. Sie nippte vorsichtig. Der Palmwein war süß und dick, schon sein Dunst stieg einem in den Kopf. Seine Hitze wärmte sie bis in die Knochen.

«Trinkt langsam», sagte sie den drei Männern, die ihr gegenüber saßen. «Es ist stärker, als es schmeckt.»

«Wer sind diese Leute?» wollte Diego wissen. «Sind das die Leute, von denen du gesprochen hast?»

Sie schüttelte den Kopf. Der Stammesführer nahm einen kräftigen Schluck aus seinem Becher und achtete auf den Wortwechsel, ohne etwas davon zu verstehen.

«Haie», sagte sie, als sie sich plötzlich erinnerte. «Dieses Dorf hatte Ärger mit Haifischen.»

Der Stammesführer nickte. «Es ist jetzt wieder viel besser. Sie töten viele von ihnen nach dem Regen, wenn das Wasser hochsteht. Wir schicken ihnen Ketschu für ihre Netze. Hilft gegen Verrottung. Diese Frau sagt, ihr Anführer hat ganze Ketten aus Haifischzähnen. Er glaubt, daß seine Zähne niemals ausfallen.» Der Stammesführer grinste sie an und entblößte einen kompletten Satz schimmernder Zähne. «Ketschu funktioniert viel besser. Meiner Meinung nach.»

Diegos Kopf ging während ihrer Unterhaltung hin und her. Die beiden anderen beschäftigten sich weiter mit ihrem Fisch und unterbrachen ihre Tätigkeit nur, um ab und zu aus den Bechern zu schlürfen. Hinter dem Zaun um das Lager des Mannes tauchten immer mehr Gesichter auf. Sie waren auf einem Nebenfluß zum Dorf gelangt, der so schmal war, daß die Mangroven über ihren Köpfen einen grünschimmernden Tunnel gebildet hatten. Der Seitenarm erweiterte sich zu einer Lagune, ähnlich der, in der sie ihre Falle gebaut hatten, abgesehen von der flachen Insel in der Mitte, auf der ungefähr ein Dutzend eingezäunte Höfe und mit Raphiablättern gedeckte Lehmhütten standen, die sich auf Pfählen vier oder fünf Fuß über den Boden erhoben. Zwei Kinder, damit beschäftigt, glühende Asche auf dem Boden eines halbfertigen Kanus hin und her zu harken, riefen etwas und sprangen bei ihrer Ankunft auf und ab, bis sie von den verunsicherten Mienen der Männer in den Pirogen zum Schweigen gebracht wurden.

«In diesem Jahr hatten wir herrliche Krebse», sagte der Stammesführer. «Wir haben gehört, daß die Ernte im Inland wieder schlecht ausgefallen ist. Sie hatten Yamskäfer. Die Menschen dort oben sollten Krebse essen. Die Fallen lassen sich ganz einfach bauen.» Er fing an, die Fallen zu beschreiben, malte mit langfingrigen Händen konische Körbe in die Luft und deutete dann an, wie der Fallenmechanismus funktionierte. Sie nickte interessiert. Ihre drei Gefährten waren jetzt aufmerksamer geworden; ihre Köpfe folgten den Bewegungen des Mannes in komischer Synchronisation. Sie erinnerte sich ihrer ersten Wochen in der großen Stadt, als sie nichts wußte, nichts verstand. Die Hände der Menschen waren die einzige Sprache, die sie damals verstehen konnte. Es gab eine Handsprache, Ikenga genannt, doch diente sie allein den Kriegern und Händlern, und alles, was man damit ausdrücken konnte, drehte sich entweder um Krieg oder Besitz. Es müßte so etwas für sprechende Hände geben, und für verschiedene Zungen ... Ihre Gedanken verloren sich, während der Stammesführer dazu überging, ihnen zu erklären, wie man Schnecken in einfachen Körben fangen konnte. Er beschrieb sie auf die gleiche Weise wie die Fallen, und sie begriff, daß er es teilweise aus Gastfreundschaft den drei Männern gegenüber tat, die sonst ohnehin nichts verstanden, zum Teil aus reinem Vergnügen daran (genau die Fallen, die er beschrieb, lagen in einer Ecke des Hofes stapelweise herum) und zum Teil aus versteckter Neugier. Hier herrschte keine Hungersnot. Ihre Ernte war nicht vernichtet worden. Es gab keinen Krieg zu befrieden, keine Säuerung der Erde zu bekämpfen, keine Geister zu bannen. Er wollte wissen, was sie hierher verschlagen hatte: warum sie, die älteste Tochter des Eze Nri, mit drei aschfahlen Männern durch die Mangroven paddelte. Aber er wagte nicht zu fragen. Die *ichi*-Male auf ihrem Gesicht hielten seine Neugier in Zaum. Nri selbst erlaubte es nicht.

Sie sagte: «Diese Männer gehören mir. Wir kommen von der Küste. Morgen müssen wir weiter flußauf. Unten in der Bucht liegt ein großes Boot. Dort haben wir zwei Männer zurückgelassen. Männer wie diese hier. Es darf ihnen kein Leid geschehen.»

«In der Nähe dieser Bucht befindet sich ein Dorf der Nembe», sagte der Stammesführer, sichtlich erleichtert, daß ihr Besuch nichts mit ihm zu tun hatte. «Einige meiner Leute kennen sich mit ihnen aus, aber sie sind sehr kampflustig. Sie haben auch die Geschichten gehört, die man sich entlang der Küste erzählt. Sie hassen die Weißmänner ...» Er stocherte in der glühende Asche herum. «Gleich morgen schicke ich einige Männer los. Sie werden diesen Nembe berichten, was die Eze Ada sagt. Aber vielleicht ist es schon zu spät.»

Es war ziemlich dunkel geworden. Das Flüstern von der anderen Seite des Zauns war verstummt, obwohl sie noch ein Dutzend oder mehr Dorfbewohner dort draußen warten sah, die Augen auf ihre Schützlinge und sie selbst gerichtet. Und was hältst *du* von diesen Leuten? fragte sie sich. Sie wartete ungeduldig darauf, daß der Abend sich seinem Ende zuneigte. Der Stammesführer bedeutete ihr, daß sie in der Hütte, in der sie saßen, schlafen sollte; er selbst würde in der Hütte seines Sohnes nächtigen, der weiter landeinwärts unterwegs war, um mit Mangrovensalz zu handeln. Als sein Blick über die drei Männer strich, zögerte er, und sie sah, wie flüchtige Besorgnis über sein Gesicht glitt. Sie versicherte ihm, daß sie nicht mehr tun würden, als sie bislang getan hatten, nämlich essen und trinken und dann wie ganz gewöhnliche Menschen schlafen. Unruhige Geister suchten die Unruhe und hielten sich an Stätten auf, wo Unruhe aufkam. Am nächsten Morgen würde sie die Spuren verwischen und den Boden reinigen, auf dem sie geschlafen hatten, damit sie keine Zeichen zurückließen. Als sie ihm das gesagt hatte, berührte der Mann seine Stirn mit der rechten Hand. Er winkte einer Frau auf der anderen Seite des Zauns, worauf sie mit gesenktem Blick eintrat, nachdem sie die ganze Zeit über ungeniert hereingestarrt hatte. Sie scharrte die Glut zusammen und verteilte die heiße Asche in einer flachen Kuhle unter den Latten des Bettes, auf dem Usse schlafen sollte. Um sie zu wärmen, wie der Stammesführer erläuterte.

Sie legte sich nieder und wartete, bis die drei Männer eingeschlafen waren. Nach einiger Zeit, als auch keine Geräusche von den anderen Hütten mehr zu hören waren, erhob sie sich leise und ging zum Wasser hinunter. Der Harmattan war eine kühle Brise, die kaum die Blätter der Bäume bewegte, rief jedoch Gänsehaut auf ihren Armen hervor. Sie setzte sich hin, zog die Knie an die Brust und schlang die Arme darum. Die Reise, die hinter ihr lag, war jetzt nicht mehr die Kraft, die sie vorantrieb. Sie hatte den neuen Sog gespürt, sobald der Riese sie in die Mangrovenwälder hinein- und weitergerudert hatte, eine beunruhigende Ungeduld. Die Reise peitschte hinter ihr her wie ein nutzloser Schwanz. Sie trennte ihn ab. Nichts davon spielte jetzt noch eine Rolle; sie wurde von ihrem Schicksal gezogen. Sie schloß die Augen, stellte sich die sie umgebenden Mangroven vor, stellte sich vor, wie sie sie zur Seite bog, wie sie eine ganze Reihe von ihnen mit einer einzige Armbewegung niederdrückte. Blieb das Wasser. Sie stellte sich vor, wie es einfach wegfloß. Aber wohin? Wo gab es einen Ort, der soviel aufnehmen konnte? Der Geruch des Wassers stieg ihr in die Nase. Sie ließ eine Kuppel aus der Erde steigen, und das Wasser rauschte an ihren Seiten hinab. Die Erde unter ihr war fest. Sie stieß sich davon ab, stieg, ließ sie mit außergewöhnlicher Geschwindigkeit unter sich zurück. Jetzt gab es nichts mehr. Sie war allein, nicht länger in einem Dorf der Ijaw, auf einer kleinen Schlamminsel mitten im Fluß – aber wo? Sie wartete. Eri fiel vom Himmel herab, so ähnlich ging die Geschichte jedenfalls, die man den kleinen Kindern erzählte. Iguedo hatte ihr erzählt, daß es hinter dem sichtbaren Himmel noch einen Himmel gäbe. Es war jener Himmel, nicht der vertraute, blaue, mit seinen vertrauten Wolken, seiner vertrauten Sonne. Jener Himmel. Dieser Himmel. Geh nie zu weit, wenn du träumst ... Iguedos Kichern und ihre Schikanen. Kleine Mädchen wie du verlaufen sich schnell ... Usse befand sich irgendwo tief unten, saß am Ufer einer Lagune, ihre Geiseln lagen schnarchend hinter ihr. Eusebia war tot, gut so. Sie war die Eze Ada, die älteste Tochter des Eze Nri.

Vater?

Eri fiel vom Himmel herab, einem Himmel, der ein Abbild dessen war, wo sie sich gerade befand. Er fiel auf die bebende Erde, die weiche und tosende Erde, und er brachte sie zur Ruhe und härtete sie mit der Klinge von einem Awka-Schmied. Usse blieb noch eine Zeitlang abwartend auf dem Boden hocken und lauschte.

Tochter, bist du zurückgekehrt?

Eri war der erste der Eze Nri. Er bohrte seine Klinge bis zum Heft hinein und spürte, wie sie sich zuckend unter seinem Griff wand. Er hielt sie mit beiden Händen gepackt, lockerte dann vorsichtig den Griff, ließ los, zog dann die Klinge heraus und stieß sie wieder hinein, bis das Beben die Klinge hinaufzitterte und erst in seinen Knochen endete. Er war ein starker Mann. Er barg das Beben in sich und beschaute die Erde ringsum. Die Erde war besudelt. Als er sah, was er getan hatte, bekam Eri große Angst.

Wirst du mein Haus zur Ruhe bringen? Wirst du mich aus meinen Träumen wecken?

Vater, ich habe die Weißmänner mitgebracht ...

«Ala, Mutter der Erde», sagte Eri, «ich habe dich mit meinen Taten befleckt. Was soll ich tun?» Ala hörte ihn und sprach mit den anderen Alusi, mit Igwe-im-Himmel und Aro-dem-Jahr, mit Ifejioku, der die Yams hütet, und mit Agwu, dem Gott der Tücke. Igwe schickte Regen, damit er den Makel hinwegspüle, doch er war sehr tief und sehr trocken und war immer noch da. Ifejioku sagte nichts. Agwu lachte sie alle aus. Da kam Ala zu Eri und sagte ihm, er solle das Land säubern, denn wenn sich Aro oft genug gedreht habe, würde die Erde wieder zu zittern beginnen und wieder weich wie das Meer werden, und seine Leute müßten sie wieder zur Ruhe bringen und härten.

Eri sagte: «Aber wie sollen sie wissen, wann diese Zeit gekommen ist? Ich bin Eri, und ich weiß es nicht. Wie soll ich es ihnen erklären?»

Ala sagte es ihm.

Ich werde sie zu dir bringen.

Wie du es versprochen hast.

Wie ich es versprochen habe ...

Als sie sich erhob, wurde der Himmel im Osten bereits heller, und als sie müde zurückging, sah sie bei dieser spärlichen Beleuchtung, wie ein Kopf vorsichtig und verstohlen auf die Bambusmatten sank, die der Stammesführer für die drei Männer hatte besorgen lassen. Wieder in ihrem Bett, tat sie, als schliefe sie, blinzelte jedoch durchs Lager zu den drei Männern hinüber. Aber sie waren nicht zu unterscheiden: offene Münder, ausgestreckte Glieder, geschlossene Augen.

Der Schlamm veränderte seine Farbe, je weiter sie sich vom Einfluß der Gezeiten des Meeres entfernten. Aus dem unterschiedlichen Blau und Schwarz wurde tiefes Rostrot, und das Wasser der Lagunen und Flußarme war nicht mehr so salzig. Salvestro schöpfte eine Handvoll und spritze sie sich in den Mund. Immer noch brackig, doch schon weniger als am Vortag und noch weniger als am Tag davor. Er begriff, daß sie sich nach Norden bewegten.

Zwischen den Mangroven zeigten sich allmählich Fächerpalmen und riesige Pappelbäume mit einer eigentümlichen Mischung aus roten und grünen Blättern. Die Ufer der Nebenflüsse, die sie durchquerten, erstickten förmlich unter dem dichten Bewuchs von Binsen und niederen Stauden, die bis zum Wasser reichten, während ein Gewirr aus Farnwedeln und Lianen die Schraubenbäume, Palmen und die anderen Bäume, die Salvestro nicht benennen konnte, zu kompakten grünwuchernden Wänden verflochten. Einige Lagunen waren von Sumpflilien bedeckt, durch deren fleischige Blätter ihr Fahrzeug eine Rinne schwarzen Wassers schnitt, die sich hinter ihnen sofort wieder schloß, um vom Kiel des nächsten Kanus erneut durchschnitten zu werden. Besser gesagt, der nächsten Kanus, denn nach dieser ersten Nacht duldete man nicht länger, daß sie allein reisten. Jeden Morgen verließen sie das Fischerdorf, das ihnen Gastfreundschaft für die Nacht gewährt hatte, mit einer Eskorte, die sie bis zum nächsten Dorf begleitete. Die Kanus waren viel schneller als ihr Ruderboot; für gewöhnlich waren sie mit vier oder sechs jungen Männern besetzt, die sich in respektvoller Entfernung hielten, entweder ein Stück hinter ihnen oder indem sie vorausschossen und einen dicht überwachsenen Kanal mit ihren schweren, rasiermesserscharfen Buschmessern von Lianen befreiten, denn das Unterholz reichte oft quer über die Wasserläufe hinweg und verwandelte diese Flußarme in kühle grüne Tunnels, in denen sich die überwältigende Stille des Sumpfes zu etwas Undurchdringlichem zu verdichten schien. Salvestro verspürte den Drang, laut zu schreien, gleichzeitig aber auch einen Widerwillen, die straffe Ruhe, die diese schweigende Landschaft wie ein Zelt überspannte, zu zerbrechen. Usse hatte sie davor gewarnt, daß überall in diesen stillen Kanälen Krokodile und Wasserschlangen auf der Lauer lagen. Seine Zurückhaltung hatte nichts damit zu tun. Sie sprachen kaum miteinander, und auch dann nur mit gedämpfter Stimme. Bernardo ruderte. Diego sah starren Blickes über den Bootsrand, das Gesicht leer, als sei er weit jenseits allen Schlafes erschöpft. Wenn sie das Dorf, in dem sie die Nacht über rasten wollten, erreicht und der Stammesführer und seine Ältesten Usse zunehmend aufwendigere Ehrerbietungen dargebracht hatten, schien es stets so, als sei ein Bann gebrochen oder zeitweise aufgehoben, denn er und Bernardo unterhielten sich dann über belanglose Dinge, und Usse tauschte Höflichkeiten mit ihren Gastgebern aus, wobei sie oft auf die drei Männer deutete. Es wurde viel geschwatzt, ein menschliches Geräusch in der wäßrigen Stille, aber der Soldat sagte entweder wenig oder gar nichts.

Je weiter sie nach Norden kamen, um so förmlicher wurden die Begrüßungen in den Dörfern. Die Sonne verschwand hinter den grünen Wänden des Sumpfes, lange Schatten krochen über das Wasser. Dann kam ihre Eskorte stets ein wenig dichter heran und trieb sie zur Eile. Man umschiffte eine Biegung, und plötzlich tauchten die vertrauten Hütten auf ihren Stelzen auf, am Ufer eine kleine Gruppe Männer, hinter denen sich sämtliche Dorfbewohner versammelt hatten. Alle plauderten munter, bis sie das Boot entdeckten. Dann kehrte Schweigen ein. Sie zogen das Boot aufs Ufer, und das ganze Dorf verneigte sich, bis Usse etwas Feierliches in ihrer Sprache sagte, worauf alle sich aufrichteten und die Blicke zwischen der jungen Frau und den drei Männern hin und her wandern ließen. Wie herzlich die Begrüßung zwischen ihnen auch ausfallen mochte, so vermieden es die Dörfler doch, sie direkt anzusehen, und hielten die Arme immer seltsam steif seitlich am Körper. Sie hatten Angst vor ihr, das wurde Salvestro nach und nach klar, und das wiederum hatte etwas mit dem Ort zu tun, zu dem sie unterwegs waren, ein Ort namens «Rih» oder «Nrie». Er hatte sie danach gefragt. Sie hatte sie angewiesen, das Wort nicht zu wiederholen.

Zu Essen gab es Fisch, manchmal auch ein an Haferbrei gemahnendes graues pappiges Gericht, und zum Runterspülen diesen süßen Alkohol, den die Dorfbewohner «Tombo» nannten. Um sich zu betäuben, trank er soviel Becher davon, wie er runterkriegte. Im Laufe des Abends fielen ihm dann die Augen zu, doch nicht wegen des Alkohols. Erschöpfung zerrüttete ihn wie ein Fieber, seine Glieder schmerzten. Sein Kopf pochte. Eigentlich hätte es ihm Mühe kosten sollen wach zu bleiben. Und doch fand er keinen Schlaf.

Ameisen, dachte er in jener ersten Nacht. Geflügelte Ameisen.

Sie waren drei Männern in Einbäumen begegnet. Die drei Männer hatten sie auf einem überlaubten Flußarm zu ihrem Dorf gebracht, wo sie aßen und tranken. Seit Rom, seit dem festgebackenen Schlamm unter der Sant'Angelo-Brücke, war das ihre erste Nacht auf festem Boden. Usse und ein alter Mann, der der Anführer zu sein schien, hatten sich in ihrer eigenen Sprache ruhig unterhalten. Er hatte nichts verstanden, bis der alte Mann anfing, mit den Fingern Objekte darzustellen: allem Anschein nach verschiedene Arten von Booten. Die Fischer hatten voller Neugier das Ruderboot betrachtet; es war mittschiffs breiter und viel kürzer als ihre Einbäume. Der alte Mann befragte sie wohl nach dem Ruderboot. Später gab man ihnen Raphiamatten, die dem Boden etwas von seiner Härte nahmen. Usse nahm das Sprossenbett auf der gegenüberliegenden Seite der Hütte. Er erinnerte sich daran, wie sein Kopf unwiderstehlich auf die Matte sank und der Schlaf ihn wie eine große warme Welle überkam. Er trieb hinab, weg von seinen Gefährten, die links und rechts von ihm lagen, weg von dem Dorf, weg von allem, hinein in eine wohlige Dunkelheit. Dann fing es an.

Als er zum erstenmal erwachte, untersuchte er die rauhen Fasern der Matte, zog an einem losen Strang, der, wie er vermutete, sich bis in sein Ohr vorgearbeitet und es so gereizt hatte, daß er erwachte. Er knipste mit dem Fingernagel mehrere widerborstige Fasern ab und fiel dankbar wieder in den Schlaf ... Oder Zecken! Es schien, als sei er schon wieder wach, als hätten Zecken versucht, in sein Haar zu kriechen, oder in sein Ohr, um dort Eier zu legen, die sich bald in noch mehr Zecken verwandelten – falls Zecken überhaupt Eier legten. Es mußte sein Ohr gewesen sein, denn beim erstenmal war er durch ein Geräusch wach geworden. Scharrende Insektenfüßchen auf seinem Trommelfell. Jetzt hörte er es nicht mehr. Er nickte erneut ein. Es war weg. Er schlief, und prompt weckte es ihn wieder auf: ein Flüstern, weit entfernt oder sehr gedämpft. Ameisen? Geflügelte Ameisen? Oder vielleicht ein viel größeres Tier, das weit weg von ihnen durch das Unterholz brach, und dessen schwerfällige Manöver in der stillen Nachtluft übertragen wurden ... Dabei war die Luft keineswegs still. Eine Brise wehte. Eine Brise, die in den Blättern der Bäume raschelte, Blättern so groß wie Bratpfannen und Blättern so groß wie Fingerhüte, Dolden und Wedel und Lianen, die sich alle trocken aneinander rieben, dort draußen in dem unerforschten Sumpfland. Auch das war es nicht, dieses störende Flüstern und Zischeln, das sich in seinem Ohr kräuselte und dort bebte, ein unterbrochenes Zischen, das genau dann aufhörte, wenn er erwachte, und in dem Augenblick einsetzte, in dem er eingeschlafen war. Es klang wie Stimmen, ein flüchtiges Auf- und Abschwellen, in unterschiedlichen Tonarten, aber alle unverständlich und einen zum Wahnsinn treibend ... Er setzte sich auf. Es hörte auf. Durch die offene Hüttentür sah er den lichter werdenden Himmel, dahinter das Wasser, das sich kaum von den hochaufragenden Mangroven abhob, und dann eine Gestalt, die sich am Ufer aufrichtete und sich näherte. Usse? Ja. Er ließ den Kopf wieder sinken, wußte, daß der Morgen nicht mehr fern war, höchstens noch eine Stunde. Eine einzige, kostbare Stunde. Die Stimmen waren verstummt. Doch in der nächsten Nacht kehrten sie zurück.

So setzte sich ihre nahezu stumme Passage durch den stummen Sumpf fort; glänzende, dunkelgrüne Farne tauchten zwischen der Vielfalt von Palmen und höheren Bäumen auf, und fleckige Barsche durchbrachen am späten Nachmittag den Wasserspiegel, um die brütenden Wasserfliegen zu verspeisen. Die Mangroven verschwanden, und die Flußarme wurden breiter, das Land ringsum stieg an. Schwarze Ringe umgaben Salvestros Augen, und er verbrachte die Tage dösend im engen Boot, immer zwischen Wachen und Schlaf, wissend, daß ihm nur eine von zwei oder drei Nächten ungestört vergönnt war. Die Flußarme verwandelten sich in Ketten langgezogener Lagunen. Dann, ein paar Tage später, glitt ein Wäldchen mit Abarabäumen zu ihrer Linken vorüber, und dahinter sah er im Schatten etwas schimmern. Dort verjüngte sich das Land zu einer Landzunge und endete in einem kleinen Kap; das Boot umrundete eine letzte Wand aus Büschen und befand sich plötzlich in offenem Gewässer: Vor ihnen lag ein gewaltiger See, dessen gegenüberliegendes Ufer eine Meile oder mehr entfernt zu sehen war. Nach links und rechts erstreckte sich nur noch Wasser, soweit das Auge reichte. Bernardo zog die Ruder kräftiger durch, wobei er auf eine fransige Rauchfahne zuhielt, auf die Usse zeigte; gleichwohl schien er, je weiter sie vorankamen, immer mehr von der eingeschlagenen Richtung abzuweichen. Sie beschrieben eine Art in der Mitte durchhängenden Bogen und näherten sich, aus welchem Grund auch immer, ihrem Ziel nicht auf direktem Weg. Salvestro warf einen Blick zurück auf die üppige Vegetation, die sie durchquert hatten und die jetzt nicht mehr als ein niedriger grüner Buckel war, ein nicht besonders eindrucksvoller Uferstreifen. Ihre Eskorte war ihnen nicht weiter gefolgt.

«Es ist ein Fluß», sagte Diego plötzlich. Es waren die ersten Worte, die er an diesem Tag von sich gab. Verblüfft blickte Salvestro wieder nach vorn, unfähig, ein dermaßen riesiges Gewässer, das sich viele Meilen in beide Richtungen erstreckte, als Flußbett zu begreifen. Es erschien ihm formlos, geradezu endlos. Zu groß, um sich zu bewegen.

Schließlich erreichte Bernardo doch noch das gegenüberliegende Ufer, wenige Meter unterhalb einer breiten Treppe, die aus gespaltenen Baumstämmen gefertigt war und links und rechts von dicken Holzpfählen gehalten wurde. Eine Gruppe in grellbunte Baumwolle gewandeter Frauen wusch Kleider am Fluß; sie knieten auf der untersten Stufe, um den durchnäßten Stoff mit den Fäusten zu bearbeiten und dann wieder in das trübe Wasser zu tauchen. Als das Ruderboot näher kam, hielten sie in ihrer Arbeit inne und betrachteten seine Besatzung mit unverhohlener Neugier, bis das Gefährt kaum mehr zehn Meter entfernt war und Usse sich umdrehte, um ihrerseits die Frauen in Augenschein zu nehmen. Diejenigen, die ihr auf der untersten Stufe am nächsten hockten, schienen auf der Stelle zu erstarren, wie gelähmt vor Schreck angesichts der Linien auf dem Gesicht der jungen Frau. Die meisten bückten sich jedoch nicht einmal nach den Waschkörben, sondern flohen wie ein Schwarm aufgescheuchter Vögel die Treppe hinauf.

Sie vertäuten das Boot und gingen an Land. Die verbliebenen Frauen verfolgten mit aufmerksamen Blicken, wie sie die Stufen emporschritten. Usse führte sie auf einem Pfad zu einem hölzernen Torbogen, der den Eingang zum Dorf markierte. Dort standen drei junge Männer, und Salvestro ewartete, daß auch sie sich verbeugten oder auf die Knie fielen oder die Köpfe senkten, so wie es bisher alle anderen Dorfbewohner getan hatten. Statt dessen grinsten sie breit, als sie die junge Frau näher kommen sahen, umarmten sie und begannen sofort eine lebhafte Unterhaltung. Alle drei trugen die gleichen Male in den Gesichtern, exakt die gleichen wie Usse, und alle drei führten schwere, kunstvoll geschnitzte Holzstecken mit sich. Dies Wiedersehen dauerte einige Zeit, und Salvestro, Bernardo und Diego standen unbeholfen daneben. Von Zeit zu Zeit wandte sich Usse um, zeigte auf sie, die Männer nickten und ließen ihre Blicke abschätzend über die drei Fremden wandern. Schließlich bedeutete einer von ihnen, doch weiterzugehen, und so betraten sie alle sieben das Dorf, das größer als alle bisherigen war, auch die Lehmwände um die Höfe waren wesentlich höher.

«Ist das hier ‹Nrie›?» wollte Bernardo von Salvestro wissen.

Usse drehte sich um und erklärte ihnen mit knappen Worten, daß das nicht der Fall war. Einer der drei Männer fragte sie etwas und nickte, als sie antwortete. In den Eingängen erschienen jetzt Männer und Frauen, die die eigenartige Prozession, die zwischen den Hütten und Höfen vorbeizog, mit Blicken verfolgten. Die drei wurden zu einer schmalen Tür geführt, die sehr niedrig in eine Wand eingelassen war.

«Morgen werden uns diese Leute hier flußaufwärts bringen», erklärte ihnen Usse. «Man wird euch mit Nahrung und Wasser versorgen. Wir brechen bei Tagesanbruch auf.»

Sie wandte sich um und wollte gehen, als Diego das Schweigen brach. «Wer sind diese Männer?» erkundigte er sich und zeigte auf die drei Gestalten, die auf Usse warteten. «Woher wissen wir, daß wir ihnen vertrauen können?»

«Das sind meine Brüder», erwiderte Usse knapp.

Die Tür führte zu einem kleinen, an drei Seiten von Mauern eingefaßten Innenhof. Ein längliches, niedriges Gebäude mit einer vorgelagerten, erhöhten Terrasse schloß die rückwärtige Seite ab. Die Kochmulde in der Mitte des Hofes war frisch ausgefegt. Auf einer Seite stand eine Art Stall mit sorgfältig gedecktem Dach, der jedoch nichts enthielt. Man ließ die drei Männer allein.

Der vorderste Abschnitt des Gebäudes war in drei Räume unterteilt; jeder hatte zwei Türen, wovon eine nach vorne auf die Terrasse führte und die andere in einen viel größeren rückwärtigen Raum, dessen Dach von festen Latten aus dunklem Hartholz getragen wurde. Durch dieses Dunkel – weder in den Wänden noch im Dach gab es irgendwelche Öffnungen – erreichte man im hinteren Teil des Gebäudes zwei weitere Räume. Sie waren schmal wie Korridore und mittels versetzter Türen so hintereinander angeordnet, daß der letzte in völliger Dunkelheit lag und Salvestro seine Ausmaße nur ausmachen konnte, indem er mit den Händen die glatten Wände abtastete. Alles war sauber, doch hing ein muffiger Geruch in der Luft, als hätte diesen Ort schon lange niemand mehr betreten. Auf der Terrasse waren einige Matten gestapelt. Salvestro breitete sie aus, und er und Bernardo legten sich darauf. Diego blieb noch einige Augenblicke stehen, als sei er unschlüssig, ob er es ihnen gleichtun sollte. Schließlich wandte er sich ab und ging in das Gebäude zurück.

«Diego ist krank», sagte Bernardo, als der Mann verschwunden war. «Ich habe ihn letzte Nacht beobachtet. Er zitterte.»

«Wenn Diego irgendwo krank ist, dann im Kopf», gab Salvestro zurück.

«Was soll das heißen, ‹im Kopf›?»

«Sei still, sonst hört er dich noch», zischte Salvestro und nickte in Richtung auf das Gebäude. «Er weiß nicht, was er tun soll. Er redet kaum noch. Er weiß nicht mehr als wir.»

Bernardo dachte darüber nach.

«Und wir wissen überhaupt nichts!» platzte er heraus.

«Genau», sagte Salvestro. «Nichts. Was also sollen wir tun?»

Bernardo schüttelte ratlos den Kopf.

«Wir werden weiterhin brav die Köpfe einziehen und irgendwie aus diesem Schlamassel herauskommen. Und wenn das bedeutet, daß

Diego irgendein Tier an der Nase führt und wir mit einer Schaufel hinterhertrotten, dann werden wir genau das tun.» Seine Finger trippelten übertrieben vorsichtig an Bernardos Nasenspitze vorbei.

«Wie in Prato», sagte Bernardo und folgte den marschierenden Fingern mit den Augen. «Oder in Rom.»

Wie in Leem, dachte Salvestro. Und Prozdorf, und Marn, und allen anderen Dörfern, aus denen sie sich im Schutz der Nacht davongestohlen hatten. Wie auf der Insel.

«Wir sind schneller wieder im *Zerbrochenen Rad*, als du denkst, und machen uns über Rodolfos Pasteten her», sagte er. «Wer weiß, vielleicht findet sich sogar eine Verwendung für das Brot!»

«Das Brot», wiederholte Bernardo und erging sich in wirren Erinnerungen. «Und Bier?»

«Bier auch», versicherte ihm Salvestro. «Fässerweise.»

Ihre Mägen knurrten nostalgisch.

Das versprochene Essen wurde einige Zeit später von zwei alten Frauen in einem irdenen Kochtopf gebracht, den sie samt einer Kalebasse voll auf der Innenseite der Tür zum Hof absetzten und sich dann wieder zurückzogen, ohne einen einzigen Blick auf die beiden Männer geworfen zu haben, die alles von der Terrasse aus verfolgten. Das Gefäß enthielt einen grauen Eintopf, in dem Maiskolben gekocht worden waren. Bernardo steckte einen Finger hinein.

«Salzig», sagte er. «Wo ist Diego?»

Diego befand sich in der Dunkelheit des hintersten Raums.

«Sire, ich überbringe Euch Grüße von Fernando dem Katholischen, König von ganz Spanien. Mein Name ist Don Diego de Tortosa, ein treuer Diener meines Königs ...»

Nein. Die Worte schmeckten nach Asche. Wie Steine fielen sie von seiner Zunge. Er setzte erneut an.

«Sire, mein König schickt mich an seiner Statt mit Grüßen zu Euch. Grüße von Fernando dem Katholischen, König von ganz Spanien, dessen Wunsch es ist, Papst Leo ein gewisses wildes Tier zu überreichen ... dem Heiligen Vater, Leo, unserem Papst ... dem Medici, weder heilig noch Vater, meinem Feind und Betreiber meines Ruins. Und doch ist dieses der Wunsch meines Königs und somit der meine. Deshalb und zu diesem Behuf trete ich vor Euch, König von Nri.»

Er kniete. Er sah ihre Silhouetten in der Dunkelheit des leeren Raums, ihre sich auflösenden Körper: Medici, Cardona, all die Einflüsterer und Verleumder.

«Er ist mein Feind. Ich wünsche ihm den Tod.»

Seine Stimme klang ihm seltsam in den Ohren, wie belegt. Er fuhr mit der Zunge über die Zähne. Wenn er seine Ansprache hielt, würde Usse an der Seite ihres Vaters stehen. Als völlig andere Person. Er kannte sie nicht mehr. Die Prinzessin von Nri.

«Sire», hob er erneut an. «Es war mir eine große Freude, siebenmal bei Eurer Tochter zu liegen, eine Kunst, in der sie sich als höchst geschickt erwiesen hat. Ich habe sie mancherorts besessen, und auf verschiedene Weisen, darunter die türkische. Angesichts dieser Tatsache bitte ich Euch um ein wildes Tier, das hierzulande ‹Ezodu› genannt wird, und verspreche Euch hiermit, daß ich auf dem Horn, das am Ende seiner Nase wächst, einen gewissen fetten Pontifex, der in meinem Land unter dem Namen Leo bekannt ist, aufspießen werde. Mein Name ist Diego de Tortosa, obwohl ich dort schon seit vielen Jahren nicht mehr gewesen bin und auch nicht mehr dorthin zurückzukehren beabsichtige. Ich bin der Diener Fernandos des Katholischen, König von ganz Spanien, auch wenn ich ihm seit dem Gemetzel von Prato keinen Dienst mehr erwiesen habe und seine Häscher mich ohnehin aufknüpfen werden ...»

Wieder hielt er inne. Er spürte, wie Gelächter in seiner Kehle aufstieg, ein eigenartig keuchendes Gefühl, das aus seiner Brust blubberte und gurgelte.

«Diese hier, meine Gefährten, heißen Salvestro der Schnellfüßige und Bernardo mit dem Starken Arm. Sie stammen von keinem besonderen Ort. Ich hingegen bin Diego von Tortosa ...»

Wieder hielt er inne. Lachte er? War das ein Lachen?

«Ich bin der treue Diener Fernando des Katholischen.»

Es spielte keine Rolle, was er da sagte.

«Ich bin der Diener ...», hob er aufs neue an.

Es kam ihm vor, als lachte er. Seine Seiten taten ihm weh, sein Inneres wurde von heftigen Heiterkeitsglucksern durchgeschüttelt, die sich ihren Weg zu seiner Kehle bahnten. Sein Mund klappte auf und zu. Sein Körper bebte, aber es war nichts zu hören. Falls dies ein Lachen war, dann machte es kein Geräusch.

Als Salvestro wieder erschien, lagen zwei säuberlich abgenagte Kolben neben dem Kochtopf auf der Erde.

«Mmmn?» fragte Bernardo.

«Er sagt, er will später essen. Wir sollen ihm seine Portion aufheben.»

«Wsssisss?»

«Er betet», sagte Salvestro, «und möchte nicht gestört werden.»

Ein hüfthoher Vulkan hustete dünne blaue Rauchfahnen aus seinem Gipfel. Die feuchten Soden um seinen Kegel zischten, aus dem Torf kringelten kleine Dampfwirbel. Wenn das Feuer in seinem Inneren die Astknoten in den Scheiten erreichte, knackte das glimmende Holz. Der Torf sollte verhindern, daß Luft nach innen drang, denn wenn die Luft draußenblieb, brannte das Holz langsam, und langsam verbrennendes Holz ergab Holzkohle. Außer diesen Prozeß zu beaufsichtigen, gab es nicht viel zu tun: eine neue Torfsode auflegen, wenn der Rauch durch die Seitenwände entwich, und, wenn der Rauch zu dünn wurde, mit dem Stock herumstochern. Das Feuer durfte nicht zu sehr lodern. Das Feuer durfte nicht ausgehen. Holzkohle machen langweilte ihn.

Der Junge stocherte lustlos mit seinem Stecken, einem vom Feuer geschwärzten Stab aus Irokoholz, länger als er selbst. Er legte noch eine Torfsode auf. Er lauschte dem gedämpften Zischen und Fauchen im Inneren des Kegels. Bald würde es dunkel sein. Er würde die restlichen Torfstücke auflegen und zum Hof des alten Mannes zurückkehren. Im Schatten der Crapholzbäume, die die Lichtung säumten, gedieh nichts außer einigen Kriechpflanzen, die ihre Ranken schlangenartig den Hügel hinabwanden, wahrscheinlich auf der Suche nach Wasser. Der Boden fiel dort sanft ab und bildete schließlich einen Einschnitt, durch den sich ein Flüßchen zog. Das Gehöft des alten Mannes befand sich auf der anderen Seite, außerhalb des eigentlichen Dorfes. Vor einiger Zeit hatte der Junge einen Schimpansen verscheucht. Jetzt heulte eine Waldeule. Eigentlich sollte er das Bronzegießen erlernen, und der alte Mann sollte es ihm beibringen. Bislang hatte er nichts anderes gemacht als Holzkohle.

Er stieß mit dem Stecken in einen Soden und trödelte dann am Rand der Lichtung entlang. Seine Füße knirschten auf den ledrigen Blättern der Kriechpflanze. Den Stecken zog er hinter sich her. Der Himmel war eine Schüssel aus tiefer werdendem Blau, umfranst vom struppigen Dach der Baumwipfel. Das Dorf lag, umgeben von fünf steilwandigen Hängen, auf dem breiten Boden einer Schlucht. Es zog sich eher in die Länge als in die Breite, ein Ort des Schattens und der Düsternis, selbst am Tag. Auf dem Hügel darüber war ein Juju angebracht, und links und rechts befanden sich noch mehr davon; ein schützender Ring, der Eindringlinge abschrecken sollte, obwohl es hier keine Eindringlinge gab. Nur Nri-Leute wagten es, Nri zu betreten. Rings um die Wohnstätte des alten Mannes erhob sich eine Lehmmauer, die aussah, als würde sie bei einem kräftigen Tritt zusammenfallen. Solange er sich erinnern konnte, hatte ihn niemand belästigt. Der Junge dachte daran, hinaufzuklettern und die bröckelnde Palisade einzureißen. Das taten nämlich die Mmo-Männer, wenn sich jemand ungebührlich aufführte, und wenn er älter wäre, wollte er zu ihnen gehören. Dann würden sie ja sehen. Er blickte wieder auf und sah den Viertelmond über sich am Himmel hängen. Das Feuer zischte und qualmte: ein mürrischer kleiner kauernder Holzkohlengott. Es war Zeit, die restlichen Torfsoden aufzulegen und nach Hause zu gehen. Er machte nicht gern Holzkohle. Auch den alten Mann mochte er nicht.

Unterhalb der Lichtung eilte der Fluß zwischen einigen sehr hohen Pappeln hindurch. Das Ufer fiel beidseits auf den letzten Metern steil ab, aber wenn man genügend Anlauf nahm, konnte man über das Wasser springen und auf der anderen Seite hinaufklettern, ohne sich nasse Füße zu holen. Danach wurde der Boden wieder eben, und dann kamen einige Reihen Kokospalmen, die Iguedo gehörten. Der alte Mann wohnte irgendwo ein Stück weiter – «irgendwo», weil der Junge die genaue Lage nie bestimmen konnte, so sehr er sich auch anstrengte. Da standen ein längst verlassener Termitenhügel und einige struppige Büsche mit langen, purpurnen Blättern, dann kamen noch mehr Bäume ... Es war jedenfalls irgendwo dort hinten, obwohl er andererseits dieses «irgendwo» stets ohne Schwierigkeiten wiederfand. Das quengelnde Krächzen des Alten kratzte schon auf hundert Schritt Entfernung in seinen Ohren, und sein Gekicher war sogar noch schlimmer. Wie ein Hornvogel, dem man die Federn einzeln ausrupft. Da hörte er es auch schon, was hieß, daß Iguedo da war, und das wiederum hieß Abendessen. Der Junge eilte durch das Unterholz.

Die Hoftür bestand aus einer in der Mitte durchhängenden Ansammlung mit Raphia zusammengeflochtener Stöcke, die ständig halboffen stand. Iguedo kochte Yamswurzeln über dem Feuer in der Mitte des Hofes. Er konnte förmlich riechen, wie das strenge Aroma verdampfte, während die alte Frau die Wurzeln zu Brei zerstampfte.

«He, der Junge ist da!» rief sie laut, als er sich widerstrebend durch die baufällige Tür schob. Aus dem Inneren der Hütte ertönte ein zusammenhangloses Grunzen, dann erschien der alte Mann im Eingang: ein dürrer Reisigsack, von dessen Ellbogen die Haut herabhing, oben ein weißes Haardach. Er war wieder betrunken. Aus der Hüfte nach vorne gebeugt stand er da und versuchte durch die Dämmerung zu blinzeln. Jedenfalls benahm er sich so, als sei er betrunken. Der Junge hatte ihn bislang noch nie trinken sehen, doch hinter dem Haufen Gerümpel, das der Alte als sein Werkzeug bezeichnete, lagen mehrere Weinkrüge. Er bedeutete dem Jungen ungeduldig hereinzukommen. Beim Gehen wirkte er steifbeinig, und doch hatte der Junge ihn schon mit zwei Bündeln Holzkohle auf der Schulter über den Fluß springen und die gegenüberliegende Böschung wie ein junger Geißbock erklimmen sehen. Er war ein flinker, magerer, sehniger alter Mann.

«Du hast wohl Angst, Iguedo ißt dir alles weg, was? Ein alter Besen wie die!» sagte der Alte. «Hör auf, in den Topf zu starren, und komm rein.»

Iguedo blickte auf und rülpste. Der Alte lachte.

Unter der Werkbank des alten Mannes lag ein kleiner Klumpen feuchten Tons. Zwei Palmöllampen flackerten und rußten. Der alte Mann klopfte dem Jungen auf den Rücken und zeigte auf einen Gegenstand auf der Werkbank.

«Was hältst du davon, mein Junge?»

Dem Alten schien es stets unbändiges Vergnügen zu bereiten, auf die vielen tatsächlichen und eingebildeten Unzulänglichkeiten des Jungen hinzuweisen. So waren etwa seine Brust hohl wie das Innere einer Kalebasse, seine Beine krumm wie die eines Pavians, seine Füße langsam wie Schildkröten und er eindeutig nicht so klug. Seine Fürze waren nicht so klangvoll wie die der Fruchttaube, und sein Penis hätte auch ein Stück Rattenschwanz sein können. Derartige von dem Alten ausgestoßene Bemerkungen wurden lediglich durch sein Kichern etwas gemildert. Gestern erst war ihm aufgefallen, daß der Junge ging, als hätte er eine Schlange im Arsch stecken, worauf er über seinen Witz unbändig lachen mußte. Es war alles sehr komisch. Der Junge war groß und dünn, aber nicht größer oder dünner als die anderen auch. Er ging normal und mit normaler Geschwindigkeit. Sein Penis war größer als ein Rattenschwanz. Doch der vertrocknete alte Mann hätte nur noch wenige Freuden, wenn ihm diese Beleidigungen versagt gewesen wären, überlegte der Junge, und so beschloß er, dem affengesichtigen Kicherer angesichts des genannten Gegenstands weder einen tüchtigen Hieb aufs Ohr zu versetzen (seine erste Regung) noch es mit Ziegendreck zu verstopfen (seine zweite Regung), sondern derlei Beleidigungen heiter und mit Fassung zu erdulden und ihnen mit der Verachtung zu begegnen, die sie verdienten.

Die neueste war eigenartiger als gewöhnlich, nichtsdestoweniger zielte sie in die gleiche Richtung. Er warf einen Blick auf das Ding und mußte sich zurückhalten, es nicht auf den Boden zu stoßen oder dem alten Mann ins Gesicht zu schleudern. Statt dessen verzog er unbeeindruckt die Lippen zu einem höhnischen Lächeln und sagte: «Na und?»

Es war ein sorgfältig modellierter Penis aus Ton, mindestens acht Zoll hoch, der sich von seiner Wurzel aus in die Höhe reckte, komplett mit Schaft, Kopf und einer dicken Ader, die sich wie eine halb engesunkene Python an ihm hinaufschlängelte.

«Na und? Was meinst du mit ‹Na und›? Was hältst du davon, mein Junge?»

«Nichts.»

Iguedo kam herein, bedachte das Ding mit einem Blick und brach in johlendes Gelächter aus.

«Was soll denn das jetzt, Alter?» keuchte sie unter Gewieher. «Gehen deine Augen jetzt den gleichen Weg, den deine Eier schon genommen haben?» Sie nahm den Penis in die Hand und fing an, damit herumzufuchteln. «Hast du ihn gemacht, damit ich Gesellschaft habe, Alter?»

Der Alte kicherte vor sich hin, als sie mit dem Ding nach ihm stieß. «Vorsichtig», protestierte er. «Er ist noch nicht ... Er ist noch nicht..» Er brachte es nicht heraus.

«Noch nicht hart? Wolltest du das sagen?» Wieder prustete sie los. «Noch nicht hart! Meine Güte, er ist schon seit Eris Zeiten nicht mehr hart gewesen!»

Jetzt brachen beide zusammen, konnten sich vor Lachen nicht mehr auf den Beinen halten. Der Junge blickte auf sie hinab. Es war ziemlich ekelhaft, wenn sich zwei alte Leute so aufführten. Als wären sie betrunken. Ebensogut könnten sie sich splitternackt vor seinen Augen auf dem Boden wälzen. Solche Dinge schienen sich jeden Abend zu ereignen. Er stand da und fragte sich, ob es nicht besser wäre, einfach zu gehen, doch allmählich beruhigten sich die beiden wieder, ihr Gelächter und ihre Zoten verwandelten sich in Schnauben, Schneuzen, Grunzen und Stöhnen. Der alte Mann rollte mit den Augen.

«Er mißbilligt uns, Iguedo. Sieh nur, wie er auf uns herabschaut, he?»

«Wer könnte uns auch schon billigen, Alter?» erwiderte sie und stand auf, um das Essen hereinzuholen.

Sie saßen auf den Raphiamatten und aßen, wobei der Alte sich den Yamsbrei händeweise in den Mund schaufelte und sich wie immer über den bitteren Geschmack beklagte.

«Du hast eintausend Jahre alte Affenkacke im Mund, du altes faules Schwein», blaffte Iguedo zurück, «deshalb schmeckt es bitter. Warum wäschst du dir nicht mal den Mund?»

Der alte Mann formte eine Kugel Yamspampe in seinem Mund und spuckte sie zur Tür hinaus.

«Morgen kannst du jedenfalls selbst für dich kochen, falls du es schaffst, dich nicht zu vergiften. Dann kannst du essen, was du willst und dich bei dir selbst beschweren.»

Der Alte schaute sie an. «Kochen? Ich?»

«Ich gehe nach Onitsha», sagte Iguedo kurz angebunden.

Der Junge aß ungerührt weiter und sah die beiden so wenig wie möglich an. Sie streiten sich gleich wieder, dachte er, also starrte er in sein Essen, kaute, schluckte und blickte nicht auf. Die meisten Männer waren in Onitsha. Dort fand ein Treffen statt, das etwas mit den *Onye ocha*, den Weißmännern, zu tun hatte, von denen alle redeten und die noch keiner gesehen hatte. Hätte er sich den Mmo-Männern angeschlossen, wäre er auch in Onitsha und würde dort besprechen, was mit den Weißmännern geschehen sollte, obwohl er sie insgeheim noch immer mit den Aussätzigen durcheinanderbrachte, weil man von beiden nur flüsternd sprach und die Wörter für beide fast gleich klangen. Statt dessen saß er hier, vertrödelte sein Leben vor einem Holzkohlefeuer und lauschte dem Gejammer eines alten Mannes.

«Was sollen die denn in Onitsha mit einer dürren alten Frau anfangen?» sagte der Alte. «Was hast du dort verloren?» In seine Stimme schlich sich ein leises Winseln.

Iguedo antwortete noch knapper als zuvor.

«Usse ist wieder da.»

Der Junge hob überrascht den Kopf.

«Oha, sieh nur, wie er die Ohren spitzt», höhnte der Alte. «Kann es sein, daß du es ein wenig auf sie abgesehen hast, mein Junge? Hmm? Sieh dich lieber vor bei der, sonst beißt sie dir die kleinen Eier ab!» Er knuffte den Jungen, der verdrossen das Gesicht verzog.

«Deine sind schon vor langer Zeit abgebissen worden», fauchte Iguedo. «Die waren aber sowieso schon morsch, so wenig, wie du sie benutzt hast.»

«Wahrscheinlich stinkst du deshalb aus dem Mund», lachte der Alte, «schließlich hast du bei jeder Gelegenheit daran gelutscht.» Er furzte laut.

Iguedo funkelte ihn einen Moment lang an, dann streckte sie sich herüber und schüttete ihm seelenruhig den Inhalt ihrer Eßschüssel in den Schoß. Der Junge sah von einem zum anderen, überzeugt davon, daß es diesmal Hiebe setzen würde. Der alte Mann blickte auf die dampfende Sauerei hinab. Dann blickte er zu Iguedo. Iguedo erwiderte seinen Blick. Er schaufelte eine Handvoll Brei auf, untersuchte sie, ließ den Klumpen von einer Hand in die andere fallen und schließlich in seinem Mund verschwinden. Er kaute grinsend.

«Blöder alter Mann», sagte Iguedo.

Alle drei aßen schweigend weiter.

«Ich dachte, Usse ist tot», sagte der Junge nach einer angemessenen Pause.

Iguedo schüttelte den Kopf. «Ijaw-Männer haben sie unten an der Küste gesehen.»

Der alte Mann mischte sich schon wieder ein, schwafelte und höhnte und zwinkerte dem Jungen zu, als hätte er ihm seine große Leidenschaft anvertraut. Er ignorierte ihn so gut es ging, aß weiter und erinnerte sich daran, wie Anayamatis ziemlich furchteinflößende Tochter damals in schwermütiger Schweigsamkeit durch das Dorf spazierte oder mit ihren Brüder raufte, bis sie alle drei mit blutigen Nasen abzogen. Er und seine Freunde hatten sich vor Usse gefürchtet. Sie waren kleine Jungen gewesen, und sie die Tochter des Eze Nri. Dann, eines Tages, hatte sie das Dorf verlassen und war nicht mehr zurückgekehrt, und alle Mütter hatten ihren Kindern mit ihrem Beispiel gedroht und sie davor gewarnt, nicht hierhin und nicht dorthin zu gehen, denn genau das «hat Usse getan, und du weißt ja, wie es *ihr* ergangen ist ...»

In Wirklichkeit wußte keiner etwas. «Usse» war etwas wie der Junge aus der Geschichte, der den Ölpalmengarten seiner Muter nicht umgraben wollte und in den Wald rannte, wo ihm ein langer Schwanz wuchs und er sich schließlich in einen Affen verwandelte. Was passierte dann mit ihm? fragte sich der Junge. Er kam nie mehr zurück. Aber Usse war nicht davongelaufen, weil sie nicht umgraben oder kein Wasser holen oder kein Holz hacken, noch nicht einmal, weil sie keine Holzkohle machen wollte. Sie war wegen der Weißmänner verschwunden. Und jetzt kam sie zurück. Vielleicht aus dem gleichen Grund, oder vielleicht ihres Vaters wegen, der schon seit Jahren in seinen Träumen gefangen war ... Oder aus einem völlig anderen

Grund. Niemand konnte wissen, was in ihrem Kopf vorging, im Kopf der Eze Ada.

Iguedo fing an, den Topf auszukratzen. Der alte Mann tätschelte seinen Bauch und ließ eine Reihe leiser Rülpser in den Raum entweichen.

«Na schön, dann werden wir morgen also Adu essen und Jauchewasser trinken», brummte er vor sich hin. Dann wandte er sich an den Jungen: «Wie hoch ist dein Holzkohlenstapel inzwischen? So groß wie du?»

Er schüttelte den Kopf. Die Holzkohle lagerte in einer Ecke des Hofes. Der Alte wußte ganz genau, wie hoch der Stapel war. Wenn die Arbeit des heutigen Tages die üblichen zwei Bündel abwarf, womit er rechnete, würde der Stapel knapp über seinen Kopf reichen. Und das bedeutete das Ende der Holzkohlebrennerei, und das hieß, er konnte nach Onitsha gehen, an den Ort, den er nie zuvor gesehen hatte. Er war noch niemals außerhalb des Dorfes gewesen.

Der alte Mann stand auf und ging zur hinteren Wand, wo ein Haufen Säcke über aufgetürmten hölzernen Kästen, die mit ihren Griffen und den kleinen Fächern wie schlecht gefertigte Chi-Schreine aussahen, aufgehängt waren. Plötzlich drehte er sich um und warf einen großen weißen Stein quer durch den Raum. Der Junge duckte sich, aber der Stein landete mit einem dumpfen Knall vor ihm auf dem Boden. Wollte ihn der alte Mann jetzt umbringen?

«Bienenwachs», sagte er und kam mit dem leeren Sack zurück. «Willst du das anstelle der Holzkohle machen?»

Der Junge funkelte ihn von unten an.

«Beruhige dich, beruhige dich. Wenn uns das alte Klappergestell nicht mehr zwischen den Füßen herumläuft, können wir uns endlich in aller Ruhe an die Arbeit machen. Heb es auf, dieses Wachs, mach schon, das ist für das Modell. Du kriegst den Kniff schon raus. Und der hier» – damit hob er den tönernen Phallus in die Höhe – «wird drinstecken, genau wie der hier» – er machte Anstalten, sein Lendentuch aufzuwickeln – «in der alten Iguedo stecken wird. Was, Iguedo?» Er brach in keckerndes Lachen aus, lauter und lauter, und Iguedo fing an zu kreischen, ob vor Empörung oder in freudiger Überraschung, war nicht genau auszumachen. «Was, Iguedo? He, he, he, he ...»

Der Junge ließ den Wachsklumpen fallen und nutzte die Gelegenheit, sich davonzustehlen. Sie waren ungehobelt und dumm. Aber morgen, dachte er, morgen würde er das Bronzegießen lernen. Es sei denn, der alte Mann hatte ihn angelogen.

«... he, he, he ...»

«Geh doch raus und mach's mit der Hand.»

«Was? Ich soll auf meinen Bauch schlagen, wenn ich eine Trommel habe? He, he, he ...»

Die Stimmen aus dem Inneren der Hütte wurden heiserer und senkten sich allmählich. Das leise Kichern hätte von jedem der beiden stammen können. Es folgte ein Grunzen. Er achtete nicht darauf. Usse war diejenige gewesen, die sie alle gewollt hatten und der sich keiner zu nähern wagte. Er langte unentschlossen in seinen Schoß, doch in diesem Augenblick erhob sich in der Hütte ein kehliges Geheul, ein keuchendes Grollen, das sich anhörte, als stamme es von tief unten aus dem Bauch, stiege dann durch den Körper nach oben und bräche schließlich als hohes Quieken duch die Nase nach draußen: «Arghh ... *riiieh!* Uargh ... *riiieh!* Ayare ... *riiieh!* Äer ... *riiieh!*»

Es war Iguedos Stimme. Er wollte sie ausblenden, doch dann fing der alte Mann an, im Gleichklang mit ihr zu Grunzen, vielleicht wollte er sie auch übertönen, denn seine Stimme war mindestens so laut wie ihre. Der Junge rief sich Usses Gesicht in Erinnerung, doch alles, was er vor seinem geistigen Auge sah, waren ihre Ichi-Male. Sie mußte jetzt ohnehin ganz anders aussehen, überlegte er. Wieder wanderte seine Hand zu seinem Schoß. Er war wieder weich geworden.

Ihr Haar war zu lauter kleinen Zöpfen geflochten, die von ihrem Kopf in alle Richtungen abstanden und dann wie die Stengel einer feisten fleischfressenden Pflanze um ihr Gesicht spielten, steif und mit Kampholz rot gefärbt. Wo man Ulibeeren in die Narben gerieben hatte, erfüllte ein tiefes Blau ihre *ichi*-Male. Sie hatte die Beeren auch gekaut und ihr Zahnfleisch so stark gefärbt, daß ihre Zähne beim Sprechen weiß wie Elfenbein blitzten. Hinter ihr standen ihre Brüder, ernst und teilnahmslos.

«Kommt jetzt. Wir gehen.»

Salvestro, Bernardo und Diego verbargen den Schreck angesichts ihrer Verwandlung auf unterschiedliche Weise. Sie sah nicht aus, als gehörte sie an diesen Ort, aber, so gesehen, auch an keinen anderen. Sie marschierten zu einem großen Einbaum, bemannt mit nervös aussehenden Paddlern, die bei ihrer Ankunft mit den Köpfen nickten.

Schon bald durchschnitten sie das Wasser, die Paddel tauchten tief ein, um sie rasch voranzubringen, dann lagen sie ruhig und tropfend in den Händen der Männer, um sogleich wieder in die klaglose Flüssigkeit eingetaucht zu werden, ein Dutzend Klingen und ein Dutzend Wunden pro Sekunde, die sofort und mühelos hinter ihnen wieder verheilten.

Usse betrachtete die ersten Sandbänke, flache Buckel aus sandigem Schlamm, von den zurückweichenden Fluten des Flusses entblößt. Das Land weiter flußauf sandte sein Treibgut herab, das auf den Bänken strandete: geknickte Zweige, Klumpen aus Flußgras, ertrunkenes Vieh, das die Krokodile zerrissen und in grausigen Lagern unterhalb der Wasseroberfläche verwahrten. Die Stimmen im Fluß waren alle vermengt und körperlos. Die Gaws von Gao ein paar Wochen stromauf warfen ihre Götter zu jeder Jahreszeit in die Flut, und da waren sie jetzt, beschädigt, verworfen und hier unten völlig machtlos. Sie schenkte ihnen keine Beachtung; Baana, Gangikoy, Moussa, Mama Kyria die Aussätzige. Die Weißmänner saßen vor ihr, möglichst weit weg von den Paddlern, die sich vor ihrer Berührung fürchteten, jedoch zuviel Angst hatten, um es ihr offen zu sagen. Ringsum war das gemächliche Schäumen und Wühlen des Flusses, ein gigantischer schlaffer Muskel, dessen mutwillige Zuckungen sie daran erinnerten, daß er, falls er das wollte, alles in einer einzigen Woge vor sich herfegen, daß er Wälder zerspleißen und Berge zerschmettern, die ganze Landschaft wieder in den ursprünglichen Schlamm zurückverwandeln konnte. Wo wäre dann Eri zu finden? Nichts konnte etwas Derartiges aufhalten, es sei denn Nri. Die Weißmänner waren eine Warnung. Namoke hatte das begriffen und nichts gesagt. Sie war es gewesen, die in das blendende Wasser gesprungen war und sich von ihm nach Belieben hatte walken und kneten lassen. Sie machte ihr Ertrinken rückgängig und kehrte zurück, und die Stimme des Flusses trommelte in ihren Ohren, eine Stimme, der nur sie allein ihr Ohr zu leihen gewagt hatte. Sie war bemalt und bewaffnet und stemmte ihre eigene Masse gegen den Strom.

Hinter ihr unterhielten sich ihre Brüder heimlich über das Treffen in Onitsha, wobei sie seltsame Formulierungen und unverständliche Redewendungen benutzten, damit die Dorfleute sie nicht verstanden. Sie waren aufgeregt und besorgt, soviel entnahm sie ihren Stimmen. In der vergangenen Nacht hatte sie kaum geschlafen, so beharrlich war sie über ihre Zeit bei den Weißmännern ausgefragt worden, als ihre Brüder sich mit weit aufgerissenen Augen nach ihren Heiligtümern erkundigten (unglaublich groß und aus Steinen erbaut, aber schmutzig), nach ihren Priestern (prunkvoll gekleidet und mächtig, wie die ihren) und ihren Königen (von denen sie nichts wußte). Handelte es sich um ein Kriegervolk, ein Volk von Schmieden oder von Bauern? Sie waren all das, alles durcheinandergemengt, und sie hatte kaum genaue Vorstellungen von ihnen. Sie lebten in riesigen Städten, beinahe so groß wie diejenige der Bini, und ihre Häuser waren aus Stein, aber auch sie ziemlich verdreckt und voller Hunde, die ein und aus gingen und die Böden besudelten. Sie wuschen sich nur selten. Fiammettas Vorliebe für Wannenbäder erwähnte sie nicht. Ihr Essen war reichhaltig und roch übel. Die Winter waren zehnmal kälter als die Zeit des Harmattan, doch ihrer Beschreibung des Schnees konnten sie nicht folgen. Sie bemerkte, wie sie einander ungläubig ansahen, und dann wurde ihr klar, daß sie sich nicht im geringsten verändert hatten. Sie spuckte auf den Boden, direkt vor die Füße ihrer drei närrischen Brüder. Es blieb nicht genug Zeit, um zu fragen, was in Onitsha vor sich ging. Die Frauen des Dorfes hatten ihr Haar geflochten, mit nervösen Fingern an Strähnen gezurrt und geziept und sie mit der dicken Farbe aus Kampholz eingerieben. Ihr Kopf war jetzt frei, seltsam gewichtslos. Sie hatte den träumenden Geist ihres Vater nicht mehr aufgesucht, und falls er sie gesucht, hatte er sie nicht gefunden. Sie hatte ihren Brüdern die Geschichten erzählt, die sie hören wollten, und sie hatte ihnen von den Männern erzählt, die nun vor ihnen saßen. Sie hatten genickt wie weise alte Männer, alle drei.

«Ja», sagte sie und hielt ihnen den emporgereckten Zeigefinger entgegen. «Es ist so, wie ich euch gesagt habe. Habt ihr mir damals geglaubt, hm? Habt ihr auf eure Schwester Usse gehört?»

Sie ließ sie ihre Handgelenke befühlen, dort, wo sie gebrochen gewesen waren und sich jetzt kleine Knötchen ertasten ließen.

So hatte sie sie beschämt, und jetzt saßen sie alle gemeinsam im Einbaum, dicht an dicht gedrängt mit den Weißmännern: Kadaver und ihre Lumpen. Sie warf einen Blick nach vorn, auf den Soldaten, und rief sich die Episoden ins Gedächtnis, die sie nicht erzählt hatte. Seine Gier hatte sie schockiert, allein wie heiß sich seine Haut angefühlt hatte, als sie bei ihm lag, und die Gewalttätigkeit in seinem Gesicht, wenn er den Akt vollzog. Sein Schweiß, der Schweiß eines Weißmannes. Sie betrachtete seinen Rücken, wenn er sich hinter dem des Riesen zeigte. Der dritte war derjenige, der sie in der Nacht beobachtet hatte, in jener ersten Nacht, als sie ihren Vater in dem Dorf der Ijaw suchte und fand. Sie war sich ganz sicher, und jetzt nannte sie ihn insgeheim Den Dieb. Soldat, Riese und Dieb. Es war wie der Anfang einer Kindergeschichte: «Schildkröte und Leopard gingen im Wald spazieren ...»; oder: «Eines Tages trafen sich Hase und Hund am Wasserloch ...» Sie fühlte sich schläfrig, trotz der Bewegungen des Bootes, des schlammig-wäßrigen Geruchs in der Luft, des leisen Stöhnens der Paddler, die unbeirrt ihren Rhythmus hielten. Soldat, Riese und Dieb fuhren in einem Boot in ein fremdes Land, mit einer wilden Prinzessin namens Usse. Sie wollten das häßlichste Untier auf Erden fangen ...

... Ezodu und Enyi gingen im Wald spazieren ... He, Usse? Erinnerst du dich an diese Geschichte, meine kleine wilde Prinzessin?

Sie schreckte aus dem Schlaf hoch. Das Gleißen des Flusses. Die paddelnden Männer. Apia streckte die Hand aus und berührte sie an der Schulter. Sie schüttelte die Hand mit einem Schulterzucken ab und lauschte in sich hinein, nach dem Ursprung der Stimme.

Vater?

Ezodu und Enyi waren einst die besten Freunde. Sie trafen sich immer am Wasserloch, hm? He, he, he, he ...

Dann war er verschwunden. Sie setzte sich rasch auf. Ebenso schnell verschwunden wie er gekommen war. Führte ihr Vater sie an der Nase herum? Seltsam. Das sah ihm nicht ähnlich. Verführte ihn seine Träumerei zur Albernheit? Dann fiel ihr Der Dieb auf.

Er saß kerzengerade, mit einem verwirrten Gesichtsausdruck, den sie nur sehen konnte, weil er den Kopf nach links und rechts drehte; sein aufgeschreckter, erschrockener, suchender Kopf. Mit den neugierigen Augen und den diebischen Ohren. Konnte auch er es gehört haben? War es möglich, daß ein Weißmann solche Stimmen hören konnte? Der Dieb war derjenige, auf den sie am meisten achtgeben mußte. Jetzt lehnte er sich wieder zurück, zupfte seinen zerlumpten Hut zurecht und zog ihn nach vorne bis über die Augen. Schlaf ruhig, dachte sie, oder tu so. Nri würde ihn enthüllen. Nri würde sie alle enthüllen.

Ihr Kurs führte sie näher zum rechten Ufer, wo ein undurchdringliches Laubdickicht bis ans Wasser wucherte und sich hob, als sie näher kamen, bis solide Vegetationsklippen sich über ihnen türmten, die Baldachine der großen Pappeln wie wankende Schelfe und Überhänge wirkten. Kam man noch näher, löste sich die grüne Wand in Ranken und Zweige auf, in raschelnde, mit scharlachroten Blüten und verschlungenen Winden überzogene Büsche. Hier und da taten sich Lücken auf, durch die sie die kühle Dunkelheit des Waldesinnern erspähte. Dann wich das Ufer wieder zurück, und kurz darauf durchbrach der Engennifluß den Wald, um seine helleren, braunen Wasser mit den gewaltigen Fluten unter ihrem Kiel zu mischen, und der Einbaum wurde durch die Strömung weiter hinausgetrieben. Sie hatten schon fast Ndoni erreicht, und der Nachmittag war bereits weit vorangeschritten, aber sie hielten nicht an. Später würde der Orashi auf ähnliche Weise in Sicht kommen, von rechts hereinströmen, mit seinen Mäanderknäueln, die sich den umfangenden Wassermassen des Flusses zu entwinden schienen, und hinter diesem Zusammenfluß würde der Osomari liegen. Auch dort würden sie nicht anhalten. Die Paddel stiegen auf und nieder, auf und nieder. Die Rücken der Männer beugten und streckten sich unaufhörlich, und doch wurden sie nicht langsamer. Atani lag dort, wo sich der Fluß verbreiterte und das andere Ufer zu einem fernen, kaum wahrnehmbaren Saum schrumpfte, dort, wo vor vielen Jahren, in einem anderen Leben, ein Junge in einem Teich mit dunklem Wasser gefischt, wo sie ihre Zehen in den kühlen Erdboden gegraben und ihn beobachtet hatte. Dort hielten sie an.

Zuerst waren die Weißmänner eine Krankheit, und niemand wußte, was zu tun war. Sie kamen in großen Schiffen mit weißen Flügeln über das Meer, und ihre Münder waren voller Blut und Lügen, die sie über alle Menschen spien, denen sie begegneten. Ihre Waffen waren leichte, ein wenig geschwungene Schwerter sowie Feuerstöcke, die sie an die Augen hielten. Es gab einen leisen Knall, ein bißchen Rauch, und dann fiel derjenige, auf den der Stock gerichtet war, tot um. Ihre Brustkästen waren dick wie Baumstämme, ihre Beine dünn wie Zweige. Sie waren schweigsam, oft tagelang, und dann fingen sie an herumzubrüllen, wobei sie ihre Körper sehr ruhig hielten. Die meisten waren ausgesprochen häßlich und stanken. Sie vergruben ihre Exkremente nicht. Sie waren streitsüchtige und mächtige Magier. Sie hatten keine Frauen. Ihre Sprache hörte sich wie Husten an. Das Land machte ihnen Angst, und sie hielten sich dort so wenig wie möglich auf. Wenn sie gehörig gereizt wurden, winkten sie mit einem Arm, und ganze Dörfer verschwanden. Der Boden, auf dem sie gestanden hatten, war aufgewühlt, und die Erde so heiß, daß sie rauchte. Man konnte sie nicht beleidigen. Niemand wußte, was sie so wütend machte, oder so häßlich, so weiß und rot, oder welche Farbe sie auch haben mochten; jedenfalls wußte es keiner der Ijaw, und deshalb mußte es sich um eine Art Krankheit oder Geistesstörung handeln, um einen bösen Geist, der in ihren Köpfen kauerte, in ihre Hälse schiß und nicht mehr ausgetrieben werden konnte. Namoke wußte, daß das meiste davon blanker Unsinn war.

Viermal war der Regen gekommen und wieder gegangen, seit er und Usse in der Hütte des alten Ijaw-Mannes gesessen und seinem Gemurmel und seinen Abschweifungen über die Nembe unten an der Küste gelauscht hatten, über die Haie in ihren Fischgründen, und dann, nach einer Kalebasse Palmwein, über die Weißmänner ... Anayamati war noch nicht in seine Träume versunken, allerdings nicht mehr weit davon entfernt, und er war vorsichtig, ihr Eze Nri. Viel zu vorsichtig für seine zornige, ruhelose Tochter. Alle Männer, die einen Titel führten, hatten sich zusammengesetzt, eine Kolanuß miteinander geteilt und eine Kalebasse herumgehen lassen, sich am Hintern gekratzt und darüber geredet, was diese «Weißmänner» wohl zu bedeuten hätten. Und mehr geredet. Und noch mehr geredet. Sie war viel zu ungeduldig, Anayamatis Tochter, und zu wild, so daß sie schließlich dazwischenfuhr und ihre Umsicht verspottete, vor ihnen herumstolzierte und, bevor sie voller Enttäuschung hinausstürmte, den Verdacht ausspuckte, den keiner von ihnen zu benennen wagte. Hatte sie recht gehabt? Angesichts dieser Schande hatte Anayamati den Kopf geschüttelt und dann das lastende Schweigen gebrochen. «Manchmal glaube ich, sie selbst ist Ezodu ...» Er hatte die Augen auf drollige Weise verdreht, und sie hatten freundschaftlich gekichert, um seine Gefühle nicht zu verletzen; dann hatten sie sich wieder dem Tombo und ihrem Geschwätz gewidmet. Hatte Usse sie überhaupt gehört? Sie waren umsichtige alte Männer, die wie umsichtige alte Männer vorgingen und die Entscheidungen umsichtiger alter Männer trafen. Usse wäre ohnehin davongelaufen, sagte sich Namoke.

Später erfuhren sie, daß die Bini auf der anderen Seite des Flusses bereits mehrere dieser Weißmänner in Ughoton hatten, obwohl sie sie aus der Stadt heraushielten, und daß es unten an der Küste noch mehr von ihnen gab, die sogar schon ein steinernes Fort errichtet hatten. Die Hungersnot trieb die Nri-Männer weiter weg von zu Hause als je zuvor, und überall, wo sie hinkamen, hielten sie die Ohren hinsichtlich Geschichten über diese Weißmänner offen. Im Osten und

Süden, bis hin nach Mpinde, in den Ländern, die von Nzinge Nvembe beherrscht wurden, im Westen und Norden bis in das Land der Dyulas, überall hörten sie die gleichen Geschichten, immer und immer wieder. Eines Tages erschienen große, mit weißen Segeln behängte Boote vor der Küste, dann ruderten kleinere Boote an Land, und darin waren die Weißmänner, die mehr schlecht als recht Handel trieben und dann wieder verschwanden, bis zum nächsten Jahr. Jedes Jahr blieben sie ein bißchen länger, und manchmal blieben sogar einige zurück (als Unterpfand? zur Strafe?), und manchmal bauten sie sich Häuser. Nvembe zufolge hatten sie den Ngola von Mbundu nach ihm erreicht, genau wie sie die Calabari vor ihm erreicht hatten, und davor die Nembe-Leute und die Ijaw, und so weiter Richtung Westen, durch die Länder der Bini und der Warri, dann nach Norden die Küste entlang, bis hin zur Wüste, in der nichts wuchs und wo die Stämme, die dort wohnten, nichts bauten, sondern Tag für Tag nach dem Erwachen vor der unerbittlichen Sonne flüchteten, bis zum Einbruch der Nacht, wenn sie sich auf den Boden fallen lassen und wieder schlafen konnten. Der Norden – da kamen die Weißmänner her. Usse hatte sie verfolgt. Jetzt kam sie zurück. Nri-Männer hatten diesen Geschichten gelauscht und das Unbehagen der Erzähler bemerkt. Die Weißmänner waren schwach und gering an der Zahl, doch etwas an ihnen war angsteinflößend. Etwas, das ihnen sogar selbst verborgen blieb. Vielleicht hatten die närrischen Ijaw sogar recht, dachte Namoke jetzt: Die Weißmänner waren eine Krankheit.

Und niemand wußte, was zu tun war. Nicht die Uzama-Leute des Oba Esigie von den Bini, die jetzt in ihren weißen Gewändern wie Störche am Flußufer entlangstaksten. Auch nicht die Berater der Alafin von Oyo, die ein Stück weiter einander weise zunickten. Nicht der Aworo der Esie, eingeschlossen mit den versteinerten Abbildern eines halben Hunderts seiner Vorfahren in dem kunstvoll entworfenen Juju-Schrein, den seine Gefolgsleute hinter dem Hügelkamm errichtet hatten und den sie auseinandernehmen und hinwegtragen wollten, sobald das Palaver beendet war. (Wann würden sie alle die Geduld verlieren? fragte sich Namoke. In einer Woche? Einem Monat?) Auch nicht Tsoede, Eze der Nupe, der, getragen von sechzig Sklaven, auf einer Sänfte so hoch wie eine Pappel eingetroffen und seither noch nicht herabgestiegen war. Weder der Achadu der Attah von Idah, ständig umschleiert von einem großkrempigen Hut, dessen Flor bis zu seinen Fußgelenken reichte, noch der Oni von Ife, der seinen ältesten und seinen jüngsten Sohn entsandt hatte. Weder die

Abgesandten der Mani Kongo, von denen einer behauptete, man habe ihn zum Haus des Königs der Weißmänner gebracht, jedoch nicht mehr davon berichten wollte, als daß es dort kalt sei, noch die der Ngola Ndongo, die ihnen erlaubten, von der Mündung des Dande aus Handel zu treiben. Weder der Odum der Awome-Calabari, der ständig betrunken war, noch die Aro, weder die Uratta noch die Ekwerre, noch die Etche oder die Asa, weder die Ndokinor noch die Awka, von denen einige schon wieder den Rückweg in ihre drei oder vier Tagesreisen entfernten Dörfer angetreten hatten. Weder die Anam auf der anderen Seite des Flusses bei Asaba noch die Ndi Mili Nnu, die auf die Sandinsel gewartet hatten, die zu dieser Zeit des Jahres in der Strommitte auftauchte, um sich langsam über die Wasseroberfläche zu erheben, bis eines schönen Morgens plötzlich die Ijaw und die Nembe darauf auftauchten und friedlich nebeneinander lagerten – geradezu ein Wunder. Auch nicht das Volk der Ozo, deren Dorf dies hier war, oder jedenfalls gewesen war, bevor die Nachricht aus Nri mehr als tausend Männer aus über drei Dutzend Völkern hier versammelt hatte, in einem Lager, das sich entlang des Flußufers bis fast zu der Biegung erstreckte, wo die breite Flut sich mit dem Anambra vermengte. Keiner von ihnen wußte mehr darüber zu sagen, als sie wußten, woher der Regen kam oder wohin er ging, oder warum die Yams in einem Jahr gediehen und im nächsten nicht. Also hatten sie sich nach Nri gewandt, und Nri-Männer hatten sie zum Palaver zusammengerufen, das Onitsha vorübergehend aus einem Dorf zu einer großen Stadt verwandelte.

Der Grund stieg an beiden Enden des Lagers leicht an und bildete sanft gewölbte Hänge aus vom Regen geglätteter, von der Sonne gehärteter Erde, die sich aus dem Wald hervorschoben und abrupt am Flußufer endeten. Von diesem Aussichtspunkt blickte Namoke auf die wuchernde Ansammlung improvisierter Hütten, Notunterkünfte und Schreine hinab, gedeckt mit Raphiamatten oder notdürftig mit den langen Gräsern, die nach dem Rückgang des Flutwassers überall üppig wuchsen. Die Männer, die sich zwischen den Behausungen dieser fadenscheinigen Stadt bewegten, waren Ratgeber, Häuptlinge, Priester, Prinzen und andere Titelträger, deren Zahl durch das Gefolge von Dienern und Sklaven noch vervielfältigt wurde. Auf die eine oder andere Weise hatte jeder von ihnen dieses Palaver gewünscht. Und nun, volle zwölf Tage nach seinem Beginn, wurden sie allmählich ungeduldig. Diejenigen, die bereits Handelsbeziehungen und Verträge mit den Weißmännern eingegangen waren, hatten sie aufgekündigt, aus Achtung vor denjenigen, die fest davon überzeugt waren, daß die Fremden nicht besser als Ratten in einem Hühnerstall seien. Sie kamen zu keiner Übereinstimmung, außer dem Wunsch, daß Nri die ihrer Besorgnis entspringenden Fragen beantworten sollte ... Sie wollten, daß der Eze Nri in einer Gewitterwolke erschien und ihnen sagte, was sie tun sollten, was sehr dumm war, denn die Nri-Leute hatten noch niemals jemandem gesagt, was er zu tun oder zu lassen hatte. Nri war die Voraussetzung für ihre Zusammenkunft, nicht mehr. Namoke scharrte mit den Sandalen über die frischen Grashalme, die sich durch den sonnenverbrannten Lateritboden gebohrt hatten. Weiter unten wurden Einbäume auf das abschüssige Schlickufer gezogen, mindestens drei Dutzend. Nicht weit dahinter erhob sich auf dem Uferstreifen das Obiri mit seinem hohen, von dicken Stangen aus Abaraholz gestützten Dach, offenen Seitenwänden und mit Raphiamatten bedecktem Boden. Einige Ekwerre-Leute saßen bereits dort und warteten darauf, daß das Palaver endlich anfing. Sein Ofo-Stab, ein Sammelsurium von Stecken, die um einen kurzen Ast gebunden waren, balancierte auf einem kleinen, mit kunstvollen Schnitzereien verzierten Hocker auf der anderen Seite des Obiri. Wie es da auf seinem Hocker lag, machte es einen harmlosen Eindruck, wie ein kleines Bündel Anmachholz oder ein zerzaustes Vogelnest – und doch: Würde er sich dem Lager mit dem hoch über dem Kopf gereckten Bündel nähern und es in die weiche Erde rammen, es wieder an seiner Wurzel herausreißen und die Erde wie Saatgut verstreuen, dann würden sie vor Entsetzen Hals über Kopf davonlaufen, jeder einzelne von ihnen. Sie würden flüchten wie vor dem eigenen Tod ... Verlockend. Ein Eisvogel flatterte wie ein grüner Klecks über die Boote hinweg. Namoke drehte sich um, blickte flußabwärts. Zwei Tage waren verstrichen, seit Gbujo, Apia und Onugu von den Ijaw benachrichtigt wurden, daß ihre Schwester durch den Mangrovensumpf reiste, und sie daraufhin sofort flußabwärts aufgebrochen waren, um mit ihr zusammenzutreffen. Doch außer einigen Fischerkanus und den Einbäumen, die die Häuptlinge der Ndi Mili Nnu von der Insel zum Palaver herüberbrachten, war im Augenblick auf dem Fluß nichts zu sehen. Er wandte sich um und ging zu dem Obiri hinunter, beäugt von den Ekwerre und den umherstolzierenden Bini, von den Abgesandten der Mani und denen von Ngola, von den Awka-Männern und den Nupe-Männern sowie vom ältesten und jüngsten Sohn des Oni von Ife, zusammen mit ihrem (jeweiligen) Dienertroß ... Sie warteten auf ihn, sie warteten auf das Palaver, und sie warteten auf die Worte des Eze Nri.

Das weiche weiße Leuchten des Harmattanhimmels verstärkte sich zu einem harten Gleißen. Während die Stunden vergingen, kamen die Männer allmählich zusammen, sprachen zunächst leise, dann immer nachdrücklicher, fanden sich zu Grüppchen, aus denen rasch Fraktionen entstanden, Knäuel aus Meinungsverschiedenheiten und Streit, bis Namoke über einen Wald fuchtelnder Arme und gereckter Finger blickte, und der Lärm zu einem zornigen Getöse anschwoll, das sich aus Beschwerden, Unmutsäußerungen, obskuren Beleidigungen, in skeptische Ohren geraunten Beschwörungen, abgeschmetterten Vernunftsgründen, Rivalitäten, Dickköpfigkeit zusammensetzte ... Wie, so fragte er sich, als er ruhig zwischen den Streitenden hindurchschritt, soll aus diesem Durcheinander jemals eine Übereinkunft erwachsen? Er blickte wieder zum Fluß hin, die Aussicht teilweise durch drei Nupe-Männer verdeckt, die einen unglückseligen Calabari einschüchtern wollten, der wiederum vorbrachte, daß drei Männer seines Dorfes von Weißmännern getötet worden oder zumindest eines Morgens zum Fischen ausgezogen und nie wieder zurückgekehrt seien. Der Fluß war hier sehr breit, die lange Paddelstrecke hinüber nach Asaba einzig durch die Sandinsel unterbrochen, auf der die Ndi Mili Nnu lagerten. Normalerweise wurde dort ein großer Markt abgehalten. Namoke sann über ihr jährliches Erscheinen inmitten der trüben Fluten des Flusses nach, fester Boden, der sich aus dem verschlammten Flutwasser erhob, Land, auf dem sich Händler treffen konnten, um einvernehmlich zu kaufen und zu tauschen. Vielleicht kam auf diese Weise eine Übereinkunft zustande? Dann fiel ihm das Phänomen ein, das von dem Volk der Idah *Yangbe* genannt wurde: ein kurzes Anschwellen des Flusses, das in ein oder zwei Wochen erfolgen mußte, und bei dem der Wasserspiegel um Kniehöhe anstieg. Das *Yangbe* dauerte immer nur wenige Tage, gerade lange genug, um die Insel wegzuschwemmen.

Der Nachmittag zog sich in die Länge, und die Debatten im Obiri wurden verdrossen und gereizt. Ein Awka namens Jiofo stritt sich lautstark mit einem großen Bini, der teilnahmslos vor ihm stand und die langen Arme unter dem Gewand verschränkt hielt.

«Sie wollen Gold und Sklaven, Enyi-Stoßzähne und Pfeffer. Na schön!» Jiofo fuchtelte mit einem Finger in der Luft herum. «Das verlangen sie heute. Aber morgen? Was wollen sie dann von uns? Jedes Jahr kommen mehr von ihnen, das habt ihr selbst gesagt, und die Bini geben ihnen Land, auf dem sie wohnen können, beschützen sie sogar, wenn sie die Leute an der Küste bestohlen haben ...»

«Oba Esigie hat sie wie versprochen für die Zeit des Palavers ausgewiesen. Außerdem sind sie sehr schwächlich, und die meisten von ihnen sterben am Fieber», warf der Bini ein.

«Genau!» rief Jiofo. «Sogar die Luft haßt sie, und nichts wächst mehr auf der Erde, die sie berühren. Das Land, das sie berühren, ist befleckt! Tot!»

Namoke blickte von einem zum andern. Der Bini schüttelte verärgert den Kopf, während Jiofo ihn weiterhin anschrie. Überall brachen ähnliche Auseinandersetzungen aus, und der Lärm klang in seinen Ohren wie wütende Hornissen. Was sollte dabei nur herauskommen?

«Du wirst schon sehen!» kam Jiofo zum Schluß und wandte sich jetzt an Namoke. «Wenn der Eze Nri sein Urteil fällt, wirst du schon sehen!»

«Wenn der Eze Nri spricht», sagte der Bini, als führe er ein Selbstgespräch, «wird Klarheit eintreten. Vielleicht auch in deinem Kopf.» Damit schritt er verächtlich von dannen.

Da ihm sein Gegner abhanden gekommen war, wandte sich Jiofo in seiner Empörung jetzt an Namoke.

«Diese Bini halten sich wohl für besser als alle anderen, was? Dabei tun sie nichts anderes, als herumsitzen und mit ihren schönen langen Fingern spielen. Wozu soll denn das gut sein? Sieh dir diese hier an!» Er hielt seine eigenen Hände mit den kurzen dicken Fingern empor. «Diese Hände haben seit der letzten Ernte einhundert Klingen geschmiedet, und wie viele davor habe ich längst aufgehört zu zählen. Die Bini – pfft!» Er tat so, als spuckte er auf den Boden, was innerhalb des Obiri tabu war, und fuhr mit seiner Tirade fort, während Namoke ruhig nickte und auf eine günstige Gelegenheit zum Verschwinden wartete. Doch Jiofo leierte fort und fort, seine Stimme bohrte sich in Namokes Schädel wie ein Pfeilwurm, dabei waren ohnehin schon so viele Stimmen darin gefangen, die ihn unablässig verwirrten und peinigten. Wenn der Eze Nri spricht ... Wo war diese Stimme? Die Stimme, auf die sie alle mit der gleichen, allmählich schwindenden Geduld warteten, die jetzt Jiofos Inbrunst befeuerte, so daß er immer weiterdröhnte, sich wiederholte; die Bitterkeit dieses Mannes erwuchs aus der gleichen Angst, die sie alle hier zusammengeführt hatte, und diese Angst erwuchs aus dem Unwissen. *Das Eisen ist zerbrochen* ... Ein Schmied müßte eigentlich gerade an dieser Redewendung Gefallen finden, kam es Namoke gallig in den Sinn, wenn auch nicht an der Tatsache, die sie in sich barg ... *und keiner weiß, was zu tun ist.* Ein wenig Öl, damit die trockenen Worte besser rutschen. Mit dankbarem Erstaunen fiel ihm auf, daß die Männer jetzt verstummt waren. Nur eine Gruppe Idah unterhielt sich noch. Als er sie ansah, schwiegen auch sie. Eine unheimliche Stille braute sich hinter ihm zusammen, ein unbehagliches Schweigen, geradeso, als hätten sich zwei Rivalen plötzlich inmitten des Marktgedränges erblickt und wären mitten im Satz verstummt, um einander anzustarren, wobei die Schneise ihrer Aufmerksamkeit ganz ruhig wird und sich dehnt, bis sie die ganze Versammlung zum Schweigen bringt. Münder klappten zu oder blieben einfach offen, und nach wenigen Sekunden herrschte absolute Stille in dem Obiri. Alle sahen nach vorne zu der Stelle, an der Namoke zuvor gestanden hatte. Jetzt konnte er ihre Gegenwart spüren. Also, murmelte Namoke, als er sich mit den anderen umdrehte, ist sie doch zurückgekommen.

Usse stand direkt vor dem Eingang des Obiri. Dort fiel das Sonnenlicht auf sie, und den auf sie gerichteten Augen, die an den Schatten gewöhnt waren, erschien ihr Haar wie ein Kopfputz aus leuchtendem Rot und ihr Gesicht wie eine Maske aus Elfenbein mit tiefen blauen Schnitten darin. Die dünne Linie der Böschung schnitt sie in zwei Teile, die rote ausgetrocknete Erde und darüber der weiße Himmel. Sie machte einen Schritt nach vorn, und diejenigen, die ihr am nächsten standen, wichen zurück, als ginge von ihr eine körperliche Bedrohung aus. Noch immer sprach niemand. Namoke ging durch die schweigende Menge nach vorn. Ihre Augen weiteten sich, als er sich durch die Leiber schob, die sich eng aneinanderdrängten im Bemühen, eine schützende Distanz zwischen sich und ihr zu schaffen, einem lebendigen Juju, das sie bedrohte und verwirrte. Er spürte ihre Kraft durch diese Leiber hindurch, wie sie im Inneren des bemalten Körpers zusammengerollt schlummerte, stark und unberührbar wie der Muskel einer Python. Ihr Atem füllte die Lungen der Anwesenden und pumpte sie so voll, daß sie, hätte Usse zischend die Luft eingesogen, allesamt wie ausgelaugte Hautsäcke zusammengefallen wären, und Nri hätte ihre Geister zurückgeholt ... Sie war jetzt noch mächtiger, erkannte Namoke. Sie schritt weiter voran, hob einen Arm, streckte ihn aus, eine Bewegung, die ihre Gestalt aus der steinernen Luft herausschälte. Ihre Finger verkorkten die überanstrengten Ohren der Menge, und sie mußte sie nur wieder herausziehen, damit die Worte ihre Köpfe überfluteten und aus ihren Mündern heraussprudelten. Sie waren voneinander getrennt wie durch Käfige, verbunden nur durch ihren schlangenhaften Arm, der sich aus ihr herauswand und alle packte, jeden einzelnen von ihnen festhielt – sie drehte sich um die eigene Achse, mit reglosen Gliedern, als sei ihr Rückgrat ein Stab, der tief in die Erde gerammt war, wo Ala ihn festhielt und langsam zwischen den kräftigen weißen Ballen ihrer Finger zwirbelte. So drehte sie sich langsam zwischen dem Fluß zu ihrer Linken und dem Wald zu ihrer Rechten, und wenn sie auch nur einen Augenblick früher gesprochen hätte, überlegte sich Namoke später, hätten alle die Gestalt ihres Drängens angenommen, wären alle zu ihrem Schatten geworden, in dessen genauen Umrissen; ihre Gestalt warf eine harte Insel des Dunkels auf den hellen, weichen Boden der Palaverstätte, wo sie alle einsanken, Bollwerk der Eze Ada … Und trotzdem.

Sie hatten Glück gehabt, dachte Namoke später in jener Nacht, als sie einfach als Usse vor ihm saß. Sie war das Kind seines Bruders, erkennbar sein eigen Fleisch und Blut, ein kleines Mädchen, das geplappert und Geschichten erfunden hatte, in denen sie Iguedo im Wald begegnet war. Er erkannte sie jetzt genau wieder. Im Obiri war sie eine Fremde gewesen, zu verändert, als daß er sie hinter der Erscheinung, die sich an die versammelten Männer wandte, erkannt hätte. Sie hatten Glück, daß man sie nicht in Stücke riß. Oder vielleicht hatten die Alusi vom Himmel herab eingegriffen und die bröckelnden Mauern befestigt, die die anwesenden Männer vor der Erscheinung der Eze Ada in Schach hielten, gerade lange genug, bis ihre Brüder eintrafen und die drei Eindringlinge wegschleppten. Einen Moment lang hatte er gedacht, derjenige, den sie «Soldat» nannte, würde die Klinge ziehen, die er in einem langen metallenen Behältnis an seiner Seite trug. Seine Hand hatte gezuckt, doch sie hatte es bemerkt und ihm in seiner eigenen Sprache etwas zugezischt. Gbujo packte den Mann an der Schulter. Der ließ zu, daß er auf diese Weise herumgedreht wurde, und die beiden anderen, der Riese und derjenige, den sie «Dieb» nannte, waren geflohen.

«Ihr solltet sie doch im Einbaum lassen», rügte sie ihre Brüder jetzt voller Verachtung. «Narren seid ihr, einer wie der andere. Nichts hat sich geändert.» Ihr funkelnder Blick forderte sie zum Widerspruch heraus. Doch die drei starrten nur finster vor sich hin und sagten nichts.

Es war alles sehr schnell gegangen. Die zerlumpten Kleider hatten die Männer im Obiri verwirrt, und einen Moment hatten sie einfach nicht verstanden, was ihnen ihre Augen sagten. Dann hatten sie aufgeblickt und in diese Gesichter geschaut, und dann keimte Verstehen auf. Namoke erinnerte sich an die Geräusche in den Kehlen der Männer, ein Keuchen, das aus ihren Bäuchen kam. Drei Weißmänner hatten das Obiri betreten, und dann hatte sich der Soldat zwischen die Eze Ada und ihr Publikum gestellt und angefangen, in seiner eigenen Sprache zu sprechen, was sich anhörte, als habe er den Mund voller Erde. Es schien, als wendete er sich an ... ihn, Namoke.

Die beiden anderen hielten sich im Hintergrund, sie spürten die Feindseligkeit, die sich auf den Gesichtern, die in die ihren starrten, abzeichnete, ein Erkennen, das von dem Gedränge der Leiber zurückgeworfen wurde, ein schreckliches Staunen. Gbujo und seine Brüder tauchten keuchend auf, sie flüsterten etwas, und genau das schien die Männer zu entfesseln. Sie drängten vorwärts, und Usse drehte sich um. Dann war es an ihm, verwundert zu sein, schockiert, wie aus einer Trance gerissen. Sie hatte seinen Ofo-Stab an sich gerissen und schwang ihn wie eine Waffe, während ihre Brüder die Eindringlinge hinauszerrten. Wie lange dauerte es noch, bevor die Woge des Zorns der Männer sich brach und schäumend überschlug, ein Faustregen auf ihre bandagierten Körper und ihre verdutzten roten Gesichter niederprasselte? Und wie lange dauerte es wohl, sie in Sicherheit zu bringen? Einen Herzschlag? Zwei? Er hatte völlig den Kopf verloren, gestand sich Namoke ein. Er hatte ohne Verstand gehandelt.

Eine Öllampe zischte. Draußen war es finster, in der Hütte düster. Die drei Brüder mieden den Blick der Schwester.

«Und jetzt?» wagte Gbujo einen mürrischen Vorstoß.

«Keiner von ihnen weiß etwas, abgesehen von diesem ‹Papst›. Warum würde er sonst diese Weißmänner schicken? Und was sollen sie ihm mitbringen, hm? Schildkröten? Oder Paviane?»

«Sie erinnern sich an nichts, weil es nichts zu Erinnern gibt.»

«Deshalb wollen auch die Nri-Männer vergessen. Draußen im Feuer ist Asche. Verreibt sie in euren Gesichtern, und ihr werdet nicht nur vergessen wie die Weißmänner, sondern auch so aussehen wie sie. Was habe ich nur für vergeßliche Brüder. Vergessen einfach, die Weißmänner im Boot zu lassen, vergessen ihre Schwester, vergessen Ezodu. Seht euch das an, Weißmänner im Obiri, Schwester nach Hause zurückgekehrt, und Ezodu ...»

«Ezodu ist eine Geschichte, die Mütter ihren Kindern erzählen ...» Gbujos Stimme klang gleichgültig.

«Die Nri-Frauen erinnern sich. Die Nri-Männer rennen wie kopflose Hühner umher. Sie wollen sich wichtig machen, alle anderen Hühner zusammentrommeln und ein großes Palaver abhalten. Sehr schön, wie sie da alle aus ihren Hälsen herausgackern und herumstolzieren. Ihr wißt, was diese Weißmänner sind. Das Volk der Nri hat von jeher gewußt, was Weißmänner sind, schon seit Eri die Klinge von dem Awka-Mann nahm. Das Volk der Nri hat die Weißmänner erwartet, seit Enyi und Ezodu ... «

«Es reicht, Usse! Das sind alte Geschichten, Tabugeschichten ...»

«Tabugeschichten? Kleine Kinder singen sie! Und wolltet ihr sie nicht den Bini-Leuten erzählen? Den Ife? Und was ist mit den Ijaw? Auch sie mögen Geschichten. Warum dieses große Palaver, wenn das Volk der Nri ohnehin weiß, was diese Weißmänner sind? Das ist eine Angelegenheit der Nri. Es fing mit den Nri an, und jetzt kehrt es zu den Nri zurück. Wollt ihr ihnen das alles erzählen? Denkt nur, wie groß und wichtig ihr dann dastehen würdet. ‹Oh, Völker des Waldes! Nri-Männer brachen dereinst ihr eigenes Tabu. Oh, Völker des Salzwassers! Es geschah vor langer Zeit, zur Zeit Eris. Oh, Völker des Flusses! Das Volk der Nri hat die Erde besudelt ...› Das wird eine schöne Rede, was, meine Brüder? Alle hören mit gespitzten Ohren zu.» Sie funkelte ihre vier Gegenüber an.

«Bist du dir so sicher, Usse?» Namoke sprach sanfter als ihre Brüder. «Bist du so sicher, daß die Weißmänner deshalb gekommen sind? So sicher, daß sie wirklich das sind, wofür du sie hältst?»

«Weshalb sie gekommen sind?» echote sie. «Sie kennen sich selbst nicht. Was sie sind? Ja, ich bin mir sicher. Ich habe unter ihnen gelebt. Du nicht. Was kümmert es mich, wenn es dir Kopfschmerzen bereitet, das alles zu verstehen?» Sie wandte sich an ihre Brüder. «Glaubt unserem Vater. Er sieht sie sogar jetzt in seinen Träumen. Schon bald wird auch er sie erkennen. Und wenn er sie erkennt, werdet auch ihr sie erkennen. Oder sehen meine drei weisen Brüder etwa weiter als ihr Vater, klarer als der Eze Nri selbst?»

Dann verstummte sie. Namoke sah, wie sie ihre Beine entwirrte und auf der Matte ausstreckte. Welche Neugier, fragte er sich, könnte ihn dazu bringen, sie um eine Erklärung zu bitten? Ihre gespielte Gleichgültigkeit überdeckte eine wirkliche, dachte er, so sicher war sie sich der Dinge, die sie kannte oder zu kennen glaubte. Das Palaver schien sehr weit weg, und er selbst hatte sich aus dem Lärm gelöst. Wie Insekten, die auf der anderen Seite des Flusses, über den sie sie geführt hatte, herumsurrten. Sie muß sich selbst nicht verstehen, dachte er. Das würde ihre Stärke nur mindern.

«Das ist doch Unsinn», sagte Gbujo ruhig. «Unser Vater ... Du weißt es, Usse. Das Eisen ist zerbrochen. Es war schon zerbrochen, bevor du weggingst. Unser Vater war bereits ...» Seine Worte erstarben.

«Tot», sagte sie barsch.

Namoke hörte, wie Apia rasch einatmete. Sein eigener Schock überraschte ihn, der Schlag, den allein dieses Wort auslöste – die Tatsache, daß man ein solches Wort ins Antlitz des Eze Nri spuckte.

«Was du da redest, ist Unsinn», wiederholte Gbujo kalt. «Das Eisen ist zerbrochen, wie ich sagte, und wie es auch meine Schwester gesagt haben muß, denn ich höre meine Schwester nicht, wenn ihr Mund mit Dung verstopft ist. Es ist Unsinn, weil unser Vater die Weißmänner niemals sah und sie auch niemals sehen wird, und wenn du diese drei, wie du behauptest, auf seine Bitten hin mitgebracht hast, dann beweist das nur, daß du seine gehorsame Tochter bist ...» Er hielt inne. «Du hast wohlgetan, Schwester, sie so weit zu führen. Wir, deine Brüder, grüßen dich, dich, die Eze Ada. Sie so weit zu führen, nur um sie sterben zu sehen, ist ein harter Schlag. Eine so schwere Last zu tragen, nur um sie kurz vor der Haustür fallen zu lassen ...»

An dieser Stelle sah er sich gezwungen, erneut innezuhalten, denn seine Schwester zog die Knie an, umklammerte sie mit den Armen und fing an, hin und her zu schaukeln. Ihren Lippen entwich ein leises Wimmern und Seufzen, doch diese Laute brachen dann nicht als Zeichen bitterer Enttäuschung aus ihr hervor – darauf hatten sie nur gewartet –, sondern als schallendes Hohngelächter. Sie lachte ihn aus. Sie lachte sie alle aus: Gbujo, Apia, Onugu, sogar ihn selbst, Namoke. Er zog verwirrt die Stirn kraus, erinnerte sich daran, wie er sich auf sie gestürzt hatte, wie er die Macht in dem Ofo-Stab, den sie vor der brodelnden Menge schwenkte, gefürchtet hatte, wie er dachte, er würde ihre Hände zu Stummeln verbrennen, sie aufspießen, sich in ihr aussäen und ausschlagen, bis seine Zweige aus ihrem Fleisch hervorbrachen, sie auseinanderreißen ... Er hatte die Hand ausgestreckt, und die Masse der Männer hatte es ihm gleichgetan, die Mauer, hinter der sie sie zurückhielt, fing an zu bröckeln, als ihre Körper vorwärtswogten ... Sie hatten die drei Männer in den Wald gejagt, wo sie sterben würden. Weißmänner konnten im Wald nicht leben. Alles, was sie getan hatte, war umsonst gewesen. Und jetzt lachte sie sie aus!

«Armer Gbujo!» platzte es aus ihr heraus. «Glaubst du, ich wüßte nicht, daß du sie zum Obiri geführt hast? Armer Apia! Glaubst du, ich hätte dich nicht gehört, als du die Männer angestachelt hast, sie zu jagen? Und du, Onugu, mein kleiner Bruder, glaubst du, ich hätte nicht gesehen, wie du da drüben hinter den Kokospalmen Keulen an sie verteilt hast? Glaubst du, ich hätte nicht erraten, daß die Keulen dort bereitlagen? Oh, meine dummen, dummen Brüder! Ihr hört nicht zu, wie wollt ihr da verstehen? Stellt euch vor, daß das, was ich sage, wahr ist – strengt eure Köpfe ruhig ein wenig an –, stellt euch vor, die Weißmänner sind genau das, was ich euch sage. Glaubt ihr, daß die Alusi euch erlauben, ihr Blut zu vergießen? Glaubt ihr, daß sie zulassen, daß Nri-Männer erneut die Erde besudeln?»

Die drei wagten nicht, sie anzusehen. Richtig, dachte Namoke, es ist ihr gleichgültig. Sie weiß, daß es nicht auf ihre Brüder ankommt. Sie konnten anstellen, was sie wollten, sie spielten bei dieser Sache keine Rolle. Sie beugte sich vor, sprach direkt in ihre Gesichter, legte ihren Schock als Verständnislosigkeit aus, oder als Beschränktheit.

«Zweihundert Mann jagen drei schwitzende Weißmänner durch den Wald. Und die Weißmänner entkommen. Verratet mir doch, meine schlauen Brüder, wie das geschehen kann? Können sie etwa wie Leoparden rennen? Wie Vögel fliegen? Können sie sich in Luft auflösen? Drei unwissende Weißmänner, die kaum geradeaus gehen können, ohne zu stolpern, die wie Büffel umhertapsen ...»

Sie bellte einem nach dem anderen die Frage ins Gesicht.

«Kannst du mir das verraten?»

Ihre Brüder schwiegen.

«Iguedo hat sie», sagte sie offen heraus. «Es ist egal, was ihr glaubt. Sie leben. Und bald werden sie in Nri sein.»

Jede Niedertracht hat ihre Pathologie. Kleinere Flüsse und Nebenflüßchen entspringen fernen Hochlanden und Wasserscheiden, bahnen sich dann ihren Weg durch den Wald, führen armselige Mengen Schwemmboden in Form von wertvollem schwarzem Schlamm mit sich und lagern ihn an ihren üppigen, vegetationsreichen Ufern ab, ein fruchtbarer Doppelstreifen aus Binsen und Röhricht, in dem Reiher und rotbeinige Enten auf der Suche nach Fischen umherwaten, eine grüne, faserige Palisade, ein lebendiger Saum, der in feinkörniger, krümeliger Erde wurzelt. Und doch ist das alles nichts als Blendwerk, denn nur drei Schritte weiter hinten, wo der Wald beginnt, wird der Boden dünn und sandig, und sofort spinnt sich das knotige Netzwerk ausgedehnter und flacher Wurzelsysteme wellenartig fort und fort, windet sich aus dem ausgelaugten kiesigen Boden und taucht wieder hinein, immer auf der weitläufigen Suche nach Phosphaten, im Auftrag von Rotwasserbaum und Grünharz, Mahagoni und Eisenholz, Gummi-Kopal-Bäumen und Obechibäumen mit ihren gewaltigen Stämmen, den Waldriesen und ihrem enormen, saugenden Appetit, der den ohnehin kraftlosen Boden im Umkreis von mehreren Meilen auslaugt und dabei nichts Nützlicherem dient, als dem übermäßig entwickelten Drang, größer zu sein als alle Nachbarn.

Die vagabundierenden Wurzeln dieser hydrafüßigen Monster (Salvestro wird gleich über eine stolpern) pumpen die Baumnahrung mehr als hundert Fuß in den Himmel, wo ein glänzendes Blätterdach das dazugehörige Sonnenlicht wie ein fetter grüner Schwamm aufsaugt und leuchtend bunte Blumen produziert, die meist sehr klein und ungemein fein geformt sind. Vögel laben sich mit Vorliebe an ihnen. Alles andere befindet sich darunter und fingert im Halbdunkel nach allem, was wie der für das Wachstum lebenswichtige Sonnenschein glänzt oder schimmert und vom lichtabsorbierenden Baldachin hoch droben herabtropft, wobei hier unten zu den kräftigsten Kämpfern der fünfzig Fuß hohe Balsam gehört, ferner das glatte Seidenholz, der Johannisbrotbaum mit seinen büscheligen Blättern und langen, hängenden Samenkapseln sowie engstehende Haine falscher Dattelpalmen, faserige Ajibäume und Crapholzbäume, die allesamt sonnenhungrig ihre Blätter ausstrecken, die wenigen verbliebenen Strahlen und flüchtige Reflexe aufschlürfen, bis der Waldboden nur noch von sehr verschwommenen Lichtsprenkeln und Fleckchen erhellt wird, Überbleibsel und Durchlässigkeiten der weiter oben Angesiedelten. Farne gedeihen hier, gelegentlich sogar Baumwollpflanzen. Lianen hangeln sich nach oben, verknoten sich irgendwo und seilen sich wieder ab. Flechten und Moose gedeihen gut, und die Bäume selbst lassen ihre Samen von hoch oben herunterfallen, wo die Schößlinge kaum Zeit haben, Dickichte aus undurchdringlichem Buschwerk zu bilden, bevor ihre Eltern sie verhungern lassen. Der Boden hier unten ist hoffnungslos überfüllt und von den konkurrierenden Gelüsten dieser Ungeheuer ausgelaugt, während die Sonne weit droben gekonnt mit den edaphischen Ungewißheiten spielt, sie immer weiter und höher aus ihrem verbrauchten Fundament emporlockt, sie verleitet, sich höher und höher zu strecken, in einem verzweifelten Wettstreit, alles ringsum zu ersticken, bis die Wurzeln schließlich die Krone nicht mehr versorgen können, die Blätter ledrig und papieren werden, schließlich braun, dann abfallen und langsam auf den Waldboden hinabsegeln, wo sofort der Mulchprozeß einsetzt, am Fuß eines hundert Fuß hohen, vollkommen nutzlosen, bereits im Verfaulen begriffenen Baumstammes, der früher oder später – das unvermeidliche Finale – zwischen seine siegreichen Nachbarn stürzt, ein krachendes, alles zerschmetterndes und mit sich reißendes Fallbeil aus totem Stamm, Astwerk, Zweigen und epiphytischen Ranken; ein gigantischer Baumleichnam. Termitenfutter.

Manchmal jedoch – oder selten, eigentlich so gut wie nie – bricht das Blätterdach auf. Ein sonnendurchfluteter Zufluchtsort tut sich auf. Straußgras schießt auf und gedeiht in fröhlicher Eintracht mit kleinen Sträuchern und blühenden Büschen, etwa hellroten Rhododendren, oder hier und dort einer wilden Yamspflanze. Alles blüht und kommt zur Reife, und ein beträchtlicher Prozentsatz dieser Samen produziert verkleinerte Versionen dessen, was da zuvor geblüht hat, nicht genügend, um die Nachbarn zu ersticken, doch genug für den bescheidenen Fortbestand. Das Nahrungsproblem wird in unausgesprochenen unterirdischen Verhandlungen gelöst, mit einem Ergebnis, das allen Parteien einen gerechten Anteil zuweist. Ohne Eile torkeln brummende Bienen umher, verteilen Pollen ohne Furcht oder Vorliebe in diesem kleinen Paradies – obgleich von den finsteren Klippen des herandrängenden Waldes eingeschlossen –, dieses glückselige Ökotop, wo Kuhstare ungeachtet der Abwesenheit von Kühen herumhüpfen, wo man ganze Armvoll lieblicher Blumen pflücken könnte (was jedoch niemand tut), in das die parasitäre Liane sich keinen Zugang winden und so weder strangulieren noch korrumpieren kann, wo alles ursprünglich, unverdorben, friedlich und schön ist.

Dann krachen fünfundzwanzig Tonnen verrottender Baumstamm aus dem Nichts herab, schwingt eine fünfzig Fuß lange Geißel, bestehend aus dem eigenen toten Geäst und sechs verschiedenen Spezies von Kletterpflanzen, hinter sich her und macht alles ringsum mit einem Schlag platt; bösartige kleine Schößlinge schießen auf, um das ganze Gebiet in eine lichtabsorbierende Blättermatratze einzuweben, wobei alles darunter abgetötet wird und sich die niederträchtigen Normen des Waldes auch hier zu ihrem angestammten Recht verhelfen. Diese, von der unzulänglichen Erde bis zum unzureichenden Sonnenlicht, von der Pfahlwurzel bis zur obersten Blattkrone, verheißen nichts anderes als Hungertod, Kindsmord, baumhafte Grausamkeit und unersättliche Gier. Soviel zur Vertikalen.

Seitlich jedoch, nach links und rechts ... Riesenhafte schwarze

Stämme erheben sich aus den gesprenkelten Höckern der niedrigeren Baumkronen und stützen die gewölbten Dome der Dächer weiter oben. Durch den boden- und himmellosen Abschnitt des Luftraums zwischen diesen unteren und oberen Baldachinen schrauben sich Fruchttauben und Perlhühner. Dabei ist «oben» etwas heller als «unten», doch beides besteht aus entstofflichtem Grün, als wäre eins das Spiegelbild des anderen, bloße Abbilder, die sich über die gesamte Länge und Breite des Waldes hinziehen. Dimensionale Konfusion regiert in dieser Zwischenzone (was genau *ist* eigentlich Höhe?), in der Eichhörnchen, Eidechsen, kleinere Affen und Schimpansen auf- und abklettern, ohne eine augenfällige Unterscheidung zwischen diesen grundsätzlich verschiedenen Manövern zu treffen, und, weit entfernt davon, die fehlenden Koordinaten zu liefern, fahren die hochmütigen Bäume ungerührt mit ihren Jahrzehnte überspannenden, mörderischen Bockspringspielchen fort. Wen wundert es da noch, daß die Flughunde kopfüber schlafen: «Oben» und «Unten» selbst sind völlig haltlos und aus den Fugen geraten, wechseln ständig die Positionen, verschieben die vertikale Achse in serpentinische Schleifen, verdrehte Windungen, verbogene Lemniskaten ... Der Vertex taugt hier oben nicht viel, und da unten ist er auch nicht viel besser.

Genau dort befindet sich Salvestro, unterhalb des Unten, auf der unteren Ebene, direkt auf Bodenhöhe, da er gerade über eine dieser hinderlichen, knorrigen, schwer zu erkennenden Baumwurzeln gestolpert ist. Alarmiert von dem dumpfen Schlag äugt ein Buchfink herab und sieht, daß da eine große und nicht sehr überzeugende braun-weiße Krabbe bewegungslos im Dreck liegt. Eine kleine hamsterartige Kreatur mit plüschigen Ohren streckt die zuckende Nase aus ihrem Bau und erkennt eine einzelne schmutzige Zehe, die durch das Loch in der Sohle von Salvestros Schuh zu sehen ist. Salvestro hat sich verheddert, und irgendwie hat er es geschafft, den Mund voller Erde zu bekommen, Erde, die säuerlich und extrem sandig schmeckt. Da ihm momentan die nötige Puste zum Ausspucken fehlt, schluckt er sie herunter. Das Hamstertierchen zieht sich in seinen Bau zurück. Der Buchfink sieht seinen Fehler ein und verliert das Interesse. Ein versprengter Ameisensoldat, der einen Zweig zwischen den Kiefern schleppt, trifft auf ein großes und teilweise unerklärliches Hindernis. Salvestro hustet. Erdbeben? wundert sich die Ameise. Sie wirft den Zweig ab. Mit den Zehen beginnend, versucht Salvestro seine Glieder zu bewegen, wobei er eins nach dem anderen nach möglichen Schnittwunden oder Brüchen überprüft und sich dabei viel

Zeit läßt, weil er noch immer völlig außer Atem ist und nicht aufstehen könnte, selbst wenn er das wollte, und auch weil die letzten Geräusche der Verfolger schon vor mehreren Stunden verstummt sind, und schließlich, weil er sich seit jenem Augenblick hoffnungslos in einem Wald tausend Meilen fern der Heimat (wo immer das sein mag) verlaufen hat. Da er nicht die geringste Vorstellung davon hat, wo er sich gerade befindet, sieht er keine dringliche Veranlassung, irgendwo anders hinzurennen, wo er ebenso wenig weiß, wo er sich befindet. Andererseits scheint die Option, entdeckt zu werden, die Möglichkeit nach sich zu ziehen, von einer kleinen Armee schreiender schwarzer Männer unter der Führung von Usses Brüdern zu Tode geprügelt zu werden. Mordlustiger Pöbel. Er scheint solche Leute förmlich anzuziehen.

Also bleibt er dort eine Zeitlang liegen, mit dem Gesicht im Dreck, japst nach Luft und wackelt mit den Füßen, während die ähnlich verirrte Ameise, die für sich entschieden hat, daß man von etwas, das um so vieles größer ist als man selbst, vernünftigerweise annehmen muß, daß es sich entsprechend schneller bewegt, am Ärmel seines Hemdes emporklettert, durch einen kleinen Riß im Stoff eindringt und sich beinahe in den drahtigen Haaren verfängt, die in Salvestros Achselhöhle sprießen, wo sie ihn in exakt zwölf Minuten und fünfundvierzig Minuten von jetzt an beißen wird. Höchste Zeit weiterzugehen, denken Salvestro und die Ameise gleichzeitig, auch wenn ein Waldflecken sich nicht sonderlich vom nächsten unterscheidet ...

Er steht auf und starrt in die Düsternis. Amorphe Ausdünnungen und halbherzige Aufhellungen der Schattenwelt des unterseeischen Waldes schaukeln und treiben wie torkelnde Wolken vorüber, treiben über dem Boden und schnüffeln neugierig hierhin und dorthin, wobei sie gelegentlich zusammenstoßen und verschmelzen, sich manchmal ausdehnen oder zusammenziehen, bis sie sich gänzlich aufgelöst haben. Es gibt keine Schatten – das Licht ist zu unbestimmt –, sondern lediglich ein trübes Chiaroscuro, das den Wald durchdringt und seine Bewohner verschwimmen läßt, Konturen auflöst und allen Farben ihre Bestimmtheit entzieht, so daß sie ineinander verschwimmen und dabei eine homogenisierende Übersättigung an staub- und erdfarbenen Tönen hervorbringen. Im Unlicht des Waldbodens betrachtet, sieht ein Stück Wald tatsächlich wie das andere aus. Seitwärts gesehen, trifft das auch meistens zu. Entlang der lateralen Achse von Homologie und Hommage könnten die vielfach umflanschten Streben der Pappeln ebensogut zwanzig Fuß hohe Termitenhügel sein, oder die faulenden Stümpfe toter Zedern, oder von Kriechpflanzen erdrosselte Seidenhölzer, wogegen die Kriecher und Lianen selbst – was nicht sehr verwunderlich ist – großen und kleinen Schlangen gleichen, wobei die kleinen gelben sich auch als junge Palmwedel verkleiden und die jungen Palmwedel als Bambus, und der Bambus als mehrere Büschel Elefantengras (die wiederum keineswegs wie Elefanten aussehen, obwohl es einen bestimmten Käfer gibt – der übrigens, wenn man ihn röstet, einen ziemlich scharfen Nachgeschmack hat –, einen Käfer, den man für gewöhnlich in wurmbefallenen, umgestürzten Baumstämmen findet, deren Holz er bevorzugt und die er unter Zuhilfenahme des gekrümmten und spitzen Horns am Ende seiner Nase aushöhlt ...). Sickernder Saft, der an den Stämmen der Copaivabäume herabtrieft, fermentiert und wie Waldorchideen riecht, oder vielmehr riechen würde, wenn die Orchideen nicht nach Aas röchen. Ruhende Leoparden sehen aus (und sind ebenso selten) wie wolkenartige Sonnenlichtflecken, die auf feuchte schwarze Erde fallen. Leoparden in Bewegung sehen aus wie ein Schwarm sterbender Wespendrohnen, die sich aus ihren kokonartigen Nestern herabstürzen, die wiederum an die hochgeschätzten, aber toxischen Tololoknollen erinnern. Flügellose Insekten imitieren Stöcke, Blätter, giftige Früchte und ungenießbare Flechten. Seitwärts breitet sich der Wald durch Prozesse der Imitation und der Analogie aus. Seine Herolde sind die Papageien, das urzeitliche Chamäleon ist sein König: Dort schreitet es, stets im Einklang mit dem Terrain die Farbe changierend und marmorierend, hebt jeweils immer nur ein Bein und setzt es mit übertriebener Vorsicht wieder auf, als wäre das Land noch immer weich, als könnte ein falscher Schritt es unrettbar in dem Schlamm versinken lassen, der alles in den Tagen bedeckte, bevor Eri ihn härtete und das Land schuf, dessen Charakter hier alles determiniert und gleichzeitig seine Pathologie und seine verbrauchte Grammatik ist ... Am Ende bricht hier alles oberhalb der Wurzeln ab, kippt, fällt, kehrt zum wartenden Boden zurück, aus dem es sich einst erhoben hat. Und in der Zwischenzeit erscheint, schmeckt oder klingt alles wie etwas anderes.

«Au!»

Mit Ausnahme von Salvestro. Den Hut verloren, sämtliche Zehen angestoßen, die Beine zerkratzt, Dreck im Mund, Loch im Schuh: zerlumpt, verschwitzt und hungrig sieht Salvestro bislang noch nicht wie etwas anderes im Wald aus. Es gab einmal eine Zeit – vor langer Zeit und weit, weit weg –, da hätte er sich hier zu Hause gefühlt. Die Bäume und Büsche, das dichte Zederngestrüpp und die Dornhecken wecken Erinnerungen an einen anderen Wald, klammer und kälter, und doch auch in dieser monströsen und übertriebenen Version durchaus erkennbar. Kann er wieder dorthin zurücksinken? Kann dieser Wald hier in gewisser Hinsicht jener sein? Salvestro ist schmutzig und heruntergekommen, sein Haar zerzaust und verklebt mit Kletten. Wenn er nur wieder vergessen könnte, wie man spricht, und sich statt dessen mit den kleinen Geräuschen, dem Knistern und Rascheln vermengen, dem Rauschen und Flattern, dem Kreischen und Krächzen und Kollern, sich in diesem Wald verlieren könnte, als wäre es jener andere ... Kann er wieder zu dem zurückkehren, was er damals war? Wovor war er eigentlich noch vor wenigen Stunden davongelaufen, als sie alle drei in den Wald stürmten, sich trennten, um ihre Verfolger zu verwirren, und dann einfach weiterrannten, ohne im geringsten zu wissen, woher und wohin? Salvestro, der einmal mehr vom Ort des Verbrechens flüchtete, mit dem selbstgerechten Pöbel auf den Fersen, der schreiend hinter dem Dieb herhetzte, welcher sich direkt vor ihrer Nase aus dem Staub gemacht hatte. Er kann nicht wieder zurück, oder?

Nein, es ist entweder zu weit oder nicht weit genug. Und falls er irgendwohin zurückgeht, dann bestimmt nicht in den Wald. Nicht in jenen, und auch nicht in diesen hier. Er schuldet sich einen anderen Ort, sich und anderen Gläubigern ...

Wie auch immer: Die Ameise beißt Salvestro, und Salvestro zerquetscht die Ameise. Dann, während der Nachmittag vergeht und es im kühlen Wald sogar noch dunkler wird, wandert er zwischen den Risenstämmen umher oder klettert über ihre flossenartigen Stützpfeiler, trampelt durch Farne und Kolonien hellgelber Baumwollpflanzen, steigt kleine Schluchten, durch die winzige Bächlein plätschern und gurgeln, zuerst hinauf und dann wieder hinab, blickt auf, um das Astwerk hoch über sich zu betrachten, festlich geschmückt mit Girlanden aus lilafarbenen Winden und versehen mit einem Geflecht aus verholzten Lianen, folgt den kleinen Pfaden nackter Erde, die in alle Richtungen führen und sich an Punkten kreuzen, von denen weitere kleine Pfade abgehen, die – soweit er das beurteilen kann – nirgendwohin führen, sondern sich einfach durch den Wald ziehen, er wittert und identifiziert die flüchtigen Gerüche von Erde, Baumschimmel, Schweinekot, Pilzsporen, wildem Knoblauch, süßsaurem Pfeffer, und dann steigt der Boden an, ein langer, flacher Hang, den er eine halbe Ewigkeit hinaufzusteigen scheint, dann wird es wieder flacher, und neue Gerüche kommen durch die Bäume gewirbelt, scharf, vertraut, sickern durch den Wald und erfüllen seine neugierig bebenden Nüstern mit ... Rauch von einem Holzfeuer.

Die Riechspur führt Salvestro, seiner Nase folgend, kreuz und quer um ein Dickicht blühender Büsche herum, doppelt so hoch wie er selbst. Er kriecht und kommt, stetig schnüffelnd, immer näher. Dann bleibt er stehen.

Zehntausend baumelnde Männer hängen in den Zweigen des Ofobaums. Ihre Arme und Beine und Köpfe und Rümpfe sind miteinander verknotete Stöcke, und geschwollene Äste laufen in Ellbogen, Knien, knorrigen Schultern und Unterleibern aus, Verbindungsstücken und zweigigen Endstücken des Körpers. Heruntergefallene Leichen liegen haufenweise um den mitteldicken Stamm herum. Zwischen den Ästchen wachsen spärlich kleine schwarze Blumen. Ofobäume bluten, wenn man sie schneidet, niemand schneidet sie oder berührt sie auf andere Weise, und erst recht wagt sich niemand in die Nähe der Haine, in denen sie wachsen.

Aber Salvestro nimmt die Ofobäume nicht einmal zur Kenntnis. Dort brutzelt eine lange, fette Eidechse über einem Feuer, das von einer uralten Frau in Gang gehalten wird, einem lebenden Sack aus Haut und Knochen, der stochernd und glucksend umherhüpft, hin und her zwischen der Eidechse über dem Feuer und zwei Männern, die auf dem Boden sitzen und anscheinend nichts anderes tun als dumpf in die Flammen zu starren. Es ist jetzt fast völlig dunkel, doch das Feuer wirft ausreichend Licht auf die Gesichter der beiden Männer. Salvestro geht weiter, hin zu der alten Frau, zur Eidechse und zu seinen reglosen Gefährten. Die Eidechse riecht überraschend gut. Mit ihren vom Feuer geröteten Gesichtern sehen Bernardo und Diego ziemlich mürrisch aus. Zweifellos wird mein Erscheinen sie aufmuntern, denkt Salvestro.

Später kam er zu dem Schluß, daß es mit dem Wachs seinen Anfang nahm. Natürlich fing alles viel früher an, aber für ihn begann es mit einem Klumpen schmutzig weißen Wachses. Der alte Mann schnitzte daran herum, bis er zwei Stücke von der Größe seiner Fäuste vor sich hatte. Im Lampenlicht sahen sie gelb aus, dann eher rot, wenn er sie dichter an den Schein des Feuers hielt, und in der Schmelzschale nahmen sie die Farbe des irdenen Geschirrs an, das schwarz wie Ruß war. Er schaute von oben in das Gefäß und sah sein eigenes Gesicht zurückstarren.

«Was für ein hübscher Knabe», krächzte der Alte. «Wir brauchen jetzt einen Eimer Wasser. Mach schon, in dem kannst du dich auch bewundern.»

Der Junge wartete auf das unvermeidliche Kichern, aber diesmal blieb es aus. In den letzten Tagen war der alte Mann ruhiger und weniger lästig geworden, obwohl er ihn noch immer genug belästigte. Sein Spott klang nur noch halbherzig, beinahe schwermütig. Ohne Iguedo hatte er niemanden, an dem er sich reiben konnte; vielleicht war das der Grund. Vielleicht lag es aber auch daran, daß sie bald mit dem Gießen anfangen würden, denn im Gegensatz zu Holz, Ton oder Wachs hielt Bronze ewig, und deshalb war das Gießen eine ernste Angelegenheit. Die Eze Nri konnten einander finden, wenn sie mit Träumen fertig waren, der erste bis zum letzten, von Eri bis zu ihrem Anayamati. Ihr Mmuo starb nie, ihre Körper schon. Sie mußten sie abstreifen, um ihre Träumerei zu beenden, deshalb schufen die Bronzegießer ein Abbild für das Volk der Nri, damit sie sich dessen erinnerten. Der Eze Nri bewahrte die Erinnerungen an seine Vorfahren im Kopf und ihre Körper in einem Stück Bronze, damit sie auch in dieser Hinsicht nicht verlorengingen. Auch Körper waren wichtig.

Er ging unter dem Baldachin der Bäume und schlenkerte den Eimer am Henkel neben sich. Die Blätter an den Büschen sahen schwarz anstatt lila aus. Es war fast dunkel. Er versetzte dem Termitenhügel einen ordentlichen Hieb. Anayamatis weitläufiges Grundstück befand sich mehrere hundert Schritt flußabwärts von hier, doch seit drei Jahren oder noch länger hatte es niemand mehr betreten, und der Rat der Nzemabua versammelte sich jetzt bei Namoke. Er hatte immer gedacht, der Eze Nri wohne im hintersten Teil des Dorfes. Dort war er jetzt und wartete darauf, daß Usse zurückkam. Während er Wasser schöpfte, warf der Junge einen Blick zurück auf Iguedos Kokospalmen. Hinter dem Termitenhügel sahen die Büsche und Bäume wie ein undurchdringliches Dickicht aus, obwohl man ganz einfach durch sie hindurchgehen konnte. Vielleicht hatte er deswegen vor seiner eigenartigen Lehre nichts von dem Anwesen des alten Mannes gewußt, obwohl auch das irreführende Gestrüpp keine Erklärung dafür war, weshalb er immer vor der baufälligen Tür ankam, egal, welchen Weg er auch einschlug. Bronzegießer waren geheimniskrämerische und eigenartige Leute. Das wußte jeder.

«Fenenu.»

Er blickte auf. Der plötzliche Klang seines Namens erschreckte ihn ebenso wie das unerwartete Auftauchen Iguedos. Sie stand am Saum des Palmenhains.

«Für das Wachs?» fragte sie, als er auf sie zuging. Der schwere Eimer zog ihn bei jedem Schritt zur Seite. Er nickte. Zwischen den riesenhaften Stämmen der Pappeln gingen sie schweigend nebeneinander her.

Nach einer Weile übermannte den Jungen die Neugier, und er fragte: «Du bist also von Onitsha zurück?»

Iguedo sah ihn spöttisch an, bevor sie brummte, daß dies so sei, aber mehr schien sie nicht sagen zu wollen.

Der Junge hielt seine Zunge für ungefähr eine Minute im Zaum. Er brannte auf die Neuigkeiten vom Palaver, von den Nri-Leuten und anderen Stämmen, von allen möglichen Leuten, die dort zusammengekommen waren.

«Und was haben sie zu den Weißmännern gesagt?» fragte er beiläufig. Die Frage klang irgendwie lächerlich. Vielleicht lag es an seiner Stimme. Iguedo fing an, leise vor sich hinzuglucksen, und der Junge spürte, wie die altvertraute Verdrossenheit in ihm aufstieg, vermischt mit Unsicherheit. Es war ermüdend, jedesmal aufgezogen zu werden, sobald man den Mund aufmachte. Die Dorfjungen bildeten von jeher kleine Banden und schrien einander Schimpfworte nach, manchmal auch ihm, aber manchmal hatte auch er einer dieser Banden angehört. Allein führte sich keiner von ihnen so auf. Auch die alte Frau benahm sich anders, wenn sie allein war, jedenfalls hatte er schon oft den Eindruck gehabt. Er errötete, sah zur Seite, stapfte weiter mit dem Eimer durch die Büsche und verschüttete hier und da etwas Wasser auf dem Boden. Dann brachte ihn die alte Frau vollends durcheinander.

«Willst du einen sehen, Fenenu?»

Er wandte sich abrupt um und glaubte zunächst, sie erlaube sich schon wieder einen Scherz mit ihm. Iguedo legte eine Hand auf seine Schulter, dann blieben beide stehen. Sie lachte nicht, jedenfalls nicht über ihn. Er nickte vorsichtig.

«Nicht jetzt», sagte sie. «Aber bald.» Als sie das Mißtrauen in seinem Gesicht bemerkte, fügte sie hinzu: «Es sind drei. Drei Männer, die Usse mitgebracht hat.»

«Wo sind sie?» fragte er. Aus irgendeinem Grund flüsterten sie.

«Hier», antwortete sie. «Hier in Nri.»

Als er mit dem Eimer hereinkam, blickte der Alte von der Schmelzschale auf. Sein Mund stand schon offen, um die üblichen Beleidigungen auszustoßen, als Iguedo auf der Schwelle erschien.

«Da bist du ja wieder», sagte er säuerlich. «Hast dir ganz schön Zeit gelassen, was?» Es war unklar, ob er sie, ihn oder sie beide damit meinte. Er wedelte mit der Hand, als wolle er Fliegen verscheuchen, sichtbar hin und her gerissen, ob er weiter herummeckern oder sich wieder an die Arbeit machen sollte. Die Schmelzschale hing über dem Feuer und war fast bis zum Rand mit flüssigem Wachs gefüllt. In der anderen Hand hielt er den obszönen Tonklumpen, mit dem er neben sich auf den Boden schlug.

«Nimm die Matten weg und stell den Eimer hier ab», befahl der alte Mann. «Beeil dich, Junge, wenn du willst, daß wir heute nacht noch ein wenig Schlaf kriegen.»

Er tat wie ihm geheißen, froh darüber, daß er den Arm endlich entlasten konnte. Wenn er den Muskel rieb, würde der Alte sofort einen Kommentar über seine schwächlichen Schultern abgeben, also kreuzte er die Arme stoisch und wartete, was als nächstes geschah. Iguedo stand noch immer auf der Schwelle. Er dachte, er hätte sie sprechen hören, aber als er aufblickte, sah er, daß sie lediglich einen Blick austauschten, eine Frage und eine Antwort, doch wortlos und innerhalb eines winzigen Moments. Er drehte sich um und sah den alten Mann mißtrauisch von der Seite an. Der Alte grinste, hob den Tonklumpen hoch und wackelte damit vor seiner Nase herum.

«An die Arbeit.»

Wie sich bald herausstellte, hatte seine Rolle bei «der Arbeit» weder direkt etwas mit der Schmelzschale noch mit dem darin befindlichen Wachs zu tun, noch mit dem Tonklumpen und noch nicht einmal mit dem Feuer. Sein Zutun konzentrierte sich auf den Eimer.

Der alte Mann hob den Klumpen, hielt ihn mit den Fingerspitzen an der Wurzel fest, tauchte ihn sehr rasch der Länge nach in die Schmelzschale, als wolle er das geschmolzene Wachs durchbohren, zog das ganze Gebilde dann schnell wieder heraus, immer mit dem «Kopf» nach unten, schwang den Arm zur Seite und ließ es in den Eimer fallen. Als er den Strunk wieder herauszog, war der Ton von einer dünnen Wachshülle umschlossen. Der Alte hielt den Schaft ruhig; Wassertropfen rannen an den Seiten herab. Er schüttelte die letzten Tropfen mit einem kurzen Zucken der Handgelenke in den Eimer und tauchte den Stumpf erneut in das Wachs, um die Prozedur zu wiederholen. Das Wachs bildete auf dem dunkelroten Ton zunächst einen glänzenden Schimmer und dann, sowie es sich verdickte, einen milchigen Überzug. Der alte Mann tauchte, schwenkte, hob und schüttelte das Objekt, während er mit der anderen Hand das Feuer schürte, neues Holz unter einem Haufen Glut vergrub, um die Flammen unter der Schmelzschale klein zu halten.

Die Aufgabe des Jungen bestand darin, auf kleine Wachströpfchen zu achten, die gelegentlich vom Schaft abperlten, bevor der Alte ihn in den Eimer tauchen konnte. Wenn diese auf das Wasser trafen, bildeten sie glatte weiche Perlen, die rasch auf den Eimerboden sanken. Er mußte sie wieder herausfischen und in die Schale zurückwerfen, ohne dabei den Bewegungen des alten Mannes in die Quere zu kommen oder seinen Rhythmus zu stören. Er vermutete, daß Iguedo sich irgendwo draußen aufhielt, denn sie hatte die giftige Begrüßung des Alten mit einem Achselzucken abgetan, und als der Junge beim nächstenmal aufblickte, war sie verschwunden.

Der alte Mann wiegte sich vor und zurück, sein Arm bewegte sich hierhin und dorthin, und die beiden verfielen in einen starren Rhythmus, der den Jungen langsam einlullte. Es war warm in der Hütte. Das Feuer glühte und changierte in Übereinstimmung mit den Luftbewegungen über der Glut zwischen rot und schwarz. Sie arbeiteten zusammen in völligem Schweigen, das nur vom leisen Zischen und Knacken des Feuers gestört wurde; so dachte jedenfalls der Junge, bis ihm ein Murmeln oder Brummeln auffiel, das zugleich sehr schwach und sehr nah schien. Die Lippen des Alten bewegten sich, doch was er auch sagen mochte, es war unhörbar, oder zu durcheinander für seine Ohren, als daß er es entwirren oder schlau daraus hätte werden können. Es lenkte ihn ab. Er sah zu seinem Arbeitspartner hinüber und ließ die Hand zum hundertstenmal in den Eimer gleiten. Als er die kleine Wachsperle herauszog, stieß er mit dem Handgelenk gegen den Arm des Alten. Der hielt sofort inne und schaute ihm zum erstenmal, seit sie begonnen hatten, in die Augen. Der Junge war auf eine Bemerkung hinsichtlich seines Ungeschicks oder seiner Unaufmerksamkeit gefaßt.

«Schichten», sagte der alte Mann. «Glatte, gleichmäßige Schichten.»

Der Tonstumpf war der Kern, und der Ton, in dem sie später das Wachs einschließen würden, war die Gußform. Das Wachs selbst war das Gegenstück zum gegossenen Werk, und dieses Gußstück war ein Bildnis des Eze Nri, der nicht ein Mensch war, sondern viele, wobei jeder den vorherigen einschloß, bis zurück zu Eri.

«Schwierig, sie da alle reinzukriegen», grummelte der Alte. «Wird jedesmal schwieriger.»

Als die Schichten so dick wie der Arm eines Mannes waren, tauchte er das Wachs ein letztes Mal ins Wasser und bat den Jungen, den Korb zu holen, in dem er sein Modellierwerkzeug aufbewahrte, kleine, angespitzte Stöcke und Messer mit kurzen Klingen, soweit er das sehen konnte. Es war sehr spät, und sein Kopf schmerzte schon vor Müdigkeit, obwohl der alte Mann fast die ganze Arbeit getan hatte und so munter wie immer wirkte.

«Eri saß auf einem Ameisenhaufen», sagte der Alte, «und rings um ihn war das Land weich wie Schlick. Nutzlos. Darauf würde nichts wachsen ... Hörst du mir zu, Dumpfohr?»

«Ja», murmelte er. «Eri saß auf einem Ameisenhaufen.»

Diese Geschichte kannte jeder. Er sollte doch Bronzegießen lernen und sich nicht Geschichten anhören, die ihm seine Mutter schon erzählt hatte, als er ihr gerade mal bis ans Knie reichte. Die Hände des Alten kreisten geschäftig um das Wachs, drehten es hierhin und dorthin, wobei er mit großer Geschwindigkeit schälte und schnitzte und kaum hinsah, was er da tat.

«Der Eze Nri setzt sich also nieder, wegen Eri und seinem Ameisenhügel. Sieh mal!» Ein dicker Wachskeil flog davon. «Das wird sein Schoß. Hier die Knie. Was geschieht als nächstes?»

«Er bekam von einem Awka-Schmied eine Klinge. Er benutzte die Klinge, um damit das Land zu härten.»

«Wie?»

Er rezitierte mechanisch: «Eri grub Flüsse, um das Land zu entwässern, einen nach Osten und einen nach Westen, und wo sie sich trafen, schnitt er einen dritten nach Süden, welcher der größte Fluß von allen ist.»

«Richtig, genau das tat er. Schwere Arbeit, was, mein Junge? Schwerer als einen Eimer Wasser tragen. Schwerer als Holzkohle brennen.» Er drehte sich zur Tür und brüllte: «Auch schwerer als Yamswurzeln zu kochen!» Er erhielt keine Antwort. Der Alte zuckte die Schultern. «Jedenfalls grub er die Flüsse. Also?»

Der Junge überlegte. «Wir geben ihm eine Klinge.»

«Wohin?»

«In die Hand.»

«In welche?»

«Die rechte.»

«Da gehört der Otonsi-Stab hin. Ohne Otonsi wachsen die Yams nicht.»

«Dann in die linke.»

«Da gehört der Enyi-Stoßzahn hin. Diese Geschichte kommt später.»

«Wann?» Er spürte, wie die Neugier gegen die betäubende Müdigkeit ankämpfte, aber der alte Mann schüttelte unduldsam den Kopf.

«Später. Und du denkst wie ein Holzschnitzer.» Er spuckte ins Feuer, um seine Verachtung auszudrücken. «Eri hat die Flüsse bereits gegraben. Er braucht keine Klinge mehr, und der Eze Nri trägt keine Waffe, außerdem ist es viel zu schwierig, so etwas zu gießen. Es sieht dann immer wie ein krummer Stock aus. Vergiß die Klinge. Wir geben ihm statt dessen starke Schultern und eine kräftige Wirbelsäule im Rücken ...» Der Alte kicherte in sich hinein. «Und was ist mit seinen Ohren?»

So ging es weiter. Der alte Mann stocherte, kratzte, meißelte und schnitzte, warf das Wachs von einer Hand in die andere, arbeitete meist mit zwei Werkzeugen gleichzeitig zwischen den Fingern und dem Rest im Schoß, begleitete sein Tun mit einem unablässigen Kommentar hinsichtlich der Bedeutsamkeit dieser oder jener Besonderheit und drängte den Jungen zu immer neuen Antworten. Nach und nach tauchte eine sitzende Gestalt aus dem weichen Wachs auf. Dem Otonsi-Stab und dem Enyi-Stoßzahn fügte der alte Mann ein Bündel Ofo-Zweige hinzu, die er zwischen den Füßen der Figur plazierte. Eine Brustplatte in Form eines Leopardenkopfes schälte sich aus der Brust, und ein Kopfputz aus geflochtenen und zusammengerollten Schnüren, auf denen Perlen aufgezogen waren, sproß aus seinem Schädel. Der alte Mann fügte Arm- und Halsbänder hinzu, das hieß, eigentlich kratzte er so lange am Wachs herum, bis sie plötzlich da waren, als hätte er sie aus der Masse ausgegraben.

«Eri ist immer da», murmelte er. «Wo du das Land aufkratzt, findest du Eri darunter.»

Doch der Kopf des Jungen kippte zur Seite. Seine Augenlider fielen zu. Die Nacht und die Arbeit, die sie erfüllte, schienen kein Ende zu nehmen. Er antwortete dem alten Mann schon nicht mehr, sondern nickte nur, wenn er angesprochen wurde. Er begriff nicht, wie er noch immer wach sein konnte.

Schließlich nahm der Alte ein Werkzeug, das er bislang noch nicht eingesetzt hatte, ein Messer mit einer so abgewetzten Klinge, daß es eher wie eine Nadel aussah. Er klemmte die Figur in seinem Schoß fest und fing an, lange dünne Linien zu schneiden, von denen jede am Ohr anfing, sich über den Wangenknochen zog und erst am Rand des Mundes aufhörte. Er drehte sein Handgelenk, um die Linien zu Furchen auszuweiten. Der Junge sah zu, wie die Ichi-Male sich vervielfältigten und beide Seiten des Gesichts der Figur bedeckten.

«Eri hatte zwei Söhne», sagte der alte Mann. Es sah so aus, als redete er zu dem Gesicht, das blind zu ihm aufsah. «Du erinnerst dich doch an ihre Namen, hmmm, mein Junge?»

Er blinzelte und versuchte, den Kopf klarzubekommen. Zwei Söhne? Eri hatte *einen* Sohn. Diese Geschichten kannte doch jeder. Ein Sohn. Er war sich ganz sicher.

«Ifikuanim», antwortete er. «Er war der zweite Eze Nri.»

Der alte Mann nickte und starrte dabei auf das Bildnis hinab, das er geschaffen hatte. «Der andere hatte keinen Namen. Aber jetzt hat er einen. Damals jedoch ...»

Er zog das Messer aus dem Wachs und legte es sorgfältig in den Korb zurück; dann hielt er die Figur ins Licht. Als er sie langsam in seinen Händen drehte, spielte der Schein des ersterbenden Feuers und der Öllampen über ihre narbige Oberfläche. Obwohl die Augen des Jungen brannten, staunte er doch insgeheim über die Geschicklichkeit des Entwurfs. Der Stoßzahn, der sich quer vor der Brust krümmte, war kaum mehr als ein Wulst, und der Otonsi-Stab blieb größtenteils von dem Arm, der ihn hielt, verdeckt. Die Details des Kopfschmucks waren mehr Andeutung als Realität, und die Leopardenkopf-Brustplatte schien förmlich herauszuspringen, obwohl es kaum mehr war als eine Beule mit drei kleinen Löchern. Er zählte die Finger und die Zehen. Die Ofozweige waren ein Klumpen Wachs mit einigen Furchen darin, und doch auf unheimliche Weise realistisch. Es war der Schatten, der diese Details enthüllte, denn als der Alte die Figur näher ans Licht hob, schien sie beinahe konturlos. Als er sie begutachtete, grummelte er vor sich hin und zog die Stirn in Falten.

«Da stimmt was nicht», sagte der alte Mann. «Siehst du das, mein Junge? Siehst du, was da nicht stimmt?» Als er schließlich den Kopf schüttelte, fand der Alte zu seiner gewohnten Übellaunigkeit zurück und fing wieder an, ihn aufzuziehen: «Du siehst es nicht? Es springt dir doch fast ins Gesicht! Wie sieht der Eze Nri aus? Wie sehen denn alle Nri-Leute aus? Die Antwort sitzt direkt vor deiner fleckigen kleinen Nase ...»

Und so weiter und so fort. Er war zu müde, um sich darum zu kümmern. Die Augen fielen ihm zu, und er wußte, wenn er sie nicht mehr aufmachte, würde die Stimme des Alten langsam davontreiben, und das Jammern und Winseln und das höhnische Gemecker würden verstummen. Er wollte jetzt nur noch schlafen.

«Welche Farbe hat denn Wachs? Eh?» bohrte die Stimme unerbittlich. Ein ganz neuer Ton: Wut. Worauf denn? Es war ihm egal. Dann die Antwort auf seine eigene Frage, ausgespuckt und sofort gefolgt von der Stille des Schlafs:

«Überhaupt keine Farbe. Wachs hat die Farbe von *nichts* ...»

Sie gingen im Gänsemarsch, denn die Pfade, denen sie folgten, waren schmale, durch hüfthohen Farn geschlagene Furchen; sie gingen schweigend, denn jedesmal, wenn einer von ihnen ein Wort sprach, blieb die alte Frau stehen und ballte eine Faust vor ihrem Mund, eine Faust, als wollte sie das Geräusch einfangen und abwürgen. Diego sagte sowieso nichts, doch Bernardo schien unfähig, dieses einfache Verbot zu verstehen, und drehte sich alle paar Minuten zu Salvestro um, der hinter ihm ging, und seine Lippen entließen die erste Silbe einer mühsam zurückgehaltenen Frage, die sofort von der alten Frau und ihrer immer eindringlicher werdenden Geste erstickt wurde. Das beschränkte ihre Unterhaltung sehr effektiv auf ein angedeutetes «Wa ...»

Es gab sowieso nicht viel zu sagen, und was es zu sagen gab, hatten sie bereits in der vorangegangenen Nacht gesagt:

«Vielleicht hält sie uns hier nur fest, bis uns die anderen eingeholt haben.»

«Vielleicht will sie uns mästen.»

«Oder vergiften.»

«Wir könnten einfach abhauen.»

«Sie würde uns folgen.»

«Dann müßten wir sie töten.»

«Oder fesseln.»

«Womit?»

«Und wohin sollen wir gehen?»

Schweigen. Die Flammen des Feuers, ein faszinierendes Orange in der sie umgebenden Dunkelheit.

«Also bleiben wir besser hier?»

«Wenigstens bis zum Morgen.»

«Das Fleisch schmeckt nicht schlecht.»
«Ist noch was übrig?»
«Nur der Kopf.»
Es folgten Kaugeräusche. Dann knorpste es ein wenig, dann Schlaf, und am nächsten Morgen folgten alle drei der alten Frau durch den Wald, bis zur Hüfte in einem Farnmeer versunken, und paddelten mit den Armen wie drei unglückselige Kanuten: Salvestro und Bernardo ohne die geringste Ahnung, wohin sie gingen und weshalb sie dorthin gingen. Diego hüllte sich in Schweigen. Seit seinem Versuch einer Ansprache am Fluß hatte er kein Wort mehr gesagt. Affen schnatterten und lärmten hoch über ihnen im Geäst. Heisere Vögel kreischten und flogen von Ast zu Ast. Der Wald flirrte und summte und tschirpte und knurrte, und die kleine Prozession bahnte sich mit wunden Füßen ihren Weg durch fleischige Wedel und Ranken.

Nach einer Stunde oder länger lichtete sich der Farn allmählich und verschwand schließlich ganz. Die Beine der Männer wurden wieder sichtbar, und das trübe Sonnenlicht hellte auf, als sich einige Lücken im obersten Blätterdach öffneten. Scharfe Strahlen und Lichtsäulen bohrten sich durch das Laub der niedrigeren Bäume. Der Wald wurde stiller, und das Land stieg sanft an. Auf der Kuppe des Hügels hörten die Bäume auf, und plötzlich bot sich ihnen eine herrliche Aussicht.

Zwei auseinanderlaufende Höhenzüge erstreckten sich vor ihnen, zwischen denen der Boden steil abfiel und eine regelrechte Schlucht bildete, die nach unten immer breiter wurde und schließlich ein langgezogenes Tal mit dichtbewaldeten Seiten bildete. Eine zweite Schlucht, das Ebenbild derjenigen, vor der sie gerade standen, bildete das gegenüberliegende Ende des Tals, das so wie der Bauch eines Schiffes mit steil hochgezogenem Bug geformt war, jedenfalls kam es Salvestro so vor. Die Laubdächer der Bäume verschmolzen miteinander, um die Hänge und den Talboden in Grün zu kleiden. Wie Moos, dachte er. Oder, in Erinnerung an die *Lucia*, Schimmel. Hier und da stiegen dünne Rauchfahnen auf. Etwas glitzerte. Wasser?

«Wo sind wir?» fragte Bernardo schließlich, und diesmal brachte ihn die alte Frau nicht mit einem Zeichen zum Schweigen.

Er sah Salvestro fragend an, doch Salvestro zuckte nur die Achseln. Sie hatten den Fluß nicht überquert, was bedeutete, daß sie sich östlich von ihm befinden mußten. Der hintere Teil des Tales lag noch immer im Schatten, und dem Sonnenstand nach zu urteilen, müßten sie jetzt nach Osten blicken. Der Fluß lag hinter ihnen. Ein tiefes Tal lag vor ihnen. Abgesehen davon wußten sie nichts. Die alte Frau gab ihnen zu verstehen, daß sie ihr einen Pfad hinabfolgen sollten, der schräg nach links verlief und dann weiter unten zwischen den Bäumen verschwand. Salvestro und Bernardo drehten sich um, aber Diego stand einfach da, reglos und wie erstarrt. Die Frau gab ihnen erneut Zeichen.

«Hier», sagte Diego.

Salvestro blickte sich erstaunt um. Der Soldat hatte sein Schweigen gebrochen. Die alte Frau sagte etwas in ihrer Sprache. Diego schaute in das Tal hinunter.

«Hier werde ich das Tier finden», sagte er.

Tochter …

Fast fertig. Die Männer waren zu zweien und dreien wieder aus dem Wald zurückgekommen; das fruchtlose Vorhaben war aufgegeben und der Eifer verpufft. Ihre Fährten und ihr lärmendes Streifen waren Wunden in der Waldkühle, so schnell verheilt wie geschlagen. Sie strich sich mit einem Finger abwärts über die Wange. Es waren oberflächliche Schnitte, nur zum Vorzeigen.

Noch später, als ihre Brüder aus der Hütte stolziert und sie und Namoke allein waren, wandte sie das bemalte Gesicht dem älteren Mann zu, dem Bruder ihres Vaters. Ein Resthauch ihrer Verachtung hing zwischen ihnen in der Luft.

«Ich dachte, es würde ein Fest zu deiner Heimkehr geben», sagte Namoke schließlich. «Ich stellte mir vor, wie die Mmo-Männer ein Maskenspiel für ihre Eze Ada aufführen und die Nri-Leute sich zu einem gemeinsamen Festmahl niederlassen. Eine große Feier. Dann wieder habe ich mir ausgemalt, du wärst tot. Ich konnte dich nicht sehen. Ich konnte dein Leben nicht sehen.» Müde hob er die Schultern. «Es war kaum zu glauben, daß du tot wärst, aber noch weniger, daß du lebst. Und bei den Weißmännern …»

«Trotzdem hast du meinen Vater nicht begraben», sagte sie. «Als jüngster Sohn hätte statt meiner Onugu seinen Leichnam waschen können. Das ist zulässig, wenn es keine Eze Ada gibt und wenn die Männer der Nzemabua zustimmen. Meine Brüder wollten es doch, oder nicht? Wer war dagegen?»

«Anayamati hatte gewollt, daß die Tochter seinen Leib wäscht, damit sein Haus Ruhe findet. Er wartet auf dich – jetzt.»

«Ich habe ihn vernommen», sagte sie. Namoke hob jäh den Kopf. «Du bist der Führer der Nzemabua», fuhr sie fort, ohne seine Verblüffung weiter zu beachten. «Wer sonst sollte für mich sprechen? Alike? Oder etwa Ewenetem?»

Namoke lächelte. Alike und Ewenetem waren berüchtigt für ihre Schweigsamkeit.

«Ich will, daß du noch einmal für mich sprichst. Die Nri-Leute wollen, daß du noch einmal für mich sprichst. Erinnerst du dich an den Ijaw, der uns von den Weißmännern erzählte? Der alte Mann mit der Halskette aus Haifischzähnen? Du hast es schon damals vermutet, das weiß ich.»

Namoke schüttelte den Kopf. «Deine Brüder haben dich nicht belogen. Es ist eine alte Geschichte – eigentlich nicht einmal eine Geschichte. Unsere Kinder singen sie einander vor, aber nicht die erwachsenen Männer und Frauen. Wenn ich vor die Männer der Nzemabua träte und spräche, wie du es willst, würden sie gerührt an ihre Kindheit denken, aber sie würden nichts tun. Sie würden lachen, und ich mit ihnen – wir alle würden über meine Torheit lachen.»

«Und wer wird als Tor dastehen, wenn es stimmt?» fragte sie. «Ich weiß es, und du weißt es auch.»

«Selbst wenn es stimmt: Wer kann denn schon sagen, daß diese Weißmänner das sind, was du behauptest? Sie sind wenige, und weit fort, und schwach ...»

«Dann berufst du also ein Palaver ein, um über nichts zu reden? Die Bini sind nicht hergekommen, um im Fluß zu angeln. Der Ngola hat seine Männer nicht geschickt, damit sie im Wald Schweine jagen. Sie kommen zu den Nri-Leuten, wie sie es immer getan haben; was sollen wir ihnen sagen? Daß die Weißmänner aus dem Himmel fallen? Anayamati sieht sie schon in seinen Träumen. Bald werden sie in Nri sein, und er wird sie ebenso erkennen wie ich. Was werden die Nri-Leute dann sagen? Was werden sie tun?»

Bei dieser Rede war ihre Stimme immer heftiger geworden, bis sie schließlich ihren Onkel beinahe anschrie, und am Ende brütete die Stille noch schwerer in der Hütte als nach dem Aufbruch ihrer Brüder. Namoke wartete einige lange Momente, ehe er antwortete.

«Gute Frage», lobte er. «Du hast immer schon gute Fragen gestellt, Usse, schon als kleines Mädchen. Angenommen, die alte Geschichte stimmt, und angenommen, die Weißmänner sind das, was du sagst, was werden die Nri-Leute dann sagen? Was werden sie tun?»

Er machte eine Pause, und sie sah einen seltsamen Ausdruck über sein Gesicht gleiten. Erkennen, vermischt mit etwas anderem. Vielleicht Enttäuschung.

«Ich weiß es nicht, Usse. Wenn es stimmt, was du sagst, dann weiß ich nicht, was die Nri-Leute tun sollen. Ich bin nicht dein Vater. Ich bin nicht der Eze Nri. Ich kenne keine Riten, die diesen Makel reinwaschen könnten.»

«Doch, du kennst einen», sagte sie ruhig.

Namoke schüttelte den Kopf; nun hatte sie ihn verwirrt. Es gab Riten, um Yamswurzeln, die Kokos- und die Ölpalme wachsen zu lassen, Riten für Regen und Dürre und Überschwemmung. Es gab Riten für die Geburt von Kindern und den Tod der Alten. Es gab Riten für die Errichtung von Tabus und andere für ihre Aufhebung, Tausende und aber Tausende, die nur die Nri-Leute kannten und nur die Nri-Leute ausüben durften. Es gab Riten zur Reinigung des Landes von jeder erdenklichen Befleckung … Aber nicht den Ritus, zu dem sie ihn nun drängte. Mit schmalen konzentrierten Augen betrachtete er sie über das Feuer hinweg, als sie den Gesang zu rezitieren begann, den er seit der Kindheit nicht mehr gesungen hatte; zunächst sprach sie die Worte, intonierte sie dann als Singsang, wie ein Kind, allmählich mit mehr Nachdruck, bis der schlichte Rhythmus sich durch Wiederholung immer stärker durchsetzte, denn jeder Vers war äußerlich gleich: eine Frage, gefolgt von einer Antwort, und die Antwort wurde immer eindringlicher, als der Gesang sich fortsetzte, denn es waren zwar alle Fragen verschieden, die Antwort war jedoch immer dieselbe.

«Enyi weiß, Enyi weiß», sang Usse für ihren Onkel, wieder und wieder.

Tochter …?

Die Ndi Mili Nnu legten mehr Wert auf ihre Boote als auf ihre Hütten, überlegte Namoke; er blickte hinaus über das Wasser. Der niedrige Windschutz, den sie auf der Nordseite der Sandbank gebaut hatten, stachelte den Harmattan nur noch an, der den Fluß herabraste, auf das unzureichende Hindernis stieß und chaotisch darüber hinwegtaumelte, um sich über ihre grob mit Ried gedeckten Unterkünfte herzumachen. Matten aus Raphiabast, mit denen sie Löcher in den Dächern geflickt hatten, flappten und schnalzten in der steifer werdenden Brise, als wollten sie die brüchigen Buden forttragen, über den gleißenden Fluß treiben oder hoch in den glastweißen Himmel heben, wo sie Bambusstäbe und Palmwedel abwarfen wie ein Schwarm unbeholfener Vögel. Die Bewohner schätzten sie nicht, außer zum Schlafen. Sie hielten sich lieber bei ihren Booten auf, für die sie zur Vertäuung schwere Pfähle in den Sand der unbeständigen Insel getrieben hatten. Die Ndi Mili Nnu mißtrauten dem Land. Die Regenfälle lösten es immer wieder auf und lagerten es anderswo ab. Die Flut des Flusses war dauerhafter als seine Ufer, die alljährliche Zerstörung zuverlässiger. Bald würde der späte Nachhall der Flut die Insel, auf der sie lagerten, wie jedes Jahr fortspülen. Der Sand lag wie ein ferner farbloser Streifen vor dem stechenden Glitzern des Flusses, von diesem Ufer aus nur deshalb sichtbar, weil dort ameisenähnliche Gestalten herumwuselten und ihre Boote für die tägliche Überfahrt zum Palaver fertig machten. Die ersten paddelten bereits hinaus, stellten die Einbäume gegen die Strömung und lenkten sie wie immer in einem abgeflachten Bogen genau zu der flachen Lehmstelle, die sie bevorzugten. Namoke betrachtete sie, bis er das Wasser von den Paddeln triefen sehen konnte. Hinter ihm hallte das Obiri schon von dem Kauderwelsch wider, das die Stämme untereinander verwendeten. Wieder spürte er, wie sein Unbehagen zunahm. Die Männer der Nzemabua würden sich auf Chimas Gelände treffen, direkt im Dorf und außer Hörweite des Palavers. Er hatte Usse gesagt, daß die Entscheidung, die sie anstrebte, ohne den Eze Nri bedeutungslos sei. Das war sein letztes Argument gewesen. Sie hatte nur gelächelt und gesagt, daß der Eze Nri nicht so fern sei, wie er glaube. Anayamatis Nachfolger bereits gewählt? Ihre Worte mochten alles oder nichts bedeuten, hatten ihn aber dennoch beunruhigt. Nun wartete er auf Aguve und Ilonwagu und drehte sich besorgt alle paar Sekunden hierhin und dorthin, um im Gemenge der Männer unterhalb der Böschung nach ihnen Ausschau zu halten. Eine überdachte Sänfte schaukelte zwischen kleinen Menschentrauben, die ihr unwillig auswichen. Die ersten Ndi Mili Nnu waren gelandet und zogen ihre Einbäume auf die Lehmbank.

«Onkel.»

Er fuhr herum. Die beiden Männer, auf die er wartete, standen vor ihm, Usse zwischen ihnen. Sie tauschten förmliche Begrüßungen aus, dann führte er sie auf dem kurzen Pfad zum Dorf. Usse ging hinter den dreien. So werden Ziegen getrieben, dachte Namoke. Hatte sie so auch die Weißmänner hergebracht? Wenn all das stimmte, womit sie ihn bedrängt hatte, dann waren sie, alle drei, bereits in Nri angelangt. Und wenn das stimmte, hatte es schon angefangen, und es blieb keine Zeit mehr. Sie würde neben ihm sitzen, wenn er sich an die Nzemabua wandte. Sie würde nicht sprechen.

Aber als er von den reglosen Mienen der anderen umringt war, der Männer, die er seit der Kindheit kannte, und als er sich von dem ungewöhnlich leblosen Ausdruck auf diesen vertrauten Gesichtern fast entkräftet fühlte, da waren es Usses Worte, nach denen er suchte. Der Klang der Worte, wie sie sie zwischen Schmähen und Schmeicheln moduliert hatte, wie sie ihn an sich zog, nur um ihn wegzustoßen, dann wieder anzuziehen, ihn langsam zum Kern ihrer Überzeugung zu führen ... Das brauchte er nun, nicht die Worte selbst, wohl aber ihre Gestalt, um sie in die Welt einzufügen, die die schweigenden Männer der Nzemabua mit eigenen Augen sahen, um alles miteinander zu vernähen und die Risse im Gewirk zu flicken. Um sie zu überzeugen. Zunächst sprach er von Eri und seinem Erstgeborenen, was sie wie immer für herkömmliche Frömmigkeit hielten; sie nickten bedächtig, als die Geschichte sich entfaltete. Dann sprach er vom Zweitgeborenen; eine Geschichte, die die Männer der Nzemabua sich vorbehielten, ein Geheimnis untereinander. Es würde sie enger zusammenbringen. Er erzählte ihnen vom Kampf im Schlamm am Wasserloch, sprach leichthin, als sei er selbst unsicher, wieviel Glauben die Geschichte verdiente, und schweifte vorwärts und rückwärts über die Protagonisten und ihre Handlungen hinweg, hob diese oder jene Einzelheit oder Bedeutung hervor, wandelte die Geschichte allmählich ab und machte sogar darauf aufmerksam, indem er stehende Wendungen wiederholte, bis ihre Bedeutung sich verschob und zweifelhaft wurde; dann ließ er sie fallen und bediente sich anderer. Er sprach so leise, daß sie sich vorbeugen mußten, um die Worte zu hören. Usse saß neben ihm, reglos und stumm, wie sie es versprochen hatte.

Er sagte: «Als die Weißmänner kamen, wußten die Ijaw, was sie waren. Die Bini wußten es auch, und die Calabari, und die Ife-Leute. Ngola und Mani-Kongo hegten nicht den geringsten Zweifel. Auch nicht der Aworo von Esie oder der Attah von Ida. Sie alle wußten ...» Hier machte er eine Pause und musterte den Kreis der Gesichter. «Aber wie wir aus den klugen Unterredungen im Obiri wissen, wußten sie alle *etwas anderes* ...»

Die meisten jungen Männer lächelten. Von der anderen Seite des Kreises fing er Onugus Blick auf. Er konnte sie jetzt unterhalten, wenn er wollte. Er konnte sich ihrer Enttäuschung über das Gezänk und Geschrei bedienen, das sie im Obiri hatten über sich ergehen lassen müssen. Oder er konnte an ihr Unbehagen rühren.

«Nur die Nri-Leute waren ratlos und fragten: ‹Was sind diese Weißmänner›?» Das sprach er mit betonter Verwunderung aus, erwog den Augenblick, ermaß ihre Bereitwilligkeit. «Nur sie, die es am besten hätten wissen müssen; als ob wir unsere ureigenen Geschichten vergessen hätten. Als ob wir nicht mehr an sie glaubten und sie statt dessen kleinen Kindern überlassen hätten, damit sie sie singen und, sobald sie erwachsen sind, verwerfen. Wir sind jetzt alle erwachsen. Einige von uns sogar mehr als erwachsen ...»

Diesmal lächelte niemand. Sie schwankten zwischen Vorsicht und Neugier, und unter allem spürte Namoke eine eigenartige Ungeduld. Warteten sie darauf, daß einer von ihnen das Schweigen brach? Er konnte nicht aufhören. Er war am Schlußteil angelangt, dem Stück, das genau zu allem paßte, was er bereits gesagt hatte, zu allem, was sie bereits akzeptiert hatten. Er spürte, wie ihre unterschiedlich ausgeprägte Aufmerksamkeit über ihn hinwegspülte oder an ihm hing oder frei im Raum schwebte, noch nicht gebunden. Die Worte selbst hatten fast keinerlei Bedeutung. Er ließ sich vom Ebben und Fluten seiner Zuhörerschaft leiten, ihren Sympathien und Antipathien, tastete sich weiter voran. Er begann, von Ezudo zu sprechen. Sein Blick wanderte unablässig um den Kreis herum – Alike, Enweleani, Obalike, Ewenetem, Usses Brüder gleich neben ihm, Onugu, Apia, Gbujo, dann Nwamkpo, Oniojo, Aguve, Ilonwagu – und weiter einmal ganz herum, bis der einzige der Nzemabua, den er nicht sehen konnte, der Sprecher war: er selbst.

Er hatte nicht in den Gesichtern lesen können, erinnerte er sich später. Er hatte geglaubt, sie verloren zu haben, wiewohl seine Stimme den ursprünglich angeschlagenen mittleren Ton beibehalten, die Gemessenheit des Zuredens gewahrt hatte. Der Beschluß, zu dem sie gelangten, war ohnehin unausweichlich und nicht von seinen Bemühungen abhängig. Rückblickend betrachtet, hatte der Ritus längst begonnen, der Aufruf, die Tiere zusammenzutreiben, hallte schon durch das Obiri, nicht mehr aufzuhalten. Anayamati und seine eigenwillige Tochter ... Aber auf Chimas Gehöft hatten ihm ihre Gesichter nichts verraten. Er redete, und man hörte ihm zu. Er sah Augen zur Seite zucken statt seinem Blick begegnen. Er spürte Zerstreutheit. Sie wurden abgelenkt, als ob ein boshafter Dibia unsichtbar zu Werke ginge, Hühnerkrallen begrübe und Unsinn murmelte. Erschrocken begriff er, daß sie ihm keinerlei Aufmerksamkeit schenkten.

Ihre Augen waren auf Usse gerichtet, die sich nicht bewegte und kein Wort sagte. Zuerst dachte er, sie starre ihre Brüder an, aber ihr Blick endete entweder vor deren Gesichtern oder sah durch sie hindurch, durch die Lehmmauer hinter ihren Rücken und das Dorf dahinter. Oder er war nach innen gekehrt, auf Usse selbst. Sie war ihnen verschlossen, ein sich selbst reflektierendes Echo, und die anderen konnten lediglich die Handflächen an die Wände ihrer Kammer pressen, um den Widerhall zu ertasten.

An diesem Punkt waren sie zu ihm übergelaufen. Usses bemaltes Gesicht war verzückt und entrückt. Namoke begriff, daß er ihr zuvor nicht geglaubt hatte.

Vater …?

Sie war eingeschlossen, ihr Inneres dröhnte von dumpfen Hieben und Stößen, dem Lärm von etwas, das herein- oder hinauswollte.

Treibt die Tiere zusammen.

Ihre Lippen wiederholten den Befehl, bildeten Worte, die die Männer der Nzemabua nicht mehr zu hören brauchten, die sie selbst wiederholen würden, bis die Worte sich verstärkten und vergrößerten, bis ihr Dröhnen die zankenden Stimmen des Palavers übertönte. Ihr Erbe war ein alter Fehler, ein uralter Makel. Sie waren Treuhänder ohne Wahl, Schuldner einer alten Geschichte, Opfer eines vor langer Zeit ausgeheckten Streichs.

He, he, he, he …

«Nasser Ton, trockener Ton, Wasser, Asche, Spreu und Ziegenhaar», sagte der alte Mann. «Mein Pinsel aus Schweineborsten, Iguedos Rührstock, Sonnenlicht, die Eisenringe von der Wand da hinten, zwei dünne Bronzestangen und sehr viel Geduld. All das werden wir brauchen.»

Am Wachsmodell hatte er zwei Wachsstreifen befestigt, die in einem seltsamen Winkel von den Knien der Figur abstanden. Sie sollten offenbar als «Gußzapfen» dienen. Der Junge war sich noch nicht sicher, ob das neuerworbene Wissen um die «Gußzapfen» den Spott aufwöge, den die Frage unweigerlich provozieren würde.

«Ton, Bronze und Eisen sind die Stoffe, die jeder Eze Nri für seine Krönung sammeln muß», fuhr der alte Mann fort. «Bronze muß von den Nupe kommen, die mit den Menschen der Wüste Handel treiben, Eisen muß aus Awka kommen und der Ton aus dem Bett des Anambraflusses. Es gibt auch Dinge, die er insgeheim verfertigen muß.»

Er drehte das Modell um, deutete auf Falten und Dellen, auf die Augenlöcher im Gesicht des Leoparden, die dünnen Rillen, die die Arme andeuteten. «Dieser Teil jetzt wird schwierig», sagte er. Mit der Spitze des kleinen Fingers stocherte er im umgeformten Bereich zwischen den Beinen der Figur und dem Ofo-Bündel zwischen ihren Füßen herum. Er hielt die Figur hoch, musterte sie mit zusammengekniffenen Augen und nickte schließlich vor sich hin, als wollte er sagen, daß jedes Problem, das er einmal diagnostiziert hatte, auch zu lösen sei.

«Jetzt das Mahlen.»

Der alte Mann machte sich daran, aus den auf der Bank bereitgestellten Kalebassen Substanzen abzumessen, und der Junge fing an, mit Stößel und Mörser trockenen Ton und Asche zu einem gräulichen Pulver zu zerstoßen, in dem das Blaßrot des Tons völlig unterging. Der Alte wühlte in seinem Korb und förderte eine dünne Ahle zutage. Mit der Figur in einer Hand begann er, knapp unterhalb des Brustharnischs ein winziges Loch zu bohren; hin und wieder zog er das Werkzeug heraus und musterte die Spitze, bis ihm beim Reiben mit Daumen und Zeigefinger ein dumpfroter Klecks anzeigte, daß er den Tonkern erreicht hatte. Er bohrte ein zweites Loch in den Rücken der Figur, schob dann die beiden Bronzestäbchen hinein und drehte sie, bis der glatte Widerstand des Wachses dem körnigen Knirschen des Tons wich.

«Wozu sind die da?» fragte er.

Der Junge runzelte die Stirn. Der Kern aus Ton, dann Wachs, dann noch mehr Ton, den sie auftragen würden, um die Gußform herzustellen. Wachs würde durch Bronze ersetzt werden, und auch die Stäbchen waren aus Bronze, standen nicht einmal eine Fingerlänge ab. Der Ton würde sie bedecken, dachte er, also konnten sie nicht zum Anheben der Gußform dienen. Das Wachs würde schmelzen und herausfließen …

«Die Stäbchen sind dazu da, den Kern festzuhalten, wenn das Wachs schmilzt», sagte er.

Der Alte starrte ihn an, dies eine Mal sprachlos. «Ja», sagte er schließlich. «Ohne die Stäbchen würde der Kern auf den Boden der Form sinken. Dafür sind die Stäbchen da.» Der überraschte Ausdruck schwand langsam aus seinem Gesicht.

«Was sind ‹Gußzapfen›?» fragte der Junge.

«Geh raus und laß Wasser. Gutes Beispiel für einen Zapfen», knurrte der Alte, der sich von der Überraschung erholte. «Wohin geht das Wachs, wenn wir die Bronze hineingießen? Wie kommt Pisse raus, wenn deine Blase voll ist? Ein Gußzapfen ist ein Auslaß für heiße Flüssigkeiten.» Er nahm dem Jungen das Pulver ab und steckte den Finger hinein. Mit einer halben Kelle Wasser und ein wenig Rühren wurde eine zähe schwarze Paste daraus. Noch ein Spritzer oder zwei, und es war eine dicke Flüssigkeit. Der Alte nahm seinen Pinsel und tunkte ihn in die Mörserschale. «Bronze atmet», murmelte er; dabei bestrich er die Figur mit der geschmeidigen Flüssigkeit und nutzte die Pinselspitze, um die Spalten und Höhlungen auszufüllen. «Braucht also eine Haut, durch die sie atmen kann.»

«Wie die Zapfen», sagte der Junge. «Wohin soll denn sonst der ganze Atem gehen?»

Der Alte knurrte säuerlich. Als er mit dem Bestreichen fertig war, reichte er dem Jungen die schwarz glänzende Figur. «Stell sie draußen hin, aber nicht in die Sonne. Sie soll langsam an der Luft trocknen.»

Bis zum Nachmittag war der glatte Überzug zu einer mattgrauen Kruste getrocknet. Der Alte mischte Ton in einer Kalebasse, mengte Ziegenhaar und Spreu hinein. Danach war es an dem Jungen, kleine Streifen auszurollen, etwa so groß wie sein Daumen und so dünn wie nur möglich. Der Alte formte Kügelchen und knetete sie sorgsam so zurecht, daß sie in die zahlreichen Höhlungen der Wachsfigur paßten. Mit einem winzigen Holzspachtel stopfte er die kleinsten Bröckchen in Risse und Winkel, nahm dann den ersten Streifen des Jungen und wickelte ihn um den Kopf der Figur. Die Details des Modells, die schon der erste Überzug beinahe unkenntlich gemacht hatte, verschwanden jetzt gänzlich, als er sie mit den Kügelchen und Streifen der neuen Mischung zustopfte, umwickelte und zuschmierte. Der Junge gähnte.

«Langeweile?» fragte der Alte. «Meinst du, du hättest jetzt schon genug über das Bronzegießen gelernt?»

Als er fertig war, ließ sich in der Figur nur schwerlich ein sitzender Mann erkennen, mit zwei kurzen Stäbchen in Brust und Rücken, unerklärlichen Klumpen auf den Schultern und einem Wulst zwischen den Füßen. Der Junge brachte den Gegenstand wieder nach draußen. Er hatte eine Stelle im Schatten der Südmauer um das Gelände ausgesucht, gleich neben dem Holzkohlenstapel. Eine Brise sorgte für die Luft, die der Alte gefordert hatte. Ein paar Steine lagen dort aufgetürmt, und er stellte die in Ton gehüllte Figur auf den obersten. Dann setzte er sich und wartete darauf, daß sie trocknete.

So ging es weiter: warten, das Objekt wieder hineintragen, Tonstreifen ausrollen und zusehen, wie der Alte sie auftrug, das Ding wieder hinaustragen, wieder warten; und jedes neue Auftragen machte die Umrisse des Sitzenden noch unkenntlicher. Bald schon glich sie einem Ameisenhügel mit undefinierbaren Dellen, dann einem ganz glatten, dann einem aufrecht stehenden dicken Holzklotz, und der einzige Hinweis auf den Inhalt des Tons waren die Gußzapfen aus Wachs, die wie die Fühler eines Tausendfüßlers herausragten, und die Endknubbel der Bronzestäbchen oben. Links und rechts von ihnen errichtete der Alte kleine Tonmauern, die er allmählich erweiterte und verdickte, bis sie zwei schräg auf die Form gesetzten Näpfen glichen, mit Kanälen, die zu den Bronzestäbchen führten. Jetzt, dachte der Junge, sieht es aus wie ein Baumstumpf mit Ohren. Noch länger warten. Wieder trocknen. Endlich klatschte der Alte den letzten Ton darauf, einen einzelnen dicken Streifen, viel nasser als die anderen zuvor, glättete ihn und wies den Jungen an, die Eisenringe zu holen.

«Jetzt ist er im Ton», sagte der Alte grimmig. Eine neue Note; sie sorgte dafür, daß der Junge aufblickte. «Weißt du, wozu die sind?» Er nahm die Ringe und schlug sie aneinander. Sie klangen stumpf, und der Junge schüttelte den Kopf.

«Die sollen ihn drin festhalten, während wir ihn kochen.»

Er konnte dem Alten nicht folgen. Da steckte ein Wachsklumpen in einem Tonklumpen, und der alte Mann klemmte Ringe über beide Enden, um «ihn drin festzuhalten». Jetzt wünschte sich der Junge, er hätte nicht nach den Zapfen gefragt. Wenn er nicht gefragt hätte, hätte er jetzt fragen können. Aber er hatte, und deshalb unterließ er es. An einem Tag konnte man nur eine begrenzte Menge an Stolz schlucken. Der Alte schmierte noch mehr Ton über die Ringe, bettete sie geradezu in die Form. Er hatte sich vorgebeugt und arbeitete nun sehr schnell. Dann richtete er sich jäh auf und kam auf die Beine, hob die Form an und setzte sie mit einem dumpfen Laut auf der Bank ab.

«Nicht einer», verkündete er. «Zwei.»

Er machte eine Pause.

«Zwei!»

Der Junge fühlte sich angespannt. Der alte Mann war unreinlich in seinen Gewohnheiten, übellaunig, die Zunge rauh wie Haifischhaut in einem Mundwerk, das ätzender war als eine alte Reuse. Er trank zuviel. Sein Atem roch wie der eines Hundes. Aber bis jetzt hatte er nicht verrückt gewirkt. Der Junge war bereit davonzulaufen. Dann erinnerte er sich an die Selbstgespräche des Alten, als er die *ichi*-Male ins Gesicht des Eze Nri geschnitten hatte, die letzten Feinheiten. Da hatte er keineswegs geschlafen.

«Eris Söhne», sagte er vorsichtig.

Der alte Mann nickte und vergaß ganz, auf diesen Beweis für eigenes Denken mit der üblichen beleidigenden Verwunderung zu reagieren. Er stand da, die Handflächen auf die Bank gestemmt, aber als er sich nun umwandte, fiel das Licht von der Tür schräg auf sein Gesicht, und dem Jungen erschien er älter als zuvor. Viel älter. Es hielt jedoch nur so lange an, wie der Alte brauchte, um sich hinzukauern.

«Ifikuanim und sein namenloser Bruder. Als Eri starb, haben sie sein Land in zwei Teile zerschnitten. Östlich des Flusses war Ifikuanims Land. Westlich des Flusses das Land seines Bruders. Kennst du die Geschichte, Junge?»

Der Alte schien seine Worte von vorhin vergessen zu haben, oder jedenfalls die von seiten des Jungen zugegebene Unkenntnis. Er schüttelte den Kopf und lauschte, als der Alte erzählte, wie Ifikuanim auf seiner Seite des Flusses den Wald rodete und Yamswurzeln und Kokospalmen pflanzte, wie er Ziegen fing und zähmte, dann Rinder, sogar Hunde.

«Ifikuanim hat unter freiem Himmel gearbeitet, unter der Sonne, die ihn versengte; gearbeitet, damit Menschen das, was er pflanzte, essen konnten.»

Das weiß doch jeder, dachte der Junge. Aber als der Alte anfing, von dem Bruder zu reden, wurde dem Jungen klar, daß der Alte vielleicht wirklich schwachsinnig war, oder ein Lügner. Eri hatte einen Sohn. Einen, nicht zwei. Es gab keinen «Bruder».

«... Aber der andere Bruder mochte die Hacke nicht, nicht die Axt, mochte nicht fällen oder roden oder pflanzen oder jäten. Die Sonne mochte er auch nicht. Was er mochte, war jagen. Er beließ sein Land als Wald und hielt sich darin auf.»

Der Alte plapperte weiter drauflos.

«Er war ein guter Jäger; sogar der Leopard nahm sich vor ihm in acht. Sooft er einen Leoparden tötete, behielt er nur einen Zahn für sich, und er besaß zwanzig Halsketten aus Leopardenzähnen. Er fertigte sich ein Horn aus dem Zahn eines Ebers, der größer war als er selbst. Jeden Tag füllte er seine Beutetasche, so daß zehn Männer nötig waren, sie zu heben. Aber noch immer konnte er seine Leute nicht ernähren. Deshalb begann er, den Fluß zu überschreiten.»

Nun begriff der Junge. Er begriff vollkommen. Er nickte eifrig bei jedem Satz und gab leise zustimmende Geräusche von sich. Er lauschte aufmerksam, ehrerbietig, hingerissen. Es war ganz klar, was der alte Mann da tat. Er sollte losgehen und all seinen Freunden erzählen, Eri habe zwei Söhne; das war es, worauf der Alte hinaus wollte. Er versuchte abermals, ihn zum Narren zu machen. Und seine Freunde würden ihn für verrückt halten …

Du hältst mich keinen Moment lang zum Narren, dachte er; dabei lächelte er ermutigend, als der Alte zu erzählen begann, wie Ifikuanim seinen Bruder verfolgte und ihn doch nie fangen konnte.

«Bis er zu Enyi ging», sagte der alte Mann. «Ifikuanim fand Enyi an einem Wasserloch; mit dem Rüssel sog er Wasser auf, um es sich über den Rücken zu spritzen. Enyi half ihm gern, denn auch ihn jagte der Bruder. Er sagte, Ifikuanim solle aufhören, ihn zu verfolgen, der Bruder werde schon bald eintreffen. An diesem Wasserloch gab es reichlich Wild.»

«Was geschah dann?» fragte der Junge, mit geziemend weit aufgerissenen Augen.

Der Alte schwieg eine Weile. Um den Schluß dieser albernen Geschichte auszuhecken, vermutete sein einköpfiges Publikum. Als er weitersprach, war sein Ton gröber, als bedauerte er, mit der Geschichte überhaupt angefangen zu haben, die er nun nur noch beenden wollte.

«Als nächstes geschah, daß sie ihn fingen. Sie haben ihn am Wasserloch gefangen, ganz wie Enyi versprochen hatte, und dort rollten sie ihn im Lehm herum, bis er von Kopf bis Fuß damit bedeckt war. Dann rollten sie ihn noch ein wenig, bis der Ton so schwer wog, daß er nicht mehr stehen konnte. Er fiel auf alle viere wie ein Tier. Sie zogen ihm die Halsketten aus Leopardenzähnen ab. Sie nahmen sein Jagdhorn und steckten es ihm auf die Nase. Sooft er versuchte, wieder in den Wald zu laufen, trieben Enyi und Ifikuanim ihn zurück zum Wasserloch und rollten ihn wieder im Lehm herum. Sie hielten ihn dort fest, bis die Sonne den Ton hartgebacken hatte.»

An dieser Stelle erkannte der Junge die Geschichte wieder. Enyi, das Wasserloch, der Stoßzahn auf der Nase … Das alles stammte aus einem Kinderlied. Er konnte sich kaum daran erinnern. Der Alte mußte ihn für einen Trottel halten.

«Er war darin gefangen wie eine Schildkröte in ihrem Panzer, und er schämte sich zu sehr, um so zu seinen Leuten heimzukehren, deshalb versuchte er, den Ton an einem Baum abzureiben. Dann versuchte er, das Horn, das sie ihm auf die Nase gesteckt hatten, abzubrechen, indem er es gegen einen Felsen schlug, aber es wollte nicht brechen. Es saß da fest, vorn in seinem Gesicht. Deshalb nennt man ihn Ezodu, das heißt Zahnhasser. Es war sein eigenes Jagdhorn. Der Stoßzahn eines Ebers. Sie haben es ihm aufgesetzt, um ihn zu verhöhnen.»

Ja, ja, ja, dachte der Junge. Das Lied hatten sie als Kinder gesungen. Noch das blödeste Kleinkind beherrschte es. Eine Gruppe sang Fragen wie: Wie hat Ezodu sein Horn gekriegt? Oder: Warum hat Ezodu die Farbe von Lehm? Dann sang die andere Gruppe die Antwort, die immer gleich war: Enyi weiß es! Enyi weiß es! Es ging auch immer gleich aus. Eine Gruppe sang: Warum ist Ezodu weggerannt? Dann antwortete die andere Gruppe: Eines Tages kommt Ezodu zurück! Das war alles.

Der Alte hatte aufgehört zu reden und nickte vor sich hin, als wolle er bekräftigen, daß die Geschichte nun zu Ende war. Dann nahm er die feuchte Form von der Bank. Der Junge begriff, daß er irgendeine Antwort erwartete.

«Was ist danach mit dem Bruder geschehen?»

Der Alte hob die Schultern. «Das ist das Ende der Geschichte. Ifikuanim war der zweite Eze Nri. Er pflanzte Yams und Kokospalmen in den alten Jagdgründen seines Bruders. Er erhob Anspruch auf die Tiere, die sein Bruder gejagt hatte. Gute Geschichte, was?»

Der Junge stimmte zu.

«Erzähl sie bloß keinem, klar?»

Der Junge nickte, allerdings etwas unsicher, denn der Alte starrte ihn mit einem seltsamen Gesichtsausdruck an.

«Willst du wissen, warum?» fragte der Alte. Er nahm das Schweigen des Jungen als Zustimmung und fuhr fort: «Weil sie sie dann ebensowenig glauben werden, wie du sie jetzt glaubst.»

Er hob die Hand, ehe der Junge protestieren konnte, und schaute hinab auf die Form, die bedenklich in seiner Ellenbeuge balancierte. «Jetzt eine andere Geschichte. Kürzer. Was sagen die Nri-Leute, wenn der Eze Nri zu träumen aufhört? Was sagen sie, wenn seine Tochter ihn wäscht und zur Ruhe bettet?»

Ohne den Jungen anzusehen, musterte er die Ringe um die Form.

«Das Eisen ist zerbrochen», erwiderte der Junge.

Der alte Mann nickte.

«Sagen sie, sagen sie. Aber das Eisen ist nie wirklich zerbrochen. Jetzt bring das nach draußen. Wenn es trocken ist, gießen wir Bronze.»

Es oder sie? Spezimen oder Spezies? Das Tier ist pluralisch, die Einzelteile vergeßlich: Salvestro, Bernardo und Diego; ein dreihöckriges Dromedar oder ein elastischer Amphibrachys, zickend und zackend, um die Kehren eines Slalompfads rutschend, dessen Neigung nicht nur die Steilheit der Talhänge milderte, sondern auch die Köpfe der Reisenden mal hierhin, mal dahin drehte, sie herumwarf und ihnen jeden Sinn für Richtung, Perspektive, Proportion verwirrte ... Wohin gingen sie, abgesehen von abwärts? Der Baldachin des Waldes schloß sich wieder über ihren Köpfen, verwehrte ihnen den direkten Blick auf die Sonne. Das Problem mit den Wurzeln tauchte wieder auf, und dauernd bestand die Gefahr, miteinander zu kollidieren, denn das Trio neigte dazu, eng aufzuschließen, wenn der Weg eine seiner jähen Kehren machte; der Hinterste schubste den Vordersten in knöchelumschlingende Bodenpflanzen, die unter dem amorphen Wegrandgrün lauerten. Die gelenkige Greisin hüpfte voran, war besser zu Fuß als die anderen. Das hier, darüber wurde sich Salvestro rasch klar, war ein Weg, den man eher nehmen als befolgen mußte. Durchbrechen, stolpern, prallen, hochtaumeln und weitermachen; Salvestro, Bernardo und Diego brauchten einen ganzen Nachmittag, um nach Nri hinabzugelangen.

Dann wurde der Boden endlich ebener, und die drei Männer hielten an, um wieder zu Atem zu kommen, die Hände auf die Knie gestützt, während die alte Frau unbeeindruckt danebenstand. Salvestro spürte, wie das Pochen in seinem Kopf nachließ. Am Abend zuvor hatte er sich neben das Feuer gelegt und war in einen schwarzen Schlaf gesunken; die Erleichterung darüber, endlich rasten zu können, hatte ihn hinabgezogen, die Erinnerungen an den Tag schlugen über seinem Kopf zusammen und begruben ihn. Dann hatten die Stimmen wieder eingesetzt, eindringlicher als je zuvor. Unter ihrem Ansturm hatte er sich hin und her gewälzt, sie aus dem Kopf zu schütteln versucht, aber sie waren darin gefangen, ohne Fluchtmöglichkeit. Keine für sie. Keine für ihn. Die alte Frau hatte ihn im Morgengrauen geweckt, und sofort nach dem Aufstehen begann das Pochen. Jetzt wartete sie geduldig, die Arme vor der Brust verschränkt. Das Pochen kam und ging in Wellen. Sie gab ihnen Zeichen, ihr zu folgen, und führte sie dann in den Wald.

Bald begriff Salvestro, daß ihn der Blick vom oberen Rand des Tals getrogen hatte, denn der Wald hier unten war von kleinen Hainen und Lichtungen durchwirkt, auf denen einzelne Flächen bepflanzt waren, all dies von oben nicht zu sehen. Wo gerodet worden war, türmte sich der Boden zu großen gleichförmigen Hügeln, als wucherten dort monströse Rettiche. Haine junger Palmen hingen voll hellroter Früchte. Der Pfad schlängelte sich zwischen den kleinen sonnenbeschienenen Pflanzungen, in den Waldschatten und wieder heraus, und der Wald war stiller als der, den sie verlassen hatten. Vogellärm ertönte gedämpft und sporadisch.

Anfangs zweigten ein paar kleinere Pfade nach links oder rechts ab, aber das hörte auf, als sie einige Minuten gegangen waren. Ein Stückchen weiter endeten auch die Pflanzungen. Der Pfad wand sich weiter zwischen Bäumen, die den Baldachin hoch oben stützten, führte nach Salvestros Beobachtungen den Nordrand der Talsohle entlang, in sanften Kurven, die breit genug waren, daß die drei nebeneinander hätten gehen können, wenn sie das gewollt hätten. So aber führte die alte Frau sie an, Diego folgte, die beiden anderen trödelten hinterher. Sie sahen niemanden.

«Wo sind die Leute?» fragte Bernardo.

Niemand antwortete. Bald verengte sich der Pfad. Wucherndes Gestrüpp und Grasbüschel drängten ihn zu einem schmalen Strich zusammen, der erschien und wieder verschwand; die Unterbrechungen wurden immer länger, bis man wieder durch einen Wald ging, in dem nichts darauf hinwies, daß ihn je ein Mensch betreten hatte. Sie bahnten sich ihren Weg zwischen den Bäumen hindurch; die Alte schien ihres Ziels so sicher zu sein wie zuvor. Mit ihr als Führerin ergab sich Salvestro seiner Ahnungslosigkeit. Er folgte ihr, wohin auch immer sie ihn führte. Das taten sie alle.

Rechter Hand begann der Boden zunächst unmerklich abzufallen. Als er wieder eben wurde, fanden sie sich auf einer Lichtung wieder. Der steile Hang, der das Tal nach Norden begrenzte, war durch die Lücke im Laubdach zu sehen. Mitten auf der Lichtung war der Boden versengt und dort, wo einmal jemand ein Feuer gemacht hatte, grau vor Asche. Salvestro befühlte die Reste. Kalt. Schon winkte die Alte sie weiter. Er hörte Wasser, ein kleiner Flußlauf. Jenseits der Lichtung fiel der Boden ab und bildete eine gerade mannshohe Böschung, die vermutlich der Bach unten ausgewaschen und zum Ufer gemacht hatte. Einer nach dem anderen sprangen sie hinab, landeten schwer und mußten die andere Seite hinaufklettern Vor ihnen ragten einige riesige Pappeln auf, dann ein paar Kokospalmen, und hinter diesen ein abweisendes Dickicht aus Sträuchern mit tiefroten Blättern. Die Alte drehte sich zur Seite. Sie sollten dem Bach abwärts folgen.

«Was ist das?» fragte Bernardo ein paar Minuten später.

Bis jetzt hatte Salvestro die Fragen des Riesen nur mit Schulterzucken beantwortet. Er wußte ebensowenig wie sein Gefährte, wo all die Menschen waren. Vielleicht gab es gar keine. Die Pflanzungen mochten eine wunderliche Laune des Waldes sein, die Pfade von Tieren ausgetreten. Die alte Frau mochte sie im Kreis an der Nase herumführen, einzig zum eigenen Vergnügen. Diesmal folgte sein Blick dem ausgestreckten Arm des Riesen. Links vom Bach wurden die Bäume lichter, und zwischen den Stämmen, vielleicht hundert Schritte entfernt, sah er Sonnenlicht direkt auf eine glatte Oberfläche fallen, vielleicht eine hohe Mauer oder einen unnatürlich glatten Erdhang. Der Blick war nicht frei, wurde von den Stämmen in Segmente zergliedert, aus denen seine Augen nichts Sinnvolles zusammensetzen konnten.

«Weiß ich nicht», antwortete er.

Die alte Frau hatte nicht gewartet, Diego ebensowenig. Sie standen ein Stück weiter vorn. Die beiden Männer gingen schneller, um aufzuschließen, und als sie sie erreichten, standen sie am Rand eines staubigen Streifens gerodeter Erde, die dem Bauwerk dahinter als eine Art Vorhof diente.

Das Objekt, das sie undeutlich gesehen hatten, war tatsächlich eine Mauer aus glattem Lehm, fünfzehn oder sogar zwanzig Fuß hoch. Sie bildete eine Seite einer rechteckigen Umfriedung, deren Ausmaß sie nur erraten konnten und die sich von dem Landstreifen aus in den Wald erstreckte und dort den Blicken entzog. Die Gebäudefront, falls es eine war, wurde nur von einer kleinen Tür unterbrochen, so tief in die Mauer eingelassen, daß der beschattete Zugang zunächst wie ein Tunnel wirkte. Nach den wirren Linien des Waldes wirkten Ausmaß und Regelmäßigkeit der Mauer schockierend; wie eine Störung.

«Ich glaube, wir sind da», sagte Bernardo hinter ihm.

Die Alte fing an, in ihrer Sprache zu plappern; die seltsamen Klänge und Rhythmen verstärkten noch die Fremdartigkeit des Gebäudes. Weiter plappernd führte sie sie zur Tür. Geschnitzte Gesichter reckten ihre Züge aus dem Holz. Sie preßte die Handflächen gegen zwei Stirnen, als ob sie diese ins Holz zurückdrücken wollte. Sie versuchte etwas zu erklären, aber sie konnten sie nicht verstehen. Dann rammte sie ihre Schulter gegen die massive Tür, trat beiseite und deutete auf Bernardo.

Zwei schwere Schläge des großen Mannes waren nötig, um das Hindernis wenigstens erbeben zu lassen. Alle drei stemmten sich dagegen, erzwangen sich Zoll um Zoll einen Zugang, lösten trockene Lehmklumpen, die auf sie herabregneten, und furchten einen Viertelkreis in den Boden. Es zeigte sich, daß die Tür aus einem einzigen Stück Hartholz gemacht war, nicht größer als Salvestro, aber dicker als Bernardos Brust. Zeit, Feuchtigkeit und Hitze hatten den Rahmen, in dem sie hing, verzogen, bis die sackenden Angeln das Gewicht auf dem Boden abgesetzt hatten. Sie stemmten sich wieder dagegen, hoben und schoben, schwitzten und fluchten, bis sich der Spalt endlich so weit öffnete, daß auch Bernardo sich hindurchzwängen konnte. Er versetzte der Tür einen letzten wuchtigen Stoß und wandte sich triumphierend der alten Frau zu. Sie war weg.

Der Boden war in jede Richtung fünfzig Schritte oder mehr gerodet. Die drei schauten sich um, aber die Alte war nirgendwo zu sehen. Die Bäume standen in einem Halbkreis um die Freifläche, als seien sie bis dorthin vorgerückt und dann jäh von einer unsichtbaren Gewalt oder einem Verbot aufgehalten worden. Noch vor einer Stunde waren die Männer unter ihren Laubdächern gegangen. Nun wirkten sie abweisend. Etwas war anders, dachte Salvestro unbestimmt. Die alte Frau schien sich in Luft aufgelöst zu haben. Eine Tür, seit Jahren nicht geöffnet, war aufgebrochen worden ... Etwas anderes. Er blickte sich beunruhigt um und sah, daß Bernardo sich noch immer besorgt umblickte.

«Sie hat uns hergebracht», sagte Salvestro unsicher. «Jetzt sind wir hier, also warum sollte sie bleiben?»

Er richtete diese Bemerkung an Diego, aber der Soldat starrte nur auf seine Stiefel und nickte eigenartig lächelnd vor sich hin, zugleich resigniert und über eine persönliche Erkenntnis amüsiert.

«Und was jetzt?» platzte Bernardo heraus. Er betrachtete den Wald ringsum. «Was sollen wir jetzt machen?»

Sie konnten nirgendwo anders hin. Diego drückte sich bereits durch den Türspalt.

Ein Hof: ein breiter Streifen freien Geländes zwischen den Seitenmauern. In der Mitte stand ein Gebäude, das Salvestro an jenes erinnerte, in das Diego eingedrungen war, nachdem sie aus dem Boot geklettert waren. Auf wuchtigen Pfosten hatte man ein Dach aus verflochtenen Palmzweigen errichtet, aber die Wedel waren verdorrt und zerfasert und lagen nun verstreut auf dem Boden. Die Seiten waren offen. Die drei standen unter dem blanken Spalier, auf dem einst die Bedachung gelegen hatte, und starrten auf die breite Vorderseite eines Gebäudes, das, soweit sie es sehen konnten, die ganze übrige Einfriedung ausfüllte. Eine Anzahl niedriger Durchgänge punktierte die Frontseite in unregelmäßigen Abständen. Die drei Männer schwiegen. Salvestro begriff, daß die Ursache der seltsamen Beklommenheit, die er vor wenigen Minuten empfunden hatte, tatsächlich auf der Abwesenheit von etwas beruhte. Dieser Hof, das große niedrige Bauwerk, das da behäbig vor ihnen hockte und sich außer Sicht weiter nach hinten erstreckte, die Lichtung draußen und der umgebende Wald waren allesamt vollkommen still.

Wieder blickte er auf Diego, aber der Soldat beschäftigte sich mit den Durchgängen; seine Blicke strichen über sie hin, als ob das, was er suchte, plötzlich aus dem Dunkel dahinter aufflackern, irgendwie aufschrecken und sich zeigen könnte. Salvestro entsann sich der letzten Worte Diegos, die er noch am Abhang oberhalb des Tals geäußert hatte. Die Gewißheit, die er in sie gelegt hatte. Der Soldat war verloren, trieb dahin, klammerte sich an den zerfasernden Faden seiner Suche. Es war auf dem Fluß geschehen, oder in dem hinteren Raum, in dem Salvestro ihn bei seinem «Gebet» überrascht hatte. Oder auf dem Schiff. Usse konnte ihn vielleicht wiederherstellen; oder das *Tier*. Hier würde er beide nicht finden.

Statt dessen Kammern. Und mehr Kammern. Und dahinter noch mehr Kammern.

Sie betraten das Gebäude und gingen langsam durch dessen Abschnitte. Das Sonnenlicht in den offenen Durchgängen erhellte die vorderen Räume, aber als sie tiefer in die Anlage hineingerieten, konnten die drei Männer nur noch mit zusammengekniffenen Augen in ein Dunkel spähen, das lediglich von schwachen Leuchtpunkten im Schilfdach gemildert wurde. Die Kammern unterschieden sich kaum in ihrer Größe und waren durch rahmenlose Bogengänge verbunden, die unmittelbar aus dem glatten Lehm geschnitten zu sein schienen, aus dem die Mauern bestanden. Winkel und Ecken waren gekrümmte Flächen, und die Böden wölbten sich, so daß unmöglich festzustellen war, wo genau die Böden aufhörten und die Wände anfingen. Nur das Dach war stet, gleichförmig flach und hing außer Reichweite über ihren Köpfen. Nach und nach gewöhnten die Augen sich an die Düsternis, und als sie zögernd in die unregelmäßigen Fluchten vordrangen, begriffen sie allmählich, daß das Gebäude nicht einfach unbewohnt war. Es war leer. Keine Kammer enthielt etwas.

Anfangs blieben sie zusammen, einer führte, dann ein anderer; einer reckte den Kopf durch eine seitliche Öffnung, während die anderen vorangingen; dann kamen sie wieder zusammen; dann folgten erste individuelle Umwege, die länger und länger wurden, bis Diego knurrte und nach links marschierte, und wenig später schien Bernardo sein früheres Unbehagen zu vergessen und spazierte einfach durch die Tür, die der von Salvestro benutzten gegenüberlag. Sie gingen getrennte Wege, weniger aus Absicht als deshalb, weil es keinen zwingenden Grund zu geben schien zusammenzubleiben. Soldat, Riese, Dieb: ein aufgelöstes Trio oder ein zertrennter Amphibrachys: ein höckerloses Dromedar, das gleichzeitig in drei verschiedene Richtungen trampelte.

Salvestro stand plötzlich allein in einem Raum, der eher lang als breit war und sich am anderen Ende verjüngte. Der nächste Raum war noch schmaler, der danach fast dreieckig. Sackgasse. Er ging weiter. Der gestampfte Lehm der Wände und des Bodens schluckte das Geräusch seiner Schritte. Er hatte die vage Absicht weiterzugehen, bis er zur Außenwand des Gebäudes gelangte. An dieser wollte er dann entlanggehen, bis er wieder an der Vorderseite hinauskam oder hinten einen anderen Eingang entdeckte. Er wußte nicht, was ihm dieses Wissen einbrächte, ging aber trotzdem weiter, durchquerte langsam die Kammern und zollte besonders den Winkeln, die sie miteinander bildeten, Beachtung, denn das Gebäude insgesamt schien sich einem geraden Durchwandern zu verweigern: eine verzogene Wabe, die ihn von seiner Zielrichtung abdrängte und ihn an jeder Biegung zu raten zwang, ob er immer noch auf dem richtigen Kurs war oder unmerklich abgelenkt oder irgendwie umgeleitet wurde. Seine Schritte wurden immer zaudernder, und da er begriff, daß sich die problematische Aufgabe dadurch nur noch erschwerte, schritt er kühner aus, zwang sich zu schnellerem Gehen. Eilig marschierte er von Kammer zu Kammer, rannte jetzt beinahe, ständig der Meinung, die nächste Sackgasse müsse doch das Ende des Gebäudes sein. Dann trat er vertrauensvoll in eine der größten Kammern, die er bis jetzt gesehen hatte, und stürzte vornüber ins Nichts.

«Bernardo!»

Das Gebäude war also doch nicht ganz leer. Nicht einmal unbewohnt.

Der Riese brauchte einige Zeit, um ihn zu finden. Von Salvestros periodischen Schreien geleitet, ging Bernardo aufs Geratewohl auf die Quelle des Lärms zu, wobei er immer verwirrter und ungeduldiger wurde. Es hatte ihm durchaus gefallen, sich ziellos durch die Räume treiben zu lassen, aber nun schienen sie nur zu dem Zweck angelegt worden zu sein, ihn abzulenken. Salvestros Schreie wurden lauter und leiser, eben noch dröhnend, im nächsten Moment erstickt, je nachdem, wie die Räume den Klang abfingen oder verstärkten. Mehrfach blieb er bei dem Versuch, sein Problem zu lösen, stehen, ließ Salvestro eine oder zwei Minuten lang brüllen, ehe er die Suche wieder aufnahm. Und so tappte er weiter durchs Dunkel, rief (wie er hoffte) Ermunterungen, etwa: «Hier drüben, Salvestro!» und: «Gleich geschafft!» und: «Dauert nicht mehr lang!», bis die abwechselnd gedämpfte und sonore Stimme des anderen, statt seinen Namen zu brüllen, ganz klar und deutlich sagte: «Halt.»

Bernardo blieb stehen.

Er stand am Rand einer Grube mit glatten Wänden. Der Boden des Raums, konkav wie alle anderen auch, war viel tiefer ausgehöhlt und die Mulde wie die Innenseite einer riesigen, umgedrehten Glocke geformt. Deren unwirscher Klöppel war Salvestro, der da unten stand und zu ihm aufblickte. Und dort unten war auch noch etwas anderes ...

«Mach schon, Bernardo! Komm runter. Setz dich einfach hin und rutsch runter.»

«Dann sitzen wir beide fest», wandte er ein.

«Was heißt ‹festsitzen›? Ich war schon ein halbes Dutzend Mal oben und wieder unten. Ist ganz leicht.»

Bernardo musterte die Schräge mißtrauisch und spähte dann in die Grube.

«Was ist das?» fragte er.

«Komm und sieh selbst nach», erwiderte Salvestro.

Bernardo krabbelte nach unten.

Es war ein Mann, oder etwas, das einmal ein Mann gewesen war. Er saß aufrecht auf einem Stuhl, der (das Licht war sogar noch schwächer als zuvor) aus einem einzigen Baumstamm geschnitzt schien. Er trug eine merkwürdige Kopfbedeckung und ein langes, an der Brust offenes Gewand, wo ein paar Halsketten und ein Anhänger, in den ein Tiergesicht geschnitzt war, sichtbar wurden. Von einem Arm teils umfangen, teils an ihn gelehnt, die Grundfläche auf dem harten Lehmboden und die Spitze knapp oberhalb der Schultern, ragte ein massiger Elfenbeinzahn empor; der andere Arm hielt einen dicken Stab mit ein paar Scheiben am oberen Ende. Ein eng umwickeltes Reisigbündel lag zwischen seinen Füßen auf dem Boden.

Bernardo starrte in das Gesicht des Mannes. «Der atmet doch nicht, oder?»

«Nein», sagte Salvestro hinter ihm.

Das Gesicht, ja der ganze Körper schien so vollkommen erhalten zu sein, daß die Männer ihre Stimmen gedämpft hatten, um den Sitzenden nicht zu wecken.

«Der ist doch tot, oder?»

«Ja», sagte Salvestro. Dann setzte er hinzu: «Faß ihn mal an.»

Bernardo stocherte versuchsweise mit dem Finger nach dem Gewand. Es zerbröselte, wo er es berührte. Bernardo nickte befriedigt.

«Nein», sagte Salvestro. «*Ihn* sollst du anfassen. Die Haut.»

Der Riese näherte sich dem Leichnam erneut und zögerte, während er überlegte, welchen Teil er berühren sollte. Die Stirn, wie es schien. Ja. Er streckte den Arm aus, um die Handfläche gegen das Fleisch der Gestalt zu drücken.

«Gaah!»

Entsetzt zuckte er zurück, machte einen Satz rückwärts und rief: «Du hast doch gesagt, er wäre tot, zum Teufel, Salvestro!»

«Er ist auch tot.»

«Aber er ist doch noch *warm* ...»

Salvestro sagte nichts. Er hatte genau das gleiche getan und war ebenfalls zurückgezuckt. Dann hatte er die seltsame Mischung aus Angst und Ekel, die ihm in die Kehle stieg, überwunden und die Hand auf die Brust der Gestalt gepreßt. Sie war still. Das Herz schlug nicht mehr, die Lungen pumpten nicht mehr, und zwar seit langem, wenn man vom Zustand des Gewandes ausging, das über seine Schultern drapiert war. Dennoch war sein Fleisch warm. Bernardos Gesicht war eine Maske verständnislosen Entsetzens. Er schien die Augen nicht von ihm lösen zu können.

«Was ist mit ihm?» flüsterte er.

Ehe Salvestro sagen konnte, er wisse es nicht, unterbrach eine dritte Stimme die Stille der Kammer.

«König von Nri! Ich bringe Grüße von Fernando dem Katholischen, König von ganz Spanien. Ich bin Don Diego de Tortosa, Diener meines Königs ...»

Die beiden starrten verblüfft hinauf zu Diego, der am Rand der Grube Haltung angenommen hatte, einen Arm vor die Brust gelegt, den anderen ausgestreckt, um der Ansprache Nachdruck zu verleihen.

«Sire, mein König schickt mich, Euch an seiner Statt zu grüßen. Ich bin hergereist, um von Euch ein Tier zu erbitten, das in diesen Landen ‹Ezudo› genannt wird, denn es ist meines Königs Wunsch, dieses Tier zu besitzen, und daher ist es mein Wunsch, den seinen zu erfüllen. Daher und zu diesem Behuf trete ich nun vor Euch, König von Nri!

Jene» – er deutete auf die beiden, die zu ihm emporstarrten, ohne sie anzusehen – «sind meine Gefährten. Sie heißen Salvestro und Bernardo. Sie stammen aus ... Ich weiß nicht, woher sie kommen, aber sie sind meine Diener. Und ich bin Diego de Tortosa, Diener Fernandos des Katholischen, König von ganz Spanien ...»

Er machte eine Pause, um Luft zu holen; dann ertönte seine Stimme aufs neue.

«König von Nri! Ich bringe Grüße von Fernando dem Katholischen, König von ganz Spanien. Ich bin Don Diego de Tortosa, Diener meines Königs, des Königs von ganz Spanien ...»

Verschiedene Kakophonien. Zuerst die Tiere: Plappern, Röhren, Muhen und Kreischen, alle Schreie zu bedeutungsloser Panik vermengt. Blökende Ziegen wurden am Flußufer entlanggetrieben. Mit einem Paar gackernder Hühner bahnte sich ein Mann seinen Weg durch die Menge.

Waren die Menschen anders? Ihre Stimmen peinigten ihre Ohren, ein wunderliches Gemisch aus Glucksen und Schreien, zufälligem Gebrüll, sinnlosem Gellen: Aufregung und ihre Geräusche. Sie steckte mitten drin, bedrängt von den Leibern, die sich formierten. Sie mußte jetzt nur stillstehen, dann würden sich ihre Kreisbahnen um sie schlingen. Sie glaubte, Gbujo gesehen zu haben. Sein niedergeschlagenes Gesicht. Männer strömten aus den Hütten und Gehöften. Sie hörte Gehämmer, Äxte auf Holz. Ja, dachte sie, schickt sie in den Wald, wenn es das ist, was der Eze Nri anordnete. Mitten im Fluß rissen die Ndi Mili Nnu ihre Unterkünfte auseinander. Die schwindende Insel würde bald überschwemmt sein, das *Yangbe* eilte bereits den Fluß hinab und ließ ihn wieder anschwellen. Die Nri-Männer drängten sich enger um sie. Namoke war weit vorn, dachte sie. Der Jagdtrupp war längst unterwegs. Lärm und noch mehr Lärm hämmerte auf ihren Schädel ein, bis er dröhnte; noch ihre Knochen bebten unter dem Ansturm. Sie waren beinahe bereit. Es blieb keine Zeit mehr. Sie ließ sich vom Getöse malmen.

Dann flog der Schwarm auf, zunächst ein fernes Summen, eine Million verschmelzender Geräusche. Sie konnte keine Einzelstimme aus dem zunehmenden Tosen sieben, aus der wuchtigen Woge des Drängens und Forderns, *schnell, schnell, schnell …*

Warte, sagte sie sich.

Ezodu trampelt auf unsere Gräber …

Sie ignorierte die Klagen, filterte die Masse von Stimmen, die nun auf sie herabbrandete; jede suchte die anderen zu übertönen.

«Nri!» schrie eine Stimme, vielleicht Namokes.

Sie brachen auf. Nri, wiederholte sie für sich, und die Geister warfen es nachäffend auf sie zurück, *Nrrurrrriii-iii …* Spöttisches Gelächter erhob sich über der Klage, *he, he, he …* Sie wußte, wer das war. Es war Eri, der sich nicht offenbaren mochte, der einzige, den all dies nicht kümmerte. Sie waren deine Söhne, dachte sie. Das Gelächter schwand. Ihre Füße trugen sie voran. Irgendwo Fackeln. Zu viele Stimmen, zu viele Generationen, und weiter und weiter zurück, immer dichter lasteten sie auf ihr: ein Lehmwall, den sie nicht durchbrechen konnte. Denjenigen, den sie suchte, konnte sie nicht finden.

Tochter?

Die Stimme war fern, aber deutlich, abgehoben von den anderen. Sie konnte ihr folgen, ein einzelnes Insekt, dem mit einem Harztropfen eine Feder auf den Rücken geklebt war. Sie konnte hinterherrennen, die Stimme jagen, bis sie anhalten mochte.

Sie folgte, und die Männer ringsum schienen sie mit sich zu tragen, blieben dicht bei ihr und beobachteten sie, während sie ihrer verspielten Beute nachschlenderte, nachrannte. Sie wußte, daß die anderen nichts davon sahen. Der Schwarm war nun nur noch ein Gemurmel. Sie ging weiter fort oder sank tiefer hinab oder langte nach hinten und spürte, wie sie sich nach dem, den sie verfolgte, ausstreckte, der ihr jedoch so mühelos auswich, daß sie nicht zu verfolgen, sondern fortgeführt oder gar fortgeschleppt zu werden schien. Die Männer ringsum waren so nah, daß sie die Wärme ihrer Haut spüren konnte. Sie würden sie auf dem Weg von Onitsha nach Nri umringen: ein Dorf am Fluß, und dann die Pfade durch den Wald. Der Talhang, der zum Dorf führte. Nris Pflanzungen und der Lauf des Bachs. Sie würden vor einem Streifen staubigen Bodens stehen, vor einer Tür, so schwer, daß kein Mann allein sie öffnen konnte, vor einer Einfriedung, die sich nach hinten erstreckte, weiter und immer weiter … Die Kammern des Eze Nri. Dort würde sie sie verlassen. Sie war die Eze Ada, und diese Namen waren vertraut, die Orte bekannt. Aber inwendig war sie nun so weit entfernt, daß sie fürchtete, nie mehr zurückkehren zu können. Was, wenn sie den Rückweg nicht fände? Da ertönte die Stimme wieder, die Stimme, die sie verfolgte, nun kälter als zuvor.

Zu spät …

Am Holzkohlehaufen im Hof scharrte der Junge eine Kalebasse voll, trug sie hinein und gab sie dem Alten, der knurrte und eine Handvoll Holzkohle nach der anderen auf dem Feuer verteilte – mehr, wo es heiß brannte, und weniger, wo die Glut den Brennstoff erst noch durchdringen mußte.

«Feuer muß gleichmäßig brennen», sagte der Alte. Er streute die letzten Stückchen über eine winzige Flamme, die eben erst aufgeflackert war. «Gleichmäßig, so» – er bewegte die Hand waagerecht – «und gleichmäßig, so.» Die gleiche Hand schnitt mit Abwärtsbewegungen die Luft in Scheiben. «Ein Feuer muß man langsam aufbauen. In Schichten, wie Ton. Wenn man mehr Hitze braucht, schält man eine Schicht ab, darunter ist sie. Mehr Hitze. Ganz einfach.»

Der Junge nickte. Mit dem Holen und Schleppen hatte er vor dem Mittag begonnen. Holzkohle verbrennen, fand der Junge, war ganz ähnlich wie Holzkohle herstellen. Bis jetzt gab es kein Anzeichen dafür, daß sie etwas anderes taten als Feuer machen. Kein Hinweis darauf, daß es endlich ans Bronzegießen ging.

«Hör auf zu nicken. Du stehst da, als würde deine Mutter gleich Yams kochen, als hättest du überhaupt keine Ahnung, wovon ich rede. Alles gleichmäßig. Man muß alles gleich halten. Heißen Ton und kalten Ton, oder die Bronze, wenn sie fließt und wenn sie steht. Verschiedene Dinge mögen einander nicht. Sie bersten. Wir wollen doch keinen gesprungenen Eze Nri, oder?» Er blickte hinüber zur Form, die neben einigen kurzen Metallstäben auf der Bank stand. Der Junge unterdrückte ein Grinsen; die Schalen oben an der Figur sahen immer noch wie Ohren aus. «Wenn die Bronze in Stücke bricht, helfen uns die Eisenringe nicht. Die sind nur für die Form da …»

Der Junge hätte fast genickt, unterließ es aber.

«Ja», sagte er. Er nahm die Kalebasse und ging hinaus, um mehr Holzkohle zu holen.

«Ich hab dir noch nicht alles über das Feuer gesagt!» rief ihm der Alte nach. «Wir brauchen jetzt keine Holzkohle mehr!»

Der Junge ignorierte ihn.

Er war des Alten überdrüssig und hatte genug von seinem Gejammer, seinen langweiligen «Witzen». Sogar die Beleidigungen waren öde geworden. Er ignorierte sie einfach, allerdings kamen sie immer seltener und wurden immer kraftloser. Wie war noch die letzte? Irgendwas über die «Gußzapfen»? Er füllte die Kalebasse mit Holzkohle und trug sie zurück zur Hütte.

Spät am Nachmittag kam Iguedo zurück. Als die Sonne sank, warf der hohe Grat über den Wald tief unten einen Schatten, der talab vorrückte wie eine stumme Flut. Iguedo schien aus dem Nichts aufzutauchen; plötzlich lehnte sie am Türpfosten, mit verschränkten Armen, als sei sie die ganze Zeit dagewesen, als habe sie sie seit Stunden beobachtet. Der Alte schaute gehetzt auf, widmete sich dann wieder dem Feuer, einer flachen Hitzeschale, die sich auf dem Boden der Hütte ausbreitete, schwarz und rot wabernd. Zum Stochern benutzte er eine Eisenstange, deren Spitze mattorange glomm. Als er sie in den Wassereimer steckte, zischte es leise, und ein Dampfwölkchen stieg auf. Es war stickig in der Hütte, und der schwache Luftzug von der Tür her fühlte sich eisig dagegen an. Beide schwitzten. Atem brannte in den Kehlen. Iguedo wirkte gleichmütig, stand nur da, beobachtete sie, gab keinen Kommentar ab.

«Fertig», sagte der Alte schließlich. Dann: «Jetzt haben wir dich.» Er schien die Form anzureden.

Das Feuer pulste, pumpte Schlieren flammenloser Hitze in die beiden verkniffenen Gesichter darüber. Die Glut schien bis hinter ihre Augen zu dringen, wogend und schmerzhaft, aber sie konnten jetzt nicht wegschauen. Gemeinsam hielten sie die Form, hoben sie mit einer schweren Zange in die Mitte des Feuers. Dort setzten sie die Form ab, und der alte Mann häufte Kohlen an ihren Seiten auf. Er begann die Bronzestangen nacheinander in die Ausbuchtungen am oberen Ende der Form zu stecken. Sind doch keine Ohren, sagte sich der Junge. Schmelztiegel. Der alte Mann bewegte die matten Stäbe mit der Zange, machte viel Wesens um ihre Position und murmelte dabei vor sich hin. Der Junge runzelte verwirrt die Stirn und rückte näher, um die Worte zu erhaschen.

«Jetzt habe ich dich schön fest eingepackt, was? Kannst nicht mehr raus, oder? Ist der Lehm zu hart? Aber sicher ...» Danach war es still, aber nach einigen Sekunden fing der Alte wieder damit an, ohne seinen Zuhörer, wie es schien, zu beachten.

«Hast versucht, ihn abzukratzen, stimmt's? Ging aber nicht. Gibt nur eine Möglichkeit, wie du da wieder rauskommst. Hast wohl gedacht, du könntest wie ein wildes Tier im Wald herumrennen, dir die Sonne vom Rücken fernhalten, damit dein schönes weißes Fleisch weich wie Käse bleibt, und die ganze Arbeit wolltest du deinem Bruder überlassen... Die Hälfte der Menschen verhungern lassen, ehe du eine Hacke in die Hand nimmst. Aber jetzt haben wir dich, und du hast nur eine Chance, da wieder rauszukommen. Wir werden dich auskochen. Wir werden dich schmelzen, dich herausbrennen ...»

Es gab keinen Zweifel: seine Bemerkungen richteten sich an die Gußform. Der Junge sah nach hinten zu Iguedo, die den Kopf über seine Torheiten schüttelte.

«Dummer alter Mann», sagte sie. Aus ihrer Stimme war keinerlei Zuneigung herauszuhören. «Bald wirst du selber im Lehm liegen.»

Der Alte hob nicht einmal den Kopf. Er fummelte an den Bronzestäben herum, die sich jetzt im Schmelztiegel in der Hitze des Feuers bogen und krümmten. Sein Arm zitterte ein wenig, als er über die Hitze langte, um einen von ihnen anzustoßen. Der Junge sah, daß er vor Anstrengung das Gesicht verzog. Er dachte an die Beleidigungen, mit denen ihn der alte Mann überschüttet hatte, an sein eigenes geduldiges Schweigen und seine Demut, falls es das gewesen war. Dumm. Warum hatte er sich das gefallen lassen? Und dann noch von einem klapprigen Graukopf, der nichts zu sagen hatte, es sei denn, es drehte sich um Eri oder um Eris Söhne. Er dachte an die dumme Geschichte, die sich der alte Mann ausgedacht hatte. Selbst wenn sie wahr war, blieb sie noch immer dumm.

«Ifikuanim hat das Land seines Bruders *gestohlen*», sagte er unvermutet.

Der alte Mann hob den Kopf.

«Du hast es selbst gesagt. Er war der Dieb, nicht sein Bruder.»

Der alte Mann sah erstaunt aus, beinahe verstört. Gut, dachte der Junge.

«Ifikuanim hatte unrecht, und nachdem er unrecht hatte, war er auch noch dumm. Seinen Bruder in Ton einrollen und dann aus dem Wald zu vertreiben ...»

«Er vertrieb ihn nicht», brummte der Alte. «Das hat er nicht getan. Ezodu lief davon.»

Der Junge ignorierte seine Worte. Es änderte nichts. «Er war dumm. Es war dumm, so etwas zu tun. Er hätte ihm das Horn nicht auf die Nase stecken, sondern durch den Hals stoßen sollen. Er hätte ihn *töten* sollen ...»

«Was verstehst du schon davon, Junge. Eh? Was willst du ...» Es war der gleiche Ton wie zuvor, doch jetzt hörte sich die Niedertracht des alten Mannes nur noch kläglich an. Eine alte, meckernde Ziege.

«Was passiert, wenn der Ton abplatzt, eh?» drängte ihn der Junge. «Alter Mann! Was passiert, wenn Ezodu zurückkommt? Wenn der Bruder sich das zurückholen will, was ihm einst gehörte? Was geschieht dann?»

Der alte Mann richtete sich auf. Er drehte sich um und sah dem Jungen ins Gesicht. Abgesehen von dem trägen Zischen des Feuers herrschte Stille. Sie blickten einander an, und der Junge hatte fast den Eindruck, daß er zu weit gegangen war. Er wollte den Alten reizen, mehr nicht. Jetzt bekam er sicherlich eine vernichtende Antwort, etwas, das er nicht bedacht hatte. Er würde als der Dumme dastehen. Doch die Sekunden streckten und zerdehnten sich, und noch immer schwieg der alte Mann. Weil es nichts zu sagen gab, erkannte der Junge. Der alte Mann murmelte etwas, doch es war zu leise, um es zu verstehen. Er rückte näher. Der Alte nahm wieder die Zange in die Hand und brummelte weiter vor sich hin.

«... kann niemals geschehen. Niemals. Er steckt fest im Ton. Zurückkommen? Er kann nicht zurückkommen. Den Ton sprengen? Der Ton wird nicht springen. Er sitzt drin fest wie eine Made. Er krümmt und windet sich und versucht sich herauszuschlängeln. Aber es geht nicht. Es wird ihm nicht gelingen. Niemals ...»

Die Bronze fing zu schmelzen an. Der Junge blickte dem Alten über die Schulter und sah, wie die straffe Oberfläche zu zittern anfing. Einen Augenblick lang wurde ihre Farbe intensiver, dann schien dem Metall die ganze Hitze des Feuers zu entströmen, ein greller Glanz, den man kaum ansehen konnte, in einem Moment honigfarben, im nächsten schon ohne jede Farbe. Es war Licht, reines, blendendes Licht, das der Junge jetzt ebensowenig betrachten konnte, wie man direkt in die Sonne zu starren vermochte.

«Jetzt graben wir ihn aus», murmelte der alte Mann, und während er sprach, schien die geschmolzene Masse anzuschwellen. Plötzlich fing der oberste Gußzapfen zu speien an. Eine farblose Flüssigkeit spritzte heraus und hinein in das wartende Feuer, wo sie sich in Wirbel beißenden Rauchs verwandelte.

«Riecht übel, was, mein Junge?»

Der Junge antwortete nicht. Der alte Mann nahm seine schwere Zange und packte die Form in der Mitte. Die Eisenringe glühten rot und weiß, und er fing an, die Form anzuheben und zu kippen, wobei er das geschmolzene Metall ausgoß und den Inhalt der Schmelztiegel in die Rinnen jedes gegenüberliegenden Kanals fließen ließ, bis sich die Ströme aus Licht und Hitze vermischten. Die Arme des Alten zitterten unter dem Gewicht. Breite Muskelstränge zeichneten sich auf seinem Rücken ab. Zentimeter für Zentimeter kippte der alte Mann die Form, den ganzen Körper vor Anstrengung völlig versteift. Langsam rann die Bronze in die Form. Dann schien sie rascher zu fließen. Und plötzlich war sie weg.

Der Alte ließ sich zurückfallen; seine Brust hob und senkte sich heftig. Das Wasser im Eimer blubberte, als die Zange darin versank. Der Junge schob sich an Iguedo vorbei und stolperte nach draußen. Seine Haut schien zu brennen, und die Begegnung mit der kühlen Nachtluft war so, als tauche er in kaltes Wasser. Seine Beine fühlten sich schwach an, sein ganzer Körper war wie im Fieber. Er ließ sich neben den Überresten des Holzkohlenstapels nieder. Vielleicht hatte er sogar geschlafen, doch er konnte nicht sagen, wie lange. Er wußte nicht, ob er die Geräusche gehört oder geträumt hatte, die aus der Hütte nach draußen drangen. Als ihn Iguedo an der Schulter rüttelte, war es noch immer dunkel.

«Fenenu. Fenenu, steh auf. Komm rein.»

Er erhob sich und schüttelte den Kopf, um einigermaßen wach zu werden. Drinnen in der Hütte lag der alte Mann zusammengekrümmt auf dem Boden. Rings um ihn verstreut lagen die Scherben der Gußform. Als der Junge eintrat, blickte er auf, und der Junge sah, daß sich sein Gesicht in gewisser Weise verändert hatte. Er erkannte eine Mattheit, und dahinter war noch etwas anderes: das Alter. Zuvor war er alt gewesen. Jetzt war er uralt, und der Junge konnte sich nicht erklären, worin sich die Veränderung eigentlich ausdrückte. Von der Verwandlung des Alten ebenso fasziniert wie entsetzt, kam der Junge näher.

«Eri grub die Flüsse.» Seine Stimme war kaum mehr als ein Flüstern. «Eri härtete das Land. Er pflanzte die Yamswurzeln», murmelte der alte Mann.

«Ja, ja, ja!» unterbrach ihn Iguedo mit harscher, ungeduldiger Stimme. «Eri ließ die Sonne scheinen und das Gras wachsen, ließ die Vögel fliegen und die Fische schwimmen. Das alles, und, klar doch, Eri härtete das Land. Und, klar doch, Eri pflanzte die Yamswurzeln. Aber jetzt ist das Land hart. Die Yams wachsen. Die Flüsse sind gegraben. Wozu ist Eri jetzt noch nütze?»

«Alte Frau ...»

«Wozu, hm? Höchste Zeit, daß Eri in seine Grube gelegt wird. Gebt ihm einen Enyi-Stoßzahn mit, damit er sich an seine Söhne erinnert ...»

«Und an seine Tochter? Die erste der Eze Ada?»

«Paß auf, was du da sagst, alter Mann!»

Letzteres hatte sie beinahe geschrien, einen Schritt nach vorn gemacht und sogar den Arm erhoben. Der Junge, zwischen den beiden gefangen, versuchte in den hinteren Teil der Hütte zu entfliehen. Der alte Mann packte ihn am Handgelenk. Sein Griff war jetzt schwach. Hätte er gewollt, der Junge hätte sich leicht befreien können.

«Ifikuanim war nicht im Unrecht», sagte er. «Nicht im Unrecht. Aber auch nicht im Recht. Er machte Ezodu, ihn und Enyi zusammen ...»

«Und?» drängte der Junge. Er verstand überhaupt nichts mehr. Etwas stimmte nicht mit der Feindschaft, die plötzlich zwischen Iguedo und ihm aufloderte, etwas Altes und Müdes lag darin.

«Du mußt dich entscheiden», sagte der alte Mann.

«Entscheiden? Was denn?»

Der Alte schüttelte den Kopf. Der Junge spürte Iguedos Hand auf seiner Schulter.

«Komm mit mir.»

«Entscheiden? Was denn entscheiden?» fragte er beharrlich.

«Usse wird es dir sagen. Komm jetzt mit», sagte Iguedo.

Der alte Mann schaute weg.

Er stand auf und ging zur Tür, doch als er dort ankam, sah er, daß Iguedo in den hinteren Teil der Hütte gegangen war und dort im Dunkeln herumkramte. Er machte Anstalten, ihr dabei zu helfen. Dort irgendwo bewahrte der alte Mann sein Werkzeug auf. Ein hoher Stapel alter Körbe, zerbrochene Möbelstücke, zerschlissene Raphiamatten, Kokosnußschalen, seltsame Stöcke und anderer unbenennbarer Unrat war an der Wand übereinandergetürmt. Iguedo räumte alles weg, warf alles hinter sich, wo es mitten in der Hütte einen neuen Haufen bildete. Er bückte sich, um ihr zu helfen, und schon bald war nur noch ein gebrechlicher Rahmen übrig, in dem ineinander verwobene Palmwedel eine Art Abschirmung bildeten. Iguedo schleuderte ihn zur Seite, woraufhin ein niedriger Durchgang sichtbar wurde.

«Hier durch.»

Er hatte erwartet, inmitten der Büsche herauszukommen, die, wie er annahm, das Anwesen auf allen Seiten umgaben. Statt dessen tat sich ein weiterer Raum auf, allerdings ein sehr schmaler. Er spürte getrocknete Blätter unter seinen Füßen, und darunter festgetretene Erde. Die Wand hinter ihnen war also nur eine Art Raumteiler, und diejenige vor ihnen die echte Außenwand. Iguedo führte ihn nach links, und sie duckten sich wieder. Noch ein Raum. Vielmehr eine Kammer. Hier lagen keine Blätter auf dem Boden. Das Dach über ihnen schien höher geworden zu sein.

«Kannst du etwas sehen?» fragte sie ihn.

Er bejahte, obwohl er sich nicht ganz sicher war, wie das sein konnte. Auf einer Seite führte ein Bogengang über eine erhöhte Schwelle in eine Kammer, größer als die vorhergehende, und die nächste war wiederum größer. Darauf folgten mehrere kleinere. Ihre Seitenwände und Fußböden bestanden aus hartem Lehm, der sich glatt und kühl anfühlte. Die Böden waren in der Mitte tiefer und stiegen an den Seiten zu den Wänden hin an. Er ließ die Fingerspitzen um den Bogen des nächsten Raumes wandern, und erst jetzt wurde ihm bewußt, daß das Anwesen des alten Mannes unmöglich so viele Zimmer enthalten, sich keinesfalls so weit ausdehen konnte. Wie weit ging das denn noch? Wo war er?

Er blieb stehen, und plötzlich begriff er. Etwas schlug gegen sein Bein. Iguedo trug einen Korb. So wie er sich anfühlte, war er schwer. Er wußte, was sich darin befinden mußte.

«Wo sind wir?» fragte er. «Wo gehen wir hin?»

Ihr Gesicht war ausdruckslos und ruhig. «Du wolltest doch die Weißmänner sehen», erinnerte sie ihn.

«Weißmänner?» Er schüttelte den Kopf, und noch während er das tat, sah er, wie ein Lächeln über ihr Gesicht glitt. «Ich habe mich anders entschlossen», sagte er rasch. «Ich will wieder zurück.»

... zu spät ...

«Nein, ist es nicht», protestierte er. «Wir drehen einfach um, gehen wieder dort durch, wenden uns dann ...» Er versuchte sich zu erinnern. «Wir wenden uns nach ...»

«Zurück geht nicht», sagte sie. Ihre Hand schloß sich um sein

Handgelenk. Ein Griff wie von Eisen. «Der Fluß fließt nur in eine Richtung. Nimm das.» Sie reichte ihm den Korb.

«Was ist das?» fragte er, wobei das Gewicht der Bronze ihm seine Vermutung bereits bestätigte.

«Du weißt, was das ist.»

Stimmt, dachte er. Ich weiß es. Aber es kann nicht für mich sein. Nur der Eze Nri trug sein Abbild in Bronze mit sich.

«Gib es Usse», sagte die alte Frau. «Und stell nicht immer Fragen, deren Antwort du bereits kennst. Nur die Eze Ada darf den Körper des Eze Nri waschen. Nur sie darf seinen Nachfolger krönen.»

«Usse? Aber ist sie ...?» Er verstummte. Wieder eine Frage, die er sich selbst beantworten konnte. Er sah weg, wurde sich klar darüber, was ihre Worte eigentlich bedeuteten. Er wußte, daß er in diesen Augenblicken weder Schritte noch Bewegungen, noch überhaupt ein Geräusch wahrnehmen würde. Alles, was er hörte, war das Pochen seines Herzens. Und er wußte, daß sie verschwunden sein würde, wenn er sich wieder umdrehte; daß, sollte er sich endlich dazu entschließen weiterzugehen, er sie nicht mehr finden würde; daß sie nicht mehr antwortete, sollte er ihren Namen rufen. Fragen und ihre Antworten. Alle bekannt. Keine davon verstanden. Ihm blieb nichts anderes übrig, als weiterzustolpern, sich durch die Kammern seiner Unwissenheit weiter voranzuarbeiten.

«Iguedo!» rief er, und er rief immer weiter, bis ihre Stimme ertönte und antwortete:

«Iguedo? Das ist eine Geschichte, die nur Frauen erzählen, Fenenu.»

Ihre Stimme, aber nicht sie.

«... und deshalb, Sire, überbringe ich auf diese Weise und aus diesen Gründen Grüße von Fernando dem Katholischen, König von ganz Spanien. Ich bin Don Diego de Tortosa, wie ich bereits erwähnte, der Diener meines Königs, der mich beauftragte, Euch an seiner Statt zu grüßen. Grüße also, König von Nri, vom König ganz Spaniens, dessen Wunsch es ist, Papst Leo, dem Heiligen Vater, unserem Papst, ein wildes Tier zu schenken ...»

So ging es immer weiter, deshalb-dies und also-das, erst lauter, dann leiser, und stundenlang, wie es Salvestro schien. Diego stand über ihnen und hielt eine Ansprache, die anschwoll und sich dehnte, sich auf sich selbst bezog und auswich, er erging sich in Paraphrasen und Erklärungen, wiederholte sich und schweifte weit ab, was bisher Diegos Taten in Ravenna, seinen Verrat in Prato, seine Demütigungen in Rom und seine Reise an diesen Ort namens Nri umfaßte. Von Zeit zu Zeit kehrte er nahtlos zu seinem Eröffnungsgruß zurück, und die Worte «König von Nri!» signalisierten einmal mehr einen neuen Anfang, obwohl im Lauf der Zeit – und der Rede – diese Reverenz vor dem Toten, der da neben ihm in der Grube saß, eher den Charakter eines Satzzeichens annahm, oder eines Ankers, an dem Diego und die Fracht, die er trug, sich durch den Strom dieser Kampfrede hangeln mochten, wobei er sich oft wieder anders besann und sich erneut hinwegreißen ließ. Trotzdem enthielt die Rede eine gewisse Weiterentwicklung oder Intensivierung, dachte Salvestro, oder stellte es sich vor, oder träumte es. Jetzt fuchtelte Diego mit seinem Schwert herum.

«Und deshalb, König von Nri, stehe ich vor Euch wie ein Symbol meines Herrn, des Königs von ganz Spanien und Kastilien und Aragón und Navarra und Granada sowie dem Königreich von Neapel – was ich Euch bereits näher erläutert habe –, Fernando dem Katholischen. Mein sogenannter Herr. Und der Herr, allem Anschein nach, des Papstes, der alles andere als heilig, sondern ein Mörder ist, und ebenfalls mein Feind, und der Urheber meiner Schande. Ich würde ihn auf dieses Schwert spießen, wenn ich nur könnte. Und ... und Fernando auch, denn meine Treue zu ihm wurde gebrochen, und zwar nicht von meiner Seite. Er warf mich ihnen auf Betreiben dieser Kreatur namens Cardona vor, dieses aufgeblasenen Feiglings, der sich sehr passend ‹Vizekönig› nennt, und wenn ich jemals zurückkehre, wird er mich hängen lassen, für den Mord an einem herausgeputzten Höfling, was ein Fehler war. Jawohl, König von Nri, die Verletzungen, die mir zugefügt wurden, verantworten sie alle gemeinsam. Ich stelle mir vor, wie sie sich auf der Spitze meiner Klinge winden wie aufgespießte Schlangen ... Wie auch immer, König von Nri, all dieser Gründe, Verletzungen und Verleumdungen wegen stehe ich hier vor Euch und biete mich als Euren Diener an.»

Salvestro beschloß, daß er das alles geträumt haben mußte. Es war nicht so sehr dieser letzte absonderliche Beschluß, nicht die Erschöpfung, die ihn übermannt hatte, nicht einmal – trotz ihres Feuers – die einschläfernde Monotonie von Diegos Rede, was ihn davon überzeugte, daß er tatsächlich schlief. Es waren die Stimmen.

Sie summten und brummten, und dann wurde das Brummen lauter, mit eigenartigen Rufen und Schreien, die sich schwach über den allgemeinen Lärm erhoben. Sie waren zwar gedämpft oder verwischt, geglättet oder unterdrückt, und unfähig, hoch genug zu steigen, damit er sie unterscheiden konnte, und immer wenn sie lauter wurden, dann stieg auch das Grundrauschen an, wie um sich ihnen anzugleichen. Es kam näher. Auf ihn zu. Er war allein – das war nichts Neues. Aber wo?

Er erinnerte sich an Himmel wie diesen, milchige Schleier diffusen Lichts, das zu grell war, als daß man direkt hätte hinaufschauen können. Er schien sich gegenwärtig in einem dieser Schleier zu befinden, mit keinem unterscheidbaren Oben oder Unten, keiner Ausdehnung, in welche Richtung auch immer. Er mußte doch auf etwas stehen. Ja. Gras. Soviel wäre geklärt. Und ein Stück weiter dort drüben ein Teich, und dahinter einige Buchen, und dann ein kleiner Obstwald mit wilden Pflaumen. Ein Aal glitt vorüber. Diese Dinge sahen nicht so aus, als ob sie aus dem Nebel auftauchten, sondern vielmehr, als wären seine Augen von der Sonne geblendet gewesen und jetzt allmählich wieder in der Lage, richtig zu sehen: Diese Dinge sind schon immer hiergewesen. Er war nur nicht in der Lage gewesen, sie zu sehen. Das war alles.

Als nächstes tauchte die Quelle des Lärms auf, nämlich eine Gruppe Männer, oder eine Armee, ein riesiger Pöbelhaufen, denn immer mehr kamen in Sicht, je weiter er blickte, mit nickenden Köpfen und wütend gereckten Waffen – kurze dicke Schwerter, Piken, schwere Keulen – wogten sie heran wie ein Menschenmeer ... Auf ihn zu. Zeit abzuhauen, beschloß er unbestimmt ...

... zu spät ...

Das war richtig, denn sie waren bereits über ihm, die Zeit zum Weglaufen war verstrichen, und doch, weit davon entfernt, wie eine Meute hungriger Hunde über ihn herzufallen, ihre Keulen krachend in sein Fleisch zu schlagen und die Knochen darunter zersplittern zu lassen, wie er es erwartet hatte, strömte diese Männermeute um ihn herum und über ihn hinweg, spülte ihn hoch und trug ihn mit sich, begrub ihn in ihrer Mitte, wo ihn ihr Lärm umschlang, ihr Getöse in seinem Kopf hämmerte, wo jede individuelle Stimme ertränkt und von der Lautstärke aller anderen übertönt wurde: eine Kakophonie konfuser Bedürfnisse, jedes einzelne von ihnen verloren zwischen all den anderen. Denn sie schienen schon so lange marschiert zu sein, und so weit, und sie sehnten sich verzweifelt danach, daß alles ein Ende habe.

Er blickte um sich und fing an, einzelne Gesichter, die er kannte, aus diesem Meer von Köpfen herauszusuchen: zuerst Diego, der mit den anderen schrie, das Gesicht rot vor Erregung oder Kälte, dann Pater Jörg, dessen Augenlicht auf wundersame Weise wiederhergestellt war und der ein silbernes Kreuz schwenkte und eine Feldmesse für diejenigen, die sterben würden, herausbrüllte, auch Bernardo, obwohl er nur so groß wie alle anderen zu sein schien, dann noch einige andere Mönche, Gerhardt, wie er gegen die Heiden wetterte, gleich neben ihm Hans-Jürgen, und hinter ihnen sah er einige Männer, die er aus dem *Zerbrochenen Rad* kannte, mit denen er sich jedoch in seinem ganzen Leben noch nie unterhalten hatte. Und dann, am anderen Ende der Meute, sah er sie, irgendwie von den zerlumpten Männern um sie herum abgesetzt, wie sie ziemlich unbeteiligt daherhüpft, in ihrem fleckenlosen weißen Kleid über die Grasbüschel springt: Amalia. Aber das war unmöglich. Einmal war sie viel zu klein, als daß er sie hinter den brüllenden, fluchenden Köpfen, die ihn umgaben, hätte sehen können; außerdem, dachte er, hatte sie hier wirklich nichts verloren. In dem Akt, der nun kam, spielte sie keine Rolle, denn er wußte jetzt, wohin dieses Heer marschierte, und was sie vorhatten, ob es ihnen nun gelänge oder nicht.

Der Boden stieg allmählich an. Er schaute die Küste hinauf und sah flache Moore, unterbrochen von Gruppen junger Bäume, Buchen und Eschen, aber kein Zeichen davon, daß die Insel jemals bewohnt gewesen war, weder Hütten noch Zäune. Das stimmt nicht, dachte er bei sich. Es hatte ein Volk vor dem seinen hier gegeben. Er sah die große Steineiche in der Ferne, dann die Rundung der Küste. Er schaute wieder nach vorne. Dort hatte das Heer sich in einer langen Reihe aufgestellt. Es konnte nicht weitermarschieren, und ihr Lärm klang plötzlich anders, das Kriegsgeschrei und die Prahlereien brachen ab und verwandelten sich in tiefes Stöhnen, unterdrückten Zorn, enttäuschtes Seufzen: die Geräusche fehlgeschlagener Vorhaben, unerfüllter Bedürfnisse, ihres Mangels. Schritt für Schritt erstarb ihnen die Stimme in der Kehle. Sie hatten dort angehalten, direkt an der Klippe, an der äußersten Landspitze. Sie waren verstummt.

Er kämpfte sich seinen Weg durch sie hindurch und blickte in die gelbgrauen Wasser hinunter, die träge um die Klippe wogten. Der Wassermann sah zu ihm herauf und äffte die Bewegungen seiner Glieder nach. Er sah lächerlich aus, mit unkontrolliert zappelnden Armen und Beinen, sein Körper hing dort unten im Wasser, während sein eigener auf der rauhen Klippe darüber schwankte, zwischen den geschlossenen Reihen der Männer des Löwen. Er sah zu, wie seine Gestalt sich in die Länge zog und verzerrte. Der Wassermann zerbrach, riß auseinander, sein Mund weitete sich auf unmögliche Weise. Um ihn zu verschlingen?

Niklot!

Noch nicht. Die Männer um ihn herum schweigen, ihre langgesuchte Koordinate ist unsichtbar, unerreichbar, während sie nach den fehlenden Mauern und Brustwehren suchen, dem Brausen der Stimmen lauschen, dem Geklapper der Schritte, dem Lärm des untergegangenen Vineta …

Salvestro!

Aber sie sehen nichts, hören nichts. Sie werden sich abwenden. Sie werden Steine von Steinbrüchen bis aus Brandenburg herbeischaffen, um hier eine Kirche zu errichten, als Monument ihrer Verwirrung… Das erzählte ihm der Wassermann. Er sah noch einmal zu ihm hinab und war dann wie erstarrt. Wie hatte ihm das vorher nur entgehen können? Der Wassermann war schwarz.

«Salvestro! Salvestro, wach auf!»

«Niklot heiße ich», murmelte er und erwachte schlaftrunken. «Oder hieß ich.»

Ein Gesicht starrte in das seine, ein schwarzes Gesicht, weder alt noch jung, auch nicht das des Wassermanns. Ein junger Mensch, entschied er sich. Diego war endlich still und schien – Salvestro blinzelte und tastete mit einem Arm nach dem Boden, um sich aufzurichten – vor dem Leichnam zu knien. Bernardo stand neben ihm und schaute hinauf. Dann sagte der Junge etwas, das er nicht verstand, und wandte sich wie er der einzigen Gestalt zu, die sich nicht in der Grube befand, deren Antwort er ebenfalls nicht verstand, die er jedoch unter den breiten Linien ihrer Gesichtsbemalung und den geflochtenen Haarsträhnen erkannte.

«Steht auf», sagte Usse.

Bernardo warf ihm einen ängstlichen Blick zu. Salvestro erhob sich langsam, aber Diego blieb weiterhin vor der sitzenden Figur knien.

«Ihr alle.»

Wieder redete der Junge mit der Frau, die über ihnen stand. Als er fertig war, schüttelte Usse den Kopf.

«Ich bin ein Diener des Königs von Nri», sagte Diego plötzlich, noch immer auf den Knien, wobei er sich ebenso an den Toten wie an die lebendige Frau hinter ihm wandte. «Ich gehorche ihm. Ich bleibe bei ihm. Ich habe ihm Treue geschworen.»

Es folgte eine weitere kurze Unterredung der beiden in ihrer eigenen Sprache, bis Usse schließlich mit den Schultern zuckte. Salvestro fragte sich, wie es sein konnte, daß er wach war, daß er die Insel träumen und trotzdem hier aufwachen konnte.

«Dann bleib eben hier», beschied sie den knienden Soldaten gleichmütig. «Ihr zwei», sie zeigte zuerst auf Bernardo und dann auf Salvestro. «Folgt mir.»

Der Staub im Hof sah aus wie weißer Sand. Das Dach des Oba warf im gleißenden Mondlicht einen scharfumrissenen schwarzen Schatten. Draußen vor dem Gehöft flackerte ein schwaches orangefarbenes Licht, das man über die Mauer gerade noch wahrnehmen konnte. Die Fackeln der wartenden Männer, dachte er. Feneru sah zu, wie die beiden Weißmänner sich zögernd um die massive Holztür schoben, zuerst der kleinere, dann sein Gefährte.

«Wohin gehen sie?» fragte er die Frau, die neben ihm stand.

Sie war es, die ihnen befohlen und mit ihnen in deren eigener Sprache gesprochen hatte.

«Wohin hast du sie geschickt?»

Dann ertönten Schreie. Er hörte, wie sich die Stimmen der Weißmänner über den Tumult erhoben. Sie klangen rauh, wie das Brüllen von Tieren.

«Zum Fluß», erwiderte Usse.

Man betrachte einmal die dreifaltige Beschaffenheit der Flüsse. Quelle, Lauf und Mündung. Flüsse werden auf ihrem Weg zum Meer immer dicker; sie werden breiter oder tiefer, sammeln die Spenden ihrer Einzugsgebiete, die wiederum den Regen gesammelt haben. Regen fällt. Flüsse schwellen an. Die Beziehung ist direkt kausal – ein

Sinnbild hydraulischer Einfachheit – und da, zumindest in diesen Breiten, der Regen einmal im Jahr kommt, würde man entsprechend einmal im Jahr eine Flut erwarten. Statt dessen bietet der Fluß deren zwei an: die große und die kleine, ein vollblütiger, die Ufer sprengender brodelnder, reißender Strom, dem etwa neunzig Tage später eine Art von umgekehrter Springflut folgt, ein Wasserschwall oder ein schwaches Echo, das den Wasserstand um ungefähr einen oder zwei Fuß anhebt und dann sofort wieder absacken läßt ... Ein antiklimakterisches und unverbindliches Mysterium, das in der Gegend von Idah, wo es hin und wieder ein nicht festgezurrtes Kanu mitreißt, als *Yangbe* bekannt ist.

Man betrachte einmal die dreifach getrübte Beschaffenheit gerade dieses Flusses, die Abschnitte und Segmente seines oberen, mittleren und unteren Laufs. Kopf und Schwanz fließen durch Wälder und Savannen, gurgeln durch Schluchten und breiten sich in Betten aus, die von üppigem Grün und Wachstum umgeben sind. Die nasse Jahreszeit ist hier wirklich naß. Die Mitte hingegen fließt durch eine sengende Wüste, mäandriert und verdunstet unter einem gleißenden, wolkenlosen Himmel. Keine Wolken bedeuten: kein Regen. Kein Regen bedeutet keine Flut. Dieser Abschnitt des Flusses trägt nichts zu seinem Ganzen bei, er ist ein Schwamm, das schlaff durchhängende Mittelteil eines fluvialen Amphimakros, er verschiebt nur die Entfernung, die die Flut des Oberlaufs überwinden muß, um den unteren Abschnitt zu erreichen, dessen eigene Fluten immer schon verschwunden sind zur Zeit seiner erschöpften Ankunft, einige Zeit nach dem Verebben des Harmattan. Bis dahin ist es kaum mehr als ein Anschwellen, eine örtliche Absonderlichkeit für den verbleibenden Rest seiner Reise. In einem guten Jahr spritzt er ein wenig Gischt auf die Felsen bei Ansongo, doch abgesehen davon ist er mehr oder weniger wirkungslos, ein trauriger und in gewisser Weise nutzloser Wasserschwall, unfähig, sich über irgend etwas zu erheben, mit Ausnahme der allerflachsten Sandbänke im Fluß.

Die nicht besonders hohe, aber ausreichend breite Sandbank zwischen Onitsha und Asaba ist normalerweise Schauplatz eines lärmenden Marktes. Der *Yangbe* kommt von Idah herabgerauscht, als ahnte er bereits, daß er schon bald zumindest ein wenig Land unter sich bekommt, daß er die Marktfrauen wegspülen, den flachen Buckel hinauf- und darüber hinwegrollen und damit alles wunderbar *überfluten* kann ...

Normalerweise ist der Markt allerdings schon vorbei, die Händler in der frohen Gewißheit, daß das *Yangbe* nie lange anhält. Normalerweise ist die Sandbank ein flacher leerer Hügel, aber nicht in diesem Jahr. In diesem Jahr – und heute abend – wimmelt sie vor Vieh, das an Flößen festgebunden ist.

Da sieht man Ziegen, Schweine, Hunde und Ratten. Da gibt es Eichhörnchen, Geckos, Warane und Flughunde. In Körben aller Größen, die aus Zweigen von Schößlingen und Elefantengras geflochten sind, sitzen Hühner, Haubenperlhühner, Nashornvögel, Papageien und Fruchttauben. Andere Körbe enthalten Kröten, Frösche, Einsiedler-, Geister- und haarige Mangrovenkrebse. Spezielle wassertaugliche Körbe enthalten Fische. Es gibt ein Floß mit Pavianen und mehrere mit Schimpansen, und eins, auf dem ein einsamer mürrischer Gorilla sitzt. Drei Antilopen teilen sich eine treibende Plattform aus Balsastämmen, und kleines, hornloses Viehzeug ist in Gruppen von zwei bis siebzehn Exemplaren auf pontonartigen Konstruktionen zusammengepfercht. Hier steht ein Bulle, dort ist eine Schildkröte. Es gibt sogar an Pflöcken festgebundene Schlangen.

Daraus ergibt sich, daß die in Dunkelheit gehüllte Sandbank vor Blöken, Quieken, Bellen, Kreischen, Schnattern, Zischen, Quaken, Krähen, Zwitschern und Pfeifen, Kollern, Kreischen, Brüllen, Winseln, Schreien, Röhren, Schnalzen, Heulen, Muhen und Ultraschallpfiffen widerhallt, denn, so schwach es auch ist, das *Yangbe* kriecht jetzt an den Rändern der gebrechlichen Insel empor, hebt den Wasserspiegel und züngelt an den zusammengezimmerten Flußfahrzeugen, die am weitesten draußen liegen. Drei Stellagen voller Buchfinken sind bereits davongeschwommen, wobei ihre gefiederten Besatzungen laut und kläglich gezwitschert hatten, bevor sie für alle hörbar von den wartenden Krokodilen verspeist wurden. Mehrere Körbe voller Kröten werden in Kürze folgen. Die Kakophonie hatte sogar schon eingesetzt, bevor die Männer, die sie hier festgebunden haben, wieder in ihre Einbäume gestiegen und in der Dunkelheit verschwunden waren. Jetzt, da das Vieh stampft, die Hühner flattern, die Schlangen sich wie wild winden und der trauernde Menschenaffe erfolglos versucht, sich von seinen Fesseln zu befreien, scheint es so, als mache jedes Tier, dem es gegeben ist, Geräusche von sich zu geben, soviel davon wie nur irgend möglich. Bis auf eins. Das größte der hier versammelten schwimmfähigen Vehikel sitzt genau in der Mitte der Sandbank. Vielleicht ist sein Passagier deshalb so ruhig. Oder seine Passagiere. Denn es sind ihrer drei, obwohl nur der größte und wuchtigste von ihnen sichtbar ist und stolz und aufrecht auf einem Floß steht, das aus ganzen, der Länge nach zusammengeflochtenen Baumstämmen und auf beiden Seiten, links und rechts von der Mitte, jeweil einem als Ausleger befestigten Kanu besteht. Bis jetzt hat der Passagier weder einen Ton von sich gegeben noch einen Muskel gerührt. Er steht einfach da in der Mitte des lärmenden Getümmels, wartet darauf, daß das Wasser das Floß hochhebt, und mit ihm die beiden anderen Passagiere. Die befinden sich in den Kanus. Gefesselt.

«Salvestro?»

Die beiden Männer waren aus dem Gehöft gekommen und hatten sich von Angesicht zu Angesicht mit dem wartenden Pöbel wiedergefunden. Man hatte sie ergriffen, verschnürt und in zwei spitz zulaufende Särge verfrachtet, jedenfalls waren sie Bernardo so vorgekommen. Nachdem man ihn wieder hochgehoben und auf Kopfeshöhe durch den Wald getragen hatte, verlor er Salvestro aus den Augen; die Schreie der Männer dröhnten in seinen Ohren, und sein Kopf schlug gegen die hölzernen Seitenwände, denn seine Fänger bewegten sich mit unglaublicher Geschwindigkeit voran. Plötzlich riß das Laubdach auf, und die Männer verstummten. Bernardo hörte Wasser und spürte kurz darauf, wie sein Sarg langsam daraufgesetzt wurde. Er schwamm. Um ihn her platschten Männer durch das Wasser. Er spürte, wie die Strömung an seinem schwimmenden Gefährt zerrte, als es vom Ufer weggezogen wurde. Zuerst hörte er nur die rhythmischen Schläge der Paddel im Wasser, doch nach und nach wurden sie von einem eigenartigeren und vielfältigeren Geräusch übertönt: unidentifizierbares Heulen, Kreischen und Knurren.

Das Kanu war zu tief oder seine Fesseln zu fest, als daß er den Kopf über eine Wand hätte heben können, doch als die schweigenden Männer sein Kanu an Land und über den Sand gezogen hatten, um es an dem Floß festzubinden, mußten sie direkt an dem Tier vorbeigekommen sein. Zunächst starrte er hilflos zum Himmelszelt hinauf, und im nächsten Augenblick schwenkte ein gewaltiger Kopf herüber und verdunkelte die Sterne. Ein Kopf von der Größe einer Wassertonne. Augen wie eine Schlange. Ein Horn auf der Nasenspitze. Das Tier sah zu ihm herab. Er blickte zu ihm hinauf. Dann schwenkte es wieder weg und außer Sichtweite; die Männer zerrten sein Boot seitlich an das Floß heran und überließen ihn seinem früheren Blick auf die Sterne.

«Salvestro?» versuchte er es erneut.

Während der letzten Stunde war der Lärm der in Panik geratenen

Tiere allmählich zu einem ohrenbetäubenden Tumult angestiegen, und dann war er – ebenso allmählich – auf eine Weise, die er nicht verstand, wieder abgeklungen. Bis jetzt. Jetzt hörte er, wie das Wasser an den Seiten seines Kanus leckte. Ein Ende hob sich bereits bei seinen Versuchen, es vom Sand wegzuspülen. Es gab auch andere Bewegungen, aber über die wollte er nicht näher nachdenken. Sie kamen von dem Floß. Von dem Untier.

«Salv ...»

«Schsch!» zischte Salvestro. «Was ist, wenn unsere Stimmen es erschrecken? Sei still, Bernardo.»

Er versuchte, still zu bleiben. Auch Salvestro hatte Angst. Er hatte es seiner Stimme angehört. Inzwischen schwamm sein Kanu mehr oder weniger. Nur das Floß hinderte es daran, wie die Tiere flußabwärts zu treiben. Wo waren die Tiere? Das letzte, was er von ihnen gehört hatte, war ein verzweifeltes Muhen, das immer schwächer und schwächer wurde. Dann nichts mehr... Stille. Nur noch das Wasser. Er lauschte eine Weile.

Das Floß ruckte.

«Salvestro!» rief er. «Ich kann nicht schwimmen!»

«Bleib ruhig, Bernardo!» rief Salvestro zurück. «Wir kommen von der Sandbank los, das ist alles.»

Das Floß fing an, sehr langsam über den Boden zu kratzen. Ungefähr nach einer Minute meldete sich Salvestro wieder.

«Keine Bange, Bernardo!» Dann fügte er hinzu: «Wie haben schon schlimmer in der Klemme gesteckt, oder?»

Bernardo spürte, wie das Floß sich drehte, sein Kanu mitschwang, wie es bebte, als es über die Sandbank glitt. Schlimmer in der Klemme als das hier? Er rief sich ins Gedächtnis zurück, wie sie mit dem Rest der Christlichen Freien Kompanie mitten in der Nacht aus Dörfern hinausrannten; wie sie unterhalb der Kanonen in Ravenna im Graben kauerten; dann erinnerte er sich an die Frau in Prato ... Diejenige auf der Straße. Dann an ihre eigene Flucht, wie Salvestro ihn unter das schwarze Wasser tauchen und dort beinahe ersticken ließ. Er hatte Angst. Er hatte sich unter den Tischen des *Zerbrochenen Rads* versteckt, weil Salvestro ihn dort allein zurückgelassen hatte, und er konnte das Faß nicht aus dem Wasser ziehen, weil es irgendwie feststeckte. Es war nicht sein Fehler. Die Mönche kamen und hoben es heraus. Was noch? Er hatte die ganze Nacht in einem Sumpf gelegen, nachdem ein kleines, weißgekleidetes Mädchen davongehüpft war und sie beide dort zurückgelassen hatte ...

Jetzt trieb er einen Fluß hinunter, in der Dunkelheit, gefesselt auf dem Boden eines Kanus liegend, das an einem Floß festgebunden war, auf dem genau das Untier, das sie hierhergelockt hatte, in diesem Augenblick sein Gewicht verlagerte und sein Kanu zum Tanzen brachte, als wollte es sie alle drei kentern lassen. Hatten sie schon schlimmer in der Klemme gesteckt?

«Nein, Salvestro», sagte Bernardo, «haben wir nicht.»

VI

Die Naumachie

Violettas ausgelatschte Lederpantoffeln tappten leise über die kalten Fliesen. Dort, wo das zerschlissene Gewand, das sie den ganzen Winter über getragen hatte, zu kurz war, zog es kalt um die Knöchel. Sie erinnerte sich an die Truhen, die in vergangenen Zeiten von den Dachböden herabgelassen wurden, wie ihre Hofdamen die Deckel aufbrachen, das Wachs, das man als Schutz gegen die Motten zum Versiegeln benutzte, wegbürsteten und Winterkleider und Schals heraushoben. Wertvolle Samt- und Wollstoffe, die beim Auffalten schwer herabfielen. Schon der bloße Anblick hatte sie erwärmt. Es wäre dienlicher gewesen, sagte sie sich jetzt, wenn man die Ritzen unter den Türen abgedichtet hätte, die Fenster mit Läden versehen und weniger Putzmacher, dafür mehr Maurer bezahlt hätte. Der Palazzo war ein flaches, baufälliges und weitverzweigtes Gebäude, das einsam auf der nicht sehr steilen Anhöhe des Küstenstreifens stand. Vor ihm erstreckte sich das Meer, hinter ihm lagen die Sümpfe. Der Wind pfiff von den Bergen im Norden und Osten herab, oder von der See her, oder die Küste entlang. Sie erschauerte, als sie den Korridor hinabging. In der vergangenen Nacht waren zwei weitere Frauen angekommen, und bislang hatte man noch keine Schlafstätte für sie gefunden. Sie hörte, wie der Karren unten im Hof herumgeschoben wurde. Die eisenbeschlagenen Räder knirschten auf den Pflastersteinen, von denen sich noch mehr gehoben hatten, seit der Frost mit seinen Fingern daruntergefahren war. Der leichte Knall mußte von den zuschlagenden Stalltüren herrühren. Vielleicht konnten die Neuankömmlinge dort schlafen, wenn man noch einige Decken auftrieb? Violetta stieg die Stufen empor. Sie überdachte eine Neuordnung ihrer Verhältnisse. Nein. Sie bereute nichts.

Irgendwo ging eine Tür auf, und der kalte Windhauch ließ sie unwillkürlich die Ellbogen umfassen. Die derben Stimmen der Frauen, die in ihrem ehemaligen Speisesaal einquartiert waren, drangen als gedämpfte Fetzen an ihr Ohr. Der Wind riß einen Fensterladen auf und knallte ihn gegen den Rahmen. Sie bog um eine Ecke und kam an Zimmern vorüber, die einst ihren Freunden Gastlichkeit geboten hatten, wenn sie La Spezias verderblichen Sommer hinter sich ließen und sich hier zur *villeggiatura* trafen. Aus diesen Zimmern waren ihre Liebhaber gekommen. Unter ihren neuen Gefährtinnen war sie bereits die älteste Frau im ganzen Haus, wiewohl viele von ihnen wesentlich älter als sie wirkten. Ihr Beruf laugte sie aus, ließ die Gesichtszüge verrohen. Jede Wiederholung des Aktes verkürzte das Leben um einen Tag, was ein dummer Aberglaube war, wie Violetta fand. Man konnte schon nach einer Saison in diesem Gewerbe alt werden. Derartigen Unsinn verbreitete ihr Bruder. Sie streckte sich, um den Fensterladen zuzuziehen. Die Aussicht aufs Meer wurde immer dunkler, der Wind hatte sich gedreht und wehte jetzt direkt zum Land. Gewitterwolken türmten sich am westlichen Horizont. Violetta erschauerte wieder. Sie selbst, das Kind, und zwischen ihnen ein ganzes Haus voller gottloser Maria Magdalenen ohne Freier. Ihr Bruder war zuerst verärgert, dann zornig geworden, als sie ihre Einnahmen umverteilte, seinem Bistum entzog und in die Instandhaltung dieses Hospizes fließen ließ. Es hatte ein volles Jahr gedauert, bis sie ihn dazu brachte, einen Priester zu schicken, der diesen armen Geschöpfen die Beichte abnahm. Schließlich war ein Betrunkener hier angekommen, hatte sich durch die Absolutionen geschnarcht, sein Maultier getränkt und im Stall seinen Rausch ausgeschlafen. Angesichts ihres Zorns und als Wiedergutmachung war ihr Bruder, was unwahrscheinlich genug klang, bis nach Rom gereist, um Seine Heiligkeit in ihrem Namen um Unterstützung zu bitten, und war mit dreihundert Dukaten zurückgekehrt, die das Kind dann jedoch aus Gründen, die sie weder erklären konnte noch wollte, abgelehnt hatte. Ein weiteres kleines Geheimnis, das sich zu den anderen gesellte. Sie war vor drei Jahren im Hof aufgetaucht, eine Obdachlose, die man zwischen den beladenen, zum Herbst nach La Spezia zurückkehrenden Wagen aufgegriffen und vor sie als Herrin des Palazzo gebracht hatte. Ihr Bericht, wie sie dorthingelangt war, wirkte konfus und offensichtlich zusammengereimt und mit allerlei grausigen Zwischenfällen ausgeschmückt, vor denen alle kleinen Mädchen sich gern gruselten, und bevölkert mit den unwahrscheinlichsten Rettern, die sie immer wieder erlösten. Sie war durchaus beredt. Einige der Ausdrücke, die sie benutzte, wiesen auf Florenz, aber das bedeutete wenig, außer, daß sie sie irgendwo aufgeschnappt und nachgeplappert hatte. Sie hatte sich gegen sämtliche Befragungen gesperrt und um nichts gebeten. Sie sprach auf vertraute Weise mit Gott, und Gott antwortete entsprechend. Als man Violettas Bruder von ihr berichtete, erklärte er sie zur Scharlatanin, aber ihr Bruder war ein Bauer, bestenfalls ein Karnevalsbischof. Violetta hatte sie zu sich genommen. Und dann andere, was sich als verdrießlichere und weniger geheimnisvolle Geschichte herausstellte, deren Fortsetzung die Grenzen ihrer Wohltätigkeit auslotete, die sich als abgrundtief erwiesen hatte. Ihr kindlicher Schützling war eine Art Spiegel, der nur das Gute reflektierte, und das Spiegelbild, das er zurückwarf, lähmte Violetta. Soweit ihr gegenwärtiger Erkenntnisstand.

Das kleine Türmchen an der Südecke des Gebäudes hatte einst allein gestanden. Seither war der Palazzo immer näher herangerückt – zuerst eine *gazzara*, dann ein kleines Haus von unbestimmtem Nutzen. Ihr Großvater hatte eine kleine Kapelle hinzugefügt und eine Galerie, die über oder durch das Dach der letzteren ragte, bis die Galerie den Unbilden des Genueser Winters erlag und von dem geschlossenen Wandelgang ersetzt wurde, den Violetta nun durchquerte, und bis aus den früheren Gebäuden Brückenpfeiler wurden, die den Gang eher halbherzig ein Stück über den Boden hoben. Er erreichte das Türmchen auf halber Höhe und verschaffte sich mittels einer niedrigen Tür Zugang. Violetta betrachtete nachdenklich die aus Steinfliesen gefertigte Wendeltreppe. Durch die überflüssige Tür unten blies der Wind und wirbelte in eisigen Böen herauf. Sie erklomm die Stufen langsam und stetig. Das Zimmer ganz oben war kaum mehr als eine Plattform, und obwohl die Windstöße, die durch seine Fenster fegten, in den heißesten Monaten des Sommers durchaus erfrischten, waren sie zu allen anderen Jahreszeiten beißend und saugten die Wärme aus ihrem Fleisch, bis sich die Knochen wie aus Eis geschnitzt anfühlten. Seine Bewohnerin schien das jedoch nicht zu bemerken.

«Wusch!»

Sie stand vor dem meerwärts gerichteten Fenster und blickte hinaus über das Wasser. Ein gutes Stück von der Küste entfernt bildeten sich weiße Wellenkämme, und der Wind blies jetzt noch heftiger.

«Wusch!»

Sie hüpfte in die Höhe, warf die Arme in die Luft, drehte sich mitten im Sprung, daß ihr weißes Kleid nur so um sie flog, und kauerte sich dann vor der älteren Frau zusammen. Manchmal, dachte Violetta, war sie wie ein Tier, engelsgleich und ungezähmt. Manchmal war sie nur ein kleines Mädchen. Heute wußte sie es nicht. Das Mädchen drehte sich wieder um und starrte aufmerksam auf die aufgewühlte See hinaus. Violetta wartete einige Augenblicke, bevor sie sprach.

«Amalia.»

«Haben sie sich wieder gestritten?» fragte das kleine Mädchen in seiner Singsangstimme.

«Nein», antwortete sie.

Amalia nickte, ohne sich umzublicken.

Die beiden Neuankömmlinge waren durchgefroren, von einem spätnachmittäglichen Schauer durchnäßt und in gereizter Stimmung eingetroffen. Violetta hatte damit gerechnet, daß sie handgreiflich werden würden. Zu Recht. Es fing im Waschraum an, wo sie in Decken gehüllt warteten, bis ihre Kleider – die üblichen grellbunt gefärbten Lumpen – trocken waren. Sie hatte sie dort zurückgelassen, um nach einer Schlafstätte für sie zu sehen. Plötzlich waren zwei nackte alte Vetteln kreischend und einander zerkratzend auf den Hof gestürmt. Sie hatte sie von einem oberen Fenster aus gesehen und war sofort nach unten geeilt. Prügeleien waren nichts Ungewöhnliches. Nach der lärmenden, gewalttätigen Stadt brachte die Ruhe dieses Ortes sie zur Explosion. Als sie im Hof ankam, fand sie nur noch einen Kreis Frauen vor, der die Gegnerinnen schweigend umringte, welche sich gerade trennten und angesichts ihrer Nacktheit Scham heuchelten; sie wirkten eingeschüchtert und schienen seltsamerweise nicht nachtragend zu sein. Amalia stand inmitten des Kreises, schaute sie neugierig an und beruhigte sie auf eine Weise, die Violetta nicht verstand. Das war schon oft und unter sehr unterschiedlichen Umständen geschehen. Die Frauen machten sich darüber keine Gedanken. Nur sie war nach wie vor verwirrt.

«Amalia, was tust du da?» fragte sie jetzt.

Statt zu antworten, sprang das kleine Mädchen plötzlich mit dem gleichen Ausruf wie zuvor in die Höhe.

«Wusch!»

Ihre Füße knallten bei der Landung auf den Holzboden.

«Ich schaue dem Schiffbruch zu», verkündete sie.

Erschrocken eilte Violetta zum Fenster. Der Wind blies ihr voll ins Gesicht, ihre Augen bissen vor Kälte. Sie spähte hinaus über das graue Meer, das geschäftig dunkle Wellenberge auftürmte und sie dann wieder glättete. Hinter ihnen brachen Kämme weißen Wassers aus der dunklen Flüssigkeit heraus, und dahinter konnte sie nur noch trübes Gewoge erkennen. Die Gewitterwolken waren jetzt viel näher, schwärzer und höher. In der Nacht würde es Sturm geben, soviel war sicher. Sie mußte zwei der verläßlicheren Frauen damit beauftragen, sämtliche Türen und Fensterläden zu überprüfen, bevor die Lichter gelöscht wurden. Sie blickte nach links und nach rechts, die Küste hinauf bis zur flachen Landspitze von Punta Bianca im Norden und hinunter zu der Stelle, an der der Strand zurückwich und landeinwärts einen Bogen beschrieb, bis er auf den Wasserweg nach Massa traf. Ganz weit entfernt glaubte sie den ersten Regen zu sehen, einen heranrückenden grauen Vorhang. Aber da war kein Schiff. Sie sah neugierig auf das Kind hinab, dessen Augen auf keinen besonderen Punkt fixiert zu sein schienen, dessen Gesicht jedoch alle Anzeichen lebhafter Anteilnahme zeigte, als wäre es tatsächlich gerade Zeuge jener Katastrophe, die es zu sehen behauptete. Amalias Mund zuckte, die Hände schossen hoch bis fast an den Mund und fielen dann wieder seitlich am Körper herab; sie beugte sich vor, schien dann wieder von einem grausigen Detail zurückgestoßen zu werden. Abermals sprang sie hoch und rief:

«Wusch! Oh, die armen Matrosen! Ihre Seelen sind wie ... Wie Feuerwerke! Sie sehen so *wunderschön* aus ...»

Violetta sah eine Minute oder länger mit ihr hinaus. In den ersten Monaten hatte sie bei den seltsamen Äußerungen aus dem Mund des Kindes verwirrt die Stirn gerunzelt. Gelegentlich hatte es das Mädchen an Schicklichkeit fehlen lassen. Dann wieder schien es tatsächlich in einen Wahn verfallen zu sein. Als ihr Bruder mit seinen dreihundert Dukaten ankam, hatte das Kind die gesamte Zeit seiner Anwesenheit damit verbracht, emsig die Münzen zu Türmchen aufzustapeln. Dann hatte sie ihn darüber belehrt, daß an der Gesamtsumme sieben Dukaten fehlten, daß Jesus für dreißig Silberlinge verkauft worden sei, nicht für dreiundzwanzig, und daß die Lippen ihres Bruders wie Würste aussähen. Nach seiner Abreise hatte sie das Kind sanft getadelt, doch Amalia war singend davongehüpft: «Eine Wurst ist eine Wurst ist eine Wurst ...» Was sollte man davon halten?

Amalia zählte die Dinge. Es gab siebentausendfünfhunderteinunddreißig Grashalme zwischen den Stallungen und dem Pförtnerhaus, jedenfalls war das an zwei bestimmten Tagen des vergangenen Juni der Fall gewesen. Sie erfand Sprachen, bei denen sich sämtliche Wörter miteinander reimten, entwarf ungewöhnlich komplexe Beschreibungen von Gott und hatte sie am nächsten Tag wieder vergessen.

Wenn Violetta sie mit derlei Widersprüchen konfrontierte, fegte sie alle Einwände mit der Behauptung vom Tisch, Gott sei gestern so gewesen, heute sei er jedoch ganz anders, und anschließend stürzte sie sich in eine noch unglaublichere Beschreibung. In ihrer Kinderlosigkeit hatte Violetta das Gefühl, daß ihr ein Kind gesandt worden war. Möglicherweise das falsche. Kinder waren anstrengende Geschöpfe. Die anfängliche Anteilnahme ihres Bruders hatte seine übliche und schmierige Boshaftigkeit nicht verschleiern können, und doch hatte sie ihr einen Stich versetzt. Frag dich doch selbst, was sie hier tut, hatte er sie gedrängt und ihr dabei vertraulich die Hand auf den Arm gelegt. Warum ist sie hier, meine liebe Schwester? Da ihr nichts Besseres einfiel, hatte sie vor dem Kirchenfürsten eine der jüngsten Unausgegorenheiten des Kindes nachgeplappert. Amalia wartete auf ihren Erlöser, und dieser Erlöser würde vom Meer kommen. Vielleicht gehörte auch das Geisterschiff dazu. Im schwindenden Licht wuselte und ringelte sich das Meer wie ein Nest voller Schlangen.

«Da draußen gibt es keinen Schiffbruch», sagte sie platt.

«Wusch!» erwiderte Amalia. «Nein, noch nicht. Aber heute nacht wird es zu dunkel sein, um etwas zu erkennen, abgesehen von ihren Seelen. Ich wünschte, du könntest sie sehen, Violetta, wie sie eine nach der anderen hinaufschießen.» Das Kind unterbrach sich und sah sie an. «Fast alle kommen in den Himmel.»

Violetta widerstand der Versuchung, kokett zu fragen, ob «fast alle» auch sie selbst einschloß. Sie war die älteste Tochter einer der ältesten Familien von La Spezia, einer Stadt, in der sie für Wohltätigkeit, Aufgewecktheit und gesunden Menschenverstand bekannt war. Ihr Vater hatte sich in drei Feldzügen gegen die Franzosen ausgezeichnet, und ihr Bruder war der Bischof von La Spezia, wenn auch ein käuflicher. Ihre Liebesaffären hatte sie diskret eingefädelt, und sie hatten ihr viel Wonne bereitet. Es war schwer, die Veränderungen zu begreifen, die dieses Leben so umgeformt hatten. Vielleicht waren die Frauen, die sie aufgenommen hatte, von denen die meisten im Sommer losziehen und in der Stadt wieder ihrem Gewerbe nachgehen würden, nur die Anfangsgründe einer neuen Lebensweise. Güte war ein Labyrinth, in dem sie dringend einer Führung bedurfte. War das Bescheidenheit? Schwäche? Bemitleidet zu werden, bedeutete genau das Paria-Gefühl, das sie nicht ertragen könnte ... Dumme Frau. Das Kind war nur ein Kind, das sich seine Phantasiegebilde und Beobachtungen, seine Herzenswünsche und Seelenempfindungen *nolens volens* auf der gleichen phantastisch-wirren Leinwand ausmalte, auf der Kühe unbefangen neben Ungeheuern weideten, wo namenlose «Erlöser» das Wasser aus ihren Lungen bliesen und aus dem Meer auftauchten, um ihren Anspruch auf sie zu erheben, wo unsichtbare Schiffe aus dem Himmel fielen und auf granitenen Wellen zerschellten.

«Oh!» Amalia preßte die Hände auf die Ohren. «Die Masten sind geknickt! Das Schiff wird gleich zerbrechen, Violetta!»

Mit diesen Worten wirbelte das Kind vom Fenster weg und fing an, wie besessen im Kreis herumzustampfen und dabei die Arme windmühlengleich durch die Luft zu wirbeln, und ihre Stimme imitierte das Knirschen, Krachen und Bersten des angeschlagenen Schiffs. Sie beschrieb einen Kreis, dann einen zweiten, dann einen dritten, und die Bewegungen wurden immer ungestümer, die Füße trampelten immer heftiger auf den Boden. Violetta, die dem verrückten Treiben ausweichen mußte, erkannte, daß das Mädchen völlig ins Spiel versunken war. Aber es war auch nicht mehr als ein erschreckendes Spiel. Amalia schrie und brüllte und stampfte und schlug um sich, und hin und wieder unterbrach sie diesen abscheulichen Tanz, um in die Luft zu springen, wobei sie jedesmal «Wu-usch!» rief, oder «Schon wieder eine!», während Violetta, entschlossen, nicht einzugreifen, sie mit unverhohlener Besorgnis beobachtete. Der Raum hallte von den Schreien des Kindes wider, die, nachdem sie so laut geworden waren, wie es seine Lungen nur erlaubten, immer angstvoller klangen, als bahne sich etwas, das bislang hinter unheimlichem, aber unverblümtem Selbstvertrauen verborgen gewesen war, seinen Weg nach außen. Als handle es sich keinesfalls um ein Schiff, glaubte oder erkannte Violetta, das da auseinanderbrach. Unsinn, mahnte sie sich. Einer der besseren Sprüche ihres Bruders: Für eine Frau denkst du viel zu gründlich, Schwester. Amalia war ein kleines Mädchen, mehr nicht. Schließlich hatte sie Gefühle. Erst jetzt hatte sie sich entschlossen, sie zu zeigen. Nimm sie in den Arm. Tröste sie, ein Kind in seinem kindlichen Kummer. *Wenn du es doch nur sehen könntest, Violetta …* Aber Violetta sah es nicht, jedenfalls noch nicht, und sie machte auch keine Anstalten, das Kind zu trösten.

Und doch würde ein Schiff untergehen, noch in dieser Nacht, kaum eine Meile von der Küste entfernt und unsichtbar, wie die groteske Darbietung des Kindes es vorhersagte, bei einem Sturm, der das Schiff zerschmetterte und versenkte und dabei unablässig gegen den Kadaver seines Feindes wütete und daran zerrte. Zerfetztes Fleisch und Knochensplitter. Ein grenzenloser Sieg. Sie dachte «zu gründlich»?

Pah! Nicht gründlich genug, wie sie fand. Bruder Bischof war der lächerliche und gierige Trottel, der er immer gewesen war und immer sein würde. Das Kind hatte bei aller Schroffheit und Wunderlichkeit recht gehabt, und es hatte auch hinsichtlich des Schiffes recht behalten. Amalias verrückte Kreise waren immer enger geworden, bis sie beinahe auf der Stelle marschierte, ihren kleinen Kopf hin und her warf und ihre kaum kontrollierten Glieder wie die einer Puppe zukken ließ. Violetta wandte sich von dieser Vision ab, in heftiger Erregung, die, wie sie sich später sagte, nur das Vorspiel ihrer überschwenglichen Zuwendung war ... Sie wandte sich dem Fenster und der hereinbrechenden Nacht zu, der steigenden See und den Gewitterwolken, die wie Hämmer herabfielen, um alles zu zerschlagen, was ihnen in den Weg kam.

Und einem Schiff. Zunächst sah sie nur einen weit entfernten Fleck, kaum mehr als eine Unregelmäßigkeit inmitten des immer schwärzer werdenden Sturms, der, wie es schien, drauf und dran war, sich den Fleck einzuverleiben. Violetta sah, daß der Fleck deutlicher wurde. Ein Schiff segelte unter fast nackten Spieren vor dem Wind, unternahm einen aussichtslosen Vorstoß, um sich aus den riesigen schwarzen Scheiben des Meeres und des Himmels zu manövrieren, die sich wie Mühlsteine aufeinanderlegten, um es zu zermalmen. Doch es war noch immer Meilen vom Land entfernt. Voller Verwunderung drehte sie sich wieder zu Amalia um. Das Kind war still geworden.

«Du hast es gewußt?» fragte sie leise. «Aber wie konntest du das wissen?»

«Wusch», murmelte Amalia. Sie setzte sich rasch hin und neigte den Kopf. «Wusch, wusch. Noch drei Seelen.»

Sie sah mitgenommen aus, Strähnen des schwarzen Haars hingen ihr kreuz und quer über das Gesicht. Violetta warf einen Blick aus dem Fenster, und in diesem Moment trieb ihr der Wind die ersten Regentropfen ins Gesicht. Selbst aus dieser Entfernung gesehen schien das Schiff zu schlingern, während es sich in der schweren See mühsam nach Norden und Osten voranschleppte. Es will den Golf erreichen, dachte sie. Innerhalb der nächsten Stunde würde die Nacht hereinbrechen.

«Oh», sagte das Kind hinter ihr. Es wiederholte es, als wäre ihm gerade eben etwas ein- oder aufgefallen, was es jetzt überraschte.

Das Gesicht noch immer fast gänzlich von Haaren bedeckt, zupfte sie am Linnen ihres Kleides. Ein kleiner Schluckauf, ein Schniefen.

Violetta beobachtete sie neugierig. Die durchgedrehte Marionette von eben war jetzt nur noch eine schlaffe Stoffpuppe. Die Stoffpuppe schniefte erneut und putzte sich die Nase an ihrem Kleid.

«Amalia!» stieß sie hervor, denn dieses Phänomen hatte sie noch nicht an ihr gesehen, und nun war sie von der plötzlichen Wahrnehmung seiner früheren Abwesenheit ebenso überrascht wie von seinem Auftauchen gerade in diesem Moment. Wieso war ihr das nie aufgefallen? «Du weinst ja.»

Doch das Weinen schien so rasch aufzuhören, wie es eingesetzt hatte, und als das Kind aufsah, waren die Augen kaum gerötet.

«Wusch», sagte Amalia ruhig. «Gleich wird Bernardo ertrinken.»

«Wer ist Bernardo?» fragte Violetta.

«Bernardo ist Salvestros Freund», antwortete Amalia.

Violetta erwachte zu einem monotonen, unaufhörlichen Trommelwirbel, dem Geräusch des Regens, der gegen die Fensterläden prasselte. Als es dunkel war, hatte sie sie geschlossen, und die beiden hatten schweigend dagesessen. Es gab nichts mehr zu sehen oder zu tun. Das Gewitter begann jetzt ernsthaft zu toben, ein kreischender Sturm trieb es zur Küste. Die Wogen türmten sich und schlugen wütend gegen den Strand, das normalerweise träge graue Wasser verschwendete seinen Vorrat an Getöse, Stunde um Stunde. Schließlich hatte sie der Lärm betäubt und in einen erschöpften Stumpfsinn hinabgezogen, wo kein Gedanke an die Schicksale, die dort draußen in dem nassen Tumult erlitten wurden, sie mehr erreichte. Jetzt zeichneten sich die Umrisse der rauh behauenen Steine und Dachbalken des Zimmers im kaltblauen Licht des frühen Morgens ab, das durch die Ritzen in den Fensterläden drang. Ihr Hals schmerzte. Sie blickte sich benommen um: eine kleine Holzkiste, ein Kruzifix hoch oben an der Wand und dort, wo der Regen Einlaß gefunden hatte, eine kleine Pfütze. Das Nest aus Decken, aus dem sich das Kind sein Bett gebaut hatte, war leer. Amalia war weg.

Draußen fiel der Regen in Strömen. Jeder neue Guß klatschte auf den Strand und verschwand dort, als sei die Oberfläche des kiesigen Sandes eine straffe Bahn grauer Seide, die die niederprasselnden Tropfen unmerklich durchbohrten und in eine luftige Leere darunter vordrangen. Die Meeresoberfläche erschauerte unter der gleichen Attakke. Violettas Schuhe sanken tief in den Schlick, als sie die Böschung hinunterkletterte. Das Tuch, das sie sich über den Kopf geworfen hatte, war bereits durchgeweicht, und dort, wo sie es unter dem Kinn zuhielt, rann der Regen zwischen ihren Fingern hindurch. Als sie sich umdrehte, war das Türmchen nicht mehr als eine Verdichtung der Dunkelheit hinter dem Regen, der östliche Himmel dahinter ein stahlgrauer Schirm. Der Palazzo versank im Küstenstreifen. Sie hätten ihn nicht gesehen, dachte sie, selbst wenn es einer von ihnen bis zur Küste geschafft haben sollte. Sie stand am regengepeitschten Strand und zitterte. Die blanke See erstreckte sich wogend bis zum Horizont.

Das Schiff, vielmehr die Überreste des Schiffes, lagen ringsum verstreut. Soweit sie sehen konnte steckten strandauf, strandab zerbrochene Spieren und Balken in seltsamen Winkeln im Sand, massiv gebogene Krummhölzer, zersplitterte Planken und Faßdauben. Ein Stück Deck von doppelter Mannsgröße schien gänzlich herausgebrochen und wie eine Axtschneide in den Matsch getrieben worden zu sein. Ein gesplittertes Stück Reling ragte in Zacken Richtung Meer und wirkte jetzt wie eine vergebliche, viel zu späte Verteidigung gegen die klatschenden Wellen. Weiter unten am Strand war ein einzelner massiver Mast mit einem Dwarsbalken unterhalb der Spitze exakt im rechten Winkel in den Küstenstreifen gebohrt, als hätte ihn eine riesenhafte Hand wie ein Schwert geführt. Sie versuchte sich eine Vorstellung von der Kraft zu machen, die ihn abgerissen und hierher versetzt hatte, ein großes höhnisches Kreuz für die Männer, die unter ihm gestorben waren. Auch sie waren hier, zumindest einige von ihnen. Zwischen den Bruchstücken verstreut lagen flache, unregelmäßige Hügel, ausnahmslos Ansammlungen von Fetzen und Lumpen: das menschliche Strandgut des Schiffes.

Ein Lichtschein fiel in ihr Auge. Im Palazzo war eine Tür geöffnet worden, und drei oder vier der Frauen machten sich auf den Weg zum Strand. Sie sah, wie sie sich unter ihren Umhängetüchern dicht aneinanderdrängten, als der Regen sie mit den ersten kalten Ohrfeigen empfing. Die vergänglichen Monumente des Wracks übersäten den Strand nach Norden und Süden: Tampen und flatterndes Segeltuch hatten sich in zersplitterten Balken und Planken verfangen, die Holzstücke selbst steckten im Schlick, im Wasser und im Sand. Amalia tauchte hinter einem der größeren Wrackteile auf, das emporgeschleudert und zwei- oder dreihundert Schritt weiter fallengelassen worden war. Sie hatte einen Stock dabei. Violetta kniff die Augen zusammen. Das Kind schien den Regen überhaupt nicht zu bemerken, bewegte sich zielstrebig zwischen den flachen Hügeln und benutzte den Stock, um sie anzustoßen. Zwei Stöße, kurz warten, noch ein Stoß, und dann ging sie weiter zum nächsten. Violetta dachte bereits daran, was alles zu tun war, bevor am Nachmittag die Flut hereinkam. Hier lagen mindestens zwanzig Leichen, die nacheinander die Böschung hinaufgeschleppt werden mußten. Die Flut würde wahrscheinlich noch mehr anschwemmen. Das konnte tagelang so weitergehen, erkannte sie mit schrecklicher Gewißheit. Ein Stück weiter unten am Strand blieb Amalia stehen. Der Boden rings um den Palazzo war sumpfig, sogar im Sommer. Jetzt müßte er bis oben hin voll Wasser stehen. Wie sollten sie sie begraben? fragte sie sich. Amalia hatte sich jetzt hingekniet, als wollte sie sich jemandem zu Füßen werfen ... Nein. Als ob sie rängen. Mit einer Leiche? Violetta machte zwei neugierige, verwunderte Schritte nach vorn und fing dann an zu rennen. Der Leichnam hatte sich nach der ungeschickten Attacke des Kindes bewegt.

Er lag mit dem Gesicht nach unten und versuchte sich aufzurichten. Die Füße kratzten und scharrten, suchten Halt im nassen Sand, während die Hände sich in das gleiche Zeug schaufelten, als wollte er sich hinaufhangeln. Bis auf die Fetzen, die einmal ein Hemd gewesen sein mußten, war er nackt. Die Glieder waren ausgemergelt und mit Dreck bespritzt, der so tief im Fleisch zu sitzen schien, daß der Regen ihn nicht abwusch. Dort, wo die Haut durchschien, war sie entweder weiß wie Knochen oder von Schwären und Wunden übersät, und als es dem «Leichnam» endlich gelang, den Kopf zu heben, sah das Gesicht wie das eines Blinden aus, der geradeaus starrt und nicht sieht. Amalia versuchte den Körper auf den Rücken zu drehen. Ihn, wie sie sich zuzugeben zwang, denn es war ein Mann, wenn er auch in gewisser Hinsicht wie ein wildes Tier wirkte, etwas, das noch nicht ganz Mensch geworden war oder durch seine Entbehrungen weit darüber hinausgetrieben worden sein mußte. Sie riß sich zusammen, kam zu sich, zog die durchnäßte Decke von den Schultern und kniete neben dem Kind nieder. Der Mann versuchte zu sprechen, aber sein unzusammenhängendes Gemurmel ergab keinen Sinn. Mit ihrer Hilfe rollte das kleine Mädchen ihn auf die Decke. Der Mann grunzte wieder, bemühte sich verzweifelt zu sprechen.

«Ich habe es dir schon dreimal gesagt», sagte Amalia im Ton mädchenhafter Empörung. «Er ist ertrunken. Sie sind *alle* ertrunken, alle außer dir, Salvestro.»

Die Augen des Mannes schlossen sich. Augenbrauen, wie Wölfe sie haben, dachte Violetta und schüttelte bei dieser Belanglosigkeit sogleich den Kopf. Jetzt ging es um praktische Dinge, ermahnte sie sich. Die Entdeckung des Kindes hatte sie mürbe gemacht. Wie sollten sie ihn nach drinnen tragen?

«Er stirbt», sagte eine Stimme hinter ihr. «Wenn sie aufhören zu zittern, sterben sie. Ich hab das schon mal gesehen.»

Eine Frau, die sich Minetta nannte, stand hinter ihr. Die drei anderen, die sie gesehen hatte, standen daneben, und alle vier blickten auf den reglosen Körper hinab, der tatsächlich zu zittern aufgehört hatte. Hatte er zuvor überhaupt gezittert? Violetta konnte sich nicht erinnern.

«Nein, er stirbt nicht!» Amalia schien dieser Hinweis wütend zu machen, als handle es sich um eine persönliche Kränkung.

«Wir bringen ihn ins Haus», sagte Minetta dann. Sie machte sich daran, die Decke um die Traglast zu wickeln, als eine ihrer Begleiterinnen einen kleinen Schrei ausstieß.

«Urgh!»

Sie stand auf etwas, das Violetta für einen großen, sanft gerundeten Stein gehalten hatte. Es war grau und eigenartig gemustert, und als die Frau es mit der Zehe anstieß, gab es dem Druck nach. Sie schreckte zurück.

«Es ist weich!»

«Was ist das?» fragte Minetta.

Die erste Frau blickte ihre Gefährtinnen ratlos an, die wiederum sie anblickten, dann starrte sie wieder auf den Stein, der kein Stein war.

«Nun?» Die Frau wandte sich fragend an sie mit einem hysterischen Unterton in der Stimme, was ebenso mit dem Regen und dem schneidenden Wind zu tun haben mochte wie mit dem im Sand vergrabenen Rätsel.

Einen Augenblick lang sagte niemand etwas.

«Ich weiß, was es ist», sagte Amalia.

Sie lächelte entzückt, verschränkte die Hände hinter dem Rücken, ließ die Schultern kreisen und schüttelte sich dabei vor Freude über die Verwirrung der Frauen. Sie zeigte auf das Wesen in der Decke, das allem Anschein nach aufstehen und sich möglicherweise dem Objekt ihrer Bestürzung nähern wollte. Seine Anstrengungen waren jedoch zu schwach, als daß man sich dessen sicher sein konnte.

«Er weiß auch, was es ist.»

Der Mann krächzte, vielleicht hustete er auch.

«Und was ist es?» fragte die Frau.

«Sag ich nicht», erwiderte Amalia.

Ein Schiff marschiert gen Rom: ein Dreimaster, vollgetakelt und mit flatternden Wimpeln, die eine Seuche signalisieren, was die geringe Zahl verläßlicher Augenzeugenberichte erklären mag. Es findet sein Trockendock ein wenig außerhalb der Stadtmauern, die es beharrlich umgeht, bettet sich nachts in die Ackerfurchen der angrenzenden Hügel oder läßt sich in einem improvisierten Gerüst aus dickleibigen Baumstämmen nieder. Seine höchsten Mastspitzen sieht man über die niedrigen Hügel ragen, sein Körper passiert mehr oder weniger versteckt hinter diesem oder jenem Busch Immergrün. So viele Planken sind aus seinem Balkenwerk gesprungen, daß es vor zerzausten Federn zu starren scheint. Höchstwahrscheinlich hat es einst auch Flügel gehabt. Vier Luken, die in seine mit Entenmuscheln bedeckte Unterseite geschnitten sind, sorgen für eine höchst merkwürdige Methode der Fortbewegung: aus seiner durchlöcherten Unterseite ragen vier gewaltige graue Beine heraus.

Statt im Schiff aufbewahrt zu sein, trägt das Tier jetzt das Schiff. Natürlich zerlegt, aber mit Kajüten, die aus seinem Holz gefertigt sind, um seine heldenhafte Mannschaft vor den Unbilden des ligurischen, toskanischen, sienesischen oder umbrischen Wetters zu schützen. Man sagt, es sei grau, tonnenförmig und habe ungefähr die Ausmaße einer Kathedrale. Einige Versionen berichten, daß es unterwegs Kinder unter Schöpfrädern hervor aus dem Wasser gezogen oder aus den Wipfeln hoher Bäume gerettet habe. Andere wiederum behaupten, es hätte das Ackerland in der Art des Kaledonischen Ebers verwüstet. Andere wiederum verzichten auf das Schiff, einige auch auf die Mannschaft, obwohl diese letztere Version ziemlich selten ist. Vich und Faria sind in der Stadt aktiv, und ihr Hauptinteresse gilt natürlich der Besatzung. Ist das ein spanisches Tier oder ein portugalesisches? Die Gerüchtelieferanten waren wohl kaum so dumm, als daß sie den kleinen, aber recht lukrativen diplomatischen Markt ausschließen würden. Doch wie jeder weiß, ist die tiefste Tasche die des Papstes, und seine Vertrauten in den Schänken und Tavernen, in den Salons, auf den Straßen und in den Kirchenschiffen haben es überdeutlich gemacht, daß sich das päpstliche Interesse auf das Tier konzentriert.

Was zur Folge hat, daß das Tier Form und Größe in erschreckender Geschwindigkeit wechselt – der Gerüchtemarkt ist ständig im Fluß – und täglich darauf reagiert, Was Seine Heiligkeit Verlangt, verstanden als direktes Korrelativ zu dem, Was Seine Heiligkeit Bezahlt, und ein mittlerer Strom von Soldi, entsprungen in der Apostolischen Camera, abgesichert gegen die jüngste Serie von Anleihen durch Filippo Strozzi, ergießt sich kleckerweise aus den schmutzigen Geldbeuteln einer kunterbunten Meute aus ehrgeizigen Kurialen, Dichterlingen, Straßenhändlern, Tunichtguten, kleinen Adeligen im Niedergang und gutbetuchten Parvenüs im Aufschwung und hat bis jetzt nur den verschwommenen Konsens erbracht, daß es groß ist, daß es grau ist und daß es auf der Nasenspitze ein Horn trägt. Falls es ein noch größeres Maß an Varianten und Duplizitäten aufweise, so hat Seine Heiligkeit zu Ghiberti bemerkt, werden sie es einladen müssen, der Liga von Cambrai beizutreten.

Wie auch immer, das Tier ist gelandet und zu ihm unterwegs. Schon seit Wochen. Ein dreieckiger Schwaden möglicher Untiere mit einer Grundlinie, die sich von den Ligurischen Alpen bis zum Tal von Comacchio erstreckt, hat seine Spitze unvermeidlich in Rom gefunden, ein Trichter mit immer enger werdendem Durchmesser, durch den das «echte» Tier zusammen mit seinen Imitatoren auf einem Meer aus Münzen herbeigespült wurde, um endlich, nach einem letzten Aussieben, hier anzukommen. Oder beinahe hier. Der Trend ist eindeutig, auch wenn man das hinsichtlich des genauen Aufenthaltsortes nicht sagen kann. Vor zehn Tagen gab es eine ganze Reihe von Sichtungen rund um Montepulciano, und danach ein winziges Anzeichen etwas unterhalb von Viterbo. Der Markt der südlichen und östlichen Berichte ist so gut wie zusammengebrochen, die Biest-Wahrscheinlichkeit im Westen reicht von mies bis nicht vorhanden. Die Route von Norden her nach Rom ist die wahrscheinlichste – sollte es wirklich existieren.

«Es wird noch vor heute abend hier sein», sagt Ghiberti, der hinter ihm steht. Es ist nicht sehr schwer, die Gedanken des Papstes zu erraten. Seit einiger Zeit hat er nur diesen einen. «Hier in der Stadt. Wenn es nicht bereits eingetroffen ist.»

«Bereits eingetroffen! Unmöglich! Wie könnte ich es nicht wissen, wenn es in Rom wäre? Sollte es bereits in Trastevere brüllen, würde ich es sogar im Schlaf hören. Sollte es auf einen Stein der Via Appia scheißen, hätte ich seine Losung schon in meinem Besitz, bevor sie richtig zu dampfen aufhört.»

«Niemand hat es gesehen», antwortet Ghiberti schonungslos. «Sie haben nur alle davon gehört, weil es so profitabel ist, Heiligkeit.»

«Stimmt nicht», kontert Leo. «Größe, Farbe, besondere Kennzeichen? Grau, groß, Horn auf der Nase. Sämtliche Berichte stimmen hinsichtlich dieser Einzelheiten überein. Wie wollt Ihr das erklären, mein zynischer Sekretär?»

«Durch die Tatsache, Heiligkeit, daß Eure Agenten jedem eine Belohnung von zwischen drei Soldi und einem vollen Gold-Scudo für jede das Tier betreffende Information versprochen haben, ein Tier, das man ihnen als grau und groß und mit einem Horn auf der Nase beschrieben hat.»

«Das war später», antwortet Leo unwirsch. «Die ersten Berichte waren überdeutlich. Die aus La Spezia ...»

«Aus Massa und Carrara, Heiligkeit. Soweit ich mich erinnere, erwähnten diese Berichte einen Heukarren, der auf wundersame Weise über dem Erdboden schwebte, von einem einzigen goldenen Faden am Knöchel eines Engels von zarten Jahren gehalten und begleitet von einem oder auch zwei Dutzend Vagabunden. Das Tier selbst soll in dem Karren gewesen sein. Eine Art Nachtrag, wie mir schon damals schien. Zu der Zeit ...» Er unterbricht sich an dieser Stelle, denn der Papst sieht ihn finster an. «Es sind die Oratoren, Heiligkeit», fährt er demütiger fort, jetzt wieder der zurückhaltende Hauptbuchführer, die willige Zielscheibe für den Spott seines Herrn. «Vich. Faria. Ich habe meine Männer in beiden Lagern, und sie wissen auch nicht mehr als wir. Für die Portugalesen kam ein Schiff namens *Santa Ajuda* aus Indien und faßte vor zwei Monaten Vorräte an der Mündung des Tejo. Seither hat man nichts mehr gehört.»

«Und Vich?»

«Die kleine Scharade, die er für Euch in Ostia aufgeführt hat, schien der einzige Akt der spanischen Komödie gewesen zu sein. Die einheimischen Fischer waren alle einer Meinung. Dieses Schiff war nur schwimmfähig, weil ihm der Anstand zum Untergehen fehlte. Es wird kein Geschenk von seiten der Spanier geben, und es gibt auch keine Gewißheit für eines der Portugalesen. Ihr selbst wart es, Heiligkeit, der diesen Wettstreit anregte. Und Ihr wart es auch, der ihn mit der Frage der Bulle gekoppelt habt ...»

«Mein lieber Ghiberti, macht Euch keine Sorgen», unterbricht ihn Leo unbekümmert. «Die Bulle wird morgen veröffentlicht, und ich werde sie höchstpersönlich übergeben, versiegelt *sub plumbo* mit den Köpfen von Petrus und Paulus, unterzeichnet mit Leo Episcopus Ecclesiae Catholicae in meiner schönsten lombardischen Handschrift auf Pergament so dick wie Dielenbretter. Wie versprochen. Und das Tier wird hier sein, eigens um seinen Hufabdruck dazu beizutragen. Ruhig Blut – seid Ihr nun zufrieden?»

Leo blickt seinen Sekretär besorgt an und sieht, daß er das eindeutig nicht ist. Ghiberti ist mehr in Sorge, als er vermutet hatte. Es ist vollkommen unerheblich, ob sie ihre Bulle haben oder nicht, will er ihm sagen. Sie werden ihre absurde Grenze ziehen. Sie werden ihre Schlachtlinie rings um den Globus ziehen und nach Osten und Westen segeln, um einander auf der anderen Seite der Welt zu töten. Womöglich werden sie als nächstes die Welt von Norden nach Süden zerschneiden. Vielleicht werden sie die beiden Hälften umdrehen und sie an den Polen verbinden, damit sie ein Stundenglas ergeben. Sie sind auf jeden Fall miteinander verbündet – besonders das würde er Ghiberti klarmachen. Doch sein Wort ist die Bulle; *Praecelsae devotionis et indefessum fervorem, integrae fidei puritatem, ingeniique in Sanctam Apostolicam observantiam* ... Sadoleto legte sie ihm in der Kanzlei zur Überprüfung vor im Stil eines Sängers, dem es irgendwie gelungen war, ein kakophonisches und von Widersprüchen geplagtes Blatt Musik in klare und mühelose Harmonien zu verwandeln, und der sich nun dazu herabläßt, es seinem Komponisten zurückzugeben, sämtliche Knoten aufgedröselt, sämtliche Rätsel gelöst, ganz offensichtlich wesentlich schöner und doch mit der Implikation der Verbesserung behaftet. Er wollte es auch Sadoleto sagen. Im Grunde genommen stammte dieses exquisite Gewebe aus Kompromissen und Halbwahrheiten von ihnen, nicht von ihm. Er war nur der Ort, an dem verschiedene Teile in Dissonanz und Zwietracht aufeinandertrafen. Sein Wort war das des Papstes, und der Papst war der Diener der Diener Gottes. Dienten Vich und Faria Gott?

«Macht Euch keine Sorgen», wiederholt er vage, wobei er sich umwendet und zum Fenster hinausblickt.

Die Wasserfläche, die jetzt den unteren Hof des Belvedere bedeckt, hatte sich mit wundersamer Geschwindigkeit ausgebreitet: eine Pfütze, ein Teich, ein See ... Jetzt ist es ein kleines Meer, dreihundert auf zweihundert Schritt, eingegrenzt von der Loggia zu seiner Rechten, dann von der Treppe vor ihm, die zur nächsten Ebene emporführt, dem Palast selbst und, auf der Linken – Leo streckt den Kopf aus dem Fenster – einer ziemlich unansehnlichen Palisade aus Sandsäcken, jetzt teilweise von Reihen ungewöhnlich großer Stufen verdeckt. Lenos Leute sind eifrig dabei, unter den Anweisungen ihres Vorarbeiters Bauholz zu zersägen, wobei viele von ihnen bis zur Hüfte im kalten Wasser stehen, um die längsten Bretter in Position zu bringen. Andere, ähnlich durchnäßt, haben die Kutten hinter die um die Hüften geschlungenen Werkzeuggürtel gestopft und vermessen den Brunnen in der Mitte. Leno hat eine dekorative Plattform entworfen, die auf den Brunnen gesetzt werden soll. Auf der Plattform wird ein Thron sitzen, und auf dem Thron sitzt dann er, Leo. Oder besser gesagt, er, Leo, sitzt als Nachbildung auf dem Thron, denn das Sitzen erledigt ein anderer für ihn. Jemand wird für ihn einspringen, sozusagen. Und womöglich – auf dem Höhepunkt der Schlacht – an seiner Statt hineinfallen. Platsch.

Er beugt sich weiter aus dem Fenster hinaus, um vielleicht einen Blick auf Hanno zu erhaschen, der sich hinter den Sandsäcken der Arbeiter im Garten aufhält. Hanno wird sein Streiter sein. In der vergangenen Nacht hat er ein kleines Gebet für seinen Sieg improvisiert, obwohl er als oberster Schiedsrichter der Schlacht seine Parteilichkeit sorgfältig für sich behalten wird. Wäre es nur möglich, die Oratoren für seine Sache zu gewinnen … Faria mit einem Rüssel. Vich mit einem Horn. Vielleicht auch umgekehrt.

«Von allen Wasserschlachten, die jemals im Palast des Papstes über die Bühne gingen», erklingt eine Stimme hinter ihm, «wird das hier sicherlich die großartigste.»

«Naumachie!» schnappt er automatisch zurück. «Es handelt sich nicht um eine Wasserschlacht»! Es ist eine Naumachie. Meine Vorgänger hielten Stierkämpfe ab. Commodus schnitt Giraffen die Köpfe ab. Ich jedoch, als Liebhaber und Patron der feineren Künste …» Er hält inne, denn die Stimme hinter ihm fängt an zu lachen. Ghiberti lacht nicht.

Wer auch immer da lacht, klopft ihm jetzt herzhaft auf die Schulter, worauf er einen Satz nach vorn macht, hinaus ins Freie, und sein Bauch über das Fensterbrett quillt, wo ihn die engstehenden Fensterflügel einzwängen. Derart zweigeteilt greift er nach unten, um ihn wieder hineinzubugsieren, aber während er noch damit beschäftigt ist, fängt eine zweite Stimme von der darunter gelegenen Loggia zu deklamieren an:

O Leo! Wie schlecht ging es uns
Vor dir. Heut sagt keiner nein –
Zwar zahlt mancher ungern für unsere Kunst,
Doch nicht du! Bloß ein Giulio?
Darf's ein Gold-Scudo sein?

Ein Dichter, gekleidet in das unvermeidliche Schwarz, einen Arm an die Brust gelegt (was Ernsthaftigkeit andeuten soll), den anderen ganz nach ihm ausgestreckt (eine Zielvorrichtung), verbeugt sich tief an der Arkade schräg rechts unter ihm.

«Sehr gut», ruft er zurück. «Sehr gut gemacht!» Er winkt ihm seinen einhändigen Dank zu, während die andere Hand versucht, seinen Bauch wieder nach innen zu hebeln. Er versucht es mit vorsichtigem Hieven, aber er steckt fest wie ein Korken, und dem Dichter hat sich jetzt ein zweiter hinzugesellt, der sich in Positur stellt, um sein eigenes Loblied darzubieten, als plötzlich von hinten zwei gewaltige Arme an seinen Ohren vorbeistoßen, an den Ellbogen einknicken, ihn mit enormer Kraft zurückziehen und ihn leibhaftig nach innen katapultieren. Dort liegt er schließlich auf dem Rücken, in der bärenhaften Umklammerung von Kardinal Bibbiena.

«Poeten?» erkundigt sich der Kardinal mitfühlend.

Leo nickt unglücklich.

Ghiberti schwebt über ihnen und sieht mit der ungeöffneten Kladde, die er schützend vor die Brust preßt und mit der er nicht weiß, wohin, ein wenig lächerlich aus. Die beiden Laienakrobaten blicken zu ihm auf.

«Setzt Euch doch», sagt Leo scheinheilig. «Ihr dürft uns hier auf dem Boden jederzeit Gesellschaft leisten.»

Ghiberti schürzt die Lippen und schüttelt den Kopf. Er wartet darauf, entlassen zu werden, denkt der Papst. Wie launisch gehe ich doch mit meinen Dienern um; die Diener der Diener des Dieners Gottes.

«Ihr könnt gehen.»

Ghiberti und seine Kladde rauschen davon und lassen die beiden anderen noch immer auf dem Boden ausgestreckt zurück. Durch den Spalt in der zufallenden Tür erhascht er einen Blick auf mehrere Gruppen Kurialer mit schwarzen Kappen und Notare, zwei verschleierte Frauen, die einander zunicken, lässig an die Wände gelehnte Jünglinge sowie ein Malergerüst. Die Sala di Costantino ist von ihrem summenden Lärm erfüllt, der verstummt, sobald die Tür aufgeht, der sich wieder erhebt, sobald sie mit dumpfem Knall ins Schloß fällt. Leo nickt in die entgegengesetzte Richtung, und die beiden Männer rappeln sich wieder auf.

In der Salla della Segnatura sind noch mehr Maler oben auf den Gerüsten bei der Arbeit. Eigentlich gehören sie dort schon längst zum Inventar. Im letzten Sommer war die Decke vornehmlich grün gewesen; dann, nur für ein paar Wochen, gelb. Jetzt scheint sie wieder grün zu sein. Eine überdimensionale Seemöwe kleckst auf den Boden, als sie darunter hinwegschreiten. Mehrere farbverspritzte Gesichter gucken von oben auf sie herab.

«Sturm auf dem Meer», versucht sich Bibbiena und bleibt stehen, um einen Blick nach oben zu werfen. «Sumpfgas über dem Borgo?»

Leo ignoriert die Bemerkungen und winkt ihn weiter in die Stanza dell' Incendio, die malerfrei ist, außerdem dichterfrei; dort wendet sich der Papst an seinen wacker ausschreitenden Kardinal und bringt den Mann zum Stehen.

«Wird Hanno denn morgen solo auftreten? Sagt mir bitte, ist das Tier in der Stadt oder nicht?»

Das überrascht Bibbiena, wie Leo bemerkt. Direktheit ist bei ihren Unterredungen höchst selten, ihre Bedeutung daher wenig eindeutig.

«Es ist hier.»

Die prompte Bestätigung titscht gleichsam zwischen ihnen hin und her, dem rotgewandeten Papst und seinem hermelinbesetzten Kardinal. Den runden Bauch beinahe an den bärenhaften Mann gedrückt, faltet Leo die Hände vor sich, und Bibbiena macht einen Schritt zurück. Der klügste der Kardinäle, derjenige, der am meisten vor den Finten seiner Gutmütigkeit auf der Hut ist. Er verfügt über eine gewisse elastische Qualität, an der es selbst Dovizio mangelt. Was den Rest von ihnen angeht, die alten Schlachtrosse Petrucci und Serra, seine ehemaligen Amtsbrüder Riario, Farnese und de Aragona, das sind alles staatenlose Prinzen, nichts als Prunk und Pomp. Bibbiena, vermutet er, versteht das gut. Versteht er dann auch das Tier?

Bei der Messe heute hatte er sich an den üblen Geruch von Kerzenrauch vermischt mit brennendem Flachs erinnert, gerade als sich Farneses Hände mit der perlenbesetzten Tiara nach seinem Kopf ausstreckten. Was hatte da nur seine Aufmerksamkeit erregt? Ein kleiner Silberschimmer mitten im Lindgrün seines Kardinalshuts, eine winzige, fein ausgearbeitete Brosche. Ein tänzelndes Pferd ... Nein, ein Einhorn, Liebhaber von Jungfrauen, die allein in der Lage waren, das Tier mit einer marianischen Liebkosung ihrer langen weißen Hände zu zähmen. Es lauerte in den verfilzten Fransen seines Vorhabens, das Schlitzen durch Stoßzahn oder Horn den Bauch seines Widersachers entlang, und dann, als es nach dieser denaturierenden Geburt zu Boden taumelt, zunächst noch unsicher auf Rehkitzstelzen, aber rasch wieder im Besitz der Kräfte, die es während der langen Gruftzeit verloren hat, weißhaarig, glatthäutig, hellhornig ... Endlich befreit aus dem groben Gefängnis seiner dicken Haut ... Aber was? Er glaubt nur, und zwar ganz innig, daran, daß die Schlacht eine Art von Aufhebung ergeben wird, daß zwischen den beiden Widersachern eine dritte Wahrheit existiert, eine ursprüngliche, in ihren zusammengebackenen und hart gewordenen Häuten konservierte Kreatur, denn ebenso wie es wahrhaftigere Roms unter *Ro*-ma gibt, so werden auch Gottes Chiffren durch ständigen Gebrauch und zunehmende Abnutzung unansehnlich. Wie soll man das Kindlein in seinem Taufkleid enthüllen, den empfindlichen Nerv bloßlegen, der in seiner vernarbten und stinkenden Rüstung eingeschlossen ist? Er hat nie gelernt, wie man ein Schwert führt, hat also statt dessen eine Schrulle, Bibbienas Wasserkampf. Das Tier ist hier. Es ist ein heller, wunderschöner Tag, der Himmel wolkenlos, die Luft kalt und vollkommen ruhig. Als Luzifer aus dem Himmel verstoßen wurde, denkt er, muß die Luft, durch die er fiel, wie diese gewesen sein. Leo stellt sich vor, wie er aufflammt, wie sein Engelsfleisch schmilzt und sich zu einem Gefängnis aus gefühllosen Narben verkrustet. Wessen Hände würden es abreißen? Wo würde er seinen Feind finden, denjenigen, dessen Hiebe und Schnitte ihn befreiten? Bibbiena scharrt unruhig mit den Füßen auf dem Schachbrettboden. Der Papst konzentriert sich. Wo ich?

«Wo?» fragt er plötzlich.

Nach der langen Pause etwas verwundert, schüttelt Bibbiena den Kopf. «Ich weiß es nicht genau. Vielleicht weiß Ghiberti ...»

«Ghiberti wußte nicht einmal, daß es in der Stadt ist. Woher wißt Ihr es?»

Sein Ton ist schroff, beinahe grob. Er mildert ihn ab, indem er laut überlegt, weshalb Ghiberti es nicht wußte. Schon bald steigen die Kadenzen seiner Spötteleien fröhlich perlend zu den hohen Decken der Sala hinauf, etwa wenn er einen schmeichelnden Vergleich zwischen seinem Sekretär und dem Kardinal zieht, eine unausgesprochene Entschuldigung. Bibbiena mag ihn also doch. Überheblichkeit war die Domäne seines Bruders. Armer Piero.

«Ich habe mich nur gefragt», sagt er und langt dort wieder an, von wo er abgeschweift war, «wie Ihr an diese Information herangekommen seid? Vorausgesetzt natürlich, daß Ihr nicht einfach auf Euren eigenen allwissenden Verstand zurückgegriffen und sie dort ohne fremde Hilfe erschaffen habt.»

«Auf meinen Verstand?» Bibbiena zieht die Augenbrauen hoch. «Ich habe meinen Verstand schon vor zehn Jahren an Chigi verpfändet. Um den Preis meines Pferdes, wenn ich mich recht entsinne, was nicht der Fall ist. Mit meinem Gedächtnis habe nämlich ich seine Hufeisen bezahlt.»

«Und mit Eurer Seele?»

«Habe ich das hier gekauft.» Bibbiena legt den Finger auf seinen Kardinalshut. «War fast geschenkt.»

«Ein Kardinal mit einer Seele wäre auch ein höchst widernatürliches Geschöpf in Rom», kontert Leo.

«Ein widernatürliches Geschöpf, allerdings.»

Es breitet sich ein kurzes Schweigen aus, das rasch drückend wird.

«Die Quelle dieser Information ist Rosserus», sagt Bibbiena.

Danach kehrt das Schweigen zurück und gabelt sich. Die beiden Männer müssen die Implikationen dieser Aussage jeder für sich verdauen. Rosserus bedeutet nur selten für zwei Leute das gleiche, und Rosserus-als-Quelle-eines-Gerüchts ergänzt die Sache um einen weiteren Dreh, denn Rosserus selbst (er, sie, oder es?) existiert nur gerüchteweise, und auch dann nur in den unbedeutendsten und ungezügeltsten diskursiven Praktiken, wie etwa eitlem Geschwätz, nostalgischen Erinnerungen, Geständnissen zwischen betrunkenen Fremden, Lügen, Verleumdungen, Versprechern, Angebereien, Nörgeleien, weinerlichem Gewinsel und lautstarken, unfeinen Wortgefechten, die von Leuten mit ernsthaften Sprachstörungen in aller Öffentlichkeit ausgetragen werden. Rosserus ist kein Thema für ein anständiges Gespräch oder auch nur für einen sinnvollen Dialog. Ebenso unmöglich ist es, geistreich über Rosserus zu reden; das Thema kratzt wie Sackleinen und klebt wie Dreck, wobei das nur die offensichtlichsten Eigenschaften seines (ihres?) Kundenkreises sind, einer gewissen Sub-Sekte unter den römischen Bettlern, womit weder die abstoßendsten (Selbstverstümmelung und die Praxis, sich ständig offene Wunden zu halten) noch die am gesundesten wirkenden (der gräßlich selbstbewußte Bengel mit dem strahlenden Gesicht und sein erwachsenes Gegenstück, der «zur Zeit vom Glück verlassene» Ehrenmann) gemeint sind, sondern eher die mittlere Preisklasse von Strolchen, hin und wieder gewalttätig, aber eher zum Stumpfsinn neigend, boshaft und ausnahmslos dreckverkrustet. Sie scheinen mehr über diesen «Rosserus» zu wissen als jeder andere, und zu jeder beliebigen Zeit scheint Rosserus mehr oder weniger alles und jedes über die Bodensatzaktivitäten auf der untersten Ebene von Rom zu wissen, sein Wissen durch die unendlichen Abstufungen derjenigen zu verteilen, die es von jemandem gehört haben, der es von jemandem … Berichte wie diese zu ihrem Ursprung zurückzuverfolgen ist aussichtsloser, als sich durch das Nachbeben der Stampede einer Horde Auerochsen an eine Feldmaus heranzuschleichen, denn Rosserus ist dezentralisiert, operiert mit undichten Stellen, verursacht keinerlei Geräusch, ist unvorstellbar, falls man unter «Vorstellung» etwas Solides, scharf Umrissenes, Glänzendes versteht, etwa eine Silberbrosche in der Form eines Einhorns. Seine Wortpartikel sind zugleich überall und nirgends, ein alles verdunkelnder Schwarm, der sich auf seinem Weg durch *Ro*-ma vervielfältigt …

«Ah», sagt der Papst.

Sie setzen ihren Weg durch die Stanza dell'Incendio fort, biegen erst nach links, dann nach rechts ab. Leo blickt ängstlich eine Treppe hinab. Der Chor der Kapelle probt. Dünne Harmonien dringen an die Ohren der beiden Männer, vermischt mit dem eintönigen Gebimmel einer weit entfernten Kirchenglocke und dem näheren Gekrächze der Papageien aus dem Hof. Die Treppe sieht verlassen aus, aber als sie den ersten Absatz erreichen, lösen sich zwei Gestalten aus dem Schatten, deren jeweils rechte Hand mit elegantem Schwung zur Brust fliegt, während die linke sich ihm entgegenstreckt … Poeten. Das Schwarz ist überhaupt keine Uniform, erkennt Leo plötzlich. Es ist Tarnung.

«*Dum iuvenes poppysma rogant, tu, Lucia, nasum*», rezitiert der eine.

«*Inspicis et quantum prominet ille notas*», fährt der andere fort.

«Herrlich, herrlich», murmelt Leo und wendet sich in leichter Panik an Bibbiena.

«*Hoc perpendiculo virgas metire viriles …*»

Bibbiena schiebt sich zwischen seinen Dienstherrn und die teiggesichtigen Deklamanten, fischt ein paar Münzen aus seinem Geldbeutel, drückt sie in die ausgestreckten Hände und dreht sich um, um den Rückzug des Papstes zu decken, als letzterer die Stufen hinabeilt und in eine Gangart verfällt, die er eigens für solche Gelegenheiten entwickelt hat, allem Anschein nach erfüllt von Dankbarkeit, deren voller Ausdruck allein durch die unaufschiebbaren Verpflichtungen seines Amtes vereitelt wird. Dazu gehört eine ganze Palette von Verzögerungen und halben Rückwärtsdrehungen, bei denen ein Ausdruck der Freude über sein Gesicht huscht, der jedoch sogleich von der bedauernden Erinnerung an die Dringlichkeit nicht näher genannter Geschäfte verwischt wird: Welch ein vortrefflich geschmiedeter Jambus, schien er auszudrücken, wenn ich nur bleiben und mehr davon hören könnte … Bibbiena eilt hinter ihm die Treppe hinab, verfolgt von «…*Ut iam ego me fieri rhinoc* …», ein Vers, der eine plötzliche krasse Zäsur erfährt, als sie in den Cortile di Sentinella hinaustreten, wo sich die Situation noch verschärft. Kaum sind sie über die Schwelle, stürzen sich fünf oder sechs schwarzgewandete Ansammlungen angewinkelter Glieder wie hungrige Krähen auf sie, dünne Arme legen sich auf Brustkästen, als wollten sie das innere Anschwellen der Lieder im Zaum halten. Im Hof erschallt wirres Geschnatter, in dem Vergleiche zwischen ihm und diversen himmlischen Gestalten mit reimlosen Aussagen über seine Großzügigkeit und mehreren akrostischen Konstruktionen wetteifern, die weitläufig auf dem Wort «Leo» basieren. Er bedenkt ein gedrungenes, graubärtiges Individuum mit seinem wohlwollendsten Lächeln, eine Entscheidung, die von einer vagen Assoziation zwischen dem Alter und der Produktion von Epigrammen sowie zwischen Epigrammen und Wortknappheit geleitet wird … Aber der alte Mann lächelt, greift nach unten und streckt ihm einen Jungen von sechs oder sieben Jahren entgegen.

«Heiligkeit, laßt mich Euch meinen kleinen Pierino vorstellen. Schon in der Wiege verströmten seine Schreie einen gewissen poetischen Charme …»

Der kleine Pierino strahlt zu ihm hinauf. Leo sieht sich verzweifelt um, doch die Schweizergardisten vor den Türen sind von der freudig präsentierten Schnabelsperrweite, die sein gesamtes Gesicht in Anspruch nimmt, völlig verunsichert. Der kleine Pierino wertet das als Aufforderung und legt los:

Florenz habt Ihr, Leo, durch Geburt einst geehrt,
Grün sind dort die Felder und braun drunter die Erd' …

Ungeachtet seines zarten Alters hat der kleine Pierino die Haltung der Poeten schon fast zur Perfektion gebracht. Er variiert sie am Ende jeder Zeile, indem er den linken Arm mit raumgreifender Geste ausfährt und einen kleinen Hopser macht, um den Anapäst zu betonen. Leo sucht das Weite.

Im Durchgang, der an der Außenmauer der Kapelle entlangführt (der Gesang wird lauter, ebenso die gebellten Anweisungen des Kapellmeisters, der die Handlungen der Messe mimisch darstellt), begegnet er noch mehr Poeten, doch Bibbiena geht vor ihm her, versperrt ihnen den Blick bis zur letzten Sekunde, als Leo bereits seitwärts tänzelnd den Kopf durch die Türöffnung am anderen Ende duckt und davonkommt, ohne daß ihm mehr als zwei heroische Couplets und Fragmente einer horazischen Ode dissonant in den Ohren klingeln. Die beiden setzen ihren Weg durch den Palast fort, weg von den Unterkünften (ein nahe liegender Anlaufpunkt für Bittsteller aller Art) und tiefer in die Zellen und Kammern seiner *famiglia* und ihrer Bediensteten hinein. Hier ist eine Schlafstätte nicht mehr als ein Sichtschirm aus Sackleinen, ein Wohnraum ein Stück notdürftig abgeteilter Korridor. Sie kommen an vagen, an den Wänden lehnenden oder über qualmende Öllampen gekrümmten Gestalten vorüber, die die Köpfe wenden und den Schritten dieser Feingekleideten folgen, die erst entschlossenen Schrittes aus dem staubigen Mief auftauchen, vorübergehen und dann wieder von ihm geschluckt werden. Verrottende Binsen knatschen unter ihren Schuhen. Bibbiena entbietet einer Frau, die sich gerade in der Abflußrinne, die in der Mitte verläuft, erleichtert, einen formvollendeten Gruß. Leo fällt auf, daß nicht wenige der Kreaturen, denen sie begegnen, kurze, häßlich aussehende Keulen bei sich tragen oder in Reichweite liegen haben. Er runzelt die Stirn. Bald wird der Schweiß- und Uringestank der «Wohnräume» von einer Reihe neuer Odeurs überdeckt: salzige Gerüche und fettige Dämpfe, Rindfleischbrühe, Gemüsesud, verkohlte Fischhaut, heißes Fett, die ganze Komplexität der Vorratshaltung. Der feine Duft von Orangen kämpft sich irgendwie durch diesen Mischmasch übler Gerüche. Leos Nase wird gekitzelt, förmlich gequält. Er schnuppert anerkennend. Sie befinden sich jetzt an der Peripherie der Küche.

Durch den aromatischen Nebel einer riesigen gewölbten Kammer, die unter dem Namen Sudraum bekannt ist, erkennt Leo Neroni und seinen neuen Küchenmeister Guidol, heftig ins Gespräch vertieft. Als sie näher kommen, nuschelt letzterer etwas und eilt in der entgegengesetzten Richtung davon. Neroni dreht sich um, um sie zu begrüßen.

«Er mußte rasch weg und nach den *corquignolles* sehen», beantwortet er den fragenden Blick des Papstes. Leo nickt, blickt jedoch weiterhin dem eilig entfleuchenden Koch nach.

«Ein Gericht, das er für morgen vorbereitet.»

Auch Neroni trägt eine kurze schwere Keule. «Für die Ratten», erläutert er. Der Maestro della Casa zieht einige Störe aus Körben heraus und klatscht sie auf den Tisch. Leo stichelt munter weiter.

«Gibt es hier ein Rattenproblem?» erkundigt er sich und sieht von dem Fisch auf.

«Problem!» poltert Neroni los, erinnert sich jedoch daran, mit wem er da redet, und senkt die Stimme wieder. «Nein, Heiligkeit. Ein ‹Problem› hatten wir früher. Was wir jetzt haben, ist eine Plage!»

«Eine Plage?» murmelt Leo und läßt den Blick über die brodelnden Töpfe schweifen, deren Dampf schwillt, an der Decke kondensiert und auf den Boden tropft, wo er kleine Pfützen bildet. «Mein lieber Neroni, ich sehe keine Ratten. Wenn es hier Ratten geben sollte, dann scheinen sie mir, wie soll ich es ausdrücken, viel zu zurückhaltend zu sein, als daß sie eine Plage darstellen könnten ...»

Neroni steht eine Sekunde wie angewurzelt. Er möchte etwas Kluges und Witziges sagen. Das, so hat man ihm erzählt, sei die Sprache, die der Papst versteht. Andererseits möchte er ihm wirklich seine Ansichten hinsichtlich der Ratten kundtun. Er ist ungehobelt, das weiß er, doch für gewöhnlich sind die Äußerungen eines effektiven Maestro della Casa nicht nach oben an Päpste gerichtet, sondern nach unten, an faule Küchenjungen und Unterköche, an diebische Schlachter und Lebensmittelhändler, hinunter sogar bis an Schankgehilfen, die am ehesten einen wirksamen Tritt verstehen. Darüber denkt er eine Weile nach. Dann wirft er den Kopf zurück und läßt ein röhrendes Lachen los. Als nächstes zwinkert er Leo und Bibbiena jovial zu, schnappt sich ein Hackmesser von einem vorübergehenden Gehilfen und schlägt dem Stör mit einem einzigen Hieb den Kopf ab. Der Papst wirkt jetzt ein wenig besorgt, aber er macht einfach weiter, indem er den Fischkopf in die Ecke des Raums schleudert.

«Aufgepaßt!» sagt er.

Er überlegt sich noch, ob er nicht besser «Aufgepaßt, *Heiligkeit*» gesagt hätte, als auch schon etwas wie ein raketengetriebener Tintenklecks quer durch den Raum schießt und den Fischkopf förmlich aus der Gegenwart tilgt.

«Seht Ihr», sagt Neroni. «Heiligkeit.»

Leo sieht ihn bestürzt an.

«Das war eine Katze», sagt er.

«Die Katze haben sie aufgefressen», sagt Neroni. «Armer alter Zauser.» Für einen kurzen Moment sieht er wirklich betroffen auf. «Mozzo!» brüllt er dann. «Bring mir den Rattenkorb!»

Ein dicklicher Küchenmeister scheint unter dem Gewicht eines Korbs mit zwei Griffen, der breiter als er selbst ist, beinahe zusammenzubrechen. Er stellt ihn vor ihren Füßen ab.

«Das sind nur die von heute morgen», sagt Neroni. «Hol eine schöne raus, Mozzo.»

Der Korb ist voll schwarzbehaarter Körper. Mozzo wühlt dazwischen herum, und als seine Hand wieder auftaucht, hält sie den Kadaver einer Ratte am Schwanz, die auf den Papst zuschaukelt. Ihr Bauch scheint eine Ansammlung offener Wunden und Schorfkrusten zu sein. Aus der Nase tröpfelt beständig eine grünliche Flüssigkeit. Nach Leos zurückhaltender Schätzung ist sie ungefähr zehn Zoll groß.

«Das ist eine von den kleineren», sagt Neroni.

Ein anderer beginnt ihm ins Ohr zu flüstern:

Es war mal ein Bischof von Rom,
Der verlief sich im eigenen Dom …

Dom? Rom? Das reimt sich … Schlimmer noch, es läßt sich skandieren. Voller Panik dreht er sich um, aber statt der erwarteten schwarzgewandeten Gestalt – linke Hand auf der Brust, das Herz im Zaum zu halten, rechter Arm ausgestreckt (nach Geld) – erblickt er eine etwas moderatere Version von Bibbiena, auf der ein vertrautes Gesicht thront, das jetzt in das seine grinst: Dovizio.

«Hab ich Euch endlich gefunden!» ruft Dovizio. «Was seid Ihr doch für ein schwer faßbarer Papst!»

«Ach, wirklich?» Er grinst einfältig.

Erleichtert.

«Allerdings», aber jetzt habe ich Euch ja aufgespürt. Eigentlich habe ich Euch heute schon *zweimal* aufgespürt …»

Dovizio macht keinerlei Anstalten, die Bedeutung seiner rätselhaften Aussage zu erläutern. Statt dessen erzählt er ihm, daß das Tier vor drei oder vier Stunden durch die Porta del Popolo hereingekommen sein müsse («Ja, ja, Rosserus …») und sich irgendwie unentdeckt an der Nase der päpstlichen, spanischen und portugiesischen «Empfangskomitees», die aus niedrigen Funktionären und Schlägern bestanden, vorbeigemogelt habe.

Draußen versinkt der strahlende Nachmittag in immer tieferen blauen Schatten. Im Hof des Belvedere steigt der Wasserspiegel mit einer Geschwindigkeit von einem Zoll pro Stunde und jagt vergeblich hinter dem Sonnenlicht her, das sich unterhalb die Sitzreihen auf der westlichen Seite senkt. Die Mönche wringen ihre durchnäßten Kutten aus. Das Tagesgeschäft endet, und die Schreibarbeiten werden zusammengetragen. Palatin-Sekretäre legen ihre Entdeckungen dem Kardinal Vetter vor; Abbreviatoren und Protonotare siegeln sie mit dem Ring des Fischers. Es ist mehr oder weniger die Stunde des Tages, in der Brecciemarmor am besten aussieht – *traccagnina, corallina, samesanto* –, wenn die stalagmitischen Wirbel und schieferartigen Adern ein wenig von der Hitze, die sie einst geformt, in die kühlen Interieurs zu pumpen scheinen, wo jetzt Kerzen angezündet und Vespergottesdienste gesungen werden. Der Papst beobachtet seine Kardinäle durch einen gefiederten Fächer, der aus den Flügeln eines Regenpfeifers improvisiert wurde. Er versucht ein Wachtelei. Dovizio schnuppert an einer Platte mit Paté, und Bibbiena langt in den dunkelroten Rumpf eines teilweise ausgeweideten Keilers, um die glitschigen Eingeweide so zu drapieren, daß sie dort wie der schwingende Klöppel einer fleischigen Glocke hängen. Es sind untersetzte und sehr fleischige Männer, drei bartlose Olympier, die sich in der geschäftigen Verkommenheit der Küche zerstreuen. Nachdem die Schlacht aufgenommen – und gewonnen – ist, gibt es ein Bankett zu Ehren des Siegers; deshalb schwirren jetzt Pastetenbäcker um sie her, beschäftigt damit, kleine Hörner zu formen, die mit unterschiedlichem Zuckerwerk gefüllt werden sollen; Unterköche rollen Schinkenscheiben für Hannos Rüssel auf und streiten sich, ob Kohlblätter oder Rochenfilets seinen Ohren am ähnlichsten seien. In der ganzen Küche stehen sich die gehörnten und mit Rüsseln versehenen Kombattanten in der Verkleidung modifizierten Geflügels, mutierter Jungschweine, sorgfältig geschnitzter Butterskulpturen und Regale voll knolliger Baisers gegenüber. Die Hannos sehen mehr oder weniger alle gleich aus – Rüssel, Stoßzahn, große lappige Ohren –, ihre Gegenspieler scheinen jedoch Opfer der internen Auseinandersetzung der Köche darüber geworden zu sein, wie dieses Biest eigentlich auszusehen habe. Schwein mit Zusätzen scheint die meisten Anhänger zu haben, doch auch Sehr Große Maus kommt recht gut weg, ebenso wie Verkürzter Karrengaul und Bulle Mit Umgeformtem Kopf. Andere wiederum sehen wie die Opfer eines betrunkenen Chirurgen aus. Auch hier unten ist Rosserus am Werk gewesen, wie überall, wo die Abwesenheit eines Dogmas nach Antworten verlangt, die die üblichen Kanäle nicht liefern können oder wollen. Dampf- und Qualmwolken, Geschrei, Klopfen, Herumgerenne: aus diesem Chaos kommt regelmäßiges Futter für sechshundert Leute, dreimal am Tag, aber sogar die *Dauer im Wechsel* der Küchen kann nicht für alle Zeiten ausreichen. Diese zusammengeflickten Mischbiester verweisen auf schwerwiegendere Versagen, ein nicht diagnostizierter Mangel, dessen Behandlung womöglich zu spät kommt, eine Kluft, die bereits durch den Mittelpunkt der Erde schneidet.

«Lecker», sagt Bibbiena und nimmt die dritte Handvoll kleiner glasierter Zuckerdinger.

«Mmm-hmmth.»

Dovizio schnabuliert Melone.

Das Trio verläßt die Küche selbstvergessen und in allerbester Laune. Leo ist ein straff zwischen seinen Kardinälen gespannter Draht; er summt eine Melodie, die Gian Maria vor einer Woche für ihn als Begleitung für seine Lieblingsfrottola komponiert hat, *Il grasso porco di cattivo umore*, ein Titel, der allgemein als sein Epitheton ausgelegt wird. Sein Lieblingsvers ist der, in dem der gewitzte Librettist fünf perfekte Reime auf das metrisch vertrackte «occhiata» findet. Leo hat viel übrig für solche Feinheiten. Sie marschieren nebeneinander durch die von Nachtlagern verstopften Korridore; Leo fühlt sich so wohl in seiner mittleren Position, daß er breitbeinig über der Ablaufrinne geht, während seine Gefährten großspurige Reden über die zu erwartende Opulenz des morgigen Unterhaltungsprogramms schwingen. Offensichtlich hat Dovizio die Gondeln beschafft, die Leo sich so sehr als schwimmende Untersätze für seine gegnerischen Flotten wünscht; in diesem Moment wird gerade das Palle-Emblem der Medici vergoldet. Wichtiger noch: Es ist ihm gelungen, sich der Dienste des Königs Caspar und der Mauritier zu sichern, ein Ensemble, das sich aus Laute, Zugtrompete, mehreren Violen und Zimbeln zusammensetzt, berühmt für seine Lieblichkeit und sein gefälliges Diminuendo, das die volle Bandbreite von tränenreich bis düster abdeckt. Sie werden morgen am späten Nachmittag erwartet. Jetzt aber Arm in Arm die Treppe zu dem der Kapelle San Nicola später angebauten Vorzimmer hinauf, wo Leo überglücklich die Abwesenheit der herumlungernden Dichterlinge registriert, die sich zuvor dort zusammengerottet hatten. Sind wohl alle weg, zum Abendessen, vermutet er. Dovizio hat eine Überraschung für ihn und stichelt so lange, bis er zu erraten versucht, worum es sich handelt.

«Ihr habt ein Stück geschrieben, das morgen aufgeführt wird und in dem ich als mein Namensvetter Leo der Erste auftrete, und der Dauphin von Frankreich spielt Attila. Ich gebiete seinem Vorstoß am Mincio Einhalt, kehre im Triumph nach Rom zurück und werde bis zu meinem Tod von allen bewundert, eine überaus anrührende Szene, aber frei von Sentimentalität. Ein melodisches Klagelied, auf Trommeln aus Ziegenhaut gespielt, begleitet meine Reise in den Himmel», spekuliert Leo.

Er schnarrt und näselt zwischen den beiden, sein kläglicher Diskant erhebt sich, wird jedoch sofort wieder leiser, als Dovizio ihn darüber aufklärt, daß er falsch geraten hat und der Dauphin von Frankreich, seines Wissens jedenfalls, noch nicht einmal existiert. «Ich habe Euch schon vorhin einen Hinweis gegeben, Heiligkeit. Erinnert Ihr Euch? Ich habe Euch heute schon zweimal aufgespürt ...»

Ein unverständlicher, aber fröhlicher Schabernack. Sie biegen um Ecken herum und rauschen durch lange Gänge. Sekretäre verbeugen sich tief und drücken sich dann mit dem Rücken gegen die Wand, um sie vorbeizulassen, und mit Suppenterrinen beladene Tafelmeister vollführen kleine, schwankende Schrittchen zurück. Der Lärm vom Abendessen aus dem *tinello* klingt wie gedämpftes Brausen, ein entferntes Klappern, die in ihrem Feldlager zusammengepferchten Barbaren. Kein Poet läuft einem hier über den Weg, kein einziger. Bibbiena, der gerade die deftigste der jüngsten Schmähschriften gegen den unseligen Kardinal Armellini weitertratscht, rempelt einen Zwerg zu Boden.

Dovizio interpunktiert die Darbietung seines Begleiters mit richtungweisenden Knüffen und Stößen – «Hier entlang» und «Nach links» und «Nur noch um diese Ecke» –, ein segmentierter Gegengesang, der sie immer weiter und ringsherum und hinauf- und hinuntertreibt, wobei Leos glücklicher, mit Albernheiten vollgestopfter Kopf nickt und kichert und sich fragt, wo er sich hier überhaupt befindet. Sie scheinen schon ziemlich lange unterwegs zu sein. Er hatte gar nicht gewußt, daß sein Palast so groß ist. Die Kardinäle tauschen ihre Melodien über den summenden Strang aus, der sie verbindet. Leo Vibrato. Dann drehen große schwarze Daumen an den Stimmwirbeln. Leo stellt sich vor, wie ein dickes haariges Seil durch seine schimmernden Eingeweide und bläulich durchscheinende Därme geführt wird, wie seine Hinterbacken im Streichrhythmus des Bogens über dem lackierten Fingerbrett einer baumgroßen Violine wabbeln: Seine Heiligkeit, der Überspannte. Das wäre vielleicht ein Martyrium, schauerlich wie das von Erasmus, musikalisch wie Cäcilias Hochzeitslied mit seinem latenten Gekreische und schmerzerfüllten Schreien, den Schreien von Märtyrern, die Heilige gebären. Eine derartig gequälte und doch so vertraute Musik. Wo hat er dieses Lied nur schon einmal singen gehört, begleitet vom Klappern der Zangen auf den Rosten, vom Knirschen der Sägeblätter auf Knochen, vom tonlosen Häuten, wie das Reißen trockenen Tuchs ... Ah.

«Da wären wir», sagt Dovizio schicksalhaft, aber zu spät.

Prato. Schon wieder.

«Wo?» fragt Bibbiena. «Und was?»

«Er», antwortet Dovizio und zeigt in eine tiefer gelegene Seitenkammer, die so schmal ist, daß die Bank, die an einer Seite steht, kaum hineinpaßt. Der Gesichtsausdruck des Papstes ist ziemlich ausdruckslos. «Heiligkeit? Langweilen wir Euch etwa?»

«Nein, nein. Überhaupt nicht.» Er schüttelt schwach den Kopf und sammelt sich wieder. «Nein, das ist alles sehr interessant und lehrreich. Sehr gut, mein lieber Dovizio. Ich nehme an, daß es sich hier um meine ‹Überraschung› handelt?»

«Ist er nicht ideal?»

Auf der Steinbank sitzt ein alter Mann, ißt aus einem Blechnapf, schaukelt nach vorn und erwischt jeden Löffel mit einer so minuziösen Bewegung, daß Leo, der die Krümmung seines Rückens beobachtet, der die Wand hinter ihm nur beinahe berührt und dann – gut ein oder zwei Sekunden später – fast nicht mehr, sich an den Mechanismus einer klug ausgetüftelten Wasseruhr erinnert fühlt, die einmal für seinen Vater gebaut worden war. Ein zerbrechlicher Hebelarm balancierte zunächst frei, begann dann zu zittern, worauf er über einen Zapfen abkippte, um irgend etwas anderes auszulösen. Es war das Unentschlossene an dieser Konstruktion, das einen zum Wahnsinn treiben konnte. Piero hatte sie schließlich kurz und klein geschlagen, und beide waren froh darüber gewesen.

«Ideal? Ich weiß nicht, Dovizio, ob ich ohne Eure Hilfe auf dieses Attribut gekommen wäre. Da ist beispielsweise sein Bart ...»

«Verfilzt, ungekämmt, unregelmäßig – wenn überhaupt – geschnitten, verdreckt und wahrscheinlich auch verlaust.»

«Richtig. Außerdem ist er ziemlich mager, fast ausgezehrt. Was seine Lumpen angeht ... Können wir uns darauf einigen, daß wir uns nicht allzu lange bei diesem Thema aufhalten?»

«Was den Dreck und den Gestank angeht, stimme ich voll und ganz zu. Laß uns darüber den Mantel des Schweigens breiten und mit dem ausgeprägten Rasseln in seinen Lungen fortfahren, oder, wenn Euch das lieber ist, dem Husten, der jede seiner kleinsten Bewegungen zu begleiten scheint, oder ...»

«Vielleicht später», unterbricht ihn Leo, bei dem das nachlassende Vergnügen an dieser Unterhaltung allmählich von einer vagen Neugier abgelöst wird. «Was ich allerdings jetzt gern wüßte: Wer ist das überhaupt?»

«Das ist einer Eurer Bittsteller», entgegnet Dovizio, wobei er Bibbiena ein kurzes komplizenhaftes Grinsen zuwirft. «Ich habe ihn heute morgen direkt vor San Damaso gefunden.»

Bei diesen Worten nimmt der alte Mann, der bis zu diesem Moment mit keiner Regung verraten hat, daß er ihrer Unterhaltung die geringste Aufmerksamkeit zuteil werden ließ oder sie überhaupt wahrnahm, den Blechnapf von den Lippen und stellt ihn vorsichtig neben sich auf der Bank ab. An seinem Gesichtsausdruck ändert sich jedoch nichts, auch dreht er seinen Kopf nicht zu den drei Häuptern herum, die den schmalen Eingang ausfüllen, um zu ihm hereinzusehen. Statt dessen legt er die Hände im Schoß zusammen und richtet den Blick auf die nackte Wand gegenüber.

Leo runzelt die Stirn. Es ist ihm nicht unangenehm, wenn er hin und wieder nicht beachtet wird. Nein, er ist keineswegs verärgert, aber die mangelnde Neugier des alten Mannes verwirrt ihn doch einigermaßen, ebenso die Absicht hinter seinem Benehmen. Dovizio grinst schon wieder. Sie machen sich über ihn lustig. Nur weshalb? Leo spürt, wie seine Geduld zur Neige geht.

«Ich frage mich nur, Dovizio, worin Eurer Interesse an diesem Graubart besteht. Warum ist er hier?»

«Mein Interesse? Es liegt in Eurem Interesse, Heiligkeit, daß er in Eure Dienste tritt.» Ein erheitertes Schnauben entweicht Bibbienas Nase. Leo steht kurz davor, die Geduld mit den beiden zu verlieren. Heute war nicht gerade ein leichter Tag ... Dann dämmert es ihm. Der Dreck. Die Lumpen. Das ganze Gerede von einer «Überraschung» ... Er weiß es. Er nickt bedächtig, dreht sich zu den beiden um und streckt ihnen die Arme entgegen, so daß jeder kameradschaftlich einen seiner Ellbogen umfassen kann. Was sie auch tun.

«Das hier», verkündet er mit absoluter, unumstößlicher Überzeugung, «ist Rosserus.»

Sie blicken ihn einen Moment lang mit erstarrten Gesichtern an. Dann tauen sie wieder auf ... und beginnen zu lachen, angefangen mit einer Abfolge nasaler Explosionen, dann folgen einige halberstickte Schluckaufgeräusche, die sich rasch in ein Gewieher aus vollem Halse verwandeln, bis ihnen die Rippen schmerzen. Es dauert nicht lange, und Bibbiena kann sich nur noch auf den Beinen halten, indem er sich an die Wand lehnt. Dovizio muß sich setzen, Wand hin oder her.

«Rosserus!» gluckst Dovizio zwischen zwei Anfällen brüllenden Gelächters. Er wirft einen Blick auf die sitzende Gestalt. «Rosserus? Er?» (Noch mehr Gelächter.) «Meine Güte, Heiligkeit ... Er ist nicht Rosserus. Er ist *Ihr* ...»

«Wir setzen ihn ...», versucht es Bibbiena, doch seine eigene Ausgelassenheit kommt ihm in die Quere.

«Auf die ...», springt Dovizio ein, bevor ihn eine neuerliche Kichersalve würgt.

«Plattform. Auf den Brunnen. Morgen. Wir haben eine Tiara für ihn. Und alles andere», sagt nun der eine oder der andere oder eine Kombination aus beiden.

Sie haben sich fast beruhigt, als Leo mit seiner gereizten Behauptung, er habe das eigentlich schon die ganze Zeit über gewußt und ihnen nur nicht den Spaß verderben wollen, die beiden noch einmal losprusten läßt. Dann macht er alles nur noch schlimmer, indem er ein völlig anderes Thema anschneidet – «So, meine Freunde, was wollen wir hinsichtlich Neronis Ratten unternehmen?» –, ein allzu durchsichtiger und plumper Versuch, sie von ihrer Beschäftigung abzulenken, die darin besteht, ihn auszulachen: Wofür sind Kardinäle denn sonst da? Ihre herzhafter Spott hüpft und kollert durch den verlassenen Korridor und flaut allmählich zu einem von Gekicher unterbrochenen Giggeln ab. Endlich sind sie still.

«Da er schon mal ich sein soll, werde ich auch mit ihm reden», verkündet Leo zur gelinden Überraschung der beiden.

Schon manövriert er sich durch den schmalen Eingang. Die Kammer selbst ist nicht viel breiter, der Fußboden bietet kaum Platz für drei Fliesen nebeneinander. Sein Bauch quetscht sich durch die Öffnung. Hat er den Winter über zugelegt? Ein solider Bauch ist der Balance zuträglich. Ein sicherer Stand hängt vom Zentrum der Schwerkraft ab, besonders bei der Jagd. Man sehe sich nur Boccamazza an, obwohl seine ebenso gewaltige Mitte ein wenig höher angesiedelt ist. Eigentlich eher in der Brustregion ... Leo versucht noch immer, durch die Tür zu kommen. Vielleicht hilft es, wenn er einen Arm so einsetzt, daß sich die Protuberanz hineinhebeln läßt, und wenn man sie dabei gleichzeitig mit dem anderen zusammendrückt ... Jawohl.

Der Alte hat sich nicht bewegt. Er stinkt wirklich, registriert Leo, aber der Geruch ist eher muffig als säuerlich. Sein Haar ist tatsächlich verfilzt, der Bart verdreckt und strähnig, aber er ist nicht grau, jedenfalls nicht von Natur aus. Hat ihm jemand Asche aufs Haupt gestreut? Von Zeit zu Zeit hat er, wenn es ihm langweilig war, von einem angemessen diskreten Aussichtspunkt aus die ungehobelten Possen der Bittsteller, die im Innenhof von San Damaso warteten, beobachtet, ihre groben Späße und Kapriolen verfolgt. Der alte «Graubart» jedenfalls ist eigentlich blond. Er stellt sich vor ihn hin, wartet.

«Steh auf, Alter», befiehlt Bibbiena vom Eingang her.

Das Wesen dreht ihm den Kopf zu, und jetzt folgt der verheißene Hustenanfall, der den alten Mann ungefähr eine Minute lang durchschüttelt, abgelöst von dem ebenfalls verheißenen Lungenrasseln.

«Er muß nicht aufstehen», sagt Leo zu Bibbiena. Der Kardinal zuckt die Schultern.

Leo wartet. Es ist ziemlich unangenehm, kaum eine Armlänge von jemandem entfernt dazustehen und ignoriert zu werden. Normalerweise hätte man inzwischen nach seinem Fuß gegrapscht oder zumindest nach dem Saum seiner Mozzetta. Die Situation ist in der Schwebe. Er sieht sich wie beiläufig um. Er wägt die Möglichkeiten ab. Eine Entscheidung.

«Mein Sohn», sagt er zu der allem Anschein nach schwachsinnigen Gestalt. Der alte Mann wendet sein Gesicht der Stimme zu, die von oben kommt, und erst jetzt sieht Leo, daß der alte Mann in Wirklichkeit gar nicht so alt ist, eigentlich kaum älter als er selbst. Und dann die eigenartige Unbewegtheit des aufblickenden Gesichts, sein starrer Blick auf jemanden, der sich von Leo gelöst zu haben scheint, ein Schattenpapst ...

«Er ist blind!» stößt er hervor.

«Habe ich das nicht erwähnt?» meldet sich Dovizio von hinten.

«Er weiß nicht, wer ich bin», fährt Leo fort. Nun sieht er etwas freundlicher auf den Mann hinab. «Mein Sohn, ich bin dein Papst.»

Der nicht ganz so alte Alte scheint ihn jetzt gefunden zu haben. Obwohl sie tot sind, weiten sich seine Augen, seine Züge entspannen sich, und ein Ausdruck huscht darüber hinweg, der ebensogut Verblüffung wie Erstaunen als auch Freude ausdrücken könnte. Leo findet es nicht eindeutig heraus, etwas zuerst Versprochenes und dann doch Vorenthaltenes, denn schon im nächsten Moment zieht sich die Stirn in Falten, verhärten sich die Züge, und seine flüchtige Blöße verwandelt sich in Resignation. Als er spricht, klingt seine Stimme erstaunlich klar.

«Das seid Ihr nicht.»

Dovizio schnaubt, vielleicht ist es auch Bibbiena. Leo ignoriert sie und blickt konsterniert auf den Mann hinunter. Er legt ihm die Hand auf die Schulter.

«Doch, das bin ich», beharrt er. «Ich bin dein Papst.»

Die Gestalt auf der Bank hört ihm schon nicht mehr zu. Der Alte scheint zu einer unerquicklichen, ganz privaten Einsicht gekommen zu sein. Seine Antwort, falls es sich um eine solche handelt, klingt müde and abweisend.

«Man hat sich lange genug über mich lustig gemacht.»

Kieselsteine, Holzspäne, Apfelschalen, getrockneter Pferdemist, alte Nägel, Walnußschalen, Melonenrinde und Spucke. Das waren die Dinge, die am häufigsten in seiner Schale auftauchten.

Am anderen Ende der Skala, aber bis jetzt erst einmal aufgetaucht, rangierten: eine kleine Parfümflasche aus blauem Glas, eine schartige Messerklinge, eine Steckrübe, in die jemand ein lachendes Gesicht geschnitzt hatte, ein milchiger Mosaikstein, ein Kreisel, eine Spielkarte (die Piksieben), noch eine Spielkarte (eigenartigerweise wieder eine Piksieben, wenn auch anders gestaltet), und ein Ohr.

Die Schale stand zwischen seinen Füßen auf dem Boden. Die Form und Größe der Schale war wichtig. Eine zu große Schale zog allen möglichen Abfall an, wogegen eine zu kleine Schale übersehen wurde. Holzschalen waren besser als Blechschalen (niemand benutzte Blechschalen), außerdem mußte die Schale flach genug sein, damit die Passanten ihren Inhalt sehen konnten. Weder sollte zuviel darin liegen, denn das deutete auf mangelnde Bedürftigkeit hin, noch zu wenig, noch sollte sie leer sein, denn potentielle Wohltäter brauchten eine Richtlinie. Deshalb war die Schale «bestückt». Er verwendete zu diesem Zweck einen schrumpligen Apfel und eine wertlose Kupfermünze. Er nahm also Nahrungsmittel und Geld. Die ehrgeizigsten Bettler bestückten ihre Schalen mit nichts Geringerem als einem fetten Silber-Baiocco, aber das waren diejenigen, die auf der Piazza oder auf der Stadtseite der Brücke arbeiteten, den besten Standorten in ganz Rom. Er selbst hatte vor der Brücke auf der Borgo-Seite angefangen, wo er auch seinen bislang besten und seinen schlechtesten Tag erlebt hatte. Er hatte sich ein kleines Stück von einem anderen Bettler entfernt niedergelassen, besser gesagt, es waren drei, denn sie teilten sich diesen Platz im Wechsel. Einer hatte ihn mit einem gutgelaunten Gruß willkommen geheißen: «Erster Tag?» Das hatte er ihm bestätigt. Er hatte zehn Tage gebraucht, bis er soweit war, zehn Tage, während derer er sich das Gehirn nach einer anderen Möglichkeit zermartert hatte ... Natürlich gab es eine weitere

Möglichkeit, aber die war sogar noch schlimmer als das hier. Nun saß er also auf der Brücke, zitterte anfangs vor Scham, fand sich damit aber nach und nach ab, als die Münzen stetig in seine Schale klapperten. Als die Menge sich allmählich verlief, tauchten die beiden Kollegen des Bettlers zur Linken wieder auf; sie machten sich daran, ihre Einkünfte zu teilen. Er zählte die seinen und kam auf siebenundachtzig Soldi. «Guter Tag?» erkundigte sich einer der drei Bettler und schlenderte zu ihm herüber. Er war der größte der drei, und er war auch derjenige, der ihm einen Augenblick später wirkungsvoll in den Magen schlug, während der zweite ihm den Kopf auf den Boden knallte und der dritte den Inhalt seiner Schale in ihre eigene schüttete. Er erinnerte sich daran, wie er benommen auf dem Boden lag und Hunderte von Stiefeln und Schuhen einen Bogen um ihn machten.

Er zog zu einem Ort südlich der Brücke um. Dort gab es weniger Bettler und weniger Passanten. Von kurz nach Tagesanbruch bis kurz vor Sonnenuntergang bekam er drei verdorbene Brötchen und fünfzehn Soldi zusammen. Als er seine Münzen zählte, tauchten die drei Männer wieder auf. Er händigte ihnen alles widerstandslos aus, und das tat er auch am nächsten Tag (sieben Soldi) und am übernächsten (zwölf). Das Essen nahmen sie nicht. Er zog noch weiter den Fluß hinunter, in die Gegend von Santo Spirito. Es war kalt, wenn man so regungslos auf dem Boden saß, und so suchte er sich ein Stück Sackleinen, um die Kälte, die seine Wirbelsäule hinaufzukriechen und sein Gehirn in einen Eisblock zu verwandeln schien, ein wenig abzuhalten. Er beobachtete, wie Männer, die sogar noch zerlumpter waren als er, die morastigen Ufer den Fluß entlang absuchten. Einmal nickte er einem von ihnen zu, und der Schlammwühler nickte zurück. Ein guter Tag.

Ein schlechter Tag: Seine drei Unterdrücker entdeckten und schlugen ihn. Zwischen den Hieben erklärten sie ihm, daß er, da er offensichtlich so unzuverlässig war – als Beweis dafür führten sie seinen Umzug flußabwärts an –, sich jeden Abend an der Brücke bei ihnen zu melden und ihnen seine Einkünfte abzuliefern habe, wodurch er sich diese, wie sie es nannten, «Unannehmlichkeit» ersparen könne. Zu diesem Zeitpunkt nahm die «Unannehmlichkeit» die Form eines äußerst schmerzhaften Schlages gegen das Ohr an, und so hörte er nur den Schluß eines seltsamen Geheuls, das über den Fluß schallte, etwas wie « ... ss'rus ... !», und das sie zum Aufhören zu veranlassen schien, denn sie warfen ihn jetzt tatsächlich die Böschung hinab und liefen davon. Er landete in eiskaltem Schlamm. Der Ruderer in einem vorüberziehenden Boot sah ihn neugierig an und fuhr weiter. Der Fluß sah aus wie Sirup. Er blieb eine Weile liegen, bevor er sich mit tränenden Augen aufrichtete; Blut und Rotz bildeten Blasen vor seiner Nase. Er schaute über den Fluß und sah den Schlammwühler von vor einigen Tagen, zu dem sich jetzt zwei seiner Gefährten gesellt hatten. Alle drei beobachteten ihn. Sie mußten alles mit angesehen haben. Sie standen Schulter an Schulter und hoben die Arme hoch über ihre Köpfe: «Rosserus!»

Es waren ihre Stimmen, die er wiedererkannte. Es war fast dunkel, und dreckverschmiert, wie sie waren, glichen die Gesichter der ehemaligen Novizen anonymen Schlammasken. Er zog eine Hand aus dem Morast und hob sie in ihre Richtung. Dann bemerkte er etwas, eine Bewegung oberhalb des Schlamms, auf seiner Seite des Flusses. Ratten? Als er wieder hinübersah, waren Wulf, Wolf und Wilf verschwunden.

Am nächsten Tag wurde er vor der Brücke wie versprochen vorstellig, aber die drei Bettler waren nicht an ihrem gewohnten Ort. Statt ihrer lehnte ein ganz in Schaffelle gehüllter Mann mit breitem Brustkorb an der Mauer. Sein Kopf war geschoren, und darauf saß etwas, das er zuerst für ein Vogelnest hielt, das sich beim Näherkommen jedoch als Kopfbedeckung aus Schlamm herausstellte, die annähernd in die Form eines Huts gebracht worden war.

«Du bist der Mönch», sagte Schlammhut und funkelte ihn durchdringend an.

Er nickte und sah sich dabei nervös nach seinen Erpressern um.

«Wenn du die suchst, von denen ich glaube, daß du sie suchst, dann vergeudest du nur deine Zeit», erklärte ihm Schlammhut. «Die siehst du nie wieder. Zumindest nicht hier. Von jetzt an ist das hier dein Platz. Alle wissen Bescheid, es wird also keinen Streit geben; und auch keine Entschuldigungen. Du kannst gleich morgen hier anfangen.» Mit diesen Worten stieß sich Schlammhut von der Mauer ab und machte sich auf den Weg. Er legte eine Hand auf den Arm des Mannes und machte eben den Mund auf, um ihm zu danken, da schlug ihm Schlammhut heftig auf die Fingerknöchel.

«Genau solche Sachen ärgern mich», schnitt ihm Schlammhut das Wort ab. «Und wenn ich mich ärgern muß, werde ich gewöhnlich wütend. Und wenn ich wütend bin, schnapp ich mir gewöhnlich den, der mich geärgert hat, an den Fußgelenken und ziehe ihn auseinander, etwa so» – er führte die Bewegung vor – ,«bis er in der Mitte durchreißt. Danach untersuch ich die beiden Hälften sorgfältig, um herauszufinden, auf welcher der Kopf sitzt. Meistens ist es die linke Seite. Manchmal aber auch die rechte. Aber egal welche, ich finde, sie macht sich hervorragend als Werkzeug, um die andere, die kopflose Seite, damit zu Brei zu schlagen. Hab ich mich klar ausgedrückt?»

Es war Ende November. Am nächsten Tag nahm er, wie versprochen, seinen Platz an der Brücke ein.

Ohne ihn, dachte Hans-Jürgen jetzt, während er die Tageseinnahmen unter dem düsteren Wehrturm der Engelsburg zählte – fünfundzwanzig, sechsundzwanzig –, hätten er und sein Prior aller Wahrscheinlichkeit nach den Winter nicht überlebt. Siebenundzwanzig Soldi, das war ungefähr Durchschnitt. Der Betrag, den er an seinem allerersten Tag eingenommen hatte, erwies sich rasch als einmaliger Glücksfall, und die einigermaßen wilden Spekulationen, denen er sich nach der Begegnung mit seinem brutalen Retter auf dem Rückweg zum *Stock* hingab – daß er genug horten könnte, um eines Tages der Stadt, die eigentlich ihr Gefängnis geworden war, zu entkommen –, wurden in den folgenden Tagen schnell zunichte gemacht. Feuerholz mußte gekauft werden, Lampenöl oder Kerzen, Brot, und von Zeit zu Zeit mußten sie auch Lappis Witwe beschwichtigen, denn sie waren die einzigen Mieter, die dem *Stock* geblieben waren. Nach der Ermordung ihres Gatten war sie in der Eingangshalle erschienen, auf einem Sessel thronend, dessen Roßhaarpolsterung aus einem Leck irgendwo auf der Unterseite herausquoll, das Signora Lappi abzudichten versuchte, indem sie die flüchtigen Strähnen vom Boden aufsammelte und wieder hineinstopfte, und das alles, ohne sich von ihrem Stuhl zu erheben. Genau besehen schien sie sich überhaupt nicht zu bewegen. Hans-Jürgen schlich dann an ihr vorbei, wenn sie seitlich über die Armlehne gebeugt vor Anstrengung ächzte. Einmal wollte er ihr aufhelfen, da zog sie ihm mit dem Besen eins über. An den Stuhl war eine Kassette gekettet. In dieser Kassette wurde ihre «Miete» gesammelt. Manchmal steckte er alle vier Soldi auf einmal hinein. Normalerweise eher weniger. Manchmal einen alten Nagel oder ein Stück Glas. Es war ohnehin eine Farce, denn der eigentliche Tarif wurde jeden Abend bei ihrer Ankunft in ganz anderer Münze gezahlt, und zwar von Pater Jörg.

Lappis Witwe haßte ihn. Seinen bloßen Anblick verabscheute sie. Jeden Abend bei seiner Heimkehr, nach einem weiteren ergebnislosen Aufenthalt im Cortile di San Damaso, schrie und blaffte sie ihn an, was für ein ruchloser Betrüger er sei, daß er seine Blindheit nur vortäusche, und wenn sich dieses Ritual des Zorns bis zum nötigen Punkt emporgeschaukelt hatte, zieh sie ihn des Mordes an ihrem Mann. Ohne Pater Jörg wäre Lappi, seiner Witwe zufolge, noch am Leben. Ihre Überzeugung erklärte sich weder aus Beweisen noch aus vernünftigen Gründen, die über die Tatsache hinausgingen, daß der Mörder nie gefunden wurde, daß die einzigen Menschen, mit denen sie in Kontakt kam – soweit Hans-Jürgen das beurteilen konnte –, er selbst und der Prior waren, und daß eine so verbohrte und innig gehegte Antipathie, wie sie sie gegen letzteren hegte, kaum bestehen konnte ohne den Grundstock eines tiefempfundenen Glaubens daran, daß sie gerechtfertigt sei. Sie glaubte an seine Schuld, weil sie das mußte. Sie hatte einen undichten Stuhl und einen Blinden. Manchmal wartete sie darauf, daß er zögernd die Stufen emporstieg, still und leise die Eingangshalle betrat, wo ihn die ebenso stille, wachsame Witwe mit dem Besenstiel bereits erwartete ... Einmal schlug sie ihm die Nase blutig. Ihr verkrampftes Kreischen dauerte noch lange Minuten, nachdem er an ihr vorübergekrochen und entkommen war.

Jörg erduldete all das ohne Klagen, so wie er alles andere ohne Klagen erduldete. In jenem Winter war er krank geworden; eine Lungenkrankheit. Als er jetzt um die Ecke in die Via dei Sinibaldi bog, rief er sich das Gemisch von Vorahnungen ins Gedächtnis zurück, denen er an diesem Punkt seines Heimwegs jeden Abend zum Opfer gefallen war. Nacht für Nacht hatte er auf das Husten und Röcheln gelauscht und war zu dem Schluß gelangt, daß der Prior sterben würde. Dieser Gedanke war das Tor zu allem Folgenden. Er hatte sich davor gefürchtet, aber dennoch war er, als er zitternd auf der dünnen Strohmatratze lag und der Kälte und des grausigen Geräuschs wegen keinen Schlaf fand, davon angezogen worden. Jörg verwahrte die silberne Scheide in seiner Truhe mit den Blättern, auf denen er seine Exkurse verströmte. Es gab einige *bancherotti* auf der Piazza, die sie gegen bare Münze tauschen würden. Mit den Münzen könnten sie ihre Reise weg von hier bezahlen, ihre Heimreise. Aber Jörg rührte die Scheide nicht an. Vielleicht lag es an den Anschuldigungen, die er dem Heiden ins Gesicht geschleudert hatte, oder daran, daß er Salvestros Anschuldigungen – die sich kurz darauf als restlos wahr erwiesen – abgetan hatte, womöglich war es aber auch die Herkunft der Scheide, denn sie stammte von der Insel und war in der Vorstellung des Priors vielleicht die letzte Verbindung zu ihr. Es spielte ohnehin keine Rolle, denn Jörg wollte nicht gehen und kicherte nur vor sich hin, wenn Hans-Jürgen ihn Nacht für Nacht drängte. «Du verstehst das nicht, Bruder», antwortete er. «Die Dunkelheit ist weder eine Macht noch eine Gewalt, vor der man fliehen muß. Unsere Ängste werden lediglich auf uns zurückfallen, wenn wir uns in sie verkriechen. Unsere Unwissenheit – das ist es, wo wir gebraucht werden ...» Oder, wenn er ihr Leben als hoffnungslos und töricht beschrieb: «Meine Torheit ist nur die Wahrheit, Bruder Hans-Jürgen. Sieh dir die Kerze an, denn ich kann es nicht. Flackert sie denn nicht? Gibt es nicht Momente, ganz kurze, in denen sie überhaupt kein Licht ausstrahlt?» Und schließlich, als er sich sogar erlaubte, ihnen die Kirche ins Gedächtnis zurückzurufen, die sie, den Elementen preisgegeben, zurückgelassen hatten: «Warum ist sie überhaupt eingestürzt? Frag dich das doch mal lieber, Bruder ...»

Diese und andere ähnlich unverständliche verrückte Ketzereien waren ihm im Kopf herumgegangen, als er sich in jener speziellen Nacht dem Eingang der Herberge genähert und sich dabei gefragt hatte, ob er seinen Prior schreiend, über einer mit Schleim gefüllten Schüssel gekrümmt, vorfinden würde oder kalt und reglos in einer Ecke zusammengerollt. In seinem Kopf zählte er Soldi, soviel und soviel. Gestern einunddreißig. Morgen siebzehn. Immer zuwenig. Nie genug. Und dann der niederträchtige Gedanke. Oder schlimmer noch: eine Hoffnung. Genau hier war er von ihm aufgespürt worden, nur wenige Schritte vor dem Eingang, vor dem er jetzt stand. Ein Stück weiter spielten einige kleine Jungen auf der Straße ein Spiel, das über den Winter sehr beliebt geworden war; sie rannten wild durcheinander und blieben auf ein gerufenes Kommando wie erstarrt stehen. Dazwischen lief ein Hund umher und schnüffelte an ihren Beinen. Hinter ihnen stand ein Karren mit Speichenrädern und hohen Seitenteilen; das Tier, das ihn hergezogen haben mußte, war losgeschirrt. Bei den Männern, die ihn umstanden, mußte es sich um die Gruppe handeln, die man zum Abladen angeheuert hatte. Der Kutscher schien zu schlafen. Einmal hatte er im tiefsten Winter einen solchen Wagen sehr langsam durch die Straßen rumpeln sehen; seine Ladung schien immer schwerer zu werden, während die Männer, die ihn kutschierten, immer wieder haltmachten und sich in Gassen und Durchgängen, hinter niedrigen Mauern oder in Eingängen verlassener Gebäude umsahen. Das schienen die bevorzugten Plätze derer zu sein, die sonst nirgendwo hinkonnten. Die Leichname, die sie an diesen elenden Zufluchtsstätten fanden, waren ausnahmslos steif gefroren. Die Kutscher des Karrens konnten sie wie Baumstämme herausrollen. Seine Gebete schienen keinen Trost zu spenden. Rom, dieser besondere Teil von Rom, genau diese Straße und genau dieser Stein, auf dem er jetzt stand und mit der hölzernen Sohle seiner Sandale scharrte, war der Ort, an dem er stehengeblieben war und gedacht hatte, daß er, wenn Jörg tot war, weggehen konnte. Ein glattes knirschendes Geräusch. Der Geruch von Pferdeäpfeln lag in der Luft. Jörg hatte überlebt. Ihr Leben ging weiter wie zuvor. Er hatte heute knapp vierzig Soldi gesammelt. Ein guter Tag.

Lappis Witwe sagte nichts, als er vier Münzen in ihre Kassette fallen ließ. Er warf eine fünfte hinterher, woraufhin sie ihm nickend ihre Zufriedenheit kundtat. Der Durchgang tauchte aus der Dunkelheit auf, das Licht der Lampe entblößte Wände, von denen der rissige Mörtel bröckelte. Täglich fielen davon kleine Inseln von der Decke herab und zerschellten auf dem Fußboden. Der feuchte Geruch war hier hinten noch ausgeprägter. Im hinteren Teil des Gebäudes hörte er Jörg in der Kammer mit seinen Papieren rascheln. So verbrachte er gewöhnlich seine Abende. Er kratzte Lampenruß zusammen und mischte Tinte daraus, kritzelte und scharrte, wobei er die Pergamentblätter immer wieder benutzte, da sie es sich nicht leisten konnten, neue zu kaufen; er bedeckte sie mit seiner winzigen Schrift, drehte das Blatt um, um es erneut vollzuschreiben, manchmal sogar ein drittes Mal in der Diagonale, bis die Seite von seiner unentzifferbaren Handschrift schwarz war. Die Tinte war entsprechend ihrer Zusammensetzung unterschiedlich dick. Wasser und Ruß.

Aber das Scharren stammte nicht von Jörg. Er lief los, und fünf oder sechs fette schwarze Körper erstarrten einen Moment, dann rannten sie vor ihm davon, vielleicht auch vor dem ungewohnten Licht, sausten kreuz und quer durch die Kammer und verschwanden im Dunkeln. Rings um die geöffnete Truhe lagen angeknabberte Seiten des Manuskripts verstreut. Geöffnet, wie Hans-Jürgen klarwurde, von den Ratten. Er runzelte die Stirn, bückte sich dann, um die Blätter wieder einzusammeln. Die Ratten wurden immer frecher – und schlauer. Sie waren noch hier, das wußte er. Es war das Spiel, das die Kinder gespielt hatten. Das Rattenspiel, das genau auf der gleichen Taktik basierte. Statt in ihren Löchern zu verschwinden, versteckten sich die Ratten in einer dunklen oder nicht zugänglichen Ecke, verhielten sich ganz still, bis sie fanden, daß die Gefahr vorüber sei und sie sich wieder hervorwagen konnten. Ihr Zugang zu der Kammer war ein Riß in der Wand, den sie irgendwie vergrößert hatten; offensichtlich bissen sie sich lieber durch das solide Mauerwerk, als daß sie die Tür attackierten. Eine erstaunliche Entscheidung. Hans-Jürgen sicherte die Truhe und ging auf den Hinterhof hinaus, um einen Klumpen Erde zu holen, mit dem er ihren Ausgang verstopfen wollte. Auf dem Rückweg faßte er den vagen Entschluß, sie in der Kammer zu jagen. Dazu brauchte er einen Stock oder etwas dergleichen. Er stopfte die feuchte Erde in den Riß, als Lappis Witwe zu schimpfen begann. Der übliche Wutausbruch. Jörg war zurückgekehrt. Er drückte die Erde mit dem Daumen fest, aber sie bröckelte und wollte nicht haften. Vielleicht ein Spritzer Wasser. Die Frau schrie noch immer. Wenn es sich noch länger hinzog, mußte er hinausgehen. Manchmal schien seine Anwesenheit sie zu beschämen. Manchmal steigerte sie ihren Zorn jedoch zu gänzlich neuen Höhen. Das Geschrei ließ nicht nach, und nach ungefähr einer Minute stand er widerwillig auf, um der Sache auf den Grund zu gehen.

Wieder hatte er sich getäuscht. Als er erschien, holte die Witwe gerade mit dem Besen aus. Vor ihr stand nicht Jörg, sondern ein braungesichtiger Mann, ziemlich alt, mit runzligem Gesicht. Er kannte ihn von irgendwoher. Der Alte wich den Besenhieben mühelos aus und sah auf, als Hans-Jürgen aus der Dunkelheit der Herberge auftauchte.

«Mörder!» schrie die alte Frau.

«Selber Mörder», gab der Mann zurück, den die Anschuldigung offensichtlich nicht beeindruckte. «Erinnerst du dich an mich?» fragte er an Hans-Jürgen gewandt. «Ich bin Batista.» Er gestikulierte allgemein in Richtung Papstpalast. «Ich erinnere mich noch an dich. Letzten Sommer.»

Hans-Jürgen nickte.

«Du hast dich verändert, wenn ich das so sagen darf, aber ich sage es sowieso. Hältst du endlich die Klappe?» Die letzte Bemerkung richtete sich an Lappis Witwe, die ihr auch, ziemlich verdutzt, nachkam. «Wie auch immer, sag ihm auf Wiedersehen von mir, deshalb bin ich vorbeigekommen. Ich bin Batista. Nicht vergessen. Wir haben uns so manches Mal gut unterhalten, ich und der alte Jörg. Kein krummes Wort. Andererseits habe ich auch nie ein Wort von dem verstanden, was er sagt.»

Batista hob die Hand zu einem angedeuteten Gruß und wandte sich zum Gehen.

«Warte», sagte Hans-Jürgen. «Wohin gehst du, falls er mich fragt?»

«Wohin?» Batista drehte sich zwar erneut um, ging aber weiter rückwärts die Straße hinunter. «Ich gehe nirgendwohin. Ihr beide werdet bald weg sein, oder nicht? Ich meine jetzt, wo Seine Heiligkeit eurer Petition Gehör geschenkt hat. Eine Stadt unter dem Meer bauen, stimmt's? So was in der Art ...»

«Eine Kirche!» rief Hans-Jürgen dem sich entfernenden Rücken hinterher. «Was meinst du damit, der Papst hat seiner Petition Gehör geschenkt?»

Batista winkte, ohne sich umzudrehen. Hans-Jürgen sah ihm nach, wie er sich zwischen den Kindern, die das Rattenspiel spielten, und dem Karren einen Weg bahnte. Gerade in dem Moment, als er rasch vorüberging, wachte der Kutscher auf. Eins der Kinder lief auf ihn zu.

Hans-Jürgen ging zurück ins Haus und nahm wieder seine Arbeit am Rattenloch auf. Sie würden es natürlich erneut aufgraben. Lehm wäre besser, oder Mörtel. Oder, am allerbesten, Zement. Batista redete Unsinn. Es war ziemlich klar, daß Jörg an diesem Abend aufgehalten worden war. Er wußte, daß die Bittsteller einander Streiche spielten. In den ersten Monaten war Jörg wiederholt mit Kalkstaub bedeckt zurückgekommen oder mit völlig von Wasser durchtränkten Kleidern. Er nahm jedenfalls an, daß es sich um Wasser handelte. Seiner Meinung nach versuchte es Batista mit einem ganz ausgefuchsten Trick. Er fing an, die Erde auf Höhe der Wandfläche glattzustreichen. Ein- oder zweimal hatten sie Jörg hinunter zur Porta Pertusa geführt oder in das Meer aus Schlamm hinter dem Palast, wo auf der Basis von vier steinernen Piers und mehreren hundert mit Wasser vollgesogenen Gräben angeblich die neue Basilika errichtet wurde. Ihn dort zu finden dauerte mehrere Stunden, und Hans-Jürgen mußte ihn wahrscheinlich bald suchen gehen. Ja, ein dummer Streich. Zweifellos. Oder fast. Andererseits, vielleicht, obwohl kaum möglich ...

«Dreckiger Mörder.»

Nein. Auf keinen Fall, denn das war jetzt bestimmt Jörg. Die Witwe schien ihre Tagesration an Haß bereits verspritzt zu haben, denn nach dieser einen schwachen Verwünschung verstummte sie. Hans-Jürgen machte sich erneut an die Arbeit. Er ließ das Licht der Öllampe über die Oberfläche der Flickstelle spielen. Ziemlich glatt. Als nächstes würden die schlurfenden Schritte zu hören sein. Dann: «Bruder, bist du da?» Er würde ihm antworten. Der Prior würde zu seiner Truhe gehen und die Papiere herausnehmen. Später würde er den Strohsack, den sie inzwischen an einer an der Wand befestigten Schnur aufgehängt hatten, herablassen. Er mußte wohl auch die Truhe dort oben aufhängen oder ein widerstandsfähigeres Schloß anbringen. Sie würden beten. Sie würden schlafen. Er glättete die Erde vor dem Rattenloch. Vielleicht würde er versuchen, die Ratten zu töten. Ziemlich glatt. Es gab keine «Petition». Keiner Petition konnte «Gehör geschenkt» werden. Ziemlich, ziemlich glatt. Er zog die Lampe von seinem Werk weg und stellte sie ein Stück hinter sich ab. Dann machte sein Herz einen Satz. Ein Stiefelpaar.

Er drehte sich wieder zur Wand. Jemand stand hinter ihm, ganz am Rande seines Blickfelds. Er kam sich eigenartig schwerelos vor. Vielleicht gehörte auch das zu Batistas Trick? Er strich zum vielleicht dreißigstenmal mit der Hand über die Wand und spürte, wie sein Herz in seiner Brust pochte.

«Ihr könnt nicht bis in alle Ewigkeit so tun, als sei ich nicht hier, Bruder Hans-Jürgen.»

Er schwenkte schwerfällig auf den Fersen herum, bereit aufzustehen und ... Und was? Sich zu verteidigen? Die Vorstellung war fast komisch, aber er schien sich trotzdem aufrichten zu wollen. Bevor ihm das gelang, legte ihm der Eindringling eine schwere Hand auf die Schulter und ging neben ihm in die Hocke. Ein Gesicht kam nach vorne in den Lichtkreis der Lampe.

Später wurde Hans-Jürgen bewußt, daß die Frage, die er im Moment des Erschreckens ausstieß, eigentlich dem anderen zugekommen wäre, und noch später, daß das Lächeln, das über das Gesicht des anderen huschte, nicht daher rührte, daß er die Antwort kannte, sondern von dem eigenartigen Vergnügen, das ihm der Rollentausch bereitete. Er hätte wissen müssen, daß es niemals der Prior sein konnte, der ihn so überfiel. Nicht nur, daß die Frage dem anderen gebührt hätte, sondern er selbst hätte die Antwort kennen müssen, ebenso hätte ihm das Lächeln zugestanden, denn noch wenige Minuten zuvor war die Antwort, die er jetzt erhielt, genau diejenige, die er vorhin von sich gewiesen hatte aus Angst, seine Hoffnungen könnten solche Höhen erklimmen, daß sie nach einer Enttäuschung den Absturz nicht überlebten. Er hatte nichts gespürt im schwarzen Morast des Flusses, überhaupt nichts. Nicht einmal Verzweiflung.

«Wo ist Pater Jörg?» Seine Frage klang schärfer als beabsichtigt.

«Beim Papst», antwortete Salvestro.

Zwei oder dreimal am Tag kamen Frauen mit Schüsseln und Tüchern, um seine Wunden mit warmem Salzwasser auszuwaschen und ihm danach eine übelschmeckende Schleimsuppe einzuflößen. Er wurde hin und her gedreht, damit sie die offenen Stellen abtupfen konnten. Dann stützte eine von ihnen seinen Kopf, und die andere führte den Löffel. Er hustete und spuckte, doch ansonsten unterstützte er sie weder, noch behinderte er sie bei ihrem Tun. Sie sahen immer gleich aus, aber er wußte, daß es verschiedene von ihnen gab. Sie ließen die Läden offenstehen, damit die Meeresluft seine schlimmsten Wunden trocknen konnte, die eine farblose Flüssigkeit absonderten und sich hartnäckig weigerten, Krusten zu bilden. Die meisten seiner wachen Stunden verbrachte er damit, indem er mit zurückgeneigtem Haupt die kopfstehende Aussicht aus dem Fenster betrachtete, die gleiche wie beim Blick durch die offene Luke: ein von heftigen kalten Winden zu einem aufgerauhten Blau geschrubbter Himmel. Ein von weißen Fasern durchwobener Himmel, wie Wolle auf einem Webstuhl. Ein regenschwerer, dunkler Himmel, der schweigend vorüberzog, den Bauch dicht über dem Boden. Ein Sturmhimmel.

«Sie haben uns aus den Kanus und zu ihm in den Käfig geworfen.»

Er dachte an die Mienen der Portugalesen, als sie an Deck gehievt wurden.

«Sie haben geglaubt, es würde uns zerquetschen. Vielleicht auch verschlingen.»

Das stumpfe Maul und die Lippen des Tieres kräuselten und spitzten sich, wenn es fraß, belebten damit kurzzeitig den ausdruckslosen Schädel, der tief gebeugt über den Planken auf der Suche nach Futterresten hin und her schaukelte, die es dann geschickt aufnahm und mit friedlich mahlendem Unterkiefer zerkaute. Dieser Vorgang schien viel zu zart für ein so bulliges Tier. Die braungesichtige Mannschaft nannte es «Gomda».

«Es hat eigentlich nur Heu gefressen», sagte er.

Amalia wartete höflich, bis sie sicher war, daß diese letzten Abschweifungen beendet waren.

«Weißt du, wie Bockspringen geht?» fragte sie strahlend.

In der Nacht hörte sich das Meer sanft und unendlich geduldig an. *Wisch, wasch, wisch, wasch* ... Er stand am Strand, weiß wie ein Fisch, mit dunkelgrünem Seetang geschmückt. Bernardo war draußen im Meer, mit einem ordentlich dicken Seil quer über die Schultern geschlungen, einer weiteren Schlinge um die Hüfte. Er war ziemlich weit draußen und schwamm sehr kraftvoll, mit genügend Kraft, um eine ganze Flotte zu ziehen. Als sich das Seil spannte, stieg es langsam an die Oberfläche. Bernardos Arme kreisten wie Windmühlen. Er sah, wie die Trosse sich vom weichen nassen Sand lösten, an ihm vorüberglitten und dann an dem eingesunkenen Kadaver zerrten, der sich wie ein großer Baumstumpf aufrichtete, dessen Wurzeln unter der Spannung gewaltiger Winde zerreißen. Dann löste er sich und wurde hinab ins Wasser gezogen, wo er schaukelte und sich drehte, die Beine kurzzeitig über der Oberfläche, vier merkwürdige Stümpfe, die er sich auf die Seite legte. Bernardo beschrieb schwimmend einen enormen Bogen, schob einen Schwall Wasser vor sich her und ließ tiefes, turbulentes Kielwasser hinter sich. Das Tier beeinträchtigte die Meeresoberfläche so gut wie gar nicht. Er sah, wie sie kleiner wurden und verschwanden: ein Riese mit einer kleinen grauen Insel im Schlepptau, zwergenhaft im weiten Meer.

Amalia wankte mit einem Stapel Kleider durch die Tür und ließ diesen vor ihm auf den Boden fallen. Mehrere Hemden, dicke Kniehosen, eine Art Mantel aus Kuhfell. Er sah sich alles genau an, drehte die Kleider um, schob sie hin und her. Ein Paar Stiefel.

«Beeil dich, Salvestro», sagte sie, da es schien, als würde er seine Inspektion bis in alle Ewigkeit fortsetzen. «Violetta hat für alle deine Freunde Kreuze gemacht, doch sie weiß nicht, was sie draufschreiben soll.»

Er sah zu ihr auf. Sie stand ungeduldig vor ihm. «Du hast einen Fleck auf dem Kleid», sagte er.

«Da hab ich meine Nase dran abgeputzt», erwiderte Amalia, anscheinend erfreut darüber. «Das ist Rotz.»

Man hatte die Leichen im Stall nebeneinander gelegt. Zwei davon waren Portugalesen, der Rest Matrosen, insgesamt achtzehn Mann.

«Einer dieser beiden war der Kommandant des Schiffes», sagte er zu der älteren Frau, die er an seinem Ellbogen spürte. «Aber ich weiß nicht welcher, kenne auch keinen der anderen mit Namen.»

Violetta sah ihn mißbilligend an, verkniff sich aber weitere Fragen. Er schritt die Reihe hinab. «Den hier kenne ich. Die Eingeborenen haben ihn ‹Ossem› genannt. Er hat uns immer Essen gebracht.» Er betrachtete den Leichnam, dem im Gegensatz zu vielen anderen auf dem Weg zur Küste Entstellungen erspart geblieben waren. Als der erste Mast splitterte, hatten auf Befehl dieses Mannes zwei der Eingeborenen versucht, den Käfig aufzubrechen.

«Waren es nicht mehr?» fragte er.

Violetta schüttelte den Kopf. Schweigend standen die beiden vor den Toten.

«Wo ist das Tier?» fragte er.

Die Frau, aus ihren Gedanken gerissen, starrte ihn an. Sie führte ihn zu einer Tür im hinteren Teil der Stallungen.

«Das haben wir Amalia zu verdanken», sagte sie trocken, als sie dort ankamen. Sie deutete auf die Ursache des Ammoniakgestanks, der ihnen nun beiden in die Nase fuhr. «Jedenfalls ihrer Sturheit.»

Rom also, das verschorfte und zerharkte Rom, wo die Nacht hereinbricht und die untergehende Sonne es den legendären Buckeln seiner Topographie ermöglicht, die langen Schatten ostwärts über Rivalen zu werfen. Die rosa angehauchten Kämme von Quirinal, Viminal und Esquilin bilden einen Moment lang eine dreikrallige Pranke, die sich um den Trümmerhaufen des Forums schließt, bevor der Palatin den letzten von ihnen wegschneidet und selbst vom Ianiculum überschattet wird. Der Aventin und der Caelianische nehmen den gleichen Weg, in Schwarz getaucht, versunken im Schatten des langgezogenen Buckels, dem sie es am kommenden Morgen mit gleicher Münze heimzahlen werden. Ziegen springen die Abhänge des Capitols hinab, rasch gefolgt von dem schrumpfenden Hügel selbst, der die schartigen Winkel seiner verlassenen Ruinen unter dem chaotischen Mosaik der klotzigen Häuser und gedrungenen Türme der Innenstadt begräbt. Überwucherte Haufen aus Töpferscherben kräuseln und verflachen sich zum angedeuteten Schwung vom abgeknickten Fluß hinauf zur Porta del Popolo. In diesem Moment ist Rom der Ort, wo Rehe die Bäume in den Bädern des Diokletian beknabbern und Kühe auf dem Forum grasen, wo die Urne des Agrippina als Getreidemaß benutzt wird und das Marmorrelief eines Fisches am Palazzo dei Conservatori als Vorwand für eine Steuerung auf Stör genommen wird. Rund um die Trümmer des Flaminius-Cirkus wird heute wie an jedem anderen Abend parischer und porianischer Marmor zerschlagen und zu Kalk gebrannt; die Brennöfen der Calcararia zerstechen die Nacht durch kleine Glutpünktchen. Auch das unterirdische Rom brennt, der gleiche Kalk zerfrißt die leichenförmigen Einschlüsse, weiche körperähnliche Erdsärge, von denen der poröse Untergrund durchsetzt ist, eine geplünderte Galerie leerer Kammern und Nischen, die exakt nach den Maßen abwesender Flußgottheiten und Imperatoren gefertigt waren. Gegenstände sinken in diese wartenden Räume, diese Hohlstatuen von Erbauern, Regenten und Zerstörern Roms. Fundamente sacken und kippen Häuser in den unvermuteten urbanen Strudel. Aufeinanderfolgende Roms brechen unter dem eigenen angesammelten Schutt zusammen und erheben sich daraus, wieder und wieder, und widmen sich erneut dem größeren Ruhm von *Ro*-ma, einer Kannibalin mit dem Gaumen eines Gourmets. Pasquinos fehlender Kopf, Marforios Arme, die untere Hälfte unzähliger Tritonen ... Es gibt gute Gründe dafür, weshalb der Blick der Statuen fast immer nach unten gerichtet ist. Außerhalb des Klosters der Heiligen Jungfrau, das in den ehemaligen Minerva-Tempel gebaut wurde, steht ein gewaltiger Marmorfuß fest auf der Erde. Seit fünfzehnhundert Jahren hat er keinen Schritt mehr getan.

Und in diese Stadt, vielmehr den Verschlinger und Ausspeier von Städten, trottet das Tier. Von den verschiedenen halboffiziellen «Empfangskomitees», die am Obelisken (die Portugalesen), an der Druckerei der Cinquini (die Spanier) und der Porta del Popolo (die Delegation des Heiligen Stuhls) stationiert sind, hätte zumindest eines wissen müssen, daß man in Rom kaum etwas von Wert erwirbt, ohne eine Schaufel zu Hilfe zu nehmen oder zumindest die Bereitschaft, sich die Hände schmutzig zu machen. Sie alle sollen sich dort inkognito aufhalten und geben sich deshalb den üblichen unverdächtigen Aktivitäten hin: Fingernägel säubern, imaginären Freunden zuwinken, an der Inschrift auf dem Obelisken herumdeuteln, die Bänder an ihren Ärmeln festziehen, sich anstellen, um Ziegenkäse oder eine Nachbildung der Dornenkrone an einer der Buden auf der Nordseite der Piazza zu kaufen, mit verschränkten Armen allein herumschlendern, als wäre man tief in Gedanken versunken, oder auf einem Bein stehen und einen besonders hartnäckigen Stein suchen, der sich in den Schuh geschlichen hat. Sämtliche Vorsichtsmaßnahmen werden etwa alle fünf Minuten hinfällig, wenn Gäste, die von Seiner Heiligkeit zur morgigen Wasserschlacht eingeladen wurden und wissen, daß einer der Kämpfer noch nicht eingetroffen ist, und die deshalb noch unschlüssig sind, ob sie einem derartig einseitigen Ereignis beiwohnen sollen, wenn diese Gäste also auf ihren Pferden herbeikommen und diese Ober-Heimlichtuer mit indiskreten Fragen bombardieren wie etwa: «Na, ist es schon da?» oder: «Wie sieht's aus?» Vielleicht am deprimierendsten von allem ist der dreimal täglich erfolgende Auftritt des Sekretärs von Kardinal Armellini, der, zweifellos aufgrund irgendeines klerikalen Versehens, überhaupt nicht eingeladen wurde. Der Sekretär ist der stolze Besitzer eines mächtigen Baritons. Er richtet sich an einem Ende der Piazza in den Steigbügeln auf, läßt seinen Blick über die schleunigst davoneilenden Agenten schweifen, füllt seine Lungen und brüllt einfach nur: «NA!?»

Schon seit einer Woche warten sie hier. Ihre Därme sind schon weiß vor lauter Ziegenkäse. Die meisten von ihnen besitzen zwei oder drei Wiedergaben der Dornenkrone. Auf dem Obelisken gibt es gar keine Inschrift. Sogar die Kuhhirten wissen, wer sie sind und warum sie hier sind. Das Wort war im Umlauf, ehe sie hier ankamen, denn genau das gleiche Wort brachte sie überhaupt hierher: Rosserus.

Und so übersehen alle drei Lager Salvestro mit seinem Ochsenkarren. Einer oder zwei nehmen von einem kleinen Mädchen Notiz, das in einem leuchtendweißen Kleid umherhüpft, und erinnern sich an ihre Anweisungen: «Alles außergewöhnlich. Absolut alles ...» Doch dann vergleichen sie seine fröhlichen Luftsprünge und das auffällige Gewand mit der ausgegebenen Beschreibung – »Groß, grau, Horn auf der Nasenspitze» – und verlieren es sofort wieder aus dem Sinn. Der Karren rumpelt weiter, verläßt die Piazza und zieht südwärts auf der Via del Popolo. Wie konnten sie ihn nur übersehen? Wenige Stunden später wird die gleiche Frage von einer Doppelreihe pikenbewehrter Schweizergardisten gestellt, die die gleiche Straße hinauftrotten und vor dem Wachhaus komplizierte Exerziermanöver üben, während ihr Kommandeur unter den glücklosen Spionen Befragungen durchführt. Herumlungernde Kuhhirten applaudieren einem gekonnten Übergang von einem Verteidigungskarree zu einem Doppelhalbmond mit Zangenbewegung, und es bleibt dem einsamen Lehrling in der Druckerei überlassen (der Überstunden macht, um die vierte und letzte Auflage von Brandolinis *Simia* in Quartformat zu falten), dem lästigen Offizier zu erzählen daß das Tier, jawohl, an diesem Nachmittag hier vorübergekommen sei, und nein, er selbst habe es nicht direkt gesehen, und auch sonst niemand. Und woher weiß er es dann? Ach, na ja, das sei halt wieder so eine Sache. Ungefähr so, wie die angeblichen Inkognito-Delegationen. *Jeder* wisse Bescheid. Das Biest? Es sei einfach ...

Und tut es immer noch. An diesem Punkt, nachdem es an den lärmenden Kais von Ripetta vorbeigegondelt ist – wo das schwächer werdende Licht den fernen zinngedeckten Türmen des Palastes der Senatoren einen milchig-oxydierten Glanz verlieh, den ohnehin schon zähen Sirup des Flusses noch mehr verdunkelte, der hier einen Bogen schlägt, nur um am Ende der Via del Panico wieder heranzukommen –, befindet sich das Tier im Borgo, hundert Schritt westlich des jetzt geschlossenen *Pilgerstabs* in der Via dei Sinibaldi, auf der linken Straßenseite, um genau zu sein.

Dort treiben sich schon bald noch mehr Schweizergardisten herum, zusammen mit einem kleinen Kader gehetzt aussehender Palatin-Sekretäre, die eigentlich selbst diejenigen sein sollten, die hier auf Jagd gehen. «Mörder!» schreit eine verrückte alte Frau ein Stück weiter unten auf der Straße. Das Tier ist weg. Wohin? Kunsthandwerker, die noch zu später Stunde in der Via delle Botteghe Oscure arbeiten, blicken von dem Haufen geschnitzter Biest-Broschen auf, die sie beim morgigen Ereignis im Belvedere an die zu erwartenden Massen verkaufen wollen, und sind von dem Gefühl ergriffen, daß sie, hätten sie vor einer Stunde nur den Kopf aus der Tür gestreckt, das Objekt ihrer Arbeit die Straße hätten hinabtrotten sehen können. Wie seltsam! Sie schauen trotzdem noch mal hinaus und sehen ihre Nachbarn, die wiederum sie anschauen. Sie alle hatten gleichzeitig den gleichen Gedanken, sie alle haben es verpaßt, seufzen jetzt und winken, schütteln die Köpfe und machen sich dann wieder daran, Nadeln auf die Rückseiten ihrer Broschen zu kleben, sorgen sich jetzt um Details, die ihnen vorher gleichgültig waren, etwa, ob seine Hufe unpaarzehig oder einfach nur geteilt sind, oder um den Sitz des zweiten Horns. Auf einmal sehen ihre Produkte irgendwie falsch aus. (Zweites Horn?) Absurde Zweifel, denn niemand hat es wirklich gesehen, und inzwischen mischt es sich vielleicht schon unter das weidende Vieh auf dem Campo Vaccino oder unter die Büffel auf der Tiberinsel, die bestimmt bald verdrossen brüllen, wenn sie von fackelschwingenden Schweizern geweckt werden, die sie ohne triftigen Grund und nur auf eine Information einer Gruppe Steinmetze hin herumstoßen, welche den bröckelnden Schlußstein der Ponte di Quattro Capi von einem an der Unterseite des Brückenbogens verankerten Hängegerüst aus inspizieren. Die Steinmetze lassen sich nicht davon abbringen, daß es, aber sicher doch, vor einer Stunde hiergewesen ist. Nein, daß es einer direkt gesehen hätte, können wir eigentlich nicht sagen, aber …

Aber nichts. Es ist weg, und Boccamazza gräbt in Trastevere mit Hilfe zweier Dutzend Korsen eine Grube. «Obendrüber kommt ein

Netz», weist er sie an. «Blätter und solches Zeug.» Die Korsen zeigen sich erstaunt, als sie den Zweck der Grube erfahren, da es unwahrscheinlich ist, daß das Tier genau an den gleichen Ort zurückkehrt, und obwohl Boccamazza Seiner Heiligkeit Oberjäger und für seine schlauen Fallen berühmt ist, erscheint den Korsen diese Überlegung als elementar verfehlt. Hätten sie ihre Meinung Boccamazza mitteilen sollen, bevor sie anfingen, die Grube auszuheben? «Was? Hier? Vor einer Stunde ...?» Was vom jüngsten dreier Priester bestätigt wird, die sich zu einem späten Fischessen in einer Taverne am anderen Flußufer, eingezwängt zwischen dem Dalmatinischen Hospiz und der Kirche Santa Lucia Infecundita niedergelassen haben, wo sie gerade die Feier einer besonders turbulenten Messe hinter sich gebracht hatten. «Ich habe es nicht gesehen», sagt Bruder Fulvio mit vor Inbrunst belegter Stimme und erhebt sich von seinem Stuhl, «aber ich glaube, es war hier. Und es ist ein sehr liebes Tier!» Die beiden anderen zerteilen eine herrliche dampfende Schleie. «Warum suchst du es dann nicht und setzt dich auf sein Horn?» erwidert Pater Tommaso. «Was meinst du, wo es jetzt ist, Bruno? An der Pyramide des Cestius?» Bruder Bruno nickt.

Natürlich ist es dort nicht, obwohl es, ebenso natürlich, dort war und übersehen wurde wie in Arenula, nicht beachtet wie in Trevi, verpaßt in Monti, übergangen in Ripa, unentdeckt blieb in Pigna und versäumt sowohl in Campitelli wie auf dem Campo Marzio. Das Tier betritt Rom nicht, es materialisiert aus der Stadt heraus, hinterläßt den Schatten seiner abgestreiften früheren Erscheinungsformen auf stuckverzierten Wänden und eisenbeschlagenen Türen, in mit Ginster überwucherten Portikus und Gewölben voller Abfall. Es wetzt sich am Travertin und Kalktuff von Roms Rione und hinterläßt dort keine Abbilder, sondern nur das Staunen, das durch ihr Verschwinden hervorgerufen wird, ein Déjà-déjà-vu.

«Neunundzwanzig», sagt Amalia.

«Fester», befiehlt La Cavallerizza.

«Dann zeig ihn her», befiehlt Vich.

«Autsch!» keucht Colonna.

«Zu groß», sagt der Papst.

«Aber warum Fisch?» fragt sich Grooti-der-Bäcker.

«Nur. Noch. Ein. Loch.» Vitelli bückt sich gehorsam, um die Schnallen nachzuziehen. Das mit Bedacht aufgerauhte Leder des Gurtes reibt angenehm in der Spalte zwischen ihren Pobacken. «Gut», befindet La Cavallerizza. Vitelli läßt sich auf seinen Hintern zurückfallen, um sie, die sich selbst im Pfeilerspiegel bewundert, zu bewundern. La Cavallerizza trägt ordinäre Fuchspelze, hohe Stiefel und einen Phallus. Sie dreht sich nach allen Seiten. Im Viertelprofil ragt er ausgezeichnet hervor. Diese ansteigende Kurve. Die sich verjüngende Spitze. Rillen, um das Blut zu kanalisieren. «Fester.»

«Dreißig.»

«Psst», beschwichtigt Vittoria ihren Vater. Sie zaust sein graues Haar (ein martialischer Topfschnitt), dort, wo es um den Knubbel des Pfeilstumpfs sprießt. Der Widerhaken, denkt sie, aus Eisen, und in sein Gehirn eingebettet. Der folgerichtige Schmerz, wenn sie *das* tut. (Noch ein Aufheulen von Colonna.) Wie viele Töchter können sich eines solchen Zugangs ins Innere von ihres Vaters Kopf rühmen? Ihr Daumen massiert in konzentrischen Spiralen weiter, schiebt sich näher an den kleinen Holzbuckel heran. Ihr Vater liebt Gott nicht, deshalb hat ihn das Biest in Ravenna aufgespießt. Jetzt, wo das Biest hier ist, ist auf einmal alles klar. Oder seit es hier war: Sie hat es nie mit eigenen Augen gesehen. Enttäuscht drückt sie wieder fester zu.

«Argh!»

«Einunddreißig.»

«Mein lieber Faria!» deklamiert Vich und erhebt sich nackt wie ein Satyr von Fiammettas Lotterbett. Seine weit ausholende Armbewegung schwenkt an halb herabgerissenen Samtvorhängen, mit Fettflecken übersäten Laken, Weinkrügen, Bechern, einer Schale mit befingerter, blendend weißer Crème fraîche vorbei. «Der Geschlechtsakt dieses Tieres dauert bis zu sechs Stunden.» Sein schwenkender Arm kommt über den bebenden Hügeln seiner Maitresse zum Stillstand. «Sollen wir?» Das rußverschmierte Gesicht der kleinen Violetta verschwindet hinter der Tür; die Schwärze wird jeden Morgen von ihrer tränenumflorten Herrin aufgetragen, «der Erinnerungen wegen …» Sie schrubbt und schrubbt in der Spülküche, während das ganze Haus von den Schreien der brünstigen Botschafter widerhallt, die an beiden Enden ihrer fleischigen, schwitzenden Schaukel bocken und stoßen. Dieses nicht allzu geheime Zusammentreffen – ihr letztes – hat jetzt schon einen gewissen Beigeschmack von Abschied, den sie mit wilden Eroberungsschreien verjagen.

Afrika!

Indien!

«Zweiunddreißig.»

«Wie ihr seht, wird es ihm nicht gelingen, dort hineinzumarschieren. Seht ihr das?» erläutert Leo einem Trio von Schreinern und einem Schiffszimmermann. Hanno, der in seinem Gehege hinter ihnen herumschleicht, niest lautstark. *Abit omen*, denkt Seine Heiligkeit und betrachtet grübelnd die vier Miniaturgaleonen, die kieloben zu seinen Füßen liegen. Eigentlich hatte er etwas Gondelähnliches haben wollen, doch jetzt ist es zu spät. Außerdem hat er versprochen, mit den Poeten zu reden. Irgendwann muß man sie über den wahren Hintergrund des «Dichterwettstreits» aufklären, bei dem sie morgen gegeneinander antreten sollen. Erstaunlich, überlegt er, daß noch keiner von ihnen zwei und zwei zusammengezählt hat: Sollten nicht gerade Dichter auf diesem Gebiet einen sechsten Sinn haben? «Ihr braucht Riemen», erklärt er den noch immer schweigenden Handwerkern. «Und viel mehr Polsterung. Elefanten sind für ihre empfindlichen Füße bekannt. Hat denn keiner von euch Plinius gelesen?»

Ha-tschiiie!

«Dreiunddreißig.»

Das Mehl steigt ihm in die Nase. Die Hefe auch. Groot läßt den Rest seiner letzten Mehllieferung durch die Finger rieseln und riecht dann vorsichtig an den Spitzen. Fisch? Und diese eigenartige purpurne Färbung ... Das Ergebnis von drei Tagen Arbeit füllt die Bäckerei mehr oder weniger aus. Er haßt das Kneten. Das hat sonst immer der Junge getan, aber der Junge ist weg, und er findet keinen anderen. Er weiß auch, warum. Man flüstert über ihn. Hier in der Gegend weiß man, was mit Groot los ist. Irgendwie sind sie ihm auf die Schliche gekommen. Götzendiener und Christusmörder, das ganze Gesindel. Wenn früher etwas passierte, hatte er es immer auf Bernardo geschoben. Marn, Prozdorf. Und Prato. Zwei weitere da. Das war eines der Probleme mit Groot, einer der Gründe, weshalb er sich von ihm trennte. «Groot» ist Vergangenheit. Jetzt ist er Grooti-der-Bäcker, dessen Brot flach und hart und ungenießbar ist. Gestern hat er einige Krümel aus dem letzten Schub geknabbert. Sie rochen eigenartig, hatten eine seltsame Farbe und machten ihn irgendwie zittrig. Das Problem mit Grooti-dem-Bäcker besteht darin, denkt Groot, daß Grooti-der-Bäcker kein Brot backen kann. «Groot», andererseits, hat hin und wieder Kinder getötet. Das war das Problem mit «Groot».

«Dreißig», wiederholt Amalia. «Und drei.»

«Dreiunddreißig was?» fragt Salvestro endlich.

«Dreiunddreißig Leute verfolgen uns», erwidert sie. «Jetzt sind es vierunddreißig.»

Salvestro wirft einen Blick über den Karren zurück. Sie scheinen

einen räudigen Schwanz nach sich zu ziehen. Ein kleiner Haufen eher ziellosen Pöbels überquert den Platz am westlichen Ende der Via Pelamantelli, zu zweit, zu dritt oder allein. Der erste Verfolger ist gut dreißig Schritt entfernt. Wohl kaum eine Bedrohung, denkt Salvestro. Tatsächlich sieht es eher so aus, als hätten die meisten weniger Schwierigkeiten damit, sie einzuholen, als langsam genug zu laufen, um den Karren nicht zu überholen. Sie bleiben öfter stehen, machen kleine Umwege, ziehen die Überwürfe hoch, inspizieren die Fußsohlen, und einige humpeln sogar recht übertrieben. Außerdem sind sie alle, wie Salvestro bemerken muß, unglaublich schmutzig. Er blickt wieder nach vorn, als der Ochse in die Straße der Juden einbiegt. Salvestro blinzelt; da kommt etwas auf sie zu. Zumarschiert, genauer gesagt, im Gleichschritt, mit erhobenen Piken, der bekannten Livree, richtig, noch mehr Schweizer. *Hepp, hepp, hepp* ... Ochsenkarren (*hepp*). Groß? Jawohl. Grau? Jawohl. Horn auf der Nase? Nein. Salvestro sieht, wie sich die Truppe wenige Schritte vor dem Maul des Ochsen teilt, dann um den Karren herumfließt, und als er nach hinten blickt, sieht er, wie sie zwei perfekt ausgerichtete Reihen bilden, die eine leicht gekrümmte Rechtskehre vollführen, *hepp, hepp, hepp*, und hinauf zur Kapelle des heiligen Ambrosius, und weg sind sie. Höchst eindrucksvoll, aber während er sie beobachtete, scheint die hinter dem Ochsenkarren herzottelnde Eskorte verschwunden zu sein ... Nein, sie sind noch dort, lösen sich aus Eingängen und vorgetäuschten Unterhaltungen, finden sich ebenso eindrucksvoll wieder zusammen, wenngleich etwas lockerer, schwieriger zu definieren, eher Rosserus-ähnlich. Die Schweizer haben sie nicht gesehen. Sie haben auch das Tier nicht gesehen, obwohl gerade diese Unterlassungssünde einem fatalen Fehler ihrer Unterweisung zugeschrieben werden könnte: Groß, grau, Horn auf der Nase. Das ist zunächst einmal wunderbar kurz und bündig. Eine hilfreiche Coda hätte lauten können: «... und kunstvoll als Misthaufen verkleidet». Ein hilfreiches Sub-Kodizill: «... mit dem Ergebnis, daß es auf betrügerische Weise ebendarin vergraben ist».

Da die Frage, welches seltsame Schiff das Tier überhaupt an Land gespuckt hat, vernachlässigt wurde, hat bislang auch noch niemand versucht, etwas über die Art und Weise seiner Landung herauszufinden und damit gleichzeitig über die verhängnisvolle Möglichkeit, die dieser ungestellten Frage innewohnt. Nämlich die, daß das Tier tot ist.

Seit La Spezia ist es auf alarmierende Weise aufgedunsen. Schon zweimal hat er ihm ein Messer in den Bauch gestoßen, um einen Strom stinkender Gase entweichen zu lassen.

«Oh, ich weiß, wohin wir gehen», sagt Amalia, als Ochsen, Karren, Salvestro, sie selbst, Pferdemist und Tier ein kurzes Stück vor dem Septimius-Severus-Bogen nach rechts in eine muffige Seitenstraße einbiegen. Plötzliche Stille, als die Karrenräder von Stein auf festgestampfte Erde rollen. Von beiden Seiten rücken dunkle hohe Wohnhäuser dicht an sie heran.

«Er wird sich nicht besonders freuen, dich wiederzusehen, Salvestro», warnt ihn Amalia kopfschüttelnd.

Salvestro grinst. «Das tut keiner.»

«Bernardo schon», antwortet sie vorwurfsvoll.

Aber Bernardo ist tot, denkt er, zerschmettert unter einstürzenden Wasserwänden, hinabgezogen von der gleichen See, die ihn hin und her geworfen und schließlich ausgespien hatte. Alle tot oder vermißt, bis auf ihn. Das Wasser hatte ihn minuten- oder sekundenlang nach unten gezogen, ihn dann jedoch wieder losgelassen, worauf er wie ein Korken an die Oberfläche schnellte. Es hatte ihn gegen Felsen geworfen, aber schließlich um sie herumgeschleust. Er war untergegangen und wieder aufgetaucht, hatte Wasser geatmet und dann wieder Luft. Seine Haut war schrumpelig geworden und hatte sich geschält, gelöst und abgetrennt, als trüge er sie wie einen Kittel. Er hatte sie abgestreift und war in eine ruhige Dunkelheit getaucht, in der alles still und friedlich war. Der Sturm tobte und toste machtlos kaum einen Faden über seinem Kopf, während seine Arme kräftig durchzogen, ein knochenweißer Tauchkörper, ein Besucher ohne Wahl. Doch, sinniert er, Bernardo hatte sich jedesmal gefreut, wenn er wieder auftauchte. Wer noch? Er wühlte tiefer, sein Kopf bewegte sich hin und her, er wußte es bereits. Der Wassermann wartete dort an seinem äußersten Gesichtskreis, winkte ihm zu und zog sich wieder zurück. Die Gestalt wurde weiß, dann schwarz, schiefergrau und flaschengrün, löste sich zu kleinen Wellen auf und war wieder da. Welche Farbe hat er? fragte sich Salvestro. Und welche Farbe hat er selbst, wenn das Wasser jede Farbe annimmt, die man ihm vorsetzt? Die faden Grauschattierungen der Beinahe-Gezeitenlosigkeit und Beinahe-Salzlosigkeit, ein trüber Stich ins Gelbe. Nicht mehr weit bis dahin, auch wenn es dort keine «echten Farben» gibt und es hier niemals geschehen wird oder kann. Heute abend ist er unsichtbar, die Farbe von *Ro*-ma, das ihn vergessen haben wird, sobald er weg ist.

Der Ochse bleibt stehen.

Ihre Eskorte hinter ihnen bleibt ebenfalls stehen, wenn auch zögernder und chaotischer. Die am Ende laufen auf diejenigen weiter vorn auf, die sich sogleich wehren und nach hinten schieben, worauf sich kleine Klumpen und Knäuel bilden und wieder auseinanderspringen, eine sich zersetzende Vorhut. Manche lassen sich nieder. Später wird aus den Ruinen ein Kontingent mit Feuerholz eintreffen. Man wird kleine Lagerfeuer anzünden. Salvestro kommen sie vor wie ein locker zusammengesetztes Meer aus Köpfen, das sich an einem sanft geneigten Strand bricht. Amalias Zählung scheint inzwischen hoffnungslos veraltet. Es müssen jetzt zweihundert sein, und noch immer kommen neue hinzu. Er fragt sich, ob er einen Gruß entbieten, vielleicht eine kleine Rede halten soll. Sie scheinen nichts zu verlangen, wollen einfach hier sein. Wegen des Tiers? Seinetwegen? Wegen Amalia? Er klettert vom Karren herab. Wegen des Ochsen?

«Ist er im Mist?»

«Er steckt da drin, oder nicht?»

«Warum ist er nicht im Mist?»

Ihre Stimmen erschrecken ihn. Er hatte sie nicht kommen sehen. Wulf, Wolf und Wilf sehen ihn erwartungsvoll durch Gesichtsmasken aus dickem getrocknetem Schlamm an. Hinter ihnen steht ihr wesentlich einfacher wiederzuerkennender Beschützer. Und sein eigener, wie er sich erinnert. In gewisser Hinsicht. Letzterer scheint einen Matschhaufen auf dem Kopf zu tragen.

«Wer?» fragt er unschuldig.

«Rosserus», knurrt Dommi. «Klopfst du jetzt vielleicht irgendwann an diese Tür, oder müssen wir die ganze Nacht hier draußen herumstehen?»

Es dauert lange, bis Groot antwortet.

Eine Säge, denkt Salvestro. Und Holz. Ein Messer, eine Ahle, starker Faden. Eine Nadel, dick wie ein Schürhaken.

«Hab ich dir doch gesagt!» singt Amalia angesichts des Ausdrucks von Bestürzung auf dem Gesicht, das durch einen kargen Spalt in der Tür herausspäht. Es verwandelt sich in blankes Entsetzen, als Dommi die baufällige Barriere aus den Angeln tritt, und dann in Verwirrung, als sechs oder sieben der kecksten Bettler auf den Karren springen und anfangen, mit bloßen Händen im Mist herumzuwühlen. Sie zerren an etwas, jeder von ihnen fingert nach einem Halt, und dann ziehen sie gemeinsam. Langsam gleitet es heraus, und halb fallend, halb fließend landet es mit einem dumpfen Knall auf der Erde, etwas Riesiges, das ein wenig von den Flüssigkeiten des Misthaufens beschmiert ist.

«Nein», protestiert Groot, als sie Anstalten machen, es durch die Tür zu bugsieren.

Salvestro zündet alle Kerzen an, die er finden kann. Auf einer Seite des Bodens verläuft eine Abflußrinne. Das ist gut. Dort ist der Ofen, in einer Ecke sind ein paar große Schüsseln aufgestapelt, leere Mehlsäcke, übergroße Spachteln ... Noch etwas?

Das Brot. Ganze Berge davon. Er sieht, wie einer der Bettler einen Laib aufhebt, daran riecht und ihn wieder hinlegt. Er fragt sich, ob Groot sich bereits über die Prozedur, die er hier durchzuführen gedenkt, im klaren ist. Wahrscheinlich nicht. Schließlich wußte er es bis jetzt selbst kaum. Das Brot hat ihm die Lösung gewiesen. Es wird perfekt werden. Und es wird auch genug davon geben.

«Raus mit euch!» kreischt Groot von der Tür her. Er scheint in Rage zu kommen. Sein nächster Schrei klingt allerdings ziemlich unterdrückt, da Dommi ihn hochgehoben hat und ihm geduldig erklärt, daß Bäcker zu den von ihm am wenigsten geschätzten Lebensformen zählen, besonders die krakeelenden, und daß er sie üblicherweise zum Schweigen bringt, indem er ein paar ihrer voller Stolz gebackenen Brotlaibe nimmt und sie ihnen in den Hals stopft. «Manchmal kommen sie schon nach dreien oder vieren wieder zu Verstand», fährt Dommi fort und langt seelenruhig nach dem ersten. «Manchmal brauchen sie acht.» Amalia beobachtet diese Prozedur mit einer Mischung aus forensischer Gleichgültigkeit und Schadenfreude.

«Genau», sagt Wolf.

«Wir sind soweit», sagt Wilf.

«An die Arbeit», sagt Wulf.

Es sind noch knapp vier Stunden bis zum Morgengrauen. Man schreibt die zweite Woche im März. Groot ist schon beim dritten Laib, und sein Tempo verringert sich kaum.

«Setzt den ersten Schnitt unterhalb des Schwanzes an», ertönt Salvestros Anweisung. «Dann weiter bis hinauf zur Kehle.»

Fummo gia come voi sete
Voi sarete come noi
Morti siam come vedete
Cosi morti vedrem voi ....

Nur ein kleines Lied zum Zeitvertreib.

Anständig, prompt, in vollkommener Stille und aus unvorstellbarer Höhe, kurz vor dem Bimmeln des nahen Campanile von San Damaso einsetzend, stetig weiter, ohne Rast oder Aufschub bei der Ausbreitung ihres maßlosen Glühens, in den Ecken eher fein, anderswo durchaus unverfroren, ohne Furcht oder Gunst, warm, endgültig und unvermeidlich: So erwacht die Sonne über der Walstatt. Die scharfen Schatten der Stufen im Norden und der Bänke auf der Ostseite lösen sich zu weichem Beige und Creme auf. Die dreistöckigen Bogen der Loggien auf der Westseite lassen kongruente Bogen aus Sonnenlicht durch, deren schräger Einfallswinkel interessante spitzbogenartige Überschneidungen auf die rückwärtigen Wände malt. Der Palast erstrahlt in warmem Gelb und Weiß. Eine kalkige Brise weht von Osten her und zupft an den Wimpeln, die an der Unterseite der kleinen überdachten Plattform hängen, von der aus der Papst die Schlacht verfolgen wird; die Plattform selbst ist ziemlich heikel an den Konsolen des Gesimses im dritten Stock des Palastes befestigt. Die Brise legt sich wieder. Alles ist Pastell. Alles ist ruhig. Der See des Mars ist so unbewegt, daß er ringsum jedes kleinste Detail perfekt spiegelt, bis hin zu brutal gestutzten Weiden und den parasitären Flechten auf Pinien in den wilderen Gärten hinter den Sandsäcken, die das Wasser davon abhalten, sich in einem Strudel aus Schlamm und flachwurzelnden Pflanzen hinab zur Porta Pertusa zu ergießen. Der Unterbau der Sitzreihen verdoppelt sich zu einem unterseeischen Balkenwerk. Die Bänke halten die Sandsäcke fest, und die Sandsäcke stützen die Bänke: ein einfaches und solides Bauwerk, ein elegantes Stück belastbarer Konstruktion. Die Oberfläche des Wassers ist milchig-braun oder silbern oder grünschimmernd wie Farn. Ah, jetzt kräuselt sie sich. Geschieht gleich etwas?

Ein kleines Boot schiebt die Nase aus dem Erdgeschoß des Palasts von San Nicola. Es ist ein Ruderboot, fast zu klein für drei Leute. Trotzdem sitzen drei Leute darin. Sie staken zum Mittelpunkt hin, zum Springbrunnen oder dem, was der Springbrunnen war, bevor man ihn in einem hohen und klobigen Sockel eingeschlossen hat; an einer Seite lehnt eine Leiter, und obendrauf thront sehr unsicher einer der besten Sessel Seiner Heiligkeit (mit grüner Seide bezogen und silbernen Knäufen an den Armlehnen). Das kleine Boot schlingert und schaukelt bis direkt zum Fuß der Leiter, der ungeübte Staker dirigiert es nach links und rechts, während sein Gefährte mit der Fracht beschäftigt ist, die hauptsächlich besteht aus alten Vorhängen und Tischwäsche, Streifen aus Segeltuch, einem Hammer, Nägeln, zwei kleinen Flaggen, die sich das Abbild der Welt teilen, einer Welt, die von einer Linie ungefähr hundert Meilen westlich der Kapverdischen Inseln geteilt ist, weiterhin einer Mitra aus Pappmaché, einem Holzstab und Pater Jörg. Neroni hat ihnen aufgetragen, das Podium «zu dekorieren». Pater Jörg, der fast als Papst verkleidet ist, gehört zur Dekoration.

«Wie kriegen wir ihn bloß hinauf?» erkundigt sich der Frachtmeister und wirft einen skeptischen Blick auf die schmale Leiter. Aus dem Inneren der Kiste hallt das Gurgeln des Springbrunnens.

«Keinen Schimmer», sagt der Bootsmeister und schätzt Jörgs Gewicht ab. Viel ist es nicht, befindet er. «Armer alter Teufel.»

Schweigen.

«Vielleicht tragen?»

Letzteres stellt sich als die günstigste Möglichkeit heraus. Als sie halb oben sind, erleidet ihr übertrieben prunkvoll gekleideter Gefangener einen wüsten Hustenanfall, der anhält, bis sie ihn auf seinem «Thron» abgeladen haben. Sie warnen ihn vor den Gefahren eines Sturzes und des kalten Wassers und machen dann mit der Dekoration weiter, hämmern und klemmen, nageln und drapieren, bis das zusammengezimmerte Podium in ein lustiges Gemisch aus Malvenfarbe und hellem Grün gehüllt ist, das Medici-Wappen mit den *palle* in Gold hervorglänzt und alle Ränder säuberlich hinter einer Bordüre aus scharlachrotem Samt versteckt sind, deren Zipfel nur einen Fingerbreit über dem Wasser schweben … Das schwappt. Wie in einer flachen Schüssel.

Und dann wieder zurückschwappt – *plop!* – und dabei die Aufmerksamkeit des Lademeisters erregt.

«Was ist das?»

«Was ist was?»

«Das Wasser. Es hat irgendwie, äh, geschwappt.»

Der Bootsmeister beugt sich über die Leiter.

«Sieht doch ganz normal aus.»

«Es hat geschwappt. Ich hab's doch gesehen.»

«Vielleicht ein Fisch.»

Der Lademeister schaut skeptisch. «Komischer Fisch.»

Sie steigen wieder hinunter ins Boot und staken zum Palast zurück, nicht ohne der einsamen Gestalt oben auf dem Podium eine letzte Warnung zugerufen zu haben; dann sind sie im Palast verschwunden.

Pater Jörg hört das leise Plätschern, mit dem sich das Boot entfernt, und dann: «Egal, was du tust – nicht aufstehen!» Dann nichts mehr. Er ist allein, ungestört. Offensichtlich im Freien, und in gewisser Weise «erhaben». Die Glocken von San Damaso sind verstummt. Eine Krähe krächzt, aber in weiter Ferne. Irgendwo wird herumhantiert. Stimmen?

Womöglich ist es das träge morgendliche Stöhnen der Leute im Speisesaal oder das klagendere derjenigen, die in den Korridoren darunter gelagert haben. Vielleicht sind es die Dichter, die sich vor dem Frühstück mit ein paar makkaronischen Versen auflockern, oder vielleicht die knurrenden Mägen von König Caspar und den Mauritiern, die gestern abend, aber erst nach dem Essen, eintrafen, oder das schrille Ächzen und Krächzen Seiner Heiligkeit, der sein eigenes Mahl sogar noch später eingenommen hat und jetzt in einige schwierige Verhandlungen mit seinem hermelinbesetzten Nachttopf verstrickt ist (das Geschenk eines anonymen Wohltäters; Bibbiena steht unter starkem Verdacht). Eigentlich könnte es sogar das Schnarchen des letzteren sein, denn er hat wunderbar verschlafen und wird sich später in einem gerade noch vertretbaren Maße verspäten. Oder ist das Guidols Gemurmel? Diesem rollenden «R» und den gedehnten Diphtongen haftet etwas besonders Penetrantes an. Er ist bereits wach und wirbelt in der Küche herum, verziert die *corquignolles* mit komplizierten Kringeln aus Austerncreme und hat dabei ein Adlerauge auf einen blubbernden Topf mit dicker Orangenmarmelade, der er in Kürze die sechs Paar gerupften Tauben aus dem daneben stehenden Korb beigeben wird. Ein heulendes oder kratzendes Geräusch dringt an seine Ohren, ein langgezogenes Jaulen. Die Musikanten, denkt Guidol böse. Letzte Nacht hat er sie buchstäblich mit blutigen Händen in seinem Blutwurstbottich ertappt, und da er ihr Gewimmer nicht mehr ertragen konnte (nichts mehr gegessen seit Montepulciano vor drei Tagen, vor Hunger fast ohnmächtig, der übliche

Quatsch), hat er sie mit einem Hackmesser aus der Küche gejagt und ihnen hinterhergebrüllt, daß Montepulciano weniger als zwei Tagesmärsche entfernt sei, selbst wenn man mit Violen behängt ist. Ein Koch muß vor allem gefürchtet sein. Guidol hat seinen lästigen Hang zur Schüchternheit nach regelmäßigen Begegnungen mit den Poeten, die sogar noch schlimmer sind und schon am frühen Morgen mit Lobgesängen auf seine «ehrlicher Hände Arbeit» daherkommen, rasch abgelegt. Noch mehr Quatsch. Cuisine ist die Kunst der Blendung, der Rest besteht aus Plackerei und der richtigen Temperatur. Heute morgen ist noch keiner von ihnen aufgetaucht. Was auch immer Seine Heiligkeit ihnen gestern abend erzählt haben mag, es scheint sie jedenfalls eingeschüchtert zu haben. Guidol legt letzte Hand an die Austerncreme und greift nach dem Eimer mit Hechtmilz. *Corquignolles* ist ein anspruchsvolles Gericht. Seines Talents würdig. So, wieviel Milz jetzt?

Sein Blick gleitet über den Rand des Eimers, wo ihm ein kleines Etwas auffällt, weiß, lang und dünn, vielleicht eine Sehne, die jemand aus einem Schweinefilet herausgeschnitten hat, oder ein Streifen Spargelschale. Einerlei, entscheidend ist nicht, was es ist, sondern *wo* es ist, denn es liegt auf dem Boden. Guidol runzelt die Stirn. Um sicherzugehen, nimmt er eine der Tauben und schleudert sie in die Ecke. Dann wartet er. Er paßt genau auf, und als er sich in der Küche umschaut, bemerkt er, daß überall auf den Fliesen Abfall herumliegt, Abfall, der normalerweise keine Sekunde dort liegen würde: Kohlstrünke, Knorpelstücke, Darmschnipsel ... Er schaut wieder zur Taube hin. Immer noch da. Er müßte sich freuen, schließlich will kein Koch, der sein Geld wert ist, Ungeziefer in seiner Küche haben; aber ihn beunruhigt die andauernde Präsenz der Taube. Er fühlt sich seltsam entnervt. Wo sind die Ratten hin?

Plop!

Wieder schwappt das Wasser.

Keine Stimmen, jedenfalls keine menschlichen. Etwas bewegt sich da unten. Und es ist kein Fisch, denn dort gibt es keine Fische. Pater Jörg kann es hören, aber sonst niemand. Er spitzt die Ohren. Er runzelt die Stirn. Was ist das nur?

Ohne wenigstens ein trockenes Schluchzen mag man es sich nicht zugeben: Es ist Zauser, der Kater.

Jippie! Juhuu! Hierher, Zauser! Komm schon, Zauser. Zauser! *ZAUSER ...!*

Boing ... Und rauf auf die Arbeitstische, Pfoten in die Fischkörbe,

Pfotenabdrücke auf die Torten: Zauser, ein rotbrauner Langhaarkater. Nichts und niemand schreitet stolzer durch die Küchen des Vatikan als Zauser. Seht nur, wie er springt. Und faucht! Mit gefletschten Fängen und ausgefahrenen Krallen pirschte Zauser um die Ecken, der Schrecken aller. Zauser konnte mit einem Satz von einem Ende des Sudraums zum anderen schnellen, die Spülküche mit einem einzigen Sprung durchqueren, durch Flammen springen und unglaubliche Höhen erklimmen. An seinem Geburtstag flochten ihm die Schankburschen eine Girlande aus Rattenschwänzen, die Zauser in weniger als einer Sekunde zerstörte. Der leiseste Geruch einer Ratte genügte, um Zauser in einen tödlichen Rausch zu versetzen. Dann schäumte er vor Wut, manchmal mußte er sogar kotzen, und wenn er eine tote Ratte zwischen den Pfoten hatte, gab er sich nicht damit zufrieden, ihr einfach nur den Kopf abzubeißen; er zog ihr auch die Haut ab, er weidete sie aus und schleifte das Gekröse unter lautem und anhaltendem Applaus über den Fußboden, bevor er es irgendwo in einem Stiefel verstaute. Von den ältesten Saucenrührern bis zu den jüngsten Karottenschälern waren sich alle einig: Zauser war der beste Rattenfänger aller Zeiten. Die Köche wußten es, und die Unterköche wußten es. Schankburschen, Holzträger, Fischausnehmer, Fleischhauer und Brühenköche hegten keinerlei Zweifel daran. Von Neroni bis hinunter zu dem unwahrscheinlich klapprigen alten Mann, dessen Aufgabe darin bestand, die Exkremente wegzutragen, die aus den Därmen der frisch geschlachteten Kühe gequetscht wurden – man konnte jeden einzelnen im gesamten Küchentrakt auffordern, den unermüdlichsten, talentiertesten, eifrigsten und beliebtesten Erlediger der ihm oder ihr übertragenen Aufgabe zu benennen, und alle zeigten unweigerlich auf den gleichen pelzigen Kandidaten: Zauser, den Kater, Fürst aller Rattenfänger.

Mit Ausnahme, bedauerlicherweise, der Ratten.

Observierung. Bericht. Antwort. Über Befehlsketten und Relaisstationen wurden die Warnungen normalerweise mittels Ultraschallpfiffen von unterhalb der Küche durch die Kanäle, Kriechgänge und geometrisch angelegten Tunnelsysteme der Kolonie bis zu den auswärtig gelegenen unterirdischen Bastionen und Außenposten weitergegeben, sogar bis zu den Garnisonen am Fluß. Katzenalarm. Ort: Küchentrakt. Bezeichnung: Zauser. Beschluß: Risiko abwägen.

Daraufhin wurden zur besseren Beurteilung von Zausers Fähigkeiten ein paar Hausmäuse in die Küche geschickt. Dann einige Spitzmäuse. Dann Kakerlaken, schließlich Asseln und Würmer. Phase eins der Einschätzung war damit beendet, und anhand ihres Ergebnisses hätten die Vatikanratten voraussagen können, was als nächstes geschehen würde. Zausers Fangrate betrug null, und Phase zwei war eine Ratte. Weder die kleinste noch die größte, andererseits möglichst die furchtloseste, denn die Aufgabe der Ratte bestand darin, vor Zauser herumzuflitzen, so nah wie möglich und so langsam wie möglich, näher heran (unter Zausers Blicken), noch näher (Zauser erhebt sich), noch näher (Zauser spannt die Muskeln an), und noch näher ...

Zauser rennt davon.

Die Ratten nannten Zauser den «Henker». (Sogar die Vatikanratten haben einen Sinn für Ironie.) Dabei erwischte Zauser eigentlich keine einzige Ratte wirklich. Statt dessen verfütterten die Ratten ihre Alten und Kranken an ihn, ihre Rückfälligen und Degenerierten, diejenigen, die in Scharmützeln mit den Rom-Ratten, die den Fluß beherrschten, ohne Hoffnung auf Heilung verwundet wurden, sowie die Fehlschläge ihrer selektiven Inzuchtprogramme: gliederlose zweiköpfige Monstren und dergleichen. Sie töteten sie erst und warfen sie dann zu ihm hinaus. Eines Tages, so überlegten sie, würden sie für Zauser eine Verwendung finden. Strategisch gesehen ließ man Zauser auf lange Sicht am besten dort, wo er war. Die Vatikan-Ratten können es sich leisten zu warten, auf eine Katze ebenso wie auf ein Königreich. Diese Gewohnheit ist tief in ihnen verwurzelt, als Gegengewicht zu ihrer rättischen Ungeduld, der Tendenz, immer aufgeregt umherzuflitzen, dem Impuls, impulsiv zu sein, wenn es die beste Politik wäre, langsam und methodisch vorzugehen, die rasenden Herzen zu einem langsameren Rhythmus zu disziplinieren, zu beobachten und zu warten. Manchmal, sehr selten, klettern eine oder zwei von ihnen in den Stunden vor Morgengrauen auf die Ostmauer des Belvedere und blicken auf die Stadt ihrer Rivalen hinab. Dort unten warten schwächere Kolonien als die eigene auf sie, auf der anderen Seite der dunklen Fluten des Flusses. Sie warten und wittern, zucken zusammen, wenn seltsame Mixturen aus Adrenalin und Glukokortikoiden durch ihre Adern rauschen. Sie wollen losrennen und reißen und beißen und töten, aber sie tun es nicht. Sie beobachten. Die Eroberung ist eine Sache von Disziplin und Selbstbeherrschung. Sie warten, ebenso wie sie auf Zauser und den Tag warten, an dem sie eine Verwendung für ihn finden werden, und dieser Tag wird kommen, so sicher wie der Tag, an dem sie aus dem Borgo hervorbrechen, die Stadt überfluten und ihrer aufgestauten Wut und Blutgier freien Lauf lassen und jede fremde Ratte töten werden, die ihnen über den Weg läuft. Und dann Tropf, Tropf, mit einem Sickern von Wasser in eine der höchstgelegenen und trockensten Kammern der Kolonie, eine Stelle, die man auswählen würde, wenn man mit einem genauen Plan aller Tunnelanlagen und Verbindungsgänge gewappnet wäre und plante, jede Borgo-Ratte bis in den Tiber zu spülen – dann kam Zausers Tag.

Plop!

Hier, Junge, hierher. Hier, Zauser. *HIER!* Und jetzt da, genau, da ... Ach, hör schon auf, Zauser, immer wenn du ... Hast du jemanden gesehen, Zauser? *ZAUSER!*

Armer dummer Zauser, mit einem Stück Kuhdarm in einen Gang hinabgelockt. Kehle aufgeschlitzt, Schwanz abgeschnitten, nach Norden Richtung Belvedere gezerrt. Der gekünsteltste künstliche See der Christenheit hat ein Leck bekommen. Für die subvatikanische Kolonie kommt dieses Leck einer potentiellen Katastrophe gleich; für Zauser ein letzter, tödlicher Fehler. Die Vatikan-Ratten benutzen ihn als Stöpsel.

Plop! Plop! Plop!

Stop.

Eine Stunde vergeht, oder mehrere. Zeit, in der die Sekunden sich dem Gleichklang mit Jörgs zähem Herzen entziehen und wieder annähern, voraneilen, ihn überrunden, wieder herankommen und erneut mit ihm übereinstimmen. Auch er wartet, und sein Glaube ist wie Kohle, ein geduldiger schwarzer Kristall, behütet von einem arg zerschlagenen Körper. Das kleine Licht erschien in der vergangenen Nacht, kurz nachdem ihn die drei spöttischen Hochstapler seinen Betrachtungen überlassen hatten, die sich um den Winter und das Gedenken an Steine drehte, die weit entfernt und vor langer Zeit in ruhige schwarze Wasser gefallen waren. Keine Kirche schützte ihn vor den nassen und eiskalten Fluten, weder damals noch heute. Kein Pfeiler hielt ihn aufrecht, kein grellbuntes Fenster beleuchtete ihm den Weg. Wenn man eine Flamme daran legt, wird sein kleines Kohlebröckchen kurz und hell brennen, was den Bedürfnissen eines gläubigen Narren entspricht und in angemessenem Verhältnis dazu steht. Seine innere Pilgerreise ist beinahe beendet. Fast alle seine Anhänger sind von ihm abgefallen. Hans-Jürgen bleibt, aber wer noch? Er lächelt vor sich hin, genießt die feine Ironie, die seiner Erhebung nach der langen Gefangenschaft in der Monstranz des Papstpalastes innewohnt. Leise Brisen umspielen seine Füße. Leise Töne klingen in seinen Ohren. Eine Zimbel klimpert, vielleicht auch ein Hackbrett. Der

Silberknauf am Ende der Armlehne wird unter seiner sonnenbeschienenen Handfläche ganz warm. Er lauscht der Stille des Wassers und dann der Störung dieser Stille. Die Krähe fängt wieder an, dann Männerstimmen, irgend etwas wird herumgezogen und fallen gelassen und beschmeichelt und verflucht. Diverses Platschen und Plätschern.

Plop!

Das allerdings hört er nicht. Bis jetzt hält der nasse Katerpfropfen.

Der Aufruhr wird komplexer, neue Geräusche steigen aus dem emsigen Hintergrundsummen auf, unterbrochen von Tappen und Knallen und Quieken. Und Gejohle! Jemand zu seiner Rechten brüllt: «Poeten hierhin!» Und vom Palast her hört er ein eigenartig rhythmisches Murmeln einsetzen. Er ist umzingelt, soviel wird ihm jetzt klar. Eine Fanfare ertönt und bricht mitten im Tröten ab. Orangen poltern aus Eimern und rumpeln in Fässer. «Bitte die Hälfte der Dichter aufs andere Ufer! Sofort!» Schritte und heftiges Gemurmel. Schreie von Gedenkbroschenhökerern. Ein gewaltiger Einzelplatscher, gefolgt von mehreren kleineren. Sein pantoffelbewehrter Fuß wippt sachte auf dem Podium. Er hält den Stab fester. Er rückt seine Mitra zurecht. Jörg hört den Lärm einer Stadt, die an Spektakel und Pomp gewöhnt ist, ein gelangweiltes und schales Jammern, überlagert von Murren und Schlurfen, Gestoße und Geschiebe, Tausende von Stimmen umscheppern ihn mit ihrem Geschnatter, ihrem Witz, ihren wohlgesetzten Bonmots und Tändeleien. Es durchläuft alle Tonlagen, überschwemmt alles mit Ausnahme seiner selbst und verstopft ihm die Ohren bis er, anscheinend von irgendwo außerhalb, oder lange zurückliegend, einen Gesang hört, aller Schnörkel und Verzierungen ledig. Ziemlich ungeschliffen und monoton, aber auch kraftvoll: ein gutturales Knurren, intoniert in einem einfachen Einszwei-Rhythmus, ein akustischer Rammbock, der immer mehr Geschwindigkeit aufzunehmen scheint, je lauter er wird und je näher er kommt, bis er schließlich über die Wendelrampe in die Arena platzt, mit seinem hoch erhobenen Kämpen und dem Überbringer des Kämpen obendrauf, und dahinter dessen psalmodierenden Anhänger in einem unaufhaltsamen Vordringen aus Dreck, Lumpen, Seilen, Stöcken, Energie, Übellaunigkeit und Rohheit.

«Ross'rus. Ross'rus! ROSS'RUS! *ROSS'RUS! ROSS'RUSS …!*

«Das also ist Ross'rus», murmelt der Papst in den Lärm hinein; er thront, umgeben von seinen Lieblingskardinälen, hoch oben auf dem Podest. Auch die Botschafter haben Sitzplätze auf diesem bevorzugten Aussichtspunkt erhalten, neben denen, die sich dort dank ihres Ranges aufhalten: ältere Mitglieder der Kurie, die mächtigsten unter den Magistraten, eine Handvoll alter Barone, die geduldigeren und großzügigeren unter seinen Bankiers. «Und dieses Ding, auf dem er sitzt», fährt er fort, «das ist, wie ich annehme, wohl das Tier?»

Ghiberti antwortet nicht gleich. Seine Augen, wie die der feierlich gekleideten Würdenträger rings um ihn, der Kurialen unter ihren Hüten, der juwelenbehängten Bankiers, der schwarzgewandeten Poeten, die weiter unten in ihren schaukelnden Gondeln warten, zwischen ihnen der schlingernde Hanno, der vergeblich versucht, die vier schwimmenden Ruderboote, die als Galeonen maskiert und an seinen Füßen befestigt sind, zu koordinieren, der ganze Pöbel und die niederen Mitglieder der *famiglia* Seiner Heiligkeit, auf den Bänken zusammengequetscht und links und rechts in die Loggien gepfercht – alle Augen, die Augen von *Ro*-ma, sind auf das Tier fixiert, das inmitten der Meute singender, dreckverkrusteter Bettler wie ein grauer Felsen steht, der vom Tosen eines schutterstickten Meeres glattgescheuert wurde. Der Plan, dessen wird sich Ghiberti bewußt, ist schon jetzt zum Scheitern verurteilt. Die Naumachie war als gesittete und ballettartige Sache geplant, mit Poeten, die zu zweit und dritt hinausrudern, als Anspielung auf die Demarkationsbulle entlang einer imaginären Schlachtlinie aufeinandertreffen und sich so laut wie möglich Gedichte und, falls sich das als zu langweilig erwiese, vielleicht auch andere Gegenstände entgegenschleudern. Man hatte kleine schwimmende Arsenale zu Wasser gelassen, bestückt mit dafür passenden Geschossen: Orangen, Pampelmusen, die eine oder andere Melone, Tauben in Käfigen. Die Papstparodie sollte vom Podium aus (mit beträchtlicher Hilfestellung des echten) als Preisrichter fungieren, während die beiden Tiere hin und her manövriert werden sollten, bis eines von beiden sich zum Angriff durchrang, und dann ... Danach sah der Plan nichts mehr vor, aber es würde Gewinner und Verlierer geben, Ehre und Schmach, diverse ironische Preise. Man konnte Erinnerungsmedaillen prägen. Aber jetzt, wenn er das Tier so betrachtet – seine Knoten und Beulen, die schlampigen Nähte, die seinen Bauch im Zickzack überqueren, das lächerliche Horn und der Rattenschwanz, vor allem aber seine Unbeweglichkeit –, fällt Ghiberti etwas auf, das wirklich schon vorher offensichtlich hätte sein müssen, eine Tatsache, die den Plan bereits zunichte gemacht hat und das, was ein Triumph der päpstlichen Launenhaftigkeit hätte werden sollen, in einen Tag verwandelt, den wahrscheinlich so gut wie jeder,

der davon betroffen ist, so schnell wie möglich vergessen will. Deshalb antwortet Ghiberti nicht gleich.

«Mein lieber Ghiberti, bitte korrigiert mich, falls ich mich täusche.» Der Papst klingt beinahe aufrichtig verdutzt. «Meine Augen sind schwach, meine Ohren nicht mehr die schärfsten, aber gehe ich völlig fehl in der Annahme, daß dieses vielgerühmte Tier – verzeiht mir, aber es gibt keine elegantere Art, es auszudrücken – tot ist?»

Vich und Faria recken mit unbewegten Gesichtern die Köpfe vor. La Cavallerizza kratzt an ihrem gewaltigen Schnall-Gemächt und zischt ihrem Gatten zu, daß das Horn des Tieres, wie von ihr erwartet, zwei- oder dreimal so groß wie das ihre ist. «Sieh nur, das andere», antwortet Vitelli gedämpft. «Das auf seinem Widerrist. Mit dem reißt es den Elefanten den Bauch auf. Es ist spitzer und grausamer, das genaue Ebenbild von deinem ...» Sie sieht es und nickt, dann flüstert sie: «Mach's noch enger. Noch ein Loch ...» Kardinal Bibbiena, der zu spät kommt, gibt ihr im Vorübergehen einen Klaps auf den Hintern. «Tot?» erkundigt er sich beim Papst. Dovizio legt die Finger auf die Lippen, aber Leo nickt langsam; seine Gedanken konzentrieren sich auf diese Tatsache. Dann erhebt er sich unverhofft. «Es ist mir gleich!» stößt er trotzig hervor. «Eigentlich ist es mir tot lieber. Laßt die Naumachie trotzdem beginnen! Der ganze Haufen da!» brüllt er zu den versammelten Dichtern hinunter. «Los, greift es an!»

«Florenz habt Ihr, Leo, durch Geburt einst geehrt ... *unk*!» sagt der kleine Pierino, als ihm sein Vater eine hinter die Ohren gibt.

ROSS'RUS! ROSS'RUS!

«Also!» schreit Dommi über den Tumult hinweg Salvestro zu, der rittlings auf dem Tier sitzt. «Da oben auf der Plattform hockt der Fette Bastard. Der Abschaum, der um ihn herumschäumt, das sind die Freunde des Fetten Bastards. Das darunter ist der Elefant. Die Meute da in den Booten, als Krähen verkleidet, das sind Dichter; schon seit Wochen laufen die hier zusammen. Ich habe keine Ahnung, wer der Schwachkopf auf dem hölzernen Turmdings ist, aber er ist genauso angezogen wie der Fette Bastard. Was hast du jetzt vor?»

Salvestro rutscht unbehaglich hin und her. Sie haben die ganze Nacht durchgearbeitet und an dem Kadaver, auf dem er jetzt reitet, herumgewerkelt; sie haben den Karren auseinandergenommen und zum Gerüst umgebaut. Dommi hat aus Versehen das kleinere der beiden Hörner abgebrochen, und sie haben es an das Querstück genagelt, das über den Widerrist läuft und als Sattelknauf dient. Groot hat dem Treiben nach seiner Zwangsernährung stumm zugesehen.

Gegen Tagesanbruch begann er zu zucken. Dann zu schwitzen. Als sie ihn verließen, stand er aufrecht und tanzte, vielleicht vor Freude darüber, daß sein Brot endlich seine wahre Bestimmung gefunden hatte, obwohl sein verzerrtes Gesicht eher an hochgradigen Schrecken denken ließ und die bläuliche Färbung seiner Haut an Nekrose. Das Tier ist nicht nur tot. Es ist ausgestopft, die ledrigen Produkte aus Groots Bäckerei erwiesen sich als ideal zum Ausfüllen der Nischen und Winkel, von denen das unbeholfen ausgenommene Tier mehr als genug zu bieten hatte. Salvestro verbrachte mehrere Stunden in seinem Innern. Ein besonders harter Laib stößt ihm jetzt in die linke Backe. Sein Blick schweift über den See, wo die Krähen in den Booten jetzt von – *Hopp! Hopp! Hopp!* – den Piken einer Gruppe Schweizergardisten vom Ufer abgestoßen werden, dann zurück zu den Bettlern mit Schlammasken, die jetzt zum Rhythmus des Rosserus-Gesangs einen schlecht abgestimmten Kriegstanz improvisieren, und hinauf zu den Gesichtern, die von der Loggia auf sie herabblicken, zu dem unglücklich trompetenden Elefanten, der gleichzeitig in vier verschiedene Richtungen treibt, ist das dort oben Lucullo? Da mitten im Wasser ist Pater Jörg, verkleidet als Pantomimenpapst; Salvestro hat ihn fast sofort erblickt, als sie hereinkamen. Es verwundert ihn nicht. Salvestro verwundert überhaupt nichts mehr. Sollte das Untier zum Leben erwachen und sich unter ihm in Gang setzen, er würde sich lediglich fester an den improvisierten Sattelknauf klammern und auf seinem Rücken auf und ab hüpfen. Der Fette Bastard auf seiner Plattform. Das Wasser. Es ist das falsche Wasser, aber es kann ihn haben, wenn er will. Er lächelt, ohne die geringste Vorstellung davon, was als nächstes geschehen wird, er ist nur fest entschlossen, was immer es auch sei, wann immer und wie immer es endet, daß es gewaltig, chaotisch, lärmend wird, mit Booten zum Umkippen, Fässern zum Zerschlagen und zappelnden Männern, die durch die Luft geschleudert werden: Heldentaten, eines Riesen würdig.

«Salvestro!»

«Wach auf!»

«Was nun, Salvestro?»

Salvestro schaut auf das Trio hinab, dann nach links und rechts die Schlachtlinie seiner Armee entlang. Sie schweigen jetzt und stehen abwartend vor dem Wasser. Er rappelt sich hoch und balanciert unsicher auf dem Rücken des Tieres. Eine kleine Flottille von Dichtern nähert sich unschlüssig, eine Bootsladung der Kühnsten hat schon fast das Podium erreicht. Salvestro deutet mit lebhaften Gesten auf die zusammengewürfelte Ansammlung von Nachen und Ruderbooten voraus. Er hebt die Arme und schreit: «In die Boote! Angriff!» – und springt kopfüber ins Wasser.

ROSS-err-uuuss …

Eins muß man Dichtern zugestehen: An Mut gebricht es ihnen nicht. Für die wohlgeordnete Gesellschaft völlig überflüssig und den meisten ihrer Bürger absolut unverständlich, wissen sie alles darüber, wie man in das Vakuum der öffentlichen Gleichgültigkeit und Feindseligkeit vordringt. Das kommt ihnen zugute, als ihre vergoldeten Gondeln zum Rhythmus von saturnischen Versen und Hexametern, gesungen von ihren metrisch versierten Bootsleuten, vorangepaddelt werden. Zwei oder drei von ihnen versteigen sich zu würdevollen alkäischen Strophen und fallen rasch zurück, wogegen die Vordersten mit munteren heroischen Couplets aufwarten, mit Armen und Lungen pumpen und dabei die eine oder andere Orange als Artillerieunterstützung durch die Luft schleudern, nach vorn schießen, wo sie auf die Vorhut der Streitkräfte des Rosserus treffen, von denen die Hälfte noch eifrig bemüht ist, in See zu stechen, und die meisten anderen damit, das Biest in zwei dieser ziemlich leck aussehenden Nachen zu bugsieren. Mangelhafte Logistik als Resultat totaler Konfusion auf der Kommandoebene wird noch einmal Rosserus' Verderben sein. Von drei potentiellen Strategen besteht einer darauf, drei Dinge auf einmal zu sagen, der zweite erliegt völlig seinem Hang zu ausgefeilter und unkontrollierbarer Gewalt, und der dritte verbringt die meiste Zeit der Schlacht unter Wasser.

«Das ist Rosserus», informiert der Papst Bibbiena blasiert.

«Wo denn?»

«Unter Wasser.»

Salvestro taucht und sucht den Grund des Sees ab, schiebt sich sanft schwebend durch den kalten Widerstand des Wassers. Die Fugen der Steinfliesen gleiten unter ihm vorüber und fallen hinter ihm weg. Das hier ist totes, gezeitenloses Wasser. Er ist ein Pfeil, der sich durch leeren Raum bewegt, zum Mittelpunkt des Sees des Mars, auf Jörg zu. Zeit zum Auftauchen.

«Dort!» ruft der Papst. «Seht, Bibbiena! Rosserus!»

Bibbiena und Dovizio wechseln Blicke.

Jetzt sieht es ganz so aus, als käme die Schlacht unter ihnen richtig in Fahrt. Rosserus schwimmt inzwischen größtenteils im Wasser und stakt energisch drauflos, um den Kampf mit der feindlichen Flotte aufzunehmen. Ein Kommando unter Wulf, Wolf und Wilf ist schon damit beschäftigt, Dommi zu bremsen, der einen mageren Dichterling auf den Kopf gestellt hat und ihm die Schwere eines bemerkten Fehlers in der metrischen Technik verdeutlicht: «Wie würde es dir gefallen, wenn ich einen deiner Füße verdrehen würde, Verseschmied?» Hanno scheint dies bereits gelungen zu sein, und das gleich vierfach, denn er stolziert triumphierend direkt vor der Plattform des Papstes im Kreis herum, ohne daß ihm bisher aufgefallen wäre, daß sein Todfeind inzwischen auf der anderen Seite des Sees des Mars zumindest zu Wasser gelassen wird und sich von den wartenden Nachen taumelnd und torkelnd entfernt, wobei sich die Ungleichmäßigkeit von Salvestros Ausstopfkünsten jetzt sträflich bemerkbar macht: Er krängt, neigt sich zur Seite, kippt dann einfach um und platscht – *Pa-latsch* – ins Wasser. «Hurra!» schreit der kleine Pierino. Eine Melone treibt vorüber. Er versucht sie aufzufischen, um sie zu werfen. Sie ist zu schwer. Er beginnt zu schniefen. «Probier's mit einer Pampelmuse!» ruft König Caspar. «Genau! Hier ist eine!» stimmen die restlichen Mauritier ein. (Kein Abendessen. Kein Frühstück. Durch das Knurren ihrer Mägen können sie sich kaum denken hören.) Salvestro schaut in die Gesichter auf, die zu ihm herabblicken. Anscheinend ist er zu weit nach links geraten und unter der vollbesetzten Loggia aufgetaucht. «Das ist Salvestro», bemerkt Lucullo mit verhaltenem Stolz zu den *bancherotti*, die neben ihm stehen. «Ein alter Freund von mir.» Sie nicken anerkennend. Salvestro sieht vier graue Beine vor sich in die Luft ragen, den vernähten, schaukelnden Bauch des Tiers, eine Rosserus-Mannschaft, die ungestüm zu seiner Rettung herbeipaddelt. Jörg, reglos in seinem wertlosen Putz, könnte ebensogut aus Stein gehauen sein. Salvestro taucht erneut.

Die schwarzen Umrisse der Nachen ziehen wie riesige Fische über ihn hinweg. Er schlängelt sich unter Gondeln hindurch, deren Paddel die Beine enteilender Fischreiher sind. Diese kleine Wasserscheibe, eingezwängt zwischen Luft und Stein, ist seine Domäne; Salvestro ist das einzige Lebewesen, das sich darin aufhält. Er strampelt die Stiefel von den Füßen und streift dann sein Wams ab. Er windet sich geräuschlos vorwärts, die glatte Flüssigkeit umspült seine Haut. Schneller, ermahnt er sich, denn die Oberfläche ist eine zerbrechliche, perfekte Eisscholle. Finde die Tiefen … Es gibt keine Tiefen. Die Oberfläche zerbricht rings um seinen Kopf.

Krack-knirsch! Plantsch! Arrgh!

Dommi zerbricht Boote mit der einen und Poeten mit der anderen Hand, wobei er letzteren rhythmisch Bruchstücke eines zerbrochenen Bootes und Melonen über den Schädel zieht, recht unhandliche, aber sehr nützliche Utensilien: «Jetzt hast du wohl kapiert, wie der Amphimazer funktioniert» – *bosch, bisch, bosch* –, «und jetzt weiter zu den Geheimnissen des Amphibrachys, einverstanden?» *BOSCH! BISCH! BOSCH!* Die Dichter machen klugerweise einen weiten Bogen um ihn – offensichtlich bringt ihn ihre Unfähigkeit zu dieser Raserei –, ebenso die meisten Rosserus-Boote. Er ist jetzt nicht mehr aufzuhalten, gerade zerschlägt er eine Melone auf dem Kopf von Marinano. «Da! Jetzt weißt du, wie sich Baldus gefühlt hat!» Der kleine Pierino sammelt noch immer allen Mut, um mit einer Pampelmuse zu kämpfen, König Caspar und die Mauritier sterben noch immer vor Hunger, Hanno trompetet verzweifelt und vollführt einen Holzschuhtanz durch eine wäßrige Hölle, als er zu allem Überfluß auch noch das Tier erblickt, das jetzt eindeutig zu ihm unterwegs ist; es wird von einer Flottille aus Weidenbooten und Nachen gezogen, die von stöckeschwenkenden Desperados mit Schlammasken gesteuert werden. Hanno verfällt in schiere Panik, versucht sich umzudrehen und wirbelt unversehens durch ein Potpourri aus chaotischen sizilianischen Volkstänzen. Es sieht aus, als würde das Untier immer größer und massiger, als ob ... Seine Lenker blicken nervös über die Schulter. Die Zuschauer reiben sich die Augen. Es ist unleugbar. Das Tier wächst. Genauer gesagt, es schwillt an. Unter seiner sich dehnenden, praller werdenden Haut geschieht das Unmögliche: Groots Brote gehen auf.

«Da ist er wieder!» schreit der Papst über den Lärm der Menge in der Loggia nebenan. Sie haben erneut ihre Gesänge angestimmt. Seine Heiligkeit zeigt auf den nassen Kopf, der links vom Podium wie ein Seehund aus dem Wasser auftaucht. «Das ist Rosserus!»

Bibbiena reißt sich vom Anblick des sich aufblähenden Tiers los. «Nein, ist er nicht», sagt er barsch.

«Hört Euch nur Eure ungewaschene Herde an», sagt Dovizio ergänzend.

Noch während sie ihn beobachten, taucht der Kopf wieder unter. Der Gesang wird nur noch lauter und deutlicher und löst sich zu einem wütenden Anapäst auf: BISCH! (Au!) BISCH! (Au!) BOSCH! (Argh!), während Dommi Pierino senior erklärt, daß der Name, den die Menge sich als Anfeuerungsruf erwählt zu haben scheint, nach strikten metrischen Regeln zwar von der Betonung her ein Amphibrachys, vom Versmaß her allerdings ein Amphimazer ist. Warum? Nun, da Hanno (der sich inzwischen durch eine unbeholfene Tarantella kapriolt) endlich so weit zu sein scheint, daß er sich mit seinem gefürchteten Todfeind (der jetzt auf das Dreifache seiner normalen Größe angeschwollen ist) schlagen kann, da Dommi sich die allerletzte Gondel schnappt und übers Knie bricht, da Wulf, Wolf und Wilf sich bei den triefenden geschundenen Dichtern im Trio für seine Exzesse entschuldigen, da der kleine Pierino den verhungernden Musikern doch noch eine schrumpelige Orange zuwirft, daß sie wie ein Mann aufstehen und dabei schon die zu erwartende Anzahl und Aufteilung ihrer Segmente berechnen, nur um sie mitten im Flug auf dem Schnabel einer vorbeifliegenden Krähe aufgespießt und weggetragen zu sehen, da dieser ganze ausgelassene Spaß allein zu ihrer Unterhaltung auf der Oberfläche des Sees des Mars veranstaltet wird – warum kürt die Menge ausgerechnet das Wesen zu ihrem Helden, das unsichtbar unter ihnen im Wasser herumtaucht?

SAL-VEST-RO! SAL-VEST-RO! SAL-VEST-RO!

«Ja, so ist es recht. Salvestro», murmelt Lucullo. «Alter Freund von mir.» Das sagt er jetzt schon seit ungefähr einer halben Stunde. «Sal-vest-ro. Ganz wichtig, daß die Aussprache stimmt, findet Ihr nicht?» Das finden alle. Absolut jeder stimmt absolut von ganzem Herzen zu, woraus unweigerlich resultiert, daß die Aussprache von Salvestros Namen beinahe perfekt gelingt, sogar noch perfekter, als die Lautstärke ein wenig nachläßt, noch besser, als sie zu einem Flüstern abklingt, und als das letzte Gemurmel verebbt und einer ungebrochenen Stille Platz macht, ist die Perfektion von «Salvestro» absolut erreicht. Es ist nicht die Stille des ruhigen Wassers. Es ist die Stille des Eises. Alle Blicke sind auf den See gerichet, wo die Tiere einander anstarren und Salvestro nicht auftaucht. Alte Erinnerungen ticken. Die Menge verhält sich weiterhin still. Womöglich warten sie darauf, daß ihr Kämpe wie ein rachedurstiger Neptun aus dem Wasser schießt. Womöglich warten sie aber auch auf die Tiere. Hanno macht einen Schritt zurück. Sein Feind knarrt. Noch ein Schritt. Noch ein Knarren. Das Biest ist jetzt ein aufgedunsenes, ballonartiges Monstrum, mit einem Kopf von der Größe eines Wasserfasses, sein Körper hat die Ausmaße eines Schiffsrumpfs, und es wächst noch immer in dem Maße, in dem der Druck in seinem Inneren zunimmt, bis zu dem Punkt, an dem diese salzwasserdurchlaugte, jauchegetränkte Haut sich praller als ein Trommelfell spannt und bis in einem flüchtigen Moment atemloser Vorahnung jedem deutlich vor Augen tritt, was der nächste Augenblick unweigerlich bringen muß. Jedem, heißt das, bis auf zwei.

«Salvestro? Bist du das?»

«Ich bin's, Pater Jörg. Ich bin hier. Unter Euch.»

Dann explodiert das Biest.

Die Gewalt der Explosion läßt Fragmente von Tierhaut und aufgeweichtem Brot in einer Gischt aus grauen Fetzen und rosigweißen Brocken hoch und weit durch die Luft schießen und auf die Zuschauer niederregnen. Dort, wo die Hörner niedergehen, branden kleinere Zänkereien auf, und die größeren Hautfetzen werden auf der Jagd nach Souvenirs rasch zu Fitzelchen zerrissen. Die Broschenverkäufer packen ein und gehen nach Hause. Groots Brot – weich, aber völlig durchtränkt – klatscht naß auf alles und jeden hinunter, und alle kratzen es von den Gesichtern und werfen es voller Ekel auf den Boden (alle bis auf König Caspar und die Mauritier, die, ungeachtet der purpurnen Färbung und des fischigen Geruchs, soviel davon verschlingen wie nur irgend möglich). Was sie sehen, als sie wieder aufblicken, ist zu ihrem großen Erstaunen Salvestro, ihr Held, der aufrecht auf dem Podium steht und den seltsam verkleideten alten Mann in den Armen hält. Was Salvestro sieht, ist der aufrecht auf der entfernten Plattform stehende Papst. Seinen Gesten nach zu schließen hält der Papst eine Rede, und so, wie die Menge jubelt, scheint er damit gut anzukommen, und dem anschließenden Gesang nach zu urteilen, hat sie allem Anschein nach etwas mit ihm zu tun.

SAL-VEST-RO! SAL-VEST-RO! SAL-VEST-RO!

«He! Willst du den ganzen Tag da oben herumstehen?» Dommis Nachen rammt gegen das Podium. «Hoppla!» Dommis Stake sackt plötzlich einen Fuß ein, was ihn beinahe aus dem Gleichgewicht bringt. «Komm schon. Der Fette Bastard will uns ein Essen spendieren. Sind das hier deine Stiefel?»

Pater Jörg hustet heiser. «Bist du gekommen, um dich mir anzuschließen, Salvestro?»

SAL-VEST-RO! SAL-VEST-RO! SAL-VEST-RO!

«Komm schon, Salvestro!» ruft Dommi.

Plop!

Niemand hört es, auch nicht Pater Jörg. Die Menge schreit zu laut, und sie wird noch schreien, wenn Dommi die beiden zum Palast zurückgestakt hat, wenn er die Männer einer unfreundlichen Gruppe von Schweizergardisten befragt und ihrem Kommandanten auf dem

Weg zum Tinello einen Kopfstoß versetzt hat, wenn sich Salvestro im Tinello am Ehrentisch wiederfindet, eingekeilt zwischen dem Vertreter von Fernando dem Katholischen und Seiner Heiligkeit höchstselbst, wenn er sich umsieht und entdeckt, daß Pater Jörg weiter unten bei der Dienerschaft plaziert wurde, wenn er sich fragt, ohne sich wirklich Sorgen zu machen, wohin es wohl Amalia verschlagen hat ... Sie werden weiterhin schreien, aber auf das richtige Maß gestutzt. Höchstens noch dreißig oder vierzig von ihnen. Schließlich werden sie verstummt sein, davongegangen, achtlos, ein jeder dorthin zurück, wo immer er hergekommen ist. Sobald der letzte die Wendeltreppe in der Ostmauer des Belvedere hinabsteigt, wird sich Guidol über ihn und Seine Heiligkeit beugen, in Erläuterungen hinsichtlich eines Gerichts namens *«corquignolles»* vertieft sein, die Musiker werden gleich noch einmal aufspielen, und Seine Heiligkeit wird ihm anbieten, «was auch immer Euch zu gewähren in meiner Macht steht», wobei er sich insgeheim fragt, wann Ghiberti endlich von dem Botengang, auf den er ihn geschickt hat, zurückkehren werde. (*Salvestro!* Salvestro? Dieser Name steht irgendwo im Hauptbuch vermerkt ...) Es wird dunkel sein. Es wird seine letzte Nacht in *Ro*-ma sein.

Plop! Plop! Plop! ...

Armer Zauser. Sogar sein Leichnam ist nutzlos.

Und der arme kleine Pierino – was für ein schwerer Tag für den Pygmäen-Poeten, für den Hervorbringer des peinlichen Päans. Einen Schlag hinter die Ohren, eine nicht von der Stelle zu bewegende Melone, eine unerreichbare Pampelmuse, dann die klimakterisch weitergeleitete Orange, und nun sind alle weg und haben ihn ganz allein gelassen. Der kleine Pierino beginnt wieder zu schniefen und schließlich zu weinen.

«Zweitausendsiebenhundertdrei. Zweitausendsiebenhundertzwei. Zweitausendsiebenhunderteins. Zweitausendsiebenhundertkein ... Oh, hallo, mein Kleiner. Wer bist du denn?»

Der kleine Pierino hebt sein tränennasses Gesicht und wischt sich über die ungehindert laufende Nase. Vor ihm steht ein Mädchen.

«Ich bin der kleine Pierino», sagt der kleine Pierino. «Ich bin ein ...»

«Der kleine Pierino, der Dichter?» fragt das Mädchen, über dessen arglose Züge ein Ausdruck ungläubiger Freude hereinbricht, jedenfalls kommt es dem winzigen Dithyrambiker so vor.

Er nickt voller Stolz. «Was hast du gerade gezählt?»

«Ach das», sagt sie beiläufig. «Nur die Blätter, die von den Bäumen fallen, oder Gottes Akte der Gnade, oder die Erretteten, oder die Verdammten, oder die Menschen, die sich an Salvestro erinnern werden.»

«Salvestro? Wer ist das?»

«Sechstausendneunhundertneunundneunzig. Ist egal. Kennst du irgendwelche Spiele, kleiner Pierino? Ich kenne nur Bockspringen und das Rattenspiel.»

«Ich kenne ein Gedicht», bietet der kleine Pierino an. «Es geht über Seine Heiligkeit. Soll ich es dir vortragen?»

Amalia nickt begierig.

Seine rechte Hand wandert zur Brust (wo sie die orphische Lyra zupft), der linke Arm streckt sich Amalia entgegen (und stimmt die Lyra nach der äolischen Tonart). Der kleine Pierino öffnet den Mund.

Florenz habt Ihr, Leo, durch Geburt einst geehrt,
grün sind dort die Felder und braun drunter die Erd' …

Und immer so weiter, während Amalia klatscht und lacht, tanzt und weint: das ideale Publikum für den pimpfigen Panegyriker. Sie fällt sogar in den anapästischen Hüpfer am Ende jeder Zeile ein.

«Das war wunderschön, kleiner Pierino», versichert sie ihm, nachdem der letzte Ungefähr-Elf-Silber in den leeren Korridor deklamiert wurde. «Obwohl …»

«Obwohl was?»

Zweitausendzweihundertzwei, denkt Amalia. Sie hat im stillen weitergezählt, und sie zählt immer noch. Laut sagt sie: «Es ist so perfekt, sein Versmaß so fließend, seine Bilder so kunstvoll … Aber du hast etwas ausgelassen, stimmt's, kleiner Pierino?»

«Wirklich?» Er sieht aus, als fange er gleich wieder zu weinen an.

«Den Besuch Seiner Heiligkeit in Prato, kleiner Pierino. Natürlich war er damals noch nicht Papst Leo, sondern nur Kardinal Medici, aber er hat sich bei seinem Aufenthalt dort so herrlich amüsiert …» Sie hält inne, denn der kleine Pierino weint jetzt wirklich. Sie legt die Arme um den winzigen, weinerlichen Verseschmied. «Mach dir nichts draus, kleiner Pierino. Wir schreiben den Prato-Teil gemeinsam, und dann kannst du ihn Seiner Heiligkeit vortragen. Er wird ebenso über dich staunen wie ich.»

Der kleine Pierino drückt seine laufende Nase an ihren schneeweißen Hals. «Na gut», schnieft er dankbar.

Tausendzwölf. Tausendelf, und weiter geht's. Armer Salvestro. Bei diesem Tempo wird sich schon bald niemand mehr an ihn erinnern …

Das «arm» sei verflucht, und das «armer Salvestro» gleich doppelt verflucht. Vergeßt die Erretteten. Vergeßt die Blätter. Gottes kleine Akte der Gnade? Allem Anschein nach amüsiert sich Salvestro exzellent. Man zähle nur die neuen Freunde, die er sich gemacht hat: ein Papst, ein Koch, ein Botschafter, ein Kardinal, ein Hilfsdiener, ein Weinschenk, ein lauter Mann und ein schweigsamer Mann, ein kleiner Mann und ein großer Mann, eine zitternde Gruppe Musikanten mit von Lampenruß geschwärzten Gesichtern, Männer mit Hüten (rote, schwarze, grüne und blaue), ein Senator, ein Finanzier, ein Dutzend kurvenreiche Kurtisanen (die alle, warum auch immer, Imperia heißen), ein Baron, ein Graf, keine Priester, unzählige Dichter (man improvisiert bereits über seinen «ehrenvollen Kampf»), hundert schlammverschmierte Bettler und ein Sekretär. Alle wollen Salvestro kennenlernen, mit Ausnahme vielleicht des Sekretärs, der unter dem Gewicht eines schweren gebundenen Folianten in die Knie geht und versucht, Seiner Heiligkeit diskret Zeichen zu geben, aber der ist, ebenso wie Salvestro, von Guidols Ausführungen über die *corquignolles* voll in Beschlag genommen.

«Nun kommen wir zur elften Schicht. Anders als die Schichten eins bis fünf, die, wie Ihr Euch erinnern werdet, die natürlichen Geister, die in der Leber produziert werden, oder die Schichten sechs bis zehn, die die Lebensgeister des Bluts nähren, bietet die elfte Schicht Nährkraft für die animalischen Geister des Gehirns.» Guidol wendet eine Waffel aus Filou-Gebäck und enthüllt eine grünliche Paste, die mit einem Gitter aus faserigen roten Dingern bedeckt und glänzenden Kreiselschnecken bestreut ist. Beide Männer müssen sich arg konzentrieren, um dieser Erklärung zu folgen, denn Guidol spricht hinter vorgehaltener Hand, und wenn er aufgeregt ist, wird sein Akzent noch ausgeprägter. «Du bist doch eigentlich kein Franzose, oder, Guidol?» fragt Seine Heiligkeit aufs Geratewohl. «Elsässer», entgegnet Guidol. «Jetzt aber diese mit Pflaumengeschmack angereicherten Flechsen. Weiß jemand, welche Sorte Fleisch das ist?» Sie schütteln die Köpfe. «Wolf.» Die Schüssel mit den *corquignolles* ist tief genug, um einen Kuhkopf samt Hörnern aufzunehmen. Bis jetzt haben sie höchstens einen Zoll davon abgetragen. Vielleicht, denkt Seine Heiligkeit, ist es an der Zeit, Salvestro zum zweitenmal zu fragen, ob er sich bereits entschieden hat, was er eigentlich möchte, oder Guidol, wie viele Schichten dieser *corquignolles* noch vor ihnen liegen.

«Vierhundertsiebenundzwanzig. Vierhundertsechsundzwanzig ...» Amalia macht Sprünge. In beiderlei Hinsicht.

Inzwischen geht am anderen Ende des Tinello ein lustiges Mohrenfest los: König Caspar und die Mauritier stimmen ihre Violen, Lauten, Zugtrompeten und noch ein anderes Instrument. Hackbrett? Zimbel? Nennen wir es Alpenzither. Dommi führt den Applaus an, indem er mächtig auf den Tisch schlägt, der prompt zerbricht und Krüge mit toskanischem Fusel auf dem Boden zerschellen läßt, zusammen mit Platten voll gedünsteter Hühnchen und Terrinen mit zerkochten Steckrüben. Alle anderen klatschen, und König Caspar verkündet, daß sie als erstes Stück an diesem Abend eine allseits beliebte Melodie bringen werden: *Il grasso porco di cattivo umore*.

Bald darauf beginnen zwei der Imperias, eine ausgelassene Moresca zu tanzen, wobei sie hüpfend und knicksend, hackend und melkend durchtriebene Anspielungen auf das einfache Leben der Landmädchen machen, deren formlose Kleider einmal als (sehr entfernte) Vorlagen für die mit Taft umrandeten Gamurras dieser Kurtisanen dienten. «Ehrenhafte Tat», murmeln die Poeten beifällig und fragen sich, ob das rhythmische Hüpfen der Brüste sich für einen Tetrameter eignen könnte. Es dauert nicht lange, da sind alle aufgesprungen und tollen ausgelassen herum, obwohl König Caspar, eingedenk der Tatsache, daß der Pontifex maximus, der sein Honorar zahlt, das Liebliche und ein einfaches Diminuendo, das die ganze Bandbreite zwischen dem Tränenreichen und dem Düsteren abdeckt, dem tatsächlichen Amüsement seiner Gäste vorzieht, resolut ein gedämpftes Tempo einhält, gegen die wilderen Riffs seiner Mauritier und besonders des Spielers der Alpenzither, dem er jedesmal, wenn er sein Plektrum über die Saiten schrappen läßt, mißbilligende Blicke zuwirft. Es sieht jedoch so aus, als amüsierten sich auch am Ehrentisch alle köstlich. Der Papst trommelt mit dem Finger im Takt zu seiner Kennmelodie, Guidol setzt gerade zur Erklärung der fünfzehnten Schicht der *corquignolles* an (pürierte Eichhörnchenmägen und Gekröse in Schlangengiftmarinade), Dovizio streckt die Hand aus und sagt: «Da ist Rosserus», und Bibbiena bricht unter Kicheranfällen zusammen. «Noch ein Loch enger», murmelt La Cavallerizza. Vitelli langt hinter sie. Salvestro fällt auf, daß der von seinem Buch behinderte Sekretär Seiner Heiligkeit aufgeregt zuwinkt, aber immer nur dann, wenn Salvestro gerade woanders hinschaut. Er winkt zurück, erntet jedoch keinerlei Reaktion. Der Botschafter, der neben ihm sitzt, hat seit über einer halben Stunde kein einziges Wort mehr gesagt. Es spielt keine Rolle. Er hat einen Entschluß gefaßt. Er hat entschieden, was er möchte, und beugt sich jetzt hinüber, um es Seiner Heiligkeit ins

Ohr zu flüstern, das, wie ihm bei dieser Gelegenheit auffällt, ziemlich rosig und fett ist. Seine Heiligkeit strahlt hocherfreut. «Blasphemisch, mein guter Salvestro! Wunderbar.»

«... Hundertdreiundachtzig. Hundertzweiundachtzig ...»

«Genau!» brüllt Neroni und übertönt den hunderteinundachtzigsten Refrain von *Il grasso porco di cattivo umore*: «RUHE!»

Neunundsiebzig Bettler, dreiundsechzig Dichter, fünf arbeitsscheue namenlose Küchenhelfer, elf verschiedene Angehörige der unteren Stände, drei ungebetene Gäste, König Caspar, die sechs Mauritier und ein knappes Dutzend Frauen, die alle behaupten, Imperia zu heißen, halten inne, sehen auf und stoßen ein kollektives «Hä?» aus.

«Vielen Dank. HERZLICHEN DANK EUCH ALLEN! Wie Ihr wißt, meditiert Seine Heiligkeit Papst Leo, um es Euch trotz allem in Erinnerung zu rufen, wie es sich geziemt, in inniglichster Zwiesprache mit seinem Herzen über die unermüdliche Inbrunst erhabener Andacht, die Reinheit untadeligen Glaubens, den Respekt gegenüber dem Heiligen Stuhl und die Leidenschaft für edle Tugenden, durch welche der uns sehr liebe Bruder in Christo ...»

An dieser Stelle unterbricht sich Neroni. Er blickt quer durch den Saal den Mann an, der neben Seiner Heiligkeit steht, den Mann, den er jetzt eigentlich beim Namen nennen müßte. Im Grunde genommen hält er nicht besonders gerne Reden. Lieber brüllt er herum, aber trotz seiner mangelnden Begabung ist ihm etwas Derartiges noch nie passiert. Er steht da wie vom Schlag getroffen, während sich zwischen seinem Mund und seinem Gedächtnis ein fruchtloser Kampf abspielt. Er scheint den Namen des Mannes vergessen zu haben.

«IHN!» ruft er schließlich und zeigt dabei auf Salvestro. «Er hat sich, auf viele Arten, als gefällig, nützlich und beflissen erwiesen, vornehmlich dadurch, daß er heute ein gewisses Tier hergebracht hat, das Seine Heiligkeit Papst Leo sich so sehnlichst wünschte. Aus diesem Grunde hält es Seine Heiligkeit für angezeigt, daß eben jenem Überbringer des Tiers ein Geschenk gewährt werde, dessen Ausmaß es an Gewaltigkeit mit der vollbrachten Aufgabe aufnehmen kann, ein Geschenk, das jetzt ausgesucht und gewährt wurde.» Hier macht Neroni eine Pause. Er ist nicht gänzlich unfähig, Reden zu halten. «Und zwar handelt es sich um folgendes», noch eine Pause. «Er darf SEINER HEILIGKEIT DIE BEICHTE ABNEHMEN!»

Tobender Applaus begrüßt diese überaus populäre Entscheidung: etwas, woran jeder seinen Spaß hat. Langsam kommen die beiden Männer im Gleichschritt nach vorn, in die Jubelrufe der Menge hinein. Die Bettler sind bereits dabei, die Wandbehänge abzureißen, und Dommi hat zu seiner Kleinholz-Tisch-Nummer zurückgefunden, wogegen die Dichter ihre Energien darauf konzentrieren, die Holzfragmente und verstreuten Samtstreifen neu zusammenzusetzen. Mit wundersamer Geschwindigkeit wächst mitten auf der Tanzfläche ein wackeliger, aber doch brauchbarer Beichtstuhl. König Caspar schlägt einen gemessenen Takt, und hinter ihm machen sich die Violen an die Arbeit, lassen eine donnernde verminderte Quinte erschallen, ein aus zwei Noten bestehendes Erdbeben, das sie intern bezeichnen als *Die Beichthymne oder Musik zum Schlendern für den Fetten Bastard und Wie-auch-immer-er-noch-heißen-mag:*

Leo lächelt Salvestro an. Salvestro lächelt den Papst an.

«Nach Euch.»

«Nein, nach *Euch*.»

Sie treten gemeinsam ein.

Noch vor wenigen Minuten war ihm die Idee, Seiner Heiligkeit die Beichte abzunehmen, als eine beflügelnde Vorstellung erschienen, aber jetzt ist sich Salvestro nicht ganz sicher, wie er vorgehen soll. In seinem Kopf tönt es undeutlich, gedämpft und irgendwie weit entfernt. In seinem Innern und doch weit weg. Die Schreie der Pratesi? Die Schreie der Soldaten, die sie abgeschlachtet haben? Es war schwer, unter dem Lärm der Aggressoren die Schreie der Opfer zu hören. Er denkt an Bernardos entsetztes Gesicht, als das Wasser in den Laderaum drang. Sein Mund war aufgerissen, er wollte etwas sagen, aber das Meer hatte ihn übertönt. Das kannst du beichten, denkt er, doch es fällt schwer, diesen feisten, fröhlichen Papst mit Bernardos Schicksal in Verbindung zu bringen, oder dem der Pratesi, oder auch nur dem von Diego, tausend Meilen weit weg in Nri. Ein verrückter weißer Soldat, der vor seinem toten schwarzen König kniet. Sollte der Papst das beichten? Und was war mit den Leichen, die an den Strand gespült wurden? Er muß jetzt etwas sagen, die erloschenen Leben aufzählen, die ihn wie ein wertvolles Frachtstück getragen haben, bis er schließlich an Land gehen konnte.

In Spezia war er derjenige, den das Meer nicht haben wollte. Es gab einen Ort für ihn, aber nicht dort. Er denkt an einen Jungen, der in den fast gezeitenlosen Wassern eines fast salzlosen Meeres schwimmt, knochenweiß und schweigend taucht, um Vineta zu finden. Am Ufer kriecht eine identische Gestalt in den Wald. Hinter ihm sammeln sich die Fackeln zur Hetzjagd und tüpfeln die Nacht mit ihrem roten Glühen. Er könnte ebensogut draußen vor dem Palast in Nri stehen, oder in Rom, oder in Prato, oder an der Küste des Festlands, von wo aus er zur Insel zurückblickt. Die Fackeln seiner Verfolger sind immer da, rotten sich hinter ihm zusammen, treiben ihn immer weiter. Wer wartet am Ende seiner Kreisbahn auf ihn? Für Salvestro gibt es jetzt nur noch den Wassermann, und der Wassermann ist er selbst, das Selbst, vor dem er vor so langer Zeit geflohen war, als er sich aus dem Achterwasser gezogen hatte und in den Wald getaumelt war. Er ist immer da, hängt im Wasser und wartet darauf, ihn über die abschüssige Fläche aus Eis zu locken, hinab ins ertrunkene Vineta. Das Tönen in seinem Kopf sind seine Glocken.

«... Zwanzig. Los, komm, kleiner Pierino. Du willst doch nicht zu spät kommen, oder?»

Der kleine Pierino schüttelt unschlüssig den Kopf. Das Mädchen ist viel stärker, als es aussieht. Sie schleift ihn mehr oder weniger zum Quell eines Lärms, der vor einigen Minuten losbrach und sich jetzt wie ein Gewitter anhört.

«Neunzehn», murmelt Amalia. «*Komm* jetzt!» Sie laufen durch ein langes, niedriges Gemach. An seinem Ende ist eine kleine Tür. Die Tür wackelt. Amalia schiebt ihn weiter.

«Was um alles in der Welt machen die bloß da drin?» fragt Kardinal Bibbiena und späht über die Köpfe der Tänzer zu dem gestrandeten Beichtstuhl in ihrer Mitte.

Dovizio zuckt die Schultern.

«Könnte mir vorstellen, daß sie sich an ihre Zeit in Prato erinnern.» Ghiberti ist hinter ihnen aufgetaucht; das Hauptbuch ist jetzt zugeklappt.

«Prato? Wo er Tedaldis Familie umbringen ließ?» Bibbiena schnaubt verächtlich. «Wen kümmert denn das noch?»

«Offensichtlich Seine Heiligkeit. Und diesen, diesen ...» Ghiberti blättert hastig in seinem Buch. «Salvestro.»

«Und mich!» ertönt die protestierende Stimme eines Kindes hinter dem Trio. Sie drehen sich um, suchen nach der Quelle dieser unhöflichen Einmischung, und das ist der Moment, in dem auf der anderen

Seite des dröhnenden Tinello der Alpenzitherspieler sein Plektrum erhebt, mit der Hand über die vibrierenden Saiten fährt und dabei ein Geräusch erzeugt, als würden Bäume samt den Wurzeln ausgerissen.

An diesem Punkt schraubt sich die Musik in neue, fürchterliche Höhen hinauf. Man brauchte jede einzelne Eiche aus den von Bären heimgesuchten Wäldern des Gargano, um das Glockenspiel zu bauen, das so klingt, als würde es jetzt im Tinello zerschmettert, und sämtliches Eisen aus dem Harz, um die Hämmer zu schmieden, die so zuschlagen können, aber wer hätte gedacht, daß die Männer, die sie schwingen, der zuvorkommende König Caspar und seine Diminuendo-seligen Mauritier sind, diese Primgeiger des Tränenreichen, diese Hexenmeister der Trauermusik? Ihr zitternder Leiter trampelt auf dem Boden, der Schweiß perlt über sein geschwärztes Gesicht, und er peitscht sie durch den diabolischen Tritonus, während der Alpenzitherspieler die Tonleiter hinaufgleitet und in einem rasenden Slalom zickzack wieder herunterrutscht, den die an den Violen und der Zugtrompete abwechselnd und insgeheim *Tod durch Kreischen, Zither in Flammen, Metzeln der Unschuldigen* oder *Musik zu der der Fette Bastard den Kopf gegen die Wand schlägt* nennen, obwohl es korrekterweise eher *Die purpurnen Sporen* heißen müßte, denn genau das ist der biochemische Schrot, um den sich diese Perle eines Liedes bildet. Groots Mehl war mit Sporen versehen. Das Brot war von ihnen durchsetzt. Jetzt springen zwei Dutzend Kirchenorgeln Trampolin auf einem Trommelfell von der Größe des vormaligen Sees des Mars (*plop!* Der letzte Tropfen), und hundertachtzig schwitzende, dreckverkrustete, alkoholbefeuerte, beschwipste Terpsichoreer tanzen die Carmagnole, alle dicht an dicht, Schenkel an Schenkel gedrängt, mit Ausnahme von Kardinal Armellini (wie immer geschützt von dem einsachtzig hohen Cordon Sanitaire seiner eigenen Unbeliebtheit), La Cavallerizza (weil jeder, der ihre Schenkel berührt, hinterher von Blut bedeckt scheint), und Pater Jörg, der in einer Ecke sitzt.

Nein, tut er nicht. Er steht, von zwei kindlichen Händen hochgezogen, gerade in dem Moment, in dem sich der Alpenzitherspieler das Instrument vors Gesicht hält und anfängt, mit den Zähnen zu spielen, als König Caspar seinen Stab auf seine Zehe rammt, es nicht spürt und weitermacht, während Vich an dem juckenden Kreis von Zahnabdrücken kratzt, der an seinem Glied gerade verschorft, und Faria die Hand nach den *corquignolles* ausstreckt, kaut, schluckt und erstickend zu Boden stürzt, während die schwarze Flut die Rattengänge hinabschießt und die Krähe, die oben auf der Ostmauer des Belvedere sitzt, sich fragt, was sie zuerst fressen soll: die Orange? Den ledrigen grauen Schwanz, den sie um die Wetterfahne des Glockenturms von San Damaso geschlungen gefunden hat? Oder den durchnäßten Katzenkadaver, der dort unten auf den schlammgeäderten Steinfliesen des Hofs liegt? Gerade eben ist der Krähe aufgefallen, daß der Katze der Schwanz fehlt, als ein kleiner Junge sie mit einer Schleuder erlegt.

Tock! Das ist die Krähe.

Tock! Das ist Seine Heiligkeit, der tatsächlich frustriert den Kopf gegen die Wand des Beichtstuhls schlägt. Valentino? Zoroastro? Er kann sich ums Verrecken nicht an den Namen dieses Kerls erinnern.

Reue? fragt sich Salvestro. Gewissensbisse?

Die Tür wird aufgerissen: Menschen, Lärm. Pater Jörg und ein kleiner Junge. Was haben die hier zu suchen? fragt sich Salvestro. Er ist völlig ruhig, völlig gelassen inmitten dieses Tumults, er wartet einfach ab, jederzeit bereit für das, was der Papst ihm zu sagen beabsichtigt, und in der Zwischenzeit läßt er sich auf den eigenen wäßrigen Gedanken dahintreiben.

«Fünf!» ruft eine ungestüme Amalia und reißt ihn damit aus seiner Träumerei.

Alessandro? Venturo? *Tock! Tock! Tock!*

«Fang an», sagt Seine Heiligkeit und zuckt zusammen. «Fang einfach an.»

Doch als die Stimme schließlich einsetzt, klingt sie quäkiger, als er sie in Erinnerung hat, zwar irgendwie vertraut, aber nicht direkt in Verbindung mit, mit … Er ist sich nicht ganz sicher. Er hat den Klang der Stimme dieses Mannes vergessen.

Ihr kamt einst, o Leo, nach Prato, zu Pferd;
Grün ist dort das Gras, braun drunter die Erd'
Die Gosse floß rot dort, das Haar wurde bleich
Und nachts tanzten die Leute aus Liebe zu Euch.
Sie legten ihr Kleid ab, zogen aus ihre Haut,
Zerrissen ihr Fleisch, bis man Knochen geschaut.

Sie tanzten, bis sie fielen, dann sangen sie dumpf
Ein Lied für Euch, Leo – «Des Todes Triumph».

Dann folgt eine Pause. Leo sieht die glühenden Roste, die Werkzeuge aus geschmiedetem Eisen. Der Rauch von brennendem Flachs, jetzt erinnert er sich wieder, roch nach Haaren.

«Möchtet Ihr jetzt die Hymne hören, Euer Heiligkeit?»

Er sagt nichts. Die Stimme wird ohnehin fortfahren, egal, was er sagt, und in seinem Gedächtnis wie der Gestank brennender Haare haften bleiben. Die Stimme singt:

Einst waren wir wie du,
Nun sind wir nur Gebein,
Und was wir heute sind,
Das wirst auch du bald sein …

«Vier!»

Rennen und rennen und rennen und rennen … Rennt Salvestro schon wieder davon? Wenn ja, dann ist es eher ein Humpeln. Pater Jörg stützt sich schwer auf seinen Arm. Nur wenige Gestalten ziehen ihre Schatten über die Piazza. Auf dem leeren Platz sehen sie winzig und weit entfernt aus. Die Türme und Wohnhäuser des Borgo sind still wie Mausoleen. Pater Jörg hustet, und das Echo hallt durch die Straßen. Hans-Jürgen wird an dem Tor stehen, durch das sie die Stadt betreten haben. Er wird, nachdem er stundenlang allein gewartet hat, frieren und Angst haben. Das Mondlicht gleitet über Stein und Stuck, Travertin und Kalktuff, Peperin und Pozzolan, Holz, Schiefer und Ziegel, den Stoff, aus dem Rom gemacht ist. Amalia hüpft vor ihnen her, ein leuchtendweißes Banner. Die beiden Männer kommen kaum nach. Sie dreht sich um, stemmt die Hände in die Hüften und schaut sie ungeduldig an.

«Drei!»

Sie sind schon fast am Fluß, als die Flut einsetzt. Aus Abflüssen und Gossen, aus den Wänden heraus kriecht es, aus Eingängen trippelt es, eine schwarze Welle sammelt sich im Borgo und schwemmt durch die Straßen. Salvestro bleibt wie angewurzelt stehen. Er nimmt den Mann neben sich fester an der Hand, als die schweigenden Ratten herankommen und die letzten Schritte zwischen ihnen und dieser unaufhaltsamen Armee schwinden. Sie sind da. Er kneift die Augen zusammen. Er sieht nichts. Er spürt nichts. Sie sind zwei Blinde, die nur dastehen, während die dunklen Körper ihre Knöchel umspülen und weitereilen. Sie haben sie nicht berührt. Als Salvestro die Augen öffnet, hüpft Amalia schon über die Brücke. Sie verlieren sie. Sie entgleitet ihnen. Sie wird ihretwegen nicht noch einmal haltmachen.

«Zwei!»

Die Ratten stürzen hinunter zum Wasser, zum Fluß, den sie schon so lange überqueren wollen. Tausende und aber Tausende säumen das Ufer, dicht aufgeschlossen hinter ihren Kommandeuren warten sie schweigend und starren auf das Ding, dem sie sich hier stellen wollen. Auf dem gegenüberliegenden Ufer starrt eine ebensolche Armee zurück, eine Armee, die wie sie wartet und schweigt. Die Straßen hier führen nirgendwohin, hier enden sie nur. Von hier aus können sie nur wieder wegführen, von einem teerschwarzen Fluß, oder von einem gezeitenlosen Meer, oder von Rom. Salvestro lehnt sich über das Brückengeländer und sieht, wie die Schlachtreihen zu wanken beginnen und in Unordnung geraten. Auf beiden Seiten des Flusses drehen sich schwarze Körper um und fangen an, über diejenigen zu klettern, die hinter ihnen stehen, die Schlachtordnung löst sich auf, und die Truppen ziehen sich zurück. Die Ratten kehren um.

«Eins!»

Er sieht auf. Amalia ist nur noch ein weißer Fetzen, der in der Dunkelheit verschwindet und ihm zuruft: «Jetzt bist du auf dich allein gestellt!» Ihre Stimme klingt leicht und spöttisch. «Gott wird dich retten, falls du ihn findest.»

«Amalia! Warte!»

Nur ihr letzter Ruf erreicht ihn, hoch und klar durch die Nachtluft.

«Du weißt, wo du suchen mußt! Auf Wiedersehen, Salvestro!»

VII

Gesta Monachorum Usedomi

Dem größeren Ruhme Gottes und dem Gedächtnis desjenigen, der ihre Kirche gründete, widmet der Verfasser dieser Zeilen die zerfledderten und ungebundenen Seiten, die gesamte Chronik der Taten der Mönche von Usedom, begonnen vom ersten Abt von Usedom im dem Jahr, in dem die Kirche gegründet wurde, und weitergeführt von jedem seiner Nachfolger, bis hin zum letzten, nämlich Pater Jörg. Einem einfachen Mönch fällt es zu, sie abzuschließen, und so ist es denn auch geziemend, daß dies das letzte Zeugnis der Mönche von Usedom sei. Ein Mönch ohne Kloster mag zwar noch immer ein Mönch sein, aber die Kirchenväter legen dar, falls sich der Verfasser dieser Zeilen wahrheitsgemäß entsinnt, daß es unmöglich einen einzelnen Mönch geben kann. Pater Jörg starb im Jahre unseres Herrn fünfzehnhundertzweiunddreißig am Abend des heiligen Bernhard und wurde am Tage des heiligen Johannes bestattet. Derjenige, der diese Worte niederschreibt, ist der letzte der Mönche von Usedom.

Viele Seiten, die der letzten hier vorangingen, können diese Augen nicht mehr entziffern. Der Prior von Usedom kämpfte gegen seine Erblindung an, die ihm in Rom auferlegt ward, wie es auch auf diesen Seiten festgehalten ist, konnte jedoch die Klarheit seiner Handschrift nicht retten. Die Tinte ist verblaßt und viele Male überschrieben. Auch haben viele dieser Blätter sich auf allerlei Mißgeschicke eingelassen, im Wettstreit mit denen, die auf ihnen festgehalten sind. Einige fielen der Fäulnis zum Opfer, andere dem Hunger der Ratten, noch mehr gingen auf der Reise von Rom nach Usedom verloren, und noch mehr auf der weniger gefahrvollen Route hierher zu diesem Ort, dem Kloster, das den letzten beiden Mönchen von Usedom Zuflucht gewährte. Allein durch Gottes Gnade haben wir hierhergefunden, so, wie wir auch Rom verlassen haben. Gott wirkte durch uns, uns sicher zu behüten, und er wirkte durch Salvestro, unseren

Führer, der viele Male in Pater Jörgs Manuskript erwähnt wird, selbst wenn sein Bild in gewissen Teilen recht verwirrend ist.

Es ist das Anliegen des Verfassers, diesen Bericht abzuschließen, der dort endet, wo er seinen Anfang nahm, auf der Insel Usedom, denn, da es Pater Jörgs Wunsch war, dort neben seinem Abt begraben zu werden, wurde er dorthingebracht, so wie viele Jahre vorher von Salvestro. In den Jahren nach seiner endgültigen Abreise von der Insel sprach Pater Jörg Salvestros Namen nie mehr aus. Es war schon immer seine Gewohnheit, die Last der Schuld sich selbst aufzubürden, obwohl es seinem Wesen entsprochen hätte, daß er mit dieser letzten Rückkehr beabsichtigte, sich diese andere und weitaus schwierigere ins Gedächtnis zurückzurufen.

An dieser Stelle hielt er inne und legte die Feder nieder. Durch sein Fenster konnte er aus der Ferne die Glocken der Stadt das Ende des Marktes einläuten hören, außerdem Schritte und Stimmen im näher gelegenen Kreuzgang. Es war die Stunde, zu der Pater Jörg, wäre er noch am Leben, die Novizen zum Geographieunterricht durch die Tür des Kapitelhauses geführt hätte. Bruder Jörg, verbesserte er sich. Er hatte sich nie daran gewöhnt, daß sein Abt auf dieser Anredeform bestand. Vor fünf Tagen hatte er in der Augusthitze vor Jörgs Grab gestanden, über das flache graue Meer hinausgeblickt und sich dabei gefragt, weshalb der Abt wohl gewünscht hatte, ausgerechnet in der Erde begraben zu werden, die ihm soviel Mühsal bereitet hatte. Denn es hatte alles mit der Erde angefangen, wurde ihm klar, der Erde, die Jörg ebenso scheitern ließ wie seine Kirche. Der Priester, ein ungebildeter Kirchenmann aus der Gemeinde Wollin, der stets nuschelte, um seine Unwissenheit zu verbergen, leierte die Zeremonie herunter, an der außer ihm nur die Totengräber teilnahmen. Mehr Trauergäste gab es nicht. Es fing mit der Erde an, dachte er, aber es hatte mit dem Meer geendet, und der Reise zu diesem Meer von Rom aus.

Er erinnerte sich daran, wie er die Truhe zum Tor an der Piazza del Popolo trug. Er erinnerte sich daran, daß die beiden erst auftauchten, als er schon alle Hoffnung hatte fahren lassen, und dann an die Reise, von der Kälte zusammengehaltene Erinnerungssplitter. Sie waren mit jedem gereist, der Salvestros unerhörte Abenteuergeschichten annahm statt einer Bezahlung für ihre Passage: mit einer Gruppe von Pilgern auf dem Rückweg nach Trentino, einem mährischen Drucker auf der Reise nach Nürnberg, und anderen jenseits der Berge. Fuhrleute, Viehhändler, Schiffer, und wenn nichts anderes mehr ging, dann marschierten sie eben; Salvestro stützte Jörg, und mit jedem Schritt Richtung Norden schien der Winter grimmiger zu werden. Sie erreichten die Insel am Vorabend des heiligen Rupert und fanden dort eine Eiswüste vor. Sie hatten geglaubt, vielleicht auch nur gehofft, Salvestro würde jetzt umkehren, aber es war ihr eigenartig heiterer Führer, der die beiden quer über das Eis zu ihrer Kirche geführt hatte. Jörg und er hatten gemeinsam gebetet. Salvestro hatte ein Feuer entfacht und war dann auf der Suche nach mehr Holz hinausgegangen. Es waren seltsame Stunden gewesen, erinnerte er sich. Eine Art Vorhölle. Er wußte nicht, wie lange sie gebetet oder wann sie damit aufgehört hatten. Sie saßen dort ganz allein und warteten auf Salvestros Rückkehr, als beiden die gleiche Erkenntnis dämmerte. Draußen wurde das Licht immer schwächer, und als es dunkel war, hatten sie verstanden, daß ihr Führer, welchen Zweck er, von ihnen abgesehen, auch immer mit seiner Rückkehr verfolgt haben mochte – daß dieser Zweck jetzt erfüllt wurde.

Aber Salvestros Zweck verwirrte ihn jetzt. Lange Jahre danach hatte er geglaubt, er hätte verstanden, er wüßte, weshalb der Mann zurückgekehrt war. Oder wegen wem. «Es gibt einen, den ich hier suche», hatte Salvestro gesagt. «Oder einen, der mich sucht ...» Sie hatten hinaus über das gefrorene Meer geblickt, das stumpfweiß im Mondlicht schimmerte, doch als der Priester sich von ihm verabschiedet und ihn dort allein am Grab zurückgelassen hatte, hatte er beschlossen, den Mann aufzusuchen, der es vielleicht bestätigen konnte, denn wegen wem sonst auf dieser Insel hätte Salvestro zurückkommen sollen? Unbekannte Gesichter hatten ihn in der Nähe der Unterkunft des Mannes mißtrauisch gegrüßt und ihn am Ufer entlang und durch das Buchengehölz geführt. Zu Ehren des Täufers loderten Freudenfeuer; niemand arbeitete. Es hatte beinahe den ganzen Nachmittag gedauert, bis er den schmutzigen Teich fand, an dem die baufällige Hütte stand. Aber der alte Mann, der dort wohnte, starrte ihn nur blöde an, wie ein Tier, und antwortete nicht auf seine Fragen.

Jörg hatte das Rufen in jener Nacht als erster gehört. Am Strand hatten sich Fackeln aufgereiht. Er erinnerte sich an die seltsamen Formen und Gestalten, die sich auf dem Eis des gefrorenen Meeres formten. Die Fackeln wurden hoch emporgehalten von den Inselbewohnern, die alle vom Ufer hinausblickten. Salvestro war auf dem Eis und drohte ihnen mit der Faust. Der Mönch nahm die Feder wieder auf.

Die Kirche der Mönche von Usedom stand in dieser Nacht noch, auch wenn sie schwer beschädigt war. Man benötigte weder Boot noch Fährmann, denn das Wasser war gefroren und konnte zu Fuß überquert werden. Die letzten beiden Mönche hatten nicht erwartet, daß ihr Führer das Wasser überqueren würde, nachdem er sie bis in Sichtweite der Insel gebracht hatte. Viele Jahre zuvor, in der Finsternis ihres Aberglaubens, hatten die Bewohner dieser Gegend seine Mutter als Hexe ertränkt. Sie hatten Angst vor ihrem Sohn, denn er war ein Heide und ganz anders als sie, und es war sicher, daß sie ihn angreifen würden.

Als Pater Jörg zur letzten Ruhe gebettet und der Kirchenmann gegangen war, gefiel es dem Verfasser dieser Zeilen, einen alten Mann aufzusuchen, der allein auf der Insel lebte, denn er und Salvestro waren einst Freunde gewesen. Salvestro hatte erwähnt, daß ihn bei seiner Rückkehr jemand auf der Insel erwarte, worauf der Verfasser dieser Zeilen lange Jahre geglaubt hatte, es handle sich um diesen Mann, der allein in dem Heringsschuppen hauste. Um diese Angelegenheiten drehten sich die Fragen, die er dem alten Mann stellte, doch der gab vor, nichts zu verstehen, obwohl der brandenburgische Dialekt sich von dem in Usedom nicht allzusehr unterscheidet und die Vorkommnisse jener Nacht noch nicht so lange zurückliegen.

Er hielt erneut inne. Da waren die Fackeln, und Salvestro auf dem Eis, der ihnen zuwinkte. Das war das Bild, das sich ihm eingeprägt hatte, mit dem er gerungen hatte. Salvestro schüttelte nicht die Faust. Er winkte oder gab ihnen Zeichen. Die Inselbewohner trugen Keulen und Sensen, und sie warteten schweigend auf ihn, da sie nicht wagten, ihm dort hinaus zu folgen. Es war, als mache er sich über sie lustig, denn sie hatten Angst vor dem Meer jenseits der Vinetaspitze, wie schon von jeher, und sie hatten Angst vor dem, was darunter lag. Sie hatten Angst vor Vineta. Das Rufen, das Jörg gehört hatte, war Salvestros Rufen gewesen. Er erinnerte sich, daß er lange hinausgeschaut hatte. Schließlich ließ Salvestro die Arme sinken. Er drehte sich um und ging einfach davon, hinaus auf das Eis, wurde kleiner und kleiner, bis ihn die Dunkelheit verschluckte und er nicht mehr zu sehen war. Die Inselbewohner hatten die ganze Nacht über gewartet, als glaubten sie in ihrer Dummheit und ihrem Aberglauben, er könne aus der Dunkelheit wieder auftauchen. Er hatte mit ihnen gewartet und Ausschau gehalten. Aber Salvestro war nicht zurückgekommen. Und er war auch nicht zur Insel zurückgekehrt, um der

Kreatur in dem Schuppen willen. Er wußte nicht, wie er das aufschreiben sollte.

Jetzt ist die Kirche der Mönche von Usedom verschwunden. Vielleicht ist sie gänzlich ins Meer gestürzt, oder in der armen Erde versunken, oder einfach zu Staub zerfallen, wenngleich in den Jahren seit jener Nacht einige Katen gebaut wurden, auch einige schöne neue Mauern, errichtet aus behauenen Steinen, die diesen Augen nicht unbekannt vorkommen. Die Mönche von Usedom sind nicht mehr, und der letzte Abt und der letzte Prior liegen Seite an Seite in ihren Gräbern. Mögen sie in Frieden ruhen, ebenso Salvestro, wo immer er liegen mag. Sein Volk ertrank vor vielen Jahren, als die heidnische Stadt Vineta von der Insel gerissen wurde und im Meer versank. Aus diesen Wassern zogen die Mönche von Usedom einst Salvestro, und genau zu diesen Wassern ist er zurückgekehrt. Die Inselbewohner trieben ihn hinaus auf das Eis, wo ihn die Kälte übermannte oder das Eis unter ihm brach. Jetzt bin nur noch ich übrig, Hans-Jürgen, der sich an ihn erinnert. Er war der Letzte seiner Art, gerade so, wie ich der Letzte der meinen bin. Möge dieses Gedächtnis das letzte Zeugnis der Mönche von Usedom sein.

Danksagung

Der Autor dankt Thomas Harder für seine Übersetzung aus dem Italienischen von Iacopo Modestis Augenzeugenbericht von der Plünderung Pratos; Professor Hermann Walter, Universität Mannheim, für eine Kopie von Sigismondo Tizios *Historia Senensium*, gefunden in der vatikanischen Bibliothek von seiner Kollegin, Ingrid D. Rowland, University of Chicago; den Mitgliedern des Kronos Quartetts für ihre Transkription von Jimi Hendrix' *Purple Haze* für ein Streichquartett.

Der Verlag bedankt sich bei den Übersetzern Gisbert Haefs, Gerald Jung und Gisela Stege, die nach einer Erkrankung von Hanswilhelm Haefs dafür sorgten, daß dieses Buch wie vorgesehen erscheinen konnte.